André Gide

Gesammelte Werke II

André Gide

Gesammelte Werke

in zwölf Bänden

Herausgegeben
von Hans Hinterhäuser,
Peter Schnyder
und Raimund Theis

Deutsche Verlags-Anstalt
Stuttgart

André Gide

Gesammelte Werke II

Autobiographisches

2. Band

André Gide

Tagebuch 1903–1922

Herausgegeben von
Peter Schnyder
Aus dem Französischen übertragen
von Maria Schäfer-Rümelin

Deutsche Verlags-Anstalt
Stuttgart

Die Originalausgabe des ‹Tagebuchs›
erschien unter dem Titel ‹Journal›
bei Éditions Gallimard, Paris.

Die Übersetzung von
Maria Schäfer-Rümelin
wurde grundlegend neu bearbeitet
von Johanna Borek
und Christine Viragh Mäder.

CIP-Titelaufnahme der Deutschen Bibliothek

Gide, André:
Gesammelte Werke : in 12 Bänden /
André Gide, Hrsg. von Hans Hinterhäuser... –
Stuttgart : Deutsche Verlags-Anstalt
NE: Gide, André: [Sammlung <dt.>]

2. Autobiographisches. –
Bd. 2. Tagebuch 1903–1922 / hrsg. von
Peter Schnyder. Aus dem Franz. übertr. von
Maria Schäfer-Rümelin. [Die Übers. wurde
grundlegend neu bearb. von Johanna Borek
u. Christine Viragh Mäder]. – 1990
Orig.-Ausg. u. d. T.: Gide, André: Journal
1903–1922
ISBN 3-421-06462-8

Lektorat: Ursula Locke-Groß
Mitarbeit: Ralph Schmidberger
Typographische Gestaltung:
Brigitte und Hans Peter Willberg, Eppstein
Satz: Jung SatzCentrum, Lahnau
Druck und Bindung: Druckerei Kösel, Kempten
Printed in Germany

Inhaltsverzeichnis

Vorwort

Wer vieles bringt, wird manchem etwas bringen.
Goethe, *Faust I*

Catherine Gide zugeeignet.

Was Gides *Tagebuch,* das in diesem und in den beiden folgenden Bänden dieser Ausgabe fortgesetzt wird, wie ein roter Faden durchzieht, ist seine *Vielschichtigkeit.* Sie ist so reichhaltig, daß es ein törichtes Unterfangen wäre, sie auf ein paar Seiten hier vorstellen zu wollen: Der Kommentar würde länger und um wie vieles langweiliger als das sprachlich im allgemeinen so untadelige Original! Begnügen wir uns also damit, neben ein paar Angaben zum besseren Verständnis einige der Qualitäten herauszugreifen, die in unseren Augen sowohl seinen aktuellen Wert ausmachen als auch seinen überzeitlichen, künstlerischen.
Dank der einfühlsamen Überarbeitung durch Johanna Borek und Christine Viragh Mäder kommt der hier vorgelegte Text Gides Original näher als die alte, eher umständliche Fassung. Wer darin liest, gewinnt rasch den Eindruck, sein Verfasser sei der junge Mann geblieben, den er im ersten Band kennengelernt hat. Gewiß, aus Narziß ist längst ein wandlungsfähiger Proteus geworden, aber die Illusion bleibt lange erhalten, daß hier eine Stimme zu uns spricht, die jung geblieben ist. Dennoch dürfen wir nicht vergessen, daß Gide beim Beginn dieses Bandes in seinem vierunddreißigsten Lebensjahr steht und die letzten datierten Seiten einen Monat nach seinem dreiundfünfzigsten Geburtstag entstanden sind.
In seinem Vorwort zu Band I legt Raimund Theis unter anderem dar, daß der im Spiegel des Bewußtseins weltsetzende Gestus des Tagebuchschreibens dem künstlerischen Selbstverständnis Gides entgegenkam, daß dieser Narziß es aber glücklicherweise über sich brachte, die Beschäftigung mit seinem Bild zu verlassen, um hinter den Spiegel zu blicken, und daß dieser Spiegel nach und

nach ein Versatzstück künstlerischer Manifestation werden konnte, ein vermittelndes Medium zum (fiktiv-narrativen oder dramatischen) literarischen Werk. An den verschiedensten Befragungen fehlt es denn auch im vorliegenden Band nicht; neben Versuchen, die Bestimmungen des *Tagebuchs* auszumachen, finden sich auch praktische, methodische Absichten, Einfälle, Überlegungen, Gespräche, kleine Begebenheiten – manchmal tragen sie gar eine ironisch zu verstehende Überschrift wie «Kleiner Roman», «Roman» oder «Erzählung». Vom *Tagebuch* aus schlägt Gide immer wieder verschiedenartige Verbindungen zu seinen essayistischen und kritischen Schriften, aber auch zu den fiktiven Werken, den veröffentlichten wie den geplanten. Auch das Tagebuch des neuen Jahrhunderts, das wir mit diesem Band vor uns haben, bildet somit ein «Auffangbecken», das der weiteren Tätigkeit des Schriftstellers zugute kommt. Es ist ein Katalysator, der seiner strengen künstlerischen Forderung zur Seite steht, ein Prägestock, von dem aus sich sein (fiktives) Werk organisieren kann: der Grundtext der andern. Diese Möglichkeit bot sich Gide vor allem darum, weil es ihm gelang, allmählich vom konfliktlösenden Charakter dieses Texts abzurücken zugunsten einer Darstellung künstlerisch-formaler Probleme. Dem *Journal,* so wie wir es in diesem Band vor uns haben, kommt mithin nicht mehr eigentlich ein *therapeutischer* Wert zu, sondern vorab ein *heuristischer.*
Wie sein Name sagt, ist das *Tagebuch* der Ort, wo alltägliche Begebenheiten ihren Platz haben, und gerade deshalb darf es sich auch im Alltag erschöpfen, ja, wie Éric Marty in seiner Untersuchung gezeigt hat, im Akt des Schreibens die *Gegenwart* des Alltags wiederholen. Denn im Gegensatz zum erzählerischen oder dramatischen Werk geht es hier nicht in erster Linie darum, den vergangenen Augenblick festzuhalten oder Vergangenes zu vergegenwärtigen, ein Umstand, der sich auch darin zeigt, daß das *Tagebuch* ein lükkenhafter Text voller Auslassungen (Ellipsen) ist und eigentliche (fiktive) Darstellungen gar nicht zuläßt. Gide hält sich zumeist an diese Schreibweise, die eine eigene Leseweise erfordert. Sobald nämlich ein Text thematisch über den Alltag hinausweist, löst er ihn aus der eigentlichen Chronologie des *Tagebuchs* heraus; da-

durch, daß er einen Titel erhält (einen «paratexte», würde Gérard Genette sagen), gesteht ihm sein Verfasser eine Autonomie zu, die er auch dann noch behält, wenn er ihn im gedruckten *Journal* beläßt. In der Pléiade-Ausgabe (der, wie in Band I notiert wurde, unser Text folgt) ist dies verschiedentlich der Fall: Zu erwähnen sind neben verschiedenen, nicht genau datierten *Blättern* die längeren Reiseberichte wie *Reise nach Andorra* (S. 231–240) und *Die türkische Reise* (S. 331–350), des weiteren *Der Tod Charles-Louis Philippes* (S. 193–202), der Bericht über das Begräbnis eines Freundes, und schließlich *Numquid et tu...?* (S. 548–571), die Aufzeichnungen über Gides religiöse Krise während des Ersten Weltkriegs. Dank dieser thematischen und formalen Offenheit bewahrt das *Tagebuch* die eingangs erwähnte jugendliche Frische, eine Lebendigkeit, die, ohne je naiv zu sein, mit jedem Tag neu anhebt und die natürlicherweise erst kurze Zeit vor dem Tod seines Verfassers im Februar 1951 endet.

Das Besondere eines *Tagebuchs* liegt nun aber auch darin, daß das alltägliche, unbedeutende Ereignis, das einen Tag später schon vergessen sein mag, gerade aufgrund seiner schriftlichen Fixierung diese Alltäglichkeit überwindet, daß es über den einzelnen Tag, der es konstituiert, hinausweist. Wer die ersten Seiten dieses Bandes überfliegt, stößt auf diesen, unseren Sachverhalt erhellenden Eintrag:

> Im Eisenbahnwagen; vor Rouen; Seine-Ufer dunstverhangen. Morgendliche Fröhlichkeit. Ich sage mir diese Worte, die so voll Wohlgeschmack sind, noch einmal vor: morgendliche Fröhlichkeit. Die Garbenbündel der flachen Felder tauchen nur mit dem Gipfel aus einem Meer rosig blauen Nebels; die Luft ist unaussprechlich rein; der Azur des Himmels tränkt die Erde. Mein Blick, müde von der schlaflosen Nacht, badet in der dunstigen Fläche des Stroms und trinkt am milchigen Hang der Hügel. Alles Pflanzliche in der Natur wäscht und badet sich in der Morgenfrühe, vor der Hitze des Tages. Tau wird Saft; verdorrtes Gras grünt wieder. Und wenn ich alles verlo-

> ren hätte, was ich habe, alles, was mir auf der Welt am liebsten ist, so fühlte ich mich doch an diesem Morgen nicht weniger glücklich. Ich werde Pflanze unter Pflanzen und nehme teil an der Gemeinschaft des Erwachens. (S.27f.)

Bezeichnenderweise fehlt das Datum, wir erfahren lediglich, daß diese Beobachtungen eines schönen Tages im «August, vier Uhr morgens» erfolgt sind. Auffallend ist ferner, daß hier Empfindung und Niederschrift zusammenfallen: Die Sätze sind von größter Einfachheit, auch ohne Zeitwort versteht man sie sehr gut, eine Darstellung kommt nicht zustande, vielmehr drängt alles zur bloßen Nennung; sie beruht auf einer sinnlichen und sinnhaften Beziehung zwischen (schreibendem) Subjekt und (erschauten) Gegenständen: Es fällt schwer, ein unmittelbareres Sprechen auszumachen. Dank dieser beabsichtigten Unentscheidbarkeit – es ist «August, vier Uhr morgens», aber die Beobachtung könnte auch an einem anderen Tag, zu anderer Stunde stattgefunden haben – kommt der zitierten Stelle ein durchaus ernst zu nehmender poetischer Wert zu: Zur Vielschichtigkeit von Gides *Tagebuch* gehört auch dieses immer wieder greifbare *lyrische* Moment.

Das *Tagebuch* hilft Gide, sein *Selbstverständnis* als Künstler im Dialog mit sich und mit anderen, Menschen und Büchern, kritisch zu explorieren – «es vergeht kein Tag, an dem ich nicht alles wieder in Frage stelle», notiert der Dreiundfünfzigjährige –, die Früchte seiner Auseinandersetzungen mit anderen Werken am Erreichten und am Projektierten zu prüfen. Gide stellt in Frage, zuerst sich, seine Kunst, an die er höchste Ansprüche stellt, aber er rügt auch üble Stimmungen – «Ich greife einmal mehr zu diesem Heft, um zu lernen, wie ich mehr von mir verlangen kann» (S. 675) –, analysiert die Gründe eines falschen Verhaltens, versucht, von Zwängen (gegenüber der Vergangenheit, den Zukunftsplänen, dem eigenen Zweifel, der Liebe, dem Haß) loszukommen. Auch Erfreuliches, Sonniges, Amüsantes wird vermerkt, im *Tagebuch* wechselt Trübes mit Heiterem; wie die Tage selbst, von denen das *Tage*-Buch mit dem Mittel des Schreibens Ausgewähltes einfängt, hält es mit jedem Tag Neues bereit. Bisweilen wird eine Bilanz sichtbar, die auf den ersten Blick recht düster aussehen mag. Aber das hat seinen Grund darin, daß Gide natürlich gute Arbeit kaum vermerkt, dafür aber länger auf die zahlreichen Krisen eingeht, die ihn durchschütteln, wie die schwere schöpferische der Jahre 1903 bis 1906 oder die (durch Ghéons «Übertritt» zu einem aktiven Katholizismus noch verschärfte) religiöse während des Ersten Weltkriegs.

Wollen wir verstehen, welche Geduld Gide dem Publikum gegenüber bis weit in die zwanziger Jahre hinein an den Tag legte, so müssen wir uns ein paar Tatsachen in Erinnerung rufen. Um die Jahrhundertwende war dieser Schriftsteller gewiß kein Unbekannter mehr, aber er wurde lediglich von einer kleinen Elite gelesen und geschätzt. Den relativen Mißerfolg seines *Immoraliste* (1902; dt. *Der Immoralist*) nahm er wohl gelassen hin; trotzdem begann er sich zu fragen, warum seine Werke, und vorab auch sein Theater, von dem er sich viel versprach, nicht ein wenig mehr Beachtung im «Grand Public» fanden. Den Mißerfolg vom Mai 1901 anläßlich der Uraufführung seines *Roi Candaule* (dt. *König Kandaules*) in Lugné-Poes Inszenierung hatte er noch nicht vergessen; jedenfalls ist es kein Zufall, wenn er in den folgenden Jahren in zwei eher mittelmäßigen Vorträgen sowohl sein Theater verteidigt als auch das zeitgenössische Publikum kritisiert. Auch mit seinem originellen, unzeitgemäßen *Saül* (dt. *Saul*) hatte Gide Pech, da er wegen Geldmangels nach seinem Erscheinen 1903 nicht auf die Bühne gebracht werden konnte (erst neunzehn Jahre später wurde er in Jacques Copeaus Théâtre du Vieux-Colombier uraufgeführt). Zwar hoffte Gide auf ein verständnisvolleres deutschsprachiges Publikum, aber die Kritiker verglichen seinen *König Kandaules* mit Hebbels *Gyges und sein Ring* (den er allerdings erst Jahre nach der Veröffentlichung des Dramas kennengelernt hat) und konnten dem Stück nichts abgewinnen als – ganz entgegen seiner eigenen Grundintention – eine gewisse französische Leichtigkeit und gar Frivolität. An Versuchen, den *Kandaules* außerhalb Frankreichs auf die Bühne zu bringen, hat es nämlich nicht gefehlt.

Aber sowohl die Inszenierung am Wiener Volkstheater im Januar 1906 als auch die zwei Jahre später stattfindende, von dem Literaturprofessor Émile Haguenin mit großem Aufwand vorbereitete am Berliner Kleinen Theater (unter der Leitung des berühmten Viktor Barnowsky) wurden nach der Uraufführung abgesetzt. Erwähnt sei noch, daß eine weitere Inszenierung 1907 am von Max Reinhardt geleiteten Neuen Theater in Berlin aus unklaren Gründen gar nicht erst stattfand. Diese Skizze genügt, um zu zeigen, welchen unangenehmen Überraschungen Gide immer wieder gegenüberstand. Auf die gehässige Kritik aus dem Lager der intellektuellen Rechten in den frühen zwanziger Jahren soll dann im Vorwort zu Band III eingegangen werden.
Gerade diese Enttäuschungen und Selbstzweifel vermag Gide in seinem *Tagebuch* immer wieder aufzufangen; ihr Eintrag ermöglicht es ihm, mit Hilfe dieses Dialogs eine Distanz zu gewinnen, die solche Krisen – welcher Künstler kennt sie nicht? – neutralisieren oder ihre Energie für fiktive Werke, aber auch für andere Unterfangen frei werden lassen. Deshalb ist Gide in jenen Jahren auch keineswegs müßig. Im Gegenteil: er steht auf der Höhe seiner Schaffenskraft, was neben mehreren Projekten auch anspruchsvolle literarische Unternehmungen beweisen, angefangen mit der Veröffentlichung eines Essaybandes – keck mit *Prétextes* (dt. «Vorwände», zum Teil in Band XII) überschrieben –, der Reisenotizen mit dem an Vergil gemahnenden Titel *Amyntas* (daraus *Blätter von unterwegs* in Band I, *Mopsus* und *Der Verzicht auf die Reise* in Band IV dieser Ausgabe), der kleinen, spontan verfaßten Erzählung *Le Retour de l'enfant prodigue* (dt. *Die Rückkehr des verlorenen Sohnes*), bis hin zur schwierigen, zahlreiche Anläufe erfordernden Redaktion der *Porte étroite* (dt. *Die enge Pforte*), alsdann die Veröffentlichung von *Isabelle* (dt. *Isabelle*), der *Caves du Vatican* (dt. *Die Verliese des Vatikans*), der *Symphonie pastorale* (dt. *Die Pastoralsymphonie*), ferner der Niederschrift der Memoiren (*Si le grain ne meurt*, dt. *Stirb und Werde*) und des Privatdrucks von *Corydon*. Dieser urtümliche, sich stets erneuernde Künstler kennt offenkundig keine Müdigkeit! Zusammen mit einigen Freunden – Jacques Copeau, Marcel Drouin, Henri Ghéon, André Ruyters und Jean

Schlumberger – gründet der Vierzigjährige weiter eine literarische Zeitschrift, *La Nouvelle Revue Française,* von der er seit zwanzig Jahren träumt und welcher schon bald im französischen Geistesleben eine bedeutende Rolle zukommen wird.

Bereits eine flüchtige Lektüre läßt erahnen, was ein Blick auf die Zeittafel (in Band I, S. 19–33) zeigt, daß Gide auch in diesen Jahren der Reife ein sehr bewußt lebender, aktiver, fleißiger, aber auch genußfähiger Mensch ist. Nicht nur als Schriftsteller, Kritiker, Essayist, Briefpartner, Vortragsredner und Übersetzer (von Shakespeare, Rilke, Whitman, Joseph Conrad und Rabindranath Tagore) entfaltet er eine beachtliche Tätigkeit, sondern auch als eifriger Leser, Theater- und Museenbesucher, als geduldiger Pianist (er spielt zu seiner Freude, aber auch, um «es in irgend etwas bis zur Vollkommenheit zu bringen» [S. 599]), ferner als Geschworener in Rouen, als Teilnehmer der von Paul Desjardins geleiteten «Entretiens d'été» in Pontigny, als selbstloser Mitarbeiter (während des Ersten Weltkriegs) im «Foyer franco-belge», einer Hilfsorganisation für Flüchtlinge aus den zerstörten Gebieten, schließlich als besorgter Gatte und Gutsbesitzer in Cuverville, der einer weitverzweigten Verwandtschaft und den Freunden ein vorzüglicher Gastgeber ist. Nach der schweren Ehekrise 1918 treffen wir ihn dann häufiger in Gesellschaft von Maria van Rysselberghe, die später seine Wohnungsnachbarin in Paris wird. Regelmäßig verläßt er die Normandie, um am kulturellen Leben in Paris teilzunehmen und es auch selbst zu prägen, wie 1908/09 mit der Gründung der *Nouvelle Revue Française.*

Die Reisen nach Paris sind aber jeweils nur «Vorspiel» zu anderen Reisen, die ihn immer wieder in nahe und ferne Länder aufbrechen lassen – im Sommer 1903 weilt er auf Einladung von Harry Graf Keßler in Weimar, was ihn nicht hindert, im Herbst und Winter desselben Jahres nach Nordafrika zu reisen; 1905 finden wir ihn in Rom, darauf im Baskenland und in Südfrankreich, ein Jahr später hält er sich in Wien auf, bereist dann die Bretagne; 1907 weilt er zusammen mit seinem Malerfreund Maurice Denis in Berlin, verbringt aber im September ein paar Tage auf Jersey – diese Aufzählung könnte beliebig fortgesetzt werden. Neben seiner Entdecker- und Abenteuerlust ermöglichen diese steten Reisen natürlich auch einen Schutz des Künstlers vor dem manchmal etwas oberflächlichen Treiben in der Hauptstadt. Denn es ist ja kein Geheimnis, daß Gide nicht nur zu Büchern greift, wo immer er sich befindet, sondern auch zur Feder. Vermerkt sei noch, daß von 1917 an der junge Marc Allégret sein häufiger Begleiter ist; zusammen reisen sie in die Schweiz, dann 1918 nach England – ein Aufenthalt, der Madeleine Gide in tiefe Verzweiflung stürzte und sie veranlaßte, alle Briefe zu verbrennen, die sie je von ihrem Mann erhalten hatte...

Unterwegs kommt dieser ausgezeichnete Zuhörer und feine Beobachter immer wieder auch ins Gespräch mit hervorragenden Persönlichkeiten. Er lernt Künstler, Redakteure, Theaterleute, Politiker nicht nur aus Frankreich, sondern aus ganz Europa, ja, auch aus fernen Kontinenten, persönlich kennen, und so verwundert es nicht, daß diese Begegnungen in einem außergewöhnlichen Briefwechsel zu Buche schlagen. Neben den Briefen – Gide hat an die zweitausend Briefpartner! – ist das *Tagebuch* häufig Zeuge von solchen Begegnungen, hin und wieder auch von Gesprächen. Natürlich ist es unmöglich, auch nur die bedeutendsten Namen aufzuzählen – allein aus Deutschland und Österreich wären etwa Harry Graf Keßler, Hofmannsthal, Rilke, Walther Rathenau, Franz Blei, Felix Paul Greve und Dieter Bassermann, später Ernst Robert Curtius und die Familie Mann zu erwähnen. Näheres findet der Leser aber im Register, ferner in der Liste *Ausgewählter weiterführender Literatur* (siehe S. 773–776) sowie in der *Zeittafel* in Band I.

Gide nimmt regen Anteil am kulturellen Leben der Pariser Metropole, bleibt jedoch – im Gegensatz zu vielen seiner Landsleute – offen für «Belebung von außen». Hatte er sich um die Jahrhundertwende eingehend mit Goethe, dann mit Nietzsche und anderen deutschen Autoren befaßt, ein offenes Ohr für orientalische Werke gehabt, sich nicht nur an Neuübersetzungen von Omar Chayyams Vierzeilern oder Hafez' Gedichten erfreut, sondern auch an der freien, sinnlich-unmittelbaren Übertragung der Märchen von *Tausendundeiner Nacht* durch den ägyptischen Arzt Joseph-Charles Mardrus, so entdeckt er nunmehr den gegenüber

Tolstoi seinerzeit in Frankreich unbekannteren Dostojewski, begeistert sich später für die englische Sprache und ihre reiche, dichtbesiedelte Literatur. Gerade die englische Literatur, deren Klassik weniger normativ-einschränkend ist als jene der französischen, übt einen befreienden Einfluß auf ihn aus. Mit wachem Geist verfolgt er die literarischen Neuerscheinungen im In- und Ausland; kein Theaterstück wird aufgeführt, ohne daß er darüber informiert wäre, vieles mißfällt ihm, er wendet sich ab von Wagner und Strauss, die ihm zu überschwenglich und romantisch sind, dafür schätzt er zeitgenössische Klaviermusik: Er spielt Albéniz' und Granados' Werke, sowie sie greifbar sind. Wer ihn nun aber etwas abschätzig der «Neophilie» überführen wollte, übersieht, daß er sich mit ebenso großem Eifer ältere Werke vornimmt, die großen antiken Autoren wie auch die abendländischen Klassiker. In kleinen Dosen genießt er sie immer wieder, an ihnen schult er seinen Geschmack, verfeinert er seine Kunstanschauung. In einem knappen Exkurs notiert er einmal: «Ich erachte die Komposition für das Wichtigste an einem Buch, und ich meine, daß heutzutage die meisten Bücher durch einen Mangel an Komposition sündigen» (S. 698). Oder, auf eine Formel gebracht: «Das Kunstwerk... dem alles, was nicht dient, schadet» (S. 699). Und wie ernst es ihm ist, erkennen wir daran, daß er in der 1906 bezogenen Villa in Auteuil ein eigenes Regal einrichten läßt, auf dem die Klassiker ihren Platz haben; wenn er sie liest, will er «mit dem ganzen Herzen dabeisein»:

> Meine guten Arbeitstage sind jene, die ich mit der Lektüre eines alten Autors beginne, eines sogenannten «Klassikers». Eine Seite genügt; sogar eine halbe, wenn ich sie nur in der richtigen Geistesverfassung lese. Man darf darin nicht so sehr Belehrung suchen, als vielmehr den *Ton* und jene Distanz, die dem gegenwärtigen Bemühen den Maßstab gibt, ohne dem Augenblick etwas von seiner Dringlichkeit zu nehmen. Und ebenso schätze ich es, meinen Tag auf diese Art zu beschließen. (S. 711 f.)

Nach und nach wagt er auch wohlbedachte, behutsame Kritik an den Großen, so etwa, wenn er die Ansicht vertritt, der Beginn von Flauberts *Madame Bovary* sei mißraten, womit Gide natürlich auch seine eigene, gegen den Realismus gerichtete Kunstanschauung sowie die ihm mißfallenden, allzu sichtbaren Anstrengungen des Künstlers verrät: Die berühmte Szene, die den Schulwechsel des fünfzehnjährigen Charles Bovary schildert, mag gewisse Längen wie die detaillierte Beschreibung von dessen Mütze enthalten, sie bildet aber unseres Erachtens innerhalb der Romananlage eine informative Exposition: Der Leser erfährt schon zu Beginn viel über Flauberts «Anti-Helden».
Natürlich fällt es einem so analytischen Geist wie Gide leicht, auch die zeitgenössischen Autoren dann und wann unter die Lupe zu nehmen. Was er etwa über seinerzeit vielbewunderte Romanciers, von Anatole France bis Maurice Barrès, von Paul Bourget oder den Gebrüdern Goncourt bis Henri de Régnier sagt, ist noch heute bedenkenswert. Einen Essayband von Remy de Gourmont, der wegen seines Hautleidens schon äußerlich sein Mißfallen erregt, findet Gide zwar miserabel, aber gerade deshalb sehr interessant. Und nach der Lektüre verschiedener Bücher atmet er auf: Er ist froh, sie gelesen zu haben, um sie nicht mehr lesen zu müssen…

Montaigne notiert einmal in seinen *Essais,* er vermöge mit dem Papier einen Dialog zu führen, wie er ihn mit einem wildfremden Menschen führen könnte, dem er begegnet sei. Das gilt wie angedeutet in hohem Maße auch für Gide, dessen *Tagebuch* trotz der ihm eigentümlichen Ich-Form eine kaum zu übertreffende dialogische «disponibilité» aufweist. Diese Beobachtungen, Notizen, Momentaufnahmen, Skizzen, Gedanken, Überlegungen, Urteile haben sehr oft Frage- und Entgegnungscharakter und zeigen, wie sehr Gides ganzes Wesen zum Dialog drängt. Gerade aus diesen Dialogen erwachsen immer wieder wichtige Einsichten, die sich der Künstler zunutze machen kann; zusammen mit den anderen Einträgen bilden sie, wie anfangs dargelegt, den Prägestock, von dem aus sich dieses Werk zu organisieren vermag. Eine interessante Trennlinie durchzieht indessen den Text des *Tagebuchs*. Er betrifft Gides Intimität. Die Notwendigkeit, in einem (intimen) Tagebuch aufrichtig zu sein, ist nämlich nicht grenzenlos; auch das Geheimnis hat hier seinen Platz. Verständlicherweise läßt Gide seinen Körper ebenfalls zu Wort kommen. Spontan diagnostiziert er Gefühle und Befindlichkeiten wie Kopfschmerzen oder die ihn stets begleitende Schlaflosigkeit, spricht über viele Gewohnheiten, aber auch den sinnlichen Ansprüchen seines Körpers leiht er sein Ohr. Wie er in seinen Memoiren *(Si le grain ne meurt)* dargelegt hat, trieb es ihn, den als nicht mehr zeitgemäß erkannten moralischen Zwang einer jahrhundertealten, mehr oder weniger strengen Ausgrenzung homosexuellen Verhaltens zu durchbrechen und zahlreichen Widerständen zum Trotz auch zu legitimieren. Bezeichnenderweise läßt Gide im *Tagebuch* neben der Kritik an der immer wieder als enttäuschend empfundenen Masturbation die Auseinandersetzung mit normwidriger Sexualität zu, verbietet sich aber (wie übrigens auch in seiner Korrespondenz) deren Darstellung: Sie bleibt (stets ohne Provokation) dem fiktiven Werk oder den distanziert-rückblickenden Memoiren vorbehalten. Diese, wie uns scheint, interessante Grenzziehung bewirkt wohl, daß Gides *Tagebuch* nichts mit Exhibitionismus zu tun hat. Der Leser erfährt hier viel über seinen Verfasser, aber Intimstes – und in Gides Augen gehört partnerschaftliche Sexualität dazu – wird nicht dargestellt. Ein Beispiel mag diese gewollte Trennung illustrieren. Gide spricht über eigene sexuelle Beziehungen – auch über jene zu Marc Allégret gegen Ende des Ersten Weltkriegs – immer nur andeutend und verschlüsselt. Dagegen thematisieren mehrere Einträge wie der folgende die sexuelle Begierde deutlich – und zeigen zugleich ihre unaggressive Natürlichkeit auf, wenn sie in die Persönlichkeit integriert ist:

> Ein Blinder könnte sich leichter Farben vorstellen als ein Gefühlloser die geheimnisvolle Anziehung, die vom Anblick eines Körpers ausgeht. Wie könnte er die Verwirrung verstehen, das Bedürfnis zu umfangen, zu liebkosen, die Inanspruchnahme unseres ganzen Wesens, die schweifende Unbestimmtheit der Begierde?... (S. 677)

Die Entdeckung dieser neuen Sinnlichkeit, ihre Trennung von Gewalt und Tod, ist, wie auch Raimund Theis im Vorwort zu Band I (S. 62f.) ausführt, für Gide von entscheidender Bedeutung. In diesem Band wird nun auch deren kulturkritische Tragweite sichtbar. Mit der Absicht, *Corydon* – nichts weniger als ein Plädoyer für die Päderastie – zu veröffentlichen, wählte sein Verfasser einen schwierigen Weg. Während der Abfassung seiner Memoiren hält er sogar fest: «Ich schreibe diese Memoiren nicht, um mich zu verteidigen. Ich habe nichts zu verteidigen, da ich nicht angeklagt bin. Ich schreibe sie, bevor ich angeklagt werde. Ich schreibe sie, damit man mich anklagt» (S. 580). Gides wache Regsamkeit manifestiert sich ferner darin, immer wieder ein bestimmtes, vorherrschendes Kulturverständnis in Frage zu stellen, und in dem Anspruch, Religion ohne Rücksicht auf Dogmen neu zu definieren. Seine Definition der Sünde lautet: «Alles, was Schaden stiftet» (S. 623). Nirgends wird klarer sichtbar, wie sehr dieser Künstler ein Moralist im Sinne der französischen Tradition ist, die von La Rochefoucauld, Vauvenargues, Chamfort oder Joseph Joubert und zahlreichen anderen Autoren bis in unsere Zeit reicht, von François Villon bis Paul Valéry, von Voltaire und Diderot bis hin zu E.-M. Cioran: Gide wehrt sich gegen die seit der Romantik gängige Trennung von Kunst und Lebenspraxis; er räumt ein, daß beide Bereiche autonom sind, plädiert aber dafür, daß es falsch sei, wenn sie sich gegenseitig aus welchen Gründen auch immer nicht mehr ergänzen und befruchten. Diese Forderung erwächst auch aus seiner ausgewogenen, einem klassischen Bemühen um harmonischen Ausgleich nicht abgeneigten Definition der Kunst, der wir schon oben (S. 17) begegnet sind: «Das Kunstwerk… dem alles, was nicht dient, schadet.» Gides lange übersehenes *kulturkritisches* Engagement zielt nun darauf ab, seinen kunstanschaulichen Ansatz auch auf Lebensbereiche wie Moral und Religion (gerade dort, wo diese zum Moralismus zu erstarren droht) zu übertragen. Er wendet sich gegen eine Moral, und wäre sie eine kirchlich gebundene, deren Ideale mit dem Bewußtsein der Menschen nicht mehr übereinstimmen, die daher immer terroristischere Züge anzunehmen vermag, die viele Menschen zur Falschspielerei zwingt. In jenen Jahren arbeitet er an seinem großen Roman, den er, gewiß nicht zufällig, mit *Les Faux-Monnayeurs* (dt. *Die Falschmünzer*) überschreibt. Probleme, die ihn im *Tagebuch* lange beschäftigt haben und beschäftigen, werden künstlerisch ausgestaltet in dieses Werk einfließen. Die jungen Menschen in diesem Roman wenden sich gegen eine überholte Doppelmoral – sie gilt es zu entlarven, sie ist ungesund und schafft Aggressionen, sie muß überwunden, eine neue Synthese muß gefunden werden. Damit illustriert Gide, daß der Kultur, auch der vielgeschmähten abendländischen, emanzipatorische Kräfte innewohnen. Viele der von ihm anvisierten Ziele mögen heute veraltet sein. Aber vergessen wir nicht, daß die apodiktischen Urteile des dogmatischen Nationalisten Henri Massis in den zwanziger Jahren alles andere als Wortspiele waren: Unter Berufung auf einen rätselhaften Satz Claudels («Das Böse komponiert nicht» [S. 683]) sieht er in Gide, dessen Kunst er gering veranschlagt, einen bösartigen Verführer der Jugend. In seinen Augen versucht dieser «sterile» und «monotone» Künstler, um seiner perversen Freuden willen die zeitgenössische Gesellschaft zu «desokzidentalisieren». Indem Gide die «klassische Kunst» bejaht, aber die alte (bürgerliche) Definition des «klassischen Menschen» ablehnt, macht er sich gegenüber der Gemeinschaft schuldig: Er verdient, mit einem seltenen und schlimmen Wort bezeichnet zu werden: Er ist «dämonisch». Daß sich solche Inquisition nicht durchsetzen konnte, ist auf verschiedene Gründe zurückzuführen, allen voran wohl auf die demokratische Tradition in Frankreich, ferner dem den reaktiven und gallikanischen Kräften entgegenstehenden gemäßigten (laizistischen, neutralen und auch antiklerikalen) Lager, sodann dem ausgeprägten Individualismus der Franzosen.

Die eingangs genannte *Vielschichtigkeit* ist – damit kommen wir zum Schluß dieser Ausführungen – auch sprachlich sichtbar. Wir haben gesehen, daß Gide nicht alles aufschreibt, was ihn ergreift: Das ist vielleicht der Grund dafür, daß er in seinem *Tagebuch,* im Gegensatz zu beispielsweise jenem von Edmond und Jules de Goncourt, von Henri-Frédéric Amiel oder von Paul Léautaud, stets das richtige Augenmaß behält. Er löst sich im *Tagebuch* von den hohen kompositorischen und sprachlichen Anforderungen, die er in seinen fiktiven Werken verwirklichen will. Die Sprache des *Tagebuchs* im vorliegenden Band ist deshalb häufig freier, leichtfüßiger, manchmal gar etwas salopp, aber dennoch nicht schlaff, im allgemeinen zeugt sie von einer gebändigten Geschmeidigkeit. Gide beabsichtigt ja eine möglichst hohe Übereinstimmung der sprachlichen Aussage mit der inhaltlichen. Dazu stehen ihm die verschiedensten Register zu Gebote, wobei die Spontaneität naturgemäß immer wieder Vorrang hat. Er will hier nicht «gut» schreiben, was ihm ermöglicht, manchmal auch eigenwillige Formulierungen zuzulassen oder fremdsprachige Wörter, etwa englische, die natürlich seine Annäherung an englische Sprache und Literatur in den Jahren um den Ersten Weltkrieg unterstreichen. Manchmal experimentiert er auch ein wenig, läßt Wortspiele zu, aber er gibt seinem Spieltrieb nie freien Lauf. Mit diesem direkteren, ungehemmteren Sprechen wird die anfangs erwähnte Illusion noch verstärkt, daß eine Stimme, der ewige Jugend beschieden ist, zu uns spricht. Und wie könnte eine jugendliche Stimme nicht immer wieder auch sinnlich sein?

> Ich habe den ganzen Tag fast nichts getan, war nur mit Bewundern beschäftigt; es drang durch alle Sinne in mich ein.
> Lange habe ich an den Bäumen gearbeitet; nachdem ich Valentine beauftragt hatte, die Stämme beim Treibhaus mit Kalk einzupinseln, habe ich bemerkt, daß man sie zuvor besser abbürsten sollte. Ich entdeckte im Werkzeugschuppen eine Drahtbürste und machte mich eifrig an die Arbeit. Ich entfernte unglaubliche Mengen von Moos, Flechten und Staub, und die Stämme der jungen Bäume erstanden daraus glatt und glänzend, zart gefärbt, angenehm zu berühren und anzusehen; schönen nackten Athleten gleich, ölgesalbt, stark und mit gespannten Muskeln. (S. 509)

Gides *Tagebuch* ist beseelt von einer steten Redlichkeit und Offenheit, von einem inneren Feuer, das ansteckt. Mit den dargestellten Höhen und Tiefen, seinen Krisen und Depressionen, Momenten der Freude und des Glücks, seiner Reflexion, seinen Einsichten versucht Gide, vom Leben das einzufangen, was es kostbar macht. Im *Tagebuch* ist es die Selbstgegenwart, eine schreibende, also auch bewahrende. Noch an Mallarmé geschult, ist sich Gide dessen immer bewußt gewesen: «Die Beweggründe, die mich zum Schreiben drängen, sind mannigfaltig, und die wichtigsten sind, so scheint mir, die geheimsten. Vielleicht vor allem einer: etwas vor dem Tod in Sicherheit bringen» (S. 723). Dieser stete, von einem echten künstlerischen Willen geleitete Versuch, dem Leben Gehalt und Gestalt zu verleihen, verdient unsere Achtung. Denn neben dem Interesse jener Leser, die darin konservierten Zeitgeist suchen, findet sich hier über den Zeitgeist und damit auch über den Verfasser hinaus das enthalten, was wir als moderne Kunst bezeichnen dürfen: suchende Darstellung des Lebens, eine Sinngebung des Lebens ohne Rückgriff auf die orthodoxe Transzendenz. Was wir als einen ernst zu nehmenden und letztlich nicht ausschließlich künstlerischen Versuch des modernen, agnostischen Menschen ansehen dürfen, nämlich dem Leben einen Sinn zu geben, der nicht mehr außerhalb des Lebens steht, einen Sinn, dessen unendliche Immanenz im Akt des Schreibens symbolhaft ausgedrückt wird, dessen endliche Transzendenz aber gerade das Kunstwerk mit seiner Darstellung möglicher Welten konstituiert, dieser Versuch liegt im *Tagebuch,* dessen Fortsetzung wir mit dem zweiten Band dieser Ausgabe vor uns haben, sozusagen als Grundanliegen Gides, emblematisch beschlossen.

Gide, so dürfen wir abschließend sagen, ist es gelungen, sich in einer geduldigen, kritischen Auseinandersetzung mit der Tradition und seiner Zeit das altrömische Motto «Parta tueri» («Das Erworbene zu bewahren wissen») wie auch den Leitsatz der Humanisten zu eigen zu machen: «Sapere aude!» («Wage zu wissen!»). Von welcher Seite er Kritik und Anfeindung zu erwarten hätte, wußte er nur zu gut, wie Nietzsche, den Gide bewunderte und an den unser letztes Zitat erinnern mag:

> Monatelang denkt man nach; eine Idee nimmt in uns Gestalt an; sie pulsiert; sie lebt; man liebkost sie; man verschmilzt mit ihr; man erkennt ihren Umriß, ihre Grenzen, ihre schwachen Stellen, ihre Erhabenheiten, ihre Vertiefungen; gleichzeitig ihre Genealogie und ihre Herkunft (?). Man zeige aber nur einmal öffentlich das Ergebnis dieses langen Nachdenkens vor, und schon kommt ein Kritiker und behauptet mit aller Entschiedenheit, daß man nichts davon verstehe, und zwar im Namen des gesunden Menschenverstands, das heißt der verbreitetsten, der konventionellsten Ansichten, von denen man sich gerade mit aller Kraft befreit hat. (S. 646)

Gides *Tagebuch* kommt nicht nur therapeutischer, heuristischer, lyrischer und emanzipatorischer Wert zu. In seinem ehrlichen Befragen der Welt ist dieses Gespräch mit sich selbst und mit den anderen auch ein identitäts- und sinnstiftendes Werk ersten Ranges. Dank seiner steten sprachlichen Meisterschaft ist es nicht nur das historische Dokument, sondern auch das literarische Zeugnis eines Schriftstellers, der uns Menschen des ausgehenden zwanzigsten Jahrhunderts etwas zu sagen hat. So ist es ein erfreulicher Umstand, daß der Beginn dieser Werkausgabe mit dem zweihundertjährigen Jubiläum der Französischen Revolution zusammenfällt: eine sympathische Hommage des Verlags, dem hier für seine vorzügliche Betreuung dieser Werkausgabe gedankt sei, an André Gide, diesen auf Vermittlung bedachten, stets wachen und wachsamen, klassisch-modernen Aufklärer.

Olten, im Oktober 1989
Peter Schnyder

Tagebuch 1903–1922

(Journal 1903–1922)

Aus dem Französischen

übertragen

von Maria Schäfer-Rümelin

Grundlegend neu bearbeitet

von Johanna Borek

und Christine Viragh Mäder

1903

Cuverville[1], *April.*

All die zu schreibenden Briefe reiben mich auf, erschöpfen mich, sie werden mich nicht zur Arbeit kommen lassen... Da hilft alle Freundschaft nichts; die beste möchte ich zum Teufel schicken... Aber ich tue es nicht. Schließlich schreibe ich doch immer, um Frieden zu haben. Frieden mit mir selbst; denn solange ich nicht geschrieben habe, werfe ich mir vor, daß ich nicht schreibe. Und wenn man dann sofort schreibt, antwortet der andere; und solange er noch nicht geantwortet hat, warte ich auf seinen Brief.

Mai.

«Von dieser da», sagt die junge Frau von Marius zu Em., als sie ihren kleinen Garten vorzeigt, «von ihr hat mir Marius den Namen gesagt: Sie heißt *Teerose.*»

Wir lesen gemeinsam den *Jüngling*. Beim ersten Lesen war mir das Buch nicht so außergewöhnlich erschienen; eher kompliziert denn komplex, eher unübersichtlich denn gehaltvoll, und alles in allem eher merkwürdig denn interessant. Heute bin ich bei jeder Seite erstaunt und von Bewunderung erfüllt. Ich bewundere Dostojewski mehr, als ich je glaubte bewundern zu können.

Doch sollte man wissen, ob das, was man will, sich Philanthropie nennt oder Literatur.

Georges[2] erinnerte mich an die empörte Bestürzung Mademoiselle Sillers[3] vor zwei Jahren, als sie mich sagen hörte (um sie zu verblüffen, aber wie nebenbei): «Wenn man bedenkt, daß ich schon Mitglied der Académie wäre, wenn ich die Literatur nicht so liebte!»

*

August, vier Uhr morgens.

Im Eisenbahnwagen; vor Rouen; Seine-Ufer dunstverhangen. Morgendliche Fröhlichkeit. Ich sage mir diese Worte, die so voll Wohlgeschmack sind, noch einmal vor: morgendliche Fröhlichkeit. Die Garbenbündel der flachen Felder tauchen nur mit dem Gipfel aus einem Meer rosig blauen Nebels; die Luft ist unaussprechlich rein; der Azur des Himmels tränkt die Erde. Mein Blick, müde von der schlaflosen Nacht, badet in der dunstigen Fläche des Stroms und trinkt am milchigen Hang der Hügel. Alles Pflanzliche in der Natur wäscht und badet sich in der Morgenfrühe, vor der Hitze des Tages. Tau wird Saft; verdorrtes Gras grünt wieder. Und wenn ich alles verloren hätte, was ich habe, alles, was mir auf der Welt am liebsten ist, so fühlte ich mich doch an diesem Morgen nicht weniger glücklich. Ich werde Pflanze unter Pflanzen und nehme teil an der Gemeinschaft des Erwachens.

Selbst in dem Augenblick, da du sie verließest, konntest du ihr deine Freude nicht verbergen. Warum hast du dich beinahe geärgert, als sie dir ihre Tränen nicht verbergen konnte?

Der joviale Priester im Eisenbahnwagen, der die Hälfte seiner Sätze mit: «Und ich bitte Sie zu glauben, daß...» beginnt. Er sagt auch manchmal: «Ich gestehe Ihnen offen, daß...», fügt aber in diesem Fall hinzu: «was mich persönlich betrifft...»
Die anderen Reisegefährten gehören sicher zur Rechten; ihr Blick scheint zu sagen: Uns jedenfalls legt man nicht herein.

Im Eisenbahnwagen, hinter Metz.

Trüber Himmel! Landschaft, in Grauen gebadet! Über dem niedrigen Hügel, wo der Schiefer durchs Gras scheint, hängt noch ein tiefer Wolkenbruch. Alles, was nicht grün ist, ist kohlefarben. Alles trieft.
Gestern im Schmerz des Abschieds... hätte ich am liebsten geschluchzt wie ein Kind. Es war, als verreiste ich zum erstenmal. Jeden Augenblick fragte ich mich: Bin ich mit meinem Schicksal im reinen?... Bin ich schon wieder an der Reihe? Früher war ich nicht so; die Heftigkeit meiner Wünsche gab mir ein Recht auf alles. Ich ließ mich auf alles ein, was in Reichweite war. Heute komme ich mir vor wie ein Kind, das sich «wie ein Erwachsener» benimmt.

Weimar.[4]

Ich bin den Umständen immer dankbar, wenn sie irgendeine Geste von mir fordern, die ich von selbst nicht gemacht hätte.

Bad Kissingen, 7. August.

O blauer Himmel dieses Morgens, so voll Versprechen und Freude, Apoll bewohnt dich, und ich fühle deinen Azur mir näher als gestern deine Wolken. Ich bin davon umgeben; ich gedeihe darin; das dringt in mich ein, bis ins Herz.
Gäbe es nur in der gleichgültigen Menge irgendeine liebenswürdige Gestalt, auf der man den Blick gern ruhen ließe…!

Oberhof scheint entzückend. Man möchte in seinen Wasserfällen baden.

Weimar.

Die Taube Kants.[5] Besser noch: der Drachen, der glaubt, er stiege höher ohne seine Schnur… Diese Kinder, die Drachen steigen lassen… Amüsiere ich mich über sie? Oder sie sich über mich? Sie saßen unter dem Baum, da, wo ich jetzt schreibe. Jetzt sind sie fort. Hätte ich es doch gewagt, mich zu ihnen zu setzen! … Sie kommen wieder. Ich tue, als interessierte ich mich nur für das, was ich schreibe; aber ich beschäftige mich nur mit ihnen…

Trübe Stunden im Palmengarten in Frankfurt. Ich notiere die Namen schöner Kletterpflanzen: *Rhodochiton volubilis,* mit dunkelvioletten Blütenkronen. *Mina lobata,* Farbe rotgold; im Treibhaus: *Lapageria superba rosea,* die Decke des Gewächshauses überziehend; mit Blüten bedeckt (im August). Es gibt davon eine weiße Abart. Viel schöner als die Passionsblume.

Durch seine Stirn hindurch sah ich die Enge seiner Gedanken.

Blondes Haar; der Blick rein und blau wie ein *Vergißmeinnicht.*[6] Während Frau Förster-Nietzsche[7] mich um fünf Uhr zum Tee erwartete, war ich mit dem Kind zusammen, zu dem sich ein noch

kleinerer Freund gesellt hatte. Wir kletterten auf einen Strohhaufen; ich hob die Kinder zuoberst hinauf, und meine Kleider waren bald voller Halme.
Frau Förster-Nietzsche hatte sich indessen, des Wartens müde, im Wagen auf die Suche nach mir gemacht. Ich meinerseits ging, zusammen mit dem Kind, auf die Suche nach ihr. Es begleitete mich durch die Straßen; es gab mir die Hand und redete mit heller, genau artikulierter Stimme, unaufhörlich, obgleich ich es kaum verstand. Als ich zum Grafen Keßler hinaufging, um meinen Koffer zu packen (denn ich mußte am Abend abreisen), setzte sich der Kleine mit zwei Kameraden auf die Treppe des gegenüberliegenden Hauses; er wartete; von Zeit zu Zeit gab ich ihm vom Fenster aus ein kleines Zeichen, das er lachend erwiderte. Er wollte nicht an meine Abreise glauben und sagte, wenn ich davon sprach: «Es ist nicht wahr!»[8] Endlich erschien der große Landauer von Frau Förster-Nietzsche, um mich abzuholen; ich ging hinunter. Frau Förster-Nietzsche saß im Wagen. Wenig fehlte, und ich hätte die Kinder mit einsteigen lassen. Der große, über und über betreßte Lakai, der mir in den Mantel half, blendete sie; ich merkte, daß sie mich für einen Fürsten hielten; und als ich mich zu einem letzten Lebewohl nach ihnen umwandte, sah ich, daß mein kleiner Freund weinte.

Sonntag Rückkehr nach Paris.

1904

Mittwoch, 17. März. (?)

Beim Edmond-Gosse-Bankett[9] sitzt Verhaeren zwischen Maeterlinck und Henri de Régnier; Verhaeren zu Maeterlinck (leise): «... Übrigens ... Ihnen kann ich das ja gestehen ... im Grunde interessiert mich nur noch das, was ich selber schreibe.»
Und Maeterlinck: «Genau wie mich ... übrigens interessiert mich auch das, was ich selber schreibe, nicht mehr allzusehr.»
Darauf Verhaeren, auffahrend: «Ha! Moment! Das ist ganz und gar

nicht dasselbe. Was ich schreibe, interessiert mich leidenschaftlich; hören Sie: leidenschaftlich! Das ist sogar der Grund, warum ich mich kaum mehr für die Werke der andern interessiere.»
Verhaeren erzählt das am nächsten Morgen im Atelier von Théo van Rysselberghe.[10] Er fügt hinzu:
«Und etwas später hat Maeterlinck noch zu mir gesagt: ‹Übrigens arbeite ich jetzt nur noch aus Gewohnheit.›»

Kaum haben wir *Michael Kohlhaas* beendet, stürzen wir uns auf die *Marquise von O.*[11] Ich habe eindeutig Fortschritte gemacht. Ebenso im Latein. Heute morgen habe ich mit größerer Leichtigkeit einige Briefe von Plinius und einige Verse Catulls gelesen. Sallust ist auch da, und ich möchte ihn wiederaufnehmen, sobald ich mit der Korrektur der deutschen Fassung des *Philoctète*[12] fertig bin. Wie langweilig, daß ich den Vortrag «Über das Theater»[13] vorbereiten muß. Dabei interessiert es mich selber so wenig, was ich über das Theater denke! – Was ich *denke,* bedeutet mir so wenig!

Mit welchem Entzücken habe ich Montaigne wiederaufgenommen! Es geht mir hervorragend. Ein gutes Zeichen: Ich habe gestern wieder heiße Tränen geweint, als ich das Kapitel *Über Verse Vergils*[14] las und (lächerlich, es zu sagen) die deutsche Übersetzung meines *Philoctète.*
Ebenfalls gelesen und dann Em. vorgelesen: jene wunderschöne, vor Jerusalem entstandene Seite aus den *Destinées de la Poésie,* bestimmt das Beste, was ich von Lamartine (in Prosa) kenne; und im Vorwort der *Méditations* die so hübsche Stelle über La Fontaine.
Heute abend ist mein Kopf ausgelaugt von der langen Nacht. Um zwei Uhr morgens nach Hause gekommen. Der Ball, auf den ich Kassner mitgenommen habe, ist widerlich. Ich habe mir dort nichts als Müdigkeit und Ekel zugezogen.
In der Redaktion der *Revue des Idées,* wo ich mich über das Schicksal der Artikel Marcel Drouins[15] erkundigen wollte. Dujardin und Gourmont sind da, die ich seit … (?) nicht wiedergesehen

habe. Lange ehe ich Gourmont kennenlernte, wußte, ahnte ich, daß ich ihm gegenüber eine Beklemmung empfinden würde, sagen wir ruhig: Feindseligkeit. Er war mir gegenüber immer sehr entgegenkommend. Aber was kann man da machen? Ich habe Dinge von ihm gelesen, die von einem scharfen Geist, einer soliden Intelligenz zeugen... Ich tadle mich, rede mir zu, nehme mich zusammen. Auch diesmal wollte ich ihn wiedersehen und ging ganz freundlich zu ihm. Und doch: er ist zu häßlich. Ich spreche nicht von seiner äußeren Unbeholfenheit; nein, von einer tiefen Häßlichkeit. Ich behaupte, daß ich schon beim Lesen seiner Schriften fühlte, wie häßlich er ist.

Und ich versuchte, besser zu verstehen, warum ich in seiner Nähe leide. Es rührt, glaube ich, und das gilt auch für das Lesen seiner Schriften, daher, daß das Denken bei ihm nie etwas Lebendiges, etwas Leidendes ist; er bleibt immer außerhalb und gebraucht es als Instrument. Seine Argumente – und er argumentiert sehr gut – sind nie spontan. Sein Denken blutet nie, wenn er es berührt; das erlaubt ihm, leicht damit zu operieren. Er vergewaltigt. Was für ein herzloser Chirurg! Und wie ich in seiner Nähe leide! Die abstrakte Materie, die er da anpackt, pulst doch in mir! Ich habe mir große Mühe gegeben, mit ihm zu plaudern. Da ist Quinton gekommen... ich bin fortgegangen.

Die Beklemmung, das Leiden, das ich beim Anhören ihrer Unterhaltung empfinde, kommt nicht nur von der Schwierigkeit, die es meinem Geist bereitet, ihnen zu folgen, sondern auch und vor allem von subtileren Ursachen. Es gibt, auch für das Denken, eine eigene Schönheit, eine Grazie, deren Fehlen mir immer einiges Unbehagen bereitet. Ich muß dabei unweigerlich an jene denken, die Gewichte heben und so nur ihren Bizeps trainieren. Aber nicht die muskulösen, starken Arme gefallen mir, sondern die Harmonie des ganzen Körpers. Ebenso eine gewisse Harmonie des Geistes. Je älter ich werde, desto weniger kann ich darauf verzichten.

Heute abend lese ich Em. *Il viccolo di Madama Lucrezia*[16] vor. Wie mager das ist, mittelmäßig sauber! Und wie erscheint hier die *Voll-*

kommenheit als Eigenschaft zweiten Ranges!* Dagegen einige *ausgezeichnete* Briefe an Panizzi.

«Das Maximum an Befriedigung ist erreicht, wenn der endliche Nutzen der letzten verbrauchten Gegenstände gleich ist.»
Satz von (?), den mein Onkel[17] in seiner *Abhandlung über politische Ökonomie* (letzte Ausgabe) ausgezeichnet kommentiert.
So formuliert ist das recht unklar.
Ein Gleichgewicht muß sich herstellen, und die Lust, die aus dem Gegenstand gewonnen wird, muß auf gleicher Höhe mit Abnutzung und Verbrauch stehen.
«...da doch kein Lichtspender je den Schatten des Körpers gesehen hat, den er beleuchtet...» (LEONARDO DA VINCI, *Über die Malerei,* Kap. CCCXXVIII.[18])

3. Mai.
Blanche[19] im Luxembourg getroffen; ich war mit Jaloux zusammen, der eben von Marseille angekommen war. Blanche war mit ich weiß nicht wem unterwegs.
Jedesmal, wenn ich Blanche treffe, fühle ich sofort, daß ich nicht die richtige Krawatte anhabe, daß mein Hut nicht gebürstet ist und meine Manschetten schmutzig sind. Das beunruhigt mich viel mehr als das, was ich ihm zu sagen habe.
Habe ich schon irgendwo das Gespräch aufgeschrieben, das er mit Régnier hatte? Ich war dabei und hörte folgendes:
«Oh, lieber Freund, was haben Sie da für eine hübsche Hose an! Wo kommt sie her?»
Und Régnier, sehr verärgert, antwortete mit Würde und Bosheit:
«Aus der Reinigung.»

De Groux verdaute (da ihm noch anderes aufstieß) schlecht, daß Léon Bloy[20] immer wieder zu ihm sagte: «Man muß, sehen Sie... man muß sich auskotzen... auf die andern.»

* Inzwischen (November 1909) habe ich den bewundernswerten *Arsène Guillot* wiedergelesen.

Ich kenne Odilon Redon nun seit zwei Jahren und quäle mich immer noch mit seinem bodenlosen Ausspruch ab, dem Aphorismus, dem Axiom, das er den Jungen als Rat gibt, dieser Maxime, von der anscheinend seine ganze Ästhetik abhängt: «Sich mit der Natur einschließen.»

Bei den van Rysselberghes erzählte man sich Kinderworte. Obwohl mich die üblichen «Kinderworte» ein wenig anöden, schreibe ich hier diejenigen auf, die mir am besten schienen.
Der kleine Bonnier, den man fragte, was er in der Schule mache: «Warten, bis sie aus ist.»
Man versucht, Francis Y. zum Mitleid mit den Leiden Christi zu bewegen und seine Entrüstung über die schlechten Menschen zu wecken, die ihn ans Kreuz genagelt haben. Er betrachtet das Kruzifix an der Wand und: «Man mußte ihn doch annageln, damit er hält.»
Ich zitiere den kleinen Gérard[21], der, als man ihn schlug, heulend sagte: «Schade!»
Unter den hübschesten die der kleinen Élisabeth[22], der Tochter von Théo van Rysselberghe. Eines Tages schneidet sie sich, läuft, entsetzt über den Anblick des Blutes, zu den Eltern und heult: «Ich verliere meine ganze Soße!»
Als man sie lesen lehrte, half man mit allen möglichen Mitteln ihrem Gedächtnis nach; man sagte: «Mit A macht man Alice. Mit B macht man Bertha; mit T macht man Théo. Und so weiter.»
Als man am folgenden Tag ihre Buchstaben abhörte und sie fragte: «Und mit T…?», rief die Kleine sofort: «Mit T macht man Papa!»*

* Später an den Rand geschrieben: Noch das, vom kleinen Claude Laurens. Bei einer Kindergesellschaft, wo jedes gefragt wird, was es später machen wolle, hört man ihn plötzlich erklären: «Ich werde mal eine ganz häßliche Frau heiraten.» Und unter allgemeiner Verblüffung fügt er hinzu: «Um meine Freunde zum Lachen zu bringen.»

Cuverville.

Gestern am Mont Roti. Mehr noch als die Heide ziehen mich die Kinder dorthin. Kein eigentliches Dorf; einige Häuser wie Treppenstufen am Hügel. Unten die Straße. In meinem Pelerinenmantel werde ich sofort erkannt, und eine Schar Kinder begleitet mich und bildet auf der Heide, wo ich mich hinsetze, einen Kreis um mich. In die Falten meines Mantels schmiegt sich, wie voriges Jahr, der kleine Joseph. Dieses Kind ist furchtbar; es kann nicht einmal lächeln. Seine Schwester ist auch dabei, schwächlich und blaß; so groß wie eine Ähre, nicht mehr. Ein kleiner Bruder, der letztes Jahr noch nicht gehen konnte und den Joseph auf dem Rücken trug, begleitet sie; er heißt René; er verwirklicht das Paradox, eine Riesenstirn zu besitzen und einfältig auszusehen; dieser lächelt wegen nichts und erscheint, sobald er nicht mehr lächelt, tiefsinnig. Das Elend dieser Kinder ist derart, daß das Mitleid nicht weiß, woran es sich halten soll; man wünscht sich, sie würden von Grund auf neu. (Den habe ich nicht wiedergesehen, der voriges Jahr wie ein Gemüse aussah; er war in den Suppentopf gefallen und hatte sich eine Seite des Gesichts verbrannt.) Ich zeige ihnen die Bilder eines La Fontaine, den ich in der Tasche hatte; aber ich weiß nicht, wie ich mit ihnen sprechen soll.

Auf dem Rückweg stiegen vom Meer Dunstschwaden auf; in kurzer Zeit war die ganze Gegend davon bedeckt. Wie hätte ich das schön gefunden, wenn ich mich nicht auf der Heide aufgehalten hätte!

Im Gehen schrieb ich an André Ruyters[23], in ein Heft mit kohlgrünem Deckel.

Gegenwärtig sehe ich von meinem Fenster aus unter verhangenem, grauem Himmel die öden Felder. Man pflügt. Kreisende Raben folgen dem Pflug, stürzen herab, picken Engerlinge ... Ich bin sicher, daß sie noch welche übriglassen.

20. August.

Die junge Frau von Marius ist gestorben, während Jeanne und Mathilde bei ihr waren. Marcel und ich sind ein wenig später hingegangen. Unterwegs haben wir von anderem gesprochen. Vor der

Haustüre stand Marius, rot und schluchzend, mitleiderregend; wir haben uns umarmt; er hat mir sein Messer hingestreckt, hat es geöffnet und zu mir gesagt: «Man muß viel weißen Flieder schneiden.»
Die alte Mutter weinte und sagte immer wieder: «Was für ein Glück noch, daß die beiden Damen da waren! Was hätten wir ohne sie gemacht?» Dann führte man mich hinein. Das Zimmer war sauber; eine neue Stille herrschte darin; beim Fenster legten Mathilde und Jeanne ein Leintuch zusammen; auf dem Bett hatte die Tote noch einen Rest falscher Farbe auf den Wangen; aber die Hände, die ein Kruzifix aus Ebenholz hielten, waren wächsern. Neben dem Kruzifix ein paar weiße Blumen.
Heute früh hatte ihr der Pfarrer die letzte Ölung gegeben; genügte es nicht, daß sie vorgestern kommuniziert hatte? Sie war noch nicht aufs Sterben gefaßt gewesen. Als sie den Priester hereinkommen sah, wurde sie von einem großen Zittern ergriffen: «Oh! Bin ich denn schon am Sterben?» «Meine Tochter», antwortete der Priester, «nicht davon stirbt man; und vielleicht wirkt Gott ein Wunder für Sie.» Von diesem Augenblick an war sie aufgeregt. Schließlich hatte Jeanne ihre Hand genommen und sanft zu ihr gesagt: «Ich habe heute nacht einen sehr schönen Traum gehabt, Marie; ich habe geträumt, wir wären alle beide im Paradies ...» Daraufhin ist sie eingeschlafen; es schien, als habe sie auf dieses Wort gewartet, um zu sterben.

8. September.
Gestern in Dieppe, mit Henri Ghéon[24], Walter Sickert wiedergesehen. Er sagt zu mir: «Erinnern Sie sich noch, daß Sie mich, als Sie mich das erstemal trafen, gefragt haben: ‹Ärgert Sie das nicht zu sehr, daß mir Ihre Malerei gefällt?›»
Das kann schon sein; ich stelle mir vor, daß mir, wäre ich Maler, die Komplimente der Literaten unerträglich wären.
Eine Kindheitserinnerung von Jean Schlumberger[25]:
Er war etwa elf Jahre alt; in der gleichen Badewanne wird er zusammen mit seinem kleinen Bruder Maurice[26] gebadet, der erst fünf Jahre alt ist. Nach dem Bad kommt Jean, wieder angezogen, zu

seinen Eltern; unvorsichtigerweise sagt er: «Es ist komisch, wie viel lieber man sich hat, wenn man nackt ist.»
Seit diesem Ausspruch durfte er nur noch allein baden.

Die Zahl der Dinge, die zu sagen unstatthaft sind, nimmt für mich täglich zu.

«Vielleicht ist das Außerordentlichste am Bedürfnis nach dem Außerordentlichen, daß es von allen Bedürfnissen des Geistes jenes ist, das mit der geringsten Mühe zu befriedigen ist.» (NODIER. *Ossianismus. – Kritische Untersuchung der Wörterbücher.*[27])

September.
Ein furchtbarer Sturm hat diese Nacht getobt. Ich sollte an diesem Freitag von Le Havre nach Honfleur übersetzen, um Jean Schlumberger zu treffen und mit ihm zu essen. Am Donnerstag abend schickte ich ihm eine Depesche, um das Treffen zu verschieben. Warum konnten wir in dieser Nacht nicht in Étretat sein! Gestern dachte ich wohl daran, wagte es aber Marcel und Ghéon nicht vorzuschlagen. Heute muß Jeanne hinfahren. Ich begleite sie.
Die Fischerboote sind auf die Straßen gezogen und am Strand ist alles weggeschwemmt worden. Das Meer, noch sehr aufgewühlt, zieht sich nun zurück. Gegen Chaudron hin sammelt eine Menge von Frauen und Kindern die Trümmer der Badekabinen, der Planken und Sprungbretter ein.

Der größte Ast der großen Linde im Garten ist abgebrochen; der Garten erscheint so ganz verwüstet; der Meerwind hat die Blätter rötlich verfärbt und der Regen alle Blumen verfaulen lassen.

November.
Seit dem 25. Oktober 1901, dem Tag, an dem ich *L'Immoraliste* beendete[28], habe ich nicht mehr ernsthaft gearbeitet. Mein Artikel über Wilde[29], mein Deutschland-Vortrag, der letztere in Brüssel (der mich nicht amüsiert hat und den ich sehr schlecht gesprochen habe) können nicht zählen. Trübe Dumpfheit des Geistes läßt

mich seit drei Jahren vegetieren. Vielleicht habe ich mich zu sehr mit meinem Garten abgegeben und durch den Kontakt mit den Pflanzen deren Gewohnheiten angenommen. Der geringste Satz fällt mir schwer; übrigens kostet mich das Sprechen fast ebensoviel wie das Schreiben. Dann muß auch gesagt werden, daß ich schwierig wurde: Beim bloßen Anschein eines Gedankens erhob sich irgendein mürrischer Kritiker, der schon immer im Grund meines Wesens im Hinterhalt lag, um mir zu sagen: «Bist du auch ganz sicher, daß das der Mühe wert ist?» Und da die Mühe riesengroß war, zog sich der Gedanke sogleich wieder zurück.
Die Reise nach Deutschland, letzten Sommer, rüttelte mich aus meiner Apathie ein wenig auf; aber kaum war ich hierher zurückgekehrt, erfaßte sie mich von neuem. Ich gab dem Wetter schuld (es regnete in diesem Jahr unausgesetzt); ich gab der Luft von Cuverville schuld (und ich fürchte heute noch, sie hat auf mich eine einschläfernde Wirkung); ich gab meiner Lebensweise schuld (es ist wahr, daß sie sehr schlecht war; ich kam nicht mehr aus dem Garten heraus, wo ich stundenlang eine Pflanze nach der andern *betrachtete*); ich gab meinen Gewohnheiten schuld (und wie hätte auch mein ins Stocken geratener Geist über meinen Körper siegen sollen?). Tatsache ist, daß ich abstumpfte; ohne Begeisterung, ohne Freude. Schließlich, ernsthaft beunruhigt, entschlossen, die Betäubung abzuschütteln, der sich eine krankhafte Unruhe beimischte, überzeugte ich mich und überzeugte ich Em., daß nur die Ablenkung einer Reise mich vor mir selber retten könne. Um die Wahrheit zu sagen: ich überzeugte Em. nicht; ich fühlte es wohl, aber was hätte ich tun sollen? Trotzdem vorwärts. Ich beschloß also abzureisen. Ich erklärte mich halb zu Tode, um mein Verhalten zu rechtfertigen; abreisen genügte mir nicht; es war außerdem noch notwendig, daß Em. meine Abreise guthieß. Ich rannte verzweifelt gegen eine Wand von Gleichgültigkeit an. Oder vielmehr nein: ich rannte nicht an: ich sank ein, verlor den Boden unter den Füßen; ich ging unter. Ich kenne heute wohl, ahnte damals schon das beklagenswerte Mißverständnis, das durch jene willentliche (und doch beinahe unbewußte…) Selbstverleugnung (ich finde kein anderes Wort) Em.s verursacht wurde. Sie trug

nicht wenig dazu bei, mich zu demoralisieren. Nichts Unangenehmeres als das Übertreiben meiner Unruhe, meiner Gefühle usw. ..., um diese Gleichgültigkeit zu besiegen. Zum Glück verliert die Erinnerung an all das gegenwärtig an Kraft... Müßte ich mein Leben noch einmal leben, sähe ich diese Tage nicht ohne Todesangst herannahen...

Und trotz allem reiste ich ab (und hinterließ minutiös detaillierte Anweisungen für das Pflanzen von Obstbäumen, die Croux erst später schicken sollte). Ich reiste also ab (soviel ich mich erinnere: am 10. Oktober) und brachte zunächst Dominique[30] zu seinen Eltern nach Bordeaux zurück. Ich gedachte Afrika über Spanien zu erreichen; die Schiffsverbindungen erlaubten es nicht. Das Grausen vor Schiffsreisen ließ mich einen Augenblick zögern; aber in Marseille, wo ich um sechzehn Uhr ankam, stimmten mich das prachtvolle Wetter und die ganz stille Luft um, und ich buchte einen Platz für den Nachmittag.

Ich plante ein Buch über Afrika; ich hatte es in Cuverville, auf die ungenügenden Notizen hin, die ich von meiner Reise mit Em. und Ghéon mitbrachte, nicht schreiben können. Ich mußte diese Gegenden wiedersehen. Ich reiste mit dem Entschluß ab, Tag für Tag zu schreiben. Betrachtungen, Reflexionen – all das kann später kommen; das Unwiederbringliche, das Unerfindbare ist das sinnliche Empfinden.

Von dieser Reise nun brachte ich die Notizen mit, die ich (fast ohne ein Wort zu ändern) nach meiner Rückkehr in Cuverville ins reine schrieb.[31] Em. kam erst mehr als einen Monat nach meiner Abreise zu mir nach Algier. Dieser Monat Einsamkeit stellte mich wieder her; auch hat das ruhige Leben, das wir dann führten, mir nur gute Erinnerungen hinterlassen. In Algier und dann noch während der ganzen Reise konnte ich den ersten Band von Nietzsches *Briefwechsel*[32] lesen, und dieses Buch hat nicht wenig zu meiner *Wiederherstellung* beigetragen. Ebenfalls in Algier las ich die *Vacances d'un jeune homme sage*[33], ein ziemlich mittelmäßiges Buch, das neu erschienen war, und das köstliche *Enfant à la balustrade*[34], das ich gleich Em. vorlas. Dann nahmen wir uns, kaum in Biskra angelangt, *Der Geheimnisvolle* von Tieck vor, den ich in der

Hotelbibliothek entdeckt hatte. Mit leiser Stimme und jeder für sich lasen wir den von Bahr[35] eben zugeschickten Dialog *Vom Tragischen.* In Rom nahmen wir mutig den *Michael Kohlhaas* in Angriff, den wir dann erst in Paris fertiglasen, um uns gleich darauf die *Marquise von O.* vorzunehmen.
Wir hatten beim Durchqueren Siziliens furchtbares Wetter und fanden die Sonne erst in Rom wieder. In Neapel oder vielmehr in Sorrent ging ich den geheimnisvollen Vollmöller[36] besuchen (ich habe diesen Besuch in einem Brief an Drouin ausführlich erzählt).
In Rom traf ich Maurice Denis[37] wieder; aber er war von Mithouard[38] mit Beschlag belegt, und ich sah ihn nicht so oft, wie ich gewünscht hätte. Dagegen sah ich Jean Schlumberger täglich, der mir immer vertrauter und immer mehr zu einem Freund wurde.

1905

Charakter des Orest; kein richtiger Mann, vollständig von seinem Schicksal beherrscht. Er braucht das Verbrechen, um seine Gewissensbisse zu begründen.
Er gehört zu denjenigen, auf denen ein Verhängnis lastet, das heißt zu denen, die um ihre Sendung wissen. Ein Saturnischer, offensichtlich. Und dagegen ist gar nichts zu machen. Er wird seine Aufgabe bis zum Ende verfolgen, er weiß das; aber es wird schwierig sein, denn er hat gegen sich *seinen eigenen Adel* und die Verantwortung, die ihm von Griechenland aufgebürdet wurde. Der Mord zieht ihn unwiderstehlich an, zugleich hat er vor dem Mord ein heiliges Grauen. Kaum schlägt ihm Hermione das vor, zeigt ihm ein ungeheurer Schauder an, daß hier sein Schicksal liegt. Es ist ein Schauder des Entsetzens; und fast ist es ein Schauder der Wonne.
Das alles mündet, im letzten Akt, in *eine Art wilder Freude,* Befriedigung, Ruhe; aber einer täuschenden Ruhe. Er glaubt, im Hafen zu sein. Die Verse führen uns hier großartig irre. *Dank dem Himmel,* usw.
Worte des Glücks oder Worte des Unglücks können hier mit gleicher Berechtigung stehen; es ist die Nervenentspannung nach dem

Verbrechen, die diesem folgt, wie sie auf einen Samenerguß folgen würde. Immerhin ist da eine gewisse Unruhe, ein Bedürfnis, sich wieder daranzumachen... Und *plötzlich* packen ihn der Wahnsinn und der epileptische Anfall, im Augenblick, da er heraus will, da er sich selbst entkommen will. Ein Vorhang fällt um ihn nieder, ein Schattenvorhang, der ihn einschnürt, wie das Netz der Klytaemnestra seinen Vater Agamemnon umgab. Er wird nicht mehr entkommen.

Es erscheint mir nicht unbedingt nötig, daß dieser Schluß gebrüllt wird. Lieber stelle ich mir Orest schon fast erliegend vor, sich noch wehrend wie ein verwundeter Stier, sich wieder aufrichtend zum: Da! Da, der Stoß, den ich dir zugedacht!

Dann, sehr ruhig, besiegt, den höchsten Schmerz *erwartend: Nun, Töchter der Hölle!* ... [39]

Auf dem kleinen Platz beim Hôtel des Invalides, 20. März.

Soll ich mich in diesem Garten ausruhen? Ja, ich betrete ihn und lasse mich, wär's auch nur für einen Augenblick, nieder. Schon voriges Jahr, erinnere ich mich, hatte ich mich hier hingesetzt. Es war Sommer. Die Luft war warm; ich war schweißgebadet und hatte Kopfschmerzen. Da genoß ich hier ein paar höchst angenehme Augenblicke. Ich wollte Arthur Fontaine[40] besuchen oder hatte ihn schon besucht. Welches Buch las ich? Sonderbar, daß ich mich nicht mehr daran erinnere. Ich kann nicht viel gelesen haben, denn ich erinnere mich an die Farbe der Blumen in dem Beet, das ich da vor mir habe; heute ist es voll Gänseblümchen. Das sind die ersten Blumen des Jahres; mein Geist erfrischt sich an ihnen. Aber M. beschäftigt meine Gedanken zu sehr; ich habe nur noch Brennendes, Ermüdendes im Kopf. Wie müde ich bin! Wie entzückend der Vogelgesang! Wie erfrischend das Grün!

Ich lese im *Dictionnaire des Biographies* – Abschnitt *Heliodor:* «Zur Zeit des Plinius sah man in Rom, an den Portiken der Octavia, das Meisterwerk des Heliodor: Es war ein *Symplegma,* das heißt eine Gruppe, die einen Kampf von Pan und Olymp (?) darstellte.»

22. März.

Vor acht Jahren sagte de Max[41] zu mir: «Du lächelst mit den Augen, du wirst dir das Gesicht müde machen.»

«Womit muß man denn lächeln?» fragte ich ihn, ziemlich erstaunt.

«Einfach mit den Lippen», antwortete er, «da, sieh mich an!»

«Theaterlächeln», lese ich heute in Stendhals *Journal** (er spricht vom Lächeln Napoleons), «wobei man die Zähne zeigt, aber die Augen nicht mitlächeln.»

22. April.

Daß es mir besser geht, erkenne ich daran, daß mich das Bedürfnis nach Schreiben und die Lust daran wieder ergreifen. Nicht ein Bedürfnis nach Arbeit – dieses hat mich noch nie verlassen –, wohl aber jene unwillkürliche und unmittelbare Übertragung der Empfindung und der Ergriffenheit in Worte. Wäre ich heute allein gewesen, hätte ich, so scheint es mir, den ganzen Tag mit Schreiben nicht aufgehört.

So kann ich heute abend in meinem Bett kaum diese paar Worte kritzeln. Auf meinem Nachttisch das *Journal* von Stendhal.

Montauban – Abgeschrieben aus den Notizblättern von Ingres, 1841.

«Die Knaben am Bildrand, um Schönheit auf die rechte Seite zu bringen. Jene Schönheit, die entzückt und hinreißt und die Einzelheiten des menschlichen Körpers übersehen läßt… die Glieder müssen sozusagen wie Säulenschäfte sein.

So wie bei den Meistern der Meister.»

«Ja aber», sagte Boylesve liebenswürdig zu mir, «gerade für Leute wie Sie schreibe ich doch. Was wünschen wir uns denn, nicht wahr? Drei- oder viertausend Leser…»

«Das sind viel zu viele.»

* 14. Juli 1804.

Hendaye.

Wäre ich weniger müde, hätte ich zweifellos jeden Tag ein paar Seiten darauf verwendet, einfach dieses Land zu preisen. Obwohl ich dort in niemanden und nichts verliebt war, aber das azurblaue Licht, aber ich weiß nicht welcher wilde Duft in der dichten Üppigkeit des Frühlings …

In Sandalen, fast laufend, habe ich den langen Weg nach Urrugne zurückgelegt. Ich hielt den Brief von M. in der Hand. Die Luft war voller Sonnenglanz. Die Stunde verstrich ohne Qual. Auf den Höhen, längs der Hänge, wuchsen Asphodelen in Fülle; nicht jene verzweigten der nördlichen Cevennen oder der heiligen Bezirke von Syrakus, sondern solche, die ihre Blüten auf einem einzigen Stiel tragen, in der Art der Tritoma.

Auf den Felsen bei Vera hatten wir vorgestern Heidekraut gepflückt mit fingerhutfarbigen Schellen, einzeln, oder doch beinahe, an ihren Stielen hängend und so groß, daß sie diese hinunterzuziehen schienen.

Auf jenen Felsen und auf den Böschungen der Straße malt eine dichte Kletterpflanze voll blauer Blüten (von jenem tiefen Blau, das ich nur am Enzian kenne und von dem Jammes[42] sagt, es sei Enzian in der Wirkung) nachtblaue Löcher ins grüne Gras. Das Auge versenkt sich wollüstig darin.

Auf dem Hauptplatz in San Sebastian ließen wir uns spanische Schokolade servieren, die dick ist und stark mit Zimt gewürzt; man serviert sie in kleinen Tassen, viel zu klein für meinen Geschmack. Jeanne kann angeblich spanische Schokolade nicht vertragen; sie bestellt also eine Schokolade «à la française». Man bringt ihr diese Schokolade umgehend, jawohl, es ist dieselbe; aber die Tasse ist viel größer, und Jeanne findet sie ausgezeichnet. Em. findet sich zwar mit der spanischen Schokolade ab, es graut ihr aber vor den Kuchen mit Ei. Und da ich mich darüber ärgere, sie alle beide so resigniert (oder so entschlossen) zu sehen, von diesem Land nur mit den Augen oder höchstens mit der Zungenspitze zu kosten, grabe ich meine Zähne in den öligen, bröseligen, safrangewürzten Teig, und glaube in Spanien selbst hineinzubeißen; es war furchtbar.

Von fünfunddreißig Jahren an kommt man leicht in Versuchung, die kleinste Müdigkeit aufs Konto des Alters zu setzen und gar ihrer Dauer nachzuhelfen, indem man sie zunächst nicht als vorübergehendes Unbehagen betrachtet.
Ich fing ernsthaft an zu glauben, daß ich mich von der Erschlaffung der letzten Tage (sie dauerte nun bald drei Wochen) nicht mehr erholen würde.
Schon hatte ich mir eine Begründung, ein gedämpftes Savoir-vivre zurechtgemacht; Schreiben wurde zu einer Arbeit, zu der mich nur noch der Wille zwang; das Leben hatte keinen Geschmack mehr.

Bordeaux.
Ich schreibe, um so auszusehen, als schriebe ich, bei jenem kleinen Barbier, wo die Sommerhitze nicht hindringt; Sanftheit der Stunde; stumme Geschäftigkeit des Barbiers; dann und wann belästigt mich eine Fliege.

Sonntag.
Rückkehr von Bordeaux. Heute früh um sieben Uhr angekommen. In mein Haus in Auteuil werde ich gewiß lieber heimkehren. In dieser Wohnung am Boulevard Raspail trägt jedes neue Buch, jedes Papier nur zur Vergrößerung der Unordnung und des Durcheinanders bei. Meine Gedanken können sich da nirgends ausstrecken. Um elf Uhr begebe ich mich auf die Boulevards, um Vollmöller zu treffen, der sich mit mir verabredet hat. Häufiger Gebrauch macht ihn nicht besser. Er hat zwar ein gutes Gedächtnis, aber er ist dumm. Ich nehme mir nicht mehr gern zwei Stunden von meiner kostbaren Zeit, noch mag ich sie geben, nur um jemandem zu schmeicheln, indem ich ihm, wie Wilde sagte, «mit den Augen zuhöre». Das ist eine Art von Schmeichelei, in der ich mich auszeichne, wenn ich nicht müde bin.
(Sie hat immerhin den Vorteil, daß man nichts darüber berichten kann.)
Nichts Vorbedachtes ist dabei, aber es ist mir fast unmöglich, sobald ich nicht auf unverschämte Art zuhöre, es nicht auf schmeich-

lerische Art zu tun. Es ist erstaunlich, was man so an Dummheiten aus den Dummen herausholt, aber auch an Saft aus den Intelligenten.
Ganz glücklich darüber, daß ich es fertiggebracht habe, nicht zu frühstücken, trete ich bei Petit ein, wo man für einen Tag etwa dreißig gute Bilder ausstellt, die morgen versteigert werden sollen. Renoirs von ungleichem Wert, großartige Monets, ruhigere, aber *ehrlichere* Sisleys; ein flüssiger Berthe Morisot. Ich treffe dort Louis Rouart[43]; er hat eine knurrige Herzlichkeit und brummt Liebenswürdigkeiten.
Wäre es nicht einfacher und weniger banal gewesen, ihm nicht zu sagen, als ich ihm die Hand zum Abschied drückte: «Sehr erfreut, Sie wiedergesehen zu haben»? Absurd; aber das ist mir entschlüpft wie ein Tick.
Platzregen.
Völlig durchnäßt komme ich in meinem Haus in Auteuil an. Alles erscheint mir klein, klein ... Aber Auteuil im Regen und die mir benachbarten Gärten feucht, rieselnd, blumig erscheinen mir entzückender denn je.

Montag.

Der Tag ging gestern bei den Charles Gides zu Ende. Ich komme hin, mitten in eine ziemlich große Gesellschaft, aber meine Tante zieht sich bald mit einer Entschuldigung von ihren Gästen zurück; sie schließt sich mit mir im Büro ein. Es folgt eine pathetische Anklage gegen ihre Schwester, gegen ihren Sohn Gérard, gegen ihren Mann. Sie verlangt weder, daß man ihr rate, noch daß man ihr beistimme, man solle ihr einfach zuhören.
Gérard kommt: Ich merke an dem Vergnügen, das mir sein Erscheinen macht, daß ich hauptsächlich um seinetwillen gekommen bin. Es geht nun darum, ihn zum Abendessen mitzunehmen. Wir bringen das ohne allzu große Schwierigkeiten fertig, wenn auch zur sichtlichen Enttäuschung seiner beiden Cousinen. Ich weiß nicht, wer behauptet, die ältere (zumindest die ältere) sei in ihn verliebt. Es könnte wohl sein. Es könnte aber auch sein, daß sie es noch nicht weiß; sie ist so natürlich zu ihm.

Ist Gérard in Ventura[44] verliebt? Das versuche ich während seiner langen Unterhaltung mit ihr herauszufinden. Viel fehlt nicht, und ich kann da höchstens eine Art Sport erblicken, dessen Hauptanziehung in seiner Schwierigkeit liegt. Indessen ist Gérard unleugbar verändert, sehr verändert. Ist er auch nicht wirklich verliebt, so will er doch wenigstens gefallen. Noch ein Weniges und es gelingt ihm. Sein Blick, der schon nicht mehr kindlich ist, hat eine Art Weichheit angenommen, die ganz gut Tiefe vortäuscht.

Heute morgen lange Unterhaltung mit Bonnier, meinem Architekten. Man fühlt, wir er spürt, daß er mit einem literarisch Gebildeten spricht; als ich ihn nach der traurigen Geisteskrankheit seines Bruders frage, antwortet er: «...Wir sagten uns: Das ist nun der Sprung... Sie wissen... aus dem *Sonett* von Arvers.» Zweifellos meinte er *Le Vase brisé* von Sully Prudhomme, das Madame de Janzé immer das «Stück von der *Vase cassé*» nannte. («Oh, Monsieur Manuel!» rief sie, «deklamieren Sie uns doch diese entzückende *kaputte Vase,* die Sie so gut vortragen!»)

Copeau[45] hat mir gesagt, er sei von Claudels *Ode* sehr enttäuscht; ich habe sie bisher noch nicht recht lesen können. Die Begeisterung Jammes' störte mich.

Copeau, dessen Geist so geschmeidig ist wie der eines Juden (ich hielt ihn ganz zu Anfang für einen Juden): «Ich hege keine großen Befürchtungen für Sie», sagte ich zu ihm, «ich fühle, daß Sie gut gewappnet sind.» Er lächelte. «Ja, das glaube ich auch», hat er mir geantwortet, «und trotzdem erreiche ich nichts. Wissen Sie, was mir fehlt? Ein Milieu. Ja, ich habe kein Milieu.»

Läse man das im *Journal* von Stendhal, würde man diese Bemerkung scharfsinnig finden. Bei Gott! Sie haben recht. Aber wie das «Milieu» einen schon nach wenigen Monaten anödet! Mit zwanzig Jahren war ich mit meiner Jugend, meinen langen Haaren, meiner sentimentalen Miene und einer Redingote, die meinem Schneider gelungen war, ein gerngesehener Gast in den Salons der Madame Beulé und der Gräfin de Janzé. Hätte ich weiter bei ihnen verkehrt, wäre ich heute bei der *Revue des Deux Mondes;* aber ich hätte *Les Nourritures* nicht geschrieben. Ich bin dieser Welt sehr rasch entflohen, wo ich, um wohlerzogen zu erscheinen, mich allzusehr überwachen mußte.

Ich habe wohl versucht, Gérards Interesse auf Liane de L. zu lenken, die für ihn eine leichtere Eroberung gewesen wäre als Ventura; es war aber nichts zu machen. Er faßte es als Beleidigung auf, wenn man fortfuhr, ihm von einer anderen zu erzählen; Maurice S. glaubt, es habe ihn ernstlich gepackt.

Dienstag.

Heute morgen gearbeitet – oder versucht zu arbeiten.
Um zwei Uhr Besuch eines gewissen Marinetti, Leiters einer Revue für künstlerischen Schund namens *Poesia.* Er ist ein Dummkopf, sehr reich und sehr eingebildet, der sich nie hat zum Schweigen bringen können.

Mittwoch.

Jardin du Luxembourg, neun Uhr morgens. Herrliches Wetter.
Ich hätte besser Ronsard zum Lesen mitgenommen. Stendhal erscheint mir weniger gut als bei Regen.
Gérard hat mich schon um acht Uhr abgeholt.
Er möchte, daß ich Ventura für ihn kapere. Kaum haben wir Tee getrunken, gehen wir beide. Die Zeit flieht.
Während er sich bei der Juristischen Fakultät einschreiben läßt, erwarte ich ihn auf einer Bank im Luxembourg und genieße eine Viertelstunde Einsamkeit, die, so fürchte ich, das Beste, das einzig Gute an meinem Tag sein wird.

Gestern abend in den *Ventres dorés.*[46] (Ich hatte den Rest des Tages in der Redaktion der *Ermitage* verbracht, mit Ducoté, Gourmont, Jacques Copeau, dem sehr sympathischen Verrier und zwei unerträglichen jungen Leuten, deren einer, mit Namen D., Verse macht, Francis Jammes kennt und aussieht wie ein Badejunge.)
Das Stück erschien mir, obwohl es episodisch bleibt, ausgezeichnet und durchweg intelligent. Keinerlei Weichheit, keine Spur von

Sentimentalität oder von dem, was man ach! Poesie nennt. Erstaunlich: der letzte Akt ist der beste.
Ich empfinde von neuem das größte Vergnügen – und zwar ganz gleich, wie –, in dieses Heft zu schreiben. Ich sehne mich schon, während aller Beschäftigungen des Tages, nach dem Augenblick, wo ich mit ihm allein bin.

Ich sehe Anthime Armand-Dubois mit einer enormen Geschwulst über der rechten Braue. Baraglioul[47] trägt eine schwarze Perücke.

Gérard hat sich eingeschrieben; er trifft mich wieder im Luxembourg. Er zählt auf meinen Eifer, auf meinen Scharfsinn, auf alles, was er von mir begreift, um Ventura für ihn zu erobern.
Zusammen gehen wir zum Athénée, um eine Proszeniumsloge für heute abend zu bestellen.

Donnerstag morgen.
Besuch von Hofmannsthal[48] und Spaziergang mit ihm im Luxembourg.
Die Rolle der Esther, in der sie seinerzeit so vollkommen war, gefällt Ventura nicht besonders. Die Schauspieler sind ebenso wie die Autoren heutzutage nicht damit einverstanden, daß der Geschmack vor dem komme, was sie für Kraft halten.
Das ist etwas ganz Einfaches auf recht komplizierte Weise gesagt. Ob es noch Müdigkeit von gestern abend ist ... seit fünf Minuten arbeite ich daran und kann es nicht klarer sagen.
Dieses Heft hat den Zweck, mich fließender schreiben zu lehren.
Dies schreibe ich noch im Bett, und doch ist das Wetter strahlend. Um ein Uhr fahren wir ab, nach Cuverville. Hofmannsthal soll um zehn Uhr kommen und Gérard schon um neun. Als er mich gestern abend verließ, sagte er: «Du hast in einer Stunde die ganze Arbeit eines Monats zerstört.» Da ich von diesen mysteriösen Worten absolut nichts verstand, habe ich ihn inständig gebeten, heute früh zu kommen, um sie mir zu erklären.

Im Eisenbahnwagen, Donnerstag.
Die Dame uns gegenüber mit der schönen faltenlosen Stirn, den sehr schwarzen, schon ergrauenden Haaren, die aus einer kleinen Handtasche ein arabisches Buch herausholt und es liest, scheinbar ohne meinen staunenden Blick zu fühlen – wie gern hätte ich mit ihr eine Unterhaltung begonnen! Erstaunliche Ähnlichkeit mit Augustine de Rothmaler und *moralische* Ähnlichkeit mit Anna Shackleton.

Ich fand (gestern in der Redaktion von *L'Ermitage*) in Gourmonts Unterhaltung das wieder, was mich so sehr in seinen Büchern irritiert; wenn er (zum Beispiel) sagt: «Ich mag nur noch die Zeitungen ohne Literatur», so sagt er das auf eine Art, die durchblicken läßt: «Ich weiß wohl, daß Sie nicht so denken: aber das ist mir egal; ich habe dennoch recht.»

«Ich werde, um Sie zu kurieren, das Mittel anwenden, das noch immer Erfolg gehabt hat», sagt Ventura zu Gérard: «Ihnen erlauben, mich oft zu sehen.»
Gérard wirft mir vor, durch die Unterhaltung gestern abend in Venturas Geist das Bild von de Max wiederbelebt zu haben, das zu verblassen und zu verlöschen begann, wie Gérard behauptet.

Cuverville.
Ich erinnere mich der Tage meiner Jugend, als das Glück mein Herz bewohnte wie ein Gott.
Den ganzen Morgen im Garten. Ich konnte es nicht über mich bringen, zum Schreiben hineinzugehen. Ich komme ganz berauscht zum Essen, und Em. findet, ich «wirke besessen». Was habe ich getan, um einen solchen Eindruck zu machen? Einfach nach Insekten auf meinen Rosen gejagt.

Mont Roti.
Die Luft war voll eines sehr blassen Azurs, der wie eine Milch den Horizont zu befeuchten schien. Ich ging ohne Vergnügen hin und sah einige der Kinder ohne Freude wieder. Das Land erschien mir

schön. Mit Lust genoß ich den Honigduft des Rapses; litt aber unter der Untätigkeit meines Denkens.

14. Mai, Rückkehr von Cuverville. Im Eisenbahnwagen.

Da bin ich also Gérards Sekundant in dieser schwierigen Partie, in der ich ihm folge aus Zuneigung, aus Beständigkeit, aus Widerwillen, bei einem Mangel an Freundschaft ertappt zu werden, und aus dem eitlen Bedürfnis nach Unentbehrlichkeit. Sobald ich aber allein bin, nicht mehr gehemmt durch eine zu sehr drängende Zuneigung, lehne ich mich auf und scheue vor diesem Abenteuer zurück, das nichts in mir billigen kann und das mir mit jedem Schritt ruinöser erscheint.

In den Winkeln ihres (V.s) Mundes zwei trockene Fältchen, noch kaum sichtbar, denen ich aber an Gérards Stelle mißtrauen würde.

Ich hätte gern von Hofmannsthal gesprochen. Es ist ziemlich merkwürdig, daß ich nach zwei Stunden Unterhaltung mit ihm nichts darüber zu sagen finde... Und doch hat er mir sehr gefallen. Aber der Anteil des *Schattens* an ihm schien mir weder sehr weit noch viel Göttliches zu verbergen. Ich plaudere mit ihm um so lieber, als er fast die ganze Zeit allein spricht. Ich würde mich sehr freuen, ihn wiederzusehen.

Dienstag, 16. Mai.

Auf einer Bank des *Salon* (im großen Skulpturensaal) warte ich auf M. und Ghéon, die gegen zehn Uhr kommen müssen. (Sie sind heute morgen beisammen.)

Am 14. abends in Paris angekommen, habe ich bei den Charles Gides zu Abend gegessen; mit Gérard einige Augenblicke gesprochen; nicht gut. Ich kann ihm nicht verbergen, daß ich seine Geschichte nicht billige. Aber er ist so ratlos, daß ich einwillige, Ventura wiederzusehen. Wohin wird ihn das führen? Sicher nicht zum Glück. Er weiß das übrigens. Was soll's? Ist es je das Glück, was wir suchen? Nein; sondern das freie Spiel dessen, was in uns das Neueste ist.

Am Montag morgen gehe ich in den *Salon,* um M., Ghéon und Jean wiederzutreffen; Gérard hat dabeisein wollen, so daß uns die Freude verdorben ist. Zu fünft schleppen wir uns von Saal zu Saal. Nachher trübseliges Mittagessen. Ohne Zweifel: wenn ich mich schon langweilen soll (was ich immer *unnötig* finde) so nicht gerade mit M. Das ist eine Verfehlung gegen das Gleichmaß, die Kontinuität unserer Freude. Ich habe immer mehr den Willen, *M. nur Freude zu geben, von ihm nur Freude zu empfangen.* Und dieses Wort *Freude* fasse ich im vollsten, im reichsten Sinn; ich sage hier *Freude,* wie ich sonst sagen würde: Glück, Wärme, Tugend, Gesundheit.
Und heute morgen schreibe ich, um mich *nicht* zu ermüden, um mich nicht zu ärgern, weil ich warten muß, um *nicht* traurig zu werden, weil ich mir einbilde, daß sie diese Verabredung verwünschen... Da sind sie.

Gestern nach dem Mittagessen sind Ghéon und ich, nachdem wir die andern verlassen hatten, in der Whistler-Ausstellung gewesen. Wir haben diese Besichtigung auf zwei Stunden ausgedehnt und vor allem die letzte Reihe bewundert, mit Bleistift gezeichnete Figurinen, mit Pastell gehöht, auf braunem Karton, und gewisse en face gesehene Häuser (den Bonbonladen, unter anderen).
Ruhiges Abendessen. Ich lese Em. den wunderbaren ersten Akt von *Tête d'or*[49] vor.
Das fortwährende Beschäftigtsein, und wenn es auch durch ein ganz neues Vergnügen ist, erschöpft mich. Ich möchte im Verlauf des Tages Pausen haben, Leeren; die Empfindungen durchqueren mich, ich fasse sie nicht in Gedanken, ich fange nichts damit an; ich ziehe einigen Gewinn nur aus dem, worüber ich habe nachsinnen können.

Auteuil, Mittwoch.

Ich erwarte von diesem Haus meine Arbeitskraft, mein Genie. Schon wohnt hier meine ganze Hoffnung.
Ich habe Gérard nur einen Augenblick gesehen. Heute abend soll er Ventura treffen. Sofort geht es ihm besser. Seine ganze Gesund-

heit hängt er an den Erfolg dieser Affäre. Schon spricht er seltener davon, mich hinzuzuziehen.
Ich nehme die Gewohnheit wieder auf, um die Mittagszeit eine Stunde zu schlafen.
Ehe ich Ghéon und M. auf der Place Saint-Sulpice treffe, gehe ich bei der Redaktion des *Occident* vorbei, um die *Muses* von Claudel zu holen. Die paar Sätze, die ich im Gehen lese, bemächtigen sich vollständig meines Denkens. Es ist eine Erschütterung meines ganzen Wesens und gleichsam das *Signal,* das ich seit bald einem Monat erwarte.
Hofmannsthal ist heute früh wiedergekommen; ich freue mich sehr, ihn zu sehen. Er spricht ein wenig laut, ist zu wenig verschwiegen, aber die Worte, mit denen er einen ein bißchen berauscht, sind keineswegs dumm. Anzug und Krawatte sehr geschmackvoll. Er sitzt nur einen Augenblick, erhebt sich gleich wieder, geht mit großen Schritten umher, hält an, geht wieder, stößt an Sessel, an den Tisch, lächelt und spielt das große Kind.
Auf dem Heimweg gehe ich bei den Charles Gides vorbei. Ich nehme Gérard mit, der mich nach Hause begleitet. Ventura ist der einzige Gesprächsgegenstand. Er nimmt das Terrain wieder in Besitz, das er zu rasch verloren glaubte.
Ich komme nach Hause, um Paul Laurens[50], dann seinen Bruder zu empfangen. Unmöglich, sich mit beiden zugleich angenehm zu unterhalten! Pierres Überspitztheit bringt mich so weit, Dinge zu verteidigen, um die ich mich sonst kaum kümmern würde. Schon immer habe ich es bereut, aufrichtig zu ihm zu sein; ein Fehler, in den ich immer wieder verfalle; weder er noch ich werden uns bessern.
Heute abend bemühe ich mich zu arbeiten, aber meine Gedanken sind heftig gestört worden; keinen finde ich mehr an seinem Platz.

Mit dem lebhaftesten Interesse die Kapitel über die Lebensgewohnheiten der Skorpione bei J.-H. Fabre gelesen. Gerne würde ich ein Vorwort dazu schreiben. (*Entomologische Erinnerungen* – sonst ein ziemlich mittelmäßig geschriebenes Buch.)

Graf Keßler nimmt mich mit zum Essen ins Palais d'Armenonville, mit den Hofmannsthals.
Die Bildung dieser Deutschen verblüfft mich. An keinem Punkt unserer Literatur versagt sie.
Heute abend fühle ich in mir nur noch Entmutigung und Schlaf. Das laute Lesen von Wildes *De Profundis,* in deutsch und in englisch, tröstet mich ein wenig.[51]

Montag.
Ich möchte all die Ursachen der Unfruchtbarkeit, die ich so gut kenne, mit der Hand packen und erwürgen. Alle Negationen in mir habe ich kunstvoll hochgezüchtet. Jetzt schlage ich mich mit ihnen herum; jede für sich ist ziemlich leicht zu bändigen; aber reich an Verwandten; kunstvoll mit jeder anderen verknüpft. Es ist ein Netz, aus dem ich mich nicht herauswinde. Wozu dient mir hier dieses Tagebuch? Ich klammere mich an diese Blätter wie an etwas Festes inmitten all der flüchtigen Dinge. Ich erlege mir auf, irgend etwas hineinzuschreiben, aber regelmäßig, jeden Tag... Selbst hier suche ich noch nach Worten, taste ich herum, und ich schreibe deinen Namen ein, Loxias![52]

Dienstag.
Ich kehre mit Em. zur Whistler-Ausstellung zurück. Der Eindruck etwas weniger lebhaft, weckt aber zahlreiche Reflexionen über die Methoden des Weglassens in der Kunst. Paul und Pierre Laurens mögen sagen, was sie wollen, ich kann und will Zeichnung und Farbe nur als *Mittel des Ausdrucks* ansehen. Linien oder Farben, die nichts ausdrücken, sind unnötig; und in der Kunst ist alles, was unnötig ist, schädlich. Usw. ...

Was habe ich eigentlich um die Mittagszeit gemacht? ... (Ich schreibe dies am Donnerstag.) Geschlafen? ... Nein! Ich ging zu Gilbert de Voisins, den ich nicht antraf. Ich wollte ihn fragen, wo man Neger- oder spanische Tänze sehen könne, die Graf Keßler, seine Schwester und die Hofmannsthals noch heute abend zu sehen wünschten.

Nach einem kurzen Auftauchen in der Redaktion von *L'Ermitage* suchte ich die deutsche Kolonie in Auteuil bei der Marquise de Brion wieder auf. Ich kam dort in einen weiträumigen, ziemlich prächtigen Salon, wo es mir zunächst etwas peinlich war, in weichem Hut, grauer Jacke, gelben Schuhen und ohne Kragen einzutreten (die kleine Zyste am Hals, an der ich seit fünf Tagen leide, zwang mich, den Kragen durch einen nicht ohne Geschick geschlungenen weißseidenen Schal zu ersetzen, der durch eine von Em. geliehene goldene Seeländer Nadel recht hübsch gehalten wurde). Ich setzte meinen ganzen Willen darein, vollständig unbefangen zu erscheinen; und da übrigens die hervorragenden Umgangsformen Keßlers und seiner Schwester mir dabei halfen, konnte ich bald fast natürlich sein. Zum Glück war ich nicht allzu müde.

Einige Komparsen erschienen.

Es wurde beschlossen, daß ich sie im Ritz wiedertreffen würde, wo sie dinieren wollten; ich zog es vor, allein zu Abend zu essen und erst beim Nachtisch zu ihnen zu stoßen.

Der Abend, den man sich ein wenig ausgelassen gewünscht hätte, wurde durch und durch langweilig. Nach einer stupiden Vorstellung im Marigny gingen wir ins *Maxim's;* wir waren viel zu früh da und gingen gegen halb zwei wieder weg, ehe wir noch irgend etwas an Tänzen gesehen hatten, die sicher nach unserem Weggang improvisiert wurden. Alle Anzeichen dafür waren vorhanden, aber schon von Langeweile erschöpft, dachten wir nur noch ans Heimgehen und Schlafen.

Natürlich war jeder von uns, ohne es merken zu lassen, den andern gegenüber ein wenig irritiert wegen der Langeweile, die er empfand. Ich bin fast sicher, daß Hofmannsthal mich ein bißchen dafür verantwortlich gemacht hat. Sein Abschied war deshalb kühl.

Glücklicherweise hatte ich im *Maxim's* den Mut, mich viel mit Madame de Brion zu unterhalten, neben der ich saß, so daß wir beide der Langeweile etwas entgingen; es kostete aber eine allzu große Anstrengung. Indessen wußte sie mir Dank dafür und bestand beim Abschied entschieden und aufs liebenswürdigste darauf, mich wiederzusehen.

Ich habe mich zurückgezogen, sehr müde davon, daß ich zwei Stunden lang so getan hatte, als wäre ich es nicht.

Donnerstag.

Gérard kommt zum Mittagessen und ermüdet mich ein wenig mit der Erörterung seiner Angelegenheit; er tritt auf der Stelle und analysiert, statt zu handeln. Die Angst, die Partie zu verlieren, bewirkt, daß er sie gar nicht mehr spielt. Was soll's.

Ich bleibe lesend und arbeitend zurück. Ausgezeichnetes Vorlesen des *De Profundis* von Wilde (den deutschen und den englischen Text gleichzeitig) mit Em.

Ruhiger Abend, den ich mir aber fleißiger gewünscht hätte. All das entbehrt der Schärfe.

Bewunderungswürdiges Leben Carlyles (Brenn, *Pages libres*). Wenn ich das lese, finde ich mich selber wieder, so, wie ich vor fünfzehn Jahren war. Aber die *Mittel* sind weniger leicht; die Glut gebrochener. Ich habe *diese* noch, aber so viele unnötige Sachen *daneben.* Ist eine einzige Sache notwendig? Ja, aber eben unter der Bedingung, daß sie die *einzige* ist.

Freitag.

«Dieses hier», sagt er, «ist das Porträt einer Dame der Gesellschaft. Bitte beachten Sie die ordinäre Hand! Wissen Sie, warum? Weil die Hand nach vorne kommt. Sehen Sie sich das mal auf einer Photographie an. Ich habe das festgestellt; wenn eine Frau die Hand vor sich hinhält, nun, Sie werden sehen: die Hand erscheint zu dick. Sofort. Manet hat das sofort verstanden. Sehen Sie sich das an, das ist nicht *vor* der Natur, das ist *in* der Natur. Manet, das ist *die Natur.*

Und hier! Diese dekolletierte Frau, wie das lebt, wie das atmet! Dieser Busen... Man begehrt diesen Busen... wenn man Busen liebt.»

Solche und viele ähnliche Sätze gibt Monsieur Pellerin vor wunderbaren Manets und vor Cézannes von sich, dessen Sammlung ich mit dem Grafen Keßler besuchte.

Donnerstag.
Erster wirklich warmer Abend nach einem drückenden und prachtvollen Tag. Hätte ich ein Buch angefangen – heute abend schriebe ich seine schönsten Seiten. Mein Kopf ist klar, nicht zu übermütig, die Sinne ruhig, das Herz fest. Heute abend wäre ich ein wunderbarer Liebhaber, und ich denke nicht ohne Mitleid an Gérard. Ich möchte M. erst gestern kennengelernt, erst heute zum erstenmal mit ihm gesprochen haben…
Würde ich mich heute nacht vom Balkon stürzen, so geschähe es mit den Worten: «Das ist einfacher.»

Ich lese wieder ausgezeichneten Renard und die *Taches d'encre* von Barrès. Ich hatte einige Blätter mit Gedichten von Goethe mitgenommen. So las ich kürzlich, sie immer besser durchdringend und immer sicherer liebend, seine *Epigramme* und seine *Elegien.*

Noch vor vier Jahren wäre ich an einem solchen Abend die ganze Nacht umhergestreift.

Ich kann mich nicht ernsthaft an eine Arbeit machen, wenn ich nicht sicher bin, sie morgen fortsetzen zu können.
(Ich weiß nicht, was diese Notizen später für mich bedeuten werden, in denen ich nicht viel anderes festhalte als trockene Angaben über meinen Tagesablauf. Trotzdem will ich sie nicht unterbrechen; es ist eine Methode, die ich durchhalten werde bis zu meiner Abreise nach Cuverville in acht Tagen.)

Mittwoch.
In meinem Alter und nach der Schule von G., R. und *tutti quanti* bin ich immer noch nicht so weit, daß ich mich gegen die Versuchung einer *noblen Geste* wirksam verteidigen könnte. Unmittelbar darauf möchte ich sie ganz einfach zurücknehmen.

Ich habe eben mit Felix Paul Greve[53] gegessen; ermüdendes Essen ohne besonderes Interesse; ich gehe betrunken daraus hervor, da ich mich hinreißen ließ, zuviel zu trinken und zuviel zu rauchen,

um die allzu langen Gesprächspausen auszufüllen. Ich schreibe diese Zeilen, während ich auf Bourgerie warte, in der Kanzlei des Notars. Ich muß ihn wegen des armen, lieben La Pérouse[54] konsultieren, der sich Sorgen macht und ich weiß nicht was für eine letzte Verfügung an sein Testament anhängen möchte, um seinen Enkel zu begünstigen. Selbst mit der ganzen Geistesschärfe meiner besten Tage könnte ich mich da nicht zurechtfinden. In der Verwirrung, in der ich mich heute befinde, verursachen mir diese komplizierten Angelegenheiten ein fast physisches Unwohlsein; ich schwitze; ich habe Migräne; ich möchte im Eurotas[55] baden.
Francis Jammes, der mir sein Manuskript *(Le Poète et sa femme*[56]) anvertraut hatte und mir freistellte, es in dieser oder der folgenden Nummer auf einmal oder in Teilen zu bringen, hat mir gleich nach meiner Rückkehr geschrieben, daß er es auf einmal und sofort veröffentlicht haben will. Da der Artikel von Boylesve (über Rebell) hinzukommt, ist die Nummer um zwanzig Seiten überfüllt. Verrier, Ducotés Sekretär, schreibt an Francis Jammes, daß sie zu ihrem sehr großen Bedauern gezwungen seien, den Text aufzuteilen. Jammes will nichts davon hören. Man solle ihm das Manuskript zurückschicken oder es auf einmal bringen; übrigens habe er «von der Kleinkrämerei genug». Man ist gezwungen, eine Nummer von achtzig statt sechzig Seiten zu machen, und die «Kleinkrämerei» kostet Ducoté hundertfünfzig Francs.

Das Wetter ist so warm, so schön, daß ich nach dem Abendessen wieder ausgehe, obwohl ich schon zum Umfallen müde bin. Doch treibt mich heute abend keinerlei Unruhe nach draußen; ich gehe aus, «um nachher kein schlechtes Gewissen zu haben»; Em. sagt mir diese schrecklichen Worte, während sie selbst mich zum Hinausgehen drängt.
Zuerst auf den Champs-Élysées, wunderbar in der Nähe der Cafés; ich stoße vor bis zum Rond-Point, komme längs des Élysée zurück; die Menge ist festlich gestimmt, immer zahlreicher und belebter, bis zur Rue Royale; die Straße, die der König von Spanien bei seiner Rückkehr vom Élysée entlangfahren soll, ist von Lichterschnüren gesäumt, die über dem Faubourg Saint-Honoré und über der

Rue Royale Triumphbögen von schönster Wirkung bilden. Ich kann es nicht aushalten, das ohne Em. zu sehen, und laufe in Eile nach Hause, um sie zu holen; kaum sitze ich jedoch in der Wohnung, werde ich von einer solchen Müdigkeit überwältigt, daß wir diesen Spaziergang auf den folgenden Tag verschieben.

Mittwoch.

Der große Nachteil dieses Tagebuchs ist der, daß es mich fortwährend nach hinten zieht. Ich bin aber nicht mehr in dem Alter, wo es gut für mich war, den Geschmack des Gegenwärtigen zu lernen. Heute morgen habe ich alle Türen geschlossen gefunden: die Welters, die des *Mercure,* die Péguys, wo ich zu tun hatte; es ging mir gut, ich hatte, unbeschäftigt, wie ich war, sehr unrecht, mich auf der Terrasse des *Soufflet* niederzulassen unter dem Vorwand, an Marcel zu schreiben, und mir das Hirn mit einem Quinquina zu vernebeln, der nicht einmal besonders gut schmeckte.

Diese Zeilen schreibe ich in der Metro, die mich zu Ducoté bringt, mit dem ich essen soll. Marcel habe ich nicht geschrieben. Hätte ich mich einfach auf eine Bank im Luxembourg gesetzt, wäre ich nicht länger als eine Viertelstunde einem ehrbaren, aber bizarren Zerlumpten nachgelaufen, so hätte ich idyllisch die milde Luft und das warme Licht genießen und meinen Geist in jenem gleichzeitig stillen und sprühenden Zustand der Fröhlichkeit erhalten können, in dem ich mich befand, als ich heute morgen das Haus verließ; ich hätte Besseres getan, als hier trocken den Verlauf der letzten drei Tage zu notieren.

Am Dienstag, gleich nach dem Essen, gehen Em. und ich auf die Champs-Élysées, wo der König von Spanien vorbeifahren soll. Sicher, wäre der König nicht so jung und schön gewesen, so hätte kein Schluchzen mir die Kehle gewürgt, als ich ihn die Menge im Vorbeifahren grüßen sah. Sein Gesicht war verkrampft, er grüßte mit einem kleinen, engen militärischen Gruß.

Als wir ihn zwei Stunden später vom Élysée zurückkommen sahen, war sein Lächeln ganz anders; seine Züge, nun nicht mehr verzogen, sondern vergnügt, drückten nur noch eine staunende und fast noch kindliche Freude aus. Zwischen den beiden Vorbeifahrten des Königs haben wir die beiden Salons besucht. Nichts Demoralisierenderes als solche Ausstellungen.

Abends fahren wir im Wagen über die Boulevards und die beleuchteten Plätze. Em. fährt nach Hause; ich kehre allein zu den Champs-Élysées, dann zur Oper zurück. Keine besonders bemerkenswerte Begegnung. Die Luft ist staubig und aufgeheizt. Auf der Avenue de l'Opéra (die der König nach der Galavorstellung herunterkommen soll, um ins Palais des Affaires Étrangères zurückzukehren) staut sich die Menge mehr und mehr; schließlich entwische ich, ziemlich beängstigt, und erreiche auf Umwegen den Platz des Théâtre Français. Hier ist die Menge weniger dicht. Es ist bald Mitternacht. Das Theater leert sich. Der königliche Zug muß bald kommen. Ich ziehe mich auf eine der Säulen am Portikus des Theaters hoch und warte neben ein paar Kindern. Von diesem Platz aus hörte ich die Bombe gut; sie war viel weniger laut, als man behauptet hat. Mehrere Leute in meiner Nähe glaubten und versicherten, es sei ein Knallfrosch gewesen. Ich meinerseits hielt es für einen Revolverschuß. Wieder einmal konnte ich bei mir eine Unfähigkeit feststellen, ein Ereignis *ernst zu nehmen.* Ich amüsierte mich sehr, und selbst die Angst vor der Menge, die mich fast keinen Augenblick verließ, erzeugte in mir eine Art Erregung aller Sinne und ein beglücktes Herzklopfen. Die Zeitungen schrieben am nächsten Morgen von einem «unbeschreiblichen Tumult» unmittelbar darauf. Ich war ganz im Gegenteil überrascht von der Unbeweglichkeit, die auf die Detonation folgte. Die Menge verharrte während eines Zeitraums von vielleicht vier Minuten wie erstarrt vor Verblüffung. Dann entstand, ausgelöst durch eine Bewegung der Polizei, eine großartige Welle. Ein wenig später erfüllte mich eine Angriffsformation der berittenen Garde mit Angst, Schrecken und einer Art Begeisterung. Und doch blieb ich völlig Herr meiner selbst, nur behindert durch die Tränen, die mir in die Augen stiegen. Aber unmöglich, *ernst zu nehmen,* was ich sah; es kam mir nicht vor wie wirkliches Leben: Am Ende der Szene würden die Schauspieler erscheinen, um sich zu verbeugen.

Freitag, 2. Juni.
Diese Liebesgeschichte von Gérard geht mir auf die Nerven. Ich stelle übrigens fest, wie mir da immer weniger Sympathie zur Verfügung steht. Wenn ich gegenwärtig noch Mitgefühl bezeige, so meist nur, um eine unvorsichtigerweise begonnene Geste fortzusetzen, aber mit geheimer Auflehnung gegen mich selbst und manchmal mit heftiger Verärgerung über den, dem ich damit diene.

Samstag.
Vom Aufstehen an versetzt mich die Verabredung mit Gérard in Wut. Zu spät und fluchend komme ich an. Meine erste Sorge ist die, das Auto abzubestellen, das er am Tag zuvor reserviert hat. Das bringt ihm nicht weniger als siebzig Francs wieder in die Tasche. Seine Geschichte ist ohne anderes Interesse als das, daß sie ihm widerfährt.

Auf dem Grund des Glases blieb, nachdem wir ausgetrunken hatten, eine Art dicken, fast buttrigen Rahms zurück, den der Strohhalm nicht mehr aufsog. Mein Durst und meine Naschhaftigkeit waren stärker als mein Widerwille; aber lange danach hatte ich davon einen schweren Magen und sozusagen eine verdickte Zunge. Ich schreibe diese Empfindung mit einer Genauigkeit auf, die andere rein literarisch anmuten würde, weiß aber, daß sich die Erinnerung genau um das kristallisieren wird. Ich beneidete Ventura um das riesige Glas sehr schwarzen, geeisten, am Rand schaumigen Kaffees, das sie statt unseres mit Rahm versetzten Kaffees bestellt hatte.
Die Unterhaltung blieb farblos; uns allen fehlte es an Schwung.
Schon im Café der Gare Saint-Lazare hatten mich Gérard und M. mit Hilfe eines kindlichen Tricks mit ihr allein gelassen – für mich gerade lange genug, um den *Gegenstand* zu erschöpfen und sehnsüchtig zu wünschen, sie möchten zurückkommen. Ich bin noch stärker der Überzeugung, daß nichts zu machen ist, und mißtraue immer mehr den beiden Fältchen an ihren Mundwinkeln. *Das alles ist mir schrecklich lästig.*
Vom Saint-Lazare nahmen wir den Vorortzug in den Bois, dann

brachten uns zwei Fiaker zum Restaurant *Cycle* an der Seine, unter recht schönen Bäumen. Ich war im Wagen allein mit Ventura, der ich nichts mehr zu sagen hatte. Ich war schlecht angezogen, schlecht frisiert, schlecht rasiert; ich bemühte mich überhaupt nicht zu gefallen. *Ich langweilte mich.*
Ich lechze nach Einsamkeit und beschließe, morgen abzureisen, ohne auf Em. zu warten. Ich werde am Montag in Étretat übernachten und kann sie am Dienstag in Cuverville empfangen.
Die Luft ist ganz verfinstert vor Hitze.

Sonntag.

Ich schreibe im Zug, der mich wegbringt. Endlich!
Gestern wichtige Unterhaltung mit Gérard; aus der ich befriedigt, erleichtert hervorgehe. Daß ich ihm sage, Ventura sei nicht allzu begehrenswert (womit ich meine: erregend), bringt ihn dazu auszurufen: «Deshalb also begehre ich sie so wenig!» Ich habe da übrigens nicht übertrieben. Die Erregung, die Ventura hervorruft, ist geistig; das ist die schlimmste, diejenige, die nicht befriedigt werden kann. Ferner sage ich zu ihm, Ventura sei «auch wieder nicht so interessant…», usw. Armer Kerl! Wird er endlich aus seinem Tunnel herauskommen?
Nach Hause zurückgekehrt, plage ich mich damit, Papiere zu ordnen und den Koffer zu packen. Mit dem Koffer ist es wie mit meinen Büchern, wie mit dem geringsten meiner Sätze, wie mit meinem ganzen Leben: ich will zu viel hineinbringen.

Montag morgen.

«Mit einem gut ausgedrückten Kompliment erreicht man bei mir alles», sagte X… Wie unangenehm, daß ich nicht ernsthafter an die glaube, die ich mir selber mache!

Cuverville.

Wie der gläubige Muslim «Gott ist Gott!» ruft, so möchte ich rufen: «Die Kunst ist die Kunst!» Da liegt die Wirklichkeit; und zwar nicht, um die Kunst zu beherrschen, sondern um ihr im Gegenteil zu dienen.

O Wert! Langsam angebrauchter Wert!

Dienstag.

Schädliche Wahrheit, ich ziehe sie vor dem nützlichen Irrtum. Wahrheit heilet den Schmerz, den sie vielleicht in uns erregt.[57] (Für Barrès.)

Es regnet in Strömen. Im Gewächshaus mit Goethes Gedichten eingeschlossen, von goldgelben Pantoffelblumen umgeben, ohne Fieber, ohne Sorgen, ohne Wünsche, genieße ich eine VOLLKOMMENE GLÜCKSELIGKEIT.

Juni.

Ich finde hier das Heft vor, mit dem ich im vergangenen November aufgehört habe. Andere, in der Zwischenzeit angefangene, habe ich in Paris gelassen. Besonders eines (blauer Karton), gewissenhaft tagtäglich geführt, von meiner Rückkehr von Hendaye bis zu meiner Abreise nach Cuverville.

Heute, am 13. Juni, dem ersten schönen Tag, schreibe ich draußen, ziemlich ungemütlich sitzend und durch meinen Hund beträchtlich gestört. Seit wir hier sind, hat der fast unaufhörliche Regen, der den Garten verdarb, meiner Arbeit eher geholfen. Jeden Tag konnte ich meine *Porte étroite*[58] um einige Zeilen vorantreiben. Diese Beharrlichkeit in der Arbeit ist mir heute wichtiger als die schönste Inspiration der Welt.

Dazwischen lese ich Deutsch und Italienisch (*Werther* und die *Vita Nuova*[59]). Heute morgen Ankunft des Manuskripts der Übersetzung von *Paludes.*[60]

Ich beende heute abend den ersten Teil des *Werther.* Ich beende auch das *Tagebuch* von Léon Bloy *(Quatre ans de captivité)* und nehme mit Wonne das *Journal* von Stendhal wieder auf. Ich schriebe gern einen Artikel über Bloy; mir scheint, daß noch niemand so über ihn gesprochen hat, wie man sollte.

Das reizende Buch von Tristan Bernard: *Amants et voleurs* (vorgestern) zu Ende gelesen.

Donnerstag, 14. Juni.

Besuch bei La Pérouse. Er stellt rasch einige Fragen nach meinem und der andern Ergehen, hört aber bei meinen Antworten nicht zu. Plötzlich: «Man muß zugeben, daß die menschliche Spezies etwas Teuflisches hat. Besonders die Frauen. Ich habe eben mit der meinigen eine furchtbare Szene gehabt. Entschuldigen Sie mich, Monsieur, wenn ich noch ganz erregt bin. Von einer Sache, die ich ihr vorwarf (im Verlauf einer Auseinandersetzung), von etwas, das sie vor sechs Jahren getan hat, sagt sie jetzt, daß sie es nicht getan habe. Und das mit einer Selbstsicherheit, ohne zu erröten, so ganz ohne jede Verwirrung, daß ich erschüttert bin. Es handelt sich um das Abonnement einer Loge im Théâtre Français.»

«Richtig», sage ich, «Sie haben mir von dieser Geschichte schon erzählt.»

«Nun, sie streitet sie jetzt ab.»

«Was? Sie leugnet, daß sie eine Loge im Theater gehabt hat?»

«Nein. Sie streitet ab, mich gebeten zu haben, ihr die Loge bezahlen zu helfen. Wahrhaftig, wenn sie ein Interesse daran hätte zu behaupten, daß dieser Sessel, hier dieser Sessel, ein Paar Pantoffeln sei – sie täte es; und sie hielte diese Behauptung aufrecht. Wenn Gott uns nach unseren Absichten richten sollte … Ich habe plötzlich das Zimmer verlassen; meine Hände verkrampften sich: Ich hätte sie um ein Haar erwürgt. Wissen Sie, was sie zu mir gesagt hat? … Sie hat zu mir gesagt: ‹Ihre Enkelkinder verachten Sie.›»

«Sie war selbst am Ende ihrer Nerven und trachtete nur danach, Sie zu verletzen.»

«Mich zu verletzen, ja. Ich bin verrückt, wenn ich dem so viel Bedeutung beimesse … Sie hat zu mir gesagt: ‹Übrigens, Monsieur, machen sich alle über Sie lustig und verachten Sie.›»

Ich berühre seinen Arm und sage zu ihm: «Sie wissen wohl, nicht wahr, daß das falsch ist.»

«Ich weiß, ich weiß; ich bin sogar beschämt von der Zuneigung und Achtung, die mir einige entgegenbringen.»

«Bei keinem», sage ich zu ihm, «können Zuneigung und Achtung größer sein als bei mir.»

Es gab ein langes Schweigen, er behielt meine Hand in der seinen. Wir wagten einander nicht anzusehen, denn weder er noch ich hatten unsere Tränen zurückhalten können.
Endlich riskiere ich die Frage: «Sie waren wohl sehr jung, als Sie sie geheiratet haben?»
«Ja... ich war jung.»

Einige Notizen über Bloy aufgeschrieben. An *La Route étroite*[61] gearbeitet, an den Korrekturen von *Paludes*. Baudelaire mit dem größten Vergnügen wiederaufgenommen.
«Die Ironie als eine Form der Kasteiung betrachtet.» Sehr wichtig.

10. Juli.

Die Jacques Copeaus haben uns um elf Uhr verlassen. Es ist drei. In zwei Stunden reise ich selber ab; werde morgen bei den van Rysselberghes essen, mit ihnen nach dem Haus sehen, usw.... Gérard hat in zwei Tagen seine ersten Jura-Examen.
Das Vergnügen, das es mir machte, mich mit Jacques Copeau zu unterhalten, war sehr lebhaft bis zum Vorabend ihrer Abreise; vielleicht fing ich dann an, ein wenig darunter zu leiden, daß ich es nicht wagte, mehr zu sprechen, und daß er mich nicht dazu aufforderte, daß er es nicht besser verstand, mich dazu aufzufordern...
Er hat mich eher zum Arbeiten angeregt als gestört. Gestern habe ich ihm vorgelesen, was ich von *La Porte étroite* geschrieben hatte. Es hat mir sehr mißfallen; ein anderes Mal werde ich aufschreiben, was ich dazu zu bemerken habe. Es fehlt nicht viel und ich werfe alles ins Feuer. Copeau, ein sehr guter Ratgeber, kann in dem, was ich ihm vorgelesen habe, nur die Vorbereitung zu etwas Besserem erblicken. Noch vor einigen Jahren hätte es mich vollständig demoralisiert, diese Seiten, unfertig wie sie sind, von mir aber schon für vollkommen (oder doch beinahe) erachtet, vorlesen zu müssen. Man schafft nichts ohne eine göttliche Geduld.

Copeau mit seinen siebenundzwanzig Jahren wirkt zehn Jahre älter; sein allzu ausdrucksvolles Gesicht ist vom Leiden schon müde. Seine Schultern sind hoch und hart, wie bei einem, der viel auf sich nimmt. Die Sanftheit seiner Stimme ist manchmal fast beunruhigend; er wäre von Natur aus verführerisch, wollte er nicht manchmal absichtlich verführen. Er drückt sich so gut aus, daß man mißtrauisch wird; seine Stimme nimmt die Klangfarbe an, die er haben will; seine Gesten sind niemals spontan; ich habe, ich gestehe es, einige Zeit gebraucht, um zuzugeben, daß das alles echt sein könnte. Man kommt so weit, an der Aufrichtigkeit einer allzu makellosen Ausdrucksweise zu zweifeln. Alles an ihm gewinnt durch Kennenlernen, durch Erklärtwerden, sei es durch ihn selbst.

15. Juli.

Vorgestern von Paris zurückgekommen – ich habe den Schlüssel zu meinem kleinen blauen Koffer verloren, worin ich das Heft versteckt hatte, das mir als Tagebuch dient.

Mittwoch recht interessantes Essen in Saint-Germain mit van Rysselberghe, Aristide Maillol, van de Velde bei den Maurice Denis'.

Maillol spricht mit Verve, Liebenswürdigkeit und Unschuld. Er sieht aus wie ein Assyrer aus Toulouse. Hoffen wir, daß Mirbeau ihn nicht zum «Denken» zwingt!

Denis ist zweifellos von Spanien nicht sehr befruchtet worden; aber wo ich als Grieche reagiere, reagiert er als Katholik.

Van de Velde mag kein Obst; er behauptet übrigens, nie welches gegessen zu haben und nicht anbeißen zu wollen, was so schön zum Ansehen ist. Er läßt es jedoch auftragen; bei jeder Mahlzeit ist sein Tisch damit geschmückt; er will aber nicht, daß man es berührt; oder wenigstens rührt er selber es nicht an. Natürlich konstruiert er eine Theorie, um einen Grund zu haben, nicht hineinzubeißen; selbstverständlich eine ästhetische Theorie: er behauptet, die Schönheit der Frucht locke zu platonischer Betrachtung; kurz: er mag kein Obst.

Cuverville.

Im Wagen, der mich von Les Ifs zurückbrachte, dachte ich daran, ein «Porträt» von Gérard P. zu schreiben; es ihm dann zu schicken. Dieses Porträt wäre wenig schmeichelhaft. Da er für andere keine

Barmherzigkeit hat, soll er sich wenigstens über sich selbst klar sein. Seine Anmaßung macht mich bösartig.

Gestern, am 14. Juli, kehre ich, für meine Radfahrt in praller Sonne recht wenig belohnt, bei Dunkelheit zurück, um das Feuerwerk von Criquetot zu sehen.
Die Raketen, die man falsch losgelassen hat, fallen auf die Zuschauer herunter.
Nach dem Schlußbukett Umzug mit Laternen, dann Ball. Wäre mein Blick unbefangener gewesen, hätte er die vielfarbigen Lampions in allen Straßen noch mehr genossen, über den Köpfen der eifrigen Menge, in ungewisse Fernen gerückt durch Rauchwolken, die von bengalischen Feuern einmal hier, einmal dort verdichtet und zugleich rosig erleuchtet werden.
Auf der Freitreppe des Rathauses lassen sich die Musiker nieder, die den Umzug angeführt haben, und nehmen eine Polka in Angriff. Dann und wann verlieren die Solisten den Boden unter den Füßen; man hört dann während einiger Takte nur ein skandiertes Plärren der Ophikleide, die gerade noch das Hauptzeitmaß markiert, dann den unvermittelten Entrechat einer Klarinette. Die Tänzer ihrerseits treten immer wieder auf Kies, denn es wird auf dem Platz getanzt, den man nicht einmal gefegt hat.
«Los, meine Herren, nur nicht schüchtern!» sagt währenddessen Monsieur L., Notar und Bürgermeister des Ortes. «Fordern Sie auf!»
Nur vier oder fünf Paare wagen sich vor. Um sie herum bildet der Rest der Dörfler und Bauern einen Kreis und amüsiert sich sicher mehr beim Zusehen als beim Tanzen.

Noch ein paar Jahre, und ich werde weniger gute Bücher schreiben – die man mehr bewundern wird; denn man wird sie besser lesen.

Heute habe ich erfahren, was Warten heißt; nicht etwa die ungeduldige Erwartung, die an des Pferdes Kandare schäumt, sondern die schreckliche, die angstvolle Erwartung, bei der sich das Herz von Schlag zu Schlag abmüht, als müsse es Blutklümpchen aus dem Weg räumen. Auf der Landstraße, da, auf der Böschung, in praller Sonne, warte ich; ich warte darauf, daß der Wagen von X. vorbeifährt. Er verspätet sich. Er wird die andere Straße genommen haben…

19. Juli.

Ich verwahre in mir noch eine riesige Menge Freude; sie auszugeben, werde ich wohl keine Gelegenheit finden.

Wird also nichts mein furchtbares Herzklopfen beruhigen? Es ist der ganze Sommer, der auf ihm lastet. Gestern gewaltige Radfahrt, von der Hitze mehr aufgeregt als erschlagen. Bei den Laurens' ziemlich warmer Empfang, das ist wahr, herzlich, sogar freundschaftlich; aber was läßt sich da machen? Zwischen Pierre Laurens und mir fühle ich mehr Abstand denn je. Meine ganze Sympathie konzentriert sich auf Paul Laurens und seine junge Frau, die mir jedesmal eine bessere Gattin und reizender zu sein scheint. Pierres ganz und gar bissige Unterhaltung vernichtet alles in ihrem Umkreis; schon im voraus fühle ich seine Ironie sprungbereit zu jeder Dummheit, die ich sagen könnte – und die ich zwangsläufig sage. Die einzige Art des Umgangs mit ihm ist die, den Dümmeren zu spielen, den Hanswurst zu machen, genau aufzupassen, daß man ja nichts Vernünftiges, nichts Aufrichtiges sagt, noch irgend etwas, worauf man Wert legt. Nach einer Stunde dieses Spiels bin ich erschöpft und seelisch demoralisiert. Übrigens merke ich wohl, daß dieser feindselige Zustand bei ihm nur ein Verteidigungszustand ist; er faßt alles, was um ihn her gelingt, als einen persönlichen Angriff auf.
Prachtvolle Rückfahrt. Scheinbar ruhige Heiterkeit bei den Erntearbeiten auf den Feldern. Feierliches Heraufziehen des Abends. Und ich irre wie ein Wahnsinniger in diesem Frieden umher, der für mich ausgedörrt ist wie die Wüste.

31. Juli.

Ich habe mit ziemlicher Regelmäßigkeit die Arbeit wiederaufgenommen, komme aber unglaublich langsam voran. Stunden verbringe ich über einer Gruppe von Sätzen, die ich am nächsten Tag wieder über den Haufen werfe. Vor allem die Szene in Genevièves Zimmer, wie er sie auf den Knien findet, hat mir ungeheure Mühe gemacht. Aber ich bewundere gegenwärtig all das, was ich *nicht zu sagen,* ZURÜCKZUHALTEN vermocht habe. (Lange denke ich über die Tugend nach, zu der die «Zurückhaltung» bei einem Schriftsteller werden kann. Aber wer kann das verstehen, heutzutage?) Ich versuche, Geduld als meine beste Eigenschaft zu betrachten; auf jeden Fall ist sie es, die ich am meisten in mir fördern muß. Ich sage «Geduld»; «Hartnäckigkeit» müßte ich sagen; es bedarf aber einer *biegsamen Hartnäckigkeit.*

Ich habe wieder angefangen, zwei Stunden täglich Klavier zu üben. (Sonaten von Beethoven.) Jeden Abend lese ich vor dem Schlafengehen ein paar Seiten von Hebbels Briefwechsel.[62] Interessant, sicherlich, und die Sprache recht pulsierend; aber ich habe noch nicht das Gefühl gehabt, als wende er sich *unmittelbar* an mich.

Mehrere Artikel in der letzten *Revue des Deux Mondes,* im letzten *Mercure* usw. gelesen. Trotz all des Guten, das man mir darüber gesagt hat, sehr mittelmäßiges Vergnügen am Buch von Georges de la Salle über den Mandschurischen Krieg; gegenwärtig beende ich (in der Übersetzung) *Der russische Zusammenbruch* von Hugo Ganz.

In kleinen Dosen und auch aus hygienischen Gründen das *Journal* von Stendhal.

Im Eisenbahnwagen, 8. August.

Heute morgen Cuverville verlassen.

Gérard fragt mich, ob mir die vielen Leute nicht auf die Nerven gehen. (Wir sind jeden Tag zwölf bei Tisch.) – Nein; aber unter der Bedingung, daß ich nur zu gewissen Zeiten «höflich» bin. Einige Kopfsprünge in die Einsamkeit sind mir jeden Tag ebenso unentbehrlich wie der Schlaf bei Nacht. Ich entknittere mich dabei. Welche Freude genoß ich neulich abends vor meiner Arbeit, im kleinen Zimmer neben der Wäschekammer, nachdem ich sie allesamt im Salon zurückgelassen hatte! Es war meine größte Stärke zwi-

schen achtzehn und dreiundzwanzig Jahren, diese Art Freuden denen der Gesellschaft vorzuziehen.
Meine Arbeit macht kaum Fortschritte; und wird nicht rascher fortschreiten, solange ich nicht überzeugter bin, daß es ein Meisterwerk ist, was ich schreibe.
Meiner Tante Charles Gide geht es sehr schlecht; Herzanfall, schrecklich; immerhin weniger schlimm als der, den ich eines Abends in Paris an ihr erlebte. Gérard beunruhigt sie, seit er sich selbständig macht. Man muß zugeben, daß er sich nicht sehr vertrauenerweckend benahm. Wie er aussah am ersten Abend! Abseits von den anderen Jungen ging er mit großen Schritten im Garten auf und ab; ich behandelte ihn mit *Gleichgültigkeit*; schließlich tat er mir aber leid; in der Nacht ging ich auf den Gartenweg, wo man seine Zigarette brennen sah.
«Ich müßte in Paris sein», sagte er sofort zu mir. «Ja, Ventura erwartete mich. Seit einer Stunde sage ich mir, daß ich mit ihr zusammensein könnte… Na, da kann man nichts machen! Morgen fährt sie nach Amerika, und ich werde sie sechs Monate nicht mehr sehen können.»
Einige Schritte schweigend; dann leiser:
«Heute abend hätte ich sie ganz bestimmt gehabt.»
«Du willst sagen, sie war daran nachzugeben?»
«Ja, seit mehr als acht Tagen verteidigte sie sich nicht mehr gegen mich.»
«Und nun bist du, aus Angst, nicht… auf der Höhe zu sein, unvermittelt davongelaufen…?»
Gérard (verwirrt, verlegen und wütend, nach kurzem Schweigen):
«Nun, ja! …»
Jetzt aber macht es ihn krank, abgereist zu sein, wie es ihn vorher krank machte zu bleiben.

Marcel arbeitet nicht, wird auch nicht arbeiten; gierig stürzt er sich auf alles, was ihn zerstreuen kann; er hat in meinem Arbeitszimmer schon in weniger als sechs Tagen die Bücher verschlungen, die ich für drei Monate vorgesehen hatte.
Noch sechs Jahre, und er wird für jene «katholische Disziplin» reif

sein, von der er in einem seiner letzten Briefe sprach. Diese «Disziplin» erinnert mich stark an die Tragbahren des Roten Kreuzes. Wenn man nun doch versuchte, zu Fuß weiterzukommen, statt sich tragen zu lassen?...

Vorgestern, bei der Preisverteilung in der Schule, habe ich plötzlich aufgehört, mich zu langweilen, als ich in der zweiten Reihe der Kinder ein kleines zigeunerhaftes Mädchen bemerkte, das ich nicht mehr aus den Augen ließ. Die *Überzeugung* dieses kleinen sechsjährigen Wesens. Das Lachen ihrer Augen im Ernst des Gesichts; eckiges Kinn, warme Färbung der Wangen; schlecht gekämmtes, allzu üppiges Haar fällt in dichter Masse in die Stirn. Neben ihr erschien die Häßlichkeit der andern noch trauriger. Sie war dunkel gekleidet, in ein großkariertes Kattunkleidchen, sehr einfach; man merkte, daß sie unter allen die ärmste war; alles kam zusammen, um meine Zuneigung zu wecken. Sie trug vor und sang dann mit gleicher Inbrunst. Nun konnte ich auch ihren Namen auf dem Programm lesen: Es ist eine kleine Lemaître.
Sobald die Feier zu Ende war, sah ich sie auf ihre Eltern zustürzen, ihnen ein kleines rotes Buch hinstrecken und rufen: «Schau! Sie haben mir EINEN GANZEN PREIS gegeben!»

Die anderen haben sie nicht hübsch gefunden; Jeanne ging sogar so weit, sie für «schrecklich» zu erklären. Und war ich nicht dumm genug, mich davon verstimmen zu lassen?

«Es ist noch lange nicht alles, glücklich zu sein – man soll auch wissen, daß ich glücklich bin.» Solange du so denkst, wirst du noch nicht glücklich sein.

Paris, 8. August.

Copeau, mit dem ich aß, wiederholte mir gestern abend einen Satz, den ich in Cuverville zu ihm gesagt haben soll: «Sollte das Drama auch blutig enden – ich kenne trotzdem kein Gefühl, dessen Aufrichtigkeit nicht angezweifelt werden könnte.»
Ich *erkannte* diesen Satz nicht *an* (im Sinn von «ein Kind anerken-

nen»), verleugnete ihn aber auch nicht; und gestern, als wir den Gegenstand wiederaufnahmen, bestand ich darauf: «Die Empfindung ist immer aufrichtig; sie ist unsere einzige Gewähr für die Echtheit unserer Gefühle; diese werden uns garantiert durch ihren körperlichen Widerhall. Die Literatur und die (moderne) bildende Kunst haben ihrer Bequemlichkeit zuliebe aus dem Menschen ein sehr viel sentimentaleres Geschöpf gemacht, als er es ist; oder doch als er es *war,* denn bald schon hat der Mensch sich dem Ebenbild, das man ihm vorhielt, angepaßt.»
Es ist merkwürdig, wie sehr der Kurs des Wertpapiers *Humanität* seit den Griechen, sogar seit Shakespeare, gestiegen ist. Nichts schadet dem Drama mehr als diese übermäßige Notierung. Das ist recht eigentlich der Gegenstand meines *Sylla.*[63]

Cuverville.
Von Paris zurückgekehrt, bin ich gleich um neun Uhr zu Bett gegangen. Die andern setzten unten ihren Abend fort. Gérard, der mit Mademoiselle R. auf der Bank unter meinem Fenster saß, hinderte mich lange am Einschlafen; dann die Spiele, die sie im Salon veranstalteten; ich ärgerte mich nicht über das Geräusch, war aber froh, allein zu sein. Sogar das Stimmengewirr, das vom Salon herauftönte, mißfiel mir nicht, einzig das plötzliche Ausbrechen von Gérards Stimme irritierte mich; sie schnellte über die Stimmen der andern hoch, spröde und ohne Harmonik.

Copeau wunderte sich, daß ich noch immer beim *Journal* von Stendhal bin. Gewisse Autoren lese ich aber so langsam wie möglich. Es scheint mir dann, als plauderte ich mit ihnen, als sprächen sie zu mir, und ich wäre betrübt, wenn es mir nicht gelänge, sie lange bei mir zurückzuhalten.

13. August.
Gleich nach *Saint Ives* hatte ich mir *The Ebb Tide* vorgenommen, dann *The Wrong Box,* das ich heute beende. Dieses letztere, das in der Manier Dickens' beginnt, in seinen besten Kapiteln an *The Wrecker* oder *The Suicide Club* erinnert, endet als ziemlich mittel-

mäßige Posse. – *The Ebb Tide* vertieft sich erst nach den ersten hundert Seiten, wird aber auf einmal ausgezeichnet und bleibt ausgezeichnet fast bis zum Schluß. In *Saint Ives* gefällt mir die *Unschuld* der Gefühle. Heute beginne ich *Kidnapped.**

14. August.

Gérard führt hier Bakkarat ein; von halb zehn bis halb elf ist an den letzten Abenden die ruhige Atmosphäre von Cuverville in Verfall geraten. Gestern habe ich mit dem Glück eines Verdammten die Bank gehalten. Ich finde es ganz amüsant, gegen Gérard zu gewinnen. Ich hätte aber gern nur gegen ihn gewonnen.

Gourmont veröffentlicht in *L'Ermitage* vom 15. Juli neue *Pas sur le sable.*[64] Er hat wahrhaftig keine schönen Füße! «Es gibt Dinge, die *nicht* zu schreiben man den Mut haben muß», heißt der erste seiner Aphorismen; dieser erste sollte uns eigentlich viele weitere ersparen; man wünschte sich den Autor «mutiger».
«Über sich selbst hinaussteigen, um sich zu betrachten», schreibt er gleich nachher; er weiß nämlich, daß er von vorne gesehen nicht schön ist; er hofft, aus der Vogelschau besser auszusehen. In jedem Satz bleibt er häßlich. Wenn er von der Frau spricht, so tut er es als abstoßender, verstoßener Mann, der sich rächt.

Daß mein Leben nach außen so geordnet scheint, bedrückt mich; zu gewissen Zeiten erscheint mir das als unerträgliche Heuchelei.

Ich arbeite gegenwärtig auf dem Speicher, wo ein riesiger Tisch mit den Papieren meines Romans bedeckt ist; ein anderer, kleinerer, steht am Fenster neben der Chaiselongue, wo ich mich hinlege, um Stevenson zu lesen. Dort bin ich von den Geräuschen des Gartens und des Hauses am weitesten entfernt. Heute regnet es, seit ich aufgewacht bin; nur lesen und zu arbeiten versuchen macht mir noch Vergnügen.

* Bücher von Stevenson.

21. August.
Der Titel *Le Cône d'ombre* wird mir durch einen Brief Grolleaus nahegelegt, der mich für seine Übersetzung der *Poems in Prose* von Wilde um ein Vorwort bittet.

22.
Marcel erklärt mir heute abend, daß das, was ihn vom Schreiben abhält, auch das fast gleichförmige Interesse ist, das er an allem hat, das Fehlen irgendeiner Vorliebe, eher von diesem als von jenem zu sprechen, die Abneigung gegen irgendeine Parteinahme. Die Geister, die ganz nach einer Seite neigen, tun sich mit dem Reden leicht; zu gut ausgewogene Gedanken halten uns von Dingen ab; wenn sie unausgeglichen sind, reißen sie uns fort. Es sind naturgemäß die Parteileute, die in der Kammer am meisten reden.

24. August.
Nichts hält sich, nichts ist in meinem Leben beständig noch sicher. Abwechselnd gleiche ich mir und bin wieder anders; es gibt keine noch so seltsame Kreatur, der nicht nahezukommen ich schwören könnte. Mit sechsunddreißig Jahren weiß ich noch nicht, ob ich geizig bin oder verschwenderisch, maßvoll oder ein Vielfraß... oder vielmehr, ich fühle mich plötzlich von einem Extrem zum andern getragen und fühle dabei, daß sich in ebendiesem Hin und Her mein Schicksal erfüllt. Warum sollte ich auch, indem ich mich selber künstlich nachahme, mein Leben zu künstlicher Einheit formen wollen? In der Bewegung kann ich das Gleichgewicht finden. Durch meine Erbanlage, die in mir zwei sehr verschiedene Lebenssysteme kreuzt, lassen sich die Komplexität und die Widersprüche erklären, unter denen ich leide.

25. August.
Zuviel Neuheit erstaunt uns; wir vermögen beim andern nur das zu schätzen, was wir wiedererkennen (so wie die Barbaren in den Worten, die wir sagten, nur die Laute ausmachten, an die sie selbst gewöhnt waren); den Rest hören wir nicht einmal. Die erfinderischsten Künstler werden erst verstanden, nachdem

ihr Geschmack nicht mehr ein ungewohnter ist; die neuen Werte, die sie schufen, wurden, da sie keinen Kurs hatten, am Platz nicht notiert. Wenn ihr meinen Artikel über Wilde (ich spreche vom letzten) so sehr lobt, so eben deshalb, weil ich darin nichts Neues sage. Meine zweite Chronik (dieses Jahres) hat im Gegensatz dazu keinen Widerhall finden können; die – ungewöhnlichen – Wahrheiten, die ich darin sagte, hätten nur in seitenlange Binsenwahrheiten aufgelöst eingenommen werden können.
Könnte man darüber nicht ein ganzes Buch – ein Erfolgsbuch – schreiben, indem man folgendes historisch entwickelte, was ich eben nur andeutete:
Eine Rasse, die so gemischt ist wie die unsere, erkennt an deren Ausdruck die Elemente, aus denen sie sich zusammensetzt. In bequemer Nachahmung drückt sie zunächst einmal das aus, was in einer vorhergehenden Zeit schon einmal seinen Ausdruck gefunden hat. Wer wird zu behaupten wagen, daß in unserer Rasse die lateinischen Elemente die stärksten sind – oder nicht einfach nur die beredsamsten, und das aus sehr naheliegenden Gründen? Was sich noch nicht ausgedrückt hat, ist darum nicht weniger wichtig, weil es später kommt; erfinden ist einfach schwieriger als nachahmen. Man macht sich stark mit der Vergangenheit; Kunststück! Barrès gehört zu diesen: fest angelehnt; unbeweglich.
Man kann sich keinen noch so großen Dichter vorstellen, dessen banalste Tugend nicht zuerst geschätzt würde. Die Menge dringt nie anders ein als über die «Gemeinplätze» – und in den meisten Fällen bleibt sie da auch stehen.

1. September.

Ich verliere von neuem den Boden unter den Füßen; ich lasse mich von der eintönigen Flut dahinrollen, vom Lauf der Tage davontragen. Eine große Schläfrigkeit betäubt mich vom Aufstehen bis zum Abend; das Spiel durchbricht sie manchmal noch, aber langsam verlerne ich die Anstrengung. Ich vergleiche das, was ich bin, mit dem, was ich war, was ich gerne geworden wäre. Wenn doch nur… aber nein, alles wird weich bei diesem leichten Leben. Überall schleicht sich das Wohlgefühl ein; meine schönsten Tugenden ver-

fallen und sogar der Ausdruck meiner Verzweiflung ist abgestumpft.
Wie da noch eine Moral absurd finden, die mich dagegen geschützt hätte! Meine Vernunft verdammt sie und wünscht sie gleichzeitig herbei; wünscht sie vergeblich herbei. Hätte ich einen Beichtvater, ich ginge zu ihm und sagte: Erlegen Sie mir die allerwillkürlichste Disziplin auf, und ich werde sie heute weise nennen; wenn ich mich noch an irgendeinen Glauben klammere, der meine Vernunft höhnen macht, so deshalb, weil ich darin einige Kraft gegen mich selbst zu finden hoffe.
Kommt ein gesunder Tag, werde ich erröten, das geschrieben zu haben.

2. September.

Ehe ich dieses Heft zumache, um in den Süden abzureisen, will ich die Bilanz des vergangenen Monats ziehen:
Die ersten vier Akte von *Gyges und sein Ring* von Hebbel und den *Garten der Erkenntnis* von Leopold Andrian laut gelesen (mit Mademoiselle Siller). Mit großem Nutzen die *Pensées* und *Opuscules* von Pascal in der Ausgabe von Brunschvicg (vor allem die *Prières pour demander à Dieu le bon usage des maladies*) wiederaufgenommen. Das ausgezeichnete *Kidnapped* von Stevenson beendet. Korrekturen von *Paludes* gelesen (die deutsche Übersetzung von Felix Paul Greve) und von meinem *Essai sur Wilde* (die englische Übersetzung von Millard).
Die ersten vierzig Seiten meines Romans ins reine gebracht.
Das ist einer der leersten Monate meines Jahres.

3. September.

Gestern den *Gyges* von Hebbel beendet. Es gäbe viel darüber zu sagen. Was für eine interessante *Parallele* könnte man zwischen diesem Stück und meinem ziehen! Ich denke wieder an die *Caves* und den *Curieux malavisé*[65] und fühle mich seit gestern ein wenig besser.
Heute früh einen Brief von Franz Blei[66] mit dem Telegramm des Theaters in Wien erhalten, das um die Erlaubnis bittet, meinen *Roi Candaule* aufzuführen.

... und mein Wille, der über das Altwerden klagt. Wenn die Abnutzung noch beständig, regelmäßig wäre, wenn sie gleichzeitig und gleichmäßig Seele und Körper ergriffe; aber nein: sie geht in Sprüngen vor sich; ich altere in Stücken, die für den Rest zum Gegenstand der Verblüffung und Betrübnis werden.

5. September, vier Uhr.
Phantastische Erscheinung von Lyon, beim plötzlichen Erwachen, genau beim Überqueren der Rhône. Undeutliches Auftauchen der schattengrauen Dächer, unter einem Himmel von der Farbe schmackhafter Fruchtsäfte. Saure Frische erfüllt die Luft mit einem Johannisbeergeschmack, und die Rhône führt einen schillernden Widerschein aus Schatten und Morgenröte mit sich.
Dann fällt der Vorhang; man versinkt wieder in einer Art Betäubung, aus der man Schlaf zu machen versucht. Aber nein; ich habe in dieser Nacht kaum einen Augenblick schlafen können; meine Gedanken, vom Dahineilen des Zuges beschleunigt, machen sich den Spaß, wie verrückt zu reisen. Unwillkürlich gestalte und lerne ich Sätze, die ich beim Erwachen aufschreiben will.
Bald hebt das glänzende Blau des Südens meine morgendliche Begeisterung. Ich erkenne die Schatten der Platanen wieder auf dem leichten Staub der Landstraßen; das Weiß; den trockenen Trab der Maultiere...

Jawohl, *beau joueur*[67] (das Wort stammt von Em.), das ist es, was mir trotz aller Spreu an Gérard immer noch so gut gefällt. Als ich bei unserer Radfahrt durch eine ungeschickte Bewegung Gérard gegen Drouin stieß und damit beide zu Fall brachte, da lachte Gérard nur, während Marcel nur knurrte.

Les Sources – Alais – Malataverne.
Eine leichte Migräne heute früh, die ich den Mücken dieser Nacht verdanke, kann meiner lustvollen Aufmerksamkeit nichts anhaben. Ich rieche an jeder Blume, strecke mich im Schatten jedes Baumes aus, werde Gast in jedem Heim. Alles lächelt mir zu, und ich biete jedem mein Lächeln dar. Was brauche ich einen Gefähr-

ten? Dank allem genüge ich mir mit Wonne selbst; mit zwanzig Jahren verstand ich es nicht, glücklich zu sein.

Nîmes (Les Sources).
Ich liebe in diesem Garten den trockenen und harzigen Duft.

Samstag.
Ich lese fast vollständig *Le Visage émerveillé*[68] wieder, mit ebenso großem Entzücken wie am ersten Tag. Was ein Meisterwerk ausmacht, ist eine glückliche Aneignung oder Paarung des Gegenstandes und des Autors. Und mir kommen Zweifel, ob im Leben der Madame de Noailles je ein solches Zusammentreffen stattgefunden hat. Selbst ihre Fehler haben ihr hier gedient, nur ihre Qualitäten gesteigert; ja, ich mag in diesem Buch sogar «das kleine goldene Messer, gegen mein Herz gezückt». Aber in Zukunft wird ihr dieses «kleine goldene Messer» schaden.

Madame de R. beglückwünscht mich zu *L'Immoraliste,* «einem Buch, in dem so viele schöne Gedanken vorkommen». Offenbar glaubt sie, man streue diese zum Schluß darüber wie Kapuzinerkresse über einen Salat. Wie wenig kultiviert sind doch diese Frauen des Südens, und wie paradox man ihnen gleich vorkommt, sobald man sich nicht mehr besonders verstellt!

Gérard verstand den sehr feinen Ausspruch Em.s nicht zu würdigen, die von Octave sagte: «Man ist ihm nicht dankbar für das Mitleid, das er einem einflößt.» Er hat keine Waage für diese Art Dinge.

Minuten einer so heftigen Freude, daß man glaubt, das Lebensgeflecht zerreiße davon. Dann, zwischen zwei solchen, einander folgende trübe Tage einfach mit Altern verbracht.

Cuverville, 2. Oktober.
Die Zeit flieht. Der trübe Himmel füllt sich schon mit Winter. Mein Hund schläft zu meinen Füßen. Angstvoll verharre ich vor dem

weißen Blatt, auf dem man alles sagen könnte, auf das ich immer nur *etwas* schreiben werde.

Ich beende den zweiten Band von Hebbels Briefwechsel (aber ich habe ihn in der Mitte angefangen; oder genauer: bei den aus Frankreich datierten Briefen); setze die Lektüre von Pascal fort (zum erstenmal methodisch), in der Ausgabe von Brunschvicg. Auswahl von Jacoby. Brunetières *Histoire de la littérature* (Renaissance).[69]

7. Oktober.

Ich beende, mühsam und im Galopp, Seiten überspringend, die absurde *Fanny* von Feydeau[70], die ich vor mehr als einem Monat angefangen habe. Nichts hinderte dieses Buch daran, ein schönes Buch zu werden – bis auf den Autor. Liebestiraden, die jenen von Dumas fils schon sehr benachbart und fast ebenso schlecht sind. Eine Art «Glaube an die Liebe», der wohl eine der dümmsten und lächerlichsten Erfindungen unserer Literatur ist.
Feydeau schreibt: «Meine Zähne klapperten mir im Munde…»; das ist schon fast wie: «Das Rad fuhr über den Schenkel seines Beines» der Cousine Br.[71]

Ghéon entzückt von *Saint Ives* – von der französischen Seite dieses Werkes. «Ja», sagte Em. von diesem Buch, «es ist eines der hübschesten Komplimente, die man uns je gemacht hat.»

Im letzten Artikel von Gaston Deschamps liest man: «Ich möchte gerne Meisterwerke entdecken unter den unzähligen Romanen, die der französische Buchhandel jeden Tag auf den Markt der zwei Welten wirft. Mit Freuden würde ich neue Namen begrüßen, junge Talente. Und ich glaube nicht, daß es durch meine Schuld im Reich der Literatur einen unbekannten Balzac, einen verkannten Daudet, einen unveröffentlichten Ferdinand Fabre oder eine vergessene George Sand geben könnte…»
Dabei hat er nie von Paul Valéry[72] gesprochen, noch von Paul Claudel, noch von André Suarès, noch von Francis Jammes, noch von mir.

Sie fällen heute die große Tanne, die der Zeder gegenübersteht. Drei Männer haben den ganzen Tag daran gearbeitet. Heute abend ragt die verzweifelte Silhouette ihres riesigen, von Zweigen leeren Stammes wie ein Alptraum in den wunderbar reinen Himmel.

17. Oktober.

Wie eine Spalierfrucht wird Gourmont reif. Er verliert seine Säure, entwickelt Aroma und Zucker. Seine letzten Schriften sind saftig. (Sein *Dialogue des amateurs* vom 1. Oktober – der Anfang von *Animaux et morale chez La Fontaine* – beachtlich.) Noch ein kleiner Schritt auf den Herbst zu, und er wird in jeder Hinsicht vorzüglich sein.

3. November.

Gourmont versteht nicht, daß nicht alle Intelligenz auf seiten des Freidenkertums ist; nicht alle Dummheit auf seiten der Religion; daß der Künstler zu seinem Werk Muße braucht und daß nichts den Geist so in Anspruch nimmt wie Prüfung und Zweifel. Der Skeptizismus mag manchmal der Anfang der Weisheit sein, ist oft aber auch das Ende der Kunst.

4. November.

Bei den van Rysselberghes behauptet Le Dantec, keinerlei visuelle Vorstellungskraft zu besitzen.
«Ja, aber», sagt Madame van Rysselberghe etwas gereizt, «wenn man zu Ihnen zum Beispiel ‹Haus› sagt: was sehen Sie dann?»
«Ich sehe einfach H.A.U.S.», antwortet er.
«Los», sagt sie, «drehen Sie sich um und versuchen Sie, ganz aufrichtig, etwas über mich zu sagen!»
«Wie? Was meinen Sie damit?»
«Nun, irgendeine Bemerkung über mein Äußeres, ohne mich dabei anzusehen; zum Beispiel, welche Farbe meine Haare haben…»
«Ich weiß, daß Ihre Haare grau sind, aber nur, weil wir bei Tisch davon gesprochen haben; ich weiß es, ich sehe es nicht.»
«Also dann etwas anderes. Meine Größe?»

«Ich *weiß,* daß Sie klein sind, aber einfach daher, weil ich bei meinem letzten Besuch bemerkt habe, daß Sie mir bloß bis zur Schulter reichen. Ich weiß auch, daß Sie schwere Augenlider haben, aber nur deshalb, weil sie denen meiner Mutter gleichen...»
ICH: «Er stellte sich also doch diejenigen seiner Mutter vor.»
MADAME VAN RYSSELBERGHE: «Er habe anscheinend gehört, wie jemand von seiner Mutter sprach und bemerkte, ein hervorstechender Zug ihres Gesichts seien die schweren Augenlider.»
ICH: «Erkennt er Gesichter leicht wieder?»
MADAME VAN RYSSELBERGHE: «Noch nach zehn Jahren, mit größter Leichtigkeit. Er findet auch *Ähnlichkeiten.*»
ICH: «Dann verstehe ich nichts mehr...»
MADAME VAN RYSSELBERGHE *(die das alles erzählt)*: «Und am Schluß seines Besuches hat er noch zu uns gesagt: ‹Ha! Ich habe noch eine Entdeckung gemacht; daß ich nämlich nichts von den schönen Künsten verstehe – und nie etwas davon verstanden habe.›»

Rückkehr nach Paris. 8. November.

Den kleinen Louis Rouart getroffen, röter und verbürgerlichter denn je. Da ich seit längerer Zeit niemand mehr gesehen habe, zeigt mein Lächeln übertriebene Freude; er begleitet mich. Die Unterhaltung ist so abrupt und gespannt wie je; sie gleicht den sprunghaften Ausfällen bei einem Fechtgang; aber einem Gang ohne jede Courtoisie. Schon mit den ersten Worten, gleich zu Beginn, greift er an. Ihm gegenüber gehe ich, ohne es zu wollen, in Deckung, nehme eine verkehrte und verkrampfte Haltung an und bringe nichts Natürliches mehr aus mir heraus. Welche Dummheiten hat er mich gestern sagen lassen! Allerdings war ich schon müde von der Unterhaltung, die ich vorher mit Gérard gehabt hatte.
Louis Rouart begleitete mich zum Buchhändler Welter, wo ich für André Ruyters die Grammatik von Nyrop bestellte. Er hörte mich die Bestellung aufgeben und dachte: drei ausländische Namen!! Protestant, Kosmopolit usw. ... Und als ich ihn beim Hinausgehen fragte, ob er diese hervorragende Grammatik kenne: «Ich will Ihnen etwas sagen» (so hat er tatsächlich pompös zu mir gesagt),

«ich habe nie eine Grammatik brauchen können, um Französisch zu lernen.» Es gibt nichts Beleidigenderes, nichts Dümmeres. Und ich fange auch noch ganz dumm an, aus Schwäche, aus Höflichkeit, ihm zu erklären, daß der erste Band dieser Grammatik «hauptsächlich historisch» sei. Absurd, absurd!
Und so fort. Ich verlasse ihn vor dem *Mercure* (wo ich übrigens nicht hineingehe, da ich mich plötzlich erinnere, daß der Dienstag der *jour* von Madame Rachilde[73] ist), verärgert über ihn und noch viel mehr über mich. Aber als er sagt, er wolle mich besuchen, antworte ich: «Sehr gerne»; denn trotz allem bleibt er mir sympathisch. Er ist verkrampft.

17. November.
Ich bin sehr froh, daß ich, kaum in Paris angekommen, mich mit dem Artikel über den *Salon d'Automne* befassen mußte, den Roger Marx für die *Gazette des Beaux Arts* bei mir bestellt hatte.[74]
Er machte mir viel Mühe; das heißt, er tat mir sehr gut.
Reichlich darüber nachgedacht, was «Kunstkritik» sein (und nicht sein) kann.

Von neun Uhr bis Mitternacht in andächtige Betrachtung einiger Photographien von Bildwerken des Polyklet[75] versunken. (Lektüre des Collignon.) Aus dem *Journal* von Delacroix[76] eine großartige Stelle über die «Théorie de la décadence» abgeschrieben, dem kleinen Louis Rouart zum Gebrauch.

22. November.
Letzte Korrekturen meines Artikels für die *Gazette*. Um seine Leser nicht vor den Kopf zu stoßen, bat mich Roger Marx, eine Koda über Cézanne und Renoir wegzulassen. Diese Koda war ziemlich mäßig, und so leistete ich ganz gern Folge; aber der Artikel hat nun mit seinem unvermittelten Schluß kein rechtes Ansehen mehr. Der Mangel an Fülle bei allem, was ich schreibe, bekümmert mich; aber was tun? Meine große Abneigung gegen Weitschweifigkeit, Geschwätzigkeit und Marktschreierei ist die Ursache.
Ich wünsche mir eine verborgene Beredsamkeit.

... Der Geist noch unruhig und nicht wissend, was er anpacken soll. Ich habe die *Sculpture grecque* da von Collignon, die *Grammaire française* von Nyrop und *L'Histoire de la littérature anglaise* von Jusserand – die mich alle gleich stark locken. Jedes dieser Werke bedeutet einen Monat eingehenden Studiums; noch ist mein Geist zu unruhig, als daß ich wählen und mich mit einem einzigen befassen könnte. Ich habe alles andere liegenlassen: Pascal, die *Correspondance* von Taine, das *Journal* von Stendhal. Das sind Bücher, die man gut unterbrechen und immer wieder aufnehmen kann und die ich am liebsten nicht in einem Zug zu Ende lese; man muß sie aber wenigstens bequem an dem Punkt wiederaufnehmen können, wo man stehengeblieben ist. In Auteuil werde ich mir ein besonderes Regal einrichten, wo mich die angefangenen Bücher erwarten werden; jedes wird sein Lesezeichen behalten, das ich von Zeit zu Zeit um einige Seiten vorrücken werde. Das wird mir erlauben, das Buch nach Bedarf wegzulegen und wieder aufzunehmen und nur dann zu lesen, wenn ich mit dem ganzen Herzen dabeisein kann.

Ich schreibe folgenden Satz aus Athmans[77] letztem Brief ab, einen Satz, den Mardrus nicht verstünde und den ich nicht vergessen möchte:

«Ich liebe sie sehr (es handelt sich um seine ganz junge Frau) und *ich konnte sie dennoch mir und meiner Mutter gegenüber zu Aufrichtigkeit erziehen;* sie ist tapfer, und ich behandle sie nur sehr sanft, wie man ein kleines Kind behandelt.»

23. November.

Gegen vier Uhr kommt ein junger Deutscher, O. S., mich besuchen. Ich erinnere mich, oder vielmehr: er erinnert mich daran, daß er der Verfasser eines (ziemlich mittelmäßigen) Buches, *Lothar,* ist, das ich auf Empfehlung von Felix Paul Greve im Frühjahr las oder durchging. Ich glaube sogar, ich schrieb ihm ein paar Zeilen ... O. S. keineswegs unsympathisch; spricht aber zuviel, wie alle Ausländer (übrigens sind die, die nicht sprechen, noch ermüdender). Er lobt meinen *Immoraliste* und fügt hinzu, daß seine Bewunderer ihn wenig verstanden haben, daß man von mir immer als von einem Lyri-

ker spreche und daß man gewöhnlich meine Haupttugend nicht zu schätzen wisse, nämlich die Fähigkeit, «durch die Spalten der Kultur hindurchsehen zu können». Das ist nicht einmal so übel.
Ich habe eben, zunächst leise, dann laut den außerordentlichen sechsten *Chant de Maldoror*[78] (Kap. I, II und III) gelesen. Durch welchen Zufall kannte ich ihn noch nicht? Ich frage mich sogar, ob ich nicht überhaupt *der einzige* bin, der ihn bemerkt hat. «Je mehr der erste Band sich dem Ende zuneigt, spürt man, wie das Bewußtsein schwindet, schwindet...», schreibt Gourmont. Nehmen wir an, er hat diese Seiten *nicht gelesen;* das ist weniger kränkend für Gourmont, als anzunehmen, daß er sie gelesen hat, ohne sie zu bemerken.
Das ist nun etwas, was mich bis zur Raserei begeistert. Mit einem Sprung geht er da vom Abscheulichen zum Hervorragenden über. Großartig der Briefwechsel zwischen Maldoror und Mervyn, die Beschreibung des Eßzimmers der Familie, die Gestalt des Commodore, die kleinen Brüder, «das Barett von einer aus dem Flügel des Ziegenmelkervogels der Karoline gerissenen Feder überragt, mit bis zu den Knien reichender Samthose und Strümpfen aus roter Seide», die «sich an den Händen fassen und sich in den Salon zurückziehen und dabei aufpassen, das Ebenholzparkett nur mit den Fußspitzen zu berühren» usw. ..., usw. ... Ich muß das alles Copeau vorlesen. Welche *Fülle* in der «Voreingenommenheit» dieser Zeilen.[79]
Gleich danach lese ich *Poètes de sept ans* von Rimbaud. Dann in den *Masques* von Gourmont die paar Seiten über Lautréamont und die über Rimbaud, die von peinlicher Infamie sind.* (Die über Lautréamont trostlos unzulänglich.)

24. November.

Morgen im Louvre; köstlicher Morgen. Ich hatte einen kleinen Montaigne bei mir, las aber nur hin und wieder darin, nur soviel wie nötig war, um die freudige Gehobenheit meiner Gedanken zu nähren. Bei Picard eingetreten, um die *Syntax* von Haase zu kaufen

* Diese Seiten sind in den neuesten Ausgaben nicht mehr enthalten.

und einen antiquarischen Cabanis, in den ich mich zu Hause versenkt habe.
Verschiedene Gänge. Heute abend Copeau den sechsten *Chant de Maldoror* vorgelesen. Zu kurzer Tag.

25. November.
Abendessen im *Pousset,* mit Madame E., Gérard und J. S. ...
Ich habe während dieses zerstreuten Abends immer wieder daran denken müssen, wie gut es jetzt wäre zu lesen, und konnte mich nicht enthalten, dies Gérard ein wenig zu verübeln. Zeit, Geld, Gedanken – alles verschwendet er ohne Ziel, sogar ohne Vergnügen und ohne wirklichen Wunsch danach.
Madame E. enttäuschte mich; sie konnte mir nicht so gefallen, wie ich gewünscht hätte, obwohl ich mir alle Mühe gab. Ich stellte mir M. mit ihr zusammen vor, verstand, daß er nicht stärker in sie verliebt war, wünschte, er wäre es noch weniger, als fürchtete ich, nach dem Ziel die Qualität seiner Liebe beurteilen zu müssen.
Im übrigen war der Abend keineswegs öde; ihre Liebenswürdigkeit gefiel mir, mangels schmackhafterer Eigenschaften. Da ich nicht rauchte, blieb mein Verstand klar, und da ich nicht zu sehr zu gefallen suchte, konnte ich natürlich bleiben; übrigens half sie mir dabei, und ich wußte ihr unbewußt Dank dafür.
Was für ein Kind war ich doch lange, Punkte von Sympathie zu suchen, zu erfinden – *wer auch immer die Person sei, mit der ich zusammen bin.* Das konnte mir wohl dazu dienen, die andern subtiler zu verstehen; es hat aber auch mein Leben mit Pseudo-Freundschaften belastet, deren ich mich heute nur mit Mühe entledigen kann. Nachgiebigkeit gegen andere ist kaum weniger ruinös als die gegen uns selbst.
Gérard war vorher weggegangen, gestern abend, in der Rue Godot-de-Mauroy – wo wir, Jean und ich, herumstreichen. Man hört am Ende der Straße schreien: «Haltet den Dieb!» Von weitem erkennen wir die weiße Schürze einer kleinen Kellnerin, und auf uns zu galoppiert eine große, magere, hagere Silhouette. Ein Metzgerbursche taucht neben uns auf; mit einem Armhieb mäht er den Dieb

nieder, der genau vor unseren Füßen aufs Trottoir fällt und stöhnt: «Au, Sie haben mir weh getan!»; er will sich erheben, ganz mit Schmutz bedeckt; wird sofort von drei Burschen gepackt, die Miene machen, ihn niederzuschlagen; aber andere greifen ein, denn schon hat sich eine Ansammlung gebildet: «Laßt ihn doch! Nein! Nicht schlagen! ...» Eine dicke Mulattin ist herbeigeeilt, die mir ganz nach der ehemaligen Zora von Pierre Louÿs[80] aussieht. «Mein Portemonnaie hat er genommen. Ich hatte kein Geld drin, aber meine Schlüssel, die ich wiederhaben möchte.» Das alles sehr würdevoll vorgebracht. Ihr Herz schlägt; auch sie ist vom Laufen atemlos; beherrscht sich aber. Der Mann wiederholt indessen eigensinnig: «Gebt mir meine Mütze. Gebt mir meine Mütze.» Sie muß auf den Boden gefallen sein; man weiß es nicht; ist auch unwichtig. Stimmen beugen sich zu ihm nieder, fast leise: «Gib das Portemonnaie zurück und mach, daß du fortkommst.» Der Dieb macht einen stumpfsinnigen Eindruck. Er bleibt liegen. Er wird wohl das Portemonnaie zurückgegeben haben, ich habe es nicht gesehen. Man wiederholt ihm mehrmals: «Mach dich fort; *sie* kommen gleich.» Der Kreis, der sich um ihn gebildet hat, öffnet sich, um ihn fliehen zu lassen. Er geht; zuerst ganz langsam; dann, etwas weiter weg, fällt er in Trab.
Wir haben uns über die Barmherzigkeit der Leute gewundert. Es ist wahr: der Unglückliche sah nicht gerade furchterregend aus; halbtot vor Hunger, zweifellos; ich machte mir nachher Vorwürfe, ihm nichts gegeben zu haben.

28. November.
Mir graust es vor dieser Wohnung, diesen Möbeln, diesem Haus. Keinerlei Konzentration ist darin möglich; ich bin hier ohne jede Verteidigung gegen alle und jedes; das geringste Geräusch von der Straße oder vom Haushalt dringt bis zu mir.
Seit Jahren nun habe ich keinen heißen Kopf mehr gehabt. Ich denke an das so nutzbringende Fieber, das die ganze Zeit, da ich *Paludes* schrieb, mein Buch wach erhielt.
Die Lektüre Rimbauds, des sechsten *Chant de Maldoror,* macht, daß ich mich meiner Werke schäme und mich alles ekelt, was nur

ein Ergebnis der Kultur ist. Es scheint mir, als wäre ich zu anderem geboren.
Aber vielleicht ist noch Zeit... vielleicht wird in Auteuil... Ah! wie bin ich schon ungeduldig...

1. Dezember.
Gestern lese ich bei den Arthur Fontaines die *Église habillée de feuilles*[81] vor, vor Raymond Bonheur, Paul Claudel und den Mithouards. Bonheur hatte mich gegen drei Uhr abgeholt. Eben war ich von Gougy nach Hause gekommen, mit dem großen Plutarch von Amyot[82] beladen, in den ich mich mit Wonne versenke.
Raymond Bonheur geht noch bei den Frères-Saint-Jean-de-Dieu vorbei, wo Carrière eben operiert wurde. Er spricht von Carrière schon in der Vergangenheitsform. Er sagt zu mir: «Ich weiß nicht, ob Sie mich verstehen werden, Gide: in Carrières Nähe empfand ich ein körperliches Vergnügen; er war für mich wie ein großer Bruder und Beschützer; aber ich fühlte in seiner Nähe eine Wärme, ja, ein sinnliches Vergnügen, ohne das eine Freundschaft für mich nichts ist. Ich habe zwischen Freundschaft und Liebe nie einen großen Unterschied gemacht.» Und als ich ihm ein paar Worte sage: «Ich verliere viel an ihm», fährt er fort. «Hören Sie, Gide, ich habe in meinem Leben schon viele traurige Dinge gesehen; noch nie etwas, was mich so erschüttert hätte wie der Blick, den Carrière mir am Morgen der Operation zugeworfen hat.»
Ich erfahre ein wenig später durch Delvolvé, den Schwiegersohn, der Raymond Bonheur zur Tür begleitet, daß die Operation furchtbar gewesen sei. «Eine zu gewagte Operation», sagt Raymond Bonheur etwas später; eine zarte Scheu hielt ihn davon ab, mir die peinlichen Details wiederzugeben; den Luftröhrenschnitt; die Lähmung des linken Beins und der Zungenmuskeln; kaum, daß der Unglückliche nach vierzehn Tagen die Sprache ein wenig wiederfindet. Man fühlt, daß Raymond Bonheur gerne über all das schwiege, was Delvolvé, für den ich immerhin ein fast Fremder bin, da erzählt. Nie ist mir der schmerzliche Ausdruck von Raymond Bonheurs Gesicht, der traurige, sanfte Charme dieses Gesichts schöner erschienen; und seine Hände, die vor Ergriffenheit

ein wenig zitterten, fast hätte ich gesagt: stotterten, wie seine Stimme.

Bei Fontaine. Paul Claudel ist da, den ich seit mehr als drei Jahren nicht mehr gesehen habe. Jung sah er aus wie ein Nagel; jetzt sieht er aus wie ein Maschinenhammer. Sehr niedere, aber ziemlich breite Stirn; Gesicht ohne Nuancen, wie mit dem Messer geschnitzt; Stiernacken, der in gerader Linie durch den Hinterkopf fortgesetzt wird, wodurch, wie man spürt, die aufsteigende Leidenschaft sogleich das Gehirn verstopft. Ja, ich glaube, das ist der vorherrschende Eindruck: Kopf und Rumpf sind aus einem Stück. Ich werde ihn am nächsten Dienstag genauer ansehen (er kommt zu uns zum Mittagessen); ich war ein wenig zu sehr damit beschäftigt, mich zu verteidigen, und bin auf seine Annäherungsversuche nur halb eingegangen. Er macht mir den Eindruck eines erstarrten Zyklons. Wenn er spricht, könnte man meinen, es bräche etwas in ihm los; er geht mit brüsken Behauptungen vor und wahrt einen feindseligen Ton, selbst wenn man seine Ansicht teilt.
Während ich mit Fontaine plaudere, höre ich mit halbem Ohr, wie er seine Bewunderung für Baudelaire proklamiert. Mithouard, der ungeschickt mithält, spricht von Baudelaires «Gesundheit», sieht in ihm vor allem ein «gesundes Genie». Ist denn das nötig, damit er sich gestatten kann, ihn zu bewundern?

«Poe und Baudelaire», erklärt Paul Claudel mit einer Art verhaltener Wut, «sind die beiden einzigen modernen Kritiker»; dann rühmt er, übrigens sehr intelligent, Baudelaires und Poes kritische Intelligenz, aber in Ausdrücken, die denen, welche Remy de Gourmont kürzlich für ebendiesen Gegenstand verwendete, so nahe kommen, daß ich mich kaum enthalten kann, das zu sagen; ich fürchte aber, durch den bloßen Namen Gourmont eine Explosion auszulösen.
Claudel trägt ein kleines, zu kurzes Jackett, das ihn noch mehr in sich zusammengerafft, noch plumper erscheinen läßt; der Blick wird gleichzeitig angezogen und abgestoßen von seiner Krawatte, einer johannisbrotfarbenen Schleife.
Nach dem Vorlesen, als ich diese Gedicht-Serie von Francis

Jammes mit der *Sagesse* von Verlaine vergleiche, erklärt Claudel sofort, daß *L'Église habillée de feuilles* ein viel besseres Werk sei, daß er seinerseits *Sagesse* «nie besonders gemocht habe, worin Verlaines Jongliererei immer sichtbar bleibt und selbst die besten Einfälle verdirbt».
Er spricht mit nicht besonders lauter Stimme, wie ein Überzeugter; ich bemerke wieder einmal, wie sehr echte Leidenschaft der Beredsamkeit hinderlich ist. Léon Blum[83], den ich vorgestern besuchte, sprach laut, nachdrücklich und mühelos; man hörte ihn wohl schon im Vorzimmer.

2. Dezember.
Von Rußland bestürzendste Nachrichten; das ist in meinen Gedanken wie ein Basso Continuo, der alle Beschäftigungen des Tages untermalt.

Dichtgedrängte Menge in der Ausstellung der Sammlung Crosnier – wohin wir zuerst am Morgen vor der offiziellen Eröffnung gehen; wohin wir um zwei Uhr mit Madame Copeau zurückkehren, während Copeau seinen Posten wieder einnimmt. Wir hatten mit den beiden im Restaurant de Rome gegessen.
Diese ganze Sammlung riecht ein wenig nach *Parvenü*. Nach allem, was man sich davon versprach, enttäuschen mich die Fragonards und die Chardins; es ist absurd, zu behaupten, wir hätten im Louvre keine Bilder von Fragonard, die mit dem *Billet doux* zu vergleichen wären; entzückend, wunderbar, was man will, aber nicht die dreihunderttausend wert, die man dafür vom Museum will. Ich ziehe ihm jedenfalls das wunderbare *Portrait du graveur Schmidt* von La Tour vor; sicher weniger Malerei als der Fragonard, aber gejagt, gehetzt, gestellt; und mit welcher Intelligenz, welcher Liebe! Die Ergriffenheit packte mich an der Kehle beim Betrachten dieses wundervollen Werkes. In der Saalmitte eine bebende *Flora* von Carpeaux, kauernd wie die vom Giebelfeld des Louvre, ebenso schön, wenn nicht noch schöner, weniger weich, weniger flüssig vielleicht... Nirgends hat je so viel Kraft und Geist die Wollust edler gepriesen.
Ein herrlicher Reynolds.

«Dialog der Liebhaber» vor dem *Billet doux* von Fragonard (mit angehört am Morgen, als noch nicht viele Leute da waren): «Sie haben doch bemerkt, daß derselbe Hund *auf meinem* ist?»
Nachmittags hörte man unverschämte Bemerkungen von einigen Sammler-Söhnen noch ohne Flaum auf der Oberlippe, die Fragonard «Frago» nannten und sagten: «Was ich an ihm mag usw. ..., usw. ...»; und noch folgenden Dialog zwischen zwei sehr jungen Angebern: «Aber warum macht man heute keine solchen Sachen mehr?» Und der andere antwortet überlegen: «Was willst du, mein Lieber, man hat keine Zeit mehr! Keine Zeit!!»
Ich habe eben die Photographie der *Flora* vom Louvre noch einmal angesehen; ich glaube doch, daß sie die schönere ist; es kommt da eine Zärtlichkeit hinzu, irgendwie eine Weichheit, eine Gelöstheit, die mir die Erinnerung an die andere etwas trocken erscheinen läßt.

Wir setzen abends die Lektüre der *Mémoires* der Madame d'Épinay fort. Manchmal vergleichen wir den Text Rousseaus damit, der daneben gleich eine Fülle hat, eine Weite, eine Salbung, die bewunderungswürdig ist.
Ich schreibe mir folgenden Satz der *Confessions* auf: «Schließlich fand ich es doch, auch wenn ich noch so heftige Leidenschaft für sie empfinden mochte, fast ebenso schön, der Vertraute statt der Gegenstand ihrer Liebe zu sein, und niemals habe ich auch nur einen Augenblick ihren Liebhaber als meinen Rivalen betrachtet, sondern immer als meinen Freund. Man wird sagen, das sei eben keine Liebe gewesen: Gut, so war es also mehr.»[84] (Es handelt sich hier um Madame d'Houdetot und Saint-Lambert; es hätte sich ebensogut um Madame de Warens und Claude Anet handeln können.) Eine merkwürdige Ähnlichkeit mit dem Verhalten Mischkins gegenüber Rogoschin und Nastasja Filipowna in *Der Idiot* ist hier festzustellen. Es ist äußerst wichtig, dieses Gefühl auszudrükken (das auch dasjenige meines *Candaule* ist) – dem ich bisher *nur da* begegnet bin.
Artikel Gourmonts über Rivarol[85], und ausgezeichneter *Dialogue des amateurs;* irritierend, höchst ärgerlich – aber ausgezeichnet.

4. Dezember.

Rückkehr von La Roque, von wo ich vorgestern abend abreisen mußte; grippekrank, behindert, sehr schlecht in Form. Trübselige Reise in schlecht geheiztem Abteil, gegenüber einem mageren Reisenden mit niederer Stirn und verkümmertem Gesicht, der zuerst *La Patrie* las und dann eine Zigarette nach der andern rauchte, die er sich selber drehte. Es schien mir, als ob sich bei jeder seine Stirn ein wenig mehr runzle und zusammenschrumpfe. Er rauchte mit einer Art methodischer Wut, nicht so sehr aus Bedürfnis, schien es, als mit dem festen Willen, sich abzustumpfen. Wenn sein Gesicht mir sympathischer gewesen wäre, hätte ich mich nicht enthalten können, zu ihm zu sagen: «Aber Sie bringen sich ja um...», und es hätte mir nichts ausgemacht, was immer er mir geantwortet hätte.

Ich las *La Domination* von Madame de Noailles.

In Pont-l'Évêque erwartete mich Édouard. Alle beide steigen wir in seinen Karren, der in die Nacht eintaucht. Die wohlriechende Landluft heilt mich sogleich von Grippe und Müdigkeit.

Bei ihm kaltes Abendessen, das seine Frau für mich gerichtet hatte. Die alte, taube Dienerin setzt sich ins Eßzimmer zu uns, faltet die Hände im Schoß und versinkt in Betrachtung. Ich fühle ihren Blick auf mir lasten.

5. Dezember.

Paul Claudel ist zum Mittagessen gekommen. Zu kurzes Jackett; anilinfarbiger Längsbinder; das Gesicht noch kantiger als vorgestern; die Rede gleichzeitig bilderreich und präzis; die Stimme abgehackt, kurz und autoritär.

In seiner Unterhaltung, sehr lebendig und reichhaltig, ist nichts improvisiert, das fühlt man. Er trägt Wahrheiten vor, die er geduldig ausgearbeitet hat. Er kann aber auch scherzen, und wenn er sich nur ein wenig mehr dem Augenblick überließe, wäre er nicht ohne Charme. Ich überlege, was trotzdem seinen Worten fehlt... ein wenig menschliche Zärtlichkeit?... Nein; nicht einmal; er hat sehr viel Besseres zu bieten. Es ist, glaube ich, die *packendste*

Stimme, die ich je gehört habe. Nein, er verführt nicht; er will nicht verführen; er überzeugt – oder zwingt auf. Ich versuchte nicht einmal, mich gegen ihn zu wehren; und als er, nach dem Essen, von Gott sprach, vom Katholizismus, von seinem Glauben, von seinem Glück, und als ich zu ihm sagte, ich verstünde ihn gut, und er darauf fragte: «Aber Gide, warum treten Sie dann nicht über? ...» (dies ohne Brutalität gesagt, ohne Lächeln ...), da ließ ich durchblicken, da zeigte ich ihm, in welche geistige Verwirrung mich seine Worte stürzten.

Ich würde versuchen, sie hier wiederzugeben, wenn ich sie nicht im *Traité de la co-naissance au monde et de soi-même*[86] bestimmt wiederfinden würde, den er soeben beendet hat; ebenso würde ich einige Einzelheiten aufschreiben, die er von seinem Leben erzählte, doch wird dieses Leben ja wohl berühmt werden.

Die 1900 begonnene *Ode aux Muses,* erzählte er uns, blieb lange unterbrochen. Er wußte nicht, «wie sie beenden». Erst 1904 fügte er die Anrufung Eratos und den Schluß hinzu.

«Lange, während zwei Jahren, habe ich nichts geschrieben; ich glaubte, die Kunst der Religion opfern zu müssen. Meine Kunst! Gott allein konnte das Ungeheuerliche dieses Opfers ermessen. Ich war gerettet, als ich erkannte, daß Kunst und Religion in uns keinen Antagonismus bilden dürfen. Daß sie auch ebensowenig verschmelzen dürfen. Daß sie sozusagen senkrecht zueinander stehen müssen; und daß gerade ihr Kampf die Nahrung unseres Lebens ist. Man muß sich hierzu der Worte Christi erinnern: ‹Nicht den Frieden, sondern das Schwert.› Das ist es, was Christus damit sagen will. Wir müssen das Glück nicht im Frieden, sondern in der Auseinandersetzung suchen. Das Leben eines Heiligen ist ein Kampf, vom Anfang bis zum Ende; der größte Heilige ist der, der am Ende am meisten besiegt ist.»

Während des Essens spricht er von einem gewissen «Frontalsinn», der es uns erlaube, ein gutes oder schlechtes Buch von vornherein zu erkennen, ohne es erst zu lesen; dieser habe ihn immer vor Auguste Comte[87] gewarnt. Ich hätte mich beim Anhören seiner Hinrichtung Bernardins besser unterhalten, wenn er nicht im selben Atemzug Rousseau[88] niedergemäht hätte. Wie viele andere

mäht er noch nieder? Mit Monstranzhieben verwüstet er unsere Literatur.
(Ich erinnere mich meiner Bestürzung in Cuverville, als ich beim Ausputzen und Beschneiden eines Pfingstrosenbaums bemerkte, daß ein Zweig, den ich abgeschnitten hatte, weil er mir dürr schien, noch voll Saft war.)
Mit der größten Achtung spricht er von Thomas Hardy und Joseph Conrad; mit der größten Verachtung von den englischen Schriftstellern im allgemeinen, «die nie begriffen haben, daß das *‹Nichts zuviel›* die erste Bedingung der Kunst ist». Er spricht viel; man spürt bei ihm das innere Drängen der Bilder und Ideen. Als ich, aus irgendeinem Anlaß, vom Nachlassen des Gedächtnisses sprach: «Das Gedächtnis läßt nicht nach!» rief er sofort. «Keine Fähigkeit läßt beim Menschen mit zunehmendem Alter nach. Das ist ein grober Irrtum. Alle Fähigkeiten des Menschen entwickeln sich stetig, von der Geburt bis zum Tod.»
Er redet unerschöpflich; Gedanken eines andern können die seinen nicht einen Augenblick aufhalten; eine Kanone lenkte sie nicht ab. Um sich mit ihm zu unterhalten, um zu versuchen, sich mit ihm zu unterhalten, ist man gezwungen, ihn zu unterbrechen. Er wartet höflich ab, bis man den Satz beendet hat, und fängt dann wieder da an, wo er aufgehört hatte, beim selben Wort, als hätte der andere nichts gesagt.
Er empörte Francis Jammes seinerzeit (1900), als er auf dessen Ängste erwiderte: «*Ich* habe meinen Gott.»
(Der größte Vorteil des religiösen Glaubens für einen Künstler ist der, daß er ihm einen *unermeßlichen* Hochmut gestattet.)
Beim Weggehen hinterläßt er mir die Adresse seines Beichtvaters.[89]

Er sagte noch:
«Ich mache mir nicht das geringste aus dem literarischen Wert meines Werkes. Als erster hat Frizeau, der durch meine Dramen zu Gott zurückgeführt wurde und darin die Religion als alles beherrschende Macht erkannte, in mir den Gedanken geweckt: Ich habe also nicht umsonst geschrieben. Die literarische Schönheit

meines Werkes hat für mich keine andere Bedeutung, als die, die ein Handwerker finden könnte, der sich bewußt ist, daß er seine Sache gut gemacht hat; ich habe ganz einfach mein Bestes getan; aber als Zimmermann hätte ich mich ebenso gewissenhaft bemüht, ein Brett gut zu hobeln, wie als Schriftsteller, gut zu schreiben.»

18. Dezember.

Wenn ich nicht mehr schreibe, dann hätte ich am meisten zu schreiben. Hatte ich einen Augenblick Muße, so mußte ich Korrekturen lesen und Briefe schreiben. Ich komme kaum meinem Leben nach. Es sind nicht so sehr die Ansprüche, die die Beschäftigungen an einen stellen, als deren Zahl, deren Vielfalt; mein Geist ist davon ganz aus den Fugen. Die beste Zeit in Paris ist die, wo man für abwesend gehalten wird. Höre ich länger als drei Tage auf, in dieses Heft zu schreiben, so fällt es mir schwer, es wiederaufzunehmen, und sobald es nicht im Detail sein kann, habe ich überhaupt keine Lust mehr, etwas aufzuschreiben. Zwingen wir uns.
(Raymond Bonheur, den ich gestern wiedergesehen habe, versteht nicht, daß man sich *zwingt.* Das ist aber meine Parole. Ich möchte alle meine Zweige gebogen haben, wie der geschickte Gärtner sie dressiert, um sie zum Fruchttragen zu bringen.)

Was Paul Claudel vor allem empörte, als er nach mehreren Jahren Orient wieder in die moderne Zivilisation zurückkehrte, war die Vergeudung, die Verschwendung.
«Wie!» sagte er, «als der heilige Franz von Assisi[90] im Schmutz des Weges ein zertretenes Stück Pergament fand, hob er es andächtig auf, nahm es in seine Hand, pflegte es, denn er hatte Schrift darauf erkannt – *Schrift,* dieses Heilige – und wir! Was machen wir heute damit! Ich leide geradezu beim Gedanken an die Unmenge Papier, die sich für einen Tag mit Druckerschwärze bedeckt und die man dann zum Abfall wirft... Wir haben nicht nur keine Achtung mehr vor der Schrift der andern, sondern nicht einmal mehr vor unserer eigenen...»
Verschwendung – ja, das ist es auch, was mir einen Abend wie den

gestrigen verdirbt. Verschwendung von Zeit, Geld, Kraft; und um welchen mittelmäßigen Vergnügens willen!
Alles wäre übrigens noch gut gegangen ohne die Art Pflicht, die wir uns auferlegten, den Abend im *Maxim's* zu beschließen. Ich hatte (recht angenehm, ja, durchaus) mit Gérard und Ventura im *Café de Paris* zu Abend gegessen, wo ich zum erstenmal war. Dann trafen wir die J. T.s und Copeau im Athénée, wo *Triplepatte* von Tristan Bernard gespielt wurde. Bei erneutem Besuch kam mir dieses subtile Stück noch besser vor.
Das Interesse des Abends beruhte, während der Pausen und nach dem Theater (im *Bal Tabarin*), auf Ventura und Madame T., oder besser: auf ihrer Liebenswürdigkeit (das Wort ist schwach) zueinander. Ich notiere nur. Erzählen wäre zu lang.
Ventura gab sich große Mühe, spontan zu wirken, sie spielte ihr Vergnügen so kindlich wie möglich. Sie war reizend, aber Madame T. war schön; und nicht nur ihre Gesichtszüge – eine seltsame innere Flamme, die durch ihre Wangen glühte. Usw. ... Da war die Episode mit dem Schal; ein ägyptischer Schal, eine Schärpe aus leichtem Stoff, der aber von einer Fülle silberner Pailletten beschwert war; als er vom Arm Madame T.s auf die Schultern der lächelnden Ventura glitt, mußten die Anmut und die Aufmerksamkeit der Geste auffallen, Copeau ebenso wie mir.

Weihnachtstag.

Heute morgen schleppe ich im Wagen einen Tisch und zwei Stühle nach Auteuil – die ersten Möbel meines neuen Hauses.

Gestern stöberte mich Mardrus in Auteuil auf.
Auf joviale Weise überlegen, schwungvoll wie immer, allen ein wenig auf die Nerven gehend, außer mir.
«Georges Louis», sagt er zu mir, «ist ein reizender Junge; er mag mich sehr.»
«Er hat recht.»
«Ja... er ist aber auch eine ganz überragende Persönlichkeit. Er macht großes Aufheben von mir!... Oh! ich meine nicht als Dichter, sondern als Mensch, als Intelligenz, als politische Mei-

nung… Ich werde mit den höchsten Titeln versehen abreisen!… Mit den höchsten Titeln, Gide!» wiederholte er, die Stimme erhebend; dann, etwas leiser:
«Man will noch das Ende der Konferenz abwarten, dann läßt man mich auf Marokko los.» Er bricht in Gelächter aus, lehnt sich zurück, wiederholt: «Läßt man mich auf Marokko los!» – und geht. (Ja, das sind seine Worte; aber der Tonfall ist nicht dabei.)

Natanson[91] berichtet mir folgenden Ausspruch Maillols:
«Modell! Modell! Was soll ich bloß mit dem Modell! Wenn ich eine Auskunft brauche, geh' ich zu meiner Frau in die Küche; ich hebe einen Hemdzipfel hoch; da hab' ich den Marmor!» Das alles mit einem stark südlichen Akzent vorgetragen.

«Nein, nein!» sagte Copeau, «Sie brauchen keine Angst zu haben. Ich bin mit meinem Glück zufrieden und wünsche es nicht anders; die seriösesten Abenteuer können mich höchstens zwei, drei Tage davon ablenken; nicht länger… Ich bin aber außerstande, den Ereignissen nicht die Angel hinzuhalten. Das nicht, das darf man nicht von mir verlangen!»

«Klammert euch ans Dogma; laßt lieber in der Moral nach.» Dieser Ausspruch eines einflußreichen Jesuiten wird mir von Arthur Fontaine berichtet.
Unglücklicherweise ist Miomandre[92] da; keineswegs unangenehm – im Gegenteil –, nur ein bißchen jung, ein bißchen zu schwungvoll; Fontaine bleibt nach ihm zurück, um mir von Jammes und Claudel zu erzählen; auch Claudel heiratet! Was Jammes betrifft, so läßt er mir ausrichten, daß Wyzewa[93] für ihn eine Frau sucht, und da Wyzewa sich ein wenig Zeit läßt, bittet er mich, die Sache zu beschleunigen…
Suarès schreibt in *Le Prisme:*
«Auf die Art der Kasteiung kommt es nicht an. So kasteit sich keiner, der glaubt, für die Liebe geboren zu sein, besser als im Zustand der Ehe.»

1906

5. Januar.

Ich hätte im letzten Heft noch vieles aufzuschreiben gehabt; ich lasse es unvollendet in Paris zurück. Dieses nehme ich im Zug in Angriff, der mich nach La Roque entführt.

Gestern am Spätnachmittag im Mathurins-Theater. Georgette Leblanc in *La Mort de Tintagiles.* Der kleine Saal überfüllt. Maeterlinck nimmt mich in seiner Loge gastlich auf. Uns gegenüber Mary Garden; rechts die Duse (wunderbares Gesicht einer *alten* Frau; keine Falte ohne Ausdruck). *Vollständig uninteressantes* Gesicht Maeterlincks; Stofflichkeit seiner Züge; sehr positiver, sehr praktischer Mann aus dem Norden, bei dem der Mystizismus eine Art psychische Exotik ist.

Ich erwartete, Georgette Leblanc abscheulich zu finden, und war mit mir selbst unzufrieden, daß ich mit ihr nicht unzufriedener war; aber nein; da sie schwach genug beleuchtet war, so daß man unter der Grobheit ihrer Züge, unter dem unfeinen Äußeren ihrer ganzen Person nicht zu leiden hatte, muß ich tatsächlich zugeben, daß sie sich nicht übel ausnahm.

Folge von «lebenden Bildern» à la Burne-Jones; oder à la Walter Crane. Fortwährende Musikbegleitung, die das Sprechen verlangsamt und Tiefen unter jeden Satz gräbt; die Handlung wird dadurch sehr gehemmt; jedes Wort möchte andeuten, daß sie sich eigentlich anderswo abspiele als auf der Bühne.

Abendessen mit den Drouins, Charles-Louis Philippe[94] und Ghéon. Dieser *eigensinniger* denn je. Ich habe übrigens schon früher bemerkt, daß er noch viel ungenießbarer ist, wenn er vorher bei Vielé-Griffin[95] war. Philippe wegen der Auswüchse Ghéons ganz im Rückzug. Die paar Worte, die er sagt, sind reizend.

7. Januar.

Rückkehr von La Roque.

Wie gefährlich! Wie gefährlich, sich mit zu vielen Dingen zu beschäftigen. Mein Geist ist zu nichts mehr aufgelegt.

Em. geht mit Olga in den Louvre, die sich bilden möchte, sich lange vor den Meisterwerken aufhält und vor der *Venus von Milo* sagt: «Wie schade, daß sie ihre Arme nicht mehr hat!» Was sie am *Apollon Sauroktonos* am meisten bewundert, ist die Eidechse.[96]

10. Januar.

Unerträgliche Abgespanntheit. Nur die Arbeit würde mir Erholung bringen, die Arbeit in Muße, das Spiel…; ich bin weit entfernt davon. Jeder Gedanke nimmt in meinem Gehirn die Gestalt von Sorge an; ich werde zum Häßlichsten, was es gibt: zu einem vielbeschäftigten Mann.

Dummerweise gestern die Generalprobe des neuen Stücks von Curel versäumt, zu dem Copeau uns zwei Plätze reserviert hatte. Wir haben die *Mémoires* der Madame d'Épinay fertig vorgelesen. Ohne Grimm wäre sie erträglicher. Da und dort reizende Stellen; mehrere davon habe ich notiert. Aber nichts kommt der ersten Hälfte des ersten Buches gleich. Wir versuchen es mit *Le Chevalier Destouches*[97], aber nach zwanzig Seiten fällt mir das Buch aus der Hand. Ich will es für mich weiterlesen. Ich habe ebensoviel davon, meine Antipathien zu pflegen, wie meine Zuneigungen. Von einem Ende zum andern gibt es bei diesem Mann nichts als Rhetorik und Bluff.

Wir lesen an zwei Abenden *La Princesse de Montpensier.* Ich bin zu müde, um irgend etwas darüber zu sagen. Seltsame Epoche, in der gutes Schreiben mit Höflichkeit gleichgesetzt wird und in der vor allem die Sittenregeln den Geist beherrschen.

11. Januar.

Heute morgen strahlendes Wetter. Die Luft ist trocken. Ich erkenne meine Gedanken nicht wieder. Ich fühle mein Alter nicht mehr.

Wir gehen ins Aulnay-Tal (mit den Schlumbergers), um bei Croux für unseren Garten in Auteuil eine Thuja auszusuchen.

Copeau wohnt gestern in der Loge der van Rysselberghes der Vorstellung des *Tintagiles* bei. (Ich war nicht dort.) Copeau heult wie ein Schloßhund; sagt: «Ich werde krank; kann nicht mehr ins Theater, ohne zu weinen.» Und als Madame Théo ihn fragt, was er von dem Stück halte, antwortet er im Ton von *Ça finira mal:* «Man beschäftigt sich zuviel mit dem Kleinen.» Und fügt nach einer Pause hinzu: «Das ist sogar die Schwäche des Stückes.»

15. Januar.
Stil: nicht so sehr scharfsinnig als bedachtsam; vorsichtig; ein Mann von vielen Vorsichtsmaßnahmen.
Die Kunst wäre die, trotz vollkommenster Ausdrücklichkeit noch Überraschungen vorzubehalten.

Wieder drei Tage Regen. Ich habe einen müden Kopf, einen unruhigen Willen und eine unbestimmte Persönlichkeit. Zahlreiche Beschäftigungen machen jede wahre Arbeit unmöglich; nur diese würde mir Ruhe verschaffen. Ich wage nicht, meinen Roman wiederaufzunehmen, aus Furcht, meine Emotionen und meinen Eifer abzustumpfen. Ich fange wieder an, Klavier zu üben, um der Hygiene willen, aber ohne Methode. Meine Handschrift wird häßlich. Ich schlafe schlecht; ich zittre und fahre im Schlaf hoch wie ein Wild.
Wir haben den mittelmäßigen Roman Boylesves[98] aufgegeben und mit Ergriffenheit *Pochékhonié d'autrefois* des bewundernswerten Schtschedrin[99] aufgenommen.

Freitag seltsamer Abend bei Charmoy. Im von riesigen Statuen überfüllten Atelier, das von etwa zwanzig sehr kunstvoll verteilten Kerzen beleuchtet wird, die da und dort, in die Winkel der Sättel, in die Mantelfalten seiner Engel, geklebt sind, jener riesigen Engel, die das Beethoven-Denkmal stützen – in diesem von einem kleinen gußeisernen Ofen überheizten Atelier erwarten wir, José, seine Frau und ich, die Prinzessin von Broglie und Miss Barnay.
Gegen zehn Uhr hört man das Auto der Prinzessin, die bald darauf im Türrahmen, in der Nacht, erscheint. Die Prinzessin ist in einen Hermelinmantel gehüllt, den sie in Charmoys Hände fallen läßt. Ein Kleid aus schwarzem Samt, das nur bis zur Brust reicht, bringt

ein weites Feld perlmutterglänzender Haut zur Geltung; Spangen aus Jett halten das Oberteil des Kleides zusammen. Das Gesicht ist klein, müde; die gewissermaßen jungfräuliche Frisur sucht es vergeblich zu verjüngen. Keine Falten zwar, die Gesichtszüge sind jedoch angestrengt verzogen.

Kaum eingetreten, fixiert sie mich durch ihr Lorgnon; ein Lorgnon mit goldenem Stiel, das am Ende eines Kettchens von einem zierlichen Rubinarmband gehalten wird.

Ihr Wunsch zu verführen springt in die Augen.

Über die Rücklehne eines Strohstuhls, den sie «wenig liebenswürdig» findet, breitet man einen Pelz; auf den Boden stellt man eine Wärmflasche für ihre kleinen Füße, die sie außerdem noch in einen Schal wickelt. Neben ihr, hinter ihr, verbirgt sich Miss Barnay in beredtem Schweigen und läßt die andere sich in Szene setzen.

Rückkehr nach Frankreich. 30. Januar, Liverdun.

Ich liebe diese Landschaft, wo die ausgewaschene Erde Ockerfarbe durchs Gras schwemmt. Parallel zum Gleis der gleichmäßige Lauf eines Flusses; ein wenig höher, ein wenig weiter weg von uns, ein Kanal; eine Barke wird da langsam durchgezogen. Weiter weg hebt sich das Gelände noch stärker; winterlich entblößte Brachfelder; ein Stück Fels; dann niederer Wolkenhimmel. Bäume säumen den Kanal. Unten auf den Wiesen, die der Fluß überschwemmt hat, mischen Schnee und halbgeschmolzenes Eis zwischen den Schilfbüscheln Flecken von zweifelhaftem Weiß in den erbleichenden Widerschein des Himmels.

Cuverville, 3. Februar.

Im Zusammenhang mit einer sehr interessanten Korrespondenz aus Tahiti, vom *Journal des Missions* veröffentlicht, nehme ich das *Tagebuch* von Darwin[100] wieder zur Hand und lese Em. den hochinteressanten Bericht von seinem Aufenthalt auf den Südsee-Inseln wieder vor.

Ich lese für mich weiter.

Es ist lange her, daß ich mit einem so gesunden Appetit und gleichzeitig mit so viel Feinschmeckerei gelesen habe. Jede neue Idee, wie sie mir die Lektüre bietet, fügt sich ein, sobald sie in mich eingedrungen ist; es scheint mir, als erwartete ich sie; ihr Platz war bereit.
Ich erinnere mich gewisser Lektüren meiner Kindheit, so wollüstig durchdringend, daß ich fühlte, wie mir der Satz fast materiell ins Herz drang. Heute abend habe ich dieses wunderbare Gefühl wieder erlebt...
Ich war bis fünf Uhr im Garten geblieben und habe mit Mius[101] im Sturm meine Rosenstöcke beschnitten; erstarrt vor Kälte, berauscht von der frischen Luft kehrte ich ins Haus zurück. Wie schön war der bleiche, schieferfarbene Himmel über dem rostroten Hügel und den kahlen Bäumen der Allee!
Im Gewächshaus bietet mir eine *Iris tuberosa* eine zarte grünschwarze Blüte dar. Im Garten blühen fast alle Christrosen.

9. Februar.
Ich beende die *Mémoires de deux jeunes mariées.* Verworrenes, schwerfälliges Buch; im Lauf der Seiten die Umrisse eines Meisterwerkes. Seltsamer *Druck* des Gegenstandes. Balzac ... diese geniale Art, die er hat, aus allen seinen Fäden einen plötzlichen Knoten zu schlingen; der erste Satz dieses Buches zum Beispiel; so etwas kann ein Gehirn nur finden, wenn es auf hohe Temperatur gebracht wird.[102]
Ein Genie, das zur Kritik unfähig ist. (Siehe Vorwort zu *Fille d'Ève;* Urteile über den Roman bei den verschiedenen Völkern Europas.)

13. Februar.
Ich unterbreche meine Lektüre des neuen Buches von Barrès[103], dem *Archipel* von Pierre Louÿs zuliebe; zusammengelesene Armseligkeiten und kalligraphierte Albernheiten, dazwischen plötzlich ein ausgezeichneter, entschiedener Artikel gegen die Reform der Rechtschreibung; ein zweiter sehr guter über den Sport im Altertum.

Wir kommen aus der Schola (*Orfeo* von Monteverdi, sehr mittelmäßig aufgeführt), die van Rysselberghes, die Jean Schlumbergers, Ghéon und ich. In der *Closerie,* wo wir uns einen Augenblick aufhalten, bemerkt man am hinteren Tisch Überbleibsel von *Vers et Prose,* die sich um Paul Fort[104] und seine Frau, B. R. und einige Unbekannte gruppieren. Hände werden geschüttelt. R. beginnt mit einem gewaltigen Kompliment zu meinem persönlichen Gebrauch: «Ich danke Ihnen, Gide... ich danke Ihnen für die schönen Seiten in *Vers et Prose,* die Sie uns zu lesen erlaubt haben.» Nichts ist dümmer als das Gesicht eines Komplimentierten. Man muß das zu vermeiden wissen. Und als er insistiert, mich zitierend: «Ich weiß nicht, wo ich in meinem Satzgefüge diese monströse Kröte unterbringen soll...», unterbreche ich ihn brüsk: «Nun, ich bin froh, daß sie in Ihrem Mund Platz gefunden hat.»[105] Das ist mir unwillkürlich herausgefahren.

Seit drei Tagen verpacke ich meine Bücher mit der Begeisterung eines Vandalen. Je mehr sich meine Bücherregale leeren, um so mehr fühle ich, wie sich mein Gehirn lüftet. Ich fühle gleichzeitig den Rausch einer Art Plünderung, und, wenn ich meine Bücher in Körbe reihe, den anderen Rausch, den der Präzision, der Sorgfalt, des geschickten Einordnens.

1. März.

Endlich finde ich mich vor meiner Arbeit wieder; nichts trennt mich mehr von ihr. Gestern und heute morgen meinen Briefwechsel vollends erledigt. Wieder angefangen, Klavier zu üben. Mein Schreibpapier erhalten. Die Exemplare von *Amyntas* erhalten.

2. März.

Den erstaunlichen Essay von Hugo über Voltaire gelesen.[106]

3. März.

Ich nütze meine Zeit noch nicht ganz aus; ein wenig Schwindelgefühl vor zu vielen leeren Stunden; Anhaltspunkte wären zu erfinden. Heute abend lese ich Gérard den *Villemain* von Hugo vor.[107]

6. März.

Gestern abend Copeau alles vorgelesen, was ich von der *Porte étroite* fertig habe. Ich hatte bei ihm zu Abend gegessen; nachmittags hatte ich ihm meinen *Amyntas* zu Petit gebracht; dann Schwimmbad; dann bei *L'Ermitage*. Es war herrliches Wetter; es ging mir sehr gut.

Nach dem Essen liest Copeau erst einige Teile von *Amyntas* seiner Frau vor; dann nehme ich ihm das Buch aus der Hand und lese meinerseits die Stelle von der Flöte, die von Droh usw. … Madame Copeau läßt uns allein; ich nehme mein Manuskript aus dem Umschlag. Das Vorlesen, das ganz gut anfängt, verliert sich in einem Sumpf von Langeweile. Trostloser Eindruck, vielleicht nicht so sehr auf Copeau wie auf mich selbst; übrigens kannte er schon fast alles. Ich nahm mir sogar die Art Feigheit übel, die mich bewogen hatte, ihm damit zu kommen, ehe ich mehr erreicht hatte. Wieviel Arbeit noch! Es muß alles neu geschrieben werden. Großer Nutzen dieses Abends. Copeau, ein guter Arzt, nicht grausam, sogar zu tolerant, verstärkt dennoch meinen Eindruck durch den seinen; und schon kenne ich ihn zu gut, um mich allzusehr zu schämen, daß ich mich ihm gezeigt hatte, ohne gründlicher Toilette gemacht zu haben.

Heute morgen schicke ich einen Rohrpostbrief an Rouart, um bei seinem Essen abzusagen (bei Prunier, mit Albert Sarraut und Michel). – Ich stürze mich in die Arbeit.

Rouart stöbert mich doch auf; er nimmt mich gleich mit. Unerträgliches Essen, bei dem man nur von Politik spricht und ich so tue, als hätte ich etwas dazu zu sagen. Gegen Schluß, als die Rede auf die Inventare kommt, belebt sich die Unterhaltung immerhin ein wenig.[108] Albert Sarraut spricht recht gut.

Um drei Uhr verschwinde ich.

Ich war dumm genug, heute nachmittag Blanche aufzusuchen. Die Empörung, die ich über ihn empfinde, läßt mich ans ewige Leben glauben. Unmöglich, danach noch zu arbeiten oder auch nur Kla-

vier zu üben. Ich muß ausgehen, Luft schnappen. Kein Gedanke in mir, der sich nicht auflehnt.
Erfinderisch als Glücksverderber – nicht gerade böswillig, sondern aus Verständnislosigkeit gegenüber jeder Art von Glück außer der, die ihm sein Vermögen zu genießen erlauben würde –, aus Unfähigkeit, selbst Glück zu erleben. Ich kann mir vorstellen, daß er es eher in einem bequemen Gebrauch der Dinge sucht als in freier Verfügung über sich selbst; er ist ein außergewöhnlich abhängiges Wesen. Das Glück anderer erregt gern sein Mitleid. Er sagt oder scheint dann sagen zu wollen: «Ach du lieber Gott, wie können Sie mit so etwas glücklich sein? Ich an Ihrer Stelle…», und anstatt zu bemitleiden, gibt er auch noch Ratschläge.

Dienstag morgen.
Ich schöpfe aus dem hervorragenden *Vie de Poussin* (von Paul Desjardins) ruhige Gesundheit. – Seit einigen Tagen stehen wir, Gérard und ich, schon um sechs Uhr auf (er geht um halb acht in seine Fabrik); Bach tritt an die Stelle von Chopin und Pascal an die von Montaigne. Meine *Amyntas'* sind fast alle verschickt. Mein Roman nimmt in meinem Kopf langsam wieder Gestalt an; es handelt sich nicht mehr darum, darin Gefühle sehr gut auszudrücken, sondern kleine Tatsachen zu sammeln, um die Charaktere zu «gestalten».
Ich glaubte, Pascal zu kennen; jeden Tag entdecke ich darin Neues.

Em. kommt gestern von Cuverville zurück. Um elf Uhr bin ich an der Gare Saint-Lazare. Mit dem Vorortzug kommen wir hier um Mitternacht an.
Unmöglich, den Schlüssel zum Spiegelschrank wiederzufinden. Em. behauptet, ihn in ihren Korb gelegt zu haben, oben auf vier Dutzend Eier. Natürlich muß wohl, da die Eier sich bewegt haben, der schwere Schlüssel auf den Grund der Tasche gerutscht sein. Wir wühlen mit Vorsicht, aus Angst, die Eier zu zerbrechen. Wir fördern Handschuhe zutage, einen Schleier, eine Schere, ein Taschentuch und was alles noch? Und zehn Schachteln Streichhöl-

zer!* Kein Schlüssel. Wir entschließen uns, die Eier herauszunehmen, eins nach dem andern. Jedes Ei ist in ein Stückchen Papier gewickelt, das wir entfernen. Das Ei liegt frisch in der Hand, blank, von milchigem, sehr mattem Weiß. Es bildet in der Cloisonnéeschale von Eugène Rouart, die so blau ist, so grün, ein wunderbares Stilleben. Es ist jetzt ein Uhr morgens; die Tasche ist leer, die Schale voll; wir bewundern. Aber vom Schlüssel keine Spur.

Ich wende bei Gérard die beste Methode an: Ich richte es so ein, daß er es ist, der mich berät, der mir die beste Arbeitsweise beibringt. Was er nur kann, wenn er selbst arbeitet. Ab sechs Uhr sind wir beide auf den Beinen. Gemeinsam mit ihm habe ich jenes System als völlig falsch erkannt, das darin besteht, sich zuerst des kleinen Gestrüpps zu entledigen – liegengebliebener Briefe, Zeitungslektüre, Aufräumarbeiten – unter dem Vorwand, danach den Kopf für die *wahre* Arbeit frei zu haben. Mit dieser muß man beginnen. Man muß sie ohne Umwege, ohne Aufschub, mit Entschlossenheit angreifen; die größte, die morgendliche Frische hineintragen.
Heute früh sehr schöner Brief von Claudel. Ausgezeichneter, rührender Brief von Mauclair, den ich sogleich beantworten will.

Freitag.
Gérard – ein Wesen ohne Tugend. Dafür müßte man aber mehr Gaben besitzen.

* Die Geschichte der Streichhölzer muß hier aufgeschrieben werden.
«Aber ja», sagt Em., «ich habe sie in Criquetot gekauft. Stell dir vor, dort kosten sie nur einen Sou. Berthe hat ihren ganzen Handkoffer damit gefüllt.»
«Aber, meine Liebe, das sind doch Schwefelhölzer! Du hast sie offenbar für schwedische Zündhölzer gehalten: Da! Riech mal!» – Und ich entzünde eines unter ihrer Nase.
Em. schnappt ein bißchen nach Luft und ruft:
«Ah! Diese Räuber!»

Samstag, 17. März.

Gestern abend wütend nach Hause gekommen (morgens um Viertel nach eins), von einem absurden Abend im Odéon. Man gab die Premiere von Mendès' *Glatigny.* Gérard schleppte mich unter dem Vorwand hin, Ventura darin einen Embryo von Rolle (mittelmäßig) spielen zu sehen; sie war nur eine Viertelstunde auf der Bühne. Ha, was für ein schrecklich sterbenslangweiliger Abend! Nichts kann das Getue der Schauspieler beschreiben. Rhetorik und Geschwätz.

In der Parkettloge die Jean Schlumbergers, Jacques Copeau und, nachdem sie sich abgeschminkt hatte, Ventura. Gérard macht die Runde.

Heute früh ist mein Kopf zerschlagen. Es bedarf wahrhaftig der ganzen Freude an dem prachtvollen Wetter, um mich wiederherzustellen.

Sonntag, 18.

Ich beende langsam, so langsam wie möglich, das heilsame Buch von Paul Desjardins über *Poussin,* aus dem ich mehrere Seiten abschreibe. Ich lasse mir sein Buch über *La Méthode des classiques*[109] kommen, auf das mich Maurice Denis aufmerksam macht. (Er hat am Montag bei uns gegessen.) – Ich wünschte, Maurice Denis wäre nicht so leicht mit sich selbst zufrieden. Aber ein wenig Unruhe würde ihm viel von seiner Gesundheit nehmen.

Er erzählt von Henri Matisse, der Rodin seine Zeichnungen vorlegte und dann das Atelier des Meisters wütend verließ, weil dieser zu ihm gesagt habe: «Bosseln Sie noch mehr daran herum. Wenn Sie noch vierzehn Tage daran herumgebosselt haben, dann kommen Sie und zeigen mir's wieder.»

Er spricht von Simon, von Cottet, von Dauchez; die *Selbstsicherheit* von Jacques Blanche imponiert ihnen allen. Nun ja.

Clara Ungerer kommt zum Abendessen. Sehr angenehmer Abend. Den ich aber noch lieber am Klavier verbracht hätte oder vor einem Buch.

Dienstag.
Coutard kommt zum Essen: etwas in die Breite gegangen, sehr «zurück aus Amerika». Ich werde Gérard nicht helfen, sich von ihm zu lösen. Das wird ganz von selbst kommen, und Regungen der Eitelkeit Gérards würden für mich einiges an Interesse einbüßen, wenn ich die Fäden zöge.
Gleich nach dem Essen eile ich zu Ghéon in die Monet-Ausstellung. Wir gehen zusammen in die *Société Nouvelle,* zu Copeau. (Erstaunliche Büste von Rodin.) Bei den *Indépendants* treffen wir in der Menge Garnier, Mourey, Guérin, Rouart; und Retté[110], der vollständig betrunken am Arm eines sehr jungen Mannes, der ihn stützt, dahergewalzt kommt, vom anderen Ende des Saales her meinen Namen schreit und sagt: «Ich bin ein bißchen betrunken», wobei er einem ins Gesicht rülpst. Der betrunkene Verlaine war gewaltig. Der betrunkene Retté scheint unbedeutender denn je; er ist einfach widerwärtig; man geht darüber hinweg.
Nur Mittelmäßiges sehen können. Wie hätte man aber auch in diesem Menschengewühl richtig lauschen können? Wie seine Aufmerksamkeit getreulich etwas widmen? – Der Artikel von Vauxcelles, den man am Eingang verkauft, ist idiotisch.

20. März.
Unmöglich, heute nicht in den Louvre zu gehen. Es ist ein Bedürfnis, das seit acht Tagen wieder auftritt. Und ich habe es mir übelgenommen, daß die Poussins mir zuerst glanzlos vorkamen. Erst als ich sie *wiedersah,* nachdem ich die Runde durch die Säle gemacht hatte, haben sie sich aufgehellt. Ich bewundere diese Art von Ungeschick, von Schwerfälligkeit in der Ausführung. Keinerlei Meisterschaft der Hand; keine Brillanz; wohl bei keinem anderen Künstler hat der Kopf das Handwerk so sehr von oben beherrscht.
Beim Hinausgehen halten mich die beiden Bilder von Jean Boulogne, genannt Valentin (1591? bis 1634?) fest. Ich muß mir das noch einmal ansehen. Das *Jugement de Salomon* ist ein fast ergreifendes Werk und eines der verwirrendsten, die ich kenne.

21. März.

Geduldig komme ich mit der *Apologie de Raimond de Sebonde* voran.
Sicher war es das *geheime Ziel* der Mythologie, die Entwicklung der Wissenschaft zu verhindern.

24. März.

Ich lasse nicht zu, daß irgend etwas mir schade; ich will im Gegenteil, daß mir alles nütze. Ich beabsichtige, aus allem Nutzen zu ziehen.

25. März.

Das Innere von Gérards Gehirn – hell, schallend und eiskalt –, wie ein Zimmer ohne Möbel und ohne Feuer...
Heute morgen schiebt sich keinerlei Dunst zwischen meine Feder und meinen Kopf.

28. März.

Von der Anwesenheit des kleinen Gérard hier habe ich ungefähr insoweit profitiert, wie sich profitieren ließ. Es ist zu befürchten, daß ich, bleibt er noch lange in meiner Nähe, wieder zum Christen werde. Ich fühle zu genau, von welchem Nutzen für ihn die praktische Anwendung gewisser Maximen des Evangeliums wäre, und kann eine *tiefe* Empörung nicht unterdrücken, wenn ich mit ansehe, wie er ohne Schönheit ein moralisches Erbe verschleudert, das Generationen *unter Selbstverleugnung* für ihn zusammengetragen haben. (Dieser Satz könnte aus einem Artikel von Claretie[111] stammen; aber wenn ich zu versuchen beginne, «elegant» zu schreiben, bin ich verloren.)
Sein ungeheuerlicher Dünkel ist krankhaft; man möchte ihn behandeln wie ein Krebsleiden; und vielleicht ebenso ohne Hoffnung auf Heilung. Vielleicht liegt es an seiner Konstitution, daß er kein anderes Vergnügen dem der Eitelkeit vorziehen kann. Er langweilt sich.
Er behauptet, es ginge ihm jetzt besser. Ich fürchte, daß er es glaubt. Aber nein; er kann sich doch nicht von einem so oberflächlichen Anschein täuschen lassen! Tatsächlich bekommt er nach einer oder zwei Stunden ruhiger Arbeit auch wieder die klare

Haut, die ich manchmal schon für immer verloren glaubte... Eine Stunde darauf kochen seine Wangen wieder, färben sich in einem scheußlichen Ziegelton; sein Blick wird schwer, verschließt sich... Wodurch unterscheidet er sich dann noch von irgendeinem ausschweifenden Versager? Er verkehrt gern mit solchen; das ist eigentlich seine Welt; gerade sein Dünkel treibt ihn dorthin; nur dort hat der Rest seiner Titel noch Kurswert.

29. März.

Ich lese meine alten Briefe an Em. wieder, die ich von Cuverville mitgenommen habe. Vergeblich suche ich darin irgendwelchen Nährstoff für meinen Roman. Aber ich erblicke darin, nackt und bloß, alle Fehler meines Geistes. Da ist nicht ein einziger, der mich nicht ärgerte.

30. März.

Gérard. – Er hat trotz allem seine Qualitäten; er hatte seine Tugenden. Ich habe vieles an ihm gemocht.

Was schert mich Begabung bei jemandem, der sie nicht reifen lassen kann?

Nicht ohne Interesse wohne ich der langsamen Wandlung des Bildes bei, das er sich von mir gemacht hatte.

All meine Beschäftigungen fordern von mir die köstliche erste Morgenarbeit: Klavierüben, alte Sprachen, Lektüre, Korrespondenz, Einträge in dieses Heft; so daß sie manchmal in Stücke bricht und ich die kostbarsten Augenblicke des Tages ohne Methode verstreue.

3. April.

Heute abend beende ich schluchzend die wunderbaren *Souvenirs d'hôpital* von Lucien Jean.

Dreimal habe ich heute im Gespräch mit Leclerc, dem Bouquinisten, Regungen der Eitelkeit nachgegeben, Paradegesten – für deren geringste sich Lafcadio die Klinge seines Federmessers in den Schenkel gestoßen hätte.

Wie schön war das Wetter heute früh!

4. April.

Im Abstand von acht Tagen verkauft man die Bibliothek Heredias[112] und einen Teil der Verhaerens. Ich gehe zum ersten Tag der einen und zur zweiten. Dazwischen hält mich eine starke Grippe zu Hause fest.
Im Auktionssaal mache ich Hanotaux und Pozzi einige Bücher streitig. (In einem anderen Heft werde ich meine Käufe im einzelnen verzeichnen.) Die Mehrzahl der Bücher wird weit über ihren Wert gesteigert. Man läßt sich verführen, Bücher zu erstehen, die man sich nur halb wünscht oder gar nicht.
Ich nahm mir vor, einen Desbordes-Valmore zu erwerben in der Hoffnung, ihn dann Marie de Régnier[113] zu schenken. Ich erinnere mich noch an den Tag, als sie, allein mit mir im Arbeitszimmer ihres Vaters, mir die *Roses de Saadi* vortrug.
Die Grippe hat mich ans Haus gefesselt.

5. April.

Zwei Stunden bei den Rennen von Auteuil verloren, um einer zehn Minuten währenden billigen Erregung willen. Ich bin derart mittelmäßige Vergnügen nicht gewöhnt. Meine Verstimmung rührte vor allem daher, daß ich den Sattelplatz nach allen Richtungen durchstreift hatte, ohne einem einzigen Wesen zu begegnen, mit dem zu plaudern oder zu schlafen wünschenswert gewesen wäre.

6. April.

In Heredias großem Ronsard entdecke ich die wunderbare Ode *Contre Denise, sorcière.*[114]

7. April.

Ohne großen Nutzen den Doppelartikel von Sainte-Beuve über Grimm gelesen.[115]

Vor seiner Abreise in den Süden (er macht mit Pierre Espinas[116] eine dreitägige Autofahrt) habe ich von neuem mit Gérard gespro-

chen. Ich habe es gern, wenn er mich mit ein paar Worten entwaffnet und mir die ganze Zärtlichkeit zum Bewußtsein bringt, die ich trotz allem noch für ihn empfinde.
Ich habe schon gesagt, daß er (für mich speziell) der vollendete Typ des Schmeichlers ist. Ich meine damit: Ihm gegenüber weiß ich mir Dank für alle Gefühle, die ich empfinde. Ja: Gérard überläßt mir jedesmal die hübschere Rolle. Nur schade, daß das Stück nicht unterhaltender ist.

8. April.

Ghéon hat mich gestern nach dem Abendessen aufgesucht. Ich begleite ihn auf die Boulevards und kehre erst um zwei Uhr nach Auteuil zurück. Heute morgen erhebe ich mich etwas müde, aber den Kopf klar, fleißig und lustvoll aktiv.
Ich beende den mittelmäßigen Artikel von Sainte-Beuve über Grimm, notiere einiges, Barrès betreffend, und gehe dann durch die Gartentüre in den Bois hinaus, wobei ich Montaigne und die Briefe Flauberts an seine Nichte mitnehme. Diese Zeilen schreibe ich auf der ersten leeren Bank. Es ist schönes Wetter. Die Luft ist köstlich einzuatmen.
Seit drei Tagen schon ist der Himmel klar. Die Luft ist noch eher frisch als mild. Ich genieße alles mit Hingabe.
Gestern Jacques Blanche besucht. «Was für ein schönes Wetter!» konnte ich mich beim Hereinkommen nicht enthalten zu sagen. Er aber sofort: «Oh! Wie können Sie das behaupten? Das Wetter ist scheußlich. Sie nennen ‹schönes Wetter› gerade jenes, das ich nicht ertragen kann.» Solche Worte empören mich wie eine Gotteslästerung. Ich sollte Blanche nur besuchen, wenn es regnet.
Er hat es gern, wenn alles mit ihm und um ihn verdrießlich ist.

Bewundernswerter Brief von Raymond Bonheur als Antwort auf den, den ich zum Tod Carrières schrieb. Und der beunruhigende Satz als Postskriptum: «Ich erhalte von Francis Jammes einen Brief, der eine der Traurigkeiten meines Lebens sein wird.»
Bei jeder ernsten Gelegenheit zeigt sich bei Jammes erneut der Mangel an echter Güte.

Wobei seine beiden Bücher, die ich gestern erhalten habe (*L'Église habillée de feuilles* und *Pensées de jardins*), dennoch voll wunderbarer Seiten sind.

9. April.

Ich lese einige Seiten von Anatole France wieder...

Ich würde France vorbehaltloser mögen, wenn einige Unvorsichtige ihn nicht zum großen Schriftsteller machen wollten. Dann nämlich werde ich stutzig. Ich fürchte, ungerecht gewesen zu sein. Ich nehme mir *La Vie littéraire* wieder vor, *Le Jardin d'Épicure*[117] vor allem, worin sich sein Denken am unmittelbarsten offenbart. Ich lese da folgenden Satz, dem ich beistimme: «Etwas vor allem verleiht dem menschlichen Denken Anziehungskraft: die Unruhe. Ein Geist, der nicht unruhig ist, ärgert und langweilt mich.»

Ich denke dabei an Goethes Wort: *«Das Schaudern ist der Menschheit bestes Teil.»*[118] Aber ach! Gerade das... und wenn ich noch so darauf eingehe... ich fühle kein Schaudern bei Anatole France; ich lese France ohne Schaudern.

Er ist beredt, fein, elegant. Es ist ein Triumph des Euphemismus. Aber er hat keine Unruhe; schon beim erstenmal schöpft man ihn aus. Ich kann nicht an die Unsterblichkeit jener glauben, über die sich alle Welt schon von Anfang an einig ist. Ich zweifle stark, ob unsere Enkel mehr und Besseres zu lesen finden werden als wir, wenn sie seine Bücher öffnen. Ich auf jeden Fall hatte nie das Gefühl, als komme er meinen Gedanken zuvor. Wenigstens erklärt er sie. Dafür eben sind ihm seine Leser dankbar. France schmeichelt ihnen. Jeder kann sich denken: «Wie hübsch das ist! Immerhin, auch ich bin nicht so dumm: Genau das habe *ich auch* gedacht.»

Er ist ein guter Gesellschafter; das heißt, er kümmert sich immer um die andern. Vielleicht legt er auch keinen großen Wert auf das, was er ihnen nicht zeigen kann. Ich habe ihn sogar im Verdacht, daß er außerhalb dessen, was er zeigt, nicht allzusehr existiert. Er besteht ganz aus Unterhaltung, aus Beziehungen. Wer ihn besucht, ist ihm dankbar, daß er zuerst in den Salon und das Arbeitszimmer geführt wird; es sind dies ebenerdige Räume; der Rest des Hauses hat kaum Gewicht. Mich aber stört es, wenn ich nicht nebenan das

Zimmer vermuten kann, worin ein Verbrechen begangen wird, oder das, worin man sich liebt.

10. April.

Paul Laurens, der zum Essen kommt und mit dem ich den ganzen Nachmittag verbringe, wiederholt mir den trostlosen Ausspruch Alberts[119]: «Ach, wie schwer sterben doch die Jugendträume!»

Sonntag, 15.

Die Zahl nimmt zu... der Dinge, die ich mir zu denken erlaube, die ich mir etwas weniger zu sagen erlaube und die ich den andern gar nicht zu sagen erlaube. Zum Beispiel: daß der Anfang von *Madame Bovary* sehr schlecht geschrieben ist.

Osterdienstag.

Sehr ermüdete Nerven nach dem gestrigen Tag, wo ich ab neun Uhr morgens nicht mehr arbeiten noch mich einen einzigen Augenblick absondern konnte.
Heute früh kreist durch meine Arbeit eine *wahnsinnige* Unruhe: Wie ist Jacques Copeau am Samstag abend nach Hause gekommen? Gleich am Sonntag ging ich bei Georges Petit vorbei, um mich nach seiner Rückkehr zu erkundigen. Copeau war nicht da; ich hinterließ einen Zettel für ihn, eine dringende Frage... Seither *nichts*. Ich werde heute abend wieder vorbeigehen.
Welch *ungemeines* Vergnügen bereitete mir gestern das Ausgehen mit den vier Kindern von Élie Allégret.[120] Ich nahm sie mit Domi in den Botanischen Garten mit. Ich hatte während des ganzen Spazierganges den kleinen Jean und den ganz kleinen André an mir hängen. Von Zeit zu Zeit drückte einer von ihnen plötzlich meine Hand in einer Art Gefühlsaufwallung. Ich atmete ihre Zuneigung ein wie einen Wohlgeruch. Jean hielt meine rechte, der kleine André meine linke Hand. – Das Wetter war herrlich. Wir sahen einen Ballon aufsteigen.
Der kleine Jean. Seine Unruhe; sein Aufmerken jedesmal, wenn er mich Geld aus der Tasche holen sah. (Für die Eisenbahn, den Wagen, die Eintrittskarten, das Vesperbrot.)

Ich wollte Jeanne einen sehr amüsanten Ausspruch von Éric, Jeans jüngerem Bruder, berichten; ich bin plötzlich verstummt, als ich den *beunruhigten* Blick Jeans auffing. Da er es sicher bei seinen Eltern nie erlebt hatte, daß sie einen Ausspruch von einem der Kinder aufgegriffen hätten (und dem ist die so angenehm natürliche Sprechweise dieser Kinder zu verdanken), konnte er nicht glauben, ich berichtete diesen Ausspruch, weil ich ihn reizend fand; er fürchtete, es sei etwas Unpassendes gesagt worden.
Schon ganz guter Hirte – «der Führer der Herde»* –, dachte er nicht an sein eigenes Vergnügen, kümmerte sich unausgesetzt um das Zusammenbleiben seiner kleinen Brüder; spähte, ob einer sich absondere; war besorgt, wenn er nicht alle *auf einmal* erblickte.

Mittwoch, 18. April.

Das richtige Papier gefunden, um *La Porte étroite* darauf zu schreiben – und mit dem Abschreiben angefangen. Drei Seiten.

Montag, 23.

Heute morgen habe ich meine Papiere aufgeräumt, die sich unordentlich angehäuft hatten; die Zeitungen der letzten Tage gelesen, Notizen und Ausschnitte gemacht. – Heute nachmittag habe ich erschöpft eine Stunde geschlafen; die mittelmäßige Novelle von Blum gelesen, alte Zeitschriften usw. …
Den Band Flaubert beendet *(Lettres à sa nièce).*

27.

Ich klammere mich an die Arbeit; leide aber unter Zerstreutheit und suche mich, ohne es zu wollen, noch mehr zu zerstreuen.
Das *Denken* Léon Blums hat für mich jegliches Interesse eingebüßt; es ist nur noch ein loses Werkzeug, das er den Erfordernissen *seiner Sache* leiht.
Es ist lange her, daß ich ein kritisches Werk gelesen habe, das mich so befriedigt wie das ausgezeichnete Buch von Paul Desjardins. Nach seinem *Poussin* lese ich seinen *Corneille,* und ohne jede Eile, damit zu Ende zu kommen.

* Ronsard

Ich lese *Madame Bovary* wieder. Die Schwierigkeiten, die zu überwinden Flaubert sich vornimmt, sind alle von derselben Art, und Flaubert findet, um sie zu verringern, immer denselben gemeinsamen Nenner.

Wir haben gestern einen armen schwarzen Pudel aufgenommen, der fast verhungert war und seit drei Tagen vor dem Tor herumstrich. Sein Fell ist ganz filzig, schwer vom Schutt, auf dem er im Neubau des Nachbarn schläft. Um zwei Uhr morgens schickt mich Em. hinunter, um nachzusehen, ob nicht er im Keller bellt, wo wir ihn eingesperrt haben. Ich glaube nicht, daß er intelligent ist, aber er ist zärtlich.

Ich habe meinen armen Hund in meiner Badewanne gebadet und abgeseift. Ich hoffte, die Sauberkeit würde seinem Fell einigen Glanz verleihen! Mehr denn je sieht er jetzt aus wie der Hund eines Blinden. Ich, der ich mir einen Rassehund wünschte, bin nun bedient! – Macht nichts; auch hier will ich die Ereignisse, die mich wählen, denen vorziehen, die ich gewählt hätte.

Samstag.

Nach leidlicher Arbeit ausgegangen, um den braven La Pérouse zu besuchen, den ich an diesem Tag allein wußte. Ich verlasse ihn gerade rechtzeitig, um Copeau abzufangen, der aus der Galerie Petit tritt, und begleite ihn in sein Viertel, da ich selber bei Auguste Bréal zum Abendessen geladen bin.

Sehr angenehmes Abendessen mit den Philippe Berthelots[121], Moréas, Bonnard und einem Bildhauer, dessen Namen ich nicht verstehen konnte.

Moréas protestiert, als man von seinem guten Aussehen spricht, und behauptet, er sei «sehr krank». Sieht man ihn genauer an, bemerkt man in der Tat, daß sein «gutes Aussehen» nur von einer recht unangenehmen Aufgedunsenheit herrührt. Doch er zeigt sich wieder so, wie ich ihn kenne, gepflegt gekleidet, sorgfältig auf seine Worte bedacht und mit einer mechanischen Bewegung unausgesetzt seinen Schnurrbart hebend, indem er ihn ein wenig dreht. Sein großes Kakaduauge schenkt mir, wenn er sich an mich wendet, eine Art Liebkosung, die mich rührt. Ich möchte ihm sagen, wie sehr ich seine Verse liebe, bringe aber nicht das geringste Kompliment aus mir heraus. Er spricht von Victor Hugo mit einer verächtlichen Herablassung, die aber nur Spiel ist: Er behauptet, ihm Lamartine vorzuziehen, und trägt von diesem Verse vor, die, gut gewählt und von seiner schönen Erzstimme erwärmt, tatsächlich voll Ambrosia scheinen. Er spricht wenig, bleibt gutmütig, verlangt kein ehrfürchtiges Schweigen um sich her und spricht nur zu wenigen gleichzeitig. Philippe Berthelot gab, wie gewöhnlich, die billigen Paradoxe des überlegenen Mannes von sich. Die Zerstörung von San Francisco ist «ein kleines Ereignis ohne Bedeutung»; ebenso der Ausbruch des Vesuvs; der Streik vom 1. Mai «existiert lediglich in der Phantasie erschreckter Bürger»; der Bonmartino-Prozeß ist «eine sehr banale ‹vermischte Nachricht›, die nur deshalb etwas mehr interessiert als die üblichen vermischten Nachrichten, weil die Namen italienisch sind». Und so fort. Moréas verfällt auch ein wenig in diesen falschen Ton, der bei drei Vierteln der heutigen Literaten und Intellektuellen üblich ist. (Paul Valéry, Gourmont, Vielé-Griffin – ich habe die unterschiedlichsten genannt.) Es gibt wenige, die mich mehr ermüden.

Montag.

Gestern gegen sechs Uhr ist der unerträgliche kleine Gimpel, R. L. genannt, mich besuchen gekommen, der so lange intrigiert hat, bis es ihm gelungen ist, eine ziemlich lange Studie in die *Ermitage* zu schmuggeln. Er ist übrigens weder dumm noch ungeschliffen; aber ich finde es unverschämt, daß er mit neunzehn Jahren von mir verlangt, daß ich sechzig Seiten von ihm lese, ohne daß er eine einzige von mir gelesen hat. Er kommt zu mir, ohne jede Neigung, lediglich um sich vorwärts zu bringen und weil er gemerkt hat, daß ich ihn in die *Ermitage* hineinbringen könnte. Ich werde mich deutlich mit ihm aussprechen, wenn er darauf zurückkommt.[122]

2. Mai.

Jammes schreibt mir auf himmelblauem Papier einen Pfarrersbrief, wobei er mich an die Ärzte des Pourceaugnac erinnert, die diesem weismachen wollen, daß er krank sei. Vielleicht bin ich an der Schwelle des Paradieses, aber nicht an der Tür, an der er glaubt. «Du scheinst mir unruhig, wie der Kork im Wasser», sagt er. Ich bin dann unruhig, wenn ich nicht nach Herzenslust arbeiten kann.

(Ich schaue den Entwurf des Briefes an, den ich ihm schreibe.)

Gestern gegen zwei Uhr ausgegangen. Bei Albert gewesen.

Seine Frau macht mir auf, ruft, am Fuß der Treppe, die zum Atelier hinaufführt: «Papa! Es ist André», geht dann mit mir hinauf und setzt sich mit uns hin, in unsere Unterhaltung, in unsere Intimität, die sie stört, die sie unmöglich macht, und während der zwei Stunden, die ich dableibe, weicht sie nicht einen Augenblick. *Jedesmal* ist es so, wenn ich Albert besuche. Man spricht vor ihr zwar ungefähr von alldem, wovon man ohne sie auch gesprochen hätte ... aber nicht auf dieselbe Art.

Und ich fühle, wie Albert außer sich darüber ist. Unter irgendeinem Vorwand begleitet er mich ängstlich ins Vorzimmer, murmelt auf dem Treppenabsatz, sich zu mir beugend: «Ich kann nie mehr allein sein», und ich sehe zwei große Greisentränen, die er rasch abwischt.

Als sie alle beide nach Auteuil kamen, hatte ich, da Em. seine Frau beschäftigte, es erreichen können, ziemlich lange mit ihm allein zu bleiben. Damals hatte er mir den trostlosen Satz wiederholt, mit dem das Testament seines Vaters schloß: «Meine lieben Kinder, habt vor allem keinen Ehrgeiz.» Und Albert fügte düster hinzu: «Er wußte, daß wir nicht zu den Starken gehörten.»

Und ich frage mich, welchen Rückzug auch Alberts Vater antreten mußte, der in der letzten Zeit seines Lebens abends lautlos weinte, der Lampe den Rücken wendend, während seine Frau neben ihm Zeitung las oder stickte, und Albert aus Respekt vor seinem Vater so tat, als sähe er nichts.

3. Mai.

Eine Methode – das ist es, was mir aufzuerlegen ich nicht fertigbringe, aus übermäßiger Lebhaftigkeit; nicht etwa, daß ich nicht

wünschte, mich ihr zu unterwerfen, aber mein Körper sträubt sich unausgesetzt gegen das, was mein Geist vorschlägt.
Was ist mein Entschluß wert, bei Sonnenaufgang aufzustehen, wenn ich in der Nacht nicht schlafen konnte? Oder zu wachen, wenn ich vor Schlaf umsinke? Ich bin gezwungen, mich zu überlisten und das Gute zu nehmen, wie es kommt.
Die Studie von Paul Desjardins über Corneille beendet. Ausgezeichnet. Ein bißchen langatmig.
Em. sollte gestern nach Cuverville abreisen; aber ich fühlte mich so schlecht, daß ich sie gebeten habe, ihre Abreise einen Tag aufzuschieben. Nach dem Essen haben wir die plötzliche Wärme ausgenützt und sind in den Bois de Boulogne gegangen und haben an den Befestigungen entlang La Muette und die Avenue H.-Martin erreicht. Einen Augenblick zu meiner Tante Charles hinaufgegangen; Gérard hatte mir freundlichst vorgeschlagen, mir während Em.s Abwesenheit Gesellschaft zu leisten; ich mußte ihm mit so viel Liebenswürdigkeit wie nur möglich sagen, daß ich ihm die Einsamkeit vorzöge.
So ein bißchen gearbeitet bis zum Abendessen.
Em. die paar ersten Seiten der *Porte étroite* vorgelesen. Die Beschreibung des Gartens ist sicher gut – aber dann...?
Ich beende leise die Lektüre der *Secrets de la Princesse de Cadignan,* die wir angefangen hatten vorzulesen.

4. Mai.

Nach einer Nacht schrecklicher Schlaflosigkeit fühle ich mich beim Aufstehen mehr aufgeregt als müde.

5. Mai.

Die etwas zu lange Unterhaltung mit meiner Tante Charles ließ mich einen wunderbaren Sonnenuntergang versäumen. Kaum bin ich in der Rue de la Tour angelangt, erzählt sie mir von ihren Sorgen. Sie ist krank, spricht aber nur gelegentlich von ihrer Gesundheit; unaufhörlich von Gérard.
«Was hat er gestern gemacht? Er hat sechs Tassen Kaffee getrunken. Hat sein Handbuch der Rechtswissenschaft geöffnet und wie-

derzugemacht. Dabei ausgerufen: ‹Ach, ich kann heute nicht arbeiten.› Er hat die *Revue des Deux Mondes* durchgeblättert, hat die Nummer auf den Tisch geworfen und gesagt: ‹Nichts Interessantes.› Schließlich ist er fortgegangen, plötzlich, wie wenn er's nicht mehr aushielte. Wo ging er hin? ... Sogar sein Vater, André, der sonst nichts merkt, hat gesagt: ‹Was hat er denn heute abend?›»
Ich hatte gehofft, ihn in der Rue de la Tour zu finden, wohin ich zum Essen kam. Er ißt bei Robert Burnand. Sehr begierig, ihn zu sehen, denn er schien mir schon vorgestern wieder ins Schwarze abzusacken; so mache ich mich von meiner Tante ohne Abendessen davon und eile zur Rue de Varennes, um ihn zu treffen.
In der Metro eine Szene meines Romans geschrieben; im *Mémorandum* (dem zweiten) von Barbey gelesen. Großartig, wie er den *Rausch des Nicht-gegessen-habens* zu nützen weiß.
Gérard, der über anderer Leute Willen noch leichter verfügt als über seinen eigenen, hat beschlossen, daß ich mit ihm um Mitternacht Copeau in der Loge von Roggers aufsuchen soll. Ich schütze meine Müdigkeit vor, mein Bedürfnis nach Arbeit; nichts hilft; und schließlich, als ich entdecke, daß man *Die Wildente*[123] spielt, wohin zu gehen ich ohne diesen Druck nicht in Stimmung gewesen wäre, die ich nun aber doch gerne sehen will, mache ich mich mit den jungen Leuten auf den Weg über die Boulevards (und sie verlassen mich dann um der *Dame de chez Maxim*[124] willen).
Ich wollte nur einen Augenblick im Théâtre Antoine bleiben, Gérard, Roggers usw. stehenlassen... aber das seltsame Stück packt mich wie beim erstenmal. Ich kann nicht mehr weg.
Im Vorortzug, der mich nach Auteuil zurückbringt:
Das ist, glaube ich, das erstemal in meinem Leben, daß ich jemanden versetze. Ich sollte Gérard um Mitternacht vor dem *Renaissance*-Theater wiedertreffen, mit ihm zu Copeau und Roggers stoßen. Da ich mich müde fühlte und am Spiel der Schauspieler das Interesse verlor (die hauptsächlich bemüht waren, die Einheit ihrer Rollen zu wahren, und mir daher keine Überraschungen mehr boten), bin ich im ersten Viertel des vierten Aktes weggegangen, habe dann geschwankt, ob ich auf Gérard warten solle oder nicht. Ich habe einen ersten Omnibus zur Gare Saint-Lazare genommen,

einen zweiten zum *Renaissance,* dann wieder einen nach Saint-Lazare, denn die Furcht, mit den beiden, Gérard und Roggers, soupieren zu müssen, war schließlich stärker. Ferner die Angst, morgen zur Arbeit untauglich zu sein, Geizen mit Zeit, Kräften, Geld, dann Langeweile, dann vor allem das Grauen davor, zu sehen, daß Gérard glaubt, mit meinem Willen spielen zu können.

Sonntag.

Gestern um halb eins nach Hause gekommen – sofort schlafen gegangen. Habe leidlich geschlafen, bin kurz nach sieben Uhr aufgestanden; ein Bad genommen; an Gérard geschrieben; Jammes geantwortet und aus dem Gedächtnis meinen Brief aufgeschrieben (eine Übung, die ich ganz gern mache, die mir aber etwas zuviel Zeit genommen hat), der den veranlaßt hat, den ich heute morgen von ihm erhalte.

Ziemlich spaßig, die Geschichte von der Artikelfehlgeburt.

Ich komme im *Mémorandum* voran und unterhalte mich besser, als ich mir zugestehen möchte, bei der fortwährenden Geschraubtheit dieses Stils, neben dem jeder andere *schwerfällig* erscheint.

Gehe aus, um mit den Ducotés zu essen.

Unmöglich, so weiterzumachen; ich muß zum Arzt. Diese furchtbare Müdigkeit macht mir allmählich eine Art Angst vor allen Äußerungen des Lebens. Am Abend nach dem Essen bei meiner Tante Charles gehe ich schon um neun Uhr nach Hause, den Kopf ganz verfinstert von Müdigkeit; nichts mehr wert. Gehe schlafen.

Montag morgen, 7. Mai.

Ich mißtraue der *Ehrlichkeit* eines Gefühls, sobald dieses Gefühl mir nützlich sein könnte. Das hat mich veranlaßt, auf den Artikel von Jammes nicht einzugehen. Die Geschichte ist und bleibt ziemlich spaßig (unglücklicherweise habe ich nicht alle *meine* Briefe aufbewahrt). Dieser Artikel wäre mir sehr viel wert gewesen; aber einem Mißverständnis zu verdanken. Ich fange an zu glauben, daß ich noch mehr Stolz als Hochmut besitze – und erschreckende Möglichkeiten der Bosheit gegen mich selbst.

Über dieses *Bedürfnis nach Kasteiung* nachdenken.

10. Mai.

Ich habe dieses Heft ganz klein gewählt, um es in die Tasche stekken zu können. Ich habe es gern bei mir, beschäftige mich gern damit an beliebigem Ort, so unvermittelt, wie ich es heute tue, während ich beim Friseur warte, bis die Reihe an mir ist. Das andere Heft war zu groß und ließ zu viel Künstelei zu.
In zwei Tagen muß ich mich nach Cuverville verziehen. Der Gedanke genügt, um meine Zeit durcheinanderzubringen. Gestern und vorgestern den ganzen Tag zu Besorgungen verwendet. Da ich das Oxfordheft abgeschlossen und dieses gräßliche kleine noch nicht hatte, habe ich seit dem 7. nichts mehr eingetragen; habe übrigens nichts getan, was Wert hätte; mein Geist hat sich locker vom Zufall treiben lassen. Ich muß mich entschließen, zum Arzt zu gehen. Schon vor drei oder vier Jahren hätte ich mich dazu entschließen sollen. Zu lange habe ich mich mit dieser Müdigkeit, mit diesem Nachlassen der Kraft abgefunden. Absurd! Was macht mir die Strenge einer Diät aus, wenn sie mir wenigstens erlaubt, wieder mehr zu arbeiten! Was habe ich bisher geleistet, verglichen mit dem, was ich hätte leisten können? Seit vier Jahren trete ich auf der Stelle.

....

Sonntag.

Gestern in Cuverville angekommen. Es ist so schönes Wetter, daß dieser Tag den glücklichsten meiner Kindheit gleicht. Ich schreibe dies im großen Zimmer über der Küche, zwischen den zwei offenen Fenstern, durch die der Sonne laue Freude hereinströmt. Einzig mein müdes Ebenbild, das ich im Spiegel an der Wand über meinem Tisch erblicke, schadet der vollkommenen Entwicklung meines Glücks. (Ich muß wieder methodisch lernen, glücklich zu sein. Das ist eine Gymnastik, wie die der Hanteln; *das läßt sich machen.*) Ich strecke meine Füße in die Sonne, in grünblau geränderten Hausschuhen. Die Wärme dringt in mich ein, steigt in mir empor wie ein Saft. Man dürfte, um vollkommen glücklich zu sein, nur nicht diesen Augenblick mit anderen, vergangenen, vergleichen – die ich manchmal nicht recht zu genießen verstand, weil ich sie mit

anderen, zukünftigen, verglich. Dieser Augenblick ist in nichts weniger wonnevoll als irgendein anderer der Zukunft oder der Vergangenheit. Das Gras des Rasens ist tief, wie das Gras in einem Friedhof. Die Apfelbäume des Wirtschaftshofes sind nur noch dichte Blütenflocken. Ihr gekalkter Stamm verlängert das Weiß bis zum Boden. Nicht ein Lufthauch, der mir nicht einen Wohlgeruch brächte; den vor allem der Glyzine, da, links, an der Hauswand, die so üppig blüht, daß man von hier aus ihre Bienen hört. Eine Biene ist ins Zimmer gekommen und will nicht mehr hinaus. Das Licht salbt jedes Ding wie mit Honig.
Ich konnte gestern noch vor Sonnenuntergang im Garten die Runde machen. Der große Apfelbaum, der sich über den Tennisplatz neigt, lächelte den letzten Strahlen zu, rauschte und wurde rosig. Ein furchtbarer Wolkenbruch hatte einige Stunden vorher das Land überschwemmt und den Himmel von jeder Wolke gereinigt. Alles Laub war davon besänftigt. Vor allem das der beiden großen Blutbuchen, noch nicht purpurn, sondern durchsichtig, blond, das über mir herabfiel wie lockiges Haar. Als ich durch die kleine Pforte am Ende des Gartens hinaustretend die Sonne wiedersah und das leuchtende Massiv, das der Buchenhain vor ihr bildete, da schien mir alles so zärtlich schön, so neu, daß ich hätte weinen mögen vor Freude. Tränen gehören bei mir nicht nur der Trauer; sondern ebensosehr der Bewunderung, der Rührung, sehr plötzlicher und heftiger Sympathie, übermäßiger Freude. Ich erinnere mich nicht, je eine Träne wegen eines persönlichen Kummers vergossen zu haben (seit meiner Kindheit), ich, der ich so leicht, so gern weine; im Theater genügt mir schon der Name Agamemnon: ich fließe über. Meine Empfindung weiß dank dieser physischen Wirkung, von der sie begleitet wird, um ihre Echtheit.
Die Heftigkeit dieser Empfindung hatte mich irgendwie überwältigt; ich spürte beim Nachhausekommen ziemlich starke Kopfschmerzen und ging gleich nach dem Abendessen zu Bett, vom Schlaf übermannt.
Vorher noch in der Biographie der Athenais (Eudoxia) und einige Zeilen von Tacitus gelesen.[125]
Heute morgen einige Kapitel im Tacitus gelesen (Beginn von

Buch XI), mich dann ans Schreiben gemacht, ehe ich in den Garten hinunterging.
Ich weiß, daß mich draußen eine vegetative Betäubung befällt und daß ich, lasse ich mich gehen, für die Arbeit verloren bin.

Sonntag, drei Uhr.

Nach dem Mittagessen eine Stunde geschlafen (den mittelmäßigen Artikel von Deschamps über Ferrero gelesen); bin von ohrenbetäubendem Bienengesumm erwacht. Ein bei Frémont ausgebrochener Schwarm war in den Eßzimmerkamin geraten. Dieser junge Schwarm, den Frémont wieder einfangen wollte, wartete, noch unsicher und wie elastisch über dem First des Hauses schwebend, nur auf ein flammendes Papier im Kamin, um fortzufliegen und sich auf dem Rasen an einem der niedrigsten Äste der Zeder aufzuhängen. Mius, seine Frau und seine drei nicht hübschen Kinder, F. und Em. sahen zu; ich gesellte mich zu ihnen. Der grell summende Schwarm kreiste, sonnenbetäubt, um den Ast; geladene Wolke, die sich nach und nach zusammenzog. Bald bildete eine große Zahl Bienen, die einen direkt an den Ast, die andern an jene angeklammert, eine Art Kürbis, der wuchs, schwoll, sich zusehends streckte, dann von Zeit zu Zeit gleichsam dicke Tränen glühenden Pechs auf den Rasen fallen ließ.
Nun ging Frémont, der Pächter, fort, um einen Bienenstock zu holen. Als er wiederkam, stellte Mius die Stehleiter zurecht; der Schwarm hatte sich nicht gerührt. Frémont maß die Entfernung vom Boden zum Ast und schnitt genau auf diese Länge einen Stekken, an dem er den Bienenstock befestigte. Die Bienen bewegten sich ein wenig, das heißt, daß von der Oberfläche des Schwarms etwas wie eine plötzliche Verdunstung aufstieg, als er die Leiter hinschob und hinaufkletterte, um den Stecken gegen den Ast zu lehnen. Alles war schließlich so gut angelegt, daß sich, während das Gewicht des Steckens und des Bienenstocks den Ast ein wenig niederbog, der ganze Aufbau gegen die Leiter stützte und sich daran aufrecht hielt, so daß der Bienenstock über dem Schwarm einen Deckel bildete und ihn vor der Sonne schützte. Um ihm noch mehr Schatten zu geben, wurde über dem Ganzen ein Regen-

schirm aufgespannt, halb vom Ast, halb von der Leiter gehalten; ein zerbrechliches Gleichgewicht, das der leiseste Hauch umgekippt hätte – aber die Luft ist heute so still, daß man kaum in der Ferne die hohen Zweige der Allee beben sieht.
Ich habe den Platz verlassen, von der Sonne erdrückt. Ich schreibe diese Zeilen in der Blumenallee, deren dem Gemüsegarten benachbarter Teil im Schatten liegt. Über den düsteren Vorhang des portugiesischen Lorbeers hinweg sehe ich vor mir die obere Hausmauer, wohin die großen Tannen schon ihre Schatten werfen. Zu meiner Linken die Fluchtlinie der Spaliere; auf deren First das lebhafte Rot der neuen Ziegel; der Zweig eines großen schneeigen Apfelbaums schwingt und wiegt sich im seligen Blau.

Sechs Uhr.
Wir haben Tee getrunken. Ich habe Em. die ersten Seiten des *Voyage d'un naturaliste*[126] vorgelesen, dann lasse ich mich, auf einem kleinen Klappstuhl zuhinterst im Gemüsegarten, nach Lektüre einiger amüsanter Artikel von Ernest-Charles, wollüstig vom Abend tränken.

Acht Uhr.
Frémont, der die «Frische» abgewartet hatte, ist mit einem Stekken wiedergekommen, an dessen Ende er besenartig ein Büschel Holunder befestigt hatte. Der Geruch dieser Blätter, die vorher zerstampft, dann in einen Eimer mit Wasser getaucht worden waren, sollte den Bienen lästig sein. «Wie Gift ist das für sie», erklärte er. Nachdem er also den Stecken unter dem Schwarm aufgestellt hatte, wartete er ungefähr eine halbe Stunde darauf, daß der Holundergeruch die Bienen in den Stock triebe. Umsonst. Die Nacht kam. Man mußte den Schwarm aufgeben oder sich beeilen. Ich riet, den Ast abzusägen; genau das hatte Frémont aus Takt nicht vorzuschlagen gewagt. Mius ging eine riesige Handsäge holen. Frémont oben auf der Leiter faßte den Ast mit beiden Händen, diesseits und jenseits des Schwarms. Man hatte auf dem Rasen ein Tuch ausgebreitet, den Bienenstock auf das Tuch gestellt, aber aufrecht an ein Brettchen gelehnt, um die paar Bienen nicht zu stören,

die schon darin waren. Mit einer Bewegung schnitt Mius den Ast ab. Das ging ganz leicht, und Frémont konnte, indem er den Bienenstock hochhob, den Ast mit dem Schwarm zwischen Stock und Tuch halten.
Aber als alles fertig war, bemerkte Frémont, daß er an seinem Hemdsärmel (er hatte die Jacke ausgezogen) eine ziemlich aufgereizte Schwadron bei sich trug; das Amüsanteste, fast hätte ich gesagt: das Pikanteste der ganzen Angelegenheit waren nun die Bemühungen und grotesken Bewegungen von Mius und Frémont, um die Bienen vollends loszuwerden, die zum Glück von der Nacht ein bißchen betäubt waren. Jeder von ihnen hatte sich den Kopf in ein weißes Leintuch eingewickelt: die Maskerade der beiden Männer, die im Abendlicht herumsprangen und gestikulierten, amüsierte die Dienstmädchen und die Kinder sehr, und da niemand gestochen worden war, trug die allgemeine gute Laune zu jedermanns Freude bei (oder jedermanns gute Laune zur allgemeinen Freude – und so fort – absurde Redensarten).

Mich vor zehn Uhr niedergelegt; im Bett noch im *Mémorandum* gelesen. Schlaf von längeren Schlaflosigkeiten unterbrochen, wobei sich die Einbildungskraft erhitzt und mir absurde Gegenstände der Beunruhigung vorführt.
Erwachen ohne Frische; aber ich stehe nicht allzu schlecht disponiert auf.
Der Himmel, jetzt wieder rein (es ist zwei Uhr), war heute früh von kaltem Nebel erfüllt.
Wir schicken Albert eine Depesche, damit er kommt und sich hier einige Tage ausruht.
Bis zum Mittagessen Korrespondenz und kleine Runde im Garten, wo ich von meinen Rosenstöcken die Raupen ablese.
Auf meinem Bett ausgestreckt habe ich den Artikel von Brisson über Labiche gelesen und bei diesem Anlaß *La Station Champbaudet* wiedergelesen – von unsagbarer Dummheit. Dann, um mich wieder zu beleben, gleich hinterher die beiden letzten Akte der *Wildente* gelesen.
Eine Dreiviertelstunde lang Em. aus *Voyage d'un naturaliste*

vorgelesen, ich weiß aber nicht, ob ich diese Lektüre werde fortsetzen können, da sie mich einmal zu sehr von den Gedanken ablenkt, von denen sich meine Arbeit nähren könnte, und dann mich, uns alle beide, mit einer Art fast unerträglicher Bangigkeit erfüllt.

Draußen gewesen; ich hätte spazieren sollen; bin von neuem vom Garten beansprucht, wo ich mich damit beschäftige, die Rosenableger vom Winter zu versetzen und herauszufinden, was das für ein ungestaltes Tier ist, das der Volksmund hier «grauer Wurm» nennt und das dieses Jahr unsern ganzen Salat, alle unsere Erdbeerpflanzen usw. frißt... Ich verbringe damit eine Stunde. Es geht ein starker Wind. Ich schreibe dies in der Allee. Ich gehe zum Arbeiten hinein. Wie spät es schon ist! Am Tag und in meinem Leben...

Dienstag.

Nie werde ich ein Mann, immer nur ein altgewordenes Kind sein. Ich lebe mit der Inkonsequenz eines lyrischen Dichters, aber zwei oder drei Ideen quer durch mein Hirn, festgemacht wie Stangen, kreuzigen jede Freude; alles, was einfach so die Flügel regen will, stößt sich daran.

An Jammes einen ziemlich wichtigen Brief geschrieben; Montaigne gelesen.

Nach dem Essen an meinem Roman gearbeitet; ich mache enorme Anstrengungen, um diese Masse ein wenig weiterzurollen, die nicht eben schwer ist, aber keine Handhabe bietet.

Mit Em. Tee getrunken; eine Stunde lang Darwin vorgelesen.

Gegen fünf Uhr gehe ich auf den Jahrmarkt von Criquetot. Mittelmäßige Menschenmenge, wo die Angst, jemanden nicht zu grüßen, der mich erkennt, oder jemanden zu grüßen, der mich nicht erkennt, bewirkt, daß ich wie ein Dieb hinter den Buden herumschleiche. Ein paar Wohnwagen mit einem Dutzend sehr häßlicher und sehr armseliger Kinder. Sehr bedrückt nach Hause zurückgekehrt.

Es ist erschreckend, wie alt ich in der letzten Zeit geworden bin. Etwas in mir stimmt nicht mehr. Man kann nicht rascher altern, noch sich dessen mehr bewußt sein. Ich kann das noch nicht ernst nehmen; ich halte es für eine vorübergehende Müdigkeit. Schon letztes Jahr spürte ich, um dieselbe Zeit, diese gräßliche Altwerderei.

Mittwoch.

Seltsame Betäubung des Geistes und des Körpers. Lethargie. Nach einer großen Anstrengung heute morgen, um mein erstes Kapitel in Gang zu bringen (und es gelingt mir nicht), versenke ich mich in die Lektüre (*Tagebuch eines Unbekannten* von Dostojewski).

Ausgezeichnete Darwin-Lektüre (vorgelesen). Die Augenblicke, die ich mit Em. verbringe (besonders im Garten), sind außerordentlich wohltuend. Ihre Zärtlichkeit, ihr Charme, ihre Poesie bilden um sie her eine Art Ausstrahlung, an der ich mich wärme, in der sich meine betrübte Stimmung löst.

Nachdem ich mich mehrere Stunden abgemüht hatte und meine Arbeit urplötzlich, gegen Ende des Tages, voranzugehen begann, beschließe ich, noch einen Tag länger zu bleiben.

Donnerstag.

Nein; Alberts Befinden beunruhigt mich zu sehr. Ich reise ab, ich muß ihn sehen. Er kann nur noch Eier verdauen; da sind zwei Dutzend, die man heute früh von den Pachthöfen geholt hat.

Das Wetter ist kalt, regnerisch; ich würde aus Cuverville weggehen ohne Bedauern, ließe ich nicht Em. zurück und Rosen, die gerade am Aufblühen sind.

Obwohl ich nicht recht auf der Höhe war, ähnelten diese drei mit Em. verbrachten Tage noch dem Glück.

Freitag, 18.

Gestern abend in Paris angekommen.

Den Dostojewski im Zug fertiggelesen.

Heute Charmoy gesehen. Lange mit wirklichem Vergnügen geplaudert. Glücklich darüber, ihn arbeiten zu sehen.

Er behauptet, seit einigen Monaten von plötzlichem Erröten befallen zu sein, was in Gesellschaft so peinlich ist, daß er nicht mehr auszugehen *wagt.* So ist er zur Einsiedelei gezwungen.

«Es ist», erklärt er, «das Erröten eines Menschen, der soeben gelogen hat. Was soll der, mit dem ich spreche und der mich plötzlich rot werden sieht, von mir denken? Kürzlich habe ich mich auf ein Wort, eine Frage von Bartholomé hin, derart im Aussehen verändert und so geniert, daß ich nicht mehr gewagt habe, ihm zu antworten. Ich, der ich noch vor wenigen Jahren so unverfroren war! Neulich, bei de Max, bin ich zweimal rot geworden; jedermann hat es gesehen... Werden Sie glauben, daß ich sogar allein mit meiner Frau erröte? Oh, das ist erblich; mein Vater oder mein Großvater (?) war auch so; schließlich ließ er sich vor lauter Menschenscheu alle Mahlzeiten in seinem Zimmer servieren.»

Samstag.

Lange Schlaflosigkeit. Für meinen Hochmut ein bitteres Leiden, das zum Wahnsinn führte, käme der Tag nicht noch eben recht. Ja, die Position ließ sich leicht einnehmen; sie ist grausam schwierig zu halten.

Aegri somnia.[127]

Handwerker meiner Qual!

Wenn es mir wieder *gut*gehen wird, werde ich über solche Geständnisse erröten. Arbeiten wir.

Kopfschmerzen. Eine Art Schleier zwischen mir und den *Gedanken.*

Ach! Sollte ich wirklich nicht mehr von mir verlangen können?

Montag.

Furchtbare Nacht; ich war bis ein Uhr wach geblieben, hoffte, Müdigkeit werde der Schlaflosigkeit Herr werden. Nach ziemlich guter Arbeit lege ich mich ruhigen Geistes nieder. Unmöglich zu schlafen, und fortschreitendes *Erkalten* des ganzen Körpers, trotz des Anhäufens von Decken. Vergeblich reibe ich mich, ziehe Kniewärmer an, lege noch die Überdecke auf mich. Eigentlich müßte ich ersticken; ich schlottere.

Gegen drei Uhr schlafe ich ein und erwache vor sieben – anscheinend nicht allzu müde, aber anfällig von überallher, der geringsten

Widrigkeit ausgeliefert. Und gerade an diesem Morgen erhalte ich von Jammes einen äußerst verletzenden Brief. Und einen des kleinen Louis Rouart, so schrecklich aggressiv (unter dem Deckmantel freundlicher Sympathie), daß ich meinen ganzen Morgen damit verbringen muß, ihm zu antworten. (Es handelt sich um den Artikel über *Amyntas,* den *L'Occident* von ihm verlangt und worin er zeigen will, daß... usw. ..., usw. ... – den Sinn meines Buches, aller meiner Bücher, von mir selbst fürchterlich verfälschend...)
Nach dem Essen empfange ich, um mich zu entspannen, den Besuch Paul Valérys. Reizender Besuch, der mich aber erschöpft zurückläßt.

Unglaublich viel Zeit damit verbracht, Louis Rouart zu antworten. Er gehört zu denen, die sich nur dann für aufrichtig halten, wenn sie brutal sind.

25. Mai.
Verzweiflung – Verirrung.
Ich unterbreche dieses Tagebuch; furchtbare Müdigkeit.

....

27. Mai.
Abreise nach Genf. Ich werde Doktor Andreae[128] konsultieren.

....

20. Juni.
Eben will ich Copeau verlassen, nachdem ich mit ihm gegessen habe: «Oh!» sage ich plötzlich zu ihm, «sehen Sie den alten Herrn, der da vor Marpons Auslage (neben dem Türkischen Bad) steht? Das ist der, von dem Sie mich so oft haben sprechen hören, mein alter Lehrer La Pérouse.» Da stand er, bewegungslos wie eine Wachsfigur; sein Gesicht hatte deren Farbe; sicher wagte er es nicht, die Bücher zu berühren. Ich verließ Copeau und ging zu meinem verehrten Meister hin. Ich dachte daran, wie er bei meinem letzten Besuch zu mir gesagt hatte:
«Ich lasse nach; ich lasse sehr nach. Früher war ich ein guter Fuß-

gänger; gegenwärtig gehe ich mit großer Mühe nur noch sehr langsam. Es kommt mir so vor, als machte ich noch dieselben Bewegungen wie früher, aber ich sehe, daß alle andern mich überholen; früher habe ich sie überholt, mühelos...»

4. Oktober.

Rasche Abreise von Cuverville nach La Poissonnière, herbeigerufen durch einen traurigen Brief Alberts, den Em. gestern von Criquetot mitbrachte. Spaziergang gestern abend, alle beide, im Garten voll Mond und Schatten, spät, nachdem die andern hinaufgegangen waren. Es ist so mild, daß wir nicht einmal einen Mantel anhaben. Mein Herz ist zärtlich und schmilzt beinahe. Ich wünsche so, Albert möge nicht verzweifelt sterben.

René will, daß ich irgendeine Geschichte erfinde, um mein Kommen zu erklären. Welche tödliche Angst in dieser Familie, einander weh zu tun!
Ich komme an. Albert erwartet mich, im Bett liegend.
«Oh! Warum bist du gekommen?» ruft er lächelnd; ich fühle, daß er gewissermaßen verlegen ist, nicht kränker zu sein. Ich umarme ihn.
«Ja, mein Alter, dein Brief hat mir Angst gemacht. Ich komme, um mich zu beruhigen.»
Er nimmt meine Hand, drückt sie sanft.
«Es ist wahr, ich hätte dasselbe getan.»

Müde vom Versuch zu schlafen, steht er auf; er wandert durch die verlassenen Korridore. Vergeblich sucht er den heilsamen Schlaf. Sein Denken flattert in ihm wie ein Segel, das aller günstige Wind verläßt. Und während die Nacht zu Ende geht, hört er zu, wie seine Kraft schwindet.

15. Oktober, Rückkehr nach Paris.

Mit einem jungen, siebzehnjährigen Vagabunden gereist, dem Sohn eines Kupferschmieds aus Douai, der nach Le Havre gegangen war, um sich als Schiffsjunge zu verdingen. Das Schiff, an das

er empfohlen war, ist vor einem Monat nach Brasilien abgefahren. Nach vergeblichen Versuchen, sich auf anderen einzuschiffen, war er nun im Begriff, in sein Dorf zurückzukehren.
Ich fürchte sehr, daß Paris ihn unterwegs aufhalten wird. Er hat achtzehn Francs in der Tasche, denen ich zwei Francs hinzufüge, damit er den Wagen bezahlen kann, der ihn zu einem «Freund seiner Eltern, einem Adjutanten, Place de la République» bringen soll. Die Eltern sind von seiner Rückkehr nicht benachrichtigt. Und ich merke, daß es ihm ziemlich Spaß macht, so allein und frei in Paris anzukommen, mit zwanzig Francs in der Tasche, die man ihm an der ersten Ecke stehlen wird. Ich verlasse ihn erst, nachdem ich ihn habe in den Wagen steigen sehen.
Seltsam, seltsam, die Psychologie des Vagabunden; es fiele mir sehr schwer, sie zu definieren, ich erkenne aber immerhin die sehr besondere Natur dieser Manie. Heftiges Interesse an diesem Geschöpf (besonders im Vergleich zu einigen anderen Vagabunden, mit denen ich schon in Berührung kam). Ich erfasse schon viel besser die gemeinsamen, die wesentlichen Züge. Jedoch noch unmöglich zu präzisieren.

Dienstag morgen bei de Max. Ich treffe dort Lugné-Poe[129], wie stets mit gleichzeitig kläglicher und wütender Miene; wie jemand, dem man auf den Fuß getreten ist. Kaum ist er aus dem Zimmer, ruft de Max: «Und nun, da die Pariser Witzfigur fort ist, bin ich, mein Freund, der unglücklichste Mensch der Welt. X. hat sich gestern abend eine Pistolenkugel mitten in die Brust geschossen.»

Freitag morgen.
Eine Stunde lang *Ein Adelsnest*[130] im Bad gelesen, à la Barbey d'Aurevilly.

Man befragt Fauré über die Tempi seines *Clair de lune:*
«Das hängt von der Gesangsstimme ab», antwortet er. «Wenn sie mir nicht gefällt, beschleunige ich das Tempo.»[131]

23. November.

Ich bringe Marcel manchmal in Verlegenheit, verwirre ihn, durch allzu plötzliche und wie unbedachte Zustimmung. Nichts macht ihn mir gegenüber zurückhaltender; ich müßte darauf achtgeben.
Es fällt mir schwer, so platt an Jammes zu schreiben. Aber was ist da zu machen? ... Er hat nur noch eine Nase für Weihrauch.

Cuverville, 27. November.

Croquignole, den ich gestern gelesen habe, läßt mir *La Turque*[132], die ich heute lese, noch schwächer erscheinen.

Es ist köstlich zu denken, daß es unter diesen Rostand applaudierenden Pariserinnen wahrscheinlich keine einzige gibt, die ihren Geschmack nicht für besser hielte als zum Beispiel den einer Engländerin der elisabethanischen Zeit. Jedes Publikum hat den Shakespeare, den es verdient.

1907

1. Januar.

Gestern abend Familiendiner bei den Charles Gides.
Jeanne, dann Gérard, berichtet mir von dem Vorstoß Arthur Fontaines bei Briand, wegen eines Ordens für mich. M., Briands Kabinettschef, hat ihnen das am Samstag erzählt. Da M. von der Freundschaft Fontaines für mich (einer Freundschaft, die er sich übrigens nicht erklären könnte) nichts weiß, wird M. glauben, ich hätte mich um diese eitle Angelegenheit bemüht, von der ich doch gar nichts wußte. Das ist mir äußerst unangenehm, und ich habe während des ganzen Diners nichts essen können.
M. mag mich nicht; er verbirgt auch gar nicht seine Verachtung, seine Abneigung gegen alles, was ich schreibe. Er leidet in seiner Zuneigung für Gérard und vor allem in seiner Eigenliebe darunter, daß Gérard meine Gesellschaft der seinen vorzieht. Gérard verbirgt ihm seine Verachtung nicht. M. denkt, daß der Verkehr mit mir Gérard nur schaden könne, und als Doktor Andreae, der mich

gut kennt, Gérards Mutter im letzten Frühjahr veranlaßte, mir dessen Beaufsichtigung und Erziehung anzuvertrauen, wurde M.s Mißbilligung leidenschaftlich.
M. ist nicht gerade ein Heuchler; aber gleichwohl verbirgt er sein Spiel. Er ist klein. Ich mißtraue kleinen Männern. Schon lange sage ich Gérard, daß man vor M. Angst haben muß… Ich werde eines Tages versuchen, diesen kleinen Charakter zu zeichnen, den moralische Grundsätze steil aufrecht halten, damit er keinen Zoll seiner Körpergröße einbüße. Er gibt sich liebenswürdig, liebenswert; aber man fühlt immer, daß er nicht viel zu geben hat. Vollendeter Typ des Emporkömmlings. Er arriviert aufgrund von Geduld, minutiöser Einteilung, Hygiene. Er erreicht alles. Immer sich selber gleich, hält er seine Beständigkeit für Weisheit und die Lauheit seiner Begierden für Tugend. Genug von ihm.
Ich habe meinen Morgen damit vertan, ihm zu schreiben. Dann bei den G.s gewesen, um Gérard den Briefentwurf zu zeigen; Gérard hat Geschmack genug, ihn nicht hervorragend zu finden. Es ging einfach darum, M. zu zeigen, daß ich mit dem Schritt Fontaines nichts zu tun hatte. Vor allem ging es darum, da das Unternehmen gescheitert war, nicht verärgert zu erscheinen, daß M. davon erfahren hatte. Ich hatte den Brief so oft abgeschrieben und neu begonnen, bis mir schließlich klar wurde, daß es zu diesem Zweck das beste war, gar nicht zu schreiben; und zuletzt habe ich alles ins Feuer geworfen.
Ungefähr drei Stunden mit diesem Brief verloren; vier sogar, wenn ich die bei den Charles Gides verbrachte Zeit dazurechne.
Die Marcel Drouins sind zum Essen gekommen; gegen zwei Uhr habe ich sie verlassen und mich eine Stunde lang hingelegt. Die Wohltat dieses Schlafs aber wieder eingebüßt durch erneute Beschäftigung mit diesem höchst ärgerlichen Brief an M. Andere Briefe haben noch aufgezehrt, was mir an Geduld übrigblieb. Vergebens wollte ich lesen, arbeiten… Nach dem Abendessen die Sonate für Klavier und Violine entziffert, die mir Magnard geschickt hat.
Der beste Augenblick des Tages ist eine halbe Stunde in der Badewanne (à la d'Aurevilly), wo ich in Ruhe das erste Kapitel von Ferrero *(Antoine et Cléopâtre)* beende.

2. Januar.

Besuch von Giovanni Papini, dem Leiter der Revue *Leonardo.* Jünger, als ich geglaubt hätte, mit ausdrucksvollem und fast schönem Gesicht. Ein wenig zu lebhaft; immerhin weniger als die anderen Italiener, die ich kenne. Zu sehr Komplimentemacher; scheint aber doch zum Teil zu denken, was er sagt. Wie alle Italiener, die ich kenne, ist er von seiner eigenen Wichtigkeit zu sehr überzeugt; wenigstens zeigt er sie zu sehr; oder doch anders, als ein Franzose das täte. Wenn er wüßte, wie schwer es mir fällt, mich selber ernst zu nehmen! …

Nachdem Papini gegangen ist, lese ich drei Kapitel Ferrero; und nach dem Abendessen ein viertes.

Wichtig ist für mich zur Zeit nicht so sehr, was ich lese, als die Art, wie ich es lese, die Aufmerksamkeit, die ich darauf verwende. Ich muß mit allen Mitteln gegen das Abschweifen und die Zerstreutheit der Gedanken ankämpfen. Auch *deshalb* habe ich mich wieder in dieses Tagebuch eingespannt; ohne viel Lust, aber als Übung für die Arbeit. Aber was kann ich zu erreichen hoffen, wenn mich der Schlaf im Stich läßt, sobald ich wieder anfange zu arbeiten?

3. Januar.

Wie glücklich war die Zeit, als ich, Gebieter über alle meine Stunden, so gut über sie verfügt hatte, daß jede ganz erfüllt war; wo die geringste Viertelstunde nicht ohne ihre Fracht davoneilte. Meine ganze Arbeit war im voraus geregelt; ich wußte jeden Abend, ehe ich zu Bett ging, was ich am nächsten Morgen tun würde; bei der einen Arbeit erholte ich mich von der andern; ich liebte den Zwang dieser Methode und bemühte mich, mir selbst unverbrüchlich die Treue zu halten und so zu sein, wie ich es beschlossen hatte.

Vielleicht hätte ich nicht ohne eine gewisse Erstarrung so weitermachen können…

5. Januar.

Gestern abend nichts geschrieben. Nichts gelesen. Habe ich deshalb besser geschlafen? Nachdem ich sehr bald nach dem Abendessen ins Bett gegangen war, konnte ich die weite Schale fast ganz

mit Schlaf füllen und sie leeren, ohne allzuoft Atem zu schöpfen. Ich erhebe mich heute morgen, den Kopf fest auf den Schultern.
Sehr ermüdender Tag gestern. Das Wetter war klar. Ich wäre gerne mit dem Rad ins Quartier Latin gefahren, wo ich zu tun hatte; aber da ich nicht wußte, wo mein Rad unterstellen, mußte ich mich mit der oberen Etage der Straßenbahn zufriedengeben. Erste Etappe in den Büros des *Mercure;* es handelt sich darum, einen Tabakladen für die Witwe Emmanuel Signorets[133] zu beschaffen; ich habe darüber schon mit Fontaine gesprochen; das Gesuch, das sie ans Ministerium richten soll, muß von einigen ausgesuchten Unterschriften gestützt werden; Vallette und ich treffen die Auswahl. Madame Signoret wird nie erfahren, wie lästig mir solche Schritte sind.
Ich erreiche die Rue d'Assas durch den Luxembourg. Seit ich stärker auf die Lebewesen achte, betrachte ich die Natur weniger. Noch vor zehn Jahren hätte jeder Schatten, jedes Licht mit mir sein Spiel getrieben. Immerhin habe ich die zarten Triebe der Iris gesehen...
Mittagessen bei den Jean Schlumbergers, ausgezeichnet, wo man mir zum Nachtisch von jener Rosenkonfitüre anbietet, die sich so wild orientalisch gebärdet und die ich schon in Braffy gern hatte.
Um zwei Uhr bei Léon Blum. Das Angenehme an ihm ist, daß er einen immer empfängt, als hätte er einen erst am Vorabend gesehen. Die Unterhaltung quillt zwischen uns ohne Mühe. Sein Buch über die Ehe will er in einem Monat beendet haben.[134] Es fließt ihm direkt aus der Feder. Ich bin nicht sicher, ob er unrecht hat. Der Künstler in ihm hat keinen großen Wert, und seine Sätze brauchen, wie die Stendhals, nichts anderes zu suchen als den Takt seiner Gedanken; diese sprudeln ohne weiteres aus Mund oder Feder, reichlich und deutlich zugleich – mehr deutlich als reichlich, das stimmt, ohne großes *Schaudern*[135] – aber infolgedessen immer leicht ausdrückbar, mit Hand und Fuß und sich immer tadellos präsentierend. Man kann sich keinen korrekteren, klareren, eleganteren, leichteren Bericht vorstellen als den, den Léon Blum von einem Ereignis, einem Buch, einem Theaterstück aus dem Ärmel schüttelt. Was für ein ausgezeichneter «Referent» muß er im Staatsrat sein! Was für ein subtiler Kritiker er wäre, würde die

Politik sein Denken nicht so sehr verbiegen! Aber er beurteilt Dinge und Leute nach seiner Überzeugung, nicht nach seinem Geschmack. Er hält diesen für weniger sicher als jene und verfälscht lieber seinen Geschmack, als daß er sich selbst widerspräche. Von alldem, was er zu lieben vorgibt, ist vielleicht nicht immer ganz sicher, daß er es liebt, wohl aber, daß er es zu lieben glaubt und weiß, warum.

Montag.

Die Unordnung in meinen Gedanken spiegelt die Unordnung meines Hauses wider, wo jedes Zimmer «unerledigt bleibt».

Gestern abend habe ich mich hingelegt, ohne irgend etwas zu schreiben, schon um halb neun Uhr von Schläfrigkeit überwältigt. Habe aber nicht einschlafen können... Unmöglich zu entscheiden, ob ich nach Berlin fahren soll oder nicht; unmöglich, auch nur zu entscheiden, ob ich Lust habe hinzufahren. Mich mitnehmen lassen, ja, das vielleicht. Mein schwankender Charakter hat wenigstens das eine Gute, daß er keine Reue kennt. Diese Unentschlossenheit ist gleichzeitig Wirkung und Ursache meiner Müdigkeit... Dann ist es vielleicht doch besser, in Paris zu bleiben.

Ich überlasse es meinen Freunden, meine Apathie als Hochmut und Stolz zu deuten.

Gerade dann, wenn ich de Max krank und mutlos sehe, wird mir die große Sympathie klar, die ich für ihn habe. Vorgestern in seiner Garderobe war sein tragisches Gesicht von Müdigkeit ganz verdüstert. Er mußte spielen, obwohl ihn ein leichter Erguß im Kniegelenk daran hinderte, die Stufen des Forums hinaufzusteigen; er klagt außerdem über eine Kehlkopfentzündung; ich gestehe, daß ich ihn nie besser finde, als wenn er nicht seine ganze Stimme geben kann. Das Unvermögen, das Knie zu beugen, läßt ihn auch ein paar schöne Gesten finden, die sein Lyrismus nicht von selbst entdeckt hätte.

Nachmittags kurzer Versuch zu arbeiten; endlich entschließe ich mich, Thadée Natanson aufzusuchen. Eine Verwechslung der

Adressen bewirkt, daß ich bei seinem Bruder läute; als dieser meine Stimme hört, eilt er herbei, und sogleich überschwemmt mich seine überströmende Liebenswürdigkeit; er behandelt mich mit einer plötzlichen Vertraulichkeit, die sich um Achtung nicht weiter kümmert und die eben seine Art zu dominieren ist. Sein Gesicht drückt trotz seines Lächelns und durch die größte Liebenswürdigkeit hindurch nichts anderes aus als stille Wildheit. Ich muß seine Bilder bewundern, vor allem ein Porträt von Monticelli, das wirklich ein wunderbares Werk ist; dann die Täfelung seines Eßzimmers, «alles direkt ins Holz geschnitzt» – er schleppt mich dann in seinen Wagen und wünscht, ich hätte ihn um irgend etwas zu bitten, «so glücklich wäre er, mir einen Gefallen zu tun». Als wir die Champs-Élysées hinunterfahren, läßt er mich das ehemalige Hôtel Dufayel bewundern, das er soeben gekauft hat und in das er nun ein Theater «gräbt» – ein Haus, in das er siebenhundertfünfzigtausend Francs hineinsteckt – was, worauf er mich hinweist, «kein Pappenstiel ist». Im übrigen von äußerstem Entgegenkommen. Aber mit ihm weiß ich nicht, welche Rolle ich spielen soll – und kann doch nicht natürlich sein.

Mittwoch, 9. Januar.

Gute Arbeit nach dem Mittagessen und kurze Siesta. Die Korrektur der Übersetzung zeigt mir meinen *Prométhée*[136] aus der Nähe und läßt mich mit Freude, im einzelnen, alle Qualitäten meiner Sprache empfinden. Am ganzen Buch möchte ich keine vier Sätze ändern. Ich bewundere die Arbeit der Brüder Tharaud an ihrem *Dingley*[137] sehr, dessen ausgezeichnete Neufassung ich lese, aber wie erstaunt mich doch diese nach einigen Jahren unternommene Vervollkommnungsarbeit, und wie fremd bleibt sie mir! Ich kann nicht, ich konnte nie einen Satz nachträglich wiederaufnehmen; alle Arbeit, die ich darauf verwende, geschieht, solange er sich noch formt; und jeder kommt mir erst dann vollkommen vor, wenn eine Retusche unmöglich wird.

Maurice Denis gibt seinen Dekorationen für das Vorzimmer von Roucher den letzten Schliff. Ich sehe ihn gern im Malkittel, wie

einen einfachen Arbeiter... Er mildert das allzu liebliche Rosa seiner Wolken, mäßigt und belebt seine Harmonien. Es wird nie eine seiner besten Kompositionen sein; aber in den vorderen Partien gibt es geglückte Teile. Wird Maurice Denis nun lernen, etwas weniger leicht zu arbeiten?... Aber diese Leichtigkeit ist schließlich nur eine der Manifestationen seiner Gesundheit.
Er bereitet sich darauf vor, mich nach Berlin zu begleiten, zur Premiere meines *Candaule,* und drückt mir seine Freude darüber auf die reizendste Art aus. Ich könnte nicht sagen, daß meine Gefühle für Maurice Denis besonders lebhaft wären, und trotzdem schmeicheln mir seine Herzlichkeit und seine Achtung auf die beste Art. Seine Gesundheit stärkt mich ebenso wie seine ein wenig ungeschliffenen, aber niemals unintelligenten Urteile. Wenn ich nur Freunde von seiner Art hätte, würde sich meine Sensibilität nur noch in Bücher ergießen; diese Bücher aber würde ich schreiben.

Ich treffe Thadée Natanson wieder in der Ausstellung von Sickert, wo ich linkisch und unbeholfen herummaikäfere; als Schmeichler wider Willen, der fühlt, wie ungesalzen seine Reden sind, und nun zuckert, immer mehr zuckert, um ihnen wenigstens einige Süßigkeit zu verleihen. Ausstellung von Walter Sickert so abweisend, daß sie allen Beifall abschreckt; was mir gefällt. Absurde Unterhaltung mit Thadée. Aus Müdigkeit lasse ich mich dazu hinreißen, Worte zu sagen, die man auf der Stelle beschämt wieder durchstriche, hätte man sie aufgeschrieben. Vor ihm gebe ich mich wie einer, der «sich beklagt» (was man am wenigsten verzeiht – was ich mir am wenigsten verzeihe). Warum auch über das Schweigen sprechen, das sich um mich gebildet hat, sprechen mit jemandem, der, und lebte er dreimal, nie verstehen könnte, daß ich selbst es bin, der dieses Schweigen um sich her *gemacht* hat. Ich erzähle Thadée, daß weder *L'Ermitage* noch *Vers et Prose,* noch *L'Occident,* lauter befreundete Revuen, meinen *Amyntas* besprochen haben. Ich hätte ihm gern verständlich gemacht, daß ich *keine* Besprechungen *gewollt hatte,* wo Lob fast obligatorisch gewesen wäre. Thadée aber meinte gleich, mich trösten zu müssen! Ich verlasse ihn, um lange an jener Art Verzweiflung zu nagen, die das Gefühl einer schlechten Positur hinterläßt. Ich sage «schlechte Positur», denn die *Schönheit* dieser Haltung wird erst dann etwas wert sein, wenn ich den Mut (und die Kraft) habe, sie bis zum Ende aufrechtzuerhalten. Und ich sollte hier nicht von *Haltung* sprechen, ohne sofort *natürliche* hinzuzufügen; denn sobald ich von ihr abweiche, verfälsche und verkrampfe ich mich; und ich weiche nur von ihr ab, wenn ich müde bin.

Schlechter Schlaf diese Nacht; unaufhörlich käue ich diese Überlegungen wider, wie ein Stück Betel, dessen Bitterkeit sich nie erschöpft.

Aber kaum geht es mir besser, verstehe ich von neuem, daß man in der Härte gegen sich selbst nicht nachlassen darf, nicht zurückgehen, nicht widerrufen; sondern seinen Weg nach vorne weiterverfolgen, streng, unbarmherzig.

Dennoch gehe ich mich einen Augenblick bei Copeau ausruhen, aus dem Bedürfnis, mein Bild in einem etwas schmeichelhaften Spiegel wiederzusehen.

Arbeit nach dem Abendessen; ich beende das Durchlesen der Übersetzung des *Prométhée,* die entschieden weniger gut ist, als sie mir anfangs erschien. Einen Akt aus *The Broken Heart* von Ford vorgelesen.

Samstag.

Ganz ruhiger, fleißiger Tag; der vollkommen gewesen wäre, hätte ich heute nacht nur schlafen können. Abends wieder Ford laut gelesen. Interessantes Kapitel von Hello über Shakespeare, in *Les Plateaux de la balance.*

Sonntag.

Den gestrigen Tag in den *Variétés* beendet, wo Lavallière, Brasseur, Prince ihre Talente in *Miquette et sa mère* mühselig überfordern. Im Gegensatz dazu zügelt Max Dearly seine Hanswurstereien und entpuppt sich als ausgezeichneter Schauspieler. Meine Müdigkeit läßt mir das Stück noch mittelmäßiger erscheinen. Die Verfasser haben nur zu gut verstanden, daß sie es bei dem Publikum von heute nicht nötig hatten, sich abzuplagen. Manchmal zeigt

immerhin eine geschickt gebaute Szene, ein geistreiches Wort, daß es nur an ihnen lag, Besseres zu leisten und auch die Heiklen zufriedenzustellen.
Ghéon, der uns in diesem Theater wußte, taucht am Ende einer Pause auf. Ich lasse das Stück sein, um mich mit ihm bis zur Abfahrt seines Zuges um zwölf Uhr fünfundzwanzig zu unterhalten.
Ghéon, überschäumender und brillanter denn je, entschieden, strahlend, wie ich ihn liebe – aber zu genau weiß ich, leider, daß dieser Glanz nur eine vorübergehende Reaktion auf sein trübes Versanden in Bray ist. Er verkündet mir, daß er gegenwärtig male, ja, daß er nur noch das tue. – «Ich mache sehr gute Sachen; ich werde es dir zeigen. Und was mir dabei am meisten Spaß macht: daß ich jetzt sehe, wie die Vuillards, die Roussels und viele andere, die uns bezauberten – nun, mein Alter, wie leicht das alles zu machen ist.» Kurz, das bringt ihn dazu, Strich, Komposition, Haltung, Zurückhaltung immer höher einzuschätzen. Und das ist nur gut.
Er schreit das alles ganz laut auf den großen Boulevards, so daß die Leute sich umdrehen. Mit seiner Tuchmütze auf dem Kopf und in seiner Ziegenfelljacke sieht er völlig aus wie ein Trunkenbold. So gefällt er mir, so ist er *er*.
Ich werde ihn am Dienstag im Bach-Konzert wieder treffen.

Pierre Louÿs war zu sehr Ionier, ich zu sehr Dorier, als daß wir uns hätten verständigen können.

Charmoy ist von seinem Besuch der Irrenanstalt in ... (Nemours, glaube ich) sehr angegriffen zurückgekommen. De Max hatte mir von ihm schon schlechte Nachricht gebracht. Eine Postkarte fordert mich nun auf, mir in seinem Atelier die Büsten von Nietzsche, Beethoven, Zola anzusehen. In seinem Atelier drängt sich die Menge; aber nur Madame de Charmoy empfängt die Gäste; sie teilt mir mit, daß José schon seit acht Tagen im Bett liege; bittet mich, ihn zu besuchen. Sie haben ihre Wohnung in der Impasse du Maine aufgegeben, die wohl zu teuer war. Ich komme in der Rue de Vaugirard 91 an die Treppe einer Absteige. Im zweiten Stock hängt der Schlüssel an der Tür, denn eine Klingel gibt es nicht. Eine Art

Vorraum, dunkel, dann das elende Zimmer, in dem Charmoy daniederliegt. Eine Menge Photographien, mit der die Häßlichkeit der Wände verdeckt werden soll. Eine einfache Bettstatt unter einer Matratze in einer Ecke; irgendeine Bettdecke, ein Überwurf aus einer Art braunem Rips. Im Zimmer, einen Halbkreis ums Bett bildend, ein etwas welkes junges Mädchen mit dem Gesicht und der Frisur eines Pagen von Carpaccio, ein Advokat, ein Unbekannter, dann, riesengroß, das Fenster verdunkelnd, Jean de Bonnefon. Auf Josés Bett Mimosenzweige, die er mit seinen blutleeren Händen zerdrückt; seine Samtjacke paßt zu seiner übermäßigen Blässe. Ich setze mich aufs Fußende des Bettes, wo ein Federmuff, ein Regenschirm und Mäntel herumliegen. Die Sprechweise Jean de Bonnefons ist saftiger als seine Schreibweise; er hat mich nicht einen einzigen Augenblick gelangweilt. Bald macht er Mademoiselle Anne Sée und der Doktorin Contat Platz.
Charmoy erzählt von der Irrenanstalt, was mir Lust macht, mit Dupouey[138] hinzugehen, der eben zurückgekommen ist.
Auf dem Heimweg gehe ich bei den Drouins vorbei, wo ich Jean Schlumberger vorfinde. Er sucht mich gegen Abend wieder auf und bleibt zum Abendessen. Ich zwinge mich dazu, ihm die *Variations* von Dukas[139] vorzuspielen, und bringe es fertig, mich bei den ersten nicht allzusehr aufzuregen.
Jener Verkäufer bei Durand könnte mich mit der Menschheit versöhnen. Auf meine spärlichen Angaben hin sucht er mir aus der Sammlung Peters die Bachsche Fuge in h-Moll über ein Thema von Albinoni[140] hervor, die der arme La Pérouse kennenlernen möchte und die ich ihm nun so gerne bringen werde. Ich erhalte die Noten abends beim Nachhausekommen – gerädert, ich weiß eigentlich nicht recht, warum, von meinem Besuch bei *Vers et Prose,* wo ich Paul Fort die Korrekturen der *Poésies d'André Walter* brachte, die er neu herausgibt.
Zu müde, um dann noch zu den Laurens' zu gehen, wie ich vorhatte, gehe ich nach Hause, lese *Dingley;* vervollkommne einige Stücke von Debussy.

Mittwoch.

Gestern hundemüde nach Hause gekommen, unfähig, eine Zeile zu schreiben.

Hatte (nach einem Besuch bei meiner aus der Schweiz zurückgekehrten Tante Charles Gide) Ghéon bei Copeau aufgesucht. Er legt uns seine Aquarelle vor, die offensichtlich Begabung zeigen. Gemeinsam besuchen wir beide wieder die Ausstellung der finsteren und mächtigen Sickerts. Ich begleite ihn ins Bach-Konzert (*Brandenburgisches Konzert,* großartig.)

Heute Besuch in der Irrenanstalt von Ville-Évrard – von wo ich erst um acht Uhr nach Hause komme. Zu lang für hier.

Donnerstag.

Aufnahme von Barrès in die Académie. Zum erstenmal in meinem Leben betrete ich den kleinen Innenraum. Paul-A. Laurens, bei dem wir gegessen haben, schreckt vor der Menschenmenge zurück.

Wozu hier von dem sprechen, wovon alle Zeitungen voll sein werden? – Wir gehen vor der Rede Vogüés weg.

Barrès trägt das fürchterliche Kostüm so elegant wie nur möglich. Von uns allen hat er sich am wenigsten verändert. Wie liebe ich sein schmales Gesicht, seine glatten Haare, alles, bis zum Vorstadttonfall seiner Stimme! Was für eine banale Rede hat er uns gehalten! Wie habe ich unter den Feigheiten, den Schmeicheleien, den Verbeugungen vor den Ansichten der Versammlung gelitten, die ihm vielleicht ganz natürlich sind, womit ich sagen will, daß er darum sein Denken nicht zu fälschen brauchte, die aber hier allzu billigen Beifall fanden; wie auch sein Hieb gegen Zola.

Ich war nicht der einzige, der bemerkte, wie sorgfältig er beim Lob der Familie Heredia die Schwiegersöhne mit Schweigen überging.

Wird denn niemand aufzeigen, mit welcher seltsamen und durchtriebenen Geschicklichkeit dieser Meistersophist die beiden entwurzelten Meister, Leconte de Lisle und Heredia, um sie loben zu können, in seinen Sack hineinbrachte? (Und Chénier! Und Moréas!)[141]

Ganz demoralisiert von Erschöpfung und Traurigkeit da herausgekommen. Noch so ein Tag, und ich bin reif für die Religion.

Bei Charavay, der sie übermorgen verkauft, ein Bündel Briefe Flauberts durchgeblättert. Seine Offenheit und seine Gutmütigkeit entspannen mich. Unter vielen unbedeutenden Briefchen zeigen ihn ein paar Seiten plötzlich ungeschminkt, großartig. Die Handschrift ist viel weniger schön als die Baudelaires, von dem ich auch ein paar Blätter sehe.
Bei Charmoy gewesen, um ihm für den gestrigen Tag zu danken. In seinem Atelier eine zahlreiche Gesellschaft, die er diesmal selbst empfängt.
Zurück mit der Metro; Zwischenhalt bei den Drouins; ich komme äußerst enerviert nach Hause.
Beim Ausgang der Metro sprechen mich zwei Typen an und stellen sich vor: Ibels und ich weiß nicht mehr welcher spanische Maler. Da ich ihnen nichts zu sagen hatte, verlasse ich sie, nachdem ich einige vage Komplimente abbekommen habe. Ich tue so, als ginge ich in eine andere Richtung; stehe wieder neben ihnen, als ich auf meine Straßenbahn warte – erkenne sie aber erst wieder, als die Straßenbahn abfährt (jawohl, dieselben Leute, die ich eben erst verlassen hatte) – und auch nur, weil Ibels mit einer großen Geste den Hut vor mir zieht. Wer würde mir glauben, daß das nicht Absicht war, Nicht-kennen-wollen, Unverschämtheit usw.?
Em. fragt sich, ob sie mich in jener Akademieversammlung erleben möchte, meinerseits eine Rede haltend (und ob ich mich dort sehe).
«Ich schlage dazu kaum den richtigen Weg ein, meine Gute. Immer weniger sehne ich mich nach Versammlungen, wo es mir nicht erlaubt ist, nach Herzenslust die Nase hochzuziehen.»
Jener Satz von Barrès gegen Zola empört mich beim Wiederlesen noch mehr. Es liegt eine gewisse Niedrigkeit der Seele darin, immer nur nützliche Gesinnungen herauszuheben.

Samstag.

Nach dem Essen bei den van Rysselberghes. Maurice Denis erscheint, der mit Gelächter alles, was ich an Argumenten gegen meine Berliner Reise aufgebaut hatte, hinwegfegt. Unmöglich, seiner herzlichen Bestimmtheit zu widerstehen.

Sonntag.

Abreise nach Berlin mit Maurice Denis.

Berlin, Museum.

Im selben Saal:

Michelangelo: *Johannes der Täufer,* sehr Donatello, übermäßig jugendlich; manieriert ohne Fadheit, seltsam langer Hals, zarter Oberkörper; im Schritt mehr Rhythmus als Richtung. In der linken Hand hält er einen Honigkuchen und mit der Rechten führt er irgend etwas Bitteres zum Mund, was bewirkt, daß der Mund verzogen ist.

Wunderbares Werk; vollkommener, aber vielleicht nicht schöner als der kleine Entwurf zu einem Orpheus (Apoll?) – kaum so hoch wie eine Gladiole, der in mächtigem Marmor von herrlichem Leben pulst. Er hält die Leier in seinem eng zur linken Hüfte zurückgebogenen Arm; mit dem anderen Arm stützt er sich auf etwas, das ein Ast werden soll. Ebenfalls von Michelangelo eine sehr kleine Bronze hinter Glas, unter anderen Renaissance-Figürchen, die den Reiz des weichen Wachses bewahrt hat. Einfacher Torso des Gekreuzigten.

Saal 30.

SAAL 30.

Domenico Veneziano:

Frauenkopf, genau im Profil gesehen, auf einem Hintergrund von wohl übermaltem blauem Himmel, abgehoben von dem feinen, etwas fahlen Ton des Gesichts. Stark entblößter Nacken in der Art Piero della Francescas; Kleid aus durchwirkter Seide von indiskreter Üppigkeit.

Pollaiuolo:

Ein kleiner, sehr mittelmäßig gemalter David; aber von recht bizarrer Wirkung. Die Schöße seines Rockes, deren Zipfel durch den Gürtel gesteckt und fast unanständig hochgehoben sind, enthüllen Beine von sehniger und sehr eleganter Linienführung.

Verrocchio:
Eine Madonna mit Kind. Wie es seine Gewohnheit ist, bezeichnet er Schatten auf der Haut durch eintönige Bräunung.

Ein kleiner heiliger Hain, fast symmetrisch, aber trotzdem voll Geheimnis und Zauber, wo sich ein Christuskind und ein kaum viel älterer Johannes begegnen. In ihrer Nähe trinkende Hirschkühe; Waldanemonen funkeln auf dem sehr finsteren Grün des Bodens. Und schon kommen auch Joseph und Maria daher. (Das Ganze wird einem Schüler des Filippo Lippi zugeschrieben.)

Dieric Bouts:
Eine Magdalena, die Füße Christi salbend. Sie ist auf der äußersten linken Seite des Bildes. An der Ecke eines Tisches Christus, der in Gesellschaft dreier Jünger Brot und Fische ißt. Ein Stifter bildet, in der rechten Ecke kniend, ein Gegenstück zur Magdalena.
Von Dieric Bouts auch eine sehr schöne Kreuzigung.

Carpaccio	1470–1522
Tizian	1477–1576
Tintoretto	1519–1594
Veronese	1528–1588
(Unerklärliche Kluft. Zu untersuchen.)	
Tiepolo	1696–1770
Guardi	1712–1793
Canaletto	1720–1780

1. Februar.
Am 30. Januar von Berlin zurück. Die ersten beiden Tage elend verzettelt. Gestern fange ich mich wieder und gehe nicht zu Bett, ehe ich den Anfang des *Enfant prodigue* geschrieben habe.
Heute früh verbiete ich mir auszugehen. Ich fange den Tag mit Arbeiten an. So muß man's machen, jede andere Methode ist absurd.
Noch recht zerstreuter Nachmittag, aber nicht ohne Interesse. Unnötig, weiterhin Beschäftigungen und Begegnungen aufzuschrei-

ben. Ich muß hier meine «Konzentrationen» niederlegen, nicht meine Zerstreuungen. Unterwegs mit großem Nutzen den Anfang der *Vie de Rossetti* von Dupouey gelesen – leider schlecht geschrieben.

6. Februar.

In den letzten Tagen dieses Heft vernachlässigt; aber um der Arbeit willen. Ich arbeite ein *Enfant prodigue* aus, worin ich versuche, die Hemmungen und Aufschwünge meines Geistes in Dialogform zu bringen.[142]

Heute morgen Brief von Claudel; Brief voll von heiligem Zorn gegen die Epoche, gegen Gourmont, Rousseau, Kant, Renan ... Eines heiligen Zornes, ja, aber immerhin eines Zornes, der meinem Geist ebenso weh tut wie das Bellen eines Hundes meinem Ohr. Ich kann das nicht ertragen und halte mir sofort die Ohren zu. Aber trotzdem höre ich und habe nachher Mühe, mich wieder an die Arbeit zu machen.

9. Februar.

Valéry wird niemals die ganze Zuneigung ahnen, deren ich bedarf, um seiner Unterhaltung ohne Ausbruch zuzuhören. Ich bin danach ganz erschlagen. Gestern habe ich fast drei Stunden mit ihm verbracht. Nichts stand in meinem Geist nachher noch aufrecht.

Er verließ mit mir das Haus und begleitete mich in den Bois. Ich hatte meine Schlittschuhe mitgenommen, die seit zehn Jahren im Kasten schliefen, und habe sie auf dem Eis, bei Gott, nicht allzu eingerostet gefunden. Valéry war die ganze Zeit da; es bedrückte mich, daß er auf mich warten mußte, und so bin ich nicht lange Schlittschuh gelaufen. Dann ging ich wieder mit ihm weg und habe ihn vor der Haustür der Charles Gides verlassen, wo ich hinaufgegangen bin, um mich nach Gérard zu erkundigen.

Und natürlich unmöglich, abends zu arbeiten. Nach einer solchen «Unterhaltung» finde ich in meinem Kopf alles verwüstet.

Die Unterhaltung mit Valéry stellt mich vor die *schreckliche* Wahl: entweder absurd zu finden, was er sagt, oder absurd zu finden, was

ich mache. Vernichtete er *in Wirklichkeit* alles, was er im Gespräch vernichtet, hätte ich keine Existenzberechtigung mehr. Übrigens diskutiere ich nie mit ihm; er würgt mich einfach, und ich sträube mich.
Hat er mir nicht gestern erklärt, daß die Musik (er ist dessen sicher) künftig nur noch rein nachahmend sein wird? Oder vielmehr ein immer genaueres Bezeichnen dessen, was das Wort nicht mehr ausdrücken kann, aber ohne jedes Bemühen um Ästhetik: eine *exakte* Sprache.
Er sagte auch: «Wer kümmert sich heute noch um die Griechen? Ich bin überzeugt, daß das, was wir heute ‹tote Sprachen› nennen, in Verwesung übergehen wird. Es wird unmöglich, die Gefühle der Helden Homers zu verstehen.» Usw. …, usw. …
Nach Reden dieser Art brauchen meine Gedanken, um sich wieder aufzurichten, länger als Gräser nach dem Hagel.

12. Februar.
Allmählich vollende ich *Le Fils prodigue* – lasse ihn aber liegen, um mich den Briefen aus Berlin zu stellen. Blei und Greve schnappen nach *Saül*[143], jeder glaubt, das Stück zu bekommen. Mein Verhalten ist recht einfach, wenn ich eine sehr gerade Linie verfolge.
Aber das Risiko ist enorm. Macht nichts; ich schneide auf, und wenn ich noch lange diese Haltung einnehme, werde ich wohl meine Stellung einbüßen. Von meinen Briefen behalte ich eine Abschrift, die ich heute morgen Marcel Drouin vorgelesen habe.
Gestern mit Rouart Bilder angesehen. Sehr schöne Gauguins, van Goghs, Cézannes. Ich war aber von dem ärgerlichen Vortag ziemlich müde. Ich hatte geglaubt, in die Vorstellung von *Notre-Dame de Paris* gehen zu müssen, um de Max (als Claude Frollo[144]) den Hof zu machen. Ich hatte mich mit Jean Schlumberger verabredet, der mir helfen sollte, das Stück zu ertragen. Er hatte aber nicht kommen können.
Während der ersten halben Stunde reizt mich das Gekünstelte und Ungereimte des Stücks, meine Nachbarn zu ohrfeigen; ich glaube, keinen Akt mehr ertragen zu können. Aber de Max ist erst zwischen der neunten und der zehnten Szene zu sehen. Gut im

übrigen; jenem deklamatorischen und scheußlichen Hampelmann einige Wahrscheinlichkeit verleihend. Gleich darauf gehe ich fort, da ich es nicht mehr aushalte.

16. Februar.

Wieder müde; es ist dann besser, mit Schreiben aufzuhören, als sich dazu zu zwingen. Was ich alsdann unterbrechen möchte, ist allerdings nicht die Arbeit, sondern die verschiedenen Beschäftigungen des Tages. Gestern abend durchgelesen, was vom *Enfant prodigue* vorliegt. Es bleibt nur sehr wenig zu verbessern, und ich bin in der Tat zufrieden.

Eine Stunde über dem Buch von Suarès verbracht, vom Pathos und der falschen Erhabenheit dieses Geistes zur Verzweiflung getrieben. Religiöse Scharlatanerie. Was kümmert's mich, daß sein Buch am Karfreitag beendet wurde? Und was versteht er unter *beendet,* bei einem Buch dieser Art, das doch nur eine Sammlung von Notizblättern ist?[145]

Nur die Stelle über Goethe und Pascal gefällt mir; Suarès sagt dort – und sehr gut – Übertriebenes, was mir zuerst auch richtig erschien; aber je mehr ich darüber nachdenke, um so mehr scheint mir, daß diese Auffassung über Goethe genau die ist, zu der man am *leichtesten* gelangt; ich habe sie selbst durchgemacht; und erst, als ich aus dieser Auffassung heraus war, habe ich wirklich angefangen, in der Kultur voranzukommen.

Wenn ich ein paar Tage lang nicht Klavier übe, findet mich die schönste Seite Musik beim Spielen gefühllos. Mit der Beweglichkeit der Finger kommt dann das Gefühl zurück – Wichtigkeit des Instruments; sobald es gut ist, entdeckt man in sich neue Fähigkeiten, sich seiner zu bedienen. Eine gute Feder ist zu einem Viertel an meiner Begabung beteiligt.

Die Funktion mag wohl das Organ schaffen; aber nachher lädt das Organ zum Funktionieren ein.

21. Februar.

Vorhin, bei den Charles Gides, wieder ein Anfall von Angeberitis. Prahlerei (bezüglich meiner Aufführungen in Deutschland), für die

Lafcadio sich am Abend einen Messerschnitt in den Oberschenkel verpassen würde.[146] Und das auch noch vor Gérard! Wie oft habe ich mein grausamstes Skalpell ausgesucht, um bei ihm derartige Abszesse aufzuschneiden. Und wie leicht wäre es ihm heute gefallen, mir Gleiches mit Gleichem zu vergelten. Ich schätze an ihm die Liebenswürdigkeit, es nicht getan zu haben.
Aber als ich von den Charles Gides herauskam, hatte ich verkrampfte Schläfen, als wollte ich meine Worte wieder hinunterwürgen.

So absurd hier mein Verhalten sein mag, ich kann es doch erklären: Fühle ich, daß ich nicht genügend Kredit habe, will ich ihn erzwingen; ich mache das, so gut es geht, mit einer fürchterlichen Ungeschicklichkeit, die mich diesen Kredit, hätte ich ihn, kosten würde; ich insistiere dann; ich übertreibe alles; verliere alles.
Zum Glück ersparen mir Verachtung und Geringschätzung meistens diese Verwirrung. Bloß das Gefühl der Würde sollte sie mir eigentlich immer ersparen.

Abreise nach Cuverville, 22. Februar.
Robidet, der Aufseher, erzählt Édouard[147] während einer Jagd: «Ja, die Mademoiselle Marie (unser altes Hausmädchen), das war eine geistreiche Person! Eines Morgens, wie ich in die Küche komme, macht sie mir ein Zeichen: ‹Monsieur Robidet, sehen Sie sich das mal an›, sagt sie zu mir; sie führt mich an die Treppe zum Küchenanbau, dort wo man die Schuhe zum Putzen hinstellt, auf die letzte Stufe. ‹Sehen Sie sich mal die Schuhe von Monsieurs Freunden an!› Dabei zeigt sie mir: am einen fehlte der Absatz, am anderen ein Stückchen Sohle, beim dritten klaffte die Naht... Ja, die Mademoiselle Marie, die war geistreich!»

16. März.
Vor einigen Tagen *L'Enfant prodigue* beendet. Als mir die Komposition der Dichtung plötzlich in Berlin aufgegangen war, habe ich mich sogleich ans Werk gemacht; zum erstenmal ist die Ausführung unmittelbar der Konzeption gefolgt. Ich hatte Angst, der

Gegenstand würde, wenn ich länger über ihm brütete, zu wuchern anfangen und sich verformen; schließlich war ich auch des Nicht-mehr-schreibens müde geworden, und alle anderen Themen, die ich mit mir herumtrug, boten zu große Schwierigkeiten, um unmittelbar bearbeitet zu werden.
So daß ich also zu diesem *Enfant prodigue* kaum vierzehn Tage gebraucht habe, um es auszuarbeiten und niederzuschreiben.
Acht Tage habe ich zum Korrigieren gebraucht. Zwischen Drouin und Copeau, wie *L'Homme entre deux maîtresses*[148], habe ich mich gerne mit diesem Ausarbeiten beschäftigt.
Ich lese heute in der *Histoire de la langue française* von Brunot: «Corneille und Racine haben die Regel erduldet, sie haben sie nicht aufgestellt. Wenn sie auch später durch den Einfluß ihres Genies je zu einer Autorität in bezug auf die Sprache geworden sind, so haben sie sich doch zu Lebzeiten bescheiden korrigiert, der eine, um Vaugelas zufriedenzustellen, der andere aus Hochachtung vor Pater Bouhours, dem anerkannten Stilrichter.» (*Vorwort,* S. XV.)[149]
Ich weiß allerdings nicht, ob ich recht daran tue, Copeau in folgendem Punkt nachzugeben: Er behauptet, «lui parler» sei unkorrekt. Tatsächlich finde ich im Littré nichts, was es zuließe, und doch sehe ich kein Mittel, die folgende Beziehung anders auszudrücken: «Quiconque veut parler au Père doit *me parler. – Je lui parlais* fort aisément sans toi.»
Macht nichts, ich korrigiere.[150]

März.

Gestern Pater Janvier in Notre-Dame anhören gegangen. Wir hatten mit Rouart zu Abend gegessen. Notre-Dame, schlecht beleuchtet, enttäuscht uns; keineswegs aber Pater Janvier, dem wir ohne Überdruß und ohne Langeweile bis zum Schluß zuhören. Fortwährende politische Anspielungen dienen ihm dazu, seine Rede zu beleben.[151] Einige Sitze vor uns hört sich Boni de Castellane die Unterweisung in seinen Pflichten an. Gegenstand der Rede: der Irrtum – die aus Unwissenheit begangenen Sünden. Die Notwendigkeit, *sich zu bilden;* das heißt: lernen, *die Wahrheit* zu erkennen. Ach, wie schön das ist! Rasch, laßt uns Galilei einsperren!

22. April.

Ich hatte eine kleine Krankheit, die mich zwölf Tage ans Bett fesselte; und ich bin ganz entzückt, daß ich mich nicht geschwächter fühle nach der langen Diät, der mich der Arzt unterworfen hat. (Typhlitis – aber ich bin nicht überzeugt, daß ich sie *wirklich* gehabt habe; meine Krankheit hat vor allem aus dem zwölftägigen Fasten bestanden.) *Le Faucon* bei La Fontaine und Boccaccio gelesen; ferner im *Quart livre* von Rabelais; *L'Anneau d'améthyste,* der mich in meinem Urteil über Anatole France bestärkt, und *Putois* noch mehr; aus den *Cent Nouvelles nouvelles,* im Lanson usw. ...; Saint-Évremond.

Gegenwärtig lese ich für Claudel die Fahnen von *Connaissance de l'Est.*

Ich habe mich wieder an *Ajax* machen wollen, aber bei näherer Prüfung des *Gegenstandes* fürchte ich, die Geste des Ajax nicht erklären, nicht einmal entschuldigen zu können ohne die Intervention Minervas oder des Wahnsinns; beide zugleich wären nötig: praktisch absurd (das ist er genügend) und ideal gesehen großartig (das ist er gar nicht). – Nichts zu machen.

In diesen letzten Tagen eine Überfülle von Besuchen gehabt, deren ich mich nicht erwehren konnte.

Mein erster Ausgang vorgestern war in die Ausstellung von Maurice Denis. Die großen Lobsprüche, mit denen er überhäuft wird, hatten mich mehr erwarten lassen. Einstimmigem Lob ein für allemal mißtrauen... Aber die da lobten, fühlten sich Maurice Denis gegenüber im Rückstand.

In Brissons Chronik in *Le Temps* ein Brief Bernsteins, der ziemlich genau das Maß seines Wertes angibt. Welche Schwäche, den ästhetischen Wert des *honnête homme* nicht zu verstehen! Aber Bernstein schreibt: «Wir sind Touristen auf der fieberhaften Suche nach Malerischem.» Daher auch, in seinen Theaterstücken, diese Buttes-Chaumont-Ästhetik.

23.

Ausgezeichnete Ausstellung von Cross; wo ich bedaure, Cross selbst nicht anzutreffen, den ich mit Vergnügen beglückwünscht hätte.

24.

Ich werde Marcel Drouin um Rat fragen wegen der Fahnen von Claudel, die ich korrigiere. Wunderbare *Connaissance de l'Est*, die ich nun nochmals im Detail durchgehe. Gewisse weniger geglückte, weniger volle Kapitel entstellen dennoch das Buch keineswegs; eine große Zahl ist von stolzester Schönheit.
Habe mich auch mit der Ausgabe von Signoret beschäftigt, die der *Mercure* zur Unterstützung der armen Witwe unternommen hat. Einige dieser Gedichte (fast alle späten) gehören zu den glänzendsten und prächtigsten, die ich kenne. Und es genügt nicht einmal, das zu sagen: Tatsächlich kenne ich in unserer Sprache keine schöneren.

25.

Mittagessen bei den Ch. Gides mit Madame de Watteville.[152] Große moralische «Distinguiertheit». Glaubt aber zu sehr, daß die wahren Dichter niemals auf die Toilette gehen. Bewundert sehr *L'Intelligence des fleurs*. Und so fort...

30. April.

Gérard abgeholt, dem ich versprochen hatte, mit ihm den *Timon* von Fabre anzusehen (bei Gémier). Kostspieliger Abend ohne irgendeinen Gewinn. Das Stück ist immerhin interessanter, als ich erwartete. De Max gut; sogar sehr gut in den ironischen Stellen des dritten Aktes.
Meine Schwäche, ihn mit Gérard nach dem Theater aufzusuchen. Wir trinken etwas auf der Terrasse eines Cafés, in banaler, widerwärtiger Gesellschaft, die de Max mit sich schleppt. Ventura taucht plötzlich auf. Zorn Gérards darüber, daß er «gezwungen» sei, «sie wiederzusehen». Keinerlei Interesse. Erbitterung wegen der verlorenen Zeit. Damit ist's hoffentlich genug für lange.
Noch nie hatte ich unter der Banalität des Gesprächs derart gelitten; und noch mehr unter dem entgegenkommenden Lächeln, zu dem ich mich zwang.
«Ein Bauer sieht einen Papagei auf einer Hecke sitzen; möchte ihn fangen; er nähert sich, und als er seinen Hut abnimmt, um ihn zu

grapschen: ‹Guten Tag, Jacquot›, sagt der Papagei. Darauf der Bauer, ganz verwirrt: ‹Oh, Verzeihung, mein Herr, ich hielt Sie für einen Vogel.›»
«Ich liebe diese Geschichte!» ruft die Kleine, die bei jedem Wort von de Max wie eine Schelle lacht.
Immerhin verzeichne ich hier die sehr viel bessere, die der junge Nau herumbietet:
«Zwei kleine Gassenbuben treiben sich auf der Avenue du Bois herum. Fährt eine sehr elegante Kalesche vorbei. ‹Siehst du die Frau?› sagt der ältere; ‹nun, mein Alter, gestern hätte ich mit ihr bumsen können.› – ‹Du kennst sie?› – ‹Nein, aber ich hatte einen Steifen.›»
Marcel amüsierte sich fürstlich, als ich sie ihm heute morgen berichtete. «Wunderbares Beispiel, um den Unterschied zwischen dem englischen *can* und *may* zu erklären», sagte er.

1. Mai.
Es geht mir gut; bin glücklich. Ich erlebe von neuem jene unbestimmbare *moralische Empfindung,* die den Schritt leicht macht: Ich werde getragen.

2.
Schlechter Tag nach einer schlechten Nacht. Sehr nervös; nicht im Besitz meiner selbst. Verlust von Kräften und Zeit.

3.
Den Morgen mit Wojtkiewicz und seinem charmanten Landsmann Joseph Retinger[153] (und Druet) damit verbracht, von Bahnhof zu Bahnhof und von Postamt zu Postamt zu laufen, auf der Suche nach den Paketen mit Ölbildern, die S. von Köln schickt.

16. Mai.
Rückkehr von Cuverville, wo wir drei Tage verbracht haben. Vor meiner Abreise hatte ich ein Vorwort zur Ausstellung von Wojtkiewicz geschrieben. Wer anders hätte es getan, nachdem Maurice Denis einen Rückzieher gemacht hat?
Copeau hat ihm sehr geschickt zum Verkauf eines Bildes verhol-

fen, indem er vor dem «Liebhaber» ausrief: «An Gides Stelle würde ich dieses da wählen!»

Ratlosigkeit, als ich für Claudel die Fahnen von *Co-naissance au monde et de soi-même* lese. So oft sind Grammatik und Syntax darin willkürlich vergewaltigt, daß ich fürchte, an manchen Stellen absichtliche Verstöße für Fehler zu halten. Was soll man zum Beispiel von «plus ou moindre»[154] denken? Die religiöse Gewißheit macht diesen robusten Geist beklagenswert selbstherrlich. Vielleicht kann man nicht gut schreiben ohne eine gewisse Furcht, sich zu irren.

17. Mai.

Ich ging aus; ich wollte Philippe Berthelot aufsuchen, um ihn wegen der Aufführungen des *Roi Candaule* in Krakau, von denen mich Wojtkiewicz benachrichtigt hatte, um Rat zu fragen; vor der Villa erwischen mich Jaloux, der von Marseille kommt, und Miomandre, der ihn durch Paris schleust. Der letztere ganz in Grau, sprühend, feurig, leicht. Jaloux ein wenig schwerfällig und geistig wie verschnupft, aber sehr sympathisch. Es wäre mir ein leichtes gewesen, meinen Weg fortzusetzen, sei es auch in ihrer Gesellschaft; ich tat nichts dergleichen. Eine Art Schwindel brachte augenblicklich meinen Willen aus dem Gleichgewicht, dessen Zügel sich sogleich lockerten: Schon war ich all den uneingestandenen Regungen der Neugierde, der Eitelkeit ausgeliefert… all den vielen namenlosen Triebfedern, die man versklavt und niederzwingt, die aber manchmal bei mir durch eine Nervenschwäche wieder hochschnellen… kurz, ein Zustand vollständiger Anarchie und, irritierte mich dieses Wort nicht so stark, möchte ich sagen: «Unverantwortlichkeit». Ich, der ich mir gerade noch, am selben Morgen, gratuliert hatte, daß es mir «so gut ging». Ach, wie weit bin ich noch vom Ziel! (Es muß immerhin verstanden und zugegeben werden, daß sich gewisse Naturen im «Sich-gehenlassen» verformen. Das sage ich nicht für mich, der ich das immer verstanden habe, sondern für Fontainas, Jammes und für die belgische Schule.)[155]
Ich schleppe also Jaloux und Miomandre mit und führe sie zurück

at home. In mein Arbeitszimmer. Es stellt sich heraus, daß ich ihnen nichts zu sagen, nichts von ihnen zu lernen habe. Immerhin habe ich das Buch von Jaloux gelesen und es keineswegs schlecht gefunden; aber als ich mit ihm davon sprechen will, verwickle ich mich in Einschränkungen, um gleichzeitig meine Freimütigkeit und die Feinheit meines kritischen Geschmacks hervorzuheben. Dann, ich weiß nicht, wie und warum – durch denselben absurden Schicksalszwang, der Mischkin zu der Vase hinzieht, die er zu zerbrechen fürchtet –, bringe ich Suarès aufs Tapet (brenzliges Thema, über das wir uns, wie ich wohl weiß, nicht verständigen können). Der Brief, den ich über Suarès an Mauclair geschrieben habe, ist in meiner Tasche; seit drei Tagen trage ich ihn mit mir herum, in Unkenntnis der Adresse, die mir Miomandre sofort gibt. Ich habe das Unglück, mir auf diesen Brief etwas einzubilden; vor allem, daß ich gewagt habe, ihn zu schreiben. Es juckt mich, ihn vorzuzeigen. Los! Ich kann nicht mehr widerstehen. Der Umschlag ist übrigens noch nicht geschlossen. Im vollen Bewußtsein meines Irrtums, meines Fehlers, lese ich ihn vor, in zitternder Hand das Blatt haltend, bei jedem Satz stammelnd. Ich lese mit Pein, Schweiß auf der Stirn, *mich zwingend,* mich unterbrechend, den niederschmetternden Effekt dieser Lektüre ganz klar und bewußt beobachtend; nehme das Vorlesen wieder auf, fahre damit fort…
Darüber ist die Nacht hingegangen; ich bin noch ganz krank davon; die geringste Folge dieser Untat ist, daß sie mich jetzt am Abschikken meines Briefes hindert. Aber ihre übelste Folge ist die, daß sie so lange meine Gedanken beschäftigt und beschattet.
Ich schreibe das alles nieder, um mich zu belehren; aber ich hätte es nötig, mich gegen mich selber stark zu machen. Denn meine Schwäche war mir wohlbekannt; und jenes absurde Bedürfnis, mich auszuliefern, ohne Waffen und ohne Arg, dem Erstbesten.

Sonntag.

Allein die Erinnerung an meine Dummheit von vorgestern versetzt mir noch die reinsten Kratzeisenschnitte ins Herz.
Gestern den *Roman d'un roi de l'or* von Upton Sinclair[156] gelesen; etwas sehr Schlechtes, ganz und gar außerhalb der Literatur.

Die Charles Gides und die Drouins kommen zum Mittagessen. Die geringste Geselligkeit, und sei es die freundschaftlichste, verursacht mir eine wahre Nervenqual; gezwungen, mir Stillschweigen zu verordnen, wie man ein Kind zu trockenem Brot verurteilt; ich wirke mürrisch, sobald ich nicht mehr hingerissen bin; und ich sehne mich nach Einsamkeit.

22. Mai.

Gestern abend *Salome* von Strauss. Ghéon berichtet uns den Ausspruch von Frau Strauss (den Vielé-Griffin gehört hat), die fand, daß das Pariser Publikum dem Werk ihres Gatten nicht genug Beifall spende: «Nun denn, es ist Zeit, mit Bajonetten wiederzukommen». Vielleicht ist es nicht wahr…

Abscheuliche romantische Musik, von einer orchestralen Rhetorik, daß man noch Bellini zu schätzen beginnt. Einzig die Partien einer malerischen (die Magier) oder morbiden Komik, das Zögern Salomes, als Herodes sie zum Tanzen bringen will – fast die ganze Partie des Herodes, beweisen ein bemerkenswertes «Geschick». In derselben Weise stellt Lasserre fest, wie hervorragend die saftige Komik bei Victor Hugo ist; ebenso bei den *Meistersingern* – gleiche Ursachen. Gleiche Ursachen auch der Schwächen: Indiskretion der Mittel und Eintönigkeit der Effekte, mühseliges Insistieren, eindeutige Unaufrichtigkeit; ununterbrochenes Mobilisieren sämtlicher Hilfsmittel. Ebenso wie Hugo, wie Wagner, wenn ihnen die Metaphern durch den Kopf schießen, um eine Idee auszudrücken, nicht auswählen, uns keine ersparen werden… Von Grund auf unkünstlerisch, so etwas. Systematisches Ausweiten usw. … Schwächen, die zu untersuchen nicht einmal interessant ist. Es ist besser, das Werk en bloc zu verdammen und auf die Bajonette zu warten, weil diese Kunst wirklich *der Feind* ist.

Im *La Tour d'argent* mit den van Rysselberghes, dem Grafen Keßler und Rodin zu Mittag gegessen. Sie sprechen mit Rodin von seinen «Anfängen». Lange Zeit verfertigt er, um leben zu können, «Carrier-Belleuse»-Kitsch aus Terrakotta. Es war eine dieser elenden Fadheiten, die Druet neulich in seinem Schaufenster ausstellte.

Mit *L'Age d'airain*[157] erregt er einen Skandal; mit knapper Not wird ein Prozeß vermieden (man beschuldigt ihn, einen gewöhnlichen Abguß ausgestellt zu haben). Aber einige Freunde stellen sich schützend vor ihn; damals verläßt er Brüssel, um nach Paris zu gehen.
«Wie alt waren Sie damals?»
«FÜNFUNDVIERZIG JAHRE.»
Das ist es, was meinen Tag beherrscht hat.

24. Mai.
Gestern Fahrt nach Saint-Germain, wohin ich in der Hoffnung fuhr, Maurice Denis zu sehen – aber er empfängt donnerstags nicht mehr.
Vorher war ich im Bagatelle gewesen (Porträt-Ausstellung – ein sehr schönes von Courbet – ein sehr merkwürdiges von Monticelli – fast alle übrigen sehr mittelmäßig) – Besuch des Rosengartens.
In einer Kneipe in Suresnes gegessen. Den Zug bis Marly genommen. Interessante Straße bis Saint-Germain; eine Straße, die ich wieder zurückfahre (nachdem ich bei Maurice Denis vergeblich geläutet hatte), weil ich nach Versailles gelangen will. Ich verfahre mich und komme zuerst nach Saint-Cyr.
Die beiden Trianons besucht, an die ich mich kaum erinnerte. Habe für die «Besichtigung der Appartements» kein großes Interesse aufgebracht.
Sehr ermüdende Rückfahrt. Nachdem ich den Zug in Bellevue verlassen habe, verirre ich mich in einer scheußlichen Stadtgegend, mit Pflasterstraßen, wo es unmöglich wird, Rad zu fahren; nehme wieder den Zug von Bas-Meudon bis Javel; komme früh genug nach Hause zu einer wohltuenden Dusche.
Heute aber ein Tag ohne Leistung. Zeitverlust; Fahnenlesen des *Enfant prodigue* – das ich gleich nach dem Mittagessen zu *Vers et Prose*[158] zurücktrage.
Ausstellung von Gegenständen aus den Kolonien in Saint-Mandé, mit der Metro. Endlose Fahrt; große Müdigkeit. Schreckliche Schwermut beim Wiederhören arabischer Musik, dabei recht mittelmäßiger, in der ohnehin sehr mittelmäßigen Ausstellung.

Ich durchquere ganz Paris in der Metro und beende den Tag im sudanesischen Dorf von Neuilly.

16. Juni.

Gestern um zehn Uhr abends in Cuverville angekommen, wegen Verspätung der Züge. Nachdem wir den Anschluß in Les Ifs verpaßt hatten, mußten wir wohl oder übel nach Le Havre, wo wir in Erwartung des Abendzuges zu Abend gegessen haben. Ich hatte in den letzten Tagen nicht den Mut, mit diesem Heft zu plaudern. Plötzlich hat mich eines Morgens der Schwindel wieder ergriffen, und die Furcht, wieder wie voriges Jahr in den traurigen Zustand geistiger Müdigkeit zu verfallen, hat mich fast alle Arbeit unterbrechen lassen.

Dann hat mich eine Flut von Beschäftigungen bis zum 15. Juni getragen, wie einen Ertrinkenden, der, um nicht zu sehr außer Atem zu kommen, sich treiben läßt. Ich habe immerhin zwischen zwei Tauchern die erste Szene von *Ajax* beenden können. Ungeheurer Widerwille gegen fast die gesamte literarische Produktion von heute und das Genügen, welches das «Publikum» darin findet. Ich fühle immer deutlicher, daß ein Erfolg *neben* einem von jenen mich nicht befriedigen könnte. Besser, ich ziehe mich zurück. Warten können; sei es auch bis nach dem Tod. Danach streben, verkannt zu werden – das ist das Geheimnis der edelsten Geduld. Früher habe ich mit solchen Sätzen meinen Hochmut beschwichtigt. Gegenwärtig nicht mehr. Die Größe des Hochmuts mißt sich an der Tiefe der Verachtung.

Théo, der wahre Freund, zieht mich endlich, so hoffe ich wenigstens, aus dem Loch, in das mich Bonnier gestürzt hatte. Wahrhaftig! Es hat Tage gegeben, an denen ich am liebsten die Koffer gepackt und dieses Haus unfertig hätte stehen lassen, das nur Zeit, Vermögen, Geduld und Tatkraft verschlingt... Alles geht nun besser; ich zweifle nicht mehr daran, es diesen Herbst halbwegs fertiggestellt zu sehen, ehe ich mich hierbei ganz und gar ruiniert habe. Kaum weiß ich, wie ich es bezahlen soll – oder wenigstens, wovon wir leben sollen, nachdem es bezahlt ist.

Das Buch von Lasserre gelesen, mit lebhaftem Interesse zunächst,

später nicht ohne Ärger. Ist es, weil sie am Anfang stehen? Auf jeden Fall schienen mir nur die ersten Kapitel die weitaus besten. Das alles ist nicht so übel gedacht, aber fieberhaft hingeschrieben, ohne Sorgfalt. Die Sorge um die Vervollkommnung scheint heutzutage nur noch zu stören, wenn sie nicht lächeln macht.
Blums Buch *Du Mariage* gibt Anlaß zu vielen Kommentaren. Die dialogisierten von Marcel Drouin und Fontaine, anläßlich eines Tees bei den Lerolles[159], erschienen mir weit über dem Durchschnitt; ein Buch ist gewiß nicht unbedeutend, über das so gut geredet werden kann. Aber die in diesem Buch fortwährende, zugestandenermaßen einzige Beschäftigung mit dem *Glück* schockiert mich dennoch. Es scheint mir so wenig erwiesen, daß in der leichtesten, der am wenigsten kostspieligen Art seiner Befriedigung der Mann unserer Bewunderung, unserer Liebe am würdigsten sei. Und erst die Frau!! Die schönsten Frauengestalten, die ich gekannt habe, sind Verzichtende; und ich kann mir nicht einmal vorstellen, daß mir die Zufriedenheit einer Frau gefallen könnte und nicht sogar eine Prise Feindseligkeit in mir erweckte, deren Glück nicht ein wenig Verzicht enthielte.
Zu Abend gegessen, *quattro giorni fa,* bei R. N., auf dem Rückweg von einem Besuch in Marly bei Maillol. Sehr angenehmes Abendessen, wie alle Abendessen bei den R. N.s, die reizend sind; mit einem großen Trottel, mit dem mich Rouart schon bekannt gemacht hatte und der sich, niemand weiß, warum, Victor nennt. Mit seinem vorgeschobenen Unterkiefer, den eine Art Spitzbart fortsetzt, sieht er aus wie vom Giebel der Ägina herabgestiegen. Beim Sprechen knirscht er mit den Zähnen und ballt die Fäuste; er kommt sich selbst als Wilder vor und verkündet die albernsten Aphorismen in einer Art Raserei. Er sagt: «Die Kunst? Ist ein Laster!» Gibt einen Pfiff von sich: «Ich zum Beispiel habe vorgestern auf einen Schlag vierzig Valtats gekauft: ein Laster!» Er sagt noch: «Der Katholizismus hat aus dieser Erde einen riesigen hohlen Kreisel gemacht.» Er hat von Religion eine persönliche Auffassung und fängt nach dem Essen an, mit mir über Metaphysik, oder besser: über Theologie zu sprechen. Er sagt: «Die Griechen! Die Griechen!», und das genügt. Schon bei Tisch konnte man hören (aber da er sich an die Damen

wandte, legte er einen Hauch Ironie in seine Stimme): «Die Natur der Religion... jawohl! ... oder die Religion der Natur... eins oder das andere... oder ein wenig von beidem... Nicht wahr, Madame Gide...?» Und meine Frau tat, als hörte sie nicht.
Dieser Barbar malt. Er malt auf Holz, weil seine rasenden Pinselhiebe die Leinwand zerfetzen würden. Mit diesem Detail höre ich auf.
Ich habe ihn glauben lassen, daß ich ihm sehr ähnlich sei: (Er sagt: «Die Kirche!», fügt dann hinzu, damit man besser höre: «Ecclesia!» Er sagt: «Was uns heute fehlt, ist ein Kult – *cultus;* Riten...»; hier, zweifellos, weil ihm weder das lateinische noch das griechische Wort einfällt, begnügt er sich mit der Wiederholung, wobei er das *R* etwas stärker rollt: *«Rriten».*)

22. Juni.
Zum viertenmal fange ich dieses elende Buch[160] ganz von vorne an, mit dem ich schon viel Mühe gehabt habe. Die großen Improvisatoren von heute würden das Impotenz oder Manie nennen. Wenig fehlt heute, damit ich in ihren Chorus einstimme. Gegen Tagesende immerhin, nach einer großen Anstrengung, glaube ich die unförmige Masse wieder in Bewegung gesetzt zu haben.

Das Klavier ist gestern gekommen. Gut geübt, die wunderbaren *Préludes* von Chopin, die ich alle auf einmal wieder durchnehme.
Jedesmal, wenn sich der «Erfolg» mir genähert hat, habe ich ihm Gesichter geschnitten.
Schon 91, erinnere ich mich: Ich war mit Pierre Louÿs zusammen; wir trafen Retté im *d'Harcourt,* wohin wir, glaube ich, zum Abendessen gingen. Jener fängt an, die *Cahiers d'André Walter* sehr zu loben, die eben erschienen sind und die er «gerade gelesen» hat. Ich höre noch einen Satz: «Das ist eines der zwölf (oder zwanzig) wichtigen Bücher, die erschienen sind, seit...» Bei diesen Worten stehe ich auf, um meinen Mantel etwas weiter wegzuhängen, und lasse Retté mit der anderen Hälfte seines Kompliments im Halse sitzen. Als ich mich wieder hinsetze, beugt sich Pierre Louÿs zu mir und flüstert mir zu: «Mein Kleiner, wenn man dir Komplimente

macht, könntest du wenigstens zuhören. Man könnte ja glauben, sie trieben dich in die Flucht.» Das stimmte. Heute noch. Zuviel Stolz vielleicht; dann auch Angst davor, zum besten gehalten zu werden. Die Schmeichler merken das bald und lassen sich nicht mehr dabei erwischen.

Am 29. Juni habe ich als Antwort auf eine Äußerung Marcel Drouins über das Buch Léon Blums folgendes geschrieben – ich hielt es für klüger, es nicht an ihn abzuschicken:
«Ja, das Buch Blums kann Schaden stiften... Man wird weniger ‹neue Klarheit› über eine Frage darin suchen, die, so scheint mir, mehr mit der Moral als mit der Soziologie zusammenhängt – als vielmehr eine *Vollmacht.* Ich selbst hatte das Buch zunächst sehr oberflächlich gelesen, dann hatte ich, da es mich störte, davon sprechen zu hören und zu wenig unterrichtet zu sein, um etwas darüber sagen zu können, es eingehend wiedergelesen; und nun konnte ich es Blum selber sagen, wie fremd mir der Gesichtspunkt seiner These blieb, die das ‹Glück› als *Ziel* empfiehlt, dieses Glück in den Alkoven einsperrt und ein Rezept geben will, wie man es zähmen könne.
So typisch und gut dargestellt auch alle Beobachtungen dieses Buches sein mögen – das ein geschicktes Vorwort zum ganzen jüdischen Theater von heute zu sein scheint –, verkennt es doch vollständig den Wert des Verzichts und der Beschränkung und behauptet, was ungeheuerlich ist, daß der Baum niemals mehr oder schönere Früchte hervorbringe als auf *natürliche* Weise.»

Ich bin nur ein kleiner Junge, der sich amüsiert, und zugleich ein protestantischer Pastor, der ihm auf die Nerven geht.

*

16. Oktober.
Ich fange heute an, weil es mir noch mehr Mühe machen würde, morgen anzufangen. Gestern nach Paris zurückgekehrt, habe ich bei Copeau zu Mittag gegessen, der mich gleich nach dem Essen zur Generalprobe von *Monsieur Codomat* ins Théâtre Gémier mitschleppte.

Copeau mußte mir einen steifen Kragen leihen; ich roch noch aus allen Poren nach Land; macht nichts, dieses brüske Eintauchen in die Pariser Welt, nach dem lauen Herbstbad dort, hat mir das Blut angenehm aufgepeitscht. Allein hätte ich gekniffen, aber Copeau verlieh mir Bestimmtheit. Ich habe mich sogar der Bréval vorstellen lassen, die seit langem «meine Bekanntschaft zu machen wünschte». Habe ihr übrigens nichts zu sagen gewußt, noch sie mir. Sie blieb im Schatten ihrer Proszeniumsloge verborgen; sehr hofiert trotzdem; ein etwas verbrauchtes Gesicht, aber von einer gewissen tragischen Schönheit. Ohne Mühe und Bedauern sagte ich die plattesten Banalitäten; um meinen Geist zu beleben, bedürfte es des wirklichen Wunsches zu gefallen, und dabei nicht stehenzubleiben. (Was Stendhal gesagt oder getan hätte...) Eine ziemlich große Anzahl Hände gedrückt, von denen ich nur die Hälfte erkannte. Der kleine Bruder von B. entwickelt sich zum großen Blödian. Man wundert sich, Mendès stets anzutreffen; er scheint sich zu wundern, daß ich ihn nicht grüße. Franc-Nohain stellt mir seine sehr angenehme junge Frau vor; alle drei sprechen wir vom lieben alten La Pérouse. Diesen Sommer entschließt er sich, er, der seit dreiunddreißig Jahren Paris nicht mehr verlassen hat, nachdem er jetzt von seinem alten Freund Dauphin (dem Schwiegervater Franc-Nohains) eingeladen worden ist, einige Tage auf dessen Landgut zu verbringen. Kommt zur Gare du Nord, ohne im Fahrplan nachgesehen zu haben; wartet anderthalb Stunden auf einen Bummelzug, der drei Stunden braucht statt einer; kommt an, als man ihn nicht mehr erwartet, findet also niemanden am Bahnhof; läßt sich durch den Wald nach dem Gut Dauphins führen, von einer alten Frau, die ihn vor dem Gartenzaun stehenläßt; nach dem Eingang suchend, fällt sein Blick auf ein Schild «Achtung! Wolfsfallen!» – er ist entsetzt, wagt nicht mehr weiterzugehen und ist einfach im Begriff, wieder umzukehren – als er unvermutet seinem Freund begegnet und mit diesem wenigstens noch fast eine Stunde verbringen kann.
Vor dem Tristan-Bernard-Stück ein Maschineriestück von Lordes über die Katastrophe von Martinique. Im ersten Akt ein ganz gut gemachter Vulkanausbruch, der aber den Saal mit Rauch füllt, da

die Ventilation schlecht funktioniert (Gesprächsgegenstand mit Mégard). – Letzter Akt mit moralischen, literarischen und antireligiösen Ansprüchen. Das Publikum, welches die «Gattung sich erheben» fühlt, klatscht und ist hingerissen. Es ist ziemlich ekelhaft. Das Stück von Tristan Bernard ist eines der besten, das ich seit langem gehört habe. Hervorragendes Spiel Gémiers, Mäßigung, Effekte auf natürliche Weise durch die Zeichnung der Personen erreicht. Vielleicht sogar ein gewisses Übermaß an Feinheit, an kleinen Nuancen, ein gewisses Tasten beim Aufbau der Charaktere. Wäre Tristan Bernard sich klarer bewußt gewesen, ein schönes und gutes Stück zu schreiben, hätte er wahrscheinlich gewagt, großzügiger zu malen. – Macht nichts; ich bin begeistert herausgekommen, mit dem Wunsch, Em. und die Drouins hinzuführen.*

17. Oktober.

Mit der alten Augustine allein in dem großen Haus in Auteuil. Scheußliches Wetter; die Wege zur Villa sind Flüsse von Schlamm; der Wind pfeift unter den Türen durch und rüttelt an den Fenstern.

Bei den Théos zu Mittag gegessen. Besorgungen gemacht. Lange mit dem armen alten La Pérouse geplaudert; dann ins Schwimmbad. Copeau am Ausgang der Galerie abgefangen, mit ihm ein langes Stück Wegs zu Fuß gegangen. Heute abend nach dem Essen ein paar Briefe geschrieben. Zu müde, um hier lange zu plaudern. Aber es geht mir gut, und diese Müdigkeit verspricht einen guten Schlaf.

18. Oktober.

Ich schreibe an dem kleinen Möbel von Anna Shackleton, das in der Rue de Commaille in meinem Zimmer stand. Hier arbeitete ich; ich liebte das Möbel, denn in dem doppelten Spiegel des Sekretärs über der Platte, auf der ich schrieb, sah ich mich schreiben; zwischen jedem Satz schaute ich mich an; mein Bild sprach zu mir, hörte mir zu, leistete mir Gesellschaft, hielt mich im Zustand des

* (An den Rand geschrieben.) Ich habe das Stück inzwischen mit einem völlig verdorbenen Gémier wiedergesehen.

Arbeitseifers. Seither habe ich nie mehr an dieser Stelle geschrieben. In diesen letzten Abenden finde ich die Gefühle meiner Jugend wieder.[161]
De Max aufgesucht, nachdem ich auf der Bank gewesen war. (Geldfragen, die mich früher begeisterten, deprimieren mich heute; ich habe ein paar Anweisungen gegeben, fast aufs Geratewohl und aus manischem Bedürfnis nach Betätigung.) – Der Besuch bei de Max hat nichts ergeben. – Nachmittags geschlafen, an die Sorma geschrieben. Besorgungen gemacht. Marcel an der Tür des Zahnarztes getroffen und mit ihm nach Auteuil zurückgekehrt. Heute abend an *La Porte étroite* gearbeitet.

20. Oktober.
Gestern fast den ganzen Nachmittag darauf verwendet, wegen der Aufführung des *Candaule* in Deutschland an Haguenin zu schreiben. Er hatte mich letztes Jahr um einige bibliographische Angaben gebeten, als Material für einen Vortrag; ich schicke sie ihm. Bei Paul Laurens zu Abend gegessen, nachdem ich einige Augenblicke mit Copeau verbracht hatte.
Ich führe dieses Tagebuch ohne Vergnügen, um der Methode willen und ohne mich darum zu kümmern, welches Interesse ich jemals daran haben könnte, es wiederzulesen.
Heute früh gehe ich zu Dumont-Wilden (den ich noch nicht kenne) in den Salon d'Automne. Viermal stoße ich dort auf Sert, der äußerst erpicht ist, zu erfahren, was man über seine Malerei denkt. Sehr fröhliche Begegnung mit Charles Chanvin, den ich seit fünf Jahren nicht mehr gesehen hatte. Keinerlei Hemmung; ein Vergnügen, das überhaupt nicht erzwungen ist.
Die Maus'[162], immer die gleichen, herzlich, frenetisch, oberflächlich. Wie sind die Carpeaux' schön!
Sehr mittelmäßiges und sehr teures Mittagessen im Restaurant an der Ecke der Champs-Élysées und der Rue… (Montaigne oder Avenue Matignon?) mit dem sehr sympathischen Dumont-Wilden.
Besuch der italienischen Pointillisten oder Divisionisten ohne jeglichen Gewinn. Erschöpfte Rückkehr zu kurzem Schlaf und Arbeit.

24. Oktober.

Von neuem fühle ich mich wie ein Ertrinkender. Habe von morgens bis zwei Uhr an einem Brief an Haguenin gearbeitet, dazu bestimmt, seinen Eifer zu schüren. Er spricht davon, mein Werk dem Berliner Publikum vorzuführen. Er spricht gut. Ich fange an, des *Nichtseins* müde zu werden; sobald mich eine große Inbrunst nicht mehr aufrecht hält, kämpfe ich mit mir. Gekränkte Eigenliebe hat noch nie etwas hervorgebracht, was Wert hätte, aber manchmal leidet mein Hochmut unter einer wahren Verzweiflung. Und an manchen Tagen lebe ich wie im Alptraum eines Menschen, den man lebendig in sein Grab eingemauert hat. Elender Zustand, den zu kennen, den gekannt zu haben gut ist. Ich werde das später einmal beschreiben, wenn ich es hinter mir haben werde.

Ohne Nachricht aus Berlin, wo man mich vor dem 28. spielen *muß.*

Ich denke an Keats. Ich sage mir, daß zwei oder drei leidenschaftliche Bewunderer wie ich ihn am Leben erhalten hätten. Vergebliche Mühe, ich fühle mich manchmal ganz *verkümmert* vor Schweigen.

Ende Oktober.

Nach Pau gerufen wegen des Todes von Marcel Gilbert.[163]

«Mein Freund», sagte Claudel zu Jammes, «nachdem ich lange Jahre in der Liebe Gottes gelebt hatte, erlag ich, wie Sie wissen, der Liebe zu jener Frau, und da war es mir, als tauchte ich, aus einem reinen Bergsee kommend, in ein Fußbad.»

19. November.

Jammes bei der Beerdigung meines Schwagers, dann in Orthez wiedergesehen.

Ich mußte mit Léon Cafford die Trauerfeier «anführen». Sehr schöne, sehr würdige Zeremonie; einfach die zum Ritus gehörende Musik, was ich bei weitem vorziehe.

Am Schluß der Messe kniete eine Frau aus der Gegend, eine *Schwester,* vor der Balustrade nieder, die den Chor von den Gläubigen trennt; der Priester breitete auf der Steinbalustrade ein weißes Tuch aus und reichte ihr dann die Hostie, die sie mit wunder-

barer Demut nahm. Ich glaubte, sie kommuniziere, einem schönen Brauch des Landes folgend, für uns alle, und schloß mich mit ganzer Seele ihrer Geste an. – Ich erfuhr nachher, daß es jedem erlaubt ist, an dieser Kommunion nach der Messe teilzunehmen; am nächsten Tag kommunizierten dreißig Gläubige, nach einer weiteren Trauerzeremonie. Wieviel beredter als diese Gruppe war doch die einzelne schöne Gestalt!
Eugène Rouart wiedergesehen und dort, in Bagnols, meine Unruhe, meine Neugierde, meine Begeisterung wiedergefunden.

Seit mehr als acht Tagen habe ich eine Schreibmaschine, da ich in Pierre de Lanux jemanden gefunden habe, der das Bedürfnis hat, Sekretär zu sein. Daher Disziplin, Eifer und Regelmäßigkeit der Arbeit, neuer Mut usw. ... Während ich dieses schreibe, verfertigt mir die Maschine vier Abschriften der *Porte étroite,* die ich gerade eben ins reine bringen will. Ich habe noch einmal vierzehn Tage fürs erste Kapitel verbraucht, das mich aber nun befriedigt.
Sehr wenig gelesen, den Geist fast einzig mit meinem Buch beschäftigt. Deshalb habe ich auch dieses Tagebuch vernachlässigt. Von neuem blieb ich während einiger Tage in diesem ersten Kapitel stecken.
André Ruyters hat hier eine Woche lang gewohnt. Er ging um acht Uhr fort auf seine Bank und kam erst zum Abendessen zurück. Eines Abends haben wir uns nach dem Essen mit Ghéon, Copeau und Jean Schlumberger im *Pousset* auf den Boulevards getroffen. Nach einigem Zögern hat Ghéon sein Manuskript hervorgeholt (die ersten hundert Seiten des *Adolescent*); wir verzogen uns in den kleinen hinteren Saal einer sehr ordinären Kneipe und hörten, trotz des Lärms nebenan, andächtig zu, wie Ghéon, der Romanschriftsteller, der so verschieden ist von Ghéon, dem Verfasser von *L'Eau-de-vie* oder *Le Pain,* mit gleichmäßiger, mittlerer Stimme vorlas. – Ausgezeichneter Eindruck auf uns alle.[164]
Fünf Tage später versammeln sich dieselben in Auteuil, ohne Copeau. Nach etlichem Zögern wage ich mich ans Vorlesen der *Porte étroite.* Sehr unvollkommene Lektüre zunächst, denn die ersten

beiden Kapitel sind noch an manchen Stellen schwerfällig, unförmig, kurz, die ganze Lektüre etwas trostlos… Was mir beim Schreiben dieses Buches so viel Mühe macht, ist dasselbe, was ihnen (ich denke da vor allem an Ghéon) das Anhören so erschwert: Es ist und bleibt ein Anachronismus gegenüber dem, was wir heute denken, fühlen und wollen. Was hilft's: ich kann es nicht ungeschrieben lassen; und aus der ein wenig qualvollen Prüfung gehe ich doch, alles in allem, weniger deprimiert als gefestigt hervor.

8. Dezember.

Briefwechsel Stendhals.

Stendhal war nie Nahrung für mich; aber ich kehre immer wieder zu ihm zurück. Es ist mein Schulp; ich wetze daran meinen Schnabel.

La 628-E 8. Man spricht von Mirbeaus Psychologie und dem Naturalismus oder Realismus Zolas, weil der eine wie der andere hemmungslos von alldem redet, was man bisher verschwiegen hat. Man muß sogar zugeben, daß sie besser davon sprechen als vom übrigen – von dem nämlich, wovon alle sprechen. Am besten gelungen sind die Seiten, wo er Ton und Rhythmus der Konversation beibehält; einige sind in dieser Hinsicht fast vollkommen, darüber erhebt sich das aber nie. Er entrüstet und er begeistert sich, man weiß nicht recht, warum, aber aufrichtig, ich will's glauben, und wie ein Kind; er wird gerne böse; das ist das beste an ihm. Er schreibt ganz in der Hitze, ohne nachzudenken; notiert seine Beben wie ein Seismograph. Der Satiriker in ihm verhindert vollständig den kritischen Geist.

Dialogue des amateurs von Gourmont. Er will so sehr intelligent wirken, daß er fortwährend Unsinn redet. Ich kann mir recht gut vorstellen, daß er imponiert und warum, und daß viele Leser nicht aufzubegehren wagen, aus Angst, sich weniger intelligent vorzukommen als er. Nichts Dümmeres als diese Angst vor dem Hereinfallen! Bei Georges Rondeaux und Gérard habe ich die traurigen Folgen beobachtet.

Er spricht von Literatur und «geistigen Dingen» im allgemeinen mit ziemlich großer Kompetenz und meist sehr feinem Geschmack – ausgezeichnet zum Beispiel sein Dialog über die Romantik und Lasserre –, aber kaum behandelt er den Alkoholismus, die Sitten, den Geburtenrückgang, die Kriminalität usw., sagt er nichts als Ungeheuerlichkeiten und zeigt, daß er das Leben nie anders als durch Bücher kennengelernt hat.

«Es muß doch eigentlich recht hart sein, ins Zuchthaus zu kommen, wenn man das Zuchthaus nicht verdient hat!»

«Und wenn man es verdient hat, ist es dann weniger hart? Verdient man es denn je? Wovon hängen Schuld und Unschuld ab? Vom Zufall», usw., usw.

Da stellt sich einer auf einen höheren Standpunkt! Aber handelt es sich denn darum? Mit Recht oder Unrecht stellt die Gesellschaft Regeln auf, außerhalb derer sich der Bürger bekanntlich strafbar macht. Und mögen diese Regeln willkürlich sein und der Mensch, der sich ihnen entzieht, ein Unschuldiger, ein Märtyrer, ein Heiliger, ein Dummkopf – darum handelt es sich nicht, und Gourmont spricht von diesen Dingen mit der *Überlegenheit* des Bürgers als Edelmann, der nach dem Menuett von den Tänzern sagt: «Diese Leute wackeln gut mit den Hüften.» – Hat er denn als Kind nie gespielt? Hat es ihm nie die Kehle zugeschnürt, wenn er fälschlich beschuldigt wurde, beim Spiel *betrogen zu haben?* Oder hat er seinen Kameraden schon damals erwidert: «Was heißt hier betrügen? Betrügt man denn überhaupt je?» usw., usw. In Wahrheit hat er eben nie Kameraden gehabt und nur immer ganz allein gespielt.

12. Dezember.

Der Geist von neuem ausgerenkt, aus den Fugen; das Fleisch schwach, unruhig, vollständig zerstreut. Mein ganzer Organismus ist wie eines jener allzu hellhörigen Häuser, wo man auf dem Dachboden alles hört, was in Küche und Keller vor sich geht.

Valentine hat sechs Tage bei uns verbracht; ihre Anwesenheit hat zweifellos viel dazu beigetragen, mich nervös zu machen.

13. Dezember.

Fürchterlicher, wunderbarer Sturm die ganze Nacht. Mein Geist wie vom Wind emporgehoben – wie ein Papierdrachen davongetragen – ein Drachen am Ende einer Gummischnur.

Ich finde einen Brief von Paul Claudel (1899) und lese wieder: «Ihr Geist ist ohne Gefälle», teilte er mir mit. So muß es sein. Kein Lob ist mir lieber.

Gourmont – eine hoffnungslos undurchsichtige Seele.

Mangel an Sympathie – Mangel an Einbildungskraft. Das paßt gut zum Nichtkennen des Schwindelgefühls; aber Gérard weiß nicht, daß das von seiner Unfähigkeit herrührt, sich etwas vorzustellen, das er nicht fühlt. Häufig ist das, was man Kaltblütigkeit nennt, nichts anderes; einfach: Impotenz der Vorstellungskraft. Die begabtesten Naturen sind vielleicht auch die angstvollsten.

1908

9. Januar.

Gestern *Aulularia*[165] als Matinée im Odéon. De Max, der sich zum erstenmal in dem versucht, was man gemeinhin eine «ironische Rolle» nennt – ausgezeichnet. Höchstens ein wenig zu sehr ins Detail gehend. Ich bezweifle, daß er je zu der Vereinfachung gelangt, jener «mächtigen Herausätzung der Konturen», von der Nietzsche spricht und ohne die es kein vollkommenes Kunstwerk gibt. Er setzt zwar den Kritikern seinen Stolz entgegen, beugt ihn aber vor dem Publikum. Dieses Publikum – und ich verstehe darunter vor allem das seiner Garderobe – trägt dazu bei, seinen Geschmack unheilbar zu verderben.

In seiner Garderobe gestern ein halbes Dutzend unbedeutender junger Laffen. Zum Glück auch José de Charmoy. Und Bréval, die ich erst im Verlauf und mit Hilfe der Unterhaltung wiedererkenne. Sie ist nicht gekränkt deswegen und spricht sehr freundlich von Copeau.

Gestern abend Premiere des *Kandaules* in Berlin; heute morgen erhalte ich von Haguenin folgendes Telegramm:
«Gut gespielt Gurlitt (Nyssia) sehr guter Erfolg bei Hälfte Zuschauer der Rest widerspenstig.»

15. Januar.
Am Tag nach der Premiere Aufruhr in der Presse. Barnowsky (Direktor des *Kleinen Theaters*) ist zu Tode erschreckt und beeilt sich, das Stück vom Spielplan abzusetzen.
Lebhafte Korrespondenz mit Haguenin, der bei dieser Gelegenheit eine Ergebenheit beweist, die mich beschämt. Ein ausgezeichneter Artikel von ihm im... (?) versuchte, das Publikum vorzubereiten. Die Kritiker schlagen jede Anwandlung von Beifall nieder, die im Publikum etwa aufkommen könnte...
Ich fürchte, die Aufführung von *Saul* wird dadurch schwer belastet.
Das Ganze hat schlecht angefangen. Ich habe eine Kopie meines Briefes an Haguenin zurückbehalten. Ich möchte, daß man ihn veröffentlicht, sollte je...
Versuchen, eher hochmütig als ehrgeizig zu sein, das ist das ganze Geheimnis. Ich fange übrigens an zu glauben, daß man unter berechtigten Vorwürfen mehr leidet als unter solchen, die man gar nicht verdient. Hören müssen, daß ich spekuliert hätte auf..., als Pornograph bezeichnet werden, als Boulevard-, als Vaudevilleschreiber; beschuldigt werden, Maeterlinck zu imitieren! Oder Donnay, von dem ich nie etwas gelesen habe! Solche Hiebe treffen wirklich daneben.
Nicht ein Kritiker, der mir nicht Hebbel unter die Nase riebe; zweifellos sind es dieselben Kritiker, die ihn zu seinen Lebzeiten abwürgten. Sie übertreffen sich gegenseitig an Beleidigungen; erschreckende Eintönigkeit dieser Artikel, von denen ich nur die ersten ganz gelesen habe. Einer fängt so an: «*Der König Kandaules* hat in Paris einen rauschenden Erfolg gehabt [!] Das wundert uns nicht..., usw., – *eine solche Schweinerei*...» usw.[166]

16. Januar.
De Max beim Schlittschuhlaufen getroffen; unbeweglich inmitten der Schlittschuhläufer, düster, erloschenen Blicks; wie ein finsterer Stelzvogel der Sümpfe inmitten beweglicher Schwalben. Weiße Handschuhe, goldenes Armband, Sealjacke, runder steifer Hut...
«Du scheinst mir sehr melancholisch?»
«Ich sehe oft so aus», antwortet er.
Einige gute Schlittschuhläufer, aber nichts als Lakaiengesichter.

Übersetzung des *Briefwechsels* von Dostojewski im *Mercure*. Ich hatte Roucher gebeten, mir die Besprechung in der *Grande Revue* zu reservieren; mit dem Vorwort zu Signoret und dieser neuen Studie bin ich von meinem Roman recht abgelenkt.

21. Januar.
Ich gehe zu Marcel Drouin, der mir bis zum Abendessen hilft, die deutschen Zeitungsausschnitte zu lesen. Gestern, am 20. Januar, erhielt ich meinen *hundertdreiundfünfzigsten* Zeitungsausschnitt (*Candaule* wurde am 9. gespielt) – *alle* beleidigend, unehrlich, dumm, infam – mit einziger Ausnahme der beiden Artikel von Haguenin in der *National-Zeitung* und der *Zeit*.
(Inzwischen habe ich drei ausgezeichnete Artikel aus Zeitschriften erhalten: Es werden noch andere kommen.)
Copeau kommt zum Abendessen; Marcel stößt nach dem Abendessen zu uns, und wir beschäftigen uns bis ein Uhr morgens damit, mit Hilfe von Zitaten einen *Brief aus Deutschland* zu verfertigen, den ich am Sonntag morgen ins reine schreibe, am Sonntag abend Copeau vorlesen gehe und am Montag zum *Mercure* bringe. Ich halte ihn für... comme il faut.
Etwas mehr Mut, Freude, *Druck* in diesen letzten Tagen. Wenn ich nur schlafen könnte! Schon betrachte ich mich als *fast* befriedigt von diesen Nächten in Fetzen, wenn nur das häufige Aufwachen ohne Ängste abläuft und den Schlaf nicht zu lange unterbricht.
Ich habe zwei Nächte hintereinander besser geschlafen, nachdem ich wie ein Kind um halb neun Uhr zu Bett gegangen war; aber wie

das – regelmäßig – von sich erreichen! Auf alle abendliche Arbeit, alle Lektüre verzichten!...

25. Januar.

Umfrage des *Berliner Tageblatt.*

Es handelt sich darum, anläßlich des fünfundzwanzigsten Todestages von Wagner mit den «künstlerischen und intellektuellen Kapazitäten ganz Europas Kontakt aufzunehmen, um ihre Ansicht über den Einfluß des Wagnerismus zu erfahren, vor allem in Frankreich».

Ich antworte:

«Mir sind die Person und das Werk Wagners ein Greuel; diese leidenschaftliche Abneigung ist seit meiner Kindheit nur noch gewachsen. Dieses großartige Genie erhebt weniger, als es *erdrückt.* Es hat zahllosen Snobs, Literaten und Dummköpfen erlaubt, zu meinen, sie liebten Musik, und einigen Künstlern, zu glauben, Genie ließe sich erlernen. Deutschland hat vielleicht nie etwas gleichzeitig so Großes und so Barbarisches hervorgebracht.»

26. Januar.

Da ich gestern zu früh bei Madame Brandon angekommen war, verbrachte ich die Dreiviertelstunde bis vier Uhr im Museé du Trocadéro. Ausgezeichnete kritische und betrachtende Verfassung. Habe sehr profitiert.

Weniger profitiert von meinem Besuch bei Madame Brandon; in weniger als fünf Minuten sind acht Personen gekommen; die Sinnlosigkeit der Gespräche war erschütternd. Übrigens hat sich Madame Brandon selbst fast nur mit mir unterhalten. Und als ich aufstand, um zu gehen: «Die Leute, mit denen man sich gerne unterhält, sind so selten...»; die Gesichter der andern, als sie dieses Kompliment hörten!

Zu Copeau ins *Pousset* gegangen.

Bankett der *Phalange.*

Ich hatte Copeau versprochen, ihn nicht im Stich zu lassen, aber das ist mir leider nicht möglich gewesen. Man hatte mir die lästige Ehre erwiesen, mich rechts von Royère zu setzen (links von Royère

Vielé-Griffin, dann Gustave Kahn). Es wäre kaum anständig gewesen abzulehnen, und ich hätte es ohne zuviel Sätze nicht gekonnt. Rechts von mir Robert de Souza, dann Ghéon, dann, an der Ecke der Tafel, Han Ryner, Apollinaire, Copeau, Jean Schlumberger, dann etwa dreißig Unbekannte. Im ganzen werden wir hundertfünfzig gewesen sein. – Hübscher Saal im ersten Stock des Cardinal. Passable Nahrung, aber eine nervöse Gespanntheit hindert mich am Essen...

Erzählung unterbrochen. Unnötig, sie im einzelnen wiederaufzunehmen. Sehr amüsiert und angezogen vom Gesicht Apollinaires. Als die Ansprachen drankommen, geht ein junger Dummkopf, dem man das Wort nicht erteilt, als er eben Verse von Royère vortragen will, hinaus und zerschlägt den Spiegel in einem Séparée. «Sehr dostojewskihaft», sagt Copeau, mit dem zusammen ich weggehe. Jean Schlumberger ist bei uns; Ghéon hat seinen Zug um elf Uhr nehmen müssen. Vielé-Griffin und Souza schleppen uns ins Weber, wo der Abend sich bis nach Mitternacht hinzieht. Es ist halb zwei Uhr, als ich nach Hause komme.
Abscheuliche Nacht; konnte nicht einen Augenblick einschlummern. Öfter als...

27. Januar.

Mein Temperament lehnt sich beklagenswerterweise gegen jede Beschränkung auf, die mein Geist ihm auferlegen möchte. Was tun angesichts der Schlaflosigkeit oder jener namenlosen Nervosität, die mich am Einschlafen hindert? Weiß ich denn, in welcher Stimmung ich morgen früh aufwachen werde? Kann ich es nach einer Nacht voller Ängste wagen, mich mit demselben Schwung an die Arbeit zu machen, wie ich es ausgeruht täte? Ich träume – habe immer geträumt – von einer Methode, die bis hin zu meinen Launen alles regelte und mir erlaubte, ein Maximum von mir zu erhalten; und eine solche Methode muß ich nun jeden Tag abändern. Hätte ich gestern nicht zwei Stunden nach Mittag geschlafen, hätte ich nicht bis abends durchgehalten. – Und so fort.

28. Januar.

Ziemlich gute Nacht und mithin ziemlich gutes Arbeiten heute früh (Vorwort zu Emmanuel Signoret) – so daß ich mir erlaube, wieder einmal eine Stunde Klavier zu üben. Ich hatte es seit nun bald zwei Monaten entschlossen aufgegeben, da meine schwache Arbeit eifersüchtig darauf war.

Jammes, zum Essen heute morgen da, erzählt uns den Ausspruch einer kleinen, neunjährigen Cousine seiner Frau, die sagte:
«Ich habe weniger etwas gegen die Protestanten als gegen Calvaire und Lutin.»[167]
Er liest mir nach dem Essen ausgezeichnete *Poèmes mesurés* vor.

2. Februar.

Gräßliche Nacht; nicht aufgehört zu *reden*, mir endlos Blödsinn ins Gedächtnis zurückzurufen (Besessensein von Satzgliedern, von Wörtern, die man sich idiotisch, unwiderstehlich wiederholt, ich weiß nicht, wie viele Male) und in einem offenen Buch neue Texte zu lesen, die ich erfand! Zudem war mir sehr kalt, trotz Bettflasche und Anhäufung von Decken. Gestern hatte ich mich zweifellos erkältet; Halsweh und Leibschmerzen; aber die Nerven verstärken das alles noch. Dann war ich, ohne mir Bewegung zu verschaffen, den ganzen Tag, oder fast den ganzen, bei der Arbeit geblieben... Das darf ich noch nicht.

3. Februar.

Ich lese den Nachruf von Francis Jammes für Charles Guérin. (*Mercure,* 1. April 1907.) Er hat noch nie etwas Schlechteres geschrieben. Ich habe es nicht gern, wenn er Henri de Régnier als Vorbild an Würde zitiert, nachdem er ihn noch vor ein paar Monaten als Lumpen bezeichnet hat.
«Mit seinen feinen Fingern die Flügel eines Schwärmers fassend, der sich auf eine Gaslaterne geflüchtet hatte.» Ich bin so sicher, daß es kein Schwärmer war. – Warum? – Weil der Schwärmer seine Flügel nicht einzieht und weil die Schwärmer sich nicht niederlassen... Ach ja, was soll's!

6. Februar.

Dieser letzte Ausschnitt aus den deutschen Zeitungen faßt so gut die Dummheit all der anderen zusammen, daß ich nur ihn behalten will und hier abschreibe:
«In Hebbels Stück», so fängt dieser Artikel an, «ist Kandaules ein Barbarenkönig und Gyges ein raffinierter Grieche; im Stückchen des Herrn Gide ist ganz im Gegenteil Gyges der Barbar, während Kandaules seinerseits der Raffinierte ist … Diese wenigen Worte genügen, um zu zeigen, daß Herr Gide von seinem Gegenstand nichts begriffen hat.»

8. Februar.

Verhaeren hat mir wunderbare Stellen aus seiner *Hélène* vorgelesen.

Man sprach von Debussy.
«Er ist so zärtlich!» sagte Madame X.
«O nein, Madame: Er ist ein Schmuser», antwortete Madame Debussy.

12. Februar.

Noch ein Zeitungsausschnitt aus Deutschland; man liest darin: «Hebbels Auffassung steht für unser Empfinden ebenso hoch über der Gides wie etwa Kleists Ausgestaltung des Amphitryonstoffes über der Molières.» (*Bühne und Welt,* Berlin.)

Herrliches Wetter. Eine seit drei Monaten vergessene Himmelsbläue. Den Geist voll Fröhlichkeit, bringe ich die Signoret-Fahnen zum *Mercure* zurück; im Odéon Karten für den morgigen Vortrag geholt (Moréas über *Elektra*); ich begleite Henry Davray in seine neue Wohnung, Rue Servandoni. Bringe Eugène Rouart seine Karte ins Ministerium. Es ist zu spät, um nach Hause zu gehen – es ist auch zu schönes Wetter. Ich gehe allein essen (für einen Franc fünfundsiebzig, Trinkgeld inbegriffen) in dem kleinen Restaurant des Square Sainte-Clotilde, wo wir, Ghéon und ich, vor einem Monat aßen. Dann zur École Alsacienne (es handelt sich darum, eine alte Angelegenheit zu regeln); ich gehe den neu durchgebrochenen

Teil des Boulevard Raspail hinauf, übersteige Absperrungen und patsche ein wenig auf den durch die Baustellen löcherig gewordenen Grundstücken herum, bin aber bis zum Entzücken amüsiert vom ungewöhnlichen Anblick der aufgeschlitzten Häuser, über die das Gelächter der Sonne hereinbricht. Alte Gärten, ein Brunnen; eingegitterte Bäume, verkümmert, geschwärzt; uralte Höfe, verfallene Außentreppen der Herrschaftshäuser; das alles mit dem Aussehen von Nachtvögeln, die man plötzlich ans Licht bringt. Wie schön das Wetter war!
Bei Jean Schlumberger geläutet, der mich einen Augenblick in den Luxembourg begleitet, bis die Pforten der Schule geöffnet werden. – Die alte Schule! Höfe, in die ich seit zwanzig Jahren nicht mehr eingetreten war! Kaum kannte ich mich noch darin aus, auch nicht den alten Vater Brunig, der mit mir gesprochen hat.
Rückkehr mit der Metro – und Arbeit (Dostojewski für die *Grande Revue*).

13. Februar.
Mit Eugène Rouart in den Vortrag von Moréas ins Odéon gegangen – der einer Aufführung der *Elektra* des Euripides, in Prosa gesetzt von Ferdinand Hérold, vorausging. Zahlreiche Freunde im Saal verschafften dem Vortragenden eine Art Erfolg; er kam dreimal sich verbeugen. Auch ich klatschte von ganzem Herzen, denn es war offenbar, daß man dem Dichter der *Stances* und des *Pèlerin* Beifall spendete. Was den Vortrag betrifft, so war dieser unsagbar lang und langweilig. Die Stimme von Moréas, schön in einem Salon oder einem Café, blieb dumpf, eintönig und pompös. Da er in Wirklichkeit nur wenig Ideen hatte, suchte er aus Angst, zuwenig Tiefgang zu haben, so viele Gegenstände wie möglich zusammen; aufs Geratewohl schüttete er alles aus, sprach wenig oder gar nicht von *Elektra* oder Euripides, dagegen von Corneille, von Shakespeare, von Nietzsche, von Malherbe, von Aristoteles, von Otway, von Voltaire, usw., usw. – und begnügte sich zu einem großen Teil damit, alte Artikel aus der *Gazette* vorzulesen, an die ich mich gut genug erinnerte, um Sätze und Satzfolgen wiederzuerkennen. Was mir in diesen Artikeln seinerzeit fein und diskret erschienen war,

wirkte nun nicht mehr, und ich fand beim besten Willen keinen Geschmack mehr daran. Zahlreiche Zuhörer holten Buch oder Zeitung hervor; einige brachen geräuschvoll auf; wenig fehlte, und man hätte Radau gemacht.
Wir gingen kurz nach dem Heben des Vorhangs, aufgebracht durch den schwerfälligen Vortrag und das kunstlose Spiel der Schauspieler.
Die *Punkte* haben in einem Vortrag ihr Gutes; Bedürfnis, zu wissen, *wo man steht.*
Nicht den Gegenstand erschöpft Moréas, sondern sich selbst. Man hatte das Gefühl, er sage alles und es bliebe ihm danach nichts mehr zu sagen übrig.

14. Februar.
Ich wußte gar nicht, daß Molière langsam arbeitete! Sehr *wichtig* die Bemerkung von Grimarest, die Lemaitre in seinem dritten Vortrag zitiert: «Er arbeitete nicht schnell, sah es aber nicht ungern, wenn man ihn für einen flinken Arbeiter hielt.»

Andler erzählt Marcel Drouin, daß er Gelegenheit gehabt hat, in Briefe Nietzsches Einblick zu nehmen, die aus verschiedenen Gründen noch nicht veröffentlicht wurden. Man kann daraus ersehen, daß seine Vorlesungen in Basel keinen Erfolg hatten. Es wird auch ersichtlich, daß er seiner Schwester keinerlei Achtung entgegenbrachte. «Eine dumme Gans»[168] nennt er sie.

«Diese Leute, die den Hintern in der Kirche und den Kopf in der Académie haben», sagt Valéry.

Einen Brief erhalten (als Antwort auf einen Brief, worin ich ihn bat, in Zukunft nicht mehr zu öffnen, was nicht an ihn adressiert ist) von Verrier, dem ungetreuen Sekretär von *L'Ermitage,* unverschämt und geistreich, wie die Parade des Lakaien aus der Komödie. Wäre ich nicht zwölf Jahre älter als er, hätte ich mich gerne mit dem jungen Schlingel eingelassen, und zwar intim; nichts wird ihn das jemals mutmaßen lassen.

Reise nach Italien – Rückkehr am 20. März.
Jeden Tag an Em. geschrieben.

Artikel über Dostojewski (für die *Grande Revue*).
Keinerlei Geschmack mehr an diesem Tagebuch.

5. April.

War gestern abend im Wonderland, habe versucht, einen Augenblick den Brief des kleinen Louis Rouart zu vergessen, der mich die letzte Nacht am Schlafen hinderte. Dieser Brief hat mir den Tag vergiftet.
Wieviel einfacher wäre es gewesen, vor einigen Jahren glatt zu brechen, als wir noch *edle* (politische) Einwände gegeneinander hatten. Unsere Freundschaft gleicht nun jenen schmerzgeplagten Brustkranken, deren Leben man durch Vorsichtsmaßnahmen verlängert und die doch nur weiterleben, um zu leiden. Diese Freundschaft verschafft mir keinerlei Freude, liefert mir nur wenig Grund zur Selbstachtung, lehrt mich nichts und quält mich, sobald ich versuche, sie etwas tiefer in meinem Herzen zu verankern.

7. April.

Gestern bei Albert Mockel zu Mittag gegessen, mit Stefan George, Albert Saint-Paul und einem ganz angenehmen jungen Mann, den man Olivier nannte (ich habe nicht verstanden, ob das nur sein Vorname war). Wunderbarer Kopf Stefan Georges, den ich schon lange kennenzulernen wünschte und dessen Werk ich jedesmal bewundere, wenn es mir gelingt, es zu verstehen. Bläulich-weißer Teint, matte, mehr abgespannte als faltige Haut, schönes Hervortreten des Schädelbaus; tadellos rasiert; üppige und starke Mähne, mehr schwarz noch als grau und glatt zurückgeworfen. Hände eines Rekonvaleszenten, sehr fein, blutleer, sehr ausdrucksvoll. Er spricht wenig, aber mit einer tiefen Stimme, die sich Aufmerksamkeit erzwingt. Langer Pfarrersgehrock mit zwei Agraffen oben, der sich über einer Schalkrawatte aus schwarzem Samt öffnet, die über den Kragen gelegt ist und darüber hinabfällt. Der einfache goldene Verschluß einer Schnur, die Uhr oder Mono-

kel hält, bringt in all das Schwarz einen diskreten Glanz. Schuhe (mit Gummieinsatz, vermute ich) aus einem einzigen Stück Leder, die den Fuß ein wenig einengen und die mir mißfallen haben, vielleicht, weil ich ähnliche bei Charmoy gesehen hatte.
Er drückt sich in unserer Sprache ohne jeglichen Fehler aus, wenn auch ein wenig ängstlich, wie es scheint, und beweist überraschende Kenntnisse unserer Schriftsteller und ebensolches Verständnis für sie, im besonderen für unsere Lyriker; das alles ohne Überheblichkeit, aber im offensichtlichen Bewußtsein seiner offensichtlichen Überlegenheit.

9. April.
Ausgezeichneter Besuch von Louis Rouart. Ich notiere das gern, wegen der zu weit gehenden Worte, die ich weiter oben geschrieben habe.

Pan von Knut Hamsun gelesen. Aroma und Saft; aber nichts als Aroma und Saft. Das Fleisch fehlt. Elende Unbeholfenheit und Bedeutungslosigkeit der Dialoge.
Hunger war weit besser; oder wenigstens waren angesichts des besonderen Gegenstandes die Unzulänglichkeiten weniger fühlbar.

Nach einem sehr heißen Tag heute früh kaltes Wetter. Ich mache die große Runde von Longchamps über Boulogne. Trübe Höhen von Suresnes, wie eingegangen unterm Nebel, häßlich, zusammengesunken…
Im *Mercure* (vom 16. Februar) lese ich einen ziemlich törichten Artikel über *Salammbô* und die punische Archäologie. «Der Irrtum Flauberts», heißt es da, «worin Flaubert sich täuscht . . .» Ich bin nicht sicher, ob sich nicht vielmehr Monsieur Pezard, der Verfasser des Artikels, getäuscht hat, als er *Salammbô* las. Einen *erklärenden* Artikel über *Salammbô* zu schreiben wäre interessant.
Ich habe gerade letzten Monat in Italien dieses großartige Buch wieder gelesen, das ich nicht genügend schätzte. Es mag kindlich sein, aber von einer entwaffnenden dichterischen Kindlichkeit, jedenfalls scheint mir, als habe Flaubert in den Texten, auf die er

sich stützt, weniger einen Beleg als eine Befugnis gesucht. Aus Abscheu vor dem Alltag hat er sich hier vor allem in das verliebt, was sich davon unterschied. Glaubt er etwa wirklich, wie Theophrast, daß «Karfunkelsteine aus dem Urin des Luchses wachsen»? Sicher nicht! Aber er freut sich, daß ein Text Theophrasts ihm so zu tun erlaubt, als glaube er es; und so fort.

16. Mai.

Rückkehr von Cuverville. Plötzlich zurückgerufen durch die Nachricht von Jeannes Niederkunft.[169]
In Cuverville gute Arbeit während vierzehn Tagen.
Ausgezeichnetes Klavierüben (ausschließlich Chopin. *Nocturnes,* Finale der *Sonate in b-Moll* usw.).

Heute abend in der Rue Drouot bei der Auktion Keßler, die von Druet geleitet wird. Anwesend Madame Redon, Madame Denis, die dem Aufstieg ihres Gatten beiwohnt (die Preise haben sich in drei Jahren vervierfacht), Maus. Ich setze mich neben Fénéon, nicht weit von Druet selbst; nicht weit auch von Coolus; Lebey setzt sich neben mich. Wir plaudern, und bald lenkt mich unsere Unterhaltung von der Versteigerung ab. Ich hatte die ersten Gebote mitgeschrieben; nun verliere ich den Anschluß, bis die Bilder drankommen. Und folgendes ist der Grund, warum ich nicht mehr zu Versteigerungen gehen werde:
Ein Bonnard wird ausgerufen, ziemlich zusammengeschustert, aber saftig. Es ist eine nackte Frau bei der Toilette, die ich schon, ich weiß nicht mehr, wo, gesehen hatte. Das Bild steigt ziemlich mühsam auf vierhundertfünfzig, -fünfundfünfzig, -sechzig. Plötzlich höre ich eine Stimme rufen: «Sechshundert!» – Und ich bin starr, denn der da eben gerufen hat, das bin ich selbst. Mit Blicken flehe ich im Umkreis um ein höheres Gebot – denn ich habe auf dieses Bild nicht die geringste Lust –, aber nichts erfolgt. Ich fühle, wie ich krebsrot werde und große Tropfen schwitze. «Man erstickt hier», sage ich zu Lebey. Wir gehen hinaus.
Absurd, solche Impulse. Schon einmal war mir in der Rue Drouot so etwas passiert, ich erinnere mich. Und das dümmste ist, daß ich

es mir nachher übelnehme; allgemein gesagt: Es fällt mir schwer, *mich auf meine Seite zu stellen.* (Das merkwürdigste ist, daß man ja noch gar nicht über fünfhundert Francs hinausgegangen war, so daß man, die Summe abrundend, mein Gebot nur auf fünfhundert Francs steigerte, wie die Rechnung am nächsten Tag erwies; und trotzdem bin ich ganz sicher, daß ich sechshundert Francs gerufen habe.)

18. Mai.

Aus Dankbarkeit für seinen Artikel über Signoret entschließe ich mich, die *Pas sur le sable* von Mithouard zu lesen. Man kann nicht leugnen, daß die Sprache würzig ist. Er hat nur eine Idee und das Bedürfnis, sie unausgesetzt zu rechtfertigen. Nichts Lästigeres als der fortwährende Zwang dieses Gedankens. Und da er fürchtet, lästig zu werden, holt er eine Art bizarren Humors zu Hilfe, der übrigens ziemlich spontan wirkt.

Von den *Beweisen,* mit denen sein Geist sich von Seite 3 des ersten Bandes an zufriedengibt, folgendes Beispiel: Er erzählt von einem Aufstieg im Ballon (um zu beweisen, daß man den Fuß von der «Erde und den Toten» *nicht* wegheben soll; er berichtet von Schreckgefühlen, den einzigen, die er zu genießen verstand, und schließt: «...und jene, deren Furchtbarkeit nichts wiederzugeben vermag: die ungeheuerliche leibhaftige Empfindung der Nutzlosigkeit meiner Beine...» Aber, lieber Mithouard, in der Eisenbahn, im Wagen usw. ...

Schon seinerzeit bemerkte ich, in seinem *Traité de l'Occident,* glaube ich, oder seinem *Tourment de l'unité,* die große Menge falscher Zitate. Er schrieb, im Glauben, Bouilhet zu zitieren: «Ewig Jungfrau, da sie ihren Gott getragen hat» – und im Glauben, Stendhal zu zitieren: «Die Liebe ist ein Glücksversprechen», und so fort. Das alles stammt aus der gleichen Geistesschwäche. Ich machte ihn in Rom darauf aufmerksam, wo ich ihn mit Maurice Denis traf. Er entschuldigte sich, indem er zu mir sagte: «Ich habe das alles auf Zettel notiert; man hat nicht die Zeit, immer zu den Quellen zurückzugehen!»

O die Quellen, die *reinen* Quellen! Aus ihnen müßte man trotz allem trinken, und seinen Durst nicht an anderen Wassern löschen.

Daraus, daß Mithouard im Ballon Angst gehabt hat und weil er in einem Bergwerk keine Luft bekam, schließt er, daß Ibsen und Tolstoi keine Lektüre für einen Franzosen sind.

6. Juni.

Gleich nach acht Uhr morgens von Guimorais (Saint-Malo) abgefahren, komme ich um acht Uhr abends in Trégastel an. In Saint-Coulomb meine Post abgeholt. Trostloser Brief von Fedor Rosenberg, der mir den Tod ihrer kleinen Sonja mitteilt.
«Ich möchte so gern wissen, Mama... was ist eigentlich eine *Idylle?*» sagte sie am letzten Tag.

Einen zünftigen Sonnenbrand fast am ganzen Körper erwischt, gestern am Strand, als ich mich rösten ließ.

Vier Stunden in Rennes totzuschlagen. In der Eisenbahn Bergson gelesen.
Auf dem Markt von Rennes einen Puschkin gefunden, an dem ich mich sogleich ergötze; *Boris* ist schöner, als ich mich erinnerte.[170]
Bewegtheit bei der Ankunft in Trégastel – eine Bewegtheit, deren ich mich in meinem *Alter* nicht mehr fähig glaubte. Ich habe fast den ganzen Weg von Lannion nach Trégastel mit dem Rad gemacht, während mir der Wagen mit dem Gepäck ziemlich weit hinten folgte. Strahlender Abend; leichte, fast kalte Luft. Die Sonne geht unter, als ich in den Hof des Hotels einfahre.

...Aus Reaktion habe ich mich weiter vertieft in Pascal; zwei wichtige Dialoge der *Porte étroite* skizziert. Jeden Tag gebadet. Gestärkt zurückgekehrt, aber den ganzen Vorsprung in drei Tagen Paris wieder eingebüßt. Zum Glück bleiben wir nur zwölf Tage da.

Cuverville, 22. Juni.

Erhabener Stil – unmittelbares Ausströmen aus dem Herzen; nur kraft der *Frömmigkeit* kann man das erreichen.

27. Juni.
Man findet darin (in den Briefen an Mademoiselle de Roannez[171]) sehr schöne Argumente, sogar zugunsten des Papstes; jene glühenden Argumente, die einzigen, die überzeugen (siehe Brief VI, Édition Brunschvicg) – und die mich erschüttern.

«Er hätte sich außerordentlich über diese Schändung des feindlichen Fleisches gefreut...» (Suarès, *Visite à Pascal.*)
Es scheint mir nicht, als stimme Suarès in diesem Punkt mit Pascal überein. Der Jansenist hat einen Abscheu vor der Sünde, nicht vor dem Fleisch, und stellt sich dieses sogar nicht notwendig sündig, sondern als Opfer vor.
Er spricht gern von einem «unschuldigen Leib», den der Tod «heimsucht». Er hält «den Frieden zwischen Seele und Leib» für möglich und hält es für richtig, einen Tod zu fliehen, der diesen Frieden bräche. (Brief über den Tod des Vaters.)
Er schreibt endlich (erster Brief an Mademoiselle de Roannez) den seltsamsten aller Sätze: «Gott verläßt die Seinen nie, selbst nicht in der Gruft, wo ihre Leiber, obwohl tot in den Augen der Menschen, vor Gott lebendiger sind, weil die Sünde nicht mehr in ihnen wohnt.» Man darf nicht vergessen, daß die Kirche die Auferstehung des Fleisches lehrt.

28. Juli.
Achttägiger Aufenthalt in Bagnols-de-Grenade.
Lektüre von Bergson – bei der ich es nicht sehr weit gebracht habe *(L'Évolution créatrice).* Großartige Bedeutung dieses Buches, aus dem die Philosophie neu entspringen kann.
Unsere Intelligenz schneide aus dem äußeren Kontinuum Flächen heraus, auf denen sie operieren könne; der Rest entgehe ihr; nur jenen Bruchstücken trage sie Rechnung...

Unterhaltend, die Gedichte Valery Larbauds. Wenn ich sie lese, sehe ich ein, daß ich in meinen *Nourritures* hätte zynischer sein sollen.
Von Valery Larbaud sprechend, sagte Philippe zu Ruyters: «Es

macht immer Spaß, auf jemanden zu stoßen, neben dem Gide als armer Mann erscheint.»

18. Oktober.

Besuch der Paul Laurens' vom 2. Oktober bis zum 12.

Ich kam von Paris zurück, wo ich acht Tage verbracht hatte. Schreckliche Müdigkeit, die sogar nach der Abreise der Laurens' noch anhält. Trotzdem beende ich die *Porte étroite* am 15. – und am 16. rasiere ich meinen Schnurrbart ab. Verblüfft von der Ausdruckslosigkeit meiner Oberlippe (wie wenn ein Ding plötzlich beredt sein könnte, das noch nie gesprochen hat). Wie alt ich aussehe! «Mein armer André!» ruft Em., als sie mich erblickt; und: «Du mußt einsehen, daß du dich getäuscht hast.» (Ich sehe es nicht so schnell ein.)

Wundervoll schönes und heißes Wetter seit wenigstens drei Wochen. Ich fahre morgen nach Paris zurück.

24. Dezember.

Alexandre Natanson holt mich gegen halb drei Uhr ab, um mich zu dem jungen polnischen Bildhauer Nadelman[172] zu bringen.

Für das Wandbild Piots hat er nur einen zerstreuten, wenn nicht feindseligen Blick übrig. Man steigt in einen Wagen mit sechzig PS, den er ausprobiert; wir erreichen die Rue Boissonnade.

Ich werde einige seiner Sätze hier aufschreiben; aber man müßte den Tonfall seiner Stimme dazu hören; jedem Satz scheint die Betonung ein «So bin ich nun mal!» hinzuzufügen.

«Wenn ich Sie verlasse, muß ich nach Billancourt», sagt er; «jawohl; eine Konfitürenfabrik besichtigen. Sie haben dort ein ganz neues Verfahren. Man macht die Konfitüre...»

«Ohne Früchte?»

«Nein; aber man kocht die Früchte nicht mehr; man gefriert sie; bei hundertzehn Grad unter Null. Man hat mich das letztemal probieren lassen... eine Erdbeere; es ist enorm; als hätte man sie eben gepflückt; ja wirklich; keinerlei Unterschied.»

«Haben Sie Geld in die Sache gesteckt?»

«O nein; ...vielmehr, ich weiß nichts davon; bei mir kann man nie wissen; bei mir ist man nur einer Sache sicher: daß ich mich nie lange mit derselben Angelegenheit beschäftige... Wissen Sie aber auch, daß Leute wie ich kostbar sind auf der Welt? *Ich bewirke einen enormen Umsatz*... Zum Beispiel behalte ich nur die schlechten Wertpapiere: die, die ich nicht mehr loswerde... Oh, ich könnte damit meine Toilette tapezieren! An manchen Tagen ist mein Bruder Thadée böse mit mir: ‹Warum belastest du dich mit diesen Dreckspapieren, mit denen du nur Scherereien haben wirst?› Ich antworte ihm: ‹Mein Freund, beruhige dich; ich werde keine Scherereien haben. Sehr einfach: ich mache mir nämlich nie Sorgen.›»

Im Atelier Nadelmans und während dieser sprach, beugte sich Natanson dann und wann zu mir und sagte halblaut und sehr rasch: «Reizender Mensch, nicht wahr?»
Im übrigen sehr liebenswürdig zu mir; besteht darauf, mit mir ein neues Zusammentreffen auszumachen; und als ich ihm sage, daß ich vierzehn Tage lang sehr beschäftigt sein werde... «Aber gleich danach, nicht wahr?», und er drückt mir die Hand ohne Lebewohl.
Interessant; unerfindbar – und, wie Albert von der Cousine Isabelle sagte: «Du müßtest mit ihr verkehren!»[173]

1909

Januar.
Der Pfarrer von Cuverville sieht nach dem armen Mius, der nun die zwölfte Woche im Bett liegt. Der Typhus hat nacheinander alle seine Organe befallen; er ist, wie man hierzulande sagt, «bien manant».[174] In dem Augenblick, als er glaubte, es hinter sich zu haben und bald wieder auf den Beinen zu sein, brach die Phlebitis aus, die er «faiblite» nennt.
«Also», sagt der Pfarrer, «ich habe eine Idee. Man hat eben die Jungfrau von Orleans heiliggesprochen; das ist eine Heilige, die noch nicht lange gedient und die man noch nicht zu sehr belästigt hat; wir werden für sie eine Novene lesen...»
Da ist der arme Mius hoch erfreut. Am Ende der neun Tage kommt

der Pfarrer ihn wieder besuchen. Genau an dem Tag, an dem er wieder gesund sein sollte, fängt das zweite Bein an. «Ach, wie ist doch der Herr Pfarrer hereingelegt worden!» schreibt uns der wackere Mann.

«Sie müssen verstehen», erklärt ihm der Pfarrer, «die Heiligen sind zahlreich; jeder hat seine Spezialität; die der Jungfrau von Orleans kannte man noch nicht; man mußte eben mal versuchen; wir haben uns getäuscht . . . nun, so werden wir's woanders probieren.»

Einige Tage später trifft Juliette Mius auf dem Markt eine alte Bäuerin.

«Hätten Sie mir das doch früher gesagt! Ich habe, was Sie brauchen. Für Geschwülste gibt es nur einen, zu dem ich schon für meinen Mann gebetet habe.»

«Welchen meinen Sie?»

«Den heiligen Hydropikus.»

«Mein Kind, Sie müssen sich irren», sagt der Pfarrer zu Juliette. «Sie haben Ihre Freundin sicher falsch verstanden. Einen heiligen Hydropikus gibt es nicht. Sie hat sicher ‹heiliger Euterpius› sagen wollen. An ihn dachte ich auch schon. Gerade er ist der Schutzheilige von Cuverville. Ich habe allen Anlaß, zu glauben, daß er sich ganz besonders für Sie interessieren wird.»

2. März

Abreise nach Rom in größter Gehobenheit.

*

Montag, 25. oder 26. April.

Eröffnung der Ausstellung Nadelman bei Druet. (Élie Nadelman ist jener junge jüdisch-polnische Bildhauer, in dessen Höhle mich Alexandre Natanson mitnahm, wie ich im Winter erzählt habe.) Damals habe ich aber nicht genug von Nadelman gesprochen, der von der gewichtigen Gestalt Alexandre Natansons verdeckt wurde. Dabei eine ziemlich starke Natur! Natanson unterstützte ihn, während er darauf wartete, ihn «lancieren» zu können. Als Gegenleistung machte Nadelman für ihn Statuen. Diese stellt er

gegenwärtig aus, neben zahlreichen vorbereitenden Zeichnungen. Nadelman zeichnet mit dem Zirkel und bildhauert, indem er Rhomben zueinanderfügt. Er hat entdeckt, daß jede Kurve des menschlichen Körpers von einer entsprechenden anderen begleitet wird, die ihr gegenübersteht und ihr entspricht. Die Harmonie, die aus diesem Ausbalancieren entsteht, gleicht einem mathematischen Lehrsatz. Das erstaunlichste ist, daß er trotzdem nach Modell arbeitet. Er ist jung und hat Zeit, die Natur wieder einzuholen. Aber ich habe Angst um einen Künstler, der von der Vereinfachung ausgeht; ich fürchte, er wird nicht bei der Komplexität landen, sondern bei der Komplikation.
Nadelman hat sechs Jahre Armut erlebt; in seinem Loch eingesperrt, schien er sich von Gips zu nähren; Balzac hätte ihn erfinden können. Ich treffe ihn gestern wieder, in einem blauen Anzügchen, das er sicher einweiht, im Gespräch mit einer sehr gewöhnlichen und sehr häßlichen Dame, die er mir vorstellt: Es ist Madame X... Sie sagt, indem sie auf den rhomboiden Rücken einer der Statuen weist:
«Das ist doch wenigstens lebendig! Das ist nicht wie ihre Venus von Milo! Was soll mir das schon, daß die schön ist? Das da ist wenigstens eine richtige Frau! Das lebt!» Und dabei gibt es kein Wort, das schlechter zu Nadelmans Kunst paßte – die noch nichts als Technik ist, und dann auch noch eine rudimentäre. Zweifellos gefällt sie Stein, weil sie sich mühelos besitzen läßt. – Stein ist der amerikanische Sammler, großer Käufer von Matisse. Kaum ist die Ausstellung Nadelman eröffnet, da hat er schon zwei Drittel oder drei Viertel der Zeichnungen gekauft; zu welchem Preis? Das weiß ich nicht; aber im Hinterzimmer wohne ich folgender kleinen Genreszene bei: Druet holt unterm Tisch einen Gipskopf hervor, oder vielmehr den Entwurf eines Kopfes, ohne Augen, Nase noch Mund, kurz, so wenig geformt wie ein Küken am dritten Bruttag.
«Wieviel wollen Sie dafür?»
«Was! Das wollen Sie ausstellen?» (Ich kann die Überraschung verstehen; selbst in unserer Zeit ist eine solche Unförmigkeit unausstellbar.)

«Nein», sagt Druet, «ich behalte es in Reserve; ich will nicht ohne etwas dastehen.»
«Ja, ich weiß nicht…»
«Entscheiden Sie sich. Ich mache den Auktionator… Los: zum ersten! Zum zweiten! Zum dritten!…»
«Zweihundert Francs!»
«Oh, das ist zuviel! Zuviel!» sagt Druet, leicht verärgert, daß der andere seine Rolle zu gut spielt.
Und Nadelman seinerseits:
«Dann sagen Sie selbst: Los! Zum ersten! Zum zweiten!… »
«Hundert Francs! Das ist genug.»
Und Druet geht ab, mit dem Kopf.

14. Mai.

Gestern, Donnerstag, sind Francis Jammes und seine junge Frau zum Mittagessen gekommen. Ich hatte sie am Zug von Soissons abgeholt. Ich habe einen Jammes gefunden, der durch die Ehe sehr feist, sehr paschahaft geworden ist. «Sieht er nicht glücklich aus?» sagt Ginette. Offensichtlich ist er völlig eingenommen.
Auf seine Bitte hatte ich die Lacostes, Arthur Fontaine, Bonheur und Ruyters gebeten. Das Essen ist sehr angenehm verlaufen.
Nach dem Kaffee hat Jammes uns die *Proses sur Bernadette* vorgelesen, die er zum Teil dem *Figaro* gegeben hat, dann eine *Lettre à P. C., Consul,* die er der *N. R. F.* übergibt.
«Ein Werk, das besonders großartig ist, weil du darin genannt wirst», schrieb er mir einige Tage vorher.
Einen Augenblick verläßt er die anderen, kommt mit mir in die Bibliothek hinauf und dort, mit einem großen Seufzer: «Hast du ein Glück, daß du keine Schüler hast! Ich weiß nicht, wie du das anstellst?…»
«*Sie* wissen nicht, wie sie's anstellen sollen.»
Dann, plötzlich: «Ich habe Angst, daß Bonnard anfängt, mich von hinten abzusägen.»

Blum sagte zu mir: «Ernest-Charles betont immer so sehr meine Feingeistigkeit (es handelt sich um einen Artikel in der *Grande*

Revue über die Neuausgabe von Blums *Nouveaux Eckermann*). Er möchte mich gern als den Jules Lemaitre einer Generation sehen, deren Brunetière er dann wäre.»[175]

4. Juli.

Wegen der Freiexemplare der *Porte étroite* kurz in Paris, gehe ich bei den Valérys vorbei, um mich nach Jeannie Valéry zu erkundigen, die operiert werden sollte. Degas ist bei ihr und ermüdet sie seit fast einer Stunde, denn er ist sehr schwerhörig und sie sehr schwachstimmig. Ich finde Degas gealtert, aber immer sich selber gleich; nur ein wenig eigensinniger, in seine Ansicht verbohrter, seinen Groll übertreibend und fortwährend dieselbe Stelle in seinem Hirn kratzend, wo der Juckreiz immer stärker herkommt. Er sagt: «Ha! Die, die nach der Natur arbeiten! Die schamlosen Schaumschläger, die Landschaftsmaler! Wenn ich auf dem Land einen sehe, habe ich immer Lust, ihn abzuschießen. Piff! Paff!» (Er hebt seinen Stock und zielt auf die Möbel des Salons.) «Man müßte einen Feldhüterdienst einrichten, der damit beauftragt wäre.» Usw., usw. Und dann: «Die Kunstkritik! Welche Dummheit! Ich sage immer (und ich erinnere mich tatsächlich, daß er vor drei oder vier Jahren genau dasselbe gesagt hat): Die Musen plaudern niemals miteinander; jede arbeitet auf ihrem Gebiet; und wenn sie nicht arbeiten, tanzen sie.» Und noch zweimal wiederholt er: «Wenn sie nicht arbeiten, tanzen sie.» Und noch:
«Von dem Tag an, als man angefangen hat, *Intelligenz* mit einem großen I zu schreiben, war man futsch. Es gibt keine Intelligenz an sich. Man hat die Intelligenz für dieses oder jenes. Man muß nur für das Intelligenz haben, was man macht.»

9. Juli.

In La Roque; ich «danke» Robidet und bringe ihn nach einstündiger Unterhaltung so weit, einen Verzicht auf das Haus zu unterschreiben, dessen Nutznießung ich ihm eines dummen Tages überlassen hatte. Vermutlich waren die Unterschlagungen Robidets noch bedeutender, als ich ahnen konnte, nach seinem Zusammenbruch auf der Anklagebank zu schließen. Er, sonst so wortgewaltig, versuchte

nicht einmal, sich zu verteidigen. Ich merkte wohl, daß meine große Stärke ihm gegenüber darin lag, daß er mich für *gut* hält. Ich empfand für ihn während der ganzen Unterhaltung mehr Abneigung als Mitleid; wie hatte ich ihn so lange ertragen können?
Seine Heimkehr kann ich mir nicht recht vorstellen, den Abend zwischen seiner «Gouvernante» und seiner Tochter... Was hat er gesagt? Was erzählt? Waren sie empört, daß er so leicht unterschrieben hat? Ach, wie schwach fühlt sich die Phantasie gegenüber dem, was in Wirklichkeit vorgegangen sein muß... Und doch war das sicher das beste Kapitel des Romans...

11. Juli.
Georges gefällt die *Porte étroite* nicht; er zieht ihr meine anderen Bücher vor; das steht ihm frei; aber sein Irrtum beginnt da, wo er diesem Buch vorwirft, nicht mehr die Eigenschaften zu besitzen, die den Reiz der andern bildeten; ich versuche ihm klarzumachen, daß das Wichtige, das Schwierige gerade darin lag, diese Eigenschaften hier nicht anzubringen, da sie zu dem Roman nicht paßten.

«Auf allen Gebieten ist das Ausgezeichnete ebenso schwierig wie selten.» (Letzte Worte der *Ethik*).

Cuverville. September und Oktober.
Kritiken der *Porte étroite*. – Es fällt ihnen schwer, zu glauben, daß so verschiedene Bücher in meinem Geist zusammen gewohnt haben, immer noch zusammen wohnen. Sie folgen hintereinander nur auf dem Papier und aus barer Unmöglichkeit, sich gleichzeitig schreiben zu lassen. Wie auch immer das Buch sei, das ich gerade schreibe, ich gebe mich darin niemals ganz, und der Gegenstand, der mich gleich darauf am inständigsten in Anspruch nimmt, entwickelt sich unterdessen am anderen Ende meiner selbst.
Man wird die Flugbahn meines Geistes nicht leicht nachzeichnen; ihre Kurve wird sich nur in meinem Stil enthüllen und wird mehr als einem ganz entgehen. Glaubt einer, im zuletzt Geschriebenen endlich mein Ebenbild zu fassen, so täusche er sich nicht: Gerade von meinem Letztgeborenen bin ich immer am verschiedensten.

Brief an Lucien Rolmer (dummer Artikel) – er lobte *L'Immoraliste* auf Kosten meiner *Porte étroite.*
«Natürlich macht es mir Vergnügen, mit einem Kristall verglichen zu werden!… Aber welch seltsamer Verwechslung zwischen dem Maler und dem Modell erliegen Sie. Erscheint Ihnen Goethe darum beschränkter, weil er die *Bekenntnisse einer schönen Seele* geschrieben hat? – Wäre ich nur der Verfasser des *Immoraliste,* den Sie so sehr bewundern, würde ich mich auf der Stelle schrumpfen fühlen.»

Um etwas gut zu beschreiben, muß man es nicht gleich vor der Nase haben.

Sonntag, 7. November.

Ruyters, Philippe, Rivière, Copeau, Drouin und Claudel sind gekommen.
Montag: Steinheil-Prozeß[176], mit Copeau und Boylesve.
Dienstag: Abendessen bei Claudel mit Philippe und den Frizeaus (viel darüber zu sagen – aber nicht die Zeit dazu).

Das Buch kommt mir gegenwärtig vor wie ein Nougat, in dem die Mandeln gut sind (*id est: Briefe und Tagebuch der Alissa),* aber dessen Masse teigig ist, mittelmäßig geschrieben; aber bei dieser Hauptperson konnte es nicht anders sein: der schlaffe Charakter meines Jérôme erforderte eine schlaffe Prosa. So daß ich, alles in allem, das Buch für gelungen halte. Aber wie sehr verlangt es mich nun, etwas anderes zu schreiben! Ich brauche zehn Jahre, ehe ich es wagen werde, die Worte: Liebe, Herz, Seele usw. … wieder zu verwenden.

Ende November.

Lektüre von *Arsène Guillot;* zuerst für mich, dann gleich darauf laut für Em. Ich kannte nichts Ähnliches von Mérimée. Warum ist das nicht bekannter? Sogar Taine scheint es (Vorwort zu den *Lettres à l'inconnue*) weder verstanden noch gewürdigt zu haben; nicht entfernt. Ja; das ist besser als alles, von dem ich je annahm, daß Mérimée es schreiben könnte. Wirklich ausgezeichnet.

3. Dezember.

Heute abend *La Partie de tric-trac* gelesen – wo ich den unerträglichen Eindruck von erfüllter Pflicht und unnötiger Perfektion wiederfinde, der mich jedesmal rasend macht, wenn ich Mérimée wieder aufschlage.

Der *Gegenstand* ist nicht gestellt. Ein Ehrenmann betrügt im Spiel. Das würde genügt haben. – Aber er gewinnt. Er gewinnt vierzigtausend Francs. Und der, gegen den er gespielt hat, begeht Selbstmord. Da hat er nun einigen Grund zu Gewissensbissen. Was hätte er aber getan, wenn der Holländer sich nicht umgebracht hätte? Was hätte er getan, wenn er nur eine kleine Summe gewonnen hätte? – *Das interessiert mich.* Und das andere sind einfach nebensächliche Ereignisse.

Was er getan hätte?... Er hätte wieder angefangen zu betrügen. Und das wäre ergreifend gewesen. Denn es gibt keinen *Wesensunterschied* zwischen dem Ehrenmann und dem Schurken. Und daß der Ehrenmann zum Schurken *werden* kann – das ist das Furchtbare und das Wahre. Auf dem Weg zur «Sünde» ist der erste Schritt der schwerste. Und man hat schon oft gesagt, daß es für eine Frau leichter sei, gar keinen Liebhaber zu haben, als nur einen einzigen. Das ist die Geschichte von Lafcadio.

*

Dialogue des amateurs, im *Mercure* vom 15. November – in dem Monsieur de Gourmont auf eines seiner drei Lieblingsthemen zurückkommt: Alkoholismus, Demoralisierung, Entvölkerung. Er überführt jeden der Dummheit (er versucht es wenigstens), der auf der Hut ist und Angst bekommt und der nicht wie folgt überlegt: Daß es in Frankreich noch Arbeitslose gibt, beweist, daß das Land immer noch zu stark bevölkert ist. Außerdem: «Die Invasion würde Frankreich nicht einmal so sehr schaden. Es wäre nur ein Augenblick, der überstanden werden muß», sagt er weiter unten.

«Alle großen Worte müssen beschmutzt werden», sagt er in der nächsten Nummer. Würde er nichts als das beschmutzen!...
Oh, bei Gott, ich verstehe, was Monsieur de Gourmont sagen will, und pflichte ihm darin bei, daß es gut wäre, gewisse Götzendienste zu entlarven. Aber all diese großen Worte scheinen mir schon heute mit genügend Schmutz bedeckt, ja, oft suche ich geradezu nach einem «großen Wort»; ich kann nur noch einen Monsieur de Gourmont finden, der beschmutzt.
Wenn ich einmal aufhöre, mich zu entrüsten, dann habe ich begonnen, alt zu werden.

*

Vor mir die ersten beiden Nummern einer sehr kleinen, sehr roten Zeitschrift, die sich *Sincérité* betitelt. Monsieur Nazzi bestreitet sie ganz allein. Wer ist Monsieur Louis Nazzi? Die sechzig Seiten genügen mir noch nicht, ihn richtig kennenzulernen. Sie informieren mich mehr über seine Meinungen als über seine Vorlieben, das heißt über ihn selbst. Für Meinungen kann ich mich nicht interessieren, ehe ich mich für die Person interessiere.
Das Wort *Aufrichtigkeit* ist eines von denen, die zu verstehen mir am schwersten fällt. Ich habe so viele junge Leute gekannt, die mit ihrer Aufrichtigkeit prahlten! ... Einige waren eingebildet und unausstehlich; andere brutal; selbst der Ton ihrer Stimmen klang falsch... Im allgemeinen hält sich jeder junge Mensch für aufrichtig, der Überzeugungen vertritt und unfähig zur Kritik ist.
Und welche Verwechslung von Aufrichtigkeit mit «Ungeniertheit»! Aus Aufrichtigkeit mache ich mir in der Kunst nur dann etwas, wenn sie schwer erworben ist. Nur sehr banale Seelen erreichen den aufrichtigen Ausdruck ihrer Persönlichkeit leicht. Denn eine neue Persönlichkeit drückt sich aufrichtig nur in einer neuen Form aus. Der Satz, der unserer Person entspricht, muß genauso schwer zu spannen sein wie der Bogen des Odysseus.

Der Tod Charles-Louis Philippes[177]

Nein! Nein, es ist nicht dasselbe... Dieses Mal ist der, welcher verschwindet, ein *Wahrer.* Man zählte auf ihn; man stützte sich auf ihn; man liebte ihn. Und plötzlich ist er nicht mehr da.

Auf dem Weg nach Cérilly.

Dies schreibe ich im Zug, der mich wegbringt – und wo ich immer noch mit ihm plaudere. Ach, schon sind die Erinnerungen getrübt! Wenn ich sie heute nicht festhielte, wären sie morgen schon ganz zermalmt, und ich würde sie alle durcheinanderbringen.

Am Samstag abend teilt mir eine Karte von Marguerite Audoux[178] mit, daß Philippe krank ist.

Sonntag früh eile ich zu ihm, an den Quai Bourbon; die Concierge schickt mich nach dem Haus Dubois; er ist dort unbekannt. Ich erfahre, daß drei Personen am Tag zuvor nach ihm gefragt haben, denen man nicht mehr sagen konnte als mir. Die Karte von Madame Audoux enthält keinerlei nähere Angaben... Was tun?... Francis Jourdain kann mir bestimmt Bescheid geben; ich schreibe ihm. Das Telegramm, das ich am Dienstag früh von ihm erhalte, nimmt mir schon jede Hoffnung; ich eile zu der Adresse, die er mir angibt.

Am Ende eines Ganges der Klinik Velpeau steht die Tür eines Zimmers offen. Dort ist Philippe. Ach, was nützt es nun, daß die Fenstertür dieses Zimmers ebenerdig in einen großen, hellen Garten hinausgeht! Für seine Genesung wäre das gut gewesen; aber er ist schon nicht mehr bei Bewußtsein; noch kämpft er, aber er ist schon nicht mehr unter uns.

Ich nähere mich dem Bett, wo er röchelt; da ist seine Mutter, ein Freund, den ich nicht kenne*, und Madame Audoux, die mich erkennt und willkommen heißt. Ich nehme sie einen Augenblick mit ins Besuchszimmer.

Philippe ist seit acht Tagen dort. Zunächst schien das typhöse Fie-

* Léon Werth.[179]

ber harmlos; und in der ersten Zeit von so unbestimmtem Charakter, daß man es für eine gewöhnliche Grippe hielt. Dann hat man während einiger Tage Philippe behandelt, wie man es heutzutage mit Typhuskranken macht; aber die Kaltwasserkur ist in seiner kleinen Wohnung am Quai Bourbon kaum durchzuführen. Am Dienstag abend brachte man ihn in die Klinik Velpeau; bis Sonntag nichts Beunruhigendes; dann bricht plötzlich die Hirnhautentzündung aus; das Herz rast; er ist verloren. Doktor Élie Faure, sein Freund, der gegen alle Hoffnung hartnäckig bleibt und ihm bis zu den letzten Augenblicken die sorgfältigste Pflege angedeihen läßt, versucht es noch von Zeit zu Zeit mit einer Spartein- oder einer Kampferspritze; der Organismus reagiert schon nicht mehr.
Wir kehren ans Krankenlager zurück. Welches Kämpfen doch immer noch, und wie schwer findet sich der arme leidende Körper mit dem Sterben ab! Er atmet sehr rasch und sehr stark, sehr schlecht, wie einer, der es nicht mehr kann.
Die Muskeln des Halses und des Unterkiefers sind in Bewegung; ein Auge ist halb offen, das andere geschlossen. Ich laufe zur Post, um einige Telegramme aufzugeben; fast keiner von Philippes Freunden ist benachrichtigt.

Von neuem in der Klinik Velpeau. Doktor Élie Faure fühlt dem Kranken den Puls. Die arme Mutter fragt: «Wie verhält sich das Fieber?» In all ihrem Schmerz gibt sie sich noch Mühe, gut zu sprechen; sie ist eine einfache Bäuerin, aber sie weiß, wer ihr Sohn ist. Und während dieser düsteren Tage verströmt sie sich statt in Tränen in Wortfluten; sie fließen gleichmäßig dahin, eintönig, ohne Betonung und ohne Melodie, in einem ein wenig rauhen Tonfall, der zuerst überrascht, als wenn sie ihren Schmerz nicht richtig darstellte; und die Augen bleiben trocken.
Am Nachmittag komme ich noch einmal; ich kann an diesen Verlust nicht glauben. Ich finde Philippe nur wenig schwächer, das Gesicht verkrampft, durchgeschüttelt; von ein wenig tiefer unten gegen den Tod kämpfend.

Mittwoch morgen.

Chanvin erwartete mich im Besuchszimmer. Man führt uns auf dem Hof nach rechts zu einem kleinen geheimen Saal mit Zugang in der Ecke, der sich schamhaft verbirgt. Der Rest des Hauses kennt ihn nicht, denn es ist eine *Heilanstalt,* wohin man nur kommt, um geheilt zu werden – und dies hier ist das Totenzimmer. Der neue *Gast* wird in der Nacht hierhergebracht, wenn das übrige Haus schläft; ein Schild an der kahlen Wand legt genau fest: Nicht vor neun Uhr abends, nicht nach sieben Uhr morgens. Und der Gast wird von hier nur durch jene niedrige Türe hinausgelangen, die verriegelte Türe, die ich da im Hintergrund des Zimmers erblicke und die geradewegs auf die andere Straße führt…

Er ist da; ganz klein auf einem großen Leichentuch; mit einem bräunlichen Anzug bekleidet; sehr gerade, sehr steif und wie stillgestanden beim Appell. Sonst kaum verändert; die Nasenlöcher ein wenig eingeklemmt; die kleinen Fäuste sehr weiß; die Füße verloren in großen weißen Socken, die hochstehen wie zwei Zipfelmützen.

Ein paar Freunde sind im Saal, die still weinen. Die Mutter kommt zu uns her, sie kann nicht weinen, sondern nur jammern. Bei jedem Neuankömmling hebt sie eine neue Strophe an, in der Art antiker Klageweiber. Sie wendet sich nicht an uns, sondern an ihren Sohn. Sie ruft ihn; sie beugt sich zu ihm nieder, küßt ihn: «Kleines gutes Geschöpf!» sagt sie zu ihm… «Ich habe alle deine kleinen Eigenheiten gekannt… Ach, dich jetzt einschließen! Dich einschließen für immer…»

Dieser Schmerz überrascht zuerst, so beredt ist er; keinerlei Ausdruck im Tonfall der Stimme, aber eine außerordentliche Erfindungsgabe in den zärtlichen Anrufen . . . dann wendet sie sich an einen Freund und gibt, ohne den Ton zu ändern, eine genaue Anweisung, die Beerdigungskosten oder die Organisation der Abreise betreffend. Sie will ihren Sohn so rasch wie möglich mitnehmen, ihn allen wegnehmen, ihn ganz für sich allein haben, dort: «Ich werde dich jeden Tag besuchen, jeden Tag.» Sie streichelt ihm die Stirn. Dann, indem sie sich uns zuwendet: «Beklagen Sie mich doch, meine Herren!»

Marguerite Audoux erzählt uns, daß die letzte halbe Stunde entsetzlich war. Mehrere Male glaubte man, alles sei zu Ende, das schreckliche Atmen hörte auf; dann stürzte sich die Mutter über das Bett: «Bleib noch ein bißchen bei uns, mein Freund! Atme noch ein bißchen: einmal! Noch einmal!» Und als ob das «kleine gute Geschöpf» sie hörte, sah man alle seine Muskeln in ungeheurer Anstrengung sich spannen, die Brust sich noch einmal sehr hoch heben, sehr stark, dann wieder zusammensinken... Und Doktor Élie Faure rief, von Verzweiflung gepackt, schluchzend: «Ich habe doch alles getan, was ich konnte...»
Um neun Uhr abends ist er gestorben.

Beim *Mercure de France,* wo die Ausgabe der Werke von Lucien Jean, die er mit einem Vorwort versehen sollte, verwaist ist; während ich mit Vallette spreche, schreibt Chanvin einige Todesanzeigen; die Mutter will den Leichnam noch diese Nacht mitnehmen; um acht Uhr wird eine kurze Abschiedsfeier einige Freunde vereinen, in der Klinik oder am Bahnhof. Ich werde nicht hingehen; will aber Philippe noch einmal wiedersehen. Wir gehen dorthin zurück. Léautaud[180] begleitet uns.
Von neuem sind wir im Totenzimmer. Bourdelle ist gekommen, um die Totenmaske zu machen; auf dem Boden werden Gipsspritzer zertreten. Ja, wir werden sicher froh sein, dieses genaue Zeugnis zu bewahren; aber die ihn nur dadurch kennenlernen werden, können sich den Gesamtausdruck dieses kleinen vierschrötigen Wesens nicht vorstellen, dessen ganzer Körper von so besonderer Bedeutsamkeit war. – Ja, Toulouse-Lautrec war ebenso klein wie er, aber verwachsen; Philippe war kerzengerade; er hatte kleine Hände, kleine Füße, kurze Beine; eine wohlgeformte Stirn. In seiner Nähe fing man nach kurzer Zeit an, sich zu schämen, daß man zu groß geraten war.

Im Hof eine Gruppe von Freunden. Im Saal die Mutter, Marguerite Audoux (wie schön erscheint mir die Art ihres Schmerzes!), Fargue; Léautaud, sehr blaß unter seinem sehr schwarzen Bart, würgt seine Bewegung hinunter. Die Mutter klagt noch immer;

Fargue und Werth studieren einen Fahrplan; man kommt überein, sich am nächsten Morgen in der Gare d'Orsay vor dem Acht-Uhr-fünfzehn-Zug zu treffen.

*

Donnerstag, acht Uhr.

Gare d'Orsay, wo Chanvin und ich ankommen; zum Glück viel zu früh, denn dort erfahren wir, daß der Acht-Uhr-fünfzehn-Zug von der Gare de Lyon fährt. Ach! Wie viele andere Freunde, ebenso falsch informiert wie wir, werden leider nicht die Zeit haben, den anderen Bahnhof noch zu erreichen, wie wir es nun tun. Keinen einzigen sehen wir im Zug, mit dem wir fahren. Dabei hatten doch mehrere versprochen zu kommen.

Die ganze Nacht hat es geregnet und stark gewindet; jetzt ist die beruhigte Luft milde; das Land ist feucht; der Himmel einförmig trostlos.

Unsere Fahrkarten gelten bis Moulins. Im Fahrplan, den ich in Nevers kaufe, stelle ich fest, daß man von Moulins aus noch drei bis vier Stunden mit einem Klingelbähnchen fahren muß, um nach Cérilly zu kommen, dann noch lange Zeit mit der Postkutsche, und daß das Klingelbähnchen abgefahren sein wird, wenn wir ankommen. Wird die Fahrt im Wagen zu machen sein?

In Moulins müssen wir die Absage von drei Fuhrunternehmern einstecken; die Entfernung ist zu groß: wir brauchen ein Auto. Da ist eines! Wir fahren ins Land hinaus. Die Luft ist nicht im geringsten kalt; die Tageszeit ist schön. In einem Augenblick bläst der Wind unsere Müdigkeit weg, sogar unsere Trauer, und von Philippe sprechend sagen wir: Wenn du von irgendeinem Himmelsort auf uns herabsiehst, mußt du bestimmt lachen, daß wir so auf der Landstraße hinter dir herjagen!

Schönes Land, das Winter und Regengüsse trostlos gemacht haben; wie delikat ist das Grün des Weidelandes vor dem violetten Rand des Himmels!

Bourbon-l'Archambault. Hier lebt deine Zwillingsschwester, und dein Schwager, der Konditor. Da ist der Leichenwagen, der von Cérilly zurückkommt... Der Abend kommt; wir erreichen das kleine Dorf ganz kurz vor Einbruch der Nacht. Das Auto hat in der Remise des kleinen Hotels Platz gefunden, wo wir unsere Reisetaschen gelassen haben. Wir sind auf dem Dorfplatz. Wir gehen in einem Buch von Philippe umher. Man zeigt uns den Weg zu seinem Haus. Da ist es, an der Straße, die an der Kirche vorbei ansteigt, fast dem des *Père Perdrix* gegenüber. Im Erdgeschoß sind die Läden des einzigen Fensters geschlossen, wie die Lider von jemandem, der sich sammelt; aber die Haustür ist angelehnt. Ja, hier ist es: Jemand öffnet die Tür und kommt heraus, und wir sehen in dem engen Raum dem Hauseingang gegenüber zwischen zwei brennenden Kerzen die schwarzverhängte Bahre, mit Kränzen bedeckt. Die Mutter eilt auf uns zu, wundert sich, uns zu sehen; so sehr liebte man also ihr Kind! Sie stellt uns einigen Leuten vom Ort vor, die da sind: Freunde, die eigens aus Paris gekommen sind; sie ist stolz darauf. Abseits schluchzt eine Frau; es ist die Schwester. Oh, wie sie ihm ähnlich sieht! Ihr Gesicht erklärt mir das unseres Freundes, das auf der linken Seite von einer Narbe ein wenig entstellt war, die der Bart nicht ganz verdeckte. Der Schwager kommt freundlich auf uns zu und fragt uns, ob wir, ehe noch mehr Leute kämen, das Zimmer von Charles-Louis sehen wollten.

Dieses Haus ist ganz nach seinem Maß; weil es sehr klein war, ist er ganz klein daraus hervorgegangen; neben der Wohnstube, die man zuerst betritt, der helle leere Raum, in dem sein Vater, der Holzschuhmacher, arbeitete: Das Licht kommt von einem Höfchen, auf das auch Philippes Zimmer im ersten Stock hinausgeht. Enges, schmuckloses Zimmer; rechts vom Fenster ein kleiner Tisch zum Schreiben; über dem Tisch Wandbretter mit einigen Büchern und dem hohen Stapel aller seiner Schulhefte. Die Aussicht, die man vom Fenster haben könnte, wird von zwei oder drei hohen Tannen verdeckt, die ganz dicht an der Mauer des Höfchens gewachsen sind. Das ist alles; und es genügte. Philippe war da gut aufgehoben.

Die Mutter macht die Führung: «Sehen Sie sich gut um, meine Herren; das hat wohl seine Wichtigkeit, wenn Sie von ihm sprechen müssen.»

An der Vorderseite des Hauses eine gute Stube, in der das bißchen Luxus der schlichten Wohnung sich birgt; Kamin mit Nippsachen, gerahmte Porträts, Wandbehänge; es ist das Zimmer, das zu nichts dient.
«Wenn wir auch arme Leute sind, so sehen Sie doch, daß wir nicht im Elend sind.»
Sie möchte, daß wir uns im Hotel, wo wir abgestiegen sind, als ihre Gäste betrachten, solange wir in Cérilly bleiben. «Wollen Sie das Haus des Père Perdrix sehen?» fragt uns der Schwager; «das wird Sie wohl interessieren.»
Und wir begleiten ihn zum vorletzten Haus des Dorfes; aber das Zimmer, wo man uns empfängt, ist neu hergerichtet worden. Als wir hinausgehen, beugt sich der Schwager zu uns: «Der, den Sie dort sehen, ist Jean Morantin; Sie wissen doch: der *Herr des Dorfes.* Nachdem Louis in seinem Buch von ihm gesprochen hatte, wollte man ihn dazu bringen, böse zu werden. Er hat gesagt: ‹Nein, nein, ich kenne den kleinen Philippe doch! Das ist ein guter Kerl; er hat nicht schlecht über mich sprechen wollen.›»
Wir kehren ins Hotel zurück, wo von Vichy her eben Valery Larbaud angekommen ist, mit dem wir den Abend verbringen.

*

Das Begräbnis findet am Freitag morgen um zehn Uhr statt. Kein anderer Freund ist mehr gekommen; doch, Guillaumin, der Autor von *La Vie d'un simple;* er bewohnt einen Hof, dreizehn Kilometer von hier. Man «hofft» noch eine Viertelstunde lang; Cérilly liegt zwischen mehreren Linien, man kann von verschiedenen Seiten herkommen. Endlich setzt sich der kurze Leichenzug in Bewegung.

Kleine graubraune romanische Kirche, von Schatten und geistlichem Zuspruch erfüllt. Der Diakon kommt auf uns zu, als wir um den Sarg herumstehen:
«Hierher, meine Herren! Kommen Sie hierher; hier ist es warm.»
Und wir gehen zu einem Kohlenbecken bei der Apsis.
Zweimal kommt während der Feier der Schwager zu uns: einmal, um uns zu sagen, daß Marcel Ray eben mit seiner Frau von Montpel-

lier gekommen ist; dann, das zweitemal, sich zu uns herbeugend: «Sie müssen nachher noch die Heiligenkapelle besuchen; auch davon hat mein Schwager in seinen Büchern gesprochen.»

Die Feier geht zu Ende; man begibt sich auf den Weg zum Friedhof. Der Himmel hängt tief. Von Zeit zu Zeit verwischt eine hängende Wolke den Hintergrund der Landschaft. Da stehen wir nun vor der offenen Grube. Auf der anderen Seite der Grube, mir gegenüber, betrachte ich die Schwester, die schluchzt und die man stützt. Ist es auch wirklich Philippe, den man hier begräbt? Oder welche düstere Komödie wird hier gespielt? – Ein Freund und Landsmann, das violette Bändchen im Knopfloch, Kaufmann oder Beamter in Cérilly, tritt vor, Manuskriptblätter in der Hand, und beginnt eine Rede. Er spricht vom kleinen Wuchs Philippes, dem unansehnlichen Äußeren, das ihm den Zugang zu mancherlei Ehren verschlossen habe, von seinen verschiedenen Mißerfolgen auf den Posten, die er gern bekleidet hätte: «Du bist vielleicht kein großer Schriftsteller gewesen, aber ...», so schließt er. Nichts ist ergreifender als dieser naive Widerschein von Philippes Bescheidenheit, wenn er von sich selber sprach, und von der sich der gute Mann zweifellos hatte täuschen lassen; aber einigen unter uns krampft sich das Herz zusammen; neben mir höre ich murmeln: «Er macht aus ihm einen Versager.» Und einen Augenblick zögere ich, ob ich nicht meinerseits vor das Grab treten sollte, um zu sagen, daß es höchstens Cérilly anstehe, so demütig von Philippe zu sprechen, daß er dagegen uns, von Paris aus gesehen, sehr groß erscheine ... Aber wozu? Würde nicht Philippe selbst unter der Distanz leiden, die man damit zwischen ihn und sein kleines Dorf legte, von dem sich sein Herz doch nie entfernen wollte?
Überdies ergreift Guillaumin das Wort; seine Rede ist kurz, voll Maß und Takt, sehr bewegt. Er spricht von einem anderen Kind Cérillys, fortgezogen wie Philippe, wie er mit fünfunddreißig Jahren gestorben, genau vor einem Jahrhundert: dem Naturforscher Perron. Ein kleines Denkmal auf dem Platz erinnert an ihn. Gleich nachher werde ich dort folgende fromme und rührende Inschrift abschreiben:

PERRON IST
VERDORRT WIE
EIN JUNGER BAUM
ERLEGEN
DEM GEWICHT
SEINER EIGENEN FRÜCHTE.

Eine andere Seite des Denkmals trägt ein Bronzerelief, das Perron unter einem Wurzelbaum sitzend zeigt, mit Kakadus, in einer australischen Landschaft, die von zutraulichen Känguruhs bevölkert wird.

Ein Auto hält am Eingang des Friedhofes; es ist Fargue; er kommt, als die Reden gerade zu Ende gehen.
Ich bin glücklich, ihn hier zu sehen; sein Schmerz ist tief; wie übrigens der aller Anwesenden; aber es ist zudem, als vertrete Fargue hier eine ganze Gruppe abwesender Freunde, und zwar die besten, und sei gekommen, ihr ehrendes Gedenken zu überbringen.

Wir kehren ins Hotel zurück, wohin Madame Philippe uns bitten läßt; ihr Schwiegersohn, Monsieur Tournayre, vertritt sie. Ich sitze neben ihm; er erzählt Anekdoten aus der frühen Kindheit seines Schwagers.
Von seinem fünften oder sechsten Jahr an, sagt er, habe der kleine Louis «Zur-Schule-gehen» gespielt; er hatte sich kleine Hefte verfertigt, die er unter den Arm nahm, und sagte:
«Mama, adieu, ich gehe in die Schule.»
Worauf er sich im anderen Zimmer in eine Ecke setzte, auf einen Schemel, allen den Rücken drehend... Nach Ablauf einer Viertelstunde, wenn der eingebildete Unterricht zu Ende war, kam er *nach Hause.*
«Mama, die Schule ist aus.»
Aber eines schönen Tages machte er sich von zu Hause davon und ging wirklich in die Schule; er war erst sechs Jahre alt: Der Lehrer schickte ihn weg. Der kleine Louis kam wieder. Der Lehrer darauf:

«Was willst du denn hier?»
«Aber… lernen eben.»
Man schickt ihn wieder weg; er ist zu klein. Das Kind bleibt hartnäckig und macht es so gut, daß es einen Altersdispens erhält. Und damit beginnt sein geduldiges Studieren.
O «kleines gutes Geschöpf»! Ich verstehe, warum du später *Jude the Obscure*[181] so geliebt hast. Noch mehr als deine schriftstellerische Begabung, deine Sensibilität, deine Intelligenz bewundere ich diesen staunenden Eifer, der nur eine Form deiner Liebe war.

Wir fahren wieder ab.
Und während der Rückreise denke ich an den Artikel, den zu schreiben ich ihm versprochen hatte, den zu schreiben ich mich zum Erscheinen seines Buches anschickte, das Fasquelle nun unverzüglich herausbringen muß – den Artikel, den er erwartete. Im Geist lege ich die verschiedenen Punkte fest.
Der Tod Philippes kann mich nicht dazu bringen, sein Lob irgendwie zu übertreiben; höchstens, daß ich mich nun trauriger dieser ergreifenden Gestalt zuneige und sie (anhand seiner nachgelassenen Papiere) eingehender studiere, so daß meine Bewunderung genauer und deshalb gefestigter sein wird.
Nicht gut gekannt haben ihn manche, die in ihm nur die Kraft seines Mitleids, seine Zärtlichkeit, die hervorragenden Qualitäten seines Herzens sahen; damit allein wäre er nicht der bewunderungswürdige Schriftsteller geworden, der er sein konnte. Ein großer Schriftsteller befriedigt mehr als ein Bedürfnis, beantwortet mehr als einen Zweifel, speist unterschiedlichen Appetit. Nur mäßig bewundere ich diejenigen, die es nicht ertragen, daß man um sie herumgeht, die die Form verlieren, wenn man sie von der Seite ansieht. Philippe konnte man von allen Seiten betrachten; jedem seiner Freunde, seiner Leser erschien er als *eins*; aber keiner sah in ihm *denselben*. Und die verschiedenen Lobsprüche, die man ihm erteilt, mögen wohl alle richtig sein; aber jeder für sich genügt nicht. Er hat in sich etwas, das überrascht und verwirrt, also etwas, das dauert.

*

30. Dezember.

Der Hochmut Jammes'.

Stört mich wie eine Gleichgewichtsstörung; wie ein Mangel; ist ihm nur gestattet aufgrund einer vollständigen Unkenntnis all dessen, was er nicht ist. Das beachten, was man selbst nicht ist, nennt er «diskutieren», und natürlich verabscheut er *Diskussionen.* Als Schwob[182] eines Tages die Unvorsichtigkeit beging, ihm zu sagen, *Jean de Noarrieu* scheine ihm besser als *Hermann und Dorothea,* schloß Jammes daraus, daß er größer sei als Goethe. Nicht einen Augenblick kam ihm der Gedanke, daß diejenigen, die diesen Vergleich wagen, *Jean de Noarrieu* für das beste Werk von Jammes halten; was ist aber *Hermann und Dorothea* im Gesamtwerk Goethes? So vollkommen die Dichtung sein mag – lassen wir sie weg, wird das Werk dadurch kaum geringer.

«*Jean de Noarrieu*», schreibt Jammes, «abgesehen davon, daß ich keinerlei Philosophie hineinbringen wollte – steht nach Ansicht Schwobs und meiner eigenen über *Hermann und Dorothea* – obgleich ich nie den Mut hatte, dieses Werk Goethes zu lesen.»

Es gibt eine *Aufrichtigkeit,* die darin besteht, daß man versucht, *wahr zu sehen,* und diese wird Jammes niemals kennen. «Wenn das Wasser einen Stock knickt», wie La Fontaine sagt, so «richtet» ihn sein Geist niemals wieder «gerade». Ich weiß wohl, daß es zum Wesen des *Poetischen* gehört, die Vernunft nicht allzu rasch einzuschalten, und daß oft ein Urteil richtigstellen die Empfindung verfälschen heißt; aber die Kunst bestünde gerade darin, die Empfindung ganz frisch zu erhalten und doch dadurch keine andere Funktion zu verhindern. Wie merkwürdig dieses Gehirn eingerichtet ist! Man kann ihn nicht tadeln, so deutlich fühlt man, daß ein prüfender Zugriff ihm schaden würde. Er versucht auch gar nicht, sich sehr wahr zu sehen; und hätte im übrigen weniger Genie, wenn er weniger überzeugt wäre, welches zu haben.

Ich sage das zu schwerfällig. Fassen wir zusammen: Um Dichter zu sein, muß man an sein Genie glauben; um Künstler zu werden, muß man *daran zweifeln.* Der wahrhaft Starke ist der, bei dem *dieses* durch *jenes* gesteigert wird.

1910

1. Januar.

Vorgestern langes Studium der von Philippe hinterlassenen Manuskripte – oder wenigstens eingehendes von *Charles Blanchard*[183], von dem ich ein halbes Dutzend Fassungen entdecke, die fast gleich gut sind und sich gegenseitig ausschließen. Doch Francis Jammes wird weiterhin glauben, Philippe sei deshalb gut gewesen, weil er sich der «Inspiration überlassen» habe. Nichts hat mich über die Kunst des Schreibens besser *belehrt* als diese aufgegebenen Blätter – von denen ich versuchen werde, einen großen Teil zu veröffentlichen – wahrscheinlich mit einem erklärenden Kommentar.

Heute morgen mit der Arbeit sehr im Schuß; einige Unerwünschte stören mich. Reihen wir unter die letzteren nicht den sehr sympathischen Pierre Cornu ein. Ruyters kommt zum Mittagessen. Ich habe um halb drei eine Verabredung mit Copeau bei Mirbeau. Wir verbringen dort etwa drei Stunden; und kommen alle beide erschlagen wieder heraus.

Wir gingen zu Mirbeau nicht wegen des mäßigen und ermüdenden Vergnügens, ihn sprechen zu hören, sondern um ihm den Roman von Iehl zu überreichen und ihn über diese Lektüre in Fahrt zu bringen. Ferner, um mit ihm über Marguerite Audoux zu sprechen. Sobald man zu jemandem geht, um etwas zu erbitten, gibt man sehr viel mehr aus, als man erhalten kann. Gegen fünf Uhr waren wir erledigt, nervlich und kräftemäßig völlig fertig; und wir hatten nichts erreicht.

Nichts erreicht als eine unzusammenhängende Folge von anekdotischen Geschichtchen, in denen Mirbeau glänzt. Über Claretie, über die Baronin Z., seine Hausbesitzerin und Nachbarin, über Gregh, über «Gelehrte», die er lächerlich machen möchte.

«Ich kenne einen, der seit Monaten an einem Bericht arbeitet... Wissen Sie, worüber? ... Über die Muskeln der Spinnen! Die Muskeln der Spinnen! Dabei hat er noch nie Spinnen gesehen... Und natürlich zieht er daraus weltweit wichtige Schlüsse... Ich kenne einen anderen, der 1900 eine Studie über den ‹Verdauungsmechanismus der Feldheuschrecken› veröffentlichte... Enorm!»

«Haben Sie es gelesen?» fragt Copeau schüchtern.
«Den Titel habe ich gelesen, jawohl. Den habe ich mir angesehen. Finden Sie das nicht phantastisch? Ich versichere Ihnen, daß sie alle gleich sind. Alle gleich!» Und während er diese Worte wiederholt, geht er im Zimmer umher.
Sicher ist seine Lebhaftigkeit ganz vergnüglich gefärbt; aber bei jedem hebt er immer nur den ordinärsten Fehler hervor; er macht nur auf Kosten der Wahrheit lächerlich. Mir scheint wohl, daß er bei einem Menschen niemals die wichtigste Eigenheit wahrnimmt. So behandelt er jetzt Claretie als Banditen, als Mörder. «Ich sage Ihnen, er ist ein Mörder»; gleich darauf spricht er von Descaves nicht anders. Dann erledigt er Charles Morice.
«Er hat mich auf dem Land besucht; die Fenster meines Salons gingen auf eine wundervolle Landschaft; es war schönes Wetter; Morice saß nahe beim Fenster, da bemerkte ich, wie er schielte, Grimassen schnitt, die Augen zukniff...
‹Monsieur Morice, stört Sie das Licht?›
Worauf er loslegt: ‹Ja, wenn es nur das Licht wäre! Es ist aber die Landschaft, Monsieur Mirbeau, die ganze Landschaft da draußen! Wie können Sie nicht verstehen, daß ein Künstler das Bedürfnis hat, sich in seine Gedanken zu versenken; er schließt sich in sie ein; er kombiniert; er denkt sich etwas aus. Da zeigt man ihm die Natur – und alles ist futsch! Der Künstler müßte in einem Haus leben, das keine Fenster hat!›»
Francis Jourdain, der dazukommt, erzählt andere Anekdoten über Morice, spricht aber etwas feinfühliger von ihm. Unglücklicherweise findet man sich in diesen Strom unmäßiger Verleumdung hineingezogen; Jourdain spricht auch noch von Maillol, kann Aussprüche von ihm, die er wiedergibt, nicht verstehen, oder tut doch wenigstens so – dabei ließen sie sich leicht erklären; ich selber lasse mich soweit gehen zu lachen, das Gemetzel zu dulden, wenn schon nicht zu billigen... im übrigen wäre ja auch «Verständnis zu wekken» hier völlig vergeblich. Und was bliebe Mirbeau zu tun übrig, wenn er nicht mehr anprangern könnte? Das ist seine Berufung und seine Hauptbeschäftigung. Er würde in sich zusammenfallen, wenn er sich nicht mehr von Ungeheuern umgeben wähnte.

Dabei ist er mir nicht unsympathisch, im Gegenteil; und im Umgang ist er sogar herzlich. Aber bei ihm gibt es nichts zu lernen. Nicht einmal die Möglichkeit, sich genau zu unterrichten.
Je intelligenter ein Humorist ist, desto weniger hat er es nötig, die Wirklichkeit zu deformieren, um sie bedeutsam zu machen.

6. Januar.
Ich erhalte am selben Abend einen überschwenglichen Brief von Mardrus und einen überschwenglichen von Royère; sie schrieben mir, der eine wie der andere, vor einigen Tagen Beleidigungen. – Wunderbare Zusammenhanglosigkeit gewisser Gehirne. Heute abend verrückter Brief des kleinen Louis Rouart, der meine «baldige Auflösung» wünscht, usw.
«Sie müssen doch sehr froh sein», sagte man zu seiner Frau, «daß Ihr Mann religiös geworden ist.»
«Ich? Ich bin untröstlich!» rief sie. «Solange er es nicht war, konnte ich wenigstens noch hoffen, die Religion werde seinen Charakter mildern; jetzt hoffe ich auf gar nichts mehr.»

16. Januar.
Copeau bittet mich, ihn zu den Bibescos zu begleiten; man soll ihn dort Chaumeix vorstellen. Ich überwinde die Furcht vor der gräßlichen Mühsal, die ein Diner in der Gesellschaft für mich bedeutet, und hole meinen Hochzeitsfrack aus dem Schrank, den ich noch keine zwölfmal getragen habe. Bei Copeau, den ich in der Rue Montaigne abhole, bemerken wir, daß meine Hose völlig von Motten zerfressen ist! Gelächter und Ängste; unmöglich, sich so zu präsentieren: das Weiß der Unterhose scheint in bizarrem Muster durch; das schwarze Filzband eines Panamahuts fällt uns ein; und schon nähen wir auf die Hose, je nach Art der Löcher, kleine Vierecke und Streifen auf.
Durch Boylesve wußte ich, daß Chaumeix gerne einen Artikel über *La Porte étroite* in den *Débats* schriebe; infolgedessen konnte ich ihm keine drei Worte sagen. Nichts lähmt mich mehr, als zu wissen, daß meine Liebenswürdigkeit mir nützlich sein könnte.

20. Januar.

Angenehmer Besuch Boylesves. Ich fühle wohl, daß die Unterhaltung mit ihm nicht sehr weit führen kann, es macht mir aber jedesmal das größte Vergnügen, ihn zu sehen. Ghéon ist bei mir, er wird mich gleich darauf zur Comtesse de Noailles begleiten. Es handelt sich darum, von ihr die kurze Besprechung von *La Mère et l'enfant* zu erhalten, die sie freundlicherweise der *Nouvelle Revue Française* geben will.

Madame de Noailles wohnt im Hotel *(Princess Hotel)*, Rue de Presbourg; die Fenster ihres Zimmers gehen auf den Triumphbogen des Étoile. Sie erwartete uns; man merkt es ein wenig; sie liegt auf einem Diwan, der aus zwei Sesseln und einem verbindenden Taburett errichtet ist, gewunden drapiert in eine Art rumänisches oder griechisches Hemd aus schwarzer Tussahseide mit einer breiten weißgrauen Borte, von jenem matten Weiß des Chinapapiers oder gewisser japanischer Filze; das Hemd bauscht sich weit um ihre nackten Arme, die mit venezianischen Armbändern beladen sind. Ein Schal umschlingt sie in der Farbe harten oder vielmehr «weichgekochten» Eigelbs; Farbe auch gedörrter Aprikosen. Auf Sirenenart endet sie geheimnisvoll unter einem tunesischen Stoff. Ihre Haare hängen offen, rabenschwarz; über der Stirn kurz geschnitten, aber wie naß auf die Schultern fallend. Sie stellt uns die Prinzessin de Caraman-Chimay(?) vor, die ein Lorgnon auf mich zückt, das sie während unseres ganzen Besuchs nicht mehr ablegt.

Unmöglich, irgend etwas von der Unterhaltung aufzuschreiben. Madame de Noailles spricht mit fabelhafter Zungenfertigkeit; die Sätze drängen sich auf ihre Lippen, werden zerdrückt, vermischen sich; sie sagt drei, vier auf einmal. Das ergibt ein sehr wohlschmeckendes Kompott von Ideen, Empfindungen, Bildern, ein *tutti frutti*, begleitet von Gesten der Hände, der Arme, vor allem der Augen, die sie zum Himmel richtet in einer zwar nicht allzu unaufrichtigen, aber doch etwas zu sehr betonten Verzückung.

Als wir einen Augenblick lang von Montfort sprechen, vergleicht sie ihn mit einer Schleie mit großen, an der Kopfoberfläche liegenden Augen und macht den Fisch nach, wie er an die Scheibe des

Aquariums kommt. Dieses sehr treffende Bild bringt uns zum Lachen, aber als wir es später noch einmal erwähnen, wird sie ganz unruhig:
«Oh, ich bitte Sie, sagen Sie das nicht weiter! Sie werden mir sonst einen Feind machen... Mir, die ich mir immer vornehme, über niemanden etwas Schlechtes zu sagen!»
Henri Ghéon, sehr «Bauer von der Donau», soeben in der Gare d'Orsay mit schweren, schmutzigen Stiefeln angekommen, aber wie gewöhnlich ganz unbefangen, ist viel stärker interessiert und verführt, als er erwartet hat. Man müßte sich sehr wappnen, um nicht dem Zauber dieser außergewöhnlichen Dichterin mit dem siedenden Gehirn und dem kalten Blut zu verfallen.

*

März–April.
Es macht mir ein eitles Vergnügen, festzustellen, daß mein Gefährte[184] noch ein bißchen weniger sprachbegabt ist als ich. Im ersten Restaurant hinter der Grenze bezeichnet er mit dem Finger auf der Weinkarte eine Flasche «cerveza», wovon wir annehmen, daß es Bier sein müsse:
«Pilsen o ingles?» fragt der Kellner.
«Armer Freund, geben Sie sich keine Mühe, ich verstehe kein Wort von dem, was Sie sagen!»

So heftig auch unsere Neugierde auf Valencia war, so denken wir doch, morgens angekommen, am Mittag nur noch ans Abreisen.
«Immerhin nicht, ohne vorher die Kathedrale gesehen zu haben...»
Ganz nach Lust und Laune gehen wir von Gasse zu Gasse, und plötzlich stehen wir vor ihr. Copeau, der gerade eine ziemlich gute Zigarre raucht, schickt mich als Aufklärer voraus, um zu sehen, ob es «der Mühe wert» sei hineinzugehen. Da die Zigarre noch nicht zu Ende geraucht ist, als ich wieder herauskomme, ziehen wir ab...
Aber war es auch wirklich die Kathedrale?

Ich habe geschlafen wie ein Stock. Entzückender Morgen! Eine unerhörte Freude klingelt durch die Stadt; es ist die Stunde, da die Herden durchziehen; jede Ziege, die vorbeitrottet, läßt den einzigen Ton ihres Glöckchens erklingen. Die Luft ist ganz von Blau durchduftet; die Dächer glänzen. Fliehen! Ah, weiter nach Süden fliehen, in eine noch vollständigere Fremde! An einem solchen Morgen rüsten sich die kühnsten und vertrauensvollsten Hoffnungen unserer Seele; da schimmert das Goldene Vlies vor Jason.

Elche.
Dank unserer Tiroler Lodenmäntel gelten wir hier als zwei katalanische Toreros.

Ähnlich wie seinerzeit in Sevilla sind die «Zirkel» das, was mir in Murcia am meisten gefällt. Die Zirkel besitzen die Eigentümlichkeit, stets rechteckig zu sein. Man könnte sie mit dem Innern eines Autobusses vergleichen, dessen Seitenwände beträchtlich auseinandergerückt wären. An den beiden Längsseiten stehen sich zwei Reihen breiter Sessel gegenüber. In jedem Sessel ein Zirkler. Jeder Zirkler raucht eine Zigarre und sieht sich mit schrägem Blick die Passanten an. Der Passant sieht sich im Passieren den zigarrenrauchenden Zirkler an. Eine große Glasscheibe trennt die Zirkler von den Pasanten: Von außen sieht der Zirkel aus wie ein Aquarium.
Die einfachen Zirkel sind ebenerdig. (Es ist eine Straße, in der keine Wagen verkehren.) Andere, etwas gehobenere, zeigen die Knie des Zirklers in Augenhöhe des Passanten. Der Sitzende dominiert. Weder Bücher noch Zeitungen, noch irgendein anderer Konsum als der von Zigarren, noch die Möglichkeit einer Unterhaltung vom einen Sessel zum allzuweit entfernten andern. Auf der Schaufensterscheibe eines dieser Aquarien, in dem einige Steinbutte auf diese Art dahin leben, liest man: *Circulo instructivo.*

Wenn man ausgehungert nach Sonne, Tanz und Gesang nach Spanien kommt, gibt es nichts Trostloseres als den Saal eines Kinos, in dem uns der Regen Schutz zu suchen zwingt. Gesang und Tanz haben wir bis Murcia vergebens gesucht. In Sevilla fände man sicherlich noch etwas davon; in Granada ... Ja, ich erinnere mich, im Albaycin vor fast zwanzig Jahren (nichts seither, nicht einmal die Gesänge Ägyptens, hat einen geheimeren Winkel meines Herzens berühren können): Es war, in der Nacht im weiten Saal einer Herberge, ein Zigeunerknabe, der sang; ein gedämpfter Chor von Männern und Frauen, dann unterbrachen plötzliche Pausen den atemlosen, maßlosen, schmerzlichen Gesang, in dem er mit dem versagenden Atem jedesmal die Seele auszuhauchen schien. Ein erster Entwurf der letzten Ballade Chopins, hätte man sagen können; und doch blieb es wie am Rande der Musik; nicht spanisch, sondern zigeunerhaft, unverkennbar. Um diesen Gesang wiederzuhören – ah, drei Spanien hätte ich durchquert! Aber so werde ich Granada fliehen, aus Angst, ihn nicht wiederzuhören.
Im übrigen veranlaßt uns ein fürchterliches Wetter, Richtung Norden umzukehren.
Mit der Erinnerung an jene Nacht bleibt ein Erröten verknüpft.
Es war in den Osterferien. Ich reiste mit meiner Mutter. Ich zählte etwas mehr als zwanzig Jahre; aber ich wurde erst ziemlich spät ein Zwanzigjähriger; ich war noch zart und neu.
Zur Unterhaltung einiger Touristen hatte ein Manager einen Tanzabend im ersten Stock einer Vorort-Posada arrangiert. Schon damals stieß mich alles ab, was nach Aufmachung schmeckte – aber wie wäre es sonst möglich gewesen, jene Tänze zu sehen? Bald werden sie nur noch in den Variétés und Cabarets von Paris gezeigt werden.
An jenem Abend wurden uns die authentischen Habaneras, Cachuchas und Seguedillas vorgeführt. An drei Seiten des Saales waren in zwei Reihen Strohstühle und Bänke für die Touristen aufgestellt worden; ich saß neben meiner Mutter; wir hatten uns gegenüber etwa zwanzig Spanier und Zigeuner, sechs davon Frauen; die einen sehr blaß, die anderen gebräunt wie das Leder ihrer Schuhe. (Ich sage das aus Romantik; in Wirklichkeit werden

fast alle Espadrilles an den Füßen gehabt haben.) Jede Frau stand einzeln auf und tanzte, allein oder mit einem Partner; der Chor der Instrumente, des Händeklatschens und der Stimmen gaben dem Tanz den Rhythmus...

Die anfangs etwas matte Vorführung belebte sich. Man war ungefähr beim dritten Tanz angelangt; die ihn tanzte, ohne Zweifel eine Andalusierin, mit rosigem Teint, bewegte Bauch und Arme nach Art algerischer Jüdinnen und ließ dabei zwei Halstücher wehen, eines johannisbrotfarbig, eines kirschrot, die sie mit den Fingerspitzen festhielt. Gegen Ende des Tanzes fing sie an, sich zu drehen, langsam zuerst, dann immer schneller, anfangs in der Mitte des Saals, dann in einem großen Bogen in der Art eines Kreisels, der am Umfallen ist, die Zuschauerreihe entlang, die sie streifte. In dem Augenblick, als sie an mir vorbeikam, flog mir – paff – das Tuch ins Gesicht; und das Tuch fiel mir in den Schoß. Mir wäre lieb gewesen, wenn es aus Zufall und Ungeschick geschehen wäre; aber nein: es geschah direkt, plötzlich und eingefädelt, diskret... Das wurde mir im selben Augenblick klar, und ich fühlte eine Blutwelle mir ins Gesicht steigen – denn das kleine Manöver wurde klar durch die Erinnerung an ein Liedchen, das eine kleine Schneiderin sang, die manchmal bei uns arbeitete; sie sang es, wenn sie ganz sicher war, daß meine Mutter sie nicht hören konnte; ich habe inzwischen erfahren, daß es ganz einfach das bekannte *Chanson de Madame Angot* war, «pas bégueule, forte en gueule»[185] usw.; es war da in einer Strophe von einem Sultan die Rede, der «ihr das Taschentuch zuwarf». Ich wußte also genau, was diese Geste bedeuten sollte; offenbar war das in gewissen Ländern so üblich.

Noch röter als das Tuch, das ich blitzartig unter meiner Jacke versteckte, versuchte ich mir vorzumachen, meine Mutter habe nichts gesehen, und unter Atembeklemmungen stellte ich mir die möglichen Folgen meines «Abenteuers» vor... Das Fest nahm indessen seinen Fortgang. Ich schenkte den Verrenkungen eines Zigeunerpaares nur noch geteilte Aufmerksamkeit; aber in dem Augenblick, als dieser Tanz in Verzückung endete und der Beifall losbrach, sah ich zu meiner Verblüffung die Zigeunerin den Tanzplatz

plötzlich verlassen, ein kleines Taschentuch aus dem Busen holen und es nicht weit von uns auf die Knie eines alten Gimpels werfen, der nicht applaudierte, sondern mit seinem Spazierstock in kleinen Stößen auf den Boden klopfte. Sicher kannte der Alte die Gebräuche; und mein Auge ließ ihn nun nicht mehr los. Was würde er tun?
Sehr ruhig und lächelnd ergriff er das kleine Taschentuch, grub in seiner Westentasche, holte ein Silberstück heraus, wickelte es sehr augenfällig in einen Zipfel des Taschentuchs, knüpfte einen Knoten darum und warf es dann von weitem der Spanierin zu ... Vollständig beruhigt holte ich das rote Tuch unter meiner Weste hervor und bat meine Mutter um ein Geldstück. Nun, da ich meine Fassung wiedergewonnen hatte, ärgerte es mich am meisten, daß von den sechs Spanierinnen oder Zigeunerinnen, die bei diesem Fest versammelt waren, diejenige, die mir «das Tuch zugeworfen» hatte, weitaus am wenigsten schön war.

*

Paris, 15. April.
Gestern Mittagessen bei Rouché mit Gabriele d'Annunzio. Ich hatte zuerst abgesagt, da ich ziemlich wenig Lust hatte, ihn wiederzusehen; und ich antwortete Rouché, ich hätte eine zu gute Erinnerung an meine Begegnung mit d'Annunzio vor fünfzehn Jahren, als daß ich es riskieren wollte, sie durch ein Wiedersehen mit jemandem zu verderben, für dessen Talent ich keine große Achtung mehr empfand. Aber Rouché kam auf die Sache zurück (ich habe den unterhaltenden Briefwechsel aufbewahrt), und vor seinem liebenswürdigen Drängen wich meine Menschenscheu. Teilnehmer am Festmahl: Henri de Régnier, Desvallières, Besnard, Suarès, Saglio, Marcel, Ernest-Charles und *tutti quanti*. Man hatte mich zwischen Henri de Régnier und Suarès gesetzt, ungefähr gegenüber von d'Annunzio: Ich konnte nicht angenehmer sitzen. – D'Annunzio, verkniffener, gezügelter, verkrampfter denn je, trockener, aber auch sprühender denn je. Das Auge ist ohne Güte, ohne Zärtlichkeit; die Stimme mehr einschmeichelnd als wirklich liebkosend; der Mund weniger genießerisch als grausam;

die Stirn recht schön. Nichts an ihm, wo die Begabung dem Genie wiche. Weniger Wille als Berechnung; wenig Leidenschaft, oder eine kalte. Er enttäuscht im allgemeinen jene, die an seinem Werk Gefallen (oder besser, eine Falle) gefunden haben. «Er vereint in sich ganz Italien», sagt Madame Rouché, die zu jenen gehört. «Abzüglich Dante», fügt Suarès hinzu, der mir wortreich erklärt, wie wenig Geschmack er dem «Macher» abgewinne. Amüsant dabei ist, daß d'Annunzio nur für zwei Personen ein Lächeln hat: für Suarès und mich (für mich weniger als für Suarès; es ist nicht erstaunlich, daß ihm dessen grandiose Beredsamkeit imponiert).

Nach dem Essen finden wir uns im Rauchsalon wieder, Desvallières, Suarès, ich, d'Annunzio und Saglio, der sich in ein übertriebenes Lob der letzten Seiten des Romans *Forse che sí, forse che no* stürzt, den die *Grande Revue* soeben veröffentlicht hat. Es muß gesagt werden, daß d'Annunzio uns, Suarès und mich, einen Augenblick vorher mit Lob überhäuft hat. Die Komplimente Saglios genügen dem «Meister» ohne Zweifel nicht, der ziemlich flehende Blicke auf Desvallières, auf Suarès, auf mich richtet; aber er kann uns lange absuchen: kein Zucker. Er kriegt nur Saglio.

Trotz alledem besteht d'Annunzio einen Augenblick später darauf, mich wiederzusehen. Es wird verabredet, daß er mir schreibt, um mich zum Essen einzuladen (ich zweifle stark daran, daß er es tun wird). Unterdessen ziehen sich die Gäste, einer nach dem andern, zurück. Es bleiben fast nur noch der «Meister», Henri de Régnier, Suarès und ich übrig. Schließlich geht d'Annunzio als erster hinunter; wir folgen dicht darauf.

Von der Eingangshalle aus sieht man den Regen in Strömen fallen; Suarès, leicht verstört, drückt uns auf der Türschwelle eilig die Hand und macht Miene, sich in den Regen hinauszustürzen.

«Was denn?» sage ich zu ihm, «Sie wollen ohne Hut fort?»

Suarès, sich zusammennehmend: «Ach so! Ja richtig... Oh, das ist mir schon öfter passiert...»

Und rennt zurück in die Garderobe; kommt gleich wieder...

Draußen begreife ich den Grund seiner Verwirrung: D'Annunzio nimmt ihn in seinem Auto mit.

24. April.
Gutes Klavierüben seit der Rückkehr von Cuverville. Ich wage es, mich wieder an Beethoven zu machen – nachdem ich die *Barcarole* von Chopin und das *Nocturne* (in G-Dur) in Terzen und Sexten zum guten Ende gebracht habe.
Ich gehe fast nicht mehr aus und erhebe mich jeden Morgen mit der Freude, eine lange Folge von Stunden vor mir zu haben. Ich versenke mich in meine Arbeit *(La Mivoie),* aber nicht ganz und gar und auch nicht ganz sicher, ob ich das schreibe, was ich zuerst schreiben müßte. Der Ton ist, für meinen Geschmack, nicht verschieden genug von dem der *Porte étroite;* wieder sollte ich nuancieren, behutsam schreiben. Ich träume von den *Caves,* die ich mir in einem scherzhaften, sehr verschiedenen Stil geschrieben vorstelle.

Die letzten Abenteuer, auf die ich mich eingelassen habe, haben mir einen unaussprechlichen Ekel hinterlassen.

Ins Odéon gegangen, um *Coriolan* zu hören. Ich genehmige mir nur noch Plätze im Olymp, da ich meine mangelhafte Geduld im Theater kenne; und tatsächlich brachte ich es auch gestern, trotz größter Befriedigung – oder vielleicht gerade deshalb –, nicht fertig zu bleiben, nachdem der dritte Akt vorbei war. Copeau und Ghéon haben mir heftige Vorwürfe gemacht, weil ich die Szene mit Aufidius nicht abgewartet habe. Die Wahrheit ist, daß ich nach Hause ging, um ebendiese zu lesen. (Ich habe an anderer Stelle, für mein *Journal sans date,* ein Lob dieser Aufführung geschrieben.)
Auf dem Rückweg davon bei den *Cahiers de la Quinzaine* vorbeigegangen. Der kleine Saal ist voll von Gesichtern, die mir unbekannt sind, mit Ausnahme von Sorel und Benda. Ich gehe fast sofort wieder weg.

Christus, Calvin und Senator Bérenger kann man höchstens von der Terrasse eines Cafés aus verwechseln. Es kann aber zweckdienlich sein, sie in denselben Sack zu stecken; und mich dazu, womit sich Monsieur Eugène Montfort, Verfasser von *Montmartre et* *les boulevards,* in der letzten Nummer von *Marges** amüsiert. Ich soll (ihm kann man es glauben!) eine «leidenschaftliche Verteidigung» Calvins** geschrieben haben. Ich verabscheue diese Gestalt; aber ich habe kürzlich gegen Monsieur de Gourmont gesprochen; und das läßt sich, so scheint es, nur im Namen Calvins tun. Also bin ich, ob ich will oder nicht, Calvinist.

Ich versuchte damals zu zeigen, wie verhängnisvoll der verneinende Skeptizismus*** Remy de Gourmonts für das Kunstwerk ist. Monsieur Montfort schlägt nun Monsieur de Gourmont vor, mir zu antworten, indem er «seinerseits zeigt, wie ebenso zerstörerisch und schädlich der protestantische Geist für das Kunstwerk sein kann.» *Ebenso zerstörerisch,* sagt er: Ich behaupte: noch viel mehr! Und ich wüßte keine dem Kunstwerk (und meinem im besonderen) entgegengesetztere und sogar feindlichere Denkart (unbewußt, meistens) als den Calvinismus. Das hat mich von dem Tag an, als ich die Feder in die Hand nahm, von ihm losgelöst. Remy de Gourmont mag auf die Aufforderung Monsieur de Montforts hin ruhig seinen Artikel schreiben; er wird aber nicht *gegen* mich gerichtet sein.

«Keine Sünde mehr! Alles erlaubt! Aber Monsieur Gide möchte ja gern ein Sünder sein, er wünscht sich Gesetze, damit er das Vergnügen genießen kann, sie zu übertreten, er verlangt geradezu verbotene Handlungen (wie köstlich ist es, sie zu begehen! ...). Wenn es keine Sünde gäbe, müßte man sie erfinden. Und da gibt es Leute, die sie abschaffen wollen! ...»

Was Monsieur Montfort auch dazu sagt: Diese Auffassung der Sünde als Sorbet[187], der Gotteslästerung und des Satanismus (diejenige zum Beispiel eines Barbey d'Aurevilly oder auch manchmal die Remy de Gourmonts) ist nicht im geringsten protestantisch. Weshalb sie aber nicht etwa die meinige ist.

* Nummer vom Mai 1910.

** Monsieur Montfort spielt offenbar auf etwas an, was ich kürzlich, auf einen Artikel von Charles Maurras hin, über *Catherine de Médicis* von Balzac geschrieben habe.[186]

*** Und nicht der prüfende Verstand, wie Monsieur Montfort glauben machen möchte.

Gewiß, es ist mir unmöglich, die Moral als von der Psychologie unabhängig aufzufassen, wozu der Calvinismus geneigt ist; aber die Psychologie als einen einfachen mechanischen Vorgang verstehen, keine Rücksicht nehmen auf die moralische Qualität der Handlungen noch auf ihren inneren Widerhall… damit landen wir allerdings geradewegs im Schelmenroman.
«Keine Sünde mehr! Alles erlaubt!» Der Verfasser von *La Maîtresse américaine* und *La Turque* will künftig Phaedra ohne Schamröte haben, Prometheus ohne Geier, Andromache ohne Widerstand, Orest ohne Erinnyen. So stellt er sich die Befreiung der Literatur vor. Und so wundere ich mich nicht, wenn es ihm schließlich einfällt auszurufen: «Manchmal empfinde ich ein tiefes Bedürfnis nach Poesie!» Das glaube ich wohl! Nur das Wort «tief» erscheint mir überflüssig.

14. Mai.

Gestern abend mit M. bei Piot gewesen, der bald nach Florenz fährt, mit einer neuen Kollektion Zeichnungen, die er mir zu zeigen wünscht – mehr noch, als ich sie zu sehen wünsche. Es sind Entwürfe für die neuen Fresken, die er vorbereitet. Diese Zeichnungen haben weder die Entschiedenheit noch den Ernst, noch auch nur die Verführung der früheren. «Sie sind *breiter,* finden Sie nicht?» wiederholt Piot unaufhörlich auf der Suche nach einem Kompliment, das ich nicht machen kann. Leichter vielleicht, und, wie man sich angenehm auszudrücken pflegt, «glücklicher» – das heißt, mit immer weniger Mühe erreicht. Ich aber möchte ihn nach der Strenge streben sehen. Es stand ihm gut, sich in der Nähe der Meister zu halten; ihre Intelligenz ergänzte vorteilhaft die seinige (die recht mittelmäßig ist). Da er es sich leichtmacht, stellt er am hellichten Tag eine ziemlich gewöhnliche Natur zur Schau, aus der nur die strikteste Kunstübung etwas Ordentliches hätte machen können.

23. Mai.

Würde ich heute sterben, mein ganzes Werk verschwände hinter *La Porte étroite;* man würde nur noch diese in Betracht ziehen.

Tatsächlich paßt das Wort «Lümmel», das Copeau gestern abend gebrauchte, ziemlich genau auf Montfort. Sein Artikel ist nicht einmal so schlecht, wie behauptet wird; das heißt, er ist genau das, was er sein will: schädlich. Ich schreibe meine Bücher mit einer solchen Langsamkeit, daß ich der Epoche oft Zeit lasse, mich einzuholen, und daß ich da von ihr getragen erscheinen kann, wo ich mich aus Reaktion schon selber hingetragen hatte.

30. Mai.

Ich werde ohne Zweifel veranlaßt werden, ein Vorwort zu meiner *Aveugle*[188] zu schreiben – die ohne ein solches weiterhin Anlaß zu Mißverständnissen gäbe.

Ich würde darin sagen: Wenn protestantisch sein heißt, christlich zu sein, ohne katholisch zu sein, so bin ich protestantisch. Als Orthodoxie kann ich aber keine andere anerkennen als die römische, und wenn mir der Protestantismus, der lutherische oder der calvinistische, die seinige aufdrängen wollte, so würde ich mich sofort der römischen als der einzigen zuwenden. «Protestantische Orthodoxie» – diese Worte haben für mich keinerlei Sinn. Ich erkenne keinerlei *Autorität* an; würde ich es aber tun, so wäre es diejenige Roms.

Aber mein Christentum leitet sich nur von Christus her. Zwischen ihm und mir errichten Calvin oder Paulus die gleiche verhängnisvolle Scheidewand. Hätte es doch der Protestantismus fertiggebracht, Paulus sogleich zu verwerfen! Aber gerade an Paulus, und nicht etwa an Christus, schließt Calvin sich an.

Wo sich schon der Charakter abzeichnet:

Die Kinder von T. B. spielen mit jenen der E. R.s und der V.s. Das große Spiel der Kinder von T. B. ist «Sich-schlagen»; das geht aber so vor sich: Wenn A., der älteste, den schon jetzt schwächeren J. umwerfen will, sagt er zu seinem Bruder: «Halt ihm die Füße fest.»

Das ist ganz der Sohn dessen, der, als er mit M. D. aus England zurückkam, den kleinen Zeitungsjungen zwei Sous gab, damit sie «Nieder mit Zola!» schreien sollten, es selber aber nicht zu schreien wagte.

«Halt ihm die Füße fest!» – sicher wird man diesen Charakterzug später wiederfinden, im Verlauf von A. B.s Karriere. Er ist vielversprechend.

Cuverville, 13. Juni.

Wozu mir jede Stunde am Tag wiederholen, daß ich über vierzig Jahre alt bin: Ich habe mich nie jünger gefühlt.

Habe ich nicht mein Gewissen deshalb so anspruchsvoll und so korrekt werden lassen, um es manchmal mit noch mehr Freude in seine Schranken weisen zu können?

15. Juni.

Jedes Jahr, wenn ich meinen Garten wiederfinde, dieselbe Enttäuschung: Verschwinden der seltenen Arten und Variationen; Triumph der gemeinen und mittelmäßigen. Von einer Unterdrükkung der glücklichen Ausnahmen, von einem unweigerlichen Vorherrschen der mittelmäßigen und sogar untermittelmäßigen Typen spricht Nietzsche als *Anti-Darwinist;* und daß es nicht die Ausnahmefälle, die erlesenen Typen seien, welche die Oberhand gewännen, sondern die Verfallstypen. Und ferner, daß die Natur grausam sei gegen die Glückskinder; sie schone, schütze und liebe die *Geringen,* die mittleren und niederen Typen; die letzteren besäßen die große Fruchtbarkeit und die Dauer; bei den ersteren wachse ständig die Gefahr einer raschen Zerstörung, einer Verminderung der Zahl.*[189]
Wenn meine Katze einen Vogel frißt, so zieht sie dem Spatzen stets die Meise vor.

17. Juni.

Mius wird allmählich geschickt im Kreuzen gewisser Blumen; und ich habe ihn endlich überzeugen können, daß aus den Setzlingen die weniger robusten Spielarten oft die schönsten Blumen ergaben; aber ich erreiche nur mit Mühe, daß er die gewöhnlichen Sorten, die

* *Volonté de puissance,* Bd. II, S. 109 f.

keine Pflege brauchen, ausscheidet, um die zu begünstigen, die schwerer zu ziehen sind und größere Aufmerksamkeit erfordern.
Hat Griechenland nicht vielleicht deshalb keinen Lakedämonier unter seinen Künstlern, weil Sparta seine schwächlichen Kinder in die Fallgrube warf?

Unmöglich, Mius zu überzeugen, daß es keineswegs genügt, die feine und seltene Spielart zu bevorzugen, um die Auslese zu gewährleisten, sondern daß man ihren schwierigen Sieg über die gemeinen Arten dadurch sichern muß, daß man diese um sie her unterdrückt.
Aus Gefälligkeit tut er so, als ob er meinen Garten davon säuberte; ein wenig später finde ich sie dann in irgendeine Ecke umgepflanzt, ebenso robust wie die seltene Art anfällig ist, und unbegrenzt fruchtbar. In weniger als zwei Jahren haben sie den ganzen Platz zurückerobert; das Auserlesene ist verschwunden, vom Gemeinen erstickt. Denn auch bei den Blumen ist «das Auserlesene ebenso schwierig wie selten»; und so lieblich auch die bescheidenste Feldblume sein mag, so zerreißt es doch das Herz bei dem Gedanken, daß die schönste Blume immer die geringste Chance des Überlebens hat; sie ist gleichzeitig am wenigsten begabt für den Kampf und am meisten Blicken, Begehrlichkeiten und Eifersüchten ausgesetzt. Ach, wenn doch der Mensch, statt dieser Verdichtung des Ordinären noch nachzuhelfen, statt systematisch mit seinem Haß oder seiner Begierde den natürlichen Schmuck der Erde zu verfolgen, den buntesten Schmetterling, den reizendsten Vogel, die größte Blume – wenn er doch nur seinen Einfallsreichtum darauf verwendete, zu beschützen und nicht zu zerstören, zu begünstigen – wie ich mir einbilde, daß es zum Beispiel in Japan geschieht, weil dieses sehr weit weg ist von Frankreich! …
Schenkte ein Wunder unseren Wäldern eine herrliche Orchidee, gleich streckten sich tausend Hände aus, sie abzureißen, sie zu zerdrücken; flöge der blaue Vogel vorbei, würden alle Gewehre angelegt; und da wundert man sich, daß er selten ist!

Geflügelte, gefiederte, flaumige Körner, schmackhaft verhüllt und damit den Vogel lockend! Welchen Erfindergeist beweist jede Pflanze, um ihre Nachkommenschaft so weit wie möglich von sich weg zu streuen!
Ein Heracleum neigt seinen gigantischen Stengel, an dessen Ende die verblühte Dolde hängt; sobald das Samenkorn zu reifen beginnt, biegt sich der Stiel, gibt gewissermaßen unter der Last der Früchte nach, und mit einer feierlichen Geste, da es den Samen fallen lassen muß, den ja kein Apparat in der Luft schweben läßt, streut es ihn wenigstens so weit wie möglich von seinem Fuß weg.
O Barrès! Wie anders als Ihr Unterricht ist der, den ich aus dem Buch der Natur erlausche! Ich staune, wie das Tier seine Jungen von sich weg treibt, sobald sie für sich selbst zu sorgen vermögen.
Wenn im Boden nicht immer wieder dieselbe Kultur gelingt, so weniger deshalb, weil er verarmt, sondern weil, infolge eines kürzlich entdeckten Phänomens der Exosmose, jede Pflanze durch die Wurzeln ein Gift für die Pflanze ausscheidet, die ihr gleicht.
Es ist jedenfalls, wie auch immer man es erklären möge, wichtig, zu konstatieren, daß in demselben Boden nicht immer wieder dieselbe Kultur gelingt.

19. Juni.

Jeden Sommer nehme ich die Bände von Fabre wieder hervor, die ich jeden Herbst mit Bedauern zurücklasse. Ich war «Naturforscher», bevor ich Literat wurde, und die Abenteuer der Natur haben mich immer mehr gelehrt als die der Romane. Zu guter Letzt gefällt mir sogar die Schreibweise dieser Bücher, die mich anfangs abstieß. Für das, was Fabre auf zwanzig Seiten sagt, genügten oft zehn Zeilen, aber auf diese Weise nimmt man am langsamen Fortschreiten seiner Entdeckungen teil; es scheint, als fordere er vom Leser ein wenig die Geduld, die er für seine Forschung brauchte.
Wie freue ich mich, heute zu wissen, daß die primären Larven der Ölkäfer jene außergewöhnlichen und geheimnisvollen Läuse sind, denen ich zusah, wie sie sich mit der Spitze ihres griffigen Schwan-

zes am äußersten Rand des Blütentellers der Kamille aufrichteten, wenn ich als Kind auf Käferjagd ging! Welcher Trost, endlich zu erfahren, warum ich nie ein Ei in den Mistkugeln fand, die ich den Raubmöwen stahl.

Ich kann allerdings den Scherzen Fabres gegen den Darwinismus keinen Beifall zollen; gewiß nicht deshalb, weil ich mich selber als überzeugter Transformist fühle (und die Lektüre von de Vries, weit davon entfernt, mich zu überzeugen, steigert nur noch mein Mißtrauen); aber zu behaupten wagen, die Lehre Darwins sei eine Prämie für die Faulheit – das ist eigentlich recht ungeheuerlich. «Mit Hilfe einer vagen Phraseologie, die mit dem Geheimnis der Jahrhunderte und dem Unbekannten im Lebewesen jongliert, wird leichterhand eine Theorie aufgebaut, in der sich unsere Trägheit gefällt, abgeschreckt, wie sie sich fühlt, vom mühseligen Studium, dessen Endresultat doch nur wieder neuer Zweifel statt Gewißheit ist», schreibt Fabre. Jawohl, ich unterschreibe die letzten Worte. Wenn es aber auch für die Wissenschaft gefährlich wäre, sich auf der Evolutionslehre auszuruhen, so hat Darwin sie jedenfalls nicht aus Trägheit formuliert. Nicht die Lehre ist das Übel (oder war es zu ihrer Zeit), sondern das heutige Bedürfnis, sich darauf auszuruhen.

Reflexionen dieser Art sind da und dort verstreut wie kindische Launen, können aber das schöne Werk nicht entstellen; und die Argumente, die er gegen die Lehre von der Evolution vorbringt, haben sehr viel Sinn.

Manchmal jedoch fragt man sich, mit wem er es eigentlich aufnehmen will. Da bläst er doch schon vom ersten Band an zum gründlichen Angriff auf «die hohen Theorien»; einige Zeilen aus der Einführung in die Entomologie von Lacordaire dienen ihm als Sprungbrett: Darwin, der ein ganzes Buch geschrieben habe, «ausdrücklich, um die Gleichheit des Prinzips zu beweisen, das dem Handeln von Mensch und Tier zugrunde liegt», soll eine Bestätigung seiner Theorie aus der Beobachtung einer Grabwespe abgeleitet haben, die er dabei überrascht habe, wie sie eine Fliege fraß, deren Flügel sie vorher entfernt hatte, um nicht vom

Wind gestört zu werden. Legt doch da Fabre acht Seiten lang los und vernichtet, weil die Grabwespen gar keine Fliegen fressen, unerschöpflich spottend Theorie und Theoretiker zugleich, den Darwinismus und Darwin.
Erstaunlich! Ein Gelehrter, dessen Geduld bei der Naturbeobachtung an Heiligkeit grenzt, der aus dem großen offenen Buch, über das er sich täglich andächtig beugt, so manche Tugend lernt, darunter das Mißtrauen gegen sich selbst; der zwanzig-, dreißigmal denselben Versuch wiederholt, wohl wissend, wie heimtückisch der Irrtum ist, zu welch verfänglichen Schlußfolgerungen die Übereilung uns verführt – derselbe Gelehrte zieht in den Krieg wegen eines übersetzten Satzes aus zweiter Hand! Die ganzen acht Seiten lang begründet er, daß die besagte *Grabwespe* wahrscheinlich eine *Wespe* gewesen sein müsse, und hält sich nicht einen Augenblick bei der Frage auf, ob Lacordaire das englische Wort auch richtig übersetzt habe. – Nun aber stellt sich heraus, daß der englische Text von *«a wasp»* spricht, was dem Streit ein Ende setzt. Es stellt sich sogar heraus, daß der von Lacordaire zitierte Darwin gar nicht Charles Darwin ist, sondern dessen Großvater Erasmus Darwin! – Was übrigens Fabre in seinem zweiten Band selbst zugibt, mit dem nobelsten Anstand, der natürlichsten Gutwilligkeit, indem er sich für seinen Irrtum entschuldigt. Und wenn ich hier darauf hinweise, so nicht nur, um daraus eine Lehre gegen allzu leidenschaftliches Urteilen zu ziehen, sondern auch und vor allem wegen des schönen Beispiels einer Reaktion zweiter Stufe.
Charles Darwin selbst schrieb über Erasmus Darwin: «Ich bewunderte zu jener Zeit (als er Student war) die *Zoonomie* meines Großvaters sehr; aber als ich sie nach einer Pause von zehn oder fünfzehn Jahren zum zweitenmal las, war ich enttäuscht: *Das Mißverhältnis zwischen Hypothese und Tatsachen war zu groß.*»* *(Erinnerungen an die Entwicklung meines Geistes und Charakters.)* – Francis Darwin schreibt in der Biographie seines Vaters:

* Und von seinem Vater Robert Waring sagte Charles: «Für jedes Faktum, das auftauchte, hatte er eine Theorie.»

«Charles Darwin besaß im höchsten Grade jene Lebhaftigkeit der Einbildungskraft, die er bei Erasmus Darwin als charakteristischen Zug feststellt und aus der die *überwältigende Neigung entstand, Theorien und Verallgemeinerungen aufzustellen.*» – «Diese Neigung», fügt der Sohn hinzu, der sich gewiß über die Gefährlichkeit der Aussage klar ist, «wurde im Falle Charles Darwins sorgfältig kontrolliert durch den Entschluß, seine Theorien allen nur möglichen Prüfungen zu unterwerfen.» Endlich schrieb Charles Darwin über sich selbst: «Daraus folgt, und das mußte ich oft teuer bezahlen, daß man immer geneigt ist, mangelhafte Kenntnisse durch schwach begründete Hypothesen zu ersetzen.» Gerade das wirft Fabre ihm vor; wie weit aber sind wir damit entfernt von jener trägen Eingenommenheit, deren Fabre ihn ebenfalls beschuldigt!

20. Juni.

Zweifellos gibt es in Cambo keine Amseln.

Die Amsel ist der musikalischste, der poetischste unserer Vögel; hätte Rostand sie singen hören, hätte er, hoffe ich, *Chantecler*[190] nicht geschrieben. Für sein Drama brauchte er aber ein Opfer, um es der Menge vorzuwerfen und seinen Spott darüber auszugießen: Er hat dafür den wahren Dichter gewählt.

21. Juni.

Wunderbare Aktivität des Kopfes; ich gehe auf die Allee (gestern), um *Les Marges* zu lesen *(Notes de Flaubert.)* Die Anklage auf Moralpredigerei (ich und prüde!) wird darin erneut erhoben. Diese Ungerechtigkeit, diese Böswilligkeit machen mich krank. Fast ohne Unterbrechung den ganzen Nachmittag geschrieben (Erinnerungen an En Barka, Mohammed von Algier und den Kleinen von Sousse). Aber in der Nacht vollständige Schlaflosigkeit bis vier Uhr morgens. Um drei Uhr zünde ich meine Lampe wieder an und beende die Lektüre der *Voyage* von Darwin; gehe ans Fenster im anderen Zimmer, den Sonnenaufgang anzusehen.

Der Schlaf kommt zu mir nie auf schwarzem Grund. Immer geht ihm irgendeine Vision voraus, durch die ich der Wirklichkeit entweiche; so daß ich sagen kann, daß ich nur träumend einschlafe.

1. Juli.

Immer noch plagt mich die Erinnerung an meine Tölpelhaftigkeit. Ich glaube, meine Gewissensbisse werden kleiner, wenn ich sie hier aufschreibe.

Es war, glaube ich, zwei Tage vor meiner Abreise – das heißt, vor einem Monat; auf das Drängen von Madame de Noailles und Madame Mühlfeld (diese hatte ich bei jener am Nachmittag kennengelernt) hatte ich die beiden in einer Loge bei einer Probe des Russischen Balletts in der Oper aufgesucht. In meinem ganzen Leben hatte ich mich noch nie schwerfälliger, stummer, mehr fehl am Platz gefühlt. Es waren auch Madame de Régnier und ihre Schwägerin da; Henri de Régnier, der sich geistreich gab; Vaudoyer mit düster schicksalhafter Miene...

«Monsieur Gide», rief Madame de Régnier, «helfen Sie uns, Madame de Noailles zu beruhigen!» (Diese sprach so laut und lebhaft, daß sie die Aufmerksamkeit des halben Parketts auf sich zog.)

Statt zu schweigen (aber es wurde ja irgendeine Äußerung von mir erwartet!) – was fand ich da zu sagen? Folgendes:

«Oh, Madame de Noailles ist doch viel interessanter, wenn sie aufgeregt ist.»

Ich glaube, das war das einzige, was ich den ganzen Abend sagte. Noch erröte ich darüber. Ich schrieb kurz darauf an Madame Mühlfeld, um zu versuchen, mich wegen meiner mürrischen Laune zu entschuldigen: «Sie müssen nun einsehen, wieviel besser es war, mich nur von weitem zu kennen», schrieb ich ihr ungefähr (sie traf mich zum erstenmal, hatte schon lange gewünscht, mich kennenzulernen). Kurz darauf erhielt ich von ihr einen begeisterten Brief; und Copeau zeigte mir einen anderen, worin von meiner «verführerischen Ausstrahlung» die Rede war, von meinem geheimen Charme usw. ... Hätte ich «Scheiße» gesagt, sie hätte auch das himmlisch gefunden.

12. Juli.

Gefühl des unumgänglich Notwendigen. Ich habe es, seit ich *André Walter* schrieb, noch nie stärker gehabt als gegenwärtig bei *Corydon.* Die Furcht, daß ein anderer mir zuvorkommt; der

Gegenstand scheint mir in der Luft zu liegen; ich wundere mich, daß keiner die Hand ausstreckt, um ihn vor mir zu pflücken. Zur Zeit von *André Walter* stürzte ich mich auf gewisse Bücher (*La Course à la mort* von Rod zum Beispiel)... Wenn es nun das war! Eine ähnliche Furcht habe ich zur Zeit der *Nourritures* gekannt.

Cavalière, August.

Unter dem Schilfdach hervor, das die Bank beschirmt, auf der ich ausgestreckt bin, den Tisch, auf den ich mich stütze und welcher, denn es ist früher Morgen, seinen Schatten zu meiner Rechten ziemlich weit in das Gelände hinauswirft, das die Hühner durchwühlt haben, wo Sand, Asche und Kies sich mit Nahrungsabfällen mischen – sehe ich im flimmernden Äther, der gleichzeitig blau und golden scheint, die Umrisse einer kolonialen Exotik, wie ich sie mir in Dakar oder in Saint-Louis vorstelle. Ich werde das beschreiben wie ein Schüler, der sich Mühe gibt:

Ein geranienrotes Ziegeldach legt sich, rechts, über ein Viereck aus Nacht: die Schmiede. Links über einen Schuppen, der wohl als Remise dient und durch dessen halboffene Tür man das Stroh im Dunkeln leuchten sehen und den Hahn krähen hören kann. Vor dem Schuppen zwei riesige Hasenställe, aus Kistenteilen gemacht, auf denen man noch Herkunftsbezeichnungen oder Adressen entdecken kann, wie heidnische Inschriften an den Steinen der Kathedrale. Auf den Hasenställen oder um sie her eine Anhäufung verschiedenartiger Gegenstände, die ich nur aufzählen kann: ein gesprungener Kessel, eine Leiter, ein Hühnerkäfig aus Rohr, ein Plättstein, zwei flache Käfige, wie sie, glaube ich, zur Beförderung von Hühnern dienen und die jetzt voll alter Lumpen sind, ein Plättbrett, eine verbogene Bank, ein riesiger Eukalyptusklotz, eine Spiralfeder (die füge ich hinzu), Drahtenden, Stücke eines Metallgitters... Einen Meter vom Schuppen entfernt ragt einsam vor der Himmelsbläue eine Art Mast. Da ist das Meer, gleich dahinter. Auf dem nassen Sand hat eine Magd einen Haufen aus Zweigen, Überresten und Abfall gemacht; eben legt sie Feuer daran; der Rauch, das Zittern der heißen Luft über dem Meer rücken die größte der Inseln von Hyères noch mehr in die Ferne, machen sie noch unwirklicher. Etwas weiter weg, fast in Reichweite der Wellen und wie am Ufer gestrandet, zwei Fässer. Eine grünschwarze Barke nähert sich im ruhigen Rhythmus der Ruder. Ein Taubenschwarm flattert auf das Ziegeldach. Die Perlhühner haben heute nacht ganz oben in der großen Tanne geschlafen. Schon ist die Hitze glühend.

Eine Neigung, beim andern besonders die Seiten zu beachten, wo er mir überlegen ist.

In Pontigny.
Wie lächerlich wir sind! Es fällt mir schon schwer genug, mich selber ernst zu nehmen, wenn ich allein bin… Jeder von uns kommt mir hier vor wie bei der Anprobe beim Schneider: von Spiegeln umgeben, die sich gegenseitig reflektieren, und im Geist der andern nach seinem vervielfältigten Ebenbild forschend. Unwillkürlich wirft man sich in Positur; man drückt die Brust heraus; man sähe sich so gern von hinten!

ÄSTHETIK.
Es handelt sich nicht nur darum, das Ereignis zu erfinden, das am geeignetsten ist, den Charakter zu enthüllen; der Charakter selbst ist es, der das Ereignis notwendig machen muß. (Siehe Coriolan, Hamlet.) Die Abfolge der Ereignisse entspricht der Entwicklung des Charakters (Macbeth, der seiner eigenen *Verwirklichung* nicht entgehen kann.)
Oder aber das enthüllende Ereignis mag, im Gegenteil, schon stattgefunden haben (Sophokles, Ibsen) und das Drama in dessen fortschreitender Aufklärung bestehen; typisch dafür: Oedipus, der vom Glück in der Unwissenheit zur unglücklichen Erkenntnis übergeht.

Van de Velde schickt mir, in einem Beiblatt des *Berliner Tageblatt,* einen Artikel über Nietzsche (von Karl Georg Wendriner) vom 22. August 1910, worin ich lese: «So trat Nietzsche als ein Verderber der Jugend in die Ewigkeit ein.»[191]
Vielleicht ist das der verlockendste Weg.

NEUDRUCK DER «TRAITÉS».
Ich bitte den Leser, zu bedenken, daß der erste *Traité* (vom *Narcisse*) von 1892 stammt, der zweite von 1893. Ich brauche meine Jugendschriften nicht zu verleugnen; ich möchte aber nicht, daß sie auf dieselbe Art beurteilt werden wie die Werke eines reiferen Alters.
Ich habe kein Buch geschrieben ohne ein tiefes Bedürfnis, es zu schreiben, einzig ausgenommen *Le Voyage d'Urien;* und auch da noch scheint es mir, daß ich viel von mir hineingelegt habe und daß auch dieses Buch für den, der zu lesen versteht, aufschlußreich ist.

ROMAN.
Er wird sagen: «Die Neigung zur Wollust war bei mir immer beklagenswert lebhaft; so sehr, daß sie oft alle anderen beherrschte. Doch ging häufig eine Art Neugierde meinem Begehren voraus, bestimmte es sogar.»
«Die unvorhergesehene Anziehungskraft der Lust hat mich manchmal eine ganze Reise versäumen lassen.»

Die Ausbildung Cardifs wurde nicht eigentlich vernachlässigt, aber die ersten Worte, die er lernte, waren Zoten.

Im Vorwort zu Charles-Louis Philippe die Wichtigkeit des Claudelschen Einflusses erklären. – Man möchte wohl gern auf seiten der Gläubigen sein; noch lieber ist man nicht auf seiten der Dummköpfe.

ANTHIME ARMAND-DUBOIS.[192]
... Er hat immer zu warm. Hose aus weißem Drillich; Alpakajakkett; kleiner gerader Kragen, ausgeschnitten für den Kropf; Krawatte mit geradem Knoten aus schwarzem Satin; Strohhut. Graue Augen. Außergewöhnlich flache und viereckige Fingernägel; graugelbe, stets geglättete Haare.

Bagnols-de-Grenade.

Zärtlichkeit der frühmorgendlichen Empfindungen. Die helle Luft tränkt mich. Jedes Ding erscheint mir so unberührt, daß ich heute der erste zu sein glaube, der es sieht, der es besingen möchte; aber schon um die Dinge zu benennen scheint mir kein Wort mehr frisch genug.

Im Stall ein neugeborenes Kalb, noch kaum trocken, Spaß für Fliegen; ein Strick um seinen Hals hält es in Reichweite der Mutter; die Kuh malmt Maisstengel. Zwei Hunde haben die Plazenta wiedergefunden, die man mit dem zerstampften Stroh auf den Misthaufen geworfen hatte, einen schmierigen Brocken, den sie gierig verschlingen. Hätte ich nicht einen leeren Magen, sähe ich mir das vielleicht ohne Übelkeit an.

Die Garonne fließt wieder in ihrem Bett, aber das Buschwerk zwischen dem Fluß und den Pflanzungen bleibt überschwemmt; ich kann den Strand nicht mehr erreichen, wo ich letztes Jahr so wohlig badete; von weitem sehe ich den glitzernden Sand. Dort, in der Biegung des Flusses, der, obwohl rasch fließend, sein laues Wasser ohne Tiefe über den Kiesgrund treibt, dort war es, daß ich, untätig, den Blick zum Himmel, mich ungefährdet der Strömung überlassend, aus den Augenwinkeln wahrnahm, wie meine Flucht die Ufer davontrug. O Empfindung, schöner noch als der Gedanke…

Unterwegs nach Marseille, im Auto.

Seine Unbequemlichkeit verleiht diesem Vergnügen noch eine Art heroischen Beigeschmack. Der Morgendämmerung zuvorgekommen; Wind und Wolkenbruch ausschöpfen; unter der Mittagshitze braten; seinen Hunger, seinen Schlaf durch die Unsicherheit von Zeit und Ort ablenken, sein Leben im Gleichgewicht halten auf schmalem Grat und sein Heil nur in unablässiger Flucht suchen…

Ehe wir Saint-Pons erreichten, wo wir übernachteten, trieb uns unsere Hast während mehr als einer Stunde den Regen ins Gesicht. Wir hatten nicht einmal Schutzbrillen; das Verdeck wurde nicht hochgemacht. Wir hatten sehr warm gehabt; die ersten Trop-

fen waren köstlich; sie durchdrangen unseren Durst; dann, nachdem das Fieber abgewaschen war, wurde der Platzregen schmerzhaft.
Auf meiner eisigen, triefenden Wange hatte ich das Gefühl, als ob es hagelte… Warum ich davon spreche? – Aus Furcht, eine Landschaft zu beschreiben.

Es gibt Kunst nur nach dem Maß des Menschen. Das Instrument, das es dem Menschen erlaubt, sein Maß zu überschreiten, seine natürliche Beweglichkeit zu überspannen, hat mit den Bedingungen der Kunst nichts mehr zu tun; mit den Bedingungen, die allein das Kunstwerk gewährleisten. O leichte Füße des Achilles! Nicht ungestraft werdet ihr verachtet. Ja, Kunst war leicht zu einer Zeit, da die Geschwindigkeit des Peliden einzig noch übertroffen wurde vom idealen Schwung des Pegasus. Es kann von Kunst nicht mehr die Rede sein, sobald der Rekord als Zweck und Ziel auftritt.
Die Idee der Vollkommenheit, das Wünschenswerte nicht mehr in Gleichgewicht und Maß, sondern in Extrem und Übersteigerung verkörpert zu sehen – das wird vielleicht einmal unsere Epoche am charakteristischsten bezeichnen, sie am unvorteilhaftesten von anderen unterscheiden.
Um auf diesem Gebiet Erfolg zu haben, muß man entschlossen sein, sich an nichts mehr zu stoßen. Das *«quod decet»* der Kunst ist dabei das erste übersprungene Hindernis.
Die jungen Leute, die ich als die fanatischsten Anhänger des Automobilismus kennenlernte, waren vorher auf Reisen am wenigsten neugierig. Das Vergnügen besteht hier nicht mehr darin, Gegenden zu sehen, ja nicht einmal darin, schnell an einem Ort anzukommen, wo übrigens auch nichts mehr verlockt; sondern eben darin, schnell zu fahren. Und wenn man dabei auch Empfindungen hat, die ebenso tief unkünstlerisch, antikünstlerisch sind wie die des Alpinismus, so muß man doch zugeben, daß sie intensiv sind und einmalig; die Epoche, die sie gekannt hat, wird die Folgen davon zu tragen haben; es ist die Epoche des Impressionismus, der raschen und oberflächlichen Sichtweise; man errät, welches ihre Götter, ihre Altäre sein werden; durch Respektlosigkeit, Rücksichtslosig-

keit, Konsequenzlosigkeit wird sie ihnen immer größere Opfer bringen, aber unbewußt oder uneingestanden.
Das Kunstwerk entfaltet sich nur unter der Teilnahme, mit dem Einverständnis sämtlicher tugendhafter Elemente des Geistes.

Von Platanen gesäumte Straße von Arles nach Raphèle; und jeder zehnte Baum eine Ulme. Kapernsträucher.
Fröhlichkeit. Starker lauer Wind. Flatterndes Segeltuch. Schönheit der Schwebefähre.
X Kilometer, ohne etwas zu überfahren, außer einem Huhn und einem Hund. Zwei Reifenpannen: eine mitten in der Camargue; die andere mitten in der Crau.

In Saint-Gilles führt die Rue Émile-Zola, wie es sich gehört, zur Kirche. Auf den Giebel, über dem verzierten Torbogen, hat der Stadtrat mit vollkommenem Geschmack in riesigen Lettern malen lassen:

RÉPUBLIQUE FRANÇAISE
LIBERTÉ – ÉGALITÉ – FRATERNITÉ

Übrigens, einen so guten Ruf dieser Torbogen auch haben mag...
Die romanische Kunst ist nie schöner, als wenn sie ganz rein ist; hier eine gewisse Pracht; üppige Verzierungen; lateinische Eleganz...

Daß Flaubert sich sein ganzes Leben lang mit diesem Negativum herumgeschlagen, sich daran verbraucht hat: der menschlichen Dummheit! ... Gegen Ende seines Lebens jagte er nur noch dieses Wild.
Er empörte sich oder spottete über Ausdrücke wie «die Wärme ist trügerisch».[193] Was kann man da tun? Der Ausdruck behält recht gegen ihn; er drückt ausgezeichnet aus, was er ausdrücken soll; und wenn seine Mutter zu ihm sagte: «Mein Kind, leg dir etwas um; die Wärme ist trügerisch», so verstand sie darunter, daß man sich nicht auf die Temperatur der Orte verlassen dürfe, wo die Sonne die Luft hatte wärmen können, sondern daß im Freien, sobald sich ein

Windhauch erhebt, usw. ... In dreißig Worten gelingt es mir kaum, das auszudrücken, was dieser banale Ausdruck so einfach erzählt.

CHARAKTERE.
Unbeständiges, inkonsequentes Wesen; man findet es nie gleich wieder, wie man es am Abend vorher verlassen hat.

Zu bemerken: daß die giftigen Tiere jene sind, *die nicht schwitzen.*

Ufer der Garonne, 18. August.
Mit Lust fühlen, daß es natürlicher ist, nackt zu schlafen, als im Hemd. Mein Fenster stand weit offen, und der Mond schien voll auf mein Bett. Schaudernd erinnerte ich mich der schönen Nacht von Ramier; aber weder im Herzen oder Geist noch im Blut fühlte ich ein Verlangen. Mit welcher Atemlosigkeit hätte ich letztes Jahr an einem solchen Abend Armands Flötenspiel vernommen, das mich ungewiß in die Nacht hinausrief. O stammelnde Melodie, wie liebte ich dich am Rand der Wüste... Aber nun war da nicht einmal Bedauern; ich war ruhig.

Reise nach Andorra[194]

Ax-les-Thermes, Donnerstag.
Abends zehn Uhr angekommen. Kein Platz im Hotel Sicre; zu dieser Jahreszeit ist es eine Kränkung für Monsieur Sicre, anzunehmen, er hätte welchen. Der Portier des Hotels schleppt uns auf der nach Spanien führenden Straße zu einem der letzten Häuser des Dorfes, wo man Pensionsgäste aufnimmt. Die Inhaberin ist schon schlafen gegangen; trübsinniges Warten in einem kleinen staubigen, von fliegenden Ameisen überfallenen Salon, unter den stupiden Blicken von Familienbildern.
Um das zu erreichen, was mir als Unterkunft dienen soll, bedeutet man mir, daß ich zuerst durch die Küche, dann durch einen dunklen Wagenschuppen gehen müsse; unterwegs bemerke ich beim Schein meiner Kerze wohl ein Bündel Wäsche, nicht aber die

Griffe des Schubkarrens, auf dem es liegt; gegen die ich anrenne, meine Nachtsachen, das Licht und mich selbst in meiner ganzen Länge zu Boden werfend. Da Zuschauer fehlen, gezwungen, selber zu lachen, im Finstern, während ich meine Prellungen reibe.

Freitag.

Zu früh aufgestanden; meine Gefährten sind noch nicht fertig, und der Wagen soll uns erst um sechs Uhr abholen. Draußen; der Himmel fließt schon über von Fröhlichkeit; die Luft ist scharf und frisch wie ein Sorbet. Wie hell es ist! Auf dem Platz wird ein gellend schreiendes Schwein geschlachtet; ein Pferd schnaubt im Sturzbach; die ersten Kaufläden machen auf, wo ich Schokolade, Biskuits und Insektenpulver kaufen kann. Um Viertel nach sechs fahren wir ab.

Merens, acht Uhr.

Schüssel Milchkaffee; Roquefortkäse ersetzt nicht übel die Butter. Wilde Fröhlichkeit rollt in Wasserfällen von den Bergen herab; Schaum versilbert die Tiefe der Schluchten. Wie liebe ich, wenn ich die Augen hebe, am Rand des Himmels das Grüngrau der geschorenen Weiden. Im Hintergrund des Tals, auf den ein wenig höheren Gipfeln, verharrt noch weich gewordener Schnee. Kleine Anpflanzungen von Korn stürmen die Hänge empor, auf halber Höhe innehaltend; ein wenig höher droben sind die Risse nicht mehr geflickt; der Fels erscheint. Die Straße, die langsam ansteigt, folgt dem forellenfarbenen Sturzbach. Wenig neue Pflanzen; ein zartes weißes Leinkraut, dessen Namen ich nicht weiß. Glänzende Königskerzen, deren ganzer Schaft Blüten trägt. Blütenkronen auf sehr hohem Stiel, die von weitem Skabiosen zu sein scheinen, Brüder des Steinrasens, der die Wege meines Gartens säumt. Ein wenig höher feine Nelken, übermäßig ausgefranst, fast farblos, aber mit herrlichem Duft.

Ein Zigeunerwagen am Dorfeingang kampiert seit drei Tagen in Merens. Im Stall des Hotels sehe ich die gelehrte Ziege, die abends auf einem Tisch der Herberge die Zukunft weissagt, indem sie mit dem Huf auf eine untergeschobene Spielkarte klopft.

Zehn Uhr.
Wir kommen in Hospitalet bei drückender Hitze an; sieben Stunden zu gehen bis zur nächsten Rast; wir beschließen, sofort zu Mittag zu essen. Da ist auch der alte Führer, den wir benachrichtigt haben; aber sein jüngster Sohn, ein schlanker und schöner Bursche von sechzehn Jahren, wird uns führen.

Allmählich mischen sich unter den Meerlavendel blaue Pompons, die ich für Sandglöckchen halte. Weiter droben dicke stengellose Disteln, wie Broschen an den Boden geheftet. Über einem Feld von blaßlila Augentrost fliegt ein *Parnassischer Apollo;* ich erinnere mich meiner Freude, als ich, noch ein Kind, im Jura zum erstenmal diesen prächtigen Schmetterling erblickte, von dem ich bis dahin glaubte, er fände sich nur in den Alpen. Wir steigen am Wasserlauf hinauf, der Andorra von Frankreich scheidet; wir sind schon eine ganze Weile in Andorra.

Meine brennenden Füße rutschten in meinen zu weiten Sandalen hin und her; ich schämte mich meiner Müdigkeit. Kurz ehe wir den Gipfel erreichten, setzten wir uns einen Augenblick neben eine spärliche Quelle ohne Schönheit. Sie sickerte zwischen Schieferplatten hindurch, eisig; man wollte sich zuerst nur benetzen; man kann sich nicht enthalten, davon zu trinken. Gefährten! Wäre ich allein gewesen, hier hätte ich verweilt, mich nah bei der Quelle niedergelegt; ich hätte mehrere Gläser getrunken und wäre dann langsam wieder nach Hospitalet hinabgestiegen. – Wir brechen wieder auf.
Man ist beim Heumachen; die Bauern tragen Bündel auf dem Kopf. Kuh- und Stierherden beim Übergang über die Paßstraße; Pferdeherden.
Toter Schnee vor Erreichen des Gipfels; am Rand des Schnees Enzian. Die Pflanzenwelt scheint mir von derjenigen der Alpen kaum verschieden; immerhin stämmige Fichten statt der langweiligen Lärchen und Rottannen.
Diese Berge haben, alles in allem, vor den Alpen keinen anderen Vorzug als den, etwas weniger hoch und südlicher, daher in min-

der rohes Licht getaucht zu sein. Griechen und Römer hätten übrigens auch hier den alten Schrecken vor dem Chaotischen empfunden. Und: «Dieses Land hat Gott geschaffen, um fürchterlich zu sein», hätte Montesquieu auch hier gesagt.

Auf dem spanischen Hang dunkelblauer Eisenhut; weiter unten die porzellanblaue Lilie; Überraschung, sie hier wild vorzufinden.
Außerstande, weiter zu gehen als bis Soldeu (das sie hier Soldéu aussprechen), ein mageres Dorf, wo wir übernachten werden. Lange schon denke ich nur noch ans Baden. Kaum haben wir uns der Unterkunft in der Herberge versichert, steigen wir zum Fluß hinunter. Ein Wasserfall schäumte nicht weit entfernt, den wir über riesige naßglatte Blöcke erreichten; dort schien das luftdurchmischte Wasser weniger kalt; der Reihe nach boten wir uns der durchdringenden Dusche dar; es war in einem dichten Gewirr von Zweigen, in das die Sonne ihr letztes Feuer goß.

Posada, ich will von der Mahlzeit auf deiner gedeckten Terrasse berichten. Der Sturzbach schien im Abend seine Stimme zu heben. Zur Stunde, da ich dies schreibe, beleuchtet eine flackernde Kerze den Tisch, an dem wir unsere Mahlzeit beenden. Der Vollmond erscheint über dem Berg, genau an der Stelle des Passes, die wir überschritten haben. Werde ich mich an die gebackenen Eier erinnern, an den fast zu schmackhaften Schinken, an die gerösteten Haselnüsse, die wir mit Salz knabberten, an den robusten, etwas teerig schmeckenden Wein; und vor allem, vom Bad kommend, an Gläser voll eiskalten Wassers, gespritzt mit ein wenig Anisette! … Da wir die Rast vor uns hatten, überließen wir uns unserem Durst; ich fühlte mich wie aus Sand.
Übermüdung macht meine Nacht fiebrig. Das Bett ist zwar gut, frei von Flöhen und Wanzen. Iehl liegt im selben Zimmer in einem Bett am weit offenen Fenster, durch das der Mond die ganze Nacht lang hereinblickt.
Um halb fünf Uhr geweckt, brechen wir um fünf Uhr auf; gerührt von der Herzlichkeit unserer Wirte. Ich finde bei einem großen

Feuer in der Küche hingekauert die drei kleinen Kinder wieder, die einander gestern barfuß durch die Zimmer jagten.
Wir konnten ein Pferd mieten, das ich beim Aufbruch besteige, da ich mich sehr schlecht zu Fuß fühle. In der Ferne, im Tal, das der Saumpfad beherrscht, gewahrt man die noch im Pferch lagernden Schafherden.
In ***, im ersten Stock einer kleinen Posada, lassen wir uns Brot bringen, eine flache Wurst mit zuviel Pfeffer, Schafkäse und Eier, in etwas ranzigem Öl gebacken; schwärzlicher, kratziger Wein.

Las Escaldas; Badeort; wir träumten von Schwimmbädern wie denen von Alet, warm oder kalt, nach unseren Wünschen... Wir finden nur ein mittelmäßiges Hotel, als Falle an der Straße aufgestellt; wenig verlockend die Badewannen, die man uns anbietet... Sofort nachdem wir das Mittagessen bestellt haben, gehen wir wieder weg, steigen den schäumenden Fluß entlang, an dem wir eben talwärts gegangen sind, auf der Suche nach einem geschützten Ort.
Das schreckliche Hotel! Während ich dies schreibe, bellt ein Grammophon im Saal, wo wir gleich essen werden. Sechs Priester kommen an und fühlen sich gleich wie zu Hause. Wir wollten um elf Uhr essen, dann aufbrechen, um in Seo d'Urgel übernachten zu können. Man zwingt uns, die allgemeine Mahlzeit abzuwarten.
«Sie haben's ja nicht eilig», behauptet der Wirt.
«Woher wollen Sie das wissen?»
«Nun, Sie sind nicht die ersten Reisenden, die ich aufhalte.»
Was für ein Essen! Unser zwar gesunder Appetit läßt unbeschreibliche Gerichte aus, aber während der ganzen Dauer der Mahlzeit macht sich der Wirt die Mühe, seine Gäste mit einem riesigen Fliegenwedel aus bunten Bändern zu befächeln.

In Andorra la Vieja gibt es zu sehen: eine Gans mit verdrehtem Flügel, der bis zum Schnabel zurückgebogen ist; eine Ente ohne Schnabel; ein Huhn mit geflickter Pfote; am Dorfausgang einen Maulesel, der sein gebrochenes Bein seitwärts schlenkert, in der Art Bewegungsgestörter. Das ist alles.
Die Felswände strahlen die Hitze wider. Buchsgesäumte Straße;

Helleboren. Gegen vier Uhr in Saint-Julia de Loria angekommen, wollten wir zuerst bis Seo gelangen, aber ich fühle mich erschlagen, und außerdem kann man heute abend auch keinen Maulesel mehr auftreiben, der unser Gepäck nach Spanien tragen könnte. Derjenige, den wir in Hospitalet gemietet haben und der die Grenze nicht überschreiten darf, wird abgeladen. Über seinen Rücken geschnürte Stricke haben den Berg von Mänteln und Dekken und den großen Sack aus braunem Segeltuch festgehalten, in dem Gegenstände und Proviant durcheinanderrutschen. Nach einigen Tagen Zusammenlebens in diesem Sack gehen die verschiedensten Dinge eine innige Verbindung ein; Schachteln platzen und ergießen sich; alles klebt und verschmilzt zu einem namenlosen Konglomerat. Am anpassungsfähigsten ist noch mein Regenschirm – ein Regenschirm, den ich gar nicht brauche, aber weder in einen Handkoffer hineinbrachte noch irgendwo zurücklassen konnte – und den der Mauleseltreiber mir am ersten Abend überreichte, bogenförmig, denn er hatte, dem Eselsrücken folgend, inzwischen diese verblüffend unpassende Form angenommen; es gelang mir, seinen metallenen Stock wieder geradezubiegen, aber kaum versuchte ich ihn aufzuspannen, platzte schon allerorten der von den Stricken durchgescheuerte Alpaka.

Tagesende am Ufer des Flusses; Kinder legen Netze aus, die sie im nächsten Morgengrauen wieder einholen wollen.

Hitze auf der acetylenbeleuchteten Terrasse, wo wir zu Abend essen. Hitze in den Zimmern; Wanzen. Iehl erklärt mir seine Überzeugung, daß sie vom heiligen Joseph stammen. Freundlicher Heiliger, der du dein Lächeln über sein Bett hängst (über meinem der heilige Ignatius), ist es denn wahr, daß dein zur Hälfte abgeblättertes Bild sie beschützt? Zwischen die Eisenstäbe des Bettes, die ein Ziermedaillon bilden, und den Farbdruck streut Iehl, im Bett sitzend, Insektenpulver; was ihn häufig zum Niesen bringt, ohne die Wanzen allzusehr abzuschrecken …

Sonntag.
Vier Uhr; erste Geräusche auf dem Platz; eine Katze miaut ihren Hunger in den Korridor. Ich höre, wie der ältere der Fischer vom Vorabend, der Sohn des Wirts, sich bereit macht und herunterkommt; schon erwarten ihn auf dem Platz die beiden anderen Kinder; ich stehe auf und lehne mich zum Balkon hinaus; der Platz ist aschgrau. Die Kinder erkennen mich und rufen mir zu. Sie haben die durchnäßten Kleider vom Vorabend wieder angezogen. Der höchste Berggipfel flimmert und erblaßt, aber alle Farben schlafen noch; eine alte Frau führt magere Pferde... In der Nacht habe ich kaum ein Auge zugetan. Die Luft ist voll eines weinigen Geruchs. Ich lege mich noch ein paar Augenblicke hin.

Fünf Uhr; ich breche als erster auf, um noch einen Augenblick mit den Fischern zu verbringen, die mir vom anderen Ufer zuwinken; sie beklagen sich, ein anderer habe ihre Netze geleert; sie haben nur einen Fisch gefangen, einen einzigen! Von neuem sind sie ganz durchnäßt, aber sie lachen immer noch.
Außergewöhnliche Enge dieses Tals; unversehens sind wir in Spanien; schon in Andorra waren uns die rotbefransten Maulesel begegnet. Der Fluß wird tiefer; ein Kanal zweigt ab, dem wir folgen und die Straße verlassen, auf der wir in der Ferne unsere Pferde Staub aufwirbeln sehen.

Gleich hinter dem Zoll eine Posada, wo man uns schwarze Wurst und mickrigen Ziegenkäse vorsetzt. Im Hintergrund des Saales, den die Helligkeit draußen dunkel macht, eine Treppe mit Stufen aus Schiefer; auf die oberste setzt sich ein nacktes kleines Mädchen. Es sieht zu, wie ein Lamm ausgenommen wird, dessen Eingeweide der Wirt an der niederen Decke aufhängt; gleich darauf, als ich zerstreut aufstehe, stoße ich mit dem Kopf daran. Unser Führer, der bei uns sitzt, bestreut eine Tomate mit grauem Salz. Auf dem Tisch purzelt eine magere Made herum, die aus dem Käse entwischt ist. Die alte Wirtin wiegt die Wurst ab, um zu sehen, wieviel wir davon gegessen haben.
Feuchte Wiesen; leuchtende Felsen. Das Tal öffnet sich auf die

glückliche Cerdagna; das Licht rieselt von den Berggipfeln wie Milch.
Wieder einmal in Spanien! Und ich hatte mir doch geschworen, so bald nicht wieder den Fuß in dieses Land zu setzen.

Seo d'Urgel.
Weinreben, bis zum ersten Stock in der Mauer gefangen, breiten sich über dem Balkon aus. Enge Straßen, überhängende Dächer, den Himmel schmal kanalisierend. Dunkle Kathedrale; schönes romanisches Kloster (siehe Baedeker), tiefe Arkaden, wo Buden um Kunden werben; frugaler Markt.
Zwischen Seo und Saint-Vincent von drei bis fünf; es ist sehr heiß; meine Gefährten reden nur noch Albernheiten; wäre ich nicht so schweigsam, ich sagte ebenso viele wie sie.

Sonntag auf Montag: Nacht in den Bädern von Saint-Vincent. Aufgrund irgendeines wunderbaren Mysteriums ist seit vier oder fünf Tagen Vollmond. Mein Zimmer, am äußersten Ende des Hotels gelegen, hat von hoch oben Blick auf den Fluß, dessen Wasser ich stromaufwärts durch die Zweige glitzern sehe; kein anderes Geräusch als das des rauschenden Wassers. Wie langsam die Nacht verfließt! Ließe man einen Gegenstand vom Balkon fallen, man hörte seinen Aufprall kaum. Ah, berauscht und unbekleidet unterm Mond liegenbleiben und die Hitze des Tages vergehen lassen! Es ist so schön, daß man nicht versteht, warum alle Nachtvögel stumm sind; man staunt; alles scheint zu warten...

Aufbruch um fünf Uhr; eine Stunde mit der Überlandkutsche. In *** hört die Straße auf. Wir gehen über eine schwankende und verbogene Holzbrücke. Die mit unseren Decken und Säcken beladenen Maultiere passieren eine Furt. Gleich darauf führt der Pfad ins Gebirge.

Um sechs Uhr treffen wir den Jabiru, der, heute früh um drei Uhr in Seo aufgebrochen, zur selben Zeit wie wir aus einer anderen Kutsche steigt. Der Jabiru reist mit seinem Sohn. Während unser

Freund Eugène Rouart mit dem Jabiru gemeinsame Beziehungen entdeckt, stellen Iehl und ich fest, daß man in ihm den sehr bezeichnenden Vertreter einer ganz bestimmten Gattung erblicken muß; einer Gattung, an deren Definition die Psychologen unter unseren Freunden seit kurzer Zeit arbeiten; erst letzthin vom charmanten Karikaturisten Charles Delaw getauft, gehört sie zur Familie der Stelzenläufer. Der Jabiru trägt meistens einen spitzen Schnabel; jedoch zeigt die Spielart, die sich uns heute darbietet, den spatelförmigen Schnabel, was uns veranlaßt, die charakteristischen Eigentümlichkeiten des Jabiru anderswo zu suchen. Unserer Epoche obliegt, sie endgültig festzulegen, denn bis heute ist die Gattung unbestimmt und zwischen zwei oder drei bekannten Typen schwankend geblieben, von denen sie diesmal abweicht. Ich ermutige Iehl, die Geschichte der Entwicklung des Jabiru zu schreiben, und schon legen wir seine wesentlichen Züge fest.

Das Gespräch mit dem Jabiru ist ziemlich schwer wiederzugeben, denn jeder seiner Sätze trägt den Stempel des Unpersönlichen.

Der Jabiru bedient sich stets des passenden Wortes.

Der Jabiru scheut zwar das Banale, aber er flieht das Tragische.

Wir konstatieren, daß das Entgegenkommen der Spielart mit spatelförmigem Schnabel grenzenlos ist; dank der Beziehungen unseres Freundes geht diese Gefälligkeit sogar so weit, uns einen Platz im Auto anzubieten, das den Jabiru in Bourg-Madame erwartet.

Jeder Stammtisch, der etwas auf sich hält, hat seinen Jabiru; man trifft aber selten mehr als einen Jabiru pro Stammtisch.

Der Jabiru merkt nie etwas von dem schlechten Eindruck, den er macht.

Der Jabiru hat Jura studiert; ist Advokat; plädiert aber nicht, wegen Schwäche des stimmlichen Organs.

Der Jabiru reist nie ohne seinen Kodak.

Der Jabiru zieht den baskischen Sandalen, von denen ich in Belver neue kaufe, genagelte Bergstiefel vor.

Der kleine Jabiru legt den Weg per Maulesel zurück; er hält unterwegs oft an und trödelt, da die in Öl zubereiteten Speisen seine Eingeweide ein wenig durcheinandergebracht haben.

In Belver angekommen, wo wir zu Mittag essen wollen. Iehl und ich lassen die Karawane weiterziehen; der Jabiru vernimmt mit Mißbilligung unsere Absicht, zuerst noch in den Kanal am Fuß des Hügels zu tauchen, den die Stadt krönt. Fern der Blicke des Jabiru ziehen wir uns aus, auf einer Wiese unter Weiden, zwischen dem Fluß und einem wenig tiefen, aber ziemlich reißenden Kanal, in dem uns jeder Schwimmstoß in der Stromrichtung weiterbefördert, wie das Gehen auf einem Rollband.
Herberge von Belver. Schmelzende Oliven, die man lutscht, während man auf das Essen wartet. Riesige Scheune, wie ein Palast eingerichtet; Gänge mit Gewölben aus goldenem Heu; in einem Hof stampfen in voller Sonne im Kreis gehende Pferde auf Korngarben. Der Jabiru, der nie woanders badet als in der Badewanne und nie sein Geschäft im Freien besorgt, zeigt sich entsetzt über den Zustand des «gewissen Orts».
Die Fuhre des Jabiru setzt sich an die Spitze, unser Pferd ist erschöpft. Zu lange sieht man schon Puigcerda auf der Höhe, ehe man es erreicht; aber Bourg-Madame ist gleich daneben. In Bourg-Madame nimmt uns das Auto, das ihm mit seiner Frau und seinem kleinen Sohn entgegengefahren ist, den Jabiru weg.

Bourg-Madame, Tor Spaniens, verdankt nur der Nachbarschaft Puigcerdas seine Beachtung. Baedeker lehrt uns, Puigcerda werde von der guten Gesellschaft Spaniens frequentiert. Zur Stunde unserer Ankunft, das heißt in der Abenddämmerung, verläßt die gute Gesellschaft überstürzt die Stadt; luxuriöse Automobile kommen im Staubwirbel den Weg herunter, den wir erklimmen. Wohin fahren sie? – In einer Stunde werden wir die Antwort erfahren, wenn wir sie, nach Bourg-Madame hinuntersteigend, wiederfinden, die ganze Länge des einzigen Straßenbruchstücks entlang parkend. Von fünf bis sieben kommen die Autos nämlich von Puigcerda herunter, um Benzin zu tanken, das in Frankreich billiger ist. Wie reich ausgestattet sie sind! Einige weisen als Hupe einen Drachen aus vergoldetem Kupfer auf, der aus Brasilien hergeflogen sein könnte. Nichts zu machen, nichts zu sehen, nichts zu trinken in Bourg-Madame. In einer Länge von zwanzig Metern sind Holz-

bänke an den Hausmauern aufgestellt; darauf setzen sich die Señoras und Señoritas der guten Gesellschaft, von der jedes Auto acht bis zehn Vertreter auf das Pflaster von Bourg-Madame speit. Andere Señoras und die Mehrzahl der Männer stehen herum, ohne etwas zu sagen und anscheinend auch ohne etwas zu denken. Alle, beiderlei Geschlechts, sehr häßlich, sehr ordinär, unverschämt reich und ungeheuerlich dumm. Was fangen sie mit dem Rest des Tages an? Nun, da die Autos getrunken haben, worauf warten sie noch? Auf der anderen Seite der Straße spielen sich die Chauffeure auf wie spanische Granden.
Um sieben Uhr gehen wir zu Tisch; alle Autos sind noch da. Um Viertel nach sieben stehe ich auf, um nachzusehen, was aus ihnen geworden ist; da sind alle Autos verschwunden.

Postkutsche von Bourg-Madame nach Montlouis.
In Montlouis lassen wir uns eine Flasche sprühenden Rancios vorsetzen, bei dem Keats seine Sonnenlieder und -tänze wiedergesehen hätte.
Besuch der Kaserne; ich hätte gerne die Bibliothek der Soldaten gesehen, die so lange eingeschneit waren; sie wird aber instand gesetzt; alle Bücher sind in Schränken eingeschlossen.

Quillan, sechs Uhr morgens.

Ich habe meine drei Gefährten zur Bahn gebracht; der Himmel ist reiner und seidiger denn je. Ein lachendes Geheimnis weht unter den Platanenalleen, ein leichter Staub, der Dunst vortäuscht. Alibert wird erst um acht Uhr zu mir kommen. Gestern hat er mir sein Manuskript dagelassen, das ich lese, während ich auf ihn warte. Seine Verse nähren und erhalten meine Fröhlichkeit. Ist unsere Reise schon zu Ende? Wie rasch ich heute morgen gehen, wie hoch ich steigen würde!

*

«Doch, doch! Ich weiß auch Feinfühligkeit sehr wohl zu schätzen», wehrte sich Georges, als ich ihm vorwarf, nur eine Nase für schlechte Gerüche zu haben. – «Zum Beispiel Tante Démarest;

ich erkenne durchaus an, daß sie manchmal reizende Aussprüche tat. Eines Tages war die ganze Familie, ausgenommen ich und sie, nach Étretat spazierengegangen; beim Weggehen hatte man uns aufgetragen, Mirza nicht hinauszulassen, da sie läufig war. Kaum war der Wagen außer Sicht, hat sich die Tante zu mir gewandt: «Ach, weißt du», sagte sie zu mir, «man kann sie trotzdem ruhig hinauslassen.»
«Und das», habe ich gesagt, «nennst du einen ‹reizenden Ausspruch›?»
«Warum sagte sie das eigentlich?» fragte Em.
Und Georges, wie gekränkt:
«Woher soll ich das wissen?» Und fügt hinzu: «Aus Senilität!»

17. Oktober.

An gewissen Tagen leidet mein Geist ebenso wie mein Körper unter allem und jedem. Ein Lächeln oder ein Wort verletzen mich. Alles, was ich tue oder sage, mißfällt mir. Im Brief Rivières heute früh hat der Satz «Beim *Paris-Journal* mag man Sie nicht» genügt, um meinen Morgen zu vergiften.
Ich fürchte, ich werde bald gegen ein falsches Bild von mir zu kämpfen haben, das zu entwerfen man eben im Begriff ist, ein Ungeheuer, dem man meinen Namen gibt, das man an meiner Statt aufrichtet und das zum Fürchten dumm und häßlich ist.
Tiefste Unloyalität gewisser Kritiker.

20. Oktober.

Gestern zufällig *L'Appel au soldat*[195] wieder aufgeschlagen – mit großer Bewunderung, aber ein wenig mit jenem Gefühl, das ich als Kind bei den Büchern hatte, die «für die Großen» geschrieben waren.

Heute früh ein belebender Artikel von Tancrède de Visan über *A. Gide et le lyrisme contemporain.*
Immer noch ist es um meinen Schlaf geschehen, wenn ich beim Einschlafen oder beim Aufwachen mitten in der Nacht das Pech habe, an Jammes zu denken.

Gestern abend habe ich Em. vorgelesen, was ich von meinem Roman[196] schon habe, nämlich bis zur ersten Abreise von Quartfourche. Das ist noch zu *nuanciert;* zu viele gebrochene Töne. Wenn ich *Les Caves* schreiben werde, so werde ich neben einen unvermischten Ton ganz sauber einen anderen setzen.

«Ach, Henri Ghéon, der ist doch taub. Mit ihm kann man gut plaudern», sagt Péguy, der zu mir in die Villa kommt, um zu sehen, wen ich von den Prix-Goncourt- und *Vie-heureuse*-Leuten erreichen könnte. Eine verhängnisvolle Erfindung, diese Preise! Da tut doch der arme Péguy seit vierzehn Tagen nichts anderes als Treppen steigen, an Türen läuten, usw. ...
Élémir Bourges (für Marguerite Audoux, die sich ebenfalls bewirbt) aufgesucht. Der größte Charmeur seit Mallarmé.
Auch Suarès besucht; aber er pflegt seine Persönlichkeit zu sehr; er möchte am Tag zuvor benachrichtigt werden; er sagt, er fürchte, die Türglocke zu überhören; die Wahrheit ist, daß er nicht überrascht werden mag; die Lampe muß am richtigen Platz stehen, ihn ganz wenig, ganz von weitem und ganz von der Seite beleuchten. Er ist etwas klein geraten; ein bißchen aufgeschwemmt; die Hände haben Fettpolster. Ich hätte ihn gern magerer.

VIII. Kammer – Montag, 14. November.
Bis zu jenem Augenblick hatte er sich gut gehalten; ich sah ihn frisch und rosig eintreten, mit nur ganz wenig angespannten Gesichtszügen; aber kaum auf der Anklagebank, suchte er mit den Blicken seinen Vater in der Menge, die sich im Hintergrund des Saales drängte, und kaum hatte er den armen gebeugten Mann bemerkt, der ihn früher mit Rügen und Tadel überhäufte, als sich alle Muskeln seines kleinen erblassenden Gesichts verkrampften. Die durch jene Tür eintreten, kommen aus dem Untersuchungsgefängnis; ich konnte ihn gut beobachten; ich saß auf der Advokatenbank, ganz nah bei ihm; ohne aufstehen zu müssen konnte ich, wenn ich mich über die trennende Schranke beugte, alles sehen, bis zu seinen mageren, bloßen Waden; er war ganz in seinen schwarzblauen Kapuzenumhang eingehüllt, der, abgewetzt und

ausgefranst, mit einer Spange am Hals geschlossen war. Man ruft den alten Vater vor die Schranke. Aus dem Verhör erfuhr ich, daß der Kleine erst zwölf Jahre alt war; drei ältere «Kameraden» erscheinen mit ihm vor Gericht; der Kleine hatte sich durch sie in einen streichartigen Einbruch verwickeln lassen; durch eine zerbrochene Fensterscheibe hatten sie, ohne das Gartenhaus zu betreten, einige Schreinerwerkzeuge stehlen können.
«Sie waren keine fünfzehn Francs wert», sagt der Älteste.
Der alte Vater möchte sein Kind wiederhaben; er sei bis zu diesem Tag mit ihm zufrieden gewesen, sagt er.. Als der Präsident endlich vorliest: «Bis zur Großjährigkeit dem ... (?) anvertraut», bricht der Kleine, den die Polizisten abführen, in Schluchzen aus.

Meinen Roman vorgestern, am Abend, beendet – zu leicht, so daß ich fürchten muß, in die letzten Seiten nicht alles hineingelegt zu haben, was mir *aufgetragen* war.
Es wäre nun an der Zeit, mit gewissen Gewohnheiten, gewissen Selbstgefälligkeiten der Feder zu brechen. Ich werde mich sofort dahintermachen. Und, da dieses Heft auch gerade voll ist, ein anderes beginnen, worin ich mich üben, worin ich *neue Verbindungen* pflegen werde. Nicht in der Routine erstarren.

Edmond Jaloux ist gestern zum Abendessen gekommen. Ich habe darunter gelitten, mich so fern von ihm zu fühlen, denn ich hege für ihn eine alte Sympathie (schon ein wenig verhärtet zwar). Er wird im Umgang mit der «guten Gesellschaft» immer geschliffener, plaudert mit viel Takt und Sanftheit. Er kam im Frack, da er später zu einem Diner eingeladen war, wo er sich von mir erholen konnte; denn mir fiel nur Eintöniges ein; der Anblick seines Fracks lähmte mich; und zu fühlen, daß dies sein wahres Kostüm und es ihm darin wohler sei als im gewöhnlichen Anzug.

Nur wenige merkten, daß ich nichts Vollkommeneres geschrieben hatte als *Amyntas.* Man suchte darin Reisebeschreibungen, Malerisches, Informationen über Länder und Sitten. Und nun findet man darin beinahe nichts, was ich nicht ebensogut hätte woanders schreiben können, in Frankreich, irgendwo. Wen konnte der geheime Wert des Buches ansprechen? Nur wenige; die andern waren enttäuscht.

Paul-A. Laurens, der damals um Madame Dickemare herumscharwenzelte, verbrachte alle seine Abende im Kasino von Biskra. Ich verbrachte die meinen in einer niedrigen, kaum erhellten Bude, die bei Tag einem kümmerlichen Handel mit Henna diente und wo sich abends Bachir, Mohammed, Larbi, der Bruder Bachirs und einige ihrer Freunde versammelten. Es wurde Kümmelblättchen gespielt oder Dame. Bachir bereitete den Kaffee. Das Kifpfeifchen ging von Mund zu Mund. Es amüsierte Athman, daß ich diesen armseligen Ort «das kleine Kasino» nannte. Ja, ich verbrachte dort wahrhaftig alle meine Abende. Was tat ich dort? Heute frage ich mich das. Weder rauchte noch spielte ich mit den andern, war auch nicht gerade in einen von ihnen verliebt – nein, aber in die Stimmung dort, in den Schatten, in das Schweigen, in ihre Gesellschaft, die ich nicht mehr entbehren konnte. Jeder von ihnen war, wenn nicht geradezu schön, so doch schlank und graziös; an anderer Stelle habe ich von ihnen gesprochen.[197] Ich weiß wohl, daß ich heute, unruhiger und ach! fortgeschrittener in der Ausschweifung, nicht mehr so rein betrachtend bleiben könnte. Nicht an einem einzigen Abend in den zwei Monaten, die ich dort verkehrte, richteten sich meine Wünsche auf einen bestimmten unter ihnen. Das eben erlaubte es mir, mein Vergnügen unbegrenzt zu verlängern. Die Zeit verging; niemals seither habe ich das Bewußtsein von Zeit, Alter und Stunde so vollständig verloren. Das Kifrauchen hätte nicht mehr erreicht.

1. Dezember.

Gestern abend mit Ghéon *Jephta* von Carissimi (Salle Gaveau) gehört. Madame Raunay singt sehr kunstvoll zwei Kantaten von Schütz. Die Ouvertüre zu *Figaros Hochzeit;* das Orchester Chevillard gibt dieser luftigen und leidenschaftlichen Musik zuviel Lautstärke. Mozart ist der Musiker, von dem uns unsere *Epoche* am

weitesten entfernt hat: Er spricht nur halblaut, und das Publikum hört heute nur noch Schreie.
Das Vergnügen, das ich an solchen Abenden genieße, und die Belehrung, die ich davon mitbringe, entschädigen mich nie für meine Müdigkeit. Ich konnte nachher nur mit Hilfe von Chloral einschlafen.

Habe nach dem Zahnarzt eine kleine Naturalienhandlung betreten, die ich noch nicht kannte (fast gegenüber von Saint-Germain-des-Prés). Einige sehr schöne Muscheln (unwiderstehlich) gekauft.

2. Dezember.

Schlechte Nacht; ich erwache mit Grippe. Freude bei dem Gedanken, vierzehn Tage drinnen bleiben zu müssen.
Ich beende das Buch von Photiades (über Meredith). Seine Betrachtungen über Merediths Kunst ermüden meine Aufmerksamkeit ein wenig. Es wäre mir lieber, er beschränkte sich darauf, vom Leben des Mannes und seiner Laufbahn zu sprechen.
Heute abend Ankunft der gestern gekauften Muscheln. Ich bleibe lange in ihre Betrachtung versunken und lerne, sie gründlich zu *verstehen.* Sicher hätte ich leichter einen Naturforscher, einen Arzt oder einen (ausübenden) Pianisten aus mir gemacht als einen Schriftsteller – aber in diesem Beruf kann ich eben verschiedenartige Eigenschaften verwerten; die andern hätten ausschließlicher sein müssen; aber für diesen muß ich am meisten Willenskraft aufwenden – weil ich für ihn nicht so von Natur aus begabt bin wie für die andern (und der Beweis ist, daß dies sehr schlecht ausgedrückt ist).

5. Dezember.

Eine heftige Grippe hat mich die letzten beiden Tage ans Bett gefesselt. Indessen konnte ich die Zusammenkunft der Leute von der *N. R. F.* in der Villa nicht mehr absagen, die nacheinander in mein Zimmer kamen, um einige Augenblicke zu plaudern. Dank Paul Desjardins werden sich diese kommentierten Lesungen, die ich plante, glaube ich, problemlos organisieren lassen.

Dominique Drouin bringt mir ein kleines, von Klassenkameraden redigiertes Heft – das mich aufs höchste interessiert.
Einer dieser zwölfjährigen Wichte hat die Idee gehabt, einen Fragebogen aufzustellen (oder genauer: er hat einer etwas älteren Cousine diesen Fragebogen stibitzt, und mehrere haben sich den Spaß gemacht, ihn auszufüllen).
Hier die Fragen, einige albern, andere recht bedeutungsvoll. Ich schreibe sie getreulich ab:

1. Was ist dein Motto?
2. Wer ist dein bester Freund?
3. Welches ist dein Hauptcharakterzug?
4. Welchen Beruf möchtest du haben?
5. Welchen Tod möchtest du sterben?
6. Welches ist dein Lieblingsbuch?
7. Wer ist dein Lieblingsheld unter den Zeitgenossen?
8. Wo möchtest du am liebsten sein?
9. Welche Vorstellung hast du von Glück?
10. Welche Vorstellung hast du von Unglück?
11. Welche Eigenschaften schätzt du am höchsten?

    Usw. …

Ohne große Verwunderung stelle ich fest, daß Detektivgeschichten und Helden der Fliegerei am höchsten im Kurs stehen.
Folgendes aber ist merkwürdiger: Unter vierzehn Befragten antworten vier «Ehe» auf die Frage 10: «Welche Vorstellung hast du von Unglück?» – Nur zwei verbinden die Ehe mit der Vorstellung von Glück: ein Ausländer (Russe) und ein Jude (J. Sachs).
Von denen, die mit der Vorstellung von Glück die des Junggesellentums verbinden, antwortet einer (E. Weiß), Protestant (ziemlich älter, wie mir scheint), *Sensibilität* auf die Frage: «Welches ist dein Hauptcharakterzug?» Er möchte gerne *Chirurg* sein; sein Lieblingsbuch ist *Manon;* die Eigenschaft, die er am höchsten schätzt, ist *Energie.*
Ein anderer (Glück = Junggesellentum) antwortet, sein Hauptcharakterzug sei *Freundschaft.* Die Eigenschaft, die er am höchsten schätzt, ist *Liebe zu seinen Freunden.* A. Weiß (Bruder, glaube ich, des Vorgenannten) zeigt sich heftig patriotisch (Motto: *Alles ist*

möglich für einen, der Franzose ist). Bevorzugter Tod: *Unter der französischen Fahne.*
Von den beiden Juden möchte der eine (J. Sachs) *Kaufmann* sein; der andere (Lacloche) *Rentier.*

Mauclair. Er hat die Feder ein bißchen zu dicht an der Mütze.

Ich komme langsam im *Robinson Crusoe* voran, Schritt für Schritt, mit lebhaftester Bewunderung.
Sehr schöner und würdiger Brief von G. G. im letzten *Cahier de la Quinzaine* (Ende Dezember 1910), der zeigt, wie ungerecht Péguy in seinen mündlichen Äußerungen war.
Péguy ist eine Art Bernard Palissy, der seine Freundschaften ins Feuer wirft, um seinen Ofen nicht ausgehen zu lassen.

1911

6. Januar.
Jeden Abend lese ich Dominique Drouin vor, von halb neun bis neun Uhr. Am ersten Abend *Le Col d'Anterne* von Toepffer gelesen, dann *Kanut*[198] und *Aymerillot,* die ich abscheulich fand; dann *Oceano Nox* und den Schluß der *Malheureux,* noch andere Stücke aus den *Contemplations,* die mich mit höchster Bewunderung erfüllten. Gestern *Les Djinns;* heute abend *Der Hund* von Turgenjew.
Dann lese ich noch vor dem Schlafengehen, in die kleine Nische des Korridors zurückgezogen, eine Stunde Englisch (*Robinson* und Macaulays Studie über *Life of Byron*).
Eben aus dem Palais de Justice herausgekommen, wohin ich gegangen war, damit Fargue nicht an meinem Eifer zweifle. (Er war am Tag zuvor abends gekommen, außer sich, um mich zu bitten, mich für einen Freund zu verwenden, dessen Unterschrift von Schuften mißbraucht worden war – und das dickste Stück ist, daß er, Fargue selber, gar nicht im Palais war... Er wollte, daß ich beim Richter Flory vorspräche; zum Glück machte mich Marcel Drouin,

den ich noch am selben Morgen über die Zweckmäßigkeit eines solchen Schrittes befragte, auf das Unkorrekte darin aufmerksam – das ich schon selbst empfand; aber nichts fällt mir schwerer als eine Geste, die nach Rückzieher aussieht; deshalb hielt ich mich für verpflichtet hinzugehen!) Vor der VIII. Kammer hatte ich nur einige unbestimmbare Banditen erscheinen sehen. Ich hatte Auteuil sehr früh verlassen in der Hoffnung, noch im Louvre vorbeizugehen; aber aus Angst, Fargue zu verpassen, kam ich dann eine halbe Stunde zu früh. (Ich habe ihm das in meinem Brief heute abend nicht gesagt, um nicht den Anschein zu erwecken, als beklagte ich mich; ich schrieb, ich hätte von zwölf bis ein Uhr auf ihn gewartet; in Wirklichkeit war ich schon ab halb zwölf da.)
Aber nachher bin ich in den Louvre gegangen und habe, von der assyrischen Treppe her kommend, all die Säle mit den Zeichnungen durchquert. Ich war schlechter Laune und das Licht ausgesprochen trüb. Ohne jegliches Vergnügen die Sammlung Tony Thierry angesehen; lange die persischen und spanisch-maurischen Emails bewundert – vor allem eine weiße Schale aus dem zwölften Jahrhundert (?). Habe eine wirkliche Bewegung nur vor den Zeichnungen Rembrandts empfunden. Nackter Körper eines liegenden jungen Mannes; ein Herr, eine Blume überreichend (jede fliehende Linie ist weggelassen – *nicht vorhandene* Bezeichnung der Schulter, die sich en face präsentiert – wunderschön; Vorahnung oder -bewußtsein des Effekts, der jede Andeutung lebendig macht). Danach konnte ich nichts mehr ansehen; habe beschleunigten Schrittes die Säle und die große Galerie durchquert, um die Sammlung Chauchard zu erreichen. Im großen Rubenssaal Freegrove-Wenzer getroffen, an den ich gerade dachte. Er entführt mich zu sich und zeigt mir Kartons und Bildentwürfe – die mir weniger gefallen als seine ersten Zeichnungen; in seiner Bibliothek findet sich jedoch eine Mappe seines jungen Freundes de Brunswick, Illustrationen zu den *Liaisons dangereuses*, die pikant sind; er schlägt mir vor, die Mappe mitzunehmen, um sie Bekannten zu zeigen, wie ich es schon mit beider Zeichnungen gemacht habe. Das Atelier seines Freundes ist in der Rue des Beaux-Arts; er hat einen Schlüssel; er will mich dorthin führen, obgleich der Freund

noch nicht zurück ist. Wir gehen also hin, es erweist sich aber als unmöglich, die Tür zu öffnen. Unterwegs (Rue de Seine) zieht uns das Schaufenster eines kleinen Ladens an; man sieht darin einen Guérin, einen Naudin ausgestellt. Wir treten ein; eine kleine Person in dunklem Kleid, sehr jung, von sympathischem Äußeren, fragt mich nach kurzer Zeit, ob ich nicht Monsieur Gide sei, und sagt mir, ich müsse am Tag vorher einen Brief von ihrem Mann erhalten haben. Es wird mir klar, daß ich bei Vildrac bin. Von diesem Augenblick an beginne ich mich *zu sehr* zu amüsieren; das heißt, daß die Neugier auf das neue Vergnügen alles andere überwiegt und ich anfange, mich wie ein Verrückter aufzuführen. Da ich erfahren habe, daß Vildrac bei Rouveyre ist, der für den *Mercure* mein Porträt oder meine Karikatur machen soll, springe ich mit meinem Engländer in einen Wagen und gebe dem Kutscher Rouveyres Adresse. Bei Rouveyre treffe ich gleichzeitig mit Vildrac seinen Geschäftspartner, den ich anfangs für Rouveyre halte; dann verschlimmert sich mein Zustand, und ich verwechsle Rouveyre, der inzwischen gekommen ist, so gründlich mit dem andern, daß ich meine, ihm schon die Hand gegeben zu haben. (Unmöglich, so etwas zu erklären; es passiert mir gegenwärtig, daß ich *aufhöre*, die Person zu kennen, mit der ich spreche; das dauert einige Augenblicke – lang genug, um in mir eine Art Beklemmung zu erzeugen.)
Allen dreien muß ich verrückt vorgekommen sein; ich gab mir Mühe, unbefangen zu erscheinen, so daß ich zuviel und zu laut sprach. Rouveyre hingegen krümmte sich seitlich zusammen, als ob er eine Kolik hätte; Vildrac verschwand in seinem Bart; einzig der Geschäftspartner, den ich nicht kannte, lächelte mir mit übermäßiger Liebenswürdigkeit zu; der Engländer verdrückte sich oder blieb doch außerhalb des Kreises, den wir bildeten; er stützte sich mit dem Ellbogen auf den Kaminsims, und ich verstand überhaupt nicht mehr, warum ich ihn hergebracht hatte. Und niemand verstand oder konnte sich meinen plötzlichen Besuch in Begleitung dieses Unbekannten erklären. Einen Augenblick tat ich so, als ob ich Rouveyre aufgesucht hätte, um ihm die Illustrationen zu den *Liaisons dangereuses* zu zeigen, die ich unterm Arm trug; und alle

miteinander beugten wir uns darüber. Dann verabschiedete ich mich von ihnen und ging fort, sie verdutzt zurücklassend.
Wann werde ich nur noch mit Lektüre, Nachdenken und Arbeit auszufüllende Tage vor mir haben!
Beim Nachhausekommen an Ruyters geschrieben; gut Klavier geübt. Erste und dritte *Ballade* von Chopin, die ich anfange zu spielen, *wie ich will;* wie ich glaube, daß sie gespielt werden müssen.

Februar.

Ein Brief von Jammes, noch fremder, als es sein Schweigen war, und leider mehr vom Vergnügen inspiriert, das ihm mein Lob seiner letzten Verse machte, als etwa aus einer Anwandlung von Freundschaft. Dieser Brief läßt mich nur zu deutlich fühlen, daß zwischen uns entschieden mehr vorliegt als nur ein einfaches Mißverständnis; nämlich, wie ich fürchtete, viel Literatur, und zwar gekränkte Literatur.

27. März.

Gestern Vielé-Griffin gesehen; bezaubernd herzlich. Er wirft ich weiß nicht mehr welchen Verfassern vor, kein Französisch mehr zu können, und zum Beispiel «friche» zu schreiben, wo «guéret» nötig wäre – er selbst schreibt aber «opprobe» und «frustre» *(passim).*[199]
Er verzeiht Henri de Régnier nichts; als litte er darunter, ihn immer noch zu lieben; er kann sich nicht enthalten, jedesmal von ihm zu sprechen, wenn ich ihn besuche oder ihm begegne.

Mit Barrès (bei Blanche) zu Mittag gegessen. Sehr besorgt um seine Persönlichkeit; er kann sich in Schweigen hüllen, um dann nur Wichtiges zu sagen. Er hat sich in den bald zehn Jahren, die ich ihn nicht gesehen habe, sehr verändert; er bleibt aber immer auf eine sehr drängende Art werbend, obwohl sehr aus dem Hintergrund und stets Zurückhaltung und Abstand wahrend. Welche Vorsicht! Welches Kalkül! Er ist nicht hochintelligent, kein «großer Mann», aber *geschickt,* verwendet viel Fleiß auf sein eigenes Ich, sogar bis zu einem Anschein von Genie. Verwendet Fleiß vor allem auf die Umstände und zieht so gut Vorteil aus dem, was er hat, daß er verbirgt, was ihm fehlt.

8. Mai.

Bei R. B., einem Maler und Radierer, vielleicht Jude, sicher Russe – der mein Porträt machen will. Das ist eine Form der Schmeichelei, die bei mir immer verfangen wird. Dieses Porträt (Radierung) soll in einer Mappe neben einigen wenigen anderen figurieren: Rodin, Bartholomé, zwei Bildhauer; zwei Maler, Besnard und Renoir; zwei Musiker, Debussy und Bruneau; zwei Philosophen, Bergson und Poincaré, usw. ... Endlich Verhaeren, der ihm meine *Porte étroite* vermittelt und ihn zu mir geschickt hat.

Er wohnt auf Montmartre, Rue V... Man läutet an der Tür im dritten Stock, muß aber innen eine Treppe hinuntersteigen, um auf der Höhe des zweiten Stocks oder sogar des ersten und eines halben das Atelier zu erreichen; denn es muß wohl in diesem Haus zwei Ateliers für drei Stockwerke geben. Als Universaltalent betreibt B. mit gleicher Genialität und ohne jede Hemmung Bildhauerei, Radieren, Ölmalerei. Gegenwärtig möchte er gern für R. Dekorationen malen. Wie viele Maler heutzutage beweist er sich seine Farbbegabung damit, daß er nur lebhafte Farben verwendet; er hat ein unerbittliches Auge. Zum Mysterium gelangt er angeblich durch Vernachlässigung der Zeichnung. Man erkennt in einer großen Frauengestalt aus Ton, halbnackt, das Modell eines großen Porträts in wilden Papageientönen (Butterblumenhintergrund, schildblumengrünes Kleid, tomatenrotes Buch in der Hand): seine Frau.

Lange Zeit vergeht mit dem Suchen nach der Pose, die ich einnehmen soll. Sobald ich einmal stillsitze, liebe ich das lange Schweigen einer solchen Sitzung; bei mir, den die leiseste Ungeduld der Muskeln so leicht ablenkt, lädt die erzwungene Unbeweglichkeit die Gedanken zur Bewegung ein; aber B. möchte plaudern. Ich ahne noch Schlimmeres: Schon zweimal hat er gesagt, indem er lächelnd auf die Palette blickte, die er in Angriff nahm: «Da oben ist jemand, der darauf brennt, Ihre Bekanntschaft zu machen.» Plötzlich fährt er hoch bei einem kleinen Geräusch aus dem obe-

ren Stockwerk, das ein Signal zu sein scheint: «Vera! Vera! Du weißt doch, daß Monsieur Gide da ist! Du wirst erwartet!»
Die Frau des Porträts steigt die Stufen herab, meinem Bild in dem großen Spiegel zulächelnd, vor dem ich sitze.
Madame B. ist auf Réunion geboren, daher ihre schimmernden Lippen und die Schwermut ihrer Augen. Da sie kein Korsett trägt, sieht man die Spitzen ihrer wohlgeformten Brüste unter der Tussahseide ihres leichten Gewandes; Gesicht und Körper wollüstig; kastanienrotes Haar, als Turban um den Kopf gewunden. Ein wenig mehr Erfahrung im Umgang mit dem zarten Geschlecht hätte mir gesagt, daß die schöne Vera schriftstellert und von meinem Stillsitzen zu profitieren gedachte, um mir eine Lektüre aufzuzwingen. Die Unterhaltung (an der ich mich übrigens, um meine Pose nicht zu stören, so wenig wie möglich beteiligte) hatte keinen anderen Zweck, als diese Vorlesung herbeizuführen. Das hatten sie so eingefädelt. B. erzählte mir von seinem Wunsch, der geplanten Mappe noch zwei Frauen beizufügen. «Bestimmt Madame Curie einerseits… und Madame de Noailles»; aber da dieser erste Versuch nicht einschlug, ließ die Unterhaltung nach, bis ich, ich weiß nicht mehr bei welcher Wendung, nachdem man von der universalen Begabung des Gatten gesprochen hatte, ganz unschuldig fragte:
«Und Sie, Madame, Sie machen nichts?»
«Ich? Oh, nichts!» antwortete sie rasch.
Schweigen, während B., über seine Palette gebeugt, mit Komplizenmiene lächelt, dann, indem er seine Hand zum Sprachrohr formt, als dürfte seine Stimme nur bis zu mir dringen:
«Sie schreibt.»
Vera sofort:
«Willst du wohl still sein! Er ist unmöglich! Hören Sie nicht auf ihn, Monsieur Gide… Das kann man doch nicht ‹schreiben› nennen, wenn man nur eben ein paar Gedichte aufs Papier wirft, die man nicht bei sich behalten kann… Als ich sie Verhaeren vorlas, wollte er zwar nicht glauben, daß ich nicht gewöhnt sei zu schreiben… Wozu aber schreiben? Das frage ich mich täglich vor meinem Blatt Papier: Wen interessiert das schon? (Und noch einmal, jede Silbe

betonend): Wen in-ter-es-siert das schon? – wen kann das überhaupt interessieren? ... (Offensichtlich erwartet sie von mir, daß ich sage: «Nun – mich vielleicht», und, da ich stumm bleibe, wird sie deutlicher:) «Das frage ich Sie, Monsieur Gide!»
Da kommt ihr B. zu Hilfe.
«Wenn das Gefühl aufrichtig ist...»
Sie sofort: «Oh, was das betrifft! ... Das ist sogar ganz merkwürdig: Ich fange an, ohne eigentlich zu wissen, was ich schreiben werde; wenn ich es nachher durchlese, sind es Verse; ich rhythmisiere, ohne es zu wollen; es überkommt mich einfach, alles, was ich schreibe, ist rhythmisch. Monsieur Gide, ich möchte so gern von Ihnen wissen: Glauben Sie, daß man durch Arbeiten und Ziselieren irgend etwas erreicht?...»
Hier versuche ich etwas töricht, den Unterschied zwischen diesen beiden Worten klarzulegen und deute an, daß, «wer von *Arbeiten* spricht, nicht unbedingt *Ziselieren* meint». Aber ich werde nicht verstanden; es ist besser, die Sache laufen zu lassen. Die Unterhaltung wird auf eine andere Bahn gelenkt.
«Kennen Sie Verhaeren gut? Ein charmanter Unterhalter! Haben Sie ihn einmal erzählen hören? Neulich haben wir in Saint-Cloud einen ganzen Tag damit verbracht, uns Geschichten zu erzählen... Gerade das hat mich übrigens sehr zum Schreiben ermutigt. ‹Wenn Sie diese Erinnerungen nicht aufschreiben, sind Sie eine Verbrecherin›, hat er zu mir gesagt. Das war, nachdem ich ihm den Tod meines Großvaters erzählt hatte... Stellen Sie sich vor, daß man zwei Särge für ihn bestellt hatte! Ganz recht, zwei Särge! Dem Dienstmädchen war ein Versehen passiert... Am Morgen kamen zwei Lieferanten an; jeder mit einem Sarg; es gab einen bewegten Wortwechsel. Verstehen Sie, jedermann hatte trotz der Umstände Mühe, nicht zu lachen. Der eine rühmte die Qualität des Holzes, der andere den Komfort seiner Kissen. Endlich, erinnere ich mich, wurde mein Onkel einen von ihnen los, der ihm im Hinausgehen zurief: ‹Den Sarg nehme ich wieder mit, aber ich sehe schon, Sie brauchen auch bald einen!› Finden Sie auch, daß ich das aufschreiben müßte? ... Verhaeren selbst behauptet, er habe in der Bretagne im Schaufenster eines Ladens ein Schild mit der Aufschrift

‹Hygienische Särge› gesehen. Aber X. (ich weiß nicht mehr, welcher sehr bekannte Name), der mit uns zusammen war, hat gesagt: ‹Bei den Dichtern weiß man nie, wo die Wirklichkeit aufhört!› … Oder die andere Erinnerung, die ihm so sehr gefiel… Stellen Sie sich vor, daß ich die Gewohnheit hatte, jeden Morgen einem etwa vierzehnjährigen Straßenjungen, der immer am selben Platz saß, einen Blumenstrauß abzukaufen. Je nach Jahreszeit waren es Veilchen oder Mimosen… Das ging so zwei Jahre lang. Schließlich hatte ich eines Tages nicht ausgehen können, aber eine Freundin kannte den Jungen und gab ihm meine Adresse, damit er mir den Strauß in die Wohnung bringe. Ich sehe den Burschen ankommen, der, kaum ist die Tür offen, mir den Strauß von weitem durch das ganze Zimmer zuwirft und mir zuruft: ‹Sie glauben wohl, wir Straßenjungen haben kein Gefühl? Jawohl, jeden Tag seit zwei Jahren sehen Sie mich an, wenn Sie vorbeigehen, und merken gar nicht, daß ich Sie auch ansehe… Sie glauben wohl, die Straßenjungen von Paris haben kein Gefühl, weil sie nichts sagen dürfen?› Und schon stürzt er hinaus und schlägt die Tür hinter sich zu. Seither habe ich ihn nicht wiedergesehen…»

ICH: «Er hat sich umgebracht.»

SIE *(gedankenverloren)*: «Vielleicht… Oh, ich habe noch allerhand solche Erinnerungen!»

ICH: «Und darüber schreiben Sie?»

SIE: «Nein, aber das kommt auf dasselbe heraus; was ich schreibe, ist alles Erinnerung. So habe ich zum Beispiel Verhaeren eine Dichtung vorgelesen, die ihm sehr gefallen hat… das heißt, er hat gefunden, die Form sei noch nicht vollkommen, aber das Gefühl sei da.»

ER: «Darauf kommt's an!»

Usw., usw.

«Meine Haare gehen auf», sagt sie, als sie am Spiegel vorbeikommt; «ich muß hinauf und mich frisieren.»

Sie verschwindet; kommt einen Augenblick später wieder.

«Nun wollen wir einmal sehen, Monsieur Gide, ob Sie ein Sherlock Holmes sein können. Raten Sie, was ich in der rechten Hand habe?» (Sie hat die Hände auf dem Rücken.)

Es sind ihre Verse, unvorstellbar langweilig, deren Vorlesen ich unweigerlich über mich ergehen lassen muß.
Dann, in dem ungeheuren Schweigen, das daraufhin entsteht, spielt sie verzweifelt ihren letzten Trumpf aus: «Und wenn ich Ihnen nun sage, daß ich gegenwärtig ein Theaterstück schreibe!»
ICH: «Hm!!! (Ich ziehe meine Uhr.) Oh, es ist viel später, als ich dachte! Dauert es noch lange?»
ER: «Zwanzig Minuten.»
ICH *(resigniert)*: «Also! Wovon handelt denn Ihr Stück?»
SIE: «Nein! Ich will nicht davon sprechen. Ich habe es noch niemandem erzählt», usw. …
Da ich keine Fragen stelle, entschließt sie sich dennoch: «Na, also, die Sache ist so. Ich gehe von der Voraussetzung aus, daß in der zeitgenössischen Literatur nur noch mittelmäßige Frauentypen, schmähliche Charaktere dargestellt werden. Ich will eine Frau zeigen, die in sich nach und nach die mütterliche Liebe an die Stelle der ehelichen treten fühlt. Sie verstehen?»
ICH: «Überhaupt nicht.»
SIE: «Doch; sie hat jemand ziemlich Gewöhnlichen geheiratet und fängt nun an, für ihn eine… mütterliche Liebe zu entwickeln. Zuerst zieht sie ihn zu sich empor; sie verleiht ihm Flügel, und nun erhebt er sich seinerseits über sie… Sagen Sie mir, was Sie davon halten?» Usw. …

Neun Tage in Brügge.
Bei der Druckerei Verbeke, um die Fahnen von *L'Otage, La Mère et l'enfant, Isabelle* und *Corydon* und die Juninummer der Revue zu korrigieren.[200]

Die Nummer erscheint mit den *Éloges* von Saint-Léger, schwarz von Fehlern. Das Abenteuer macht mich krank, und ich denke mir aus, um meine Gedanken abzulenken, was etwa bei einer Uraufführung von Debussy passiert sein könnte:
Der Dirigent legte größten Wert auf diese Musik; leider hatte er den Direktor des Theaters sowie den Konzertveranstalter gegen sich; wenigstens waren diese beiden nicht mit seinem Unterneh-

men einverstanden, so daß er schon zu kämpfen hatte, um nur das neue Stück in sein Programm aufnehmen zu können.
Er war sich außerdem darüber im klaren, daß er sein Publikum verstimmen würde, war aber stolz darauf, daß er lieber dem Künstler und sich selbst gefallen wollte; er fühlte auch, daß er nur deshalb Dirigent geworden war, um nämlich neben den klassischsten auch die neuesten Harmonien zum Klingen zu bringen.
Debussy selbst, der eine unvollkommene Wiedergabe befürchtete, hätte es vorgezogen, sich überhaupt nicht hören zu lassen; um ihn dazu zu bringen, bedurfte es des Drängens von seiten des Dirigenten und des Nachdrucks einiger ausgesuchter Freunde.
Übertriebene Vorsicht, die Debussy anwenden zu müssen glaubte, bewirkte, daß man lange auf die Notenauszüge warten mußte und daß das ob seiner Neuartigkeit besonders schwierige Stück nicht mit den anderen zusammen geprobt werden konnte. Die Ausführenden saßen am Tag des Konzerts zum erstenmal vor ihren Noten und spielten wider alle Vernunft. Der Dirigent fühlte zwar allen Mut in sich, um gegen ein feindseliges Publikum anzugehen, nicht aber, um einen Musiker zu verraten, den er liebte, der nun zusammen mit dem Publikum pfiff und Grund hatte zu pfeifen. Am liebsten hätte er selber gepfiffen und dann eine Erklärung abgegeben... Einer sagte nachher zu ihm, als er zu erklären, zu entschuldigen versuchte: «Bei so einer Musik kommt es doch auf die eine oder andere Note gar nicht an... Es ist einfach bewiesen, daß Sie unrecht hatten, sie aufs Programm zu setzen; sie hat eine solche Wiedergabe verdient – die ich, offen gestanden, gar nicht einmal so schlecht gefunden habe.» Was der Verzweiflung des Dirigenten die Krone aufsetzte; am selben Abend noch erkrankte er; am nächsten Morgen verschluckte er seinen Taktstock und starb.

Zwischen sich und der Welt eine Schranke der Einfachheit aufrichten.
Nichts verwirrt sie mehr als Natürlichkeit.

Ich ziehe die Freundschaft, die Achtung und die Bewunderung eines ehrenwerten Mannes der von hundert Journalisten vor. Aber da jeder einzelne Journalist mehr Lärm macht als hundert ehrenwerte Männer, dürft ihr euch nicht wundern, wenn es um meine Bücher herum etwas still wird oder viel unfreundlicher Lärm entsteht.

ROMAN.
Seine Ehrlichkeit – und gewisse Bedenken hinsichtlich der Waffen, die er sich gegen seine Feinde gestattete (Bedenken, die er nicht loswerden konnte), gaben seinen Gegnern einen schrecklichen Vorsprung. Handikap.

ROMAN.
Einer, der zu trinken anfängt. Sehr gutes Familienleben; acht Kinder.
Die Frau stirbt. Der Vater unfähig, die Kinder zu beaufsichtigen. Debakel und Schlendrian. Der alte Kostgänger (mit Brille) vergewaltigt eine der Töchter, die der Vater allein zu Hause lassen muß, während er zur Arbeit geht. Er hatte wohl schon einen Verdacht, wagte aber keine Anklage. Plötzliche Wutanfälle. Er wehrt sich noch. Schließlich trinkt er zusammen mit dem Alten. Verfall.

ROMAN.
X. hat einen edelmütigen, sogar ritterlichen Charakter; ein wenig utopisch. Er wetteifert mit christlichen Gefühlen (er ist Jude); Edelmut ohne moralischen Anspruch. Er bietet Y. seine Frau an, dem unglücklichen Freund, der sich seit fünf Jahren nach ihr verzehrt. Y. und die Frau vollziehen den Ehebruch nicht; aber in einem Theatersaal während der Probe werden sie, als sie sich in einer Loge durch die Dunkelheit geschützt glauben, von der Schauspielerclique bei einer Umarmung beobachtet. Die Geschichte wird sofort weitererzählt und mit Glossen versehen… Es beginnt, von seiten des Gatten, ein Kampf gegen das Phantom; er kann das Edelmütige seiner Haltung nicht mehr aufrechterhalten; die Fäulnis des Milieus zieht ihn auf das Niveau eines gewöhnlichen Hahnreis herab.

Cuverville.

Das schlechte Wetter, die Arbeit hindern mich dieses Jahr daran, wie während der letzten drei Jahre die Buchfinken zu beobachten, die meinen Garten bevölkern. Die Beobachtung ist übrigens gegenwärtig auch weniger leicht, da sie zahlreicher sind. Ein einziges Paar nistete anfangs im Busch bei der Bank, wo ich mich gewöhnlich hinsetzte. Paar? Nein, es war ein Dreiecksverhältnis. Lange wollte ich es nicht glauben, da ich den Haß der rivalisierenden Männchen aufeinander für anerkannt, für gewiß hielt, war aber schließlich gezwungen festzustellen: Die beiden Männchen, die ich dasselbe Weibchen versorgen, dieselbe Brut mit Nahrung versehen sah, verstanden sich untereinander ausgezeichnet.

Und wenn es nicht dasselbe Trio ist, das ich im folgenden Jahr wiederfand, so scheinen diese Sitten unter den Buchfinken sogar üblich zu sein.

Was mich veranlassen könnte, das zu glauben, ist der Umstand, daß ich sie in Arco in Südtirol wiederfand. Am Ende der Winterzeit, also zur Nistzeit, konnten wir von der Terrasse des um diese Jahreszeit so gut wie verwaisten Hotels aus während vierzehn Tagen ganz zahme Buchfinken beobachten, die der Hotelbesitzer fütterte. Sie waren zu dritt, ein Weibchen und zwei Männchen, letztere sehr leicht voneinander zu unterscheiden, aber beide gleich eifrig um das Weibchen bemüht und gleich tüchtige Versorger der Brut.

Da ich mir nicht einbilde, der einzige zu sein, der diese seltsamen Sitten bei Buchfinken und anderen Vögeln beobachtet hat, plante ich lange einen Brief an Henry de Varigny, der damals in *Le Temps* eine interessante Chronik des Landlebens führte, unbekannten Fragern gerne Rede und Antwort stand und bei Bedarf kleine Rundfragen eröffnete. Aber würde ihm ein solcher Gegenstand nicht eher zum Roman als zur Naturgeschichte gehörig vorkommen?

Cuverville, 3. Juli.

X. (ich selbst, später) pflegte zu sagen, daß das Alter ihn nicht zum Verzicht auf irgendein Vergnügen gezwungen habe, dessen er nicht gerade selbst schon ein wenig überdrüssig geworden war.

Nach dem *Robinson* habe ich *Tom Jones* gelesen, ferner zwischendrin *Olalla* und *The Bottle Imp* von Stevenson, zahlreiche *Essays* von Lamb und laut mit Mademoiselle Siller *The Mayor of Casterbridge* und *The End of the Tether* von Conrad; Milton *(Samson Agonistes),* Thomson (*Evolution of Sex* – die ersten vier oder fünf Kapitel); Stevenson, *The Weir of Hermiston.*

Les Sources, 15. Oktober.

Freitag, und ein 13. – das durfte nicht versäumt werden.

Neben einem kleinen Hürchen mit Brille gereist, das bis halb zwei Uhr morgens das ganze Abteil nicht schlafen ließ, um *Baiser de femme* lesen zu können, das es schon im Bahnhof in Paris angefangen und in einem Zug verschlungen hatte. Zu sehr verärgert, um dann noch einschlafen zu können; vor allem deshalb, weil ich nicht gewagt hatte, ihr wegen des korpulenten Beschützers, der ihr gegenüber pennte, etwas Scharfes zu sagen.

An den *Caves* gearbeitet. Lafcadio muß Protos schon vor seinem Abenteuer im Eisenbahnwagen getroffen haben.

Regen draußen. Aber beim Umsteigen in Avignon hat mich die besondere Qualität der Luft erfrischt.

Eben hatte ich mich in meinem neuen Abteil eingerichtet, als auch schon, gestützt auf seine Frau, ein Kadaver hereingekommen ist. Sie in tiefer Trauer – man könnte meinen, schon um ihn –, das Gesicht ein wenig gedunsen, ein wenig vergilbt, ein wenig speckig; ziemlich unbedeutend, verschwindend neben ihm. Er, sehr groß, oder vielmehr: sehr lang; ein Gesicht, das einmal ganz schön gewesen sein muß (er kann kaum älter als fünfundvierzig Jahre sein), das aber inzwischen jeden anderen Ausdruck als den des Leidens und der Angst eingebüßt hat; nicht die wächserne Leichenfarbe, sondern ein aschgrauer, bleierner Ton… Seine Gesten sind groß und unkoordiniert, und während seine Frau zu ihm sagt: «Hab keine Angst: der Bahnhofsvorstand hat mir versprochen, die Wagen erst anzuhängen, wenn du schon sitzt» (sie wiederholt das mehrere Male), fällt er auf dem Eckplatz zusammen (wir sind in der ersten Klasse) und schlägt viel höher als nötig ein Bein über das andere. Von Zeit zu Zeit stöhnt er leise.

Seine Frau sagt, gewissermaßen fürs Publikum oder aus einer Art Mitgefühl:
«Von Nancy bis Dijon ging alles gut; aber von Dijon an *bin ich* dann so müde gewesen. Man hatte uns versprochen, wir müßten nur einmal umsteigen...»
Darauf er, sehr rasch und wie befürchtend, es könne ihm der Atem ausgehen, in gereiztem Tonfall:
«Ich habe dir gleich gesagt, daß wir nicht den richtigen Zug genommen haben. Der Beamte in Dijon hat uns getäuscht... äh! äh!»
In diesem Augenblick geht ein Schaffner im Gang vorbei (der Zug ist noch nicht abgefahren). Die Frau erkundigt sich noch einmal, ob man auch sicher nach *Amélie-les-Bains* fahre. Welche Krankheiten heilt man in diesem Nest? Es ist mir nicht gelungen herauszufinden, was *er* eigentlich hatte.
Ich sehe in meinem Fahrplan nach. Es ist kaum acht Uhr. Der Zug ist nicht vor vier Uhr in Amélie-les-Bains: Niemals kommt *er* bis dorthin!
Seine Nase läuft unaufhörlich, und als er sie wieder einmal putzt:
«Nimm doch dein anderes Taschentuch», sagt seine Frau, «du siehst doch, daß dieses hier schon für die Schokolade benutzt wurde.»
Tatsächlich ist das Taschentuch abstoßend; aber ihm ist das egal. Seine Mütze rutscht auf die Seite; seine Frau setzt sie wieder gerade; sie breitet über seine spitzen Knie ein kleines schottisches Plaid; hilft ihm dann, schwarze Zwirnhandschuhe anzuziehen; sehr mühsam; seine außergewöhnlich lange und magere Hand ist aus den Fugen; die mittleren Finger biegen sich nach hinten ab wie Puppenfinger. Was für eine Krankheit hat er? ... Wenn er mich ansteckte! Und doch kann ich die Augen nicht von ihm abwenden. (Der einzige Mitreisende in der Ecke mir gegenüber verschanzt sich entschlossen hinter *Les Pirates de l'opéra* – und hebt während der ganzen Reise den Blick nicht mehr.) Der Kranke sagt:
«Die Rüttelei hat mir den Darm in Unordnung gebracht.»
Er will husten, würgt, während seine Frau ihn beruhigt:
«Du weißt doch, daß Niesen dir immer guttut.»
Das nennt sie «niesen»! Jetzt fängt er auch noch zu röcheln an; er

bekommt keine Luft mehr; selbst sie wird ein wenig unruhig und sagt mit ziemlich lauter Stimme, für uns ebenso wie für ihn, denke ich:
«Kein Grund zur Beunruhigung; es kommt ja von den Nerven.»
Endlich sagt er, wieder zu Atem gekommen:
«Ach, es geht mir sehr schlecht...»
Und sie fängt nun an zu jammern, daß sie den Aufenthalt in Avignon nicht genutzt und ihm eine Spritze gegeben habe. (Kurz darauf, in Tarascon, hat sie ihm eine gegeben.)
«Wahrhaftig! Daran hab ich gar nicht gedacht! Willst du ein Zukkerchen? Sag? ... Wie fühlst du dich?»
Er sagt nichts. Ich sehe etwas auf seine Weste rinnen; ich denke, er weint; aber nein: es läuft aus seinem Mundwinkel.
Wir fahren in Nîmes ein. Sie sagt zu ihm:
«Nîmes: die Tour Magne!»
Ah! Von wegen! ... Aber hier steige ich aus.

21. Dezember.

Les Caves. Notwendigkeit, den nackten Körper unter den Kleidern zu zeichnen, in der Art von David, und von meinen Personen auch das zu wissen, was ich nicht verwenden darf – was zumindest von außen nicht sichtbar werden darf.

Mademoiselle Emma Siller hat Ärger mit ihrem Hausbesitzer. Sie schreibt an Em.: «Das könnte einem wirklich das Leben verleiden; was in meinem Alter recht traurig ist.» (Sie ist sechzig.)

Rhoda Fleming fertiggelesen.

Blätter

Ich finde in einer allzu leicht verfügbaren Sympathie eine große Gefahr. Sie lockt immer wieder auf verschiedene Wege, die alle zu gleich entzückenden Landschaften führen. Die Seele verliebt sich immer wieder in jene weiche und feuchte Gegend, die nur Zärtliches, Biegsames und Wollüstiges birgt und es im Überfluß hervorbringt; begeistert sich dann am Glanz einer Sanddüne, wo alles glitzert.

*

FÜR MARCEL D.[201]
Er wirft mir vor, das menschlich Rührende nicht aufgespart, sondern es schon zu Beginn des Buches* erschöpft zu haben, so daß ich aufhöre, Gefühle anzusprechen, sobald ich mich bemühe zu überzeugen. An den Kopf und nicht an das Herz wende ich mich indes und will ich mich wenden; auch versuche ich gar nicht, um Sympathie zu werben, die doch nur der Nachsicht gefährlich nahe käme; und gerade deshalb, weil gewisse zu Herzen gehende Worte, wie ich wohl weiß, den Leser stärker berühren würden als jede mehr oder weniger verlockende Beweisführung, gerade deshalb habe ich diese Worte nicht gebraucht. – Siehe das Verfahren des Advokaten, der versucht, das Verbrechen seines Klienten als ein Verbrechen *aus Leidenschaft* hinzustellen. Von so etwas will ich nichts wissen. Ich erhebe den Anspruch, daß dieses Buch kalt geschrieben sei, überlegt, und daß man es merke. Die Leidenschaft muß vorausgegangen sein; höchstens darf man sie vermuten; vor allem darf sie nicht zu einer Entschuldigung dienen. Kein Mitgefühl will ich mit diesem Buch erregen; ich will STÖREN.
Es reißt mich nichts hin (zu diesem Buch). Sicher ist, daß ich es nicht zum richtigen Zeitpunkt schreibe und in einem Augenblick, da ich es zu schreiben nicht mehr nötig habe. Das erklärte ich gestern Marcel und befürchtete, er werde irgendeine krankhafte Besessenheit vermuten, eine Unfähigkeit, meine Gedanken von die-

* Corydon.

sem Gegenstand abzulenken. Nein: die Schwierigkeit liegt gerade darin, daß ich ein Problem künstlich wieder aktualisieren muß, dem ich (für meinen Teil) eine praktische Lösung gegeben habe, so daß es mich, offen gestanden, nicht mehr quält.

*

Die tierischen Formen werden, indem sie sich komplizieren, wunderbarerweise immer weniger zahlreich. Der Mensch als Gelungenes ist einzig.
Sogleich aber findet sich *in ihm,* womit ich sagen will: im Herzen der Art selbst, die ganze Differenziertheit wieder, die er hinter sich gelassen hatte.
Das Individuum stellt sich gegen die Rasse. Streben nach Individualisierung.
Damit ist der Satz Darwins und vieler anderer noch einmal formuliert: «Die auf den unteren Stufen der Organisationsleiter befindlichen Wesen sind variabler als die auf dem Gipfel.» (*Entstehung der Arten,* S. 161)
Einmal auf dem Gipfel angelangt, findet sich jedoch im Individuum jene Variabilität wieder.

*

FÜR PAUL LAURENS.
«Meinst du nicht, daß das Wort, das wir neulich suchten und das es uns erlaubt hätte, unsere Gedanken besser zu präzisieren und damit besser zu verstehen, das Wort *Scharfsinn* ist – ja: künstlerischer Scharfsinn? Auf dieses Wort brachte mich eine Stelle bei Buffon, die ich gestern las und worin unsere Unterhaltung in Yport im Keim enthalten scheint: «Durch den *Scharfsinn,* den die lange Gewohnheit des Schreibens verleiht, kann man *vorausfühlen,* was das Ergebnis all dieser geistigen Vorgänge sein wird.»

*

VOM URTEILEN.
...und was an dasjenige der Musiknoten untereinander erinnert:
Als das Es den Salon betrat, betrachteten das C und das G es als terze Person.
«Es ist eine Dominante», dachte das As, während das E ausrief: «Ich erkenne es: Es ist meine große Septime!»[202]

*

VERLORENER SOHN.
Als er in das Haus eintritt, das verlassen zu haben er sich vorwirft...
Und als er jenen kleinen Garten wiedersieht, von dem er sich so viel Freude versprach, staunt er, daß er die Blumen nicht größer findet, die Früchte nicht saftiger und die Zuneigung der Seinen nicht froher.

*

Ob sein Name Paulus sei oder Luther oder Calvin – ich fühle, wie durch ihn hindurch die ganze Wahrheit Gottes sich trübt.

*

Es ist der Betrachtung wert, daß von den beiden *feierlichsten* Dramen der Antike, *Oedipus* und *Prometheus,* das eine uns den Begriff von Gut und Böse, oder besser gesagt, von Erlaubtem und Verbotenem, und zwar in seiner willkürlichsten Form, darstellt, das andere die Strafe, usw. ...

*

Sie ist sorgsam;
Sie sammelt Glück;
Ihre Liebe geht ganz in die Tiefe;
Sie verwendet großen Eifer auf sehr kleine Dinge. Alles, was sie besitzt, hat für sie übergroßen Wert. (Das goldene Puppenkleid; die Gärten; die Pflanze aus Amerika, die sie mit kleinen Pflänzchen umgibt, gepflückt auf den Felsen.) Wenn er nicht kommt, versorgt sie auch seinen Garten.

Ein wenig pedantisch.
Fähigkeit zu grenzenloser Bewunderung.
Reizendes Aufbauschen der geringsten Gegebenheiten – durch diese Kinder.
Ihre Einbildungskraft: sie machen mit drei Bäumen einen Wald.

*

CHARAKTER VON X.
Eigensinn, vielleicht mehr noch als Treue. Gleichzeitig Neugierde und ein Bedürfnis, auf Dinge zurückzukommen. Hartnäckigkeit.
Absurd, immer zu sagen: «Er wird wie die anderen.» Er will ja gerade nicht so sein wie die anderen. Der Hochmut seiner Bescheidenheit. Eine gewisse Genauigkeit in der Pflichterfüllung.
Er liest immer wieder dieselben Bücher, sucht dieselben Orte wieder auf; fühlt sich treu, schätzt sich nur treu. Empfindet keinerlei Freude am Freisein. Widmet sich immer ganz und gar.
Allerlei Gartengeschäfte; er beseitigt die Misteln, die Schmarotzer, die Läuse.
Seine Treue hält ihn aufrecht.
Besinnliche und zurückgezogene Kindheit.
Im Schulhof in der Pause liest er das Evangelium.
«Halte, was du hast.»
Seine Kameraden foppen ihn. Ein Treffen auf der Place Vendôme. Er wartet im Regen. Aus warmer Deckung beobachten ihn seine Kameraden und machen sich über ihn lustig.

*

RATSCHLÄGE FÜR DEN JUNGEN LITERATEN.
Ich kann dir im Hinblick auf Lob oder Tadel nicht eine Gleichgültigkeit empfehlen, die ich selbst nie gekannt, übrigens auch wenig beneidet habe. Es ist gut, ergriffen zu sein, unter der Liebkosung zu schaudern und mehr noch unter dem Biß. Und bestimmt ist es nützlich, nicht sofort dagegen zu protestieren, sondern…
(Erziehung durch die Feinde.)
Das Wichtige ist, sich nicht vergiften zu lassen. Der Haß vergiftet aber. Usw. …

*

KLEINER ROMAN.
Mein zutiefst schöpferischer Geist nährte sich hauptsächlich von der noch ungeformten Schönheit der Dinge. Am geläuterten (des Häßlichen *entledigten*) Kunstwerk interessierte mich nur das, was man in der Festlegung einer vollkommeneren Harmonie als dauerhaft empfindet. Das Leben interessierte mich mehr; es war dramatischer, anspornender, gerade wegen seiner Flüchtigkeit. Die immer vorstellbare vollkommene Harmonie gefiel mir weniger als die bissige Deformierung dieser Harmonie gemäß einer Persönlichkeit. Der künstlerische Wille schien mir weniger ein Auswählen von Linien, Tönen oder Klängen im Hinblick auf ein harmonisches Werk als ein Arbeiten in voller Harmonie, um dann diese Harmonie gemäß der eigenen Persönlichkeit abweichen (deformieren) zu lassen. In jedem Werk suchte ich Spuren des *Menschen.*
Vor der erwartungsvollen Schönheit der rohen Natur erregte sich mein befreites Gehirn mehr als vor dem Kunstwerk. Bewunderung schien mir hier weniger kompromittierend, der Anbetung näher. Immer mehr ärgerte mich der Irrtum jener, die glauben, Natur und Kunst vermählen zu müssen. Sicher haßt die Kunst die Natur; wenn sie sie trotzdem immer sucht, dann so wie ein Jäger aus dem Hinterhalt oder wie ihr Rivale, der sie nur umarmt, um sie zu erwürgen.
Es gefällt mir jetzt in einem Land, wo keinerlei Kunstwerk an das mühselige Bestreben des Menschen erinnert, eine flüchtige Empfindung außerhalb der Zeit aufzurichten. Ich gefalle mir darin, Gott in der beständigen Natur überall herauszufordern; auf jedem Gelände rufe ich ihn; und zwar, um mir unaufhörlich eine vollständige, eine schrankenlose Bewunderung zu erlauben.

*

Nur durch Zwang gelangt der Mensch dahin, sich nicht selbst zu vernichten.
Alle Ursachen zur Zerstörung sind in uns; aber künstlich beherrscht: Kultur.

*

KLEINER ROMAN.
Avignon.
Der Geruch der Kiefern; der Duft des Lavendels.
Hinter den Bögen der Brücke die großen Wirbel, die das Wasser langsam dahintreibt.

*

Ich bin untröstlich bei dem Gedanken, daß mir mein geschwächtes Gedächtnis später einmal meine heute so lebhafte Empfindung nicht mehr wird zurückrufen können und daß sie, jede Genauigkeit des Umrisses, jeden Akzent verlierend, mir nur noch wie eine Münze vorkommen wird, deren Bildseite sich verwischt, sie anderen Münzen angeglichen hat und bei der nur noch der Glanz des dünn gewordenen Metalls anzeigt, daß sie einmal kostbar war. Später, wenn ich diese duftende Erinnerung in die Hand nehme, sie zärtlich an die Lippen drücke, werde ich denken: Was war das nur? Ich weiß nicht mehr recht. Der Name dieses Kindes? Werde ich ihn – ach! – mit so manchem andern verwechseln? Der Glanz des Tages war entzückend; das Wasser der Seghia, ich erinnere mich, köstlich. Ich möchte die Linie seines Körpers genau umreißen und sie wieder reizend finden.

*

Ich glaube, daß «Regeln» ein Genie noch nie gestört haben, weder die der *Einheiten* in Frankreich noch die der drei Schauspieler in Griechenland, und daß sowohl Racine und Corneille als auch Aischylos dafür den Beweis erbracht haben. (Daß sie überdies keinerlei absoluten Wert besitzen und daß jedes große Genie ihrer Herr wird, sei es, daß es sich auf sie stützt, sei es, daß es sie leugnet – und die Behauptung, der oder jener große Mann sei durch sie gestört worden, ist ebenso absurd, als wenn ein Maler sagen wollte, er werde durch den Rahmen gestört, und ausriefe: «Ach, könnte ich mich doch weiter ausdehnen!», und daß die, welche sich dagegen auflehnen, wie Kants Taube sind, die glaubt, im luftleeren Raum besser fliegen zu können.)

Im allgemeinen kommt Auflehnung gegen die Regeln von einer unintelligenten Unterwerfung unter den Realismus, von mangelndem Verständnis für die Ziele der Kunst, von jenen nur scheinbar wahren Eingebungen der Empirie, die durch skandalöse Verallgemeinerung der Kunst etwas anhaben will, indem sie sie nur da angreift, wo sie zum Kunststück geworden ist, und indem sie ihre übernatürliche Schönheit für künstlich erklärt.

*

Ihr habt das Glück gefunden, sagt ihr. Gebt acht! Denn es ist die Oase, und Pegasus wird euch nicht weiter tragen.

*

Mit dem zeitgenössischen Roman und Theater ist es wie mit der gegenwärtigen Architektur. Die Nützlichkeit des Baus dient zur Entschuldigung für seine Häßlichkeit; und wenn es einfache Wohnhäuser sind, die man baut, so zeigt sich vor allem folgendes: Man haust im allgemeinen ziemlich gut darin; im besonderen dagegen ziemlich schlecht; denn jedermann muß sie bewohnen können. Was die Zeitung betrifft, so ist sie das Hotelzimmer.

*

«Sie scheinen nicht zu verstehen, Monsieur», pflegte der gute Lyon, mein Lehrer, zu mir zu sagen, «daß gewisse Wörter zu anderen passen; sie haben eine Beziehung zueinander, die man nicht verändern soll.»
«Was wollen Sie, lieber Meister? Auch bei Wörtern halte ich viel vom Nutzen des schlechten Umgangs.»

*

Mißtrauen wir den «Vordergründen»; alles, was uns da groß erscheint, wird bald anders.

*

Bei gewissen schlechten Eigenschaften, die wir an anderen bemerkten, müssen wir manchmal einsehen, daß wir sie haben sollten, um wie jene im Leben Erfolg zu haben. An solchen Tagen erscheinen uns gewisse Eigenschaften, die wir an uns selbst feststellen, nicht mehr ganz so gut. Also ringen wir uns durch zu denken, daß sie uns hemmen und sich zu unserem Nachteil auswirken, dagegen sehr zum Vorteil anderer Leute; während die schlechten Eigenschaften meist nur für andere Leute nachteilig sind.

*

Mit dem Nietzscheismus ist es jedoch wie mit einer Straße, die uns um so schöner erscheint, als wir nicht genau wissen, wohin sie führt.
Das Bedürfnis nach Adel, das Nietzsche noch nach seinem sechsundzwanzigsten Jahr Schiller Goethe vorziehen läßt. – Vorziehen? Vielleicht ist es zu gewagt, das zu behaupten – aber zum mindesten zitiert er Schiller und nicht Goethe.

> *«Kämpfen wir und, wenn es geht, nicht mit Windmühlen. Denken wir an den Kampf und die Askese wahrhaft großer Männer, wie Schopenhauer, Schiller, Wagner!»* (*Briefwechsel,* Bd. 1, S. 150.)[203]

Gerade weil es sehr schwierig (wenn nicht unmöglich) ist, den Nietzscheismus in ein System zu bringen – wird man sich seiner nicht leicht entledigen.

*

Kreusa[204] oder das Weib des Loth; die eine zaudert, die andere blickt zurück, was die schlimmere Form des Zauderns ist.
Ariadne ist es auch, die Theseus, nachdem er den Minotaurus getötet hat, zu dem Punkt zurückholt, von dem er ausgegangen ist.
Es gibt keinen größeren Schrei der Leidenschaft als diesen:

> Et Phèdre au Labyrinthe avec vous descendue
> Se serait avec vous retrouvée ou perdue.[205]

Doch Leidenschaft macht sie blind; in Tat und Wahrheit hätte sie sich nach wenigen Schritten hingesetzt oder hätte umkehren wollen – oder sie hätte sich tragen lassen.

Im *Thésée*[206] muß das betont werden – die Fessel am Bein, grob gesprochen. Er möchte, nachdem er den Minotaurus bezwungen hat, weitergehen. – Er ist gehalten – gezwungen zurückzukommen.

*

ERZÄHLUNG.
Von der Insel, deren Bewohner das Nichtsterben erfunden haben. (Dort wohnt Titho, der Bräutigam Auroras.)
Bedingung ist, keine Kinder mehr zu zeugen. Schließlich hat ein Paar genug und zieht es vor, das Leben für etwas Neues aufzugeben.
Das Kind, das sie aufziehen, drängt sie nun langsam aus dem Leben hinaus – und sie werden das *Neue,* das es bringt und für das sie doch zu sterben bereit sind, niemals kennenlernen.

*

Nicht, daß ich nicht auch schon Vergnügen an der Metapher gehabt hätte, und sei es die romantischste; aber dem Künstlichen von jeher abgeneigt, verbot ich sie mir. Schon von meinen *Cahiers d'André Walter* an versuchte ich mich in einem Stil, der auf eine geheimere und wesentlichere Schönheit zielte. «Ein bißchen arm, die Sprache», sagte der treffliche Heredia, dem ich mein erstes Buch vorlegte und der sich wunderte, es nicht bilderreicher zu finden. Ich wollte die Sprache noch ärmer, noch genauer, noch gereinigter, da meines Erachtens die Verzierung immer nur einen Fehler verbergen soll und nur der nicht genügend schöne Gedanke die völlige Nacktheit zu scheuen hat.

*

Vannicola; sein zärtliches Hanswurstgesicht; seine Manie, wenn er zahlt, das Kupfer einzustecken und das Silber als Trinkgeld liegenzulassen. Knotig wie ein Weinstock; verliebt wie eine Rebe.

*

Marinetti erfreut sich eines Mangels an Talent, der ihm jegliche Kühnheit erlaubt. Er macht, à la Scapin, für sich allein so viel Lärm wie eine ganze Meute, nachdem er ein paar einfältige Leser in den Sack gesteckt hat: Zur Hölle! Zum Bauch!
(Und da ist der *Roi Bombance!*)
Er stampft mit dem Fuß; wirbelt Staub auf; er schwört, flucht und verflucht; er organisiert Widerspruch, Opposition, Intrigen, um triumphierend daraus hervorzugehen.
Im übrigen ist er der bezauberndste Mensch der Welt, wenn ich d'Annunzio ausnehme; schwungvoll auf die italienische Art, die gern Wortfülle für Beredsamkeit nimmt, Pracht für Reichtum, Betriebsamkeit für Bewegung, Fieberhaftigkeit für himmlische Verzückung. Er besuchte mich vor etwa zehn Jahren und entfaltete eine so unglaubliche Liebenswürdigkeit, daß ich gezwungen war, unmittelbar darauf aufs Land zu gehen; hätte ich ihn wiedergesehen, es wäre um mich geschehen gewesen; ich war dabei, ihn genial zu finden.

ROMAN.
Der Hotelier von Santa Margarita (Advokat, so scheint es), Mailänder, klein, den schwarzen Vollbart vorgestreckt, lebhaft und von übertriebener Liebenswürdigkeit, bedient selbst bei Tisch; und da er nur von einem Mädchen (Österreicherin, aber Irredentistin) unterstützt wird und wir zwanzig Gäste sind, hat er es eilig, springt von einem Ende des Saals zum andern, fordert mich auf, noch einmal von einem Gericht zu nehmen (das mittelmäßig ist und von dem *zuviel* da ist): «Nehmen Sie doch noch! Es ist etwas ganz Leichtes!»; im Vorbeigehen sagt er mir: «Was hier fehlt, ist nicht die Quantität...»; enteilt, um dem Nachbarn Brot zu bringen, vollendet, wieder vorbeikommend, den Satz: «...sondern die Bedienung!» Da der gewöhnliche Wein so gut wie untrinkbar ist, bestelle ich eine Flasche Barbera; auch nicht großartig, aber er serviert ihn *in eine Serviette gehüllt.* Hier liegt der Schlüssel zum Charakter (zu studieren, was sich daraus in ernsten Lebenslagen ergeben kann.)
Am 15. August, Feiertag, an dem wir in dem kleinen Saal zu zahl-

reich waren, an dem das Mittagessen erst um ein Uhr anfing und die «Bedienung» den Kopf verlor, gab es als Hauptgericht ein seltsames Ragout aus *Knochen,* das er mir anbot, ganz zu mir hingeneigt, artig und sehr rasch, geheimnisvoll murmelnd: «Hachsen à la milanaise! Was man auf italienisch ‹osso bucco› nennt.»
Heute morgen, während ich dies schreibe – «Ein ganz feines kleines Gericht: Rötling in Tomaten. Mögen Sie das? Das ist französische Küche, hat mit Italien nichts zu tun.» Das alles sehr rasch und *vertraulich* gesprochen.

Etwas später:
«Es ist eigentlich nicht meine Sache, Ihnen Süßigkeiten anzubieten... aber wenn Sie sie gerne essen? ... Mögen Sie das?»
«Ich weiß nicht; was ist es denn?»
«Das Originellste und das Gewöhnlichste, was es gibt: Vanillecreme.»
Und er schüttet mir eine Art ungenießbaren Leims auf den Teller.

Er tauft ein fürchterliches weißliches Fleisch mit roten Rändern «Kalbsroastbeef».

Als Direktor der Hotel-Pension «Hermitage» spielt er sich (vor mir) als glühender Franzosenfreund auf und will sich umbringen, als ich ihn darauf hinweise, daß es französischer gewesen wäre, «Ermitage» zu schreiben, ohne H.

Auf dem Schaufenster der großen Konditorei von Santa Margarita, in Goldbuchstaben, die durch eine Glasplatte geschützt sind:

«Ici l'on parle les principaux des langues.»[207]

*

KLEINER ROMAN.
Die Pflanzen, sagte ich zu ihm, sind ebensowenig für den Menschen gemacht wie der Mensch für sie oder für irgend etwas anderes.
Vollkommene Anpassung jedes Dinges an sich selbst, an seinen

Ort, ohne jegliche Sorge, ob der Mensch davon profitiert oder darunter leidet.
Zu leichtes Astwerk der Kiefer. Enges Blattwerk der Palmen. Eukalyptus mit den vertikalen Blättern, die kaum leichte Schattenstreifen auf den Boden werfen, wenn die Sonne senkrecht steht.

*

MORÉAS.
Der griechische Exotismus (von Moréas) für viele nicht mehr auffällig, weil sie sich seit der Schule daran gewöhnt haben; geistige Gewohnheit, von den Erscheinungen des Lebens nur die plastische (fast hätte ich gesagt: bildhauerische) Seite in Betracht zu ziehen und nur in der Geste die authentischste Herzensregung zu erkennen.
Der *Standpunkt* bleibt für Moréas immer derselbe, welches auch der Gegenstand sei, den er betrachtet; niemals wechselt er den Platz.
Er ist keineswegs dumm, wie einige glauben konnten, deren Standpunkt von seinem verschieden war; im Gegenteil: das geringste seiner Urteile zeigt einen Geist von eigentümlicher Klarheit; und die Beziehung, die er zwischen sich und dem Gegenstand herstellt, ist immer richtig; desto richtiger sogar, je unbeweglicher er selber bleibt.
Als Grieche wollte er kaum zugeben, daß ein Kunstwerk auch aus einem anderen als einem plastischen Bedürfnis entstehen könne; wäre er mehr Franzose gewesen, hätte er den ästhetischen Wert der Gedanken, woran er übrigens ziemlich arm war, besser begriffen. Er konnte nicht glauben, daß ich in seine Verse verliebt sei.

*

SUARÈS.
Gewiß ist in dem kleinen Buch nicht alles gleichwertig, und doch möchte ich nichts daran streichen; die schönsten Stellen erheben sich zu einer derart überraschenden Schönheit, daß man die Mühe vergißt, die man manchmal hatte, sie zu erreichen. Man muß bei diesem großartigen Schriftsteller Stellung beziehen, er

begeistert ebenso natürlich, wie er abstößt; er macht keinerlei Anstrengung, um sich größer zu machen, noch um seine Stimme zu heben, aber auch keine, um sich zu beschränken und zu sammeln; der geringste Gedanke schwillt bei ihm riesig an durch das Echo, das er in seiner großen höhlenhaften Seele weckt, und manchmal fährt Suarès noch lange, nachdem der Schrei erschallt ist, fort zu sprechen. Er ist nie sprachlos.

*

Es ist äußerst selten, daß ein Berg auf allen Seiten steil abfällt.

*

Den berühmten «drei Einheiten» würde ich gerne eine vierte hinzufügen: *die Einheit des Zuschauers.* Da wäre es wichtig, daß sich ein dichterisches Werk, ob Buch oder Theaterstück, die ganze Zeit an *denselben* Leser oder Hörer wendet. Solche Überlegungen steigen in mir beim Lesen des letzten Buches von Wells auf, das sein treuer Übersetzer Davray kürzlich für den *Mercure* übertragen hat. Wells besitzt einen äußerst erfinderischen Geist; geschickt erweckt er unser Interesse durch die Eröffnung unerwarteter Ausblicke; ihn zu loben ist nicht mehr nötig. Wenn wir es aber sind, an die er sich heute wendet – warum wendet er sich nicht ständig an uns? Er wendet sich, da er von einem allzu zahlreichen Publikum gelesen wird, das er in allen Ländern und in allen gesellschaftlichen Schichten zu rekrutieren verstanden hat, abwechselnd an allzu verschiedene Personen. In diesem Buch gibt es Seiten, die höchstens Kinder, Neulinge zu unterhalten vermögen; andere wieder, die uns alten Gewitzten gefallen, die auf die ersteren aber abschreckend wirken werden; wieder andere endlich, wo er nur noch irgendein zweites Ich zu unterhalten scheint; weder Kinder noch ich hören mehr zu. Manchmal habe ich Lust, ihn am Ärmel zu zupfen: Mister Wells! Sie vergessen uns! Für uns haben Sie doch Ihre Geschichte angefangen; glauben Sie es doch, wir waren Ihr bestes Publikum.

*

«Das ganze Genie Miltons liegt darin: Er hat den Glanz der Renaissance in den Ernst der Reformation hineingetragen, die Pracht Spensers in die Strenge Calvins.» (Taine, *Litt. angl.*, Bd. II, S. 415.)
Es ist falsch, ja fast paradox, zu behaupten, wir verdankten dem calvinistischen Puritanismus die bewunderungswürdige englische Schule (ich meine die der Romanschriftsteller), denn wir können bei ihnen nicht leicht erkennen, was zur Erziehung und was zur Rasse gehört, noch, in welchem Maße diese jener entspricht. Überdies muß man in Betracht ziehen, daß, abgesehen von einigen sehr seltenen Ausnahmen (Thackeray zum Beispiel), diese Romanschriftsteller dadurch und nur dadurch etwas erreichten, daß sie sich dem Calvinismus entzogen, häufig auch dadurch, daß sie sich ihm entgegenstellten. So daß man sagen kann, der Calvinismus habe, wenn er ihnen genützt hat, es höchstens durch den Zwang getan, der die Kräfte zügelt und bindet und Joseph de Maistre das Wort in den Mund legt, das allerdings einigermaßen mißbraucht worden ist: «Was dem Menschen im Wege steht, kräftigt ihn.» Auch deshalb, weil die Gewohnheit einer gewissen Freudlosigkeit, der Wunsch oder sogar das Bedürfnis, Fehler bei sich zu finden, und die Absage an die liebenswürdigsten Verlockungen des Lebens dazu veranlassen, mehr die Quellen einer Tat und ihren geheimsten Widerhall zu erforschen als einfach ihre unmittelbaren Folgen, wie es bei vielen unserer Romanschriftsteller geschieht.
So kann der Calvinismus eine ausgezeichnete Schule der Psychologie sein, aber, ich sage es noch einmal, nur unter der Bedingung, davon wieder loszukommen, und wenn… (Taine, Bd. III, S. 415 zitieren.[208])

*

J. A. hatte einen gelackten Schnurrbart, als hätte man die Haarpomade für ihn erfunden; Haare von genau gleicher Länge; einen Scheitel, bei dem man spürte, daß er ihn zum Schlafen beibehielt. Seine Hände waren völlig ausdruckslos, er steckte sie denn auch in die Taschen, sobald er sprach. Er warf sich dann in die Brust, sprach laut, sprach allein.

Der Ton seiner Stimme schien zu sagen: Es ist überflüssig, mich zu unterbrechen, ich höre doch nur mir selbst zu. Wunderlich ist, daß man sich um ihn scharte. Man bewunderte ihn nicht gerade; aber er verblüffte immerhin. Seine Stimme pfiff ein wenig, denn niemals ließ er das Ende einer dicken Zigarre aus den Zähnen, oder die Bernsteinspitze, die sie hielt; dieses kleine Pfeifen machte es ihm möglich, affektiert zu sein, ohne es zu scheinen, und geistreich zu wirken. Er hörte höchstens einmal mit Sprechen auf, um einen Zug aus seiner Zigarre zu tun.
«Sie haben Paris diesen Sommer nicht verlassen?» wagte M. P. ihn trotzdem in einer Atempause zu fragen.
«Ich wechsle nicht gern das Bett», erklärte J. A. kurz, als verkündete er einen Sinnspruch. «Wenn ich eine Yacht hätte, ließe ich es mir noch gefallen... (J. A. schwimmt in Geld – gibt aber gern zu verstehen, daß er noch ungleich größeren Reichtum vertrüge.) Aber aufs Land! Macht Ihnen das Spaß – das Land?»

*

Auf der Geschworenenbank betrachte ich von neuem meine Kollegen. Ich stelle mir dieselben Gestalten auf der Bank gegenüber vor; in abgetragenen Kleidern, unrasiert, ungewaschen, die Haare unordentlich, mit schmutziger oder gar keiner Wäsche und jenem furchtsamen, gehetzten Blick, den Unruhe und Müdigkeit erzeugen. Wie würden sie wirken? Wie wirkte ich selbst? Würde selbst der Richter in dieser scheußlichen Verkleidung noch den «Ehrenmann» erkennen? Sehr schlau müßte sein, wer da noch den Verbrecher vom Geschworenen unterschiede!

*

Die Rede Jules Lemaitres auf den Herzog von Orléans hat mich, ich gestehe es, ergriffen; in ein paar Sätzen beschwor er das Bild eines Herrschers herauf, wie ihn sich jedes Land, welches es auch sei, nur wünschen kann, sofern es sich überhaupt einen Herrscher wünscht.
Zuerst war ich betrübt, in den Sätzen des Briefes, den der Herzog von Orléans ihm sendet, keineswegs dieselbe männliche Würde,

dieselbe bewegte Bündigkeit wiederzufinden. Aber die Vorbehalte, die ich machen könnte, halten der Überlegung nicht stand. Das Wichtige ist nicht, daß ein Fürst gut spricht, das Wichtige ist, daß er sich mit Männern zu umgeben weiß, die Eigenschaften besitzen, welche er bei sich als fehlend erkennt. Wer kann übrigens auch in unserer Epoche voraussehen, wie weit die Rechte eines Königs beschnitten würden, bis zu welchem Grad die Rolle des Parlaments seine Initiative begrenzte? Und ist man nicht eigentlich berechtigt, noch mehr Eigenwert von den Repräsentanten einer Republik zu verlangen als von denen einer Monarchie? Der Ausspruch Renans im Hinblick auf Louis-Philippe: «Man muß Königen ihre Mittelmäßigkeit verzeihen; sie haben sich nicht gewählt», ist nicht unbedingt respektlos gemeint.
Aber gerade jene beruhigende Beschränkung der königlichen Macht beunruhigt mich ja, hängt doch dann alles vom Wert des Areopags ab, der sie beschränkt, und solange über diesen das allgemeine Wahlrecht bestimmt, werden wir den Herrn nicht gewechselt haben. Der König wird erst dann König sein, wenn er uns davon befreit haben wird. Wird das ein König können, und ist eigentlich, um uns davon zu befreien, ein König nötig?

*

Man hat selbst Montaigne überschätzt. Nicht immer ist er köstlich. Ich bemerke, daß er es nie mehr ist, als wenn er die Zügel locker läßt, nie weniger, als wenn er sich zusammennimmt und etwas durchführt. Die so berühmte *Apologie* von Raimond de Sebonde ist fast leer von vergnüglichen Stellen. Nicht ohne Durchhaltevermögen brachte ich sie zu Ende; in meiner kleinen Ausgabe in sechs Bänden nimmt sie einen davon fast ganz in Anspruch, und ich, der ich Montaigne immer mit dem Bleistift in der Hand lese, bereit, mein Staunen oder meine Freude am Rand anzumerken, schritt hier von Seite zu Seite fort, ohne irgendein lebendiges Wort zu finden, einen jener nonchalanten, bebenden Sätze, die auf den ungezwungenen Seiten in Fülle erscheinen. Die Sorge um die Komposition dieses Kapitels hat ihn gehemmt.

*

Ich beklage es manchmal, in einer Epoche zu leben, wo der Respekt so wenig gezeigt wird, so schwierig ist. Nicht jedem ist es gegeben, ungestraft darauf verzichten zu können. «Mein Geist war von Natur zur Verehrung geschaffen», sagt Goethe irgendwo (oder wenigstens sein Übersetzer). Wenn Abweichungen von der Linie beim Geist ebenso sichtbar wären wie bei der Säule, würde ich mehr als einen kennen, der es nicht mehr wagte, sich in der Unterhaltung hervorzutun; usw. ...

*

«Was verstehen Sie denn unter Sitten?»
«Unter Sitten verstehe ich eine allgemeine Unterordnung und ein bestimmtes Betragen infolge guter oder schlechter Gesetze. Sind die Gesetze gut, sind auch die Sitten gut», usw. ... (Diderot, *Supplément au Voyage de Bougainville,* Teil IV, S. 205. Édition du Centenaire.)

«Die Sitten sind die Heuchelei einer Nation.» (Balzac.)

«Wenn, wie Buffon sagt, die Liebe im Tastgefühl liegt, so mußte die Weichheit dieser Haut wirksam und durchdringend sein wie der Duft des Stechapfels.» (Balzac, *Les Paysans.*)

*

«Es ist sicher, daß die mohammedanischen Völker dem Koran auf diesem Wege vorausgegangen wären, hätte er nicht von Anfang an durch das Verbot des Spiels einen Schutzwall vor dem Islam aufgerichtet und hätte er nicht die Einbildungskraft der Muselmanen auf das *Entdecken verborgener Schätze* hingelenkt.» (Burckhardt, *Renaissance,* Bd. II, S. 193–194.)
Sehr wichtig, in der Tat das Fehlen des Spiels in *Tausendundeine Nacht* festzustellen.

*

Beispielhafter Satz der Goncourts:
«Über die Durchsichtigkeit jenes Wassers gebeugt, wo das Lehmige des Uferhangs, wo das Rötliche der Wurzeln sich rasch im Bläulichen eines tiefen Flußbettes verlor...», usw. ..., usw. ... (*Frères Zemganno,* S. 7.)

«Die beiden Brüder führten ein ruhiges, geordnetes, einheitliches, nüchternes, fast keusches Leben. Sie lebten ohne Geliebte und tranken fast nur rotgefärbtes Wasser. *Ihre größte Zerstreuung: das war jeden Abend ein kleiner Spaziergang auf dem Boulevard, währenddessen sie zu allen Plakatsäulen gingen, zu einer nach der andern, um auf jedem Plakat ihren Namen gedruckt zu lesen – wonach sie schlafen gingen.»* (*Frères Zemganno,* S. 243.)

Seltsam, daß in einem so speziellen und dokumentierten Buch wie *Les Frères Zemganno* Goncourt *haltère* ohne *h* schreibt (S. 275).

*

«Die Nivellierung kommt nicht von Gott, und jeder anständige Mensch muß Augenblicke kennen, wo er versucht ist, über diese Verheerung zu weinen.» (Kierkegaard.)

«Diese ehrgeizige Frau *(Cornelia)* hatte frühzeitig alle *Instrumente der Tyrannei* für ihre Söhne vorbereitet: die *Beredsamkeit,* in der sie alle ihre Zeitgenossen übertrafen; die *Tapferkeit*: als erster erstieg Tiberius die Mauern von Karthago; die *Redlichkeit* sogar; solchem Ehrgeiz konnte auch der Geiz nichts anhaben. *Die Stoiker, die beide Kinder erzogen,* in der Art, wie sie Kleomenes, den Reformator von Sparta, erzogen hatten, *prägten ihnen jene Politik der Nivellierung ein, die den Zwecken der Tyrannei so trefflich dient,* sowie die klassischen Fabeln von der Gleichheit der Güter unter Romulus und unter Lykurg.» (Michelet, *Hist. rom.,* Bd. II, S. 162.)

1912

Sonntag, 8. Januar.

Ich hatte mir vorgenommen, dieses Tagebuch wiederaufzunehmen und vom 1. Januar an regelmäßig zu führen. Aber ich habe mich die letzten Tage so elend hingeschleppt, daß ich es nicht einmal widerwillig fertiggebracht hätte, irgend etwas zu schreiben. In Wahrheit habe ich es nicht einmal versucht.

14. Januar.

... Hier aber ist es wie in der Musik, wo jener Gisakkord nicht dieselbe Bedeutung hat, je nachdem, ob du über die Dur-Tonarten oder über die Moll-Tonarten hingelangt bist, und auch für das empfindliche Ohr nicht gleich klingt, obwohl er aus denselben Noten zusammengesetzt ist.

Vorgestern abend ausgezeichnete Unterhaltung mit Paul-Albert Laurens, der mir den Ausblick auf die Möglichkeit öffnet, *Corydon* auf eine ganz andere Art zu schreiben. Er möchte, daß ich daraus ein ernstes Werk mache, ähnlich wie mein *Enfant prodigue,* was mir lange Stoff zum Nachdenken gibt.

Tagesende gestern bei Madame R., wo mein Denken während einer Stunde die Folter der Spanischen Stiefel erleidet. Sie ist übrigens reizend und von einer Liebenswürdigkeit, einem guten Willen, die entwaffnen; aber was hatte ich dort verloren? Von T. sprechend: «Das ist ein Rentier», sagte ich zu ihr, «und in der Literatur mag ich nur die, die ihr Kapital verzehren.» «Wie Sie so richtig bemerken», erwiderte sie sogleich, «fehlt es dem netten Jungen an Geld.» Sie ist nicht etwa unfähig zu verstehen; aber sie will zu schnell verstanden haben.

Dann ist Péladan[209] gekommen; seltsames Fehlen eines Akzents in diesem Gesicht; fetter und weichlicher Eindruck der ganzen Person. Er gibt einige Aussprüche à la d'Aurevilly von sich: «Kaffee und Tabak sind Gerte und Sporen des Geistes», usw. ... Er wirft Gautier vor, es fehle ihm «an allgemeinen Ideen», und fügt hinzu: «Was mich betrifft, so finde ich es nur natürlich, wenn Monsieur

de X., als er Y kennenlernt (er spielt, soviel ich verstehen konnte, auf eine wirkliche Begebenheit an und nennt Namen), als erstes fragt: ‹Was denken Sie vom Unendlichen?› Und der, der sich darüber wundert, ist ein Dummkopf.»
Es ist eine große Weisheit, es zu wagen, als Dummkopf zu erscheinen; es gehört aber ein gewisser Mut dazu, den ich nicht immer gehabt habe.

15. Januar.

Gestern Mittagessen mit den Espinas', den Drouins und Onkel Charles. Ghéon stößt zu uns; dann kommt nach dem Essen Ruyters. Lange Debatte über Politik. Gegen fünf Uhr kommt Jean Schlumberger, mit dem wir ausgehen, nachdem wir die Arbeit für die *N. R. F.* erledigt haben, und der uns draußen seine Sorgen mitteilt. Unentwirrbare Situation der Revue. Beides ist unmöglich, sie fortzusetzen und von ihr loszukommen.
Und schon wieder ein Tag weniger zu leben. Aber mir wird jede Arbeit unmöglich, sobald der Tisch, an dem ich arbeite, nicht mehr fest steht. Ich wiederhole mir den Satz von Renan, den ich seinerzeit zitierte: «Um frei denken zu können, muß man sicher sein, daß das, was man schreibt, keine Konsequenzen nach sich zieht.»
Heute morgen suche ich Jacques Rivière im Büro der Revue auf; wo sich Jean Schlumberger zu uns gesellt, den ich bald zu Eugène Rouart mitnehme – wo ich Copeau treffen soll.
Alle drei bei Vian gegessen; lange Prüfung der Lage. Sie scheint uns ohne Ausweg. Seltsam, zu denken, daß die Zeit notwendigerweise eine Lösung bringen wird.

Im Eisenbahnwagen geschrieben
(auf dem Weg nach Vichy). 19. Januar.

Ich habe mich mit Copeau um acht Uhr in der kleinen englischen Taverne in der Rue d'Amsterdam (es ist, glaube ich, die der Reise nach London aus *A rebours*) wieder getroffen, wo wir zu Abend gegessen haben. Ausgezeichneter Rat von Copeau: Jean Schlumberger solle sich einfach von der Leitung der *N. R. F.* zurückziehen, die mit ihren beiden anderen Leitern, notfalls sogar mit Copeau allein, weitermachen würde, sollte Ruyters nach Abessinien abberufen werden.

Hotel Bellevue, Neuchâtel.

In diesem Hotel, das ich in so ausgezeichneter Erinnerung hatte, erhielt ich nur ein kümmerliches kleines Zimmer, das eine Stimmung von «mach-daß-du-fortkommst» erfüllt. Ich werde nicht zu Abend essen, ich werde einfach um neun Uhr in einer gegenüberliegenden Brasserie einen Milchkaffee trinken, der mich bis vier Uhr wachhalten wird, ebenso wie der Lärm, den meine Nachbarn von Mitternacht bis zwei Uhr veranstalten. In der Brasserie hatte ich an Miomandre geschrieben, um ihm zu einem Artikel über Madame de Ségur zu gratulieren, den ich in der *Gazette de Lausanne*[210] gelesen hatte. Ehe ich mein dürftiges Zimmer wieder aufsuche, gehe ich noch ins Kino; der Knabe im kaffeebraunen Samtanzug mit dem zerrissenen Ärmel (er trug eine «Mütze» aus weißer Wolle), so einfach, so gesund, so lustig, der sich neben mich setzt, mit mir plaudert, mich zurückzuhalten versucht, als ich aufstehen will, indem er mir versichert, ich hätte noch mehr gut von der Vorstellung...

Habe ich die äußerste Grenze der Erfahrung erreicht? Und werde ich mich endlich wieder von neuem fangen? Was mir an Tatkraft noch bleibt, bedarf einer klugen Verwendung. Wie einfach wäre es gegenwärtig, mich in den Stuhl eines Beichtvaters zu stürzen! Wie schwer es ist, für sich selber gleichzeitig der zu sein, der befiehlt, und der, der gehorcht! Aber welcher Seelsorger würde fein genug das Fließende, das leidenschaftlich Unentschiedene meines ganzen Wesens verstehen, jene gleich große Fähigkeit zu allen Gegensätzen? Eine Entpersönlichung, so willentlich und so schwer errungen, daß einzig und allein die Produktion der Werke sie erklären und entschuldigen könnte, das dadurch ermöglicht wird und um dessentwillen ich daran gearbeitet habe, meine Vorlieben zu unterdrücken. Absurdität der objektiven Methode (Flaubert). Nicht mehr ich sein: alle sein. Gefahr, sein Reich entgrenzen zu wollen. Um Rußland zu erobern, mußte Napoleon

Frankreich aufs Spiel setzen. Notwendigkeit, die Grenze mit dem Zentrum zu verbinden. Es ist Zeit heimzukehren.
(Das wird der Gegenstand von *Alexandre aux Indes*[211] sein).

Fortwährende *vagabondance*[212] der Begierde – eine der Hauptursachen des Verfalls der Persönlichkeit.
Dringend notwendig, sich wieder zu fangen.

Kann man denn aber mit mehr als vierzig Jahren noch Beschlüsse fassen? Man lebt nach zwanzig Jahre alten Gewohnheiten. Wußte ich, was ich tat, mit zwanzig Jahren? Als ich den Beschluß faßte, mir alles anzusehen, keiner Sache mich selbst vorzuziehen und immer dem den Vorzug zu geben, was von mir selbst am verschiedensten war...
Sogar meine Schlaflosigkeit erschien mir in dieser Nacht als eine Art Ratlosigkeit, als ob es mir schwerfiele, mich zum Schlafen zu entschließen.
Nie mehr ohne bestimmtes Ziel ausgehen; sich daran halten.
Vorwärts gehen, ohne den Blick zu wenden.
In der Eisenbahn irgendein Abteil wählen; und in der Metro durch die erste Tür einsteigen, die sich bietet, ohne Besseres zu suchen.
Die kleinen Siege nicht verachten; sobald es sich um den Willen handelt, ist das *Viel* nichts als das ungeduldige Addieren des *Wenig.*
Sich jede Art Unschlüssigkeit verbieten.

Zürich, Dienstag abend.
Alles, was ich heute früh geschrieben habe, wird mir nach kurzer Zeit absurd erscheinen. Schon geht es mir besser; die frische Luft bringt mich wieder ins Gleichgewicht; ich werde mir meiner Kräfte wieder bewußt. Das ist genau der Zustand, den ich gewollt habe; aber sobald ich schwach werde, bin ich niemand mehr, weil ich alle sein wollte (Zustand des vollkommenen Romanschriftstellers), aus Furcht, nur *irgendeiner* zu sein.

Als Eroberer, nicht als Reisender, dringt Alexander in neue Welten ein; er sucht die *Grenzen* der Welt, usw. …

Zürich, Mittwoch.

Ich möchte Claudel nie gekannt haben. Seine Freundschaft lastet auf meinem Denken, verpflichtet es, hemmt es… Noch bringe ich es nicht fertig, ihm Kummer zu machen, aber mein Denken behauptet sich nur als Kränkung des seinen. Wie mich mit ihm darüber aussprechen? Gern würde ich ihm den ganzen Platz überlassen, alles aufgeben… Ich kann aber nichts anderes sagen, als was ich zu sagen habe, was von niemand anderem gesagt werden kann.

Wieviel leichter Sinnlichkeit zur Kunst führt als Sentimentalität, das sage ich mir, während ich in Zürich spazierengehe. Offen gestanden, ich verstehe nichts davon; ich fühle mich diesen Leuten fremder, und sie sich mir, als wäre ich unter Zulus oder Karaiben.

Donnerstag.

Wenn ich mich plaudern höre, habe ich Lust, Trappist zu werden. Und aller Widerwille, alle Verzweiflung, die ich dabei empfinde, bessert mich in nichts. Welche Nachsicht müssen die andern manchmal haben, um mich zu ertragen! … Es gibt gewisse Fehler meines Geistes, die ich kenne und verabscheue, deren ich nicht Herr werden kann. Wären sie mir wenigstens nicht bewußt!

Dichter Nebel über der Stadt und meinen Gedanken. Mittagessen mit jenem Monsieur Simon, den mir Bernard Spycket vor zwei Jahren in der Oper vorgestellt und der mir seinerseits seinen Freund Dehmel vorgestellt hatte.

Nach dem Essen zeigt mir Simon die Bücher seiner Bibliothek, mit sehr merklicher Sorge, sie mich nicht berühren zu lassen. Selbstsicherheit dieses Geistes, der das, was er hat, fest besitzt und nicht zur Seite blickt.

Er spricht lange zu mir (während wir zusammen zum Landesmuseum gehen) über den Zustand namenloser Barbarei, in den Deutschland versinke.

«Ihr Ideal von Sinnlichkeit», sagt er zu mir, «ist die Sektflasche. Der Kaiser hält sie noch zusammen, aber nach Wilhelms Tod werden sie die Ellbogen gebrauchen. Ihre Kraft und Gesundheit wächst im selben Verhältnis wie ihre Dummheit. Ich versichere Ihnen, daß ich nicht übertreibe; ich habe Gelegenheit, sie aus nächster Nähe zu beobachten; man kann sich die *Dummheit* dieser Leute nicht vorstellen. Aber welche Stärke liegt darin, sich für nichts anderes zu interessieren als für seine Arbeit! Man spricht viel von der bewunderungswürdigen deutschen Methode; diese Methode hat an sich nichts besonders Bewunderungswürdiges; sie ist kindlich einfach; zu bewundern ist nicht die Methode, sondern daß man sie befolgt... Ein Deutscher, der sich am Sonntagabend sinnlos betrinkt (und für ihn ist das der Höhepunkt der Ausschweifung), findet sich am Montag früh in seinem Büro ein, benommen zwar, aber nicht viel mehr als gewöhnlich, ebenso pünktlich und fleißig, als hätte er am Vorabend reines Wasser getrunken. Ihre große Tugend ist die Geduld; ihre große Stärke, sich durch nichts ablenken zu lassen.»
Im übrigen ermüdet mich die Unterhaltung mit Simon ziemlich rasch, wie mit all denen, die immer auf ihren Umriß bedacht sind und darauf, ihn nicht zu überschreiten. Ich spreche zu ihm von Chopin, er antwortet mir, er beschränke sich auf Beethoven; ich spreche mit ihm von Dostojewski, er gesteht mir, zu sehr Goetheaner zu sein, um jenem folgen zu können, ebensowenig Ibsen.

Besuch des Landesmuseums. Wunderbare Säle; Fayence-Ofen, der sich nach rechts und links zum Sitz erweitert; Zusammenklang von Komfort und Intimität so gekonnt ausgearbeitet, wie ich es noch nirgends gesehen hatte (ich meine vor allem einen prächtigen Renaissancesaal und den daneben, ganz einfach, getäfelt mit Einlegearbeit, die Théo entzückt hätte).

Andermatt, 27. Januar.

Da bin ich wieder in dem Land, «von Gott geschaffen, um fürchterlich zu sein» (Montesquieu). Die Bewunderung der Berge ist eine

Erfindung des Protestantismus. Seltsam, wie kunstunfähige Gehirne das Stolze mit dem Schönen verwechseln. Die Schweiz: bewundernswertes Energiereservoir; wie weit muß man aber hinabsteigen, um die Gelöstheit und die Anmut, die Trägheit und die Lust wiederzufinden, ohne die weder Kunst noch Wein möglich sind? Daran, daß das Gebirge aus dem Baum eine Tanne macht, ermißt man, was es erst aus dem Menschen machen kann. Koniferenästhetik und -moral.
Tanne und Palme: die beiden Extreme.

29. Januar.
E. P. ist gekommen, um uns zu treffen; begleitet von einem Kameraden aus dem Poly... Elsässer mit Zwicker und spitzer Nase. Armseligkeit und Mangel an Neugierde dieses Hirns, was er unter einem Ausdruck von Verächtlichkeit verbirgt; Mittelmäßigkeit seiner Reaktionen; im übrigen sehr gefällig und nett; sobald man aber über andere als praktische Fragen, besonders Geldfragen, mit ihm spricht, tönt er nicht stärker als eine hölzerne Glocke. Sobald aus seinem Gesicht das Lächeln weicht, wird es verdrießlich und drückt nichts anderes mehr aus als Langeweile.

Ich habe da oben zwei Tage Nebel und Schnee erlebt, was dem Land besser steht als der blaue Himmel, den wir dort nach mehreren Wochen Regen zu finden hofften. Und nun, paradoxerweise, seit Olten ein wolkenloses Blau. Ich schreibe dies im Zug, der mich nach Paris zurückbringt, zu Em., die ich leidend weiß und die ich so schnell wie möglich wiedersehen möchte. Wunderbare Talfahrt von Andermatt nach Göschenen heute früh; ich versank in eine Schlucht von Dantes Hölle. Der Nebel, vom Wind vereist, bedeckte mit Rauhreif meinen Mantel, meine Handschuhe, die blonden Wimpern des Kutschers und den Schweif des Pferdes, der einer riesigen Straußenfeder glich, wie auf einem der *Proverbes* von Goya. Das wenige, was man vom Gebirge sah, von wunderbarer romantischer Scheußlichkeit, verlor sich, löste sich alsbald auf in phantastische Unwirklichkeit. Wollust im Erleben des Merkwürdigen, ebenso extrem wie in der Wüste, als bei der Rück-

kehr von Tolga (?) (mit P.-A. Laurens, Mama und Marie) das Rad des Wagens einen Schweif von Sand aufwirbelte; auch das Knirschen der Schlittenkufen im Schnee erinnerte daran.
Heute früh ließ eine klarere Luft die fernen Gipfel sehen, die das Tal auf der Seite der Furka versperren, rosa und mauve, mit nichts Grausamem noch Scheußlichem mehr für das Auge.

Dienstag.

Gestern um Mitternacht nach Hause gekommen. Heute morgen schreibe ich einige Briefe (Antworten auf Einladungen) und schicke sie an meine Tante Charles Gide, die sie in Andermatt aufgeben soll. Kurzes Klavierüben. An diesem Abend beende ich meine neuerliche Lektüre der *Dämonen.* Niederdrückende Bewunderung. Ich dringe diesmal noch tiefer in den geheimen Grund des Werkes ein, den ich nun durch die Erinnerung an die anderen Werke besser aufzuhellen vermag. Ich erfasse sowohl die Einzelheit als auch das ganze Büschel; staune aber immer noch über die Art, wie Dialog und Erzählung der Idee entgegenkommen, nachtwandlerisch sicher, obgleich dem Anschein nach auf ganz empirische Weise.
Den ganzen Tag nichts schreiben können aus völligem *Mangel an Gefälle.*
Nach dem Abendessen, nach Lektüre der letzten Seiten der *Dämonen,* gehe ich zu Ruyters eine Zigarette rauchen.

In diesem Alter (zwölf- oder dreizehnjährig) war ich groß im Auseinandernehmen von Standuhren, und wenn ich nach Uzès zu meiner Großmutter kam, hatte ich keine Ruhe, bis ich nicht alle Räderwerke gereinigt und alle Pendel des Hauses in Gang gesetzt hatte.

Mittwoch.

Um sparsamer damit umzugehen, werde ich minutiös die Anwendung meiner Zeit aufschreiben:
Halb acht Uhr: Bad; Lektüre des Artikels von Souday über A. S.
Halb neun bis neun Uhr: Frühstück.

Neun Uhr: Klavier (Erstes Präludium für Orgel von Bach-Liszt). Üben durch Ankunft von Doktor D. unterbrochen, der Em.s Arm verbindet.
Zehn bis elf Uhr: Briefe an Rilke und Eugène Rouart.
Elf Uhr bis Mittag: Spaziergang, dann meine Notizen über *Die Dämonen* ins reine gebracht.
Mittagessen.
Ein bis zwei Uhr: Klavier geübt.
Zwei bis drei Uhr: Lektüre von *Clayhanger*[213]; dann heftige Müdigkeit und furchtbares Sich-gehenlassen. Ich gehe von drei bis vier schlafen.
Aus Wunsch und Bedürfnis, mich an etwas Festes anzuhängen, spanne ich mich in die Übersetzung von Hebbels Briefen ein (den aus Frankreich datierten). Ich finde gleichzeitig Mühe und Interesse dabei, so daß ich diese Arbeit bis zur Essenszeit weitertreibe.
Mit ganzem Herzen und ganzer Seele vernehme ich diesen Aufruf zur Tugend.

Donnerstag.

Es fertiggebracht, mich zu erkälten, was meine Unruhe noch kompliziert; aber schon hat mich die kurze Arbeit gestern gefestigt. Niemand ist noch von meiner Rückkehr benachrichtigt. Ich möchte meinen Tag einteilen und die Anwendung meiner Zeit im voraus beschließen, wie ich es in der Rue de Commaille konnte; ich hatte damals einen «Stundenplan» an die Wand geheftet und setzte meinen Stolz darein, nichts zu schwänzen. Welche Kräfte hätte ich da gesammelt, hätte ich mich nicht vorzeitig wieder beurlaubt…
Einzig ein Besuch Marcel Drouins (sehr herzliche Unterhaltung) hat mich von der Hebbel-Übersetzung abgelenkt.

Freitag.

Kaum etwas besserer Tag, den ich ganz in dem kleinen Zimmer neben der Bibliothek verbringe, zwischen einem Holzfeuer und einem kleinen elektrischen Heizkörper. Den ganzen Morgen und

einen Teil des Nachmittags Hebbel übersetzt; endlich höre ich auf, nicht etwa entmutigt, aber mehr und mehr überzeugt, daß diese Briefe keine zehn Leser interessieren werden und daß die *N. R. F.* kaum wünschen kann, sie zu veröffentlichen.
Ich schreibe einige Zeilen des *Traité des Dioscures*[214], den ich seit so vielen Jahren im Kopf herumtrage; aber auch das geht nicht. Gegenwärtig denke ich, daß es besser wäre, meine Gedanken über die griechische Mythologie für den Roman zu reservieren, den ich nach *Les Caves* schreiben werde. Ich werde sie dann von jemandem vortragen lassen, mit der ganzen Langsamkeit und Vollständigkeit, die dafür nötig wären. So daß ich auch mit dieser Arbeit aufhöre.
Das erste Kapitel von *Clayhanger* gelesen, das ich aufgebe, um *Captain Singleton* wiederaufzunehmen.

Samstag.

Das Denken unsicher und schmerzlich. Nichts hier aufzuschreiben, trotz meines Bestrebens, auch Unbedeutendes zu beachten. Einzig Klavierüben und Lektüre *(Clayhanger* und *Singleton)* retten diesen Tag vor dem Nichts.

Sonntag.

Meine alte Katze hat vorgestern abend wieder geworfen. Vier milchweiße Junge mit Schwänzen in der Art von Kornetten. Auf Drängen Em.s entschließe ich mich, zwei davon verschwinden zu lassen. Die alte Moune hat an den beiden anderen das Interesse verloren; wir finden sie heute früh, das eine erfroren auf der Matte des Eßzimmers, das andere noch in seinem Korb, aber kaum noch atmend, eiskalt. Ich wärme und belebe es ein wenig; aber als ich versuche, es zum Saugen an einem Fetzen Schwamm zu bringen, verschluckt es sich; kleine Bläschen bilden sich an den Nasenlöchern; die Flanken heben sich noch vier- oder fünfmal mit ungeheurer Anstrengung; dann habe ich nur noch einen Lappen Fleisch in der Hand. Die Moune sieht sich das ungerührt mit an; sie hat keine Milch: Das ist das Geheimnis ihrer Gleichgültigkeit. Mit dem Einschießen der Milch beginnt die Mutterliebe.

Immer noch nichts. Ich lebe in der Erwartung meiner selbst.
Die Drouins sind zum Mittagessen gekommen, *as usual.* Gleich nach der Mahlzeit wieder in mein Zimmer hinaufgegangen. Ich lasse meinen Bart wachsen; das heißt, daß ich mich seit fünf Tagen nicht rasiert habe; aus dem Bedürfnis, mich häßlich zu fühlen. Ruyters ist gegen Ende des Tages gekommen; ich hatte an seinem Besuch kaum Vergnügen; obwohl er sich als ganz guter Arzt erweist.
Ich verfolge *Clayhanger* mit wachsendem Interesse. Meinem *teacher* geschrieben wiederzukommen; alles, was ich von meiner Zeit *anlegen* werde…

Die Wohltat, die Ermutigung, die ich empfinde, als ich von der Verdammung der *Histoire de l'Église* des Monsignore Duchesne durch den Papst lese, klärt mich ein wenig über die geheime Ursache meines Übels auf. Variationen über die Angst vor dem *Index.*

Montag.

Dieser Zustand des Gleichgewichts ist nur auf dem gespannten Seil schön; auf dem Boden sitzend hat er nichts Glorreiches mehr.

Folgendes dämpft meine Unruhe immerhin ein wenig: die Erinnerung, daß ich ähnliche Perioden der *Teilnahmslosigkeit* schon früher durchgemacht habe. Zweifellos hängt das mit einem physiologischen Zustand zusammen; aber ich suche nach der Verbindung, die herzustellen wäre… Immer sich selbst gleich bleiben, in Mittelmäßigkeit oder Genie! … Von mir zu mir, welche Entfernung! Deshalb wage ich auch weder zu planen noch zu versprechen, und deshalb erreiche ich auch nichts als durch Schachzüge und Listen mir selbst gegenüber, und um den Preis welcher Aufschübe…

Dienstag.

Gestern abend *Clayhanger* bis Mitternacht gelesen. Ich bin von diesem Buch äußerst enttäuscht und kann immer noch nicht be-

greifen, worin eigentlich sein Verdienst liegt. Das ist kein sehr langer Fluß; sondern ein kurzer, sehr langsam rinnender Bach. Es ist nicht schwer, auf diese Art achthundert Seiten zu füllen. Bennett legt auch noch an jedem Plätzchen an, offensichtlich ohne andere Absicht als die, seine Spazierfahrt zu verlängern. Ich bin noch auf der Suche nach dem Grund, warum er dieses Buch geschrieben hat. Und doch lese ich weiter.
Meine Englischstunden wiederaufgenommen.
Heute morgen war ich eine halbe Stunde ausgegangen. Ich fühle mich ein bißchen weniger von mir selbst geleugnet. Es ist mir sogar passiert, ohne Widerwillen noch Gereiztheit an die *Caves* zu denken. Klavier geübt und *Clayhanger* gelesen.

Em. hat Onkel Charles besucht; hat ihn nicht angetroffen; hat sich aber ziemlich lange mit der alten Haushälterin unterhalten, die ihr erzählt hat, sie habe es am Anfang kaum ausgehalten, von meiner Tante unaufhörlich hart angefahren zu werden; dann hat sie sich aber damit abgefunden und schließlich entdeckt, daß «Madame im Grunde sehr gut» sei; sie fügt hinzu: «Wenn ich bloß noch zwei Jahre durchhalte, werde ich sicher nicht mehr versuchen zu wechseln.»

Mittwoch, 7. Februar.

Wenn ich jetzt verschwände, könnte niemand, nach dem, was ich geschrieben habe, das Beste ahnen, was mir noch zu sagen bleibt. Aus welcher Tollkühnheit, aufgrund welcher Vorstellung eines langen Lebens habe ich immer das Wichtigste bis zum Schluß aufbewahrt? Oder, ganz im Gegenteil, aus welcher Schüchternheit, aus welcher Achtung vor meinem Gegenstand und Furcht, seiner noch nicht würdig zu sein! ... So habe ich *La Porte étroite* von Jahr zu Jahr aufgeschoben. Wen werde ich je davon überzeugen können, daß dieses Buch der Zwilling des *Immoraliste* ist und daß die beiden Gegenstände im Wettstreit miteinander in meinem Geist wuchsen, daß das Übermaß des einen im Übermaß des andern seine geheime Rechtfertigung fand und alle beide sich gegenseitig im Gleichgewicht hielten?

Donnerstag.

Ich habe *Clayhanger* aufgegeben (bei Seite hundertfünfundzwanzig), da das Buch immer weniger gut wird, je weiter man kommt. Den *Captain Singleton* wieder vorgenommen, den ich gegenwärtig mit Leichtigkeit lese.

Ghéon ist zum Mittagessen gekommen, gestern; seine Unterhaltung hat mich wiederbelebt. Nach einer Englischstunde sind wir zusammen ausgegangen.

Singleton gelesen und versucht, den Besuch von Julius bei Lafcadio wieder zu beginnen. Heute abend fühle ich mich wieder so müde, daß ich Mühe habe, diese paar Zeilen zu schreiben, und es nur pflichtgemäß tue.

Neue Angriffe in der *Indépendance,* neue Angriffe in den *Marges* (an drei Stellen). Welche Ausdauer im Haß!

Auf die Bitte Eugène Rouarts war ich in die Rue de Lisbonne gegangen, um mich nach Y. und S. zu erkundigen. Durch Stimmengewirr erschreckt und durch den Portier von der Anwesenheit der E.s und einiger fremder Personen benachrichtigt, bin ich nicht hinaufgegangen.

Den Tag bei Paul Desjardins beendet, wo meine Müdigkeit plötzlich viel stärker wurde. Woher kommt die unüberwindliche Hemmung, die ich unweigerlich ihm gegenüber empfinde? Und warum gibt er sich mir gegenüber immer so gehemmt? Er ist eine ganz konstruierte Gestalt, dem es auch unter allen Umständen gelingt (denn nie läßt er sich gehen), sich so zu geben, wie er sein zu müssen glaubt; in seiner Nähe fühle ich mich immer armselig und persönlich.

Nichts kann die Erschöpfung meines Denkens ausdrücken.

Freitag.

Zu meiner Erschlaffung kommt gegenwärtig ein beständiges Kopfweh hinzu sowie eine große Mattigkeit des Denkens. Ich fühle mich verzweifelt weit von mir selbst entfernt. Ich hatte mit dem Einschlafen Mühe gehabt, und gegen Ende der Nacht haben Montforts Haß und seine Entstellung meiner Gedanken angefangen, mich so zu quälen, daß ich aufgestanden bin, um ein Vorwort zu *La*

Porte étroite zu schreiben. Es war noch nicht fünf Uhr. Ich habe mich einige Zeit mit der Sache herumgeschlagen (aber wie denen etwas verständlich machen, die nicht verstehen wollen?); dann habe ich mich erschöpft in den Kleidern hingelegt und bin im Schlaf untergetaucht.
Dennoch habe ich heute morgen Jacques Rivière besucht. Wie ich die Unerschöpflichkeit seiner Intelligenz, die Anmut seiner Sympathie liebe und bewundere! Dann ist Alain-Fournier eingetreten, vor dem ich keine allzu schlechte Figur zu machen versuchte.
Heute mittag werde ich, nach meiner Englischstunde, Paule Gobillard die Adresse des Apothekers bringen, wo sie den Pechblendenschlamm erhält; Desjardins hat sie mir gestern gegeben. Ich notiere diese Kleinigkeiten aus Erschöpfung ohne Versuch eines Kommentars.

Der Kamerad, der E. P. nach Andermatt begleitete, hatte eine spitze Nase, wie die Alain-Fourniers. Spitze Nase: mäßige Sinnlichkeit.

Samstag, Mitternacht.

Ich fange zu spät an, ausgerechnet am ersten Tag, an dem ich endlich etwas anderes als Klagen zu schreiben hätte.
Der Katholizismus ist unzulässig. Der Protestantismus ist unerträglich. Und ich fühle mich zutiefst christlich.

Unser Großvater Rondeaux, aus sehr katholischer Familie, selbst aber Enzyklopädist und Voltairianer, hatte ursprünglich von Mademoiselle Pouchet[215], seiner zukünftigen Frau, einer sehr eifrigen Protestantin, verlangt, daß ihre männlichen Nachkommen katholisch erzogen würden. Dann aber, infolge irgendeines Aktes der Kirche, den er als Mißbrauch betrachtete …

Sonntag.

Das Wetter ist von neuem regnerisch; meine Kopfschmerzen heute morgen haben bestimmt keine andere Ursache. Gestern morgen

war es schön, nach wochenlangem Regen; sofort habe ich mich besser gefühlt. Ich war bei Jean Schlumberger, um ihm zu sagen, wie sehr ich die Mitarbeit der Brüder Tharaud bei der *N. R. F.* für wünschenswert hielte. Ich war durchaus überzeugt und sprach sehr warm in diesem Sinne. Jean hat mich, wie immer, meine Sache zunächst bis zum äußersten Punkt ausfechten lassen; und wie es fast immer geschieht, habe ich mich gleich darauf durch einschränkende Argumente überzeugen lassen. Von Jean überzeugt – war ich es denn wirklich? Nein; eher *resigniert.* So daß ich, als mit der Abendpost ein Brief von Copeau eintraf, der heftig meiner Meinung war, von neuem zu Jean eilte, um ihn dazu zu bringen, den Fall wiederaufzunehmen, wenn es noch nicht zu spät war. Zum Glück hatte Jean die Tharauds weder morgens noch mittags angetroffen und hatte den Besuch verfehlt, den sie ihrerseits ihm gegen sieben Uhr gemacht hatten. Also war nichts verloren. Um so besser!
Heute morgen auch Gallimard besucht.
Schon fing ich an, mich der Verzweiflung zu schämen, der ich mich in den letzten Tagen überlassen hatte, auch deshalb, weil ich mit so wenig Stolz «meiner Klage freien Lauf» gelassen hatte. Aber gegen Ende des Tages, nach einer Englischstunde, bin ich unter dem Vorwand der Gesundheit und aus Untätigkeit (Unruhe auch) wieder ausgegangen; ich habe mich im Bois de Boulogne herumgeschleppt, sehr lang, sehr weit, kläglich. Der Himmel war von neuem ganz bedeckt. Der Brief Copeaus hat mich wiederhergestellt (und auch eine der besten Unterhaltungen, die ich je mit Em. hatte … Aber von allem, was Em. berührt, verbiete ich mir, hier zu sprechen[216]).

Gestern abend, als ich zufällig den kleinen Saint-Évremond aus der Sammlung Heredia aufschlage, stoße ich auf folgenden Satz: «Nur den großen Männern ist es eigen, nichts zu überstürzen und nicht ungeduldig zu werden … Es bedarf eines gewissen Zeitraums, um große Unterfangen zur Reife zu bringen. Diejenigen, die abwarten können, werden gewöhnlich mit Zinsen für ihre Geduld bezahlt; denn in vielen Dingen richtet die Geduld mehr aus als die Kraft …», usw. …

«Übereilung verdirbt das bestgeplante Unternehmen. Wogegen die Geduld die schwierigsten Unterfangen reifen läßt und ihre Ausführung leicht macht.» (Bd. IV, S. 156 und 157)

Als ich gestern einen Augenblick ausging, ließ ich mich von der Neugier hinreißen und ging der Menge nach bis zum Velodrom des Parc des Princes, wo ich noch nie gewesen war. Während fast einer Stunde habe ich dort einem Fußballspiel beigewohnt, von dem ich so gut wie nichts verstanden habe. Ästhetik der Gruppierung und der Massen, welche die individuelle Ästhetik zu ersetzen versucht. Schreckliche Zuschauermenge.
Beim Nachhausekommen finde ich Ruyters vor und Pierre de Lanux; Ghéon ist bald darauf zu uns gestoßen. Er kommt begeistert aus einer Aufführung von *Elektra,* «getanzt» von Isadora Duncan.
Abends lese ich Em. die Erzählung von Iehl vor, die ich für die *N.R.F.* ins reine bringen will.

Mittwoch.

Copeau ist gestern gekommen; wir haben den Tag zusammen verbracht, vom Mittagessen an; er hat in der Villa übernachtet und ist erst heute vormittag um elf Uhr weggegangen. Wie wohl mir das Gefühl für seinen Wert tut! Er hat mir seine Chronik über Louis Bertrand vorgelesen; am Abend sind wir bei Madame Théo gewesen, die von Brüssel kam, nachdem sie acht Tage in London verbracht hatte. Nach dem Abendessen hören wir uns in der Gaîté Montparnasse zwei Akte von *Tour de Nesle* an.
Die Hoffnung, André Benjamin-Constant bald in Algier treffen zu können, elektrisiert alle meine Gedanken.

Samstag, 17. Februar.

Ich kann nur im Laufschritt das etwas wirbelnde Leben dieser letzten Tage notieren. Ich schreibe auf einer Bank im Bois; das Wetter war strahlend heute früh; dies das Geheimnis meines Glücks. Aber schon bedeckt sich der Himmel wieder; ich habe Apoll nötig; ich muß abreisen.

Welche Mühe macht es mir, mich zu erinnern, was ich seit Mittwoch getan habe!

Versuchen wir's: Mittwoch nachmittag habe ich die Damen Valéry besucht; ich hatte es nicht über mich gebracht, ihnen die schlechte Auskunft schriftlich mitzuteilen, die ich aus der Schweiz bezüglich der Battaglia-Schlammerde erhalten hatte, mit der Paule G. rechnete: Diese Schlammerde wird nicht exportiert. Dann suchte ich Eugène Rouart auf, der eben nach Paris zurückgekehrt war. Zusammen haben wir einen Abstecher in die Ausstellung der italienischen Futuristen gemacht; haben dann bei der Bank von M. erfahren, daß Ruyters, den wir dort suchten, den ganzen Tag nicht erschienen ist. Gleich nach dem Abendessen laufe ich hin, um mich nach ihm zu erkundigen; zu spät; das ganze Haus, vergrippt, schon im Bett.

Donnerstag vormittag bei Valentine Gilbert, mit Em., um die Angelegenheiten Édouards zu erledigen.

Nach dem Mittagessen Besuch von Verhaeren, dann Élisabeth R., flankiert von ihren beiden Töchtern und einem jungen nationalistischen Dichter, der «meine Bekanntschaft zu machen wünscht». Unmöglich, mich zu erinnern, wie ich den Abend dieses Tages zugebracht habe…

Doch, immerhin: ich hatte meine Mitwirkung bei dem kleinen Vortrag über französische Literatur versprochen, den Jacques Rivière allwöchentlich bei den Gallimards hält. Er sollte an diesem Abend über Rabelais sprechen und hatte mich gebeten, an seiner Stelle einige Texte vorzulesen. Offen gestanden wollte ich vorlesen und hatte es darauf angelegt, daß Jacques mich darum bitten sollte; ein klägliches Manöver, durch das, stelle ich mir vor, sich niemand hat täuschen lassen; alles ist übrigens gut gegangen; aber der Gedanke stört mich noch, daß Rivière besser vorgelesen hätte als ich; daß die andern auch so dachten und mein Eindringen in ihre Gruppe reichlich indiskret fanden; was es auch unbestreitbar war; kaum hatte ich den Salon betreten, habe ich das genau gemerkt, und das Bewußtsein meiner Indiskretion hat mir meine ganze Selbstsicherheit genommen: Ich habe elend gelesen, gleichsam klagend, bescheiden und mit einer Miene, als wolle ich

mich entschuldigen – und zwar einen Text, der ganz im Gegenteil von Zynismus und Bravour erfüllt war. Um so schlimmer für mich!
Solche kleinen Demütigungen und Dämpfer für die Selbstliebe sind äußerst lehrreich.
Ghéon zum Abendessen mitgenommen. Er schleppt mich zu einem Abend im Théâtre des Arts, wo man die Premiere der *Profession de Madame Warren* gibt. Ich kam schon mit gesträubtem Fell hin, von vornherein verstimmt durch die unerträgliche Unbescheidenheit des Autors. Und die ersten Szenen haben meine Erwartung noch übertroffen; man kann sich nichts Spröderes, Trockeneres, Abstrakteres vorstellen. Aber im zweiten Akt habe ich mich verführen lassen, ohne länger an Widerstand zu denken (allerdings war die Schauspielerin, die Madame Warren spielte, ausgezeichnet). Gegen Ende des dritten Aktes habe ich mich wieder gefaßt. Es ist bedauerlich, daß der vierte so schlecht ist. Was für eine fratzenhafte Kunst und was für fratzenhafte Gedanken!
Nicht vor Morgengrauen einschlafen können.

Am Freitag morgen glaubte ich zu Jean Schlumberger laufen zu müssen, um ihm ein Manuskript von Alibert zu bringen in der Hoffnung, es auf dessen Bitte noch in die nächste Nummer einzuschieben. Da ich Jean nicht antraf, bin ich Copeau nachgelaufen, den ich letzten Dienstag vergeblich in der Redaktion von *L'Occident* erwartet hatte. Dann, da ich Copeau nicht finden konnte, habe ich im Atelier von Paul-Albert Laurens geläutet; er hatte ein Modell bei sich und hat nur einen Augenblick mit mir sprechen können. Nach Auteuil zurückgekehrt, nachdem ich meinen ganzen Vormittag verloren hatte.
Am Abend habe ich Em. zur ersten Schülervorführung Jean d'Udines mitgenommen. Es wäre gut gewesen, hätte es nicht so tödlich lange gedauert. Da wir unter den ersten waren, saßen wir ganz oben auf der Estrade; von zwölf Reihen Menschenmasse blockiert und bis zum Schluß auf unseren Plätzen festgehalten; jeden Augenblick fürchtend, Em. könnte einen Schwächeanfall bekommen; welche Vorwürfe habe ich mir gemacht, sie hingeführt zu haben!

(Sehr geschickte Methode für Solfeggien; alle Tonleitern vom *C* ausgehen lassen.)
Heute morgen Artikel von Sauvebois (?) in der *Critique indépendante* (über Ghéons Buch), worauf ich ziemlich lange antworte und ihm die Haltung der *N. R. F.* erkläre.

Sonntag.
Das Wetter ist schön. Könnte ich mich doch wieder fangen! Unruhe und nicht mehr Arbeit füllt meine Tage aus.
Gestern morgen ist Iehl gekommen, um mit mir über seine zweifelhafte Lage zu sprechen...
«Ich bin nach Paris gekommen, um mich zu entscheiden», sagte er.
Aus Angst, dem andern weh zu tun, und aus Mangel an Willenskraft – welcher Grausamkeiten wird man da fähig!
Mit Em. Tee getrunken und bis zum Abend daran gearbeitet, die Adressen unserer Abonnenten festzustellen.
Ich erwartete Rivière nach dem Abendessen. Wir sollten zusammen ins Wonderland gehen. Da er nicht kam, hielt ich es im Haus nicht mehr aus; ich hatte Angst vor meiner eigenen Unruhe; durch das Ausgehen habe ich sie weder beruhigen noch befriedigen können.
Eine Stunde im neuen Kino beim Pont Mirabeau totgeschlagen; bin dann lange herumgelaufen; habe dann eine Pferdebahn genommen und bin erst nach Hause zurückgekehrt, nachdem ich die Runde ums Trocadéro gemacht hatte. Absurd. Und nach der Rückkehr habe ich mich noch weniger ruhig gefühlt als vorher.

Montag.
Wir haben Valéry, Ruyters und Ghéon zum Mittagessen dagehabt; ich war so müde, daß ich sie nach dem Essen im Stich gelassen habe, um mich hinzulegen. Valéry und Ruyters selber müde, Ghéon zu lärmend; die Unterhaltung gab nichts her. Wieviel Geduld müssen meine Freunde an gewissen Tagen nötig haben, um mich auszuhalten! An den Tagen, an denen ich am mattesten bin, sind meine Ausbrüche am plötzlichsten und am heftigsten; beson-

ders bei Valéry ist dann, kaum schneidet er eine Frage der Literatur oder der Kunst an, mein einziger Wunsch der, ihm sofort das Wort abzuschneiden.
Gegen drei Uhr sind die Piots gekommen, dann Paul Dukas, mit dem die Unterhaltung leichter ging als gewöhnlich, da die Freunde inzwischen fortgegangen waren.
Um fünf Uhr habe ich A. B. aufgesucht, Rue de T.; A. B. ist darauf aus, in seiner Umgebung die Meinung zu machen. Er bringt es auch fertig, sich selbst zu überzeugen, und sein Opportunismus hat eine Art Aufrichtigkeit zur Folge. Ist er im Begriff, jemanden fallenzulassen, sagt er gern: «Der arme Kerl . . . Nun, ich tröste mich mit dem Bewußtsein, alles getan zu haben, was ich konnte», und «wenigstens kann ich mir sagen, daß . . .» Gestern lagen die politischen Erklärungen (worunter ich jene Paradedeklamationen verstehe, hinter denen sich Intrige und Bosheit verbirgt), die edlen, großen und hohlen Phrasen so dicht seinen natürlichen Gefühlen an, daß ich in seinen Sprüchen nichts Aufrichtiges, nichts Echtes mehr entdecken konnte. Jede einzelne seiner Entscheidungen beliefert er mit einem edlen Motiv; er bringt es fertig, sich zu überzeugen, daß der von ihm verkündete edle Gedanke der ursprüngliche Anlaß zu seiner Handlungsweise war – und brächte diese ihm auch fünfzig Prozent ein.
«Er fällt als erster auf das herein, was er erzählt», sagt Em.; und ich füge hinzu: «Und ich möchte nicht der zweite sein.»
Aber eben durch seine Schwächen, seine Inkonsequenzen, sein Versagen wird er trotz allem liebenswert; seine besten Freunde sind gerade die, die ihn am wenigsten ernst nehmen.
Er begleitet mich bis zum Boulevard Saint-Germain, wo wir einen Wagen nehmen, um zu Jean Schlumberger in die Rue d'Assas zu kommen, wo die Zusammenkunft der *N. R. F.* stattfindet. Griffin war eben weggegangen. Ich finde noch Ruyters, Ghéon, Lanux, Gallimard, Bertaux, Alain-Fournier, Duhamel, Vildrac, Pilon, Fargue usw.; Unterhaltung in kleinen Gruppen.
Nach dem Abendessen beschäftige ich mich damit, die Abonnentenliste der *N. R. F.* in ein Heft einzutragen.

Vormittag in der Redaktion der Revue mit Rivière und Ghéon verbracht. Fast den ganzen Nachmittag zu allerhand Korrespondenz verwendet. Heute abend gehe ich Copeau an der Gare du P.-L.-M. abholen. (Rückkehr von Annecy-Talloires, wo er sein Gutachten über die Gemälde abgab, die Besnard aus Indien mitgebracht hat.)

Donnerstag.

Copeaus Sicherheit und ruhige Begeisterung haben mich belebt. Er hat mich am Dienstag morgen verlassen, um Miomandre aufzusuchen, der ihn Suarès vorstellen soll. Ich aß bei den Théos zu Mittag, mit Verhaeren und Marianne Delacre, die nach dem Essen verschiedene Lieder von Bach, Beethoven, Schumann und Mozart gesungen hat, die ich begleitete. Gute Unterhaltung über Dickens. Um drei Uhr kommt Copeau mich abholen. Es handelt sich darum, bezüglich Suarès einen raschen Entschluß zu fassen. Wir kommen überein, alles zu tun, damit er einer der unsern werde; und dieses Alles scheint uns noch sehr wenig. Copeau kehrt am Abend desselben Tages zu Suarès zurück, um ihm die Vorschläge der *N. R. F.* zu übermitteln – die unser *Condottiere* mit rührender Freude und Dankbarkeit annimmt, wie mir Copeau berichtet.

Copeau, der bei seiner Mutter gegessen hat, kommt im Lauf des Abends von neuem zu mir, und wir bleiben lange auf, korrigieren die Druckfahnen seiner Chronik und lesen die Fragmente von *Ajax* und *Proserpine,* die ich *Vers et Prose* zu geben vorhatte.

Mittwoch morgen fährt Copeau ins Limon zurück; der Wagen, der ihn zu seiner Mutter, dann auf den Bahnhof bringt, setzt mich bei A. B. ab.

Einem A. B. der besten Zeit, biegsam und wie schwerelos, für den meine Freundschaft sogleich wieder aufblüht; er spricht wieder vom Reisen und lädt mich ein, im Juni zu ihm nach Marokko zu kommen.

Sehr ruhiger Nachmittag, wobei ich mich, ohne schon eigentlich zu arbeiten, doch der Arbeit ein wenig nähere.

Valentine ißt bei uns zu Abend, und wir gehen zusammen (mit

Jeanne, die wir abholen) ins Théâtre des Arts. Ich bin töricht genug, eine Loge zu nehmen; die Logen des Théâtre des Arts sind so dumm gebaut, daß man nur ein Drittel der Bühne sehen kann. Die Ungeniertheit eines Nachbarn, der sich auf der Brüstung der Nebenloge breitmacht, empört mich; Em. hat seine Schultern als einzigen Horizont und weicht natürlich zurück, resigniert; so natürlich, daß es nicht einmal so aussieht, als resigniere sie; so wenig man ihr auch läßt, ihr genügt es immer. Das schlimmste ist, daß sie vorher viel besser dran war, als sie hinten saß und wenigstens aufstehen konnte; ich war es, der sie veranlaßt hatte, sich zum zweiten Akt nach vorne zu setzen; wenn sie sich doch ein wenig vorbeugte! ... aber um ihre beiden Schwestern nicht zu stören, lehnt sie sich auch noch zurück, kauert sich ganz zuhinterst auf ihrem Sitz zusammen ... Ich berühre den Ellbogen des Störenfriedes; er dreht sich einen Augenblick um, und als ich ihm ein Zeichen mache, sich etwas zurückzulehnen:
«Ich denke gar nicht daran! So was!» sagt er, übrigens im Glauben, ich protestiere um meinetwillen (wie während einer Zugreise in die Schweiz jener Besserwisser, der sich wunderte, mich rauchen zu sehen, und sagte: «Ich glaubte, der Rauch störe Sie», der Dummkopf, weil ich ihn, eine Stunde vorher, gebeten hatte, seine übelriechende Zigarre nicht in unserem Abteil zu rauchen, wo sich Em. und Jeanne installiert hatten, sondern dazu ins benachbarte Raucherabteil zu gehen, das ich dann später selbst betrat, um mir eine Zigarette anzuzünden).
Em. beginnt sich zu beunruhigen; ich fühle, daß ich nicht mehr Herr meiner selbst bin; ich habe Lust dreinzuschlagen, zu schreien, zu weinen, ich verlasse am ganzen Leib zitternd die Loge und kehre allein nach Auteuil zurück.

Freitag.

Gestern morgen Einstein empfangen, einen rundlichen Deutschen, der eine neue Revue gründen will, um für die neuen Richtungen zu kämpfen, denen er aber ich weiß nicht mehr was vorwirft. Sympathisch, aber noch im Teigzustand, wie alle Deutschen.

Iehl kommt, ich behalte ihn zum Mittagessen da. Ich lese ihm *Le Récit de Michel*[217] vor und profitiere von seinen Bemerkungen.
Nach dem Essen vergebliches Warten auf Chapon.[218] Tee bei den Lerolles; erschreckende Bedeutungslosigkeit der Unterhaltung. Ich bin kaum traurig über solche Zeitverluste; denn ich fühle mich zu nichts brauchbar und werde erst sehr viel später wieder zu leben anfangen.
(Mein Wille ist so schwach geworden, daß der geringste Lufthauch ihn ablenkt oder behindert; heute morgen ein reizender Brief Papinis, der mir Vannicola arm und krank malt, und schon segelte ich im Geist gegen Florenz.)

Samstag, 24. Februar.

Gestern war ich nach dem Abendessen bei Drouin; dann bei Ruyters, den ich nicht antraf (eine Viertelstunde mit Madame Ruyters geplaudert); dann bei Élie Allégret. Langes Gespräch über die chinesische Revolution, die von Élie Allégret als «ein großer Vorwärtsschritt der Menschheit» betrachtet wird.
Er sagt mir, daß François de Witt-Guizot mich in seinem Vortrag bei *Foi et Vie* zum Prügelknaben genommen hat. Jeder Angriff von dieser Seite stärkt mich.

Cuverville, Mittwoch.

Strahlendes Wetter, endlich. Ich lasse mich durch die Heiterkeit des schönen Lichts wiedererobern und stütze mich auf die Gewißheit der nahen Abreise.
Kopernikus: Die wunderbare Wende des Christentums besteht darin, gesagt zu haben: das Reich Gottes ist in euch. Das glückliche Heidentum kannte keinen Feind, der nicht außerhalb des Menschen gewesen wäre.
In uns sind die Augiasställe, die Hydren, die urbar zu machenden Sümpfe. In uns muß Herkules wirken. Das Christentum = das innere Wirken.
Strahlender Morgen der Welt; ungeteilte Kräfte des Menschen. Mit voller Kraft wendet sich Ajax gegen sich selbst; rein gar nichts findet er in sich, das sich verteidigte.

Theseus wagt sich vor, bis *mitten hinein* ins Labyrinth, durch den geheimen Faden einer inneren Treue gesichert…, usw. …

Im Zug geschrieben. Donnerstag.

Mein ganzer Tag wurde gestern darauf verwandt, die Listen der Abonnements und der Freiexemplare der *N. R. F.* neu aufzustellen, wovon ich die Zettelsammlung mitgenommen hatte.

Mit dem heutigen Tag haben wir fünfhundertachtundzwanzig Abonnenten und verschicken zweihundertvierundvierzig Freiexemplare. Ich stelle in unseren Listen eine ziemlich große Anzahl Irrtümer fest.

Klatschender Regen heute früh. Wiedereindringen der grauen Gedanken.

Der Notar kommt um zehn Uhr, und mit ihm gehen wir, Em. und ich, zu Madame Freger, die irgendwelche Schriftstücke unterschreiben soll, wodurch sie die Nachfolge in der Pacht an ihren Sohn Louis abtritt.

Bewundernswerte Würde der alten Frau (sie hat eine Rippenfellentzündung hinter sich und hat ihre Angelegenheiten in Ordnung bringen wollen, obgleich ihr Vertrag noch anderthalb Jahre läuft). Bei der Tür, ein wenig abseits, ihr Sohn Louis; er ist jetzt achtundzwanzig Jahre alt. Die Brüder und Schwäger sollen sich demnächst versammeln und ein Schriftstück unterschreiben, worin sie einwilligen, daß die Mutter an Louis für viertausend Francs Mobiliar abtritt, was der Summe gleichkommt, die Eugène, der ältere, bei seiner Heirat erhalten hat, außer den zweitausend Francs, die jedem aus dem väterlichen Vermögen zufließen.

Der Notar hat ein Schriftstück vorbereitet; aber statt von Madame Freger einfach ihre Unterschrift zu verlangen, fordert er sie auf, über ihren Namen zu schreiben: Bon pour cautionnement.* Ein wenig verwirrt ruft die arme Alte ihren Sohn zu Hilfe, aber Louis darf nicht für sie schreiben. Der Notar schlägt ihr eine Vorlage vor. Em. hat den besseren Einfall, nämlich den, ihr mit dem Bleistift die Buchstaben vorzuzeichnen, die sie dann nur nachzu-

* Gut für Bürgschaft (d. dt. Hrsg.).

ziehen braucht. Ihre Hand wirft Schatten; sie sieht nicht mehr recht und wischt zweimal ihre Brillengläser ab. Wir fordern sie auf, den Platz zu wechseln und sich ans Fenster zu setzen; der Notar diktiert ihr die Buchstaben, einen nach dem andern; er sagt ihr: *o,* ein Kreis; *n,* zwei Beine; noch mal zwei Beine ... Und während sie schreibt, sehe ich den alten Holztisch an, auf den der Notar das Schriftstück gelegt hat, in den vieles Scheuern kleine Vertiefungen gehöhlt hat, da wo das Holz zart ist, zwischen den härteren Streifen, welche die Jahre verzeichnen. So viele Erinnerungen, *eingeschrieben* in diesen Tisch! Die Geschichte jedes dieser Flecken, dieser Einschnitte ... Was für eine Geschichte, die der Familie Freger! Charakter des Vaters: die harte Erziehung, die er seinen Söhnen gab, indem er sie auf der Straße Pferdemist auflesen ließ, unter den Sticheleien der Vorübergehenden; seine Ehre dareinsetzend, immer die bestgehaltenen Felder der Gegend zu haben; Schönheit, *Noblesse* seiner Art von Geiz; die Kinder gewohnt, uns immer die weniger schönen Eier abzuliefern, die schwersten für den Markt zurückzubehalten, usw. ... Unbarmherziges Eigentumsgefühl: der Flintenschuß auf unseren Hund, als dieser eine ihrer Enten abgewürgt hatte (obgleich Em. sofort hingeeilt war, um sie ihnen zu ersetzen), und ohne es zu verhehlen; das Drahtgitter der Umzäunung an der Stelle aufgeschnitten, wo die Kühe vom Gras des Straßenrandes profitieren konnten, wenn sie das Maul durch die Öffnung schoben. Mich an die Jugend des Vaters erinnert, eines einfachen Knechts, der sich durch Strenge *hochgebracht* hat. Die Schönheit seiner Kinder – der Tochter vor allem, die aber jetzt (wie immer) schon ganz aus dem Leim in die Ehe eintritt. Die Nachtarbeit in der guten Jahreszeit; das Einbringen der Ernten; der volle Eimer Most, den Louis, der zweite Sohn, damals täglich austrank, daher Durchfall; wie er sich schämte zu gestehen, daß er krank sei. Die Heiraten Eugènes, des ältesten, eine nach der andern geplant und fehlgeschlagen, wie Madame Freger meinem Schwager erzählte: «Wir verstehen's eben nicht. Würde M'sieu Georges nicht mal für uns den Antrag machen?»

Samstag, 2. März.
Heute abend reise ich nach Marseille ab – und am Montag schiffe ich mich nach Tunis ein.

*

7. Mai.
Seit zehn Tagen zurück (vorletzten Sonntag, am Abend)[219]; ich hätte mein Tagebuch sofort wiederaufnehmen sollen. Vom Tag nach meiner Rückkehr an habe ich mich wieder an die Arbeit gemacht; das heißt, ich habe angefangen, die Seiten der *Caves* ins reine zu bringen, die mir noch durchzusehen blieben. Voll Ungeduld, sie Copeau vorzulegen. Er ist am letzten Freitag gekommen, um sich für drei Tage in der Villa niederzulassen. Ausgezeichnetes Vorlesen, das mich aber ahnen läßt, wie weit entfernt ich noch von dem bin, was ich mir schulde. Meine Personen, die ich zuerst nur als Marionetten sah, füllen sich nach und nach mit wirklichem Blut, und ich entledige mich nicht mehr so leicht wie erhofft meiner Verpflichtung ihnen gegenüber. Sie werden immer anspruchsvoller, zwingen mich, sie immer ernster zu nehmen, und meine anfängliche Fabel erweist sich als immer weniger ausreichend. Notwendigkeit einer gewaltigen Arbeit.
Besuch von Jean-Marc Bernard vorgestern morgen; sympathisch, aber mehr leidenschaftlich als intelligent; unglaublich wenig kultiviert, wie alle diese Nationalisten, die unter dem Vorwand, einzig ihren Boden und ihre Toten zu kultivieren, vom Rest der Welt so gut wie nichts wissen. Gibt übrigens, und auf nette Art, seine Unwissenheit und die ungeheuerlichen Bildungslücken seiner Partei zu.
Wie sehr läßt er es mich erneut bedauern, daß Lasserre den Artikel über Claudel nicht geschrieben hat, den er zuerst plante. Ich hoffe, man wird später einmal erfahren, daß er sich durch die Briefe junger Leute einschüchtern ließ, die, entsetzt über die «Dummheit», die zu begehen er im Begriff stand, ihn gewarnt und angefleht haben, sich nicht in dem Sinne hinreißen zu lassen, den er am Schluß eines vorhergehenden Artikels hatte durchblicken lassen – worin er ankündigte, er werde in seinem nächsten Feuilleton dem Verfasser des *L'Arbre* seine Meinung sagen.

Er berichtet mir, daß Henri Clouard nicht mehr die *Revue critique* leite (was ich auf dem Umschlag hätte sehen können), sondern Pierre Gilbert, der sie ärgert, weil er kein anderes Kriterium kennt als die Meinung von Maurras, usw. ...
Ziemlich in Verlegenheit versetzt, da Péguy in *Mystère des saints innocents* einen Satz aus *Isabelle* zitiert. Er nimmt den Satz heraus, setzt ihn in Kursivschrift; aber nichts deutet darauf hin, daß es sich um ein Zitat handelt. Nichtsdestoweniger rechnet er mit meiner Dankbarkeit. Ich weiß aber nicht, was ich ihm sagen soll; und in der Unsicherheit schweige ich lieber.
Alles, was zum Verfahren wird (oder auch nur *werden kann*), ist mir greulich. Sobald die Empfindungen nachlassen, müßte die Feder stoppen; läuft sie trotzdem weiter (und sie läuft nur um so besser), wird das Geschriebene hassenswert. Ganze Seiten dieses letzten Péguy, ganze Folgen von Seiten, hätte er von einem Sekretär schreiben lassen können; sie sind nicht mehr *wirklich belebt;* sie äffen die guten nach, die, wo die Empfindungen jenes gewisse Stottern der Gedanken *erforderten.*
Das Handwerk, das ich will, sei von einer so diskreten, so geheimnisvollen, so verborgenen Originalität, daß es nie an sich gefaßt werden könnte. Ich möchte, daß man mich nur an der Vollendung meiner Sätze erkennt und daß nur deswegen sie niemand nachmachen kann.
Ich habe vor, zu verhindern, daß man jemals von jemandem sagt, er mache mich nach oder er gleiche mir (es sei denn aus einem sehr tiefen Grunde), wie man heute immer wieder von dem oder jenem sagen kann: er macht in Francis Jammes oder in Henri de Régnier, oder, wie man morgen sagen wird: in Péguy. Ich will keine *Manier* haben – nur die, welche mein Gegenstand erfordert. (Hier wäre das englische «but» nötig.) Amen.

Geschrieben am 8. Mai.

Ich bin nicht in Tunis gewesen. Madame Mayrisch in Marseille getroffen. Das Montagsschiff abfahren lassen; in Toulon übernachtet, dann in Cannes, wo ich Valery Larbaud und Arnold Bennett traf (dieser, im Hotel Californie wohnend, verdient an die tausend

Francs pro Tag; man bezahlt ihm einen Shilling pro Wort; er schreibt, ohne abzusetzen, jeden Tag von sechs Uhr morgens bis neun Uhr, geht dann ins Badezimmer, wäscht sich ab und denkt nicht mehr an seine Arbeit bis zum nächsten Morgen). Aus Furcht vor dem schlechten Wetter und aus Ungeduld lasse ich Tunis fahren und verreise sofort nach Florenz, wo ich noch am Tag meiner Ankunft am Lungarno Acciaioli 20 Unterkunft finde, in einem sehr angenehmen Wohnschlafzimmer (*primo piano,* auf den Quai gehend), für drei Lire pro Tag. Ich war noch so müde und so niedergeschlagen, daß Vannicola und Papini, die ich in den ersten Tagen getroffen habe, sich fragten, was mir wohl zugestoßen sein könnte (sie haben es mir inzwischen gestanden). Ich habe erst nach acht Tagen fortwährender Anstrengung ein wenig zur Arbeit und zu mir selbst zurückgefunden. Macht nichts, die Arbeit hat mich jedenfalls nach und nach wiedererobert, und ich habe mein Buch bis zu dem Punkt weiterführen können, den ich in Italien zu erreichen hoffte. Weder Kirchen noch Museen (außer Santa Croce und dem Etruskischen Museum), aber ich fühlte, daß alles da war, schön in Reichweite, mit gutem Rat beistehend; fast täglicher Brief an Em.; wichtiger Briefwechsel mit Claudel; die ganze Zeit an meinem Tisch und meinem Klavier beschäftigt, bis auf die Mahlzeiten kaum ausgegangen und, abends, ein wenig gebummelt. Was für eine Stadt, Florenz!!! Verfall des armen Vannicola. Larbaud besucht mich wieder und stört nicht wenig meine Arbeit; aber so lieb! Und seine Unterhaltung – von welchem Interesse!

Endlich treffe ich am 16., nachdem ich alle meine Papiere in die Schublade gelegt habe, Ghéon in Pisa, nehme ihn am selben Abend noch mit nach Florenz (in meinem Zimmer ist ein Bett für ihn aufgeschlagen worden), und zehn Tage lang führen wir ein phantastisches, nicht erzählbares Leben von unschätzbarem Gewinn – in dem Augenblick, als wir nach Siena-Assisi usw. wollen, unterbrochen durch schlechte Nachrichten von der kleinen Nichte Ghéons, die diesen plötzlich nach Orsay zurückrufen. Ich mag nicht ohne ihn meine Reise fortsetzen und fahre Ende April nach Hause.

4. Juni.

Vom 13. Mai bis zum 25. Schwurgerichtssitzung in Rouen.
Sehr erhoffter Gewinn, der aber alle Erwartungen übertrifft. Ich habe das an anderer Stelle aufgeschrieben.*
In den acht Tagen Paris, die folgten, habe ich unglücklicherweise den Schwung wieder eingebüßt, den ich von dort mitbrachte. In Cuverville seit vier Tagen der Geist matt und die Sätze wieder vollständig verflacht.

Cuverville, 7. Juni.

«Kohlköpfe bewegen ihre pelzigen Blätter wie die Ohren großer Ochsen.»
So lese ich in *Trois Villes saintes,* das ich gestern erhielt.
«*Pelzige* Blätter», vom Kohl!!! Oh, lieber Monsieur Baumann, der heiligen Jungfrau kann es keine allzu großen Schwierigkeiten bereitet haben, Ihnen zu erscheinen!

EVANGELIUM.
Ich halte alle moralischen Vorschriften für abscheulich, die nicht von der Liebe zu den Menschen diktiert werden – das aber sage ich euch: Diese Ratschläge sind von der Liebe zu den Menschen diktiert, und durch die scheinbare und entschlossene Strenge dieser Stimme hindurch fühle ich eine große und leidende Liebe beben, die zu erkennen, o ihr Skeptiker und Freigeister, euch nur die Trockenheit eurer Herzen hindert.

30. Juni.

Den weitgespannten Satz Beethovens. Absurde Angewohnheit von mir, den Atem in der Mitte sinken zu lassen. Sie muß von ein und derselben *Inspiration* geschwellt werden, von einem Ende zum andern. Seit nunmehr erst vierzehn Tagen überzeuge ich mich davon (bemerke ich es, müßte ich sogar sagen) und arbeite daran, mich zu verbessern, das Innere des Satzes zu nuancieren. Wichtiger Fortschritt.

* Siehe *Souvenirs de la cour d'assises.*[220]

29. Juli.

Ich breche nach zwei Dritteln die Lektüre von *Marius the Epicurean* ab; der Nutzen, den ich daraus ziehe, ist nicht der, den ich im Englischen suche. Gestern abend habe ich abwechselnd ein Kapitel aus *Vanity Fair,* eines aus *Oliver Twist* gelesen; heute morgen beende ich das angefangene Kapitel aus *Captain Singleton.* Ich werde mich wahrscheinlich für *Vanity Fair* entscheiden.

Cuverville, 9. Oktober.

Ich hatte Cuverville mit der Absicht verlassen, erst im November wiederzukommen – oder gar nicht, und direkt nach Paris zu fahren. Ruyters aber, den ich mit in den Süden nehmen wollte, hat mich hierher zurückgebracht, wo wir uns nun zwölf Tage lang unterm Regen und der schlechten Laune Marcels hingeschleppt haben. Seine Feindseligkeit mir gegenüber, oder doch eine Gereiztheit, die ich bei ihm verursache, tritt immer mehr hervor; und ich glaube, er ist ganz unempfindlich für den Kummer, den mir das machen muß. Jeden Tag habe ich mir erneut gesagt, daß ich besser daran getan hätte, nicht wiederzukommen; in Zukunft werde ich ihm sofort den Platz überlassen.

Ende des Monats in Pontigny. Dekade, die ziemlich gemischt war.

Gleich darauf reise ich nach Italien.

Acht Tage in Florenz.

Acht an der Adria (erkältet), in Grottamare, wo ich *Oliver Twist* zu Ende gelesen habe, und San Benedetto.

Vierzehn wunderbare in Acquasanta (wo ich *Paradise Lost* gelesen habe und *Critical Kit-Kats* von Gosse).

Rückkehr über Florenz.

10. November.

Gestern morgen von einem Besuch in Les Sources nach Hause zurückgekehrt, während Em. noch Cuverville vollends schlafen legt, das ich am letzten Tag des letzten Monats verlassen habe. Ich fühle mich in ausgezeichneter Arbeitsstimmung; aber mehr zum Lesen aufgelegt als zum Schreiben; außergewöhnlich begierig, wie in den besten Tagen. Durch ein Wunder auf dem Trödelmarkt in Toulouse einen kleinen Band Spenser gefunden, in einer hervorragenden Ausgabe mit reichlichen Fußnoten und Anmerkungen, nicht im geringsten abgenutzt. Man verlangt vier Sous dafür. Rouart besteht darauf, mir das Buch zu schenken, da er weiß, daß es mir enormes Vergnügen machen wird. Sofort habe ich mich darin versenkt; es war gerade das Buch, das ich gegenwärtig unter allen am meisten zu lesen wünschte; ich konnte aber kaum erwarten, in Paris das große etymologische Wörterbuch von Skeat zur Verfügung zu haben, das diese Lektüre heute noch anziehender macht. Daneben lese ich *The Mirror of the Sea*.

Die *Faerie Queene* macht mir große Lust, Ariost vorzuziehen. Unglücklicherweise habe ich heute keine Stunde Ruhe finden können. Heute morgen mußte ich den Vater Espinas aufsuchen, wegen der Vorschläge, die Eugène Rouart seinem Sohn macht; sehr angenehm bei den Ruyters' zu Mittag gegessen. Welch guten Nachmittag hätte ich mit meinen Büchern verbracht!

Aber Ghéon und Drouin erwarteten mich in der Villa, dann sind Maurice Démarest und seine Frau gekommen. Übrigens habe ich mich sehr liebenswürdig gezeigt, habe mir aber geschworen, mich am nächsten Sonntag in mein Zimmer einzuschließen und meine Freunde ohne mich zurechtkommen zu lassen.

Mit Drouin und Ghéon ausgegangen, denen ich meine Nacht mit Alibert und den beiden Brüdern C. in Narbonne erzählen wollte. Wunderbare Nacht, die mir Körper und Geist wieder eingerenkt hat. Die außergewöhnliche Überanstrengung dieser Nacht hat mir einen Zustand strahlenden Gleichgewichts verschafft.

Ich staunte, mit welcher Leichtigkeit ich selbst zum Glück gelange und wie natürlich mir Glückseligkeit ist – als ich irgendeinen Artikel las, worin X. und Y. gestanden, nur zwei oder drei Augenblicke vollkommenen Glücks im Leben gekannt zu haben. Neulich nachts bei L. C., heute morgen mit Spenser waren bald Körper, bald Geist so glücklich, wie sie nur sein können. Und was schert es mich, wenn sie's nicht «gleichzeitig» waren, da doch das eine nur zur Glückseligkeit gelangt, während das andere schläft.

11. November.

Von Tag zu Tag verschiebe ich dieses mein Gebet, verlege es auf später: Möge die Zeit kommen, da meine endlich befreite Seele sich nur noch Gott widmen wird!

Seit sechs Uhr heute früh bei der Arbeit. Spenser und Skeat, dann Conrad. Ich schreibe meinem *teacher,* um wieder Stunden zu nehmen.

12. November.

Den (gestrigen) Morgen stupide verbracht. Ich habe ein Auto genommen, um Zeit zu gewinnen; das Nebenzimmer des Restaurants Vian reserviert, wo wir, Em. und ich, ungestört mit dem jungen Ehepaar Iehl zu Mittag essen können; dann zum *Mercure,* wo ich Vallette nicht angetroffen habe (ich wollte den für eine Neuauflage korrigierten Band *Prétextes* abgeben); dann zur *N. R. F.,* wo ich Rivière nicht angetroffen habe; dann in die Rue d'Assas, wo ich Schlumberger nicht angetroffen habe; zurück zur *N. R. F.,* wo ich von Tronche erfahren habe, daß Rivière nicht mehr morgens, sondern nachmittags käme. Ich suchte ihn dann in der Rue Froidevaux auf; er arbeitete an der Fortsetzung seines Artikels über den Glauben, über den wir ziemlich lange gesprochen haben. Ich wiederholte ihm das Wort von Christus, das seinem Artikel widersprach und das ich, während ich diesen las, immer stärker in mir widerhallen hörte: «Niemand kommt zum *Vater* denn durch *mich.*» Ich will aber diese Worte, die Rivière verkennt, buchstäblich nehmen.

Ich gedachte ebenso, Bourdelle aufzusuchen, der mir sein neuestes Werk zeigen wollte; aber die Zeit hat mir gefehlt.

Reizendes Mittagessen mit den Iehls. Ich kehre nach Hause zurück und schließe mich zum Arbeiten ein bis abends, in einem so dicht der Seligkeit benachbarten Zustand, daß ich mir hienieden nichts Besseres wünsche.

Ich habe viel von der *Histoire de la littérature anglaise* von Jusserand gelesen und Übersichtstafeln aufgestellt. Mit Rieseneifer im Skeat gearbeitet. Vor dem Schlafengehen die Anmerkungen von Keats zum *Paradise Lost* und seine Zitate daraus gelesen.

Heute habe ich das Haus nicht verlassen, von der Arbeit nur durch die Korrespondenz und einiges Räumen abgelenkt.

Meine Englischstunden wieder angefangen. Aber der wackere W. W., mein *teacher* vom vorigen Jahr, erscheint mir gegenwärtig erbärmlich unzulänglich. Er brachte es nicht fertig zu glauben, daß ich *Paradise Lost* vollständig gelesen habe.

13. November.

Ich entdecke *Hero and Leander* und dringe berauscht und berückt in diese glühende und prachtvolle Dichtung ein.
Daneben scheint mir Keats, den ich mir darauf vornehmen will *(Endymion),* ich schäme mich, es zu schreiben, fast kalt und farblos und vor allem von einem derart subtilen Rhythmus, daß dieser sich manchmal vor lauter Feinheit verflüchtigt.
Heute früh baden gegangen. Den Rest des Tages gearbeitet.

Donnerstag, 14.

Sehr schlechter, liederlicher Tag. Erhalte einen Brief von Copeau, der mich drängt, sofort ins Limon zu kommen.

Freitag.

Ich verbringe den ganzen Tag im Limon mit Jacques Copeau, der mir den ersten Akt der *Maison natale* vorliest. Ich komme ein wenig belebt zurück.

Montag, 18.

Heute abend große Anstrengung, um mich wieder hinter die *Caves* zu machen, aber zu viele Beschäftigungen haben mein Denken in Unordnung gebracht. Macht nichts, ich bleibe hartnäckig, wohl wissend, daß der Gewinn einer Anstrengung sich nicht im selben Augenblick ernten läßt.

Mein Tag ist schon wieder ganz mit Hypotheken belastet: bereits um zehn Uhr morgens muß ich Eugène Rouart aufsuchen, und bis vier Uhr sprechen wir von Geschäften (Organisation der Gesellschaft zur Ausbeutung der Minen von Seintein; Bildung der Gesellschaft für Elektrolyse usw. ...). Ich komme gerädert nach Hause.
Was für ein Interesse mag es haben, das alles aufzuschreiben?

Ich zwinge mich dennoch dazu, in der Hoffnung, gerade in der Langeweile, die ich im Rückblick auf diese öden Tage empfinde, irgendeine Waffe gegen mich zu entdecken. Indessen habe ich inzwischen meine Arbeit ein wenig vorangebracht; aber um *Les Caves* zu beenden, muß das Studium des Englischen im Augenblick zurückstehen. Trotzdem habe ich *Hero and Leander,* dieses hervorragende Werk, beendet – und die *Faerie Queene* weitergelesen.

19. November.

Gestern Paul Claudel besucht, bei seiner Schwester. Große Herzlichkeit seines Empfangs. Ich trete sogleich in das kleine Zimmer ein, das er bewohnt und das aus dem Hintergrund des Alkovens von einem Kruzifix beherrscht wird.

Paul Claudel ist massiver, breiter denn je; man könnte meinen, man sähe ihn durch einen Zerrspiegel; kein Hals, keine Stirn; er sieht aus wie ein Maschinenhammer. Die Unterhaltung beginnt gleich mit Rimbaud, dessen Band der Gesammelten Werke, der eben mit einem Vorwort von Claudel beim *Mercure* erschienen ist, vor ihm auf dem Tisch liegt. Er hat kürzlich Gelegenheit gehabt, mit irgendeinem Angestellten oder Handelsvertreter zu sprechen, der ziemlich lange in Aden oder in Dakar mit Rimbaud verkehrt hat; der ihn als absolut unbedeutendes Wesen hinstellte, das den ganzen Tag mit Rauchen verbrachte, auf orientalische Art hockend, dumme Tratschgeschichten erzählte, wenn man ihn besuchen kam, hin und wieder die Hand vor den Mund hielt und eine Art innerliches Idiotengelächter lachte. In Aden ging er bei voller Sonne unbedeckten Hauptes aus, zu Zeiten, da die Sonne auf dem Nacken wie ein Knüppelschlag wirkt. In Dakar lebte er mit einer Eingeborenen, von der er ein Kind hatte; oder zumindest eine Fehlgeburt, «was genügt», sagt Claudel, «um den Verdacht auf üble Sitten zu entkräften, der manchmal noch mit seinem Namen verknüpft wird; denn hätte er diese Sitten gehabt (von denen geheilt zu werden, so scheint es, denkbar schwierig ist), versteht es sich wohl von selbst, daß er sie in einem Land beibehalten hätte, wo sie derart geduldet und sogar erleichtert werden, daß alle Offiziere, ohne Ausnahme, dort offen mit ihrem Boy leben».

Als ich ihm vorwerfe, in seiner Studie die wilde Seite von Rimbauds Charakter unterschlagen zu haben, meint er, er habe nur den Rimbaud der *Saison en enfer* darstellen wollen; wohin der Verfasser der *Illuminations* dann *gelangen* sollte. Als wir uns einen Augenblick hinreißen lassen, von seinen Beziehungen zu Verlaine zu sprechen, berührt Claudel abwesenden Blicks einen Rosenkranz in einer Schale auf dem Kaminsims.
Von Malerei spricht er übertrieben töricht. Seine Rede ist ein unaufhörliches Strömen, das kein Einwurf, nicht einmal eine Frage, aufhält. Eine andere Meinung als die seinige hat für ihn keine Existenzberechtigung, ja, ist nicht einmal zu entschuldigen.
Die Unterhaltung wendet sich natürlicherweise religiösen Dingen zu; er ist heftig gegen die katholischen Politiker der *Action Française,* dann gegen Sorel und Péguy, deren «Motive» er «besser zu durchschauen beginnt».
Zu sehr darauf erpicht, die Arbeit an meinem Buch wiederaufzunehmen, kann ich hier nicht mehr alle Wendungen unserer Unterhaltung aufschreiben.

22. November.

Einige Briefe heute morgen erinnern mich peinlich daran, daß ich heute in mein vierundvierzigstes Jahr eintrete.
Gestern, gegen Ende des Tages, war ich, nach ziemlich guter Arbeit, bei Paul Desjardins gewesen: Thierry war da, und bald erschien auch Pierre Hamp. Thierry hat während des ganzen Besuches nichts gesagt. Paul Desjardins hat uns das wunderbare Sonett Miltons über seine Blindheit vorgelesen. Pierre Hamp fing an, die «Tendenz» der *N. R. F.* anzugreifen, die ich ziemlich erbittert und zu lange verteidigt habe, mehrmals den Boden unter den Füßen (oder den Kopf) verlierend, besonders, als Pierre Hamp auf einen neuen Angriff Variots in *L'Indépendance,* bezüglich des Artikels von Ghéon über Francis Jammes, anspielte. Ich wußte von diesem Angriff nichts und habe während einiger Augenblicke Pierre Hamp nicht mehr aufmerksam zuhören können. Da das alles mich mitriß, habe ich meinen Besuch über die Grenzen des Anstands hinaus verlängert und nicht rechtzeitig begriffen, daß

Hamp und Thierry zum Abendessen blieben. Schließlich ist Paul Desjardins aufgestanden und hat mich diskret mit den beiden andern allein gelassen (vielleicht, um für mich ein zusätzliches Gedeck anzuordnen oder mir indirekt einen Wink zu geben, oder einfach, um sich die Hände zu waschen). Sofort habe ich meine Uhr gezogen und bin ins Vorzimmer geeilt, wo mich Paul Desjardins eingeholt hat, um mich nach seiner Gewohnheit mit Dank zu überschütten.
Beim Nachhausekommen finde ich eine Zeile von Vannicola, der mir seine Ankunft meldet. Was hat er in Paris verloren, der Unglückliche? Ich schreibe ihm sofort, daß ich morgen vormittag mit ihm essen werde; trotzdem tut es mir ausgesprochen leid, dafür einen Tag zu beschneiden, den ich ganz der Arbeit zu widmen hoffte. Nach den Geschäftsbriefen, die ich am Abend noch habe schreiben müssen, sollte es mich wundern, wenn es mir gelänge zu schlafen.

23. November.
Gut geschlafen; vielleicht dank eines ausgiebigen Trunks von Orangenblütenwasser. Arbeit den ganzen Vormittag. Um ein Uhr kommt Iehl, der in zwei Tagen nach Fronton zurückkehrt. Ich gehe mit ihm fort, um Vannicola in seinem Hotel aufzusuchen, mit ihm zu Mittag zu essen, dann, so bald wie möglich, nach Auteuil zurückzukehren, um zu arbeiten. Ich schreibe das Gröbste der Unterhaltung von Julius und Lafcadio nach dem Verbrechen, ohne allzuviel Nervosität, aber unfähig, mir sofort über die Qualität des Geschriebenen Rechenschaft abzulegen. Vielleicht werde ich es beim Wiederlesen am nächsten Morgen abscheulich finden; macht nichts; ich glaube wenigstens, daß die allgemeine Anlage der Szene gut ist.
Em. hat Allain besucht, in der Erziehungsanstalt, wo man ihn noch festhält. Sie kommt zur Teestunde nach Hause, mit einer Nummer der *Opinion,* die sie unterwegs gekauft hat, da sie darin den angezeigten Artikel von Pierre de Lanux über Serbien zu finden hoffte. Sie stößt auf den Artikel von Pierrefeu gegen Iehl und gegen mich und ist empört; aber dieser Artikel ist so, daß er mich im Gegenteil

sehr ermutigt. Derartige Verleumdungen erheben mich, anstatt mich niederzudrücken, sogar mehr als Lob.* Nach dem Abendessen mache ich mich wieder an die Arbeit, nachdem ich den zweiten Gesang der *Faerie Queene* fertiggelesen habe, von dem ich Em. einige Strophen vorlese.

Dummerweise beschließe ich, nach guter Arbeit, nicht gleich schlafen zu gehen, sondern fange wieder an, Conrad zu lesen, dann von neuem Spenser – was meine Nacht beträchtlich verdirbt. Viel Mühe, daraufhin einzuschlafen, und auch dies nur zu ständig durchbrochenem Schlaf.

....

Ziemlich gute Arbeit all die letzten Tage; ich unterbreche dieses Tagebuch, das nur noch aus eintönigem Aufzeichnen von Tatsachen bestand. Lediglich gut als Training.

1913

März.

Gestern abend fünfzig Seiten der *Porte étroite* wiedergelesen; jedesmal, wenn ich dieses Buch wieder vornehme, geschieht es mit unbeschreiblichen Empfindungen; aber wenn mir darin auch die Dialoge, die Briefe und das Tagebuch Alissas ausgezeichnet erscheinen – so gelungen wie möglich –, so sind dagegen die Verbindungsstücke nicht ganz frei von Geziertheit. Man könnte zwar sagen, der Gegenstand erfordere sie: dann hätte eben ein anderer Gegenstand gewählt werden müssen. Ich will keinen anderen Gegenstand mehr aufnehmen als einen, der die freieste, die leichteste, die schönste Sprache erlaubt, ja verlangt.

* Ich schreibe an Pierrefeu: «Mein Herr, nur eines mißfällt mir an Ihrem Artikel: daß Sie mir den Vorwurf machen, zu verschleiern, was ich Dostojewski schulde. Ich empfinde für Dostojewski lebhafteste Dankbarkeit, kann sie aber nicht lauter verkünden, als ich es getan habe, da ich, wie Sie festgestellt haben, keine laute Stimme besitze. Empfangen Sie usw. ...» (und habe meine Broschüre über Dostojewski beigelegt).

Montag, 19. Mai.

Seit letztem Mittwoch aus Italien zurück.[221]

Alles, was ich heute morgen schreibe, hätte ich sofort notieren sollen; die Zeit fehlte mir. Jene Arbeit des Vereinfachens, des Ordnens, die mein Geist unwillkürlich bei allem leistet, was er ergreift – eine ausgezeichnete Arbeit, wenn sie ins Kunstwerk mündet –, ist hier tadelnswert, wo das Besondere wichtiger ist als das Wesentliche...

Noch dazu bei den ersten Zeilen unterbrochen (mit Em. die David- und die Bonnard-Ausstellung besucht). Heute abend ist meine Tinte trüb und meine Feder stumpf. Ehe ich das erste Wort eines Satzes hinschreibe, warte ich, bis er sich ganz in meinem Kopf gebildet hat; miserabel; lieber unkorrekt sein. Bedürfnis, wieder Stendhal zu lesen. Es wagen, ohne Ordnung zu schreiben.

21. Mai.

Zuerst mein Buch beenden. Alles fernhalten, was mich davon ablenkt.

Cuverville, 24. Juni.

Gestern *Les Caves* beendet. Bestimmt wird mir noch viel zu verbessern bleiben, nachdem ich es Copeau zu lesen gegeben habe, und auch auf den Fahnen. Seltsames Buch; aber langsam habe ich die Schnauze voll, und zwar bis über beide Ohren. Ich kann mich noch nicht davon überzeugen, daß es fertig ist, und habe Mühe, nicht daran zu denken. Mehr als eine Stelle des ersten und des zweiten Buches kommt mir schwach vor oder gezwungen... Aber ich glaube, daß die schwierigsten Partien auch die gelungensten sind.

Ich habe in der letzten Zeit nur mit häufigen Unterbrechungen arbeiten können und immer wieder meine Feder um eines englischen Buches oder meines Klaviers willen liegenlassen.

Ich habe die *Barcarole* von Chopin und die *Inventionen für zwei Stimmen* von Bach wiederaufgenommen.

Seit *The Way of All Flesh* habe ich viel Keats gelesen, *Marius the Epicurean* an der Stelle wiederaufgenommen, wo ich letztes Jahr aufgehört hatte. Den sehr mittelmäßigen *Amos Barton* von George

Eliot haben wir laut beendet. Gegenwärtig lesen wir mit Entzükken *The Merry Men.*

26. Juni.

Es scheint mir manchmal, als hätte ich bisher nichts Ernsthaftes geschrieben; als hätte ich meine Gedanken lediglich ironisch präsentiert und hinterließe, wenn ich heute verschwände, nur ein Bild von mir, in dem selbst mein Engel mich nicht wiedererkennen könnte.
(Der Glaube an Engel ist mir so unangenehm, daß ich mich beeile hinzuzufügen, daß es sich hier bloß um ein Sinnbild handelt – aber um eines, das meine Gedanken recht gut ausdrückt.)
Vielleicht verhindern auch der Glaube an das Kunstwerk und der Kult, den ich ihm weihe, die vollkommene Aufrichtigkeit, die ich künftig bei mir erreichen möchte. Was habe ich mit der durchsichtigen Klarheit zu schaffen, die nur eine Eigenschaft des Stils ist?

29. Juni.

Jeden Tag lese ich ein Kapitel aus *Marius the Epicurean* (mit der größten Freude); laut, eine Stunde lang, *The Merry Men;* ich übe drei bis fünf Stunden (und öfter fünf als drei) Klavier (ausschließlich Bach und Chopin). Wenn ich noch das Buch Ransomes über Wilde, die Lektüre von Milton, Keats, Byron usw. dazunehme, plus der Korrespondenz, die mich täglich noch eine oder zwei Stunden kostet, so bleibt fast keine Zeit mehr für die persönliche Arbeit. Ich verschiebe sie bis zur Reise, wenn ich weder Klavier noch Lektüre, die es zu beenden gilt, bei mir haben werde.
Das Buch Ransomes scheint mir gut – stellenweise sogar sehr gut. Vielleicht bewundert er ein wenig zu sehr den Schmuck, mit dem Wilde seine Gedanken zu behängen liebte und der mir nach wie vor ziemlich unecht zu sein scheint – im Gegensatz dazu zeigt er nicht genügend deutlich, wie aufschlußreich – beinahe hätte ich gesagt: vertraulich – Stücke wie *The Ideal Husband* oder *A Woman of No Importance* sind, trotz ihrer scheinbaren Objektivität.
In meinem kleinen Buch über Wilde bin ich seinem Werk sicher nicht ganz gerecht geworden und habe zu voreilig, das heißt: ohne

es genügend zu kennen, die Nase gerümpft. Ich bewundere, wenn ich daran zurückdenke, die Bereitwilligkeit, mit der Wilde mir zuhörte, als ich in Algier seinen Stücken den Prozeß machte (sehr unverschämt, wie mir heute scheint). Keinerlei Ungeduld im Ton seiner Erwiderungen, nicht einmal Protest; damals war es, daß er zu mir fast wie zur Entschuldigung jenen außerordentlichen Satz sagte, den ich zitiert habe und der seither überall zitiert wurde: «Ich habe mein ganzes Genie in mein Leben gelegt; in mein Werk nur mein Talent.» Ich wüßte gern, ob er diesen Satz noch zu jemand anderem gesagt hat als zu mir.
Ich hoffe sehr, später noch einmal darauf zurückkommen und dann alles erzählen zu können, was zu sagen ich zunächst noch nicht gewagt habe. Ich möchte auch das Werk Wildes *erklären,* auf meine Art, seine Theaterstücke im besonderen – deren Interessantestes zwischen den Zeilen liegt.

2. Juli.

Ich habe mich die letzten Tage damit beschäftigt, meine *Souvenirs de la cour d'assises* ins reine zu bringen. Das ist, glaube ich, eine sehr gute Übung, und ich finde daran großes Interesse. Das Herannahen meiner Abreise macht mich richtig krank; für Augenblicke wünsche ich, die Lage auf dem Balkan möge sich verschlimmern und es mir unmöglich machen hinzugehen.

Ich habe versucht, *Trois Hommes* von Suarès wiederaufzunehmen, aber seine großsprecherische Art geht mir auf die Nerven. Ich weiß und fühle es zu genau, daß er Dostojewski erst seit ganz kurzer Zeit kannte und daß er ihn erst infolge einer Unterhaltung entdeckt hat, die wir miteinander hatten und in deren Verlauf ich mich ihm gegenüber beklagte, daß er nur Tolstoi *in Betracht zu ziehen* scheine. Das ganze Pathos zu Beginn seiner Porträts ist nur zur Deckung da; er will nicht merken lassen, daß er Dostojewski nicht immer bewundert hat. Vielleicht wird es mit Goethe dasselbe sein, wenn er zu diesem kommt.
Er sagt über Dostojewski Dinge von außerordentlichem Scharfsinn, wie nur er sie heute zu sagen versteht; es ist aber ungeheuer-

lich, Dostojewski von Nietzsche abzurücken, um ihn… Wagner näherzubringen!

3. Juli.
Gestern abend blieb ich, da meine Augen müde waren, auf der Bank vor dem Haus sitzen, um den Katzen beim Spielen zuzusehen, als Mius' Stimme erschallte:
«He, das wird ein Spaß! He, da wird's was zu lachen geben!» So mürrisch und alt er auch aussehen mag, gewinnt er doch ab und zu seine ganze Jugend zurück; freudezitternd bringt er seine Rattenfalle auf die Außentreppe, worin sich eine dicke Ratte mit sieben Jungen gefangen hat. Man kann sich den Familienspaziergang vorstellen, zur Abendzeit, mit der Katastrophe als Abschluß. Die Kleinen sind reizend und scheinen nicht einmal sehr erschreckt, aber die Mutter, die das Leben kennt, ist wütend; sie macht große Sprünge gegen das Gitter, an dem sie sich schon die Schnauze verletzt hat; sie springt nicht etwa, um zu fliehen, sondern aggressiv, um sich auf uns zu stürzen. Bei jedem Sprung stößt sie einen seltsamen kleinen Schlachtruf aus. Em., der sich beim Gedanken an das Gemetzel, das die Angelegenheit beenden wird, das Herz zusammenschnürt, verschwindet wie üblich. Die Hunde gebärden sich wie rasend; sie führen sich derart auf, daß man sie schließlich einsperrt. Jeanne und die beiden Hausmädchen sind herbeigelaufen; Mius, sie und ich bilden einen Kreis und stehen um den Käfig herum, wie Götter, die sich über Menschenelend neigen.
«Na, wie bringen wir sie um?» sagt schließlich Mius.
Marthe schlägt vor, sie mit kochendem Wasser zu übergießen.
«Nein», antwortet Mius, «ich werde mein Messer holen.»
«Aber Mius, Sie wollen sie doch nicht schlachten?»
«Man müßte sehen, daß sie nicht zu sehr leiden», sagt die sonst so alberne P., die aber für einmal klarer sieht.
«Wenn schon! Geschieht ihnen recht», ruft Juliette, die Gärtnersfrau, der die Ratten zwei junge Hasen gefressen haben, «warum richten sie auch Schaden an.»
«Sie wissen doch nicht, was Schaden ist», erwidert P.

Ich muß mich zusammennehmen, um nicht wie aus Versehen die Falle umzustoßen, die sie gefangenhält, und schlage vor, das kleinere Übel wählend, sie in einen Eimer mit Wasser zu versenken. Die Kleinen widerstanden nicht sehr lange. Aber der Todeskampf der Mutter zog sich länger hin, als ich geglaubt hätte. Sie machte furchtbare Sprünge; immer wieder sah man eine neue Luftblase an die Wasseroberfläche emporsteigen. Endlich waren die Lungen gefüllt; es hatte wohl drei Minuten gedauert.

10. Juli.

Ich habe meine Arbeit unterbrechen und Cuverville verlassen müssen, um den kleinen D. zu holen. Die vier Tage Paris haben mich erledigt. Es gelingt mir nicht mehr, meine Ideen und vor allem mein Vertrauen wiederzugewinnen. Den Artikel zu schreiben, den ich Rivière so gut wie versprochen hatte, fühle ich mich nicht fähig; ich möchte, ich *müßte* reisen. Meine besten Stunden verwende ich darauf, die Stellen der *Caves* ins reine zu bringen, mit denen sich Copeau nicht zufrieden gezeigt hat; es macht mir große Mühe und gelingt mir nur mit einer namenlosen Nervosität. Der Artikel von Rivière über den *«Abenteuerroman»,* den ich heute nachmittag lese, trägt noch zu meiner Verwirrung bei; er sagt ungefähr das, was ich in meinem Artikel gern gesagt hätte, und viel besser, als ich es je hätte sagen können. In zwei Tagen wird mich die Ankunft der jungen A.s und von D. vollends aus dem Gleichgewicht bringen.

*

Reise nach Italien. Aufenthalt in Tivoli, in Vallombrosa, in Santa Margherita.

Ich mache mir bittere Vorwürfe, daß ich auf der Rückreise durch Paris den armen alten Vater La Pérouse nicht aufgesucht habe. Zweifellos hat er niemanden, der ihm die Hand reicht, und ringt in der Finsternis.

2. September.

Er sagt sich immer wieder, nicht ohne Angst, daß der letzte Akt vielleicht kein Komödienakt mehr sein würde und das Leben von ihm wiche, nicht plötzlich und unter Schreien und Tränen, was immer noch so etwas wie Ruhm und Feierlichkeit mit sich brächte, sondern langsam und schweigend.

Er fühlte alle seine Kräfte schwächer werden und trauerte maßlos allen Freuden und Schönheiten des Lebens nach, die er nicht an den Leib und ans Herz gedrückt hatte.

4. September.

Die außerordentlichsten Visionen wird er dann haben, wenn er nicht mehr imstande sein wird, sie zu beschreiben...

Miltons Blindheit ist furchtbar; aber wieviel schrecklicher ist Baudelaires Aphasie!

8. September.

Seit langem habe ich mich damit abgefunden, im Auftreten nichts Großartiges zu haben. Wenn nur das Werk ersteht, sei es auch um den Preis einer ungeheuren Anstrengung!...

25. September.

Ausgezeichneter Besuch von Paul-Albert Laurens und seiner Frau (sie bleiben vier Tage bei uns); ich plaudere mit ihm wie früher. Ich lese ihm *Les Caves* vor. Er erinnert sich, daß ich ihm schon in Biskra davon erzählte; das ist früher, als ich es in der Erinnerung hatte.

Es scheint mir, als hätte ich mit allem, was ich bisher geschrieben habe, nur den Ausrufer gemacht, vor Beginn der *eigentlichen* Schau, und daß man erst jetzt in die Schaubude eintreten wird.

3. Oktober.

Es ist leider schon genug Eis zwischen uns, um eine ganze Schwadron darüber hinziehender Mißverständnisse zu tragen.

15. Oktober.
Viel Verstellung in alldem. Meine Freude, sie wiederzusehen, ist zwar lebhaft; aber ich spiele sie auch und lache aus Gefälligkeit.

Paris, 2. November.
Zehn Tage Ohrenentzündung und halbe Taubheit. Ausgezeichnete Verfassung für die Arbeit. Morgen tritt meine Sekretärin ihr Amt an, und es beginnt eine neue Arbeitseinteilung.
Heute morgen Besuch beim armen Vater La Pérouse. Ich schreibe die Unterhaltung an anderer Stelle auf.

17. November.
Seit dem 3. November kommt jeden Morgen eine Sekretärin, mit der ich von neun bis halb zwölf arbeite und die von zwei bis fünf mit der Maschine schreibt, was sie morgens nach meinem Diktat stenographiert hat. (*Souvenirs de la cour d'assises* und Übersetzung von *Gitanjali.*[222]) Ich kann leider für das Klavier keinen freien Augenblick mehr finden. Gehe fast jeden Tag eine Stunde schwimmen, in der Rue de Chazelles – was mir sehr guttut. Die englische Lektüre ist eine Zeitlang fast aufgegeben; ich habe große Mühe, *The Master of Ballantrae* fertigzulesen. Seltsames Buch, in dem alles ausgezeichnet ist, aber so heterogen, daß es als Musterkarte all dessen scheint, worin Stevenson zu glänzen vermag.

Sollte Montforts Feindseligkeit mir gegenüber später einmal die Forscher interessieren, so möchte ich, daß man uns nicht beurteilt, ehe man den vollständigen Text der Briefe Charles-Louis Philippes an Vandeputte kennengelernt hat. Man wird dann schon sehen, ob die Stellen, die ich weggelassen habe, eher für Montfort peinlich sind oder für mich.

Blätter

Von den Regeln will ich sprechen.
Wenn es wahr ist, daß das Genie sich den Regeln entzieht, so soll mir das recht sein. – Eben forschte ich danach, auf welche Weise es sich entzieht, dieses Genie, das ich doch so oft besorgt sehe, gerade seine unabhängigsten Regungen den strengsten Formen zu unterwerfen; und ich werde herauszufinden versuchen, warum.
Die Kunst ist ebenso weit entfernt von Tumult wie von Apathie.

Neuchâtel.
Wie liebe ich den stillen See mit den niedrigen Ufern, von Möwen bevölkert, wo weder meine Blicke noch meine Gedanken sich an irgend etwas Fremdem oder Zufälligem stoßen.
Wie war es möglich, daß ich, der sonst so leicht fröstelt, heute früh nur Wohlgefühl empfand, als ich auf jener Bank saß bei kaum fünf Grad über Null, vor mir nichts als Wasser und Dunstschleier? Hier würde ich gerne wohnen.

Die abscheuliche Bemühung, seine Sünden ins Paradies mitzunehmen. Mißtraue den Reden vom Künstlertum; der wirkliche Künstler trägt keine rote Weste und spricht nicht gern von seiner Kunst. Sage dir immer, daß unter denen, die so laut schreien, nicht viele sind, die den unmittelbaren Erfolg eines Pradon der bedachten Vollkommenheit jener anderen *Phèdre*[223] vorgezogen hätten.

Gewiß, er kann an unserer Zuneigung nicht zweifeln; er weiß aber vielleicht noch nicht genug, was sie alles an Stolz, Ehrgeiz und Forderung enthält.

Der Duft des Heus bei Pavia. – Die Oleander bei Genua.

Die Wahrheit ist, daß wir, sobald uns die Notwendigkeit des Unterhalts nicht mehr verpflichtet, nicht mehr wissen, was wir aus unserem Leben machen sollen, und daß wir es auf gut Glück verschleudern.

ROMAN.
Fast zu Beginn des Buches untersuchen sie, während sie in einem Restaurant zusammen essen, welche Falten sie einmal *haben werden.*
Hat es in ihrem Leben keinen Bankrott, kein Aufgeben – keinen Verzicht gegeben?
Der diese Frage verneint, wird später aus dem Verzichten-können die Weisheit seines Lebens machen.
(Auch das kann eine selbstgefällige Moral sein.)
Der Fuchs mit den sauren Trauben: der so tut, als habe er alles, was ihm zustößt, gewollt und als sei es ihm so auch am liebsten; womit er sich den Ruf eines Weisen erwirbt.[224]
Der Freund, dem er seine Jugendträume anvertraut hatte, weiß wohl, daß das eine Art Bankrott ist.
Den beklagenswerten Bankrott des Christentums feststellen – die es praktizieren wollten, mußten sich von der *Welt* zurückziehen; das Christentum hat es nicht verstanden, eine Welt nach Christi Ebenbild zu formen, wie Buddha oder Mohammed –, zeigen, daß darin die *Überlegenheit* Christi beruht. Der Katholizismus aber hat eine Gesellschaft machen wollen und erreicht das nur, indem er Christus ausbootet.
(Das alles muß sehr sanft gesagt werden; Abscheu vor dem rechthaberischen, revolutionären Ton.)
Daß es die erste Aufgabe des Christen ist, glücklich zu sein; und solange er es (das Glück) nicht erringt, hat er die Lehre Christi nicht in sich verwirklicht. Das wunderbare Wort Christi: «Warum weinst du?» (Zu kommentieren.)
Richard Feverel hat, als er nach dem Unfall (dieser Unfall muß aus Liebe geschehen sein) *erwacht* ist, vollständig vergessen, daß er das Glück erreicht hatte (das seltsame Gefühl, das er immerhin davon zurückbehält: Furcht).
Gegenstand: die beiden Liebenden, die erwachen, nachdem sie Lethe getrunken haben (aber einer nach dem andern).
Sie werden ihre Liebe nicht wieder anfangen – im Gegenteil . . . Wenn sie sich mißfielen. (Sie, der früheren Liebe sicher, erscheint ihm *dreist.*)

CAVES.
Begräbnis Fleurissoires.
Man muß setzen:
In den ersten Wagen: Blaphafas und die Witwe (Unterhaltung).
In den zweiten Wagen: Madame Armand-Dubois und die Comtesse de Baraglioul.
In den dritten Wagen: Anthime Armand-Dubois, Baraglioul.

CHOPIN.
Für Beethoven ist sicherlich die *Quantität* des Tons wichtig; für Chopin nur die *Qualität* (Pianissimo in der *Barcarole*).
Kein reinerer Diamant.
Keine Perle von schönerem Glanz.

(In den *Mémoires* wäre, nach der Nacht von Algier, zu sagen):
Wie oft entrückte mich die verliebte Wonne, und zwar gerade die schönste, in ein Delirium aller Sinne, ein so tolles, so schreckliches, daß ich noch lange nicht losließ und meine Raserei übersteigerte, mich nicht damit abfinden konnte, sie abzugeben, mich vom Augenblick zu trennen, sondern voll unersättlicher Gier blieb, als verfolgte ich durch die Lust hindurch irgend etwas jenseits der Lust.

1914

24. Januar.

Gestern hatte ich Auteuil frühmorgens verlassen, um beim *Mercure,* im Theater und bei der Revue[225] vorbeizugehen. Ich gedachte mit Paul-A. Laurens zu essen, und da ich ihn in seinem Atelier nicht vorgefunden hatte, ging ich vor der Nummer 126 des Boulevard Montparnasse auf und ab, um ihn zu erwarten. Anstelle von Paul kam Léon Blum daher; ich hielt es für geraten, ihn gleich einzuladen, um einer Einladung zum Essen mit M. zu entgehen. Ich war nicht rasiert; nach einer Nacht der Schlaflosigkeit, oder vielmehr immer wieder durch die kranke Katze geweckt, war ich mit Migräne aufgestanden. Ich fühlte mich häßlich, matt und dumm; und da Blum zu

jener Art präziser Denker gehört, die meinen Geist schon von weitem zum Einfrieren bringen und deren luzides Brillieren ihn im Zustand der Lähmung erhält und zur Ohnmacht verurteilt – habe ich während der ganzen Mahlzeit nichts als Albernheiten gesagt.
Wenn ich nun in der Nacht an die Gestalt Blums zurückdenke – der ich weder Adel noch Großmut, noch Ritterlichkeit absprechen kann, wenn auch diese Worte, um auf ihn zuzutreffen, einigermaßen von ihrem eigentlichen Sinn abweichen müssen –, scheint es mir, als käme diese Art Entschlossenheit, fortgesetzt und mit Vorliebe den Juden zu betonen, sich mit Vorliebe für diesen zu interessieren, eine Neigung, ihm Talent, wenn nicht Genie zuzuerkennen, zunächst daher, daß ein Jude besonders empfänglich für jüdische Qualitäten ist; vor allem aber auch daher, daß Blum die jüdische Rasse für überlegen hält, zur Herrschaft berufen, nachdem sie lange beherrscht worden ist, und glaubt, es sei seine Aufgabe, an ihrem Triumph zu arbeiten, ihr dazu mit seiner ganzen Kraft zu verhelfen.
Zweifellos hält er ein Emporkommen dieser Rasse für möglich. Zweifellos sieht er im Emporkommen dieser Rasse die Lösung für so manches soziale und politische Problem. Eine Zeit wird kommen, denkt er, welche die Zeit der Juden sein wird; und von nun an ist es wichtig, ihre Überlegenheit in allen Klassen, auf allen Gebieten, in allen Zweigen der Kunst, der Wissenschaft und der Industrie anzuerkennen und zu festigen. Seine Intelligenz ist wunderbar organisiert, organisierend, klar, klassifizierend und könnte noch nach zehn Jahren jede Idee genau an dem Platz wiederfinden, wo die Überlegung sie hingesetzt hatte, wie man einen Gegenstand in einem Schrank wiederfindet. Obwohl er für Poesie empfänglich ist, ist er doch der amusischste Kopf, den ich kenne; ich glaube auch, daß er sich trotz seines Wertes ein wenig überschätzt. Es ist seine Schwäche, sich das anmerken zu lassen. Er macht sich gerne wichtig; er möchte der erste gewesen sein, der die Bedeutung von diesem oder jenem erkannt hat; er sagte, als er vom kleinen Franck sprach: «Ich muß ihn doch seinerzeit zu dir geschickt haben»; und von Claudel: «Das war zu der Zeit, als wir mit Schwob zu seinen wenigen Bewunderern gehörten.» Er sagte auch: «T.

soll doch mit einem Gruß von mir zum Fechtmeister X. gehen, der ihn gut beraten wird.» Er spricht nur protegierend mit einem. Bei einer Generalprobe in einem Theater, wo er einen zufällig in den Gängen trifft, faßt er einen um die Hüfte, um den Hals, um die Schultern und gibt – hätte man ihn auch zwölf Monate nicht gesehen – jedem zu verstehen, daß er einen am Tag zuvor zuletzt getroffen und man keinen intimeren Freund habe als ihn.
Warum aber hier von Fehlern sprechen? Mir genügt es, daß die Vorzüge der jüdischen Rasse keine französischen Vorzüge sind; und wären auch diese (die Franzosen) weniger intelligent, weniger ausdauernd, überhaupt weniger verdienstvoll als die Juden, bleibt es doch wahr, daß das, was sie zu sagen haben, nur von ihnen gesagt werden kann und daß der Beitrag der jüdischen Eigenschaften zur Literatur, in der nur das Persönliche von Bedeutung ist, nicht so sehr neue Elemente, also eine Bereicherung bringt, als vielmehr dem langsamen Bekenntnis einer Rasse ins Wort fällt und damit schwer, unerträglich dessen Bedeutung fälscht.
Es ist unsinnig, es ist sogar gefährlich, die Qualitäten der jüdischen Literatur zu leugnen; es ist aber auch wichtig, zu erkennen, daß es heute in Frankreich eine jüdische Literatur gibt, die keine französische Literatur ist und die ihre ganz besonderen Eigenschaften, Bedeutungen, Richtungen hat. Welch bewunderungswürdiges Werk würde jener vollbringen und welchen Dienst würde er Juden und Franzosen erweisen, der die Geschichte der jüdischen Literatur schriebe – eine Geschichte, die übrigens gar nicht weit zurückzugehen brauchte und die meines Erachtens ohne weiteres mit der jüdischen Literatur anderer Länder vereinigt und vermischt werden könnte, denn es ist dieselbe. Das brächte ein wenig Klarheit in unsere Vorstellungen und würde zweifellos gewisse Haßgefühle verhindern, die das Ergebnis falscher Einschätzungen sind.
Darüber wäre noch viel zu sagen. Man müßte erklären, warum und als Folge welcher sozialen und ökonomischen Ursachen die Juden bis jetzt geschwiegen haben. Warum die jüdische Literatur kaum mehr als zwanzig oder sagen wir fünfzig Jahre zurückreicht. Warum ihre Entwicklung, ihr Vormarsch in diesen fünfzig Jahren so triumphal war. Sind sie denn auf einmal intelligenter gewor-

den? Nein. Aber vorher durften sie nicht sprechen; vielleicht hatten sie nicht einmal den Wunsch, denn es ist bemerkenswert, daß unter all jenen, die heute sprechen, nicht einer ist, der aus unwiderstehlichem Bedürfnis spräche – ich will damit sagen: für den Wort und Werk das letzte Ziel wären und nicht etwa die *Wirkung* dieses Wortes, sein materielles oder moralisches Ergebnis. Sie sprechen, weil man sie auffordert zu sprechen. Sie sprechen leichter als wir, weil sie weniger Skrupel haben. Sie sprechen lauter als wir, weil sie nicht wie wir Grund haben, manchmal leise zu sprechen, gewisse Dinge zu respektieren.

Ich leugne gewiß nicht das große Verdienst einiger jüdischer Werke, zum Beispiel der Theaterstücke von Porto-Riche. Mit wieviel leichterem Herzen aber würde ich sie bewundern, wenn sie nur in der Übersetzung zu uns kämen! Denn was hilft mir eine Bereicherung der Literatur meines Landes, wenn es auf Kosten ihrer Bedeutung geschieht? Besser wäre es für den Franzosen, an dem Tag zu verschwinden, an dem er nicht mehr genügend Kraft hätte, als einen Unbefugten seine Rolle an seinem Platz und in seinem Namen spielen zu lassen.

28. März.

Ich reiße aus diesem Heft Seite um Seite, alle unbefriedigend. Es macht mir keinerlei Vergnügen mehr hineinzuschreiben, noch mir beim Leben zuzusehen, und meine Feder ist nicht flink oder meine Zeit nicht reichlich genug, um von anderen zu sprechen.

Ich notiere hier einfach als Stichworte: ein kurzer Aufenthalt in Florenz (vom 3. März bis zum 17.) – damit beschäftigt, mit Fabulet dessen Whitman-Übersetzung durchzusehen. Das junge Paar Raverat hat sich dort mit mir getroffen; alle vier haben wir am Lungarno Acciaioli 22 Unterkunft gefunden – bei der vortrefflichen Madame P. Ich bewohnte, wie schon früher, den großen Mittelsalon, wo sie ein Behelfsbett aufgestellt hatte, ein so schmales, daß ich sehr schlecht darin schlief. Ich habe (mit dem jungen Paar Raverat) nur das *Abendmahl* von Castagno und die *Kreuzigung* des Angelico wiedergesehen.

In Florenz habe ich den Drohbrief Claudels erhalten, der durch die

Seite 478 der *Caves* ausgelöst worden ist. Möge ich nicht durch die Ereignisse überholt werden! Ist es weise, auf die Reise zu gehen, wie ich es plane, mit Madame Mayrisch und Ghéon, während noch nichts fertig ist, weder *Corydon* noch das übrige? …
Aber mein ganzes Leben lang habe ich unaufhörlich gefürchtet, ich hätte keine Zeit mehr oder plötzlich zuwenig Boden unter den Füßen.

Die türkische Reise[226]

April (1914).

An Em.
Für Sie reiße ich aus meinem Reisetagebuch diese Blätter, für Sie schreibe ich, als Postskriptum der unzulänglichen Briefe, die ich von dort an Sie richtete, diese noch unzulänglicheren Blätter ab. Ich nahm mir vor, sie zu vervollständigen, sie abzuschließen; ich kann es nicht. Man macht auf der Reise täglich Notizen in der Hoffnung, nach der Rückkehr die Erzählung mit Muße wieder aufzubauen, sorgfältig die Landschaften nachzuzeichnen; dann merkt man, daß alle Kunst, die man darauf verwendet, nur dazu führt, die ursprüngliche Empfindung zu verwässern, deren naivster Ausdruck immer der beste bleiben wird. Ich übertrage also diese Notizen so wie sie sind und ohne ihre Unreife abzuschwächen. Ach! Die von den lebhaftesten Empfindungen ganz besonders erfüllten Tage sind auch die, von denen in diesem Heft nichts bleibt; es sind die, an denen ich nur Zeit hatte zu leben.

April.

Betrachtet man die Dürre des Bodens, das unermeßliche öde Land zwischen Adrianopel und Çatalca, wundert man sich weniger, daß die Türken es nicht hartnäckiger verteidigt haben. Meile um Meile rollt an einem vorbei, ohne eine Wohnstatt, ohne eine Seele. Der Zug schlägt alle Umwege ein, die von den Windungen eines kleinen Wasserlaufs veranlaßt werden, und die dauernden Kurven zwingen ihn zu äußerster Langsamkeit. Nicht ein Tunnel, nicht eine Brücke, nicht einmal eine Aufschüttung. Monsieur

Loucheur, der mit uns reist, erklärt mir, daß Baron Hirsch, der mit dem Unternehmen beauftragt war, pro Kilometer bezahlt wurde. Ein Vermögen!
Verwilderte Hunde laufen von weit her dem Zug nach; man wirft ihnen aus dem Speisewagen die Überreste der Mahlzeiten in Papiertüten zu, die sie zerreißen.
Zwischen Irisbüschen ohne Blüten und Schilf, an den Rändern eines mit grauem Wasser halbvollen Grabens, in den Schlamm geklebt Schildkröten, Schildkrötenfamilien, Schildkrötenhorden, flach, schmutzfarben; Wasserwanzen, könnte man meinen.

Freude, endlich Störche wiederzusehen. Da sind sogar einige Kamele. Hier und dort flammende Pfingstrosenbüsche, die unsere Nachbarin, eine reiche Armenierin aus Brussa, hartnäckig für Mohn hält.
Mein Reisegefährte kommt mit einem jungen Türken ins Gespräch, Sohn eines Paschas, der von Lausanne zurückkehrt, wo er «die Malerei erlernte»; es ist sieben Monate her, seit er zum erstenmal seine Familie verlassen hat; er kehrt mit einem Band Zola unterm Arm zu ihr zurück: *Nana,* das er angeblich «sehr liebt», ebenso wie «die Bücher von Madame Gyp». Er erklärt, von ganzem Herzen «Jungtürke» zu sein, und glaubt an die Zukunft der Türkei; was mich aber davon abhält, daran zu glauben.

1. Mai.

Konstantinopel rechtfertigt alle meine Vorurteile und steht in der Hölle meines Herzens neben Venedig. Bewundert man irgendeine Architektur, die Fassade einer Moschee, erfährt man – man ahnte es schon –, daß sie albanisch ist oder persisch. Alles ist hier, wie in Venedig, mehr noch als in Venedig, durch Gewalt-, durch Geldstreich zustande gekommen. Nichts ist dem Boden entsprungen; nichts Autochthones findet sich unter dem dichten Schaum, den die Reibung und der Zusammenstoß so vieler Rassen, Geschichten, Glaubenslehren und Kulturen erzeugt.
Man kann sich nichts Häßlicheres vorstellen als die türkische Tracht, und wahrhaftig, die Rasse verdient sie.

O Goldenes Horn, Bosporus, Ufer von Skutari, Zypressen von Eyub? Der schönsten Landschaft der Welt kann ich mein Herz nicht schenken, wenn ich das Volk nicht lieben kann, das sie bewohnt.

2. Mai.

Freude, Konstantinopel zu verlassen, das andere loben mögen. Heiteres Meer, wo die Delphine frohlocken. Anmut der Ufer Asiens; große Bäume ganz in der Nähe, wo die Herden Schatten suchen.

Brussa, Samstag.

Garten der Moschee Murads I., wo ich mich hingesetzt habe, nicht an das rieselnde Becken, das Mittelstück der balkonartigen Terrasse, sondern ganz links auf der Terrasse auf den marmornen Rand des kleineren Beckens, das ein Pavillon aus bemaltem Holz beschirmt. Eine einfache runde Öffnung stößt aus dem tiefen und frischen Grund des Beckens einen Schwall bebenden Wassers empor, ein stilles Erschließen des Quells, über den ich lange gebeugt bleibe. Ebenfalls auf dem Grunde des Beckens, aber an der Seite, trinkt ein anderer gleicher Mund. Auf dem Marmorboden, da, wo das Wasser einen Augenblick verweilt, promenieren winzige Blutegel.

An der weißen Wand der Moschee bewegt sich der Schatten einer Platane. Wie in Siena, aber in einem ganz anderen Geist, krönt ein einfacher und fast schmuckloser Bogen zwei kleinere und verbindet sich mit ihnen. In den Höhlungen des Reliefs die Nester eines Schwalbenschwarms. Zu meinen Füßen der grüne Sahel von Brussa, über den sich leuchtender Friede breitet. Es ist still. Die Luft ist unbeschreiblich durchsichtig; der Himmel klar wie meine Gedanken.

Ach! Ach, neu anfangen und auf neue Rechnung! Mit Entzücken die wunderbare Zärtlichkeit der Zellen spüren, wo Empfindung durchrinnt wie Milch ... Brussa mit den dichten Gärten, Rose der Reinheit, träge Rose im Schatten der Platanen, ist es möglich, daß meine Jugend dich nicht gekannt hat? Schon? Ist es eine Erinnerung, die ich bewohne? Bin auch wirklich ich es, der in diesem kleinen Hof der Moschee sitzt, ich, der atmet, ich, der dich liebt? Oder träume ich nur davon, dich zu lieben? ... Wäre ich sehr wirklich, würde dann diese Schwalbe so nah an mir vorbeifliegen?

Brussa, Sonntag.

Sobald ich ein Land liebe, möchte ich dort auch leben. Aber hier würde ich keine Freundschaften schließen. Meine Einsamkeit ist nur mit den Bäumen verwandt, nur mit dem Geräusch der fließenden Wasser, nur mit den Schatten, die Weinspaliere über Marktstraßen flechten. Das Volk ist häßlich; es ist der Abschaum, den die Kulturen zurückgelassen haben.

Fünf kleine Juden begleiten uns heute von der Grünen Moschee zum Bazar und zum Hotel. Jeder scheint von einer anderen Rasse, und nur bei zweien erriete man, daß sie Juden sind. Es sind Juden aus Spanien, wie alle Juden von Brussa. Sie besuchen die französische Schule und sprechen unsere Sprache mit verblüffender Redseligkeit. Sie fragen unsere Reisegefährtin: «Ist es wahr, Madame, daß in Frankreich jeder Hund einen Herrn besitzt?» und «In Frankreich, nicht wahr, ist das Wasser nicht gut, und man kann nur Wein trinken?»

Jeder von ihnen hat vor, in zwei Jahren, nach einem ersten Examen, nach Paris zu gehen und dort in der jüdisch-orientalischen Schule von Auteuil seine Studien fortzusetzen, um endlich ein *Monsieur* zu werden.

Dienstag.

Am ersten Tag kaufte ich nur eine kleine Porzellanschale, eine alte, von der man glauben könnte, sie käme aus einem ferneren Orient. Sie ist nicht größer als die hohle Hand. Bläuliche Muster bedecken einen gelblichweißen, craquelierten Grund.

Nichts Enttäuschenderes zunächst als dieser Bazar, durch den wir am ersten Tag einen ernüchterten Spaziergang gemacht haben. Über den trostlosen Läden aufgehängte, eintönig gestreifte Seidenschals trieben uns in die Flucht. Aber am zweiten Tag gingen wir in die Läden hinein...

An diesem zweiten Tag kaufte ich drei Gewänder; eines grün, das andere amarantrot; jedes mit Goldfäden durchwoben. Das grüne

schimmert lila; es paßt für Tage der Meditation und des Studiums. Das amarantene schimmert silbern; das brauche ich, um ein Drama zu schreiben. Das dritte ist feuerfarben; ich werde es an den Tagen des Zweifels anziehen und um die Inspiration zu fördern.
Die Gewänder zwangen zum Kauf orientalischer Hemden mit weiten, ungeknöpften Ärmeln; ferner türkischer Schuhe mit gebogener Sohle, in denen der Fuß sich fremd fühlt.
Als ich vom Bazar zurückkam, sah ich an jenem Morgen in der engen Straße, die sich in der Ferne gegen das Gebirge verliert, zwei mit Schnee beladene Maultiere; er war auf dem Olymp geholt worden; ein Wollstoff umhüllte ihn halb, hielt ihn zusammen und schützte ihn vor der einschneidenden Berührung der Stricke; wie Marmorblöcke auf jeder Seite des Maultiers.

Ich habe ein wenig oberhalb der Stadt einen köstlichen Ruheplatz entdeckt; das Gras zum Hinliegen ist frisch; ein Vorhang von hohen Pappeln verbreitet einen leichten Schatten. Vor mir breitet sich die Stadt aus; zu meinen Füßen der Bergbach, der sie durchkreuzt und den ich eben entlanggestiegen bin, in jene letzte kleine Schlucht des Olymp eindringend, die öd und häßlich ist, aber mir ein wenig weiter oben, wie ich von sehr weit weg gesehen hatte, eine Herde Ziegen versprach, die gewiß ein Hirte weiden ließ. Ach, wie viele Stunden verlor ich so, auf den Hängen des Apennin oder des Aurès, den Schafen oder Ziegen folgend, bei den Hirten, Hirte ich selbst, dem Gesang ihrer ländlichen Flöte lauschend, wie er meinem Herzen zuflüstert:

Utinam ex vobis unus…[227]

Brussa. Die Grüne Moschee.

Ort der Ruhe, der Klarheit, des Gleichgewichts. Geweihter Azur; faltenloser Azur; vollkommene Gesundheit des Geistes…
Ein erlesener Gott bewohnt dich, o Moschee! Er ist es, der im Scheitel des Spitzbogens und ihn brechend die geistvolle Schwebe jenes flachen Steins eingibt und sie zuläßt, genau da, an jener geheimen, aktiven Stelle, wo die beiden Bögen sich treffen müß-

ten, die nun am Ort der Übereinstimmung und der Liebe rasten und sich zur Ruhe setzen. O feines Lächeln! Spiel in genauer Freiheit! Wie leicht nimmst du das doch, Feinheit meines Geistes! Lange habe ich an diesem heiligen Ort nachgedacht und endlich verstanden, daß hier der Gott der Kritik unserer Andacht harrt und daß es Reinigung ist, wozu er einlädt.

Brussa, Mittwoch.

Heute nacht hat uns ein seltsamer, unverständlicher Lärm geweckt; aus dem tiefsten Schlaf heraus habe ich zuerst an Reisevorbereitungen meiner Nachbarn gedacht, die gegen sechs Uhr abfahren sollten; als ich aber auf meine Uhr sah, habe ich festgestellt, daß es erst drei Uhr morgens war. Nein, der Lärm kam von draußen; Leute liefen vorbei, stießen Schreie aus, und durch das Schreien hindurch nahm man ein großes gleichmäßiges Lärmen wahr, das sich aus einer Masse von Rufen und Klagen zusammensetzte; dann dumpfe Detonationen, andere, hellere, Schüsse, um so beunruhigender, als sie gleichzeitig in verschiedenen Stadtvierteln losgingen. Einen Augenblick dachte ich an einen Aufstand, ein Massaker, womit man in diesem Land immer rechnen muß, eine Bartholomäusnacht für Armenier, Griechen, Juden... oder Fremde. Ich bin ans Fenster gelaufen: ein großer roter, schwankender Schein erhellte unheilvoll die hohen Bäume; die Schüsse waren Feueralarm.

Der Brandherd schien ganz nah; ich habe mich eilig angezogen. Einige hundert Meter vom Hotel entfernt brannten eine Schnapsbrennerei und ein Getränkeausschank. Das Feuer loderte aus voller Kraft, als ich ankam; die Menge drängte sich in unbeschreiblichem Durcheinander, mit Rufen, mit einem Geheul, von dem ich nicht weiß, ob es Schrecken ausdrücken oder die zur Arbeit anfeuern sollte, die mit Wasser in elenden, rinnenden Zinkkanistern herbeiliefen. Andere Häuser standen nebenan, die meisten aus Holz, und die Erinnerung an den Brand von Konstantinopel spukte noch in den Köpfen... Während einer halben Stunde bot sich mir ein seltenes Schauspiel; dann sind die Spritzen gekommen; nicht etwa eine oder zwei, sondern fast gleichzeitig acht oder zehn, dem

Ruf der Schüsse folgend, von allen Posten der Stadt. Und da es hier Wasser in Überfülle gibt, ist der Brand rasch eingedämmt und dann gelöscht worden. Die Morgenröte erschien, als ich zum Schlafen zurückkehrte.

Auf dem Weg nach Nicaea, 9. Mai.

Vor ein paar Tagen noch hätte ich Brussa mit weniger Bedauern verlassen; die kleine Stadt hat einen Charme, eine Schönheit, die geheimnisvoll fesseln. Zuallererst habe ich dort zu sehr nach meinen algerischen Erinnerungen gesucht und war untröstlich, weder Musik noch weiße Gewänder und nur häßliche Gesichter zu finden. Aber wie soll ich künftig jenen Abendspaziergang vergessen, gestern, zur Stunde der Muezzine und bis in die Nacht hinein ausgedehnt, durch die schweigsamen, von Gartenfriedhöfen unterbrochenen Sträßchen; und endlich die Aussicht auf die ganze Stadt, treibend, badend in einem blauen Rauch, den die hohen Minarette durchstießen...

Um fünf Uhr haben wir Brussa verlassen. Der Himmel war bedeckt; ein ziemlich dichter Nebeldunst verschleierte die Weiten, wie jener Vorhang aus grauem Tüll, den man in den Märchenstükken herunterläßt, um den Hintergrund zu verwandeln. Die Bäume am Straßenrand erscheinen dadurch noch riesiger. Unter diesen großen Bäumen, die dann und wann aus dem Nebel auftauchen, bedecken fortlaufende Pflanzungen von Zwergmaulbeerbäumen in engen Reihen die Umgebung von Brussa. Weiter weg kommen Felder, dann ziemlich ausgedehnte leere Räume. Endlich steigt die Straße an, und die Äcker werden seltener. Griechen, Armenier bebauen diese Felder; fast nie Türken; so daß die Erde ohne Einwanderung mehr oder minder verwahrlost bliebe. Wenigstens bestätigt das unser Dragoman, ein Jude aus Buenos Aires, der alle Sprachen spricht mit Ausnahme des Hebräischen, Untertan des Sultans, Italiener von Geburt trotz seines deutschen Namens, der so schwer auszusprechen ist, daß er sich ein Pseudonym zulegen mußte: Nicolas.

Nicolas trägt ein Globetrotterkostüm: Knickerbocker, Gamaschen aus poliertem Leder. Sein Fez ist gefüttert; er lüftet ihn häufig, um sich den Schweiß abzutrocknen, denn er schwitzt leicht und enthüllt dabei ein rundes kahles Haupt. Er rasiert sich den Kopf, dem Rat eines befreundeten Arztes folgend: In Kairo hatte er Augenschmerzen wegen der Fliegen und des Sandes; darauf hat der Arzt zu ihm gesagt: Rasieren Sie sich und baden Sie jeden Morgen Ihre Augen in Zitronensaft. Seit diesem Tag ist er immer rasiert und hat niemals mehr Augenschmerzen.

Er hält sich gut, wirft sich in die Brust, steht mit den Behörden des Landes auf vertrautem Fuß, ist übertrieben höflich mit den Fremden, hochmütig mit Untergebenen, getragen von all dem Geld der Touristen, die er begleitet. Auf alles, was man ihn fragt, hat er eine Antwort bereit und antwortet weiter, lange nachdem man ihn nicht mehr fragt.

Als die Steigung schärfer wird, steigen wir aus dem Wagen aus. Nicolas spricht die Leute auf der Straße an. Einmal einen Schäfer; später einen Holzfäller, der, unter seinem Bündel gebeugt, lächelt, als wir vorbeigehen. Nicolas deutet mit dem Finger auf sein Gesicht: «Sehen Sie sich die Zähne an! Dabei putzt er sie nie. Reizender junger Mann! Ganz vorzüglich! Sind alle so in diesem Land. Hab' noch nie so was gesehen. Sehen Sie nur, wie sie sich freuen, Fremde zu sehen. Das ist interessant. Das allein ist schon die Reise wert», usw. ...

Bei jeder Gelegenheit wiederholt er diese Formeln.

Gerührt, hier im Gebirge den buschigen *Seidelbast* von Cuverville zu entdecken, ganz in Blüte. Die Flora mutet nicht allzu fremd an: Ich finde die Zistrosen des Esterel-Gebirges wieder, vermischt mit den wilden Rosen der Normandie. Aber jede Pflanze scheint hier robuster und voller, ein unversehrtes Blätterwerk ausbreitend. Zweifellos verdanken diese Pflanzen ihre vollkommene Gesundheit den vielen Vögeln, die sie von den Insekten befreien.

Wie viele Vögel! Jeder Baum ist von ihnen bevölkert; der Nebel von ihrem melancholischen Gesang durchklungen. Die Türken beschützen sie ehrfürchtig. In Brussa flanieren auf dem Marktplatz ungestört zwei alte, gerupfte Geier und vier verletzte Störche. Man sieht überall Störche; sie amüsieren mich wie am ersten Tag und

trösten mich ein wenig über die Abwesenheit der Kamele hinweg.
Gegen neun Uhr ist der Nebel gestiegen, hat sich dann, nachdem wir den Berg umgangen hatten, geteilt, und wir haben hinter uns das ganze schneebedeckte Massiv des Olymp sehen können.

Reichlicher Regen hat die Straße unbefahrbar gemacht. Gewiß ist sie da und dort gepflastert, in der Art der Königsstraßen; aber die Pflastersteine sind so ungleichmäßig, so riesig, so schlecht eingesetzt, daß es am besten ist, die Straße zu verlassen und seinen Weg am Rand zu suchen. Man hat die Instandsetzung eines Teils dieser Straße einem Franzosen anvertraut, dem wir vorhin begegneten. Er war zu Pferd und hat uns einige Zeit begleitet; dann hat er uns an der äußersten Grenze seiner Zuständigkeit verlassen und uns darauf hingewiesen, daß die Straße «nun schlecht wird».
Sie lief zuerst an einer sumpfigen, früher anscheinend bebauten Fläche entlang, in deren Mitte aber vor vier Jahren unvermutet Quellen aufsprangen und die Anpflanzungen mit Wasser überfluteten, das keinen Ablauf fand, einem toten Wasser, wo nun Schilf das Korn abgelöst hat und Frösche die Sperlinge. Jene verursachen von einem Ende des Horizonts zum andern einen gewaltigen Lärm; und wir fragen uns, ob wohl die Falken, die über den Rändern des Sumpfes schweben, sich von ihnen nähren, denn es sieht nicht so aus, als gäbe es für sie anderes zu erjagen. Manchmal fliegt immerhin ein Wasserhuhn auf oder eine Krickente. Vermutlich haust in der Mitte des Sumpfes selteneres Wild: Pelikane, sagt man; und hartnäckig durchforscht mein Blick das Dickicht der Binsen, des Schilfs, aus dessen trockenen Schäften und welken Federbüschen vom vergangenen Jahr eine Art rostfarbener Wolke über den frischen grünen Lanzen hängt.
In Yenişehir finden wir wenigstens eine bessere Straße; wir haben aber so viel Zeit verloren, daß wir erst in der Nacht in Nicaea ankommen.

Oh, wie schön war das Licht, als ich nach dem Überschreiten des Passes den anderen Hang entdeckte! ... Ich hatte meine Gefährten

die Wagen wieder besteigen lassen und den Aufstieg allein zu Fuß fortgesetzt, machte Abkürzungen, beschleunigte den Schritt in dem Wunsch, vor ihnen auf den Paß zu gelangen und dort einen Augenblick zu verweilen; aber er wich unaufhörlich zurück, wie es im Gebirge zu sein pflegt, wo die scheinbar letzte Höhe eine fernere verbirgt, wo sich wieder eine neue Erhebung enthüllt. Es war die Stunde, da die heimkehrenden Herden die Berghänge beleben, und lange ging ich im Schatten, wo die Vögel vor dem Einschlafen sangen.
Auf dem anderen Hang war alles aus Gold. Die Sonne ging hinter dem See von Nicaea unter, zu dem wir hinuntersteigen wollten und den der horizontale Sonnenstrahl aufblinken ließ. Man gewahrte, halb vom Grün verborgen, das kleine Dorf Iznik in den zu weiten Mauern der antiken Stadt. Da die Zeit drängte, warfen sich unsere Wagen in einer Sturzfahrt hinab, die Straßenkurven verachtend, durch halsbrecherische Abkürzungen den Weg abschneidend. Ich verstehe nicht mehr recht, was eigentlich einen Wagen umwerfen kann, da unsere nicht umgestürzt sind... Am Fuße des Berges sind die Pferde stehengeblieben, um sich zu verschnaufen; eine Quelle war dort, und ich glaube, man hat sie trinken lassen. Wir waren vorher weitergegangen. Die Luft war seltsam mild; Wolken von Eintagsfliegen tanzten in der Vergoldung des Abends. Zu unserer Rechten sah man, obwohl der Himmel schon dunkel war, nicht einen Stern; und wir staunten, daß Venus schon so stark glänzen konnte, als einzige, über der Glut des Himmels. Als wir die Pforte des Hadrian durchschreiten wollten, begann der Mond über der Bergschulter emporzusteigen, der Vollmond, riesig, plötzlich und überraschend wie ein Gott. Und seit meiner ersten Ankunft in Touggourt glaube ich keine seltsamere Gemütsbewegung mehr verspürt zu haben als beim nächtlichen Eintritt in das kleine Dorf Iznik, das sich verschämt, schimmelig, von Elend und Fieber zersetzt, in seine feierlichen Ruinen und seine allzu riesige Vergangenheit kauert.

Nach einem kurzen Mahl, bestehend aus den Vorräten, die wir von Brussa mitgenommen hatten, sind wir wieder in die Nacht hinausgegangen. Der Mondschein war sanft und prächtig. Schlammlöcher beim Heraustreten aus der Herberge; der Boden scheint verfault. Vor der Tür ein bewegungsloses Kind, an die Mauer gelehnt: sein Gesicht ist von einem Geschwür zerfressen. Wir überlassen uns dem Zufall. Am Ende einer ausgefahrenen Straße öffnet sich der freie Raum; vor uns wiegen sich große bleiche Blumen, deren Stiel man nicht gewahrt und die zu schweben scheinen; es ist ein Mohnfeld. Nicht weit davon weint ein Kauz auf der Ruine einer Moschee; der Vogel fliegt fort, als wir uns nähern. Wir kehren zu dem geheimnisvollen, betäubten Dorf zurück. Nicht ein Feuer; nicht ein Geräusch, alles scheint tot.

10. Mai.

Im Wagen bis Mekeca; dann mit der Eisenbahn bis Eskişehir. Ungeheure Ebene ohne Anmut, wo das Licht in aller Ungestörtheit regiert. Dann und wann eine große Herde jener schwarzen Büffel, die wir schon in Konstantinopel bewunderten; Störche. Mein Auge genießt unermüdlich den unerschöpflichen Reiz des Raums.

12. Mai.

Um fünf Uhr morgens Abfahrt von Eskişehir, wo wir den gestrigen Tag verbracht haben. Der Zug fährt in den geheimnisvollen Einschnitt ein, den man im Südwesten der Stadt sehen konnte. Enges Tal zwischen Bergen von bröckeliger roter Erde; gleichmäßig hohe Berge, wie geschoren, die in einer Tafelform enden; ohne jeden Pflanzenwuchs. Seltsamer Adel dieses Tales unter dem wunderbar reinen Himmel.

Bald werden die Hügel zu beiden Seiten des Flusses noch niedriger; der Kamm der Hügel wird silbern; einige Kiefern sprenkeln ihre Flanken. Man kommt endlich in eine Art Ebene, die mit seltsam verwitterten Felsen besät ist. Von Zeit zu Zeit ein Dorf, jedem ein mit Findlingsblöcken bestandener Friedhof beigesellt.

Dann verändert sich die Landschaft von neuem. Der Boden verliert seine Röte. Ein dünner Fluß, den kleine steile Ufer säumen, verzögert sich auf mancherlei Umwegen in den breiten Falten des Geländes. Große Äcker erstrecken sich bis an den Fuß jener seltsamen felsigen Ausbrüche, einer Art grauer barocker Zitadellen, die ein wenig von Flechten begrünt werden und die an flachen Stellen ein kurzer Rasen tapeziert. Das Land ist bebaut, aber wo sind die Bauern? So weit man sehen kann und seit ziemlich langer Zeit kein lebendes Wesen mehr, kein Dorf, nicht einmal ein vereinzeltes Zelt.

Afiunkarahissar.[228]
«Das schwarze Schloß des Opiums», Reich des Düstern und der Wildheit. Um die Stadt herum große Kornfelder, aber keine Spur jener Mohnfelder, von denen Joanne spricht und die, wie er behauptet, im Monat Mai so schön seien.
Unser Zug bringt eine große Zahl Soldaten in die Heimat zurück. Die wir im Zug hinauf nach Eskişehir gesehen haben, kommen aus Konstantinopel; sie haben den Krieg auf dem Balkan mitgemacht und kommen endlich aus den Lazaretten oder Gefängnissen heraus. Die in Afiunkarahissar einsteigen, kommen über Smyrna aus dem Jemen zurück, nachdem sie einen Aufstand der Araber niedergekämpft haben. Furchtbar abgekämpft sie selbst. Die Mehrzahl zerlumpt, schmutzig; einige scheinen dem Tode nahe. Nicolas ruft uns herbei, um uns einen zu zeigen, der nur eine Gamasche und am andern Bein nur einen Schuh hat und der nur noch mit Fetzen bekleidet ist. Seine zerrissene Leinenhose hängt auf das gamaschenlose Bein herunter. Seine Magerkeit ist schrecklich und seine Schwäche so groß, daß man ihn in den Zug heben mußte. Auf dem Bahnsteig von Afiun blieb er anfangs auf seinem Sack sitzen; ein Kamerad beugte sich zu ihm nieder und antwortete ihm, den Kopf wiegend, wohl auf eine Frage; sein Blick erinnerte mich an den eines auf der Piste zwischen M'Reyer und Touggourt zurückgelassenen Kamels, das einen Augenblick den Kopf hob, um uns vorüberfahren zu sehen, und ihn dann endgültig wieder sinken ließ; schließlich nimmt er etwas Wasser oder sonst etwas zu sich, das ihm der andere Soldat zu trinken gibt, und zum Dank versucht er ein Lächeln, eine fürchterliche Grimasse, die alle seine Zähne entblößt.

«Madame hat gesehen, wie er angezogen ist», sagte Nicolas, «sind alle so in der türkischen Armee. Hab noch nie so was gesehen!»

Auf einer kleinen Station hinter Akşehir sahen wir ihn aussteigen. Er schien nicht sicher zu sein, ob er da aussteigen sollte. War das auch seine Heimat? Es sah aus, als erkenne er sie nicht wieder. Er wurde von niemandem erkannt. Er grüßte militärisch, als er an einem Vorgesetzten vorbeikam, der ihm den Gruß nicht erwiderte. Eine große Anzahl Leute war von dem mehrere Kilometer entfernten Dorf gekommen. Der Zug hielt eine Weile, und wir sahen alle diese Leute fröhlich im Wagen mit den Neuangekommenen wieder abfahren. Wir warteten darauf, ihn in einen dieser Wagen steigen zu sehen; aber nein, und als in der Umgebung der Station niemand mehr zurückblieb, sahen wir ihn vom abfahrenden Zug aus, wie er ein paar Schritte auf der Landstraße vorwärts trat, dann stehenblieb, aufrecht, ganz allein unter der Sonne.

Die Strecke hebt sich ziemlich rasch zu den Höhen, von wo aus man die ungeheure Ebene überblickt, die sich gegen Norden bis nach Angora erstreckt. Die Sonne geht unter, während wir den Paß überqueren, der in die andere Ebene, die von Konya, hinüberführt, die sich dann bis zum Taurus erstreckt. Schatten erfüllt sie schon. Als wir in Konya ankommen, ist es finstere Nacht.

Konya.

Madame M. de S. ist hier die einzige Frau, so wie wir die einzigen Touristen sind. Die Leute, die neben uns ihre Mahlzeit einnehmen, sind *in Geschäften* hier; alle Nationalitäten; aber bei ihrem bloßen Anblick merkt man schon, daß sie nicht umsonst nach Konya kommen.

Das Hotel liegt neben dem Bahnhof, und der Bahnhof ist weit entfernt von der Stadt; eine kleine Bahn führt durch trübste Vorstadt dorthin… Aber ehe ich von Konya spreche, muß ich sagen, was sich meine Phantasie alles unter dieser Stadt vorgestellt hatte. Ich glaubte eben noch (und es fällt mir schwer, es nicht mehr zu glauben), daß, je weiter man käme, das Land desto fremdartiger würde. Erst seit kurzem macht es die Eisenbahn möglich, Konya fast bequem zu erreichen. Vor der Abreise hatte ich Photographien wunderbarer Seldschukenruinen gesehen, die ich hier vorfinden sollte… Nach ihnen baute ich mir die ganze Stadt auf, prächtig und orientalisch nach Belieben. Endlich wußte ich auch, daß es die Stadt der Derwische war, eine Art türkisches Kairouan…

Und so waren Ghéon und ich sofort nach dem Abendessen, ausgehungert nach Wundern und auf alles Erstaunliche gefaßt, in die Nacht hinausgegangen; wir wußten nicht, daß die Stadt so weit weg war, und die Einsamkeit um das Hotel herum überraschte uns. Einige Lichter an den Seiten einer breiten Avenue gehörten zu mittelmäßigen Cafés und zu einigen belanglosen Krambuden; dann ein gähnender Raum voller Nacht. Einige hundert Meter weiter zog uns eine hellere Beleuchtung an, irgendein Kasino, dachten wir; nein: es waren die Scheinwerfer eines Autos – das von Enver Bey, erfuhren wir am anderen Morgen, der von Stadt zu Stadt fährt, um sich der Kräfte zu versichern, über welche die Türkei noch verfügt. Trotz aller Versprechungen, die er geben konnte, den Krieg vor Ablauf von fünf Jahren nicht wiederaufzunehmen, hat uns diese Reise doch nichts Aufbauendes gezeigt, und seit wir in Anatolien sind, hören wir die beunruhigendsten Gerüchte.

Wir kamen an diesem Abend ziemlich betreten von unserem nächtlichen Ausflug zurück. Am folgenden Morgen nahm ich, nachdem ich vor fünf Uhr aufgestanden war, die erste Bahn nach der Stadt.

Es muß schließlich zugegeben werden, daß Konya das Bastardhafteste, Vulgärste und Häßlichste ist, was ich, seit ich in der Türkei bin, gesehen habe, wie denn auch zugegeben werden muß, daß das Land, das ganze Volk an Gebrechlichkeit, an Formlosigkeit alle Erwartungen oder Befürchtungen übertrifft. Mußte ich hierherkommen, um zu erfahren, wie echt und eigentümlich alles war, was ich in Afrika sah? Hier ist alles verschmutzt, verzogen, trübe, verfälscht. Gewiß, Konya wird jedes Jahr ein wenig banaler, besonders, seit die Bagdadbahn es erreicht; besonders, seit eine Polizeiverordnung aus hygienischen Gründen den Abbruch aller Häuser mit flachem Dach angeordnet hat und ihren Wiederaufbau nach einem Modell mit Ziegeldach; man müßte aber, nehme ich an, nicht zwanzig oder fünfzig Jahre, sondern wohl einige Jahrhunderte zurückgehen, um in Konya eine authentische und eigentümliche Stimmung zu finden. Um sein Unglück voll zu machen (eigentlich sollte ich sagen: seine Ungnade vor meinen Augen), erinnert Konya durch seine Lage zu dem benachbarten Berg und der Ebene unwiderstehlich an Biskra. Aber wieviel weniger schön sind diese Berge, sowohl in der Farbe wie in der Form, als die Berge des Hamar Khadu; wieviel weniger schön als die Wüste diese Ebene; weniger schön diese Bäume als die Palmen und die Türken als die Araber.

In dem ganzen weiten, von uns bereisten Land haben wir doch kaum je einmal eine Tracht, eine Gestalt gesehen, auf der der Blick mit Vergnügen geruht hätte, eines Zigeuners oder Kurden oder Albaniers, durch irgendwelche Abenteuer hierher verschlagen. Was die andern betrifft, Türken ebenso wie Juden, Armenier ebenso wie Griechen oder Bulgaren, schienen mir alle diese Fezträger gleichermaßen häßlich; und wenn von all den Rassen mit ihren so verschiedenen Schicksalsbestimmungen, die jede türkische Provinz in dichter Masse zusammenballt, manchmal eine meine Sympathie erregen kann, so dann, wenn ich erfahre, daß man sie unterdrückt.

Der allgemeine Eindruck der Stadt beeinflußt mich sogar gegen die paar Überreste vom Konya des dreizehnten Jahrhunderts, die noch erhalten sind. Vielleicht läßt sich meine Bewunderung dadurch nicht stören, aber ich bestärke mich in der Überzeugung, daß es keine Blüten dieses Landes sind. Die auserlesene Kunst dieser Fayencen und Skulpturen kommt, wie alles, was sich in der Türkei an Eigenartigem, Dauerhaftem und Schönem findet, anderswoher.

Es amüsiert mich sehr, auf einem Platz unseren Dragoman vorzufinden, der angeblich Konya so gut kennt. Es ist noch nicht sechs Uhr. Ich habe ihn stark im Verdacht, zum erstenmal hier zu sein: Rasch lernt er seine Rolle, ehe wir aufgestanden sind.

Enver Bey verläßt Konya heute morgen um elf Uhr. Er fährt in einem Sonderzug. Wir wohnen seiner Abfahrt bei. Man läßt uns ohne Schwierigkeiten auf den Bahnsteig vordringen, wo schon allerhand Vertreter des Landes, des Geschäftslebens und der Handelskompanie versammelt sind. Einer von ihnen trägt einen Zylinder; die anderen tragen den Fez; alle sehen aus wie Croupiers. Enver Bey wartet in einem kleinen Saal, der sich zum Bahnsteig hin öffnet, auf die Abfahrt; er ist von seinem deutsch-türkischen Stab umgeben; durch die offene Tür sieht man sie an einem Tisch sitzen; andere Offiziere von geringerem Rang und Zeitungsreporter stehen respektvoll abseits; rechts von Enver Bey bemerkt man den deutschen General Liman von Sanders.

Vor uns defilieren hintereinander Pfadfinder oder etwas Ähnliches, in hellblauen, kanariengelben und kohlgrünen Wämsen; die Kleinsten marschieren an der Spitze; die letzten tragen westliche Musikinstrumente; sie marschieren im Paradeschritt, alle schon so häßlich wie Türken; dann Turn- und Schützenvereine, die kommende Kraft des Landes, grotesk und scheußlich, denen man aber schon die Bereitschaft anmerkt, sich für «die Sache» töten zu lassen. Enver Bey wird zufrieden wieder abreisen.

Jetzt empfängt er die Abordnung der Derwische. Diese, von zwei Landauern herangebracht, sind kenntlich an der Mokkaeisbombe, die sie auf dem Kopf tragen; einige sind ganz würdig, von noblem Aussehen, sie würden der Zeremonie im *Bourgeois* nichts von ihrem Glanz rauben; geben wir sogar zu, daß manche von ihnen ein sehr schönes Gesicht haben. Sie kommen, um sich vor dem neuen Minister zu verbeugen, und zweifellos, um ihn ihrer Ergebenheit und Treue zu versichern; ihr Oberhaupt wird Enver bis Afiun begleiten, zusammen mit den Generälen und Berichterstattern.

Die verschiedenen Abordnungen stellen sich längs des Bahnsteigs auf. Die Stunde hat geschlagen. Enver besteigt den Zug; er hat eine gute Figur und einen selbstsicheren Gang; man merkt ihm an, daß er nie zur Seite blickt. Liman folgt, sehr groß, ein bißchen zu rosig, ein bißchen zu fett, graumeliertes Haar, aber ein schöner Mann; hinter ihm drängt sich die Menge der Notabeln ... Ich glaube einer Kinoszene beizuwohnen.

Der Waggon hat sich gefüllt. Enver Bey erscheint am Fenster und beginnt mit der Hand kleine Grüße auszuteilen, während der Zug langsam anfährt, zum Klang der *Rosenpolka,* von den Blechinstrumenten mit einer närrischen Fülle von Quietschern ausgeführt.

An diesem Nachmittag gehen wir zur Moschee der Derwische. Ein ummauerter Garten umgibt sie; gegenüber dem Eingang zur Moschee öffnet sich eine Reihe kleiner Räume nach dem Garten, den sie einfassen; es sind, glaube ich, die Zimmer der Derwische. Andere, größere Räume von schönerem Aussehen sind für die Würdenträger reserviert. Mit vollendeter Höflichkeit lädt uns einer von ihnen im Namen des Oberhauptes der Derwische ein, uns einen Augenblick niederzulassen. Wir betreten eine Art Pavillon, auf beiden Seiten nach dem Garten hin offen, am äußersten Ende des Gebäudes, wo die Wohnungen der Derwische sind.
Keinerlei Möbel; keine anderen Sitze als die Wandbänke, auf denen wir uns niederlassen. Ach, wie gerne würde ich unbeschuht auf jenen Matten kauern, auf orientalische Art, so, wie ich es in der Grünen Moschee tat! ... Man bietet uns Kaffee an. Durch den Dragoman drücke ich unser Bedauern aus, nicht an einem Tag in Konya zu sein, an dem wir einer ihrer alle zwei Monate stattfindenden Zeremonien hätten beiwohnen können. Es ist, mehr noch als ihr Tanz mit seiner eintönigen Drehbewegung, den wir schon in Brussa gesehen hatten, ihre Musik, die ich gerne gehört hätte. Ich möchte das Alter dieser Musik wissen und ob sie in allen Derwisch-Klöstern dieselbe ist. Welches sind ihre Instrumente? ... Um mein dringliches Fragen zu beantworten, holt einer der Derwische[229] zwei lange Bambusflöten mit Mundstück herbei und ein ziemlich umfangreiches Notenheft, das sie mir überreichen und worin sie vor kurzem das vollständige Repertoire ihrer Lieder in abendländische Notenschrift übertragen haben. Ich frage mich, ob die Zeichnung ihrer subtilen melodischen Arabesken nicht sehr unter dieser Art der Niederschrift gelitten hat und ob sie nicht ihre Melodie, um sie an unsere Tonleiter zu nageln, oft verstümmeln mußten. Werden sie künftig nach dieser Transkription ihre Instrumente spielen und singen? ...

Auf meine Bitte hin beginnen sie liebenswürdig in ihre Rohre zu blasen; aber eine der Flöten ist zu trocken und belebt sich nur schwer; die andere, der sie einstimmig folgte, kommt außer Atem; und bald ist das übrigens recht belanglose Gefälligkeitskonzert zu Ende.

Wir gehen wieder in den Garten hinaus. Er ist voll vom Duft der Blumen und vom verhaltenen Lachen eines Springbrunnens. Beim Rückweg zur Moschee kommen wir in der Nähe anderer Derwisch-Salons vorbei; sie bilden einen nach dem Garten offenen Raum; es ist nichts als eine große Zelle, ein Sammelort von Schatten und Meditation. In mehreren dieser Alkoven sehen wir Derwische gruppiert, auf persische Art sitzend, wie auf einer Miniatur.

Sicher sind diese Derwische sehr heilige Leute, aber der großen Ruhe dieses Ortes ist so wenig Strenge beigemischt, jener Springbrunnen rät so wenig zum Gebet, daß man sich nicht wundern würde, wenn es dem Miniaturmaler eingefallen wäre, da und dort eine Tänzerin einzufügen.

In der Moschee ist ein geräumiger und heller Saal den Drehübungen dieser Herren geweiht. Dicht daneben öffnet sich ein nicht minder geräumiger, aber dunkler Saal, den die Gräber berühmter Marabus heiligen. Scheußliche moderne Teppiche bedecken den Fußboden. Von der Decke hängt eine unglaubliche Anzahl Laternen und Lüster jeglicher Art herab, alle scheußlich neu und fürchterlich geschmacklos. Wenn ich mich vielleicht trotzdem noch einer Hängelampe aus Kupfer nähere, die mir byzantinisch vorkommt, so bemerke ich gleich darauf, daß sie modern ist, ordinär gearbeitet und von aufdringlichem Glanz. Der uns begleitende Derwisch erklärt mir darauf, daß die echte Lampe nach Amerika gegangen und diese nur eine Kopie sei, die das Derwisch-Kollegium an ihrer Stelle akzeptiert habe. Er sagt das ohne jede Scham, als wäre es die natürlichste Sache der Welt, und wohl bereit, jederzeit irgendeinen neuen Tausch dieser Art zu tätigen, wäre nur an diesem ehrwürdigen Ort noch irgend etwas übrig, was die Begierde reizen könnte.

Von Konya nach Uşak.

Auf der Station S. stopft man in die Waggons dritter Klasse unseres Zugs eine Menge Rekruten, Widerspenstige oder Deserteure. Mütter schluchzen auf dem Bahnsteig. Sie selber tun sehr unbesorgt, und der Wagen füllt sich mit Gelächter und fröhlichem Gesang. Sie haben in der Mehrzahl ihre verschiedenen ländlichen Trachten anbehalten, deren lebhafte und warme Töne im Farbengemisch von einem Ende des Waggons zum andern eine gefällige und reiche Harmonie bilden.

Auf der Station vor Akşehir steigen zwei russische Muschiks ein, deren Aufzug, deren ganzer Anblick hier seltsam überrascht. Die untere Hälfte ihres Gesichts versinkt in einem dichten Bart; ein weicher Filzhut ist über ihre Augen heruntergeschlagen; weite Jacken hüllen sie ein, die über ihre braunen Hosen fallen, fast bis auf ihre schmutzbedeckten Stiefel. Sie sind viel größer und stärker als alle diese Türken, aber der Ausdruck ihres Blickes ist schüchtern, fast kindlich und von solcher Sanftheit, daß man, wenn er auf einem ruht, ihnen das Herz öffnen möchte. Es sind, sagt uns der Dragoman, Fischer vom fischreichen Akşehir Gölü, dem See, an dem wir entlangfahren. Der Wagen, der sie zum Zug brachte, ist angegriffen worden, und der Kutscher, den man jetzt in den Waggon hebt, hat eine Pistolen- oder Gewehrladung ins Gesicht bekommen. Er scheint dem Tode nahe. Wir, Ghéon und ich, drängen uns durch die schmutzige Menge, die den Gang versperrt, und gehen zu ihm hin. Er ist am Boden zusammengesackt, den Kopf in Höhe der Sitzbank aufgestützt, vornübergesunken, als wolle er sich erbrechen; er gibt ziemlich viel Blut von sich, durch Mund oder Nase, man weiß es nicht genau, denn sein ihm als Verband umgelegtes Taschentuch verbirgt den unteren Teil des Gesichts. Die Türken im Wagen haben ihn kaum beachtet, obgleich er selbst Türke ist.

Auf der Station Akşehir lädt man ihn aus, reglos, ohnmächtig, vielleicht tot; sein Blut befleckt die Schulter des Trägers, der ihn wegschleppt.

Von Afiunkarahissar an verlassen wir die Strecke, auf der wir gekommen sind, und wenden uns nach der Westküste. Bald scheint das Land menschlicher zu werden; das heißt, die Falten des Geländes sind weniger ausladend und der Boden ist mehr bebaut.

....

Diese Notizen machen mir kein Vergnügen mehr, und bald lasse ich mein Heft ganz im Stich. Ich habe es weder in Ephesus noch in Smyrna vorgenommen, wo wir uns noch einige Tage aufhielten; wonach es mich nach Griechenland trieb, mit der ganzen Kraft meiner Abneigung gegen die Türkei. Wenn ich da unten wieder zu schreiben anfange, so wird es in einem anderen Heft sein.
Es ist gut, von der Türkei zu kommen und nicht von Frankreich oder Italien, um das Wunder, das Griechenland war, gebührend zu würdigen – um gewesen zu sein «in jenen trostlosen Gefilden, lange des Irrens gewohnt, der geschlagene und müde Reisende» der *Stances à Hélène*[230], der sich fühlt «wie heimgeführt zur Glorie, die Griechenland war».
Sogar die Lehren, die ich aus dieser Reise ziehe, stehen im Verhältnis zu meiner Abneigung gegen dieses Land. Ich bin glücklich, es nicht stärker zu lieben. Sollte ich Bedürfnis nach Wüstenluft haben, nach heftigen und wilden Düften, so werde ich sie wieder in der Sahara suchen. In diesem unglücklichen Anatolien ist die Menschheit nicht so sehr roh als kaputt.
Hätte ich weitergehen sollen? Bis zum Euphrat? Bis nach Bagdad? – Nein; ich habe den Wunsch nicht mehr. Die Besessenheit von diesen Ländern, die mich so lang schon quälte, ist überwunden; die rasende Neugierde. Welche Beruhigung, die Räume auf der Karte erweitert zu haben, wo man nicht mehr hingehen möchte! Zu lange habe ich gedacht – aus Liebe zum Exotischen, aus Mißtrauen gegen chauvinistische Voreingenommenheit und vielleicht aus Bescheidenheit – zu lange habe ich geglaubt, es gäbe mehr als eine Zivilisation, mehr als eine Kultur, die unsere Liebe beanspruchen könnte und es wert wäre, daß man sich hinreißen ließe... Jetzt weiß ich, daß unsere westliche (fast hätte ich gesagt: französische) Zivilisation nicht nur die schönste ist; ich glaube, ich weiß, daß es die *einzige* ist – ja, ebendie Griechenlands, dessen einzige Erben wir sind.

«... wie heimgeführt zur Glorie, die Griechenland war.» – Schon auf dem Schiff, das uns zum Piräus bringt, sage ich mir diese Verse aus den *Stances à Hélène* vor. Mein Herz ist erfüllt von Frieden, Lachen, Heiterkeit. Da ich die lärmende Bewunderung meines Gefährten fürchte, hole ich aus meinem Handkoffer ein kleines englisches Buch hervor und verberge meine Bewegung hinter halber Lektüre. Warum mich anstrengen? Meine Freude ist ohne Schärfe. Ich bin so wenig überrascht, hier zu sein. Alles erscheint mir so vertraut. Ich komme mir so natürlich vor. Mit Hingabe bewohne ich diese nicht fremde Landschaft; ich erkenne alles wieder; ich bin «wie daheim»: es ist Griechenland.

Auf dem Adriatischen Meer, 29. Mai.
Lustvolle Ruhe des Fleisches, so ruhig wie dieses faltenlose Meer. Vollkommenes Gleichgewicht des Geistes. Biegsam, stetig, kühn, lustvoll wie der Flug dieser Möwen durch das glänzende Blau der freie Schwung meiner Gedanken.

Zwischen Verona und Mailand, 30. Mai.
Bis zu welchem Grad mag wohl die geographische Lage der Länder auf das Vergnügen Einfluß haben, das wir daran finden – um uns, je nach unserer geistigen Verfassung, das weit Entfernte schöner vorzuspiegeln oder, im Gegenteil, das Nähere...
Soll ich etwa, weil sie leichter zu erreichen sind, die lächelnden Ufer des Lago Maggiore weniger lieben, wo überreiches Wasser der Erde nur widerwillig zu weichen scheint? Über die Ufer getreten, sickerte und glitzerte es durch das Gras; der Himmel war launisch geworden, und als wir den Regenguß durchquerten, hat sich über diesen tränenreichen Frühling, über den Rausch des Laubs, vom einen Ende meines Himmels zum andern die schöne Schärpe der Iris gelegt.

*

11. Juni.[231]
Mir jeden Morgen wiederholen, daß das Wichtigste noch zu sagen bleibt und daß es höchste Zeit ist.

Die Sehnen meines rechten Handgelenks sind wieder entzündet; zweifellos liegt das an der Kälte und der Feuchtigkeit, worunter wir seit meiner Rückkehr leiden; aber mehr noch am Klavierüben, das ich die letzten Tage im Übermaß betrieben habe und das mich ziemlich von der Arbeit abgelenkt hat. Ich hatte Musik so lange entbehrt! Und ich fühle, ich weiß jetzt so gut, wie man üben muß. Ich habe die *Études* (zweites Heft) von Chopin und seine *Scherzos* wiederaufgenommen, das *Allegro* von Schumann, die *Variationen* in Es- und C-Dur von Beethoven – und das erste Heft der *Iberia* von Albéniz.[232]
Es ist ohne Zweifel ein Glück, daß Schmerzen und Steifheit des Handgelenks mich aufhalten. Man muß von sich erreichen, daß man den besten Augenblick des Tages dem widmet, was ihn am meisten verdient. Das Klavier dürfte nur dazu da sein, daß ich mich von der Arbeit ausruhe. Die beste Stunde ist die erste; die Schwierigkeit liegt darin, sie zu schützen.

Als ich eben diese Zeilen fertigschreibe, bringt man mir von der Bahn ein großes Paket, von der *N.R.F.* abgeschickt. Es sind die anderen Hefte von Albéniz, die *Symphonien* von Beethoven (Liszt[233]), die *Impromptus* von Fauré, die *Transkriptionen* von Bach (J. Herscher) und das Gesamtwerk von Chopin in der großen Ricordi-Ausgabe.
Ich klammere mich an meinen Schreibtisch.

12. Juni.

Das Wetter ist sehr schön. Ich wäre vollkommen glücklich, wäre mir nicht das Herz voll von Ghéons Kummer. Ich habe an Jean Schlumberger geschrieben, er solle ihn wenn möglich mit einem Brief trösten.
An Madame Mayrisch und an Élie Allégret wegen Madame d'Étchevère und an Gallimard wegen Madame Mayrisch geschrieben; und so ist mein ganzer Morgen von der Korrespondenz verschlungen worden, wie schon so oft. Dabei war ich früh aufgestanden in der Hoffnung, vor dem Frühstück damit fertig zu werden, aber der Briefträger hat mir neuen Papierkram gebracht.

Der *Insel Verlag* schickt mir ein «Probekapitel»[234] von Herrn Bassermann, dem neuen Übersetzer, das durchgesehen werden muß.
Es gelingt mir, die ersten beiden Stücke der *Iberia*, die elend schwer sind, passabel zu spielen; ich kann aber nicht ernsthaft üben, solange mein Handgelenk so schmerzhaft und so steif bleibt.
Zwei Kapitel von *Wuthering Heights*[235] mit anhaltendem Vergnügen gelesen.

13. Juni.
Die Post bringt mir heute morgen, von Ruyters geschickt, einen Haufen Zeitungsausschnitte. Wie weise wäre es, keinen zu lesen! Manchmal sind gewisse Fehlurteile immerhin aufschlußreich; im allgemeinen bemerke ich, daß sie weit weniger von Unvollkommenheiten meines Werkes als von Eigentümlichkeiten meiner Lebensweise veranlaßt werden.
Das wichtigste ist durchzuhalten; die Sinnlosigkeit gewisser Kritiken wird sich von selbst herausstellen. Es ist übrigens zuzugeben, daß bis jetzt fast nichts in meinen Schriften klar erkennen läßt, *worauf ich eigentlich hinauswill.* Ich halte es für besser, wenn man es erst später entdeckt.
Der Himmel ist wieder völlig bedeckt. Deshalb habe ich zweifellos auch schlecht geschlafen.

14. Juni.
Gestern, gegen Ende des Tages, als es mir nicht mehr gelang, meine Gedanken auf jene Reisenotizen zu konzentrieren, die wiederzukäuen mir keinerlei Vergnügen mehr macht, war ich von neuem ins Tal hinabgestiegen. Auf einem Hang sitzend *Wuthering Heights* laut gelesen. Die kleinen Dumonts haben mich von weitem gesehen und sind herbeigeeilt, um sich, wie sie es immer machen, dicht an mich zu schmiegen. Ich weiß ihnen nichts zu sagen und versuche mir trotzdem vorzustellen, daß sie nicht allein wegen des Sous herkommen, den ich jedem gebe, ehe ich weggehe. Ihre Gesichter könnten hübsch sein, wären sie weniger vom Elend gezeichnet; sie haben kleine Greisenhände; sogar die Haut an ihrem

Hals ist gefältelt wie die eines Geiers; im Haar des Mädchens und in dem des jüngsten Knaben zahlreiche Nissen. Sie sind mit kümmerlichen Lumpen bekleidet, die von einer Schnur notdürftig zusammengehalten werden. Und trotzdem lächeln sie immer, ein Lächeln allerdings, das von Jahr zu Jahr trauriger wird – oder bin ich es, den ihr Elend von Jahr zu Jahr stärker berührt?
Während sie so bei mir sitzen, ist ihr Vater auf dem Rad vorbeigefahren und ist abgestiegen, als er mich gesehen hat. Er hat mich gefragt, «ob Madame Gille gern Honig ißt», und hat mir in Aussicht gestellt, daß seine Frau am Montag käme, um uns einen Topf zu bringen.
Der Himmel hat sich verfinstert; ich habe sie verlassen, bin aber, während das Gewitter sich zusammenzog, noch eine Weile im Tal weitergegangen, laut die letzte Begegnung Catherines mit Heathcliff lesend, wobei ich mein Schluchzen nicht mehr zurückhalten konnte. Der Himmel ist so bedrohlich geworden, daß ich beinahe laufen mußte, um vor dem Regen nach Hause zu kommen; aber als ich in der Allee angekommen war, blieb ich stehen, um das Unwetter kommen zu sehen. Trotz der Drohung des Himmels stiegen die Leute vom Hof zu den Wiesen hinab, um die Kühe zu melken. Übrigens hat sich das Gewitter auch bald verzogen, sich wie durch Zauberei nach einem kleinen Regenschauer aufgelöst.

Ich übe gleichzeitig drei oder vier Stücke von Albéniz und übe nur noch sie; die Schwierigkeiten sind so besonderer Natur, daß man zuerst eine Art allgemeiner Akklimatisation braucht, ehe man sich an jede einzelne im Detail heranwagt. Ich habe übrigens noch nichts gemeistert, ohne es gleichzeitig auswendig zu lernen, und die Seltsamkeit dieser Harmonien scheint dem Gedächtnis zu spotten. Es ist mir immerhin gelungen, einige Seiten im Kopf zu behalten. Mögen sie darin bleiben.

Heute morgen bin ich, ab halb sieben Uhr bei der Arbeit, mit meinen Notizen recht weit gekommen; aber die Post hat mir absurdes Zeitungsgeschwätz gebracht, auf das ich habe antworten müssen, weil darin meine Freundschaft für Claudel bezweifelt wird. Es

handelt sich um das Motto zum dritten Buch der *Caves,* das ich mit seiner Genehmigung hineingesetzt hatte und das ich auf seine Bitte wieder entfernt habe.[236] Mußte ebenso an Fontainas, an Rivière usw. schreiben.
Am Morgen brachte ein Eilpaket die beiden Bände der großen Ausgabe der *Caves,* die vor mehr als einem Monat hätte erscheinen sollen. Die Porträts von Paul Laurens, die dem ersten Band vorangestellt sind, waren vom Zoll zurückgehalten worden, usw. Das Buch sieht gut aus; aber kaum habe ich es aufgeschlagen, entdecke ich immer noch Fehler.

15. Juni.

Gestern meinen Morgen höchst unangenehm beendet, mit der Erinnerung an M. E., die mich noch mehrmals im Lauf des Tages gepackt hat oder die ich wachgerufen habe. Heute nacht waren meine Nerven angespannt, und ich habe kaum einige Stunden schlafen können.
Heute ist der Himmel klar, die Luft leicht; es geht mir wieder gut.
Es ist bald sieben Uhr. Ich erwarte jeden Augenblick die Copeaus; ich denke, ich werde durch ihre Gegenwart eher angeregt als zerstreut werden. Die Bearbeitung meiner türkischen Notizen geht nur mit lächerlicher Langsamkeit vorwärts; immerhin bleibe ich hartnäckig dabei und werde sie bis Griechenland fortsetzen; ich kann sie aber nur als Übung betrachten und als Vorbereitung auf eine wichtigere und ernstere Arbeit. Zuweilen, wenn ich an die Wichtigkeit dessen denke, was ich zu sagen habe, an mein *Christianisme contre le Christ,* an *Corydon,* selbst an mein Buch über Chopin, an meinen Roman[237] oder einfach an meinen kleinen *Traité des Dioscures* – so sage ich mir, daß ich verrückt bin, derart zu zögern und alles aufzuschieben. Würde ich jetzt sterben, hinterließe ich von mir nur ein Gesicht, das einäugig oder ganz ohne Augen wäre.

16. Juni.

Copeau ist ebensosehr wie ich vom Rückzug Ghéons betroffen; der Brief Schlumbergers, den ich heute morgen erhielt, ärgerte mich

ein wenig, weil er es auf die leichte Schulter nimmt. Ghéons Ärger, so wenig gerechtfertigt er auch sein mag, ist doch echt, und ich fühle, daß sein Kummer noch stärker ist als sein Ärger.
Heute morgen haben wir einen ziemlich langen Spaziergang gemacht. Copeau erzählt mir von Rivière und der Gefühlskrise, die er durchmacht. «Natürlich bin ich als Sieger daraus hervorgegangen», hat er zu ihm gesagt, «ich siege immer über meine Krisen.» Der Unglückliche!

17. Juni.

Ich habe heute morgen versucht, Klavier zu üben, aber der Gedanke an die Anwesenheit unserer Gäste hindert mich; vergeblich kämpfe ich gegen diese absurde Hemmung, die nichts rechtfertigt und die mir seit jeher anhaftet; nichts zu machen; es ist nicht nur die Lähmung der Muskeln, es ist eine Behinderung all meiner Fähigkeiten. Sie befällt mich übrigens nur bei gewissen Personen; ich erinnere mich aber nicht, ihrer jemals Herr geworden zu sein.
Die Notizen über die Türkei bringen mich zur Verzweiflung; sie verdienten nicht, daß ich mich länger als vier Tage damit abgebe, und nun sind schon fast zehn Tage darüber vergangen. Im übrigen bringe ich es auch nicht über mich, eine kleine Sache weniger gut zu schreiben als eine wichtige; worin aber irgendeine Schwäche liegt.
Heute abend nach dem Essen hat uns Copeau den ersten Akt der *Maison natale* vorgelesen.

18. Juni.

Endlich ein herrlicher Tag! Es geht mir gut, trotz meines gestrigen Versagens und der darauf folgenden schlechten Nacht. Copeau ist mit dem Rad nach Étretat gefahren; eine Stunde lang die *Etüde in As* geübt, um zu sehen, ob ich nicht doch mit der Hemmung fertig würde, von der ich gestern gesprochen habe; meine Finger bleiben zittrig und lahm bis zum Schluß. Soll ich mich darauf versteifen? Ich verliere Zeit und Kraft.

Mathilde Roberty schickt uns einen Artikel des *Journal de Genève*[238], in dem erklärt wird, es gäbe nur zwei Theater in Paris, die zählten: den Vieux-Colombier und die Comédie Française; er verreißt dann die Vorstellung des *Macbeth* in diesem und lobt überschwenglich die der *Nuit des rois* in jenem. Dieser triumphale Erfolg geniert mich fast, so sehr hatte ich mich daran gewöhnt, den verdienstvollen Mißerfolg zu prophezeien und die Anerkennung *unserer* Tugenden erst nach dem Tod anzusetzen.
Copeau erklärt mir von neuem seine Absicht, in dem Artikel, den er vorbereitet, die Verwandtschaft der Revue und des Theaters eingehend darzulegen und für jene dasselbe Lob zu beanspruchen.
Copeau entschließt sich, mir den langen Brief Rivières vorzulesen, den er eben erhalten hat, einen Brief, der meine Sorgen bestätigt und zeigt, wie begründet meine Befürchtung war. Copeau, dem Ghéons Kummer ebensosehr am Herzen liegt wie mir und der nicht zulassen will, daß Rivière und Schlumberger ihn leichtnehmen, liest mir gleich hinterher den strengen und empörten Brief vor, den er als Antwort an Rivière geschrieben hat. Der Brief wird diesen zweifellos erschüttern, aber ich kann ihm nur beistimmen. Und diese ganze Verwirrung wäre nicht aufgekommen, hätte Rivière, worum ich ihn inständig gebeten hatte, über die Angelegenheit mit Copeau gesprochen.
Der Kummer, den mir das alles macht (denn ich mag auch Rivière sehr), hält mich einen Teil der Nacht wach. Vor dem Schlafengehen hatte ich das (an Copeau gesandte) Manuskript eines sehr guten Stückes von Villeroy gelesen, das anzunehmen ich ihn sehr ermutigte und das zu spielen sehr amüsant sein dürfte.
Copeau drängt mich, *As You Like It* zu übersetzen. Was mich sehr lockt.
Heute morgen bringt mir die Post eine neue Nummer der *Marges;* darin der Tropfen Gift an unsere Adresse, wie in jeder Nummer, ohne Ausnahme. Ich möchte wissen, ob man sich eines Tages damit vergnügen wird, sie zu sammeln.

19. Juni.
Cuverville ist gestern in einer Wolke eingeschlafen, die noch heute morgen über der Gegend lastet. Vielleicht ist dieses lähmende Klima ein wenig für die Beschränkung, die Einengung meiner Bücher verantwortlich, von der wir gestern abend mit Copeau sprachen. Fast jedes mußte ich in Cuverville fertigschreiben, verkrampft und nur mit Mühe eine Glut erhaltend, die mir in einem trockeneren Klima (in Florenz zum Beispiel) leicht und natürlich war. Gern glaube ich, daß mein Schaffen, durch ein besseres Klima begünstigt, leichter und somit fruchtbarer hätte sein können.
Ganz abgesehen vom physischen Gleichgewicht, das ich hier nur so schwer und unter Gefahren finden kann.

20. Juni.
Während ich auf der Bank las, hat eine unserer Katzen nicht weit von mir mit einer Spitzmaus zu spielen angefangen. Leise bin ich hingegangen und habe lange dieses Spiel beobachtet. Wieder einmal habe ich die außerordentliche *Vorsicht* der Katzen, um ihren Opfern *nicht weh zu tun,* bewundert. Wie sorgfältig sie ihre Krallen einzog! Mit welcher Zartheit sie manchmal die Maus ins Maul nahm! Bis zum letzten Augenblick hatte die Spitzmaus viel mehr Angst vor mir als vor der Katze; mehrmals suchte sie sogar zwischen den Pfoten der liegenden Katze Zuflucht, wenn ich eine Bewegung auf sie zu machte. Nach zehn Minuten ist die Katze des Spiels ein wenig überdrüssig geworden, hat ihrer Beute mehr Freiheit gelassen, hat sie schließlich, wie sie es öfters macht, fliehen lassen. Die Spitzmaus ist vollständig unversehrt, ohne den geringsten Kratzer weggelaufen.

21. Juni.
Da ich heute nacht ausgezeichnet schlief, habe ich mich heute früh ab fünf Uhr an die Arbeit gemacht; habe aber, da ich außer Übung war und vor Kälte und Feuchtigkeit schlotterte, kaum etwas fertiggebracht, was Wert hätte.
Die erste Szene von *Love's Labour's Lost* (englisch) gelesen; ich hätte weitergelesen, aber meine Shakespeare-Ausgabe ist zu klein

gedruckt und ermüdet meine Augen. Ich habe mich darauf mit meinen türkischen Notizen beschäftigt, die jetzt beinahe fertig sind. Ich sollte endlich zu Wichtigerem übergehen.
Der Wunsch, eine Komödie zu schreiben, plagt mich täglich und fast zu jeder Stunde. Ich hätte gern, daß Copeau mir einen Stoff gäbe, wie Puschkin den des *Revisor* Gogol gegeben hat. Ich glaube, ein guter Stoff würde in meinem Kopf wunderbar sprießen, ich kann aber *in mir* diesen Stoff nicht finden wie den meiner anderen Bücher. Der eines Dramas muß, wenn nicht von anderen gegeben, wenigstens von außen an einen herankommen, *vorgeschlagen* werden.
Die dramatische Kunst darf ebensowenig eine Illusion der Wirklichkeit zu geben versuchen wie die Malerei; sie muß mit den ihr eigentümlichen Mitteln zu Werke gehen und Wirkungen erstreben, die ihr allein zustehen.
Wie ein Gemälde ein zu bewegender Raum ist, so ist ein Theaterstück eine zu belebende Dauer.

22. Juni.

Ich habe gestern früh in der Allee einen kleinen Star gefunden, der aus dem Nest gefallen war, der aber schon beinahe fliegen kann. Während ich schreibe, sitzt er hier, ganz nah bei mir, auf dem Tisch; oder genauer: zwischen den Fingern meiner linken Hand, die dieses Heft festhalten; das ist der Platz, den er gern hat. Er zieht seine Füße ein, plustert sich auf zur Kugel; man spürt, daß es ihm wohl ist. Ich hatte versucht, ihn in einen Käfig zu sperren, aber er flatterte gegen die Stäbe; so mußte ich ihn eben im Zimmer freilassen, wo er alles beschmutzt; alle zehn Minuten läßt er irgendwo einen flüssigen und ätzenden kleinen Kot fallen. Ich gebe ihm in Milch getauchtes, mit hartem Eigelb vermischtes Brot zu fressen; oder kleine Regenwürmer, auf die er ganz gierig ist. Sobald er mich hat hereinkommen sehen, ist er vom Tisch auf meine Schulter geflogen. Wenn er sich eine Weile an meine Hand geschmiegt hat, spüre ich auf dem Handrücken ein komisches kleines Jucken; es sind winzige Parasiten, mit denen er bedeckt ist und die umziehen. Schon wieder ein Tropfen Kot…

23. Juni.

Endlich die unglückseligen türkischen Notizen fertiggeschrieben. Ich schäme mich, so mittelmäßige Arbeit zu liefern. Meine Gedanken werden hier so schwerfällig und dürftig, daß mir an gewissen Tagen nichts mehr von dem, was ich im Kopf habe, der Mühe wert erscheint...

Ich habe wieder zum Klavierspiel zurückgefunden und gestern – mit Agnes Copeau als Zuhörerin – ungefähr so gut gespielt, wie ich es ohne vorheriges Üben fertigbringe.

Mein Star unterhält mich ebensosehr, wie er mich stört; nicht nur, daß ich nicht müde werde, ihn zu beobachten – er gibt auch keine Ruhe, bis er auf meiner Schulter sitzt, wo ich ihn gerne ließe, machte er mich nicht voll. Zwanzigmal habe ich ihn wieder auf den Tisch gesetzt, und schließlich war ich es, der müde wurde; ich habe einen Lappen geholt und meinen Oberkörper eingehüllt; dann hatte er aber gar keine Lust mehr, sich draufzusetzen.

Er stürzt sich so gierig auf die Regenwürmer, daß ich keine Zeit mehr habe, sie zu zerstückeln; er schlingt alles auf einmal hinunter, und einen Augenblick später würgt es ihn derart, daß man meint, er werde nun endgültig ersticken. Er folgt mir, wenn ich in der Galerie auf und ab gehe, trottet hinter mir her und klettert, wenn ich stehenbleibe, flatternd an meinen Beinen hoch.

Um die Wäschekammer zu lüften, lasse ich zwei Fenster offen, deren Läden ich aber schließe, was den Raum ziemlich düster macht. Um meinen Star aufzuheitern, habe ich es riskiert, ihn zur Teestunde auf den Rasenplatz hinunterzubringen, als nur die Moune, Miquette und Toby[239] bei uns waren. Der Hund war so aufgeregt, daß er an allen Gliedern zitterte; Em. ist entsetzt ins Haus gelaufen, um die Leine zu holen und ihn anzubinden. Dagegen folgen mir die Moune und Miquette so gut, daß ich von ihnen nichts befürchte; der Vogel ist hin- und sogar um Miquette herumgehüpft, die, da sie ihre Lage zweifellos als demütigend empfand, den Kopf abwandte und tat, als sähe sie ihn nicht. Etwa zehn Minuten habe ich den Star draußen gelassen; dann habe ich ihn wieder in die Wäschekammer hinaufgetragen, frei auf dem Finger und ohne ihn festzuhalten.

24. Juni.

Ich habe die Wäschekammer als Arbeitsplatz aufgeben müssen, da mein Vogel sie unbewohnbar macht; stündlich gehe ich hinauf und gebe ihm zu fressen. Er hatte sich in der Milchschale naß gemacht, die ich hatte stehenlassen; ich habe ihn waschen wollen; das Wasser, das ich in einer Untertasse brachte, schien ihn derart zu freuen, daß ich sofort nach einem tieferen Gefäß gelaufen bin, in dem er baden konnte; was er auch gleich getan hat. Nachher schien er ein wenig unterkühlt, und da ich bei dem Morgennebel Angst hatte, er könnte nicht mehr recht warm werden, habe ich ihn lange in der hohlen Hand gehalten.

Gegen Mittag, während die Katzen vor dem Haus waren, habe ich ihn unter die Blutbuche gebracht; aber ganz offenbar berauscht von dem schwachen Wind, der wehte, hat er plötzlich meinen Finger verlassen und ist geradewegs in das Dickicht des portugiesischen Lorbeers geflogen, der die Blütenallee säumt. Ich hatte große Angst, ihn nicht mehr einfangen zu können. Zum Glück hatte ich die Schachtel mit den Würmern mitgenommen; ich habe ihm einen hingehalten, und während er danach schnappte, hat er sich wieder greifen lassen.

Sobald er im Gras saß, ist er vor mir davongelaufen, und da er keinen Hunger mehr hatte, konnte ich ihm meinen Wurm hinhalten, so lange ich wollte... Ich habe schon geglaubt, er sei weg. Ich empfand darüber rasenden Kummer.

Ich hoffe so sehr, daß er in einigen Tagen, wenn er fliegen und aus dem Fenster der Wäschekammer, das ich offenlassen werde, entweichen kann – ich hoffe so sehr, daß er dann die Gewohnheit annehmen wird, wiederzukommen und auf dem Tisch die Würmer aufzupicken, die ich für ihn bereithalte.

Ich habe gestern abend meine türkischen Notizen fertiggeschrieben; sie Copeau vorgelesen, während wir nahe beim Haus der Dumonts am Straßenrand saßen.

Ich sehe gegenwärtig meine Whitman-Übersetzung durch.

25. Juni.

Die Badewanne, die ich meinem Vogel hingestellt habe, ist viel zu eng; er geht gerade hinein, kann sich aber, einmal drinnen, nicht mehr recht plustern, nicht mit den Flügeln schlagen; nachdem er also Füße, Schnabel und Schwanzspitze hineingetaucht hat, steigt er wieder heraus und hockt sich neben die Schüssel, dicht daran, duckt sich, schüttelt sich, genau so, als sei er im Wasser. Aber er macht sich trotzdem nichts vor; er wird dann wütend, hackt mit dem Schnabel gegen den Rand der Schüssel, steigt hinein, steigt wieder heraus, und benetzt sich schließlich, so gut es eben geht.
Ich fürchte aber, ihn nicht am Leben erhalten zu können; er hat eine Art Durchfall, von dem ich nicht weiß, wie ich ihn bekämpfen soll; das Zeug ist schaumig, gelblich und fürchterlich häufig; außerdem riecht es scheußlich; kaum halte ich es im selben Raum aus. Bei alldem ist er noch sehr aufgekratzt; aber gegenwärtig verschmäht er die Regenwürmer…

27.

Ich glaubte, heute sei erst der 26. Juni. Ich habe nicht den Eindruck, als hätte ich einen Tag verstreichen lassen, ohne in dieses Heft zu schreiben; und zweifellos würde ich gar nichts mehr hineinschreiben, schriebe ich nicht jeden Tag.
Das Wetter ist heute sehr schön gewesen. Ich bin ziemlich früh aufgestanden und habe meinen Vogel im Küchengarten spazierengeführt, ehe die Katzen vom Speicher herunterkamen. Der Kleine hat ohne Zweifel in der Luft einen Starenruf vernommen, denn plötzlich hat der sonst vollkommen Stumme zu schreien angefangen und wie toll gerufen. Einen Augenblick habe ich gehofft, der andere werde antworten. Ich hatte einen Stuhl mit herunter genommen und habe lange gewartet. Gegen acht Uhr habe ich den Vogel wieder in die Wäschekammer hinaufgebracht. Nach dem Tee bin ich zu ihm gegangen; er schien so traurig und der Raum so düster gegenüber dem strahlenden Licht draußen, daß ich beschloß, ihn in den Vogelkäfig zurückzutun, wo ich ihn am ersten Tag untergebracht hatte. Er hat sich in die Sonne gehockt und sich den ganzen Vormittag kaum gerührt. Ich habe mich damit beschäf-

tigt, ihm Würmer und Körner zu bringen, ihm dann eine Badewanne zu richten, in die er sich sofort gestürzt hat; dann ist er zu seinem vorigen Plätzchen zurückgekehrt. Er flieht nicht, wenn ich mich nähere, und scheint es gern zu haben, wenn ich ihm das Köpfchen kraule, wie man es bei den Katzen macht; dann streckt er den Hals und macht sich so lang wie möglich.
Mit diesen Beschäftigungen habe ich meinen ganzen Morgen verloren, ausgenommen eine Stunde (Klavierüben).
Gestern abend hatte ich *Post Office*[240] gelesen, wovon Macmillan mir die Probeabzüge zuschickt. Heute morgen schreibe ich ihm meine Absicht, das Stück zu übersetzen. Copeau, der es ebenfalls gelesen hat, ist sehr geneigt, es im Vieux-Colombier aufzuführen.
Kippenberg das «Probekapitel» der von Bassermann übersetzten *Caves* zurückgeschickt, mit den von Madame Mayrisch vorgeschlagenen Verbesserungen.
Meine Walt-Whitman-Übersetzung durchgesehen. Ich arbeite lächerlich wenig, beschämend wenig.
In zwei Tagen werde ich Copeau nach Paris begleiten und der Zusammenkunft der Revue beiwohnen. Bei meiner Rückkehr werde ich dann, hoffentlich durch nichts mehr abgelenkt, einen Monat vor mir haben, den es verbissen auszunützen gilt.

28. Juni.

Heute abend habe ich vor dem Abendessen meinem Star die Freiheit geschenkt. Am Morgen hatte ich ihn in den Garten beim Treibhaus hinausgenommen, aber er war auf dem Zweig eines Pflaumenbaumes sitzen geblieben; ich fürchtete, er falle meiner Katze allzuleicht zur Beute, und tat ihn noch einmal in seinen Käfig; aber gegen Abend hat er angefangen, so gut zu fliegen, daß ich glaubte, ihn freilassen zu können.
Ich habe ihn hinter die Tür getragen, die zum Tennisplatz führt; und diesmal ist er, sobald ich die Hand geöffnet habe, fortgeflogen, fast über meinen Kopf weg, bis zum Zweig eines Apfelbaumes, wo er sitzen geblieben ist. Ich habe ihn verlassen müssen, um zum Abendessen zu gehen; nach dem Essen war er immer noch dort, und an diesem Ort wird er wohl auch geschlafen haben.

Meine Whitman-Übersetzungen ins reine gebracht; ich bin zufrieden damit.

In meinen Beziehungen zu Copeau leide ich, und zwar fortwährend, darunter, daß er, so scheint mir, meine Grenzen zu gut kennt, und fortwährend merke ich, daß er sie fühlt. Ich erinnere mich meiner Traurigkeit, als ich zum erstenmal in meiner Kindheit den äußersten Rand des Waldes von La Roque erreichte und begriff, daß ich mich nun darin nicht mehr verirren würde.
Es ist übrigens seltsam, ja bestürzend, wie mein ganzes Wesen sich auf die Meinung einstellt, die man von mir hat.

29. Juni.
Heute nachmittag hat mich Copeau gebeten, ihm bei seiner Whitman-Übersetzung zu helfen, das heißt, ihm als Sekretär zu dienen.
Wir hatten uns auf die Bank hinter dem Haus gesetzt, die ein Haselnußstrauch beschattet; aber bald sind wir beide von der Bank aufgestanden und haben uns auf dem Rasen am Rand der Allee ausgestreckt. Wir wollten eben unsere Arbeit unterbrechen, um vespern zu gehen, da ist durchs Gras hüpfend und höchst eifrig mein kleiner Star auf uns zugekommen. Von sich aus ist er an meine Hand herangekommen und hat keinerlei Fluchtversuch gemacht, als ich ihn greifen wollte. In meiner Hand hat er sich nicht im geringsten gewehrt; es sah so aus, als wäre er glücklich dazusein. Ich bin in die Küche gelaufen und habe um Milch und eingeweichtes Brot für ihn gebeten, und aus Furcht vor den Katzen habe ich ihn dann in den Käfig zurückgetan. Er hat gern gefressen, hat sich aber doch nicht mit solcher Gier auf die Nahrung gestürzt, daß man annehmen konnte, Hunger allein habe ihn zurückgetrieben. Ich hätte am liebsten vor Freude gejauchzt. Ich habe ihm sein Futter mit hartem Ei zurechtgemacht, habe das Wasser in seiner Badewanne erneuert und bin lange bei ihm geblieben. Untröstlich, morgen abreisen zu müssen. Sobald ich von Paris zurück bin, werde ich ihm seine Freiheit wiedergeben.

30. Juni.

In Paris finde ich gleichzeitig den Artikel von Souday und den von Lucien Maury über *Les Caves* vor. Der letztere interessiert mich insofern, als er nicht hätte geschrieben werden können – oder doch nicht ganz so –, wenn ich das Vorwort beibehalten hätte, das ich schon fast fertiggeschrieben hatte; ich sagte darin, unter anderem, zum Schluß:
«Ob Erzählungen oder Soties – bis jetzt habe ich nur ironische Bücher geschrieben, oder, wenn Sie lieber wollen, kritische, deren letztes zweifellos hier vorliegt.»
Es macht Vergnügen und bietet sogar gewisse Vorteile, läßt man die Kritiker zunächst irregehen. Oder hätte ich mich etwa wundern sollen, daß sie nicht gleich verstanden haben, daß meine *Porte étroite* ein kritisches Buch ist? Nun glaubt Lucien Maury gar, daß ich in *Les Caves* dem Nihilismus das Wort rede!

Wie schön waren die großen Kornfelder unter der glühenden Sonne des heutigen Tages! Wie häßlich waren die Menschen im Zug!

1. Juli.

Den ganzen gewittrigen Tag lang habe ich demütigende Kopfschmerzen mit mir herumgeschleppt.
Indessen war ich heute morgen in Orsay, da ich dachte, mein unerwarteter Besuch werde Ghéon mehr freuen als unser Zusammentreffen morgen bei der Revue-Versammlung, wo wir uns nichts würden sagen können. Im Zug herrschte eine furchtbare Hitze. Ghéon und ich haben eine glühende Zone durchquert und uns in den großen Park von Orsay gesetzt, den man zur Zeit in Parzellen aufteilt. Wir haben uns auf eine hölzerne Bank gesetzt, an einen kleinen See, auf dem Schwäne glitten; einer davon, ein riesiger Schwan mit üppigem, flockigem Gefieder, zweifellos der schönste Schwan, den ich je gesehen habe, ist aus dem Wasser gestiegen, um sich zu putzen, ganz nah bei uns in der Allee. Die Erinnerung an Ghéons Erzählungen wird künftig mit diesem Schwan verknüpft bleiben; Ghéon hat mir das Ende seiner Reise nach Griechen-

land und Italien erzählt. Gerne lasse ich es mir gefallen, daß Ghéon oft an meiner Stelle lebt.
In Orsay mit Ghéon und seinem Onkel gegessen, den ich dann bis Paris begleitet habe. In unserem Waggon saß Croué, der wie ich zum Vieux-Colombier wollte. Eine halbe Stunde in Copeaus Loge geschlafen (dank Ruyters' Vouvray hatte ich heute nacht kaum ein Auge zugetan). Habe meine Migräne zu den van Rysselberghes geschleppt (die ich nicht angetroffen habe); dann auf die Boulevards, wo ich zu Abend esse.
Warum ich das alles aufschreibe? Einzig aus Angst zu unterbrechen.

Nach dem Abendessen hat sich mein Kopfweh verflüchtigt. Ich habe den armen Vater La Pérouse besucht. Um acht Uhr war er noch nicht zu Hause. Es traf sich, daß gerade der Geburtstag seiner Frau war, die mich inmitten ihrer Blumensträuße empfing. Ich war schon ziemlich lange dagesessen, als der arme Alte kam; sich unaufhörlich beklagend, wiederholte er immer wieder seine eingebildeten Ängste. Das Fenster war zur Straße hin offen und das Zimmer nur von der Straßenlaterne erleuchtet; Vater La Pérouse saß mit dem Gesicht zum Fenster, und der wirre Schatten der Brüstung zeichnete Ornamente auf seine Wangen. Deshalb konnte ich mir vom Zustand dieses armen Gesichts keinen rechten Begriff machen, das ich so geliebt, so verehrt habe. Er hat mich noch lange festgehalten; dann, auf der Türschwelle, im Dunkeln, hat er mich schließlich umarmt und noch einmal geküßt, als ob er mich nie wiedersehen sollte.
Er ist von der Abreise seiner Enkelin nach Amerika schwer mitgenommen. Sie soll zwei Monate in Chicago verbringen, bei ehemaligen Schülern des Großvaters, ergebenen und «höchst vertrauenswürdigen» Leuten, wie Madame La Pérouse behauptet. Aber: «Ein junges Mädchen soll seine Mutter nicht verlassen», wiederholt der arme Alte unermüdlich, und es ist unmöglich, dieses Axiom zu erschüttern.
Darauf wollte ich zu Marcel Drouin gehen; aber als ich an der Place de l'Étoile vorbeikam, haben mich die Lichter des Jahrmarkts von

Neuilly angezogen; mit der Metro bin ich bis zur Porte Maillot gefahren und dann ziemlich weit gegangen, ohne anderem als Trübem und Fadem zu begegnen ... Nein, an mir lag das nicht, denn mein Kopfweh war vollständig vergangen, und auch das Geringste hätte mir Vergnügen gemacht.

3. Juli.

Rückkehr nach Cuverville.

Konnte gestern nichts notieren; war nicht einen Augenblick allein. Morgens habe ich Marcel getroffen; dann die Théos, bei denen ich zu Mittag gegessen habe.

Anschließend bin ich im Auto wieder zur Redaktion der Revue gefahren, wo Copeau, Schlumberger, Gallimard, Tronche, Rivière, Drouin und Ghéon versammelt waren. Bis fast sechs Uhr haben wir getagt.

Mit dem kleinen Jean T. den Zug um ein Uhr neun genommen; ich komme hier zum Essen an, erschöpft und erschlagen von der langen Fahrt. Ich schreibe wie in einem Traum.

Ich bringe für meinen Star einen schönen großen Käfig aus Holzstäben mit. Sicher hat er mich erkannt, denn er ist eilig zu mir gekommen, um sich den Kopf *kraulen* zu lassen – während Em. zu mir sagt, er werde jedesmal ganz scheu, wenn sie in den Käfig hineingreife.

4. Juli.

Heute früh Abreise von Madame Copeau und den drei Kindern, die ins Limon zurückfahren.

Sicher erkennt mich der Star. Ich habe ihn in den Garten hinausgelassen; er versucht nicht zu fliehen, obgleich er perfekt fliegen kann; er ist sogar zu wenig scheu; sitzt er auf dem Boden und ich schiebe ihn mit der Fußspitze weg, packt er meinen Schuh, wie die Pinguine der Scott-Expedition. Aus Furcht vor den Katzen sperre ich ihn nach einer Weile wieder in den Käfig. Mius behauptet, man müsse ihm mit einer Nadel eine kleine weiße Eiterbeule aufstechen, die er am Schwanz hat und die ihn stört; er sagt, er habe den-

selben Eingriff bei seiner Turteltaube gemacht, und die Vogeleltern machten ihn bei den Jungen, solange diese noch nicht selbst alt genug dazu sind; wenn man ihm glauben darf, müßte man das alle vier Tage wiederholen.
Heute morgen habe ich meine türkischen Notizen wieder durchgelesen, die ich der Revue versprochen habe. Ich beneide J.-É. Blanche, der an einem Abend ein Dutzend Seiten vollschreibt. Ich mag die langsam geschriebenen Sachen nicht mehr. Dieses Heft hat, wie alle «Tagebücher», die ich geführt habe, den Zweck, mich rasches Schreiben zu lehren. Ich sage mir immer wieder den Satz aus *Armance* vor: «Ich sprach viel besser, seit ich meine Sätze anfing, ohne zu wissen, wie sie enden würden.» Man müßte sogar eine gewisse Unsauberkeit in der Wahl der Worte in Kauf nehmen und Unkorrektheiten der Syntax. Man dürfte sich vor allem nicht mehr dem Rhythmus überlassen, der meine Sätze bestimmt und der oft bei der Wortwahl entscheidet. Und vor allem dürfte man nicht trägen Geistes sein, wie ich es in Cuverville fast ununterbrochen bin.

Sonntag.

Nur noch wir drei sind hier; womit ich sagen will: Em., Jean T. und ich. Niemand ist den Copeau-Kindern unähnlicher als Jean T. Ich halte ihn für intelligent; sogar sehr intelligent; aber er sagt nur Dummheiten, redet laut und durcheinander, den lieben langen Tag, nicht so sehr aus natürlichem Mitteilungsdrang und aus dem Bedürfnis, sich auszutoben, als aus dem Wunsch, Aufmerksamkeit zu erregen, andere mit seiner Person zu beschäftigen; er macht nicht eine Geste, ohne sie vorher anzukündigen, und er macht sie nur, damit man ihn dabei bewundere. Jeden Augenblick spielt er etwas anderes; offensichtlich macht ihm keines dieser Spiele Spaß, aber er will beim Spaßhaben gesehen werden. Im übrigen kann man alle Fehler dieses Kindes für erworben halten, und ich glaube, daß sie nur an der Oberfläche liegen. S. T. glaubt ihre Kinder gut zu erziehen, weil sie sich dauernd mit ihnen beschäftigt; sich selbst überlassen, wäre dieser Kleine ein ganz anderes Kind, das seine natürliche Anlage zeigte, die gut ist; gegenwärtig sind aber sogar seine Freude und sein Lachen unecht. Auch Em. leiht seinen Sprüchen ein allzu williges Ohr. Das schlimmste ist, daß die Gewohnheit, alles zu sagen, was ihm durch den Kopf geht, ohne je ausgelacht zu werden, ihn zum Nachdenken unfähig zu machen scheint. Ich möchte wissen, ob das nicht nachteilige Folgen für seinen Geist hat. Indessen gibt er keinen einzigen jener reizenden Aussprüche mehr von sich, die vor noch gar nicht langer Zeit bei ihm die Regel waren. – Im übrigen ist dieses in Gegenwart seiner Eltern so ungezogene, so unerträgliche Kind hier die Artigkeit in Person.

6. Juli.

Ich erhalte den letzten Band von Griffins *Voix d'Ionie*. Vergebens widme ich ihm die liebevollste Aufmerksamkeit: Tut das Werk auch manchmal meinem Herzen ein wenig Genüge, so spannt es doch Geist und Nerven auf die Folter. Ungewöhnliche Verkennung der Eigenart der Worte und der Forderungen des Satzbaus: «... devant le soc dont j'éventrais le sable aride.» – «Mentor déposa ta grâce vagissante et exiguë.» Usw.[241]

Nicht genügend gearbeitet; ich verwende zu viel Zeit aufs Klavierüben; und unter dem Vorwand, mich frei zu machen, verschiebe ich immer das Wichtigste bis nach der Erledigung von allerhand unbedeutenden Vorhaben. Ich lese ein Manuskript von Combette: *L'Isolement* (das mir übrigens sehr gefällt) – ich fange an, *Post Office* zu übersetzen; ich schreibe Briefe; die Zeit verfliegt – und alles, was ich Wichtiges zu sagen habe, muß noch gesagt werden. Alles, was ich bis zum heutigen Tag geschrieben habe, sollte es nur vorbereiten. Ich habe nichts anderes getan als den Boden geebnet. Mein ganzes Werk ist bis jetzt nur negativ gewesen; ich habe von meinem Herzen und meinem Geist nur die Kehrseite gezeigt.

7. Juli.

Die Schwierigkeit ist die, einem bestimmten Gegenstand den Vorrang vor allen anderen zu geben; wie stets ist der leichteste auch der beweglichste und schlüpft als erster durch. Heute morgen beschäftigte ich mich mit dem *Traité des Dioscures*. Aber selbst hier sind meine Gedanken sehr verwickelt, und jeder einzelne scheint mir als Anfang, als Hauptthema oder als Abschluß dienen zu können. Ich werde zweifellos schon zufrieden sein, wenn ich sie auf lose Blätter notieren kann, ohne den Versuch, sie zu ordnen. Auch habe ich in den aus Paris mitgebrachten Papieren einiges an Material gefunden, das in die Komposition des Gebäudes eingefügt werden sollte; ich werde das alles in fragmentarischem Zustand lassen.

Meine Katze erwartet ihre Jungen jeden Augenblick. Unruhig schleicht sie von einem Zimmer zum andern, durch das ganze Haus. Ihr Korb ist auf dem Speicher gerichtet, aber das genügt ihr nicht, sie will ihre ganze Familie um sich haben, und fortwährend kommt sie wieder herunter, um ihre anderen Kinder um sich zu sammeln. Eines davon saugt wild. Wie kann sie schon Milch haben?

8. Juli.

Seit drei Tagen versuche ich, mit Jean T. ein wenig zu arbeiten oder wenigstens seinen Geist zu beschäftigen und ihn zum Nachdenken zu zwingen. Der Kleine, der doch keineswegs dumm wirkte, ist geistig erschreckend unbeständig. (Vergeblich suche ich für seine Unaufmerksamkeit, seinen Mangel an Logik ein passenderes Wort.) Ich möchte ihm gerne beibringen, männlich und weiblich zu unterscheiden; aber er bringt das alles mit dem Begriff des «Gegenteils» durcheinander, und nach anderthalb Stunden Anstrengung (jeden Morgen eine halbe Stunde) sagt er mir, das Gegenteil von blanc sei blanche, oder das Weibliche von groß sei klein. Ich versuche es auf jede Weise und bringe so viel Geduld auf wie für einen Hund oder meinen Vogel, sogar viel mehr noch, aber es gelingt mir nicht, den gesunden Menschenverstand in diesem jungen Gehirn zu wecken.

Heute abend hat er mir gerade eine Vorstellung von Unlogik und geistiger Zusammenhanglosigkeit gegeben. Ich war zum Käfig meines Stars gegangen, den ich jeden Abend freilasse, nachdem die Katzen eingeschlossen sind, und der jeden Morgen von selbst zu-

rückkommt; die Kinder hatten sich hinter der Voliere den Spaß gemacht, ihm Angst zu machen, so daß ich einige Mühe hatte, ihn wieder zutraulich zu machen. Jean T. war an die Tür gekommen und hatte mir einen Augenblick zugeschaut; dann hatte ich ihm, da ich fürchtete, er werde den Vogel scheu machen, bedeutet wegzugehen. Als ich dann, nachdem der Vogel sich beruhigt hat, ihn hinaustragen will, entdecke ich, daß Jean im Weggehen die Tür der Voliere von außen geschlossen hat. Ich hatte die allergrößte Mühe, den Riegel zum Spielen zu bringen; da es geregnet hatte, war das Holz gequollen und gab kaum nach; ich mußte ein Hakensystem mit einem Draht aus der Voliere erfinden, usw. Nicht deshalb erzähle ich die kleine Begebenheit, sondern wegen des Verhörs von Jean, das folgte.
«Wußtest du, daß du die Voliere zugemacht hast, als du weggegangen bist?»
«Ja! Wie hast du es fertiggebracht herauszukommen?»
«Du wolltest mich also einsperren?»
«Nein. Als ich da war, hast du eine Bewegung gemacht; ich habe geglaubt, du wolltest heraus.»
«Du hast aber doch gesehen, daß ich noch nicht draußen war?»
«Freilich hab' ich gesehen, daß du noch nicht draußen warst.»
«Dann hast du also gewußt, daß du mich eingesperrt hast?»
«Aber nein; ich hab' nicht gewußt, daß ich dich eingesperrt hatte.»
«Du hast aber doch gewußt, daß man von innen nicht aufmachen kann?»
«Freilich. Wie hast du es fertiggebracht herauszukommen?»
Usw.
Em. befragte ihn während des Abendessens erneut, mit demselben Resultat. Sicher wollte das Kind mir keinen Streich spielen; es hat einfach in seinem Kopf nicht zusammenbringen können, daß das Schließen des Riegels mein Herauskommen verhinderte. Nichts als Gedankenlosigkeit steckte dahinter; aber das Erstaunliche ist, daß die Gedankenlosigkeit anhält und daß es sie nicht einzusehen scheint.
Ebenso lacht er an den unpassendsten Stellen, wenn Em. ihm

eine Geschichte vorliest, und er unterbricht, um zu fragen, ob der Eimer eigentlich im Mond sei, oder der Mond im Eimer oder der Fuchs. Alles in ihm ist ohne Zusammenhang.

*

Cuverville, 8. Juli.

Wie sehr ich mich auch beim Kragen packe: ich erreiche nichts von mir – oder doch so wenig!
Heute früh eine Stunde Klavier.
Eine halbe Stunde lang mit Jean T. gearbeitet.
Eine Stunde Tagore-Übersetzung.
Eine halbe Stunde Korrespondenz.

Nachmittags – zwei Stunden am Klavier.
Im Combette gelesen.
Verschiedene Erinnerungen aufgeschrieben.
Mein Kopf ist schwer, und ich fühle mich ohne Wert, ohne Kraft, ohne Mut.

9. Juli.

Dieses Heft regt mich viel weniger an als das andere; es ist absurd, und ich schäme mich, es zu gestehen, aber das Format des Papiers, seine Qualität, seine Farbe hindern oder fördern mein Denken beträchtlich; ich hätte gerne dieses Tagebuch in Heften vom selben Format wie das erste fortgesetzt.
Ich klammere mich an die Arbeit, so gut ich kann, bin aber nichts wert und in einem schrecklichen Aufruhr.
Eine Brieftaube hat sich vorhin an einem der Gangfenster niedergelassen. Man sah an ihrem Fuß den kleinen Ring, der die Botschaft hielt.
Die Hausmädchen haben mir gesagt, ich brauchte sie nur zu fangen, dann in der Zeitung von Rouen oder Le Havre anzuzeigen, daß ich sie zur Verfügung des Eigentümers hielte. Aber die Taube ist weggeflogen, als ich das Fenster zu öffnen versuchte; hat sich zuerst auf dem Dachfirst niedergelassen, ist dann verschwunden. Ich habe mir heftige Vorwürfe gemacht, nicht die Nacht abgewartet zu

haben; ich hätte sie dann leicht greifen können. Woher kam sie? Träger welcher Botschaft? – Zweifellos in chiffrierter Sprache… Lange habe ich an nichts anderes denken können.
Gegen Abend bin ich über die Wiesen hinabgestiegen, da doch das Wetter so prächtig war. Fast bis zu dem Haus der Dumonts gegangen. Nur drei Kinder sind zu mir hergekommen; der eine, den ich am meisten liebgewonnen hatte, hat sich seit gestern auf einem Bauernhof verdingt, und ich weiß nicht, wann ich ihn wiedersehen kann. Der andere Bruder, der sich dicht neben mich an den Hang setzte, hat die Haare voll von Nissen.
Ich schreibe dies, fast ohne noch etwas zu sehen, nach dem Abendessen auf der Bank vor dem Haus. Eine solche Unruhe im ganzen Körper, daß ich weder lesen noch arbeiten, noch schlafen kann.

10. Juli.

Ich habe es immerhin über mich gebracht, gestern abend Klavier zu üben, und heute morgen geht es mir, nach einer zur Hälfte schlaflosen Nacht, nicht allzu schlecht. Prächtiges Wetter. Heute morgen: Klavier; mit Jean T. gearbeitet; dann in die Allee hinausgegangen, um einige Zeilen über die griechische Mythologie zu schreiben.
Der kleine Jean T. hat merklich besser geantwortet, und ich glaube, daß alles Schlechte sich bei ihm auf einen außergewöhnlichen Mangel an Aufmerksamkeit zurückführen läßt.
Jeden Morgen freue ich mich von neuem über die Zutraulichkeit meines Stars, der, am späten Nachmittag freigelassen und nachdem er die Nacht irgendwo verbracht hat, mich auf dem Rasenplatz erwartet und auffliegt, wenn ich mit seinem Futter aus Ei und Brot in einer Untertasse erscheine. Er setzt sich zunächst auf meinen Arm und fliegt dann, nach einem ersten Schnabelvoll, weg; ich stelle die Untertasse in seinen Käfig, in den er wenige Augenblicke später hineinfliegt. Dann trage ich ihn in die Voliere.

Bessere Hygiene, bessere Gesundheit, bessere Arbeit.

11. Juli.

Fast ganz schlaflose Nacht.

Es herrscht eine seltene Hitze. Ich habe fast nichts anderes tun können als *Wuthering Heights* lesen, das ich heute abend nahezu beendet habe.

12. Juli.

Heute morgen erhalte ich, von Tronche geschickt, die Nummer des *Éclair* (22. Juni), worin Henri Massis mit Bezug auf die *Caves* glaubt, die Alarmglocke läuten zu müssen.[242]

Ich habe großen Nutzen davon gehabt; denn wenn auch die Anklage gegen mich falsch ist, so muß ich doch zugeben, daß ich alles getan habe, um sie herauszufordern.

Im ganzen gesehen ist das, was mir Massis und die andern vorwerfen, daß sie sich in ihrem ersten Urteil über mich getäuscht haben.

In jenem, das sie heute über mich fällen, täuschen sie sich aber noch viel mehr, und das werden sie mir noch weniger verzeihen.

Ich glaube, meine Bücher wären ganz anders beurteilt worden, hätte ich sie alle auf einen Schlag veröffentlichen können, zusammen, gleichzeitig, wie sie in meinem Geist gewachsen sind.

«Auf einen Schlag seine gesammelten Werke veröffentlichen» – ich erinnere mich, wie mich dieser Satz blendete, als ich ihn in der *Correspondance* von Flaubert las. Das wäre aber nicht *natürlich* gewesen.

Und hätte ich etwa auf die Lehre verzichten sollen, die ich aus der Wirkung meiner Bücher auf das Publikum ziehe?

Ich schreibe an Beaunier:

«Ich wappne mich also mit Geduld (ein Brief von ihm meldet mir vorgestern, daß sein Artikel über die *Caves,* der im Juniheft der *Revue des Deux Mondes* erscheinen sollte, erst im September herauskommen wird); Sie haben wohl daran getan, mir zu schreiben, denn schon dachte ich: er tut es nicht.

Ich werde aber, wenn Sie erlauben, von der Verzögerung profitieren, um Sie mit dem Vorwort bekannt zu machen, das ich für die *Caves* geschrieben hatte und das ich auf den Korrekturfahnen gestrichen habe.

Ich teilte darin dem Leser mit, daß ich *Les Caves du Vatican* seit mehr als fünfzehn Jahren in meinem Kopf herumtrug, ebenso wie seit fünfzehn Jahren *La Porte étroite* und kaum weniger lang *L'Immoraliste*, der als erster daraus hervorging.
Alle diese Themen haben sich parallel, im Wetteifer, entwickelt – und wenn ich ein Buch vor dem anderen geschrieben habe, so deshalb, weil mir das Thema mehr «at hand» erschien, wie der Engländer sagt. Hätte ich gekonnt, hätte ich sie *zusammen* geschrieben. *L'Immoraliste* hätte ich nicht schreiben können, ohne gleichzeitig zu wissen, daß ich auch *La Porte étroite* schreiben würde, und beide mußte ich unbedingt schreiben, um mir die *Caves* erlauben zu können.
So wie ich die *Caves* geschrieben haben muß, um ... den Rest zu schreiben.
Warum ich dieses Buch *Sotie* nenne? Warum *Erzählungen* die drei vorhergehenden? Um zu betonen, daß es sich hier keinesfalls um Romane handelt. Und so schloß ich mein Vorwort: Ob *Soties*, ob *Erzählungen* – ich habe bis jetzt nur *ironische* Bücher geschrieben – oder kritische, wenn Sie lieber wollen –, deren letztes zweifellos hier vorliegt.
Dieses Vorwort habe ich später gestrichen, da ich annahm, der Leser werde mit solchen Geständnissen doch nichts anfangen können. Vielleicht jedoch der Kritiker... und deshalb schreibe ich das noch einmal für Sie ab, wovon Sie aber keine Notiz zu nehmen brauchen und was Sie ruhig ignorieren können, wenn es Ihren Artikel stört.
Seien Sie, lieber Beaunier, meiner besten Gefühle versichert.»

Braffy, 13. Juli.

Heute früh konnte ich schon um sechs Uhr meinen Star in den Käfig setzen; er kam auf mich zugeflogen, sobald er mich kommen sah.
Es war kalt, und die ganze Gegend lag im Nebel. Heute abend ist der Himmel unbeschreiblich prächtig. Ich habe mit Jean Schlumberger einen ziemlich langen Spaziergang im Wald gemacht.
Lange mit ihm gesprochen, nach dem Abendessen, während wir die Straße zwischen dem Gatter am Eingang und dem Haus auf und

ab gingen. Heute abend zu müde, um noch irgend etwas aufzuschreiben.

14. Juli.

Das Geheimnis fast aller meiner Schwächen ist jene fürchterliche Bescheidenheit, von der ich mich nicht heilen kann.
Ich kann mich nicht davon überzeugen, daß ich auf irgend etwas ein Recht hätte.

Sie (Claudel und Jammes) haben mich für einen Rebellen gehalten, weil ich jene feige Unterwerfung nicht von mir erreichen konnte – oder verlangen wollte –, die mir Bequemlichkeit gesichert hätte. Das ist vielleicht am meisten protestantisch an mir: der Abscheu vor der Bequemlichkeit.

Le Havre, 15. Juli.

Ich habe Jean Schlumberger zum Neun-Uhr-dreißig-Schiff begleitet, das ihn nach Trouville zurückbringt. Ich selbst fahre mit dem Elf-Uhr-Zug nach Cuverville zurück. Wir sind gestern abend endlos umhergestreift, und als wir um halb ein Uhr endlich heimkamen, habe ich Jean weiterlaufen lassen und bin meinerseits weitergelaufen. Er ist erst um halb drei Uhr nach Hause gekommen. Ich lag schon über eine Stunde im Bett.
Quer durch gewisse schmutzige Gäßchen waren improvisierte Estraden aufgebaut, auf denen bescheidene Orchester saßen, bestehend aus einer Ophikleide und einem Kornett, die einigen Paaren zum Tanz auf dem Pflaster aufspielten. Ganz kleine Kinder liefen haufenweise zwischen den Mädchen herum. Auf dem Platz und den ganzen Hafenkai entlang ein Jahrmarkt, Schießbuden, Karussells usw. ... Durch die Glasscheibe einer Bude sieht man den Oberkörper eines «Astrologen», der wahrsagt. Er sitzt im Profil vor einem riesigen lateinischen Buch, das vor ihm aufgestellt ist (ich habe nicht sehen können, was für ein Buch – nur, daß es lateinisch war); er trägt eine Brille und gleicht zum Verwechseln Léautaud. Befragt man ihn (ich habe nur junge Mädchen ihn befragen sehen), setzt er das eine Ende eines Sprachrohrs an den Mund –

vielmehr eines Hörrohrs, das durch die Scheibe geht und dessen anderes Ende die Kundin an ihr Ohr hält. Worauf diese unwillkürlich lachen muß und heftig errötet, sich dann rasch an den Arm einer Gefährtin flüchtet und sich in der Menge verliert.
Vor einer Art großem viereckigen Zirkuszelt, wo sich «Herkulesse» produzieren, lamentiert ein armes Weib mit verschmiertem Gesicht. Ihr achtjähriges Kind ist seit zwei Tagen nicht mehr nach Hause gekommen. Sie beschreibt seine Kleidung: «Er hatte ein grünrotes Wämschen an . . .» – «Mit Gelb und Blau», schreit ein Spaßvogel aus der Gruppe, die sie umgibt. Sie protestiert heftig: «Nein, meine Herren, es war kein Gelb dran! Das ist alles Lüge, kein Gelb war dran.» Die Frau ist bestimmt betrunken; aber was sie sagt, ist vielleicht darum nicht weniger wahr. Ich gehe zu ihr hin: «Und Sie wissen gar nicht, wo Ihr Kind hingegangen ist?» – «O doch, mein guter Herr, er ist da drin (sie deutet auf das Zelt). Er hat gesagt, er will Seiltänzer werden. Ist das nicht ein Unglück?» Zurufe aus der Menge schneiden ihr das Wort ab. Mit Jean gehe ich in die Bude hinein, aber vergeblich suchen wir mit den Blicken ein Kind, das der Beschreibung der Mutter entspräche.
Vor der Terrasse des großen Cafés *Tortoni* unterhielt, als wir eintraten, ein armseliger Gaukler die Gäste damit, daß er sich immer größere Gegenstände in den Mund stopfte; zuerst steckte er ein Glas mit dem Rand voraus zwischen die Lippen, so daß es ein stöpselartiges Geräusch gab, als er es wieder herauszog; schließlich einen Flaschenboden, der ihm die untere Gesichtshälfte abscheulich verzerrte; die Lippen waren nur noch wie ein dünner rosa Faden, von dem man fürchtete, er werde gleich reißen; es war so häßlich, so qualvoll, daß man fand, es verdiene Anerkennung, und so war die Einnahme reichlich.

16. Juli.

Meine Fahnen für die Revue korrigiert; alles in allem mit dieser *Türkischen Reise* nicht allzu unzufrieden. Auf jeden Fall hoffe ich, daß der Text so unbedeutend ist, daß man nicht allzusehr gegen mich loszieht; ich muß etwas verschnaufen.

Schöner Romangegenstand: das junge Mädchen, das sich gegen den Willen seiner Eltern mit jemandem verheiratet, dessen Vergangenheit zu wünschen übrigließ. Allmählich gelingt es ihr, ihren Gatten durchzusetzen, sie selbst aber begreift, während die Familie immer mehr Qualitäten an ihm entdeckt, daß sie sich über ihn Illusionen gemacht hat. Aus Stolz schluckt sie ihre ganze Trauer, ihr Mißgeschick hinunter und fühlt sich dabei um so mehr verlassen, als nun die Familie Partei für ihren Gatten ergreift, gegen sie, und aufgrund der Geschicklichkeit, mit der sie ihm anfangs zur Geltung verholfen hatte.[243]
K. ist gegen Ende des Tages gekommen.

17. Juli.
Mit K. ein wenig gesprochen; ihn gefragt, ob er sicher sei, nicht zu tief zu greifen, wenn er die Handelsschule wählt.
An Copeau geschrieben, der sich wundert, daß man von den *Caves* nicht mehr spricht. «So soll ich mich wundern, daß es nicht läutet? Ich habe ja auf keinen Knopf gedrückt.»

18.
Heute morgen erhalte ich die neue Nummer der *Marges,* die, nicht zufrieden damit, daß sie mich in einem umfangreichen, mit Le Cardonnel gezeichneten Artikel abwürgt, auch noch in der Sparte der Notizen die gemeinsten Stellen aus dem Artikel von Massis zitiert und das magere Lob Soudays lächerlich macht.
Die beiden Zitate aus den *Caves,* die Le Cardonnel bringt, sind mit groben Fehlern gespickt und machen aus meinem Text eine unförmige Angelegenheit; «le vague ruisseau de la ville» anstelle von «la vague rumeur», usw. …[244]
Ich versuche, mich von diesem böswilligen Spiel nicht allzusehr vergiften zu lassen. Hilfe, Unterstützung erwarte ich nur vom *Unbekannten.*
Heute abend geht es mir übrigens gut, und ich fühle mich ziemlich stark – trotz vollständig schlafloser Nacht als Folge einer Tennispartie, die ich K. nicht abschlagen konnte (der arme Kleine hat hier keinerlei Zerstreuung) –, und so überzeuge ich mich, daß die

Situation, die mir diese vereinten Haßgefühle schaffen, einzigartig ist und eigentlich die, die ich mir wünschen mußte.
Aber bloß keine Posen!

Ich habe meinen Vogel fast den ganzen Tag draußen gelassen. Er folgt meinem Ruf; er taucht aus einem Gebüsch auf, fliegt zuerst um mich herum, entfernt sich und kommt dann wieder zurück, um sich auf meiner Schulter oder meinem Arm niederzulassen; er fliegt nicht auf, wenn ich gehe, und ich spaziere mit ihm im Garten herum. Um die Vesperzeit haben ihn die Katzen im Gras erspäht, und es wäre um ihn geschehen gewesen, wäre ich nicht herbeigeeilt. Er hat sich in die Voliere bringen lassen, ohne von meiner Schulter zu fliegen, auf die er sich wieder gesetzt hatte.

19. Juli.

Heute morgen hat sich mein armer Star von den Katzen zerreißen lassen. Sie haben sich auf das furchtlose, widerstandslose kleine Ding gestürzt; ich saß am Klavier, erkannte aber plötzlich seinen Ruf. Im selben Augenblick eilte Em., die von der Auffahrt aus die Szene mit angesehen hatte, mit einem Stück Fisch in der Hand herbei, in der Hoffnung, die Katzen zum Loslassen zu bewegen. Der Vogel hatte schließlich entwischen können, aber nur, um etwas weiter weg kraftlos zu Boden zu fallen. Er bewegte sich noch; ich habe ihn in die Hand genommen; ich habe noch nicht gleich die Hoffnung aufgegeben, ihn wiederzubeleben, denn man sah nur eine unbedeutende Wunde; so schien es mir wenigstens; ich habe ihn dazu bringen wollen, ein bißchen Wasser zu trinken, aber er hat es nicht schlucken können und hat sich rasch dem Tod ergeben.*

20. Juli.

Vorgestern abend habe ich es auf mich genommen, mit K. zu sprechen; es war nach dem Abendessen; wir gingen miteinander in der

* Die Geduld und die «Samtpfote», welche die Katze bei laufenden Tieren anwendet und die ich häufig beobachtet habe, hat sie nie bei Tieren, die fliegen und ihr auf diese Weise entkommen könnten.

Blumenallee auf und ab. «Wenn ich auch gern glauben will», habe ich zu ihm gesagt, «daß F. seiner Bestimmung folgt, wenn er in die Handelsschule eintritt – bei dir bin ich nicht so sicher. Ich möchte gerne ganz sicher sein (ich wiederholte mich, suchte mühsam nach dem Ende meiner Sätze), ganz sicher, daß du in ein paar Jahren nicht feststellen mußt, daß du deine besten Kräfte hast brachliegen lassen.» Hierauf hat er eine Bewegung gemacht; ich glaubte, er wolle protestieren, aber da er nichts sagte, habe ich ihn beim Arm genommen und weitergesprochen. «Ich mag F. sehr gern, und was ich nun sagen werde, bedeutet keine Mißachtung seiner Person; aber ich war immer der Ansicht, du seist der Begabtere und zu etwas... (ich habe nicht zu sagen gewagt: Besserem berufen – habe, im Gegenteil, hinzugefügt: Oh, ich will nicht etwa eine Hierarchie aufstellen, aber ich weiß doch, wie leicht du... Und wieder wurde ich von Schüchternheit befallen; ich habe nicht gewagt zu sagen: beeinflußbar bist)... Ich meine, wie leicht du dich auf ein Milieu einstellst, in dem du lebst. Und ich möchte eben sicher sein, daß es nicht der Einfluß dieses Milieus und dieser Kameraden ist, der auch dich heute veranlaßt, diesen Weg zu wählen...»
Er hat mich nicht ausreden lassen; er hat behauptet, er habe nach Prüfung der Lehrpläne klar erkannt, daß die Handelsschule am besten für ihn passe und daß ich mir eine falsche Vorstellung machte, wenn ich ihr geistiges und soziales Niveau für untergeordnet hielte.
Der Ton seiner Stimme, seine Haltung waren sehr selbstsicher; und als er hörte, daß ich von ihm als von einer leicht beeinflußbaren Natur sprach, habe ich in seinem ganzen Körper ein Aufbäumen gespürt, das er aber sofort beherrschte, als ob er sich sagte: «Wozu seine Meinung von mir ändern wollen? Was braucht er mich zu verstehen?...» Und plötzlich habe ich, im Gegenteil, verstanden und klar gefühlt, welche Kraft des Widerstands, des Ausweichens in ihm steckt, daß alles, was ich sagte, von der Erinnerung beeinflußt war, die ich von seiner liebevollen Kindheit bewahrt hatte, und daß er seit der Pubertät ein anderer geworden war.
(Bei Gérard hatte ich schon einer ähnlichen Wandlung beigewohnt.)

Er sah aus, als wolle er sagen: «Ich komme ohne eure Sympathie, eure Billigung aus; ich werde meinen Weg allein machen.»
Ich schreibe das übrigens auch auf, weil es mir vorkam, als spielten wir da ein Kapitel meines Romans.
Sein Vater hat ihn in die wissenschaftlichen Kurse gesteckt, gerade weil die natürliche Neigung des Kindes eher der Literatur galt, so sehr, daß T. fürchtete, er habe darin zu leichte Erfolge und gewöhne sich an mäßige Leistungen. Das aber hat, wie sein Vater jetzt zugibt, ihm keine Neigung zur Wissenschaft eingeflößt, wohl aber die zur Literatur geraubt.

Ich hätte nicht geglaubt, daß es möglich sei, einen Vogel derart zu vermissen. Wenn ich hinausging, suchte ich ihn mit den Blicken; auch ohne ihn zu sehen, fühlte ich ihn lebendig im Blattwerk. Ich spürte das kleine geflügelte Geschöpf gern auf meiner Schulter, sah es gern um mich herumflattern; dann plötzlich auf einen sehr hohen Zweig fliegen; dann wiederkommen.
Bestimmt erkannte er mich, denn den andern schenkte er nicht so viel Vertrauen; und gerade an diesem letzten Morgen hatte ich ihn vergeblich zu bewegen versucht, sich auf Em.s Arm zu setzen; er ließ sie wohl nahe herankommen, hatte aber im letzten Augenblick Angst und floh.

Mein Bett ist in einem Zimmer oben aufgeschlagen worden (in dem, das Copeau bewohnte, neben der Wäschekammer), wo ich viel besser geschlafen habe. Ich hatte es sehr nötig nach den letzten fast schlaflosen Nächten.

21. Juli.
Diese seltsame Manie, die ich immer gehabt habe: zuerst und mit Vorliebe die trägsten Teile meines Ichs arbeiten zu lassen.

Ich habe heute morgen Toby zurückholen müssen, der gestern zur Hündin der Dumonts entwischt war. Er ist übrigens widerstandslos mitgekommen, ich brauchte ihn nicht einmal an die Leine zu nehmen. Miquette begleitete mich wie eine angetraute Gattin, die ihren

Mann von einem Straßenmädchen wegholt. Ich möchte wissen, ob Hündinnen eifersüchtig sein können. Ich bezweifle es. Ich meine, sogar bei den Vögeln sei Eifersucht nur den Männchen eigen.
Jean Schlumberger erzählte mir diesbezüglich einen außergewöhnlichen Vorgang, den die Martin du Gards beobachtet hatten. Sie sind stolz auf ihre Tauben, die sie züchten und sehr genau beaufsichtigen. Dieses Jahr gelang die Brut besonders gut; aber die Männchen zeigten sich bald auf die Jungen eifersüchtig; sie verfolgten die Weibchen und suchten sie von den Nestern abzuhalten. Eines Morgens haben sie dann ihre Taktik geändert und sich alle auf einmal auf die Knirpse gestürzt und diese, Weibchen wie Männchen, so brutal vergewaltigt, daß die Jungen erdrückt worden sind. Nicht eines ist davongekommen.
Der Vorgang, so unwahrscheinlich er klingen mag, wird mir als Tatsache bezeugt, und Martin du Gard ist auch nicht der Mann, um irgend etwas zu erfinden.

22. Juli.

Bassermann, mein Übersetzer, ist mit dem Sechs-Uhr-Zug angekommen. Ihn in Criquetot abgeholt; scheußliches Wetter; so verhangener, so düsterer Himmel, daß man zum Abendessen die Lampe anzünden muß.
Bassermann ist ein Riesenkerl von vierundzwanzig oder fünfundzwanzig Jahren, glattrasiert, mit ausgeprägten Zügen, aber nicht im Profil. Man denkt an ein Porträt von Lhote. Er spricht perfekt Französisch.
Zu müde, um heute abend irgend etwas zu schreiben.

23.

Etwas erschöpfender Marsch von Bénouville nach Étretat am Strand entlang, mit Bassermann, Marcel und K. Ich fürchte, ich werde nachts kein Auge zutun können – besonders nach der ziemlich glänzenden Unterhaltung heute abend.

Offranville, 25. Juli.

Dummerweise habe ich in Cuverville in der Eile der Abreise ein kleines Heft liegenlassen, einen Bruder von diesem hier, nur vier Tage alt, aber ich hatte gestern abend oder sogar heute morgen noch einige ziemlich düstere Reflexionen über X. hineingeschrieben. Wird ein romanhaftes Schicksal es fügen, daß er sie liest? Fast bin ich so weit, es zu wünschen; sie könnten vielleicht bei ihm irgendeinen Protest, eine heilsame Reaktion hervorrufen.

Da ich aber keinesfalls dabei behilflich sein will, schrieb ich sofort an Em. und bat sie, das Heft, wenn möglich, an sich zu bringen und mir zu J.-É. Blanche nachzuschicken.

Ich schreibe diese Zeilen im Zug, der mich nach Offranville bringt, von wo ich mich morgen nach London einzuschiffen gedenke.

26.

Kaum war ich bei den Blanches angekommen, als ein Brand im benachbarten Hofgebäude ausbrach; es war nur eine große alte Scheune, zum Glück leer; sie brannte von oben bis unten, Strohdach, Sparren und Gebälk. Ein großer Holzstapel verband dieses Gebäude mit einem anderen, das dem Auto als Garage und dem Chauffeur als Wohnung dient. Man fing an, in großer Eile alles auszuräumen; denn der Wind schlug nach dieser Seite die Flammen nieder, und der Holzstapel war eine so leichte Beute, daß man nicht wußte, ob man ihn rasch genug würde wegschaffen können. Zum Glück drehte sich der Wind und half so der unzulänglichen Löscharbeit der Pumpen.

Seit dem Ultimatum Österreichs an Serbien, das die Zeitungen gestern morgen brachten, sind die Gemüter so erregt, daß viele, als sie die Feuerglocke hörten, glaubten, es sei der Ruf zu den Waffen.

Heute morgen setzt die Ablehnung des Aufschubs, den Rußland verlangte, der Unruhe die Krone auf; man spricht von nichts anderem mehr, und J.-É. Blanche überläßt sich den schwärzesten Vorahnungen. Im Salon, in dem heute abend Madame Blanche und ihre beiden Schwestern anwesend sind, lesen wir einander den Leitartikel des *Écho de Paris,* dann den des *Homme Libre* von Clemenceau vor. Um abzulenken, habe ich mich ans Klavier gesetzt, habe einige Stücke oder Bruchstücke von Albéniz gespielt, nach Noten – dann auswendig das erste Stück der *Sonate in h-Moll* von Chopin, die erste *Ballade*, das *Scherzo in h-Moll*, das erste *Prélude* und das in *Es-Dur*. Alles fürchterlich schlecht, mit Ausnahme des ersten Prélude.

Es war mir, als hätte ich die Hände einer anderen Person an den Armen; ich habe mich gezwungen, trotzdem zu spielen; es wundert mich, daß ich die *Ballade* zu Ende spielen konnte. Ich wünschte, J.-É. Blanche hätte sie an bestimmten Tagen in Cuverville hören können, wenn ich sie spiele, *wie es sich gehört*. Nichts könnte von dem verschiedener sein, was ich heute abend hören ließ. Ich schwitzte deswegen.

Die Damen waren trotzdem liebenswürdig genug, «Entzücken» zu mimen.

27. Juli.

Heute morgen eine gewisse Entspannung. Man ist gleichzeitig erleichtert und doch gewissermaßen enttäuscht, daß Serbien die Segel streicht. Auch der Wind hat sich gelegt; ein dichter, feiner Regen ist dem Unwetter gefolgt; ich möchte abreisen, aber J.-É. Blanche schlägt mir vor, heute nachmittag Walter Sickert zu besuchen und J. T. R., von dem er mir gestern ein ziemlich merkwürdiges Bild entworfen hat. Wir haben gestern lange Stunden damit verbracht, sein Manuskript zu lesen und auszubessern. Von dem ich heute früh drei Seiten vollständig neu geschrieben habe, ohne übrigens viel anderes zu tun, als die Anordnung der Wörter und Sätze zu ändern, die aufs Geratewohl verteilt waren. Die außergewöhnlichen Schwächen seines Stils klären mich über die seiner Malerei auf; nie erfaßt er seinen Gegenstand; *Ungeduld* ist seine Haupteigenschaft; er gibt sich leicht zufrieden. Sobald er auf einer Seite beim Abschreiben vier Verbesserungen angebracht hat, meint er, er habe sie eingehend «bearbeitet», und da er noch leichter malt als schreibt, wundert er sich, daß er nicht rascher vorwärtskommt. Er fragt mich: «Als Sie *La Porte étroite* schrieben – haben Sie da viel korrigiert?»

Drei adelige und reiche Damen sind heute nachmittag gekommen; die eine (Comtesse de C.?) hat mir gefallen; viel gereist und ziem-

lich freies Auftreten... aber die andere hat vor allem mit mir geredet, hat mich über *La Porte étroite* ausgefragt, die sie «vor nunmehr fast zehn Jahren gelesen» und die in ihrem Leben «einen Wendepunkt bedeutet» hat. Sie zieht mich in eine Ecke, und bei jedem Kompliment, das sie mir macht, habe ich Lust, ihr die Zunge herauszustrecken oder «Scheiße!» zu rufen. «Sie haben es so gut verstanden, die Einsamkeit der Seele zu schildern. Das ist etwas ganz anderes als *Mensonges* oder *La Dame devant le miroir;* es tritt da ein menschliches Gesetz in Erscheinung, das bisher noch nicht aufgezeigt worden ist. Die Mauer, Monsieur! Die furchtbare Mauer! Wir selbst richten sie auf...»
ICH: «Und ohne Luken! Madame, ohne Luken!»
SIE: «Unmöglich, sich einander mitzuteilen. Spürt man sie bei andern, möchte man sie niederreißen.»
ICH: «Die andern würden Ihnen das aber sehr übelnehmen», usw.
Und so geht das weiter... Es war Zeit, *Les Caves* zu schreiben.

28. Juli.

Das Auto hat mich nach Dieppe gefahren, wo ich mich gegen Mittag einschiffen wollte. Schon hatte ich Valery Larbaud ein Telegramm geschickt, das meine Ankunft in Newhaven meldete, da ich dachte, er könne mich von Hastings aus abholen. Eine halbe Stunde später schickte ich ihm ein zweites Telegramm, daß ich meine Abreise verschiebe. Inzwischen waren wir nämlich bei den Zeitungsredaktionen vorbeigekommen, wo die Depeschen ausgehängt werden (Madame Blanche und ihre Schwester waren mit mir nach Dieppe gekommen), und hatten Xavier Léon getroffen, der uns vollends alarmierte. Unmöglich, abzureisen und diese furchtbare Unruhe mitzuschleppen. Zweifellos werde ich morgen nach Cuverville zurückfahren. Mein Gepäck lag schon an der Schiffslandestelle; man lädt es wieder ins Auto, das uns wegbringt. Madame Blanche hat beim Crédit Lyonnais in Dieppe etwas Geld geholt. Xavier Léon beabsichtigt, morgen nach Paris zurückzufahren. Die Hotelomnibusse sind beladen mit dem Gepäck von Leuten, die abreisen. Man ist auf das Schlimmste gefaßt.

29.

Gestern haben wir vom Aufstehen bis zum Schlafengehen von nichts anderem gesprochen. Man kann seine Gedanken «davon» nicht ablenken. Außer den Zeitungen halten uns Madame Mühlfelds Telefonanrufe von morgens bis abends auf dem laufenden. «Die Lage könnte nicht ernster sein», sagte sie gegen acht Uhr (den Blanches zuliebe hatte die Telefonistin die Verbindung aufrechterhalten). Obgleich sie keinen Namen nennen wollte, erhielt sie ihre Informationen offenbar direkt von Philippe Berthelot, dessen Rolle im Außenministerium bei Abwesenheit der Regierenden sehr wichtig ist. Übrigens kehren Poincaré und Viviani heute zurück. Mit lebhafter Befriedigung lese ich den offenen Brief von Barrès, der zum Zusammenschluß aufruft. Es liegt trotz allem ein gewisser Trost darin zu bemerken, wie angesichts dieser furchtbaren Bedrohung Privatinteressen, Hader, Streitigkeiten verlöschen; in Frankreich wird der Wetteifer rasch zu einer Art Raserei, die jeden Bürger zu heroischer Selbstverleugnung treibt.

Ich habe ein wenig darunter gelitten, daß ich gestern nur mit Juden sprechen konnte[245]; mit den Xavier Léons, Madame Langweil, Stern. Sie glauben sich an Chauvinismus überbieten zu müssen, was mir nicht immer ganz echt erscheint. «War Bernstein nicht wunderbar!» rief Madame Léon; «wir haben seine Rede dreimal hintereinander laut vorgelesen.» Madame Langweil verkündet ihrerseits, daß ihr Schwiegersohn, «sobald das Gewitter ausbricht, sofort von Florenz nach Paris kommen wird, um sich ausheben zu lassen» – was uns einigermaßen schwierig erscheint, da er italienischer Untertan ist... Im übrigen war ich froh über die Unterhaltung, die ich mit Xavier Léon führen konnte, dessen Bekanntschaft ich am Tag vorher gemacht hatte und der mir sehr gefiel. Ganz überrascht zu erfahren, daß er nur ein Jahr älter ist als ich; er sieht schon aus wie ein Greis. Er hat mir von seinem Plan erzählt, im Kriegsfall, um die Hilfsbereitschaft der Dienstuntauglichen zu nutzen, einen Nachrichtendienst für Familien von Verwundeten zu organisieren, der diese über deren Umstände auf dem laufenden halten soll. Ich habe ihm meine Adresse gegeben und ihn gebeten, mich beim ersten Alarm zu benachrichtigen.

Und den ganzen Morgen habe ich mir vorgestellt, ich müsse Juliette den Tod ihres Sohnes mitteilen. In welches Grauen werden wir versinken!
Im übrigen elektrisiert mich das Herannahen des Tragischen, welcher Art auch immer. Der arme Blanche dagegen gesteht mir, daß solche Nachrichten ihn vernichten und daß er im Laufe des Vormittags an die fünfmal ans «Ende des Gangs» hat gehen müssen. Er hat das, was man «Heidenangst» nennt. Er behauptet, um dem nicht ausgesetzt zu sein, dürfe man nicht klarsehen; und übertreibt dann unermüdlich das namenlose Unglück, das er vor sich aufsteigen sieht.
Er sieht übrigens schon seit mehr als zwei Jahren das Gewitter heraufziehen und näher kommen und verbietet sich, irgend etwas von dem, was ihm seine Porträts einbringen, fest anzulegen. Lazare Weiler hat zu ihm gesagt: «Monsieur Blanche, wollen Sie einen guten Rat? Kaufen Sie nicht. Behalten Sie Ihr Geld. Aktien, Gründeranteile, sogar Obligationen... in einiger Zeit wird das nur noch Papier sein; glauben Sie mir.» (Was bewirkt hat, daß er sowohl in Paris als auch in London und Brüssel über beträchtliche Summen Bargeld verfügt, die er teilweise zurückholen will.)
Sehr beunruhigt ihn die Frage, wo er im Kriegsfall wohnen soll. In Offranville fürchtet er, abgeschnitten zu werden, aber in Paris befürchtet er Aufstände; Lépine hat einmal zu ihm gesagt: «Wenn die Bürger wüßten, wie schlecht wir für den Fall eines Aufstandes gerüstet sind, sie täten nachts kein Auge mehr zu!» Usw.

30. Juli.

Was sind die Notizen wert, die ich mir während dieser letzten Tage gemacht habe? Ich weiß es nicht. Fange ich an durchzulesen, was ich geschrieben habe, bin ich verloren. Ich möchte dann verbessern und, gäbe es viel zu ändern, das Heft abbrechen. Machen wir weiter.
In Cuverville seit gestern. Mit demselben Zug angekommen wie Valentine und die beiden Kleinen. Gegen Abend meldet uns ein Telegramm von K., daß er im Mündlichen durchgefallen ist; was auch bedeutet, daß sein Schriftliches gerade eben genügend war.

T. versucht nicht, seinen Verdruß zu verbergen. (Aber von allen, die ein Kind um sich hat, sind die Eltern die blindesten.)
Angesichts der Schwierigkeit, die Sache jetzt noch einzurenken, was noch vor kurzem ein leichtes gewesen wäre, regt sich T. immer mehr auf. Er ist nun wohl auch gezwungen einzusehen, daß er nicht gut beraten war, als er K. in den wissenschaftlichen Unterricht steckte; aber davon wird nicht gesprochen.
Die lange Unterhaltung, die mir nach Tisch mit ihm gelingt, dreht sich um die für das kommende Jahr zu fassenden Entschlüsse. Ich weiß, daß er meine Idee, K. nächstes Jahr nach England zu schikken, nicht billigt, und ich gestehe ihm zu, daß ich auch mit jedem anderen Plan einverstanden bin, vorausgesetzt, daß er K. aus jenem trostlosen Milieu herausholt. Er glaubt, es genüge, K. in eine andere Schule zu schicken. Ich bin davon nicht überzeugt.
Die Zeitungen melden heute früh weiter nichts Sensationelles; Georges, der von Le Havre zurückkommt, berichtet von den endlosen Schlangen und dem Ordnungsdienst vor den Sparkassen, wo alle Geld abheben. Im Restaurant machen die Kellner, ehe sie einen Gast bedienen, darauf aufmerksam, daß Papiergeld nicht angenommen wird.

31. Juli.

Man macht sich bereit, in einen langen Tunnel voll Blut und Finsternis einzutreten…
Als Antwort auf einen Brief Copeaus telegraphiere ich ins Limon, daß wir seine Frau und seine Kinder in Cuverville erwarten. Georges hat Befehle über die Requirierung von Wagen und Pferden erhalten. In der Gemeinde sind nur drei Pferde gemeldet, von denen sich zwei seit der letzten Meldung verletzt haben; das dritte gehört X., dessen vier Söhne eingezogen wurden und der protestiert: «Und womit soll ich meine Arbeit machen, wo meine Söhne schon weg sind? Hören Sie, M'sieur Gille *(sic)*, sollen sie halt mein Pferd holen, aber dann muß man mir's auch bezahlen.» Dagegen erhält Georges nachmittags den Besuch von Y., der ihm rot und stotternd gesteht, daß er etwas zu beichten habe; sein Pferd hätte gemeldet werden müssen; aber beim letzten Aufruf hätte es «noch

nicht ganz das Alter gehabt». Georges gibt ihm die Vorschriften zu lesen und erwähnt dabei die Geldstrafe von zweihundertfünfzig bis tausend Francs, was den armen Mann vollends verstört. Man wird, denke ich, darauf Rücksicht nehmen, daß er zwei Söhne bei der Truppe hat; man wird bestimmt sein Pferd holen, aber ohne ihm eine Strafe aufzuerlegen.
Die Sparkassen weigern sich, mehr als fünfzig Francs auf einmal auszuzahlen, und die Banken führen Aufträge nur noch zum Teil aus.
Wir erwarten heute abend J. und K.
Es ist sehr gewittrig; ein grauer Schleier treibt zwischen Himmel und Erde. Vorgestern war es paradiesisch schön; einer jener Himmel, unter denen man sich nur Glück vorstellen kann.
Gute Gespräche mit T.; ihm gegenüber werde ich Furcht und Hemmung nicht los; es ist mir aber so vorgekommen, als ginge ich ihm ein bißchen weniger auf die Nerven.

T. ist in der Unterhaltung, die er heute abend mit K. hat, viel zu sehr darum besorgt, sich dessen Freundschaft zu erhalten; er spricht zu ihm nicht wie ein Vater, sondern wie ein Kamerad; und vielleicht spielt da auch ein wenig der Wunsch mit, sich zu beweisen, daß er noch jung ist, jünger, als er aussieht…
Ich habe gestern Em. ein wenig schroff geantwortet, da sie mich bei der Lektüre störte; ich war den ganzen Abend traurig darüber.
Ich habe seit einigen Tagen ein müdes Herz und besonders heute abend.

1. August.

J. ist gestern abend mit K. zurückgekommen, aufgedrehter, aufgeregter, unbedachter denn je. Ich mag sie gern so, und ihre Ungereimtheiten bringen in jede Mahlzeit sehr viel Leben und Lustigkeit. Jetzt, da jeder andere so viel Bargeld zusammenkratzt wie möglich, kauft sie ein kostspieliges «Service», für das im Augenblick kein Mensch Verwendung hat.
Wenn L. uns das Geld nicht schickt, um das ich ihn bitte, werde ich

Cuverville mit einer kläglich unzulänglichen Summe in unserer Schublade verlassen müssen. Dabei ist Cuverville das einzige Haus, wohin aus mehreren Meilen im Umkreis die Armen zum Essen kommen werden; mindestens acht Frauen und acht Kinder werden hier versammelt sein, und an Männern sind nur Mius und K. da, sobald T. und ich abgereist sind.

Ein Tag angstvollen Wartens. Warum wird nicht mobilisiert? Die Zeit, die man verliert, bedeutet ebensoviel Gewinn für Deutschland. Es ist gewiß aus Rücksicht auf die Sozialistische Partei, daß man sich angreifen läßt. Die heutige Morgenzeitung meldet den sinnlosen Mord an Jaurès.

Unter dem Vorwand, Aprikosen zu pflücken, habe ich mich mit Mius unterhalten. Ich habe von meiner Abreise gesprochen und wie beunruhigt ich sei, weil ich so viele Frauen und Kinder fast ohne Stütze zurücklassen müsse. Er hat mir daraufhin gesagt, er beabsichtige nicht, das Haus im September zu verlassen.

«Nein, nein, ich reise nicht einfach so ab, da kann Monsieur ruhig sein. Ich zahle eben die dreihundert Francs Reugeld, wenn's sein muß. Aber abreisen tu ich nicht.» Er sagt das in demselben eigensinnigen und mürrischen Ton, den er an sich hatte, wenn er sich weigerte, die Einkäufe auf dem Markt zu machen. Aber wir hatten beide Tränen in den Augen, als wir uns die Hand drückten.

Gegen drei Uhr fing die Feuerglocke zu läuten an. J. behauptete, um keine Gelegenheit zum Widerspruch zu versäumen, es sei die Friedhofsglocke, die schon den ganzen Morgen geläutet hätte. Ich bin in den Garten gelaufen, um Mius darauf aufmerksam zu machen; und als ich zurückkam – ich hatte nur Edmond vorgefunden –, habe ich Em. in der Blumenallee gesehen, mit verstörtem Gesicht, die uns zurief und dabei mühsam ein Schluchzen unterdrückte: «Es ist doch die Feuerglocke; Hérouard kommt eben von Criquetot; die Mobilmachung ist befohlen.»

Die Kinder waren mit den Rädern nach Étretat gefahren. Aus dem Bedürfnis, irgend etwas zu tun, bin ich nach Criquetot gegangen, um zwei Briefe hinzutragen und den eingeschriebenen Brief abzuholen, von dem ich wußte, daß er angekommen war. Die Feuer-

glocke war verstummt; nach dem ungeheuren Alarm, der über das ganze Land gerollt war, herrschte nur noch eine drückende Stille. Ein feiner Regen fiel dann und wann.
Auf den Feldern setzten ein paar Burschen, schon bereit zum Abmarsch, noch ihre Arbeit fort; auf der Straße habe ich Louis Freger, unseren Pächter, getroffen, der in drei Tagen einrückt, und seine Mutter, die ihre beiden Kinder fortziehen lassen muß. Ich konnte ihnen nur wortlos die Hand drücken.

In Criquetot stehen die Leute vor der Bekanntmachung, die eben angeschlagen worden ist. Man hört:
«Es heißt, daß sie uns diesmal dreißig Millionen abverlangen.»
«Jetzt beginnt die Zeit der Gerüchte», habe ich gerufen.
«Ich hab's aber im *Matin* gelesen», hat der Mann erwidert.
Ich gehe in die Post hinein, um mit der Schalterbeamtin zu sprechen, die sich von ihrem Vater verabschieden mußte. Der Brief, den sie mir übergibt, enthält nur einen Bruchteil der Summe, die ich erbeten hatte; L. (oder einer seiner Angestellten) hat einen Brief beigefügt, worin er sich entschuldigt, daß er nicht mehr schicken könne.

Bei der Rückkehr begegne ich niemandem. Der Mobilmachung zuvorkommend hat man heute um fünf Uhr schon die Bäcker-, Schuster-, Sattlergesellen usw. abfahren lassen. – Anstelle des Herzens fühle ich nur einen nassen Lappen in meiner Brust; die fixe Idee «Krieg» sitzt zwischen meinen Augen wie eine furchtbare Schranke, an der sich alle meine Gedanken stoßen.
Abends nach dem Essen, bei dem wir natürlich von nichts anderem haben sprechen können, kommt K., um mit T. und mir im Arbeitszimmer eine Zigarette zu rauchen. Ich sage ihm, sein Vater und ich müßten bald abreisen und ihn mit seiner Mutter, seiner Tante und den kleineren Kindern als einzigen Mann im Haus zurücklassen; und ich spreche mit ihm von seiner Rolle im Haus, etwa im Fall eines Angriffs – weniger des Feindes als des Pöbels, der aus der Stadt kommt, um auf dem Land zu plündern…
Der Knabe, bei dem wir bisher eine gewisse Gleichgültigkeit

gegenüber den Ereignissen befürchten mußten, hört mir ernsthaft zu. Sein hübsches Gesicht ist im Schatten; in der linken Hand verborgen hält er sein zusammengeknülltes Taschentuch, das er von Zeit zu Zeit an die Wangen führt.

2. August.

Ich schreibe im Zug, der mich nach Paris bringt; der letzte, heißt es, der Zivilreisende mitnimmt. Ich hatte schreckliche Angst bei dem Gedanken, in Cuverville abgeschnitten zu werden... T. fährt mit mir.

In Paris werden wir sehen, wie wir durchkommen, und etwas suchen, wo wir uns betätigen können. Ehe ich Em. heute morgen verließ, bin ich neben sie hingekniet (was ich nicht mehr getan hatte, seit...) und habe sie gebeten, das Vaterunser zu sprechen. Ich habe das ihr zuliebe getan, und mein Hochmut hat sich ohne Mühe der Liebe gebeugt; übrigens habe ich von ganzem Herzen mitgebetet.

K. war sicher erschüttert, als er uns abreisen sah. Mius hat uns begleitet; er wollte sich in Yvetot nach seiner Tochter erkundigen. Ich hatte seine Fahrkarte bei mir, die ich mir dummerweise bei der Kontrolle habe abnehmen lassen; sie nehmen Reisende dritter Klasse nur für Fernziele an.

Menschenmenge auf dem Bahnsteig bei der Abfahrt, ernst und erregt zugleich. Ein Arbeiter geht vorbei und ruft: «Auf nach Berlin! Dort gibt's was zu lachen!» Man schmunzelt, aber niemand klatscht.

In Paris mit kaum einer Stunde Verspätung angekommen. Unser Zug war überfüllt. Wir haben alle Leute vorgehen lassen und damit Zeit verloren, so daß es nachher unmöglich war, ein Taxi oder auch nur eine Droschke zu finden. Mit der Vorortbahn sind wir bis Passy gekommen; ein Auto hat uns von dort zur Rue Decamps gebracht. Ich habe meinen Handkoffer bei Onkel Charles gelassen und bin fast gleich wieder weggegangen. Der Onkel ist mir stark gealtert erschienen; sein Anzug war ausgefranst; der Gummizug an seinen Schuhen ausgeleiert; Marmeladow fällt einem dabei ein. Wie mag ich ihn so!

Vom Onkel aus bin ich in die Rue du Dragon gerannt. Der unglückliche Copeau wird sich zu spät darum gekümmert haben, und nun ist er völlig durcheinander wegen seiner Mutter, seiner Schwiegermutter, seiner Frau und seinen Kindern, für die er verantwortlich ist. Die Angst, ihn nicht finden zu können, um ihm zu helfen! Er hat bei der Concierge keinerlei Angaben hinterlassen... Ich laufe zur Redaktion der Revue; zum Glück finde ich dort noch Tronche, der erst morgen einrücken muß. Er ist mit Madame Suarès zusammen und einem jungen Mann, den ich schon einmal irgendwo getroffen haben muß. Alle reisen ab oder sind schon abgereist... Die Luft ist voll scheußlicher Angst. Paris hat etwas Unwirkliches, die Straßen sind frei von Fahrzeugen, voll von seltsamem Volk, das zugleich aufs höchste gespannt und ruhig ist; Leute mit Koffern warten an der Straße; vor den Kneipen grölen ein paar Schreihälse die *Marseillaise.* Manchmal fährt ein mit Gepäckstücken beladenes Auto rasch vorbei.
Agnès Copeau, die drei Kinder, die Schwiegermutter und die Erzieherin müssen nach Cuverville abgefahren sein. Ich habe Angst um sie.

3. August.

Ich mußte gestern abend zu Fuß in die Rue Decamps zurück; bei Arthur Fontaine vorbeigegangen, der aber nicht da war. Die Metro fährt noch, teilt aber ihren Fahrgästen mit, daß sie für keinen Anschluß garantieren kann, so daß ich in der Gare Montparnasse aussteige. Der Anblick von Paris ist so seltsam, daß ich mich nicht mehr auskenne und mich hinter der École Militaire verlaufe. Erschöpft komme ich nach Hause zurück. Ich kann die ganze Nacht kein Auge zutun; ich *fühle,* wie alles wacht; alle zehn Minuten rast ein Auto durch die Rue Decamps und hupt an der Ecke.
Heute morgen Gérard gesehen, der morgen nach Évreux, dann nach Châlons fährt. Pierre Espinas will versuchen, mit einem Auto bis nach Les Sources zu kommen, das er dann meiner Tante zur Verfügung stellen will. Sie nehmen mich beide bis zur Rue du Dragon mit, wo ich Copeau noch im Bett vorfinde. Er hat gestern seine ganze Familie zur Gare Saint-Lazare gebracht. Ich möchte gerne

wissen, ob sie noch bis Cuverville gekommen sind. Warum hat er erst so spät daran gedacht? Wieder einer, der meint, daß «die Sache sich schon einrenken wird!»...
Copeau und ich gehen zur Redaktion der Revue. Unterwegs treffen wir Jouvet, den wir mitnehmen. Unterhaltung mit Tronche; wir machen aus, ihn um fünf Uhr in der Rue Madame zu treffen, wo wir den restlichen Kasseninhalt nach den jeweiligen Bedürfnissen teilen wollen.
Dann machen Copeau und ich uns auf die Suche nach Arthur Fontaine, der in der Avenue de Saxe unauffindbar ist, ebenso im Arbeitsministerium, unauffindbar auch in der Rue de Varenne. Wir verlaufen uns und machen Umwege. Endlich verlasse ich Copeau, um zu versuchen, Jean Schlumberger beim Roten Kreuz aufzufinden, wo er, wie es heißt, die Leitung einer Abteilung übernommen hat. Die oberste Leitung ist in der Rue François Ier 21. Ein gewaltiger Betrieb; Damen aus allen Schichten der Gesellschaft, vor allem aber der obersten, tragen sich in Listen ein, um ihre Dienste anzubieten. Schlumberger finde ich nicht, werde aber von Sert und Madame Edwards festgehalten, die hier, wie überall, sofort eine führende Rolle übernimmt. Eigenmächtig ist sie, mit einem Rote-Kreuz-Abzeichen versehen, in ihrem Auto von Hotel zu Hotel gefahren und hat eine große Menge Bettücher und Servietten requiriert, die sie zum Roten Kreuz bringt. Sie bringt noch mehr: Ein ganzes Hotel, das *Hôtel du Rhin,* bietet, wohl mehr aus Angst, wegen seines Namens geplündert zu werden, als aus Edelmut, seine sämtlichen Zimmer, Wäsche, Betten usw. ... dem Roten Kreuz zur beliebigen Verwendung an. Es heißt, eines der großen Hotels (das *Ritz,* glaube ich) werde dasselbe tun. Es handelt sich nur noch darum, daß das Kriegsministerium das Angebot akzeptiert.
Wenn Arthur Fontaine keine annehmbare Aufgabe für mich hat, werde ich mich beim Roten Kreuz melden, wo sich Ghéon schon als Arzt angeboten hat.
Einstweilen lasse ich mich von Madame Edwards zu der Verteilungsstelle führen, wo wir, Sert und ich, vier schwere Ballen mit Leintüchern abladen. Dann zum Außenministerium, wo wir zuerst

mit Philippe Berthelot, dann mit ich weiß nicht mehr wem sprechen, der besonders mit solchen Angelegenheiten zu tun hat. Zweifellos wird heute abend die Rote-Kreuz-Fahne auf dem *Hôtel du Rhin* wehen.
Ich esse bei Madame Edwards weiche Eier und eine Scheibe *Corned beef.* Gehe dann einen Augenblick bei Copeau schlafen, um nicht allzu rasch schlappzumachen.
Auf dem Rückweg in die Rue du Dragon wohne ich der Plünderung eines Maggi-Milchgeschäfts bei. Ich komme ein bißchen zu spät; der Laden ist schon leer; zwei große Kerle zerschmettern mit einer Art Holzrechen unter halber Duldung der Polizisten vollends die Schaufenster. Einer ist auf ein Auslagegestell geklettert; er hält eine große Kaffeekanne aus braunem Steingut hoch, zeigt sie der Menge und schleudert sie auf die Straße, wo sie mit einem Knall zerspringt. Man klatscht ihm Beifall.
Heute früh haben Lausbuben die Abwesenheit der Polizei ausgenützt, um eine automatische Waage zu demolieren und sich des Inhalts an Geldstücken zu bemächtigen.
Man ist so gut wie ohne Nachrichten. Immerhin eine, die ungeheuerlich, erstaunlich, unglaublich scheint: Herr von Schoen[246] ist immer noch in Paris!

4. August.

Herr von Schoen ist abgereist. Gestern hat er diesen Entschluß mitgeteilt.
«Es ist gut, Monsieur», hat Viviani zu ihm gesagt (Marcel, der das gestern erzählte, hat es von Dumas, dem Professor, der es seinerseits von höchster Stelle wußte). «Es ist gut, Monsieur. Man wird Ihnen einen Sonderwagen zur Verfügung stellen.»
«Ja, nämlich… ich muß Ihnen sagen…», hat von Schoen geantwortet, «wir sind nämlich neunzig.»
Copeau trifft Werth unterwegs…
«Ich komme eben zufällig an. Aber was höre ich! Das ist ja Barbarei! Das ist mittelalterlich. Was nützt nun alles, was wir getan haben!»

Péguy sagte zu Paul Laurens: «Es gibt merkwürdige Leute. Sie wundern sich, die Menschen und Dinge nicht mehr am gewohnten Platz zu finden. Sie bilden sich ein, sie könnten den Kriegszustand einfach auf den Friedenszustand aufsetzen; und dann wundern sie sich, daß das nicht zusammenpaßt, daß das nicht in die kleinen Löcher hineingeht.»
Gérard trifft, während ich dies schreibe (in der Rue Decamps, wo ich übernachtet habe), seine letzten Vorbereitungen; er fährt in einer Stunde ab (es ist sieben Uhr früh). Gestern haben wir Tronche in Schwung und in kriegerischer Stimmung abfahren sehen. Wie herzhaft haben wir ihn umarmt! – Zuerst bei der Revue, wo Copeau, Ghéon, Madame Lemarié, Madame Gallimard und ich versammelt waren. André Salmon ist auch gekommen, der sich bei irgendeinem Korps melden wird; ausgezeichnet, aber wie zerbrechlich er wirkt! Und Tronches Freund, der ihn schon gestern begleitete. Wir haben Laurens besucht. Copeau, Ghéon und ich; dann Tronche vor der Gare Montparnasse wiedergetroffen, wo wir uns verabschiedet haben.
Dann im Café de Flore zu Abend gegessen, wo Suzanne Bing, Marcel und Jean Schlumberger zu uns gestoßen sind.
Nach dem Essen geht Ghéon zu Copeau nach Hause, und da Marcel sein Rad bei sich hat, gehe ich allein im Regen zu Fuß heim und denke in Muße nochmals alle Ereignisse des Tages durch.
Das Volk ist bewundernswert in seiner Begeisterung, seiner Ruhe und Entschlossenheit. Wenn England mitmacht, sind die Chancen klar auf unserer Seite – aber wird England mitmachen? Das Parlament bereitet eine Abstimmung über Kriegskredite von mehr als einer Milliarde vor.

5. August.
Gestern Überfall auf Belgien. Schoen ist abgereist.

Den Morgen in Auteuil verbracht. Pierre de Lanux[247] getroffen, als ich von meinem Onkel wegging. Er teilt mir seine Verlobung mit. Er begleitet mich zur Rue du Ranelagh, wo ich mich zum Mittagessen anmelde. Bei den Allégrets, wo sie zu vierzehnt sind, fehlt es

an Lebensmitteln; ich gehe mit André Allégret zur Villa, wo wir die Tür des Vorratsschranks aufsprengen und alles, was wir an Makkaroni, Reis, Nudeln, Zucker, Suppennudeln usw. tragen können, in ein Tuch und in ein Netz packen. Nebst einer Flasche Punsch, die ich André Ruyters bringen werde. Alles andere bringen wir zu den Allégrets.
Wie durch ein Wunder war die arme alte Catherine da; sie ist gerührt, mich zu sehen, und erzählt, daß ihr ältester Sohn an die belgische Grenze eingezogen worden ist. Ich gebe ihr Zucker und Teigwaren, vergesse aber im letzten Augenblick, ihr Geld dazulassen. Ich muß heute noch einmal hingehen, um das in Ordnung zu bringen. – Mittagessen mit Marcel und Ghéon bei Ruyters.
Wir gehen wieder beim Onkel vorbei, um meinen Koffer zu holen; Ghéon und ich mit einem Unbekannten, der uns in ein Auto mit einsteigen läßt, das er angehalten hat. Wir stellen meinen Koffer bei der Verteilungsstelle des Roten Kreuzes ab, wo wir Madame Edwards wiederfinden. Ich lasse Ghéon laufen und bringe meinen Koffer bei Jean Schlumberger unter.
Abendessen mit Copeau im *Café de Flore.* – Er ist von seinem Tag sehr unbefriedigt. Schon um neun Uhr früh war er in den Invalides und hat erst am späten Vormittag Anweisungen erhalten können. Und was für Anweisungen! Man hat ihm zwei Francs fünfzig Tagegeld ausbezahlt und ihn zum Mittagessen weggeschickt. Am Nachmittag ist er in einen Saal gesteckt worden, zusammen mit ein paar gescheiterten Existenzen, und bekam nichts zu tun…
Aber das kann alles noch kommen. Alle Kräfte sind gegenwärtig nach Osten gerichtet, und darunter leidet die Versorgung von Paris eben ein wenig. Die Waren liegen wohl auf den Bahnhöfen, man weiß aber nicht, wie man sie zu den Markthallen befördern soll, denn alle Lastwagen sind requiriert worden.
Die Einigkeit, die Ordnung, die Ruhe und Entschlossenheit aller Menschen ist bewundernswert.

Nach dem Essen Besuch bei Blum.
Ich schäme mich, hier trocken den Inhalt dieser so lebendig erfüllten Stunden aufzuschreiben, aber eine schlechte Nacht hat mir

den Kopf schwer gemacht; diese Notizen werden mich später interessieren und mir als Anhaltspunkte dienen.
Den Vormittag damit verbracht, die Putzfrau in der Rue du Cherche-Midi zu suchen; dann eine Viertelstunde beim *Mercure* verbracht, wo man nach Möglichkeit Stimmung macht; aber wie alt, welk, skeptisch und kraftlos mutet einen das alles an, wenn man von der *N.R.F.* kommt!

5. August.
Deutschland erklärt Belgien den Krieg. England Deutschland.

6. August.
Der Gedanke einer möglichen Niederlage Deutschlands wagt sich allmählich weiter hervor; man wehrt ihn ab; man kann sich aber nicht davon überzeugen, daß es nicht möglich wäre. Die bewundernswerte Haltung der Regierung, jedes einzelnen und ganz Frankreichs ebenso wie die aller benachbarten Völker erlaubt jede Hoffnung.
Man sieht den Beginn einer neuen Ära vor sich: die Vereinigten Staaten von Europa, durch einen Vertrag verbunden, der ihre Rüstung beschränkt; Deutschland verkleinert oder aufgelöst; Triest den Italienern zurückgegeben; Schleswig an Dänemark; und vor allem das Elsaß an Frankreich. Jedermann spricht von einer solchen Revision der Landkarte wie von der Fortsetzung eines Feuilletons.

7. August.
Gestern morgen bei den Théos gewesen; in einem Lokal in der Nähe der Rue François Ier gegessen, wo ich den ganzen Nachmittag damit verbracht habe, eine Liste von Sanitätern aufzustellen.
Bei Arthur Fontaine zu Abend gegessen, mit Copeau.
Heute morgen beim Roten Kreuz. Ich habe Halsweh, Kopfweh.
Im Laugier gewesen, wo ich auszuruhen hoffte. Niemand da. Bei strömendem Regen wieder weggegangen.
Nach Hause, um ein Grippemittel zu nehmen, vollständig erledigt und reif zum Weggekehrtwerden. Besser nichts schreiben.
Keinerlei Nachricht von Cuverville.

Ich habe mir Tee gemacht und eine Stunde gedöst. Vollständig erholt gehe ich dann langsam durch den Luxembourg zur Kreuzung zurück, wo ich Copeau zu finden hoffe.
Mehrere Tore des Gartens sind geschlossen. Kinder spielen. Eine Gruppe kleiner Mädchen verfolgt schreiend ein armes Wesen mit einem ganz zerknitterten Gesicht, als wäre es in kochendes Wasser oder Vitriol gefallen. Es trägt kurze Hosen; von hinten könnte man es für einen zwölfjährigen Schüler halten; von vorn ist es vierzig Jahre alt. Die Kleinen fassen es an, lachen und schreien: «Wie alt bist du?» Es lächelt, ohne zu antworten.
Ob meiner entrüsteten Strafpredigt zerstreut sich die Schar.

Gestern, als ich zu Fontaine ging, habe ich gesehen, wie zwei Knirpse verprügelt wurden, von denen der ältere noch keine zwölf Jahre alt war. «Haltet sie! Haltet sie!» schrie ein Arbeiter. Ein Passant schlug den älteren mit einer gewaltigen Ohrfeige zu Boden. Der kleinere lief erschrocken weiter; er rannte, so schnell er konnte... Sie brachten ihn zum andern zurück, dessen Backe rot und schon geschwollen war.
Er beteuerte verzweifelt und feige:
«Ich habe nichts getan. Der andere war's!»
«Seit einer Viertelstunde beobachte ich sie nun», fängt der Arbeiter wieder an.
«Was haben sie denn getan?»
«Die Scheibe von einem Feuermelder haben sie eingeschlagen und versucht, ‹die Spritze› zu stehlen.»
Um sie her eine geschlossene Menschenansammlung. Die beiden Kleinen sehen gar nicht wie Strolche aus; zweifellos Kinder von Ladenbesitzern; sie sind schwächlich. Ich sehe, wie der Kleinere zittert. In der Menge ist keiner, der sich nicht *gegen sie* stellte. Im übrigen bin auch ich der Meinung, daß man sie zur Polizei bringen und ihnen ein wenig Angst einjagen sollte.

Copeau kommt auf mich zu, als ich den Boulevard Saint-Germain überquere. Er hält mir einen ausführlichen Brief seiner Frau hin, den er eben erhalten hat. Endlich!

Ich begleite ihn bis zur Oper. Mit gedämpfter Stimme teilt er mir mit, was er aus ziemlich sicherer Quelle hat:
«Die Franzosen seien in Mülhausen eingerückt...»
Und Lüttich leistet immer noch Widerstand.

Boulevardbummel nach dem Abendessen. Begegnung mit Valery Larbaud. Auf jeder Verkehrsinsel ein Grüppchen Polypen, welche die leeren Trottoirs bewachen.

8. August.
Ghéon reist morgen nach Nouvion-en-Thiérache ab.

Den Tag wie den vorigen beim Roten Kreuz damit verbracht, Leute einzuschreiben, die sich melden, und Zettel zu ordnen.
Mittagessen bei den Théos mit Marcel Drouin und den Schlumbergers.

9. August.
Schlacht von Altkirch.
Die Franzosen in Mülhausen.
Hartnäckiger Widerstand von Lüttich.
Die Deutschen ziehen sich zurück.

Montag, 10. August.
Heute morgen endlich ein langer, ausgezeichneter und tröstlicher Brief von Em. In Cuverville scheint alles sehr gut zu gehen.
Édouard ist am (vorletzten) Sonntag dort erschienen, ehe er einrückte.
«Seit vierundvierzig Jahren zeigen wir ihnen nun den Hintern. Jetzt werden wir ihnen das Gesicht zeigen; und sie werden sich's merken!»
Um acht Uhr abends mit Valery Larbaud gegessen; den Rest des Abends bei Suarès, wo wir wieder mit Copeau und Pierre de Lanux zusammenkommen.
Als Larbaud und ich die Rue de Rennes hinaufgingen, wurden wir im Dunkeln von einer großen Frau angesprochen, die mit einem alten bräunlichen Reisemantel bekleidet war und ein in Zeitungs-

papier eingewickeltes Paket unterm Arm trug. Ihr Gesicht war mit einem Schleier verhüllt. Ihre Stimme zitterte wie ihre ganze Gestalt. Sie sagte zu uns: «Sprechen Sie Deutsch?», und als ich antwortete: «Ein wenig», erzählte sie uns, tränenlos, aber mit verzweifelter Stimme, daß sie seit zwei Tagen nichts gegessen hatte; daß man sie nicht mehr in ihr Hotel hineinlassen wolle, wo sie ihr Zimmer nicht hatte bezahlen können, und daß sie seit heute morgen, halbtot vor Müdigkeit, in den Straßen herumirre.
Zunächst rieten wir ihr, einfach zur Polizei zu gehen.
«Dort war ich schon heute früh», antwortete sie auf deutsch, «ohne Erfolg.»
«Kommen Sie nochmals mit uns dorthin.»
Sie wehrte sich, sie sei zu müde; wir merkten, daß sie am liebsten ein wenig Geld hätte, um diese Nacht noch einmal in ihrem Zimmer schlafen zu können. Sie wohnte in der Rue du Dragon, fast gegenüber der Wohnung Copeaus. Wir begleiteten sie hin und gingen mit hinein, um mit dem Hotelbesitzer zu verhandeln. Sie war nur fünf Francs schuldig, die wir beglichen; und da sie wochenweise bezahlte, hätte sie noch bis Montag dableiben können; wir rieten ihr aber, sich gleich am nächsten Tag polizeilich zu melden. Sie war eine Schneiderin, die seit drei Monaten in dem Hotel wohnte und einen völlig ehrlichen Eindruck machte...

Bei Suarès machen wir uns über den deutschen Bluff lustig: Als sie durch eines der Forts von Lüttich aufgehalten werden und nicht anders ans Ziel kommen können, haben sie einen Brief an den Festungskommandanten geschrieben, etwa des Inhalts: «Wenn Sie sich nicht ergeben, so werden wir uns zu unserem großen Bedauern gezwungen sehen, einen unserer Zeppeline auf Sie loszulassen, der Sprengstoff auf Sie abwerfen wird.» Man muß das im Ton des Père Ubu vorbringen.

Gestern abend kam ich nach meinem Rote-Kreuz-Dienst nach Auteuil zurück; ich wollte kurz bei Onkel Charles Gide vorbeischauen. Ein Auto vor der Tür: Es war Jeanne Espinas, die eben mit ihren drei Kleinen und dem Kindermädchen angekommen war. Sie war um sechs Uhr morgens in Boulogne abgefahren und ohne Zwischenfall gereist; nur eine Brücke hatten sie zu Fuß überqueren müssen.

Ich hatte mit Ghéon und Copeau zu Mittag gegessen; kurz darauf fuhr Ghéon nach Nouvion ab. Dullin kam einen Augenblick ins *Café de Flore,* wo wir saßen. Er kommt aus Spanien, wo, erzählt er uns, die tollsten Nachrichten im Umlauf sind, die von Berliner Nachrichtenbüros verbreitet werden: «Poincaré ermordet. Kommune in Paris. Frankreich von der deutschen Armee überfallen.» Erst an der Grenze konnte er sich ein Bild von der Lage machen.

Jeanne Espinas war während der ganzen Fahrt mit dem Auto verblüfft von dem «festlichen» Eindruck, den das Land machte.
Besuch bei den Allégrets – und bei Gilbert, dem Apotheker (ich machte mir Sorgen, ob er genug Geld hätte).
Abendessen bei den Ruyters' mit den Schlumbergers. André Ruyters, in wilder Stimmung, erklärt sich entschlossen, alles zu töten, was ihm an Deutschem begegnen werde, und zwar Frauen und Kinder ebenso wie Soldaten. Vor dem Essen gestand er mir, meine Reden am Tag zuvor hätten ihn sehr schockiert, denn er läßt nicht zu, daß man von etwas anderem reden könne als vom Krieg. Ich fühlte mich sehr unbehaglich, und sofort habe ich aufgehört, ihm gegenüber natürlich zu sein. Ich fühlte, wie er alle meine Worte wog, so daß ich nichts Vernünftiges mehr sagen konnte.
Man teilt uns heute abend beim Roten Kreuz (wo ich den ganzen Tag gearbeitet habe) mit, man habe beschlossen, keine Männer als Krankenpfleger oder Sanitäter zu beschäftigen – so daß alles, was seit acht Tagen unternommen wurde, umsonst gewesen ist.

11. August.

Die Zeitungen melden in verschlüsselter Sprache den Rückzug der Truppen aus Mülhausen. Vorgestern sah es so aus, als sei Mülhausen zurückerobert; es war nur ein gewagter Vorstoß, der zweifellos manche Familie der Stadt das Leben kosten wird.

Heute abend wird der Rückzug in den Zeitungen erklärt; er scheint nicht weiter besorgniserregend. Es wird aber für die allernächste Zeit eine Schlacht in Aussicht gestellt, die furchtbar zu werden droht.
Den ganzen Tag beim Roten Kreuz, ausgenommen die bei Ruyters verbrachte Stunde, der mittags nach Évreux abreist.
Bei den Théos zu Mittag gegessen.
Zu müde heute abend, um irgend etwas Interessantes aufzuschreiben. Man lebt in der Erwartung.

12., 13., 14.

Nichts gesehen, nichts getan, nichts gehört. Man kauft täglich acht Zeitungen. Zuerst *Le Matin* und *L'Écho* – dann *Le Figaro* für Ghéon, der telegraphiert hat, man möge ihm nach Nouvion einen schicken; dann die *Daily Mail;* dann *Paris-Midi;* dann *L'Information,* die Abendausgabe des *Matin, La Liberté* und *Le Temps* – und obwohl eine Zeitung die andere mit denselben Ausdrücken wiederholt, liest man auch die kleinste Nachricht immer wieder durch in der Hoffnung, etwas mehr zu erfahren.
Den Abend vorgestern mit Élie Allégret verbracht, nachdem ich mit Marcel gegessen hatte. Der gute Élie, dem ich gesagt habe, ich wolle mich nützlich machen, hat einen Posten für mich gefunden: Ich soll vom Bürgermeisteramt des Sechzehnten Arrondissements beauftragt werden, alle Knaben zwischen zwölf und achtzehn Jahren einzuschreiben, die sich bei mir melden, und Beschäftigungen für sie ausdenken! ... Ich habe ihm gesagt, daß ich nicht glaube, dafür der richtige Mann zu sein.
Inzwischen mache ich meinen Dienst beim Roten Kreuz weiter – es gibt aber so wenig zu tun, daß ich seit gestern nur noch am Morgen hingehe.
Jean Schlumberger und ich haben die Rue d'Assas mit der Rue Laugier vertauscht, wo die Théos uns mit ausgesuchter Herzlichkeit beherbergen. Ich bin dort so erschöpft angekommen, als hätte ich den Feldzug mitgemacht; deshalb habe ich seit einigen Tagen auch nichts mehr in dieses Heft geschrieben.

14. August.

Zwölfter Tag seit der Mobilmachung.

Die furchtbare Schlacht, die seit acht Tagen angekündigt, erwartet wird, hat noch nicht stattgefunden.

«Ich glaube, daß mein Herz nicht genug Kraft für die große Freude oder den großen Schmerz haben wird», schreibt Em.

Ich mache mir Vorwürfe wegen all der Gedanken, die nicht mit dieser bangen Erwartung zusammenhängen. Nichts ist mir aber weniger natürlich als was das Gleichgewicht des Geistes stört. Wäre nicht die *öffentliche Meinung,* würde ich – ich fühle es – noch im feindlichen Feuer eine Ode des Horaz genießen können. Ruyters läßt sich dadurch täuschen und hat sich entrüstet, weil ich neulich abends beim ersten Wiedersehen von *anderem* hatte sprechen und im Weggehen einen Stoß Zeitungsausschnitte hatte mitnehmen können, den ich auf dem Tisch bemerkt hatte. Dabei war es doch viel bezeichnender, daß ich diesen Stoß so zerstreut an mich nahm, daß ich auch ein Bündel an Ruyters gerichteter Briefe mit erwischte, was ich erst viel später bemerkte. Immerhin habe ich auf dieselbe Art schon einmal Ghéon empört, als ich in *Wuthering Heights* las, während sich unser Schiff dem Piräus näherte.

Ich war heute ebensowenig wie gestern nachmittag beim Roten Kreuz, wo ich mehr so tue, als ob ich mich nützlich machte, als daß ich wirklich nützlich bin. Es gibt keinen Fall, wo Vorrechte einen übleren Geschmack hätten. Aber noch übler ist die Heuchelei und absurd die Komödie, die man sich selber vorspielt, aus Angst, hinter den anderen zurückzubleiben.

Das Wetter ist wunderbar; der Himmel fließt über von Wärme und Schönheit. Die Nächte sind ruhig, fast möchte man sagen: friedlich. Man denkt an die Heerlager, ans Schlafen unter freiem Himmel, an all jene, für die diese schöne Nacht die letzte ist.

15. August.

Schon bildet sich eine neue Schablone heraus, eine konventionelle Psychologie des Patrioten, außerhalb derer es nicht mehr möglich sein wird, ein «anständiger Mensch» zu sein. Der Ton, den die Journalisten sich angewöhnt haben, wenn sie von Deutschland sprechen, ist übelkeiterregend. Alle blasen sie ins gleiche Horn und zeigen, was sie können. Jeder hat Angst, im Rückstand zu bleiben, weniger als «guter Franzose» zu wirken als die anderen.

Théo hat heute morgen Madame Griffith besucht, die in Weimar von den Ereignissen überrascht wurde, wo sie ihre Kinder besucht hatte; sie kehrt nach einer äußerst bewegten Reise von zwölf Tagen nach Paris zurück. Théo trifft sie noch im Bett an und erhält von ihr einen verblüffenden Bericht. Niemand in ihrer deutschen Umgebung wollte an einen Krieg glauben; und da die Bahnlinien von Militärzügen überfüllt waren, sprach man von «großen Manövern». Vor der elsässischen Grenze sah sie bosnische Regimenter. Im allgemeinen – behauptet sie – hätten die Soldaten fast alle geweint; nur die Offiziere und Unteroffiziere seien herumparadiert.

Sie wollte nach Köln, als sie aber nach Frankfurt kam und merkte, daß die Lage ernst wurde, bog sie nach Metz ab, um von dort aus Paris zu erreichen.

In Metz wurde ihr gesagt, sie käme nicht weiter; man schickte sie nach Basel, dann nach Genf, auf mancherlei Umwegen. In Basel ging sie sofort zum englischen Konsul, der sie sehr schlecht aufnahm und es summarisch ablehnte, andere Engländerinnen zu empfangen, die mit ihr reisten. Sie hatte geradezu den Eindruck, als sei dieser Konsul, Repräsentant Englands, ein Deutscher. «Sinnlos, zu versuchen, nach Paris zu kommen», sagte man ihr. «Es wird Ihnen nicht gelingen. Paris ist in vollem Aufruhr («in Flammen», sagten andere). Fahren Sie nur nach Deutschland zurück; dort sind Sie am besten aufgehoben.» Sie hat in der Schweiz niemanden getroffen, der diese falschen Nachrichten nicht geglaubt hätte. Die dortigen Zeitungen begnügen sich damit, sagt sie, um unparteiisch zu erscheinen, die Nachrichten der Agenturen Havas und Wolff nebeneinander abzudrucken, und überlassen es dem Leser, seine Wahl zu treffen und das für wahr zu halten, was ihm am wahrscheinlichsten vorkommt: die Kommune in Paris, oder ganz Frankreich geschlossen wie ein Mann marschierend. Sie können sich denken, daß man das letztere nicht so

leicht glauben wird, auch nicht den Widerstand von Lüttich, oder gar das Versagen einer Armee, die für gewaltig, unbesiegbar usw. … zu halten man sich seit Jahren angewöhnt hat.
Erst bei der Ankunft in Frankreich hat sie sich von der Wirklichkeit ein Bild machen können. In Dijon hat sie auf dem Bahnhof geschlossene Waggons gesehen; unbewaffnete Soldaten saßen auf den Trittbrettern. Sie wunderte sich schon, daß die Soldaten keine deutsche Uniform trugen, so sicher hatte sie ein erobertes Frankreich erwartet. «Die deutschen Soldaten sind da drin», wurde ihr erklärt. Es waren Waggons mit Kriegsgefangenen.
Gleich nach ihrer Rückkehr nach Paris beklagte sie sich bei der englischen Botschaft über das Verhalten der englischen Konsuln in der Schweiz; alles scheine darauf hinzuweisen, daß sie versuchten, das deutsche Spiel zu spielen. Was sie vorbrachte, hat einen solchen Eindruck gemacht, daß der Sekretär, der sie empfing, sie gebeten hat, einen Bericht zu verfassen; was sie sofort getan hat, als sie nach Hause zurückgekehrt war.
Dullin, der aus Spanien zurückkommt, erzählt genau dasselbe. Erst nach Überschreiten der Grenze hat er sich überzeugen lassen, daß Poincaré vielleicht doch nicht ermordet sei und der Louvre vielleicht nicht in Flammen stehe…
Théo und ich haben auf den Boulevards ausländische Zeitungen geholt; seit zwei Tagen kommen auch wieder belgische. Aber nicht eine einzige Schweizer Zeitung ist seit der Kriegserklärung über die Grenze gekommen; was erklärt, daß die Schweiz ihrerseits ohne Nachrichten ist außer denen, die ihr Deutschland zuteilt.
Wieder einen Vormittag beim Roten Kreuz verbracht; um nichts anderes zu tun, als die abzuweisen, die sich freiwillig melden. Zweifellos meine letzte Sitzung dort. Nichts Unsinnigeres als diese Arbeit, von der man jetzt weiß, daß sie zu nichts führen kann. Die Lazarette sind vollständig organisiert und lehnen die Hilfskräfte ab, die wir ihnen anbieten. Diese verlaufen sich allmählich. Viele meldeten sich in der Hoffnung auf Verpflegung. Was wird aus all diesen Leuten werden, ohne Geld, ohne Arbeit?

Gestern habe ich beim Park Monceau zwei Knaben im Alter von etwa sechs und elf Jahren gesehen. Beide waren zerlumpt, ohne Unterwäsche, ohne Socken, das Gesicht abgezehrt und ungewaschen, trotzdem vergnügt. Der ältere trug am Arm einen großen eckigen Korb, in dem auf einer Unterlage von Tannengrün ein paar welke Blumen ausgebreitet waren; in der Hand hielt er eine Art Blumenstrauß, einen Besen, müßte ich eher sagen, dessen Blütenblätter er kaute und ausspuckte; die Blumen waren so verschmutzt und zerdrückt, daß ich sie nicht erkennen konnte.
«Dein Strauß ist nicht besonders hübsch, mein armer Junge», habe ich zu ihm gesagt. «Ob dir den einer abkauft?»
Darauf hat er mit raschem Griff aus seinem Korb eine Handvoll nicht allzu verwelkter Nelken zusammengerafft:
«Hier, M'sieur; das ist frische Ware. Nehmen Sie, für fünfzig Centimes!»
Er wollte weniger mein Mitleid erregen als mich amüsieren, bereit zum Lachen und Spaßmachen; und während er sich mit seinem Bruder entfernte, sah ich, wie sich jeder eine Zigarette ansteckte.

Jean Schlumberger hat heute, am 15., bei seiner Mutter gegessen. Sie kommt vom Val-Richer zurück. Sie bestätigt aus sicherer Quelle, daß die Franzosen seit vier oder fünf Tagen in Colmar sind. Sicher hält die Regierung die Nachricht noch zurück; es ist gut, eine kleine Freude in petto zu haben.

Der Himmel hat sich über Nacht bedeckt, und am frühen Morgen ist im Osten von Paris ein schweres Gewitter losgebrochen.
Das erste Donnerrollen gegen vier Uhr morgens war wie eine Bombenexplosion, als habe sich ein Geschwader Zeppeline auf Paris gestürzt. Und im Halbschlaf habe ich mir lange vorgestellt, Paris werde bombardiert, und sogar, der Weltuntergang sei gekommen. An meiner schwachen Gemütsbewegung erkannte ich, daß ich mich mit allem abgefunden hatte; es war aber im Traum. Kann ich denn wissen, wie ich im Ernstfall reagieren würde? Aus welch einfachem Stoff sind doch jene gemacht, die zu jeder Tages- und Nachtzeit für sich einstehen können! Wie viele Soldaten warten

angstvoll darauf, daß das Ereignis ihnen enthülle, ob sie mutig sind. Und der, der nicht so reagiert, wie er *gerne möchte* – bei dem nur der Wille mutig ist!...
Die Verzweiflung dessen, der sich für feige hält, weil er einer Augenblicksschwäche nachgegeben hat – nachdem er gehofft hatte, tapfer zu sein. *(Lord Jim.)*

Copeau ist zum Abendessen ins Laugier[248] gekommen; ich habe ihn ein Stückchen zurückbegleitet und ihm von meinem Besuch beim armen alten La Pérouse erzählt. Ja, gestern nachmittag meinte ich nichts Besseres tun zu können, als nach ihm zu sehen. Madame de La Pérouse hat mir aufgemacht, mich sofort mit Beschlag belegt und sich in Vorwürfen gegen ihren Mann ergangen, der, sagt sie, alles tue, um sie zu ärgern, und nun auch noch auf die Idee verfallen sei, Hungers zu sterben. Seit einigen Tagen, schon seit der Kriegserklärung, glaube ich, verweigert er fast alle Nahrung. Nach einigen Mätzchen ist sie aufgestanden, um mich «anzumelden». Und da sie mir zu verstehen gab, «Monsieur de La Pérouse» liege im Bett, habe ich die Absicht geäußert, in sein Schlafzimmer zu gehen.
«Oh! Monsieur, da können Sie nicht hinein! Monsieur de La Pérouse ist so sonderbar, daß man bei ihm nie aufräumen darf...»
Aber als sie zurückkommt, verkündet sie, daß Monsier de La Pérouse mich erwarte.
Das Zimmer, das ich zum erstenmal betrete, ist ziemlich finster wegen der Läden, die nur halb offen sind. Das geöffnete, vorhanglose Fenster geht auf den Hof, und durch die Spalten der Läden dringt kein nachbarlicher Blick.
Vater La Pérouse liegt nicht im Bett. Er ruht dicht daneben zusammengesunken in einem Mahagonisessel, dessen granatroter Samt Fäden und Polsterfüllung sehen läßt. Ich setze mich in einen anderen, genau gleichen Sessel. Er macht kaum eine Bewegung, als ich eintrete; er läßt mich seine leblose linke Hand fassen; rechts stützt er sich auf einen viereckigen Tisch, wo sein Ellbogen auf zwei kleinen Kissen ruht, die wie ein Kaffeewärmer geformt sind; auf der unteren Platte desselben Tisches stehen, eine in der andern, zwei

Metallschüsseln. Ich halte seine Hand in meiner und lege den Arm um ihn, ohne etwas zu sagen. Auch er spricht nicht. Ich betrachte sein rötlichgelb geädertes, stellenweise fahles Gesicht, das aus so seltsamer Materie gebildet scheint, daß, ritzte man die Haut, etwas ganz anderes als Blut aus der Wunde flösse. Ich betrachte die seltsame Unordnung des Zimmers: rechts ein Stoß Hutschachteln, der fast bis zur Decke reicht; dann eine Kommode, auf deren einer Hälfte broschierte Bücher gestapelt sind; auf der anderen Hälfte eine Flasche Cidre in einem Kochtopf, ein schmutziges Glas, ein kleiner Kocher und ein paar Spirituslampen, von denen eine kaum merklich brennt. Links vom Kamin trägt ein niederer Tisch eine Sammlung geheimnisvoller Töpfe, alle gleich groß und mit Deckel. In der Mitte des Raums ein anderer Tisch mit Toilettensachen und darunter ein Eimer voll mit alten Schuhen.
Endlich hebt der arme Alte ein wenig den Kopf und murmelt:
«Ich bin recht schwach.»
Ich versuche nun, ihn dazu zu bringen, ein wenig Nahrung anzunehmen; er gesteht mir schließlich, er habe außer Appetitmangel den Willen, nicht mehr zu essen, Schluß zu machen. Dann, indem er sich mir zuwendet:
«Seien Sie so gut: geben Sie mir zu trinken. Ein bißchen Cidre.»
Und mit matter Handbewegung bezeichnet er die Flasche.
Ich weigere mich, ihm mehr als ein viertel Glas davon einzuschenken.
«Ach, ich könnte das Meer austrinken!» sagt er.
Indessen überrede ich ihn allmählich dazu, eine Suppe aus Milch und Graupen zu versuchen, die Madame de La Pérouse ihm zubereiten soll. Und während die Suppe gekocht wird, kommt er auf seinen alten Kummer zurück: vor allem auf die Eifersucht seiner Frau auf alle Menschen, die ihm Achtung und Sympathie entgegenbringen:
«Sie hat alle Fehler», sagt er; verbessert sich dann und fügt hinzu: *«alle kleinen»*.
Zum erstenmal erkundige ich mich nach den Motiven, die ihn zur Ehe mit Madame de La Pérouse bewogen haben. Wie leicht zu erraten, waren diese Motive rein sentimental: Er liebte sie. Und er er-

zählt mir von seiner Vergangenheit, berichtet von seinem Bruder, den er zärtlich und leidenschaftlich liebte und der mit siebzehn Jahren starb. La Pérouse war damals kaum älter als einundzwanzig. Wenige Monate später heiratete er. In einem kleinen Koffer, dessen Schlüssel er bei sich trug, hatte er die Briefe seines Bruders verwahrt, die er mehrere Jahre lang nicht wiederzulesen *wagte*. Dann, eines Tages (und zweifellos nach den ersten ehelichen Enttäuschungen), schloß er sich in ein Zimmer ein, wo er sich ungestört wußte, öffnete den kleinen Koffer und las die Briefe wieder durch. Von diesem Tag an wurde es ihm zur Gewohnheit, in dieser Lektüre Trost und Halt zu suchen; es war in den Stunden, wo er so gut wie sicher sein konnte, von seiner Frau nicht überwacht zu werden. Aber bald war er sicher, daß sie ihm nachspionierte und den kleinen Koffer verdächtigte; schon seit langem wühlte sie in seinen Schubladen und in seinen anderen Papieren. Es kam der Tag, an dem La Pérouse, als er seinen Koffer öffnete, die Briefe seines Bruders in Unordnung fand. «Es sah so aus», sagte er zu mir, «als habe sie jemand schnell zurückgelegt, jemand, der beim Lesen überrascht worden war und keine Zeit mehr zum Einordnen gehabt hatte.» Er hatte keinerlei Auseinandersetzung mit Madame de La Pérouse, verbrannte aber die Briefe sofort.

Darauf sprach er von seiner übermäßigen Schüchternheit, die ihn so oft einer falschen Beurteilung ausgesetzt habe. So habe er nie Madame de Rothschild seine Dankbarkeit ausdrücken können, die ihm doch mehrere Male auf die zartfühlendste Art geholfen hatte. Einmal folgte er, mit dem Wunsch, sie zu sprechen, einer Einladung zu einem Ball, kam als einer der ersten, konnte es die ganze Zeit nicht über sich bringen, sie in den seltenen Augenblikken anzusprechen, in denen sie allein war, ging als einer der letzten, und da die einzige Person, die er auf diesem Ball kannte, ihn unausgesetzt zum Büfett schleppte, mußte er den Eindruck eines Vielfraßes gemacht haben. Davon ist ihm so etwas wie ein nagender Gewissensbiß zurückgeblieben.

Er spricht äußerst langsam, ohne sich mir zuzuwenden, den Blick ins Leere gerichtet; manchmal höre ich ein seltsames Geräusch aus seinem Mund; man könnte meinen, er knirsche mit den Zähnen. Indessen belebt er sich schließlich; noch einmal gelingt es mir, ihn zu beruhigen, ihn zu trösten; zweifellos stärkt ihn auch die Suppe, die er («mit Vergnügen», hat er mir gestanden) gegessen hat; nun bittet er mich sogar, ganz erstaunt über sich selbst, ihm beim Aufstehen zu helfen; er sucht seinen Hut; er will ausgehen. Wir gehen zusammen hinunter, und als ich ihn auf der Straße verlasse, fühle ich noch lange seinen Blick im Rücken, und als ich mich noch einmal umdrehe, winkt er mir zu…

17. August.
Kriegserklärung Japans an Deutschland.

Gestern sehr schlechter Vormittag – vielleicht einfach dem Umstand zuzuschreiben, daß ich am Abend vorher zu spät zu Bett gegangen war, aus Scham, meinen Tag so schlecht genutzt zu haben, und mit dem Wunsch, vor dem Schlafengehen noch zu lesen (das Buch von Chuquet über 1870).
Nach dem Frühstück ist eine Dame gekommen. Freundin der Théos, die über Brüssel von Bayreuth zurückkam; man kann sich nichts Aufregenderes vorstellen als ihren Bericht. Sie wohnte der letzten Vorstellung bei; alles spielte sich in großer Ruhe ab; die Mobilmachung (oder die Kriegserklärung?) war eben angeschlagen worden. Nach dem Theater ging sie im Abendkleid auf den Bahnhof, um zu fragen, wann sie einen Zug nach Luxemburg bekommen würde. Aufgrund der Auskunft, die sie erhielt, ging sie eilends in ihr Hotel zurück, um ihre Koffer zu packen, und reiste um fünf Uhr morgens ab.
Unter unglaublichen Schwierigkeiten kam sie nach Belgien. Sie berichtete uns von der bewundernswerten Ruhe in Brüssel, aber auch von dem Haß, den die Deutschen dort erregt haben. Dort hat man nicht wie in Paris die weise Vorsichtsmaßregel getroffen, die Waffengeschäfte zu schließen; diese wurden sofort geplündert, so daß nun zahllose Zivilisten zu jeglicher Torheit bereit sind. Man hat alle deutschen Hotels und Läden demoliert, und nur noch ihre Mauern sind stehengeblieben. Die Gegend um Lüttich herum ist vollständig verwüstet.

Um vier Uhr habe ich an der Tür von Paul Desjardins geläutet. Er hört allem, was man ihm sagt, mit einem höflich lächelnden «Ach, wirklich?» zu, das Vorbehalte durchblicken läßt. Es versteht sich von selbst, daß er schon alles wußte, was er doch angeblich von mir erst hörte, und es schon seiner Kritik unterzogen hatte. Er bereitet, mit Zustimmung Vivianis, ein Flugblatt vor, das in mehr als hunderttausend (er hat mir die Zahl genau angegeben) Exemplaren gedruckt werden soll und das allerhand Berichte, Reportagen, Soldatenbriefe, Augenzeugenberichte usw. enthalten wird, gefolgt von Kommentaren und der aus diesen Tatsachen «zu ziehenden Lehre».

Um fünf Uhr gehe ich zu Belot, dem Philosophieprofessor, den ich noch nicht kenne; ich bin von Élie Allégret beauftragt worden, in der Rue du Ranelagh, wo er wohnt, verschiedene Professoren, Philosophen usw. zu treffen, die sich über die Lage Gedanken machen, in die der Kriegszustand die beschäftigungslosen jungen Burschen zwischen zwölf und achtzehn gebracht hat. Tristan Bernard ist da, Élie Allégret, mein Onkel Charles, Marcel Drouin, Buisson (?) ... Im ganzen sind wir vierzehn... Tristan Bernard spricht mit sanfter, tiefer Stimme, der man um so besser zuhört, als man sie kaum vernimmt; ich sitze neben ihm, und manchmal legt er seine Hand auf meinen Arm oder meine Schulter; er sagt «mein Freund Gide», wenn er von mir spricht; bei einem andern mißfiele mir das, aber in seiner Geste und in seiner Stimme liegt mehr Liebenswürdigkeit als indiskrete Vertraulichkeit, in seinem Lächeln Ironie und Güte. Er schlägt vor, die Burschen mit sportlichen Übungen zu beschäftigen, die sie ermüden, mit militärischer Vorbildung, Fußball, Marschieren auf der Radrennbahn, die der Direktor der Zeitschrift *L'Auto* freundlicherweise zur Verfügung stellt... Man kommt überein, daß es gut wäre, solche Übungen durch eine Art Vortrag, einen Kommentar zur Lage, einen Aufruf usw. ... zu ergänzen.

Man hat mich beauftragt, Arthur Fontaine aufzusuchen (was ich heute morgen getan habe) und ihn zu fragen, ob sich nicht die Wiedereröffnung einer Fabrik, die junge Burschen einstellen würde, erreichen ließe. Könnte man nicht, hat jemand angeregt, ein

paar kleine Fabrikanten, Schreiner, Schuhmacher, Schlosser usw. dazu bringen, die Ausbildung von zwei, drei oder vier gutwilligen Burschen zu übernehmen? (Fontaine hat diese Anregung notiert und wird in dem Bericht, den er vorbereitet, darauf hinweisen.)
Als wir dann weggehen, begleitet mich Tristan Bernard und spricht über die Lage der Halbwüchsigen auf den Boulevards, die nun ihre älteren Brüder *ersetzen* sollen und von ihrer plötzlichen Wichtigkeit berauscht sind.
Um fünf Uhr bieten auf dem Bürgermeisteramt des Siebten Arrondissements fünfunddreißig Personen, die sich um den Bürgermeister versammelt haben, ihre Dienste an, um den Familien Nachricht von ihren Soldaten zu verschaffen. Es handelt sich darum, sich ein- oder zweimal in der Woche beim Nachrichtendienst zur Verfügung zu halten, wohin besorgte Eltern zu bestimmten Stunden kommen könnten; die Listen, die man dort führt, werden allerdings nur summarische Angaben enthalten wie: verwundet, schwer verwundet, gefangen, keine Nachricht. Es handelt sich auch darum, persönlich in die Familien zu gehen und ihnen im Trauerfall die Nachricht zu überbringen.

18. August.

Immer noch nichts. Die Zeitungen übertreiben um die Wette die Bedeutung von einzelnen Vorgängen: die Erbeutung der ersten Fahne. Gestern haben wir sie gesehen; im Innenhof des Ministeriums war sie ausgestellt; eine große Volksmenge drängte sich, um sie zu sehen; man enthielt sich jeglicher Kundgebung, denn man hätte nicht gewußt, welcher Art sie sein müßte, ob man nämlich Beifall klatschen oder ausspucken sollte; die bayerische Fahne war sehr schön, ein Violettrot mit weißen Rauten, von dem sich in der Mitte der schwarze Adler abhob. Sie war aus Seide; schien bebend, schaudernd, lebendig. Erbeutung eines österreichischen Kriegsschiffes. Niederlagen der Deutschen an verschiedenen Punkten der Grenze; sah man die Ortschaften auf der Karte nach, aus denen man sie angeblich verdrängt hatte, konnte man den Schluß ziehen, daß sie ein wenig weiter vorgerückt waren, als man es zunächst zu sagen gewagt hatte. Man erfährt, daß Altkirch *wie-*

dererobert sei, was zu verstehen gibt, daß es einmal aufgegeben worden war. Ich erfuhr gestern von Fontaine, daß die Franzosen am gleichen Tag wie in Mülhausen auch in Colmar eingedrungen waren, von einer Hügelstellung aus, daß wir es aber fast sogleich wieder aufgeben mußten.
Eine Briefkarte von Ghéon, ganz enttäuscht: Das kleine Lazarett, das er übernehmen sollte, ist nur eine Sommerfrische; man sieht dort keinen Verwundeten.
Soll denn dasselbe Ereignis, das so vielen ihren Mut offenbart, für uns zu einer Schule des Nichtstuns und der Schlappheit werden? Schon sehen wir uns zum Egoismus verdammt. Vergeblich gehen wir dagegen an.

19.

Ich bin gestern durch den Wald zur Villa gegangen, wo ich ein Kleidungsstück holen mußte, dann zu Belots Wohnung, wo wir vorgestern eine Zusammenkunft verabredet hatten. Ich habe tatsächlich an verschiedenen Stellen der Festungsanlagen auf der Seite des Bois Ansammlungen junger Burschen feststellen können. Sie hatten von irgendwo Eisenstühle hergeschleppt und spielten, im Kreis sitzend, Karten.
Es wäre zweifellos nicht klug gewesen hinzugehen; übrigens hatte ich auch keine Lust dazu; ich bin also auf dem schmalen Weg längs der Gräben geblieben und bald wieder in die Hauptallee eingebogen.
Der Rand des Bois schien mir viel weniger mitgenommen als sonst, wahrscheinlich wegen der Unterbrechung der Pferderennen.
Die Versammlung bei Belot ist nicht müßig gewesen, und ich denke, es wird ihnen gelingen, eine Arbeit oder wenigstens eine Zerstreuung für die beschäftigungslosen jungen Burschen zu organisieren. Ich hatte aber bei diesem Köpfezusammenstecken nichts verloren und werde das nächstemal nicht mehr hingehen.
Wieder mit Klavierüben angefangen – übrigens ohne jedes Vergnügen.

Die Verwundeten, die man nach Vichy gebracht hat, erzählen immer wieder, daß die Deutschen auf Verwundete und Sanitäter schießen. Die Zeitungen sind voll von abscheulichen Geschichten.

20.

Man müßte einsehen und sich davon überzeugen lassen, daß Brauchbares nicht nur in der vordersten Linie geleistet wird; wichtig ist, daß jeder auf seinem Posten steht.

Jeden Abend vertiefen wir uns, alle vier unter der Gaslampe um den eichenen Tisch im kleinen Eßzimmer der Théos sitzend, in die Abendzeitungen. Zum vierten- oder fünftenmal quetschen wir die Nachrichten aus, die wir seit dem frühen Morgen im *Matin,* in *L'Information,* im *Figaro,* in *L'Écho,* in der Abendausgabe des *Matin* – und auf englisch in der *Daily Mail* gelesen haben, wo sie einen Augenblick lang wie neubelebt scheinen. Und wenn die Zeitungen vor der Polizeistunde ausgeschöpft sind, habe ich da noch den Chuquet (1870), *Le Désastre* von Margueritte und *La Débâcle* von Zola. Gestern abend habe ich mir, erschöpft und aufgebracht über diese Militarisierung des Geistes, aus Élisabeths Bibliothek *Sesame and Lilies* geholt, wovon ich beinahe das ganze Vorwort (der neuen Ausgabe) gelesen habe; ich hatte das Gefühl, als tauchte ich in eine klare Flut und als rinne der ganze Staub und Sonnenbrand eines allzu langen Marsches auf öder Straße von mir ab.

Zweifellos berechtigt das Tragen einer Uniform diejenigen, die mobilisiert sind, zu größerer Freiheit des Denkens. Wir, die wir keine Uniform anziehen können, mobilisieren den Geist.

Ich bin in der Rue du Louvre gewesen, um mich zu erkundigen, was die «*Ligue de la Penseé nouvelle*»[249] sei; ein an der Mauer angeschlagenes Plakat erweckte die Hoffnung, hier die überzähligen der beim Roten Kreuz eingetragenen Sanitäter unterzubringen. Es handelt sich dabei um Hausbesuche durch die Mitglieder der Liga mit dem Zweck, kranke Familien ausfindig zu machen, die von den Ärzten der Liga gratis behandelt würden. Der Mann, der mich im dritten Stock eines riesigen Hofhauses an der Rue du Louvre empfangen hat, sprach Französisch mit deutlichem germanischen Akzent; er hätte sich als Elsässer ausgeben – er hätte es sogar sein

können... aber das ganze Aussehen des Lokals erfüllte mich mit Mißtrauen. Er hat meinen Namen in eine Liste eingetragen und mir eine Karte gegeben, und ich glaube, daß sich unsere Beziehung darauf beschränken wird.
Jean Cocteau hatte sich mit mir in einem «englischen Tearoom», Ecke Rue de Ponthieu und Avenue d'Antin, verabredet. Es hat mir kein Vergnügen gemacht, ihn wiederzusehen, trotz seiner außerordentlichen Freundlichkeit; er ist aber keines Ernstes fähig, und alle seine Gedanken und seine ganzen Einfälle, seine Gefühle, diese außerordentliche Lebhaftigkeit seiner Sprechweise schokkierten mich wie ein in Hunger- und Trauerzeiten ausgestellter Luxusartikel. Er war fast wie ein Soldat gekleidet, und die Wucht der Ereignisse gibt ihm gesündere Farben; er verzichtet auf nichts, färbt lediglich seine unbändige Art etwas martialisch. Um von der Metzelei bei Mülhausen zu sprechen, erfindet er amüsante Beiworte und eine besondere Mimik, er macht den Klang der Signalhörner nach und das Pfeifen der Schrapnells. Dann wechselt er das Thema, weil er spürt, daß er nicht amüsant ist, und behauptet, er sei traurig; er will aber auf dieselbe Art traurig sein wie der andere, eignet sich plötzlich dessen Gedanken an, erklärt sie ihm; spricht dann von Blanche, äfft Madame R. nach, erzählt dann die Geschichte von der Dame beim Roten Kreuz, die auf der Treppe rief: «Mir sind heute früh fünfzig Verwundete versprochen worden; ich will meine fünfzig Verwundeten haben!» Währenddessen zerdrückt er ein Stück Cake auf seinem Teller und verzehrt es in kleinen Bissen; seine Stimme überschlägt sich, wechselt die Lage; er lacht, er beugt und biegt sich zu einem hin und faßt einen an. Merkwürdig ist, daß ich glaube, er wäre ein guter Soldat. Er behauptet es, auch, daß er Mut habe. In ihm steckt die Sorglosigkeit eines Lausbuben; neben ihm fühle ich mich ungeschickt, schwerfällig und mürrisch.

21.

Gestern bei Élie Allégret, dann bei M. P. wegen der Volkssuppenküchen. M. P. ist ganz geschwellt vor Bürgertugend. Er leitet eine Volksküche im Sechzehnten Arrondissement, was ihn veranlaßt,

das gleiche Unternehmen der Stadt mit scheelem Blick zu betrachten. Sollte seine Tugend sich unterordnen müssen, wird sie sauer werden und ihn vergiften; schon spürt man, wie das anfängt.
Gegen Ende des Tages kehre ich zu Élie Allégret zurück, um ihm das Ergebnis meines Besuches mitzuteilen.

Copeau kommt vom Laugier, als wir gerade zum Schlafen hinaufgehen wollen, und verzögert unseren Zapfenstreich um eine Stunde. Er scheint verjüngt, Diderot ähnlicher denn je, jedes neue Projekt mit großer Rede und ganzer Seele begrüßend. Er spricht davon, den Vieux-Colombier wiederzueröffnen, mit Gelegenheitsvorstellungen und Rezitationen, die er sofort organisieren möchte. Er spricht auch davon, ins Ausland zu reisen, da er in Paris nichts zu tun hat; er möchte gern mehr von der Welt sehen; er möchte Artikel für Zeitungen schreiben – diejenigen, die er liest, scheinen ihm, und wären sie von Barrès, unzulänglich und mittelmäßig; er meint, er könne das besser; und ich glaube es ihm mühelos, wenigstens was die ersten angeht, die er schreiben würde…

Allmählich tauchen in den Straßen, längs der Mauern hinschleichend, seltsame lichtscheue Wesen auf, jenen vergleichbar, die das Meer preisgibt, wenn die Flut zurückweicht.
Gestern eine Art Oberst Chabert, lahm, fast stimmlos, der trotzdem sein Bestes tat, um zu singen und dadurch das Mitleid der Passanten zu erregen. Niemand hörte ihn, niemand blieb stehen. Er hielt einen kleinen Knaben an der Hand, ein anderer, kleinerer, folgte ihm; alle beide häßlich, abgezehrt und so, als hätten sie das Lachen für immer verlernt. Ich ließ mir ihren Namen, ihre Adresse geben und bin heute morgen in der Rue Bolivar in der Nähe der Buttes-Chaumont gewesen, um mir ihr Elend aus der Nähe anzusehen. Die beiden kleinen Knaben waren nicht mehr da; im ersten Stock eines niedrigen Hauses habe ich den Alten vom Tag zuvor gefunden, außerdem eine riesige, stöhnende, atemlose Frau, die mir ihre Geschichte erzählt hat. In zwei Ehen hat sie siebzehn Kinder geboren, von denen zehn noch am Leben

sind – alle schwindsüchtig. Die beiden ältesten Söhne sind beim Militär. Der Staat unterstützt sie einigermaßen hinlänglich, im ganzen gesehen – ich erwartete in dieser tristen Gegend schlimmeres Elend; es war allerdings sehr schönes Wetter.

Im Gehen das Vorwort von Yeats zu W. Blake gelesen.

23.

Extrablätter der Zeitungen erscheinen täglich zu allen Stunden, nähren das Fieber des Publikums. Die ärmsten Leute kaufen sie; Zeitungsverkäufer rennen durch die Straßen, und der dicke Pakken Papier, den sie unterm Arm tragen, schwindet rasch dahin. Unaufhörlich hofft man und möchte immer noch ein wenig mehr erfahren; aber keine Nachricht vom Kriegsschauplatz kommt durch, ohne das Ministerium passiert zu haben; und da einzig die offiziellen Nachrichten erlaubt sind, schreiben alle Zeitungen genau dasselbe. Wir nehmen uns vor, der Versuchung zu widerstehen und die Mittagsausgabe zu boykottieren.
Vorgestern habe ich um sieben Uhr morgens Jean Schlumberger, der Jouvets Frau zu ihrer Niederkunft nach Braffy brachte, zur Gare Saint-Lazare begleitet.
Nachmittags noch einmal in den Invalides die bayerische Fahne angesehen, die wir erobert haben. Eine große Menge drängte sich im Durchgang, der von einer Kapelle zur anderen führt. Die Fahne war über der Tür aufgehängt, die auf den großen Innenhof hinausführt; sie ist mir viel weniger schön erschienen als neulich und schon im Tod erstarrt; das kam auch daher, daß die Fahnenstange nun fast horizontal lag, so daß der Stoff ohne jede Falte herabhing; kein Hauch bewegte sie mehr; sogar ihre Farbe erschien mir weniger überraschend.

25.

Schon wieder habe ich mir einen Tag entgleiten lassen. Gestern, Montag, habe ich Copeau in den Invalides aufgestöbert und ihn gebeten, mit mir im Laugier zu essen, wohin ich eine Melone mitgebracht habe. Er strafft sich, und seine Energie (eher müßte ich

sagen: seine übermäßige Lebendigkeit) elektrisiert seine Umgebung.
Vorgestern abend war Pierre de Lanux zum Essen gekommen. Er geht als Korrespondent des *Figaro* nach Venedig und an jene Punkte der österreichischen Küste, an die er gelangen kann. Den ganzen Abend lang steigern Jean Schlumberger und ich uns in den Plan hinein, uns ebenfalls als Kriegsberichterstatter nach Italien schicken zu lassen. Nachdem aber die Nacht darüber hingegangen war, kommen wir überein, daß die Dienste, die wir dort unten leisten könnten, fragwürdig sind und daß unsere Vergnügungssucht dabei zu sehr auf ihre Kosten käme.
Ich fahre mit der Lektüre von Blake staunend fort. *Tess of the d'Urbervilles* angefangen, das ich schon auf französisch (aber nicht gut) gelesen habe.
Meine Impfung wirkt heftig, und ich habe Fieber. Heute nacht habe ich viel über die Soldatenerzählung nachgedacht, die ich vorhabe und die gewiß in meinem Roman Platz finden, ihm vielleicht sogar als Schluß dienen wird. Ich muß es mir aufschreiben. Noch immer habe ich es bedauert, nicht jeden Plan in dem Augenblick festgehalten zu haben, als er sich in meinem Geist formte und erschloß.
Der 25. war ein düsterer Tag. Von der Höhe welch toller Hoffnung sind wir abgestürzt! Die Zeitungen hatten es so gut angefangen, daß sich das Volk schon einbildete, unsere Armee brauche nur zu erscheinen, um die Deutschen in die Flucht zu jagen. Und kaum hatte man sich auf jene Stellungen zurückgezogen, die doch vor acht Tagen noch für so gut galten, prophezeite man die unmittelbar bevorstehende Umzingelung von Paris. Jeder suchte nach einem Wort der Ermutigung, der Hoffnung, denn man war nicht besonders tief erschüttert – genauer gesagt: jeder erwachte aus einem Traum –, und betroffen betrachtete man idiotische Ansichtskarten, die «Hungersnot in Berlin» darstellend: einen großen «Saupreuß», wie er vor einem kleinen Blechnäpfchen sitzt und mit langer Gabel ein paar zweifelhaft aussehende Würstchen herausfischt, die er gierig verschlingt, oder einen anderen Deutschen, der beim Anblick eines Bajonetts vor Angst in die Hosen scheißt; wie-

der andere, die davonlaufen – zweifellos hat sich niemals die Albernheit, die Unanständigkeit, die Häßlichkeit des pöbelhaften Unverstands auf kompromittierendere und schändlichere Weise entlarvt.

26. August.

Diejenigen Franzosen, die ehrlich zu Werke gingen, entrüsteten sich darüber, daß die Deutschen im Krieg die Spielregeln nicht einhielten.

Bei diesen hatte man den Eindruck, als arbeiteten sie daran, den Krieg für ewige Zeiten zu diskreditieren; wie um zu beweisen, daß der Krieg eine schlechte Sache sei, wenn es auch wahr ist, daß im Krieg das Siegen das einzige Ziel ist, so triumphierten sie mit den niederträchtigsten Mitteln.

Am 25. und 26. strömten die ersten Flüchtlinge aus den niedergebrannten Ortschaften nach Paris. Ein alter Mann (der Onkel von Madame Ruyters) tauchte auf, halb wahnsinnig und Schrecken um sich verbreitend. «Wir sind nicht stark genug!» sagte er immer wieder. «Wir sind nicht stark genug! Diese Leute scheuen vor nichts zurück.» Er hatte eine riesige Strecke zu Fuß zurückgelegt, kriechend, sich verbergend, Feuerlinien durchquerend, während er ringsumher Weiler und Höfe brennen sah. Er war einige Kilometer von seinem Dorf entfernt, dessen Bürgermeister er war, überrascht worden und hatte nicht mehr auf seinen Posten zurückkehren können, von seiner Familie, seiner Arbeit durch eine plötzliche Feuerschranke getrennt.

Im Cirque d'Été wurden die Flüchtlinge aus Valenciennes untergebracht; in der Rue Vaneau wurden Kinder aufgenommen. Madame Edwards behauptete, eine Anzahl dieser Kinder hätten abgeschnittene Hände, sie habe es gesehen. Andere hätten ausgestochene Augen und andere schreckliche Wunden.

Der Sachverhalt hat nie aufgeklärt werden können.

Madame Théo traf gestern vor einem Metzgerladen eine arme Frau in so aufgelöstem Zustand, daß sie zuerst daran dachte, ihr

ein paar Sous zu geben; dann besann sie sich, die Frau an jene Hilfsorganisation zu empfehlen, bei der sie sich gerade eingeschrieben und deren gutes Funktionieren sie schon festgestellt hatte. Sie fragte also zunächst die Frau, ob sie im selben Arrondissement wohne.
«Nun, Madame», antwortete diese mit dem schleppenden Akzent, den Madame Théo sofort erkannte, «ich bin aus ...» (Name eines mir unbekannten Dorfes).
Sie war mit zwei kleinen Kindern gekommen, für die zu sorgen eine mitleidige Dame sich sofort anerboten hatte; untergebracht, mit vielen anderen, im Cirque d'Été.
«Ich denke, ihr könnt mit uns zufrieden sein», fügte sie hinzu (und in der Tat schöpfen wir heute Trost aus dem Beispiel des edlen Mutes der Belgier). Madame Théo sagte ihr darauf, daß sie auch Belgierin sei und sogar aus demselben Dorf stamme.

«Ach, die Russen! Glauben Sie vielleicht, man könne sich auf die verlassen? Ihre Offiziere sind genauso korrupt wie ihre Bürokraten! Hätten Sie es für möglich gehalten, daß sie das Heu ihrer eigenen Pferde an die Österreicher verkaufen?»

Unterdessen hatte der kleine Joseph Retinger aus Polen zurückkommen können, nach tausend Abenteuern, deren übelstes seine Einkerkerung in Paris nach seiner Rückkehr war.
Worauf Madame Edwards mit einer wahren Leidenschaft von der Sache der Polen sprach. Welche Garantien bietet ihnen die russische Erklärung? Sie ist nicht einmal vom Zaren, sondern nur vom Großfürsten Nikolaus (?) unterschrieben. Von den drei Polen war immer das russische das unglücklichste, das österreichische das glücklichste (Joseph Retinger ist österreichischer Pole). «Und ausgerechnet dieses Land, das den Unseren jede Freiheit des Glaubens und des Denkens geraubt hat, das sogar unsere Sprache hat ausrotten wollen, will uns jetzt eine Freiheit versprechen, für die es keinerlei Garantie gibt.» Man hat Retinger zu Philippe Berthelot gebracht; aber was konnte dieser schon sagen? Madame Edwards entrüstet sich, daß er nichts unternommen hat. Man hätte gerne

gehabt, daß Frankreich die russische Geste billige, aber Frankreich befürchtete künftige diplomatische Schwierigkeiten und lehnte es ab, sich zu äußern.

Darauf wurde behauptet, Joffre habe eine sofortige Offensive gewollt, wogegen Messimy sich hartnäckig gesträubt habe.

Indessen konnte der überarbeitete und von der unvorhergesehenen Verantwortung verstörte Messimy nicht mehr genügen. Eine Regierungskrise in einem solchen Augenblick wäre jedoch zweifellos gefährlich gewesen, und kein Franzose, von welcher Partei auch immer, dem vor allem das Wohl des Landes am Herzen liegt, hätte sie wünschen können; zweifellos war es aber auch nicht möglich, dieses Ministerium doppelt oder gar dreifach zu besetzen; eine Art Oberster Rat, der sich aus Delcassé, Millerand und Briand zusammensetzen soll, könnte Messimy ablösen, das ließe sich ganz einfach machen und ohne Erschütterung der übrigen Ministerien. Auf etwas Derartiges bereitete Clemenceau die öffentliche Meinung in seinem geschickten Artikel vom 26. vor – der Marcel so stark empörte. «*L'Homme Libre* habe ich zum letztenmal gekauft!» rief er so wütend, daß man sich nur zurückziehen und schweigen konnte.

Siehe, am folgenden Tag, die Neubildung des Ministeriums.

(Warum nicht Clemenceau? – Er war vorgesehen gewesen, sagt man, hatte aber abgelehnt.)
Der bewußte Artikel deutete auf das hin, was man später den «*Times*-Zwischenfall» nannte und worauf *Le Temps* noch am selben Abend hinwies.[250] Marcel indessen zuckte die Achseln und erklärte, wobei er sich von seiner Empörung hinreißen ließ, das alles sei völlig unwichtig und es sei eine Gemeinheit, daraus gegen die Regierung Kapital zu schlagen.

Unsinnige und verbrecherische Schlagzeilen des *Matin:* «Die Russen fünf Tagesmärsche vor Berlin», «Das Netz der Alliierten zieht sich zusammen», usw. ...

Am folgenden Morgen (27.) erfuhr man, das Ministerium sei neu gebildet worden! Es nannte sich *Ministère de la Défense nationale.*

Am 28. Mittagessen bei Arthur Fontaine mit Copeau und Tannery. Ich bringe Joseph Retinger mit. Die Art, wie der Diener ihn beim Servieren beobachtet. Fontaine, unnatürlich sanft und lächelnd, trinkt während der Mahlzeit Kräutertee und schluckt kleine Pillen. Dann und wann drückt er die linke Hand gegen den Magen. Ich wage nicht, ihn nach seinen Söhnen zu fragen. Er sagt, als er von Charleroi spricht: «Es hätte ein Sieg sein können, und Italien marschierte schon.»
Tannery arbeitet bei Delcassé und hat den Auftrag, die Funktelegramme von Deutschland an die Neutralen abzufangen, die über Frankreich laufen; er sagt:
«Ich habe auf diese Weise sehr wichtiges Aktenmaterial zusammenstellen können. Deutschland hat bis jetzt, so scheint es, noch keinen Verdacht geschöpft; es korrespondiert weiter, oder glaubt wenigstens zu korrespondieren. Ich habe ein Dossier für Spanien, ein Dossier für Portugal… ich habe sogar ein Dossier für Frankreich. Und das hat es uns erlaubt, eine ganze Anzahl Spione mit sicherem Griff zu schnappen.»

Es steht für mich fest, daß die Deutschen den Krieg nicht von derselben Seite sehen wie wir. Wir sehen ihn von der schrecklichen Seite.

Unterhaltung in der Eisenbahn: Schon unmittelbar vor der Kriegserklärung haben «verirrte» Ulanen immerfort die Grenze überschritten und gebeten, daß man ihnen den Weg zeige. Das von Spionen verseuchte Land merkt auf diese Weise, wie ungeschützt die Grenze ist. Die Deutschen kommen und gehen, wie sie wollen, und lassen sich drei Wochen in dem Dorf nieder – das dann von den Franzosen zurückerobert wird, dann wieder von den Deutschen; schließlich, zuletzt, von den Franzosen, bis es doch wieder einmal an die Deutschen zurückfällt. Als sie das erstemal abzogen, sagten sie zu den Einwohnern: «Wir kommen wieder!», und als sie

wiederkamen, legten sie alles in Schutt und Asche. Sie legten Feuer an alle vier Ecken der Gebäude (wofür sie ein Spezialkorps haben), stellten sich dann vor den Türen auf und knallten ab, was herauswollte. Je nach Temperament hatte man die Wahl zwischen dem Geröstetwerden und der Kugel.
Im Augenblick der Flucht, als schon alles fertig gepackt war, kann die Mutter ihren älteren Sohn nicht finden; das kleine (dreizehnjährige) Bürschchen war vorwitzig zurückgelaufen, um *zuzusehen.*
«In dem Alter hat man seine Augen nicht in der Tasche. Nichts entging ihm, Monsieur. Dabei ist er noch frech; er und seine Kameraden liefen zu den Deutschen hin und riefen: ‹Und Verdun kriegt ihr doch nicht, ihr seid zu dumm!›
Die Kleine unserer Nachbarin ist vergewaltigt worden. Der Vater wollte es nicht sagen, aus Stolz, aber der Arzt hat es festgestellt. Einer war da, der mit mir scherzen wollte; er hat mich angelacht; er hat mir Geld geboten. Schließlich habe ich mich bei seinem Vorgesetzten beklagt. Der hat auch gelacht und zu mir gesagt: ‹Deutsche Soldaten tun so etwas nicht.› Der andere hat aber keine Ruhe gegeben; da hat mich einer seiner Kameraden verteidigt und ihn hinausgeworfen; nicht alle sind schlecht. Zum Beispiel die aus Schlesien, die haben Herz. Aber die Kürassiere (?), das sind Rohlinge.
Und da sehen wir auf einmal, wie an der Spitze des Bataillons der Direktor der Mehlfabrik ins Dorf einmarschiert. – Ah! Monsieur, daß die Deutschen uns ans Messer liefern, ist ja verständlich. Aber glauben Sie mir, Monsieur, die meisten Spione waren Franzosen. Das Land war von Spionen verseucht.»
Sie lief mit ihren beiden Kleinen dreißig Kilometer zu Fuß auf der Flucht vor der Feuersbrunst im Dorf.
Ihre schwangere und übel zugerichtete Nachbarin kam im Straßengraben nieder.

T. fühlte, wie ihm Magen, Herz und Knie versagten; es war ein seltsames Erschlaffen seines ganzen Wesens; er hatte keinen Gedanken, keine Wärme, keinen Atem mehr; dann und wann befiel ihn ein abscheulicher Schwindel, als weiche das Blut gleichzeitig aus Herz und Hirn. Er schwitzte.

Rückkehr aufs Land. Er wunderte sich fast, alles noch an seinem Platz zu finden. Seine Phantasie machte solche Sprünge, daß er es fast natürlich gefunden hätte, wenn die das Haus umgebende Allee schon dem Erdboden gleichgemacht gewesen wäre, zu irgendwelchen «Verteidigungszwecken».
Er wunderte sich über die Ruhe mancher Leute; zunächst bewunderte er sie, bis er begriff, daß diese Ruhe einem vollständigen Mangel an Phantasie entsprang.

Der Hund, der lästig *wäre:* Die Zielscheibe, die man niederschießt; man weiß nicht, wo sie verstecken; man versenkt sie in die Jauchegrube.

Personen:
Derjenige, der sich mit Phrasen zufriedengibt, der fühlt, daß man ihm nicht glaubt, sich darüber ärgert, sich allmählich klar wird, daß man recht hatte, ihm nicht zu glauben.
Im Augenblick der Gefahr ist er nicht da; er ist nicht gerade absichtlich nicht da; es war nur ein unbewußtes Entgegenkommen kleinen Umständen gegenüber, die ihn fernhalten konnten. Er hat sich nicht an seinen Posten geklammert.
Im Gegensatz dazu diejenigen, mit denen man nicht rechnete und die bewundernswert ihre Pflicht tun. Man leidet darunter, schlecht über sie gesprochen und gedacht zu haben.

Zu gewissen Zeiten wandte sich alles, was zunächst vorteilhaft erschien, in der Folge gegen uns. Die «Angriffslust» unserer Truppen – die immer wieder die Schutzlinie unserer Artillerie überschreiten, so daß unsere Soldaten von unseren eigenen Geschossen getötet werden.* Die Kampfeswut der schwarzen Truppen und ihre Verbissenheit, die alle ihre Offiziere das Leben kostet, weil es kein Mittel gibt, sie zum Aufhören zu bringen und wieder zu sammeln.

* Am 4. September erließ Joffre diesbezügliche Weisungen.

Er freut sich zuerst, zu erfahren, daß alle Verwundeten mit eher leichten Verletzungen ankommen; bis er erfährt, daß der Mangel an Sanitätern der Grund ist, so daß all jene, die sich nicht aus eigener Kraft entfernen können, auf dem Schlachtfeld zurückbleiben.

29. August.

In Le Havre hängten sie eine recht sonderbare Depesche aus, zweifellos eine offizielle Mitteilung; man las sie, die mit der Feder auf ein Blatt Papier geschrieben war, das an der Fensterscheibe klebte – und viel Volk lief zusammen, um sie zu lesen:

UNSERE LAGE IST UNVERÄNDERT AN DER GANZEN FRONT, VON DER SOMME BIS AN DIE VOGESEN.

X. erfuhr von dieser Depesche im großen Saal der Börse, wohin er gegangen war, um seine Post abzuholen; ich erblickte ihn unter den Leuten, die eine mit kleinen Fähnchen übersäte Wandkarte studierten. Ich hörte jemanden sagen: «Ich weiß eine Erklärung: Es muß ein Druckfehler sein, ein Lesefehler; in der Depesche stand ursprünglich ‹vom Kamm[251] der Vogesen›. So heißt es übrigens auch in dem Text, den der *Havre-Éclair* (die andere Informationsquelle) angeschlagen hat.» Wir eilten hin. In der Depesche dort stand nichts anderes als «von der Somme bis an die Vogesen», genau wie im Fenster des *Petit Havrais.*

T. prophezeit, daß heute in drei Monaten jedermann, sowohl im Osten als auch im Westen von Deutschland, wieder an seiner jeweiligen Grenze stehen wird – erschöpft.

31. August.

Der arme Onkel Yung, der nach seiner Gewohnheit die Zeitungen mit dem Bleistift in der Hand liest, macht dicke Striche an die Berichte von deutschen Greueln. Er wünschte, daß derartiges nicht vorgekommen wäre.

Die beiden alten Tanten von V. in Étretat:

«Clémence, den ganzen Monat, seit wir nun hier sind, machst du mir angst, machst du mich verrückt!»

«Das kommt nur daher, daß du endlich merkst, daß alles eintrifft, was ich vorhersage.»
Die andere würde gerne abreisen, kann sich aber nicht entschließen, die Freundin zu verlassen, die sich ihrerseits nicht entschließen kann, ihre elf Koffer zu verlassen.

Schwierigkeit, Jeanne zur Abreise zu bewegen. «Sie kommen doch nicht hierher. Und wenn, so kann das noch lange dauern. Und wenn sie kommen, werden sie einem nichts tun.» Usw. Schreckliche Lust auf Widerspruch; verbunden mit der Unfähigkeit einzusehen, daß das Schreckliche *gegenwärtig* sein könnte, so furchtbar ist, was man erzählt.

2. September.
Die Copeaus und die Gilberts entschließen sich, Cuverville zu verlassen.
Der Zug gestern abend war vollständig mit Verwundeten belegt und hat keine Passagiere aufgenommen.
Jeder hat nur ein Recht auf dreißig Kilo Mehrgewicht.

Das Auf und Ab.
Die Unterhaltung mit dem Lehrer. Er erklärt erneut die Strategie: Es sei unmöglich, das Land anders zu erobern als entlang der Flußläufe. (Plötzlich getröstet.)

Seltsames Geräusch, das man am Abend hört. Außerordentlich klare Nacht. Man hört das leichte Beben der Zweige. Sie gehen bis zum Gartentor und bleiben da lange stehen, ohne zu denken, wie von der Schönheit des Mondlichts übermannt; nicht weit von ihnen, im Gras, eine Gruppe junger Rinder, liegend, mit Ausnahme eines einzigen, das die Herde zu bewachen scheint; man hört das Geräusch ihres ruhigen Wiederkäuens. Aber jenseits dieser großen Stimme des Friedens, trotz ihr, lauscht ihr Ohr auf andere Töne.

In Étretat folgt X. (das bin ich) einer Einladung zum Mittagessen bei der Direktorin des *Hotel Hauville,* deren Schwester er im Zug von Le Havre nach Criquetot kennengelernt hatte. Sie wollen am selben Tag noch nach Nizza reisen, etappenweise, im Auto. Sie wären gerne schon gestern abend geflüchtet; aber der Chauffeur war betrunken. Die Schwester rät von Widerstand ab: die Schlösser seien bei Beschuß die ersten Ziele usw. ... Sie kommt von dort und weiß Bescheid. Er fühlt seinen Mut sinken.
Dann sieht er eine Schar armer Kinder von Paris ankommen; hundertfünfzig kleine Mutterwaisen, deren Väter an der Front sind. Die Knirpse sind erschöpft, denn sie haben achtzehn Stunden gebraucht, um hierherzukommen, da der Zug unzählige Male gehalten hatte. Er sagt sich aber gleich, daß man doch wohl diese Unschuldigen nicht kommen ließe, wenn man mit einem Blutbad rechnete. Die zwei- oder dreihundert, die seit einem Monat hier sind, mögen noch angehen, aber neue kommen lassen! ... Und diese Überlegungen beruhigen ihn wieder.
Aber schon bringt die Morgenpost seinem Schwager, dem Bürgermeister, einen Bogen zum Ausfüllen, eine Liste aller Häuser, die Quartier für Truppen stellen könnten... Es werden also welche erwartet?
Er kann das Land nur noch in diesem Zusammenhang sehen.
Alberne Rührung überkam ihn angesichts der schwachen, unschuldigen Geschöpfe; ein Ringelreihen kleiner Mädchen trieb ihm die Tränen in die Augen.

Aktiver Mut und passiver Mut. Verschieden bis zum Gegensatz.

Und sobald sein Geist nicht übermäßig gespannt war, verfiel er wieder in eine dumpfe Betäubung, aus der ihn, so schien es ihm, nicht einmal der Lärm einer Kanone reißen würde.

Er dachte darüber nach, wie doch schließlich alle diese Männer, deren Mut er bewunderte, in diesen Stunden auch ihren ganzen Wert entfalteten. Es war ihre einzige Gelegenheit, sich zu zeigen, und nichts erwartete sie jenseits des Dunkels, aus dem der Ruf sie herausgeholt hatte. Jeder von ihnen war nur einer von vielen. Wenn er sich ihnen hier unterlegen fühlte, so deshalb, weil er *ein einzelner* war.

Früher hatte man das Schlagwort erfunden: «Ausdauer ist Sieg.» Später dann: «Das deutsche Heer von Frankreich aufgesogen.»

3. September.

Die Bomben, die von den *Tauben*[252] am heutigen Tag auf Paris abgeworfen wurden, taten niemandem weh; aber die zerstreuten Kugeln, die man auf sie abschoß, töteten und verwundeten mehrere Personen beim Herunterfallen.

4. September.

Sobald man die Formel «*kanalisierte* Invasion» gefunden hatte, schienen sich die Ereignisse besser auszunehmen.

Kein Sieg, keine Niederlage werden die Qualitäten und die Fehler der beiden Völker ändern. Selbst wenn der deutsche Handel abgewürgt würde, könnte der französische Handel niemals dessen Platz einnehmen; dieser hatte gar keinen Rivalen nötig, um überall an Boden zu verlieren.

Eine belgische Dame entrüstete sich über die fünftausend Francs, die dem Soldaten versprochen wurden, der die erste Fahne erbeuten würde. «Um eine Fahne zu kriegen, wären sie imstande, eine Schlacht zu verlieren. Ach, das wissen die drüben genau! Das ist wie die Geschichte von Mülhausen. Bei keinem anderen Volk wäre das vorgekommen. Drei Viertel aller in Frankreich gemachten Fehler kommen von ihrer Vorliebe für das Wort, die Geste, das Gefühl. Ach, glauben Sie denn, so was existierte auch nur für die andern? Die sind praktisch; ihr seid romantisch. Ach, ihr verdient euern Rostand! Glanzvolle Aufmachung, Champagner, alles, was der unheilbaren Leichtfertigkeit Vorschub leistet und euch dazu bringt, daß ihr unterm Hagel der Geschosse Witze reißt und niemals zugebt, daß die andern besser vorbereitet waren. Und dann baut ihr zu sehr auf euer Glück. Selbstvertrauen ist eine schöne Sache; besonders aber dann, wenn es begründet ist.»

Das Hausmädchen Élise macht mir auf und sagt, Georges sei ausgegangen. Aber sie hält mich zurück; sie hat das Bedürfnis, mit jemandem zu sprechen; so sagt sie:
«Monsieur kennt doch Monsieur Georges. Er sagt nicht viel. Man muß ihn immer fragen; und dann gibt er manchmal keine Antwort. Er gibt mir die Zeitung. Ich kann Handschriften nicht lesen, aber Gedrucktes schon. Man will mich halt beruhigen, aber ich merke schon, daß nicht alles gut geht. Madame Gilbert und Madame Drouin haben manchmal ein bißchen mit uns gesprochen, wenn sie vorbeigekommen sind. Ich muß mal jemand vom Schloß sehen. Was wird denn jetzt aus mir, wo sie fort sind? Und mir macht man nicht weis, daß keine Gefahr ist, wo sie doch abgereist sind; so dumm bin ich auch nicht.»

In einem Tagesbefehl, betitelt «An alle Armeen», der auf Anweisung des Generals Gallieni drei Tage hintereinander allen Offizieren und Soldaten der Festung Paris vorgelesen worden ist, weist der Generalissimus zunächst auf die Gründe für die Verluste hin, die gewisse Armeekorps erlitten haben. «Jedesmal, wenn man die Infanterie von zu weit hinten hat vorrücken lassen, ehe noch die Artillerie genügend gewirkt hatte, ist die Infanterie unter das Feuer der Maschinengewehre geraten und hat Verluste gehabt, die hätten vermieden werden können.»

Sonntag, 6. September.

Durch den *Petit Havrais* von heute morgen erfährt man nebenbei, daß die Deutschen seit letztem Dienstag Amiens besetzt haben.
Die Zeitungen reden, nach den *Daily News* (?), seit zwei Tagen von einem «gewaltigen Faktor», der, einmal bekannt, «Europa erstaunen wird». Ich stelle mir die Leute aus dem Volk vor, die das lesen und sich fragen, wieso ein «Faktor»[253] «gewaltig» werden könne.

7. September.

Ich erinnere mich nicht, in diesem Land jemals eine so lange Folge gleichmäßig prächtiger Tage erlebt zu haben. Das Herz wird von der Heiterkeit des Himmels bedrückt.

8. September.

Alles, was man aus ihm herausholte, waren Aphorismen in der Art von «Es ist nur natürlich, daß das Gemeine über das Erlesene triumphiert.»

Seine *Verzweiflung* kam vor allem daher, daß er wußte, daß die deutsche Rüstung, ihre ganze Kriegsmaschinerie nirgends Schwindel oder Bluff war, sondern diesem Volk so natürlich wie dem Schalentier sein Panzer und seine Scheren. Tiefe und notwendige Beziehungen bestanden zwischen diesem und jenem. Bei uns bleibt die Armee immer ein Instrument; bei ihnen ist sie Organ; so daß man sagen könnte, ohne zu weit zu gehen, der Krieg sei das Bedürfnis dieses Organs, in Funktion zu treten.

Das Verhalten der Deutschen gegenüber ihren eigenen Verwundeten. Es scheint festzustehen, daß sie sie auf dem Schlachtfeld töten.

Die Geschichte von jenem Lazarett wird immer wieder erzählt, wo französische und deutsche Verwundete im selben Saal zusammengelegt worden waren. Das Dorf fiel in die Hand der Deutschen, wurde aber wieder zurückerobert. Im Augenblick der Evakuierung töteten sie die deutschen Verwundeten, sechs an der Zahl, ließen aber die vier französischen am Leben. Erkläre das, wer kann.

Ebenso habe man sie in einem Seegefecht bei Helgoland auf deutsche Matrosen schießen sehen, die ein englischer Walfänger aufnehmen wollte.

Endlich wird noch erzählt, sie hätten, als sie einen Fluß überschreiten mußten, dessen Brücken zerstört waren, ohne Zögern ein paar ihrer Sanitätswagen umgestürzt, die noch voll mit Verwundeten waren, die sie sich nicht die Zeit nahmen herauszuholen. Und darüber marschierten sie hinweg.

12. September.

X. geht über die Seine, um die Leute zusammenzusuchen und zurückzubringen, welche die Panik vom Anfang des Monats in die Flucht getrieben hatte.

Le Havre, das zwölf Tage früher noch von Engländern wimmelte, wirkt trostlos. Das seit zwei Wochen prächtige Wetter wird allmählich trüber.
Zwischen Criquetot und Le Havre verkehrt nur noch ein einziger Zug, der zehn Minuten vor elf von Criquetot abgeht und es ihnen gerade noch möglich macht, das Ein-Uhr-Schiff nach Honfleur zu nehmen. Gegen drei Uhr ein Zug nach Pont-l'Évêque – wo er einen Wagen nach Braffy nimmt. Er kommt bei Einbruch der Nacht dort an.
Am folgenden Morgen hört sich X. die Erzählungen der Soldaten an, die aus Lisieux zur Genesung hergeschickt werden. Sie leben in einem Gebäude in der Nähe des Gutshauses von Braffy, wo ihnen drei große Säle zur Verfügung gestellt worden sind. Einer dient als Eßraum, als Schlafsäle die beiden andern. Es sind fünfzehn. Keiner ist schwer verwundet. Ihre Geschichten klingen nach Zeitung.

Als er die vernichtende Wirkung der neuen Sprengstoffe schildert und die Überraschung, Soldaten tot, aber vollständig aufrecht und ohne jede Verwundung zu erblicken, sagt ein Turko[254] abschließend: «Es ist traurig, weil sie aufrecht stehen; aber komisch, weil sie tot sind.»

X. wundert sich, daß ihre Erzählungen keine persönlichere Note haben. (Man hätte länger mit ihnen zusammen sein müssen.) Die Mehrzahl kommt aus Charleroi oder Umgebung. Es scheint festzustehen, daß die Artillerie ihre Aufgabe, die Infanterie zu schützen, nicht erfüllt hat. Einer meint, er verdanke sein Leben dem Umstand, daß er vom Luftdruck der Granate hochgehoben und fortgetragen worden sei; ein Splitter habe ihn dann verletzt, als sie in der Erde krepierte. Ein anderer, ein Friseur aus Beauvais, Schönredner, hat lange in einem Hohlweg einen Deutschen verfolgt; der Deutsche lief ziemlich rasch, stolperte aber über einen Stein und fiel hin; da stieß er ihm das Bajonett in den Rücken. Es war so tief eingedrungen, daß er, um es herauszubekommen, die Leiche mit dem Fuß wegstoßen mußte.
Ein anderer schließlich hatte, wenn man ihm glauben will, fünf-

zehn Deutsche auf dem Gewissen, denen er angeblich die Kehle durchgeschnitten hatte, als er sie stockbetrunken oder schlafend in einer Scheune überraschte.

Jeder behauptet, die feindlichen Granaten krepierten nicht alle; nur eine von zweien, sagen sie, und zudem ohne große Wirkung. «Bruch», sagen sie.
Sie sagen, daß Sonnenstiche bei den Märschen in der heißen Tageszeit sehr häufig vorkamen. «Jeder suchte nur nach einem schattigen Eckchen, um sich hinzuwerfen.» Ein paar fielen um, mitten im Glied; man ließ unglaublich viele im Straßengraben liegen.

Édouard ganz *geknickt,* nachdem sein Opferwille nicht angenommen worden war. Man hätte ihn beim Wort nehmen müssen.

Das ganze strahlende Gleichgewicht des Himmels weicht dem gewaltigen Druck der Wetterwolken. Die Nacht vom 12. auf den 13. war erfüllt von den schaurigen Stimmen des Sturms. X. stellte sich die angstvolle Frage, *gegen wen* dieser Sturm wüte.

16. September.
Die Unmöglichkeit, den (alles in allem künstlichen) Spannungszustand in sich aufrechtzuerhalten, sobald ihn in der äußeren *Umgebung* nichts mehr motiviert. X. fängt wieder an zu lesen, Bach zu spielen und würde am liebsten sogar die Fugen des *Wohltemperierten Klaviers* spielen, deren Rhythmus zur Fröhlichkeit verlockt und die er sich jetzt noch widerwillig versagt.
Indessen beginnt man in dem alten Haus, wo er mit seiner Frau allein geblieben war, sich wieder zu versammeln. Jeanne hielt sich noch in Étretat auf, wohin sie nur äußerst widerwillig gegangen war; ihre ganze Widerspruchsmanie verwandte sie darauf, in Optimismus zu machen, trotz der Ereignisse und wider alle Vernunft zu erklären: «Nie werden sie hierherkommen», im selben Ton, in dem sie behauptete, die Russen würden die Österreicher abschneiden, die gegen Belgien marschierten.
Da aber die Preußen schließlich nicht gekommen waren, wurde

die Diskussion gegenstandslos, und X. blieb nichts anderes übrig, als zu sagen, daß sie hätten kommen können. Darüber Streit ohne Ende.

Gezwungen, von neuem an der Hausandacht teilzunehmen. Seine Hemmungen. Grauen vor der Geste, die seinem Gefühl nicht entspräche.
Beauftragt, Bibelverse zum Vorlesen auszusuchen; seine Verlegenheit; er versteht, warum die Pastoren so oft zu den Paulus-Texten greifen, die mehr als die Evangelien «Allerweltstexte» sind und «für jeden Fall» passen. Er sucht auch nach einem Psalm und einem Kapitel aus den Propheten, aber alles erscheint ihm zu sehr «den Umständen entsprechend».
Das treibt ihn in dieser Richtung weiter, als er möchte.

Mein lieber André (Ruyters). – Unter all den Gefährten von gestern, an die man hartnäckig jeden Tag denkt, scheinst du einer der weniger begünstigten zu sein. In den Krieg ziehen und an einem rückwärtigen Posten scheitern, vor einem Suppentopf oder einem Waschkessel, hat nichts Begeisterndes. Ich weiß überdies, daß du dich in den ersten Tagen infolge der Umstellung in der Ernährung sehr schlecht gefühlt hast; ich weiß auch, daß dein Unwohlsein nicht angedauert hat.
Ich hätte dir zweifellos früher schreiben sollen, finde aber keinen Geschmack an allgemeinen Betrachtungen zur Lage und weiß dir nichts Neues oder Besonderes mitzuteilen. Du wirst zweifellos erfahren haben, daß ich, als die Lage nicht allzu günstig aussah und eine scheußliche Wolke eine Zeitlang unser Geschick verdunkelte, nach Cuverville zurückgefahren bin. Copeau war etwas besorgt darüber, Frau und Kinder an einem Ort zu wissen, der als bedroht gelten konnte; ich bekam den Auftrag, sie zum anderen Ufer des Flusses zu bringen. Gleichzeitig befreite ich Cuverville von meinen Neffen, Nichten und Schwägerinnen, die es angenehm, aber leichtsinnig bevölkerten – und blieb mit meiner Frau und K. (der beim ersten ernsten Alarm mit dem Rad nach Le Havre fahren sollte) allein zurück, wobei Em. und ich entschlossen waren, endgültig da-

zubleiben, ebenso wie mein Schwager Georges, der, wie du weißt, Bürgermeister von Cuverville ist. Genau am Tag meiner Rückkehr hierher meldete der «Heeresbericht» plötzlich den Ansturm der Deutschen «gegen die Somme» – wobei die Ungenauigkeit dieser Nachricht die garantierte Wirkung hatte, die ganze Gegend von Caux in Angst zu versetzen. Aus Étretat, Fécamp und sogar Criquetot gingen buchstäblich alle weg, die eine Flucht irgendwie bezahlen konnten. Das Schauspiel war ein wenig widerlich und seine Wirkung auf die Unbegüterten oder diejenigen, die ihr Beruf zurückhielt, so peinlich wie nur möglich. Im Gegensatz dazu wurde mir klar, welchen Trost und welche Kraft sie aus der Ruhe und Festigkeit meiner Frau schöpften. Auch meine Rückkehr trug zur Beruhigung bei, denn man dachte: «Wenn Monsieur Gille zurückkommt, ist keine Gefahr!» Zum Glück konnten sie nicht in mein Herz blikken! Ich habe zehn Tage fürchterlicher Angst durchlebt, in denen ich von Stunde zu Stunde das Schlimmste erwartete – und vielleicht nicht ganz ohne Grund… Und als die Berichte uns gestatteten zu glauben, daß die Sturmflut die Normandie nicht mehr bedrohe, so nur, um uns zu enthüllen, daß sie nun Paris bedrohe, und die Angst wechselte lediglich die Richtung…

Wie leicht das Leben sich wieder ordnet, sich wieder schließt. Allzu leichte Vernarbung. Sich diesem mittelmäßigen Glück überlassen, das der größte Feind des wahren Glücks ist.

Die Situation von X., der bleibt, während diejenigen, die sagten, «man muß dableiben», weggehen.
Die (umgekehrte) Situation der L.s in Yport – die F. zur Abreise veranlaßt und mit denen er sich auf dem Bahnhof verabredet – die er dann versetzt, weil er sich im letzten Augenblick zum Dableiben entschließt und sozusagen nicht den Mut zu seiner Feigheit hat.

18. September.
Heute morgen, kurz vor acht Uhr, ein Telegramm, das der Großneffe der Postmeisterin überbringt: «Charles Péguy in Argonne vor dem Feind gefallen.» Théo schickt es mir.

23. September.

Vom 26. August an habe ich aufgehört, das Tagebuch zu führen, das ich am ... wiederaufgenommen und seit jenem Tag regelmäßig geführt hatte. Es erschien mir ungehörig, angesichts so ernster Ereignisse meinen Eintragungen ihren subjektiven Lauf zu lassen; ich habe ein neues Heft angefangen (gelb mit rotem Rücken), worin ich, ganz unabhängig von mir selbst, aufgeschrieben habe, was mir, dachte ich, als Material für meinen Roman dienen könnte; und das hat mir zunächst gute Dienste geleistet, denn ich habe darin manches notiert, was ich in Form eines Tagebuches nicht hätte tun können. Doch ist diese neue Methode nichts mehr wert, sobald die äußeren Ereignisse aufhören, über das Innenleben zu triumphieren. Seit acht oder zehn Tagen habe ich zu schreiben aufgehört, und dieses Schweigen geht Hand in Hand mit einer neuerlichen Schwächung des Mutes, der Tugend, über welche Herr zu werden mir dieses Tagebuch von neuem helfen möge.

Ein Telegramm von Jacques Raverat[255] hat mich nach Le Havre gerufen, von wo ich ihn nach Cuverville geholt habe. Seit einigen Tagen war das Wetter scheußlich. Ich hatte aus Trouville Valentine Gilbert und meine beiden Nichten hergeholt. Jeanne Drouin kam aus Étretat zurück. Madame Copeau wollte bis nach der Niederkunft von Madame Jouvet in Braffy bleiben; Jean Schlumberger hielt es im übrigen für unvernünftig, sie bei den immer noch unsicheren Verbindungen zu bald herkommen zu lassen.
K. holte aus Le Havre, wohin er vor vier Tagen gefahren war, drei junge Lafauries hierher (die Zwillinge und ihren Vetter Maurice), der letzte sehr nett, ein kleiner Clown, ohne es allzusehr zu wollen, immerhin sich seiner Komik bewußt; lustige, etwas tückische Augen, einen Feinschmeckermund, eine Stulpnase; außergewöhnlich kräftige Hände, kurz und ausdruckslos. Er unterhält mich sehr und sogar mehr als das.

24. September.

Die drei jungen Lafauries sind gestern abgereist. Vorgestern abend habe ich ihnen *Der Hund* von Turgenjew mit Erfolg vorgele-

sen; wenn auch die Zwillinge in der Defensive blieben. Jacques Raverat verlängert seinen Besuch um einen Tag; wir haben gestern mit K. einen langen Spaziergang im waldigen Teil von Fongueusemare gemacht. Ich kann mich nicht damit abfinden, mit anzusehen, von wie vielen Provinzen des Vergnügens dieser Kleine nichts ahnt; Dichtung, Denken, Musik, Malerei scheinen für ihn verschlossenes Gebiet, wie sie es auch für Gérard waren und für so viele andere seiner Generation.
Die Invasion des Barbarischen.
Den Kindern gestern abend Courteline und Duvernois vorgelesen.

25.

Gestern Abreise von Jacques Raverat. Wir hatten zusammen die bewundernswerte *Hymn on the Nativity* von Milton gelesen und einige *Sonette* von Shakespeare. Endlos über Moral und Religion gesprochen. Er glaubt an den Teufel; er hat mir sogar gesagt, daß er an den Teufel geglaubt hat, ehe er an Gott glaubte. Ich habe ihm gesagt, daß ich ungern an den Teufel glaube, weil ich nicht ganz sicher sei, ihn genügend zu verabscheuen. In meinem Roman wird aber bestimmt einer vorkommen, der an den Teufel glaubt. – Diese Unterhaltungen sind wohl für uns beide von beträchtlichem Nutzen gewesen. Er behauptet, er reise neu gestärkt für die Arbeit ab.
Fahrt nach Étretat, nachmittags im Wagen. Es tut mir leid, zu spät erfahren zu haben, daß man die Verwundeten besuchen konnte (von ein bis drei Uhr, donnerstags und sonntags).
Heute früh unerwartete Ankunft von Marcel, als ich gerade dabei war, ihm zu schreiben.

26.

Der armen alten Madame Freger (geborene Urémie Débris!) eine Flasche Wein und eine Schachtel Biskuits gebracht. Als ich sie vor nunmehr vierzehn Tagen verließ, hatte sie im Bett gelegen, ohne viel Hoffnung, sich jemals wieder zu erheben. Von ihrer Krankheit sind nur noch starke Kopfschmerzen und eine ziemlich heftige Entzündung des linken Auges übriggeblieben, das sie durch eine

schwarze Binde schützt. – Sie beendet noch das «Versorgen ihrer Kühe», führt mich dann in ihre Stube und läßt dort, als ich weggehen will, zum erstenmal ihren dankbaren, liebevollen Gefühlen freien Lauf, so daß mir die Tränen in die Augen steigen. Sie hat mich vertraulich am Arm gefaßt; weint selber, als sie auf Em. zu sprechen kommt, und dieser plötzliche Gefühlsausbruch ist um so rührender, als sie sich nur in Worten auszudrücken vermag, die schwer, ungeschliffen und gewichtig sind wie Felsblöcke. Sie wundert sich, daß Mius uns habe verlassen können, und würde sich noch mehr wundern, wenn er nicht bald wieder zu uns zurückkäme.
Auf dem Rückweg gehe ich die Route des Groseilliers hinunter bis zum Haus der Dumonts, wo ich mich nach dem Kleinen erkundigen will, den Valentine vorgestern gepflegt hat. Ich stehe vor verschlossenen Türen.
Ziemlich lange Plauderei mit einer Frau D., die es so einrichtet, daß ich sie auf dem Weg zum Gut einhole, und ihren Schritt meinem anpaßt. Sie fragt mich fast sofort nach dem Krieg und wie lange er wohl noch dauern werde. Eigentlich ist, was sie sagt, nicht dumm, genausowenig wie das der anderen aus dieser Gegend, mit denen ich gesprochen habe. Sie haben alle zweifellos dieselbe übernommene Meinung, sind aber, alles in allem, bemerkenswert gut unterrichtet, und nicht nur über das, was leider Gottes in unserem Land vor sich geht; sie sprechen über Russen, Japaner, sogar Serben ohne allzu große Unwissenheit. Schon vorgestern in Étretat war ich überrascht von der Art, wie Kinder von Seeleuten über das Bombardement der Kathedrale von Reims sprachen; gewiß, ihre Empörung spiegelte die der Erwachsenen und diese die der Zeitungen wider; man spürte aber nichtsdestoweniger ihre tiefe Aufrichtigkeit und daß sie so war, wie man sie sich nur wünschen konnte. Sicher fühlte auch Frau D., daß etwas Unersetzliches vernichtet war, das keine Kriegsentschädigung jemals aufwiegen könnte.
Jeden Tag macht es mir ein wenig mehr Vergnügen, mit Françoise[256] zu lernen; fast ebensoviel, als wenn ich selbst studierte – und das will etwas heißen.

27.

Zweifellos habe ich bei der Ankunft von S. in meinem Herzen ein freudiges Aufflammen verspürt, denn trotz allem ist meine alte Freundschaft für ihn noch keineswegs tot und würde nur zu gerne wieder aufblühen. Aber schon nach recht kurzer Zeit überzeugt mich alles in seinen Aussprüchen, seiner Haltung, seiner Miene erneut von seiner Gleichgültigkeit, seiner Kälte mir gegenüber. Das Äußerste, was er für mich aufbringt, ist «Aufmerksamkeit». Höflichkeit ist bei ihm schon lange an die Stelle der Freundschaft getreten.

Ach, wie gerne vergäße ich alle Wunden der Vergangenheit, sogar die, die mich trotz meines schlechten Gedächtnisses am meisten schmerzen, brächte mir nur nicht jeder neue Tag, jede Stunde in seiner Nähe neue Beweise seiner Kälte! Er durchbricht sie nur, um sich über mich aufzuregen.

Er schrieb mir: «Mißverständnisse entstehen häufiger wegen Dingen, die man verschwiegen, als solchen, die man gesagt hat.» Wie soll ich denn aber mit ihm sprechen, da er sich doch gegen alles auflehnt, was ich sage, oder es mit einer höflich nachsichtigen Zustimmung aufnimmt, bei der sein Wesen unbeteiligt bleibt?

Keiner der Aussprüche von S., die mich verletzt haben, ist bewußt oder gar mit der Absicht gesagt worden, mich zu verletztzen; das ist aber das Grausamste daran, daß ich sie als unbedingt spontan empfinde, dem Kern seines Wesens entsprungen. Er würde sich sicher gar nicht mehr daran erinnern; kaum merkt er, daß er sie gesagt hat; sie sind aufrichtig, ohne daß es ihm bewußt ist.

28.

Anstatt S. immerfort nachzugeben, habe ich mich entschlossen, ihm Widerstand zu leisten, und bin dabei gar nicht schlecht gefahren. Um ein weniges noch, und zwischen uns wären nur noch schlechte Witze möglich gewesen. Ich konnte nichts mehr sagen, was er nicht angezweifelt oder mit einem nachsichtigen und geistesabwesenden «oh, ja» aufgenommen hätte, wie man zu einem Kind oder einem Narren spricht. Ich aber war wirklich am Ende meiner Geduld, und wenn ich mich schließlich gewehrt habe, so

geschah es zunächst unwillkürlich. Auf jeden Fall wache ich mit größter Sorgfalt darüber, daß ich nichts behaupte, wofür ich nicht Beweise und Zeugen habe, auf die ich mich stützen kann. Was meinen etwas flatterhaften Geist einer gesunden Diät unterwirft.
Es scheint übrigens, als wisse mir S. eher Dank für meinen Unmut und als sei das für ihn weniger abstoßend, als wenn er keinen Widerstand fühlte.

Abscheuliche Nacht. Überspannte Nerven; Körper so anfällig wie in den schlimmsten Tagen. Erst gegen drei Uhr morgens habe ich ein wenig Schlaf finden können.
Im übrigen fühle ich mich heute morgen nicht einmal allzu müde; aber *anfällig* und das Selbstgefühl bloßgelegt.
Nichtsdestoweniger ziemlich gute Arbeit (oder wenigstens englische Lektüre und Klavierüben mit Françoise. Ich lerne die *Variations* von Dukas wieder auswendig); aber eine furchtbare Angst lastet fortwährend auf meinem Denken: Nicht einen Augenblick gelingt es mir, zu vergessen, daß sich dort seit vierzehn Tagen ein furchtbares Ringen unentschieden hinzieht...

Freitag, 2. Oktober.
Sechzigster Tag seit der Mobilmachung.
Die Tage vergehen in eintönigem Warten. Manchmal möchte ich in Paris sein. Aber würde ich dort nicht bedauern, Cuverville verlassen zu haben?
Am Mittwoch, als alle spazierengegangen waren, bin ich allein bei Em. geblieben, um ihr beim Bohnenputzen zu helfen, auf der Bank vor dem Haus. Der Himmel war wunderbar rein. Kaum wechselten wir dann und wann ein paar Worte, denn wir hätten doch nur *davon* sprechen können; und doch füllte sich die große Stille um uns her, in uns, ohne unser Zutun mit Glück... Dann bin ich Valentine und den Kindern an den Waldrand oberhalb der Wiesen nachgegangen, und erst in dunkler Nacht sind wir nach Hause gekommen.
Am Donnerstag hat uns die Jagdkutsche nach Étretat gebracht. Es fiel mir ein wenig schwer, Em. zu verlassen, die allein mit Odile

zurückblieb. Der Himmel war ebenso strahlend wie am Vortag, aber die Luft war schon kalt. Ich saß mit dem kleinen Jacques auf dem Kutschbock.

In Étretat habe ich die anderen verlassen und bin, über die Felsen, die aus dem Meer ragten, bis unter das Große Tor geklettert. Auf dem Rückweg bin ich Valentine begegnet, die Françoise und Jacques hergeführt hatte, um sie in den Wasserlachen waten zu lassen. Die Kinder waren barfuß. Jacques erklärte, es mache ihm gar keinen Spaß und er wäre lieber bei der Mutter geblieben. Vergeblich versuchte ihn Valentine zu überreden, es sei doch lustig, barfuß auf Algen zu laufen. Offenbar taten ihm die Steine ein bißchen weh; vor allem hatte er aber große Angst vor den geheimnisvollen Tieren, die er in den Lachen vermutete, und nichts konnte ihn dazu bringen, auch nur die Fußspitze hineinzutauchen. Mit Schuhen war er dann ein wenig tapferer, und bald hatte ich ihn so weit, daß er kleine Felsbesteigungen wagte. Nichts Ergreifenderes als ein Kind, das seine Kräfte noch nicht kennt und sich für einen Hasenfuß hält, weil seine Mutter es unausgesetzt vor all dem Schlimmen gewarnt hat, was ihm passieren könnte. Ich habe ein wenig über seine Ängste gespottet und ihn sich überall da, wo es gefahrlos war, allein helfen lassen. Die Angst vor schlimmen Tieren hielt ihn zuerst davon zurück, seine Hände auf den Fels zu stützen; aber mein Spott traf ihn ins Innerste, und bald setzte er seinen Ehrgeiz darein, kühner zu werden.

Heute, Freitag, hat sich der Himmel bedeckt. Die Luft ist mild. Die Zeitungen melden immer noch nichts Neues.

Jacques, der trotz allem, was er mich gestern abend zu seiner Mutter hatte sagen hören, genau wußte, daß er im Unrecht gewesen war, ist heute morgen von selbst gekommen und hat Valentine um Verzeihung für sein dummes Benehmen gebeten; dann hat er sich, weil er mir beweisen wollte, daß er gar kein solcher Hasenfuß sei, darangemacht, vor meinen Augen einen kleinen Baum zu erklettern, und, in der Tat, recht gewandt; was er niemals riskiert hätte, wenn ich ihn gestern in seiner Ängstlichkeit bestärkt hätte.

Abends den Kindern *Gordon Pym* weiter vorgelesen.

3. Oktober.

Man erfuhr von unseren Erfolgen im Tal der Marne. Dann gab es eine Art scheinbarer Flaute; und während vierzehn Tagen erhielt man fast keine andere Nachricht mehr als diese: Der Kampf geht weiter; an der ganzen Front sind heftige Kämpfe im Gange; die Frontlinie ist fast unverändert.

4. Oktober.

Immer noch nichts. Das furchtbare Ringen geht weiter. Durch unaufhörliches Drandenken möchte man zum Erfolg beitragen.
Einen Brief an Ruyters angefangen; aber auf der dritten Seite stockt meine Feder bei der Erinnerung an unser letztes Gespräch. Sein ungerechter Vorwurf, so leicht er auch war und obwohl er meine Freundschaft in nichts vermindert hat, stört doch meine Unbefangenheit; und ich bin nichts mehr wert, sobald ich nicht mehr natürlich bin.

Brief von Jeannie Valéry; ich schreibe lange an Paul (zwölf Seiten).
Miquette dem Fellow zugeführt, dem Hund Valentines, der bei Georges in Pension ist. Länger als eine halbe Stunde hat sich das arme Tier in vergeblichen Versuchen erschöpft; er hat nicht mehr Erfolg als Toby.
Tess of the d'Urbervilles fertiggelesen, das ich in Paris angefangen hatte; ich habe also etwas länger als einen Monat dazu gebraucht. Ich bewundere dieses Buch mehr, als ich es liebe, und verstehe nicht, wie man es *Jude the Obscure* vorziehen kann.
Bei Dumont gewesen, dessen kleines Kind vorgestern gestorben ist. Habe nur die Schwägerin getroffen und die drei jüngsten Kleinen, die sich zu mir auf die Böschung am Waldrand gesetzt haben.

5. Oktober.

Jeden Tag übe ich zwei Stunden mit Françoise; ich möchte ihr gerne beibringen, allein zu arbeiten. Die Hauptschwierigkeiten (fast hätte ich gesagt: die einzigen), die ich mit ihr habe, rühren von schlechten Gewohnheiten aus früheren Zeiten her; vor allem jener, daß sie keiner Note den vollen Wert gibt, so nämlich, daß diese jeweils erst der folgenden weicht. Sie spielt im Takt, *hält* aber die angeschlagenen Noten nicht. Ich lasse sie deshalb die erste der *Fughetten* von Händel üben, bei der jede Note exakt an die folgende gebunden und außerdem die halben und die ganzen über die Viertelnoten hinweg gehalten werden müssen.

Miquette noch einmal zu Fellow geführt; die Hündin ist gefällig, wie man es sich nur wünschen kann, und begünstigt ihn so gut wie möglich; aber er zielt einfach immer daneben, trotz allem, was ich tue, um ihm zu helfen. Als ich ihn endlich sich selbst überließ und er weiterhin nichts fertigbrachte, ist er zu mir gekommen und hat mich zu der Hündin hingezerrt und -gestoßen und mich wieder um Hilfe gebeten.
Ich wünschte, es wäre nur denen erlaubt, über sexuelle Fragen zu sprechen, die Gelegenheit haben, Tiere aufzuziehen oder zu beobachten. Vielleicht würde man endlich verstehen wollen, daß sehr viele Schwierigkeiten, Abweichungen, Unregelmäßigkeiten, die man hartnäckig als «widernatürlich» und anormal bezeichnet, nicht weniger *natürlich* sind als manche andere.

7. Oktober.
Abscheuliche Nächte. Kopfschmerzen, so häufig wie in meiner Kindheit; und, soviel ich mich erinnere, von genau derselben Art. Ungefähr seit meinem achtzehnten Jahr waren sie nicht mehr aufgetaucht.
Zwei Briefe, einer von Jacques Copeau, der andere von Madame Copeau, die uns gleichzeitig melden, daß man von Rivière seit dem 24. August keine Nachricht mehr hat.

8. Oktober.
Ich habe den ganzen gestrigen Tag eine Migräne mit mir herumgeschleppt, die sich erst gegen Abend beruhigt hat. Nichtsdestoweniger einige Seiten Browning lesen können (in *Pauline* und in *Pippa passes*), an dem ich mehr Interesse und Vergnügen fand als bisher an irgendeinem anderen englischen Dichter. Wären nur diese

Sympathie und Bewunderung älteren Datums – ich würde Browning den ersten Platz in meinem Herzen und meinem Geist einräumen.

Gestern große Diskussion über die Autos auf den Landstraßen und die Art und Weise, wie man sie anhalten und sich vergewissern könnte, ob die Ausweispapiere ihrer Insassen in Ordnung sind. Marcel und Jeanne behaupten, die Gendarmen bedienten sich einer Pfeife, ließen sich so wenig wie möglich sehen, usw., fruchtlose Diskussion, da sie sich auf einen tatsächlichen Vorgang bezieht, dessen Verlauf zu überprüfen ein leichtes wäre. Doch man erhitzt sich auf beiden Seiten; Marcel unterstützt Jeanne, ich unterstütze Valentine, während Em. sich, vom Tumult erschreckt, zurückzieht, wie sie es in solchen Fällen zu tun pflegt. Mit Marcel und Jeanne nimmt eine Unterhaltung immer die Form eines Kampfes an, wo jeder seine Ehre darein setzt, seine Stellung nicht aufzugeben; ich sage «jeder», denn in kürzester Frist wird man selbst gezwungen, so mäßig auch der Wunsch sein mag, über jemanden zu triumphieren, den man als Gegner gar nicht ernst nehmen kann, auf diese Form des Dialogs einzugehen und schließlich mitzumachen.

Herrliches Wetter. Heute morgen geht es mir gut, trotz (oder vielleicht wegen) einer Nacht mit Zwischenfällen. Mit Marcel ist es wieder fast angenehm; wahrscheinlich bedrückt es ihn ein wenig, daß er sich gestern abend hat hinreißen lassen. Wir sind auf den Gegenstand der Diskussion noch einmal zurückgekommen, aber ohne jede Gereiztheit, sondern ganz im Gegenteil in dem Bestreben, uns zu verständigen, was mir sofort ein gutes Gefühl gibt – und wir waren uns einig, daß ohne die Damen die Unterhaltung nie so ausgeartet wäre.

Ich schreibe diese Zeilen in dem kleinen Zimmer im zweiten Stock, das ich seit meiner Rückkehr bewohne; der große grüne Hof Hérouards ist voll fröhlichen Lichts. Kinder schütteln die Apfelbäume, und mit Entzücken höre ich den Regen der Früchte, die von den Frauen im kurzen Gras aufgelesen werden.

Françoise, Nicole und Jacques sind den Copeaus entgegengegangen, die mit dem Drei-Uhr-Zug ankommen sollen. Es ist der vor-

letzte Tag, den ich hier in Frieden verbringe, während dort das Land in Zerstörung, Trauer und Schrecken gestürzt wird. Ein Brief Édouards, den uns Georges heute morgen bringt, erzählt von seiner unsinnigen und kläglichen Odyssee von Pont-l'Évêque nach Tarbes, dann nach Versailles, dann wieder nach Pont-l'Évêque, wo er überall nichts als Unordnung und Fahrlässigkeit feststellt.
Es gibt da furchtbare Fehler, von denen die Niederlage uns nicht geheilt hat, von denen der Sieg uns nicht heilen wird und die jene, um die wir heute trauern, mit ihrem Leben bezahlt haben.

10. Oktober.
Der Ausruf der Dame, der man auf dem Bahnhof Schwierigkeiten macht:
«Und überhaupt habe ich Ihren ganzen Krieg satt!»

Abreise von Cuverville am 10. Oktober. Gegen neun Uhr abends in der Rue Laugier eingetroffen, wo ich bei den Théos Ghéon und Copeau vorfinde, die sich seit einem Monat dort eingerichtet haben, und Jean Schlumberger, der zwei Tage dableiben will und gleichzeitig mit mir ankommt.

Meine Briefe an Em. sind an die Stelle des Tagebuchs getreten.

Der Bahnhofsvorstand von Criquetot, als ich meine Fahrkarte nach Paris löse, spöttisch: «Na, da ist wohl die Hauptstadt nicht mehr in Gefahr?» Sofort geht mir der Hut hoch: «Hören Sie mal, Sie glauben wohl, wir tun alles nur aus Angst? Ich bin hierhergekommen, weil es hier gefährlich wurde, und weil hier jetzt die Gefahr vorüber ist, reise ich wieder ab.» Und da Marcel nicht weit von uns vorbeigeht, rufe ich ihn zu Hilfe, froh, daß er auf diese Weise einmal die Meinung der Leute zu hören bekommt. «Komm her, mein Lieber, hör mal zu; der Herr Bahnhofsvorstand meint, ich sei hierhergekommen, um der Gefahr auszuweichen ...» Aber schon tritt der dicke Vorstand mit hochrotem Kopf den Rückzug an.

Luce Ruyters schreibt ihrer Mutter: «Ich langweile mich derartig, daß ich für die Armen arbeite.» Ein Ausspruch, der, denke ich, ihrem Vater gefallen würde.

Nahezu vollständige Schlaflosigkeit, fast jede Nacht.

16. Oktober.

Es scheint mir auch, als habe das Massaker nicht dieselbe Bedeutung für ein Volk, dessen Bevölkerungszahl abnimmt, wie für eines mit Geburtenreichtum. Der Deutsche, der ein Dorf zur Ader läßt, weiß, daß er es neu bevölkern kann; Übervölkerung verführt zu Massakern; man muß sich «Raum» schaffen.

Der Wille, nicht traurig zu sein. Copeau: «Ich möchte jeden verprügeln, der weint.» Im Gegensatz dazu diejenigen, die alle Trauer auf sich nehmen wollen: P.-A. Laurens, der sich in sein Atelier einschließt, zwischen dem von seinem Bruder gemalten Porträt Péguys und der Angst um ebendiesen Bruder, von dem man ohne Nachricht ist.

Ghéon und er scherzen, *als ob sie an der Front wären.* X. fand, daß es, sobald man selbst in Sicherheit ist und alle seine Lieben in Sicherheit weiß, ein wenig allzuleicht sei zu lachen, und fast ungehörig.

23. Oktober.

In Évreux.

Seit heute morgen werden von neuem die Telegramme kontrolliert, aber auf dem Kommissariat, wo man sie kontrolliert, wird kein Ausweis verlangt.

Nacht des 29. Oktober.

Das plötzliche Aufwachen war die letzten Male schrecklich. Es bleibt mir nur noch gerade so viel Intelligenz, um festzustellen, daß ich idiotisch werde.

10. November.
In Cuverville für zwei Tage. Ruhe. Wenigstens bin ich seit acht Tagen wieder ein wenig sicherer geworden. Meine furchtbare Müdigkeit stammte, glaube ich, daher, daß ich den lieben langen Tag der Sympathie ausgesetzt war. Im «Foyer franco-belge»[257] nicht ein Augenblick des Alleinseins, um die persönliche Form wiederzufinden, sich zu entspannen. Ich fühlte mich von anderen *ausgesogen.* Nachdem ich von morgens bis abends mit der Tätigkeit für die Flüchtlinge beschäftigt war, die wir unterbringen, nähren und kleiden und für die wir Arbeit suchen, fand ich bei den Mahlzeiten und abends Ghéon mit seiner aufgeregten Lustigkeit, meine Gefährten und Gastgeber in ihrem Lebensübermut wieder.

15. November.
Ein Amerikaner ist in den letzten Tagen im Foyer franco-belge erschienen, um uns mitzuteilen, daß er unserem Werk eine bedeutende Summe zur Verfügung stellen würde, falls es uns gelänge, ihn mit einem von den Deutschen verstümmelten Kind zusammenzubringen.
Richepin sprach in einem entrüsteten Artikel von *viertausend* Kindern, denen die rechte Hand abgeschnitten worden sei. Diese unbewiesene Behauptung hatte Romain Rolland empört (siehe seinen Brief) und zweifellos zahlreiche Schweizer mit ihm.[258]
Madame Edwards hatte mir nun aber Ende August (Datum feststellen) von der Ankunft einer Schar Kinder in der Rue Vaneau erzählt, alles Knaben aus demselben Dorf und alle auf dieselbe Art verstümmelt.
Vorgestern suche ich sie auf und sage ihr, wie wichtig für uns ein sicherer Beweis solcher Greuel wäre. Darauf erwidert sie mir, sie habe diese Kinder nicht selbst gesehen, sie wisse aber, daß sie vom *Cirque de Paris* gekommen seien, wohin man sie zunächst geschickt habe. Sie lädt mich ein, am folgenden Tag (gestern) zu ihr zum Mittagessen zu kommen, und verspricht mir vorläufig wenigstens Photographien solcher Verstümmelungen.
Gestern nun hatte sie sich solche Aufnahmen zwar nicht verschaffen können, erwartete aber gleich nach dem Essen Cocteau, der

sie bringen sollte. Cocteau ist nach dem Essen gekommen, ohne Photographien, die er mir für morgen abend versprochen hat; inzwischen hat er mich ins Krankenhaus der Rue de la Chaise geführt, damit wir mit einer Dame vom Roten Kreuz sprechen könnten, die solche Kinder angeblich gepflegt hat. Die Dame vom Roten Kreuz war noch nicht da, und ich bin, da ich im Foyer erwartet wurde, von Cocteau weggegangen, ohne das geringste erfahren zu haben.

Andererseits sagt mir Ghéon, daß zwei junge Verstümmelte, einer fünfzehn, der andere siebzehn Jahre alt, zur Zeit in Orsay in Behandlung seien. Er will mir noch Näheres berichten.

Nicht eine von all diesen Behauptungen konnte bewiesen werden.

Derjenige, der fühlt, daß er seiner Aufgabe nicht gewachsen ist. Möchte verschwinden. Damit man gar nicht mehr auf ihn achtet.

Der Soldat, der an einem bestimmten Tag eine gewaltige Leistung vollbringt (lang davon erzählt), so daß das Ereignis um ihn her wächst und großartig wird – und der später im «Heeresbericht» dieses Tages liest: «Zwischen X. und Y. *nichts Neues*».

Madame Théo sieht in der Metro einen jungen englischen Offizier. Er sitzt ihr gegenüber, so hübsch, so strahlend… Während der ganzen Fahrt wird kein Wort gewechselt, aber beim Aussteigen beugt er sich plötzlich zu ihr nieder und sagt ganz rasch mit leiser Stimme:

«Ich möchte schnell verwundet werden, um von Ihnen gepflegt zu werden.»

«Oh, I hope you will not!» ruft Madame Théo sehr gerührt.

Die Flamme, die in seinem Innern brennt, hat noch nicht alle seine Züge ganz veredelt.

Der Soldat, der sich die Abenteuer seiner Kameraden aneignet – und dem selber, alles in allem, nichts passiert ist. Er erzählt mehr als jeder andere.

(In Cuverville.) Man entdeckte, daß das Mädchen E. in anderen Umständen war. Sie gestand, daß sie sich dem Metzgerburschen am Vorabend seines Einrückens nicht mehr verweigert habe.
Das Kapitel der Flüchtlinge. Ihr Einzug in das kleine Haus. Ihre Hoffnungen auf anderes, auf mehr. Ihre Enttäuschung. Sie verdienten Besseres. Am ersten Abend holen sie die Papiere und Mappen hervor mit den Adressen der Leute, die sie aufgenommen haben. Alle beide unter der einsamen Lampe. Ihr Wille, sich nicht der Verzweiflung zu überlassen, die ständig wächst.

«Es waren requirierte Pferde», sagt Houssonloge zu uns, der Verwundete aus Lüttich, den wir beherbergen. «Meins, kaum gehen wir los, wird wild und... Erst muß ich Ihnen aber erzählen, daß wir damals gerade in der Nähe meines Dorfes lagen und daß meine Eltern das wußten. Wie die Deutschen anfangen zu schießen, seh' ich zwei Frauen auf uns zu rennen. Als Ordonnanz meines Leutnants hatte ich seinen Feldstecher bei mir; ich seh' mir die zwei Frauen an und erkenne meine Frau und meine Mutter. Sie rannten im Kugelhagel auf uns zu; sie brachten mir etwas zu essen. Sie waren schon ganz nah bei uns, da hör' ich das Kommando ‹Linksum kehrt! Galopp!› Und da wird mein Pferd wild und trägt mich in den Kugelhagel, geradewegs auf die feindlichen Linien zu. Ich sag' mir: Mein Lieber, wenn's dich jetzt nicht erwischt, dann sollst du nie sterben... Weil nämlich einzelne Gefangene nicht erst bewacht werden, bei uns nicht und bei denen auch nicht: die werden gleich erschossen.
Zunächst stecken sie mich mit dreißig anderen in einen großen Viehwagen mit 'nem Wachtposten, der auf uns aufpaßt. Muß Ihnen sagen, daß das ganz nah an der holländischen Grenze passiert ist; ich sage mir: Mein Lieber, so dumm bist du nicht, daß du da nicht rauskommst... Weil nämlich auf der andern Seite vom Waggon, weg vom Wachtposten, eine vergitterte Luke war, wo man ohne Gitter rausgekonnt hätte; und wie ich gerade merke, daß man die Gitterstäbe abschrauben kann, seh' ich eine Frau vorbeigehen; sie bringt Zivilkleider, die wir durch die Luke reinholen, wo ich inzwischen schon die Stäbe weggemacht hatte. Die Kleider

reichten für mehrere, aber ich sag' zu den andern: Ich hab' die Idee gehabt, es ist also nur gerecht, wenn ich zuerst drankomme. Natürlich nehm' ich für mich so wenig wie möglich und laß' den andern, was ich kann. Ich streck' den Kopf durch die Luke; als die Schultern durch waren, mußte der Körper wohl oder übel nach. Ich bin auf den Kopf gefallen, auf der andern Seite vom Waggon. Und auf dem Boden liegend hab' ich gewartet, weil ich einen Kameraden hatte, der wollte hinter mir drein kommen. Ich hab' genau zwei Minuten gewartet, dann hab' ich mir gesagt: Wenn er lieber dableibt, brauch' ich nicht mehr auf ihn zu warten. Dann hab' ich mich in Trab gesetzt und bin so schnell wie möglich zur Grenze. ‹Sie sind Soldat?› haben sie mich dort gefragt. Natürlich nicht, hab' ich gesagt, ich bin Zivilflüchtling... weil ich nämlich Angst hatte, sie würden mich dabehalten. Immerhin hab' ich, so rasch es ging, die Stiefel gewechselt, denn daran hätten sie mich erkennen können. Man hat mich in Vlissingen in den Zug steigen lassen, und von da konnte ich zu meinem Truppenteil zurück.
Das zweitemal bin ich mit vier Zivilisten und einem Feldprediger geschnappt worden. Wir zogen in die Straßen von X. ein. Die Frauen, die aus den Fenstern schauten, fragten wir: ‹Sind hier Deutsche?›, und sie antworteten uns: ‹Es sind keine hier›... weil sie nämlich Befehl hatten, so zu antworten, und weil die Deutschen, die hinter ihnen im Haus versteckt waren, kurzen Prozeß mit ihnen gemacht hätten, wenn sie was anderes gesagt hätten. Wie wir geschnappt worden sind, hat man uns auf ein Feld gebracht mit einem Wachtposten, der auf uns aufpaßte. Natürlich war ich entwaffnet worden; sie hatten aber meine hintere Hosentasche vergessen, wo die Reiter ihre Pistole tragen. Und ich hatte die Hand in dieser Tasche, lag auf dem Boden und rührte mich nicht, dicht bei dem Wachtposten, ich hätte das Bajonett seines Gewehrs anfassen können. Er rührte sich auch nicht. Er lag auch auf dem Boden, und wir sahen uns an. Bis er schließlich was zum Rauchen rausholte und anfing, eine Zigarette zu drehen. Lang hat es nicht gedauert. Ich hab ihm die Kugel genau zwischen die Augen gesetzt. Er hat sich so wenig bewegt, daß die andern erst gar nicht begriffen haben, daß er tot war.

Das drittemal war's einer von der Kavallerie, der mich geschnappt hat. Das heißt, es waren zwei. Aber der eine hatte sein Gewehr am Boden liegenlassen. Er war wieder aufs Pferd gestiegen...»

X. hört später vom Ruf der Leute aus Lüttich: alles große Angeber. Vielleicht ist an den Geschichten von Houssonloge kein wahres Wort.

Besuch im Louvre – Trostlosigkeit.
Das Ende einer Kultur?

Die Verwundeten durchleben unter der Wirkung des Chloroforms noch einmal die Ängste der hinter ihnen liegenden Tage. Der von Ghéon stöhnt: «Oh, diese Kälte! Alles, was ihr wollt, nur nicht diese Kälte!»

Jean Cocteaus Bericht, in dem man, wie bei allen seinen Geschichten, den wirklichen Ausgangspunkt nur noch mit Mühe unter der riesigen poetischen Übertreibung erkennt. Im Lazarett hielt er sich bei einem Soldaten auf, der seine Hand faßte und murmelte: «Du, ziele auf den rechts; ich nehm' den linken. Hurra, wir haben sie! Und jetzt, Alter, schrei: ‹Sieg! Sieg!› und noch lauter, damit's der Hauptmann hört.» Darauf flüstert Jean Cocteau ihm ins Ohr, so, daß die in den andern Betten nicht aufmerksam werden: «Sieg! Sieg!»
«Er hört dich doch nicht. Du weißt doch, daß er taub ist.»
Worauf Cocteau, nach zwei schüchternen Versuchen, ein lautes «Sieg!» riskiert.
Sofort öffnet die poetische Rote-Kreuz-Dame die Tür und wiederholt im Bühnenstil: «Sieg! Sieg! Sieg!», wobei sie vortritt, als wäre da ein Souffleurkasten.

Noch einmal überprüfen: die Familie Abed, die als eine der letzten gekommen ist – die um nichts anderes bittet als um eine Matratze und Decken (neun Personen).
Die Familie Kl. nach Magny geschickt – (die beiden Söhne, deren

einer Ambiorix), der Schwiegersohn und die Tochter, die sie verstecken... Bedauerliche Entdeckung des Kleiderkoffers, den sie mit sich herumschleppen.

Das Werk des Foyer franco-belge.
Er widmete diesem, wie er sich in den seltenen Briefen, die er noch schrieb, ausdrückte, «sein Herz und seine Zeit»; diese magere Formel diente ihm zur Abkürzung seiner Korrespondenz.
Wie und warum dieses anfangs durchaus wohltätige Werk langsam bürokratisiert wurde.
Bei anderen, begrenzten Werken – leichtes Funktionieren. Vielen unter den Flüchtlingen behagen Unterkunft oder Ernährung (manchen beides) nicht. Der eine will ein Einzelbett haben; eine Familie wäre schon zufrieden, wenn man ihr nur das Küchengeschirr verschaffte, das sie sich nicht leisten kann. Einem, der Unterstützung bezieht, paßt es nicht, von einer wohltätigen Einrichtung ernährt *und* untergebracht zu werden; das sei Verschwendung. Die Einrichtungen kümmern sich nicht darum; wie sie sich elegant ausdrücken: «Das interessiert sie nicht.» Madame X. kommt zu uns, nachdem sie sich vorher an den düsteren *Cirque de Paris,* das armselige *Séminaire Saint-Sulpice* und die überfüllte *Salle Wagram* gewendet hatte; man bietet ihr Unterkunft an, womit sie nichts anfangen kann, denn sie ist schon befriedigend untergebracht in einer Wohnung, wo sie für ihre sechs Kinder so kochen kann, wie sie möchte; sie zahlt fünfundvierzig Francs im Monat, manchmal sogar weniger. Was kann sie mit der Verpflegung anfangen, die man ihr anbietet? Sie braucht einfach einen kleinen monatlichen Zuschuß, der es ihr ermöglicht, die Lage zu meistern; zum Beispiel eine regelmäßige Zahlung der Miete. Für den Rest genügte die Unterstützung. Die Mahlzeiten, die man ihr vorschlug, würden das Werk viel mehr kosten und sie zwingen, mit den Kindern bei jedem Wetter auszugehen. Und schließlich würde das Auswärtsessen sie daran hindern, sich ein «eigenes Heim» zu schaffen.

*

Da sich uns nun doch die ungeheure Chance bietet,
Daß das alte Instrument, das immer noch nachklang,
zerbrochen ist,
Erfassen wir unerschrocken unsern Vorteil
Und bücken wir uns nicht, um noch etwas aufzuheben.

Da doch unsere Bibliotheken schon so voll waren
Und unsere Gehirne, daß nichts mehr hineinging;
Da doch alles schon gesagt war, wenigstens auf die alte Art,
Alles bekannt, alles gelebt, wenigstens auf die alte Weise;

Da der Mantel unserer Moral fadenscheinig geworden war
Und es noch nicht erlaubt ist, nackt zu gehen;
Da doch alles, was in uns erstickte, um Erbarmen schrie,
Ohne jemals etwas erreicht zu haben;

Da wir doch im Grunde unseres Herzens die Katastrophe
wünschten,
Den großen Windstoß, der das Unreine wegfegte,
So lebe Gott; wenn er nicht von außen kommt, sondern
Sich aus der Tiefe der Menschheit selbst erhebt!

Dieser Krieg gleicht keinem anderen Krieg;
Es geht nicht nur darum, ein Gebiet zu schützen,
Nicht um Vätererbe, um Tradition... Nein! Eine Zukunft
will geboren werden,
Riesig, die aufsteht und sich die Füße blutig macht.

Oh! Welchen Tritt gibst du,
Um dich abzustoßen, Neuheit!
Aus Liebe und in der Hoffnung
Auf lebendigere Schönheit,
Möge die zerstampfte Erde dir verzeihen!

*

Arme Seele, schwankende, du kannst sie nicht beide lieben,
Vergangenheit und Zukunft.
Nun zeigt sich's, ob du weinend dich über Asche beugen willst,
Ob endlich dir nur bleibt, zum Grab hinabzusteigen,
Oder ob jung genug du dich noch fühlst, ins Unbekannte
vorzudringen.

1915

Ich sage euch, es beginnt eine neue Kultur. Die von gestern hatte sich zu sehr auf die lateinische gestützt; das heißt auf das, was die Kultur an Künstlichstem, an Eitelstem hervorgebracht hatte. So natürlich die griechische war… Es muß aber auch zugegeben werden, daß die lateinische gerade wegen ihrer Fehler am leichtesten Zugang bei uns fand.

24. September.
Ich habe bisher aus einem Übermaß an Freude heraus geschrieben. Heute verschlimmert sich mein Schmerz, da ihm der Ausdruck fehlt. Ich bin ungeschickt im Umgang mit Kummer. Ich möchte sogar das Nachlassen meines Glücksgefühls irgendeiner geheimen Müdigkeit zuschreiben. Wie müde bin ich doch!…

25. September.
Ich habe mich nur am Klavier ein wenig gefangen, wo ich weiter Stücke von Albéniz übe. Drei kann ich ganz auswendig und von einem vierten mehr als die Hälfte. Auch *Präludium, Choral und Fuge* und einige *Études* von Chopin wiederaufgenommen.

Paul-A. Laurens benützt die reichlichen Mußestunden, die seine Kantine ihm läßt, um «wieder in die Schule zu gehen», wie er sagt, und «wieder zeichnen zu lernen». Zusammen mit zwei Kameraden treibt er ein Modell auf und läßt sich für Stunden davor nieder. Ich kann ihm dazu nicht gratulieren. Nicht die rechte Zeit zum Lernen, wenn alles in Frage gestellt ist. Und war das Ungenügende bei ihm etwa ein Mangel an Können? Ich meine, ganz im Gegenteil, seiner Originalität wäre durch ein weniger flinkes Handwerk, ja, sogar ein wenig Ungeschicklichkeit besser gedient gewesen. Virtuosität hat noch immer nur Banales hervorgebracht. Das einzige Handwerk, das etwas wert ist, ist eines, das die Empfindung geschaffen hat und das sie, nach Bedarf, neu erfindet. Ich will nur noch das schreiben, wozu es mich drängt.

Sonntag, 26. September.

Täglich in dieses Heft schreiben: gute Disziplin, die mir stets gutgetan hat.
Endlich den *Gulliver* fertiggelesen. Ich habe nicht viel Vergnügen dabei gehabt und bin froh, davon loszukommen. Das ist und bleibt kurz, rauh und bitter. Unausgesetzt erwartet man etwas Besseres, etwas anderes, und die Vorstellung, was es hätte sein können, verdirbt mir die Freude an dem wenigen, was es ist.

Gestern mit lebhaftem Vergnügen die *Autobiography of Mark Rutherford* begonnen, auf die mich Bennett hingewiesen hatte.
Der Heeresbericht von heute abend erfüllt mich mit Bangigkeit. Sollte endlich die Morgenröte dämmern? ... Im Geist höre ich die Schreie dort; ich sehe ein Losstürmen, das Aufflammen todgeweihter Hoffnung. Ich denke an den kleinen Jean-Paul Allégret, an E. D. Es hat fast die ganze Nacht geregnet.

27. September.

Bedrückender Heeresbericht heute morgen. Wird man endlich den Deckel lüften? Es kommt mir vor, als müßte ich am ersten Schwall frischer Luft ersticken. Ich möchte bei Em. sein.
Karte von Copeau gestern abend, merkwürdig *out of time*. Er spricht von Florenz, von Fra Angelico... Gibt es denn das alles noch?

28. September.

Noch zögert die Hoffnung und wagt nicht, ihre Flügel ganz zu entfalten, um in was für neue Himmel zu fliegen... Welche Geduld erfordert doch das Warten! Wie lange werde ich noch schweigen

müssen? Und wird mir dann zum Sprechen noch genügend Zeit und Kraft bleiben?
Ich lasse mich vom Foyer ablenken; gehe erst nachmittags hin und finde nicht mehr viel zu tun. Ich bin matt und verliere mich fortwährend. Ich kann nicht mehr… Vor der letzten kurzen Reise nach Cuverville war ich wieder ganz von einem neuen Amt in Anspruch genommen (Kleiderausgabe), das vollständig neu organisiert werden mußte. Gegenwärtig fordert der Dienst bei unserer Unterstützungsstelle, der tadellos organisiert ist, keine Initiative mehr. Wenig fehlte, und die Arbeit würde rein verwaltungstechnisch. Vielleicht werde ich mich eine Zeitlang in der Rue Taitbout einrichten, um das Funktionieren des Restaurants zu überwachen. Zweifellos gäbe es dort viel zu überprüfen; ich fürchte jedoch, Charlie Du Bos könnte es übelnehmen. Ich kann eine Sache nicht nur halb machen, mich leihen. Während elf Monaten hat mich meine Aufgabe im Foyer vollständig absorbiert und leidenschaftlich interessiert. Nun, da die Maschine in Gang ist – ist es erlaubt, sich abzuwenden, wie von einem vollendeten Buch? …
Doch nein. Nichts wird in der materiellen Welt vollendet. Alles geht weiter. Und was man einmal auf sich genommen hat, beansprucht einen immer von neuem.

Darius Milhaud ist gestern gegen Abend gekommen, um das symphonische Gedicht vorzuspielen, das er nach einem der Gedichte von Tagore komponiert hat, die ich übersetzt habe. Wobei ich nur Geräusche hörte. Dann hat er uns ganz hervorragend ziemlich mittelmäßige Melodien von Mendelssohn vorgespielt. Am Vorabend hatte ich Marianne Delacre begleitet. Sie hat Chausson und Duparc gesungen. Absichten und psychologische Hintergründe stören mich immer in der Musik. Sie verliert für mich ihre wahre Bedeutung, wenn sie etwas allzu Bestimmtes auszudrükken versucht.

29. September.

«Man weiß nicht, ob man schnell älter werden möchte oder, im Gegenteil, die Zeit aufhalten», sagte heute morgen im Foyer Madame Lacroix zu mir, deren einziger Sohn an der Front ist. Der Brief, den sie gestern von ihm erhalten hat, ist vom 22. Wird er von dieser Höllenfahrt wiederkehren?

Tag in Magny, wohin mich die Chaussons im Auto mitnehmen. Kälte, Nebel und Regen; solange mir noch etwas animalische Wärme bleibt, bleibe ich neben dem Chauffeur sitzen und lasse mich wohlig von der Dusche herbstlicher Luft durchdringen. In Satory setze ich mich ins Wageninnere zu Madame Chausson, ihren beiden Töchtern und Marianne Delacre.
Angenehme Stunden bei Raymond Bonheur; aber ein wenig zu lang ausgedehnter Besuch. Erst bei Dunkelheit fahren wir nach Paris zurück. Obgleich ich zusammen mit Marianne Delacre in der Rue Laugier, wohin uns das Auto bringt, bei den Théos zu Abend essen soll, trenne ich mich von den anderen, um ins *Foyer* zu laufen und das Buch von Rutherford zu holen, das ich am Morgen vergessen hatte; der Appetit, den ich darauf habe, läßt sich nicht mehr beschwichtigen.
Um halb elf zu Hause angekommen, will ich diesen allzu leeren Tag nicht hingehen lassen, ohne ihn noch mit einer Dreiviertelstunde Klavierüben (Albéniz) angefüllt zu haben – ganz leise, aus Rücksicht auf die Nachbarn.

1. Oktober.

Beinahe wäre ich nach England abgereist. Schon holte ich mir bei den Théos Koffer und Schal; war schon mit Mrs. Wharton verabredet: Ich sollte sie morgen früh an der Gare du Nord treffen. Henry James und Arnold Bennett erwarteten mich. Gestern hatte ich an Raverat geschrieben, um mich anzumelden, und im Foyer hatte ich mich abgemeldet. Zum Glück begegne ich auf der Präfektur unüberwindlichen Schwierigkeiten; ehe ich meinen Paß erhalte, muß ich in den Invalides vorsprechen, um meine militärische Situation zu klären oder wenigstens feststellen zu lassen, daß sie in

Ordnung ist; dann zum Polizeibüro meines Viertels mit zwei Bürgen und einer Photographie von mir; dann zur englischen Botschaft; dann ins Außenministerium... Und da mir für all diese Schritte die Zeit fehlte, habe ich plötzlich ungeheuer erleichtert darauf verzichtet. Hatte ich auch beim Gedanken an die Abreise einige Freude empfunden, war diese beim Gedanken ans Dableiben noch viel lebhafter, und ich genoß das Ende dieses Tages wie einer, der noch einmal davongekommen ist.
Ich bin zu Mrs. Wharton gerannt, die meine Fahrkarte lösen sollte; es hätte mir immerhin Vergnügen gemacht, mit ihr zu reisen. Aber es war nicht der richtige Augenblick.

2. Oktober.

Als ich gestern abend in Auteuil ankam, klopfte ich auf gut Glück an die Tür von Labasque. Ich fand ihn auf dem Bett sitzend, damit beschäftigt, in der *N. R. F.,* die vom Foyer mitzunehmen Charlie Du Bos ihm erlaubt hatte, die Aussprüche Walt Whitmans zu lesen, welche Bazalgette so platt übersetzt hat. Da ich ihm gern meine Sammlung von Goya-Zeichnungen zeigen wollte, nahm ich ihn in die Villa mit.
Ich weiß eigentlich nicht recht, was dieser sonderbare junge Mann in der Malerei sucht; alles enttäuscht ihn. Er hat den Radierungen, die ich ihm vorlegte und für die er sich doch angeblich so sehr interessierte, kaum Beachtung geschenkt. Von Redon, der ihn tags zuvor ziemlich zu begeistern schien, hat er schon wieder genug. Übrigens drückt er seine ungerechtfertigte Ablehnung so bescheiden, so überzeugt aus, daß sie fast erträglich wird und glaubwürdig wirkt.
Wie am Tag zuvor Eier und ein bißchen von Godefrain mitgenommenen Aufschnitt zu Abend gegessen.
Noch große Müdigkeit im Kopf; eine Art grauer Schatten über meinem Denken. Und doch...

Cuverville, 7. Oktober.

Mittwoch abend hier angekommen. Im Foyer tat ich nichts mehr, was Wert gehabt hätte. Schwerer Kopf und Schwindelgefühle.

Ich nahm mir vor, hier viel zu arbeiten; aber meine Gedanken verdicken sich und erstarren. Sogar das Buch von Rutherford noch nicht zu Ende lesen können.
Und doch bildet und formt sich in mir das Buch heran, das ich schreiben möchte, wenn... Aber die gewaltige Menge formlosen Stoffes erdrückt mich; ich weiß nicht, wie ich ihn anpacken und wie damit fertig werden soll; noch, ob mir genügend Kraft bleiben wird.

8. Oktober.
Ich beendete heute abend die *Autobiography of Mark Rutherford.* Bewundernswerte Ehrlichkeit dieses Buches. Ich kenne kein literarisches Werk, das spezifischer protestantisch wäre. Wie kommt es, daß das Buch nicht bekannter ist? Wie dankbar bin ich Bennett, daß er mich darauf hingewiesen hat! Die hervorragenden Eigenschaften des Stils von Hale White (dies ist der wahre Name des Autors) sind ebendie, die ich selbst besitzen möchte.

9. Oktober.
Mit Interesse in der mir von Ducoté geliehenen *Revue de Paris* vom 15. Mai die Seiten von E. G. über die Flüchtlinge gelesen. Vernünftig, warmherzig und richtig im Ton. Aber wie wird auf diese Weise, in der Darstellung eines Vertreters der Behörden und der Regierung, der eigentlichen Frage ausgewichen! Offenbar sehen wir im Foyer die Flüchtlinge unter einem ganz anderen Blickwinkel: All die Fälle, die uns vorliegen, oder doch die, welche einer besonderen Prüfung bedürfen, sind ja ebendie, für welche die Verwaltung keine Lösung finden konnte oder wollte.
Es ist – leider! – bei unserem Wahlsystem nur zu natürlich, daß Sparmaßnahmen, die von der Regierung gepredigt werden, hauptsächlich auf Kosten der Flüchtlinge durchgeführt werden, derer nämlich, die weder zum Kreis noch zur Gemeinde gehören und die von den regionalen Komitees nur recht unzulänglich versorgt und unterstützt werden. E. G. sieht notwendigerweise nur die Zufriedenen; wir aber nur die andern. Das ist weniger lustig!

Ich kann nur aufhören, an sie zu denken, wenn ich aus dem Egoismus eine Tugend mache. Ich entsinne mich jenes Sommers, als ich von den Leiden Jules Iehls ganz besessen war; als die Vorstellung davon, wie er in seinem öden Büro dahinwelkte, mir jede Arbeit unmöglich machte; ich konnte meine Gedanken nicht von ihm ablenken und schämte mich all meiner Annehmlichkeiten. Während der elf Monate meines Lebens im Foyer hat mich Mitgefühl förmlich aufgezehrt. Was diese Zeit mich kostete, kann ich weder sagen noch wissen. An manchen Tagen glaubte ich sogar, ich würde mich davon nicht wieder *erholen.*

10. Oktober.

Gestern herrliches Wetter. Aber ich schleppe den ganzen Tag einen unerträglich schweren Kopf mit mir herum. Nichts schreiben können; aber die *Lavapiés* von Albéniz weitergeübt. Die *Princesse Georges* gelesen, die mich angenehm überrascht hat. Die Geschicklichkeit kommt darin häufig der Eleganz nahe. Jedoch überflüssig, davon zu sprechen.

Dreißig Seiten der *Caprices* von Théophile Gautier gelesen. Ich kenne nichts Alberneres. Eine Erzählung von Kipling (zweites *Jungle Book*) auf englisch. Und *The Lesson of the Master* von James weitergelesen.

11. Oktober.

Scheußliche Betäubung. Mit einer Art Verzweiflung denke ich an das Leben, das mir Cuverville bieten kann und dem zu entgehen ich keinen anderen Weg sehe, als Bindungen zu zerreißen und mich von Pflichten loszumachen, die mir die liebsten und teuersten sind. Ich suche ja nicht die Freiheit; sondern ich möchte unter guten hygienischen Bedingungen arbeiten können, was ich noch nie habe verwirklichen können. Oft scheint es mir, als hätte ich unter günstigeren Bedingungen viel mehr schaffen können, und dieser Gedanke foltert mich wie ein Gewissensbiß. Aber ich scheue immer vor Entschlüssen, die zu fassen sind. Nicht nach dem Verlockendsten treibt mich mein Temperament, sondern nach dem am wenigsten Kostspieligen. Ich wundere mich geradezu, daß ich manchmal eine Reise fertiggebracht habe. Weit davon entfernt, einem Trieb nachzugeben, habe ich mir jedesmal Mühe geben müssen abzureisen.

12. Oktober.
Rückkehr nach Paris.

16. Oktober.
Da ich mein Leben als Menschenfreund und Parasit wiederaufgenommen habe, bleibt mir kein Augenblick mehr für dieses Heft. Von morgens bis abends im Foyer; ich werde wieder von äußerstem Interesse für gewisse Fälle gepackt, von der aus Mitgefühl und Verlorensein gemischten Atmosphäre des Orts und dem gefährlichen Rausch, den die Selbstaufgabe erzeugt. Em. kommt am Montag zurück.

21. Oktober.
Überbeschäftigt von morgens bis abends. In den letzten Tagen haben wir eine Lawine erschütternder Fälle gehabt. Konnte nichts aufschreiben.

22. Oktober.
Gestern in *Le Temps* ein Artikel von Souday als Antwort auf den stupiden Artikel von F. M. über Gobineau. Vorgestern war ich zu Galignani hineingegangen, besessen von dem Wunsch, das neue Buch von Conrad zu kaufen, das ich mit lebhafter Bewunderung lese.[259]

Es vergeht wohl kein Tag, an dem man nicht trotz Zensur in den Zeitungen etwas lesen kann, das geeignet ist, Zweifel zu erwecken, ob wir einen Sieg wirklich verdienen. In Wahrheit verdient es keines der beiden Länder, das andere zu schlagen, und Deutschland hat, indem es uns vor die Notwendigkeit stellte, ihm entgegenzutreten, einen furchtbaren Irrtum begangen.

24. Oktober.

Ich habe noch nie etwas Gutes anders geschaffen als durch eine lange Folge kleiner Anstrengungen. Niemand hat über das Wort Buffons von der «langen Geduld» so viel nachgedacht noch es besser verstanden.[260] Ich verwende es nicht nur für die Arbeit, sondern auch für das schweigende Verharren, das jeder guten Arbeit vorausgeht.

Dennoch zweifle ich manchmal, ob ich vor lauter Abwarten nicht versäumt habe, alles zu geben, was ich hätte geben können. Manchmal scheint es mir, als sei alles, was ich bis zum heutigen Tag geschaffen habe, nur dazu da gewesen, das übrige vorzubereiten, mir das Können zu vermitteln, und als müsse alles Wichtige erst noch gesagt werden. (Ich habe das schon an anderer Stelle ausgedrückt; ich fühle aber das Bedürfnis, es zu wiederholen, wie ich es so oft für mich selbst tue.) Manchmal habe ich die schreckliche Vorstellung, als hätte ich zu lange gezögert und als hätte eine ganze Anzahl Bücher, die ich noch schreiben muß, schon geschrieben werden sollen.

26. Oktober.

Gestern fehlten im Foyer gleichzeitig A. C. und Mademoiselle Langweil. Ich habe mich an den Auskunftstisch setzen müssen und bin immer wieder aufgesprungen, um auch die Kleiderausgabe zu besorgen. Erschöpfender Tag, den eine Komiteesitzung beendet. Eine stürmische Sitzung; denn es stellt sich heraus, daß, während es unserem Unterstützungstisch gelingt, trotz der täglichen Neuankömmlinge mehr als zweihundert Francs einzusparen, die beiden anderen Tische, die von L. und C. Du B., je hundert Francs Zuschuß erfordern. Das erklärt, warum das Endresultat so unbefriedigend ist.

Man kann von einem geburtenreichen Volk nicht erwarten, daß es dieselbe Achtung vor dem Menschenleben, ja vor dem Individuum empfinde wie eine Rasse, die im Schwinden begriffen ist. Zu dieser Erkenntnis muß man noch die fixe Idee von der Überlegenheit seiner Rasse fügen, von der das deutsche Volk beherrscht wird. Es

geht im Sinne des Gärtners vor, der lehrt, ernsthaftes Züchten bestehe nicht nur in Bevorzugung und Auswahl, sondern ebenso in der systematischen Unterdrückung all dessen, was nicht auserwählt ist.
Gebt es nur zu, wenn ihr von der fixen Idee einer möglichen Verbesserung der menschlichen Rasse besessen wärt, einer praktischen und fast sofort zu verwirklichenden Idee, dann würdet ihr nicht so sehr versuchen, das Leben der Krüppel, der Geschädigten, der Unerwünschten usw. zu verlängern und ihre Fortpflanzung zu fördern oder auch nur zu erlauben! Um jenes möglich zu machen, ist dieses zu opfern. Nichts ist logischer. Wieder einmal geht es darum, herauszufinden, was Chancen hat zu siegen.
Wie oft ist im Foyer, wenn ich jene armseligen menschlichen Wesen pflegte, tröstete und stützte, die nur noch stöhnen konnten, nur noch leiden, ohne Ideale, ohne Schönheit, ohne Lächeln, der furchtbare Gedanke in mir aufgetaucht: Verdienen sie es denn, gerettet zu werden? Die Idee, sie durch andere, besser geartete zu ersetzen, bildet zweifellos einen Teil der germanischen *Philanthropie.* Es ist logisch und daher unmenschlich.

27. Oktober.
Man scheint zu glauben, das Spiel sei gewonnen, wenn man sich auf eine schöne Formel stützen kann wie: «Frankreich besitzt das Genie der Improvisation»; womit man den Leichtsinn entschuldigt und ermutigt.

Lauris, den der Tod Hervieus sehr mitgenommen hat, berichtete uns den erschreckenden Ausspruch, der dem Grafen G. zugeschrieben wird: «Anno 70 war's lustiger.»

30. Oktober.
Intensive Arbeit im Foyer. Große Müdigkeit im Kopf, oder zumindest fast ununterbrochene Kopfschmerzen; immerhin der Zersetzung und dem Schwund der geistigen Kräfte vorzuziehen, worunter ich so oft gelitten habe.

Sonntag.

Gestern Françoise eine Klavierstunde gegeben; sehr zufrieden mit den Fortschritten, die sie gemacht hat. Marcel ist einige Tage auf Urlaub da. Gestern abend nach dem Essen zwei Stunden mit ihm verbracht. Die Erinnerung an seine Gleichgültigkeit und Härte läßt mich das Wiedersehen mit ihm immer ein wenig fürchten; dann wird alle Furcht von einer Welle freudiger Freundschaft überschwemmt; aber nach wenigen Augenblicken werde ich von einer Art Schwindel ergriffen, der mich dazu treibt, ihm gerade das zu sagen, was mir in seinen Augen am meisten schaden muß. Auch Onkel Charles und Édouard Widmer[261] bringen mich zum Entgleisen: Ich weiß, ich fühle deutlich, wie die Ungenauigkeit meiner Auskünfte jeden von ihnen irritiert; was mich wiederum unwiderstehlich dazu treibt, ihnen Zahlen nennen zu wollen. Warum? ... Und warum habe ich gestern zu Marcel sagen müssen, Ghéon habe «am Vormarsch in der Champagne teilgenommen», wo ich doch zu allen anderen, die mich nach ihm gefragt haben, gesagt habe, er sei «im Bergbaugebiet»? So stolpert einer beim Durchqueren eines Salons, weil er fühlt, daß man darauf wartet, ihn stolpern zu sehen.

Dienstag.

Gestern ist Marcel, ebenso Jeanne und die Kinder, zum Mittagessen gekommen. Marcel war in Uniform. Sein Gesicht erschien mir hohlwangiger als neulich abends; er ist sehr gealtert. Nachdem einige Sätze gewechselt worden sind, verliert sich sein Blick, er runzelt die Stirn; kaum wagt noch jemand, das Wort an ihn zu richten, so geistesabwesend wirkt er. Em. macht heldenmütige Anstrengungen, ihn zu uns zurückzuholen, erreicht aber nur allzu kurze Lichtblicke. Ich meinerseits verzichte; schon allzulange ärgert ihn alles, was ich ihm sagen kann, ohne daß es ihn interessierte. Nichts fällt mir schwerer als diese Mahlzeiten, die im letzten Jahr wöchentlich stattfanden und denen ich mich entzog, sooft es mir nur möglich war.

Sonntag, 7. November.

Vielleicht läßt meine Sklavenarbeit im *Foyer* ein wenig nach, wenn Madame Théo zurückkommt. Von heute abend an wird sie in der Villa wohnen und zweifellos ab morgen ihren Dienst an unserem Unterstützungstisch wiederaufnehmen.

Viele Dinge hätte ich gerne in diesem Heft notiert; die Zeit fehlt mir; es liegt auch daran, daß ich sie zuerst Em. erzähle und so das Bedürfnis vergeht, sie in diesem Heft aufzuschreiben.

Der plötzliche Tod von Hérouard, dem Pächter von Georges, hat Em. bestürzt und in dem Glauben bestärkt, sie werde dort gebraucht. Hérouard hat vier Söhne im Feld, um welche sich die Mutter täglich ängstigt, denn sie sind alle gleich gefährdet. Bis heute ist ihnen nichts zugestoßen; aber eine Schwägerin ist eben gestorben, und als Monsieur und Madame Hérouard gemeinsam vom Begräbnis zurückkommen, bricht Hérouard auf der Straße in Montivilliers plötzlich auf dem Gehsteig zusammen. Herzschlag, meint man.

Madame Hérouard hatte bis dahin nur das Glück gekannt; nichts gedieh besser als ihr Hof, ihre Familie, Mutter von elf Kindern, alle gesund, schön, mutig. Und so wie unsere Flüchtlinge, die sagen: «Wir waren nicht daran gewöhnt», scheint Madame Hérouard nun um so bedauernswerter und vom Unglück um so stärker getroffen, als es sie weniger gut gerüstet überrascht hat.

Es gibt sicher eine Gewöhnung an das Unglück, eine Verhärtung, oder besser: eine Gewohnheit, sich zurückzuziehen, eine Fähigkeit, sich zu beugen, wodurch nicht zur Entfaltung gekommene Naturen den Schicksalsschlägen fast keine Angriffsfläche mehr bieten.

Ich möchte jedem dieser einstmals Glücklichen sagen: «Jetzt seid eben ihr an der Reihe.» Aber nein; es gibt da weder Ausgleich noch Gewinn. Die sich in egoistische Bequemlichkeit gehüllt hatten, sind unfähig, aus dem Unglück eine Lehre zu ziehen; und sollte man den andern etwa einen Vorwurf daraus machen, den Verlokkungen des Glücks erlegen zu sein?

Donnerstag, 11.

Abscheulicher Stumpfsinn. Manchmal scheint es mir, als hätte ich schon zu leben aufgehört und als bewegte ich mich in einer Art posthumem Traum, einer Art Nachtrag zum Leben, ohne Gewicht und Bedeutung. Dieser apathische Zustand ist vermutlich die natürliche Folge der gefühlsmäßigen Überanstrengung im Foyer.
Madame Théo widmet sich von neuem unserem Werk, was mir ein wenig Muße verschafft; ich nutze sie aber schlecht, und weder arbeite ich, noch ruhe ich mich wirklich aus.
Gestern hat mich beim Kriegsgefangenenwerk, wohin ich wegen einer Information gegangen war, Monsieur C. de W., der, glaube ich, der Leiter ist, gefragt, ob es mir möglich gewesen sei, mein «literarisches Steckenpferd» wiederaufzunehmen.

Freitag, 12.

Ich hatte die unsinnige Schwäche gehabt, eine Einladung zum Abendessen bei Madame Edwards mit den Philippe Berthelots anzunehmen; ganz aufgelöst komme ich von dort zurück. Ich verstehe nicht recht, warum man mich einlädt: Ich bin nicht berühmt genug, als daß es schmeichelhaft wäre, mich bei sich zu sehen: meine Unterhaltung ist zum Verzweifeln trocken, und man hat sich von mir keinerlei Vorteil zu erwarten.
Ich habe mich ziemlich unbeliebt gemacht, indem ich unvermittelt Soudays Verteidigung übernahm, mit erhobener Stimme und übermäßigem Lob; nur weil ich über das summarische Urteil Philippe Berthelots und der andern außer mir war: «Daß der Krieg uns nicht einmal von solchen Typen befreit!»
Philippe Berthelot gibt paradoxe, untadelig formulierte Sentenzen von sich, die seine eigene Überlegenheit, die seiner Familie, seiner Freunde, seines Geschmacks usw. dartun sollen. Er trägt eine große Ruhe à la Renan zur Schau, die er, glaube ich, einer vollendeten Gefühllosigkeit verdankt. Er hat in Blick, Stimme, Geste irgend etwas Unmenschliches, das mich lähmt. Auch seine niedrige Stirn stört mich; da er trotzdem ein erstaunliches Gedächtnis besitzt, scheint es, als hätten die Ideen erst ihren ganzen Umfang verlieren müssen, um im Lagerraum seines Gehirns Platz zu finden.

Madame Philippe Berthelot ist in einem schlauchartigen, vollkommen untaillierten Kleid erschienen, einer Art apfelgrünem Seidenhemd ohne Muster; hat sich, wie noch jedesmal, wenn ich sie getroffen habe, entschuldigt, sie sei im «Hauskleid», und wie jedesmal hat Madame Edwards ausgerufen: «Aber ich bin doch auch im Hauskleid, meine Liebe!» Diese trug eine sehr tief ausgeschnittene Bluse, mit durchsichtiger Goldspitze besetzt, einen Rock aus cremefarbener Seide, sehr kurz, pelzverbrämt, und über dem Ganzen noch eine Art Mantel mit weiten Ärmeln, ebenfalls pelzverbrämt und beträchtlich kürzer als der Rock. Die beiden Frauen drücken sich auf einem niederen Diwan aneinander, wie Haremsdamen. Madame Edwards lacht, gluckst und gurrt mit geblähtem Hals und läßt den Kopf auf die nackte Schulter sinken. Sert ist da; beleibter und sentenziöser denn je. Vergeblich bemühe ich mich, ihm zuzuhören. Unermüdlich setzt er mir die Überlegenheit der «barocken» Kunst auseinander und verbreitet ebensoviel Langeweile wie ich selbst. Er könnte sich eigentlich nach all der Zeit, die er nun in Frankreich lebt, entschließen, seinen Akzent aufzugeben. F. ist der sechste Gast, mager, höflich, unbedeutend.
Bei Tisch ist die Rede von der Familie Heredia: reizende Menschen, ein bißchen laut zwar, aber so amüsant, so wunderlich! ... Und dann erzählt Philippe Berthelot seine frühesten Erinnerungen. Die ältere Tochter war damals kaum sechzehn Jahre alt, die jüngere noch ein Kind. War es, als Philippe Berthelot zum erstenmal ihren Salon betrat? Ich weiß es nicht mehr... Jedenfalls hatte das Dienstmädchen am Abend vorher einen «Unfall» gehabt, um den sich das Gespräch der jungen Damen drehte. Die eine verkündete plötzlich, sie werde den Fötus holen, ging hinaus und kam von der Kammer im sechsten Stock mit einem Glasbehälter zurück. Und wie Madame Edwards bei dieser Erzählung laut protestiert, beharrt Philippe Berthelot darauf, betont, es sei nicht etwa ein Trugbild gewesen, es habe sich tatsächlich ein Fötus im Behälter befunden, worin ihn die jungen Damen mit Hilfe eines Knopfhakens vergnüglich Walzer tanzen ließen.
Die G.s und J.R. kamen nach dem Essen. Es wurde über Bücher,

Dinge und Leute allerhand Unsinn geredet; und wenn ich vielleicht etwas weniger Unsinn gesagt habe als die andern, so deshalb, weil ich öfter schwieg.
Ich wurde mit einer solchen Dringlichkeit gebeten, mich ans Klavier zu setzen, daß es mir sehr schwer fiel abzulehnen. Madame Edwards hat sich, um mir Mut zu machen, vor eine Chopin-Partitur gesetzt und ein paar Mazurkas gespielt, flüssig und mit Charme, aber in Künstlermanier, mit dem *rubato,* das mir so sehr mißfällt, oder, um genauer zu sein: ohne irgendwelche Rücksicht auf den Takt und mit plötzlichen Akzentuierungen, Sprüngen und Effekten, die mehr das Temperament des Ausführenden ins Licht setzen als die Qualität des Stücks. Das alles spielte sich in einem winzigen, goldbespannten Raum zwischen zwei Salons ab und an einem vollständig verstimmten Klavier. Als die Philippe Berthelots gegangen waren, wollte ich in ihrer Spur verschwinden, aber da es in Strömen regnete, bestellte mir Madame Edwards freundlicherweise einen Wagen und zog mich inzwischen an das Klavier im anderen Zimmer, dem großen Salon mit den zauberhaften Dekorationen von Bonnard. Ich begann das *Prélude in Es-Dur;* aber so wie es mir passieren kann, daß ich in der Unterhaltung mit einem Engländer einen englischen Akzent annehme, glich ich mich aus Höflichkeit dem *rubato* von Madame Edwards an und hörte nach zwölf Takten Todesqual zu spielen auf.
Dem Auto, das mich nach Auteuil brachte, ging unterwegs das Benzin aus, zwei Kilometer vor der Villa, die ich mitten in der Nacht bei strömendem Regen zu Fuß zurücklegen mußte. Ich habe nachts kein Auge zutun können und werde heute den ganzen Tag eine Migräne herumschleppen und Rachegefühle gegen meine Gastgeber von gestern und gegen mich selbst.

Samstag, 13.

Gestern habe ich gegen Mittag J.-É. Blanche aufgesucht, den ich stark gealtert und geschwächt vorfinde. Er bringt mich in den kleinen Salon und bleibt dort stehen, tritt schwankend von einem Bein auf das andere, wie ein Bär, oder schleppt sich mühselig die paar Schritte von einem Sessel zum andern, wobei er sich auf die Leh-

nen stützt, im höchsten Maß behindert durch ein Bruchband, das er seit zwölf Tagen trägt.
Ihre Verwandten aus dem Süden sind zu Besuch gekommen; er weiß nicht, wo er bleiben soll; und während das Kind jeden Abend bei Madame Blanche im wohlgeheizten kleinen Salon arbeitet, schlottert er, der Zugluft preisgegeben, vor Kälte im viel zu geräumigen großen Salon; der Krieg nimmt ihn schwer mit.

Sonntag, 14.

Trostlose Tage; unaufhörliche Windstöße. Ich habe vorgestern im Foyer folgenden Brief vom kleinen Teugels erhalten:
«Ich schreibe Ihnen einige Zeilen, um Ihnen mitzuteilen, daß ich nicht mehr wage, zu Ihnen zu kommen, weil ich nämlich sehr bereue, mein Regiment verlassen zu haben. Monsieur Gide, ich bitte Sie nur um eines, lassen Sie mich machen; aber ich bitte Sie, tun Sie nichts mehr für mich, denn ich will nicht, daß Sie noch mit mir in Verbindung treten, weder Sie noch die Damen; denn ich werde Ihnen nur sagen, daß ich nirgends wohne, mein Kamerad ist nach Rouen gefahren, um zu arbeiten. Denn es bleibt mir, Monsieur Gide, nur eines übrig, nämlich mich am heutigen Datum, dem 12., in der Seine zu ertränken, und so sage ich Ihnen auf Wiedersehen und adieu. Ich habe Ihnen nichts mehr zu sagen als diese letzten Worte. Adieu, Monsieur Gide, und während die Damen im Foyer…

JEAN DER WAHNSINNIGE
gestorben am 12. November um fünf Uhr nachmittags.»

Ich lege diesen seltsamen Brief zum Dossier Teugels und berichte an anderer Stelle von der letzten Zusammenkunft, die ich zuvor mit ihm gehabt habe, seinem Besuch im Foyer am Morgen des Tages, an dem mir sein Brief von einem Kameraden, einer Zufallsbekanntschaft, überbracht wurde, dann von meinem langen Warten, zusammen mit diesem Kameraden, auf der Place de la Concorde, wo Teugels, wie er gesagt hatte, vorbeikommen wollte. Die ganze Nacht stellte ich mir das arme Geschöpf vor, das in unserer Gesellschaft keinen Platz mehr hat, überall verdammt wird und sich schließlich in den Tod flüchtet.

Im Garten flattert ein vertrauter Spatz herum, den ich schon letztes Jahr bemerkt hatte. Er hat vier oder fünf weiße Schwungfedern an jedem Flügel.

Dienstag, 16. November.

Diese Sorglosigkeit, dieses unbestimmte, aus Dummheit und Anmaßung zusammengesetzte Vertrauen (um von dem, das sich aus dem Glauben an die «Vorsehung» herleitet, nicht zu sprechen) – auch die schlimmsten Ereignisse werden nichts daran ändern. Die Schuld schiebt man irgendeinem kleinen Vorfall, irgendeiner ungeschickten Entscheidung zu... «Das Übel kommt von weit her.» Ach! Im Augenblick der Gefahr merkt man, daß das ganze Gebäude von oben bis unten baufällig ist, daß die ganze Gesellschaft... Wo hatten sie denn ihre Augen, daß sie das nicht vorher sahen? Es gibt kein Stockwerk des sozialen Gebäudes, wo nicht Unbotmäßigkeit jedes einzelnen festzustellen wäre.

18.

Schändlicher Artikel von Beaunier im *Figaro* gegen Renan, dem Souday in *Le Temps* recht geschickt entgegnet.
Gestern habe ich mit Em. die kleine Schulklasse besucht, die Madame Bouni-Reclus bei unserem Werk leitet. Sie gab, als wir hereinkamen, zehn Kindern von acht bis zehn Jahren, Knaben und Mädchen, Geographieunterricht; alle Kinder fleißig, vergnügt und gesund. Im Saal nebenan die Klasse der Kleinen, wo wir uns länger aufgehalten haben. Zwei Lehrerinnen unterziehen die Knirpse der Montessori-Methode, die zumindest den Vorteil hat, sie ruhig zu halten. Zu Beginn der Stunde mußten sie sich im Kreis aufstellen und sich dann vor eine kleine Truhe aus weißem Holz hinknien, über der ein Bild der Madonna mit dem Bambino nach Botticelli hing. Im Chor haben sie unter Leitung der Lehrerinnen eine Art Gebet psalmodiert und dem Bild viele Kußhändchen zugeworfen. Das alles recht laut, damit der gottlosen Madame Bouni-Reclus ja nichts entgehen konnte.

Vom 22. bis zum 26. November Autotour mit Mrs. Wharton.

Hyères, 26. November.

Ich habe Paul Bourget kennengelernt. Er hat mich in Costebelle auf seinem Landsitz P., wo mich Mrs. Wharton einführte, mit der größten Liebenswürdigkeit empfangen. Großes Bedürfnis, jemanden für sich einzunehmen, den er einer anderen Generation, einem anderen Lager, einer anderen Richtung zugehörig weiß. Die Vorstellung fand im Garten statt.

«Um hier hereinzukommen, Monsieur Gide», sagte er als erstes, «brauchen Sie nicht durch *‹die enge Pforte›* zu gehen.»

Das besagte eigentlich gar nichts, sollte aber Herzlichkeit zum Ausdruck bringen. Und kurz darauf hat er Mittel und Wege gefunden, auf meinen *Immoraliste* anzuspielen; und nachdem uns Mrs. Wharton einen Augenblick allein gelassen hatte, um nach Madame Bourget zu sehen, die sich nicht wohl fühlte und in ihrem Zimmer geblieben war, darauf zurückkommend:

«Nun, da wir allein sind, sagen Sie mir doch, Monsieur Gide, ob Ihr *Immoraliste* ein Päderast ist oder nicht?»

Und da ich etwas fassungslos bin, wird er noch deutlicher:

«Ich will damit sagen: praktizierender Päderast?»

«Vermutlich ist er homosexuell, ohne es zu wissen», antwortete ich, als wüßte ich es selbst nicht so genau; «ich glaube, daß sie zahlreich sind», fügte ich hinzu.

Zuerst dachte ich, er wolle mir auf diese Art zeigen, daß er mein Buch gelesen habe; ihm war jedoch vor allem daran gelegen, mir seine Theorien auseinanderzusetzen.

«Es gibt», fing er an, «zwei Kategorien von Perversionen: solche, die zum Sadismus gehören, und solche, die mit dem Masochismus zusammenhängen. Beide, der Sadist wie der Masochist, nehmen, um zur Wollust zu gelangen, ihre Zuflucht zur Grausamkeit; der eine jedoch», usw. ..., «während der andere», usw. ...

«Zählen Sie auch die Homosexuellen zu den Perversen einer dieser beiden Gruppen?» fragte ich, um irgend etwas zu sagen.

«Aber ganz gewiß», erwiderte er, «schließlich konstatiert schon Régis ...»

Aber in diesem Augenblick kam Mrs. Wharton zurück, und ich

sollte nie erfahren, ob seiner Ansicht nach der Homosexuelle eher dem Sadismus oder dem Masochismus zuneigt. Es tat mir leid, daß er dem Gespräch eine andere Wendung gab; es hätte mich amüsiert, Mrs. Whartons Ansicht zu hören, sofern sie überhaupt eine hatte.
Paul Bourget wirkt für sein Alter noch äußerst robust, knorrig und wie aus Kastanienholz geschnitzt. Noch seine geringfügigsten Aussprüche triefen von Literatur; er bespritzt einen damit wie das Hündchen, das Edelsteine abschüttelte.[262] «Seid willkommen auf… allerdings nicht Helsingör», sagte er zu mir, als wir vom Garten ins Haus gingen. In weniger als einer halben Stunde brachte er es fertig, von Régnier (Mathurin), Shakespeare, Molière, Racine (den er zugegebenermaßen nicht besonders mag), Baudelaire, Boileau, Zola, Balzac, Charles-Louis Philippe usw. zu sprechen, immer mit einem außergewöhnlichen Mangel an wirklichem literarischem Geschmack, womit ich sagen will: einer seltsamen Verständnislosigkeit für Poesie, Kunst und Stil; wodurch es ihm möglich wird, so kümmerliche Produkte wie beispielsweise die von Psichari zu bewundern, für den er gerade ein Vorwort geschrieben hat. Er liest uns aus den Korrekturfahnen ein paar Seiten aus *Le Voyage du centurion* vor; mit erstickter Stimme; man ist darauf gefaßt, daß er in Tränen ausbricht. Mrs. Wharton und ich sehen uns heimlich an und wissen nicht, worüber wir uns mehr wundern sollen: über die Gemütsbewegung Paul Bourgets oder über die Mittelmäßigkeit dieser Seiten. Er besteht darauf, daß wir das ganze Buch lesen, von dem er uns die Fahnen überläßt; und ein wenig später, im Gang des Hotels in Costebelle, wohin er uns nach dem Tee, einem kurzen Spaziergang und einem weiteren Gespräch im Zimmer von Mrs. Wharton, diesmal über Pascal und das *Mystère de Jésus*…, zurückbegleitet hat, nimmt er mich vertraulich beim Arm und sagt mir ins Ohr:
«Also, Sie versprechen mir, daß Sie *Voyage du centurion* lesen werden?» Und ganz leise, mit feierlicher Vertraulichkeit: «Glauben Sie mir, es hält *Mystère de Jésus* die Waage.»
Auf diese sonderbare Erklärung hin gingen wir auseinander.

Bourget sagte des weiteren:
«Ich bin nämlich Panpsychist! Ich glaube nicht mehr an die Materie.»

7. Dezember.

Kaum habe ich *Almayer's Folly* von Conrad ausgelesen, versenke ich mich in *The Bible in Spain* von Borrow. Ich kann gar nicht sagen, mit welchem Vergnügen, welcher Neugierde ich mich auf ein neues englisches Buch von einem guten Autor stürze, den ich noch nicht kenne; ein Vergnügen, das mir die französische Literatur schon lange nicht mehr verschafft, da sie mir, genau genommen, keine Überraschungen mehr zu bieten hat. Wie damals, als ich zum erstenmal einen Balzac las (es war *Eugénie Grandet*).

8. Dezember.

Mein Kinderstaunen vor dem ersten blühenden Eukalyptus. Wir waren eben in Hyères angekommen. Ich lief rasch ins Hotel und gab nicht nach, bis meine Mutter mitging, um gemeinsam mit mir die wunderbaren Blüten zu betrachten. Ich werde auch von den Ausflügen erzählen müssen, die ich damals zu den Inseln machte; meine zauberhafteste Kindheitserinnerung ist vielleicht die an die Augenblicke, die Stunden, die ich auf der Insel Sainte-Marguerite (oder Saint-Honorat) verbrachte, über einen Fels am Rand des Wassers gebeugt, die Zauberwelt betrachtend, die sich in den natürlichen Aquarien zwischen den Felsen damals noch auftat. Anemonen, Seesterne, Seeigel bedeckten die Felswände bunt schillernd bis in die Tiefen, wo der Blick sie nicht mehr deutlich unterschied; alles pulsierte im Rhythmus der Wogen, es gab aber Schlupfwinkel, wo selbst das weiche Wallen des Meeres nicht hindrang; dort atmeten Tier und Blume reglos; aus dunklen Höhlen sah man, wenn man sich lange still und unbeweglich verhielt, bizarre, fast ein wenig erschreckende Tiergestalten sich vorwagen. So blieb ich, ohne mich zu rühren, in eine Betrachtung, eine Anbetung müßte ich sagen, versunken, aus der mich erst gegen Abend der Ruf Maries zum abgehenden Schiff herausriß.

Ich fürchte sehr, daß diese Inselufer, die in meiner Jugend so entzückend waren, inzwischen ebenso jämmerlich zugerichtet worden sind wie die unmittelbare Umgebung von Cannes selbst; wie es auch die Küsten Englands sind, von denen Edmund Gosse in *Father and Son* so schön erzählt; und wie es noch die heitersten Orte der Welt werden, sobald der Mensch sich dort breitmacht.

13. Dezember.
Es drängt mich, mit diesem Heft zu Ende zu kommen; ich habe nichts hineingeschrieben, das Wert hätte; aber ich werde es erst aufgeben, wenn es zu Ende ist…

20. Dezember.
(Zum Roman.)
X. ging so weit zu sagen, die beste Methode, über den preußischen Militarismus zu triumphieren, bestehe nicht darin, Deutschland besiegen zu wollen, sondern vielmehr… Man ließ ihn gar nicht erst ausreden. Ein wenig später und in einem etwas zurückhaltenderen Tonfall kam er darauf zurück:
«Das beste Mittel, mit Deutschland fertig zu werden, wäre, seine Angriffe samt und sonders überflüssig zu machen. Sein Offensivgeist wächst an unserem Widerstand. Einem Volk gegenüber, das sich nicht verteidigt hätte, wären alle Kruppschen Kanonen nutzlos gewesen…»
Die andern schluckten ihre Empörung hinunter und verzichteten darauf, X. klarzumachen, weshalb der christliche Verzicht auf Gewalt (und der Verzicht auf Widerstand, den das Evangelium lehrt) zu einem höchst bedenklichen Grundsatz wird, sobald es sich nicht mehr um einzelne Individuen, sondern um ein Kollektiv handelt; und dies um so mehr bei Völkern, die eine Vergangenheit zu bewahren haben. Das wenige, das sie dennoch dazu sagten, konnte X. nicht überzeugen; er nannte als Beispiel die Christen aus der Frühzeit der Kirche, behauptete, daß sie gerade durch ihren Verzicht auf Widerstand über alle Unterdrücker triumphiert hätten. Er hielt daran fest, daß ein Volk, das sich nicht verteidigt, seinem Wesen nach unbesiegbar sei. «Ein Volk von Feiglingen!» riefen die andern. Er erwiderte: «Ein Volk von Märtyrern.» Er behauptete,

das wäre die rechte Art gewesen, über Deutschland zu triumphieren, und auf diese Weise hätte Frankreich es so unfehlbar besiegt, wie das Christentum das alte Rom besiegt hatte; Wahnsinn sei es, zu meinen, unsere desorganisierte Nation könne anders über die Organisation Deutschlands triumphieren. Der einzige Sieg, den wir heute anstreben könnten und sollten, so schloß er, sei ein mystischer; und das sei der einzig wahre.
Vergeblich versuchte man ihn zu überzeugen, daß ein solcher Sieg in ganz Frankreich eben das Einvernehmen und die Organisation voraussetze, deren Fehlen unsere größte Schwäche ausmache.
«Und wäre schon eine Partei unbesonnen genug gewesen, etwas Derartiges vorzuschlagen», sagte schließlich Marcel, «so hätte die empörte Auflehnung der andern eine Revolution hervorgerufen, die verhängnisvoller gewesen wäre als der ganze Krieg.»
«Verhängnisvoller?» erwiderte X., «sind Sie dessen so sicher? Sie wissen doch ganz genau, daß all die halben Siege, die wir von der übermenschlichen Tapferkeit unserer Armee erhoffen können, die dauernde Gefahr, die uns bedroht, nur unwesentlich vermindern werden und daß Frankreich daran verblutet.»
«In diesem Fall bin ich für das ‹Er sterbe› von Corneille», antwortete Marcel, «und mir ist ein Ende mit Schrecken lieber als ein Schrecken ohne Ende. Meine beiden Söhne sind an der Front, wo ich schon drei meiner Brüder und ich weiß nicht wie viele Cousins und Neffen verloren habe. Wir werden daran krepieren, wenn es sein muß, aber wenigstens wird das, was da untergeht, das wirkliche Frankreich sein, und wir werden es vor einem Überleben bewahren, das es nur einem schändlichen Kompromiß zu verdanken hätte.»
Sofort fingen die andern an, X. zu verhöhnen und ihre Gläser (die Szene spielte sich im *Café Vachette* ab) auf das Wohl Frankreichs zu leeren und auf das Wohl Marcels, der so gut gesprochen hatte.

27. Dezember.
Geistige Abgespanntheit, Apathie; ich bringe nichts mehr fertig...
Ghéon, der acht Tage Urlaub hat, liest uns die Gedichte vor, die er

in letzter Zeit geschrieben hat; einige scheinen mir ausgezeichnet. Ich bedaure es, daß seine lange Schrift über Romain Rolland mit oft zweifelhaften Argumenten arbeitet. Er kommt einmal mehr auf die abgeschnittenen Kinderhände zu sprechen, wo wir doch vergeblich in allen Richtungen nach einem erwiesenen Vorfall geforscht haben, wo doch alle vom Foyer durchgeführten Umfragen im Hinblick auf die enorme Prämie, die von amerikanischer Seite demjenigen in Aussicht gestellt worden war, der die Greuel würde bestätigen können, nur zu Dementis geführt haben.
Hierher und in diesen Zusammenhang gehört die seltsame und rührende Geschichte, die Madame Théo aus dem Foyer berichtet; sie selbst hat sie von Madame Théâtre, einer braven, tüchtigen Frau aus dem Volk, deren bizarrer Name uns amüsierte, die jedoch außerordentlich zurückhaltend war und sich uns gegenüber immer ein wenig reserviert verhielt. Alle acht Tage kam sie an unseren Tisch, um ihre Unterstützung abzuholen. Gewöhnlich wurde sie von einem drei- oder vierjährigen kleinen Jungen begleitet. Ich erinnere mich an meine Erschütterung, als ich dem Kleinen beim erstenmal aus unserem Vorrat eine Zuckerstange geben wollte und bemerkte, daß ihm die rechte Hand fehlte; der Ärmel seiner Jacke verbarg recht und schlecht einen gräßlichen Stummel, der im übrigen keine Spur von Naht oder Narbe aufwies; das Glied war in Höhe des Handgelenks ganz einfach zu Ende ... Die Mutter, die meinem Blick gefolgt war, sagte mir daraufhin, ihr Kind sei «so geboren worden». Ich wunderte mich, da ich so etwas nicht für möglich gehalten hatte; es blieb mir aber nichts anderes übrig, als der Mutter Glauben zu schenken. Und nun die Geschichte:
Als die Deutschen in Reims einfielen, gab es in der Bevölkerung, unter die sich feindliche Soldaten und Offiziere mischten, ein großes Durcheinander. Durch Zufall geriet Madame Théâtre in einen Metzgerladen, wo sie hinter einem deutschen Leutnant anstehen mußte; sie trug ihren Sohn auf dem Arm. Der Leutnant wurde vor ihr bedient. Auf das Geldstück, mit dem er bezahlte, bekam er zwei Sous heraus. Im Bestreben, sich beliebt zu machen, vielleicht auch aus angeborener Gutmütigkeit, drehte er sich um und hielt die zwei Sous dem Kleinen hin. (Hier muß eingefügt werden, daß

die Mutter, die heute den Stummel unter einem längeren Ärmel verbirgt, ihn damals ziemlich ungeschickt in einen auffallenden weißen Verband gewickelt hatte.) Der Kleine machte, als er nach dem Gebotenen griff, eine Bewegung, die seine Mißbildung enthüllte.

«Und da habe ich gesehen», erzählte Madame Théâtre, «wie der Offizier die Farbe wechselte, wie seine Züge sich verkrampften, seine Lippen zitterten; er hat mich angesehen; ich merkte, daß er sprechen wollte, aber nichts sagen konnte; ich verstand seine Frage aber auch ohne Worte. Sicher dachte er: Es ist also wahr, was man uns nachsagt? So etwas haben die Unseren getan? ... Und auch ich fand keine Worte, um ihm zu sagen: Nein, es ist nicht das, was Sie glauben. Ich schüttelte einfach den Kopf, wie einer, der nein sagen will; ich dachte, er werde schon verstehen ... Sie müssen aber wissen, daß ich seit ein paar Tagen keine Nachricht mehr von meinem Mann hatte und ihn für tot hielt, so daß mein Gesicht so traurig war, daß er sich wohl getäuscht hat. Er ist rasch zum Laden hinausgegangen, die Hand vor den Augen und von Schluchzen geschüttelt.»

1916

16. Januar.

Gute Nacht; um halb sieben aufgestanden; wenn ich regelmäßig gut schlafen könnte, würde ich mir gerne angewöhnen, früh aufzustehen (wie Em. es immer tut) und mit mir selbst ins reine zu kommen, ehe ich mich auf den Weg ins Foyer mache. Es gibt keinen Grund, auf alles zu verzichten; von sieben bis acht könnte ich zum Beispiel Klavier üben; oder mich mit einer Übersetzung beschäftigen, wenn ich M.[263] aufzuwecken fürchte, der für drei Wochen bei uns in Pension ist. In einiger Zeit wäre ich vielleicht sogar imstande, wieder zu schreiben.

Heute morgen sehe ich das Manuskript des Buches von J.-É. Blanche durch, ehe ich es in Druck gebe.

Mein Gespräch vorgestern mit Copeau hat mir sehr gutgetan. Bei meinem Leben im Foyer mit nichts als Trümmern vor Augen konnte ich mir schon kaum mehr vorstellen, daß man noch etwas aufzubauen versuchen könnte. Mir wird klar, daß die Atmosphäre, in der ich seit über einem Jahr lebe, über die Maßen deprimierend ist. Angesichts der endlosen Kette von Leid und Elend, die mir jedesmal ans Herz griffen, schämte ich mich jeglicher Überlegenheit und sagte mir immer wieder das Wort des Eukrates bei Montesquieu vor: «Der Preis für die anderen ist zu hoch, wenn einer sich über die Menschen erhebt.»

Gestern glaubte ich frei über meinen Sonntag verfügen zu können. Ein Rohrpostbrief von del Marmol ruft mich dringend ins Foyer, wo ich C., Lauris, Boccon-Gibauld und ihn selbst versammelt finde. Es handelt sich um die Rückführung der privaten Hilfskasse (Fonds Langweil) in die allgemeine Kasse, die von neuem zur Debatte steht. Mademoiselle Langweil droht damit, das Foyer zu verlassen; wir wundern uns längst nicht mehr über ihre Inkonsequenz, ihre Launen usw. …, aber die jetzige kann uns ernstlich schaden; wir müssen uns wehren. Ich werde gebeten, Madame Théo zu veranlassen, an del Marmol einen erklärenden Brief zu schreiben, mit dessen Abfassung wir einen guten Teil des Nachmittags verbringen und den ich del Marmol in die Rue Taitbout bringe. Madame Théo, die ihrerseits zu der kleinen Geheimversammlung erschienen ist, hat ihre Abrechnung mitgebracht und alle Zahlen erklärt; ich glaube, unsere Kollegen waren zufriedengestellt.
Erst um halb neun konnten wir wieder nach Hause gehen.
D. war zum Essen gekommen und hatte vor, anschließend mit mir die Übersetzung von d'Humières durchzugehen, die Mrs. Wharton mir anvertraut hatte; ich war aber zu müde und fürchtete, es werde mich am Einschlafen hindern.
Während des Aufenthalts von Élisabeth van Rysselberghe mit ihr und ohne sie zahlreiche Gedichte von Browning gelesen.
Den zweiten Teil des Rutherford und *Friedrich II.* von Macaulay weitergelesen.

17. Januar.

Ghéon schreibt mir, er habe «den Sprung gewagt». Man könnte meinen, ein Schüler habe zum erstenmal ein Bordell aufgesucht... Hier handelt es sich aber um den Tisch des Herrn.

Soll ich den seltsamen Traum hier aufschreiben, den ich im letzten Winter hatte?

Ghéon, bis dahin mit mir zusammen Pensionsgast bei den van Rysselberghes in der Rue Laugier, war zur Front eingerückt. Ich hatte nun folgenden Traum: Ich ging oder *schwebte* vielmehr an der Seite von jemandem, einem Gefährten, in dem ich bald Ghéon erkannte. Alle beide gingen wir durch eine unbekannte Landschaft, eine Art waldiges Tal; verzückt gingen wir dahin. Das Tal wurde immer enger, immer schöner, und mein Entzücken erreichte seinen Höhepunkt, als mein Gefährte mit einemmal stehenblieb und, mich am Unterarm packend, ausrief: «Nicht weiter! Von nun an ist *dies da* zwischen uns.» Er zeigte mir nichts, aber ich bemerkte, als ich den Blick senkte, an seinem Handgelenk einen Rosenkranz und erwachte plötzlich in unerträglicher Angst.

18. Januar.

Während ich Ghéon schreibe, lese ich den Anfang des Kapitels 15 des Johannesevangeliums wieder, und ein furchtbares Licht erhellt mir plötzlich diese Worte:

«Wer nicht in mir bleibt, der wird weggeworfen wie eine Rebe und verdorrt, und man sammelt sie und wirft sie ins Feuer, und sie müssen brennen.»

War ich nicht wahrhaft «ins Feuer geworfen» und schon den Flammen der abscheulichsten Begierden ausgesetzt?...

19. Januar.

Alles in mir muß neu überprüft, alles neu begonnen, alles neu erzogen werden. Das, wogegen ich am mühsamsten kämpfe, ist die sinnliche Neugier. Das Glas Absinth kann auf einen Trinker keine größere Anziehung ausüben als auf mich gewisse Gesichter, denen ich zufällig begegne – alles könnte ich aufgeben, um ihnen zu folgen ... Was sage ich? Es handelt sich um einen derart gebieteri-

schen Trieb, eine derart verführerische, geheime Faszination, eine so eingefleischte Gewohnheit, daß ich oft zweifle, ob ich ohne fremde Hilfe davon loskommen kann.
«Ich habe keinen Menschen, der mich in den Teich bringt, wenn das Wasser sich bewegt.» (Johannes 5,7.)

20. Januar.
Tag voller Fallstricke – hinter mich gebracht... mit Hilfe der Vorsehung, möchte ich sagen, denn meine Entschlußkraft hat dabei die geringste Rolle gespielt...
Nachmittags (morgens Foyer) Copeau bei der rhythmischen Gymnastik getroffen; seiner Kindertanzstunde beigewohnt; bei den Herstellern orthopädischer Apparate gewesen, mich um das den F.s zu liefernde Bett gekümmert. Besuch bei van Bever. Abends D., Jean Schlumberger, Copeau und Madame Théo in ein harmloses englisches Stück begleitet: *Kit,* eine Geschichte von Spionen, Detektiven usw. ... Übervoller Tag – leerer Tag. Ich kann nicht mehr darüber sagen, als daß ich mich gehalten habe.

21. Januar.
Vormittags mit Copeau bei der *N.R.F.;* keine Besuche. Alle Besprechungen werden bis zur Ankunft von G. aufgeschoben, den ein Telegramm für Montag anmeldet. Wir sprechen lange von der Möglichkeit, eine kleine Schauspielertruppe zusammenzustellen, die ausreichend intelligent, geschickt und gut geschult wäre – um im Rahmen eines vorgegebenen Handlungsschemas zu improvisieren, und die imstande wäre, die *Commedia dell'arte* wiederzubeleben, in der italienischen Form, aber mit neuen Typen: Der Bourgeois, der Adlige, der Weinhändler, die Frauenrechtlerin würden an die Stelle von Harlekin, Pierrot und Colombine treten. Jeder dieser Typen hätte sein eigenes Kostüm, seine Sprechweise, sein Benehmen, seine eigene Psychologie. Und jeder Schauspieler würde nur einen einzigen Typus verkörpern, sich an ihn halten, nicht von ihm abweichen, ihn vielmehr unaufhörlich bereichern und weiterentwickeln.
Sollte der Plan zur Ausführung gelangen, denke und erhoffe ich

mir ein Publikum, das mitgeht, anregt und die Schauspieler anfeuert. Sehr schnell würden diese Darbietungen (die nicht den ganzen Abend füllen, sondern dem eigentlichen Stück vorausgehen, es unterbrechen oder ihm nachfolgen sollen) dem Theater zum Erfolg verhelfen und zu einem Beispiel für Kühnheit werden; sie würden *Parteien-Satire* betreiben – eine ausgezeichnete Form der Satire, eine Satire im Namen des gesunden Menschenverstandes.

Den ganzen Nachmittag bei der Versammlung verloren, zu der uns Madame B. einlud – wo zwei Abgeordnete und zwölf Vertreter der regionalen Komitees uns mit einschläfernder Beredsamkeit überfielen und endlos lange Zeit darauf verwandten, uns etwas auseinanderzusetzen, wovon wir allesamt bereits überzeugt waren. Verärgert, erschöpft gehe ich weg; aber da ich bald zu Bett gehe, kann ich früh aufstehen und am heutigen Samstagmorgen ziemlich gute Arbeit leisten.

22. Januar.

René Widmer[264], Leutnant, berichtete uns von dem einzigen Bestreben, das ihn im Augenblick des Angriffs erfüllte: die Reihen seiner Leute wieder zu schließen, ihre genaue Ausrichtung zu überwachen.

Halb erstickt von einer Gasgranate, wird er von einer Kugel getroffen, die ihm das Gesicht durchbohrt.

Auf den Arm von X. gestützt, muß er noch mehrere Kilometer zu Fuß bis zur Ambulanz zurücklegen, wo er die Nacht verbringt. Neben ihm stöhnt ein armer Soldat von einer anderen Kompanie mit einem Bauchschuß im Todeskampf. Er sagt zu René: «Herr Leutnant, wollen Sie mir die Hand geben? Ich leide so sehr!» Und die ganze Nacht hält er Renés Hand, und von Zeit zu Zeit preßt er sie krampfhaft.

Sonntag, 23.

Gestern abend habe ich nachgegeben; wie man einem eigensinnigen Kind nachgibt – «um des lieben Friedens willen». Ein trostloser Friede; Verdüsterung des ganzen Himmels...

Bei der Rückkehr ins Foyer mußte ich einem Komitee vorsitzen, wo nichts nach meiner Vorstellung ging. Mein Ärger war so heftig, daß ich fürchtete, ich könnte ihm freien Lauf lassen, und mir Schweigen auferlegt habe.
Ich habe im Foyer keine Aufgabe mehr zu erfüllen und fühle mich dort nicht mehr wohl. Über ein Jahr lang lebte es und hatte es Bestand durch die Nächstenliebe; gegenwärtig wird es zu einem philanthropischen Unternehmen, von dem sich mein Geist und mein Herz abwenden.

24.
Gestern abend ein unvergeßlich seltsamer und schöner Sonnenuntergang: der Himmel mit rosigen und orangenen Nebeln überzogen; vor allem bewunderte ich ihn während der Fahrt über den Pont de Grenelle, als er sich in der mit Lastkähnen übersäten Seine spiegelte; alles verschmolz in warmer, zärtlicher Harmonie. In der Straßenbahn nach Saint-Sulpice, von wo aus ich hingerissen dieses Schauspiel betrachtete, stellte ich fest, daß niemand, aber auch gar niemand, es bemerkte. Kein einziges Gesicht, das nicht gedankenverloren, sorgenvoll gewesen wäre... Und doch, dachte ich, machen manche weite Reisen, um auch nichts Schöneres zu finden. Aber in den meisten Fällen bemerkt der Mensch die Schönheit nur, sofern er sie kauft, und deshalb bleibt das Geschenk Gottes so häufig unbeachtet.

Heute vormittag bei der Beerdigung von Druet, der vorgestern an einem Schlaganfall gestorben ist; an die zwanzig Hände gedrückt. Marcel Drouin zum Essen mitgenommen.

Was nützt es dir, den Schlaukopf zu spielen?

Ich stelle mir einen Roman vor, dessen Gegenstand die Beleuchtung des folgenden Satzes wäre: *«Das Gewicht meiner Sünden zieht mich hinab.»*

25.

Abscheuliche Nacht. Ich werde rückfällig, schlimmer denn je. Heute früh gehe ich, nachdem ich noch vor sieben aufgestanden bin, einen Augenblick hinaus und höre, seltsam, einen Amselschlag, so frühlingshaft vor der Zeit, so rührend, so rein, daß er mich noch bitterer mein gekränktes Herz fühlen läßt.

Ich lese im Rutherford (Bd. II, S. 113) eine Stelle über den Teufel und die Hölle, die meinen Gedanken wunderbar zu Hilfe kommt. Ich übersetze sinngemäß: «Über den personifizierten Teufel lacht heute der ungebildetste und unintelligenteste Sterbliche. Zweifellos existiert nichts Derartiges. Aber das Grauen vor dem Bösen, das sich nur in der Gestalt des Bösen auszudrücken vermag – das ist nicht zum Lachen, und wenn *das*, in der einen oder anderen Form, nicht weiterlebt, wird auch die menschliche Rasse nicht weiterleben. Keine Religion hat, soviel ich weiß, so sehr und mit so schönem Ernst auf der Dualität des Menschen bestanden, auf dieser so ganz zum Leben gehörigen inneren Spaltung zwischen *the higher and the lower*[265], zwischen Himmel und Hölle, als das Christentum. Wie absurd und töricht wäre es, aus Abneigung gegen die Kutte alles abzulehnen, was diese Kutte bedeutet! Diese Doktrin, diese heilige Geschichte ist nichts anderes als ein konkreter Unterricht in kostbarem Gedankengut, das um den Preis von viel Blut und Tränen errungen worden ist.»

Seit einigen Tagen versuche ich mich innerlich vom Foyer zu lösen, mich nicht mehr dafür zu interessieren. Das kostet mich sehr viel Mühe, und die Zeit, in der ich versuche, mich mit anderem (um nicht zu sagen: mit mir selbst) zu befassen, ist schlecht genutzte, beinahe vergeudete Zeit. Und seit Samstag bedrängen mich wieder abscheuliche Phantasien, denen ich wehrlos ausgeliefert bin; nirgends finde ich eine Zufluchtsstätte. In manchen Augenblicken, zu gewissen Stunden frage ich mich, ob ich nicht verrückt werde; alles in mir verfällt der Manie. Immerhin versuche ich den Kampf zu organisieren... Welche Geduld, welche List dazu nötig wären! Und doch bringt mir heute abend ein ausgezeichneter Brief von Ghéon ein wenig Trost.

27.

Gut, noch einmal habe ich mich fangen können! Der Brief von Ghéon hat mir geholfen. Gestern abend habe ich mir durch eine ruhige Meditation eine gute Nacht bereitet. Ich konnte früh aufstehen. Bei der Arbeit, ab halb sieben, ganz erfüllt von einem seltsamen inneren Frieden. Ich habe nicht zu beten versucht, aber meine Seele öffnete sich ganz dem göttlichen Ratschluß, wie sich ein Körper in der Sonne wärmt. Jede Stunde des Tages ist dem Antrieb dieser ersten gefolgt. Übrigens glaube ich nicht, daß ich einer Versuchung widerstanden hätte; aber es hat sich keine gezeigt, und so habe ich friedlich den Abend erreicht.
Für die Revue das Manuskript von W. gelesen, das von J.-É. Blanche, ein wenig Rutherford; über eine Stunde Klavier geübt. Heute nachmittag im Foyer.

28.

Ich stehe mit einem schrecklichen Widerwillen auf – vor allem, am meisten aber vor mir selbst. Dabei ging es mir doch gestern so gut! Nichtsdestoweniger war der heutige Tag nicht allzu schlecht. Morgens bei der Revue; Gespräch mit G., usw. … Nichts Wichtiges zu notieren.

Es kostet mich nicht weniger Mühe, in meinem Innern die Idee der Sünde wiederherzustellen, als es mich seinerzeit kostete, sie auszurotten.

Samstag, 29.

Ziemlich guter Tag. Den ganzen Vormittag damit beschäftigt, die Geschichte der Beschlagnahme von Rilkes Eigentum niederzuschreiben, bei der es darauf ankommt, keine Einzelheit aus dem Gedächtnis zu verlieren.[266]
Meine kleine Nichte ist um elf Uhr zu ihrer Klavierstunde gekommen; zum erstenmal vierhändig gespielt (*Symphonien* von Haydn).
Abends im Foyer. Komiteesitzung.
Heimweg mit Charlie Du Bos, recht erschütterndes Gespräch; ich

begleite ihn bis zur Oper. Ich werde an anderer Stelle versuchen, die merkwürdige Entwicklung des Foyer aufzuschreiben und aus welchen zwingenden Gründen ich dahin gelange, mein Interesse von einem Werk abzuwenden, das mir noch vor wenigen Monaten so sehr am Herzen lag.
Rückkehr nach Auteuil um acht Uhr. Drouin kommt nach dem Essen.
Ich lese eine Erzählung von Maupassant vor *(Le Parapluie);* eine Lektüre, die durch das Geräusch des Zeppelins (oder *der* Zeppeline) unterbrochen wird. Kaum ist Drouin weggegangen, ertönen Signalhörner; Drouin kommt zurück, um uns zu warnen. Noch ziemlich lange liegen wir auf der Lauer. Fast schlaflose Nacht; Miquette sehr krank.
Gestern abend (und schon seit einigen Tagen) die bewundernswerten Seiten von Bossuet über *L'Oraison* gelesen, von denen ich nicht weiß, woraus sie stammen, und die meine kleine Ausgabe der *Élévations sur les mystères* einleiten. Aber als ich daraufhin die ersten beiden *Élévations* zu lesen beginne, verwickle ich mich in eine Kette von scheinlogischen Argumenten, die mich, weit davon entfernt, mich zu überzeugen, von neuem verstimmen und mit Widerwillen erfüllen. Nein, durch diese Pforte kann ich nicht eintreten; von hier aus gibt es für mich keinen Zugang. Ich kann mich dumm stellen; ich habe es versucht; aber nicht lange, so sträubt sich alles in mir gegen die gottlose Komödie, die mein Wesen sich zu spielen bemüht. Wenn die Kirche das von mir verlangt, dann heißt das nur, daß Gott hoch über ihr steht. Ich kann an Gott glauben, ich kann auf Gott vertrauen, ich kann Gott lieben, und mein ganzes Herz drängt mich dazu. Ich kann mein Gehirn meinem Herzen unterordnen. Aber, Erbarmen! Sucht nicht nach Beweisen, nach Vernunftgründen. Denn da beginnt die menschliche Unvollkommenheit; und in der Liebe fühlte ich mich vollkommen.

Sonntag, 30.

Hätte ich ein Glaubensbekenntnis zu formulieren, so würde ich sagen: Gott liegt nicht hinter uns. Er ist zukünftig. Nicht am Anfang, am Ende der Entwicklung der Wesen muß man Ihn suchen. Er ist

Endpunkt, nicht Anfang. Er ist der höchste und letzte Punkt, zu dem die ganze Natur in der Zeit hinstrebt. Und da die Zeit für Ihn nicht existiert, ist es für Ihn gleichgültig, ob die Entwicklung, die Er krönt, Folge ist oder vorausgeht, oder ob Er sie durch Aufruf oder Antrieb bestimmt.
Durch den Menschen gestaltet sich Gott, das fühle und glaube ich, und so verstehe ich das Wort: «Lasset uns Menschen machen, ein Bild, das uns gleich sei.» Was vermögen gegen diese Gedanken alle Lehren der Evolution?
Dies ist die Pforte, durch die ich den heiligen Ort betrete, dies die Gedankenfolge, die mich zu Gott, zum Evangelium usw. zurückführt…
Wird es mir eines Tages gelingen, das klar auszudrücken?
Schon lange glaube ich es, ohne es zu wissen – nach und nach wird es mir klar, in einer Reihe von Erleuchtungen. Die Vernunftgründe folgen nach.

Montag, 31.

Ich lese in den *Élévations* von Bossuet weiter. Er beweist die Existenz Gottes mit dem Gefühl für Vollkommenheit, das jeder Mensch im Herzen trägt: «Wie sollte man den Irrtum verstehen, wenn nicht als Mangel an Wahrheit?… Und wie endlich die Unwissenheit, wenn nicht als Mangel an Allwissenheit?…» Dann spricht er über das Vorherwissen Gottes und beweist es durch die Prophetie.
Das alles ist kläglich und unanständig. Ich kann meine Vernunft aufgeben, ich kann sie nicht umgehen. Gestern abend in der *Revue hebdomadaire* den dritten oder vierten Teil des *Rosaire* von Francis Jammes gelesen. Das verhält sich zur wahren Frömmigkeit wie schlüpfrige Bemerkungen zur Liebe.

Mittagessen bei den Ducotés. Enttäuscht, Édouard nicht anzutreffen, der im Krankenhaus in der Rue Lhomond eine akute Furunkulose auskuriert, eine Folge von Übermüdung und Unmäßigkeit an der Front.
Zwei Stunden lang gemeinsam mit J.-É. Blanche an seinem Manu-

skript herumgebessert, das stellenweise entsetzliche Schwächen hat. (Madame Blanche und er hatten in der Villa zu Mittag gegessen. Es ist, glaube ich, das erstemal, daß wir sie einladen.)
Komitee im Foyer (wir waren siebzehn) und kleines Oberkomitee, nachdem die anderen Mitglieder gegangen sind und nur noch Lauris, Du Bos, del Marmol, Madame Théo und ich zurückbleiben.
Werde ich es über mich bringen, die neue Phase zu beschreiben, in die unser Werk eintritt? Ich müßte. Die Geschichte wäre lehrreich.

1. Februar.

Ich gebe die Lektüre der *Élévations* von Bossuet auf, ehe mich der Widerwille überwältigt und auf das übergreift, was ich gerne bewahren möchte. Ich habe so lange weitergelesen, wie ich konnte, aber keine Lektüre ist geeigneter, mich in die Opposition zu treiben, und so höre ich aus Vorsicht damit auf.
Ich versuche, jeden Abend und jeden Morgen eine halbe Stunde der Meditation, Selbstentäußerung, Befriedung und Erwartung zu widmen... «Einfach die Aufmerksamkeit auf die Gegenwart Gottes richten, seinem göttlichen Blick sich aussetzen und dergestalt die fromme Aufmerksamkeit oder *Aussetzung*... in aller Ruhe unter den Strahlen der göttlichen Gerechtigkeit fortsetzen.»
Ich habe den glühenden Wunsch, das Buch der Meditation oder der Erhebung zu schreiben, das ein Gegenstück zu den *Nourritures* bilden würde und an manchen Stellen eins wird mit den *Conseils à un jeune écrivain,* an denen ich gerade arbeite. Könnte ich doch...[267]
Francis Jammes irritiert mich dann am meisten, wenn er glaubt – oder so tut, als glaube er –, daß es Lust am Räsonnieren und manisches Bedürfnis nach Dialektik ist, wenn ich mich abseits stelle oder mich widersetze, wo doch ganz im Gegenteil... Wozu aber eine Diskussion über diesen Punkt beginnen? Nicht Unwissenheit, Demut oder Verzicht verabscheue ich, sondern die Lüge. Und die Spiegelfechterei, mit der die Seele sich selbst zum Narren hält und sich als Genarrte Gott darbietet.

2. Februar.
Versucht, an Gosse zu schreiben, als Antwort auf seinen Artikel über Frankreich. Ich habe damit einen Großteil des Vormittags verbracht und doch nichts Gescheites erreicht. Albéniz geübt. Unsere Katzen zerbrechen die schönste Vase im Salon; die einzige schöne; eine große persische Vase in Grau und Blau, die ich bei einer Versteigerung erworben hatte. Ihr schmaler Boden gab schon immer zu Befürchtungen Anlaß, und ich hatte dafür gesorgt, daß sie reichlich mit Bleikugeln beschwert wurde. Um Blumen aus Saint-Clair hineinzustellen, hat Em. vor kurzem die Bleikugeln herausgenommen (die Vase wäre sonst, wie sie sagte, zu schwer hochzuheben gewesen), aber als sie die Blumen entfernte, hat sie die Bleikugeln nicht wieder hineingelegt. Gleich nach dem Krieg werden sich ähnliche Dinge in unserem Land ereignen.

3. Februar.
Ich habe es aufgegeben, die Bibel in der englischen Fassung zu lesen; meine Aufmerksamkeit darf nicht von Worten abgelenkt werden, und sei es auch nur, um Freude an ihnen zu finden. Dennoch öffne ich noch manchmal das Buch, um Textstellen zu suchen, die ich gerade auf französisch gelesen habe. Und manchmal wird diese Stelle dann von einem plötzlichen Licht erhellt: «Except a man be born again.»[268] Den ganzen Morgen habe ich mir dieses Wort vorgesagt und wiederhole es mir heute abend, nachdem ich einen ganzen Tag lang den furchtbaren Schatten habe ermessen können, den meine Vergangenheit über meine Zukunft wirft.

4. Februar.
Gestern abend platzt die Heizungsanlage; das Wasser des Kessels ergießt sich in den Heizraum; ich lasse alles ausgehen und laufe heute früh noch vor sieben Uhr zu G., dem Installateur – so unbedacht, daß ich ihn zuerst in der Rue du Chemin vert in Ménilmontant suche, ehe ich ihn in der Rue du Moulin vert entdecke. Sein Urteil: die Hauptröhre müßte erneuert werden; was eine Angelegenheit von sieben- bis achthundert Francs (Kriegstarif) ist und vierzehn Tage dauern würde. Wir verzichten und entscheiden uns

für die Sparmaßnahme, uns ausschließlich im Eßzimmer aufzuhalten und zusätzlich im Salon beim Klavier einen Dauerbrandofen aufzustellen. Em. ist durch das Ereignis sehr niedergeschlagen, und ich fühle schon, wie sie keinen rechten Willen mehr zum Widerstand gegen eine drohende Erkältung hat.
Als ich beim Mittagessen zu Em. sage, wie sehr mich alles anregt, was meine Gewohnheiten über den Haufen wirft, antwortet sie: «Du bist eben stark» – und schon wieder höre ich den gefährlichen Ton, der den *Immoraliste* erfüllt hat. Aber nein, das stimmt nicht ganz: auf gewisse Naturen wirkt eine Unannehmlichkeit belebend, auf andere niederschmetternd. Ich erinnere mich an den Radunfall bei Cuverville, der Gérard so sehr belustigte, Marcel so sehr verstimmte.

5. Februar.
Brief an Gosse als Antwort auf seinen Artikel über Frankreich in der *Edinburgh Review:*
«... Wenigstens möchte ich Ihnen sagen, mit welcher Dankbarkeit ich Sie beglückwünschte (in dem Artikel, den ich aus diesem Anlaß zu schreiben beabsichtigte), daß Sie hinter der neuen, so eindrucksvollen Fassade Frankreichs jenes alte Frankreich erkannten, das nie zu bestehen aufgehört hat: ‹Not a new France, miraculously created, but the old France, *welded together* and passed through the fire of affliction.›[269] Das ist ausgezeichnet.
Und ebenso weiß ich Ihnen Dank, daß Sie sich unseren alten französischen Fehlern gegenüber duldsamer zeigen, als ich es tun kann. Großmütig finden Sie für diese alten Fehler eine Entschuldigung, weil Sie die Franzosen kennen und wissen, welche Großmut uns bis in unsere ärgsten Irrtümer hinein immer wieder hinreißt. Keiner lebt mehr für die anderen, durch die anderen oder im Hinblick auf die anderen, als es im allgemeinen der Franzose tut; von daher sowohl seine Eitelkeit als auch seine Höflichkeit, seine Liebe zur Politik, seine Anfälligkeit für Rivalität, die Furcht vor der Lächerlichkeit, die Anpassung an die Mode usw. ...
Auf der ersten Seite des *Petit Journal Illustré* bewunderte ich neulich ein Bild (es versetzte mich zugleich in Wut), das die Auszeich-

nung eines schwerverwundeten Soldaten darstellte; auf dem Lazarettbett liegend, richtete er sich beim Herannahen des Generals halb auf, rief (wie die Bildunterschrift besagte): ‹Das Kriegskreuz nimmt man stehend in Empfang, Herr General!› – und brach nach dieser Paradeleistung tot zusammen.
Das ist bewundernswert, und es ist absurd, ganz der Tradition entsprechend, die schon Bossuet zu der Äußerung veranlaßt hat: ‹Der falsche Ehrenstandpunkt, der schon so viele unter uns zugrunde gerichtet hat…›
Lieber Freund, wie sehr es mich freut, daß Sie sagen: ‹If France has of late laughed less, her smile has on occasion been more beautiful than ever.›»

6. Februar.
Gestern habe ich mich, nachdem ich Rilkes wegen W. M. aufgesucht hatte und mir vor der Komiteesitzung im Foyer noch etwas Zeit blieb, in die Kirche Saint-Sévérin gesetzt und etwa eine halbe Stunde lang meditiert und den Rutherford zu Ende gelesen. Ich saß auf der rechten Seite des Kirchenschiffes; sonst waren nur ein paar stille, andächtige Frauen da; von außen drang das Licht nur gefiltert und gefärbt durch die Glasscheiben bis zu mir, die Geräusche nur gedämpft. Der Friede, der mich ganz durchdrang, hatte im übrigen nichts eigentlich Religiöses, machte auch meine Gedanken nicht weiter der Frömmigkeit geneigt. Ich kostete einfach die Erfahrung aus, wie überaus nützlich mir die Kontemplation ist.

7. Februar.
Nie bin ich bescheidener gewesen als nun, da ich mich zwinge, jeden Tag in dieses Heft Seiten zu schreiben, von denen ich fühle und weiß, daß sie ausgesprochen mittelmäßig sind. Wiederholungen, Unausgegorenheiten, die nicht gerade dazu angetan sind, mir Wertschätzung, Bewunderung, Liebe zu erwerben.
Schon immer hat mich der Wunsch verfolgt, mich von jeder Zuneigung frei zu machen, die nicht wirklich erlesen und außergewöhnlich ist. Wenn diese Hefte später einmal an den Tag kommen – so mancher wird sich da, wieder einmal, mir entziehen… Wie sehr

aber liebe ich denjenigen, der ihnen zum Trotz, durch sie hindurch mein Freund bleiben will!
Verzweifelt klammere ich mich an dieses Heft; es ist Teil meiner Ausdauer; es hilft mir, nicht unterzugehen.

8. Februar.
Gestern zwei sehr wichtige Komiteesitzungen; im Anschluß an die zweite, im Foyer, lange Erklärung vor del Marmol, Lauris, Madame Théo usw. ... Ich werde das an anderer Stelle erzählen.
Bei Darius Milhaud zu Abend gegessen, der mich wegen der *Kantate* um Rat fragt, die er aus meinem *Retour de l'enfant prodigue* machen will.[270]

Heute morgen bei der *N.R.F.* Ich finde im Büro auf dem Kaminsims einen kleinen Band (Collection Romanica) des *Journal* von Maurice de Guérin – den ich aufs Geratewohl aufschlage und wo ich folgende ausgezeichnete Stelle lese, die ich mit Vergnügen hier abschreibe:
«7. September. In der Unterhaltung mit anderen verliere ich mich. Sie bringt mir in den meisten Fällen nichts als Niedergeschlagenheit und Verbitterung ein. Ich stelle dabei mein Innenleben bloß, das Beste an mir. *Um dem Gespräch Nahrung zu geben, gebe ich meine Lieblingsgedanken preis, die bestgehüteten, die, die mir am meisten am Herzen liegen. Durch meine schüchternen und verlegenen Worte werden sie entstellt, verstümmelt, werden sie formlos, verworren, halbnackt ans Tageslicht gezerrt. Wenn ich weggehe, sammle und packe ich meine zerstreuten Schätze zwar wieder ein, aber ich erhalte nur verletzte Träume zurück, wie Früchte, die vom Baum auf Steine gefallen sind.*»
Ich habe Maurice de Guérin nie besonders gemocht, nicht einmal richtig gelesen, aus Ärger darüber, daß behauptet wird, ich hätte Ähnlichkeit mit ihm. Es ist aber wahr, daß ich diese Stelle bis in die kleinsten Einzelheiten ihres Rhythmus und ihrer Kraft nachempfinden kann, als ob ich sie selbst geschrieben hätte – und daß ich sie gerne geschrieben hätte.
Gestört hat mich auch der gezierte Stil des *Centaure* und der

Bacchante (die mir nahezu unerträglich sind), sein unterschwelliges *Gejammer* («Die schönsten Tage», sagt er, «die friedlichsten Studien können die Unruhe, den *Jammer,* die das Innerste der menschlichen Natur ausmachen, in mir nicht beschwichtigen»), seine Schwester, seine Freundschaft zu d'Aurevilly usw. ...

9. Februar.

Siehe grünes Leinenheft bei *Numquid et tu...?*[271] unter diesem Datum.

Ich habe die Lektüre von Pascal wiederaufgenommen, von dem ich viel mehr Gewinn habe als von Bossuet. Die tägliche Meditation, zu der ich mich jeden Abend und jeden Morgen zwinge, fängt an, mir fühlbar wohlzutun. Noch bin ich ohne große Kraft, aber ruhig; ich bete nicht, horche aber und warte und wünsche mir, für den Augenblick wenigstens, keine andere Form des Gebets.

Meine Tage sind weiterhin elend zerstückelt. Da ich gezwungen bin, mich abends bei den anderen aufzuhalten, habe ich erst dann Raum für mich selbst, wenn alle noch oben sind; es fehlt mir fortwährend an Zeit.

Freitag, 11.

Gestern nichts eingetragen. Morgens gearbeitet – oder wenigstens versucht zu arbeiten. Aber seit Beginn dieser Woche bin ich noch zu keinem einzigen ruhigen Vormittag gekommen. In letzter Sekunde müssen immer irgendwelche Kleinigkeiten erledigt werden, und mein Gleichgewicht ist noch nicht so gesichert, als daß ich meine Meditation nach überstandener Störung sogleich wiederaufnehmen könnte. Immerhin geht es mir besser, und ich bleibe auf der Hut. Das beste Mittel gegen die Versuchung ist immer noch, sich ihr nicht auszusetzen. Man kann nicht erwarten, das Paradies von heute auf morgen zu erreichen. Es gehört Entschlossenheit dazu, mehr noch: Geduld. Nichts ist unromantischer, nichts bisweilen unangenehmer als diese peinlich genaue moralische Hygiene; keine großen Siege; es ist ein ruhmloser Kampf, wie der in den Schützengräben.

Jede Niederlage hingegen ist plötzlich, allumfassend, scheint einen in um so größere Tiefen zu stürzen. Oft ist sie köstlich. Sie kann es wenigstens sein, und das sage ich mir immer wieder. Und der Böse ist stets bereit, mir ins Ohr zu flüstern: «Das ist doch alles eine Komödie, die du dir selber vorspielst. Es brauchen bloß wieder Frühlingslüfte zu wehen, und du gehst mit fliegenden Fahnen zum Feind über. Feind? Was sprichst du von Feind? Du hast nur einen Feind, und das ist deine Müdigkeit. Deine Sünde wäre ruhmvoll, wenn du sie offener zeigtest. Sei doch aufrichtig und gib zu, daß du nur deshalb von Sünde redest, weil dir dieser dramatische Effekt gelegen kommt und dir hilft, deine verlorene Beweglichkeit wiederzuerlangen, die freie Verfügung über Körper und Geist. Heute hältst du deine Mattigkeit noch für Verfall; geheilt, wirst du dich bald der Mittel schämen, zu denen du um deiner Heilung willen meintest greifen zu müssen.» Bis dahin aber bin ich noch krank – und werde krank bleiben, solange ich auf diese Stimme höre.

Montag, 14. Februar.

Die Heizung kaputt, das Haus eiskalt, wenn man vom Eßzimmer absieht, wo ich Einsamkeit erst dann finden kann, wenn Madame Théo im Foyer ist. Ich habe also die morgendlichen Meditationen unterbrechen müssen, in denen meine Seele sich reinwusch und aus denen sie für den Rest des Tages so viel Kraft und heitere Gelassenheit schöpfte. Zuerst wird «das Zimmer gemacht». Und dann beginnt, gleich nach dem Frühstück, das Warten darauf, daß Madame Théo ins Foyer geht – ein egoistisches, verzweifeltes Warten, aus dem ich mit gereizten Nerven, zerstörtem Gleichgewicht und bösartig hervorgehe... die richtige Verfassung für die Arbeit! Der ganze Gewinn der nächtlichen Vorsätze ist dahin.

Deshalb habe ich auch seit drei Tagen keine Eintragungen mehr gemacht.

Gestern einige Besuche fürs Foyer in der Rue Boileau 87, einem riesigen Mietshaus mit billigen Wohnungen. Das alles hilft mir aber nichts. In meine Nächstenliebe mischt sich immer wieder zuviel Sinnlichkeit. Mein Herz, mein ganzes Wesen öffnet sich ohne Vorbehalte, und ich bin nach solchen Besuchen vollkommen durcheinander. Oder aber ich bleibe furchtbar trocken und würde

am liebsten vorschlagen, dem Elend durch Abschaffung des leidenden Individuums ein Ende zu setzen.
Wer wird je verstehen, daß die Not ebenso verführerisch sein kann wie der Überfluß? Und das Versinken in Verzweiflung ebenso wie der Rausch der Liebe.
Das ist der Punkt, an dem der höchste Himmel die Hölle berührt.
Und heute morgen lese ich bei Pascal: «Wir sind voller Dinge, die uns ins Außen werfen.»
«... Unsere Leidenschaften stoßen uns ins Außen, selbst wenn sich kein Gegenstand bietet, der sie reizen würde. Die äußeren Gegenstände führen uns von sich aus in Versuchung und rufen nach uns, selbst dann, wenn wir nicht an sie denken.»
Solltest du, Pascal, wahrhaftig ebensolche Qualen und Verwirrungen gekannt haben wie ich? Aber nein! Ich mache ja deine Worte meinen Zwecken dienstbar, gebe ihnen einen bestimmten Sinn, den sie gar nicht haben. Du sprichst abstrakt und im allgemeinen. Oder solltest du an die Zeit deiner Jugend denken? Es ist schon eine gute Weile her, daß der Heilige Dorn das alles gereinigt, sublimiert hat.[272]
Und du fährst fort: «So können auch die Philosophen leicht sagen: ‹Zieht euch zurück in euch selbst, dort werdet ihr euer Heil finden›; man glaubt ihnen nicht, und *diejenigen, die ihnen glauben, sind die leersten und die dümmsten Köpfe.*» Dasselbe sagt mir der Böse.

16. Februar.
Vorgestern Rückfall.
Man glaubt, man falle so tief wie noch nie und die ganze Mühe der letzten Tage sei umsonst gewesen.
Aber das Gleichgewicht stellt sich doch ein wenig rascher wieder her; die Selbstaufgabe ist nicht mehr so vollständig.
Die Hölle wäre, ohne es zu wollen und lustlos weiterzusündigen. Es ist nur natürlich, daß die dem Bösen ergebene Seele, ohne daß sie daraus Lust zöge, zum gehorsamen Instrument der Verdammnis für andere wird.
Ich bediene mich hier, wie schon im vorhergehenden, bewußt der Worte und Bilder einer Mythologie, an die ich darum nicht unbe-

dingt glauben muß. Mir genügt, daß sie mir am überzeugendsten ein inneres Drama erklären kann. Die Psychologie mag es auf ihre Weise erklären, wie die Meteorologie gewisse griechische Mythen… was kümmert mich das! Die eigentliche Erklärung kann schließlich nur im Endzweck liegen.

Ich habe die tiefe Wahrheit des Wortes: «Wer sein Leben gewinnen will, der wird es verlieren», erkannt. In der vollkommenen Selbstverleugnung triumphiert das Individuum, und der Verzicht auf das eigene Ich ist höchste Bejahung.

Wer sich hingegen selbst den Vorrang gibt, macht sich gerade dadurch dem Bösen dienstbar und läßt sich für seine Zwecke einspannen. Wer könnte es wagen, hier von Befreiung zu sprechen? Von welchen Gesetzen? Als ob das Laster nicht ohnehin gebieterischer wäre als die Pflicht!

17. Februar.

«Man braucht nur diese Beziehung nicht zu suchen, über nichts zu urteilen und einfach in der *Finsternis des Glaubens* zu verharren», schreibt Fénelon (*Lettres spirituelles,* 2. Oktober 1710) und fährt fort: «Ich möchte, nach der Regel des seligen Jean de la Croix, mich über alles ‹hinwegsetzen›, ohne zu urteilen, und in der Finsternis des reinen Glaubens verharren … In der Finsternis des Glaubens und im Gehorsam gegenüber dem Evangelium werden wir uns nie verirren.»

Samstag.

Klavier geübt. Es ist unnütz und sogar schädlich, sich allzulange mit ein und derselben Stelle zu beschäftigen. Besser später darauf zurückkommen, und zwar öfter: darin besteht wahre Geduld. Nichts ist weniger romantisch. Der stürmischen Eroberung zieht sie eine langsame, methodische Umzingelung vor.

Dasselbe gilt für die wirklichen Schwierigkeiten des dichterischen Schaffens. Dasselbe für die Frömmigkeit und die Erkenntnis Gottes: der scheinbar plötzlichen Enthüllung geht eine unbewußte, langsame Vorbereitung voraus. Das Kunstwerk ist stets das Ergebnis unruhevoller Beharrlichkeit.

Montag.

In den (P. du B. gezeichneten) Berichten[273] über den furchtbaren serbischen Rückzug, die das *Journal de Genève* veröffentlicht und dessen Grauen nicht mehr übertroffen werden kann, heißt es: «Verwundete, die nicht wußten, wohin, brachen irgendwo zusammen, auf öffentlichen Plätzen, in Straßengräben oder in den Parkanlagen. Panik wurde von plötzlich wiederkehrender Hoffnung abgelöst. *Es gab auch Stunden, die einen seltsamen Reiz hatten. Vergangenheit, Zukunft – nichts zählte mehr, und jede Minute* erlebte man mit allen Fasern. Man genoß sie wie etwas Unvergleichliches, Einmaliges.

Anfangs regnete es. Dann kehrte das schöne Wetter zurück, das schöne Wetter des Spätherbstes mit seinem weiten, dunstigen Himmel, seiner blassen Sonne, der allzu kurzen Dämmerung. *Und die Landschaft war wie verwandelt.* Die ganze Straße entlang blieben Soldaten und Flüchtlinge stehen, um schweigend ein letztes Mal die weite Ebene zu betrachten, ihren Horizont aus blauen Hügeln, ihre zarten Baumreihen, ihren breiten und stillen Fluß.»

Dienstag.

Suchst du denn wirklich Rat, oder suchst du Rechtfertigung? Lies noch einmal die Zeilen von Fénelon:

«Man darf Gottes Zustimmung nur bei schon begangenen Fehlern voraussetzen; diese Zustimmung darf dann in nichts unseren Haß auf die Sünde vermindern, noch die Verurteilung unserer selbst.» (*Lettres spirituelles,* 16. März 1696.)

Und du, der du dich anheischig machtest, durch die Unterdrükkung der Gewissensbisse die Sünde unterdrückt zu haben!

Ich habe dieses Wort so gründlich verfälscht, daß ich nunmehr zögere, es zu gebrauchen; es gereicht mir zur Schande.

Donnerstag.

Wir hätten morgen früh nach Cuverville abreisen sollen; telegraphisch teilt uns L. mit, daß Schnee und Glatteis ihn daran hindern, einen Wagen nach Beuzeville zu schicken. Die Furcht, wir könnten Schwierigkeiten wegen des Passes unserer Elsässer Köchin be-

kommen, falls wir über Le Havre fahren würden, veranlaßt uns, die Reise um einen Tag zu verschieben.
Gestern ist Madame Théo[274] wieder in die Wohnung der Maus' in der Rue des Belles-Feuilles gezogen. Sie wird dort die Rückkehr Théo van Rysselberghes abwarten, der sich noch in Saint-Clair aufhält. Ich fürchtete, der erste einsame Abend würde für sie sehr trostlos sein, und ging mit ihr essen.

Freitag.
Den Abend bei Marcel Proust beendet (den ich seit 92 nicht mehr gesehen hatte). Ich nahm mir vor, ausführlich von diesem Besuch zu erzählen; aber heute morgen habe ich nicht mehr den Mut dazu.[275]
Es hat heute nacht stark geschneit; unsere Abreise ist auf unbestimmte Zeit verschoben.

Freitag abend.
Freude an der Arbeit, an der Ruhe, am Gleichgewicht. Heiterer Ernst der Gedanken. Mit der Übersetzung der Gedichte von Kabir[276] begonnen.

Samstag.
Zu kurze Tage; langsam fließen die Stunden dahin. Draußen Schnee; nichts zu tun, nicht einmal Briefe zu schreiben, die ich nicht in Paris einzuwerfen wage. Keine Besuche zu befürchten, da man mich in Cuverville glaubt, wo unsere Post auf uns wartet. Ganz mit Arbeit, Meditation, Lektüre ausgefüllter Tag. So weit ich auch zurückdenke, kann ich mich an ähnlich reine Tage nicht erinnern.
Ich nehme mir *Jean-Christophe* wieder vor, von Anfang an, und gebe mir alle Mühe, inneren Anteil daran zu nehmen, ohne daß dadurch Romain Rolland, oder zumindest sein Buch, in meiner Wertschätzung stiege.
Es herrscht darin eine rauhe Herzlichkeit, eine Gewöhnlichkeit, eine Biederkeit – die derjenige Leser schätzen wird, für den der Künstler nur ein Angeber ist. Lassen wir das.

Was mich verblüfft, ist die Leichtigkeit, die Bedenkenlosigkeit, mit der er aus seinem Helden einen Deutschen macht – oder, wenn man so will, aus einem Deutschen seinen Helden. Das ist, soviel ich weiß, ohne Beispiel; sogar Stendhal erwähnt ausdrücklich, daß sein Fabrice einen französischen Vater hat. Was läßt sich also daraus erkennen? Das Deutschtümelnde seines Geschmacks, seiner Neigungen, seiner Reaktionen, seines Willens, das es Romain Rolland erlaubt, aus Jean-Christophe wenn nicht sein Ebenbild zu machen, so doch, ihn mit seiner Sympathie zu beleben? – Oder die Illusion eines zwar fruchtbaren, aber unkritischen Geistes, der mit Jean-Christophe ein abstraktes Wesen schafft, das weder deutsch noch französisch ist, einen Musiker, ein unbestimmbares Geschöpf, dem er alle Empfindungen, alle Gefühle unterschiebt, die er will?
Oh, wie germanisch ist gerade dieser Mangel an Psychologie! Welch geringe Bedeutung das hat!*

2. März.
Vorgestern gegen Mitternacht in Cuverville angekommen; einigermaßen zerschlagen von einer achtzehnstündigen Reise, die uns ein Zusammenstoß bei Serquigny noch zusätzlich versüßt hatte; vier oder fünf Tote und etwa zwanzig Verletzte. (Genaueres in den Zeitungen.)
Sowohl Retter als Gerettete, die schon die Schule des Krieges hinter sich haben, hielten sich gut. Habe mich mit Vergnügen mit Leuten aus den verschiedensten Gesellschaftsschichten unterhalten. Bei mir selbst wieder einmal meine große Schwierigkeit festgestellt, ein unvorhergesehenes Unglück tragisch oder auch nur ernst zu nehmen. Ich unterhalte mich wie im Theater, in eher gehobener Stimmung und zum Einsatz einer plötzlich verfügbaren Tatkraft bereit. Beim Bergen und notdürftigen Versorgen der Ver-

* Was ich oben sagte, scheint mir heute (21. Mai) nicht mehr ganz so richtig. Was Romain Rolland vor allem erstrebte, als er aus seinem Helden einen Deutschen machte, war die Distanz, die es ihm erlaubte, die französische Sache besser zu beurteilen.

letzten allerdings etwas behindert durch die Sorge um Em. mit ihren zwei Dienstmädchen, ganz abgesehen von den beiden Hunden und den fünf Katzen. Die brave Frau eines Schiffskapitäns, die ein reizendes Bübchen von zwei Jahren auf dem Arm trug, schloß sich uns an. Ich mußte Körbe und Koffer schleppen, all diesen Leuten dabei behilflich sein, eine Böschung zu erklimmen, usw. …

Wir saßen übrigens ziemlich weit von den zerstörten Waggons entfernt, so daß wir den Stoß nicht besonders stark fühlten; ich hatte daher von der Schwere des Unfalls gar keine Vorstellung und bin erst zur Unfallstelle gekommen, nachdem die Opfer schon geborgen worden waren. Ich hätte mich gerne noch nützlicher gemacht.

Die große Ruhe in Cuverville hat nach den gestrigen Strapazen und der durchwachten Nacht wie Balsam auf meine Gedanken gewirkt. Unterwegs und nach der Ankunft den zweiten Band des *Jean-Christophe* gelesen; in den *Unzeitgemäßen Betrachtungen* von Nietzsche (wunderbar der Anfang des Stücks über Strauß); den Lasserre über den Einfluß Deutschlands; einige ausgezeichnete Artikel von Souday, die ich am Tag zuvor in den Büros des *Paris-Midi* geholt hatte.

3. März.

Erbärmliche geistige Unruhe, die sich durch alle Beschäftigungen zieht und mich bei allem und jedem, was ich beginne, zweifeln läßt, ob ich nicht besser etwas anderes anfinge. Solche Zustände der Unruhe gehen bei mir der schöpferischen Tätigkeit voraus; ich sage mir das immer wieder, um mich nicht zu sehr über mich selbst zu ärgern.

An Mrs. Wharton, Gosse und einen Journalisten geschrieben, der mich als Ehrenmitglied für ein Propagandakomitee gewinnen will, das zum Ziel hat, junge Schriftsteller zur Produktion anzuregen! Er fügt seinem Brief eine Art Prospekt bei, der die Gründe für diese Unternehmung andeutet; man kann sich schwer etwas Törichteres vorstellen. Eine Stunde damit vergeudet, ihm zu antworten und abzusagen.

Edmond bringt mir ein Paar neue Holzschuhe. Mit ihm am Schnitt der Pflaumenbäume gearbeitet.
In *Catharine Furze* weitergelesen.

Ich müßte während dieser Perioden der Unruhe bewußt auf jede Lektüre verzichten, nur noch weiße Blätter vor mich hinlegen. Aber ich weiche der Arbeit aus, fange sechs Bücher auf einmal an und weiß nicht, wo ich mich verstecken soll, um nur ja den Anforderungen noch nicht nachkommen zu müssen…
Es ist keine Zeit mehr zu verlieren; das muß ich einsehen und mich von morgen an zur Arbeit anhalten. Es hat keinen Sinn, der Zeit nachzutrauern, als ich noch Entschlüsse fassen konnte; es müssen, wie in meiner Jugend, wieder welche gefaßt werden – und lieber gar nichts tun denn etwas anderes als *das.*
Jede weitere Lektüre, jede Übersetzungsarbeit, alle zu schreibenden Briefe auf später verschieben – und *zuerst* meine Arbeit wieder in Gang bringen.

Samstag.

Von der Mittelmäßigkeit meiner Notizen, die ich heute früh ordnete, sehr bedrückt; ich hatte mir über ihre Qualität große Illusionen gemacht. Fast nichts, was aufbewahrenswert wäre. Ich war nicht nur enttäuscht, sondern vollkommen niedergeschlagen, und fragte mich, ob ich nicht auch die Bedeutung meiner Gedanken überschätzt habe…
Im Anhang meiner Ausgabe der *Vulgata* gelesen, was über die Authentizität der Evangelien geschrieben steht. Sie verfügt auch über eine «Konkordanz», die einen Vergleich mit derjenigen Westphals lohnen dürfte, von der ich täglich einige Seiten lese.
Zweieinhalb Stunden mit Edmond im Garten gearbeitet.

Sonntag, 5. März.

Heute morgen eine halbe Seite meines *Chopin* geschrieben. Nachmittags meine Papiere fertig aufgeräumt, das heißt, die Seiten aus alten Heften, die mir aufbewahrenswert scheinen, der Reihe nach geordnet und den ganzen Rest zerrissen. Ich habe zerrissen, zerris-

sen, zerrissen, wie ich am Tag zuvor das dürre Holz der Spalierbäume geschnitten und ausgeräumt hatte. Was da zusammenkam! Und wie mittelmäßig schien mir das wenige, das ich verschonte! In manchen Mappen entdeckte ich uralte Zettel. Sätze erkannte ich wieder, von deren Tugend und Kraft ich damals überzeugt war und deren Frische nun gänzlich geschwunden ist. Noch unter dem Anblick dieser so gar nicht schlichten, so gar nicht natürlichen Handschrift litt ich und schämte mich ihrer... Mir gefällt nur noch das an mir, was ich um den Preis der bescheidensten, der geduldigsten Anstrengung erringe.
Auch die aufbewahrten Blätter werden nur von Wert sein, wenn sie mit dem Ganzen völlig verschmolzen, vollständig darin *aufgegangen* sein werden.

Seit einigen Tagen lassen meine Augen sehr nach.

6. März.

Bis wohin werden meine Gedanken in ihrer Demut noch zurückweichen?... Ich verabscheue alle Rhetorik, allen Romantizismus und jene sprachliche Bemühung des Geistes, seiner «Höhe noch einen Zoll hinzuzufügen».

Faschingsdienstag.

Heute nacht reichlicher Schneefall. Das Geräusch kleiner Dachlawinen hält uns ziemlich lange wach. Beim Erwachen ist das Land weiß; die große Zeder gleicht dem Himalaja. Die Büsche sind unter ihrer weißen Last ganz eingesunken. Das dünnste Zweiglein trägt ein riesiges Gewicht. Das Drahtnetz des Tennisplatzes ist nur noch eine glitzernde Wand. Über der makellosen Fläche leuchtet ein wolkenloser Azur. Kein Vogelgesang; kein Laut. Wir denken daran, daß sich nun über das Schlachtfeld ein ähnliches Bahrtuch breiten wird, das die Toten verbirgt, die Sterbenden erstickt, das Grauen überdeckt.
Die Kinder sind gekommen, um uns, wie es in der Gegend Brauch ist, die sogenannte «Farce» aufzusagen. Sie kommen in kleinen Gruppen, zu zweit oder zu dritt, wobei jedes einen großen Korb

trägt; sie gehen von Tür zu Tür, und jedermann gibt ihnen für ihr kleines Lied ein Ei – oder, wenn kein Ei vorhanden ist, einen Apfel, einen Sou, ein Stück Schokolade. Ich habe mehrere dieser Lieder aufgeschrieben, die sich kaum voneinander unterscheiden, aber aus uralter Zeit stammen.
Nicht genügend gearbeitet. Meine Augen sind so überanstrengt, daß ich nicht lesen kann.
Schlechter Tagesausklang.

Mittwoch.

Gestern abend einige Seiten an den Memoiren geschrieben. Heute früh Kommentar zum Gespräch mit der Samariterin. Das Klavier ist gekommen, ein Pianino, aus Sparsamkeitsgründen und weil wir hier nicht die Männer haben, die ein anderes tragen könnten.
Ich übe mich darin, mit geschlossenen Augen zu spielen, denn meine Augen tun mir weh; ich bezweifle, daß es mir gelingen wird, und würde, glaube ich, das Spielen aufgeben, wenn ich nicht mehr hinsehen dürfte.

Donnerstag, 9. März.

Den ganzen gestrigen Tag hat es getaut. Die Schneedecke, die zuvor an die fünfundzwanzig Zentimeter hoch war, ist nur noch so dicht wie eine Wolldecke. Aber sie bedeckt den Boden noch vollständig, so daß Em. und Georges sagten: «Es ist noch fast nichts weggeschmolzen.» Ich habe Em. daran erinnert, daß Miquette am ersten Tag bis zum Bauch einsank und sich dermaßen plagte, daß ich ihr entgegenlaufen und sie tragen mußte.
Die paar Präludien und Fugen aus dem *Wohltemperierten Klavier,* die ich auswendig kann, neu einstudiert – und das Präludium in a-Moll der *Orgelsuiten.*

Samstag.

Es ist der Tag, an dem «das Zimmer gemacht» wird. (Es handelt sich um jenes, in dem ich arbeite, und ich habe durchgesetzt, daß es nur einmal in der Woche gemacht wird.) Ich habe also meinen ganzen Vormittag am Klavier verbracht. (Granados.)

Nachmittags Ankunft von Valentine mit ihren beiden kleinen Mädchen.
Da man beim «Zimmermachen» die ganze Asche aus dem Kamin gekehrt hat, geht das Feuer schlecht an, und so verbringe ich die wenige Zeit, die mir bleibt und die ich der Arbeit zu widmen hoffte, damit, mich mit dem Kamin herumzuärgern.
An meinen Kindheitserinnerungen weitergearbeitet. Aber an der Stelle, wo ich die Spaziergänge mit meinem Vater im Luxembourg beschreibe, verfalle ich wieder in dieses Schwanken zwischen Formulierungen, dieses Durchstreichen und Neuschreiben, worin sich alles Spontane erschöpft und wovon ich mich vor allem kurieren muß. Ich habe eine Stelle sechsmal umgeschrieben und mußte zu Bett gehen, ehe sie mir endgültig gelungen war.
Man müßte es wagen, über solche Stellen hinwegzugehen, und einfach nur «umschreiben» am Rand vermerken.
Heute morgen habe ich gleich nach dem Aufstehen das Ganze ziemlich flüssig umgeschrieben und dabei zweifellos von der mühevollen gestrigen Arbeit profitiert.

Dienstag.

Den gestrigen Tag in Le Havre verbracht; Besuch beim Augenarzt – eher beruhigend; ich muß aber stärkere Gläser tragen. Da ich viel Zeit zur Verfügung hatte, bin ich auf den Kais hinter der Börse spazierengegangen. Der kleine Platz und die Kais sind ganz mit Baumwollballen bedeckt, auf denen die Hafenbengel herumlaufen, hüpfen und sich balgen; viele Ballen sind schlecht verpackt und halb aufgeplatzt; die Baumwolle quillt heraus und mischt sich mit dem Straßenschmutz; man geht auf dickem, wattiertem Dreck. Der Anblick ist bizarr; man könnte meinen, die Ballen tauten; es ist Baumwollschmelze. Das Herz zieht sich einem vor Empörung zusammen. Vom Kai aus habe ich ein paar Schaluppen gesehen, die eine hoch mit Ballen beladen, die andern halbvoll; ich dachte, sie sollten ausgeladen werden, und fragte mich schon, wo man wohl diese zusätzlichen Waren unterbringen würde; denke ich aber nun daran zurück, wird mir klar, daß man sich vielmehr darum bemüht hatte, sie fortzuschaffen. Die Schiffe haben den Ozean nicht überqueren und

die Ballen nicht wegführen können; sie bringen sie wieder zurück und schicken sich nun an, die Seine wieder hinaufzufahren, sobald der Rückgang der Überschwemmung es gestattet.
Drei große, längliche Hefte von ausgefallenem Format gekauft, in die ich meine Erinnerungen schreiben will.

Valentine macht mich bei der Rückkehr darauf aufmerksam, daß ich in meinem Zimmer zwei Gäste finden würde; es sind zwei kleine Feldhasen, die am Nachmittag im Hérouardschen Hof gefangen worden sind. Ich habe ihnen mit viel Mühe ein bißchen lauwarme Milch mit einem Löffel oder einem Tropfenzähler eingeflößt; ich denke schon, daß es mir gelingen könnte, sie aufzuziehen; aber abgesehen davon, daß sie den Garten verwüsten würden, wenn man sie eines Tages freiließe, wäre es doch recht schwierig, sie auf die Dauer vor den Hunden und Katzen zu schützen. So daß wir sie nach reiflicher Überlegung nachts unter den abgebrochenen Ast des Apfelbaumes zurückbringen wollen, wo man sie entdeckt hatte und wo die Mutter sie sicher wiederfinden wird.

Brief von Claudel, den ich gefragt hatte, ob er ein Vorwort zum Buch von Unamuno schreiben wolle, von dem wir demnächst eine Übersetzung veröffentlichen werden. Er wittert darin aber Ketzerei: Modernismus, Protestantismus ... Wie konnte ich mich so irren? ... Ganz entschieden führen nicht alle Wege nach Rom, und nur wer schweigt, kann wirklich sicher sein, daß er von der orthodoxen Richtung nicht abweicht. Besser, man schlägt sie erst gar nicht ein; das ist immer noch das sicherste Mittel, nicht vom Weg abzukommen.
Fast den ganzen Tag mit Gartenarbeit beschäftigt: Beschneiden der Pflaumenbäume, Kalken, Aussaat der Wicken – und Klavierstunde mit Françoise.

Donnerstag.
An Mrs. Wharton, Ghéon und Edmund Gosse geschrieben.
Lange ins *grüne Heft*[277] geschrieben, anläßlich einer Lektüre des Lukasevangeliums.

Mit einiger Ausdauer an meinen Kindheitserinnerungen gearbeitet.

Freitag.

In Criquetot gewesen, um die Bibliothek des verstorbenen Friedensrichters zu besichtigen. Erstaunt über die Zahl und Auswahl der Werke: alte und neue Literatur, Philosophie, vor allem religiöse Streitfragen, Literaturkritik, Kunst, Naturgeschichte und Geschichte, Reisen, Philologie – und aus allen Sparten das Beste. Ich entdeckte sogar ziemlich viele Übersetzungen englischer und russischer Romane, die ich zu kaufen versuchen werde.

Unterwegs habe ich bei der alten Madame Freger vorbeigeschaut, um ihr die Hand zu drücken. Ihr Gesicht wirkt auf dem weißen Kopfkissen noch röter; sie hustet, spuckt, würgt, klagt aber nicht mehr über ihr blindes Auge, das ganz weiß, ganz trüb geworden ist, ein schrecklicher Anblick. Die alte Mutter Michel, die sie pflegt, hat ebenfalls nur ein Auge. Als man sie Madame Freger als Pflegerin vorschlug, hat diese zunächst abgelehnt: «Die Mutter Michel! Die die Toten versorgt! ... Kommt nicht in Frage.» Schließlich hat sie doch nachgeben müssen, denn man fand niemand anderen, dem man sie hätte anvertrauen können.

Sonntag.

In den letzten Nächten Schlaflosigkeit; ziemlich unangenehm wegen der nervösen Störungen, die wieder auftreten – wie es leider immer der Fall ist, wenn ich wieder ernsthaft zu arbeiten anfange. Dabei ist meine Lebensweise äußerst vernünftig; von einer Mäßigkeit, wie ich sie, so scheint mir, seit meiner frühesten Kindheit nicht mehr gekannt habe oder doch nur in allzu seltenen Perioden. Ich habe vorgestern zwei Päckchen Zigaretten ins Feuer geworfen, die ich aus Le Havre mitgebracht hatte. Rauchen betäubt mich fast sofort; ich zünde die Zigarette mehr aus Manie an als aus Lust.

Mit dem Beschneiden unserer Obstbäume sind wir arg im Rückstand; der Saft drängt. Ich habe mich darangemacht und täglich an die vier Stunden damit verbracht. Ich ärgere mich maßlos über Mius, als ich die unsinnige Anordnung der Spaliere entdecke. Da er dem äußeren Eindruck alles opfert und ihn jede leere Stelle stört, behilft er sich damit, daß er von irgendwo Zweige herbiegt, um die zu ersetzen, die er hätte ziehen sollen. Nichts beschreibt die akrobatischen Verrenkungen, die abgeschmackten Arrangements, zu denen meine Bäume von diesem Einfaltspinsel gezwungen wurden. Sein Traum wäre gewesen, überall aus Zweigen seinen Namen hinzuschreiben; in den Spalieren entdecke ich die Formen aller Buchstaben des Alphabets. Und wenn man heute eine etwas vernünftigere Anordnung erzielen will, muß man sich zu einem wahren Gemetzel entschließen, von dem sich die Bäume lange nicht erholen werden.

22. März.

Man kämpft gut, solange man glaubt, kämpfen zu müssen; aber sobald einem der Kampf nichtig erscheint und man den Feind nicht mehr haßt… Immerhin bleibe ich standhaft; aber weniger aus Überzeugung als aus Verachtung.

Mich sogleich wieder gefangen.

Sonntag, 26. März.

Es fängt wieder zu schneien an. Trotzdem mit dem Schnitt der Bäume weitergemacht, zusammen mit Edmond. Diese Arbeit wird mir immer interessanter, je besser ich sie mache. Ich nehme mir sogar gewisse Bäume noch einmal vor, deren Schnitt mir bei neuerlicher Prüfung ungenügend erscheint. Wie aufmerksam werde ich das Wachsen im Frühjahr beobachten!

Die meisten unserer Bäume werden allerdings durch einen schwärzlichen Schorf verunstaltet, den ich in keinem Buch beschrieben finde und den ich kalten Winden und einem Übermaß an Feuchtigkeit zuschreibe. Wie traurig, Klima und exponierte Lage gegen sich zu haben – der ganze Rand der Hochebene, wo der Garten liegt, geht nach Norden.

Am Freitag bei der Versteigerung der Einrichtung des Friedensrichters gewesen. Die ganze Bibliothek soll für eine lächerliche Summe (ungefähr zweitausend Francs) en bloc von einem Buchhändler aus Rouen erworben worden sein; dieser ersten Versteigerung entging aber ein Posten aus dem Englischen und dem Russischen übersetzter Romane zu einem Franc das Stück, die, wie ich wußte, heute schwer zu bekommen sind (Dickens, Thackeray usw. ...). Ich hatte unter anderem eine Übersetzung von *Krotkaïa* im Auge gehabt, die aus meiner Bibliothek verschwunden ist; aber der Buchhändler aus Rouen hat auch sie in seinen Besitz gebracht – so daß ich mit einer sehr mageren Ausbeute nach Hause gekommen bin.

28. März.
Unsagbar trübsinnige Tage; unaufhörlicher Regen und eisiger Wind. Die Arbeit an meinen Memoiren wiederaufgenommen; einige Stücke von Kabir übersetzt und mit der Lektüre von *Jean-Christophe* fortgefahren. Ich bin am Anfang des vierten Buches. Ich gestehe, daß mich die ersten stellenweise trotz meiner Vorbehalte überzeugen konnten; eine gewisse, etwas altertümelnde Grazie, ein gut getroffener Ton machten den mangelnden Stil wett; aber der dritte Teil der *Adolescence* (Ada) ist in seiner linkischen Offenheit höchst unerfreulich und in seinen Ausdrucksmitteln peinlich unzulänglich. Diese Längen oder vielmehr Verschleppungen, dieser dick aufgetragene und grobschlächtige, man möchte sagen, germanische Lyrismus – all das ist mir unerträglich. Alles, bis zur fortwährend spürbaren *Absicht,* stößt mich ab wie eine künstlerische Schamlosigkeit, ein Mangel an Feingefühl.
Aber ich verstehe, daß ein solches Buch Freunde findet, und zwar zahlreiche.

31. März.
Ich habe in den letzten Tagen dieses Heft liegenlassen. Nun, da meine Arbeit wieder in Gang gekommen ist, habe ich weniger Nutzen davon, etwas hineinzuschreiben, und es fällt mir dadurch auch schwerer. Ich schreibe an meinen Erinnerungen weiter, häufig zögernd zwar, zurückgreifend, wiederaufnehmend; ich untersage mir aber das Durchlesen, sogar das endgültige Festlegen, aus

Furcht, vor dem Geschriebenen Widerwillen zu empfinden und den Mut zur Fortsetzung zu verlieren.
Mich hemmen nicht so sehr Zweifel und mangelndes Selbstvertrauen als eine Art Widerwille, Haß und eine unbestimmbare Verachtung für alles, was ich schreibe, was ich war, was ich bin. Die Niederschrift dieser Memoiren ist für mich ein wahres Werk der Kasteiung.
Es ist immer noch sehr kalt, aber das Wetter ist wieder schön geworden. Dieser unseligen Zeit zum Trotz drängt alles in wunderbarer Begeisterung empor, die im Gesang der Vögel überfließt; noch nie erschien er mir so vielstimmig, so dringlich, so ergreifend. Ich halte das nicht nur für eine Wirkung des Krieges, der uns für alles, was auf unserer Erde an Reinem und Freudigem noch übrig ist, besonders empfänglich macht; nein: sogar den Dienstmädchen, den Bauern fällt es auf. «Hat Madame gehört, wie die Vögel gestern gesungen haben?» fragen sie. Die Vögel sind hier besonders zahlreich, wegen der Obstbäume und weil Em. sie unaufhörlich füttert. Ich denke auch, daß viele Arten aus der Kampfzone in unsere Gegend verschlagen worden sind, die man hier sonst nicht sah oder doch nur selten. Unter ihnen allerdings eine Schar Häher; Valentine prophezeit, daß sie alle Nester verwüsten werden. Und tatsächlich haben die Kinder gestern am Fuß der Eibe ein herabgestürztes Nestchen gefunden, voll winziger bläulicher Eier (Amseleier, glaube ich), durchlöchert und ausgetrocknet, die zu beweisen scheinen, daß die Häher mit ihrer Räuberei angefangen haben.

2. April.

Seit gestern prachtvolles Wetter. Wunderbar klarer Himmel. Zum erstenmal bin ich aus dem Garten herausgekommen (zwei oder drei Fahrten nach Criquetot zähle ich nicht) und bis zum Landgut gegangen; ich hoffte die Déhais-Kinder zu sehen, aber sie waren wohl in der Schule. Man lichtet das Unterholz auf dem Hügel; dadurch wird die Landschaft ganz weit; die hochgewachsenen Bäume, die man ausgespart hat, wirken schlanker und edler. Ein leichter Dunst rückte die Ebene in die Ferne, so daß ich das Tal

kaum wiedererkannte und Überraschung sich in mein Entzücken mischte. Die Luft war noch eisig, sobald es nicht völlig windstill war oder man sich aus der Sonne entfernte.
Ich habe den ganzen Tag fast nichts getan, war nur mit Bewundern beschäftigt; es drang durch alle Sinne in mich ein.
Lange habe ich an den Bäumen gearbeitet; nachdem ich Valentine beauftragt hatte, die Stämme beim Treibhaus mit Kalk einzupinseln, habe ich bemerkt, daß man sie zuvor besser abbürsten sollte. Ich entdeckte im Werkzeugschuppen eine Drahtbürste und machte mich eifrig an die Arbeit. Ich entfernte unglaubliche Mengen von Moos, Flechten und Staub, und die Stämme der jungen Bäume erstanden daraus glatt und glänzend, zart gefärbt, angenehm zu berühren und anzusehen; schönen nackten Athleten gleich, ölgesalbt, stark und mit gespannten Muskeln.
Ich bewundere tatsächlich die Rinde, ihre Schönheit, wie ich es schon mit Ghéon in La Roque tat; und wie sehr sich ein Baum vom andern unterscheidet, in der Faserung, im Farbton, in der Beschaffenheit! Die Rinde der Pflaumenbäume, die ich mir zunächst vornahm, ist graurosa und von sehr feinen, lebhaft orangegelben Rillen durchschossen, was ganz zauberhaft aussieht.
Nach dieser Arbeit und der des Vortags (Beseitigung des dürren Holzes) ist der große Pflaumenbaum hinter dem Tennisplatz ganz verwandelt, kaum wiederzuerkennen.

4. April.

Heute morgen bitte ich Gott in aller Demut:
Mein Gott, stütze mich, führe mich, beschütze mich während dieses Tages.

13. April.

Abreise nach Paris. Ankunft um halb zehn Uhr nachts; Copeau und Ghéon holen mich ab.
(Zwei Tage lang äußerste Müdigkeit.)
In der Rue des Belles-Feuilles gewesen, bei den Maus', wo Madame Théo schon untergebracht war und Théo zu uns stößt. Freitag morgen *N. R. F.;* Frühstück mit Copeau und Ghéon.

Im Zirkus Médrano gewesen, wo wir Copeau wiedertreffen. Unterhaltung mit dem Clown Fratellini (dem ältesten).

Montag morgen Rückkehr nach Cuverville.

Dienstag, 18. April.

Ich beginne ein neues Heft.

Gestern von Paris zurückgekommen, wo ich drei Tage verbracht hatte; Ghéon hatte Urlaub und bat mich zu kommen. Auch Copeau wiedergesehen.

Es hat mir gutgetan, die Verbindung mit meinen wacheren Gefährten wiederaufzunehmen. Die letzten Tage in Cuverville waren schrecklich gewesen. Ich glaube nicht, daß viele Menschen verstehen können, wie weit meine Feindseligkeit gegen mich selbst gehen kann. Manchmal wage ich schon nicht mehr zu sprechen; und die Worte, die mir dann entschlüpfen, sind gerade die, derer ich nicht mehr Herr bin und die ich am liebsten gleich wieder zurücknähme; je lieber ich sie widerrufen würde, um so schneidender, schärfer und rechthaberischer wird mein Ton, und um so unerträglicher ist mir der geringste Widerspruch.

Daher kommt das seltsame *Schwinden des Saftes,* dem mein Geist so häufig ausgesetzt ist und das ihm die vielen dürren Äste beschert. Und man denkt: ein wenig Saft nur, und schon würde sich das gräßliche dürre Holz wieder mit Laub und Blüten bedecken… Aber trocken ist es gräßlich. Man weiht es der Flamme und möchte sich auslichten können wie einen Baum.

Ein beständiger, sich selbst immer gleich bleibender Mensch weiß von diesen Dingen nichts; und deshalb sind auch die allzu gesunden Leute häufig recht mittelmäßige Psychologen.

19. April.

Ich könnte mir eine Art mystischen Traktat vorstellen, ein Gegenstück zu meinem *Enfant prodigue,* das ich «L'Entretien avec Nicodème» betiteln würde.[278]

Ich lese noch einmal alles, was diese Gestalt betrifft, die nur im

Johannesevangelium erwähnt wird. Darüber verstreicht der Vormittag, denn bei jedem Schritt tut sich mir ein neuer Lichtquell auf.
Ich knie nieder und sage mit lauter Stimme: «Mein Gott! Mein Gott, gib, daß ich wieder zu Dir beten kann! Gib mir die Einfachheit des Herzens.»

20. April.

Ich habe aus Paris alle Papiere, Briefe und Dokumente mitgebracht, die ich finden konnte; sie sollten meine Erinnerungen beleben und mir erlauben, ein wenig Ordnung hineinzubringen. Aber nun sind sie mir im Weg und lähmen meinen Schwung.
Isabelle Rivière ist gestern angekommen, und wir haben gemeinsam mit der Durchsicht ihrer Übersetzung von Conrads *Victory* begonnen.[279]

Ostermontag, 22. oder 23.

Manchmal verstehe ich nicht einmal mehr die Freundschaft, die manche Menschen mir entgegenbringen. Ich lehne sie geradezu ab… so sehr mißfallen mir, so sehr ärgern mich die Worte, die ich mich selbst sagen höre. Hörte ich sie von einem andern – ich würde ihn mit Sicherheit dafür hassen. Wie banal, wie eingebildet! Welches Bedürfnis, andere zu übertrumpfen, zu unterjochen!…
Das Übel sitzt so tief, kommt von so weit her, hat eine solche Stoßkraft, daß es alle Kontrolle über den Haufen wirft, die ich aufwende und die gerade nur dazu reicht, meinen Sätzen einen gefaßteren Klang zu geben. Ich finde nur am Klavier, im Garten und bei der Arbeit ein wenig Entspannung.

26.

Weiterer Brief von Lebrun, dem Opfer des Justizirrtums oder doch eines allzu summarischen Urteils, von dem ich in meinen *Souvenirs de la cour d'assises* sprach und zu dessen Gunsten ich interveniert hatte, um eine Herabsetzung des Strafmaßes zu erwirken.[280] In Paris hatte ich ihn wiedergesehen, als er aus dem Lazarett kam; er hatte eine Kugel durch die Brust bekommen; er war

im Begriff, in seine Kaserne zurückzukehren, und war nur auf der Durchreise in Paris. In seiner Uniform erkannte ich ihn nicht wieder; und auch in Zivil hätte ich in diesem großen, unbeholfenen Burschen nicht die jämmerliche, auf der Bank im Schwurgerichtssaal zusammengebrochene Gestalt wiedererkannt. Er mußte mir erst seinen Namen nennen. «Ah! Lebrun!», und gleich hatte ich seinen zutraulichen und gleichsam lauen Blick wiedergefunden.
Vor vier Tagen brachte mir ein Brief Nachricht von ihm. Er war von neuem verwundet, dann in den Süden von Tunesien zurückgeschickt worden, wo ihn das Fieber erwischt hatte, dann nach Kef, dann wieder an die Front. Noch am selben Tag hatte ich an die angegebene Adresse einen Brief und eine Postanweisung geschickt. Wird er sie je erhalten? Sein gestriger Brief war ein Abschiedsbrief. Er ist zu einem Stoßtrupp abkommandiert worden, zu einem jener Angriffe, von denen man weiß, daß keiner mehr zurückkommt. Nichts könnte schlichter sein als seine Zeilen, nichts ergreifender.

3. Mai.

Vorgestern in ausgezeichneter Arbeitsverfassung; ich war um sechs Uhr aufgestanden, obgleich ich spät zu Bett gegangen war; aber bald hat eine kleine Nierenkolik meinen Schwung gebremst. Es war wie ein Keulenschlag in die rechte Seite; der Schmerz ist drei Stunden lang immer heftiger geworden, führte schließlich zu Erbrechen und ist dann bis vier Uhr nachmittags ungefähr gleich geblieben; anschließend konnte ich ein wenig schlafen; beim Erwachen war alles vorbei. Es blieb nur eine allgemeine Müdigkeit und ein leichter Schmerz auf der kranken Seite zurück. Noch nach zwei Tagen spüre ich die Müdigkeit... Ich schäme mich, Schmerzen nicht besser ertragen zu können. Sicher gehörte dieser Anfall noch zu den harmloseren; und doch weiß ich nicht, wie ich Schlimmeres hätte ertragen sollen.
In einem Brief meiner Mutter an meinen Vater lese ich: «André wäre sehr lieb, wenn er nicht die Angewohnheit hätte, lange und

ohne sich zu rühren am Fuß eines Baums stehenzubleiben, um Schnecken zu beobachten.»
Der Brief muß aus dem Jahr 73 stammen (Jahr der Hochzeit von Isabelle Widmer, von der im vorhergehenden die Rede ist). Ich war also vier Jahre alt.

Dienstag abend.
«Wie glücklich werdet ihr sein, wenn ihr erfahrt, was die Allmacht der Liebe vermag!» (FÉNELON, *Lettres spirit.*, S. 111.)

15. Juni.
Ich habe an die zwanzig Seiten dieses Heftes zerrissen; damit war der Faden verloren, und ich habe seit mehr als einem Monat nichts mehr eintragen können. Ich habe meine ganze Zeit der Arbeit an den Memoiren gewidmet. Sollte man sich wundern, daß ich daran Geschmack finden kann, während der Boden noch vom Widerhall der Geschütze bebt, würde ich erwidern, daß mir eben deshalb jede Arbeit, die Phantasie erfordert, unmöglich ist, ebenso wie jede gedankliche Tätigkeit. Draußen und in meinem Innern fühle ich ein ungeheures Durcheinander, und wenn ich heute diese Erinnerungen schreibe, so nicht zuletzt deshalb, weil ich mich an sie klammere.
Die Seiten, die ich zerrissen habe, hätten von einem Verrückten stammen können.

16.
Gestern sind auf Anordnung der Regierung alle Uhren um eine Stunde vorgestellt worden. Man kann sich die Unmenge dummer Bemerkungen anläßlich dieses Erlasses kaum vorstellen. Stundenlang konnte man sich darüber auslassen.

*

Cuverville, 15. September.
Ich nehme in einem neuen Heft das Tagebuch wieder auf, das ich im vorigen Juni abgebrochen habe. Die letzten Seiten hatte ich zerrissen. Sie spiegelten eine furchtbare Krise wider, in die Em. ver-

wickelt war; oder genauer, deren Ursache Em. war. Ich hatte diese Seiten in einer Art Verzweiflung geschrieben, und da sie eigentlich an sie gerichtet waren, habe ich sie auf ihre Bitte hin zerrissen, nachdem sie sie gelesen hatte. Sie hatte mich zwar aus Zartgefühl nicht direkt darum gebeten, aber ich merkte ihr so deutlich an, wie erleichternd es für sie wäre, daß ich es ihr sogleich vorschlug. Und bestimmt ist sie mir dafür auch dankbar gewesen; trotzdem fehlen mir jetzt diese Seiten; weniger deshalb, weil ich meine, noch nie etwas Vergleichbares geschrieben zu haben, noch weil sie mir aus einem krankhaften Zustand hätten heraushelfen können, dessen aufrichtiger Spiegel sie waren und in den ich nur allzuleicht wieder zurückfallen könnte, sondern weil dieser Vernichtungsakt mein Tagebuch abrupt abgebrochen hat, so daß ich, dieser Stütze beraubt, mich seither in einem furchtbaren geistigen Durcheinander befinde. Vergeblich habe ich im anderen Heft noch einige Versuche gemacht. Ich lasse es halbleer liegen. In diesem werde ich wenigstens den Bruch nicht mehr fühlen.

Ich hatte Cuverville in der ersten Juliwoche verlassen; einen Monat bei den Théos verbracht; war in den ersten Augusttagen nach Toulouse gereist. Nach einer Woche in Bagnols mit Eugène Rouart in Mas, in Amélie-les-Bains, Perpignan und Banyuls gewesen (wo man uns verhaftete, weil unsere Papiere nicht in Ordnung waren). – Rückkehr nach Paris; eine Woche bei den Théos; dann von neuem in Cuverville. Seit zehn Tagen bin ich nun hier; vollkommen ratlos, ohne Hoffnung, ohne Freude, ohne Tugend. Ich wartete auf das Eintreffen eines versprochenen Füllfederhalters, um dieses Heft zu beginnen, worin ich versuchen werde, mein Selbstwertgefühl wiederzuerlangen.

16. September.

Das wird mir nur durch eine stete, eine stündliche Anstrengung gelingen, die beständig erneuert werden muß. Es wird mir nicht ohne List gelingen und nicht ohne minutiöse Genauigkeit.

Nichts ist erreicht, wenn ich mir vornehme, nur Wichtiges hier zu notieren. Ich muß mich entschließen können, alles in dieses Heft zu schreiben. Ich muß mich dazu zwingen, irgend etwas zu schreiben.

Die heutige Nacht ist ein wenig besser gewesen (grauenhafte Ängste in der vorhergehenden). Ich hatte am Abend einige Seiten von Bossuet gelesen *(Premier Sermon sur la Providence)*; sie waren so weit gespannt und so entzückend wahr, daß ich ganz beruhigt eingeschlafen bin.

Gegen Abend kommen die Kopfschmerzen wieder; eine derartige geistige Benommenheit, daß ich meinen ganzen Mut zusammennehmen muß, um nicht zu verzweifeln. Mit viel Mühe habe ich einige Briefe schreiben können (einen davon an den sonderbaren jungen Labasque); ich bin ausgegangen, ich hoffte, das Gehen würde mich wiederherstellen; es hat aber mein Unwohlsein bis zum Schwindelgefühl gesteigert.

In *Le Temps* von heute morgen ist ein Artikel von Souday erschienen *(Le pauvre subjonctif)*, der Bruchstücke des Briefes enthält, den ich ihm geschrieben hatte. Ich bedaure ein wenig, ihn gebeten zu haben, meinen Namen nicht zu nennen, denn alles, was er aus meinem Brief zitiert, scheint mir gut. Ich bin bei solchen Gelegenheiten immer geneigt, zu weit zu gehen...

Heute morgen hat mich Jean im Auftrag seiner Mutter geholt; ich sollte ihm Tonleitern beibringen. Schon am Tag zuvor hatte ich ihm eine erste Unterrichtsstunde gegeben, trotz der fürchterlichen Szene, die mir seine Mutter gemacht hat, als ich sie unvorsichtigerweise bat, nicht einzugreifen. Gleich ist sie wie eine Furie auf mich losgegangen: Alles will ich für mich haben; den ganzen Lehrerruhm will ich allein einheimsen; als ob sie ihr Kind nicht besser verstünde als ich! Außerdem ist er noch längst nicht so weit, wie ich glaube. Ich kann mich ja nie in jemand anderen hineindenken, usw. ... Unglaublich. Im übrigen ist die gute T. vollständig unfähig, etwas zu lehren, was sie mit knapper Not selbst erlernt hat. Bei jedem Zögern des Kindes verliert sie den Boden und die Geduld; aber Eigen- und Mutterliebe stehen auf dem Spiel: also gibt sie nicht nach. Sie gibt nicht nach, sollte auch das Kind dabei zu Schaden kommen, und schließt sich nach dem Mittagessen mit dem

Kleinen zu unheilvollen «Fingerübungen» ein, nach denen alle beide rote Gesichter haben und vor Wut beben. Sie weicht dem Kind während der Stunde, die ich ihm gebe, nicht von der Seite, setzt sich dicht daneben und mischt sich vorschnell in unsere Fragen und Antworten ein. Eine Engelsgeduld ist da nötig.

17.

Abscheuliche Benommenheit. Es fällt mir schwer zu glauben, daß es, wenn dieser Zustand der Verblödung anhält, auch weiterhin meine Aufgabe sein sollte, in Deckung, in Reserve zu bleiben! Sobald meine Leistung nachläßt, sobald sie mir nicht mehr deutlich gegenwärtig ist, möchte ich meine Kräfte direkt einsetzen, irgendeine konkrete Aufgabe übernehmen. Und ich weiß, daß ich dazu imstande wäre. Daß ich *Besseres* machte, wenn ich hier bliebe – wie sollte ich daran glauben können? Auf, zu neuen Einsätzen!

Sonntag.

Man läßt uns heute endlich, mit einer Verspätung von vier oder fünf Tagen, den bulgarischen Heeresbericht lesen, der die Zahl der in Turtukaja gemachten rumänischen Gefangenen enthält. Dazu noch bringt ihn nur das *Journal de Genève.* Diese Lügenatmosphäre ist erstickend, vergiftend, tödlich. Unser Land verdiente Besseres.

Gestern rührender Brief von Madame Mayrisch, aus dem ich folgende Stelle zitiere:

«Mit diesem Brief möchte ich Ihnen vor allem sagen, wie sehr ich Ihr Glück teile, Frankreich wiedererstehen zu sehen. Sie haben immer nur ungern mit mir über diese Dinge gesprochen, aber ich habe Ihre Angst und das Gefühl schrecklicher Ohnmacht mitempfunden, das Sie jedesmal befiel, wenn Sie feststellten, daß das Land sich aus irgendeinem neuen Anlaß wieder gehenließ. Offen gestanden habe ich Sie sonst nie so vollständig fassungslos, so *hilflos* erlebt wie in solchen Augenblicken. Nun, da der Kreis Ihres Glücks an der einzigen brüchigen Stelle wieder geschlossen ist, durch die alle Freude hätte verlorengehen können – wie froh müssen Sie sein, lieber Freund! Ich glaube nicht, daß ich die Bedeutung

dieser Dinge überschätze, nicht wahr? Und ich möchte mir schmeicheln, daß ich Sie in diesem Punkt so gut verstanden habe wie irgend jemand... Sie wissen, wie nahe ich Ihnen in dem unerträglichen Bangen vor zwei Jahren war; Sie sollen deshalb auch jetzt um meine unendliche Hoffnung wissen.»
Ja, ich erinnere mich an die Gespräche mit ihr und Ghéon in Kleinasien (besonders an eines in Smyrna) über den langsamen Zerfall Frankreichs, über seine ungenutzten oder vergeudeten Kräfte, über die drohende Kriegsgefahr – an die zu glauben Madame Mayrisch sich weigerte und die Ghéon und ich, ein paar Monate vor der Kriegserklärung, vorhersahen, voraussagten, fast wünschten, so sehr schien uns sogar der Krieg das kleinere Übel angesichts des allmählichen Niedergangs unseres Landes – und vor dem uns vielleicht einzig der Krieg noch retten konnte...

Sobald T. in versöhnlicher Stimmung ist, hängt sie an ihre dezidiertesten Behauptungen ein «Verstehst du?» an, das ich genau so bei meiner Tante Charles wiederfinde, die ebenso eigensinnig und vollständig unempfindlich für die Gefühle, Gedanken und Vorhaben anderer ist. Da ich meiner Tante nie sehr heftig widersprochen habe, und da sie den Wunsch hat, uns zu überzeugen, verändert sich bisweilen die Bedeutung des «Verstehst du?» oder «Versteht ihr?», und es wird ein «Du siehst nicht so aus, als verstündest du» daraus. Beide meinen, daß man sie eben nicht richtig «versteht», wenn man anderer Ansicht ist als sie; den Mangel an Verständnis, an Intelligenz suchen sie stets bei den andern; und sie handeln!

«Um die größten Sünder zu strafen, so erfahren wir vom göttlichen Apostel, liefert er sie ihren eigenen Begierden aus; als ob er sagte: Er liefert sie dem Henker aus...»

«Wenn wir irdisches Gut besitzen, knüpfen sich geheime Knoten, die das Herz unmerklich an die gegenwärtigen Dinge binden, und diese Bindung ist um so gefährlicher, als sie gewöhnlich unsichtbar bleibt.» (BOSSUET, *Providence, Ier*)

19. September.

Gestern abscheulicher Rückfall. Der Sturm hat die ganze Nacht über getobt. Heute morgen hagelt es ausgiebig. Beim Aufstehen sind Kopf und Herz schwer und leer: voll der ganzen Last der Hölle... Ich bin der Ertrinkende, der den Mut verliert und sich nur noch schwach wehrt. Die drei Rufe «Es ist Zeit. Es ist höchste Zeit. Es ist keine Zeit mehr» haben denselben Klang. So daß man sie nicht unterscheiden kann und am Ende schon der dritte ertönt, während man sich noch beim ersten wähnt.
Könnte ich dieses Drama doch wenigstens erzählen; Satan darstellen, wie er, nachdem er von einem Wesen Besitz ergriffen hat, sich seiner bedient, durch dieses auf andere wirkt. Das scheint mir aber ein vergebliches Unterfangen. Erst seit kurzem verstehe ich es selbst: daß man nicht nur Gefangener ist; das wirkende Übel fordert von uns eine Gegenmaßnahme; man muß in entgegengesetzter Richtung kämpfen...
Heute abend fahre ich nach Paris; Vorwand: Gosse aufzusuchen, den Briand eingeladen hat. Ich freue mich auch wirklich sehr, ihn wiederzusehen; und hier tue ich doch nichts Brauchbares; denn die Klavierstunden, die ich den Kindern gebe, und meine Übersetzung des *Typhoon,* mit der ich in der letzten Zeit ein gutes Stück vorangekommen bin, zählen nicht.

Es ist ein großer Irrtum, sich vom Teufel ein romantisches Bild zu machen. Aus diesem Grund habe ich so lange gebraucht, bis ich ihn erkannte. Er ist nicht klassischer oder romantischer als der, mit dem er sich gerade unterhält. Er ist so verschieden wie die Menschen selber; mehr sogar, denn er vervielfacht seine Verschiedenheit. Mir gegenüber hat er sich klassisch gegeben, als er mich damit fangen konnte und weil er wußte, daß ich ein gewisses glückliches Gleichgewicht ungern mit dem Bösen in Verbindung brächte. Ich verstand nicht, daß auch das Böse, wenigstens eine Zeitlang, ein gewisses Gleichgewicht zuläßt. Ich hielt alles für gut, was geregelt war. Durch das Maß glaubte ich das Böse zu beherrschen; und gerade durch dieses Maß hat es Besitz von mir ergriffen.

20.

Gestern abend in Paris angekommen. Während der Fahrt ohne Unterbrechung die ersten sechzig Seiten von *Return of the Native* gelesen. Heute morgen an Em. geschrieben. Im *Hotel Crillon* gewesen, um Gosse zu sehen; er kommt aber erst heute abend an. Bei der Propaganda gewesen, um mit Bréal über Lauris zu sprechen. Mit Madame Théo in der kleinen Bar in der Rue Bassano gegessen. Nach Hause gegangen, um zu schlafen und an Em. zu schreiben. Ein Widerwille, ein schrecklicher Haß auf mich selbst zerfrißt alle meine Gedanken. Durch die haarscharfe, feindselige Kritik, mit der ich jede Regung meines Wesens belauere, verkrampft es sich. Fehler oder Vorzüge – an mir ist nichts mehr natürlich. Alles, was ich von mir noch weiß, erfüllt mich mit Grauen.

Freitag.

Gestern und vorgestern an Em. geschrieben.
Heute Mittagessen mit Gosse im *Crillon.* Eher anstrengend als unterhaltsam. Das Gespräch erschöpft mich. Gosse ist von ausgesuchter Herzlichkeit; nichtsdestoweniger habe ich zwei- oder dreimal gespürt, daß ich ihm vielleicht ein wenig zu nahe kam.*
Ach, ich möchte in ein tiefes Bad des Schweigens tauchen!

Samstag.

Mich von Madame Théo und Élisabeth nach Versailles schleppen lassen. Prachtvolles Wetter; Aufforderung zur Freude. Nichts in mir weiß darauf noch zu antworten.

Sonntag.

Leerer, verlorener Tag. Ich schleppe mich durch die Stunden hin und freue mich nur noch auf den Schlaf.

Montag.

Seht ihr denn nicht, daß ihr mit einem Toten sprecht?

* Siehe weiter unten.

Mittwoch.

Thiepval und Combles genommen.
Heute sollte ich nach Offranville fahren. Das Auto, das mich um acht Uhr abholen wollte, mußte weggeschickt werden. Ich habe mich, nach einer Nacht voll Husten und Unruhe, zu müde gefühlt und die Reise aufgeschoben.

Offranville, Freitag.

Beständige Müdigkeit und Kopfschmerzen. Heute morgen beim Aufstehen feiner Regen. Der Himmel ist eintönig grau, ohne Blau, ohne Sonnenstrahl – ganz wie meine Gedanken.
Eine Art übersprudelndes Vergnügen, das J.-É. Blanche an der Unterhaltung hat, selbst wenn er allein spricht und sich mein Beitrag auf einige wenige Einwürfe beschränkt, wirkte anfangs auch auf mich irgendwie ansteckend.
Gestern sah ich beim Verlassen der Metro im Gang der Station Louvre ein junges Mädchen, das stillstand oder doch so langsam ging, daß es für die anderen, die hastig an ihr vorübereilten, so aussehen konnte. Sie las in einem ziemlich großformatigen, broschierten Buch, das nicht nach einem Groschenroman aussah. Sie war dezent gekleidet, und ihr ganzes Wesen drückte ausgesprochene Zurückhaltung aus. Sie schien dermaßen in ihre Lektüre vertieft, daß sie Menschen und Ort vergaß; und gerade wollte ich mich neugierig nähern, um den Titel des Buches zu erspähen, das sie so gefangenhielt, als ein großgewachsener, etwa vierzigjähriger Arbeiter daherkam und ihr im Vorüberschlendern mit einem einzigen Hieb das Buch aus der Hand schlug, das sich auf dem schmutzigen Boden entblätterte. Mit einem Faustschlag hätte man den Mann zu dem Buch auf den Boden schicken müssen. Man hätte die Kraft dazu haben müssen. Er schien jedoch ein Kerl von der schlimmsten Sorte; er war einen Kopf größer als ich und zudem nicht allein; ein anderer, bedeutend jüngerer Arbeiter war bei ihm, ein robuster Witzbold, den die ganze Szene sehr amüsierte. Alle beide sahen nach Messerstechern aus; der ältere jedenfalls konnte sich kaum mehr beherrschen ... Kurz, ich hielt es für klüger, mich meiner Zunge zu bedienen, als meiner Fäuste. Aber

alles, was mir einfiel, waren die schauderhaft unpassenden Worte: «Sehr geistreich, was Sie da gemacht haben!»
Hätte ich wenigstens noch gesagt: «Wie schlau von Ihnen» – das wäre noch gegangen; aber «geistreich» klang so erbärmlich nach «Intellektuellem», daß ich mir gleich danach die Haare hätte raufen können. «Geistreich» wurde denn auch mit großem Gelächter aufgenommen und in einem Ton wiederholt, der meine Stimme nachäffen sollte; darauf der Mann, der den Schlag geführt hatte: «Mir macht das soviel Spaß wie Lesen.»
Worauf nichts mehr zu erwidern war. Besser hätte ich der jungen Frau geholfen, die Blätter ihres Buches einzusammeln. Sie hatte es aber schon besorgt, während ich noch den Arbeitern nachblickte.
Das alles schreibe ich voll Überdruß und mit großem Kraftaufwand. Man merkt es.

3. Oktober.
Rückkehr nach Cuverville. Ich hatte Paris am Freitag verlassen; eine Nacht in Offranville bei J.-É. Blanche verbracht; eine in Varangeville bei den Godebskis; die letzte wieder in Offranville. (Besuch bei Calmont.)

Ich hatte Gosse im *Hotel Crillon* aufgesucht, wo ihm von der Propaganda ein sehr angenehmes Appartement zur Verfügung gestellt worden war. Er erwartete mich. Man bat mich hinauf; es war im dritten Stock. Ich fand den alten Gosse kaum gealtert; ein bißchen geschrumpft, da und dort schmaler. Wie schon früher schienen mir seine Regungen etwas mehr vom Verstand bestimmt als vom Gefühl; oder doch wenigstens von einer Art *self-respect.* Sein Verstand, der stets die Oberhand behält, greift regelmäßig ein und hält ihn davon ab, ungezwungen zu sein. Sowie er anfangen könnte, mir zu gefallen, wird er reserviert. Im übrigen richtet sich sein Mißtrauen vielleicht weniger gegen mich als gegen seine eigene Person.
Überströmend herzliche Begrüßung, kaum daß ich eingetreten bin; lange schütteln wir uns beide Hände; dann setze ich mich. Und er nach kurzem Schweigen, das eher einem Atemholen glich, als

gäbe er einem unwiderstehlichen Impuls nach (der aber ein klein wenig gespielt war):
«Ah, lieber Freund, umarmen wir uns noch einmal!»
Diese Worte als Aufforderung verstehend, stehe ich auf, stürze auf ihn zu und gebe ihm auf seine dicken, weichen Backen zwei feste, gut französische Küsse. Er zuckte leicht zusammen, wich unmerklich zurück und zog eine leichte, sofort unterdrückte Grimasse – woran ich deutlich erkannte, daß er in jedem Fall selbst bestimmen wollte, wie weit man gehen dürfe; daß ich, als ich sein «umarmen wir uns» wörtlich nahm, vergessen hatte, daß er nicht besonders gut Französisch sprach und daß schließlich für die in Gesten so sparsamen Engländer ein verlängertes *shake hand* alle Umarmungen aufwiegt. Ich kann mir vorstellen, wie Gosse danach seinen Fremdenführer Millet oder irgendeinen anderen fragt: «Wie muß man sich eigentlich auf gut französisch ausdrücken, wenn man jemandem während der Unterhaltung spontan die Hand drücken möchte? Stellen Sie sich vor, daß ich neulich unvorsichtigerweise zu Gide ‹Umarmen wir uns› sagte – und da hat er mich doch tatsächlich abgeküßt. Wie lächerlich.»
Wir haben gemeinsam im *Crillon* zu Mittag gegessen; ich war schon vorher müde, allein von der oben angedeuteten Notwendigkeit, äußerste Herzlichkeit und unmerkliche Zurückhaltung gekonnt zu dosieren. Bei ihm wäre es weniger auffallend, sprächen wir Englisch – was er meinetwegen gerne könnte, denn er hat eine sehr klare und deutliche Aussprache, und ich würde ihn gut verstehen; aber er möchte sein Französisch auffrischen, denn morgen soll er bei Briand essen. Er fragt mich, welchen Wein ich trinken möchte; schlägt einen Sauternes vor und bestellt, kaum habe ich zugestimmt, einen billigeren, den er inzwischen auf der Karte entdeckt hat. Dann aber ist er leicht verstimmt, daß ich fast nichts davon trinke.
Beim Dessert schlägt er vor: «Eine Zigarre?»
Ich lehne dankend ab.
«Was! Sie rauchen nicht?»
Da sage ich, fast ohne es zu wollen, aus Nervosität:
«Gern eine Zigarette.»

Dabei weiß ich, daß ich gerade das nicht sagen darf, denn Gosse, der keine Zigaretten raucht und deshalb auch keine bei sich hat, muß sie beim Kellner bestellen. Dieser bringt, wie zu erwarten war, auf einem Tablett die teuersten Packungen. Gosse ist kein Geizhals wie X; aber er ist sehr *sparsam;* um so mehr, als er Gast Frankreichs ist und eine vornehme Diskretion ihm Zurückhaltung auferlegt. Amüsant ist nur sein Bedürfnis, mir indirekt zu verstehen zu geben, was ich ohnehin zur Genüge spüre und mich mit unendlichem Unbehagen erfüllt:

«Behalten Sie bitte das Päckchen als Andenken an unser gemeinsames Essen», meinte er.

Ich hätte also das Päckchen nur einzustecken brauchen, womöglich mit ein paar passenden Worten, die gezeigt hätten, daß ich alles verstanden hatte. Ich hätte zum Beispiel sagen können: «Wenn ich jemandem eine anbiete, dann in Ihrem Namen»; oder einfach: «Ich werde beim Rauchen an Sie denken»; aber es fiel mir nichts ein; ich überlegte nicht einmal, denn bis ins Innerste durchdrang mich eine ungeheure Melancholie... die einem Tiefschlaf gleichkam. Und das beste ist, daß ich beim Aufstehen das Päckchen Zigaretten auf dem Tisch liegenließ.

Andere Einzelheiten unserer Unterhaltung habe ich in einem Brief an Em. berichtet.

Das geringste materielle Hindernis verzerrt mein Denken, bringt es zum Stocken – ob es sich nun um die Tinte handelt oder ums Papier. Sind meine Finger starr, so erstarrt auch das Gehirn. Eine kratzende Feder – und mein Stil leidet. Heute habe ich mir das Klavierspielen verboten. Ich zwinge mich zum Schreiben, trotz meiner Kopfschmerzen und dieser Art Betäubung, die mich hier so oft lähmt. Wenigstens funktioniert mein Füllfederhalter. Ich schreibe auf einer Bank in der Allee. Ich bin verloren, wenn es mir nicht vor dem Winter gelingt, mich wieder zu fangen. Die Sommermonate waren grauenhaft, von Arbeit keine Spur, dafür aber eine tiefgreifende Auflösung. Ich glaube nicht, je so weit vom Glück entfernt gewesen zu sein. Und dabei immer die unbestimmte Hoffnung, es werde sich aus der Tiefe des Abgrunds jener Verzweiflungsschrei erheben – aber nein, ich kann ihn ja nicht mehr ausstoßen... Frei-

lich kann man, auch wenn man sehr tief gesunken ist, noch zum blauen Himmel aufschauen; doch nein: so tief ich auch gesunken war, ich blickte immer noch tiefer hinab. Ich entsagte dem Himmel. Ich wehrte mich nicht mehr gegen die Hölle. Fixe Ideen und alle Vorboten des Wahnsinns. Wahrhaftig, ich erschrak vor mir selbst; war auch unfähig, selbst den Rat zu befolgen, den ich jedem anderen mit Leichtigkeit hätte geben können.
Bin ich denn, da ich schon davon spreche, meiner Heilung so sicher?

J.-É. Blanche hat etwas Selbstzufriedenes, Leichtfertiges, Oberflächliches an sich, das mir unaussprechliches Mißbehagen verursacht. Blanche hat allzu viele Trümpfe in der Hand – und das eigentümliche Bestreben, allen und jedem zu beweisen, daß mit einem einzigen Trumpf weniger das Leben nicht mehr lebenswert sei. Seine aufrichtigsten Sätze beginnen mit: «Ich verstehe nicht, wie Sie…» Ein schöner Garten umgibt sein Haus: «Ich verstehe nicht, wie Sie in einem Haus wohnen können, das auf die Straße geht.» Den Sommer verbringt er in der Normandie: «Ich verstehe nicht, daß Sie den Sommer in Paris verbringen können.»
Manchmal verschleiert er seine mitleidige Geringschätzung. Er fragt mich, wo die Théos gegenwärtig wohnen. Ich antworte: «In der Rue Claude-Lorrain.» Und schon an der Art, wie er wiederholt: «Rue Claude-Lorrain?», an seinem Tonfall, an seinen schmerzlich-ironisch gehobenen Augenbrauen – die er ungleich hochzieht, so daß die linke gerunzelt bleibt, während die rechte gen Himmel zeigt – erkennt man, daß seiner Ansicht nach die Rue Claude-Lorrain eine besser zu verschweigende, unmögliche Straße ist, in einem absolut unbewohnbaren Stadtviertel. Er fügt hinzu: «Kenne ich nicht.» (Er kennt nämlich alles, was man kennen muß.) «Wo ist das?»
«Sie mündet in die Rue Michel-Ange», sage ich, «gleich hinter dem Viadukt von Auteuil.»
«Also: Billancourt.»
Dieses «Also» bedeutet, dem Tonfall nach: «Wagen Sie doch, es zu gestehen», und «Geben Sie es nur zu», und «Ich habe mir's doch gleich gedacht… Wie kann man nur in Billancourt wohnen!»

Wenn ich viele Romane schriebe, würde einer von Blanche handeln.

4. Oktober.

Heute morgen regnet es in Strömen. Gutes Wetter zum Arbeiten; meine Nacht ist nicht allzu schlecht gewesen. Mein Kopf ist wie befreit.

Gestern abend hat sich S. wieder in die Stunde eingemischt, die ich auf ihre Bitte hin Jean gegeben habe. Mir fehlt es nicht an der nötigen Geduld für das Kind; für die Mutter aber brauchte man mehr als für eine ganze Klasse ungebärdiger Rotznasen.

S. sieht selbst ein, daß sie bei ihrem Sohn nicht weiterkommt; er hört nicht auf sie; die beiden ärgern und zermürben sich gegenseitig. S. stellt ihren Schüler vor Tatsachen; sie läßt ihm nichts mehr zu entdecken übrig; sie nimmt dem Unterricht jeden Reiz, jede Würze. Sobald sie einsehen muß, daß ihre Methode oder vielmehr ihr Mangel an Methode fehlschlägt, ruft sie mich zu Hilfe; schon bei meinen ersten Worten findet sie aber, daß ich es nicht recht mache, nimmt wieder zur Rute Zuflucht und macht alles zunichte. – Genau wie damals, als sie in der «Bonne ménagère» ein preisgekröntes Rezept für Johannisbeergelee studierte und schon bei der ersten Zeile ausrief: «Aber das stimmt ja überhaupt nicht!»

Gegen Abend unterhielt ich mich mit Monsieur Lechevalier, dem Lehrer, von dem ich eine bemerkenswerte Arbeit über den *nichtvorhandenen* Bevölkerungsrückgang unseres Landes gelesen habe. Vielleicht hatten ihn dazu die Fragen angeregt, die ich ihm letztes Jahr gestellt hatte. Auf meine Bitte hin hatte er eine Statistik der Familien von Cuverville zusammengestellt, mit der ich meinem Onkel Charles beweisen wollte, daß die Geburtenzahl nicht in allen Teilen der Normandie gleichermaßen rückläufig ist; daß vielmehr in gewissen Regionen, zu denen auch unsere gehört... usw.... Gestern wollte ich aber etwas ganz anderes von ihm wissen; ich brauchte für Eugène Rouart eine Aufstellung der für landwirtschaftliche Erzeugnisse (Getreide, Futter usw.) vor dem Krieg erzielten Preise im Vergleich zu der Entschädigung, die seit Kriegsbeginn im Falle der Requisition gezahlt wird. Eugène Rouart

behauptet, der Landwirt werde durch den Krieg ruiniert, und ich möchte nachweisen, daß es dem Landwirt gerade durch den Krieg so gut geht wie nie zuvor.
Um diese abweichende Meinung zu stützen, könnte man, glaube ich, anführen:
1. daß die Tarife für die Requisition je nach Gegend verschieden sind;
2. daß die Viehzucht, die Haupteinnahmequelle der Normandie, im Garonne-Tal fast völlig fehlt;
3. daß das Garonne-Tal in bezug auf den Bevölkerungsrückgang den Rekord hält und daher gezwungen ist, bezahlte Kräfte einzusetzen, während dem Bauern des Pays de Caux seine eigenen Kinder gratis zur Verfügung stehen;
4. daß der im Süden so kostspielige Dünger in unserer Gegend nur in kleinen Mengen verwendet wird, da man statt dessen den aus der ausgedehnten Viehhaltung anfallenden Mist gebraucht. Usw., usw.

Die von Monsieur Lechevalier ausgearbeiteten Statistiken scheinen zu beweisen, daß der Alkoholverbrauch in unserer Gegend (Pays de Caux) bedeutend geringer ist als in manchen anderen. Ich mache ihn auf einen wichtigen Aspekt des Alkoholproblems aufmerksam, nämlich die im Verhältnis zum Alkoholkonsum ungenügende Ernährung – ein Aspekt, der meines Wissens bislang unberücksichtigt geblieben ist und den ich für sehr wichtig halte. Unsere sehr unzureichend ernährten Bauern im Pays de Caux sind trotz ihres vergleichsweise geringeren Alkoholkonsums stärker vom Alkoholismus bedroht als die vollgestopften Landwirte des Calvados – wie ja auch eine an sich schon schwächliche und in magerem Boden wurzelnde Pflanze viel leichter Krankheiten und Schmarotzern zum Opfer fällt, usw. …

Donnerstag, 5. Oktober.

Regentag. Nach dem Mittagessen sind Jeanne, Valentine und die Kinder im Wagen nach Étretat gefahren. Köstlich ruhiger Nachmittag mit Em. Ich habe ihr die ersten dreißig Briefe von Dupouey vorgelesen, deren Abschrift ich an diesem Morgen erhalten habe. Die Ruhe, die Stille des leeren Hauses haben auch meinem Herzen wieder Ruhe gebracht. Heute morgen habe ich das grüne Heft *(Numquid et tu…?)* wieder aufgeschlagen und einige Zeilen geschrieben, die aber noch voller Unruhe, Zweifel und Melancholie sind. Meine Nerven sind so schwach, so anfällig, daß sie sich, glaube ich, nur in der Stille ein wenig entspannen; ja, ich habe schon gemerkt, wie sehr mich das geringste Geräusch stört. Wenn alles ruhig ist, geht es mir gleich besser.

Das Geheimnis besseren Arbeitens liegt vielleicht einfach darin, sich sofort an den Schreibtisch zu setzen, statt den Tag am Klavier zu beginnen, wie ich es bisher tat. Auf diese Art arbeite ich bis elf Uhr, ohne mich um die Post zu kümmern; gehe erst dann hinunter, um Françoise ihre Klavierstunde zu geben, während mein Zimmer gemacht wird.

J.-É. Blanche besitzt so ziemlich alles, was man auf Erden besitzen kann, aber die Gärten des Himmels bleiben ihm auf ewig verschlossen. Was ihn dort einzutreten hindert, ist nicht etwa Unglaube; er ahnt wohl, daß er ausgeschlossen ist; was ihn dort einzutreten hindert, ist der Umstand, daß er reich ist. Ich habe aber noch einen anderen, vielleicht den Hauptgrund entdeckt: Er hat kein Vorstellungsvermögen.

Er glaubt ein gutes Herz zu haben, weil er viele Arme bemitleidet; und er ist neidisch auf jeden, den er nicht bemitleiden kann. Er ist sehr egoistisch und hat sehr wenig Eigenliebe; damit meine ich, daß er sich anderen gegenüber erstaunlich wenig Zwang auferlegt.

6. Oktober.

Ich werde wohl weder die Kraft noch die Ausdauer haben, den wunderbaren Roman zu schreiben, dessen Handlung ich mir ungefähr so denke:

Ein Mann mit ebenso großer Fähigkeit zur Leidenschaft, sogar zur Ausschweifung, wie zur Tugend heiratet noch jung eine Frau, deren Liebe in ihm nur den Edelmut, die Selbstlosigkeit usw. stärkt; für sie opfert er, ohne sich ganz darüber im klaren zu sein, alles,

was an Glut, an Abenteuerlust, an Verschwendungssucht in ihm ist; oder zumindest stellt er das alles hintan.
Kurze Zeit nach dem Tod seiner Frau bemächtigt sich seiner eine furchtbare Sehnsucht. Er fühlt sich noch jung. Er will ein neues Leben anfangen, ein anderes Leben, das ihm all das geben soll, was Tugend, Zurückhaltung, freiwillige Armut ihm bisher vorenthalten haben. Er stürzt sich in ein verschwenderisches Leben. Ekel, Selbstverachtung, die er darin findet…
«Es ist unmöglich, ein zweites Mal zu lieben, was man wirklich zu lieben aufgehört hat», sagt La Rochefoucauld. Und das trifft selbst dann zu, wenn es das eigene Ich ist, das man nicht mehr liebt.
Der Stoff meiner Bücher, aller meiner Bücher, hätte sich, auf diese Art erzählt, idiotisch angehört. Ich bilde mir ein, daß dieser hier, so lächerlich er in seiner Nacktheit erscheinen mag, von ergreifender Schönheit wäre. Es ist die Geschichte dessen, der seine Tugend verleugnen möchte.

7. Oktober.
Ein paar Worte Em.s stürzen mich aufs neue in eine Art Verzweiflung. Als ich mich endlich entschließe, ihr von dem geplanten Winteraufenthalt in Saint-Clair zu berichten, meint sie: *«Das bin ich dir wohl schuldig»* – mit einer Überwindung, die ihr Gesicht gleich so traurig, so ernst macht, daß ich nur noch den Gedanken habe, auf diesen Plan, wie auf so viele andere, zu verzichten, wenn er sie so viel kostet und ich mein Glück nur um den Preis des ihren erkaufen kann – was auch für mich kein Glück mehr wäre.

Es gab eine Zeit, da ich alle Literatur, alle Kunst verabscheute, die nicht von der Freude, einem Übermaß an Lebensfreude herrührte. Sollte es heute meine unsagbare Traurigkeit sein, die mich immer noch zum Reden bringt?

9. Oktober.
Ich lese in der *Revue des Deux Mondes,* die uns die Yungs heute morgen schicken, den Artikel von Gosse über die intellektuellen Beziehungen zwischen Frankreich und England.

Gosse spielt mit Worten. Es ist niemals um eine «europäische Literatur» gegangen, wie er vorgibt; wohl aber um eine «europäische *Kultur*», die eine Beteiligung der verschiedenen Literaturen unserer alten Welt in sich schließt, und zwar in ihrer jeweiligen ausgeprägten Individualität. Und einzig und allein die Betonung der Besonderheit, des rationalen Charakters einer jeden Literatur würde eine europäische Kultur erst möglich machen. So daß... und so fort.

Von Souday einen Brief erhalten, in dem er sich bitter beklagt, daß er von den Werken Péguys keine Freiexemplare erhalten habe; ich schreibe an Souday, ich schreibe an Gallimard. Ich verbringe damit beinahe den ganzen Tag. Ich habe von beiden Briefen Abschriften gemacht.

Ich habe nicht den Wunsch, immer zu bestimmen, und will Gallimard keinen Anlaß zu Mißtrauen geben. Ich bin nicht wichtig und will mich nicht wichtig machen. Aber um zu vermeiden, daß ich für eine Haltung und Handlungen verantwortlich gemacht werde, die zu mißbilligen mich einzig die Freundschaft abhält, wäre es bald besser, das Firmenschild zu wechseln und auf eine kompromittierende und trügerische Solidarität zu verzichten. Ebenso wie Copeau halte ich es für richtig, daß Gallimard entscheidet, und zwar alleine; dann wird er seine Beschlüsse aber auch zeichnen müssen, und zwar alleine; dann soll der Verlag der *N.R.F.* zum Verlag Gallimard werden.

10. Oktober.

In den seltenen Augenblicken, die sie mir zu schenken vermag, lese ich Em. die wunderbaren Briefe von Dupouey weiter vor. Ich möchte, sofern mein Feuer lauter genug ist, zu diesen Briefen bei ihrer Veröffentlichung ein Vorwort schreiben; ihre Schönheit funkelt mir manchmal vor den Augen wie ein Schwert aus Eis.

11. Oktober.

Ich bedaure immer mehr, daß Georges Rondeaux sich nicht entschließen konnte, ein Tagebuch über die verschiedenen kleinen Ereignisse in der Gemeinde Cuverville zu führen, deren Bürgermeister er ist. Georges brächte für diese Arbeit alle Voraussetzungen mit: Die Gemeindeangelegenheiten interessieren ihn und sind fast seine einzige Beschäftigung; die Gemeinde hat gerade die richtige Größe, daß er jede Familie einzeln kennen und überwachen kann und muß; er ist kein Neuling in der Gegend, deren Sitten, Gebräuche und Dialekt er kennt, andererseits erlaubt es ihm ein gewisser Abstand, alle ihre malerischen Reize zu würdigen. Unbestechlich scharf ist sein Blick für Fehler, Verstöße und Mängel; doch seine große Liebe zu dieser Gegend verleiht seinen Geschichten einen einzigartigen, kräftigen Reiz. Ich bewundere sein Gedächtnis, dessen Kraft, vor allem das Besondere, und zwar bis in die kleinste Einzelheit, zu bewahren. Und schreiben kann er auch. Womit wird er die langen Winterabende ausfüllen? Mit Faulenzen.

Hinzu kommt, daß die Gemeinde gegenwärtig (unabhängig vom Krieg) ein besonders lebendiges Kapitel ihrer Geschichte erlebt; ein tragisches Kapitel, wie gemacht für einen pessimistischen Chronisten; und daß sich aus dem episodischen Interesse einer solchen einfachen Erzählung eine eindringliche, allgemeingültige Lehre ergäbe.

Immer wieder habe ich aus Verdruß darüber, daß ein so reichhaltiges Material verlorengehen soll, selbst zur Feder gegriffen; aber abgesehen davon, daß meine Gedanken mich in eine andere Richtung drängen, merke ich allzu deutlich, daß Georges für diese Arbeit besser geeignet ist, daß ich mich nur stellvertretend und umständehalber damit befasse. Außerdem schöpfe ich nicht aus der Quelle; ich habe alles nur von ihm; er sieht die Leute, er spricht mit ihnen; mein Bericht ist immer nur ein Echo.

Georges müßte die Geschichte vom Umzug der Familie Déhais erzählen; ihre Unterbringung in einem neuen Haus, zwanzig Meter vom alten entfernt, aber auf der anderen Straßenseite und daher in einer anderen Gemeinde. Das neue Haus ist sauberer, gesünder, freundlicher als das frühere; aber am ersten Regentag merkt Déhais, der eben die Zisterne gründlich geputzt hat, daß die von der Hausbesitzerin frisch instand gesetzten Abflußröhren in verkehrter Richtung angelegt sind; daß sie nämlich das Wasser vom Ablauf wegführen; dabei ist die Arbeit ordnungsgemäß bezahlt worden.

Nachlässigkeit, Unfähigkeit, Dummheit? Die besten Pläne der geschicktesten Generäle scheitern an solchen elenden Hindernissen, mit denen die Felder Frankreichs übersät sind. – Gefährlicher für uns als der Stacheldraht des Feindes.

12. Oktober. (?)
Nicht ganz sicher, ob das Datum stimmt, daher auch nicht, ob ich gestern die selbstauferlegte Vorschrift erfüllt habe, täglich ein paar Zeilen in dieses Heft zu schreiben.
Neue Trauerfälle werden aus der Gegend gemeldet; ich habe gestern schon zu Em. gesagt, wie unpassend ich es finde, daß die Kinder, sobald das Wetter es erlaubt, mit Valentine in derart bunten und auffallenden Kleidern über Land spazieren, daß sie wie für eine Maskerade hergerichtet aussehen und auf die armen Bauern in Trauer, die über die Furchen gebeugt schuften und sich abmühen, einen übertrieben wohlhabenden und nichtstuerischen Eindruck machen.

13. Oktober.
Ich kämpfe verzweifelt, aber manchmal behält meine Schwermut die Oberhand und schlägt über mir zusammen. Ich habe eben das letzte Kapitel meiner Memoiren wieder durchgelesen, die ich doch mit leichter Hand hinschreiben wollte und mit denen ich mich nun schon so lange abmühe. Nichts von alldem, was ich hineinlegen wollte, findet sich darin; alles erscheint mir ausgeklügelt, spitzfindig, trocken, elegant, welk. Und ich habe mein Thema noch nicht einmal angeschnitten, und nicht einmal entfernt kündigt sich an, nicht einmal dunkel läßt sich erahnen, wovon eigentlich das ganze Buch hätte handeln sollen, der Grund, weshalb ich es schreibe. Mittlerweile frage ich mich, ob ich überhaupt daran weiterarbeiten soll.

15. Oktober.
Langsames Schwinden der Glut. Gestern scheußlicher Rückfall, nach dem ich körperlich und geistig in einem Zustand bin, der an Verzweiflung, Wahnsinn, Selbstmord grenzt... Es ist wie der Fels

des Sisyphus, der den Berg, auf den er ihn hinaufgeschoben hat, wieder hinabrollt, über ihn rollt, ihn mitreißt mit seinem tödlichen Gewicht und in den Sumpf zurückschleudert. Wie denn? Soll ich immer wieder und bis zum Ende dieselbe fruchtlose Anstrengung machen müssen? Ich denke an die Zeit, als ich in der Ebene, ohne weiter an Aufstieg zu denken und jeder neuen Stunde entgegenlächelnd, lässig auf dem Felsen saß, den zu heben mir gar nicht mehr einfiel. «Ach! Gegen meinen eigenen Willen hast Du Dich meiner erbarmt, Herr... Nun reiche mir auch die Hand. Führe Du mich bis zu dem Ort in Deiner Nähe, zu dem ich nicht gelangen kann.»
«Arme Seele, die du deine Sünden bis zu mir emporheben willst...»
«Herr! Du weißt, ich will gegen niemanden recht haben. Und wenn ich mich der Kirche auch nur unterwerfe, um der Unterwerfung unter die Sünde zu entgehen – was soll's? Ich unterwerfe mich. Ach, lockere die Bande, die mich halten! Befreie mich von der furchtbaren Last dieses Körpers. Ach, laß mich ein wenig leben! Atmen! Befreie mich von dem Übel. Laß mich nicht ersticken.»

17. Oktober.

Ich nähere mich dem Alter ohne Aussicht, je Genaueres über meinen Körper zu erfahren. Auf Schwäche und Verzweiflung ist fast unmittelbar ein glückliches Gleichgewicht gefolgt. Gerne würde ich darin eine Antwort auf meinen Hilferuf sehen; aber im selben Augenblick, als ich ihn ausstieß, war, wie ich wohl weiß, der Höhepunkt meiner Verzweiflung bereits überschritten. Ich glich dem, der, sowie er Chinin schluckt, das Fieber immerzu fallen fühlt; der es aber trotzdem schluckt, weil er während des Anfalls immerzu gedacht hat: Hätte ich doch Chinin genommen!
Ich schreibe das, ohne ehrfurchtslos sein zu wollen, und vielmehr im Glauben, sowohl, daß Frömmigkeit nicht unbedingt das Resultat (der Erfolg) von Verzweiflung sein muß, als auch, daß es sich nicht gehört, Gott mit einem körperlichen Gebrechen zu belästigen, mit dem man ebensogut durch bessere Hygiene fertig werden kann.

Gestern ein von Copeau unterschriebenes Rundschreiben erhalten: «Ich stehe gegenwärtig in Verbindung mit Ducros, dem Leiter der *Marches de l'Est,* vom Kriegsdienst befreit und zur Zeit von der Regierung mit Presseinformationen in der Schweiz beauftragt. Er wohnt in Bern und bemüht sich tatkräftig und, wie mir scheint, sehr umsichtig, dem deutschen Einfluß in der Schweizer Presse entgegenzuwirken. Er bittet mich, ihm Schriftsteller zu nennen, die in der Lage sind, ihm gute Artikel zu liefern, und die sich den Neutralen durch ihr ausgewogenes Urteil und ihre geistige Autorität empfehlen.
Könnten Sie Ducros zu Fragen der Literatur und der Kunst oder auch zu solchen, die den Krieg betreffen, Manuskripte schicken, die ins Deutsche übersetzt und in den wichtigsten Zeitungen der Schweiz veröffentlicht werden sollen? Ich glaube, daß es sich dabei um eine sehr wichtige Sache handelt.»[281]
Ich habe Copeau sofort geantwortet und ihm meine Zustimmung und meine bedingungslose Unterstützung mitgeteilt. Bei näherem Hinsehen wird mir jedoch klar, wie bedenklich das Projekt ist. Ich halte jedes vorzeitige Drängen auf Versöhnung nicht nur für aussichtslos, sondern für schädlich, und glaube, daß einer, der gegenwärtig in diesem Sinne spricht, seine Stimme umsonst abgibt, schlimmer: sie um ihre Glaubwürdigkeit bringt.
Und ich soll die ganze Zeit geschwiegen haben, um nun auf deutsch das Wort zu ergreifen!...

18. Oktober.
Arbeit ein wenig besser. Trotzdem habe ich die Reinschrift des zuletzt geschriebenen Teils meiner Memoiren noch nicht fertigstellen können. Die erste Hälfte der Übersetzung von *Typhoon* beendet. Mit *The Return of the Native* weitergekommen.

20. Oktober.
Arbeit ein wenig besser, als Ergebnis einer gewaltigen Anstrengung. Ich kann nicht glauben, daß ich unter etwas besseren hygienischen Bedingungen nicht so weit kommen könnte, ein größeres Quantum Arbeit bei geringerer Abnutzung zu erzielen.

Ein Briefentwurf von Dupouey, den ich in seinen Papieren gefunden habe, verschafft mir endlich die Gelegenheit, an Maurras zu schreiben:
«Das nachgelassene Zeugnis einer der schönsten Seelen, die ich gekannt habe, wird Sie sicher rühren. Ich schreibe seine Zeilen mit großer Ergriffenheit ab und um so lieber, als ich mich ihnen von ganzem Herzen anschließen kann.
P. S. – Haben Sie Dank für die Übersendung von *L'Étang de Berre*. Ich bedaure ein wenig, daß Sie den Titel ‹Die beiden Vaterländer› beibehalten haben, der leicht auf eine falsche Spur führen und den Leser auf eine für meine Gesinnung sehr kränkende Weise täuschen könnte... Aber vielleicht müßte im Grunde genommen nicht nur der Titel geändert werden. Zum mindesten wäre, wie bei Ihrem letzten Buch, ein ‹Zwölf Jahre später› etwa in dieser Art anzuhängen[282]:
Ich sehe ein, daß ich mich in bezug auf die Gesinnung A. G.s getäuscht habe; was allerdings ein wenig seine eigene Schuld ist, denn oft verwendet er, so scheint es, größere Sorgfalt darauf, seine Gedanken zu verbergen, als sie vorzuzeigen; wenn ich ihn nun aber wiederlese (und ihn nicht nur ‹aus dem Gedächtnis› zitiere, wie ich es getan habe und was, wie ich wohl einsehe, oft unvorsichtig ist), so meine ich doch, er habe in seinen Artikeln nie etwas anderes erstrebt als die französische Einheit, noch etwas anderes aufgezeigt, als daß diese Einheit sich natürlich aus der harmonischen Vielfalt unserer Provinzen zusammensetzt; und daß jemand sie mehr als andere in der eigenen Person verwirklicht, in dessen zweifachem Erbteil das Blut etwa des Languedoc sich mit normannischem mischt, wie in seinem Fall, oder mit bretonischem, wie im Falle von Léon Daudet.»

Entwurf eines zweiten Briefes:
«Nein, mein lieber Maurras, es liegt da nichts Neues vor; und wenn Sie meinen anderen Büchern dieselbe Aufmerksamkeit gewidmet hätten, die Sie einmal meinem *Roi Candaule* schenkten, zweifle ich nicht daran, daß Sie auch in ihnen mindestens ebenso viele ‹tiefe und feine Wahrheiten› (das waren, glaube ich, Ihre

Worte) gefunden hätten als in jener unbedeutendsten meiner Schriften. Statt dessen haben Sie mich fortwährend durch Ihre Meute öffentlich verunglimpfen lassen. Was wollen Sie denn? Ich schreibe allerdings nicht für Dummköpfe; ich kann aber nicht erwarten, daß gescheite Leute mich verstehen, ohne mich gelesen zu haben. Deshalb habe ich auch nie protestiert, bin aber immer, Ihnen und den Ihren zum Trotz, Ihrer Gesinnung sehr nahe geblieben, und ebenso verbleibe ich, seien Sie versichert, herzlich Ihr…»

21. Oktober.

An diesem Morgen hatte er sie ganz besonders «verzweifelt», könnte man sagen, in ihrem Zimmer erwartet, wohin er, sobald er konnte, gegangen war, nachdem er sich eilig angezogen und Arbeit und Gebet aufgeschoben hatte. Es muß erwähnt werden, daß sie ihm tags zuvor versprochen hatte dazusein, und er nun, die Seele wie neu geboren und von Vorfreude erfüllt, gewissermaßen zu einem Rendezvous eilte; den Schwung für den ganzen Tag würde er daraus schöpfen.

Als er eingetreten war, hatte er das Zimmer leer gefunden; auf den Tisch hatte sie den Brief von D. gelegt, den vorzulesen sie ihm am Tag davor versprochen hatte. Sie hatte ihn ganz offen hingelegt, als wenn sie ihm sagen wollte: lies ihn ohne mich; was er nicht tat, weil es ihm gar kein Vergnügen machte. Er setzte sich auf den Fenstersims, öffnete ein Buch, das er bei sich hatte; aber er war mit den Gedanken woanders; er dachte: Wo ist sie? Was macht sie? Was sage ich ihr, wenn sie endlich kommt? Sicher ist sie beschäftigt; ich nehme sogar an, daß dringende Geschäfte sie abgehalten haben, wie es unausgesetzt den ganzen Tag, wie es jeden Tag der Fall ist. Er gab sich Mühe, nicht ärgerlich zu werden, und nahm sich vor, ihr einfach und ruhig zu sagen: Ich habe schon geglaubt, du hättest mich vergessen; oder: Du hast wohl vergessen, daß ich auf dich wartete…

In diesem Augenblick hörte er ihren Schritt in der Halle; sie kam aber immer noch nicht herauf; sie ging hin und her, beschäftigt wer weiß womit; schon blieben nur noch wenige Minuten, bis die

Glocke alle Hausgenossen zum Frühstück versammeln würde… Da hörte er, wie sie anfing, die Standuhr aufzuziehen. Es war die große Pendeluhr mit den Gewichten, unten am Fuß der Treppe; offenbar hatte sie im Vorbeigehen bemerkt, daß sie stehengeblieben war, und hielt sich nun, im Begriff, zu ihm heraufzukommen, auch noch damit auf, sie zu stellen. Er hörte zwei volle Schläge, dann einen halben, dann drei volle… Das schlimmste war, daß die Pendeluhr, nach Art der alten Uhren, doppelt schlug. Es war acht Uhr vorbei; er rechnete aus, daß er noch vierundfünfzig Schläge würde mit anhören müssen; und sämtliche Schläge in unerträglich langen Abständen… Er hielt es nicht mehr aus und ging auf den Gang hinaus.
«Ich habe den Brief auf den Tisch gelegt, damit du ihn lesen kannst», sagte sie, als wäre es das einfachste von der Welt.
«Du siehst, ich hatte zu tun. Wenn die Uhr nicht geht, verspätet sich das ganze Haus.»
«Das merke ich: seit zwanzig Minuten warte ich auf dich.»
Aber sie entschuldigte sich nicht; sie war so ruhig, er so fassungslos, daß er schon meinte, er habe wohl unrecht gehabt, sie zu erwarten, und sie recht, nicht gekommen zu sein. Er schwieg, dachte aber:
«Arme Freundin, du wirst immer Uhren zum Richten auf deinem Weg finden, wenn du zu mir kommen willst.»

Prächtiges Wetter seit gestern; empfindliche Kälte. Schlaflosigkeit bis in den frühen Morgen, da mir im Bett einfach nicht warm werden wollte. Traurige Belohnung für den Spaziergang, den ich aus Gesundheitsgründen bis zum Pachthof La Motte am anderen Ende des Grundbesitzes gemacht hatte; zurück am Haus der Déhais' vorbei und durchs Dorf, wo ich mich einen Augenblick aufhalte, um mich nach dem Sohn von Bertin zu erkundigen.
Abends gehe ich noch einmal mit Em. fort, um einem der Kriegsgefangenen, die auf den Feldern von Madame Hérouard arbeiten, Jod zu bringen; diese erklärt, sie sei mit ihnen außerordentlich zufrieden; ich war schon zu Beginn meines Spaziergangs an ihnen vorbeigekommen, und einer von ihnen, mit dem ich schon früher

gesprochen hatte, hatte über starke Halsschmerzen geklagt. Ich befürchtete schon große Worte, aber zum Glück hat er sich nur sehr obenhin bedankt.
Heute will ich dem jungen Bertin einen großen Sack Bohnen zum Enthülsen bringen; ein guter Gedanke von Em., der ich meine Befürchtungen mitgeteilt hatte. Ich hatte Angst, der große Bursche – der sich in dem Kämmerchen, in dem er bis zu seiner Genesung bleiben muß, zu Tode langweilt und sich darüber beklagt, daß er nichts verdient – könnte zu früh wieder arbeiten wollen; was ihn umbrächte. Ich fragte mich, was für eine Zerstreuung oder Beschäftigung ich ihm verschaffen könnte... Er nimmt mit liebenswürdigster Freude an, und ich verspreche ihm, am Montag noch einmal einen Sack zu bringen.
Arbeit etwas besser. Gebet.

22.

Mein Zimmer oben ist zu kalt geworden; ich installiere mich im Arbeitszimmer. Jeden Abend lösen wir mit den Kindern Buchstabenrätsel (der Einband des *Journal de la Jeunesse,* von dem wir eine Sammlung alter Nummern besitzen, liefert sie uns) und haben darin mittlerweile einige Übung. Von wem mag der Satz sein, der sich aus einem der Rätsel ergab: «Es gehört viel Philosophie dazu, um einmal etwas zu beobachten, was man alle Tage sieht»?
Ich gerate außer mir, wenn ich sehe, wie unverstandene Erfahrungen, unvollständige Beobachtungen dazu dienen, Irrtümer zu verewigen; zum Beispiel diesen: daß zwei Hunde, die man zusammenläßt, mit Sicherheit aufeinander losgehen. Also trennt man sie, um das zu verhindern, durch einen Zaun, oder man legt den einen an die Leine, was gerade bewirkt, daß er wütend wird. An der Wut ist aber das Hindernis schuld und nicht die Tatsache, daß es zwei Hunde sind. Befindet sich eine läufige Hündin in der Nähe oder zwischen ihnen, ändert das allerdings die Lage; aber selbst dann kämpfen sie nicht immer. Gibt es jedoch weder Zaun noch Knochen, noch Hündin zwischen ihnen, oder ist diese nicht läufig, gehen Hunde nicht aufeinander los, im Gegenteil. Und wenn ich

sehe, wie Toby dreimal an den Zaun pißt, der ihn vom Hund des Bäckers trennt, so klärt mich das zur Genüge über seine Gefühle auf.

23. Oktober.

Von fünfzehn Kanonieren fallen zehn, weil man es für unnötig gehalten hat, für Deckung zu sorgen. So geschehen in den ersten Tagen der Juli-Offensive an der Somme; man betrachtete die Stellung als «provisorisch» und hielt es für überflüssig, sie auszubauen. Die Artillerievorbereitung dauerte aber etwas länger als vorgesehen; das Geschütz wird ausfindig gemacht, und die Männer sind dem Beschuß ausgeliefert.

Das geht aus der Erzählung eines Poilu hervor, der uns besuchen kommt; Klasse 15 oder 16[283]; verwundet nach einem Monat Front. Ausgezeichnete moralische Verfassung; Wille, alles zu beschönigen. Dieser Junge, den ich noch nicht kannte, ist ein uneheliches oder außereheliches Kind (ich weiß nicht mehr genau). War bisher geächtet. Hervorragender Schüler von Monsieur Lechevalier, der ihn protegiert, ihm geholfen hat, usw. … (Gegenwärtig ist er kaufmännischer Angestellter in Le Havre.)

Der beklagenswerte Unfall, bei dem der Neffe des Pfarrers den Tod gefunden hat, ist, wie es scheint, einzig der Nachlässigkeit zuzuschreiben. Es ist keine Wache aufgestellt worden, oder sie ist nicht auf ihrem Posten gewesen, um einem mit Granaten beladenen Maultier den Weg zu versperren. Das Maultier scheut und stürzt; die Granaten gehen los, jagen ein nahe gelegenes Munitionslager in die Luft. Anscheinend befand es sich in einem Tunnel… Das Unglück, von dem zu sprechen man sich gehütet hat, soll den Tod von neunhundert Soldaten und einigen Offizieren, darunter ein Divisionsgeneral, verursacht haben. Da der Tunnel einstürzte, konnte man den Männern nicht gleich zu Hilfe kommen; die Reste, die man vier Tage später fand, waren vollständig verkohlt.

Nachlässigkeit; Sorglosigkeit; unbestimmtes Vertrauen auf irgendein *good luck;* werden wir diese Fehler jemals ablegen, die uns ebenso viele Verluste kosten wie die wohlüberlegten «Vorbereitungen» der Deutschen?

24. Oktober.

An Madame Dupouey geschrieben. – Ständige Kopfschmerzen. Den ganzen Tag fast nichts tun können. Jeanne und die Kinder sind abgereist. Durch einen Brief von Madame Théo erhalte ich Nachricht von Charlie Du Bos, dem man endlich das Verfügungsrecht über die Unterstützungsgelder entzogen hat. Man hätte es schon längst tun sollen. Ich schicke ein Telegramm an Madame Théo, in dem ich mich erbiete, drei Wochen lang im Foyer Dienst zu tun, da ich fürchte, daß sie dort überlastet sind.

Dem jungen Bertin wieder Bohnen zum Enthülsen gebracht. Ich war hingegangen, um ihn zu bezahlen. Er scheint sich allmählich an mich zu gewöhnen und zutraulich zu werden. Auf seine Bitte bringe ich ihm zwei Bücher mit: *Die Schatzinsel* und *Die Intelligenz der Tiere* von Toussenel (?)[284] – ein Buch, in dem ich unterwegs blättere und das mir idiotisch vorkommt, gespickt mit Ausdrükken, die Kindern, für die es gedacht ist, unverständlich sind … Ich hätte ihm besser einen Jules Verne mitnehmen sollen.

25. Oktober.

Dieser Krieg scheint ein Musterbeispiel dafür zu sein, daß man mit den schönsten Tugenden der Welt nichts erreicht, wenn die Methode fehlt. Genau das lehrt Maurras; aber Deutschland führt es aus.

Mehr und mehr bringt mich zu der Auffassung, daß die strategischen Fragen, die mit so viel Geheimnis umgeben werden und zu deren Lösung angeblich ganz spezielle Fachkenntnisse unentbehrlich sind, Fragen des simplen gesunden Menschenverstandes sind – ein einfacher Kopf, der gerade, klar und schlüssig denkt, würde sie oft geschickter lösen als die meisten alten Generäle. Es ist für sie viel schwieriger, sich von einer gewissen Routine zu befreien, in die ihre ganze Laufbahn sie hineingezwungen hat, als für einen Neuling, überhaupt nicht hineinzugeraten. Man spottet über die Wirtshausstrategen … Diese sind wenigstens ungefährlich. Ich halte es für sicher, daß sich unter ihnen mehr als ein geschickter Stratege fände, der nur über die Daten verfügen müßte, um höchst

vernünftig planen zu können. Liest man dagegen, was der General L. oder M. in *Le Temps* von gestern schreibt, schaudert einen bei dem Gedanken, daß dieser Schwachkopf noch kurz vor seiner Pensionierung mit den Geschicken des Landes spielen durfte.
Mußte man etwa ein Prophet sein, um einzusehen, daß Rumänien, wenn es schon über einen nur geringen Munitionsvorrat verfügte, diesen nicht außerhalb seiner natürlichen Grenzen, die sehr günstig sind, riskieren durfte; jedenfalls nicht, ohne zuvor für Verstärkung zu sorgen?
«Es ist kein Verdienst», wird man sagen, «etwas vorherzusagen, nachdem es schon eingetreten ist.»
Es geht hier nicht um ein Verdienst. Aber glaubt man denn, gewisse Leute hätten erst die Einnahme von Konstanza abgewartet, um das zu denken, was ich hier schreibe?

Wenn wir so weitermachen, wird sich in Frankreich demnächst eine germanophile Partei bilden, die sich nicht etwa aus Anarchisten und Internationalisten zusammensetzen wird, sondern aus all denen, die sich gezwungen sehen, die fortwährende Überlegenheit Deutschlands anzuerkennen. Sie werden mit Grund der Meinung sein, daß es richtig und natürlich ist, wenn der Überlegene herrscht. Vielleicht werden sie erkennen, daß es in Frankreich etwas gibt, das auch dieser Überlegenheit überlegen ist; aber ach, dieses göttliche Etwas bleibt ohnmächtig und stumm! Wird Deutschland es zu erkennen wissen? Oder versuchen, es zu erstikken? Oder wird es im Gegenteil bereit sein, es gelten zu lassen?... Am Feind hervorheben, wodurch er sich am meisten auszeichnet! Welche Chimäre. Und würde dieses Etwas überhaupt dulden, daß es gerade vom Feind ins rechte Licht gesetzt wird?

26. Oktober.

Niederlage vorgestern und gestern. Das beste ist, nicht allzu untröstlich darüber zu sein. Es ist nicht gut, immerfort auf seine eigenen Fehler zu starren.

28. Oktober.
Gestern arbeiteten nicht weniger als elf Deutsche auf dem Rübenfeld der Hérouards; dazu noch zwei Landwehrleute als Bewachung (?), die ebenfalls arbeiteten. Ich konnte mit keinem sprechen; oder genauer: ich hatte nicht den Wunsch danach. Der, dem ich das Fläschchen Jod gegeben habe, war nicht dabei. Man sagte mir, er sei ernstlich erkrankt.
Es regnet in Strömen, und die Traufen sind mit welkem Laub verstopft. Doch um die große Leiter aufstellen zu können, brauchte Edmond Hilfe. Man beschließt, den einzigen Kriegsgefangenen zu holen, der nebenan im Hof der Fregers arbeitet. Ich hatte ihn bisher nur einmal und flüchtig hoch oben in einem Apfelbaum beim Pflücken gesehen. Sein Äußeres und sein Gesichtsausdruck hatten mich abgehalten, ihn anzusprechen. Er ist Sachse, untersetzt, robust, zweiunddreißig Jahre alt. Durch Valentine, die sich mit ihm unterhalten hat, erfahren wir, daß er Landwirt ist und Vater von drei Jungen.
«Künftige Soldaten, hat er gleich dazugesagt», berichtete sie uns entrüstet diesen Ausspruch, der aus der römischen Geschichte zu stammen scheint. Und fügte hinzu: «Nie hätte ein Franzose so etwas gesagt!» – Na und?
Valentine ist jeweils sehr viel mehr daran gelegen, sich aufzuregen, als etwas wirklich in Erfahrung zu bringen. Fragt man sie, welche Ausdrücke der Soldat gebraucht habe, zögert sie schon; sie weiß es nicht mehr; man fragt sich schließlich, ob sie auch richtig verstanden hat.
Wir haben also diesen Mann geholt, der sich bei dem schwierigen und sogar ein bißchen halsbrecherischen Manöver (denn die Leiter ist endlos lang) als bemerkenswert geschickt und stark erweist. Edmond verbirgt seine Verblüffung nicht. Edmond hat fünf Söhne im Feld, man merkt aber gut, daß ihm dieser «Feind» keineswegs unsympathisch ist; er teilt mir das in seiner stockenden, ungeschickten, verworrenen Art mit; man sieht ihm an, daß er Angst hat, etwas Dummes zu sagen, Angst, sich schlecht auszudrücken; schließlich aber faßt er sich ein Herz:
«Er ist so *schnell* – manchmal war er fast zu schnell … Er ist Land-

wirt, wie man so hört... (Langes Schweigen) Na ja; einer wie wir eben. (Von neuem Schweigen; dann, leise und mit einem Lächeln, aber traurig und beinahe zärtlich:) Die wollen ja auch nicht unbedingt sterben...»
Um Edmond vor gar zu großer Rührung zu bewahren, erzähle ich ihm, was der Sachse zu Valentine gesagt hat, was er zunächst gar nicht versteht. Ich erkläre:
«Ja: künftige Soldaten. Damit meint er: Ich bin zwar gefangen, aber ich habe Nachwuchs; ich habe da drüben drei zurückgelassen, die mich ersetzen, die mich eines Tages rächen werden.»
Aber ich denke, während ich spreche, an das Lächeln auf dem Gesicht des Deutschen, vorhin, als er uns half, an seinen Blick – ein so kindliches Lächeln, ein so klarer Blick –, daß ich entschieden daran zweifle, daß Valentine ihn richtig verstanden hat.

29. Oktober.
Die Zeitungen bringen mich zur Verzweiflung mit ihrem elenden, abgegriffenen Optimismus, der so tut, als bestünde der Sieg darin, die erhaltenen Schläge einfach nicht zur Kenntnis zu nehmen. Mir scheint, sie unterstützen und fördern damit einen der in Kriegszeiten gefährlichsten Fehler des französischen Geistes, der unweigerlich mangelhafte Vorbereitung nach sich zieht. Es sind dieselben Zeitungen, die vor dem Krieg die deutsche Gefahr leugneten; heute scheint es, als würden sie uns jeden Tag den Rest ihres unangemessenen und verheerenden Optimismus ratenweise in Kleingeld ausbezahlen. Keine Niederlage wird sie davon abbringen. – Das ist der Grund, warum die Lektüre der *Dépêche de Rouen* mich aufrichtet, obwohl ich nicht auf ihrer Seite stehe. Ein intelligenter Gegner ist mir lieber als ein dümmlicher Freund. – Doch auf Fehler hinzuweisen wäre ein Angriff auf Briand. Und das erklärt und entschuldigt wohl die scheinbare Naivität der großen Regierungszeitungen.
Trotzdem meine ich, daß eine andere Einstellung und ein anderer Ton am Platz wären. Ist es nicht immer unklug, die Maske zu weit weg vom Gesicht zu halten? Die Regierungszeitungen könnten doch, ohne gewisse Fehler verschleiern zu müssen, in Briand den

Mann sehen, der am besten in der Lage wäre, sie wiedergutzumachen, da er sie schließlich und endlich selbst begangen hat... Kurz, man sitzt in der Patsche.

30. Oktober.

Gestern abend um halb acht in Offranville angekommen. Fünf Stunden Reise, die mir, dank *Return of the Native,* nicht allzu lang geworden sind.

Nicht so sehr das, was er mir sagt, als vielmehr das, was ich selbst ihm sage, mache ich J.-É. zum Vorwurf. Ich muß das schon irgendwo geschrieben haben und vermutlich in denselben Worten: Während wir bestimmte Menschen lieben, weil sie gewissermaßen durch Ansteckung unsere besten Eigenschaften zur Entfaltung bringen, lassen gewisse andere (und insbesondere J.-É. Blanche), die von uns auch gar nichts anderes erwarten, nur die mißtönendsten Saiten in uns erklingen. Ich frage mich stets aufs neue, weshalb in aller Welt J.-É. Blanche offenbar gerne mit mir zusammen ist; wenn mir jemand begegnete, der sich in meiner Gegenwart so gibt wie ich mich in der seinen – mir scheint, ich fände ihn unausstehlich.

31. Oktober.

Gestern Abendessen im kleinen Hilfslazarett von Veules, das Miss Trevelyan gemeinsam mit einer amerikanischen und einer englischen Freundin leitet. Den Abend mit den Verwundeten verbracht; Scharaden, usw. ...

2. November.

Entwurf eines Briefes an Copeau (abgeschrieben und zu den Akten gelegt).

4. November.

Um elf Uhr nachts nach Cuverville zurückgekommen.

5. November.

J.-É. Blanche pflegt zu sagen: «Ich verstehe nicht, warum man sich irgend etwas auf Erden versagen sollte, wenn nicht aus mystischen Gründen. Und da ich an nichts glaube…» Die Liebe, der Sinn für Menschlichkeit und Gerechtigkeit, selbst Trotz, Aufbegehren und Stolz, alles, was uns zum Verzichten bringt, geht ihm ab. Und er weiß nicht, daß es ihm abgeht. Er weiß wohl, daß er es nicht hat, aber er weiß nicht, daß es ihm fehlt.

Oder, wie man so sagt: Es fehlt ihm an nichts. J.-É. Blanche ist ein Mensch, dem *es an nichts fehlt.* Er hat keine Phantasie.

Irgend jemand hat gestern das Gatter der Viehweide von Madame Freger aufgemacht. Bosheit, Gedankenlosigkeit… man weiß es nicht. Auf alle Fälle sind die sieben Jungkühe, die auf der Weide grasten, herausgekommen. Madame Sandré hat sie um acht Uhr morgens auf der Landstraße gesehen; um zehn Uhr dann Loisel; sie sind in die Wiese von X. eingedrungen, der sich damit begnügt hat, sie zu verjagen. Erst um vier Uhr nachmittags ist Madame Freger benachrichtigt worden. Die arme Frau mußte bei strömendem Regen über Wiesen und Felder laufen. Die Tiere haben sich schließlich wiedergefunden; aber eines hat aus unerfindlichen Gründen «ein Horn verloren», und eine junge Kuh, die trächtig war, hat auf der Landstraße gekalbt. Das Kalb ist tot. Nun hatte Madame Sandré die Tiere von Madame Freger, die hundert Meter von ihr entfernt wohnt, sehr wohl erkannt. Weder sie noch irgend jemand von jenen, die die Tiere vorbeikommen sahen, hat den Einfall oder die Freundlichkeit gehabt, die Eigentümerin zu benachrichtigen – eine ganz junge Frau, deren Mann im Feld ist und die sich halb totarbeitet. Das ist geradezu ungeheuerlich; aber in diesem Land ist das Ungeheuerliche an der Tagesordnung.

6. November.

Die infizierten Soldaten waren so zahlreich, daß man endlich glaubte, Maßnahmen treffen zu müssen. Ich habe das vertrauliche Schreiben des Unterstaatssekretärs an den Oberbefehlshaber des dritten Abschnitts in Rouen abgeschrieben – datiert vom 11. Oktober. Die Fälle von Syphilis, so wird darin ausgeführt, die im Mai und Juni fünfzehnhundertvierzig betrugen, sind in den beiden folgenden Monaten auf siebzehnhundertachtundsechzig angestiegen. Daher Aufforderung an die Bürgermeister, nach Bedarf Freudenhäuser einzurichten, wo die Prostituierten wenigstens unter ärztlicher Aufsicht stehen. Die Geschichte des Bauernhofs von Saint-Aubin-sur-Scie erzählen.

Samstag, 16. Dezember.

Heute morgen wieder in den Besitz meines Füllfederhalters gelangt, was mir wieder erlaubt, auf Spaziergängen zu arbeiten und dieses Heft wiederaufzunehmen.

Seit neun Tagen zurück in Cuverville, nach einer Abwesenheit, die nur eine Woche hätte dauern sollen und die genau einen Monat gedauert hat. Meinen Aufenthalt in Paris zunächst verlängert, um Jean Schlumberger wiederzusehen. Plötzlich hat mich der Tod Verhaerens nach Rouen gerufen, dann nach La Panne weitergeführt. Bemerkenswerte Reise, von der zu erzählen ich mich aber nicht in Stimmung fühle.

The Return of the Native zu Ende gelesen. Mit dem Studium von Beethovens *Symphonien* (in der Bearbeitung von Liszt) angefangen (hier); eine wahre Entdeckung, besonders der Anfang und das Menuett der Symphonie in *F-Dur* (der Achten), die mir äußerst interessant, voll neuartiger Schwierigkeiten und von großer Schönheit erscheinen.

Zwei Tage hindurch habe ich mich wieder mit der Übersetzung von *Typhoon* befaßt; die ich aber bald liegengelassen habe, um mich ungehindert dem Vorwort zu einer Neuausgabe der *Fleurs du Mal* zu widmen, um das mich Helleu (Pelletan) gebeten hat.[285] Die ersten Tage habe ich mich fürchterlich abgemüht, in einem unbeschreiblichen Zustand der Müdigkeit, Dummheit und Gereiztheit; aber heute abend bin ich, nachdem ich den Schlußpunkt darunter gesetzt habe, mit dem Ergebnis nicht allzu unzufrieden – vor allem auch deshalb, weil ich nun zu etwas anderem übergehen kann.

Zahlreiche Briefe geschrieben.

Sonntag.

Ich lese heute morgen den Anfang des zweiten Heftes meiner Memoiren wieder durch, um zu versuchen, wieder Anschluß zu finden. Einige anekdotische Stellen scheinen mir ziemlich gut gelungen; meistens ist mir aber der schleppende und einlullende Ton der Erzählung unerträglich. Nichts bewundere ich so sehr wie das Ungestüm in den Briefen von Stendhal, die ich gleich danach wiederlese und die mich vollends mit Widerwillen vor mir selbst erfüllen.

....

(Ich bin verloren, wenn ich anfange zu streichen.)

Auf einem Zettel finde ich folgenden Ausspruch von Grimm wieder, den ich wohlweislich aufgeschrieben habe und den ich vor mir an die Wand heften werde, wenn ich schreibe; Madame d'Épinay zitiert ihn in ihren *Mémoires:*

«Arbeiten Sie daran aber nur», sagt er zu ihr, «wenn Sie wirklich Lust haben, und, vor allem andern, denken Sie nie daran, daß Sie gerade ein Buch schreiben; Zusammenhänge darin herzustellen, wird Ihnen ein leichtes sein; der Klang der Wahrheit jedoch ergibt sich nicht mehr, wenn er nicht beim ersten Wurf schon da ist, und auch die glücklichste Phantasie kann ihn nicht ersetzen.» (Band II, S. 312.)

Dienstag morgen.

Von neuem völlige Benommenheit mitten am Tag und nachts entmutigende Schlaflosigkeit. Ich entschließe mich, sehr früh aufzustehen und ebenso früh schlafen zu gehen.

Vorgestern ist mir das ganz gut gelungen; nicht, daß meine Nacht viel besser gewesen wäre; aber ich war, nachdem ich schon um halb sechs zu arbeiten begonnen hatte, den ganzen Tag so fröhlich und voller Spannkraft wie sonst nur auf Reisen.

Die Schwierigkeiten mit meiner Erzählung (ich war beim Abschreiben bis zu der Szene meiner unerwarteten Rückkehr in die Rue de Lecat gekommen, die ich schon für die *Porte étroite* verwendet habe), Schwierigkeiten, die mich vor zwei Monaten zu-

nächst aufgehalten und in die ich mich dann verbohrt hatte, schienen sich wie von selbst zu lösen. Ohne jede Mühe fand ich die beste, die einfachste Wendung ... Ich habe übrigens nur sehr wenig geschrieben; war mehr damit beschäftigt, ins reine zu bringen.
Einige Briefe beantwortet und an der Übersetzung von *Typhoon* weitergearbeitet.
Abends vor dem Essen fühle ich mich durch die günstigen Umstände so ermutigt, daß ich Em. den Beginn meiner Memoiren vorlese – mit derartigem Herzklopfen, daß ich mich immer wieder unterbrechen muß.

Mittwoch, 20. Dezember.

Heute morgen war ich erst um halb sieben fähig aufzustehen. Sehr schlechte Nacht; aber keine nervösen Störungen.
Gezwungen, eine Stunde auszugehen (zum erstenmal seit meiner Rückkehr; und zum erstenmal ist das Wetter prächtig).
Ziemlich große Abgespanntheit, die mich zwingt, auf meine neue Methode zu verzichten. Meine Augen tun mir weh, und ich wage weder viel zu lesen, noch viel zu arbeiten.

Samstag.

Mit sehr lebhaften Empfindungen Em. die ersten vier Kapitel meiner Memoiren zu Ende vorgelesen; ihr den Anfang des fünften zu lesen gegeben. Meine Arbeit ist bei der bewußten Erzählung meines heimlichen Besuchs in der Rue de Lecat ins Stocken geraten ...
Um die Wahrheit zu sagen, hat die Lektüre gar keinen schlechten Eindruck gemacht und mich sogar ermutigt. Aber für meinen Geschmack ist das alles zu literarisch, zu preziös, zu bewußt ... Ich schreibe immer besser und leichter, wenn ich etwas nicht allzulange mit mir herumgetragen habe; sobald mein Denken meiner Feder vorauseilt, hemmt es sie.
Gestern gegen Abend große Müdigkeit und Niedergeschlagenheit, so daß ich schon glaubte, ich würde alles unterbrechen müssen.
Doch heute morgen erhebe ich mich, nach fast schlafloser Nacht, in einigermaßen guter Verfassung.

Samstag, 31. Dezember.

Zwei Tage in Le Havre verbracht, wohin mich Émile Vandervelde eingeladen hatte. Mit ihm die Fabriken von Sainte-Adresse, Gunéville und Harfleur besichtigt. Gestern mit lebhaftem Interesse die neue Broschüre von Pierre Hamp gelesen. Es kostet mich größte Überwindung, mich wieder an meine Arbeit zu setzen, die mir zeitweise vollkommen bedeutungsleer, vollkommen überflüssig erscheint. Und nicht mehr die geringste Lust, dieses Heft weiterzuführen. Oh, daß ich die ganze Vergangenheit an diesem letzten Tag dieses Jahrs des Unheils 1916 nicht liquidieren kann! …

Numquid et tu…?[286]

Für Charles Du Bos.

Erlauben Sie mir, lieber Freund – dessen Zuneigung mich in schwerer Stunde gestützt hat –, Ihren Namen diesen Seiten voranzustellen. Sie wären wohl in der Schublade geblieben ohne die Aufmerksamkeit, die Sie ihnen freundlicherweise eines Tages geschenkt haben.

(1916–1919)

Numquid et vos seducti estis? (Johannes 7,47.)

Numquid et tu Galilaeus…? (Johannes 7,52.)

Was kümmern mich die Kontroversen und Spitzfindigkeiten der Gelehrten? Im Namen der Wissenschaft mögen sie das Wunder leugnen; im Namen der Philosophie die Lehre und im Namen der Geschichte die Tatsachen. Sie mögen sogar Seine Existenz anzweifeln und mit Hilfe der Philologie die Echtheit der Texte in Frage stellen. Mir ist es sogar recht, wenn es ihnen gelingt, denn mein Glaube wird davon nicht im geringsten berührt.

Ich halte dieses kleine Buch in der Hand, und keine Anklagerede kann es unterdrücken, noch es mir entreißen; fest halte ich es in der Hand und kann darin lesen, sooft ich will. Wo immer ich es öffne, erstrahlt es in göttlichem Glanz; und was man ihm auch entgegenhalten mag, wird daran nichts ändern. Dadurch eben entweicht Christus denen, die kommen, ihn zu greifen, weder durch List, noch durch Gewalt. Als die Häscher zu den Schriftgelehrten und Pharisäern zurückkommen und diese sie fragen: Warum habt ihr ihn nicht gebracht? – Quare non adduxistis illum? –, *antworten sie:* Numquam sic locutus est homo – es hat nie ein Mensch also geredet –, sicut hic homo – wie dieser Mensch. (Johannes 7,46.)
Ich lese in meiner Vulgata im Vorwort zu den Evangelien, daß, «wenn man schon aus den Aposteln statt Zeugen, die berichten, was sie gehört und gesehen haben, nach Art der Rationalisten Schriftsteller machen wollte, die ihren Text erfinden, man hier wohl mit Fug und Recht Rousseau anführen könnte, der sagt, daß der Erfinder etwas weit Erstaunlicheres sei als der Held». Ich wußte nicht, daß Rousseau das gesagt hat, meine es aber auch, und daß es sich weniger darum handelt, den Worten Christi zu glauben, weil Christus Gottes Sohn ist – als darum, zu verstehen, daß seine Worte göttlich sind und unendlich erhaben über alles, was Kunst und Weisheit der Menschen uns bieten.
Diese Göttlichkeit genügt mir. Mein Geist und mein Herz finden an diesem Beweis ihr Genügen. Was ihr dem hinzufügt, verdunkelt ihn nur.
Weil Christus Gottes Sohn ist, haben sie gesagt, muß man an seine Worte glauben. Und andere sind gekommen, die sich nicht mehr an seine Worte hielten, weil sie nicht zugeben wollten, daß Jesus Gottes Sohn sei.
Herr, nicht deshalb, weil man mir gesagt hat, Du seist Gottes Sohn, höre ich auf Deine Worte; aber Deine Worte sind schön über jedes menschliche Wort hinaus, und daran erkenne ich, daß Du Gottes Sohn bist.

*

Aus welcher unsinnigen Bescheidenheit, welcher Demut, welcher Scham habe ich bis heute gezögert, etwas niederzuschreiben, was seit so vielen Jahren ungeduldig in mir drängt?…
Immer noch mehr Weisheit, Lektüre, Kenntnisse wollte ich anhäufen, als wäre die Weisheit der Menschen nicht Torheit vor Gott.

Herr, ich komme zu Dir wie ein Kind; wie das Kind, das ich nach Deinem Willen werden soll, wie das Kind, zu dem der wird, der sich Dir hingibt. Ich verzichte auf alles, was meinen Hochmut ausmachte und was in Deiner Nähe zu meiner Schande würde. Ich lausche und unterwerfe Dir mein Herz.

Das Evangelium ist ein sehr schlichtes kleines Buch, das man in aller Schlichtheit lesen muß. Es handelt sich nicht darum, es zu verklären, sondern darum, es anzuerkennen. Es bedarf keiner Kommentare, und alle menschliche Bemühung, es zu erklären, verdunkelt es nur. Es wendet sich nicht an die Gelehrten; die Wissenschaft hindert einen nur, es zu verstehen. Man findet Zugang durch die Armut des Geistes.

*

Es ist wahr, der Anfang des Römerbriefes ist verwirrend, voller Wiederholungen, langweilig für den, der kein Gefühl für das ergreifende Mühen des Apostels hat, eine so neue Wahrheit zu enthüllen, die er zwar mit ganzer Seele und gar nicht verworren fühlt, die sich aber dem Zugriff entzieht und die mit ihm kämpft wie ein Engel und die sich wehrt.
Nicht das Gesetz: die Gnade. Es ist die Befreiung durch die Liebe – und der Weg durch die Liebe zu einem erlesenen und vollkommenen Gehorsam.
Man muß darin die Kraftanstrengung der zärtlichen christlichen Lehre spüren, wie sie die engen Bande des Semitismus zu sprengen sucht, die sie einschnüren. Man kann das nicht recht verstehen, ehe man nicht den jüdischen Geist genau verstanden hat.
Ich aber lebte weiland ohne Gesetz. Da aber das Gebot kam, ward die Sünde wieder lebendig; ich aber starb.

Es ist sicher nur allzu leicht, den Sinn dieser außerordentlichen Worte zu verdrehen und Paulus eine Absicht unterzuschieben, die er nie gehabt hat. Gibt man aber zu, daß das Gesetz der Gnade vorausgeht, kann man dann nicht auch einen Zustand der Unschuld anerkennen, der dem Gesetz vorausgeht? *Ich aber lebte weiland ohne Gesetz.*[287] Dieser Satz wird, ohne Paulus' Zutun, von einer furchtbaren Bedeutung erhellt.

Except a man be born again.[288]
Alles mit neuen Augen sehen; ist das Reich Gottes etwas anderes? Die Unschuld des kleinen Kindes: *So ihr nicht werdet wie diese* – wie die kleinen Kinder, *die nackt sind und sich nicht schämen.*
Ich aber lebte weiland ohne Gesetz. Oh, zu diesem Zustand einer zweiten Unschuld zu gelangen, zu diesem reinen, heiteren Entzücken!
Ein christlicher Künstler ist nicht einer, der Heilige und Engel oder sonst erbauliche Gegenstände malt; sondern einer, der die Worte Christi in die Tat umsetzt – und ich wundere mich, daß man noch nie versucht hat, die *ästhetische* Wahrheit des Evangeliums aufzuzeigen.
Oh, von neuem geboren werden! Vergessen, was die anderen geschrieben, gemalt, gedacht haben und was man selbst gedacht hat. Neu geboren werden.

9. Februar (1916).
Wäret ihr blind, so hättet ihr keine Sünde; weil ihr aber sagt: Wir sind sehend, bleibt eure Sünde. (Johannes 9,41.)
Wie wärest du denn nicht von vornherein besiegt, arme Seele, wenn du von vornherein an der Rechtmäßigkeit deines Sieges zweifelst? Wie wolltest du denn anders als kraftlos widerstehen, wenn du zweifelst, ob du auch wirklich widerstehen sollst?
Übrigens liegt in deinem Fall mehr Manie vor als echte Begierde – Manie des Sammlers, der *es sich schuldig ist,* sich das seltene Stück nicht entgehen zu lassen – als könnte seine Sündensammlung je vollständig werden! Als bräuchte er noch eine mehr, um sein Verderben zu besiegeln!

Meine Zeit ist noch nicht hier; eure Zeit aber ist allewege. Die Welt kann euch nicht hassen. (Johannes 7,6.)
Stets bereite Journalisten, zu allem bereit und jederzeit. *Die Welt kann euch nicht hassen.*

15. Februar.
Daß Christus ausgerufen hat: *Jetzt ist meine Seele betrübt* – darin liegt seine Größe. Hier liegt der Mensch mit dem Gott im Streit. Und als er fortfährt: *Vater! Hilf mir aus dieser Stunde,* spricht immer noch der Mensch aus ihm. Wenn er schließt: *Doch darum bin ich in diese Stunde gekommen,* trägt der Gott in ihm den Sieg davon.
Diese Worte werden von den vorhergehenden erhellt: *Es sei denn, daß das Weizenkorn ersterbe…* und ferner: *Wer sein Leben lieb hat, der wird es verlieren.* Hier verzichtet Christus auf den Menschen; hier wird er wahrhaft Gott.

18. Februar.
Die Vorherrschaft des Mittelmäßigen und der rasche Erfolg der minder Guten wird in der Schöpfungsgeschichte (7 und 8) außerordentlich beredt ausgedrückt und erklärt. In gleicher Zahl, zu je sieben Paaren, werden alle «reinen» Tiere in der Arche vor dem Untergang bewahrt; als sie die Arche wieder verlassen, nimmt Noah gleich von den besten; die besten werden geschlachtet, dem Ewigen zum Opfer dargebracht. Welchen Glauben, welches Vertrauen in den Fortschritt drückt dieses Opfer aus! Im selben Augenblick, da er mit allem, was er retten konnte, die Katastrophe überstanden hat, im Augenblick, da er auf festem Boden und im irdischen Leben wieder Fuß faßt, opfert er sogleich von dem wenigen, das ihm bleibt, von den paar einzigen Vertretern ihrer Art (welchen Wert hatte jedes für ihn!), von diesen unersetzlichen Einzelwesen *die besten…* Nein! Das Opfer Isaaks kann, obwohl es noch furchtbarer ist, in meinen Augen nicht beredter sein. Ich finde hier das Vertrauen wieder, daß doch alles zum Besten führt, allem zum Trotz und sogar aufgrund des fortgesetzten Opfers dieses Besten, zu dem die Leiter alles Lebendigen hinaufführt. Sie

führt zum Verzicht, zu einem freudigen und freiwilligen. Aus der Selbstverleugnung entspringt und in ihr birgt sich die höchste Selbstbestätigung.
(Nun, da ich das achte Kapitel der Schöpfungsgeschichte genauer wiederlese, stelle ich fest, daß die Auswahl der Opfer nicht näher bestimmt wird. Es heißt da, daß Noah zur Opferung *von allem reinen Vieh und von allen reinen Vögeln* nahm – es hieß im siebten Kapitel, daß Gott ihm aufgetragen hatte, je sieben Paare von jenem in die Arche zu nehmen und nur je ein Paar von den andern – den unreinen Tieren –, die zum Opfer nicht bestimmt, nicht auserwählt wurden. Das sind aber die allerfruchtbarsten.)

Et nunc…
In der Ewigkeit muß man von nun an leben. Und *von nun an* muß man in der Ewigkeit leben.
Was bedeutet mir das ewige Leben ohne das fortwährende Bewußtsein dieser Dauer?
Ebenso wie Jesus sagte: ICH BIN *der Weg,* ICH *bin die Wahrheit,* sagt Er auch: ICH *bin die Auferstehung und das Leben.*
Das ewige Leben steht nicht erst bevor. Es ist schon in der Gegenwart in uns gegenwärtig; wir leben in ihm von dem Augenblick an, da wir einwilligen, in uns selbst zu sterben, da wir uns den Verzicht abringen, der zur Auferstehung in der Ewigkeit führt. *Wer sein Leben auf dieser Welt haßt, der wird's erhalten zum ewigen Leben* (Johannes 12,25).
Noch einmal, dies ist weder eine Vorschrift noch ein Befehl. Dies ist einfach das Geheimnis der höheren Seligkeit, das uns Christus hier wie überall im Evangelium enthüllt.
Wenn ihr dies wißt – selig seid ihr, sagt Christus später. (Johannes 13,17.) Nicht etwa: *werdet ihr selig sein* – sondern: *selig* SEID *ihr.* Schon jetzt, schon in diesem Augenblick können wir an der Seligkeit teilhaben.
Welche Ruhe! Hier bleibt die Zeit wahrhaft stehen. Hier atmet der Ewige. Wir treten ein ins Reich Gottes.

20. Februar.
Und das tut, weil ihr die Zeit erkennt, nämlich daß die Stunde da ist, aufzustehen vom Schlaf; denn unser Heil ist jetzt näher als zu der Zeit, da wir gläubig wurden. (Römer 13,11.)
Seltsame Worte, von denen man gerne wüßte, worauf sie sich beziehen, die zwangsläufig aktuell bleiben und immer aktueller werden und die jeden Tag die Erfüllung des Versprechens ein wenig weiter hinausschieben.
Wichtig ist, daß sie für so manche Seele in so mancher Epoche einen besonders dringlichen Klang annehmen konnten. Aber wie weit entfernt ist das von der Unveränderlichkeit und Zeitlosigkeit der Worte Christi! Aufs neue tauchen wir damit in die Zeit ein. *Die Nacht ist vorgerückt, der Tag aber nahe herbeigekommen.*

21. Februar.
… Und verwirret die Gewissen nicht.
Einer glaubt, er dürfe alles essen; welcher aber schwach ist, der ißt kein Fleisch. Welcher ißt, der verachte den nicht, der da nicht ißt; UND WELCHER NICHT ISST, DER RICHTE DEN NICHT, DER DA ISST; DENN GOTT HAT IHN ANGENOMMEN. (Römer 14,1.2.3.)

Und warum nicht weiter zitieren?
Wer bist du, daß du einen fremden Knecht richtest? Er steht oder fällt seinem Herrn. Er mag aber wohl aufgerichtet werden; denn Gott kann ihn wohl aufrichten.
Im übrigen ist das ganze vierzehnte Kapitel des Römerbriefes von solcher Entschiedenheit. Ein wenig weiter unten liest man folgendes:
Ich weiß und bin gewiß in dem Herrn Jesus, daß nichts unrein ist an sich selbst; nur für den, der es für unrein hält, ist es unrein.
Es handelt sich hier freilich um Nahrungsmittel; wie vielen anderen Bibelstellen aber hat man einen doppelten, einen dreifachen Sinn unterlegt? (*Wenn dein Auge, usw. …,* Brotvermehrung.) Es geht hier nicht um die Frage, wer recht hat; die Bedeutung dieses Wortes ist weitreichend und tief: die Einschränkung darf nicht vom Gesetz, sie muß von der Liebe diktiert sein; und Paulus formu-

liert sie gleich darauf: *So aber dein Bruder um deiner Speise willen betrübt wird, so wandelst du schon nicht nach der Liebe.*
Mein Gott, bewahre mich vor allem, was mein Herz beflecken und ablenken kann.

Und Paulus fährt fort und seine Worte dringen wie ein Dolch in mein Herz: *Verderbe den nicht mit deiner Speise, um dessentwillen Christus gestorben ist.*
Wie? Werde ich um geringer Lust willen den Tod und die Leiden Christi verleugnen? *Zerstöre nicht um der Speise willen Gottes Werk.*
Denn das Reich Gottes ist nicht Essen und Trinken, sondern Gerechtigkeit und Friede und Freude in dem Heiligen Geiste.
Und dies ist das letzte Wort, die Schranke, an der sich die ganze Auflehnung meines Denkens stößt:
Selig ist, der sich selbst nicht zu verurteilen braucht, wenn er sich prüft.
Darauf gilt es zurückzukommen.

25. Februar.
… und rede dies in der Welt, damit meine Freude in ihnen vollkommen sei. (Johannes 17,13.) – *Damit meine vollkommene Freude in ihnen sei,* sagt die Segond-Übersetzung.
Ich bitte dich nicht, daß du sie aus der Welt nimmst, sondern daß du sie bewahrst vor dem Bösen.[289] – *Vor dem Übel,* sagt Segond, was viel weniger beredt ist. Und hier handelt es sich nicht einfach um eine literarische Nuance. Während Übel nur das Fehlen des Guten ausdrückt oder einen persönlichen Sündenzustand, ist der Böse eine aktive Macht, die von uns unabhängig ist.

Si quis vult me sequi deneget semetipsum (bei Matthäus: *abneget semetipsum) et tollat crucem quotidie, et sequatur me.*
Qui enim voluerit animam suam salvam facere, perdet illam; nam qui perdiderit animam suam propter me et Evangelium, salvam faciet eam. (Matthäus 16,24. Markus 8,34. Lukas 9,23.)

4. März.

Eine Stelle, die sich mit Hilfe einer anderen Übersetzung plötzlich erhellt. (Johannes 10,17.)

Die Fassung von Segond lautet: *Ich gebe mein Leben hin, damit ich es wiedergewinne.*

Hier der Text der Vulgata:

Pono animam meam ut iterum sumam eam.

Wunderbares Wort – zu vergleichen mit dem: *Wer sein Leben erhalten will, der wird es verlieren,* usw.

Man müßte nachsehen, wie diese Stelle im griechischen Original lautet.

Während die beiden französischen Fassungen, die ich zur Hand habe (Segond und A. Westphal), sowie die englische von *Leben* sprechen, heißt es in der Vulgata ausdrücklich *Seele.* Das ergibt etwa folgende Bedeutung: Ich gebe hin, was mein Leben ausmacht, meine Seele, meine Persönlichkeit, um es dann von neuem auf mich zu nehmen, von neuem zu meistern – und darum liebt mich der Vater: *Propterea me diliget Pater.*

Dieses Leben, diese Seele nimmt mir niemand mit Gewalt. Ich selbst gebe sie aus freien Stücken hin. Denn es liegt in meiner Macht, sie hinzugeben; ebenso wie es in meiner Macht liegt, sie wieder in meinen Besitz zu bringen. Dies ist die Unterweisung, die ich von meinem Vater erhalten habe:

Nemo tollit eam a me; sed ego pono eam a me ipso, et potestatem habeo ponendi eam, et potestatem habeo iterum sumendi eam: hoc mandatum accepi a Patre meo.

Hier liegt der geheimnisvolle Mittelpunkt der christlichen Lehre, das göttliche Geheimnis des Glücks: Das Individuum triumphiert im Verzicht auf das Individuelle.

Quicumque quaesierit animam suam salvam facere, perdet illam: et quicumque perdiderit illam, vivificabit eam. (Lukas 17,33.)

(Bemerkenswert, daß die Vulgata stets *anima* sagt und nicht *vita.*)

Und schließlich folgendes, worin sich der Gedanke Christi erhellt und bestätigt:

Qui amat animam suam, perdet eam: et qui odit animam suam in hoc mundo, in vitam aeternam custodit eam. (Johannes 12,25.)

Wer sein Leben liebt, seine Seele – wer seine Persönlichkeit hütet, wer um sein Gesicht in dieser Welt besorgt ist –, der wird sie verlieren, aber wer sie hingeben wird, wird sie wahrhaft lebendig machen, wird ihr ein ewiges Leben sichern; nicht etwa das künftige ewige Leben, sondern er wird sein Leben von nun an in der Ewigkeit leben.
Amen, amen, dico vobis, nisi granum frumenti cadens in terram, mortuum fuerit, ipsum solum manet; si autem mortuum fuerit, multum fructum adfert. (Johannes 12,24.) Auferstehung im allumfassenden Leben. Vergessen alles privaten Glücks. O vollkommenes Wiedereingehen!
Das ist auch die Lehre, die Nikodemus zuteil wird: *Amen, amen, dico tibi, nisi quis renatus fuerit denuo, non potest videre regnum Dei.* (Johannes 3,3.)

6. März.
Unumquemque sicut vocabit Deus, ita ambulet. (1. Korinther 7,17.)
Unusquisque in qua vocatione vocatus est, in ea permaneat. (Ebenda, 20.)
Unusquisque in quo vocatus est, fratres, in hoc permaneat apud Deum. (Ebenda, 24.)
… ut sim fidelis. (Ebenda, 25.)

12. März.
O Worte Christi, wie sehr hat man euch verkannt! Achtzehn Jahrhunderte sind vergangen, und so weit haben wir es mit Dir gebracht! Und da sagen gewisse Leute immer noch: «Das Evangelium hat kein Leben mehr; für uns hat es nunmehr weder Bedeutung noch Wert.» – *Sie lästern, was sie nicht kennen,* und ich möchte ihnen zurufen: Das Evangelium wartet nach wie vor auf uns! Sein Gehalt, weit davon entfernt, sich erschöpft zu haben, muß erst noch entdeckt, unaufhörlich neu entdeckt werden.
Die Worte Christi sind immer neu und von unendlicher Verheißung erfüllt.

Das Kreuz erscheint im Evangelium weit früher, als die Henkersknechte es aufrichten. (Lukas 16,27. Matthäus 10,38.)

3. April.

Es liegt immer eine gewisse Gefahr darin, die Bedeutung der Worte des Evangeliums zu präzisieren, denn damit beschneidet man auch ihre Tragweite.

So lese ich bei Westphal folgende Anmerkung, die sich auf das Wort Christi: *Signum non dabitur ei, nisi signum Jonae prophetae,* bezieht: «...Jesus weist die hochmütigen und herablassenden Pharisäer seiner Zeit hin auf das ‹Zeichen des Jonas›, das heißt auf die Lehre, die wir alle aus der Geschichte dieses ungetreuen Dieners ziehen können, der durch Züchtigung zu seiner Pflicht zurückgeführt und staunender Zeuge der Begnadigung einer verdammten Stadt wurde.» Das ist geradezu närrisch.

Das Wunder des Jonas – daran gibt es nicht das geringste zu deuteln – besteht darin, daß er lebendig den Bauch des Wals verläßt, nachdem er drei Tage lang darin gewesen ist. Was man zwar mystisch mit dem drei Tage währenden Verschwinden Christi im Grab vergleichen kann, was aber trotz allem das gewaltigste, unglaublichste und ungeheuerlichste Wunder bleibt.

Die göttliche Kraft der Worte Christi läßt sich daran erkennen, daß sie sich über die Köpfe der Pharisäer und Saduzäer hinweg, vor denen sie gesprochen wurden, unmittelbar an jeden von uns wenden: Du verlangst ein Wunder, das dich überzeugen soll. Wenn nur ein Zeichen vom Himmel käme, etwas Außerordentliches, dann, meinst du, könntest du glauben. Ich biete dir, zur Entlastung deiner Vernunft, ein unerhörtes Wunder, das zu glauben deine Vernunft sich weigert, das du weder mit den Sinnen noch mit dem Geist kontrollieren kannst, etwas Absurdes und sonst nichts. *Es wird dir kein anderes Zeichen gewährt als das des Propheten Jonas.*

Nicht *deswegen* kannst du, mußt du glauben, arme Seele, sondern *diesem zum Trotz.*

«Nein, ich werde dir nicht zum Glauben verhelfen. Du weißt wohl, daß im Gegenteil... damit nur Absurdes und Liebe in deinem Glau-

ben sei; und damit er den Gelehrten unzugänglich, den Demütigen vergönnt sei.»
Der Glaube besteht im Vertrauen auf Gott und in der Hingabe seiner selbst.

7. April.
Außerdem werfe ich Westphal vor, daß er die Feierlichkeit des Textes herabsetzt zugunsten einer gewissen Vertraulichkeit, von der er glaubt, daß sie den Leser weniger erschrecke. Er versucht einen Text herzustellen, der sich auf gleicher Höhe mit dem Leser befindet, diesem mühelos zugänglich ist und sich vom täglichen Leben nicht weiter abhebt. So übersetzt er: *Der günstige Augenblick ist für mich nicht gekommen. Für euch, welche die Welt nicht hassen kann, ist zu jeder Zeit die Gelegenheit günstig; aber mich haßt die Welt, weil* usw. … was nur noch die allerbanalste Auslegung dieser leuchtenden Worte zuläßt: TEMPUS MEUM *nondum advenit, tempus autem* VESTRUM SEMPER EST PARATUM. (Johannes 7,6.)

Wie, hier finde ich dich wieder, Nikodemus! Der du zuerst des Nachts zu Jesus kamst, *nocte primum* – und der du später Salben bringen wirst, um ihn einzubalsamieren, denn du bist reich und glaubst, ohne deine Schätze würde Jesus verwesen…
Pharisaeus, princeps Judaeorum: als solcher erschienst du mir zuerst; du bist es geblieben, obwohl du schon verdienst, daß man dich fragt: *Numquid et tu Galilaeus es? – Solltest auch du ein Galiläer sein?* Mit dir aber läßt sich wenigstens reden. Wenn du die Verteidigung Christi unternimmst, so geschieht es gerade im Namen jenes *Gesetzes,* das du vertrittst. Du sagst: *unser Gesetz,* und du fragst die, welche ihn greifen wollen: *Richtet unser Gesetz auch einen Menschen, ehe man ihn verhört?* Du hörst gerne zu und hast es gerne, daß man dir zuhört. Du sprichst gut; du bist aufgeschlossen; du hörst Christus an; was sag' ich? Du befragst ihn sogar. Aber du gehörst immerhin nicht zu denen, die sich verführen lassen. *Numquid et vos seducti estis?* (Johannes 7,47.)
Als Christus zu dir gesagt hat: *Es sei denn, daß jemand von neuem geboren werde…,* hast du ausgerufen: *Wie kann ein Mensch…*

wiederum in seiner Mutter Leib gehen und geboren werden? Nachdem du dich mit Christus unterhalten hast, findest du dich unverändert wieder, so daß man auch von dir, dem Pharisäer und Obersten unter ihnen, sagen konnte: *Glaubt denn einer von den Oberen oder Pharisäern an ihn?* (Johannes 7,48.)
Allzulange habe ich dein Zögern, deine Rechtschaffenheit, deine Skrupel geliebt – das Instrumentarium deiner Feigheit.
Sed turba haec, quae non novit legem, maledicti sunt.
Bei jedem Wort dieses heiligen Textes sehe ich Lichtquellen aufspringen…
Sondern das Volk, das nichts vom Gesetz weiß.
Unter diesen laß mich sein, Herr, und verflucht von den Rechtgläubigen, von denen, die «das Gesetz kennen».
Forsche und siehe, sagen sie zu Nikodemus, *daß aus Galiläa kein Prophet aufsteht.*
A Galilaea propheta non surgit. (Johannes 7,52.)
Das sagen sie immer noch, die an Völker glauben, an Rassen, an die Familie und die nicht verstehen, daß das Individuum dagegen fortgesetzt Einspruch erhebt.
Und ein jeglicher ging also heim. Et reversi sunt unusquisque in domum suam. (Ebenda, 53.)
Herr! Der zu Dir kommt, hat kein Haus mehr.

20. April.

Amen, amen, dico vobis; quia omnis qui facit peccatum, servus est peccati. (Johannes 8,34.)
Sünde ist, was man nicht in Freiheit tut.
Befreie mich, Herr, von dieser Knechtschaft!
Si ergo vos Filius liberaverit, vere liberi eritis.
Wenn euch nun der Sohn frei macht, so seid ihr wirklich frei.
Und der Böse flüstert mir ein:
Was schert dich diese Freiheit, wenn du dich ihrer nicht bedienen kannst?
Mit diesen Worten im Herzen floh der verlorene Sohn.

23. April.
Unus autem ex illis, ut vidit quia mundatus est, regressus est, cum magna voce magnificans Deum. (Lukas 17,15.)
Die Übersetzer geben das *mundatus* schlecht wieder mit: «da er sah, daß er geheilt war».
Ostervald wagt: *gereinigt.* Ich will das Für und Wider nicht abwägen; aber heute morgen wirken die Worte *ut vidit quia mundatus* seltsam stärkend auf mich.
Furchtbare Befleckung, o Schmutz der Sünde! Asche, welche die unreine Flamme zurückläßt, Schlacken… Kannst Du mich, Herr, reinwaschen von alldem, auf daß ich Dich preise mit lauter Stimme?

«Wie glücklich werdet ihr sein, wenn ihr erfahrt, was die Macht der Liebe ist.» (FÉNELON, *Lettres spirituelles.*)

28. April.
Die Crampon-Bibel bringt als Fußnote das griechische Wort der Lukas-Stelle (17,33), das ich so gerne wissen wollte. Und der ganze Text erhellt sich dadurch.
Wer sein Leben retten will, der wird es verlieren, und wer es verloren hat, der wird es wiederfinden, heißt es in der Fassung Ostervalds, wodurch dieses Wort seines Sinnes entleert wird, so daß bald nur noch ein Gedankenspiel, eine paradoxe Kapriole darin gesehen wurde, in der Art von «die ersten werden die letzten sein» oder «glücklich die Unglücklichen»; das heißt aber, es dem Feind allzu leicht machen. Das griechische Wort lautet *ζωογονήσει,* für das Crampon *erneuern* vorschlägt, oder wörtlich: *neu dem Leben zeugen.* Da haben wir das *be born again.*
Ebenfalls in diesem Kapitel 17 von Lukas wird deutlich gesagt: *regnum Dei intra vos est.* Und Crampon, der das, ebenso wie Ostervald und Westphal, mit: *Das Reich Gottes ist mitten unter euch* übersetzt, fühlt wenigstens das Bedürfnis, in einer Fußnote hinzuzufügen:
«Mitten unter euch in dem Sinn: Das Reich Gottes ist also zu euch gekommen in der Person Christi und seiner Jünger. Andere über-

setzen: *es ist in euch,* in eurem Herzen, und deuten dadurch das innerliche und geistige Wesen dieses *Reiches* an.»

12. Mai.
Seit vierzehn Tagen nichts mehr in dieses Heft geschrieben. Meine Lektüre aufgegeben, ebenso die frommen Übungen, die mein vollständig verhärtetes und abwesendes Herz nicht mehr zuließ. Nichts als Komödie, und zwar unredliche, in allem zu sehen, worin ich das Spiel des Teufels zu erkennen geglaubt hatte – solches bläst mir der Dämon ein.
Herr! O lasse ihm nicht das letzte Wort. Heute kann ich um nichts anderes mehr beten.

2. Juni.
Periode der Gleichgültigkeit, der Dürre und der Unwürdigkeit; den Geist mit lächerlicher Unruhe erfüllt, die ihn ermattet und trübt. Heute morgen lese ich bei Paulus (ich habe meine Bibel erst gestern wieder aufgeschlagen): *Wenn jemand meint, er habe etwas erkannt, der hat noch nicht erkannt, wie man erkennen soll. Wenn aber jemand Gott liebt, der ist von Ihm erkannt.* (1. Korinther 8,2.3.)

16. Juni.
Ich verstehe es nicht mehr, zu Gott zu beten, noch auch, ihn anzuhören. Vielleicht spricht er noch zu mir, aber ich höre ihn nicht mehr. Bin ich doch für seine Stimme vollständig unempfindlich geworden. Und doch verachte ich *meine* Weisheit, und mit dem Verlust der Freude, die Er mir gab, ist mir auch jede andere genommen.
Herr! Wenn Du mir helfen willst, worauf wartest Du? Ich kann es nicht, so ganz alleine. Ich kann nicht.
Aller Abglanz von Dir, der in mir war, trübt sich. Es ist Zeit, daß Du kommst.
Oh, laß den Bösen nicht Deinen Platz in meinem Herzen einnehmen! Laß Dir, Herr, Deinen Besitz nicht streitig machen! Wenn Du Dich ganz zurückziehst, läßt er sich in mir nieder. Oh, verwechsle mich nicht ganz mit ihm! So sehr liebe ich ihn gar nicht, das versichere ich Dir. Erinnere Dich daran, daß ich Dich lieben konnte.

Wie denn! So stehe ich denn heute da, als ob ich Ihn nie geliebt hätte.

17. Juni.

An Christus nie – an Paulus stoße ich mich; und bei diesem, niemals im Evangelium, finde ich all das wieder, was mich entfremdet hat… Es fällt mir leichter, an Wunder zu glauben, als folgenden Schluß zu akzeptieren: *Ist aber die Auferstehung der Toten nichts, so ist auch Christus nicht auferstanden.** Hier ist er es, der das Wunder leugnet; ebensogut könnte er sagen: «Wenn aus Wasser nicht auf natürliche Weise Wein werden kann, so hat Christus das Wunder der Hochzeit zu Kanaan nicht vollbracht.» Ich bin bereit, nicht nach Vernunftgründen zu suchen; hier aber führt er selbst welche an, und eben an der hinkenden Beweisführung, die zu solchen Schlüssen führt, stoßen sich bei mir Herz und Geist.

Hoffen wir allein in diesem Leben auf Christus, so sind wir die elendesten unter allen Menschen. (1. Korinther 15,19.)

Furchtbares Wort, das Paulus auch noch wahr macht – dem aber zum Glück das ganze Evangelium widerspricht.

Nichts ist dem Evangelium fremder als das: *So die Toten nicht auferstehen, lasset uns essen und trinken, denn morgen sind wir tot.***

22. Juni.

Unentgeltliche Gabe. Unbestrittene Gabe.

Preisgabe der Sorge um den Tod.

O paradiesisches Fruchten jedes Augenblicks!

Teilhaben an der Unermeßlichkeit dieses Glücks – ja, Herr, ich

* Würdiges Gegenstück zu diesem: *Oder lehrt euch nicht auch die Natur, daß es für einen Mann eine Unehre ist, wenn er langes Haar trägt.* (1. Korinther 11,14.)

** Diese Bemerkung scheint mir nicht mehr ganz zutreffend. Will Paulus uns nicht einfach auffordern, in der Auferstehung Christi eine Gewähr für unsere eigene Auferstehung und unser ewiges Leben zu erblicken? Auf diesem Glauben möchte er eben die ganze Möglichkeit wahrer Freude beruhen lassen. (Januar 1934; geschrieben beim Korrigieren der Fahnen dieses Textes.)

fühle, daß Du mich dazu einlädst! Und manchmal lausche ich und erzittere vor der unmittelbaren Aussicht auf so viel Freude.
Wenn ich also Deinem Ruf nicht besser antworte, tu mir Gewalt an. Bemächtige Dich eines Herzens, das ich Dir nicht zu geben verstehe.
Möge Deine überwältigende Liebe die Festigkeit meines Fleisches verzehren oder durchscheinend machen, alles Sterbliche, das auf mir lastet!
Alles langweilt mich, worin ich Deine Gegenwart nicht fühle, und als Leben gilt mir nur noch das, was Deiner Liebe entspringt.

23. Juni.
«Wundere dich nicht, daß du traurig bist; und traurig um Meinetwillen. Die Seligkeit, die ich dir verheiße, schließt für immer aus, was du bisher für Glück hieltest.»

Freude. Freude… Ich weiß, Herr, daß das Geheimnis Deines Evangeliums ganz in diesem göttlichen Wort beschlossen liegt: Freude. Und läßt nicht gerade das Dein Wort über jede menschliche Lehre triumphieren, daß es soviel Freude duldet, wie die Kraft eines jeglichen Herzens hervorzubringen vermag?
Jeder Christ, der nicht zur Freude durchdringt, macht die Passion Christi überflüssig und damit noch leidvoller. Das Kreuz Christi tragen wollen, seine Leiden teilen – hieße das nicht, seine Gabe verkennen? Laß wenigstens, Herr, in der Erinnerung an Deine anbetungswürdigen Schmerzen mein Herz weinen vor Dankbarkeit und Liebe. Lamm Gottes, das Du die Sünden der Welt sühnst, wer anders als Gott selbst hätte dazu die Macht und das Recht gehabt? Unsere Sünden haben Dich ans Kreuz geschlagen, Herr, aber Deine Kreuzigung erlöst uns davon. Daß Gott sich als Menschensohn selbst zur Erlösung von unseren Sünden darbot; daß er seine Liebe damit bis zum Todeskampf steigerte… Beuge dich, meine Seele, über dieses unaussprechliche Mysterium.
Gehe hin und sündige nicht mehr, sagt Christus zur Ehebrecherin. Die wahrhaft christliche Seele verabscheut die Sünde, die Christus leiden machte.

26. Juni.
Ich war glücklich; Du hast mein Glück verdorben. Eifersüchtiger Gott, Du hast alle Quellen, aus denen ich Erfrischung trank, mit Bitterkeit vergiftet, auf daß mich nur noch nach dem Wasser dürsten sollte, das Du der Samariterin botest.
«Gott selbst ist der Feind derer, deren Begehrlichkeit er stört», lese ich heute morgen bei Pascal.
«... Die Habsucht benützt Gott und genießt die Welt; und die Nächstenliebe tut das Gegenteil.»

«Sie glauben also nicht an seine Wunder?»
«Lassen Sie doch meine Vernunft aus dem Spiel. Sie wissen wohl, daß ich sie selbst nicht in den Vordergrund stelle. Bewiese mir heute einer, daß Christus keine Wunder vollbracht hat, würde mein Vertrauen in seine Stimme darum nicht erschüttert; ich würde trotzdem seinen Worten glauben.»
«Kurz, Sie glauben nicht an seine Wunder.»
«Wie denn? Sind es etwa seine Wunder, um derentwillen Sie ihn für göttlich halten? Wie? Auch Sie brauchen Wunder, um an ihn zu glauben? Wie die ‹böse und ehebrecherische Menge›, die sagte: ‹Herr, wir wollen ein Wunder von Dir sehen.›»
«Kurz, Sie glauben nicht...»
«Ich lasse Ihnen das letzte Wort.»

3. Oktober.
... Seine stets hingestreckte Hand, die zu ergreifen der Hochmut sich weigert.
«Willst du also lieber langsam, immer tiefer, in den Abgrund versinken?
Denkst du, dieses verfaulte Fleisch werde sich von selbst von dir lösen? Nein; wenn du dich nicht von ihm lösest.»
«Herr, ohne Dein Zutun wird es mich vorher ganz und gar verderben! Nein, es ist nicht Hochmut; Du weißt es! Aber, um Deine Hand zu fassen, wäre ich gerne weniger unwürdig. So wird mein Geschwür sie eher beflecken, als daß Sein Licht mich reinwaschen wird...»

«Du weißt wohl...»
«Verzeih mir, Herr! Ja, ich weiß, daß ich lüge. Wahr ist, daß ich dieses Fleisch, das ich hasse, mehr liebe als Dich selbst. Ich sterbe daran, daß ich seinen Zauber nicht entkräften kann. Ich bitte Dich um Deinen Beistand, aber ohne wirklich verzichten zu können...»
«Unglückseliger, der du Himmel und Hölle in dir vermählen willst. Gott schenkt man sich nur ganz.»
Nachdem du Gott so lange ferngeblieben bist, wunderst du dich wirklich, daß es nicht genügt, sich ihm zuzuwenden, um sogleich zur Seligkeit, zum Einssein, zur Ekstase zu gelangen? Dahin gelangt man nur durch Vertrautheit.

20. Oktober, abends.
Mein Gott, gib, daß ich morgen früh mit der Bereitschaft erwache, Dir zu dienen, das Herz voll Eifer, ohne den, wie ich wohl weiß, mir kein Glück mehr beschieden ist.

21. Oktober, abends.
Herr, gib, daß ich Dich morgen früh nötig habe.*

22. Oktober.
Herr, reiße aus meinem Herzen alles, was nicht Teil der Liebe ist.
Das Bild Gottes müssen wir in uns reinigen.
Herr, möge mein Gebet, wie das der ganz reinen Seelen, nur noch Dein Abglanz sein, der Dir entgegenleuchtet, wenn Du Dich über mich beugst.
Herr, unterbrich Deine Gnade nicht, damit ich nicht aufhöre, zu Dir zu beten.

26. Oktober.
Richte mich wieder auf, Herr, denn ich demütige mich vor Dir.
Wenn wir der Liebe ermangeln, dann greift der Böse uns an.

* Siehe Eintrag vom 30. November 1929 (Band III dieser Ausgabe, d. dt. Hrsg.)

29. Oktober.
(Nach Lektüre einer *Lettre spirituelle* von Fénelon.)
Mein Gott, ich komme zu Dir mit all meinen Verletzungen, die zu Wunden geworden sind; mit all meinen Sünden, deren Gewicht meine Seele niederdrückt...

7. November.
Mein Gott, gib, daß ich nicht unter denen bin, die in der Welt über Ansehen verfügen.
Gib, daß ich nicht unter denen bin, die Erfolg haben.
Gib, daß ich nicht zu den Glückskindern zähle, den Zufriedenen, den Satten; zu denen, die man beklatscht, beglückwünscht und beneidet.

20. Juni (1917).
Nachdem ich es sieben Monate vernachlässigt habe, nehme ich dieses Heft wieder zur Hand, das mir S. A., der ich es geliehen hatte, gestern zurückgab. Was sie mir aufgrund ihrer Lektüre sagt, klärt mich gleichzeitig über die Bedeutung dieser Seiten und über die Ermutigung auf, die manche daraus schöpfen mögen – aber auch, und vor allem, über ihre Unzulänglichkeit. Man wartet mit der immer entschiedeneren Darstellung seiner Gedanken, damit, ihnen in einem befriedigenden Ausdruck Gestalt zu verleihen – man wartet damit auf das Alter und auf geistige Reife; man hofft auf stets größer werdende Reife; was aber kommt, ist Müdigkeit und eine Art Unterwerfung unter die Regel und anerkannte Konventionen, die ihre Wurzel vielleicht weniger in Bescheidenheit hat als in Angst, Schwäche und Feigheit.
Ich stoße zur Zeit auf Spuren alter Pfade, die ich gebahnt hatte, die ich von tausend Zweigen überwuchern ließ und nicht einmal abgesteckt habe.
Meine Gedanken waren am wahrhaftigsten, als sie am kühnsten waren. Nicht sie haben mich erschreckt, sondern die Angst, die manche Freunde vor ihnen hatten. O mein Herz! Wappne dich gegen die zerstörerische Sympathie, die zu lauter Zugeständnissen rät. Warum bin ich nicht eins mit mir selbst geblieben, nicht unnachgiebig meiner Richtung gefolgt!

15. Juni (1919).
Die englische Übersetzung öffnet mir plötzlich die Augen über einen Vers des Matthäus, der (wie das dann zu geschehen pflegt) mir auf einmal höchst wichtig vorkommt:
And he that taketh not his cross, and followeth after me, is not worthy of me.
Die drei französischen Fassungen, die ich zur Hand habe, übersetzen: *Der sein Kreuz nicht auf sich nimmt* UND MIR NICHT FOLGT, *ist meiner nicht würdig.* Und doch: will Christus wirklich das sagen? Oder nicht vielmehr: *Der sein Kreuz nicht auf sich nimmt* UND MIR FOLGT – das heißt: der mir folgen möchte, ohne vorher sein Kreuz auf sich genommen zu haben? – Ich greife zur Vulgata. Ja, so ist es: *Et qui non accepit crucem suam, et sequitur me, non est me dignus.*
Herr, nur beladen mit seinem Kreuz kann man Dir folgen.
Hast Du aber nicht auch gesagt: *Kommt her zu mir alle, die ihr mühselig und beladen seid – ich will euch erquicken; denn mein Joch ist sanft, und meine Last ist leicht.*
Der Genuß beugt die Seele, wie alles, was man allein zu tragen hat; die Last des Kreuzes richtet sie wieder auf, wie alles, was man *mit Dir* trägt.

Eine der schwersten Mißdeutungen des Geistes Christi rührt daher, daß der Geist des Christen so häufig das künftige mit dem ewigen Leben verwechselt.
Das ewige Leben, das Christus verheißt und zu dem uns seine ganze Lehre hinführt – dieses ewige Leben hat nichts Zukünftiges; es erwartet uns nicht jenseits des Todes; es besteht sogar nicht die geringste Hoffnung, es jemals zu erreichen, wenn es nicht jetzt und hier gelingt (dazu die sehr schöne Stelle bei Mark Rutherford heraussuchen, 1. Bd., S. 108 bis 110[290]). Die Worte Christi sind göttlich klar, und es hat der ganzen erfinderischen Fähigkeiten der Menschen bedurft, um ihre offensichtliche Bedeutung zu verdunkeln oder zu trüben. Sie leuchten aber von neuem für den, der sie mit neuem Herzen und kindlichem Sinn liest.
Zum ewigen Leben, zur unmittelbaren Teilnahme an der Ewigkeit des Lebens, zum Eingehen in das Reich Gottes lädt Christus den

Nikodemus ein, als er zu ihm sagt: *Es sei denn, daß jemand von neuem geboren werde, so kann er das Reich Gottes nicht sehen* – denn *wer sein Leben retten will, der wird es verlieren,* aber wer von neuem geboren wird, wer sein Leben hingibt, um wiedergeboren zu werden, wer auf sein Ich verzichtet, um Ihm zu folgen, der macht seine Seele wahrhaft lebendig, er wird zum ewigen Leben wiedergeboren, er geht ein in das Reich Gottes.

Und ist es nicht dasselbe, was Christus am Brunnen die Samariterin lehrt? *Wer aber von dem Wasser trinken wird, das ich ihm gebe, den wird ewiglich nicht dürsten.*

Noch einmal: Die Bedeutung dieser Lehre ist für einen unvoreingenommenen Geist so offensichtlich, daß ich, als ich heute morgen diese Geschichte in der Crampon-Übersetzung wiederlas, bei folgenden Worten stutzte: *Das Wasser, das ich ihm geben werde, wird in ihm zum Brunnen werden* BIS ZUM EWIGEN LEBEN. – Wie denn? Sollte ich mich getäuscht haben? Spricht Christus vom ewigen Leben so, wie es gewöhnlich gelehrt wird, als von einem künftigen Zustand? Das steckt in diesem *bis zum*; aber ist das nicht widersinnig? Ich schlage die Vulgata auf und lese: *Sed aqua quam ego dabo ei, flet in eo fons aquae* SALIENTIS IN VITAM AETERNAM.* (In der Übersetzung von Segond und der von Ostervald heißt es ebenfalls: *ein Brunnen, der* BIS IN *das ewige Leben fließt.* Damit wird die Bedeutung dieser Worte verfälscht.

Aber es kommt die Zeit, UND IST SCHON JETZT, sagt Christus gleich darauf. *Venit hora,* ET NUNC EST. Wer diese Zeit erst nach dem Tod erwartet, wartet vergebens. Von der Stunde an, da du neu geboren wirst, von dem Augenblick an, da du dieses Wasser trinkst, gehst du ein in das Reich Gottes, nimmst du teil am ewigen Leben. *Wahrlich, wahrlich, ich sage euch,* wiederholt Christus immer wieder, *wer mein Wort hört, der* HAT (nicht: wird haben, sondern hat schon) DAS EWIGE LEBEN… *er ist vom Tode zum Leben hindurchgedrungen. Transiit a morte in vitam.* (Johannes 5,24.)

* So auch A. Westphal. – Aber das lateinische *in* könnte zur Not auch einem *bis zum* entsprechen. Man müßte den griechischen Text heranziehen.

Vorwort zur Ausgabe von 1926

Eine Sammlung intimer Schriften in begrenzter Auflage, habt ihr mir gesagt. Unter dieser Bedingung bin ich damit einverstanden, daß man dieses kleine Buch neu auflegt.
Wenn leise gesprochene Worte laut herausgeschrien werden, verfälscht das ihren Klang.
Ich bin der Meinung, daß es nichts Geheimes gibt, das nicht bekanntzuwerden verdiente; doch verträgt Intimität das helle Tageslicht nicht. Ich meine auch, daß die Schlupfwinkel der Seele geheimer sind und bleiben müssen als die Geheimnisse des Herzens und des Körpers. Sollte ich eines Tages «konvertieren», würde ich nicht dulden, daß diese Konversion öffentlich bekannt würde. Vielleicht würde sie sich in meinem Verhalten ausdrücken; aber nur ein paar Vertraute und ein Priester wüßten von ihr. Und würde sie allgemein bekannt, so geschähe das gegen meinen Willen und würde mein Schamgefühl kränken und verletzen. Ich meine, daß dergleichen weder Anlaß zur Verwunderung noch zur Freude ist. Es geht um eine Angelegenheit zwischen Gott und mir. Das ist zumindest meine persönliche Ansicht; und ich will damit keineswegs gewisse Konversionen, die Aufsehen erregt haben, kritisieren.
Als Konvertit würde ich wohl nicht so sprechen. Als Konvertit würde ich, durch Schrift und Tat, zu bekehren versuchen, ganz wie unsere berühmten Konvertiten auch. Ich bin aber nicht konvertiert. Ich bin weder Protestant noch Katholik; ich bin ganz einfach Christ. Und ich möchte ausdrücklich vermeiden, daß man sich über den Wert des Zeugnisses, das diese Seiten enthalten, täuscht. Wohl würde ich sie auch heute noch von ganzem Herzen unterschreiben. Aber da sie während des Krieges geschrieben wurden, spiegeln sie in gewisser Weise die tiefe Angst und Verwirrung dieser Zeit wider; und wenn ich sie wohl auch heute noch unterschreiben könnte, so würde ich sie vielleicht doch nicht mehr schreiben.
Ich behaupte nicht, daß der Zustand, der diesem folgte, ein höherer sei; mir genügt, daß er nicht ganz genau derselbe ist. Das möchte ich dem Leser aus Gründen des Anstands mitteilen.

Ein Wort noch:
Beim Durchlesen des Heftes, aus dem die Seiten von *Numquid et tu…?* ausgewählt wurden, habe ich darauf geachtet, keine zum Druck zu bestimmen, die nicht, wie mir scheint, noch der orthodoxeste Katholik billigen könnte. Mein Sinn stand nach Versöhnung, nicht nach Zwietracht; guter Glaube und guter Wille waren mein Leitstern. Ich danke Monsieur Massis dafür, mir gezeigt zu haben, daß seine Religion nicht die meine sein kann. Darüber gibt es nun, Gott sei Dank, keinen Zweifel mehr.

Blätter

«Er glaubt weder an Gott noch an den Teufel.»
(Volkstümliche Redensart.)

Es war mir bis dahin noch nicht recht klargeworden, daß es nicht unbedingt nötig ist, an Gott zu glauben, um an den Teufel zu glauben; offen gestanden war der Teufel in meiner Phantasie noch nie aufgetaucht; meine Vorstellung vom Teufel war ausschließlich negativ; ich verurteilte ihn in Abwesenheit; ich begrenzte seinen Umriß an dem Gottes; und da sich für mich Gott überallhin fortsetzte, ließ ich *den Andern* nirgends beginnen. Jedenfalls ließ ich ihn nur als metaphysische Entität gelten und hatte zunächst nichts als ein Lächeln übrig, als Jacques Raverat ihn mir eines Herbstabends plötzlich vorstellte.

*

Ich war aber gewissenhaft, und bevor ich mich aufgab, mußte der Dämon, der mir zu Leibe ging, mich überzeugen, daß das, was mich verlockte, auch erlaubt und diese Erlaubnis mir notwendig sei. Manchmal drehte der Böse diesen Satz um und fing bei der Notwendigkeit an; folgendermaßen lautete seine Argumentation – denn der Böse arbeitet mit Argumenten: «Wie sollte dir das, was dir notwendig ist, nicht auch erlaubt sein? Nenne einfach notwen-

dig, was du nicht entbehren kannst. Du kannst aber nicht entbehren, wonach dich am meisten dürstet. Nenne, was du nicht entbehren kannst, einfach nicht mehr Sünde. Du wirst eine große Kraft fühlen», fügte er hinzu, «wenn du, statt dich im Kampf gegen dich selbst zu verbrauchen, nur noch gegen Hindernisse von außen kämpfst. Für den, der zu kämpfen gelernt hat, gibt es kein Hindernis, das standhielte. Nur zu, wage es endlich, dich selbst und deine Redlichkeit zu überwinden. Habe ich dich nicht schon gelehrt, in deiner Aufrichtigkeit eine ererbte Gewohnheit zu erblicken, das bloße Fortwirken eines überkommenen Schwungs; Schüchternheit und Hemmung in deinem Schamgefühl; nicht so sehr Entschlossenheit als einfaches Nachgeben in deiner Tugend...?»
Kurz, er zog seine Argumente und Vorteile aus dem Umstand, daß es mir noch schwerer fiel, meiner Begierde nachzugeben, als sie zu zügeln. Und sicher brauchte ich für die ersten Schritte auf der abschüssigen Straße, sollte ich sie überhaupt wagen, einigen Mut und sogar Entschlossenheit.

Es versteht sich von selbst, daß ich erst viel später das Teuflische begriff, das eine solche Aufforderung enthielt. Damals glaubte ich, ich würde mit mir selbst sprechen, würde auch diesen scheinbaren Dialog mit mir alleine führen.

Wohl hatte ich vom Bösen reden hören; aber ich hatte seine Bekanntschaft noch nicht gemacht. Doch schon hauste er in mir, wenn ich ihn auch noch nicht wahrnahm. Er hatte mich erobert; ich wähnte mich Sieger, ja, Sieger über mich selbst, weil ich mich ihm auslieferte. Da er mich überzeugt hatte, fühlte ich mich nicht besiegt. Ich hatte ihn eingeladen, in meinem Innern seine Zelte aufzuschlagen, aus Trotz und weil ich nicht an ihn glaubte, wie der Mann in der Sage, der ihm gegen irgendeinen ausgesuchten Gewinn seine Seele verkauft – und der sich hartnäckig weigert, an *ihn* zu glauben, obwohl er den Gewinn von ihm erhalten hat!

Ich verstand noch nicht, daß das Böse ein positives, aktives, unternehmendes Prinzip ist; ich glaubte damals, das Böse sei das Fehlen des Guten wie der Schatten das Fehlen des Lichts, und bereitwillig verband ich jedwede Aktivität mit dem Licht. Als mein Freund Raverat 1910 zum erstenmal von ihm sprach, hatte ich nur ein

Lächeln übrig. Aber seine Worte drangen mir darum nicht weniger tief ins Herz: «Zuerst», erklärte er mir, «habe ich an den Teufel geglaubt...» (Wir befanden uns im Arbeitszimmer von Cuverville, und durch Milton, den wir am Nachmittag zusammen gelesen hatten, war das Gespräch auf Satan gekommen.) «Und der Glaube an ihn, den ich deutlich *fühlte,* hat mich dann zum Glauben an Gott gebracht, den ich noch nicht fühlte.» Und da sich in mein Staunen viel Ironie mischte und ich bezweifelte, daß er das selber allzu ernst meinte, fuhr er bedeutungsvoll fort: «Die große Stärke Satans liegt darin, daß er nie so ist, wie man ihn sich vorstellt. Man hat schon viel gegen ihn erreicht, wenn man sich überzeugt hat, daß er vorhanden ist. Um ihn richtig zu kennen, darf man ihn nie aus den Augen verlieren.»

Es bedurfte der ganzen tiefen Freundschaft, die ich für Jacques Raverat hege, um mich seinen Worten Beachtung schenken zu lassen. Ich trug sie von da an in meinem Inneren, aber sie glichen jenen Samenkörnern, die erst nach langwieriger Schichtung keimen; eigentlich sprossen sie erst in jenem Kriegsjahr richtig, als sich vor dem Hintergrund eines philanthropischen Hilfswerkes, dem ich mich mit Leib und Seele verschrieben hatte, die Gestalt des Bösen deutlicher für mich abhob.

Der große Irrtum, der es ihm erlaubt, sich unerkannt in unser Leben einzuschleichen, besteht darin, daß man gewöhnlich seine Stimme erst im Augenblick der Versuchung erkennen will; aber er wagt selten einen Angriff, ohne ihn vorbereitet zu haben. Er ist sehr viel klüger als wir und verbirgt sich vor allem hinter vernünftigen Argumenten. Wären wir bescheidener, würden wir ihn hinter dem *Cogito ergo sum* erkennen. Dieses *ergo* ist der Sporn[291] des Teufels. Er weiß, daß es gewisse Seelen gibt, die er im offenen Kampf nicht erringen kann, sondern die überzeugt sein wollen.

Ich weiß, daß es manchem, wie vor kurzem noch mir selbst, absurd erscheinen wird, die Existenz, die Gegenwart des Dämons einfach zu postulieren, um durch sein Auftauchen zu erklären, was durch Logik zu erklären man verzichtet; einer weniger trägen oder einer feineren Psychologie würde es leichtfallen, ein solches Phantom wieder zu erschüttern – sagen sie. Es sind dieselben, die meinen, der Evolutionstheorie gelinge es, Gott zu ersetzen. Was kann ich anderes darauf erwidern, als daß, kaum hatte ich den Dämon auch nur *vorausgesetzt,* sich die ganze Geschichte meines Lebens mit einem Schlag erhellte; daß ich plötzlich verstand, was mir bisher am unbegreiflichsten war, und zwar derart, daß diese vorausgesetzte Gestalt die genaue Form meiner ganzen Probleme annahm, all dessen auch, was ich früher bewundert hatte.

Was ist glorreicher als eine Seele, die sich befreit? Was tragischer als eine Seele, die sich gefangen gibt in dem Augenblick, da sie sich zu befreien glaubt?

Es ist mir im weiteren vollständig gleichgültig, ob die Bezeichnung *Dämon* die eigentliche Bezeichnung für das ist, was ich meine, oder nicht, und ich gebe zu, daß ich ihn aus Bequemlichkeit so nenne; und wenn irgend jemand mir dann beweisen wollte, daß er nicht etwa die Hölle bewohnt, sondern mein Blut, meine Lenden oder meine Schlaflosigkeit, soll er nur nicht glauben, ihn dadurch vernichten zu können. Wenn ich sage: der Böse, weiß ich ebenso genau, was dieses Wort bedeutet, wie ich weiß, was das Wort Gott bedeutet. Seinen Umriß zeichne ich nach den fehlenden Tugenden.

Und da er klüger ist als ich, war alles, was er erfand, um mich dem Bösen zuzutreiben, unendlich gesuchter, scheinbar wahrer, beweiskräftiger, schöner, geschickter als alles, was ich vom Standpunkt der Ehre dagegen hätte einwenden können. Auf das alles wäre ich nie von alleine gekommen. *Cogito ergo Satanas.*

Und das ist seine Methode; er:

«Zunächst bedanke ich mich, daß du mir zur Existenz verholfen hast. Ja; du weißt wohl, daß deine Gefälligkeit mich erst erschafft. Du weißt wohl, daß ich nicht existierte, aber zweifellos brauchtest du mich als Sprungbrett, um an Gott glauben zu können; an einen Gott, der dir helfen könnte, gegen mich anzukämpfen.»

«O Gott, wie ist das alles kompliziert! Ich glaube an Gott. Einzig die Existenz Gottes ist mir wichtig, deine nicht; aber daß du mich zum Zweifeln bringen willst, beweist ja, daß du existierst.»

«Hör auf! So dumm bist du auch nicht! Du hast mich geschaffen, um all deine Zweifel, allen Ekel, allen Überdruß auf meinem Buk-

kel abzuladen. Alles, was dich stört, bin ich; ebenso alles, was dich hemmt. Wenn dein Stolz gegen die Beugung deines Geistes protestiert, bin ich das. Ich bin es, wenn dein Blut kocht, wenn dich Rastlosigkeit überfällt. Ich bin im Sträuben deiner Vernunft; ich bin im Aufstand deines Fleisches. Ich bin dein Hunger, dein Durst, deine Müdigkeit. Ich bin deine Neigung. Kurz, du schiebst mir eine so mächtige Rolle zu, daß ich mich frage, ob du mich nicht manchmal mit Gott verwechselst. Amüsant finde ich, daß du an den Einen nicht mehr glauben kannst ohne den Andern. Laß dir doch das Gleichnis vom Gärtner erzählen...»
«Oh, ich weiß wohl, auch du verstehst in Gleichnissen zu reden.»
«Ich habe nicht nur eine Art, mich auszudrücken.»
«Weil du dich abwechselnd an den Geist, ans Herz und an die Sinne wendest; und da ich, wenn ich eine Seite decken will, die andere entblöße, während du um mich herumschleichst, ist es immer die bloße Stelle, die du triffst.»
«Wie gut wir uns kennen! Wenn du nur wolltest...»
«Was?»
«Wie gute Freunde wir doch sein könnten! ...»

1917

1. Januar.
Wetter so neblig und traurig wie nur möglich. Heute vormittag muß man die Glückwünsche all der tüchtigen Leute aus der Umgebung über sich ergehen lassen.
Gestern abend war ich von dem enormen Ausmaß der Arbeit, welche die Korrektur der Übersetzung von *Victory* erfordern wird, ganz erschüttert. Ich verfluchte Isabelle Rivière und ihre kindlichen Theorien über die *Treue,* die eine Übersetzung zeigen müsse – die bewirken, daß ihre mit Unsauberkeiten, Holprigkeiten, Mißklängen und Scheußlichkeiten gespickt ist. Hatte ich doch gehofft, die eigentliche Arbeit beendet zu haben und alles nur noch einmal durchlesen zu müssen... So etwas macht mich um vierzehn Tage älter.

5. Januar.

Ziemlich beunruhigende Abgespanntheit, Schwindel usw.... Nichtsdestoweniger ziemlich gute Arbeit. Ich beneide Em., die neben mir den *Grünen Heinrich* liest; ich halte mich aber von allem fern, was mich zu sehr von Conrad ablenken könnte. Die Zeitungslektüre nimmt schon beträchtliche Zeit in Anspruch, die ich, so scheint mir oft, besser verwenden könnte. Eine gewisse geistige Genugtuung verschaffen mir nur Maurras und die *Dépêche de Rouen* (die Artikel von Destain). Das Geschwätz der anderen Zeitungen ist eine Schande (das *Journal de Genève* nehme ich natürlich aus).

Die letzten Nummern des *Mercure* sind ausgesprochen interessant. Es ist erstaunlich, wie diese Zeitschrift an Gewicht gewonnen hat, seit Gourmont nicht mehr dabei ist!

In den letzten Tagen die *Präludien* in e-Moll (deren Schluß ich schon konnte), in As-Dur aus dem ersten Heft, in c-Moll aus dem zweiten, die *Fuge* in E-Dur aus dem ersten Heft (des *Wohltemperierten Klaviers*) auswendig gelernt. Die *Fuge* in e-Moll aus dem ersten Heft (Busoni) in Oktaven studiert. *Lavapiés* von Albéniz geübt.

6. Januar.

Übersetzung. Diese Arbeit macht mir Vergnügen, so ermüdend sie auch ist. Aber die Zeit, die man braucht! Ich rechne im Durchschnitt, und wenn alles gut geht, eine Stunde für eine halbe Seite (der Ausgabe Heinemann – es handelt sich um *Typhoon*). Ich glaube, das Resultat wird sehr gut sein – aber wer wird es merken? ... Doch das kümmert mich wenig.

Vorgestern lange Partien aus *Le Crime de Sylvestre Bonnard* gelesen. Dieses halbakademische Genre bringt mich zur Verzweiflung. Welche Finessen! Welche Ziererei! ... Zwischen Sterne und Xavier de Maistre... Müßte ich heute wieder Kritiken schreiben – ich würde aus der Haut fahren.

7. Januar.

Einen Brief, den ich Maurras schicken wollte, zurückbehalten; ich hatte schon gestern abend geschrieben, in der Empörung über sei-

nen kurzen Artikel gegen Souday in der *Action française*. Antwort auf einen von diesem in *Le Temps* erschienenen Artikel und auf denselben Tag nachdatiert. Ich habe alles ausgeschnitten und mit meinem Briefentwurf zusammengeheftet. Soll ich mich vielleicht zum Ritter Soudays aufwerfen, um nachher gesagt zu bekommen, ich hätte es aus Dankbarkeit für seinen Artikel und in der Hoffnung auf weitere getan? Und kann ich denn sicher sein, daß Souday, nur weil er ein paar Gedanken verteidigt hat, die ich für richtig halte, es verdient, daß ich ihn verteidige? Nehmen wir den günstigsten Fall an – was wird Maurras tun? Er wird mir schreiben: «Lieber Gide, Ihre Großmut ehrt Sie, wir brauchen aber Ihre Hinweise nicht; wir wissen sehr genau, was wir tun; was Sie, den ewig Schwankenden, schockiert, ist lediglich unsere Geradlinigkeit. Es gibt eben Gebiete, die wir dieser Geradheit zuliebe enteignen, und Wesen, die wir vernichten müssen. Sie sehen dabei vor allem das Wesen, das vernichtet wird; wir aber blicken auf den geraden Weg, den wir marschieren. Usw. ...» Ich kenne die Theorie; und manchmal denke ich sogar, sie sei nötig, um Frankreich zu retten. Was nützt es aber, das Leben dieses Landes zu retten, wenn es dabei seine Seele verliert? Und manchmal überkommt mich namenlose Traurigkeit, wenn ich mit ansehe, wie der klare Spiegel der Wahrheit, der Frankreich war, sich trübt.
Indessen und trotz alldem sind die Artikel von Maurras jeden Tag ausgezeichnet.

11. Januar.
Seit einigen Tagen suche ich nach dem Titel, den ich meinen Memoiren geben soll; denn ich möchte sie gerade nicht *Mémoires* noch *Souvenirs,* noch *Confessions* nennen. Und jeder andere Titel hat den Nachteil, daß er eine Bedeutung enthält. Ich schwanke zwischen *Et ego...,* was aber den Sinn einschränkt, und *Si le grain ne meurt...,* was ihn aber ausdehnt und damit in eine bestimmte Richtung drängt.
Ich glaube doch, daß ich beim letzteren bleiben werde.

18. Januar.

Ziemlich gute Arbeit; daher das Schweigen in diesem Heft.
Vorgestern Em. das fünfte Kapitel der Memoiren vorgelesen, das ich ins reine gebracht habe. (Einige kleine Verbesserungen sind noch vorzunehmen.)
Ach, wie mittelmäßig ist doch die Übersetzung von Isabelle Rivière, und wieviel Zeit kostet sie mich! Ich rechne im Durchschnitt eine Stunde für die Schreibmaschinenseite. Da ich trotz alledem, um ihre Eigenliebe zu schonen, die grenzenlos ist, soviel wie möglich von ihrem Text stehenlasse, bezweifle ich, daß das Resultat überhaupt gut sein kann; ich werde wohl meinen Namen nicht dazu hergeben. Mit Sicherheit wird Conrad selbst nie erfahren oder auch nur ahnen, welche Mühe ich auf mich nehme, einzig aus Liebe zu ihm, seinem Buch und einer «ordentlichen Arbeit».
Die Mühe und die Zeit, die ich an *Typhoon* wende, sind noch größer; aber das ist wenigstens mein eigenes Werk, das ich nach meinem Gutdünken mache und mit Freuden signieren werde.

19. Januar.

Gestern abend ist Toby gestorben. Ich mache mir Vorwürfe, daß ich nicht täglich den Krankheitsverlauf notiert habe. Ich habe eben an den Metzger von Criquetot, der seit der Mobilmachung das Amt eines Tierarztes versieht, geschrieben, er möge mit den Instrumenten herkommen, die zum Sezieren nötig sind. Ich begreife nicht, woran er gestorben ist... Krebs, meint Mathilde Roberty. Die Krankheit – was auch immer es gewesen sein mag – wurde durch seinen Nervenzustand seltsam undurchsichtig. Er war der neurasthenischste Hund, den man sich vorstellen kann. Alle möglichen Ängste plagten ihn; er strich immer dicht an Hecken und Mauern entlang; kam nur auf dem weitesten Umweg zu einem her; wurde beim Treppensteigen von Schwindel erfaßt; fraß nur, wenn er sich unbeobachtet fühlte. Zucker liebte er über alles; reichte man ihm aber ein Stück, ließ er es fallen, schlich in eine Ecke und spielte den Märtyrer. Daher die Unmöglichkeit, ihn je zu belohnen; er war unerziehbar, man hätte ihn höchstens durch Hunger kirre machen können, und selbst das... Ich glaube, er hat mir den

Löffel gezuckerten Kaffees nie verziehen, den zu schlucken ich ihn gezwungen hatte, in den ersten Tagen, als ich noch glaubte, ihn mürbe machen zu können. Die geringste Andeutung von Schlägen machte ihn bösartig; entweder raste er davon, sobald ich mein Spazierstöckchen nur hob; oder er pißte einfach drauflos. Man konnte ihn nicht mehr pflegen; wollte man bei ihm eine Zecke entfernen, mußte man Handschuhe anziehen oder ihm einen Maulkorb vorbinden; mehr als einmal mußte ich es trotzdem bleibenlassen; durch seine Manie, sich an sämtlichen alten Mauern, an den Büschen am Straßenrand zu scheuern, schleppte er den ärgsten Dreck mit sich herum; sogar beim Kämmen mußte man allerhand Vorsichtsmaßregeln beachten und die Bauchhaare ganz außer acht lassen. Wie oft hat er mich wie toll gebissen!

Bei anderen Hunden gab er sich temperamentvoll, kam ihren Annäherungsversuchen entgegen. Obwohl ihn unsere läufige Hündin bis zur Raserei erregte, hat er nie etwas mit ihr zustande gebracht, sowenig übrigens wie mit irgendeiner anderen; und selbstverständlich auch nicht mit unserer alten Katze, die ihn doch erregte wie eine Hündin und ihrerseits reizte und verfolgte, als ob er ein Kater gewesen wäre. Toby verzehrte sich neben, hinter ihr ganze Stunden und Tage hindurch.

Den größten Teil des Tages verbrachte er wie eine Meerkatze auf seinen Lendenwirbeln sitzend, die Hinterbeine und das ganze Hinterteil auf groteske Weise zwischen die Vorderbeine geschoben, die Rute so aufgepflanzt, daß sie aussah wie die Rosette der Ehrenlegion.

Porto-Riche hatte ihn mir geschenkt, nachdem er von Copeau, der mit ihm bekannt war, erfahren hatte, daß wir eine Hündin der gleichen Rasse besitzen. Sicher wollte er ihn loswerden. Er hatte ihn «Joseph» getauft – vermutlich, nachdem er ihn am Werk gesehen hatte.

Und seit sechs Wochen wollte Toby nun nicht mehr fressen. Em. hielt ihn mit Zuckerstücken am Leben, die, nehme ich an, den starken Durchfall stoppten, an dem er zunächst gelitten hatte. Wir dachten, er werde an Schwäche eingehen, als plötzlich … Aber das werde ich erzählen, nachdem die Autopsie gemacht worden ist.

Gut schreibt und denkt man nur das, was zu schreiben oder zu denken man keinerlei persönliches Interesse hat. Ich schreibe diese Memoiren nicht, um mich zu verteidigen. Ich habe nichts zu verteidigen, da ich nicht angeklagt bin. Ich schreibe sie, bevor ich angeklagt werde. Ich schreibe sie, damit man mich anklagt.

20. Januar.

Wir lesen laut, zusammen mit Mathilde, *Le Retour d'Alsace* von Giraudoux, dessen erste Seiten uns entzückten. Und doch fühlt man sich auf die Dauer gestört, daß solche ergreifenden Ereignisse mit dem Pinsel eines Miniaturmalers geschildert werden. Aber, würde er einwenden, solange wir im Elsaß von den Ereignissen noch nichts wußten, hatten unsere Erlebnisse eben nichts Ergreifendes an sich und waren gerade so, wie ich sie geschildert habe. – Sicherlich, und das ist wohl auch das Ergreifendste an der Sache; man spürt es – allerdings Giraudoux zum Trotz. Bis zum Schluß hoffte ich, wie ich gestehen muß, auf ein paar männlichere Seiten, die all das Hübsche auf seinen Platz verwiesen hätten.

Der Metzger ist nicht gekommen; also mußten wir Toby beerdigen, ohne zu erfahren, woran er gestorben ist.

Das *Journal de Genève* tadelt das unheilverkündende Schweigen über das Schicksal der Armenier in der Note der Entente an Amerika. Was nützen nun, Barrès, Ihre hochtrabenden Artikel, die Sie nach Ihrer Rückkehr aus Kleinasien geschrieben haben?[292] Ich erinnere mich noch, wie diese Artikel mich aufbrachten, war ich doch selbst eben von dort zurückgekehrt. Mir schien, als bedürfte es nur ein wenig gesunden Menschenverstands, um zu begreifen, wie prekär, wie unsicher, um nicht zu sagen: wie verzweifelt gering unser Wirken und unser Einfluß dort bleiben mußten.
Wenn die Flut dich trägt, genügt die kleinste Anstrengung; wenn sie aber zurückweicht, wenn du gegen den Strom schwimmen mußt... dann führt jede Anstrengung, die nicht groß genug ist, ins Verderben.

21. Januar.
Mathilde Roberty reist heute abend ab. Ich habe während ihres Aufenthaltes die Arbeit an meinen Memoiren unterbrochen. Ich warte voller Ungeduld darauf, mich wieder mit ihnen beschäftigen zu können. Was mich veranlaßt, sie zu schreiben, habe ich noch gar nicht angeschnitten, noch nicht einmal gestreift. Vielleicht habe ich mich viel zu lange mit einleitendem Geplänkel aufgehalten. Zu alledem verläßt mich der Gedanke an den Tod nicht, und es vergeht kein Tag, an dem ich mir nicht die Frage stelle: Wenn ich plötzlich, heute noch, in einer Stunde, sofort alles abbrechen müßte – was bliebe, was würde von alldem sichtbar, das ich zu sagen hatte? Vor lauter Vorsichtsmaßregeln, Aufschüben und durch diese Manie, das Beste immer für einen würdigeren Zeitpunkt aufzubewahren, scheint es mir, als bliebe *alles* noch zu sagen und als hätte ich bisher nur Vorbereitungen getroffen. Und doch habe ich keinerlei Vertrauen ins Leben, in mein Leben; die Befürchtung, daß es plötzlich aufhören könnte, verläßt mich nie... aufhören könnte in dem Augenblick, da ich es endlich wagen würde, frei heraus zu sprechen und wesentliche und wahrhaftige Dinge zu sagen. Nichts darf mich mehr davon abbringen.

22. Januar.
Marie Macquin schreibt an Em. über Ghéon, ihren Bruder:
«Sein Glaubenseifer ist wundervoll. Er hat mich überholt. Ich komme außer Atem, will ich ihm folgen.»

Die *Action française* hat natürlich in ihrem Bericht von der Kammersitzung die Wortmeldung von Monsieur Albani unterschlagen. Sie erwähnte nicht (wie in *Le Temps* vom selben Tag zu lesen ist), daß «dieser junge Abgeordnete zu Beginn des Krieges als einfacher Soldat ausgezogen ist, daß er anderthalb Jahre Frontdienst gemacht hat, fünfmal im Heeresbericht genannt wurde, besonders vor Verdun, das Kriegskreuz erhalten hat, und daß er außerdem Griechenland, wo er sieben Jahre gelebt hat, gründlich kennt». (Er sprach von der Haltung der Regierung gegenüber Griechenland.) Seine maßvolle, klare Rede ohne überflüssige Phrasen gehört zu

denen, welche die öffentliche Meinung am besten aufklären können; infolgedessen zu denen, die unterschlagen werden müssen, will man diese im Griff behalten. Über die vollkommen lächerliche und ungeschickte Wortmeldung von Pressemane dagegen wird des langen und breiten berichtet. Sie ist schon an sich gänzlich unwichtig, und die Antwort Briands hat denn auch bei der Abstimmung umgehend dazu geführt, daß sie abgelehnt wurde. Sie ist aber dazu angetan, Unzufriedenheit mit dem Parlament zu erwekken; und das ist immer gut!
Hätten Valentine oder Ghéon zum Beispiel die Rede von Albani gelesen, wären sie zweifellos beeindruckt und ihr Glaube an Briand um einiges erschüttert worden. Aber gerade deshalb gibt ihnen die *Action* keine Gelegenheit, sie zu lesen. Sie hat recht, wenn es gut ist, daß Briand an der Macht bleibt; sie hat unrecht, wenn es wünschenswert ist, daß er seinen Platz abtritt. Aber das ist ja gerade die Frage. Nie versuchen die Zeitungen, die öffentliche Meinung aufzuklären; sie wollen sie machen. Ein Leser wie Valentine ist ihnen auf Gnade und Ungnade ausgeliefert. Es ist klar, daß ich, wäre mir diese Kammersitzung nur durch die *Action française* bekannt geworden, genau dieselbe Ansicht hätte wie Valentine.

23. Januar.
In Gegenwart Mathildes hat mich von neuem jene Lähmung befallen, die mich am Klavier jedesmal dann erstarren läßt, wenn ich weiß, daß man mir zuhört. Selbst mein Gedächtnis setzt aus, schon bei den ersten Takten des Stückes, das ich am besten kann. Umsonst versuchte ich es mit den leichtesten Präludien (in fis-Moll aus dem ersten und c-Moll aus dem zweiten Heft), die ich in den letzten Tagen tadellos gespielt hatte; alles, was ich aus mir herausbringe, ist zögernd, abgehackt, wirr; selbst das Klavier gab unter meinem unsanften Anschlag abscheuliche Töne von sich; es war das Spiel eines unbegabten zwölfjährigen Kindes.
Neulich, in Gegenwart von Darius Milhaud, dieselbe Hemmung, als ich ihm die Stelle aus dem *Scherzo* von Chopin vorspielen wollte, auf die sich meine Notizen bezogen.

25.

Arbeit, von Kopfschmerzen unterbrochen, nicht sehr schmerzhaft, aber störend, die meine Geduld arg auf die Probe stellen. Ich weiß allmählich, daß es nicht klug ist, trotzdem arbeiten zu wollen, und daß das zu schwerer Erschöpfung führen kann. So schiebe ich auf, laviere ich; ich versuche mir einzureden, daß der nächste Morgen besser sein wird, wenn ich mich nur entschließe, ihm das Heute zu opfern. Wichtig ist, den Mut nicht zu verlieren und sich nicht beeinträchtigen zu lassen.
Die Zeit, da mein Geist, *lauter* und *munter*[293], auf einem Ozean der Fröhlichkeit segelte …

30. Januar.

Ich nehme mir *Jean-Christophe* wieder vor; *Le Buisson ardent,* bei dem ich jetzt angelangt bin und dessen Beginn sicher bemerkenswert ist. Manchmal habe ich den Eindruck, daß dieses rohe, kantige, kunstlose Buch, dem jede Anmut abgeht und das scheinbar so gar nichts Französisches an sich hat, doch das wichtigste oder zumindest typischste ist, was unsere Generation in Frankreich hervorgebracht hat. Hätte ich nicht solche Kopfschmerzen, dann würde ich darüber noch mehr schreiben.

1. Februar.

Ich streiche in meinen Memoiren, wenigstens im ersten Teil, alle Überlegungen und Betrachtungen, durch die man sich den Ruf eines «Denkers» erwirbt. Sie scheinen mir fehl am Platz; und für mich hat alles hinter der künstlerischen Notwendigkeit zurückzutreten.
Aus diesen Gründen habe ich auch in meinem Vorwort zu den *Fleurs du Mal* die Passagen gestrichen, die ich zunächst, auf das Drängen von Helleu, hinzugefügt hatte.

8. Februar.

Seit etwa zehn Tagen sind wir eingeschneit. Es taut nicht einmal mehr um die Mittagszeit, und der Wind hat den Schnee in solcher Fülle an die Böschungen geweht, daß man in den Weg, der dort entlangführt, Laufgräben schaufeln mußte. Alle tiefer liegenden Straßen sind bis zur Höhe der umliegenden Felder mit Schnee bedeckt. Schlägt man den gewohnten Weg ein, sinkt man ein bis übers Knie; man verschwindet darin; gezwungenermaßen geht man übers freie Feld und kann noch von Glück reden, wenn man dessen Grenzen erkennt; überschreitet man sie, rutscht man in den Graben. Gestern habe ich lange das fast unmerkliche, aber fortwährende Arbeiten des Windes auf der Schneefläche betrachtet (und Em. herbeigeholt, um es ihr zu zeigen); die ganze Fläche ist durch einen dünnen, ziehenden Schneeschleier wie verwischt; er treibt am Boden dahin wie der Sand der Dünen; die untergehende Sonne ließ ihn in den Farben des Regenbogens schillern.

Gestern zwei Bündel, die den beiden kleinen Mädchen, die sie abholen wollten, zu schwer waren, zu den Aubins getragen. Ich hatte den Schubkarren genommen, aber das Rad versank im Schnee, und es kostete mich einige Mühe, ans Ziel zu gelangen. Die drei kleineren Kinder waren im selben Zimmer, in dem mich die Mutter empfing. Sie zierte sich über die Maßen, weil sie nicht frisiert war, und erklärte mir wortreich, daß die «Röteln» sie zwängen, ihr Haar offen zu tragen. Es stand ihr vom Kopf ab wie eine Clownsperücke. Nichts Trostloseres als diese Behausung. Von zehn Fensterscheiben haben die Kinder sechs zerbrochen; über die Löcher hat man Kretonne gespannt.

Die drei Kleinen hocken barfuß am Herd, wo ein winziges Feuer flackert; sie sind grindig, skrofulös, rachitisch, bringen aber immer noch ein Lächeln zustande, ein spöttisches Lächeln; und wenn man sie da alle drei aneinandergeschmiegt sieht wie einen Wurf Häschen, spürt man, wie das Elend sie beinahe mollig einhüllt. Madame Hérouard kocht für sie und bringt ihnen einen Suppeneintopf, den diese arme, schwachsinnige Mutter mit dem Fleisch, das Em. ihr schickt, selbst nicht zubereiten kann.

Cuverville, 27. Februar.

Gestern Rückkehr von Paris, wo ich acht Tage verbracht hatte. In einem Telegramm hatte mich Jeanne dringend gebeten zu kommen, da durch den Frost in der Villa ein Wasserrohr geplatzt war,

das Keller, Hintertreppe usw. überschwemmt hatte. Bei der Abreise von hier große Abgespanntheit, Schwindel usw. ... Die Ablenkung durch den Aufenthalt in Paris war eher erholsam. Es war sicher gut, die Arbeit und die übermäßige geistige Anspannung, die sie mit sich brachte, ein wenig zu unterbrechen. Ich bin mit meinen Memoiren bis zum Schluß des vierten Kapitels gekommen, was ungefähr hundertachtzig handgeschriebenen Seiten eines länglichen Großformats entspricht. Die Übersetzung von *Typhoon* beendet (es fehlen nur noch ein paar Seiten) und etliche Fugen und Präludien auswendig gelernt. *(Wohltemperiertes Klavier; Inventionen; Suiten.)*
Es war immer mein Grundsatz, daß man sich von einer Anstrengung nicht besser erholen kann als durch eine Anstrengung anderer Art; in diesem Fall aber hatte ich vielleicht mein Gedächtnis in einer Weise beansprucht, die den Anforderungen des Übersetzens zu ähnlich ist (bei dem das Gedächtnis ebenfalls eine Rolle spielt).

Ein paar Stunden vor meiner Ankunft hatte man Em. einen kleinen, drei Wochen alten Hasen gebracht, den man im Gutshof, hinter einem Reisigbündel verkrochen, gefunden hatte. Em. meinte, ich könnte ihn aufziehen; ich erinnere mich aber noch meiner traurigen Erfahrung vor vier Jahren. Trotzdem habe ich zuerst mit einem Löffel, dann mit einem Tropfenzähler versucht, ihm ein wenig lauwarme Milch einzuflößen. Das Häschen sträubte sich nicht, schluckte aber auch nicht, so daß es fast nichts zu sich nahm. Ich hatte es in einem zur Hälfte mit Holzwolle gefüllten Korb neben meine Schlafzimmertür gesetzt. Da ich in der Nacht hörte, daß es sich rührte, bin ich aufgestanden, um es noch einmal mit dem Füttern zu versuchen; und während ich meine Milch über der Kerze wärmte, hörte ich draußen seltsame Tierschreie, von denen ich überzeugt war, es seien die einer Häsin. Es kam mir vor, als hörte der kleine Hase sie auch und als sei das der Grund für seine Unruhe. Da ich zudem die Hoffnung aufgegeben hatte, ihn ernähren zu können, bin ich mit ihm in der Tasche hinausgegangen, über das geschlossene Gatter gestiegen und habe ihn ungefähr an dem Ort niedergesetzt, wo man ihn tags zuvor gefunden hatte. (Es war zwei

Uhr morgens.) Wie gerne wüßte ich, was aus ihm geworden ist! Die Nacht war unglücklicherweise sehr kalt; heute früh war das Gras von Reif überzogen; ich fürchte, daß er nicht davongekommen ist…

1. März.

Größte Schwierigkeiten, mich wieder an die Arbeit zu machen. Alles, was ich von meinen Erinnerungen geschrieben habe, erscheint mir erbärmlich *profan* und leichtfertig. Die Pendelbewegung, der mein Geist trotz aller Entschlossenheit immer wieder nachgibt, würde mich aufs neue zu äußerster Kühnheit führen, erlaubten mir nur äußere Umstände und körperliche Verfassung mehr Überschwang. Mir scheint, es war albern und ich habe mich dadurch, daß ich meinen Geist künstlich zwingen wollte, die katholische Lehre besser zu verstehen, schuldig gemacht. Hier liegt der Verstoß gegen die wahre Frömmigkeit. Ich erkenne darin diese *Neigung zur Ehrfurcht,* die gewiß eine glückliche Anlage meiner Jugend war, heute jedoch nicht mehr zu mir paßt; ich kann in ihr nur noch Schwäche sehen, klägliche Bescheidenheit, törichten Glauben an die Überlegenheit anderer, Zweifel an mir selbst, Verzicht auf eigene Gedanken nur deshalb, weil es meine sind, Selbstverleugnung.

Es geht dabei nicht um die Demut vor Gott, sondern um jene Demut vor den Menschen, die immer meine geheime Krankheit war; die ich übrigens ebenso bei Dostojewski und bei Baudelaire finde. Etwas, was beispielsweise ein Francis Jammes nie verstehen könnte, dem nur von seiten des Hochmuts Gefahr droht und der von der Bescheidenheit nur die Grimasse kennt. (Was daher kommt, daß er alles ignoriert und leugnet, worin er nicht überlegen ist.)

7. März.

Durchquerung einer neuen Wüstenregion. Furchtbare, untätige Tage, in denen meine einzige Beschäftigung das Altern ist. Draußen eisiger Wind, Regen. Der Krieg.

Mit gewaltiger Anstrengung ringe ich mir in ein paar Stunden eine

neue Seite der Memoiren ab, für die in Zeiten der Freude ein paar Augenblicke genügt hätten. Und wie ein Maler, der fürchtet, sein Gemälde zu verschmieren, halte ich es für klüger, es eine Zeitlang bleibenzulassen und eine bessere Verfassung abzuwarten.
Le Feu von Barbusse gelesen; ausgezeichnet, solange er nicht intelligent sein will; abscheulich die letzten Kapitel, in denen er sich aufs Denken verlegt und seine Dialoge Zwecken dienstbar macht, die geradeso sind wie seine Schlußfolgerungen über den Krieg. Es kommen da gleichsam mystische Äußerungen eines Fliegers vor, die schauderhaft sind. Offensichtlich ist Barbusse daran am meisten gelegen. Manche Kapitel hingegen bewunderungswürdig: «La Permission», «Volpatte et Fouillade».
Briefe der Madame de Sévigné, die wiederzulesen mich eine unwiderstehliche Lust gepackt hat und die ich soeben, bei meinem Aufenthalt in Paris, für siebenundzwanzig Francs in der angenehmen Teschener-Ausgabe in elf Bänden gekauft habe.

8. März, abends.

Der Gedanke an den Tod hat mich den ganzen Tag nicht verlassen. Es scheint mir, als sei er da, ganz dicht neben mir.

10. März.

Gestern, nach einem etwas besseren Tag, an dem ich immerhin ein wenig arbeiten konnte, ergriff mich gegen Abend, als ich zum Schlafen hinaufgehen wollte, ein seltsamer Schwindel – ohne Übelkeit übrigens, und ich möchte sogar sagen: ohne Unbehagen, aber so heftig, daß ich schon dachte, ich würde nicht mehr vom Sessel aufstehen können.
Heute morgen bin ich außerstande, mich auf den Beinen zu halten; beim ersten Versuch fürchtete ich umzufallen, da alles um mich her schwankte, und hatte gerade noch Zeit, ins Bett zurückzusinken – wo ich dies schreibe, mehr um die Zeit hinzubringen als aus einem Bedürfnis danach. Ich bin wie einer, den man restlos ausgesaugt hat.

Paul-A. Laurens warf mir schon damals, als wir zusammen in Biskra waren, vor, gewissen Worten des Evangeliums eine zu große Bedeutung beizulegen oder zumindest auf jedermann zu beziehen, was offensichtlich, meinte er, nur für die Priester bestimmt sei; wobei ich nicht weiß, ob er darin die Zustimmung der Kirche gefunden hätte; und doch bezweifle ich, daß er aus eigenem Antrieb sprach. – Ich aber schlage, ganz im Gegenteil, das Evangelium nie auf, ohne mich unmittelbar und individuell angesprochen zu fühlen, und ich meine, daß man die Lehre Christi nicht begreifen kann, sobald man von ihrer Dringlichkeit absieht oder sie abschwächt.
So stoße ich gestern, als ich meine so lange vernachlässigte Bibel wieder zur Hand nehme, zufällig auf die Begegnung Christi mit dem Weib, «das war besessen von einem Geist der Krankheit achtzehn Jahre». Wie sollte ich mich nicht in ihr wiedererkennen, «krumm und außerstande, sich zu erheben»?[294]
Ich müßte das in mein grünes Heft schreiben; aber ich bin zu träge, es zu holen; außerdem habe ich schon zu lange nichts mehr hineingeschrieben.

Montag.

Qualvolle, verzweifelte, verheerende Nacht – schuld daran war das fast greifbare Phantom von X., mit dem ich mich während zweier Stunden herumtreibe und in dessen Armen ich mich bis an die Stufen zur Hölle wälze. Und heute morgen erhebe ich mich mit ausgehöhltem Schädel, wirren Gedanken, leidenden Nerven – eine leichte Beute für das Böse. Immerhin habe ich mich heute nacht der Lust nicht ganz hingegeben; frage mich aber, nachdem ich heute morgen nicht einmal von dem Rückschlag profitiere, der auf sie folgt, ob dieses halbe Widerstehen nicht schlimmer war. Man tut immer sehr unrecht, ein Gespräch mit dem Teufel anzufangen, denn, wie man sich auch anstellt, er will immer das letzte Wort behalten.

Dienstag.

Gleichgewicht beinahe wiederhergestellt. Ziemlich gute Arbeit. – Gestern abend große Enttäuschung, als ich anhand eines Artikels von Sainte-Beuve feststellen muß, daß ich die Briefe der Madame de Sévigné in keiner guten Ausgabe lese. Und doch fällt es mir schwer, sie aufzugeben und mit dem Weiterlesen auf die große Ausgabe von Paris zu warten. Gibt es etwas Besseres als ihre Reflexionen über den Tod im Brief vom 16. März 1672? Das ist unvergleichlich ausgedrückt.

Wir lesen einander *Mr. Britling Sees it Through* von Wells vor.

22. März.

Bis zur vorletzten Woche habe ich die Abfassung meiner Memoiren vorangetrieben, so weit ich konnte (ergreifende Unterhaltung mit Albert Jalaguier[295] – den Namen habe ich geändert – und die Überlegungen, die sich daran anschlossen). Es gibt aber einen gewissen Grad der Anspannung, den zu überschreiten, wie ich weiß, unklug wäre. Ich wünsche mir eine Ablenkung, die mich eine Zeitlang mir selbst entreißt, meinem Schreibtisch, meinem Klavier, an dem ich meinem Gedächtnis gleichfalls eine Leistung abverlange, die es überanstrengt. Ich hatte schon beschlossen, nach Paris abzureisen, aber allerhand Gründe haben mich Tag für Tag aufs neue davon abgehalten, darunter der, daß ich Em. ungern hier alleine lassen wollte. So fasse ich mich seit einer Woche in Geduld und verliere mich in Ungeduld, mich weder an eine ernsthafte Arbeit wagend noch fähig, mich genügend zu zerstreuen. Das Wetter ist scheußlich; die Luft eisig; seit zwei Tagen schneit es.

Ich lese begierig Sainte-Beuve, mit einer Hingerissenheit, die nicht immer gleich groß ist – entdecke sein so wichtiges Glaubensbekenntnis (genauer: sein Programm) im zweiten Teil seines Artikels über Chateaubriand *(Nouveaux Lundis).*

23. März.

Reichlicher Schneefall heute nacht. Beklemmung beim Gedanken an unsere Soldaten, die infolge des deutschen Rückzugs ohne Unterkunft sind; dieser scheint, je länger man darüber nachdenkt,

immer ... Aber ich habe mir vorgenommen, hier nicht mehr vom Krieg zu sprechen. Heute morgen ist der Himmel strahlend. Ich verlasse Cuverville um vier Uhr, ohne genau zu wissen, wohin ich fahre – und lasse dieses Heft hier.
Überaus rührender Brief von Ghéon. Aber einigen seltenen und schüchternen Anwandlungen zum Trotz bleibt meine Seele unaufmerksam und verschlossen – zu eingenommen von ihrer Sünde, um bereitwillig einen Weg einzuschlagen, der sie davon entfernt.

Reise nach Toulouse (Bagnols-de-Grenade).
Carcassonne.
Les Sources.

19. April.

Rückkehr nach Cuverville mit dem Postwagen gestern nachmittag gegen vier Uhr. Gleich an van Bever geschrieben (Abschrift aufbewahrt) und ihn gebeten, den für seine Zeitschrift bestimmten Artikel über T. Gautier und Baudelaire, für den ich mit viel Mühe meinen Vortrag umgearbeitet hatte, durch das Vorwort zu *Les Fleurs du Mal* (in der Neuausgabe von Pelletan) zu ersetzen, mit dem ich ziemlich zufrieden bin.
Heute morgen prächtiges Wetter – endlich.
Der kleine André Allégret. Das am meisten *born-in-exile*-Kind, das ich kenne. Zur Heuchelei gezwungen. Die Schule der Lüge. Wie vieles an ihm bleibt mir rätselhaft! Ich fragte ihn, was er später werden wolle. Mit tiefer Überzeugung antwortete er: «Botschafter.»
Ich fürchte, mein schlecht verhehltes Erstaunen hat ihn gekränkt.

Die *Sonate Pathétique* geübt und neu einstudiert – eine bestimmte Stelle daraus hat mich während der ganzen Reise verfolgt. Auf einem guten Klavier würde ich sie jetzt so spielen, wie es meinen Vorstellungen entspricht; aber das Pathos Beethovens berührt mich heute weit weniger als die ehrfürchtige Versunkenheit Bachs.

In welche Falle bin ich gestern abend geraten! J.-É. Blanche, bei dem ich mit der charmanten Prinzessin Murat zu Mittag aß (einer

der wenigen *Damen,* bei der ich, glaube ich, mit Vergnügen verkehren würde), sagte mir: «Kommen Sie doch heute nachmittag zu Boylesve; er weiß, daß Sie in Paris sind, und würde sich freuen, Sie zu sehen.»
Gegen fünf Uhr läute ich an seiner Türe. Schon im Vorzimmer warnt mich eine Menge seidiger Mäntel; ich frage den alten Diener, ob Gäste da sind.
«Nicht viele.»
«Damen?»
«Ein paar.» – Und da ich Miene mache, wieder zu gehen: «Aber Monsieur», womit er mich, ohne weiter auf mein Zögern zu achten, einfach anmeldet – in den Salon schubst, müßte ich besser sagen. Ich platze mitten in eine Versammlung von Klatschbasen hinein. Sie waren zu zehnt und Boylesve als einziger Mann in ihrer Mitte.
«Sie kennen die Damen ja», sagt er und nennt ganz beiläufig neben Madame Boylesve, die auf mich zueilt, Madame Mühlfeld, Madame Paul Adam, Madame Capiello, Madame Blanche, Madame Chaumeix, Madame Edmond Jaloux usw. Ich habe meinen Reiseanzug an, derbe gelbe Schuhe, einen Kragen vom Tag zuvor, keine Manschetten . . . Madame Mühlfeld bemächtigt sich meiner dennoch sofort und zwingt mich, *allzu* liebenswürdig zu sein aus lauter Angst, unverschämt zu werden. Man trinkt Tee; man unterhält sich mit gedämpfter Stimme in kleinen Gruppen; dann und wann vernimmt man, etwas lauter, eine sanfte Stimme, die irgendeine Albernheit von sich gibt. Jaloux tritt ein, schon voll Selbstsicherheit und fest in Paris verwurzelt. Einige Damen gehen, und die Unterhaltung wird allgemein; das heißt, man fängt an, über Religion zu sprechen. Man fragt wie beim Pfänderspiel:
«Und Sie, Madame, glauben Sie an Gott?»
Jaloux erklärt, er glaube zwar nicht an Gott, wohl aber an den Papst; und wiederholt mehrmals hintereinander: «Jawohl, an Gott glaube ich nicht, aber an den Papst. Ganz wie ich Ihnen sage, Madame, an Gott glaube ich nicht, aber an den Papst.»
Man muß eine Zeitlang den Pariser Salons ferngeblieben sein, um, gerät man unvermittelt wieder hinein, ihre innere Leere so recht fühlen zu können.

Beim Eintritt Jaloux' war unter den Damen Bewegung entstanden; alle wechselten den Platz wie beim «Bäumchenwechseln», so daß ich beim Weggehen nicht mehr imstande war, sie auseinanderzuhalten, und, indem ich aufs Geratewohl Hände drückte und küßte oder auch versehentlich nicht drückte, sicher zahlreiche Fauxpas beging. Aber was könnte schließlich einförmiger und konventioneller sein als der Tonfall dieser Stimmen, die Aufmachung, die Gebärden, das ganze Arrangement dieser Kleider, dieser Hüte, dieser lächelnden Mienen?

21. April.
Mit Entzücken mache ich mich an die Übersetzung von *Antony and Cleopatra.*[296] Die letzten Retuschen im Typoskript von *Typhon* angebracht (erster Teil).

25. April.
Gute Arbeit (ausschließlich an der Übersetzung von *Antony and Cleopatra*) und Klavier. Ich fange wieder an, die Stücke von Albéniz zu üben, die ich letztes Jahr auswendig gelernt hatte.
Das ganze erste Heft der Beethoven-Sonaten durchgespielt. Ich weiß nicht, warum man heutzutage den frühen gegenüber so verächtlich tut; einige sind so unwiderstehlich temperamentvoll, so neu und wahr im Ausdruck, daß sie alle Einwände zunichte machen. Aber vor dem Pathos und den Wiederholungen graut mir mittlerweile.

29. April.
In den letzten Tagen regelmäßig gute Arbeit. Drei große Szenen aus *Antony and Cleopatra* übersetzt, die mich aufs lebhafteste interessieren. Die Stücke von Albéniz geübt und mich darin verbessert. – Dann plötzlich, gestern nachmittag, aufs neue Schwindelgefühle und Kopfschmerzen. Werde ich mich wiederum an dieses Heft klammern müssen?

30. April oder 1. Mai.

Gestern an Copeau geschrieben; heute an Conrad. Die Luft wird milde, und der Himmel ist strahlend schön. Wie jung ich mich noch fühlen würde, wüßte ich nicht, daß ich bald fünfzig werde! – Aber die Beklemmung angesichts der Ereignisse hält uns in Bann; ich verbiete mir, davon zu sprechen, kann aber an nichts anderes denken.

Wir fahren mit dem Vorlesen von *Britling* fort.

Schon gegen Ende des Jahres 1914 schrieb ich in eines meiner Hefte: Sollte sich der Krieg tatsächlich, wie manche behaupten, noch mehrere Jahre hinziehen, dann spricht vieles dafür, daß sich am Ende jedes Land in seinen ursprünglichen Grenzen wiederfindet – nur völlig ausgelaugt.

Es gehört schon eine gewisse Dosis Mystizismus – oder was auch immer – dazu, um weiterhin zu sprechen, zu schreiben, wenn man weiß, daß man absolut nicht angehört wird.

An allen Ecken und Enden sehe ich nichts als Nachlässigkeit, Leichtsinn und Unredlichkeit. Wobei der einfache ehrliche Mensch als Held dasteht – oder als Einfaltspinsel.

Das Pflichtgefühl oder, laizistischer ausgedrückt: das Rechtsempfinden hat sich derart gelockert, daß schon eine einzige, etwas strengere Anwendung der Gesetze als Tyrannei bezeichnet würde. Nichts Lächerlicheres als der Ausdruck «Inkrafttreten» eines Gesetzes!

Die Lust daran, andere zu verderben, gehört zu denen, die bislang am wenigsten Beachtung gefunden haben; dasselbe gilt für alles, was man von vornherein zu verurteilen bestrebt ist.

3. Mai.

Der ganze strahlende Himmel nimmt diesen Tagen nichts von ihrer Düsternis. Das Mißlingen der letzten Offensive, das die

Presse vergeblich verschleiert, lastet als schwerer Druck auf dem Land...
Immer weniger glaube ich daran, daß die Entscheidung mit den Waffen herbeigeführt werden kann. Seit der russischen Revolution scheint es mir offenkundig, daß dieser ungeheure Krieg seinerseits von den sozialen Fragen verschlungen werden wird. Schon habe ich die Hoffnung, daß Deutschland zur Republik wird.
Und England dann auch?
Zu Republiken alle Staaten Europas; anders wird der Krieg nicht enden. Denn weder wird Deutschland über uns triumphieren noch wir über Deutschland; und sollten wir es auch besiegen, werden wir nicht verhindern können, daß uns der Sieg stärker mitnehmen wird als Deutschland die Niederlage. Die Frage ist heute die: Wie lange wird man noch sterben, weil man das nicht einsehen will?
Im Widerstand der Völker liegt wohl viel und sehr bewundernswerte Tugend – aber auch Trotz und sogar ein wenig Dummheit. Es ist schön, untergehen zu wollen und lieber unterzugehen, als seine Tugend aufzugeben. Es ist aber absurd, wenn man nicht einsieht, daß man stirbt. Deshalb flüchten sich heute so viele Seelen in den Mystizismus, die von der Vernunft bedrängt werden und nicht wissen, wie sie ihr anders entgehen sollen.

Ankunft in Paris. 5. Mai, Samstag abend.

... Eine solche Ruhe habe ich seit Monaten, seit Jahren nicht mehr gekannt. Man müßte schon sehr genau überlegen, um das nicht Glück zu nennen. Wäre ich in der Nacht nicht mehrere Male durch die Unruhe in der Villa (tropfende Wasserhähne, schlagende Türen usw.) geweckt worden, hätte ich nur nach Herzenslust schlafen können – ich meine, ich wäre um zehn Jahre jünger aufgewacht. Selbst nach dieser mittelmäßigen Nacht empfand ich keinerlei besondere Müdigkeit, vor allem nicht diese tiefe Verwirrung des Geistes und der Sinne, die fast immer der unvollkommenen Befriedigung folgt.
Wunderbare Fülle der Freude.

19.

Ich versage mir, von der einzigen Beschäftigung meines Geistes und meiner Sinne zu sprechen…

Spürbares Nachlassen der Kraft in den letzten Tagen, was von einer ziemlich starken Grippe herrührt, die sich wie immer endlos hinzog und die ich nun endlich halbwegs hinter mich gebracht habe.

Vorgestern dachte ich gerade an Ghéon, als er bei mir eintrat. Ohne daß ich ihn geradezu erwartet hätte, wußte ich doch, daß er auf Urlaub hoffte. Lange erzählt er von der letzten Offensive und dehnt seinen Besuch bis zur Rückkehr von Em. aus. Dann kommen Jeanne (und die Kinder), und in ihrer Gegenwart, inmitten der Geschäftigkeit des Teebereitens und -servierens, wiederholt er, viel weniger gut, seine Erzählung.

Ghéon hat eine gewisse Ähnlichkeit mit dem guten Pfarrer von Cuverville bekommen. Die Ähnlichkeit fällt Em. und mir gleichermaßen auf. Derselbe Tonfall; dieselbe ein wenig zerstreute und wohlwollende Aufmerksamkeit; dieselbe bedingte Zustimmung, dieselben Rückzieher; dieselbe unbestimmbare Geistesabwesenheit.

Wir haben an diesem Tag keines der Probleme berührt, die zwischen uns entstanden sind.

Wohl aber gestern – wo ich mehr als eine Stunde lang an unserer Freundschaft die ganze künstliche Beatmung und die Wiederbelebungsversuche unternommen habe, wie man es mit Ertrunkenen macht, die man ins Leben zurückrufen will. Und gleichzeitig gab ich mir die größte Mühe, ihm und mir selbst einzureden, daß wir noch gleichgesinnt seien, ohne Zugeständnisse zu machen, die ich später wieder hätte zurücknehmen müssen.

Nach dieser Unterredung sehe ich, scheint mir, etwas klarer: daß nämlich die Heiligen anfangs immer gegen die Kirche sind. Der Kirche gegenüber ist man jedoch immer im Unrecht; damit muß man sich von vornherein abfinden und in Kauf nehmen, besiegt zu werden. Die Kirche erkennt als Heiligen nur den Unterworfenen an. Das versteht sich von selbst.

Sie ist so ungeheuerlich wie Germanien und auf ebenso unüber-

windliche Art organisiert. Das alles aus Vorsicht und aus dem Bedürfnis heraus, die materiellen Interessen zu wahren. Der Katholizismus verdammt zwar die Gesellschaft, paktiert aber mit ihr...
Ich höre auf... *ab irato.*[297]
Noch wehre ich mich dagegen, traurig zu sein, es scheint mir aber manchmal, Ghéon sei für mich mehr verloren, als wenn er tot wäre. Er ist weder verändert noch abwesend; er ist beschlagnahmt.

6. August.

Genügend Antrieb (fühle ich in mir), um den Zug morgens um sechs Uhr fünfzig zu nehmen. Aus Bern werde ich Rivière ein Telegramm schicken und ihm meine Ankunft für fünf Uhr nachmittags ankündigen, also drei Stunden früher als mit dem Zug, den ich ursprünglich nehmen wollte.
Das *Camping* Chanivaz ist nämlich fünf Tage früher zu Ende, als mir gesagt worden war, und ungeduldig zähle ich die Stunden, die mich noch von M. trennen. Ich wäre drei Tage früher von Paris abgereist, wenn ich das gewußt hätte.
Verhangener grauer Himmel; Regen; es ist fast kalt.

*

Von Genf nach Engelberg.

Obgleich er zu schweigsam ist, reise ich gern mit Fabrice.[298] Er sagt, und ich glaube es ihm, daß er sich mit achtundvierzig unendlich jünger fühlt als mit zwanzig. Er besitzt die seltene Fähigkeit, bei jeder Wendung seines Lebens neu anzufangen und doch sich selbst treu zu bleiben, indem er mit nichts weniger Ähnlichkeit hat als mit sich selbst.
Heute, da er erster Klasse reist (was ihm schon lange nicht mehr passiert ist), in einem neuen Anzug von kühnem Schnitt und mit einem neuen Hut, der ihm wunderbar steht, betrachtet er sich staunend im Spiegel – und ist von sich bezaubert. Er sagt zu sich: «Neues Wesen, heute will ich dir nichts versagen!» Weil er sich eine Schachtel feinster Orientzigaretten geleistet hat, fühlt er sich reicher als Barnabooth. Himmel, wie ist das Wetter schön! Der morgendliche Regen hatte ihn bedrückt; nun blüht er auf. Einsam

in diesem menschenleeren Gelände der Schweizer Ersten Klasse, schreitet er im Gang auf und ab, mit Herrschermiene – letztere begünstigt durch die deutschen Inschriften, die überall auftauchen, seit der Zug das Wallis verlassen hat.

Engelberg, 7. August.

Er gestand mir, daß er zuerst, als er Michel in Chanivaz wiedersah, eine sonderbare Enttäuschung empfunden hatte. Er erkannte ihn fast nicht wieder. War das möglich – nach kaum einem Monat Abwesenheit? Die Furcht, der Junge könne zu rasch erwachsen werden, quälte Fabrice ohnehin fortwährend, steigerte aber nur seine Liebe. Nichts liebte er so sehr an Michel wie das, was sich dieser an Kindlichem bewahrt hatte, im Klang seiner Stimme, in seinem Ungestüm, seiner zärtlichen Verspieltheit – was alles er kurze Zeit darauf beglückt wiederfand, als sie sich nebeneinander am Ufer des Sees ausstreckten. Michel, der meistens weit offene Hemden trug, hatte sich an jenem Tag in einen unmöglichen Stehkragen gezwängt, der ihn bis in sein Verhalten hinein veränderte; deshalb hatte ihn Fabrice zuerst nicht erkannt. Außerdem muß zugegeben werden, daß die Schweiz in Michel bereits deutliche Spuren hinterlassen hatte. Und Fabrice begann diese gewisse Rauheit und Schwerfälligkeit zu hassen, die Helvetien allen Gebärden, allen Gedanken verleiht. Ohne die man sich hätte in Oxford glauben können oder in Arkadien.

9. August.

Michel war in dem Alter, wo man noch beinahe nichts von sich weiß. Sein Appetit regte sich noch kaum und hatte sich noch nicht an der Wirklichkeit gemessen. Seine Neugier schien sich nur auf das Verbotene zu richten; das ist der Nachteil einer puritanischen Erziehung, sobald sie auf jemanden angewendet wird, der Einschränkungen schlecht erträgt.

Michels Seele bot Fabrice bezaubernde Perspektiven, wenn auch, so schien es ihm, noch von Morgennebeln verhüllt. Nur die Strahlen einer ersten Liebe konnten diese zerstreuen. Darauf, nicht auf die Liebe selbst, könnte Fabrice – das fühlte er – eifersüchtig sein.

Er hätte gerne genügt, versuchte sich zu überzeugen, daß er hätte genügen können; er war bei dem Gedanken, daß er nicht genügte, untröstlich.

Luzern, 10. August.

Welche Sauberkeit überall! Man wagt nicht, eine Zigarette in den See zu werfen. Keine Wandzeichnungen in den Pissoirs. Die Schweiz bildet sich etwas darauf ein. Aber ich meine, gerade das fehlt ihr: Dünger.

Morgens. Genf, auf einer Bank der Bastion.

Eine der Besonderheiten von Fabrices Geist, die für seinen Nächsten (womit ich sagen will: den Gefährten der gegenwärtigen Stunde, welcher es auch sei) denkbar verwirrend war, lag in der Fähigkeit, fortwährend sich selbst zu entwischen. – Sich selbst? Nein; ich drücke es falsch aus: den Umständen zu entwischen. Seine Seele glitt, ohne Absicht noch Bosheit, ganz über etwas hinweg, und es gelang dem Ereignis ebensowenig, sie zu fassen, wie es Jason gelang, den Proteus zu fesseln. Widerstand begeisterte ihn eher; nur Müdigkeit brachte ihn zum Nachgeben; allerdings war er oft müde.

Saas-Fee, 19. August.

Ich gebe mir Mühe, das *Tagebuch* von Tolstoi zu lesen, das ich mir auf Empfehlung von Igor Strawinski habe kommen lassen – ich finde aber keinerlei Vergnügen daran, ziehe daraus keinerlei Gewinn.

21. August.

Mein alles, selbst die Häßlichkeit liebender Geist... Sie folgen immer dem geringsten Widerstand, und selbst die Begierde treibt sie nicht weiter voran.

Ich glaube, das sanfte Äußere Michels verbirgt eine unbeugsame, stets zu Widerspruch und Auflehnung neigende Natur. Man erreicht bei ihm schwer etwas, was er nicht aus Liebe hergibt.

An manchen Tagen war dieses Kind überraschend schön; es war wie von Grazie umflossen, oder, wie Signoret gesagt hätte, «von göttlichem Blütenstaub». Von seinem Gesicht, seiner ganzen Haut ging eine Art blondes Leuchten aus. Die Haut seines Halses, seiner Brust, seines Gesichts, seiner Hände war gleichmäßig warm und golden. Er trug an diesem Tag zu seiner kurzen und überm Knie sehr weiten Wollhose nur ein Hemd aus grellroter, violett schimmernder Seide, faltenreich über dem Ledergürtel und offen am Hals, an dem eine Bernsteinkette hing. Beine und Füße waren bloß. Ein kleines Pfadfindermützchen hielt das Haar zurück, das sonst wirr in die Stirn gefallen wäre, und wie seiner kindlichen Miene zum Trotz hatte er die Bruyèrepfeife mit Bernsteinspitze im Schnabel, die Fabrice ihm gerade geschenkt und die er noch nie geraucht hatte. Nichts beschreibt das Sehnsüchtige, Reizende, Sinnliche seines Blicks. Fabrice verlor, in seine Betrachtung versunken, während langer Augenblicke das Bewußtsein von Zeit, Ort, Gut, Böse, Schicklichkeit und sich selbst. Er fragte sich, ob je ein Kunstwerk etwas so Schönes dargestellt habe. Er fragte sich, ob die mystische Berufung seines früheren Selbst, die vor allem Vergnügen den Vorrang hatte, ob sie mitsamt seiner Entschlossenheit zur Tugend einer derart überwältigenden Versuchung standgehalten hätte, oder ob er nicht vielmehr, um ein solches Idol anbeten zu können, wieder zum Heiden geworden wäre.

*

In das Gebiet, das wir auf Sturmleitern erobert haben, glauben sie uns zu ebener Erde folgen zu können, aber es scheint mir, als bliebe ihnen gerade deshalb etwas von unserer Freude vorenthalten. Ach, wie gerne möchte ich wieder mit euch von ihnen sprechen! Als ob ich mich wehren wollte, sie allzusehr zu lieben, will ich ihnen den Prozeß machen. Aber wie schwierig ist es, das Unentschlossene, das Werdende zur Verantwortung zu ziehen.

Manchmal frage ich mich, ob ich tatsächlich die Musik liebe oder nicht vielmehr das Klavierüben, und ob mich nicht vor allem das Bedürfnis treibt, es in irgend etwas bis zur Vollkommenheit zu bringen.

19. September.
Gestern in der Nacht nach Cuverville zurückgekommen. Rückfahrt von Beuzeville im Wagen; während der ganzen Fahrt den wunderbaren Sternenhimmel betrachtet, dessen Grenzenlosigkeit mir noch nie so fühlbar wurde.
Schlecht genutzter Tag; habe nichts geschrieben als ein paar Briefe; nichts gelesen als ein paar glatte und leere Strophen aus *La Délie,* die soeben in der Sammlung *Textes français* erschienen ist, und einige Seiten aus der *Tentation* in der Ausgabe, die ich für Éric Allégret gekauft habe.
Die Sätze der *Tentation* scheinen mir so schön wie am ersten Tag, aber der schönste Stil berührt mich heute weniger als die Klarheit und die Regungen der Seele, die aus den Worten hervorleuchten. Das Vorwort von Faguet ist nicht übel; hätte ich eines zu schreiben, würde ich mich bemühen, die Verwandtschaft des *Antony* mit *Bouvard et Pécuchet* herauszuarbeiten, die mir denn doch wichtiger scheint als die des *Antony* mit dem zweiten Teil des *Faust.*

20. September.
Was nützt es mir, dieses Tagebuch wiederaufzunehmen, wenn ich darin nicht aufrichtig zu sein wage und verschweige, was mein Herz insgeheim beschäftigt?

21. September.
Den ganzen Tag beinahe ununterbrochenes Schwindelgefühl. Dennoch ziemlich gute Arbeit – wenn man das geduldige Abtragen einer angehäuften Korrespondenz arbeiten nennen kann. Briefe an Alibert, an Lady Rothermere, die meinen *Prométhée*[299] übersetzt, an Ida Rubinstein wegen des für die Übersetzung von *Antony* abzuschließenden Vertrags, usw., usw. Ich lese das erste der *Portraits* von W. Pater (Watteau) mit dem lebhaftesten Vergnügen, zu dem sich unfehlbar der Wunsch gesellt, es zu übersetzen.
Wie schön das Wetter ist! Der Himmel ist rein. Mein Geist schwingt sich auf und schwebt in der stillen Luft. Zur gleichen

Zeit denke ich an den Tod und kann mich nicht davon überzeugen, daß ich nur noch eine begrenzte Anzahl von Sommern erleben werde. Ach, wie sind doch meine Wünsche kaum geringer geworden, und wie schwer wird es mir fallen, sie einzuschränken! Ich kann mich nicht dazu entschließen, mein Glück nur in der Vergangenheit zu suchen. Warum auch? Noch nie habe ich mich jünger und glücklicher gefühlt als im letzten Monat – so sehr, daß ich nicht einmal darüber schreiben konnte. Ich hätte nur noch stammeln können...

23.

Der Zustand der Freude, in dem ich länger als einen Monat gelebt habe, hat mich fraglos gestärkt und mit neuem Vertrauen erfüllt. Am liebsten hätte ich mich unmittelbar darauf in die Arbeit gestürzt. Seit meiner Rückkehr habe ich kaum etwas anderes schreiben können als Briefe, Briefe, Briefe. Jede Post erlegt mir eine neue Hypothek auf. Übersetzung des *Prométhée* ins Englische (durchzusehen), die der *Porte étroite* ins Spanische. Wegen der Rechte für meine Übersetzung von *Antony* verhandeln; den Vorschlag einer Übersetzung von Locke prüfen sowie neue Übersetzer, die sich für Conrad anbieten. – Am Ende dieses Jahres werden also meine Ausgabe der *Fleurs du Mal* und die Neuauflagen des *Immoraliste* und der *Nourritures* erschienen sein. Ist dieses magere Ergebnis eigentlich die Umstände wert, die es mir macht?

Den ganzen heutigen Tag habe ich aufs neue sehr unter Nervosität gelitten. Am Abend habe ich mich entschlossen, Em. die Seiten der Memoiren vorzulesen, die ich zu Beginn des Sommers in Paris geschrieben habe. – Ziemlich zufrieden mit gewissen Passagen; aber das Wort tritt oft zu sehr in den Vordergrund und verrät allzu deutlich mein Bemühen, gut zu schreiben.

Ich strebe gegenwärtig eine abruptere, weniger gefällige Sprechweise an. Ich darf aber gar nicht daran denken, mich ernsthaft damit zu befassen, ehe Cuverville nicht frei von Gästen ist; ich sehne mich danach, mit Em. hier allein zu sein, so wie im letzten Winter.

24. September.
Herrliches Wetter; aber die Kopfschmerzen beginnen wieder. Heute morgen eine Seite an den Memoiren geschrieben (Annas Tod), ich komme aber nicht wirklich zum Arbeiten. Besser, es entschieden auf später aufzuschieben.
Morgen fahre ich nach Offranville.

25. September.
Blanche nimmt mich in sein Schlafzimmer mit, damit ich ihm beim Rasieren und der Beendigung seiner Toilette Gesellschaft leiste. Er betupft sich das Gesicht mit kleinen Wattebäuschen, die er einem großen Metallbehälter entnimmt. Er bittet mich, ihm mit einem nassen, eingeseiften Waschlappen den Rücken zu massieren: «Da, zwischen den Schultern! Da komme ich nicht hin. Sonst macht das jeden Morgen meine Frau. Aber wenn Sie schon da sind…» Und während ich ihn striegle, erzählt er mir, wie empört Barrès über mein *Vorwort zu den «Fleurs du Mal»* ist.

26.
Mit dem Auto nach Dieppe. Das Tal des Polet hinaufgefahren bis zu einem Kaffernlager (?). Es ist sechs Uhr; nach vollbrachter Arbeit ist nun die Stunde des Spiels gekommen. Brodelndes Leben auf der Wiese am Straßenrand. Während nebenan Fußball gespielt wird, bildet sich zum Klang von Zufallsinstrumenten eine bizarre Runde. Und die normannische Landschaft ringsumher weicht zurück, verschwindet angesichts der glühendheißen Wüste, die da heraufbeschworen wird… Was für ein sanftes Lächeln diese wilden Schwarzen haben! Eine fast animalische Sympathie zieht mein geheimstes Wesen zu ihnen hin, während ihre elementare Musik wollüstig mein Denken auslöscht.

28. September.
Die *Revue de Paris* vom 15. September zeigt die Romane an, die sie zu bringen beabsichtigt. Unterschlagung des *Typhon*. Meine erste Regung ist, ihn zurückzuziehen, wie ich es mit der *Porte étroite* gemacht habe; ich befolge aber den Rat meiner Gastgeber und

Madame Mühlfelds und schreibe an Marcel Prévost mit der Bitte, mir seine Absichten mitzuteilen.

Paris, 1. Oktober.

Gestern Rückkehr von Dieppe mit Madame Mühlfeld. Im Zug habe ich ihr, um die Zeit auszufüllen, den *Prométhée* zu lesen gegeben, den sie noch nicht kannte und von dem ich ein Exemplar mit mir herumschleppte, um die Übersetzung Lady Rothermeres zu korrigieren. Bei jeder Seite ist Madame Mühlfeld ganz hingerissen und behauptet selbstverständlich, nie etwas Schöneres gelesen zu haben.

An der Gare de l'Est gewesen, um die Élie Allégrets abzuholen. Die Nacht in einem Hotel gegenüber der Gare Saint-Lazare verbracht, wo ich ein Zimmer nehmen mußte, aus reiner Unmöglichkeit, gleich nach Auteuil zu fahren. Am nächsten Morgen (gestern) zur Gare de l'Est, um die vierhundert Kilo Gepäck abzuholen, die wir am Tag zuvor dort gelassen hatten. In der Villa übernachtet.

Heute prachtvolles Wetter. Mein innerer Himmel ist noch strahlender; eine grenzenlose Freude rührt und begeistert mich.

22. Oktober.

Gestern nach Cuverville zurückgekehrt.

Ich habe die ganze letzte Zeit (eigentlich seit dem 5. Mai) in einem Taumel des Glücks gelebt; daher die große Leere in diesem Heft. Es spiegelt nur meine Wolken wider.

25. Oktober.

Ich täusche mich nicht: Michel liebt mich nicht so sehr um meiner selbst als um dessentwillen, was ich ihm zu sein erlaube. Weshalb mehr verlangen? Noch nie habe ich mehr Freude am Leben gehabt, noch nie ist mir der Geschmack des Lebens köstlicher erschienen.

An meinen Memoiren habe ich noch nicht weitergeschrieben, übertrage aber ins längliche Heft den Teil (siebtes Kapitel), den ich noch nicht ins reine geschrieben hatte. Ich habe mich wieder an die Übersetzung von *Antony* gemacht – und vor allem habe ich

Briefe beantwortet, einen Haufen liegengebliebener Briefe, die mir den Horizont versperrten. Ich lese den Kleinen *Phèdre* vor. Abends lese ich noch bis Mitternacht im Bett (seit drei Nächten, und habe mich dabei nicht schlecht befunden) und entziffere mühsam das Buch, das mir W. geschickt hat, *Sons o'Men* von G. B. Lancaster – ein ganz bemerkenswertes Buch, aber in einem für mich fast unverständlichen neuseeländischen Jargon geschrieben.

28. Oktober.

Ausgezeichnete Arbeit. Freude; Gleichgewicht und Klarheit. Dazwischen lese ich mit lebhaftem Interesse die *Histoire de la littérature française classique* von Brunetière (zum zweitenmal); und abends lese ich den Kleinen *Les Fourberies de Scapin* vor.
Ich möchte gerne bald mit der Abschrift des siebten Kapitels meiner Memoiren fertig sein, um daran weiterarbeiten zu können.

29. Oktober.

Brief an Guillaume Lerolle als Antwort auf seine Santayana-Übersetzung[300]:
«... Bis jetzt sah ich eigentlich nur zwei Möglichkeiten der Einstellung zu den großen germanischen Philosophen: sie entweder für den Krieg verantwortlich zu machen (wie Louis Bertrand und zahlreiche Idioten es tun) oder sie ihm entgegenzustellen (und ich gestehe, daß das etwa mein Gesichtspunkt ist). Die Haltung Santayanas ist genau durchdacht; er legt eine bemerkenswerte geistige Biegsamkeit und Weite an den Tag; und wenn es ihm nicht gelingt, mich wirklich davon zu überzeugen, daß Nietzsche sich im Irrtum befunden hat, so wahrscheinlich deshalb, weil er es selbst nicht recht glaubt.
... Es ist leider noch keineswegs ausgemacht, daß die großen Schriftsteller, die er *diskreditiert,* Deutschland dem Untergang entgegenführen (sofern man überhaupt annimmt, daß es sich heute von ihnen inspirieren läßt). Für mich steht außer Frage, daß wir uns nach dem Krieg auf alles stürzen werden, was deutsch ist – vor allem dann, wenn wir die Sieger sind –, und daß wir dann verstehen werden, daß durch nichts unser Sieg herrlicher wird als

durch die Verherrlichung unseres Feindes. Mit lebhaftester Neugierde werden wir uns mit ihm beschäftigen – und erst dann wird der Einfluß Nietzsches in Frankreich beginnen – wie derjenige Goethes erst nach 1870 begonnen hat, trotz allem, was Barbey d'Aurevilly gegen ihn geschrieben hat. Ich fürchte, daß heute in zehn Jahren ein gewisses überlegenes Lächeln Santayanas ein wenig lächerlich wirken wird.»

30. Oktober.
Ich erhole mich bei Keats, dessen Briefe ich mit unendlicher Freude wiederlese: «Better be imprudent moveables than prudent fixtures» (*Briefe*, Bd. II, S. 80).
Niemals habe ich mich weniger nach Ruhe gesehnt. Noch nie habe ich mich so gehoben gefühlt von jenem Übermaß an Leidenschaft, das Bossuet in seinem wunderbaren *Panégyrique de saint Bernard,* den ich heute morgen wieder las, der Jugend vorbehält. Das Alter kann der Wollust nichts von ihrer Anziehungskraft, der ganzen Welt nichts von ihrem Reiz rauben. Ich war, im Gegenteil, mit zwanzig Jahren leichter angeekelt und mit dem Leben weniger zufrieden. Meine Umarmungen waren zaghafter; ich atmete weniger tief und fühlte mich weniger geliebt. Vielleicht gefiel ich mir auch in der Melancholie; ich hatte die höhere Schönheit des Glücks noch nicht verstanden.

31. Oktober.
Eine Dramenfigur: der verachtete Bastard, der entdeckt, daß er ein Königssohn ist. Seine Wiedereinsetzung über seine Brüder, die legitimen Söhne.
Eine Romanfigur: einer, dem die Ärzte nur noch ein Jahr zu leben geben. Am Ende dieses Jahres ist er zwar ruiniert, aber gesünder denn je – und zu allem entschlossen, da er sich *an das Glück gewöhnt hat* (keine Sorge mehr um die Zukunft).

1. November.
In manchen Augenblicken scheint es mir, und zwar wie in einer plötzlichen Erleuchtung, als hätte ich nicht mehr viel Zeit zum Le-

ben; als läse ich deshalb mit solchem Interesse, als schiene mir alles, was ich sehe, deshalb so schön, und als hätte ich am Leben deshalb so viel Freude.
Ich habe gestern von Michel einen so ausgesucht graziösen und phantasievollen Brief erhalten, daß alle meine Gedanken immer noch von seinem Glanz erfüllt sind. Den halben Tag mußte ich leider mit Korrespondenz verbringen. Viel Englisch gelesen (Santayana, das Kapitel über Browning, über den Platonismus der italienischen Dichter und die Irreligiosität Shakespeares in *Poetry and Religion,* das mir Guillaume Lerolle geliehen hat, und *Simon the Jester* von Locke); an der Reinschrift der Memoiren weitergearbeitet; ein Kapitel der Übersetzung von *End of the Tether* durchgesehen.
Abends den Kleinen ein paar Seiten aus dem *Panégyrique de saint Bernard* vorgelesen.

Erziehen heißt befreien. Das möchte ich M. gerne lehren.

3. November.
Da ich nicht so sehr Maler als Musiker bin, wünschte ich meinen Sätzen in erster Linie bestimmt nicht Farbe, sondern Bewegung. Sie sollten getreu den Schlägen meines Herzens folgen.

6. November.
Das bewunderungswürdige Porträt von La Harpe in den *Mémoires d'outre-tombe* gelesen. Mehrere Kapitel Santayana *(Poetry and Religion).* Ich gebe *Simon the Jester* auf, der mich anfangs entzückt hatte, dessen Gesellschaft jedoch rasch ermüdet. Die *Écrits nouveaux* (Nummer eins) erhalten, worin ein Auszug aus meinem Vortrag über Gautier und Baudelaire erschienen ist. Alles, was ich nicht anschließend für mein *Vorwort zu den «Fleurs du Mal»* verwendet habe, erscheint mir ziemlich mittelmäßig. Mittelmäßig die ganze Zeitschrift und widerwärtig der bissige, gegen J.-É. Blanche gerichtete Dialog von André Germain. Ich bitte den Herausgeber (dessen Name mir im Moment nicht einfällt), mich von der Liste der Mitarbeiter zu streichen.

Mit der Shakespeare-Übersetzung ein gutes Stück weitergekommen; eine Menge Briefe geschrieben.

8. November.

Valentine und die beiden Kleinen (und ein Dutzend Koffer) haben uns gestern verlassen. Grenzenlose Freude, endlich wieder mit Em. allein zu sein.

Ganz in der Art der «Hinkegeister» Pascals[301] irritiert mich Val., weil sie immer glaubt, nicht sie, sondern der andere hinke. Sie hält mich für rechthaberisch, weil ich keine Unlogik ertrage; erträgt es aber ihrerseits nicht, wie so viele Frauen, verbessert zu werden. Die Unterhaltung mit ihr ist nur eine Verteidigung von Stellungen; es genügt, daß man an ihre rührt, und sei es in aller Freundschaft, und schon greift sie unsere an – oder das, was sie dafür hält. Nach wenigen Tagen bin ich unter solchen Umständen mit meinem Latein am Ende, mein Kopf ist wüst und leer, und während der Mahlzeiten habe ich nur die eine Sehnsucht, mich in mein Zimmer zurückzuziehen – oder Cuverville zu fliehen, wären nicht die Klavierstunden mit der Kleinen.

Man fühlt, daß sie einen Gedanken ebensowenig sicher erfaßt wie die vielen Eigennamen, die sie nie korrekt auszusprechen vermag.

12. November.

Stetige Arbeit; ich habe aber die Ausarbeitung und die Reinschrift der Memoiren beiseite geschoben, um mich ganz der Übersetzung zu widmen. Mit Entzücken gleiche ich mich dem Text Shakespeares an und bin von manchen Seiten tief befriedigt.

Gestern und heute zum erstenmal seit meiner Rückkehr ausgegangen.

Die letzten Episteln von Boileau wiedergelesen –

On voit sous les lauriers haleter les Orphées[302]

– und, jeden Abend, ein paar Seiten aus den *Oraisons funèbres* von Bossuet. Ich bezweifle, daß er je Schöneres geschrieben hat als die Sätze über die protestantische Lehre zu Beginn der *Oraison funèbre de Henriette de France:*

Quand Dieu laisse sortir du puits de l'abîme, usw.[303]

Meine Whitman-Übersetzung durchgesehen und eine Menge Briefe geschrieben.
Ich übe die unerträgliche kleine Sonate in F (in Form eines Menuetts) von Beethoven – zur Kasteiung, sowie das Toccata-Finale.[304]
Viele Trillerübungen, mit immerhin einigen Fortschritten gegenüber dem letzten Jahr.

Heute morgen habe ich lange zugesehen, wie eine Hummel mit der Blüte eines Löwenmauls kämpfte, die ihren Honig nicht preisgeben wollte. Das Insekt bestürmte die gesamte Blütenkrone, zerstichelte, zerbiß, zerriß sie schließlich in erst ohnmächtiger, endlich triumphierender Wut...
Seit mehr als acht Tagen warte ich mit angstvoller Ungeduld auf einen Brief von M.

16. November.
Der Gedanke an den Tod verfolgt mich mit seltsamer Hartnäckigkeit. Bei jeder meiner Gesten rechne ich aus: Wie viele Male schon? Ich überlege: Wie viele Male noch? Und fühle verzweifelt, wie rasch das Jahr vergeht. Auch wächst, wenn ich abmesse, wie das Wasser um mich her zurückweicht, mein Durst, und ich fühle mich um so jünger, je weniger Zeit mir zum Jungfühlen bleibt.

18. November.
Die obigen Zeilen werden prophetisch wirken, sofern ich bald sterbe; ich werde mich aber sehr schämen, wenn es mir vergönnt sein sollte, sie in fünfzehn Jahren wiederzulesen. Könnte ich von meinen Jahren absehen, sie vergessen – wie wenig würde ich sie spüren! Ich sollte sie mir nur vorhalten, um mich zur Arbeit anzuspornen.
Ein wenig müde in den letzten Tagen, da ich weniger gut schlafe. Auch ein wenig mitgenommen vom Übersetzen und dem Durchsehen der Übersetzungen anderer, was fast meine ganze Zeit in Anspruch nimmt. Ich hoffe, vor Jahresende alles hinter mich gebracht zu haben (vielleicht noch vor meiner nächsten Reise nach Paris) und mich einzig mit den Memoiren beschäftigen zu können.

Einer der Söhne Hérouards, der jüngste von denen, die eingezogen sind, ist gefallen. Em. war heute morgen in Cuverville, um dem Trauergottesdienst des alten Stellvertreters von Georges, Vater Crochemore, beizuwohnen. Als man eben die Kirche verlassen wollte, fing plötzlich eine alte Frau mit schriller Stimme zu schreien an:
«Der liebe Gott! Da! Der liebe Gott!»
Em., der es vor Verrückten graut, ergriff entsetzt die Flucht, während ihre Nachbarin sie zu beruhigen versuchte:
«Keine Angst, Ma'me Gille! Das ist jedesmal so mit der.»
Und lange amüsieren wir uns über die Vorstellung, daß das Erscheinen Gottes in der Kirche Panik hätte auslösen können.

20. November.
Ich kann nicht mehr; meine Geduld und meine Kraft und meine Fähigkeit zu warten haben sich erschöpft. Ich arbeite noch, so gut ich kann, das heißt beinahe viel.* Aber ich kann nicht mehr schlafen, und irgendein Fieber verzehrt mir Geist und Körper.

23. November.
Im Zug – *going to Paris.*
Was tun? Es würde mir leichter fallen, mich umzubringen, als mit dem Leben aufzuhören – womit ich sagen will: es zu begrenzen, es einzuschränken.
Immer wieder scheint es mir, als finge ich erst jetzt zu leben an und als käme ich endlich auf den Geschmack.
Ich werde, wie Madame Théo einmal sagte, daran sterben, daß ich berste.

Cuverville, 30. November.
Kaum wieder da, werde ich durch ein Telegramm Éric Allégrets zurückgerufen.
Am Tag vor meiner Abreise, am 22., hatte ich meine Übersetzung von *Cleopatra* beendet – die ich Ida Rubinstein bei Bakst vorgelesen habe.

* Ich habe meine Übersetzung von *Antony* fast beendet.

Grenzenloser Taumel des Glücks.

Meine Freude hat etwas Unbeherrschtes, Wildes, ist wie ein Bruch mit Anstand, Konvention, Gesetz. Durch sie werde ich wieder zum stammelnden Kind, denn sie stellt meinem Geist alles neu dar. Alles muß ich neu erfinden, Worte und Gesten; nichts, was aus der Vergangenheit stammt, kann meiner Liebe noch genügen. Alles in mir tut sich staunend auf; mein Herz pocht; des Lebens Überfülle preßt meine Brust zusammen wie ein Schluchzen. Ich weiß von nichts mehr; es ist eine Gewalt ohne Erinnerungen, ohne Alter…

Lange sitze ich in Betrachtung versunken vor dem Kaminfeuer. Hin und wieder schleudert mitten aus den *living embers* ein winziges Holzscheit eine weißere und hellere Flamme empor, die sich hält, noch heller wird, bis sie zu Asche zerfällt. So wie die Kohle aufflammt und weiß leuchtet, wenn sie sich mit Sauerstoff sättigt…

Cuverville, 8. Dezember.

Gestern abend Rückkehr von Paris, wohin ich am 1. Dezember gefahren war. Grenzenlose, strahlende Freude hat mich unaufhörlich erfüllt; und doch habe ich vorgestern, zum erstenmal in meinem Leben, die Qual der Eifersucht kennengelernt. Vergeblich suchte ich mich dagegen zu wehren. M. ist erst um zehn Uhr abends nach Hause gekommen. Ich wußte, daß er bei C.[305] war. In mir war kein Leben mehr. Ich fühlte mich zu den schlimmsten Torheiten imstande und ermaß an meiner Angst die Tiefe meiner Liebe. Im übrigen war die Angst nur von kurzer Dauer…
Am nächsten Morgen beruhigte mich C., den ich aufsuchte, dann vollends, indem er mir nach seiner Gewohnheit bis in jede Einzelheit erzählte, was sie am vergangenen Abend gesprochen und getan hatten.

Sonntag, 9. Dezember.

Gestern abend bis Mitternacht im Bett gelesen, gemäß meiner neuen Methode, die mir einen ganz guten Schlaf verschafft. Auch dies schreibe ich im Bett. Ich habe die Arbeit mit lebhaftester Befriedigung wiederaufgenommen. An Maurras geschrieben, anläßlich eines bemerkenswerten Briefes über das Buch von Barbusse, der in der *Action française* erschienen ist. Das Vorwort zu den Briefen von Dupouey angefangen. Mit Em. das erste (wunderbare) Kapitel von *Under Western Eyes* gelesen, während ich die handschriftliche Übersetzung durchsehe, die man mir vorgelegt hat. Mit Entzücken die *Goyescas*[306] geübt.

10. Dezember.

Was für einen Roman, was für ein Drama könnte man unter dem Titel «PROPTER VITAM»[307] schreiben, worin das Leben nur auf Kosten der Ehre erkauft würde, die Ehre nur auf Kosten des Lebens!
Em., die die *Mémoires d'outre-tombe* zu Ende liest, zeigt mir den höchst merkwürdigen Absatz über den Bürgerkrieg:
«Was man auch darüber sagen mag, Bürgerkriege sind weniger ungerecht, weniger empörend, und sie sind natürlicher als die anderen… * Bürgerkriege gründen sich wenigstens auf individuelle Angriffe, auf eingestandene und anerkannte Abneigungen; es sind Duelle mit Sekundanten, bei denen die Gegner wissen, warum sie den Degen gezückt haben.» Usw. … (S. 369, Band V.)

13. Dezember.

Langsam stelle ich dieses Vorwort zu den Briefen von Dupouey fertig. Eingehend Granados geübt.
Wir lesen gemeinsam *Under Western Eyes* und bewundern die so prophetischen Reflexionen über die russische Seele.
Warum das alles aufschreiben?… Was sonst sollte ich in dieses Heft schreiben? Wo ich mir doch sowohl verbiete, über die Politik und die Kriegsereignisse zu schreiben – wie über das, was meiner Glut zur Nahrung dient?

* *Falls diese nicht unternommen werden, um die nationale Unabhängigkeit zu retten*, fügt er wohlweislich hinzu.

15. Dezember.

Fußmarsch nach Criquetot. Der Himmel war verhangen, sehr finster, voll drohender Regengüsse; ein heftiger Wind vom Meer trieb die Wolken vor sich her. Der Gedanke an M. versetzt mich in einen Zustand fortwährender lyrischer Begeisterung, den ich seit den *Nourritures* nicht mehr kannte. Ich fühle weder mein Alter noch die Schrecken der Zeit, noch den Winter, oder doch alles nur, um neue Begeisterung daraus zu schöpfen; als Soldat würde ich mit einem solchen Herzen freudig fallen.

Ich glaube, ich ziehe das «schöne Wetter» nicht mehr dem Himmel dieser späten Jahreszeit vor, der mit seinen ernsten Tönen, seinen tragischen Stimmungen so ergreifend ist. Ungeheure Schwärme von Raben schwebten verloren über der Ebene.

Kaum heimgekehrt, habe ich in einem Zug die einleitenden Seiten zu *Corydon* geschrieben, als Reaktion auf das *Vorwort zu den «Lettres» von Dupouey,* das ich am selben Morgen beendet hatte. Dann habe ich die enervierende Toccata (das Finale) der kleinen *Sonate in F-Dur* von Beethoven geübt, die, einigermaßen gut gespielt, ganz reizend ist.

Mit Em. *Under Western Eyes* gelesen und die Fortsetzung von *End of the Tether* korrigiert (bald fertig).

16. Dezember.

Mich den ganzen gestrigen und heutigen Tag mit *Corydon* abgemüht. Ich verliere mich in angehäuften Notizen, Entwürfen und mißlungenen Versuchen, die ich in ziemlichem Durcheinander hatte liegenlassen – und nehme es Marcel Drouin übel, daß er mich in dem Augenblick in meiner Arbeit aufgehalten hat, als das Eisen noch heiß war. Und doch scheint mir wichtig, was ich zu sagen hatte. Ich denke wieder einmal an den Ausspruch von Ibsen: «Freunde sind gefährlich, nicht so sehr im Hinblick auf das, wozu sie uns veranlassen, als darauf, wovon sie uns abhalten.» Sei's drum! Ich werde es doch schaffen.

Draußen schneit es; alles Licht ist über der trostlosen Ebene erstorben…

18. Dezember.

... Es ist wahr, daß mich schon lange – und lange vor dem Krieg – die abscheuliche Idee verfolgte, unser Land gehe seinem Untergang entgegen. Alles ließ mich seine Erschöpfung sehen, seinen Verfall; beides sah ich überall; es schien mir, als müsse man blind sein, es nicht zu sehen. Wenn uns noch etwas retten kann, dachte ich, so nur eine ungeheure Krise, wie sie unser Land auch schon durchgemacht hat, eine große Gefahr, der Krieg... Und als dieser ausbrach, habe ich mich anfangs von der freudigen Hoffnung mitreißen lassen. Das Vaterland schien sich aufzuraffen. Alle hätten wir unser Blut gegeben, um es zu retten. Und dann führte uns der Krieg alle unsere Unzulänglichkeiten, unsere Mißstände vor Augen, die mit ungeheurer Kraftverschwendung bezahlt werden mußten...
Heute gibt man dem Krieg die Schuld an allem; aber das Übel kam von weiter her.

Den Deutschen bleibt alles von uns zu nehmen. Uns bleibt alles von ihnen zu übernehmen.[308] – Nicht wahr, diese Formel ist doch recht treffend für...

22. Dezember.

Vorgestern Trauergottesdienst für den kleinen André Hérouard, der «auf dem Felde der Ehre» gefallen ist. Die ganze Familie in Tränen. Die kleine Kirche von Cuverville ist auf der Frauenseite ganz voll; halb leer auf der Seite der Männer. Ich setze mich unter ein Fenster, durch dessen zerbrochene Scheibe mir der Wind einen Schnupfen zuweht. Es ist bitter kalt, und die Münder der Offizianten dampfen wie Weihrauchfässer. Vor mir die älteren Hérouard-Söhne; ich bin in die Betrachtung ihrer Ohren vertieft; ich frage mich, ob dieses Organ nicht ganz besonders verräterisch ist; es bringt die Hérouard-Söhne in enge Nachbarschaft zum Tier (sie sind im übrigen, einer wie der andere, tüchtige Burschen); das Ohr steht bei ihnen frei vom Schädel ab, stellt sich quasi vertikal als Hörrohr auf wie bei den Tieren des Hofs; man könnte es für beweglich halten; und ein wenig gerundet ist nur die äußere Kante des Ohrläppchens...

Dann betrachte ich den bewunderungswürdigen Kopf des Pfarrers; er sollte allerdings den Kneifer nicht aufbehalten, wenn er die Messe zelebriert; das wirkt beinahe anstößig. Und ich dachte an Flaubert, an die ganze Ungerechtigkeit seiner Kunst – Frucht einer erbärmlichen Theorie und eines dringenden Bedürfnisses nach Kasteiung (was, zusammen mit seiner Begeisterung, vielleicht das Beste an ihm ist).

Wir haben gestern die Durchsicht von *End of the Tether* beendet (bis auf drei Seiten zumindest). Ich bin von dieser Fleißarbeit erschöpft. Sie steigert noch das Bedürfnis nach sprachlicher Logik, zu der mein Geist ohnehin schon allzusehr neigt. Trotzdem nicht ohne Nutzen.
Mit *Corydon* ordentlich vorangekommen.
Und schon werde ich wieder nach Paris gerufen – zum drittenmal seit dem Herbst. Ich reise heute abend.

1918

Montag, 7. Januar.
Seit dem 1. Januar zurück in Cuverville. An *Corydon* gearbeitet.
Gestern und vorgestern etliche Passagen aus meinen Erinnerungen Mathilde Roberty vorgelesen, die für eine Woche zu uns gekommen ist. Große Unzufriedenheit mit fast allem, was ich bisher geschrieben habe. Es fehlt an vibrierender Spannkraft, an Fülle. Die manchmal geglückten Ausdrücke wirken gesucht. Mir scheint, ich sehe mittlerweile klarer, wie ich weiterschreiben muß.
In Paris habe ich Jean-Paul Allégret wieder einige Seiten von Proust vorgelesen – entzückt.
Ich schreibe an Lady Rothermere und schicke ihr ein Exemplar der *Prétextes,* weil sie daraus ein paar Stellen übersetzen will:
«Die Hauptschwierigkeit kommt daher, daß meine Schreibweise unaufhörlich mehr suggeriert, als sie ausspricht und durch Andeutungen wirkt – was der englischen Sprache, die direkter ist als die französische, ein wenig zuwiderläuft. Es ist mir immer so vorge-

kommen, als seien die Gedanken in meinen Schriften weniger wichtig als ihr Rhythmus: *the gait.*»

Montag, 14.

Dieses Heft acht Tage liegengelassen. Es macht mir kein Vergnügen mehr, etwas hineinzuschreiben, noch nützt es mir; heute schlage ich es nur deshalb wieder auf, weil meine Arbeit ins Stokken geraten ist. Ich bin mit *Corydon* so gut wie fertig; zumindest bräuchte ich, um ihn weiterzuführen, ein wenig Abstand; aber das Wichtigste ist getan.

Ich wollte mich wieder voll auf die Memoiren konzentrieren, habe aber keine Lust mehr dazu; die Passagen, die ich Mathilde Roberty vorgelesen habe, haben mich enttäuscht; und der Vergleich mit den Stellen aus dem wunderbaren Buch von Proust, die ich neulich wiederlas, hat mich vollends niedergedrückt.

Sollte der Vorrat an Gesundheit und Freude, den dieser Sommer mir brachte, schon erschöpft sein? Ein unmerkliches Nachlassen läßt es mich fürchten. Schon dürste ich wieder danach, von neuem ins Leben einzutauchen.

Beethoven und Granados geübt.

17.

Ich habe nicht die geringste Ahnung, ob das, woran ich gegenwärtig schreibe, etwas wert ist. In etwas anderer Form als der ursprünglich geplanten handelt es sich um *Castor et Pollux* oder den *Traité des Dioscures,* den ich seit fast zwanzig Jahren in mir herumtrage. Wenn ich damit zufrieden bin, werde ich ihn wohl Pierre Louÿs widmen, in Erinnerung an seine *Léda*[309], die er seinerzeit mir gewidmet hat.

In den letzten Tagen eine Menge Briefe geschrieben. Sehr gründlich Klavier geübt.

Die *Réminiscences* von Tagore gelesen. Aber dieser indische Orient sagt mir nicht zu. Mit Entzücken habe ich *The Shaving of Shagpat* von Meredith wiederaufgenommen.

20. Januar.

Vorgestern in Étretat gewesen; da ich untrainiert bin, war ich nach diesem Marsch wie gerädert; unterwegs dachte ich, ich würde vor Müdigkeit umfallen, und bin erst in der Nacht nach Hause gekommen. Der Himmel war verhangen und von einem violetten Grau; ohne die geringste Freude das Meer wiedergesehen; von einem Fels zum andern und bis an den Horizont war es nichtssagend und eintönig, wie auf einer Kinderzeichnung.

Und doch, so müde ich auch gestern beim Nachhausekommen war und trotz einer schlecht verbrachten Nacht – heute früh wäre ich gerne wieder losgezogen. Der schon laue Wind, der in den Bäumen der Allee klagt, rührt alle meine Wünsche wieder auf. Ruhe, Behaglichkeit bringen mich zur Verzweiflung…

Oh, ich werde dich immer verstehen, mein Freund – selbst wenn du töten solltest! Aber auch für das Verbrechen gibt es eine Art Jungfräulichkeit, die sich niemals zurückgewinnen läßt und deren Verlust dazu verführt, das Verbrechen mit immer größerer Leichtigkeit in Erwägung zu ziehen. Man weiß ja nun, *ein für allemal,* daß man fähig ist, es zu begehen.

24. Januar.

Morgen reise ich wieder nach Paris zurück, sehr geängstigt durch den gestrigen Brief Jean-Pauls, in dem er mir seinen Verdacht in bezug auf seinen Bruder mitteilt. Ich hoffe ihn noch anzutreffen, ebenso André, der sich freiwillig gemeldet hat und am Samstag einrückt.

12. Februar.

Mein Pariser Aufenthalt hat sich bis gestern hingezogen. Vorgestern den Vertrag mit Ida Rubinstein unterschrieben.[310]

13. Februar.

Ist der Winter schon vorbei? Die Luft ist mild. Die Knospen sind hoffnungsvoll geschwellt. Die Vögel jauchzen, und das Rotkehlchen, das sich kleine Fleischstückchen von meinem Fenstersims holt, flattert nicht mehr auf, wenn ich mich ihm nähere.

Ich habe eben zugesehen, wie Em. an die armen Kinder der Gemeinde, die, seit das Brot so streng rationiert worden ist, in Mius' leerstehendes Haus zum Essen kommen, die Suppe austeilte. Ich weiß nicht, wie sie sonst durchkommen sollten; aber so sind nun alle glücklich und wohlauf. Heute morgen sind es siebzehn; der Tisch ist gerade noch groß genug; und morgen werden es neunzehn sein. Em. hat im Eßraum Feuer gemacht und Blumen auf den Tisch gestellt.

Gestern hat eines von ihnen den Löffel weggelegt, weil es in der Suppe eine «carpeleuse» (eine Raupe) zu entdecken glaubte. Ich kannte dieses Wort nicht, das vielleicht mit dem englischen «caterpillar» verwandt ist. Em. hat, um das Kind zu beruhigen, den Teller Suppe weggeschüttet – wäre ich dagewesen, ich hätte ihn vor seinen Augen aufgegessen.

15. Februar.

Langsam habe ich den Eindruck, daß unsere Gemeinde die einzige in ganz Frankreich ist, wo die Vorschriften befolgt werden. Georges hat geglaubt, sich auch als Bürgermeister nicht mehr als zweihundert Gramm Brot pro Tag genehmigen zu dürfen. Und Em. und mich hat er derselben Minimalration unterworfen. In der Nachbarschaft macht man sich über uns lustig. Die Bürgermeister der Nachbargemeinden nehmen mittlerweile den Löwenanteil für sich selbst in Anspruch. Wir machen uns lächerlich… Aber es mißfällt mir nicht, verspottet zu werden.

Bei jeder neuen Vorschrift, die in Frankreich erlassen wird, ist es die größte Sorge jedes französischen Bürgers nicht etwa, wie man sie befolgen, sondern, wie man sie umgehen könnte. Immer wieder komme ich darauf zurück: Nicht von Mangel an Organisation sollte man sprechen, sondern von Mangel an Gewissen.

20. Februar.

Seit vier Tagen bin ich in die Erzählung *L'Aveugle*[311] vertieft, die ich seit so vielen Jahren mit mir herumtrage und die ich schon nicht mehr schreiben zu können glaubte. Ich bemühe mich, sie ohne Entwurf zu Ende zu bringen, und habe ohne Unterbrechung

etwa zwanzig Seiten geschrieben. Am liebsten würde ich sie erst als Typoskript wiederlesen und an ihr feilen.
Mit Entzücken lese ich die Geschichte von *Bhanavar* im *Shagpat;* und *La Mariane* von Tristan.

22. Februar.
Es fällt dir schwer, sagst du, zu behaupten, daß Gott ist. Sage aber, ob es dir nicht noch schwerer fällt, zu behaupten, daß Gott nicht ist?

Ich lese Ghéons Hefte mit unsagbarem Kummer und sogar mit Widerwillen. Erst jetzt wird mir klar, wie sehr sein Denken während der ganzen Zeit unseres engen Kontakts meinem Einfluß unterlag. Es war mir eine solche Freude, seine Begeisterung an meiner Seite zu fühlen, daß ich mich lange gegen diese Erkenntnis sträubte, die für andere schon augenfällig war.
Noch vorgestern protestierte ich, als Eugène Rouart ausrief: «Du wirst schon sehen! Du wirst sehen, wie selten die sind, die mit zunehmendem Alter nicht von den Einflüssen ihrer frühen Kindheit eingeholt werden, trotz aller Anstrengung, die sie gemacht haben mögen, sich davon zu befreien.» Dabei dachte er an keinen anderen als Ghéon.

23.
Folgendes schreibe ich für Ghéon auf:
«Heute nacht stand mir mit einemmal deutlich vor Augen, was dein Buch hätte sein sollen: kein Rückblick – sondern eine Art tagtäglicher Aufzeichnungen über deinen jeweiligen Zustand. Das wäre von Anfang bis Ende packend gewesen, wie es jedesmal packend ist, wenn du die Verfassung schilderst, in der du dich *befindest* – und was jeweils nicht mehr der Fall ist, sobald du von der Verfassung berichtest, in der du dich *befunden hast.*
Ja, diese nachträglichen Berichte schockieren und ärgern mich; nicht, daß ich dir vorwerfe, zu sehr geringzuschätzen, was wir, wenn du so willst, den Anteil des Teufels nennen könnten; indem du jedoch deinen früheren Ideen allen wirklichen Wert ab-

sprichst, setzt du zugleich die Bedeutung deines Sieges über sie herab und zwingst uns zu denken: Nun, es wird wohl nicht allzu schwierig gewesen sein, die Hohlkörper, die Leben, Kunst, Schönheit, Vergnügen immer für ihn gewesen sind, schließlich über Bord zu werfen! Du weißt aber ganz genau, daß sie für manche Menschen eine andere Bedeutung haben. Die Art, wie du etwa über die *Weigerung* des Kunstwerks, *Schlußfolgerungen zu ziehen,* sprichst, ist geradezu unverschämt. Wessen Zustimmung erhoffst du da, wenn nicht die derer, die du früher bekämpftest? Hast du denn wirklich dein Buch nur für sie geschrieben? Du weißt sehr wohl, daß bei Shakespeare, Eliot, Ibsen, Dostojewski die Weigerung, Schlußfolgerungen zu ziehen, keineswegs Artistik ist, wie du anscheinend glauben machen willst; sondern ein Bedürfnis ihres Geistes nach Redlichkeit.
Das Wort ‹Unparteilichkeit› hättest du angreifen, da hättest du Einschränkungen machen sollen; und genau dazu hätte es leidenschaftlicher *Parteilichkeit* bedurft. Jene Unparteilichkeit, die nur *geistige Redlichkeit* ist, hat es zum Beispiel George Eliot erlaubt, eine Gestalt wie die der Hetty Sorel zu schaffen, für die sich das christliche Herz deiner Schwester begeistern konnte.»
«‹Mir geht es nicht mehr darum, unparteilich zu sein›, sollst du gesagt haben» – sowenig, wie es irgendeinem von uns darum geht, in diesem Krieg neutral zu bleiben…, usw. …

Es ist im Leben immer dasselbe: Es gibt Leute, auf die man zählt und die man braucht und die ihre Pflicht nicht tun; so daß die, welche ihre Pflicht auch weiterhin tun, als die Dummen und Düpierten dastehen.
Man muß einen höheren Einsatz wagen.

1. März.
Sehr schlechte Nächte seit vier Tagen. Nur mit Mühe gelingt es mir, die wohltätige Wirkung der Pariser Ablenkung auf mehr als vierzehn Tage auszudehnen.
Gestern abend habe ich Em. die ersten fünfundvierzig Seiten aus *L'Aveugle* vorgelesen. Ach, ich hätte das gern schon hinter mir!…

La Mariane von Tristan hat mich trotz einiger wunderschöner Verse sehr enttäuscht. Man fühlt, wie so oft, daß Tristan (wie viele andere) zu Besserem fähig gewesen wäre; aber es fehlt an Fleiß. Ja, ich glaube, daß es viel häufiger an Fleiß fehlt als an Begabung. Mangelnder Fleiß hat seine Wurzel oft im Zweifel an der eigenen Wichtigkeit, noch öfter jedoch in übermäßiger Selbstzufriedenheit.

3. März.

Lucien Maury, mit dem ich neulich in Paris zu Mittag aß, ist sehr beunruhigt von dieser Welle des Sozialismus, die er herannahen sieht und die, wie er meint, unsere alte Welt unter sich begraben wird, sobald der Krieg dem Anschein nach zu Ende ist. Er hält eine Revolution für unvermeidlich und weiß nicht, wie man ihr begegnen könnte. Als ich von der Widerstandsorganisation spreche, an deren Aufbau die *Action française* arbeitet, ist er empört. Über Maurras gerät er außer sich, und Léon Daudet findet er empörend.

«Ich verstehe ja», sage ich zu ihm, «daß Sie mit den beiden nicht einverstanden sind. Sie werden sich wohl mit ihnen zusammentun müssen, wenn Ihnen an Widerstand gelegen ist. Eine dritte Partei wird es nicht geben. Es wird genauso sein wie bei der Dreyfus-Affäre; man wird ‹dafür› oder ‹dagegen› sein müssen, ob man will oder nicht. Die Gruppe um die *Action française* gefällt Ihnen nicht? Nicht daß ich sie für die beste hielte – *sie ist nur die einzige.*»

Nach einer guten (oder zumindest etwas besseren) Nacht fühle ich mich heute vollkommen wiederhergestellt. Ich schreibe es auf, damit ich es in Stunden der Angst und Verzweiflung nachlesen kann: Noch nie habe ich mich geistig reger und klarer, körperlich behender, habe ich in meinem Innern mehr Glut gefühlt. Noch nie war ich glücklicher. Noch nie hat mir der Atem wollüstiger die Brust geschwellt. Noch nie haben die Freuden und Leiden eines Freundes – was sage ich: des Erstbesten, der mir über den Weg läuft – so viel Teilnahme in mir geweckt, noch nie die tiefen Ängste des Landes stärkeren Widerhall gefunden. Noch nie war meine Kraft, war mein Wunsch zu umarmen größer, hatte ich mehr Atem, um Begeisterung einzuhauchen.

4. März.

Von neuem Schlaflosigkeit; Ängste, Verzweiflung und schließlich Nachgeben ... nicht so sehr aus übermäßiger Begierde, als um alledem ein Ende zu machen und dann einschlafen zu können ... Aber der Schlaf spottet der halben Befriedigung, auf die keine Entspannung folgt. Beim Erwachen bin ich ganz stumpfsinnig (denn gegen Morgen war ich schließlich doch eingeschlafen). Ach, ich lechze nach der Gesundheit, dem glücklichen Gleichgewicht, das ich an der Seite von M. genieße und das bewirkt, daß mir neben ihm selbst die Keuschheit leichtfällt und die heitere Ruhe der Sinne.

Dennoch gelingt es mir, einen inneren Zustand der Freude aufrechtzuerhalten, trotz des *headache*, das ich den ganzen Tag nicht loswerde.

Dabeigewesen, als die siebzehn Kinder zu essen bekamen, und Em. beim Austeilen geholfen.

Zum Bahnhof von Criquetot gegangen, um D. abzuholen (der nicht kam); kalter Wind, Himmel verhangen und schwarz. Unterwegs schritt ich kräftig aus, beflügelt von der Hoffnung auf baldige Befreiung, und stellte mir dabei vor, M. sei an meiner Seite.

Bei der Rückkehr habe ich gleich hinter Criquetot die kleine Aubin eingeholt, die ganz gebeugt unter einem Sack Brot daherkam, der schwerer war als sie selbst und den ich ihr bis zum Tor der Allee getragen habe.

An Ruyters einen recht wichtigen Brief über Dostojewski und das Evangelium geschrieben (von dem ich leider keine Abschrift gemacht habe).

6. März.

Em. die kürzlich geschriebenen Seiten über die griechische Mythologie vorgelesen; ganz erstaunt, wie schlecht ich die Stellen finde, die ich für die besten hielt, und wie gut die, mit denen ich am wenigsten zufrieden war. – Im allgemeinen müßte ich mir an dem Punkt, wo ich gegenwärtig angelangt bin, viel mehr Freiheit zugestehen. Heute gelingt mir am besten das, was ich mit der geringsten Mühe schreibe. Ja: einverstanden sein mit dem, was mir natürlich ist. Die vergangene Anspannung ist genug.

Die Liste der für eine schwedische Übersetzung ausgewählten Stücke aufgestellt.

Mit Em. die Rechnungen geprüft, die sie zusammengestellt hat. Die Sparte «Geschenke» nimmt etwa ein Viertel der jährlichen Ausgaben in Anspruch (die übrigens das Einkommen beträchtlich übersteigen). Glücklich darüber, daß Em. diese Ausgaben ebenso billigt wie ich. Ich weiß, daß sie sich zusammennehmen muß, um nicht noch mehr hinzugeben, bis zur vollständigen Selbstentäußerung. – Ach, ich möchte dahin kommen, noch mehr geben zu können! Ich möchte dahin kommen, alles zu geben; nur noch das zu genießen, was ich gebe oder was ich von anderen erhalte.

8. März.

Von neuem nach Paris gerufen…

Em. kann nicht wissen, wie es mir das Herz zerreißt, sie zu verlassen, dazu noch, um fern von ihr das Glück zu finden.

Domi nimmt mich mit. Er ist nach Cuverville gekommen, um Em. Lebewohl zu sagen, ehe er an die Front geht. Heute morgen hat er beim Austeilen der Suppe an die armen Kinder der Gemeinde geholfen; anschließend sprach er ein paar Worte zu ihnen, in einem leichten und doch ernsten Ton, der uns die Tränen in die Augen trieb. Diese kleine, so kurze und einfache Abschiedszeremonie war, zumindest für Em. und mich, ergreifend.

18. April.

Gestern nach Cuverville zurückgekommen – nach zweimaligem Aufenthalt in Paris – unterbrochen von einer Woche in Carantec mit M. – bei Godebski.

«Ja, ich mag Madame E. sehr», sagte Cocteau, «und ich bewundere sie. Sie ist so aufrichtig. So hat sie sich neulich Debussy auf dem Totenbett angesehen; aber als man sie nachher gefragt hat: ‹Nun, wie war er?› – hat sie geantwortet: ‹Aber das weiß ich doch nicht, ich habe ihn nicht gesehen. Ich kann nämlich nur Farben sehen.› Und das stimmt! Ist das nicht fabelhaft? Sie sieht nur Farben!»

Nichts ist mir fremder als Cocteaus Bemühen, modern zu sein, das spürbar alle seine Gedanken und Entschlüsse beherrscht. Ich möchte nicht einmal behaupten, daß er unrecht hat, wenn er glaubt, die Kunst atme Leben nur in ihrer neuesten Erscheinungsform. Aber mir kommt es allein auf das an, was nicht zugleich mit einer Generation verschwinden wird. Mein Bestreben ist nicht, mit der Zeit zu gehen; mein Bestreben ist, über meine Zeit hinauszugehen.

Folgende Definition der *Sünde* vorschlagen: alles, was Schaden stiftet.
Damit hat man das Problem verlagert, nicht gelöst. Oft wird ein höheres Gut nur um den Preis eines Schadens im besonderen errungen.

20. April.

Eisiges Wetter. Durch eine Erkältung vollkommen entkräftet.
Manchmal frage ich mich, ob es nicht ganz falsch ist, M. ändern zu wollen; ob ich nicht von seinen Fehlern mehr lernen kann, als ihm die guten Eigenschaften nützen würden, die ich ihm angewöhnen möchte. Von meiner Mutter habe ich die Manie geerbt, an denen, die ich liebe, herumzubessern. Und doch zieht mich an M. mindestens ebenso stark das an, was ich seine Fehler nenne – und was doch vielleicht nur poetische Eigenschaften sind: Sorglosigkeit, Betriebsamkeit, mangelnder Zeitsinn, gänzliche Hingabe an den Augenblick … Und wie käme die kühne Selbstsicherheit, die mir so sehr an ihm gefällt, ohne einen gewissen Egoismus aus?

23.

In den letzten Tagen eine Menge Briefe geschrieben; erst heute abend fühle ich mich wieder frei genug, um mich von neuem meiner Arbeit zuzuwenden; es kostet mich die größte Mühe, mich wieder dahinterzumachen und genügend zu feuern, damit der Guß gelingt.

25.

Gestern *The Shaving of Shagpat* fertiggelesen; eines der Bücher, die meinen Neid wecken, das ich am liebsten selbst geschrieben hätte!

Ich lese heute morgen nochmals die auf seinen Vortrag zurückgehende Studie von Ruyters über mich (noch im Manuskript). Sie befriedigt mich ebensowenig wie die von Rivière. Einzig von einem ästhetischen Standpunkt aus kann man angemessen über mein Werk sprechen.

26. April.

Ausgezeichnete Geistesverfassung – könnte ich es nur über mich bringen, nicht mehr zu rauchen. Gestern den höchst erstaunlichen *Vautrin*[312] von Balzac gelesen. Habe ich ihn schon einmal gelesen? Wenn ja, wie zerstreut muß ich dann gewesen sein, daß mir nicht gleich aufgefallen ist, wie nahe man ihm gerade hier kommt, wieviel näher noch als im *Père Goriot* oder in den *Illusions,* auf wie bezeichnende Weise er gerade hier sein Geheimnis preisgibt. Ich habe alle Stellen angestrichen (besonders den Dialog mit Raoul de Frescas), die sich zum Zitieren eignen.

28.

Periode der Auflösung; getrieben von der Erinnerung an M., dem Verlangen nach ihm. Verlangen nach Maßlosigkeit, danach, meinen Dämon zum Äußersten zu treiben und meine Begierde zu erschöpfen. Ich müßte völlig zerschlagen sein und habe, ganz im Gegenteil, heute abend einen klaren, frischen und ausgeruhten Kopf, so daß ich nach dem Abendessen noch einmal hinaufgehe (was ich schon lange nicht mehr getan habe), um mich wieder an die Arbeit zu machen.

30.

Angeregt durch den *Vautrin* lese ich die *Ressources de Quinola*[313], die wirklich von seltener Dummheit sind.

4. Mai.

Holzsägen und anschließende Wassergüsse haben meinen Körper in einen Zustand glücklichen Gleichgewichts gebracht. Aber das anhaltende Schweigen von S. A. beunruhigt, ja ängstigt mich. Ohne M. auszukommen scheint mir schon nicht mehr möglich. In ihm ist meine ganze Jugend.

9. Mai.

Folgendes wäre ein wunderbares Thema für einen Roman:
X. macht gewaltige Anstrengungen, um mit Scharfsinn, Berechnung, Hinterlist ein Unternehmen zum Erfolg zu führen, von dem er weiß, daß es verwerflich ist. Getrieben wird er von seinem Temperament, das gewisse Forderungen stellt, sowie von der Moral, die er sich zu deren Befriedigung zurechtgelegt hat. Das alles bedeutet ununterbrochene, äußerste Anspannung; er wendet dabei mehr Entschlußkraft, Energie und Geduld auf, als nötig gewesen wäre, den höchsten Erfolg zu erringen. Und als das Ereignis endlich soweit vorbereitet ist, daß er es nur noch eintreten zu lassen braucht, bringt ihn die Entspannung, die nun eintritt, zur Besinnung; er erkennt, daß ihn dieses allzu gut berechnete Glück eigentlich gar nicht mehr reizt. Es ist aber zu spät, um einzuhalten; er wird selbst von der Maschine erfaßt, die er konstruiert und in Gang gesetzt hat, und muß nun, ob er will oder nicht, seinen Weg zu Ende gehen. Die Sache, die er nicht mehr in der Hand hat, reißt ihn mit sich fort, und fast passiv wohnt er seinem Untergang bei. Es sei denn, er entzöge sich ihm noch unversehens durch eine Art Feigheit; denn es gibt Menschen, die nicht den Mut haben, ihre Unternehmungen bis zum Ende durchzustehen, ohne darum etwa tugendhafter zu sein. Im Gegenteil, sie gehen daraus schwächer und mit geringerer Selbstachtung hervor. Deshalb wird X. auch, genau besehen, weitermachen, aber ohne Lust, freudlos und mehr aus *Treue*. Das ist auch der Grund, warum das Verbrechen so selten glücklich macht – und was man «Reue» nennt, beutet manchmal nur diesen Zustand aus.

Ein wenig langatmig, die *Amelia* von Fielding, die ich Em. vorlese. Da ich möglichen Ähnlichkeiten (oder besser, einer stilistischen Verwandtschaft) mit *Gil Blas* nachspüre, schlage ich in diesem die *Histoire de Scipion* wieder auf und bin vor allem darüber erstaunt, ihn besser zu finden.

10. Mai.

Die Zeitungen hatten nach ihrer gewohnten kriminellen Manier nur im Sinn, das Land zu narkotisieren. Überall wurden lange Artikel verbreitet, in denen man sich über die monströsen Ausmaße der deutschen Tanks mokiert, die angeblich einen sechssilbigen Namen tragen, der ebenso unhandlich sei wie sie selbst; ein reiner Bluff – so lautete die Schlußfolgerung – und in der Praxis unbrauchbar. Der gestrige Artikel von Henri Bidou läßt aber durchblicken, daß die Deutschen gegen die englischen Streitkräfte neben diesen schweren Tanks auch ein anderes Modell einsetzten, das ganz im Gegensatz dazu überaus schnell und leicht ist und unseren Verbündeten großen Schaden zufügte. Diese wurden ebenso durch eine neue Art Bombenwerfer überrascht, die leicht zu transportieren und hervorragend geeignet sind, die Truppe im Angriff zu unterstützen. Die Engländer, die auf diese neuen Erfindungen nicht eingestellt waren, mußten weichen ... Alles bringt mich zu der Überzeugung, daß der Sieg, wenn überhaupt einer möglich ist, nicht dem klügeren Einsatz irgendwelcher Mittel, nicht der Fliegerei noch der überlegenen Tapferkeit der Truppen zu verdanken sein wird, sondern irgend etwas Unbekanntem, das den Gegner durch Überraschung überwältigen wird. Jeder Vormarsch der Deutschen wurde durch eine Überraschung ermöglicht. Zunächst überraschten sie durch ihre Maschinengewehre, dann durch ihr Giftgas, usw., usw. Die Engländer hätten durchschlagende Erfolge erzielen können, hätten sie nur ihre Tanks unverzüglich und alle auf einmal eingesetzt, statt den Feind allmählich daran zu gewöhnen. Denn es gibt keine noch so subtile oder starke Maschine, gegen die man nicht schließlich eine Abwehr fände. Der Sieg wird einer Erfindung zu danken sein, irgend etwas Überraschendem; und weniger dem Heer als dem Wissenschaftler, dem Ingenieur.

Wobei einen der Gedanke rasend macht, daß Frankreich das Land der Erfinder ist! Darauf läuft es immer wieder hinaus: Wir verstehen unsere Fähigkeiten nicht auszunützen.
Was nützt es aber, das alles niederzuschreiben?

11. Mai.
Das größte Glück neben dem zu lieben liegt darin, seine Liebe zu gestehen.

14.
Könnte ich sicher sein, noch fünfundzwanzig Jahre zu leben, so fände ich, scheint mir, daran mein Genügen; es scheint mir aber auch, als würde ich mich mit weniger nicht zufriedengeben.

17. Mai.
Ah, schon ist voller Sommer! Mein Herz ist nur noch eine grenzenlose Freudenhymne ...
Ich habe in den letzten Tagen viel gearbeitet und den ersten Teil von *L'Aveugle* annähernd beendet.

19. Mai.
Pfingsten. Morgen reise ich nach Paris ab. Das Land ist überwältigend in seiner Pracht.
M. zwei Tage lang in Limoges wiedergesehen, von wo ich ganz von Glück erfüllt zurückkomme. Ich erwarte ihn.

31. Mai.
Rückkehr nach Cuverville mit dem ersten Zug von Les Ifs, wo ich übernachtet habe.

1. Juni.
Manchmal denke ich mit Schrecken, daß der Sieg, den unsere Herzen für Frankreich wünschen, einer der Vergangenheit über die Zukunft sein könnte.

In Paris habe ich (auszugsweise) das abscheuliche Buch von Douglas, *Oscar Wilde und ich,* gelesen. Man kann die Heuchelei nicht weiter treiben, noch mit größerer Unverschämtheit lügen. Es ist eine ungeheuerliche Verfälschung der Wahrheit, die mich mit Ekel erfüllt hat. Mir scheint, als könnte ich schon am Klang seiner Sätze hören, daß er lügt, selbst wenn ich nicht Augenzeuge von Vorgängen gewesen wäre, die er leugnet und von denen er sich gerne reinwaschen möchte. Aber das genügt ihm noch nicht. Er behauptet, nichts von Wildes Lebenswandel gewußt zu haben, und daß er ihn anfangs nur deshalb unterstützt habe, weil er ihn für unschuldig hielt. Wer wird ihm das abnehmen? Ich weiß es nicht; aber ich möchte nicht sterben, bevor ich ihn demaskiert habe. Dieses Buch ist eine Niederträchtigkeit.

2. Juni.

Die Deutschen sind in Château-Thierry. Tage grauenhaften, angstvollen Wartens. Unaufhörlich hat das schöne Wetter sie begünstigt, war der Wind gegen uns. Manchmal sieht es aus, als sei etwas Gottloses, etwas Verzweifeltes in unserem Widerstand, und das vor allem zieht mir das Herz zusammen. Oh, ich sage das ohne Mystizismus! Ich meine nur, daß die *Freiheit,* die wir angeblich repräsentieren und verteidigen, meist nichts anderes ist als das Recht, nach Lust und Laune zu handeln, und daß man sie besser Unbotmäßigkeit nennen sollte. Ringsumher sehe ich nichts als Unordnung, Auflösung, Nachlässigkeit und Verschwendung der glänzendsten Eigenschaften – nichts als Schwindel, Politik, Ungereimtheiten. Nichts erhält den ihm zukommenden Platz, nichts wird mehr richtig gewürdigt, und gerade die seltensten Kräfte, die vor allem zu triumphieren verdienten, werden durch Mißbrauch verdächtig, schädlich und zerstörerisch.

8. Juni.

Die letzten Tage mit der Fertigstellung des *Corydon* verbracht. Bestimmt werde ich in den Fahnen noch einiges korrigieren müssen, wird es im Anhang noch vieles hinzuzufügen geben – aber so, wie es ist, könnte ich es dennoch in Druck geben. Ich wollte dreizehn

Exemplare – um keines mehr – drucken lassen und hätte mich auch gleich darum gekümmert, wäre Gouchtenaere (Méral) noch in Paris und hätte sein Drucker nicht unter dem Bombardement zu leiden gehabt.
Außerdem möchte ich vor Ende dieses Jahres in Druck geben:
eine Neuausgabe der *Nourritures;*
die große Ausgabe von *Typhon;*
die Briefe von Dupouey;
einen dritten Band *Prétextes;*
und eine Ausgabe des *Prométhée* in einer Auflage von 300 Exemplaren.
Vielleicht auch meine Übersetzung von *Antony and Cleopatra.*
Schließlich hoffe ich sehr, meine *Symphonie pastorale* beendet zu haben.

18. Juni.

Ich verlasse Frankreich in einem Zustand unaussprechlicher Angst. Es kommt mir vor, als sagte ich meiner ganzen Vergangenheit Lebewohl …

*

Grantchester, 3. Juli.

Ich habe zwei Züge zuviel von der Zigarette geraucht, die nun im Aschenbecher vor mir vollends verglimmt; doch ist der leichte Schwindel nicht unangenehm, in dem sich meine Gedanken mit den bläulichen Rauchringen drehen, die zur weißen Decke emporschweben. Ich habe die scheußlichen Photographien und Drucke abhängen lassen, welche die Wände des kleinen Zimmers bedeckten, worin mir nichts gehört und das ich desto lieber bewohne, je mehr sich meine Vergangenheit darin in nichts auflöst. Meine Wirtin hat Feuerlilien in die Schale gegeben, in der gestern noch Blumen welkten, deren Namen ich nicht weiß. Auf dem Kaminsims macht eine Uhr, die ich vergeblich anzuhalten versuchte, einen greulichen Lärm. Die Luft ist warm, der Himmel rein; die Zeit vergeht. Ich zünde mir eine neue Zigarette an.

Wie gut mir der Ausspruch von Hobbes gefällt, den Aubrey überliefert:
«Wenn ich so viel gelesen hätte wie die andern, hätte ich auch nicht mehr gewußt als die andern.»

15. Juli.
Vorgestern nach Grantchester zurückgekehrt, das ich am 9. Juli verlassen hatte, um Raverat zu treffen. Viel mit ihm geplaudert; zahlreiche Gedichte gelesen – die von Marlowe und Herrick haben mir besonders gefallen.

Cambridge, 2. September.
Seit vierzehn Tagen wohne ich in Merton House. Noch nie in meinem Leben war ich besser untergebracht, ausgenommen natürlich in Cuverville und in der Villa. Norton, mein Gastgeber, ist nicht da.

*

Cuverville, 10. Oktober.
Seit einigen Tagen wieder im Hafen. Ich weiß nicht, ob ich genügend Ausdauer haben werde, dieses Tagebuch regelmäßig zu führen – wie vor meiner Abreise nach England? ...
Einige Mühe, mich wieder an die Arbeit zu machen. Die Bücher, die ich aus London mitgebracht habe, interessieren mich mehr als die, welche ich schreiben könnte. Bedauerlich; aber ein Zustand, der vorübergehen wird. Browning vor allem, dessen Biographie ich eben beende (Studie von Chesterton*) und dem ich mich von allen Seiten gleichzeitig nähere. Erstaunlich *Mr. Sludge, «the Me-*

* Ein paar sehr scharfsinnige Bemerkungen in einer Flut von Spitzfindigkeiten; ärgerliches Bedürfnis, einen fiktiven Gegner seiner absurden Anschauungen zu überführen. Viele Abschnitte beginnen so: «This is a truth little understood in our time» usw. ..., oder «none of the students of Browning seems to have noticed ...», Sätze, durch die er einer manchmal vollkommen banalen Bemerkung Seltenheitswert verleihen will. Ich kann diese Art Bluff nicht ertragen.

dium»; das kurze Stück *Prospice* ergreift mich besonders und der wunderbare Anfang von *The Worst of it.* Auch einige späte Gedichte gelesen.
Zu träge, um meine Gedanken präzise auszudrücken; Neigung, sie in einem poetischen – soll heißen: nebelhaften – Zustand zu belassen. Dagegen angehen.
Quälende Furcht vor dem Tod und davor, daß der Boden unter meinen Füßen plötzlich nachgeben könnte. Ich liebe das Leben leidenschaftlich, aber mir mangelt es ihm gegenüber an Zuversicht. Sie wäre nötig.

11. Oktober.

Gestern abend lange mit dem Bienenstock beschäftigt gewesen, der zwar von den Bienen verlassen worden ist, aber immer noch ein paar honigschwere Waben enthält.
Mit *Sludge* fortgefahren und Em. das großartige *Prospice* vorgelesen. Die ersten hundert Seiten des dritten Bandes der *Littérature anglaise* wiedergelesen. Mich schaudert bei dem Gedanken, daß irgendein Taine später einmal unsere Gesellschaft nach den Theaterstücken von Bernstein und Bataille, nach dem Malvy- und dem Steinheil-Prozeß usw. beurteilen könnte ... An anderer Stelle ein paar Überlegungen zu diesem Thema notiert.

12. Oktober.

In den letzten Tagen alles durchgesehen und korrigiert, was ich bisher von der *Symphonie pastorale* geschrieben habe. Es macht einen guten Eindruck auf mich; es macht mir aber um so mehr Mühe, mich wieder intensiv damit zu befassen, als die subtile und nuancierte Perfektion, wie sie der Gegenstand erfordert, weit von dem entfernt ist, was ich zur Zeit zu verwirklichen imstande bin. Diese Arbeit, die ich zuallererst fertigstellen muß, macht mich ein wenig unruhig.
Mit Befriedigung Valery Larbauds Vorwort zum *Whitman* gelesen.[314]

13. Oktober.

Nur von einem künstlerischen Standpunkt aus kann das, was ich schreibe, angemessen beurteilt werden, ein Standpunkt, den der Kritiker nie oder fast nie einnimmt – und der, wenn einer es wie durch ein Wunder doch tut, bei den Lesern den größten Widerstand hervorruft. Es ist übrigens der einzige Standpunkt, der keinen anderen ausschließt.

16. Oktober.

Éric Allégret und Domi, beide auf Genesungsurlaub, sind vorgestern morgen überraschenderweise zu Besuch gekommen. Domi das *How they Brought the Good News from Ghent to Aix*[315] zu lesen gegeben.

Mich den ganzen gestrigen Tag mit ziemlich starken Kopfschmerzen herumgequält. Immerhin habe ich mich wieder an die Arbeit gemacht. Vielleicht hätte ich sie im Juni nicht so leicht liegenlassen, hätte ich geahnt, wie schwer es mir fallen würde, sie wiederaufzunehmen. Aber war ich damals imstande zu überlegen, zu ermessen, abzuwägen?… Eine unwiderstehliche Macht trieb mich vorwärts, und alles hätte ich geopfert, um M. wiederzusehen – ohne daß ich auch nur auf den Gedanken gekommen wäre, ihm etwas zu opfern.

Heute gelingt es mir nur mit äußerster Mühe, mich von neuem für die Geistesverfassung meines Pastors zu interessieren, und ich fürchte, der Schluß des Buches wird darunter zu leiden haben. Um in seine (des Pastors) Gedanken ein wenig Leben zu bringen, habe ich mir das *Evangelium* und Pascal wieder vorgenommen. Aber ich möchte zugleich meine innere Begeisterung wiederfinden und mich doch nicht von ihr fortreißen lassen; ich ziehe die Zügel an und gebe gleichzeitig die Peitsche, wobei noch nie etwas Rechtes herausgekommen ist.

Mich wieder ans Klavier gesetzt und mit dem lebhaftesten Vergnügen einige Fugen aus dem *Wohltemperierten Klavier* gespielt.

19. Oktober.
Lektüre und Arbeit. Es beunruhigt mich ein wenig, mich mit meiner *Symphonie pastorale* so rasch dem Ende zu nähern; damit meine ich, daß ich meinen Gegenstand erschöpft haben werde, während die Proportionen und das Gleichgewicht des Buches eine ausführlichere Entwicklung verlangen würden... Vielleicht täusche ich mich aber auch; und im übrigen stecken auch in der Lösung des Knotens noch einige schöne Möglichkeiten.
Viel von Browning gelesen. Vielleicht werde ich dem zweiten Teil meiner Memoiren folgende Strophe aus *By the Fireside* als Motto voranstellen:

My own, confirm me! If I tread
This path back, is it not in pride
To think how little I dreamed it led
To an age so blest that, by its side,
Youth seems the waste instead?[316]

20.
Ich lese die Lebensgeschichte des Kardinals Manning in *Eminent Victorians* von Lytton Strachey und die *Souvenirs* von Renan. Mir ist die Kraftlosigkeit seiner Gedanken ebenso unerträglich wie sein gefälliger Stil. Und doch scheint mir das Buch sehr wichtig.

23.
Den *Ivan Ivanovitch* von Browning gelesen und *Bishop Blougram's Apology.*

26.
Und noch während ich Browning las (*Saul, Fra Lippo Lippi, Andrea del Sarto* usw.), dachte ich: Aber wir haben Victor Hugo! Also habe ich heute morgen *La Légende des siècles* (Band II der Ausgabe letzter Hand) wieder vorgenommen und mit größter Mühe den *Eviradnus* gelesen. Verblüfft über die gigantische Albernheit dieser erhabenen Verse. Man stelle sich vor, wie sich ein Ausländer darin verliert! Was bleibt da außer der handwerklichen Bedeutung? Was immer Souday dazu sagen möge! Schöne Verse, bewun-

derungswürdige Verse (die äußere Form des Gesangs in *Eviradnus* ist von einer außerordentlichen, sogar besonders seltenen Schönheit), aber ihre Schönheit liegt einzig in Wort und Ton. Etwas Hohleres und Unsinnigeres kann man sich gar nicht vorstellen ... und auch nichts Glänzenderes.

....

Blätter

I.

Alle großen Kunstwerke sind einigermaßen schwer zugänglich. Wenn ein Leser sie für leicht hält, dann hat er nicht verstanden, bis zu ihrem Wesen vorzudringen. Um dieses geheimnisvolle Wesen gegen allzu unverschämte Annäherungsversuche zu verteidigen, ist Dunkelheit gar nicht vonnöten; die Klarheit besorgt das ebensogut. Sehr große Klarheit ist, wie bei vielen der schönsten französischen Werke, denen Rameaus, Molières oder Poussins, der stärkste Verteidigungswall eines Werks; man bezweifelt bisweilen, daß sie überhaupt ein Geheimnis in sich bergen; es scheint, als habe man ihre Tiefen sogleich ausgelotet. Aber zehn Jahre später kehrt man zu ihnen zurück und dringt noch tiefer in sie ein.
Aus demselben Grund erscheint die französische Sprache zunächst kinderleicht, dann immer schwieriger in dem Maß, als man sie besser versteht.

*

Was mich an Romain Rolland offenbar stört, ist die Tatsache, daß ihm der Krieg nichts anhaben kann. Sein Buch *(Jean-Christophe)* wirkt am besten in der Übersetzung. Ich gehe noch weiter: Er würde vom Zusammenbruch Frankreichs nur profitieren, profitieren auch von einem Niedergang der französischen Sprache, der französischen Kunst, des französischen Geschmacks und all jener Gaben, die er leugnet und die ihm versagt sind.

Er ist so vollkommen gutgläubig, daß er einen manchmal beinahe entwaffnet. Er ist ein Naiver, aber ein leidenschaftlicher Naiver. Schon früh hat er seine Freimütigkeit für eine Tugend gehalten, und, da sie einigermaßen summarisch ist, alles, was andere an weniger Rudimentärem zu sagen hatten, für Heuchelei. Ich bin mir sicher, daß ihm diese Haltung allzuoft erst möglich wird durch einen Mangel an Gefühl und Geschmack, ja sogar an Verständnis für die Kunst, für Stil und ein gewisses Griechentum, das keine andere Heimat mehr hat als Frankreich. Nichts ist formloser als sein Buch; es ist ein Gugelhupf, in dem man dann und wann eine Rosine findet. Keinerlei Glanz, keinerlei Kunstfertigkeit; ich verstehe sehr wohl, daß es gerade darum gewissen Leuten gefällt.

*

Ich frage mich, ob La Rochefoucauld an dem Tag, da er alle Regungen unseres Herzens auf die Eigenliebe zurückführte und darauf reduzierte, besonderen Scharfsinn bewies oder ob er damit nicht vielmehr jedes indiskretere Nachspüren vereitelte. Nachdem die Formel einmal gefunden war, hielt man sich daran und lebte zwei Jahrhunderte lang von dieser Erklärung. Ein Psychologe galt um so erfahrener, je skeptischer er sich gab und je besser er es verstand, hinter den edelsten, den aufopferndsten Handlungen den geheimen egoistischen Antrieb zu entlarven. Wodurch ihm alles Widersprüchliche in der menschlichen Seele entgeht. Ich werfe ihm nicht etwa vor, daß er die «Eigenliebe» entlarvt; ich werfe ihm bisweilen vor, daß er sich damit zufriedengibt; ich werfe ihm vor, daß er glaubt, alles getan zu haben, wenn er die Eigenliebe entlarvt hat. Ich werfe vor allem seinen Nachfolgern vor, daß sie dabei stehengeblieben sind.
Mit größerem Gewinn wird man über die folgenden Worte von Saint-Évremond nachdenken (die ich zu meinem Leidwesen nicht in der Auswahl finde, die der *Mercure* gebracht hat, und auch in keiner einzigen Anthologie):
Plutarch hat den Menschen allzusehr im großen und ganzen beurteilt und ihn nicht für so *differenziert* gehalten, *wie er es von sich*

aus ist: böse, tugendhaft, rechtschaffen, ungerecht, menschlich und grausam; *was ihm widersprüchlich erscheint, schreibt er fremdem Einfluß zu,* usw.
Diese Sätze enthalten eine vorzügliche Lehre.
Eine Theorie ist nur dann gut, wenn sie nicht zum Stillstand, sondern zu vermehrter Arbeit führt. Eine Theorie ist nur unter der Bedingung gut, daß man sie mit ihrer Hilfe überwinden kann. Die Theorien von Darwin, von Taine, von Quinton, von Barrès ... Die Größe Dostojewskis besteht darin, daß er die Welt nie auf eine Theorie reduziert hat, daß er sich von keiner Theorie hat reduzieren lassen; Balzac hat immer eine Theorie der Leidenschaften gesucht; er hatte das große Glück, sie nie zu finden.

Die wichtigsten Entdeckungen werden in den meisten Fällen nur dadurch gemacht, daß ganz geringfügige Phänomene *in Betracht gezogen werden,* deren Vorhandensein man bis dahin höchstens deshalb bemerkte, weil sie Berechnungen über den Haufen warfen, Prognosen unmerklich modifizierten und das Zünglein an der Waage kaum sichtbar nach der einen oder anderen Seite zum Ausschlagen brachten.
Ich denke dabei an die Entdeckung der neuen chemischen «Grundstoffe», die so schwer zu isolieren sind. Ich denke vor allem an die Zerlegung dieser Stoffe, solcher also, welche die Chemie bis heute für «einfach» hielt. Ich denke daran, daß es in der Psychologie keine einfachen Gefühle gibt und daß im Herzen des Menschen noch viele Entdeckungen zu machen sind.
Wie sehr gefällt mir, was Saint-Évremond über Plutarch sagt: «... Ich meine, er hätte weiter in die Tiefen des menschlichen Wesens vordringen können. In unserer Seele gibt es geheime und verborgene Winkel, die ihm entgangen sind ... Hätte er Catilina charakterisiert, er hätte ihn als geizig oder als freigebig dargestellt: das *alieni appetens, sui profusus*[317] lag jenseits seines Begriffsvermögens, und niemals hätte er die Widersprüche entwirrt, die Sallust so fein unterschieden und selbst Montaigne viel besser verstanden hat.»

*

DIALOG ZWISCHEN RACINE UND DEM PATER BOUHOURS.*

BOUHOURS: Es ist entschieden bedauerlich, daß Sie die klanglichen Wiederholungen nicht abgestellt haben, auf die ich Sie schon bei Ihrem ersten Vorlesen aufmerksam machte:

Vous mourûtes aux bords où vous fûtes laissée.[318]

Ist es denn möglich, daß Sie das nicht stört, Sie, den man mitunter gerühmt hat ob seiner...

RACINE: Mein Freund, vor der Harmonie die Grammatik.

BOUHOURS: Und das sagen Sie ausgerechnet zu mir? Trotzdem, meinen Sie nicht, Sie könnten hier beides vereinigen?

RACINE: Sie wissen doch, daß ich mich schon vergeblich darum bemüht habe. Ich spreche von ebendem Vers, der Sie ärgert und der mir anfänglich, wie ich gestehen muß, keine Ruhe gelassen hat.

BOUHOURS: Ich habe Ihnen «vous trouvâtes la mort» anstatt «vous mourûtes» vorgeschlagen – oder eine Abänderung des folgenden Halbverses. Das wäre Ihnen mit Sicherheit gelungen, hätten Sie sich nicht von vornherein eingeredet, daß es unmöglich sei.

RACINE: Ich war keineswegs überzeugt, daß es unmöglich sei; doch während ich noch nach einer anderen Form des Verses suchte, die empfindlichen Ohren die klangliche Wiederholung, über die Sie sich beklagen, ersparen sollte, begann ich mich zu fragen, ob es denn wirklich nötig sei, sich so abzumühen, nur um eine Wiederholung zu vermeiden, die sich durch die einfachste und natürlichste Ausdrucksweise ergab. Mehr noch: bald war ich überzeugt, manche würden in dieser Wiederholung einen besonderen Reiz entdecken; ich gestehe Ihnen sogar, daß ich bei wiederholtem Lesen diesen Reiz selbst empfand.

* «Corneille und Racine haben sich den Regeln unterworfen; sie haben keine aufgestellt. Wenn sie auch später kraft ihres Genies zu Autoritäten auf dem Gebiet der Sprache geworden sind, besserten sie bei Lebzeiten in aller Demut Fehler aus, der eine, um Vaugelas zufriedenzustellen, der andere aus Hochachtung für den Pater Bouhours, den offiziell anerkannten Sprachrichter.» Brunot, Vorwort zur *Histoire de la langue française* (S. XV).

BOUHOURS: Man findet alles, was man finden will.
RACINE: Fordern Sie mich nicht zu sehr heraus, oder ich sage Ihnen und bin am Ende tatsächlich davon überzeugt, daß ich diesen Vers eben um der Wiederholung willen schrieb, und daß es die Wiederholung ist, die mir an ihm gefällt.
BOUHOURS: Wenn Sie so denken, sind meine Ratschläge allerdings überflüssig.

*

Ich denke, daß bei der Entstehung eines «großen Mannes» etwas besonders *well timed* ist, und daß sein Werk einen Teil seiner Größe oft dem günstigen Zeitpunkt verdankt. Heutzutage hätte Molière unter Umständen über Verlaine gespottet, was bedauerlich gewesen wäre, während es gut war, daß er Vadius[319] verspottet hat. Seine hervorragenden Fähigkeiten waren vor allem zu einer Zeit schätzenswert, in der sie besonders dringend gebraucht wurden (aber wird gesunder Menschenverstand nicht immer gebraucht?). Und diese Freude, die voll Weisheit und ein wenig trivial ist, deren Kunstgriffe ein wenig derb sind, deren Geist (den ich so sehr an ihm liebe) ein wenig schwerfällig ist – ich will nicht etwa behaupten, das alles passe weniger in die heutige Zeit, aber ich bezweifle, daß es auch heute noch so vollendete Kunstwerke hervorbringen könnte wie damals, Kunstwerke, die imstande sind, die besten, die unterschiedlichsten Geister für sich zu gewinnen.
Das alles meine ich, doch je länger ich schreibe, desto weniger bin ich davon überzeugt. Denn wenn schließlich Mirbeau kein Molière ist, so lag es nur an ihm, es uns nicht so deutlich merken zu lassen. – Alles, was man sagen kann, ist wohl, daß der große Mann jemand ist, dessen Qualitäten durch seine Epoche am meisten begünstigt werden, und daß zwischen ihm und ihr eine Art Komplizenschaft besteht.

*

In den Versen Baudelaires:

Là, tout n'est qu'ordre et beauté,
Luxe, calme et volupté.[320]

– in denen der unaufmerksame Leser nur einen Wortschwall erblickt, sehe ich die vollkommene Definition des Kunstwerks. Ich betrachte jedes der Worte für sich, bewundere dann die Girlande, die sie bilden, und ihre magische Wirkung; denn keines ist unnötig und jedes ist genau an seinem Platz. Gerne würde ich sie der Reihe nach als Kapitelüberschriften eines Traktats über die Kunst verwenden.

1. *Ordnung* (Logik, vernünftige Anordnung der Teile);
2. *Schönheit* (Linie, Schwung, Kontur des Werkes);
3. *Pracht* (gebändigte Fülle);
4. *Stille* (Beschwichtigung des Tumults);
5. *Wollust* (Sinnlichkeit, anbetungswürdiger Zauber der Materie, verlockender Reiz).

*

Der Romanschriftsteller hat nicht den Wunsch, den Löwen Gras fressen zu sehen. Er erkennt, daß ein und derselbe Gott den Wolf und das Lamm geschaffen und dann gelächelt hat, «da er sah, daß es gut war».

*

Ich habe das Buch von Monsieur V. de Pallarès gegen Nietzsche[321] nicht gelesen; wohl aber in der *Coopération des Idées* einige Seiten darüber von Monsieur G. Deherme, der es lobt, wobei er sich zuerst noch fragt, ob Nietzsche eigentlich wichtig genug sei, daß es sich lohnt, über ihn zu sprechen.

«Um Nietzsches Werk richtig einschätzen zu können, muß man zuerst wissen, was für ein Mensch er war. Monsieur de Pallarès zeigt uns Nietzsche als verlorenen Sohn (oder als Wunderkind?), als Schüler Schopenhauers und Wagners, als Kritiker, der sich wutentbrannt gegen seinen Meister, gegen den ehemaligen Freund wendet, dessen Nerven völlig zerrüttet sind, der größenwahnsinnig, Evangelist, Zarathustra ist, und schließlich, zwölf Jahre vor

seinem Tod, in völligen Wahnsinn verfällt. Er war impulsiv, haltlos, besessen, neurasthenisch, arzneimittelsüchtig – ein Schwächling, ein willenloser Mensch. Deshalb spricht er auch nur von dem, was ihm fehlt: von Kraft und Willen.»
Das ist die Anklage, die man dem Gekreuzigten entgegenschleuderte: «Bist du Christus, dann erlöse dich selbst!» Ich erkenne sie wieder. Ich vergleiche Nietzsche nicht mit Christus – auch wenn Monsieur Binet-Sanglé uns seinerzeit nachgewiesen hat, daß der Nazarener auch bloß ein Kranker und Wahnsinniger war! –, ich vergleiche nur die absurden Anschuldigungen, die man gegen sie erhebt und die aus genau derselben Verständnislosigkeit resultieren. Es ist in unserer Zeit üblich geworden, den Denkvorgang auf physiologische Ursachen zurückzuführen; und ich sage nicht, daß das falsch ist; ich sage aber, daß es falsch ist, den Eigenwert des Denkens dadurch aufheben zu wollen.
Es ist *natürlich,* daß jede große moralische Reform, das, was Nietzsche die Umwertung aller Werte nennen würde, auf einer physiologischen *Gleichgewichtsstörung* beruht. Befindet man sich wohl, so ruht das Denken und kann, solange der Zustand zufriedenstellend ist, nicht die Absicht haben, ihn zu ändern. (Ich spreche vom *inneren* Zustand, denn wenn es um den äußeren oder sozialen Zustand geht, sind die Motive des Reformators ganz andere; dieser ist Mechaniker, jener Chemiker.) Immer ist ein Unbehagen der Ausgang einer Reform; das Unbehagen, unter dem der Reformator leidet, geht auf eine innere Gleichgewichtsstörung zurück: Die spezifischen Gewichte, die Grundsätze und die Werte der Moral bieten sich ihm voneinander abweichend dar, und der Reformator sucht sie wieder in Einklang zu bringen; er strebt nach einem neuen Gleichgewicht; sein Werk ist nichts als der Versuch einer Reorganisation nach Maßgabe seiner Vernunft, seiner Logik, der Unordnung, die er in sich fühlt; denn der Zustand des Nicht-in-Ordnung-seins ist ihm unerträglich. Ich sage natürlich nicht, daß man nur in seinem Gleichgewicht gestört zu sein braucht, um Reformator zu werden – wohl aber, daß jeder Reformator zunächst einmal ein in seinem Gleichgewicht Gestörter ist.

Ich wüßte unter denen, die der Menschheit zu neuen Wertvorstellungen verhalfen, auch nicht einen einzigen, bei dem diese Herren Binet-Sanglé nicht mit Grund das entdecken könnten, was sie vielleicht als Makel bezeichnen würden – und was ich einfach eine Herausforderung nennen möchte. Sokrates, Mohammed, Paulus, Rousseau, Dostojewski, Luther – Monsieur Binet-Sanglé zähle sie auf, er nenne mir noch andere: Nicht einer ist darunter, den ich nicht für anormal halte.

Und natürlich kann man *anschließend* so denken wie sie, ohne selbst in seinem Gleichgewicht gestört zu sein; es war aber ein Zustand des gestörten Gleichgewichts, der am Anfang diejenigen Gedanken zu Hilfe rief, die der Reformator brauchte, um in sich die zerbrochene Harmonie wiederherzustellen. Es mußte ein erster krank werden, um in der Folge vielen die Gesundheit zu ermöglichen. Rousseau wäre ohne seinen Wahn nur ein unverdaulicher Cicero gewesen; und gerade im Wahnsinn Nietzsches erblicke ich das Siegel seiner wahren Größe.

ZU MAURICE BARRÈS.

Was er «protestantischen Geist» nennt, ist jener «gefährliche» Sinn für Billigkeit, der die Jansenisten zu schreiben veranlaßte: «Welchem Stand und welchem Land ihr auch angehören möget, ihr dürft nur das glauben, was wahr ist und was zu glauben ihr auch geneigt wäret, gehörtet ihr einem anderen Land, einem anderen Stand, einem anderen Beruf an ...»

Und ferner: «Wir beurteilen die Dinge nicht nach dem, was sie an sich sind, sondern nach dem, was sie im Hinblick auf uns sind: und Wahrheit und Nützlichkeit sind für uns eins.» (*Logique de Port-Royal,* 3. Teil, Kapitel XIX, §1.)

Das, was der große Arnauld mit Bedauern feststellt, wird bei Barrès zur Grundlage seiner Ethik.

Um der größeren *Nützlichkeit* willen hat er diejenige Form des Denkens als kantianisch und deutsch oder protestantisch und antifranzösisch – und somit hassenswert – hingestellt, die eigentlich jansenistisch und, im Gegenteil, viel französischer ist als die jesuitische Form des Denkens, der sie sich immer entgegengestellt hat.

II.

IN EIN ALBUM ...
Émile Verhaeren zum Gedächtnis.

Februar (1918).

Ein kleines Land, dessen Grenze ein ungeheurer Horizont in den Himmel entrückt und von dem die Seele sich mühelos aufschwingt; ein Himmel und manchmal ein Nebel, der uns zwingt, die Sonne in der eigenen Brust zu suchen, und wo ein leidenschaftlicher Wind gebieterisch herrscht; ein schwarzer Boden, reich an verborgener Glut, geheimen Quellen und geballter Kraft; schwere Arbeit, die die Muskeln spannt und den Menschen seine höchste Schönheit in der Anstrengung finden läßt; und doch Behaglichkeit, aber ohne Trägheit, Luxus, aber ohne Gefälligkeit, sinnlicher Genuß ohne Schmachten.

Und ihr, große übervölkerte Städte, überbordende Häfen, ihr vor allem, kleine wohlhabende Städtchen, sauber gemalt und gezeichnet, gestern noch still, mit den Menschen im reinen und auf den lieben Gott vertrauend – heute zermalmt, schmerzerfüllt, imaginäre Schulden mußtet ihr bezahlen, eine maßlose Ungerechtigkeit und einen bösen Streit müßt ihr begleichen ...

All das sehe ich in deinem lebendigen Blick, Verhaeren, großer dahingegangener Freund, heute noch lebendiger, durch dein Fortsein gegenwärtiger, als da wir dich noch unter uns wußten – eine große Liebe höre ich singen, eine tiefe Empörung in deiner fortwirkenden Stimme, die den Tod nicht kennt.

*

Ihr möchtet gerne wissen, woran ihr euch bezüglich meiner politischen Meinung halten sollt. Euch schien, als machte ich allzuoft, nach rechts oder links, einen Schritt vorwärts, um sogleich wieder zwei zurückzugehen, so daß nichts weniger zuverlässig sein könnte als von mir etwa abgegebene Erklärungen. Genau deshalb habe ich auch keine abgegeben, da ich die Unentschlossenheit meines

Geistes schließlich kenne, sie aber immerhin der Unbeständigkeit vorziehe.
Offen gestanden interessieren mich politische Fragen nicht besonders; es fällt mir schwer zu glauben, daß ein bestimmtes Regime allen anderen vorzuziehen sei, und wenn es schließlich so weit kommt, daß ich Frankreich einen König wünsche (und wäre es ein Despot), so deshalb, weil mir leider alles zeigt, daß die Franzosen von allen Völkern, die ich kenne, diejenigen sind, denen am meisten der Sinn für das allgemeine Wohl und jene Solidarität abgeht, ohne die sich eine Republik nur zum Schaden für jedermann entwickeln kann.
Ja, politische Fragen interessieren mich weniger, und ich halte sie für weniger wichtig als die sozialen, und die sozialen für weniger wichtig als die moralischen. Denn schließlich halte ich es für erwiesen, daß an der «schlechten Organisation», über die hier unaufhörlich geklagt wird, in den meisten Fällen die Nachlässigkeit oder fehlende Gewissenhaftigkeit der Angestellten, und zwar der bescheidensten wie der höchsten, bei der Ausübung ihrer Funktionen schuld ist. Es geht nicht so sehr darum, das System zu reformieren, als den Menschen selbst, und Paul Valéry scheint mir recht zu haben, der neulich meinte, das wichtigste Ministerium sei das Unterrichtsministerium.
Wenn der Stoff, aus dem der Geist besteht, schlecht ist, dann wird man, wie ich wohl weiß, auch nichts Schönes darauf sticken können; es ist aber keineswegs erwiesen, daß der Stoff schlecht ist; mir scheint, wie so oft in Frankreich ist auch hier nicht so sehr ein Mangel zu beklagen, sondern vielmehr die schlechte Nutzbarmachung des Vorhandenen.

*

Den französischen Nationalisten erkennt man an seiner Vorliebe für alles Spanische. Zum Glück erkennt man ihn noch an ein paar anderen Merkmalen.
Der Nationalist verfügt über einen ausgedehnten Haß und eine beschränkte Liebe. Er kann sich einer Vorliebe für tote Städte nicht erwehren. Sein stärkster Haß richtet sich gegen französische Lite-

raturprovinzen, die nicht zu Frankreich gehören – damit meine ich vor allem Belgien und die Schweiz. Er bedauert, daß nicht alle französischen Protestanten Schweizer sind, denn er hat einen Hang zur Vereinfachung und haßt die Protestanten ebensosehr wie die Schweizer.
Der Nationalist glaubt gern, daß Christus Katholik war.
Sofern man sein Vaterland liebt, hat man so manche Idee mit ihm gemeinsam; aber der Nationalist erträgt es nicht, irgendeine Idee mit uns gemeinsam zu haben.

*

MORÉAS.
Es gibt vielleicht in der ganzen Geschichte unserer Literatur kein Beispiel einer Dichtung von geheimerer Musikalität, keine Dichtung, deren persönliche Kraftquelle stärker von der französischen Sprache abhängig zu sein scheint. Wäre Moréas verkannt worden, wäre es mir ein Vergnügen gewesen, überschwengliche Lobreden auf die *Stances* zu schreiben, aus denen mein Herz ebenso gesprochen hätte wie mein Kopf.
Heute, da unser aus den Fugen geratenes Land sich von seinen südlichen Provinzen lenken läßt und in einer solchen Dezentralisation sein Heil zu finden glaubt, ist es vermutlich kein leichtes, all dem Fremdartigen, das dieser Dichtung für ein vollkommen französisches Gehirn anhaftet, zur Anerkennung zu verhelfen. Um so weniger, als der professionelle Nationalismus, der seiner Feindseligkeit allen Einflüssen aus dem Norden gegenüber freien Lauf läßt und einen Verhaeren, einen Vielé-Griffin mit seinem Bann belegt, allem, was aus dem Süden kommt, wehrlos gegenübersteht. Und ich weiß sehr wohl, daß uns aus Griechenland nie anderes kam als Reines und Harmonisches (wie uns aus Italien in letzter Zeit nur leerer Schwulst kommt), aber ebendiese köstliche Harmonie wird mit dem Opfer oder der Mißachtung oder der Unkenntnis gewisser französischer Qualitäten erkauft, die für das Gleichgewicht Frankreichs unentbehrlich sind: genau jener, die unsere verlorenen Provinzen repräsentieren.
Denn das ist ja die traurige Folge unseres Verlustes: Diese Qualitä-

ten und Tugenden sind in Frankreich nicht nur nicht mehr genügend vertreten, sondern Frankreich bemerkt ihr Fehlen gar nicht mehr, lernt sie entbehren, leugnet sie. Das ganze Genie Frankreichs beruhte auf diesem Gleichgewicht, das unsere Größe, unsere Schönheit ausmachte, einem einzig dastehenden Gleichgewicht, das freilich der gewaltige Sieg des Kaiserreichs mit seinen gefährlichen Erweiterungen nicht minder erschütterte als, nach 1870, der Verlust einer unentbehrlichen Provinz – einer Provinz unseres Geistes.

*

Ich halte die Freiheit für etwas Gefährliches, etwas Zerstörerisches, etwas, das man nach Möglichkeit bei sich selbst beschränken oder aufheben sollte – und, sofern man kann, sogar bei den anderen. Furchtbar ist unfreiwillige, aufgezwungene Sklaverei; vortrefflich diejenige, die man sich selbst auferlegt; oder zur Not eine, der man sich unterwirft. O freiwillige Dienstbarkeit!

Wenn ein Francis Jammes sich dem Katholizismus überantwortet, so deshalb, weil er in sich selbst nichts findet, dem er das wilde Wuchern, will sagen das Überschäumen seiner Begabung unterwerfen könnte.

Mir gefällt es zu dienen; es gefällt mir nicht, Sklave zu sein, Sklave meiner Vergangenheit, Sklave meiner Zukunftspläne, Sklave meines Glaubens, meiner Zweifel, meines Hasses oder meiner Liebe.

Wenn es mir gefällt zu dienen, einem Wesen oder Gedanken, und aus Liebe mir selbst zu entsagen, so will ich den freiwillig eingegangenen Kontrakt zu jeder Stunde erneuern können, und Vernunft oder Liebe müssen mir die Klauseln stets aufs neue diktieren.

*

CORYDON.

Nichts drängt mich (dieses Buch zu schreiben); es steht fest, daß ich es zu einem Zeitpunkt schreibe, da es nicht aktuell ist und da es zu schreiben für mich nicht mehr nötig ist. Das erklärte ich gestern Marcel Drouin, aus Furcht, er könnte darin eine Art krankhafter

Besessenheit sehen, eine Unfähigkeit, mich mit etwas anderem zu beschäftigen als mit diesem Thema. Aber nein: die Schwierigkeit ist gerade die, daß ich ein Problem künstlich wiedererwecken muß, das ich (für meine Person) in der Praxis gelöst habe, so daß es mich im Grunde nicht mehr quält.
Ich muß meine gesamte Willenskraft aufbieten, um mich in diese Arbeit zu verbeißen, in der ich keinen Nutzen mehr suche. (Dasselbe gilt für *La Porte étroite*. Nur das, was einem nicht mehr nützlich ist, eignet sich als Stoff für die Kunst.)
Was mich zunächst zu der Arbeit bewog oder mir doch zum erstenmal die Idee dazu eingab: daß ich den falschen Heiligenschein nicht mehr wollte, der mich umgab, weil ich die gewöhnlichen Versuchungen verachtete (in den Augen J.s zum Beispiel, die sich seiner außerdem bediente, um M. durch den Vergleich mit mir zu beschämen).

Monatelang denkt man nach; eine Idee nimmt in uns Gestalt an; sie pulsiert; sie lebt; man liebkost sie; man verschmilzt mit ihr; man erkennt ihren Umriß, ihre Grenzen, ihre schwachen Stellen, ihre Erhabenheiten, ihre Vertiefungen; gleichzeitig ihre Genealogie und ihre Herkunft (?). Man zeige aber nur einmal öffentlich das Ergebnis dieses langen Nachdenkens vor, und schon kommt ein Kritiker und behauptet mit aller Entschiedenheit, daß man nichts davon verstehe, und zwar im Namen des gesunden Menschenverstands, das heißt der verbreitetsten, der konventionellsten Ansichten, von denen man sich gerade mit aller Kraft befreit hat.

Hätten Sokrates und Platon nicht Jünglinge geliebt – welcher Verlust für Griechenland, welcher Verlust für die ganze Welt!
Hätten Sokrates und Platon nicht Jünglinge geliebt und sich bemüht, ihnen zu gefallen, wäre jeder von uns ein bißchen weniger gescheit.

Würde man wenigstens, statt sich zu entrüsten, zu erfahren suchen, wovon die Rede ist! Ehe man zu diskutieren beginnt, müßte man immer erst definieren. Ein Streit entwickelt sich fast stets aus einem Mißverständnis.

Päderast nenne ich den, der, wie das Wort schon sagt, Knaben liebt. *Sodomit* («Es heißt *Sodomit,* Monsieur», antwortete Verlaine dem Richter, der ihn fragte, ob es zutreffe, daß er *Sodomist* sei) nenne ich den, dessen Wünsche sich auf den reifen Mann richten.

Invertiert nenne ich den, der in der Komödie der Liebe die Rolle der Frau übernimmt und den Wunsch hat, besessen zu werden.

Diese drei Gruppen von *Homosexuellen* kann man nicht immer deutlich voneinander abgrenzen; Übergänge zwischen der einen und der anderen Form sind möglich; aber meistens sind die Unterschiede zwischen ihnen so groß, daß sie eine tiefe Abneigung gegeneinander empfinden, begleitet von einer Ablehnung, die in nichts der nachsteht, die ihr (Heterosexuelle) allen dreien so heftig entgegenbringt.

Die Päderasten, zu denen ich gehöre (warum kann ich das nicht ganz einfach sagen, ohne daß ihr gleich in meiner Offenheit Wichtigtuerei sehen wollt?), sind viel seltener, die Sodomiten viel häufiger, als ich zuerst hatte glauben können. Ich weiß das aus vertraulichen Äußerungen mir gegenüber und will gerne glauben, daß es in anderen Zeiten und anderen Ländern nicht so gewesen ist. Von den Invertierten aber, mit denen ich sehr wenig Umgang habe, hatte ich immer den Eindruck, sie allein würden den Vorwurf moralischer und intellektueller Deformiertheit verdienen und gewisse Anschuldigungen rechtfertigen, die gemeinhin gegen alle Homosexuellen vorgebracht werden.

Ich füge hinzu – es mag unwahrscheinlich klingen, mir scheint es aber vollkommen den Tatsachen zu entsprechen –: daß zahlreiche Heterosexuelle, sei es aus Schüchternheit, sei es aus halber Impotenz, sich dem anderen Geschlecht gegenüber als Frauen verhalten und in nach außen «normal» erscheinenden Verbindungen die Rolle Invertierter spielen. Man wäre versucht, sie *Lesbier* zu nennen. Ich möchte die Behauptung wagen, daß ich sie für sehr zahlreich halte.

Es ist wie bei der Religion. Wer einer angehört, hat mit dem, der keiner angehört, im besten Falle Mitleid.
«Wir brauchen aber kein Mitleid. Wir sind nicht unglücklich.»
«Ihr seid um so unglücklicher, als ihr nicht wißt, daß ihr es seid. Wir werden euch also nicht mehr bemitleiden. Wir werden euch verabscheuen.»
Als Zerknirschte werden wir geduldet; sobald wir aber nicht mehr bedauernswert sind, erklärt man uns für anmaßend. Aber nein; aber nein, ich versichere euch: Wir sind einfach so, wie wir sind; wir geben uns auch so, ohne uns etwas darauf einzubilden, aber auch ohne darüber untröstlich zu sein.

Daß solche Liebe entstehen kann, solche Verbindungen sich bilden – es genügt mir keineswegs zu sagen, das sei natürlich; ich behaupte, es sei gut; beide finden darin eine Steigerung ihres Ichs, Schutz, Herausforderung; und ich wüßte nicht einmal zu sagen, ob der Jüngere oder der Ältere mehr Gewinn davon hat.

M. wirft mir vor, das menschlich Rührende nicht aufgespart, sondern gleich zu Beginn des Buches erschöpft zu haben, so daß ich zu ergreifen aufhöre, wo ich zu überzeugen anfange. Ich wende mich aber, und das ganz bewußt, an den Kopf und nicht an das Herz; ich versuche auch gar nicht, um Sympathie zu werben, die doch nur der Nachsicht gefährlich nahe käme; und gerade weil gewisse zu Herzen gehende Worte, wie ich wohl weiß, den Leser stärker berühren würden als jede mehr oder minder geschickte Beweisführung, gerade deshalb habe ich diese Worte nicht gebraucht. (Man denke an die Vorgehensweise des Advokaten, der das Verbrechen seines Klienten als ein Verbrechen *aus Leidenschaft* hinzustellen sucht. Von so etwas will ich nichts wissen.) Dieses Buch soll kühl und überlegt geschrieben sein, und so soll es wirken. Die Leidenschaft muß ihm vorausgegangen sein; höchstens darf man sie dahinter vermuten; vor allem darf sie nicht zur Entschuldigung dienen. Ich will mit diesem Buch kein Mitgefühl erregen; ich will STÖREN.

*

FRANKREICH UND DEUTSCHLAND.

Die nationalen Parteien diesseits und jenseits der Grenze übertreffen sich gegenseitig in der Betonung der Verschiedenheit von Temperament und Geisteshaltung, die ihrer Ansicht nach eine Verständigung zwischen Deutschen und Franzosen unmöglich machen soll. Verschiedenheiten gibt es ganz gewiß; sie sind zur Genüge bekannt; mehr als einer hat sie meisterhaft dargestellt, und ich habe nicht die Absicht, mich hier darüber zu äußern. Allerdings glaube ich, daß diese Unterschiede nicht so sehr prinzipiell und angeboren sind, sondern vielmehr durch die Erziehung in der Familie, den Unterricht in der Schule und schließlich durch die Presse eifrig glorifiziert werden. Während des Krieges habe ich beobachtet, wie gut unsere Landbewohner mit den deutschen Gefangenen ausgekommen sind, die in der Landwirtschaft beschäftigt waren. Andererseits ist selten ein Franzose, der durch Deutschland reist, nicht überrascht und angenehm berührt von der Freundlichkeit, die ihm von allen Leuten, welcher sozialen Schicht sie auch angehören mögen, entgegengebracht wird. Auf kulturellem Gebiet, und zwar in der Wissenschaft ebenso wie in der Literatur und bildenden Kunst, ergänzen sich Fehler und Vorzüge auf beiden Seiten derart, daß eine Verbindung nur von Nutzen, ein Konflikt nur schädlich sein kann.

Leider kann ich nicht davon absehen, daß es bei den aktuellen Problemen nicht einfach um direkte Beziehungen zwischen Individuen geht. Gewiß ist ein Schriftsteller nicht dafür zuständig, die genauen Bedingungen für ein politisches Abkommen zwischen zwei Staaten zu bestimmen, er hat aber das Recht und die Pflicht auszusprechen, wie sehr ihm eine solche Einigung wünschenswert, ja mehr: in der gegenwärtigen Lage Europas *unentbehrlich* scheint.

Es gibt heute für die Völker wie für die Individuen keinen verhängnisvolleren Irrtum als zu glauben, daß man auch ohne die andern auskommen könne. Alles, was die Interessen Frankreichs und Deutschlands in Gegensatz zueinander bringt, ist für beide Länder gleichermaßen unheilbringend, wohltätig alles, was dazu beiträgt, diesen Interessen eine gemeinsame Richtung zu geben.

Es ist im Grunde die Auseinandersetzung zwischen dem Kolossalen und dem Individuellen; auch das ist schon gesagt worden. Alles Französische strebt danach, zum Individuum zu werden, alles Deutsche danach, zu herrschen oder sich zu unterwerfen.
Man hat gegen den Individualismus allerhand Dummheiten geschrieben und gesagt – weil man nicht verstanden hat oder nicht anerkennen wollte, daß der Triumph des Individuums im göttlichen Wort des Evangeliums erhalten ist: Wer sein Leben retten will, der wird es verlieren, aber der es geben wird, macht es wahrhaftig lebendig.

Sobald man die Formel «kanalisierte Invasion» gefunden hatte, erschien die Lage in einem günstigeren Licht. Zuvor war man auf «Durchhalten heißt siegen» verfallen, dann auf «Die deutsche Armee wird von Frankreich absorbiert».
Ich hörte, wie eine belgische Dame sich über die fünftausend Francs entrüstete, die dem Soldaten versprochen worden waren, der die erste Fahne erbeuten würde.
«Um eine Fahne zu ergattern, wären sie bereit, eine Schlacht zu verlieren. Ach, das wissen die drüben genau! Es ist dieselbe Geschichte wie mit Mülhausen. Keinem anderen Volk wäre das passiert. An drei Vierteln aller Fehler, die die Franzosen machen, ist ihre Vorliebe für das Wort, die Geste schuld. Glauben Sie denn, solche Triebkräfte existierten für die andern? Sie sind praktisch; ihr seid romantisch. Ihr verdient euern Rostand! Glanzvolle Aufmachung, Champagner, alles, was der unheilbaren Leichtfertigkeit Vorschub leistet und euch dazu bringt, daß ihr noch im Kugelhagel Witze macht und einfach nicht einsehen wollt, daß die andern bereit sind... Und dann baut ihr zu sehr auf euer Glück. Selbstvertrauen ist eine schöne Sache; besonders aber dann, wenn es begründet ist.»[322]

Offen gestanden waren es die Pflichten gegenüber dem Staat, die zu lernen mich die meiste Zeit und Mühe gekostet hat. Lange habe ich mich in dieser Hinsicht wie ein Kind verhalten, das in der Vorstellung lebt, seine Frühstücksschokolade stehe Tag für Tag kraft eines kosmischen Gesetzes schön heiß auf dem Tisch. Für die Erziehung des Kindes ist es gut, wenn von Zeit zu Zeit durch irgendein häusliches Mißgeschick seine Schokolade verschüttet wird. Die Angst, überhaupt keine Schokolade mehr zu bekommen, ist heilsam.

Immerhin hat Frankreich große Seefahrer hervorgebracht. Es fehlt ihm nicht an Männern wie Bougainville, wie La Pérouse. Aber anscheinend wissen unsere Schulkinder nichts mehr von ihnen, und die Tugenden der Abenteurer haben bis in die letzte Zeit hinein in unserer Literatur kein großes Echo gefunden. Der frische Seewind, den ich in vollen Zügen in so vielen englischen Büchern atme (und nicht nur englischen, denn ich möchte das wohl großartigste von allen nicht ausschließen: *Moby Dick*), diese Luft voll von fremdartigen Gerüchen, von Stürmen und Seenot und aufspritzender Gischt…

Typisch französische Aussprüche:

«Alles Unglück des Menschen kommt einzig und allein daher, daß er nicht ruhig in seinem Zimmer bleiben kann.»

«In Zukunft rühre ich mich nicht mehr – und werde hundertmal mehr erreichen.»

«Was zum Teufel hatte er auf dieser Galeere verloren?»

«Bebauen wir unseren Garten.»

«Wie kann man nur Perser sein?»

«Der Mensch… wird in alle Ewigkeit dafür bestraft, daß er einmal den Platz hat wechseln wollen.» (Ironisch bei Baudelaire.)

«Die Erde und die Toten.»

«Wäre er eben nicht hingegangen.»[323]

Usw.…

RELIGION.

Der Katholizismus hat die Gestalt Christi und seine Lehre mit einem ganzen Gefolge von Ideen und einer ganzen Skala von Haltungen so dicht umgeben, daß es heute sehr schwierig ist, diese abzulehnen, ohne gleichzeitig jene zu treffen, und das geschah mit einer derartigen Ausschließlichkeit, daß jeder Gedanke, der sich in dieses Gefolge nicht einreiht, jede Haltung, die sich dem Zeremoniell nicht unterordnet, sogleich als Lästerung Christi erscheint; so daß man, ohne Katholik zu sein, nicht Christ sein kann. Doch Christus hat die Angriffe auf das Christentum nicht verdient – im Gegensatz zur Kirche; und mit allem, was ich heute über die Kirche denke, bin ich auf seiner Seite.

Oft habe ich zu Claudel gesagt:
«Was mich abhält, ist nicht Freigeisterei, sondern das Evangelium.»
«Wovon abhält?»
«Katholisch zu werden natürlich! Die Katholiken kennen das Evangelium nicht. Und nicht nur kennen sie es nicht, sie wissen gar nicht, daß sie es nicht kennen; sie leben im guten Glauben, es zu kennen; was zur Folge hat, daß ihre Unkenntnis fortbesteht.»

«Es ist», sagte Ghéon zu mir im Eifer des Neubekehrten, «der größte Irrtum des Protestantismus, daß er die Offenbarung auf die Evangelien beschränken und nicht einsehen will, daß Gott mit allen Menschen, die auf ihn hören, in unmittelbarer Verbindung steht. Gottes Wort beschränkt sich keineswegs auf das Evangelium, er teilt sich uns unaufhörlich mit und äußert sich in der neuesten Enzyklika des Papstes nicht weniger als in den Worten Christi; und die Kirche wird beständig von Gott inspiriert. Das eine im Gegensatz zum andern sehen beweist nur, daß man weder das eine noch das andere verstanden hat» – sagte er.

Die Kirche betrachtet das Evangelium als ihren Besitz. Sie allein hält sich für berufen, über den Sinn der Worte Christi zu entscheiden. Sie behält sich das Recht der Auslegung vor, maßt es sich an und erklärt jeden Menschen für einen Ketzer, der unmittelbar auf Gott hört.
Ich weiß nicht, ob der Ausspruch authentisch ist, den P. S.[324] Maurras zuschreibt (sehr mäßiger Artikel im *Journal de Genève* vom 19. Februar 1917) – jedenfalls ist er sehr aufschlußreich:
«Ich werde doch nicht dem gelehrten Gefolge der Kirchenväter, der Konzilien, der Päpste und aller großen Männer der modernen

Elite den Rücken kehren und *mich auf die Evangelien von vier dahergelaufenen Juden verlassen.*»
Er erhellt und bestätigt das Gespräch, das ich letzten Herbst mit Ghéon hatte:
«Was du so ausdrücklich ‹Wort Christi› nennst, kann ich weder für wichtiger noch für authentischer halten als die ganze darauf folgende Tradition. Das Wort Christi ist *all das* zusammengenommen, und ich kann nicht gelten lassen, daß er aus dem Evangelium mehr oder besser sprechen soll als aus irgendeiner päpstlichen Enzyklika.»

Ghéon hat noch einmal in Paris Station gemacht. Gestern war er zum Abendessen in der Rue Claude-Lorrain, wo ich seit drei Wochen bei den Théos in Pension bin. Ich hatte mir von diesem Wiedersehen Ermutigung, Stärkung, Trost erhofft; es hat mir nur Kummer gebracht, tiefen, geheimen Kummer, wie über einen Verlust, den man verschweigen muß. Für mich, der ich ihn kenne, drückten sich in jedem seiner Worte, jeder Geste die Entschlüsse, Verbote, Befehle und Anweisungen eines «Vorgesetzten» aus.

*

«Werden Sie dann aber nicht veranlaßt sein, auch die Hölle als sozusagen immanent zu betrachten und schon in diesem Leben die ganze Realität ihrer Schrecken zu kosten?»
«Ich gebe zu, daß ein weitblickender Sünder sogleich einen vollkommenen Vorgeschmack der Hölle haben kann. Oder ist es nicht schon die Hölle, den Ort der Ruhe zu kennen, den Weg dorthin, die Tür, und doch ausgeschlossen zu bleiben? Zu fühlen, wie das Licht der Liebe sich verdunkelt, der Stoff des Körpers undurchlässiger, unaufhörlich schwerer wird und wir doch immer mehr an ihm hängen? Man spricht im Zusammenhang mit der Hölle gern von Stagnation und macht aus diesem Steckenbleiben den höchsten Grad des Grauens ...»
Die Hölle – und ebenso das Paradies – ist in uns. Milton drückt das wunderbar in dem Vers aus, in dem er Satan selbst sagen läßt:

Which way I fly is Hell; myself am Hell.
(Paradise Lost, IV, 75.[325])

*

«Zu den schlimmsten intellektuellen Unredlichkeiten gehört die Spiegelfechterei, das Christentum so darzustellen, als forderte es von unserer Vernunft fast keine Opfer, sowie mit diesem Kunstgriff Leute anzulocken, die im Grunde gar nicht wissen, wozu sie sich verpflichten. Darin liegt die Illusion von katholischen Laien, die sich für liberal halten. Da sie weder von Theologie noch von Exegese etwas verstehen, wird ihnen der Anschluß an das Christentum zum einfachen Beitritt zu einem Verein. Sie nehmen dies und lassen jenes, ganz wie es ihnen paßt; das eine Dogma nehmen sie an, ein anderes lehnen sie ab, und danach empören sie sich noch, wenn man ihnen sagt, sie seien keine wahren Katholiken.» (RENAN, *Souvenirs,* Seite 300.[326])

*

Von Ihrem Artikel ein wenig enttäuscht. Aber nein, lieber Freund, ach nein, das Problem ist nicht so einfach, wie Sie es darstellen! Sie warnen nur vor der elementarsten Form der Religion. So ist sie aber nicht immer. Die edle, die selbstlose Form ist in mancher Hinsicht viel gefährlicher, viel heimtückischer; denn sie wendet sich an die Elite. In der Religion, die ich gekannt habe, hat die Idee eines Handels mit Gott niemals Eingang gefunden; nicht einmal die einer einfachen Belohnung. Und ich erinnere mich, daß mir Claudel nach der Lektüre meiner *Porte étroite* gerade das zum Vorwurf machte. Darin bestand, seiner Meinung nach, der Irrtum des Protestantismus; in einer solchen Selbstlosigkeit konnte er nichts anderes als Hochmut sehen.

1919

19. Mai.

Lange Aussprache (zu meiner Rechtfertigung) mit André Ruyters, den ich glücklicherweise einmal allein antraf. Froh, daß ich endlich mit ihm sprechen konnte; bin aber nicht ganz glücklich über den Verlauf.

Fast alle meine Freunde ändern mit zunehmendem Alter ganz entschieden ihren Standpunkt; sie alle neigen dazu, mir die Beständigkeit und Treue meines Denkens vorzuwerfen. Natürlich muß es ihnen so vorkommen, als hätte ich aus dem Leben keine Lehre gezogen, und da sie es für klug hielten zu altern, halten sie meine *Unklugheit* für töricht.

Ein Satz aus einem Brief von Eugène Rouart, den ich eben erhalten habe, ist aufschlußreich. «Ich habe mich gefreut», schreibt er, «daß Ghéon ohne eigentliche Familienverpflichtungen doch zur Tradition der Seinen zurückgefunden hat, sich weise ... (unleserliches Wort); es war notwendig, daß er seine Grenzen erkannte», usw. Ach, wie traurig ist das alles! Lauter Sophismen, um sein Scheitern vor sich selbst zu verbergen! Herr, bewahre mich vor den Runzeln des Geistes! Und bewahre mich vor allem davor, sie nicht als Runzeln zu erkennen!

22.

Mittagessen in Armenonville mit Madame Mayrisch, Madame Théo van Rysselberghe, Lady Rothermere und Paul Méral. Dieser ist sicher intelligent, aber das Thema Mensch hat für ihn kein Gewicht, quält ihn nicht, ist für ihn einfach Anlaß zu Spekulationen wie alles andere auch. Es kostet ihn nicht genug Mühe, seine Gedanken zu Ende zu denken. – Ich hingegen glaube so gut wie nichts getan zu haben, solange ich den Leser nicht mit dem ganzen Gepäck seiner Vorbehalte und Einwände mitreiße.

Es ist wie mit den Bergbesteigungen, bei denen der kleine Gérard sich wunderte, daß ich Em. bei mir haben wollte. «Du würdest doch viel, viel weiter kommen, wenn du allein wärst», sagte er, und zwar vor ihr. «Ja freilich, das weiß ich schon; mir kommt es aber nicht darauf an, selber weit zu gehen, sondern darauf, andere mitzunehmen.»

23.

Jean Schlumberger war gestern in der Villa, um im Beisein von Madame Mayrisch und Madame Théo aus seinem Roman vorzulesen. Gewiß ist für Jean die Fülle seiner Erinnerungen eher hinderlich als hilfreich. Gewiß retuschiert und ordnet er sie geschickt; aber er hat das alles noch nicht richtig verarbeitet.»*

26. Juli. Bei der Ankunft in Dudelange.

Kein Tag vergeht, an dem ich mir nicht sage: Trotz allem, mein Lieber, denk daran, daß du morgen früh aufwachen und verrückt sein könntest oder ein Idiot, oder vielleicht gar nicht mehr aufwachst. Das Wunder deines Körpers, das noch erstaunlichere Wunder deines Geistes – bedenke, daß ein kleiner Unfall genügen würde, ihr Getriebe zu beschädigen! Schon wundere ich mich, daß du die Treppe hinuntersteigst, ohne dich am Geländer festzuhalten; du könntest stolpern, stürzen, und dann ist es zu spät... Die Idee des Todes begleitet meine Gedanken wie der Schatten meinen Körper; und je stärker die Freude, das Licht, um so dunkler der Schatten.

7. August.

Ich habe dieses Heft zugunsten des anderen aufgegeben, in das ich, *inch by inch,* die Fortschritte meines Romans notiere.[327]**

Drama bei den A.s; Donnerwetter, das nur auf die Rückkehr von E. wartete, um loszubrechen – oder vielmehr, denn das ist nicht richtig: ich mußte ihm die Augen öffnen; er war derart mit Blindheit geschlagen... Wie sehr einem doch die ständige Vision übersinnlicher Dinge den Blick für die Realitäten des Alltags trüben kann!

* Ich habe das Buch in der Zwischenzeit wiedergelesen; was ich oben darüber geschrieben habe, scheint mir nicht mehr ganz richtig. Das ganze Buch scheint mir heute sehr viel besser als ursprünglich – und sogar äußerst bemerkenswert.

** Siehe *Journal des Faux-Monnayeurs.*

Soll ich von einer *Verblendung* durch den Glauben sprechen? Nein; das ginge zu weit; wir haben es vielmehr mit einer fortschreitenden Betäubung des Kritikvermögens zu tun. Für gewisse Geister, die seit ihrer Kindheit bestimmte moralische und soziale Ideen für feststehend und unbestreitbar halten, ist es ebenso schwierig, deren Willkür zu erkennen, wie für den Musiker, der in der Gewohnheit der diatonischen Skala aufgewachsen ist und sich nun sagen soll, daß diese Tonfolge nicht zwingend ist, außerhalb seiner selbst nicht existiert, daß endlich auch die Intervalle, auf denen er seine Symphonien aufbaut, konventionell sind und sein Bedürfnis, die Auflösung des Leittons in die einen Halbton höher liegende Tonika zu hören, erworben ist.
«Aber», wird er sagen, «darauf beruht doch die ganze Musik?»
«Ja, mein Freund, die Ihres Landes, Ihrer Epoche; Sie brauchen aber nur nach China oder Ägypten zu gehen, um sich zu überzeugen, daß eine andere Musik auf einer Tonleiter mit anderen Intervallen aufbauen kann. Es gibt hier kein Naturgesetz, das etwa mit der Schwerkraft vergleichbar wäre, die kein Architekt außer acht lassen kann; es gibt kein Harmoniegesetz, das der Musiker nicht außer acht lassen *könnte;* es gibt kein ‹Moralgesetz›, das der wahre Psychologe als *gegeben* ansehen müßte und könnte.»

1920

8. Mai.

Abreise von Cuverville in der Morgendämmerung. Ziemlich trübselige Fahrt. Einige ausgezeichnete Seiten in Walter Paters *Studien über die Renaissance* gelesen.
Bei den Allégrets abgestiegen. Die letzten Korrekturfahnen von *Si le grain ne meurt...* erhalten.[328]

Sonntag, 9. Mai.

Meinen Koffer in die Villa gebracht. Den Nachmittag mit den A. M.s verbracht, die uns in ein luxuriöses und trübseliges Kino schleppen, wo man sich zwei Stunden lang zu Tode langweilt. M.

trifft dort Emmanuel Faÿ, einen Freund, der seiner würdig ist und auf den ich nicht eifersüchtig sein möchte. Bin beim Weggehen wie erschlagen von der Dummheit des Films und der unausstehlichen Manieriertheit des Stars, Mary Pickford, die M. in den höchsten Tönen gepriesen hatte.
In der Villa, in die ich die erste Nacht zum Schlafen zurückkehre, funktioniert nichts. Heute morgen habe ich mich auf die Suche nach einem Klempner machen müssen, um wieder Gas zu haben.
Ich schreibe das alles auf, um in diesem Heft wieder zu einem Anschluß zu finden. Weiß nicht recht, ob ich die Ausdauer haben werde, es weiterzuführen. Es scheint mir, als würde mich dieser Spiegel heute eher stören als mir nützen.

Dienstag.

Gestern beim Nachhausekommen zu müde gewesen, um irgend etwas schreiben zu können. Ich hatte bei den Drouins zu Mittag gegessen und anschließend an der ersten Bühnenprobe von *Antoine et Cléopâtre* teilgenommen. Der monotone Vortrag der Schauspieler macht den Text gleichförmig, plättet ihn sozusagen. Es hat nicht den Anschein, als ob auch nur einer von ihnen für die Schönheit dieser Worte empfänglich wäre. So fährt man nach dem Pflügen mit der Walze über die Erdschollen. Ich bin umgeben von fünfundzwanzig Menschen, die meine Feinde wären, hätte ich *mein eigenes* Stück zu verteidigen. Im übrigen ist jeder einzelne reizend und tut offensichtlich sein möglichstes. Aber ich komme wieder einmal zu dem Schluß, daß es unmöglich ist, aus einem Theaterstück ein Kunstwerk zu machen.
Ich werde an allen Proben teilnehmen, um zu lernen; aber die Diskrepanz ist zu groß; sollen sie mit dem Stück machen, was sie wollen; die Aufführung langweilt mich, und ich bin an einer solchen «Realisierung» nicht interessiert.
Heute Drésa wieder aufgestöbert, den ich gestern in seinem Atelier nicht angetroffen hatte. Zwischen ihm und Ida Rubinstein herrscht Uneinigkeit wegen der Kostüme; wenigstens wegen der von ihm entworfenen, denn von allen anderen erklärt sie sich entzückt. Es geht darum, daß Drésa die Farben seiner Kostüme selbst

bestimmen will, die Worth entwerfen und ausführen soll. Ich mache diplomatische Vermittlungsversuche, wobei mir das Ergebnis vollkommen egal ist.
Heute morgen in der *N. R. F.*, wo Trevelyan mich aufsucht, mit dem ich zu Mittag esse. Dann Probe. Dann mit Ida Besuch bei dem Vertrauensmann, der die strittige Angelegenheit regeln soll. Das alles kostet wahnsinnig viel Zeit. Es wäre mit Sicherheit klüger gewesen zu verreisen.
Während ich auf M. warte, lese ich die Tagebücher von Baudelaire wieder. Unvergleichliche Not dieser Seele, deren Aufschwünge allesamt zum Scheitern verurteilt sind. Souday gab sich neulich in *Le Temps* alle Mühe zu beweisen, daß Baudelaire nur ein «scheinbarer Denker» gewesen sei. Wieso «scheinbar»? Baudelaire ist überhaupt kein «Denker». Von einem solchen Standpunkt aus gibt es in diesen «Tagebüchern» allerdings keine Zeile, die nicht erschreckend albern wäre. Die Bedeutung Baudelaires liegt in erster Linie im Bereich des Empfindens.

Sonntag.

Antwort Ghéons auf meinen Brief aus Cuverville. Er argumentiert zugunsten des «christlichen Gefühls», das er angeblich in den Theaterstücken Shakespeares spürt. Er ist vollkommen aufrichtig. (Ich habe noch am selben Abend mit ihm sprechen können.) In einem zweiten Teil seines Briefs beklagt er sich liebevoll, daß ich bis jetzt das «große Werk» noch nicht geschaffen hätte, zu dem ich, wie er wisse, fähig sei. Seine Gedanken über dieses Thema, auf das er in unserer abendlichen Unterhaltung zurückgekommen ist, bewegen mich tief, bringen mich aber auch in Verlegenheit, denn schließlich ist mir klar, was er unter einem «großen Werk» versteht und daß zum Beispiel die *Essais* von Montaigne kein Recht auf diesen Ehrentitel haben.

Ich lese in der *Correspondance* von Montesquieu (Band II, S. 592): «In diesem Bereich (der Erziehung) gibt es in Frankreich ein Grundübel, und dieses Übel ist unausrottbar, weil es von den Frauen kommt. Sie, die sich in alles einmischen, die auf die Dauer alles verderben, zerstören auch alles. Ein Kind zwischen zwei und sechs Jahren wird in ihren Händen bald verdorben sein.» Siehe die Fortsetzung.

Paris, 3. Oktober.

Ich nehme dieses Heft nach sehr langer Unterbrechung wieder auf. Vor drei Tagen nach Paris zurückgekehrt; mich in der Villa recht und schlecht eingerichtet; da ich auswärts essen muß und von morgens bis abends beschäftigt bin, gelingt es mir nur unter Schwierigkeiten, ein paar Augenblicke der Einsamkeit und Muße zu retten. Und doch habe ich mich nie frischer gefühlt, und noch am Abend meiner Ankunft hätte ich trotz meiner Müdigkeit (oder vielleicht gerade ihretwegen) die ganze Nacht schreiben können, wenn ich mich nicht zum Schlafen gezwungen hätte.
Crochet Castle von Peacock fertiggelesen und *Old Wives' Tale* angefangen.
Das 6000-Francs-Stipendium für Rivière ergattert.
Ich führe dieses Heft weiter, ohne auf Vergangenes einzugehen; ich schreibe heute, als hätte ich auch gestern geschrieben.

Dienstag, 4. Oktober.

Mit Charlie Du Bos zu Mittag gegessen. Lange über Henry James und ihn selbst gesprochen. Den Rest des Tages in der Villa verbracht und gemeinsam mit M. nochmals die Photos aus den Museen von Berlin und Wien angesehen. Ich liebe die Aufmerksamkeit, mit der M. alle Dinge betrachtet, die um so lebhafter wird, je genauer er Bescheid weiß, und bewundere die frühe Sicherheit seines Geschmacks und seines Urteils. Am Vortag waren wir morgens im Musée de Cluny gewesen; nachmittags im Musée Jacquemard-André.

5. Oktober.

Bei Martin du Gard zu Mittag gegessen, gemeinsam mit seinem Freund Marcel de Coppet[329], der vorübergehend in Paris ist und bald wieder in den Tschad zurückfahren muß, wo er schon seit vier Jahren ununterbrochen lebt. Schönes Bischofsgesicht und schon vollständig weißes Haar. Seine Ruhe unserer Betriebsamkeit gegenüber. Äußerst interessante Unterhaltung (zu der sich nach dem Essen auch Gallimard gesellt), die ich noch am selben Abend hätte aufschreiben sollen ...

Am 6., dem Tag meiner Abreise nach Cuverville, kommt Roger Martin du Gard gegen halb zehn Uhr in die Villa; er bringt mir *Si le grain ne meurt...* zurück, von dem ich ihm vor zwei Tagen ein Exemplar gebracht hatte. Er teilt mir seine tiefe Enttäuschung mit: Ich sei meinem Thema ausgewichen; aus Furcht, aus Scham oder aus Rücksicht auf das Publikum hätte ich nichts wirklich Persönliches zu sagen gewagt; noch sei es mir gelungen, mehr als Fragen aufzuwerfen ...

Hier einen langen, ausgezeichneten Brief von ihm erhalten, in dem er auf alle Punkte zurückkommt, die wir gesprächsweise angeschnitten hatten. Und doch habe ich das sichere Gefühl, von meiner Kindheit alles erzählt zu haben, was mir in Erinnerung geblieben ist, und zwar so rücksichtslos wie möglich. Mehr Schatten, mehr Geheimnis, mehr Verborgenes hineinzulegen wäre gekünstelt. Vielleicht hat aber Jacques Raverat doch recht, wenn er sagt (er ist gestern von Montivilliers gekommen), daß mein Bericht oft, um klar zu sein, meine Handlungen oder doch deren Ursachen ein wenig gar zu sehr vereinfacht – und daß es wie mit allen Büchern von mir ist, von denen jedes für sich genommen meine Gestalt falsch wiedergibt. «Man müßte», sagte er ganz richtig, «sie alle auf einmal lesen, um von Ihnen ein einigermaßen entsprechendes Bild zu erhalten. Sobald man Sie näher kennt, versteht man, daß alle Zustände, die Sie aus künstlerischen Gründen hintereinander darstellen, bei Ihnen gleichzeitig vorkommen können; und gerade das geht aus den Berichten Ihrer *Memoiren* nicht hervor.»

Cuverville, 11. Oktober.

Die Kinder (Odile und Jacques) haben zwei Goldfische hiergelassen; Em. hat sie mit einem großen Kieselstein und ein wenig Moos in einer großen Glasschale in das Zimmer gestellt, das ich bewohne, und während ich arbeite, werfe ich ihnen hin und wieder einen verstohlenen Blick zu. Gestern haben sie ein bißchen Brot

gefressen, das ich zerkrümelt hatte. Heute morgen sagte die alte Virginie zu Em.:
«Es ist falsch, daß Monsieur ihnen Brot gibt. So ein Fisch lebt von seinem Kot; oder von Menschenfleisch.»

28. Oktober.

Endlich in Ruhe; allein in der großen Villa, die ich vielleicht nicht hätte erbauen lassen – so verrückt wäre ich nicht gewesen –, wenn ich nur darin wohnen kann!
Die ganzen letzten Tage habe ich mir von Gängen, Besuchen usw. rauben lassen. Die Notwendigkeit, auswärts zu essen oder doch auszugehen, um Vorräte einzukaufen, hat mir recht wenig Zeit zur Arbeit gelassen; wenn sie gut werden soll, darf ich sie nicht aus den Augen verlieren.
Gestern abend habe ich alle «Tagebücher» aus meiner Jugend hervorgeholt. Ich lese sie nicht ohne gelinde Verzweiflung – und wäre nicht die heilsame *Demütigung,* die mir diese Lektüre verschafft, würde ich alles zerreißen.
Jeder Fortschritt in der Kunst des Schreibens wird durch den Verzicht auf ein Stück Selbstgefälligkeit erkauft. Damals war sie in mir noch ungeteilt, und ich beugte mich über das weiße Blatt wie über einen Spiegel.

1. November.

Ich klammere mich an die Villa, verliere aber ohne Bedienung nach wie vor beträchtliche Zeit mit den Haushaltsgeschäften. Heute abend kommt Madame Théo an, die mir helfen wird, den «Haushalt zu führen». Ich schlage mich mit den Kapiteln meiner *Memoiren* herum, die das schon gedruckte Buch mit dem verbinden sollen, was ich in diesem Sommer geschrieben habe (Algerienreise mit Paul-A. Laurens). Ich möchte dabei nach Möglichkeit den Forderungen Martin du Gards nachkommen. Vor allem möchte ich zu einer kraftvolleren, schneidenderen, trockeneren Ausdrucksweise finden; nicht mehr dem Bedürfnis nach rhythmischer Gliederung der Sätze nachgeben, vor deren wiegendem Klang mir mittlerweile graut. Graut vor der honigsüßen, klebrigen Glasur aus Poesie ...

Gestern abend bei Ruyters, gemeinsam mit Marcel Drouin und Ghéon. Jean und Marc Schlumberger sind nach dem Essen gekommen. Ghéon hat uns die ersten beiden Akte von *Le Mort à cheval* vorgelesen, einem der drei Stücke, die der Ertrag dieses Sommers sind. Er hat verhältnismäßig wenig gearbeitet. Hätte er länger gearbeitet, dann hätte er mehr geschrieben; aber ausgereifter wäre es auch nicht gewesen. Sein ganzes Streben richtet sich mittlerweile, ohne daß er es ahnt, nur noch auf Religiöses und Moralisches. Er ist zufrieden, solange sein Werk nur erbaulich ist. Was er uns gestern vorgelesen hat, ist bestürzend. Aber er wird künftig nur noch auf die hören, die ihm beipflichten, und seine bisherigen Freunde sehen sich heute gezwungen, entweder zu schweigen oder ihn bei seiner Selbsttäuschung zu unterstützen.

3. November.

Zum Mittagessen bei Madame Mühlfeld eingeladen, gemeinsam mit Paul Valéry und Cocteau; ich treffe die beiden nachher wieder. Wir hatten noch keine drei Sätze gewechselt, und schon war ich außer mir. Welches Thema auch immer zur Sprache kommen mochte – Valéry und Cocteau setzten ihren Geist nur dazu ein, es in den Schmutz zu ziehen; sie überboten sich gegenseitig an Unverständnis und strikter Ablehnung. Ihre Behauptungen würden absurd klingen, wollte man sie wiedergeben. Ich ertrage diese Art Salonparadoxe nicht mehr, die nur auf Kosten anderer funkeln. Péguy sagte einmal: «Ich urteile nicht, ich verdamme.» Auf diese Weise exekutierten sie Régnier, Madame de Noailles, Ibsen. Die Rede kam auf Octave Feuillet, an dem man mit vereinten Kräften bedeutend mehr Talent entdeckte als an Ibsen, den Valéry für «todlangweilig» erklärte. Als Cocteau meine Schweigsamkeit auffiel – denn wozu hätte ich protestieren sollen –, erklärte er, ich sei «scheußlicher Laune». Ich hätte nur dann «gesellig» gewirkt, wenn ich in ihre Tonart eingestimmt hätte, und dabei machte ich mir schon Vorwürfe, überhaupt gekommen zu sein und sie mir anhören zu müssen.

Im übrigen sind beide, jeder für sich genommen, reizend; und besonders unter Valérys böser Zunge würde ich weniger leiden, wenn ich ihn nicht so sehr schätzte. Darf er sich aber wundern, wenn er sich langweilt, nachdem er die Welt ringsumher entzaubert, nachdem er es fertiggebracht hat, sich für so viele Dinge nicht mehr zu interessieren?

8. November.

Gestern bei Ruyters zu Abend gegessen, gemeinsam mit Ghéon. Da man von D. sprach, hat sich die Unterhaltung bei Tisch auf die jungen Leute ausgedehnt. Madame Ruyters, André R. und Ghéon behaupteten, daß ein junger Mann unter fünfundzwanzig Jahren ausschließlich mit sich selbst beschäftigt sei und sich sonst für nichts interessiere; daß der Mangel an Neugierde, der mich bei D. so tief betrübt, überdies nur Getue sei und dieses Getue wiederum charakteristisch für sein Alter. Als ich nach Gründen im Bereich der Gefühle suchte, rief Ghéon aus:
«Nein, so einfach ist das nicht!»
Was wohl das erstemal ist, daß ich beschuldigt werde, die Dinge zu einfach zu sehen. Da sie von Ghéon kam, hätte man diese Beschuldigung auch komisch finden können, aber sie hat mich nur deshalb getroffen, weil sie zeigte, wie weit sich Ghéon von mir entfernt hat. Alle drei begannen daraufhin – gegen mich gewendet –, eine abstrakte Psychologie des Jugendlichen zu konstruieren, die ohne Beispiele auskam, ganz und gar konventionell blieb und allem widersprach, was ich hätte sagen können und was ich vorsichtshalber verschwieg. Ich dachte daran, wie Madame Ruyters angesichts der Extravaganzen von L. zu Madame Théo gesagt hatte: «Wir wissen Bescheid, nicht wahr? Wir sind alle so gewesen.»

23. November.

Als ich aus dem Justizpalast trete (die Bibliothek der Advokaten, in der ich arbeiten wollte, ist geschlossen), treffe ich auf der Place Saint-Michel Duhamel, der mit mir den Boulevard hinaufgeht und mich durch den Luxembourg bis zum Lion de Belfort begleitet (ich ging zum Mittagessen zu den Allégrets). Ausgezeichnetes Gespräch über den Roman; wie ich hat er seine Not mit der Kritik Martin du Gards. Er versichert mir, ich hätte nicht unrecht gehabt, zuerst die Monographien zu schreiben, an denen Martin du Gard aussetzt, daß sie nicht alle miteinander verbunden, in dichtes Buschwerk eingeflochten sind; und diese kleinen, von allem Beiwerk gereinigten Erzählungen, die Martin du Gard kritisiert, hätten mehr Aussicht auf Dauer als der komplexe Roman, den ich heute schreiben möchte.

Will man (wie ich hier) den Kern eines Gesprächs wiedergeben, bleibt nichts mehr davon übrig; die Äußerungen selbst sind nötig – so wie erst die Auferstehung des Fleisches die des Geistes ermöglicht.

22. Dezember.

Zwei Tage in Clermont bei Roger Martin du Gard verbracht, der mich bittet zu kommen, um mich wegen seines Romans um Rat zu fragen, aus dem er mir die ersten sechs Kapitel vorliest und dessen allgemeinen Aufbau er mir auseinandersetzt. Endlose Gespräche, von denen ich glaube, daß sie für den einen wie für den andern von größtem Nutzen gewesen sind. Er macht mir Mut, mit der Abfassung meiner Memoiren fortzufahren und es zu wagen, von meinem Leben all das aufzuschreiben, was ich ihm erzähle.

Aber gegenwärtig wende ich mich vor allem dem Roman zu. Ich schlage aufs neue das braune Heft auf, in das ich die Ernte der letzten Tage einbringen will.

Gleichzeitig auch dieses Tagebuch weiterzuführen macht mir nur dann Vergnügen, wenn die Aussicht besteht, daß ich mehr oder weniger jeden Tag etwas eintrage, und wären es auch nur ein paar Zeilen.

Die Zeit verfliegt, und jeder Tag entgleitet mir, ohne daß es mir gelänge, irgend etwas festzuhalten. Ich beneide Martin du Gard um die stille Einsamkeit in Clermont.

Ende Dezember.

Tod Miquettes. Seit langem schon blind, taub, schrecklich aufgedunsen wie sie war, schien sie nur noch die Treue zu ihrer Herrin ans Leben zu binden.

1921

Cuverville, 1. Januar.

Gestern abend in Cuverville angekommen. Während der ganzen Fahrt *Am letzten Punkt* von Arzibaschew gelesen; von Roger M. du G. wärmstens empfohlen; gefällt mir aber nicht sonderlich. Das Rohmaterial sucht man besser im Leben; in den Büchern interessiert mich vor allem das Handwerk – und in diesem finde ich weder das eine noch das andere. Ob ich weiterlese?

Ich habe mir selbst den bösen Streich gespielt, keine Zigaretten mitzunehmen (in Paris habe ich zuletzt viel zuviel geraucht), aber heute morgen macht mich das ganz rasend.

Mit einer ungeheuren moralischen Anstrengung zwinge ich mich, heute morgen die Turnübungen zu machen, die mir Roger M. du G. empfohlen hat; außerdem, heute nachmittag, einen einstündigen Spaziergang – auf Kosten des Klaviers.

Vor mir liegt das Vorwort zu *Armance,* das Zwischenkapitel von *Si le grain ne meurt...* und der gewaltige Roman, dessen Gerüst ich ausarbeiten müßte.

Vor meiner Abreise *Parade*[330] angesehen, wobei man nicht weiß, was man mehr bewundern soll: Anspruch oder Armseligkeit. Cocteau läuft hinter der Bühne herum, wo ich ihn aufsuche, gealtert, verkrampft, gequält. Er weiß zwar, daß die Bühnenbilder, die Kostüme von Picasso sind, die Musik von Satie – er ist aber im Zweifel, ob Picasso und Satie nicht von ihm sind.

Die *Contes russes* fand ich hinreißend.

3. Januar.

Furchtbare Tage. Schlaflosigkeit, schlimmste Rückfälle; schlechte Arbeit, wobei ich ohne jegliche Begeisterung von einem Rest früheren Schwungs zu profitieren suche.

....

8. Januar.

Besserer Schlaf; bessere Arbeit. Ich entschließe mich, eine *Lettre à Angèle* aus mir herauszuholen, die gewisse Freunde sehr gegen

mich aufbringen wird; trotzdem fühle ich mich zur Offenheit verpflichtet. Ich lerne wieder *Lavapiés* und *Eritaña* von Albéniz, die ich vor drei Jahren fließend auswendig gespielt habe und die ich mir nur mit Mühe wieder aneigne, aber auch mit viel Vergnügen – sicher spiele ich sie heute besser.
Eine Reihe Tschechowscher Novellen in englischer Übersetzung laut gelesen: mit größtem Interesse.

11. Januar.

Ich gebe die Lektüre von *Am letzten Punkt* bei Seite 260 auf (wie auch schon die von *Sanin*). Selten ist mir ein unangenehmeres Buch untergekommen. Es ist brutal, ohne wirklich kraftvoll zu sein.
Revolverliteratur.

12. Januar.

Wenn der Geist einen Weg einschlägt, der Wesen, die einem unendlich teuer sind, zu Tode betrübt, kann man wohl daran glauben, daß man diesen Weg gehen muß, und doch nur zitternd vorwärts schreiten, mit gespaltenem Herzen, immer wieder zögernd, zurückweichend – Ghéon sähe darin nur ein Zeichen von Unentschlossenheit, während es sich doch um Zuneigung und Sympathie handelt. Nicht an Beständigkeit fehlt es mir, sondern an Roheit.

Ich weiß wohl, daß er (Ghéon) voll Freude ist, daß er seine Ruhe und sein Glück gefunden hat.
Es liegt nur an dir, und dir wird dasselbe zuteil.
Du selbst hast zu mir gesagt: Der Mensch ist nicht zum Glück geboren.

So sagt Ghéon auch: «Ich hasse Hintergedanken.»
In gewissen Fällen aber würden ihm einzig die Hintergedanken annehmbar erscheinen – nur würde er sie dann anders bezeichnen. Er würde «Stimme des Gewissens» dazu sagen.

14. Januar.
In meinem Innern spielt sich dasselbe ab wie in einem «Kleinstaat»: Jede Nationalität fordert ihr Recht auf Existenz, lehnt sich gegen die Unterdrückung auf. Der einzig zulässige Klassizismus ist der, der allem Rechnung trägt. Der von Maurras ist verabscheuungswürdig, weil er unterdrückt und ausschaltet; wer aber sagt mir, ob das Unterdrückte nicht mehr wert ist als der Unterdrücker? Heute gebührt das Wort dem, was sich noch nicht geäußert hat.
Mir gefällt das Lob, das C. Du Bos mir in seinem Artikel spendet: «unendlich rücksichtsvoll gegenüber der Empfindlichkeit anderer».

16. Januar.
Ich lese die Artikel von Wells über den Bolschewismus (erschienen im *Progrès civique*) mit lebhaftestem Interesse, als ob mein Geist Feuer finge – wie es vorkommt, wenn man bei anderen die noch unsicheren, losen eigenen Gedanken gefestigt und wie geläutert wiedererkennt.
Die Erwiderung Mereschkowskis ist äußerst mittelmäßig.

26. Januar.
Ich verlasse morgen Cuverville. Die physischen und psychischen Bedingungen, unter denen ich hier lebe, sind zutiefst deprimierend, und meine Arbeit hat darunter sehr gelitten.

....

Durchschnittlich drei Stunden pro Tag Klavier geübt; mich vor allem in *Eritaña* und *Lavapiés* von Albéniz perfektioniert, die ich auswendig und im Tempo spiele – vorausgesetzt, daß niemand zuhört.
Die beiden Zusatzkapitel zum ersten Teil meiner Memoiren ins reine geschrieben. Notiz zu Browning, Einführung in die Übersetzung von *Sludge*. Mit Entzücken *Armance* wiedergelesen.
Neunzehn verschieden lange Tschechow-Erzählungen laut gelesen (englische Fassung), von denen keine unbedeutend ist und einige sehr bemerkenswert sind.
Wieso, warum spricht Andler[331] in seinem Buch über die Vorläufer Nietzsches nicht von Dostojewski?

Ich notiere folgenden Satz aus dem Buch Andlers – den ich mit lebhaftester Befriedigung lese:
«Der Durchschnittsmensch ist schnell bereit, eine Unruhe Schwäche zu nennen, in der man vielmehr die Qual einer lebendigeren und ausgeprägteren Sensibilität sehen muß. Wenn sie – diese andern – es im ersten Augenblick an Energie fehlen lassen, so deshalb, weil ihre Aufmerksamkeit in mehr als einer Richtung in Anspruch genommen wird; sie müssen aus vielfältigeren Leidenschaften eine reichere Willenskraft schöpfen, deren Beständigkeit mühsam erarbeitet werden muß.» Das ist sehr gut und verdiente, besser gesagt zu werden.

Paris, 4. Mai.
Man könnte sagen, es gebe zweierlei Aufmerksamkeit: eine intensive und eine andere, halb zerstreute und schweifende; diese letztere leiht man anderen am ehesten; ich glaube wirklich, zur ersteren sind die meisten Menschen nur in Augenblicken der Gefahr fähig, wenn sie zur Warnung dienen kann. Da ich aber in keiner Weise erzählerisch begabt bin, habe ich, sobald ich eine Geschichte mündlich zu erzählen beginne, immer gleich Angst, sie sei zu lang, und man könnte nicht bis zum Ende zuhören; ich habe sogar öfter die niederschmetternde Erfahrung gemacht (wenn ich meine Erzählung einmal plötzlich unterbrechen mußte), vergeblich auf die Stimme zu warten, die gefragt hätte: «Und dann? . . .»
Und vielleicht muß man auch in dem daraus entstehenden Mangel an Vertrauen, in der Furcht, die Aufmerksamkeit des Lesers nicht bis zuletzt fesseln zu können (noch viel mehr als in meiner «Ungeduld», wie man behauptet hat), den Grund für das gesteigerte Tempo gegen Ende meiner Bücher suchen. – Noch einen kleinen Augenblick, meine Herren, und ich bin fertig.
Da ich mich nicht darauf verlasse, daß diese zweite Aufmerksamkeit anhält, appelliere ich an die erste, die intensive, die unendlich seltener, die schwieriger zu wecken ist und mit der viel mehr geknausert wird – ohne die aber ein Eindringen in meine Schriften nicht möglich ist.

An anderer Stelle (im grauen Heft des Romans) die Geschichte des kleinen Schülers vom Henri-IV erzählt – den ich gestern beim Stehlen überraschte.

7. Mai.

Heute nacht merkwürdige Schwindelanfälle; kaum von Unbehagen begleitet, aber so stark, daß ich im Stehen sicher das Gleichgewicht verloren hätte. Ich hatte mich gerade hingelegt; ich machte wieder Licht an; die Dinge um mich herum drehten sich nicht, sondern wurden gleichsam geschüttelt, und zwar sehr heftig, von oben nach unten. Ich hatte das Gefühl, als würde mir bei der geringsten Bewegung, mit der ich mich im Bett umdrehen würde, schlecht werden. Heute morgen ist derselbe Schwindel noch leicht vorhanden, in Bereitschaft, und gelegentlich überfällt er mich so heftig, daß ich mich rasch hinsetzen muß, um nicht umzufallen. Ich gebe mir Mühe, der Sache keine große Beachtung zu schenken – abgesehen von der daraus entstehenden Behinderung, die mich heute morgen zur Ruhe zwingt. (Sonntag.)

13. Mai.

Scheußliche Periode, die ich wohl nur hinter mich bringen könnte, wenn ich mich von hier losrisse. Ich arbeite (am Vorwort zu *Armance*) unter äußersten Schwierigkeiten ... Unnötig, den Widerschein meines Versagens in dieses Heft eindringen zu lassen. Schwindelanfälle, Schwerfälligkeit all meiner Gedanken.

14. Mai.

Gestern abend eine Stunde bei Proust verbracht. Seit vier Tagen schickt er jeden Abend ein Auto, um mich abzuholen, aber es hat mich jeden Abend verfehlt ... Gestern, nachdem ich ihm gesagt hatte, ich würde wohl nicht frei sein, war er gerade im Begriff auszugehen, da er verabredet war. Er sagte, er sei schon lange nicht mehr aufgestanden. Obwohl man in dem Zimmer, wo er mich empfängt, vor Hitze erstickt, schlottert er; er kommt aus einem noch viel wärmeren Zimmer, wo er in Schweiß gebadet war; er klagt, sein Leben sei nur noch ein ständiger Kampf mit dem Tod, und obwohl er gleich bei meiner Ankunft über den Uranismus zu sprechen begonnen hat, unterbricht er sich, um mich zu fragen, ob ich ihn nicht ein wenig über die Lehre des Evangeliums aufklären könne, worüber ich doch, wie ihm irgend jemand erzählt hat, besonders gut Bescheid wisse. Er hofft, darin Mut und Linderung für seine Leiden zu finden, die er mir ausführlich als furchtbar schildert. Er ist dick oder vielmehr aufgedunsen; er erinnert mich ein wenig an Jean Lorrain. Ich bringe ihm *Corydon* mit, wobei er mir verspricht, mit niemandem darüber zu sprechen; und als ich ein paar Worte über meine Memoiren sage: «Alles können Sie erzählen», ruft er aus, «aber unter der Bedingung, niemals *Ich* zu sagen!» Was mir nichts nützt.

Weit davon entfernt, seinen Uranismus zu leugnen oder zu verbergen, trägt er ihn offen zur Schau, fast könnte man meinen, er brüste sich damit. Er sagt, er habe Frauen nie anders als im Geist geliebt und die eigentliche Liebe nur mit Männern gekannt. Sich selbst durch ständige Zwischenbemerkungen unterbrechend, redet er ohne Zusammenhang dahin. Er spricht von seiner Überzeugung, daß Baudelaire Uranist gewesen sei: «Die Art, wie er von Lesbos spricht, allein schon das Bedürfnis, davon zu sprechen, wäre für mich Beweis genug.»

Und als ich widerspreche: «Wenn er Uranist war, so jedenfalls halb unbewußt; und Sie werden doch nicht denken, daß er jemals praktiziert hat...?», ruft er:

«Wieso denn nicht! Ich bin vom Gegenteil überzeugt; wie können Sie daran zweifeln, daß er praktiziert hat? Er, Baudelaire!»

Und seinem Tonfall konnte man fast entnehmen, ich würde Baudelaire durch meine Zweifel beleidigen. Aber ich will gerne glauben, daß er recht hat; und daß die Uranisten noch etwas zahlreicher sind, als ich angenommen hatte. Jedenfalls hatte ich nicht geahnt, daß Proust es so ausschließlich war.

Bloß weil ich bei Darius Milhaud Mademoiselle X. mit außerordentlicher Sicherheit, mit Charme und Perfektion einige Stücke von Chabrier, von Debussy (insbesondere die Etüden) und von Chopin (diese recht mittelmäßig) hatte spielen hören, habe ich, ganz entmutigt, mein Klavier zwölf Tage nicht mehr zu öffnen gewagt. Danach wundere man sich noch, daß ich die Pianisten nicht mag! Die ganze Freude, die sie mir schenken, ist nichts gegen die Freude, mit der ich selbst spiele; wenn ich sie aber höre, schäme ich mich über mein eigenes Spiel – und sicher ganz zu Unrecht. Es geht mir aber ebenso, wenn ich Proust lese; ich hasse die Virtuosität, und doch macht sie mir immer Eindruck, und ich möchte, um sie recht verachten zu können, sie zunächst einmal selbst besitzen; ich möchte sicher sein, daß ich nicht der Fuchs aus der Fabel bin; ich *weiß,* ich *fühle* zum Beispiel, daß die *Barcarole* von Chopin viel langsamer gespielt werden *muß,* als Mademoiselle X. sie spielte, als jeder sie spielt – aber um es zu wagen, sie vor anderen so *gelassen* zu spielen, wie es mir gefällt, müßte ich sicher sein, daß ich sie ebensogut sehr viel schneller spielen könnte, müßte ich vor allem fühlen, daß meine Zuhörer davon überzeugt sind. In einem derartigen Tempo gespielt, wird die Musik Chopins *brillant,* verliert ihren eigentlichen Wert, ihre Kraft...

15. Mai.

Schwindel, vielleicht etwas weniger ausgeprägt, aber immer häufiger; heute morgen läßt er seit dem Erwachen nicht nach. Vielleicht spielt dabei auch Tabakmißbrauch keine geringe Rolle, denn als ich gestern abend bei M. du G. zum Essen war und nachher den Abend mit ihm verbrachte, habe ich mich wieder einmal gehenlassen und zuviel geraucht.

Immerhin läuft die Arbeit seit zwei Tagen ziemlich gut (Vorwort zu *Armance*).

....

Mittwoch.

Gestern abend wollte ich eben schlafen gehen, als es läutete. Es ist Prousts Chauffeur, der Mann von Céleste, der mir das Exemplar von *Corydon* zurückbringt, das ich Proust am 13. Mai geliehen hatte, und der mich mitnehmen will, denn Proust fühlt sich ein wenig besser und läßt mir sagen, er könne mich empfangen, wenn es mich nicht stören würde zu kommen. Sein Satz ist viel länger und komplizierter, als ich ihn zitiere; ich denke, er hat ihn unterwegs auswendig gelernt, denn als ich ihn gleich zu Anfang unterbrach, fing er den Satz von vorne an und sagte ihn in einem Atemzug herunter. Ebenso hat Céleste, als sie mir neulich abends die Tür geöffnet und das Bedauern Prousts ausgedrückt hatte, mich nicht empfangen zu können, hinzugefügt: «Monsieur läßt Monsieur Gide bitten, davon überzeugt zu sein, daß er unablässig an ihn denkt.» (Ich habe mir den Satz gleich aufgeschrieben.)

Lange hatte ich Proust im Verdacht, er übertreibe seine Krankheit ein wenig, um seine Arbeit zu schützen (was mir völlig gerechtfertigt schien); aber gestern und schon neulich mußte ich mich überzeugen, daß er wirklich sehr leidend ist. Er sagt, er liege stundenlang da, ohne auch nur den Kopf bewegen zu können; er bleibt den ganzen Tag und viele Tage hintereinander im Bett. Dann und wann streicht er mit der Handkante, die wie leblos ist, die Finger bizarr steif und gespreizt, an den Nasenflügeln entlang, und nichts ist ergreifender als diese manische und linkische Geste, die wie von einem Tier oder einem Irren ist.

Wir haben auch heute abend von fast nichts anderem gesprochen als vom Uranismus; er sagt, er bereue die «Unentschlossenheit», die ihn bewogen habe, alle Grazie, alle Zärtlichkeit, allen Charme seiner homosexuellen Erfahrungen in den «Schatten junger Mädchen»[332] zu transponieren, um dem heterosexuellen Teil seines Buches Nahrung zu geben, so daß ihm für *Sodome* nur noch Groteskes und Gemeines geblieben sei. Es scheint ihn aber sehr zu treffen, als ich sage, man könne meinen, er habe den Uranismus brandmarken wollen; er protestiert, und schließlich begreife ich, daß das, was wir niederträchtig, lächerlich und widerwärtig finden, ihm selbst gar nicht so abstoßend erscheint.

Als ich ihn frage, ob er uns diesen Eros denn nie in jungen, schönen Gestalten darstellen werde, erwidert er zunächst, das, was ihn anziehe, sei fast nie die Schönheit, die seiner Meinung nach überhaupt wenig mit der Begierde zu tun habe – und die Jugend sei im übrigen das, was er noch am leichtesten transponieren könne (was sich am leichtesten transponieren lasse).

28. Mai.

Am 26. in Versailles bei der Fürstin Bassiano zu Mittag gegessen – mit deren Auto, in dem schon Madame Mühlfeld und Paul Valéry saßen, ich abgeholt wurde. Eine Stunde Lektüre oder Klavierüben hat für mich mehr Reiz als das üppigste Diner der Welt; dieses war im übrigen erlesen; über die Unterhaltung gibt es nichts zu sagen.
Gestern mit Madame Mayrisch, Madame van Rysselberghe, Valéry und Rivière zu Abend gegessen. Valéry blendend wie immer, aber in seinem Kosmos kann ich nicht atmen.
Vorgestern habe ich mein Vorwort zu *Armance* beendet, das mir einige Mühe gemacht hat, denn ich war in der letzten Zeit sehr müde. Ich fürchtete schon, es sei schrecklich geworden, habe es aber Roger M. du G. heute morgen mit Vergnügen vorgelesen, dann heute nachmittag Madame Mayrisch und Jean S. Jetzt gibt es nichts mehr, was mich von meinem Roman abhält – außer dem Schluß des Kapitels meiner *Memoiren,* die ich in einem Monat in Druck geben möchte.
Ich lese *As You Like It* – überrascht, es so gut zu verstehen, aber ohne großes Vergnügen.

2. Juni.

Einer Einladung von Piot folgend, war ich gestern in der Oper, in der letzten Probe zu den *Troyens.* Ich erinnerte mich, mit wieviel Entzücken ich vor fünfzehn Jahren im Théâtre Sarah-Bernhardt *Les Troyens à Carthage*[333] mit der Delna als Dido gesehen habe, aus dessen erstem Akt nun der dritte dieses Bastardstückes geworden ist. Nur noch Konvention, Öde und Langeweile. (Ich spreche nicht von der Musik, sondern von der Aufführung.) Ein viel zu starkes Orchester überdeckt die unzulänglichen Stimmen. Unmöglich, auch nur im geringsten ergriffen zu sein, trotz aller Anstrengung, die Gefühle von damals neu zu beleben. Und doch erkenne ich zuweilen Takt für Takt wieder... Im dritten Akt bin ich voll Überdruß und angewidert weggegangen.

3. Juni.

In den letzten Tagen eingehend Klavier geübt. Habe täglich drei Stunden darauf verwenden können. Die *Barcarole* von Chopin wiederaufgenommen, die schneller zu spielen nicht einmal so schwierig ist, wie ich dachte; es gelingt mir sogar (ich lasse mich viel zu rasch von der Brillanz der andern einschüchtern) – aber so verliert sie allen Charakter, alles Gefühl, alle *Sehnsucht;* und das vor allem drückt das wunderbare Stück aus: Sehnsucht inmitten höchster Freude. Es scheinen zu viele Töne, zu viele Noten dazusein, sobald man die volle Bedeutung der einzelnen nicht mehr erfaßt. Jede gute Wiedergabe muß eine *Erklärung* des Stückes sein. Der Pianist jedoch sucht, wie der Schauspieler, den *Effekt,* und der Effekt wird gewöhnlich nur auf Kosten des Textes erreicht. Der Ausführende weiß sehr gut, daß der Hörer um so mehr staunt, je weniger er versteht. Ich aber will gerade verstehen. Das Staunen hat in der Kunst nur dann einen Wert, wenn es alsbald der Ergriffenheit weicht; in den meisten Fällen verhindert es sie.

8. Juni.

Wie sehr mir gefällt, was ich bei Sainte-Beuve lese *(Cahiers):* «Die Lateiner verabscheuten in ihrer Sprache durchaus nicht eine gewisse Unbestimmtheit, eine gewisse Unentschlossenheit in der Sinngebung, ein wenig Dunkel ... Faßt es auf, wie ihr wollt, scheinen sie manchmal sagen zu wollen, versteht es im einen Sinn oder im andern, der nicht weitab liegt. – Man hat einen gewissen Spielraum der Wahl. – *Der Hauptsinn schließt einen anderen nicht unbedingt aus.*» (Hervorhebung von mir.) Freude, mich in diesem Punkt sehr als Lateiner zu fühlen.

Cuverville, 10. Juli.

Am 2. hier angekommen. Unablässig prachtvolles Wetter. Die ganze Natur stöhnt und fleht um Gnade. Zuwenig gearbeitet, von Korrespondenz unterbrochen. Eine Art Resignation betäubt mein Wollen, mein Denken. Ich greife einmal mehr zu diesem Heft, um zu lernen, wie ich mehr von mir verlangen kann.

11. Juli.

Es scheint mir, als seien alle meine Wünsche weniger dringlich, seit mir die Glückseligkeit entschwindet, die ich mir von einer vollkommenen Gemeinschaft mit ihr versprach.

12. Juli.

Alles, was ich von den Brüdern Tharaud gelesen habe, hat auf mich den besten Eindruck gemacht; das einzige, was man ihren Büchern vorwerfen könnte, ist wohl, daß sie niemals von einer inneren Notwendigkeit diktiert sind; zwischen ihnen und dem Autor besteht nicht die tiefe und notwendige Beziehung, die zum Schicksal wird.

14. Juli.

Das dritte Kapitel des zweiten Teils von *Si le grain ne meurt* ... beendet, das heißt alles, was ich jetzt in Druck geben will. Ich bezweifle, daß ich an diesen Memoiren noch werde weiterschreiben können. Und doch, von welchem Interesse wäre das!
Green Mansions von Hudson fertiggelesen; ein ganz amüsanter Exotismus, der aber unzulänglich ist und allzuoft von melodramatischer Sentimentalität abgelöst wird.
Ich lese Em. mit Entzücken *Une Ténébreuse Affaire* vor. *Prinzipien der Psychologie* von W. James.

20. Juli.

Gegen die große Verlockung ankämpfen, in den Roman persönliche Erfahrungen einfließen zu lassen, besonders solche, unter denen man gelitten hat, in der trügerischen Hoffnung, man würde in ihrer Darstellung Trost finden.
Sie kommen uns nur deshalb besonders interessant vor, weil es unsere eigenen sind.
Nein, nein; gerade darin liegt der Sophismus: Jeder hat die Erlebnisse, die er verdient; und für die auserlesenen Seelen gibt es Vorzugsschicksale, ausgesuchte Leiden, zu denen gewöhnliche Seelen eben gerade nicht fähig sind.

21. Juli.

Schon lange hätte ich das Schreiben aufgegeben, wäre ich nicht zuinnerst davon überzeugt, daß eine kommende Generation in meinen Schriften entdecken wird, was die heutige nicht sehen will und wovon ich doch weiß, daß ich es hineingelegt habe.

Die Erklärungen der Nationalisten rufen mir allzuoft die Beteuerungen der Töchter König Lears ins Gedächtnis. Die tiefste Liebe kommt nicht so leicht über die Lippen. Ich halte es mit dem Schweigen Cordelias.

28. Juli.

Nicht gerade, daß meine Empfindungen schwächer würden; nein, aber sie scheinen mich aufgrund einer Art Transposition nicht mehr unmittelbar zu betreffen. Mir ist, als wäre ich schon lange gestorben; als würde es sich schon gar nicht mehr um mich handeln. Und merkwürdig ... vor allem kommt es mir so vor, als zöge nichts mehr von dem, was ich tue, was ich fühle, eine moralische Verantwortung nach sich. Ja, das ist es. Ich bin schon gestorben, und das, was ich gegenwärtig lebe, ist eine Art Nachtrag ohne Wichtigkeit, der *zu nichts verpflichtet.*
X., der sich umbringen wollte, ist manchmal so weit, sich zu fragen, ob er es in Wirklichkeit nicht schon getan hat.

Since now at length my fate I know,
Since nothing all my love avails,
Since all, my life seemed meant for, fails.[334]

Seit dem Tag, da ..., habe ich das Bewußtsein meiner inneren Kontinuität nie ganz wiedererlangt.

Colpach, 28. August.

Ein Blinder könnte sich leichter Farben vorstellen als ein Gefühlloser die geheimnisvolle Anziehung, die vom Anblick eines Körpers ausgeht. Wie könnte er die Verwirrung verstehen, das Bedürfnis zu umfangen, zu liebkosen, die Inanspruchnahme unseres ganzen Wesens und die schweifende Unbestimmtheit der Begierde? ...

Ein paar zauberhafte Tage am Strand von Hyères verbracht, wo mich Élisabeth van Rysselberghe unerwartet aufsucht. Mit ihr bei einem Spaziergang im Pinienwäldchen ein ganz außergewöhnliches Dörfchen entdeckt, in der Nähe der alten Salinen – Le Pesquier, glaube ich –, das man für ein polynesisches hätte halten können; verborgen, geschützt, von Bäumen verhüllt und eine so seltsame Glückseligkeit atmend, daß man sogleich den Wunsch hat, dort zu leben, seine Tage dort zu beschließen. Am selben Abend kehre ich mit Roger Fry, den ich zufällig treffe, nochmals zurück und drei Tage später mit Copeau.

La Bastide, 12. September.

Als ich ein letztesmal die Korrekturbogen meiner *Morceaux choisis* durchlese, auf welche die *N.R.F.* wartet, achte ich besonders auf Überbetonungen, Eintönigkeit und Wiederholungen.

Paris, 29. September.

Ich notiere folgenden Satz aus dem Brief Grimms über Rousseau (Band IX, S. 141):
«Indessen hatte die Debatte (über den in Dijon preisgekrönten *Discours*) zur Folge, daß die Ansichten, die gar nicht seine waren und die er nur vertreten hatte, um Aufsehen zu erregen, durch den Zwang, sie zu verteidigen, schließlich zu seinen eigenen wurden.»
Wie gut könnte man diesen Satz auf Barrès zur Zeit der Dreyfus-Affäre anwenden!

30. September.

Ich lese die *Maximes* wieder, mit lebhaftester Bewunderung. Mir scheint, daß der Standpunkt, den ich gegenüber La Rochefoucauld einzunehmen suchte, gerechterweise nicht aufrechtzuerhalten ist. Mein größter Fehler war, das, was er Eigenliebe nennt, mit Egoismus gleichsetzen zu wollen. Trotz allem sind die Maximen, die von der Eigenliebe handeln, von geringerer Bedeutung als die, welche an keinerlei Theorie, an keinerlei These gebunden sind und von denen einige über die Maßen scharfsinnig sind und deren *Formulierungskunst* wohl nachgeahmt werden kann, aber nur ihm eigentümlich ist; zumindest bringt er sie – sollte sie auch sonst in den Salons seiner Zeit anzutreffen gewesen sein – zur Vollendung.

3. Oktober.

Rückkehr nach Cuverville.

Drei bis vier Stunden damit zugebracht, das erste und das vierte Stück der *Goyescas* wieder auswendig zu lernen (und es fehlt noch viel, bis ich das erste vollkommen beherrsche). Ich müßte jetzt die *Faux-Monnayeurs* in Angriff nehmen; aber aus Ängstlichkeit, aus Lässigkeit, aus Feigheit bin ich für jede Zerstreuung dankbar und weiß nicht, wie ich mein Thema angehen soll. Ich schreibe mir selbst vor, eine volle Stunde lang im Zimmer auf und ab zu gehen, wobei ich mir jede Lektüre untersage. Und das zu wiederholen wie bei einer Novene[335], vorzugsweise vor dem Schlafengehen. Ohne sich entmutigen zu lassen, wenn sich an den ersten Abenden noch kein Resultat bemerkbar macht.

Ich habe fast mühelos zwei Seiten des Dialogs geschrieben, mit dem ich meinen Roman beginnen möchte. Ich werde aber erst zufrieden sein, wenn es mir gelingt, mich noch dezidierter vom Realismus zu entfernen. Es macht mir im übrigen wenig aus, wenn ich später alles wieder zerreißen muß, was ich heute schreibe. Wichtig ist, daß ich mich an das Zusammenleben mit meinen Figuren gewöhne.

4. Oktober.

Das Wetter ist so wunderbar schön, daß man das Land nicht wiedererkennt. Ich schreibe diese Zeilen auf der Bank in der Allee, die gegenüber von Valentines Buchenhecke steht. Eben geht die Sonne unter. Ich suche vergeblich nach einem Wort, das die außerordentliche Leuchtkraft des Himmels ausdrücken könnte.

6. Oktober.

Dritter Tag, an dem ich nicht rauche. Zuviel Zeit am Klavier verbracht (drei oder vier Stunden täglich); zuwenig gearbeitet.

7. Oktober.

Gut Klavier geübt; aber sehr mittelmäßig gearbeitet. Ich versuche, einen Artikel über die Wiederaufnahme der intellektuellen Beziehungen zu Deutschland zu verfassen. Jeder eingeschobene Satz stellt sich mir in den Weg, der leiseste Lockruf von draußen lenkt mich ab. Und zum Lockruf wird mir jedes Geräusch, jeder Gesang. Ich lese die *Oraison funèbre de Le Tellier* und die *Divine Poems* von Donne, denen ich folgende wunderbaren Verse entnehme:

Take mee to You, imprison mee, for I
Except You enthrall mee, never shall be free . . .[336]
Bemächtige Dich meiner, Herr, und lege mich in Ketten,
Denn nur, wenn Du mich bindest, bin ich frei.

12. Oktober.

Ich war schwach genug, vorgestern, am Sonntag, ins Dorf zu gehen und ein Päckchen Tabak zu kaufen. Es macht mir aber keinerlei Vergnügen, den groben schwarzen Tabak zu rauchen, den einzigen, den ich finden konnte; und das ist gut so, denn um so eher lasse ich es bleiben.

Nach drei Tagen der Agonie habe ich gestern den Artikel über die Wiederaufnahme der intellektuellen Beziehungen zwischen Deutschland und Frankreich fertiggeschrieben; ihn gleich an Rivière geschickt.[337]

....

Jeden Sommer lese ich einen Teil der *Caractères* wieder; nicht daß ich La Bruyère besonders bewundern würde; es gibt soundso viele Autoren in dieser Epoche, die ich ihm vorziehe und die mich stärker beeindrucken; aber unter ihnen ist keiner, dessen Stern beruhigender strahlt. Sehr oft – besonders im ersten Buch – fragt man sich, ob das, was er sagt, wirklich der Mühe wert war, gesagt zu werden, so einfach, so vernünftig klingt es; trotzdem weiß man ihm Dank, daß er es sagt und so einfach sagt. Er will weder verblüffen noch gefallen, sondern etwas vernünftig ausdrücken, dessen er sicher ist. (Ein guter Kopf, sagt er, glaubt vernünftig zu schreiben.)

Mich plagt der Wunsch, die *Caractères* neu zu schreiben[338]; ein

solcher Versuch wäre nicht im geringsten unbescheiden; ich würde den Plan des Buches übernehmen und versuchen, mit derselben Einfachheit das Neue an unserer Epoche auszudrücken und all das, was ein heutiger «honnête homme» vernünftigerweise über die Sitten denken könnte, über die Gesellschaft und die verschiedenen Elemente, aus denen sie sich zusammensetzt, über die Literatur, die Religion und die Künste. Ich würde so einfache Überlegungen so einfach sagen wie:
Es kostet vermutlich weniger Geduld und weniger Mühe, eine Kunst zur Reife zu bringen, als später nötig ist, um sie am Zerfall zu hindern.

15. Oktober.
Em. erzählt mir von dem jungen Briefträger, für den ich mich eingesetzt und dem ich zu einer neuen Stellung verholfen habe. Seine Schwester, mit der er zusammenwohnte, hat ihn vor einem Monat plötzlich sitzenlassen; sie ließ das Postauto, das sie an dem Tag fuhr, in Goderville stehen und sprang in den Zug nach Rouen, wo sie mit dem Sohn eines Gastwirts aus Criquetot verabredet war... Sie nahm die dreitausend Francs mit, die ihr der Bruder angeblich schuldete und die er behalten und in die gemeinsame Kasse gelegt hatte, da er nicht annahm, seine Schwester könnte Geheimnisse vor ihm haben.
«Oh, nein! Sie denkt überhaupt nicht ans Heiraten», sagte er erst kürzlich, «wir kommen sehr gut miteinander aus; Bruder und Schwester, das geht im Haushalt gut zusammen.»
So daß sein erster Gedanke, als er von der Flucht erfuhr, gewesen sein muß: Wie? Sie war also nicht glücklich?
Gewiß hat sie ihm alle ihre Wünsche, alle Hintergedanken verheimlicht, nicht anders, als sie es einem Ehemann gegenüber getan hätte.
Alles, was an uneingestandenem Egoismus in der brüderlichen Liebe steckte, kam jäh an den Tag. In seiner Empörung ließ er das Mädchen verfolgen, bis es schließlich von der Polizei in einer elenden Absteige in Rouen gefunden wurde. Sie und ihr Liebhaber, den sie heiraten will, waren mit ihren Mitteln am Ende; das heißt,

man hat nur noch zehn Francs bei ihnen gefunden. Sie konnte mühelos beweisen, daß sie aus der gemeinsamen Kasse nur das genommen hatte, was ihr von Rechts wegen zustand, so daß sie nach zwei Tagen Gefängnis wieder freigelassen wurde.
Das merkwürdigste an der Geschichte aber ist, daß der kleine Briefträger beschlossen hat, sich auf der Stelle ebenfalls zu verheiraten, um es der Schwester heimzuzahlen:
«Wenn das so ist, werde ich es dir schon zeigen! ...»

16. Oktober.
Ich habe Cuverville verlassen, wie man stirbt.

17. Oktober.
Ich bin grenzenlos müde und traurig. Die ganze Menschheit scheint mir verzweifelt häßlich und verbraucht. Diese Roheit, dieser Egoismus im Ausdruck aller Gesichter! Wie doch jede Freude fehlt, jedes wirkliche Leben! Und um sie alle zu «erlösen», mußte ein Christus sterben?

1. November.
Gestern abend in Roquebrune angekommen ... Je näher der Abschied rückte, desto schmerzlicher fühlte ich, was mich an sie band, und schließlich begann ich mich zu fragen, ob meine Abreise tatsächlich ein Gebot der Vernunft sei. Wie schwer es mir fällt, nicht nüchterne Strenge vorzuziehen oder zumindest für besser zu halten! Instinktiver Argwohn gegenüber allem, was durch Vergnügen zur Annehmlichkeit wird.

26. November.
Am 24. abends nach Cuverville zurückgekommen. Mittlerweile kommt es mir vor, als hätte ich diese Reise geträumt ... Pisa, Siena, Orvieto, Rom; eine wunderschöne Zeit, wäre sie nicht auf Kosten der Arbeit gegangen. Sofort stürze ich mich wieder hinein und verfluche diesen Vortrag über Dostojewski, den mir Copeau bei meiner Durchreise in Paris abgerungen hat.[339]
Gestern abend *Ivan Ivanovitch* von Browning wiedergelesen und

viel Coleridge. Ich warte, bis ich meine Korrespondenz erledigt habe, um mich wieder ans Klavier setzen zu können.

29. November.
Großer Artikel von Massis in der *Revue universelle* über (oder vielmehr gegen) mich. Massis stellt meinen Büchern einen Satz von Claudel entgegen: «Das Böse komponiert nicht.» Als ob meine Bücher durch Mangel an Komposition sündigten![340]
Alles in allem ist der Artikel, obgleich er meinen Einfluß als öffentliche Gefahr hinstellt, voll uneingestandener Hochachtung. Was mich ein bißchen ärgert, ist die Tatsache, daß Massis mir Sätze, die andere über mich geschrieben haben, ebenso zur Last legt wie meine eigenen. Außerdem zitiert er nicht immer genau und vergißt, wenn es sich nur um Aussprüche von Personen aus meinen Romanen handelt, den Leser darauf hinzuweisen – alles wird unterschiedslos mir zugeschrieben; alles, was mir schaden kann. Er bemüht sich nicht, ein getreues Porträt von mir zu geben, sondern nur, seine Leser gegen mich einzunehmen.
Dieser seit langem bereitliegende Artikel erscheint am selben Tag, an dem das Buch zum Verkauf kommt; wie seinerzeit seine Exekution der *Caves.* Wer wird sich jemals so beeilen, mich zu loben? Aber Massis geht es darum, der Kritik *das A* anzugeben.
In den vier Monaten, seit ich wieder auf den *Courrier de la Presse* abonniert bin, erhalte ich nichts als Verrisse. Man könnte meinen, ich bezahlte sie. Ein spanischer Kritiker, der offensichtlich gut informiert ist, geht so weit, von meiner Herzlosigkeit und meinem Geiz zu sprechen. Der Artikel ist im übrigen eher komisch; aber was für eine Karikatur macht er aus mir! Wird man später unter dieser Anhäufung von Verleumdungen je mein wahres Gesicht entdecken können? Drei Viertel der Kritiker und fast alle Journalisten beziehen ihr Urteil über mich nicht aus meinen Büchern, sondern aus Unterhaltungen im Café. Ich weiß genau, daß weder die Cafés noch die Salons, noch die Boulevards auf meiner Seite sind; und dort wird der Erfolg gemacht. Es ist aber auch nicht ihre Gunst, die ich suche, noch habe ich sie mir jemals gewünscht. Ich werde meine Bücher geduldig auf die Leser warten lassen, die sie

verdienen; die kleine Minderheit von heute wird die öffentliche Meinung von morgen sein.
Ich will mich aber nicht stärker oder sicherer machen, als ich bin, und einige dieser Fehlurteile tun mir schrecklich weh; es würde mich aber weit schwerer treffen, fände ich in meinen *Morceaux choisis*[341] beim Wiederlesen einen Satz, mit dem ich nicht zufrieden wäre. Nur mit Mühe gelingt es mir, nicht meinem inneren Hang folgend den Kritikern beizupflichten; was mich jedoch oft beruhigt, ist der Umstand, daß die gegen mich erhobenen Beschuldigungen sich widersprechen. Schließlich denke ich auch an Baudelaire und daß die meisten dieser Vorwürfe auch gegen ihn erhoben worden sind.

Erst heute habe ich mich wieder ans Klavier gesetzt. Ich lese *Der Idiot* wieder und schwelge von neuem in *The Ring and the Book*, das ich nun viel leichter verstehe. Nichts ist berauschender als Browning, nicht einmal Dostojewski. Vielleicht würde er mich weniger begeistern, wenn ich die Sprache vollkommener beherrschte. Der leichte Nebeldunst, der manchmal zwischen den Versen schwebt, verleiht ihnen eine imaginäre Tiefe.

1. Dezember.
In dieser Woche etwa dreißig Seiten an meinem Buch geschrieben; jeder Satz fließt mir nur so aus der Feder (und *dieses* Buch muß so geschrieben werden); aber ich weiß nicht, wohin das führen soll, und fürchte, bald steckenzubleiben.
Den ersten Band von *Der Idiot* fertiggelesen; meine Bewunderung ist nicht mehr ganz so lebhaft. Die Personen sind über die Maßen affektiert und kommen, wenn ich so sagen darf, zu leicht zusammen; sie haben für mich viel von ihrem Geheimnis verloren; fast möchte ich sagen, ich verstehe sie zu gut; das heißt, daß ich die Absichten zu deutlich sehe, die Dostojewski mit ihnen verfolgt. Es gibt unvergleichliche Stellen in diesem Buch, außerordentlich gewichtige und lehrreiche; und schließlich sind manche Gestalten außerordentlich gelungen, oder vielmehr (denn alle Personenbeschreibungen sind meisterhaft) manche Gespräche – insbesondere die

des Generals Iwolgin und der Generalin Jepantschina. – Aber mein Eindruck bestätigt sich: Ich ziehe *Die Dämonen* und *Die Brüder Karamasow* vor; vielleicht sogar *Der Jüngling* (von manchen kürzeren Erzählungen ganz zu schweigen). Ich glaube aber, daß *Der Idiot* besonders dazu angetan ist, jungen Leuten zu gefallen, und von allen Romanen Dostojewskis ist es dieser, den zuerst zu lesen ich ihnen empfehlen würde.

Ich habe das Klavierspiel wiederaufgenommen; wundere mich, die *Sonaten* Beethovens jetzt mit solcher Leichtigkeit zu spielen, zumindest diejenigen, die ich früher viel geübt und dann liegengelassen hatte. Aber ihr Pathos ermüdet mich, und was mich heute am meisten befriedigt, ist Bach und vielleicht vor allem die *Kunst der Fuge,* die ich immer wieder spiele. Das hat fast nichts Menschliches mehr, und nicht Gefühl und Leidenschaft erweckt er, sondern Anbetung. Welche Ruhe! Welches Hinnehmen all dessen, was dem Menschen überlegen ist! Welche Verachtung des Fleisches! Welcher Friede!

2. Dezember.

Ich wehre mich dagegen so gut wie möglich. Aber die Abtrünnigkeit Ghéons verursacht mir fast unerträglichen und immer neuen Kummer. Sein Artikel in *L'Action française,* der erste einer Serie über die Literatur, ist zwar noch intelligent, aber schon eindeutig tendenziös. Er wendet sich gegen das Vorurteil der «Zwecklosigkeit» des Kunstwerks und behauptet, kein Kunstwerk, das diesen Namen verdiene, sei jemals anders geschaffen worden als zu einem nützlichen Zweck und in der Absicht, einer Sache zu dienen. (Und als Beispiel wagt er die *Fables* von La Fontaine anzuführen!) Ich denke an unsere letzten Gespräche. Aus Kummer über die Trennung gab ich ihm so weit wie möglich nach; aber in dem ganzen Artikel spüre ich eine erklärte Ablehnung meiner Denkweise, meiner selbst.

Massis will unterdessen grundsätzlich nichts anderes in meinem Werk erkennen als den Willen zu beeinflussen... Sollen sie die Sache unter sich ausmachen; sie werden sich schon einig werden.

Ich habe die letzten Seiten von Proust (Dezembernummer der *N.R.F.*) zunächst mit aufwallender Empörung gelesen. Da ich aber weiß, wie er denkt, wie er ist, kann ich darin schwerlich etwas anderes sehen als eine Finte, den Wunsch, sich zu decken, eine Tarnung, die außerordentlich geschickt ist, denn für niemanden wäre es von Vorteil, ihn bloßzustellen. Mehr noch, diese Verletzung der Wahrheit ist ganz dazu angetan, jedermann zu gefallen: den Heterosexuellen, deren Vorurteile und Abneigungen sie rechtfertigt; den andern, die sich das Alibi und ihre geringe Ähnlichkeit mit den von ihm geschilderten Typen zunutze machen werden. Kurz, die allgemeine Feigheit hinzugerechnet, kenne ich keine Schrift, die besser als Prousts *Sodome* geeignet wäre, die öffentliche Meinung irrezuführen.

5. Dezember.

Bemerkenswerte Fragmente aus dem *Journal intime* von Amiel in der *N.R.F.* vom Dezember erschienen. Aber dieser zugleich zaghafte und pedantische Stil ist mir eigentlich unerträglich.

«Wenn ich die genaue Nuance eines Gedankens suche», sagt er in einem anderen Fragment, «durchlaufe ich die ganze Skala der Synonyme, und sehr oft ist es ein Dreiklang, den meine Feder wählt.» Dann fügt er hinzu: «Ein einziger Ausdruck ist eine Tollkühnheit, die Selbstvertrauen und Scharfblick voraussetzt. Um den einzig möglichen Ausdruck zu erreichen, darf man nicht zweifeln, und du zweifelst immer.» Das ist ausgezeichnet; aber, so scheint mir, nicht immer richtig. Der «einzige Ausdruck» ist nicht immer ein Zeichen von Tollkühnheit, er kann sich ebensogut einem *Entschluß zum Opfer* verdanken. Jede Wahl setzt ein Opfer voraus; und man zeichnet nicht gut, ohne zu wählen.

Charlie Du Bos kommentiert diese Stelle vortrefflich. (Zitiert in der *N.R.F.* vom Oktober.)

7. Dezember.

Jeden Abend vertiefe ich mich wieder für eine halbe Stunde in die *Kunst der Fuge.* Nichts von dem, was ich kürzlich darüber gesagt habe, scheint mir mehr ganz zu stimmen. Nein, man fühlt da oft weder heitere Ruhe noch Schönheit, sondern geistige Qual und den Willen, Formen zu bezwingen, die starr sind wie Gesetze und unmenschlich unbeugsam. Es ist der Triumph des Geistes über die Zahl; und vor dem Triumph der Kampf. Und es ist, in der Unterwerfung unter die Regel, alles, was durch sie hindurch, ihr zum Trotz oder *ihr zum Dank,* an Spiel noch möglich ist, an Empfindung, an Zärtlichkeit und, alles in allem, an Harmonie.

10. Dezember.
Dieser Stillstand vergiftet mich. Ich ersticke im stillen Wasser. Wie die Forelle schwimme ich gern gegen den Strom.

11. Dezember.
Ein paar Artikel über meine *Morceaux choisis* oder vielmehr über den Artikel von Massis. Über den Artikel wird bei weitem mehr gesprochen als vom Buch selbst. Und die spärlichen Äußerungen darüber sind im übrigen dermaßen dumm, daß es mich beruhigt, daß sie gegen mich gerichtet sind.

Sonntag.
Ich lese den *Dostoïevsky* von Suarès wieder. Es ist die weitaus schwächste der drei Studien dieses Bandes. (Ich habe eben ausgezeichnete Seiten über Pascal von ihm wiedergelesen.) Der Anfang, die Einführung irritiert mich. Ich weiß, daß es nicht stimmt, was er da sagt; er hat sich nicht deshalb über Dostojewski noch nicht geäußert, weil er ihn sich «vorbehielt», sondern einfach deshalb, weil er ihn nicht kannte. An dem Abend, an dem ich von Dostojewski sprach, gestand er mir, er habe außer den *Aufzeichnungen aus einem Totenhaus* und *Schuld und Sühne* noch nichts von ihm gelesen. In der russischen Literatur gab es für ihn damals nur Tolstoi. Und seine ganze Studie leidet darunter, daß sie sehr rasch geschrieben wurde, als Konter auf meinen Vortrag, und damit niemand sagen könne, man habe ihm erst etwas beibringen müssen. Die Kenntnis der anderen Romane Dostojewskis, die er sich rasch verschafft hat, war noch zu neu (und welche rhetorischen Finessen wendet er an, um das zu verbergen!), als daß er wirklich gut von

ihnen hätte sprechen können. Seine Bemerkungen, mögen sie auch noch so treffend sein, sind der Niederschlag einer ersten Lektüre. Eine längere Beschäftigung mit dem Stoff hätte ihn veranlaßt, viel wichtigere Züge hervorzuheben. Vor allem sind die «Sätze», die er zitiert, gerade solche, die zuerst ins Auge fallen; ich bin sicher, daß Suarès sie heute nicht mehr zitieren würde. Vermutlich würde er sie (wie mittlerweile ich selbst) nicht einmal mehr wirklich gut, ja sogar ein wenig «theatralisch» finden; es sind Sätze, die wirken sollen und zu denen gehören, die den Beifall und die Zustimmung der Halbgebildeten und Halbdummen ernten. (Beispiel: «Vergebt euch unser Glück.»)

Und was er am Schluß dieser Studie über Nietzsche sagt, ist ungeheuerlich. Ich verstehe sehr gut, daß er später das Bedürfnis gehabt hat, eine Palinodie zu schreiben.

Im Zusammenhang mit Dostojewskis Zeit in der Gefangenschaft kann er sich nicht enthalten anzumerken: «Auch ich habe meine Hölle!» Und ich ebenso, und auch ich... das möchte er, wie man deutlich merkt, bei jeder Gelegenheit sagen, vor allem soll der Leser es denken, denn er weiß sehr wohl, daß es eine Schwäche ist, es auszusprechen. Oh, wie anders klingt da doch der *eigene* Aufschrei Michelets im zweiten Band der *Histoire de France:* «Was mich betrifft, hat mein Leidensweg an dem Tag begonnen, da meine Seele in diesen elenden Leib gefahren ist, den ich nun, *indem ich dieses Buch schreibe, vollends verbrauche.*»* (Ich zitiere aus dem Gedächtnis, wie Proust.)

12. Dezember.

Schlaflosigkeit. Ich unternehme dagegen, was ich kann; zwinge mich, mir «Bewegung zu verschaffen»; zu laufen, zu einem kalten Bad nach meinem «Gesundheitsspaziergang»... Nichts hilft; jede Nacht ist noch ein wenig schlechter als die vorhergehende und kostet mich ein Stück mehr von den schönen Errungenschaften des

* Hier der genaue Anfang des Satzes: «Jedem sein Kreuz und seine Stigmen. Die meinen *(sic)* beginnen mit dem Tag, da...» usw. (Band II, Kap. IX.)

Sommers. Ich bin wie ein Zirkusclown, der eine Weste nach der andern auszieht, und gleichzeitig staune ich über den Vorrat, den ich angehäuft habe.

14. Dezember.

Ich lese den *Dostoïevsky* von Suarès weiter. Ich habe sehr den Eindruck, daß er *Die Dämonen* noch nicht gelesen hat. Und wie kann er, wenn er *Der ewige Gatte* kennt, dieses wunderbare Buch mittelmäßig nennen?

15. Dezember.

Gestern bei meiner Ankunft Jean S. auf dem Bahnhof. Ich hatte ihn telegraphisch benachrichtigt. Im Lutetia abgestiegen, der größeren Bequemlichkeit halber. Zum erstenmal wohne ich in Paris – zumindest in der Absicht, mich dort länger aufzuhalten – im Hotel. Am selben Abend noch Copeau gesehen, Roger Martin du Gard, M. und Loup, die letztere während der Pause im Vieux-Colombier.
Da ich sehr müde war, habe ich fieberhaft und viel zuviel gesprochen, wie fast immer nach längerer Zurückgezogenheit. Schon der Klang meiner Stimme benebelt, berauscht mich, und ich rede ganz wirr durcheinander. (Ganz genau stimmt das nicht. Eigentlich bin ich berauscht von Sympathie.)

«Monsieur Gide repräsentiert nicht einmal eine literarische Schule, nicht einmal die Zeitschrift, für die er schreibt. Sein Werk ist der ungestrafte intellektuelle und moralische Skandal des Jahrhunderts», lese ich in der *Revue française,* die mir L'Argus heute morgen schickt. Der Artikel ist mit René Johannet gezeichnet.
Es ist der Zeitungsausschnitt Nummer 208 (vor sechs Wochen habe ich die Rechnung bezahlt). Außer Annoncen erhalte ich nur Verrisse.

Paris, Lutetia, 16. Dezember.

Gestern, Donnerstag, den Tag in aller Ruhe angefangen, in meinem Zimmer im sechsten Stock, wo ich wirklich gut untergebracht bin. An Em. geschrieben und an den tüchtigen kleinen René Michelet, von dem ich endlich einen Brief erhalten hatte. Dann bei

der *N. R. F.* gewesen, um mit Prunières, Allard, Gallimard und Jean Schlumberger zu sprechen. Die Atmosphäre ist dort mittlerweile sehr angenehm, und das Durcheinander hat einigermaßen aufgehört. Bei den Allégrets zu Mittag gegessen. Ich hoffte, M. entführen zu können; es wurde aber erst um ein Uhr gegessen, und zu alledem hatte die Kleine Geburtstag. Ärgerlicher Zeitverlust. Vor dem Essen konnte ich mit André ziemlich ausführlich von seiner Verlobung sprechen; ich habe den Eindruck, daß er eine Riesendummheit macht, und wollte ihm die Augen öffnen. Nichts Gefährlicheres als die Rolle, die ich da gespielt habe ... übrigens auch ohne jedes Ergebnis.
Bei Foinet, dem Bilderrahmer, eine Rechnung bezahlen gewesen. Sehr erfreulicher Besuch bei Paul Laurens. Dann in der Rue Vaneau, in der Klinik, wo Nicole eben der Blinddarm entfernt worden ist. Valentine war bei ihr. Nicole strahlend schön und anmutig. Rückkehr ins Hotel, wo ich mit Madame Mayrisch und M. verabredet bin. An Alibert geschrieben, während ich auf sie warte. Mit ihnen Tee getrunken; dann alle drei ausgegangen, um Besorgungen zu machen. Allein ins Lutetia zurück; in meinem Zimmer von der Pastete und den harten Eiern zu Abend gegessen, die mir Em. eingepackt hat. Dann, um acht Uhr, zu Roger Martin du Gard, wo wir bis ein Uhr morgens den Anfang meines Romans lesen, kommentieren und kritisieren sowie über Browning reden.
Warum ich all das aufschreibe ...? Als Muster eines Tagesablaufs in Paris; und um mich dazu anzuhalten, heute weniger Zeit zu verlieren.

Sonntag, 18. Dezember.

Mein Buch wird mir nicht gelingen, solange ich mich nicht von der Überzeugung befreien kann, dieses Buch sei mein letztes und ich schriebe kein anderes mehr. Ich würde die überflüssigen Elemente leichter ausmerzen, könnte ich das Vertrauen haben, sie noch einmal anderswo unterzubringen. In dem Material, das ich da aufgehäuft habe, steckt Stoff für ein halbes Dutzend Romane.
Gestern abend mit Roger M. du G. *The Kid* angesehen; auf dem Rückweg (zu Fuß) viel gesprochen; dann Schlaflosigkeit bis vier oder fünf Uhr morgens.

Mittwoch, 21. Dezember.

In den letzten Tagen oft mit M. du G. zusammen gewesen; mit immer gleichem Vergnügen, Interesse, Nutzen. (Ihm neulich abends den noch formlosen Anfang meines Buches vorgelesen.) Erschrekkende Zerstückelung meiner Tage.

26. Dezember.

Weiterhin Schlaflosigkeit. Noch nie waren meine Gedanken so rege. Hätte ich heute nacht einen Sekretär bei mir gehabt, dann hätte ich ihm ein halbes Buch diktiert. Meine Gedanken lassen sich viel leichter und genauer in Worte fassen als früher. Ich glaube, ich könnte vor einem Publikum, dessen Sympathie ich deutlich genug spürte, aus dem Stegreif sprechen. Heute nacht dachte ich mir eine Art Vortragsreihe über Dostojewski aus; Vorträge, unterbrochen durch Lesungen, die ich selbst halten würde, denn die Schauspieler, die man sonst für öffentliche Lesungen engagiert, lesen nie wirklich gut (nicht einmal J. Copeau, trotz aller Intelligenz und Begabung); sie beschwören das Theater herauf, nicht die Wirklichkeit; man merkt, daß für sie das Buch im Theater gipfelt und eigentlich nur ein Notbehelf ist; sie sind wie die geschickten, wie die schlechten Pianisten, die am Klavier unbedingt ein Orchester nachahmen wollen, das man dann auch dringend vermißt. Sie sind wie die Illustrationen zu einem Buch, welche die darin vorkommenden Figuren nicht immer so zeigen, wie man sie sich vorgestellt hat. Die Bühnenkunst ist eine einzige Illustration; die Kunst des Vorlesens dagegen muß der Phantasie des Zuhörenden, wenn schon nicht alle Freiheit, so doch den Glauben daran lassen. Einfache Hinweise, Andeutungen genügen manchmal, wenn sie auch wirklich genau sitzen; es nützt nichts zu lachen, wenn dasteht, daß derjenige, der spricht, gerade lacht; noch sich in Bewegung zu setzen, wenn einer läuft; noch wie Mayol das anschauliche Bild des Gegenstandes heraufzubeschwören. Wenn jemand *Die Grube und das Pendel* von Poe[342] vorliest, darf er nicht mit den Armen die Bewegung des Pendels nachahmen, sondern nur die Todesangst des Unglücklichen zum Ausdruck bringen, der jenem mit den Blicken folgt. Es handelt sich weniger darum, Bilder zu erwecken, als Gefühle.

Damit will ich keinesfalls das Verdienst der Schauspieler schmälern, sondern einfach feststellen, daß «Vorlesen» und «Spielen» in verschiedene Zuständigkeitsbereiche der Ästhetik gehören. Ich möchte sogar meinen, daß ein Schauspieler, je besser er ist, desto schlechter vorliest, oder daß mir ein Schauspieler verdächtig wäre, der zu gut vorläse. Liest zum Beispiel Dullin aus den *Aufzeichnungen aus einem Totenhaus* vor, dann sieht man die Raserei des Gatten; man hört das Stöhnen der geschlagenen Frau ... aber er vergißt, läßt vergessen, daß der Erzähler der Geschichte nur ein Rohling ist, dem jedes Gefühl für das Ergreifende des Vorgangs, den er schildert, abgeht, und daß sich die tragische Wirkung gerade daraus ergibt, daß er selbst von der Tragik des Erzählten keine Ahnung hat. Er müßte seiner Geschichte entgegenerzählen; und vor allem dürfte man ihn selbst dabei nicht aus den Augen verlieren. Der Zuhörer wird um so ergriffener sein, je weniger ergriffen er selbst ist, usw. ...
Das gerade sind die Dinge, die ich aus dem Stegreif viel besser sagen würde, als ich sie hier schreibe.

Das Streben nach einem neuen Zustand erscheint in den Augen des Konservativen zunächst immer als Anarchie. Was kann es Revolutionäreres geben als das Evangelium?

Man hat behauptet, ich würde meiner Jugend nachlaufen. Das stimmt. Und nicht nur meiner. Mehr noch als die Schönheit zieht mich die Jugend an, und zwar unwiderstehlich. Ich glaube, die Wahrheit ist auf ihrer Seite. Ich glaube, sie hat immer recht gegen uns. Ich glaube, daß wir, die Älteren, weit davon entfernt, sie zu belehren, bei ihr Belehrung suchen sollten. Dabei weiß ich wohl, daß die Jugend zu Fehlern imstande ist; ich weiß, daß uns die Rolle zufällt, sie, so gut wir können, vor Gefahren zu warnen; ich glaube aber auch, daß man die Jugend oft, indem man sie schützen will, behindert. Ich glaube, daß sich jede neue Generation mit einer Botschaft einstellt, die sie zu überbringen hat; unsere Aufgabe ist es, ihr dabei zu helfen. Ich glaube, daß das, was man «Erfahrung» nennt, oft nichts anderes ist als uneingestandene Müdigkeit, Resi-

gnation, Enttäuschung. Ich halte den oft zitierten Satz Alfred de Vignys, der nur einfach scheint, solange er nicht verstanden wird, für wahr, tragisch wahr: «Ein schönes Leben ist ein Gedanke aus der Jugend, der im reifen Alter verwirklicht wird.» Es ist mir übrigens gleichgültig, ob Vigny selbst die ganze Bedeutung hineingelegt hat, die ich darin finde; diesen Satz eigne ich mir an.
Sehr wenige meiner Zeitgenossen sind ihrer Jugend treu geblieben. Fast alle waren zu Kompromissen bereit. Sie nennen das dann «aus dem Leben eine Lehre ziehen». Ihre eigene Wahrheit haben sie verleugnet. An die ausgeborgten Wahrheiten aber klammert man sich am allerheftigsten, um so mehr, als sie unserem innersten Wesen fremd bleiben. Es bedarf einer viel größeren Vorsicht, einer viel größeren Kühnheit und Klugheit, seine eigene Botschaft abzugeben, als einer schon bestehenden Partei beizutreten und ihr seine Stimme zu geben. Daher auch der Vorwurf der Unentschiedenheit und Unsicherheit, den mir gewisse Leute an den Kopf werfen, eben deshalb, weil ich geglaubt habe, man müsse vor allem sich selber treu bleiben.

Blätter

GESPRÄCH MIT RATHENAU.
X. behauptet, die deutsche Taktlosigkeit sei eine französische Erfindung. Ich zeige ihm daraufhin einen Brief von Franz Blei, zu dem ich vor dem Krieg recht gute literarische Beziehungen unterhalten hatte (es ist der erste Brief, den ich seit dem Krieg von jenseits des Rheins erhalten habe): «Warum kommen Sie nicht nach München?» fragt er mich. «Sie würden mit offenen Armen aufgenommen und würden sicher bei einem kurzen Verlassen Frankreichs dieselbe Erleichterung empfinden wie wir Deutschen, wenn wir zum Beispiel in der Schweiz dem furchtbaren Druck entrinnen, der auf unserem Land lastet...» Was soll man darauf antworten? Nichts, nicht wahr? Ich habe nicht geantwortet.
Dagegen hatte ich nach der Lektüre des Buches von Monsieur Raphaël den Wunsch, mich mit Rathenau zu unterhalten, den ich

noch nicht kannte, und als ich meine Freunde Mayrisch in Luxemburg besuchte, veranlaßte ich sie, ihm zu schreiben und ihm ein gemeinsames Treffen bei ihnen vorzuschlagen. Das war 1920, als Rathenau keinerlei Regierungsfunktion mehr ausübte und sich für eine Weile aus der Politik zurückgezogen hatte.
Die beiden erfüllten Tage, die ich mit Rathenau in Colpach verbrachte, sind mir so lebhaft in Erinnerung geblieben, daß ich noch nach einem Jahr Bruchstücke unserer damaligen Unterhaltung ebenso leicht aufschreiben kann, wie ich es unmittelbar danach gekonnt hätte.
Zuallererst brachte mich die überwältigende Liebenswürdigkeit des riesengroßen Mannes, der mich gleich am Arm faßte und in die Alleen des Parks zog, ein wenig in Verlegenheit. Er zeigte lebhafteste Bewegung. «Das ist das erstemal seit dem Krieg», sagte er zu mir, «daß ich Deutschland verlasse – nur so zum Vergnügen, aus anderen als dienstlichen Gründen –, das erstemal, so scheint mir, daß ich ein bißchen aufatmen kann.» Er drückte sich auf französisch beinahe vollkommen korrekt aus, und man kann sagen, ohne jeden Akzent.
«Unserem Treffen», fuhr er fort, «lege ich die größte Wichtigkeit bei und halte es für ebenso bedeutsam wie alle politischen Vereinbarungen zwischen unseren Ländern.» Zunächst fand ich nichts zu erwidern, nichts zu sagen und versuchte in mein Schweigen jene Distanz zu legen, die er mir physisch nicht einzuhalten erlaubte. Ich hatte mir ein ernstes Gespräch vorgestellt, in dem unablässig der furchtbare Abgrund gegenwärtig sein würde, den der Krieg zwischen uns aufgerissen hat; er hatte sich, wie gesagt, vom ersten Augenblick an meines Armes, meiner Person bemächtigt, mit so viel Herzlichkeit, so viel Wärme wie ein alter Freund, den man nach einer weiten Reise wiedersieht.
Unwillkürlich fiel mir bei dem Mystizismus einiger seiner Aussprüche ein, was Groethuysen[343] einmal, bei Ch. Du Bos, gesagt hat, der in einem Buch über den deutschen Charakter, an dem er schon vor dem Krieg zu arbeiten begonnen hatte, nachzuweisen versuchte, daß der Deutsche aus zwei Extremen bestehe, einer Seele und einem Automaten, und es ihm fast nie gelinge, den Raum

dazwischen, das gewöhnliche und einfache *Menschliche,* auszufüllen. *Vom «Parsifal» zum «Paradeschritt»* sollte der Titel dieser Arbeit lauten. Hier war es Parsifal, der sprach.
Besonders deutlich erinnere ich mich noch an das, was er über Amerika sagte, welches, so behauptete er, «keine Seele» habe und auch gar keine verdiene, weil es bis jetzt noch nicht bereit sei, *«sich in den Abgrund des Leidens und der Sünde zu stürzen».*
Am selben Tag verbreitete er sich über die finanzielle Lage Deutschlands, dessen Reichtum, wie er sagte, nicht im Geld liege, sondern ganz in der Produktivität und Arbeitskraft seines Volkes, so daß dieses – davon war er überzeugt – sich erst an dem Tag wieder erholen werde, an dem der Wert der Mark auf Null absinken und es gezwungen sein werde, von vorne anzufangen, auf der Basis nicht mehr einer Konvention, sondern der Realität.
Manche seiner Theorien, und zwar gerade die, denen ich mich am liebsten anschloß, schienen mir dem Geist der jüdischen Rasse derart entgegengesetzt, daß ich mein Erstaunen nicht zu verbergen vermochte. Er gab darauf keine direkte Antwort, sondern faßte die Frage, nach einem langen Umweg, am anderen Ende an: «Haben Sie nicht schon bemerkt», meinte er, «daß, sobald gewisse Eigenschaften bei einem Volk, einer Rasse zu reichlich vorkommen (dies ist nicht das Wort, dessen er sich bediente), es diesem Volk, dieser Rasse nicht mehr gelingt, ein Individuum hervorzubringen, das diese Eigenschaften besonders konzentriert besäße? Wenn es zum Beispiel in Italien keinen großen Musiker gibt, so deshalb, weil dort jedermann Musiker ist. Dagegen war in Deutschland zur Zeit Bachs Musikalität wohl nicht allgemein verbreitet. Und gerade das hat einen Bach möglich gemacht...» Und unvermittelt brach er ab, mir die Schlußfolgerung überlassend. Sicher wollte er mir zu verstehen geben, daß gewisse Eigenschaften darum nicht minder jüdisch seien, obwohl sie nicht bei allen Vertretern der Rasse vorkommen; und daß ich zu Unrecht erstaunt sei, ebensolche Eigenschaften bei ihm zu entdecken.

*

Die *Souvenirs* von Banville waren eine meiner größten literarischen Enttäuschungen. Über die Maßen liebe ich diesen feinfühligen, scharfsinnigen und charmanten Geist, der voll poetischer Boshaftigkeit ist. Manchmal ist er fast Ariel. Ich liebe ihn um seiner selbst willen, und ich liebe ihn Gautier zum Trotz, einem der überflüssigsten Schwätzer, mit denen sich eine Literatur belasten kann. Mit welcher Bewegung, welch bebender Vorfreude habe ich das kleine Buch der *Souvenirs* geöffnet; mit welchem Kummer mußte ich es bald wieder schließen!

Was hatte ich mir nicht alles von diesen Porträts erhofft.

Was fand ich? Lob und nochmals Lob und eine derart fade Kritik, daß... Eingemachtes, bei dem der Eigengeschmack der Früchte im Übermaß an Zucker untergeht.

*

Boylesve ist ein Nachkomme von Balzac; und zwar nicht von dessen besten oder wichtigsten Romanen, sondern von *Ursule Mirouet* oder dem *Curé de Tours* zum Beispiel. Es ist interessant festzustellen, daß die großen Meisterwerke Balzacs weniger befruchtend gewirkt haben als die unbedeutenderen Werke der *Comédie humaine,* in denen der weniger sicher und weniger eingehend behandelte Stoff mehr zu vervollkommnen übrigließ. Es ist im allgemeinen interessant festzustellen, daß die Nachkommenschaft großer Männer stets zweifelhaft ist und sozusagen in *krummer* Linie verläuft, daß der Schüler nie das vollkommene Meisterwerk, oder besser: die meisterliche Seite eines Werks nachahmen oder sich davon anregen lassen wird, sondern im Gegenteil die Schwächen; so wie sich in der Natur die Schmarotzer auf der Schattenseite fortpflanzen und nicht auf der Sonnenseite. Jedes Kunstwerk läßt im Schutze seiner Vollkommenheit auch Fehler und Schwächen gedeihen; am Unvollkommenen knüpft der Schüler wieder an, denn nur da kann er hoffen weiterzukommen (sehr schlecht gesagt – neu schreiben). So haben die Schüler Baudelaires von den *Fleurs du Mal* das Makabre, das Fremdartige usw. übernommen (siehe Rollinat), niemals jedoch die eigentliche Vollkommenheit, die von höchstem Wert ist. Ebenso erging es Michelangelo, usw. ... Viel darüber zu sagen. – Es kommt selten vor, daß ein Künstler, so groß er auch sein mag, alle seine Seiten zur Vollkommenheit entwickelt; und wenn es geschieht (Goethe, Racine, Poussin), kann man wohl sagen, er habe keine Nachfolger mehr, denn er hat alle Wege versperrt.

*

Daß jene Sterne heute verblassen, hat vielleicht dieselben Gründe, die sie, nach Bourget, der uns vorangegangenen Generation so teuer machten. Denn die moralische Verfassung einer Generation ist keineswegs dieselbe wie die der folgenden. Bourget rühmte jene als Apostel des Pessimismus. Wir aber fühlen uns heute zum Sternbild des Löwen hingezogen. Daran ist nichts zu ändern; und was wir bei den Meistern suchen, ist nicht Entmutigung. Wenn Stendhal und Baudelaire heute sehr hoch an unserem Firmament stehen, so deshalb, weil die von ihrem Werk ausgehenden Strahlen noch andere Kräfte besitzen als diejenigen, die Bourget ihnen zugestand. Im Grunde heißt das nur, daß sie von der ganzen Pléiade, die er in seinen *Essais de psychologie* zitiert, die einzigen vollkommenen Künstler sind und daß nur künstlerische Vollkommenheit vor dem Veralten bewahrt.

*

Ich lese den Band III *(Correspondance)* von Flaubert wieder, und das versteckte oder lautstarke Lästern gegen das Leben, dieses unaufhörliche Lästern schmerzt mich bei jenem, den ich so liebe, zutiefst. Ich fühle, daß die *Pflicht,* glücklich zu sein, höher steht und zwingender ist als die scheinbaren Pflichten des Künstlers. Ich bete, ich schreie aus der Not meines Herzens: Mein Gott, gib mir, glücklich zu sein – nicht das tragische und wilde Glück Nietzsches, das ich freilich auch bewundere, sondern das anbetungswürdige, strahlende Glück des heiligen Franziskus.

*

Hütet euch, Kunst mit Manier zu verwechseln. Die Manier der Goncourts, mit der sie zu ihrer Zeit so «künstlerisch» wirkten, ist heute Ursache ihres Untergangs. Sie hatten ein erlesenes Sensorium, aber eine unzulängliche Intelligenz bewog sie, sich an der Erlesenheit ihrer Sinneswahrnehmungen zu berauschen und in den Vordergrund zu schieben, was untergeordnet werden muß. Man kann keine Zeile von ihnen lesen, die nicht die gute Meinung, die sie von sich haben, durchscheinen ließe; unweigerlich verfallen sie jener Selbstgefälligkeit, die sie denken läßt: «Oh, was für Künstler sind wir doch! Oh, wie schwerfällig sind die andern!» Die Manier ist immer ein Zeichen von Selbstgefälligkeit, und rasch wird sie gebüßt. Die subtilste Kunst, die stärkste, die höchste ist die, die sich nicht auf Anhieb zu erkennen gibt. Und so, wie «die wahre Beredsamkeit der Beredsamkeit spottet»[344], so spottet die wahre Kunst der Manier, die nur ein Nachäffen ist.

*

Ich erachte die Komposition für das Wichtigste an einem Buch, und ich meine, daß heutzutage die meisten Bücher durch einen Mangel an Komposition sündigen. Gewisse ultramoderne Kunstrichtungen befinden sich ja im Aufstand dagegen, aber das Bemühen um Komposition, das sie an den Tag legen, kann häufig eine etwas gekünstelte Absichtlichkeit nicht verbergen. Ich werde euch sagen, was ich im Grunde darüber denke: Es ist am besten, ein Werk sich selbst komponieren, sich selbst ordnen zu lassen, es vor allem nicht zu etwas *treiben* wollen. Und dieses Wort verstehe ich durchaus in seiner gärtnerischen Bedeutung: Eine Treibhauskultur zwingt die Pflanze zu vorzeitigem Blühen.
Ich halte die Ungeduld für den Hauptfehler der heutigen Literaten und Künstler; verstünden sie zu warten, würde sich ihr Gegenstand langsam, von selbst, in ihrem Geist entwickeln; von selbst würde er sich des Überflüssigen, der Wucherungen entledigen, er würde wachsen wie ein Baum, dessen Hauptäste sich bilden auf Kosten von ... Er würde *natürlich* wachsen.

Durch die Komposition gibt ein Künstler seiner Leinwand Tiefe. Ohne Komposition kann die Schönheit eines Kunstwerks nur oberflächlich sein.

Es ist notwendig, und es genügt. Das Kunstwerk ... dem alles, was nicht dient, schadet.

*

Ich hatte das große Glück, als ich noch sehr jung war, einer Gruppe von Personen verschiedenen Alters mit ausgeprägt gesundem Menschenverstand, wenn auch nur mäßiger Bildung und sehr unterschiedlichen Reaktionen, regelmäßig vorlesen zu können. Die Gabe der Sympathie, die mir mein ganzes Leben lang beglückende Pein und Plage war, erlaubte es mir, mit seltsamem Scharfblick und ohne daß meine Zuhörer etwas geäußert hätten, den Grad der Langeweile oder der Zustimmung jedes einzelnen genau zu ermessen. Ohne immer mit ihrem unausgesprochenen Urteil einverstanden zu sein, fühlte ich doch das Wohlbegründete darin. «Es ist wahr: diese Stelle ist zu lang. Der Autor gibt sich große Mühe; man merkt es ...»

*

Ich weiß noch nicht, ob ich die Menschen mehr beneide oder verachte, die ganz geradlinig sind, deren geheimnislose Persönlichkeit sich in jeder Geste restlos enthüllt und erschöpft, deren Gestalt mit einer einzigen Dimension auskäme.
Ich dagegen fühle unaufhörlich, wie meine Gaben sich gegenseitig schaden. Sie sind kompliziert. Und doch will ich sie weder einzeln noch in ihrer Gesamtheit einschätzen; nur ihre Harmonie will ich auskosten, die ...

Ich möchte gerne alles in Reichweite haben. Eine gewisse Unruhe begleitet diesen Wunsch.

Wie sollte mir das Sprechen nicht schwerfallen? Habe ich doch Neues zu sagen.

*

Scheu haben vor diesem Wiegen des Satzes (eine Selbstgefälligkeit, zu der ich nur allzusehr neige), vor dieser fatalen Silbenzahl –

die nichts zu tun hat mit dem natürlichen Rhythmus und Ausdruck eines Gedankenablaufs.

Ich habe an der Naturgeschichte immer mehr Geschmack gefunden als an der Geschichte, mehr Sinn und Gedächtnis dafür aufgebracht. Das Zufällige hat mich immer weniger interessiert als das Notwendige, und es ist mir immer so vorgekommen, als könne man aus dem, was sich täglich wiederholt, mehr Erkenntnis schöpfen als aus dem, was nie mehr wiederkehrt. (Äußere Zwangsläufigkeit – innere Zwangsläufigkeit.)

*

H. C. warf mir eines Tages Koketterie im Bau meiner Sätze vor; nichts könnte falscher sein. Mir gefällt nur das Strikte und das Nackte. Als ich begann, die *Nourritures* zu schreiben, begriff ich, daß die Verbannung aller Metaphorik geradezu der Gegenstand meines Buches *war.* Der Rhythmus meiner Sätze entspricht ganz und gar einem Bedürfnis meines Geistes; häufig ist es nur ein Bedürfnis nach Ordnung. Die Beredsamkeit des Schriftstellers soll die der Seele selbst, des Gedankens sein; falsche Eleganz ist mir ein Greuel, ebenso alles gesucht Poetische.

*

Der weise Sainte-Beuve prangert, ich weiß nicht mehr wo, die häufige Schwäche des Geistes an, sich mit Vorliebe von der Seite anziehen und verführen zu lassen, zu der er ohnehin am meisten neigt. Und deshalb finde ich es auch bedauerlich, daß Kinder gerade der Obhut der Eltern anvertraut sind, wo sie ihnen schon von Natur aus ähnlich sind und in ihnen lediglich ein Vorbild und eine Ermutigung für ihre verborgenen Neigungen finden; was bewirkt, daß die elterliche Erziehung sie äußerst selten geradebiegt, vielmehr dazu beiträgt, sie vollends auf die schiefe Bahn zu bringen; so werden Söhne beschränkter Eltern noch beschränkter und können sich, von rechts und links eingeengt, in den meisten Fällen nur durch eine gefahrvolle Rebellion wieder aufrichten. Liebte ich nicht die Kürze, schriebe ich darüber ein ganzes Buch, das allerdings einen Skandal hervorrufen würde; denn schließlich kenne ich unter den ungefähr vierzig Familien, die zu beobachten ich Gelegenheit hatte, vielleicht keine vier, in denen die Eltern sich nicht so benehmen, daß es für das Kind nichts Wünschenswerteres gäbe, als ihrem Machtbereich zu entrinnen. Es gibt Leute, die sich über den Alkoholiker entrüsten, der seinem Sohn das Trinken beibringt, die aber auf ihre Art nichts anderes tun.

*

X. macht sich eines Tages daran, alte Briefe (an seine verstorbene Mutter) wiederzulesen; verblüfft stellt er fest, daß er schon einmal eine Krise durchgemacht hat (an die er sich nicht mehr erinnerte), die der gegenwärtigen genau gleicht; und daß er damals genauso, nämlich ebenso dumm, gehandelt hat; das heißt, er wird sich darüber klar, daß er nicht anders handeln kann – und zu alledem erinnert er sich, daß er sich damals geschworen hatte, so etwas würde ihm nicht mehr passieren. (Siehe zum Beispiel Paul Laurens, der unweigerlich die «edle» Rolle «wählt».) Er denkt darüber nach, wie doch jeder immer wieder auf dieselbe Art handelt, oder daß, genauer gesagt, im Charakter jedes einzelnen ein Hang zu einer ihm eigentümlichen Handlungsweise enthalten ist, die dann den Verlauf des ganzen Lebens bestimmt.

*

Nein; ich sage ja nur, daß dem Tod leichter die Stirn zu bieten ist als dem Leben. Stellt euch Roger vor, der tausendfachem Tod die Stirn bietet, um seine Angélique zu retten; sein Mut wird sinken, wenn er sich zum Lohn für seine Heldentat dem Sklavenleben an der Seite der Geliebten auf einem wogenumbrausten Felsenriff gegenübersieht.
Sobald die Begierde im Spiel ist, hat die Liebe keinen Anspruch auf Dauer.

*

Wenn gute Gefühle genügten, ein gutes Buch zu machen, wäre *La Pâque des roses* eines der besten. Aber leider, «die Vorzüge des

Herzens sind ebenso unabhängig von denen des Geistes wie die genialen Fähigkeiten vom Adel der Seele», schrieb Balzac. Ach, welch blasse Tinte, welch ungeschickte Feder stehen Touny-Léris zu Gebote, um seine Leidenschaften auszudrücken – derart anerkennenswerte Leidenschaften allerdings, daß die entwaffnete Kritik ihm nur noch ermutigend und freundlich zuzulächeln wagt.

*

Der Mann, der alles zweimal bedenkt, kauft eine Vase um des Vergnügens willen, sie einem Freund zu schenken, der sie sich wünscht. Zwischen dem Kauf und der Übergabe des Geschenks hat er Zeit zum Nachdenken; komplizierte Skrupel überzeugen ihn, daß es *taktlos* wäre, ein so kostbares Geschenk zu machen (Betonung seines Reichtums, den Freund in Verlegenheit bringen usw.). Er nimmt die Vase mit nach Hause.

Indessen geht der Freund zum Händler, um die Vase zu kaufen, und als er sie nicht mehr vorfindet, glaubt er, der andere habe sie gekauft, um sie ihm wegzuschnappen.

Diese Überzeugung setzt sich fest, verhärtet sich in ihm. Als der Mann mit der Vase schließlich doch noch erscheint, ist es zu spät; er kommt gegen die Überzeugung des andern, er würde ihm die Vase nur deshalb schenken, weil sie ihm nicht mehr gefällt oder einen Fehler hat, nicht an. Bald ist auch ein solcher gefunden; in den Augen des Freundes ist die Vase durch diesen Makel nun vollständig entwertet. Vergeblich beteuert der Mann mit der Vase, er habe ihn nicht gesehen. Das Gespräch wird giftig – und die Vase zerbricht wie ihre Freundschaft.

Am schönsten dabei ist, daß der Mann mit der Vase so wird, wie man ihn haben will, daß er zu dem wird, wozu man ihn macht. Unnötig, das noch zu betonen.

*

Ich setze meine Lektüre der Briefe Flauberts fort und bewundere immer mehr die Kraft dieses Menschen, unerschütterlich an etwas festzuhalten.

Die Schwierigkeiten, die er überwinden will, liegen alle auf der gleichen Ebene, und um sie zu reduzieren, findet er immer denselben gemeinsamen Nenner.

*

Man muß freilich sehen, daß die Schriftsteller zu keiner Zeit mehr um die Vollkommenheit besorgt waren als damals ... als sie untergeordnet und bescheiden waren.
Ein gewisser Verfall des Handwerks ist die Folge gesellschaftlicher Überheblichkeit.
Die Gefahr, Spitzenstellungen einzunehmen.

*

Ich nenne «Journalismus» alles, was morgen weniger interessant ist als heute. Wie viele große Künstler gewinnen ihren Prozeß erst in zweiter Instanz.

*

NOTIZEN ZU EINER STUDIE ÜBER
FRANCIS JAMMES.[345]
Dichter – nicht Künstler.
Und damit will ich nicht etwa als müßiger Schwätzer irgendwelche subtilen Unterscheidungen festlegen. Ich halte es für sehr wichtig, daß er, der auf eine Schule folgte, die ihre Anbetung der Kunst bis zur Verachtung der Poesie trieb (womit ich Heredia ebenso meine wie Mallarmé) – daß Jammes, um dieser Übertreibung Herr zu werden, der Kunst gegenüber quasi vollständig blind bleiben mußte; nichts störte ihn im Glauben an sich selbst, denn nur dafür hatte er Sinn. Ich sage nicht, Henri de Régnier und Vielé-Griffin seien weniger Dichter (obwohl ich es könnte), ganz sicher aber waren sie mehr Künstler. Francis Jammes war Dichter und nur das. Musik, Malerei, Philosophie (die ich hier zu den Künsten zählen möchte), fast hätte ich gesagt: Literatur, sind für ihn Gärten, zu denen er keinen Zugang hat; er bemerkt kaum, daß ihm etwas fehlt; er, dessen Sinne urwüchsig fein sind, steht vor einem Bild, einer Symphonie, einer Idee wie sein Hund vor einer Blume; das ist kein Wild für ihn.

Ich weiß, er kann sich für einen Cranach begeistern, aber deshalb, weil er in dessen scheinbarer Ungeschicklichkeit so etwas wie eine Absage an die Kunst zu erblicken glaubt.

Francis Jammes betont, wenn auch, wie ich denke, weniger ironisch, als Monsieur H. C. meint, aber doch mit der gewissermaßen bewußten Naivität, die er sorgfältig kultiviert, das vollständig Subjektive seiner dichterischen Überzeugungen und seiner Gefühlswelt. Es ist also begreiflich, daß er sich «fremd» fühlt, sobald er seine Enklave verläßt; Barrès schrieb einmal ausgezeichnet, es gebe Seelen, die nur in einer einzigen Umgebung leben können. Und ich mache Jammes daraus keinen Vorwurf; liegt doch seine Stärke in der Einsicht, daß Bildung, Sich-umtun (mit Fuß oder Kopf) bei seiner Natur doch nichts Rechtes ergäbe. Kümmern sich doch die Hasen auch nicht darum! Was schert es sie, ob ihre Häsin aus einer Höhle der Pyrenäen, von einem normannischen Feld oder von einem Acker in Thüringen stammt! Und gar die Wassertropfen im Bach! Von denen jeder, Gott sei Dank, in der Art des Terenz sagen könnte: «Aqua sum», und «lympha fugax», und «nichts, was Wasser ist, ist mir fremd».[346] Und gar das menschliche Herz! Und alle *natürlichen Dinge*! ...

Ich mag Francis Jammes sehr gerne; aber noch mehr liegt mir an der Wahrheit. (Ich weiß nicht mehr, wie das auf lateinisch heißt.)
Francis Jammes sieht den lieben Gott mit einem Bart, wie er selbst ihn trägt; mich, der ich ihn bartlos sehe, stört das bei der Lektüre des *Monsieur le Curé d'Ozeron* sehr; ich kann ihn nicht so bewundern, wie ich gern möchte; denn immer habe ich das Gefühl, der Bart sei falsch. Und überall in diesem Buch sehe ich den Bart.
Eine schmunzelnde Toleranz gegenüber seinen ausgefallensten Eigenheiten nebst der (rasch zur Gewißheit werdenden) Hoffnung, all das, was schüchtern vorgebracht als Schwäche ausgelegt wird, werde, kühn gesagt, zu einem Vorzug. Man muß ihn aber gesehen haben, wenn sich ein anderer unvorsichtigerweise erkühnte, ebenso zu denken! Er ließ nur das als aufrichtig und natür-

lich gelten, was ihm selber glich, und auch das nur auf einem Gebiet, wo er unzweifelhaft überlegen war.

Bei Jammes war das nicht eigentlich Pose, sondern eher eine sehr große Bereitschaft, sich gehenzulassen – die zum Beispiel zur Folge hatte, daß er in dem Augenblick, als wir zu einem (von ihm in Hendaye veranstalteten) Ausflug aufbrechen wollten, ganz gebrochen auf einen Stuhl sank, weil ein Luftzug ihm einen gewissen Jasminduft zugeweht hatte, der ihn an Mamore erinnerte.

Man hat Jammes oft mit La Fontaine verglichen, und ich finde sie tatsächlich in manchen Punkten ähnlich (eine gewisse Schärfe, ja Boshaftigkeit der Sehweise bei anschließender Naivität im Ausdruck – was gewöhnlich umgekehrt zu sein pflegt), so ähnlich sogar, daß man von Jammes denken könnte, was Chamfort über La Fontaine schrieb: «Ist La Fontaine schlecht, so deshalb, weil er nachlässig ist …»

Aber Jammes gehört einer Epoche an, die in Kunstdingen aus der Nachlässigkeit eine Tugend machen möchte. Und ich werde zu erklären versuchen … bis zu welchem Grad er seine natürliche Begabung überschätzt.
(Wozu das alles berechtigt. – Schmeichelei. – Eine Dynastie kunstloser Dichter.)

«Verbindungen» herstellen. Das ist, nach Wordsworth, die höchste Fähigkeit des menschlichen Geistes. (*The Prelude,* Buch XIV.)

… Ich halte die Güte eines Gustave Flaubert für ebenso groß, ebenso lebendig, verstehe aber, warum er sie scheu verbirgt, und glaube, das poetische Mitleiden Jammes' hätte ihn irritiert.
Dazu kann man nur sagen, daß Jammes leicht aufschreit und daß, was einzig unsere Sorge sein darf, sein Aufschrei schön ist. Manchmal hat er es sich aber zu leicht gemacht, und es ist bedauerlich, daß ihm zahlreiche junge und alte Mädchen dafür besonders dankbar waren.

Das einfachste Sich-berufen auf andere wird manchmal schon *Einfluß* genannt. Im schamlos ausgelebten Egoismus hat man den Einfluß Nietzsches erkennen wollen; viele berufen sich dabei auf... (den Ausspruch Pascals über Alexander den Großen zitieren). So haben sich zahlreiche Dichterlinge voll Selbstgefälligkeit eingebildet, die Dichtung Jammes' bestehe aus Nachlässigkeit und aufgelöster Form, und beschlossen, nunmehr einfach Dichter zu sein und sich in keiner Weise mehr anzustrengen.
Gerne würde ich etwas allgemeiner sagen, daß sich alle Beispiele von Zügellosigkeit verhängnisvoll auswirken. Man muß schon Jammes sein, das heißt ein *gelungenes Werk des lieben Gottes,* um sich solche Freiheiten erlauben zu können; wer daraus die Erlaubnis ableitet, heute wie ein Vogel in der Luft zu singen, ist verloren. Und doch wage ich nicht zu sagen, der Einfluß Jammes' sei verhängnisvoll; zumindest ist nicht er allein verhängnisvoll. (Epoche.)
Man kann sich keine köstlichere, luftigere Dichtung vorstellen.
Es gibt Dichter – und Jammes ist vielleicht heute unter uns der einzige –, die, so scheint es wenigstens, ihr Werk unter allen Umständen und zu jeder Zeit, in die sie hineingeboren worden wären, geschrieben hätten (und wie groß auch immer ihre Unkenntnis der Literatur anderer gewesen wäre).
Ich fühle wohl, daß ein Whitman zum Beispiel nur als Amerikaner geboren werden konnte, möchte aber annehmen, daß er, einmal geboren, seine *Leaves of Grass* immer und überall geschrieben hätte; selbst wenn weder Homer oder Shakespeare noch Longfellow existiert hätten. Ebenso hätte Jammes, mit immerhin etwas mehr Literatur hinter sich, auf jegliche Lektüre verzichten können; ich hoffe zur Ehre Frankreichs, daß er nur als Franzose geboren werden konnte – dennoch kann ich mir ebenso vorstellen, daß er seine *Élégies* in Tibur unter Augustus hätte schreiben können, seinen *Jean de Noarrieu* wo auch immer; er hat starkes Lokalkolorit, das ist wahr, aber in China hätte er eben das chinesische Kolorit angenommen; er spricht von seiner heimatlichen Gegend nur gut, es ist aber nichts ausgeprägt Pyrenäisches an ihm. Sein Geist ist der von Jammes und nicht der von Orthez; nichts ist bei ihm weniger motiviert als er selbst.

Er hat die Unbändigkeit, den melodischen Schwung, das plötzliche, empörte Aufschreien, den reizenden Unverstand eines Vogels.

Ich hatte ihn immer im Verdacht, Armut mit Einfachheit zu verwechseln und sie deshalb mühelos poetisch finden zu können. Und dann gibt es das wahre Elend auch nur in den Städten, weil es dort Tür an Tür mit dem Luxus wohnt.

Je unausgeglichener ein Dichter ist (was auch heißt: je spontaner er ist), desto weniger gern sieht er es, wenn man eines seiner Werke einem anderen vorzieht; desto weniger geduldig erträgt er Kritik. Es scheint ihm nämlich, da sein ganzes Werk unmittelbar einer einzigen Quelle entspringt, daß auch alles darin von gleicher Qualität sein müsse – was aber, ganz im Gegenteil, nur bei einem äußerst ausgefeilten Werk der Fall sein kann. Dieser Dünkel könnte beim Künstler in grenzenlose Vermessenheit ausufern – aber da springt der Katholizismus ein: der Hochmut, der Gott dargebracht wird, gibt sich den Anschein der Bescheidenheit. Der und hochmütig? Ihr seht doch, daß er kniet!
«Ich war immer der Ansicht, daß die Gabe der Kritik seltener ist als die der Erfindung.» (BEARDSLEY.)
Bei der Studie über Francis Jammes als Motto zitieren.

Ich bin vielleicht in der ganzen Literatur keinem schreibenden Individuum begegnet und könnte mir auch kaum eines vorstellen, bei dem der kritische Sinn in großartigerer Weise gefehlt hätte als bei ihm. Absichtlicher; auch unbewußter.
«Da sind allerdings zwei Verse», sagte er zu mir, als er mir ein langes Stück zeigte, das er in der Nacht geschrieben hatte, «die mir nicht besonders gut scheinen.»
«Dann verbessere sie doch.»
«Das wage ich nicht; ich glaube, ich habe kein Recht mehr dazu.»
Und wäre ich naiv genug gewesen zu fragen: «Warum?», hätte er wohl erwidert: «Weil ich sie gestern abend, als ich inspiriert war, gut fand und ich heute sicher ein schlechterer Richter bin.»

In seinen frühen Schriften große Vorliebe für das Künstliche (was bei ihm mit der Vorliebe fürs Exotische zusammenfällt): *Monsieur de Voltaire, Le Mangeur de poissons, Sindbad* usw., und wenn er das auch später abgelehnt hat, ist ihm doch eine eigentümliche Verwechslung des Künstlichen mit dem Künstlerischen geblieben, die ihn bewog, das eine zugleich mit dem anderen abzulehnen.
Bei Jammes untersuchen, was Lasserre das «Zurückweichen der Vernunft vor der Spontaneität, die Auflösung ins Gefühlsmäßige durch die Abdankung der ordnenden und konstruktiven Kräfte» nennt. (*Romantisme,* S. 158, 159.)
Obwohl manche Stücke von Jammes in ihrer Vollkommenheit die gelungensten Leistungen vollendeter Kunst aufwiegen, ist und bleibt es unangemessen, angesichts der Dichtung Jammes' von Kunst zu sprechen.

«Zu den rein poetischen Fähigkeiten gesellte sich nun eine sehr scharfe, sehr sichere Beobachtungsgabe», sagt Edmond Pilon über Jammes.
Jammes besitzt ganz im Gegenteil so wenig Beobachtungsgabe wie kein anderer, den ich kenne; seine Intuition ist sprunghaft; er besitzt das Genie, den Dämon der Analogie. Seine Betrachtung oder Empfindung *macht sich* den Gegenstand ganz einfach *zunutze.*

Keine dümmere Manie als die Dinge und den Menschen nicht für das nehmen zu können, was sie sind. Ingres wärmere Farben, Delacroix eine korrektere Zeichnung wünschen – das wagt man heutzutage nicht mehr, weil es durch zwei Generationen im Übermaß getrieben worden ist. Bestenfalls kann man wie Montesquieu sagen: «Turenne hatte keine Laster; hätte er aber welche gehabt, so hätte er wohl nur seine Tugenden noch mehr gesteigert.» (VII, S. 165.)
Die Ausschweifungen der Renaissance, den Uranismus der Griechen, die Sklaverei im alten Rom beklagen – das geht nur, wenn man alles übrige geringachtet; ist es aber nicht klüger, einzu-

sehen, daß hier alles sehr eng zusammenhängt, daß der Überschuß an Lebenskraft der Renaissance nicht in die Literatur überfließen konnte, ohne zugleich in Sitten und Moral überzufließen, daß Griechenland ohne Uranismus seine Bildhauerkunst nicht hervorgebracht hätte, daß, wie schon andere vor mir gesagt haben, der Sklaverei in Rom die Freiheit des einzelnen zu verdanken war – und daß die Unintelligenz Jammes' seine Dichtung begünstigte?

*

EVOLUTION.
«Wie!» sagte er, «Ihr behauptet und weist nach, daß Jahrhunderte vergehen mußten, ehe der Mensch entstehen konnte; und wollt nicht gelten lassen, daß das Höchste Wesen noch viel mehr Zeit verlangt? Begreift, daß Gott das Endziel, nicht der Ausgangspunkt der ganzen Schöpfung ist. Was im übrigen die Schöpfung nicht hindert, sein Werk zu sein. Er aber wird erst nach uns vollendet sein. Alle Entwicklung muß in Gott münden.»

1922

1. Januar.
Gestern war Roger Martin du Gard hier, um mir den Teil von *Les Thibault* vorzulesen, den ich noch nicht kannte. Martin du Gard verkörpert in meinen Augen eine der höchsten und edelsten Formen des Ehrgeizes: die, welche von einer fortwährenden Bemühung, von sich selbst das Äußerste zu erreichen und zu fordern, begleitet wird. Ich weiß nicht, ob ich nicht hartnäckige Geduld noch mehr bewundere als die schönste Begabung.

2. Januar.
Den gestrigen Vormittag allein verbracht und allein zu Mittag gegessen; ein bißchen traurig; sagen wir eher: ernst. Lektüre und Versuch zu meditieren; Fahnenkorrektur.
Gegen vier Uhr bei den Drouins gewesen, wo ich Valentine und ihre beiden Töchter antreffe; dann bei Charlie Du Bos, den ich

allein vorfinde. Die Unterhaltung nimmt alsbald eine äußerst angelegentliche und eindringliche Wendung: Sie wird zu einem Liebesgespräch der Gedanken. Es scheint, als berge er darin seine ganze verschwiegene Zärtlichkeit, seine ganze unterschlagene Sinnlichkeit.
Dringend fordere ich ihn auf, sein *Journal intime* weiterzuführen, in dem er sicher sein Bestes gäbe, was seinen Artikeln häufig abgeht.
Ich beende diesen ersten Tag des Jahres bei Madame Mühlfeld, wo sich Fargue und Valéry nach dem Weggehen der anderen Gäste damit unterhalten, nicht sehr neue, ungeheuerliche Obszönitäten von sich zu geben. Dann kehre ich allein zum Abendessen in die Villa zurück.
Am Abend lese ich, als ich zufällig La Bruyère aufschlage, folgende Stelle, die ich noch nicht kannte (oder der ich noch nicht genügend Aufmerksamkeit gewidmet hatte):
«Der Weise heilt seinen Ehrgeiz durch diesen selbst; er strebt nach so großen Dingen, daß er sich nicht auf das beschränken kann, was man Schätze, Stellung, Vermögen und Gunst nennt; er kann in so geringem Vorteil nichts erblicken, was gut und dauerhaft genug wäre, um sein Herz zufriedenzustellen und seiner Mühen und Wünsche würdig zu sein; *er muß sich sogar Mühe geben, um jene nicht zu sehr zu verachten.* Das einzige Gut, das ihn verführen könnte, ist diese Art von Ruhm, der sich der reinen, einfachen Tugend verdanken würde; aber die Menschen gewähren ihn kaum je, und er kommt ohne ihn aus.» (*Mérite personnel,* S. 43.)

3. Januar.
Ich hatte vorgehabt, den gestrigen Morgen und den besten Teil des Tages der Arbeit zu widmen; ein Rohrpostbrief Rathenaus, in dem er den Wunsch ausdrückte, Paris nicht zu verlassen, ohne mich nochmals gesehen zu haben, veranlaßte mich, ins Crillon zu eilen, wo er noch einen Tag bleiben wollte. Ich wollte sowenig den ersten Schritt tun, wie nun seinen Ruf unerwidert lassen. Er empfing mich in seinem Privatsalon, und wir haben uns eine Stunde lang sehr ernsthaft unterhalten. Ich habe große Mühe, mich durch die

allzu herzliche Art, mit der er sich meiner Person bemächtigt, nicht stören zu lassen; während des ganzen Gesprächs, dessen Refrain lautete: «Ganz Europa geht dem Untergang entgegen», ließ er die Hand auf meinem Arm ruhen. Haguenin hat uns unterbrochen, und ich räumte das Feld.
Bei Martin du Gard zu Mittag gegessen; habe mich sofort nach der Mahlzeit in eine Kritik seines Romans oder vielmehr seiner Manier gestürzt – die uns weit geführt hat. Er begehrt und erstrebt mit äußerster Heftigkeit gewisse Eigenschaften, die seiner Natur entgegengesetzt sind: Geheimnis, Schatten, Fremdartigkeit; alles Dinge, die den Künstler in gewisse Tuchfühlung mit dem Teufel bringen. Und während mehr als einer Stunde haben wir von der *indirekten Darstellung* der Ereignisse gesprochen. Ich nahm mir vor, das alles heute morgen aufzuschreiben, aber M. hat schon früh an meiner Tür geläutet; im übrigen fühle ich mich nach einer abscheulichen Nacht auch ganz benommen. Am Abend hatte ich lange über die *Faux-Monnayeurs* nachgedacht; enorme Anstrengung, meine Personen zu beleben und zueinander *in Beziehung zu setzen;* infolgedessen unmöglich, Schlaf zu finden.

Em. schreibt mir: «Was mich sehr beunruhigt, ist der Verleumdungsfeldzug, der gegen Dich begonnen hat. Natürlich ist es die Kraft Deiner Ansichten und ihr Gewicht, was ihn entfesselt. Ach, wenn Du nur unverwundbar wärest – ich würde nicht um Dich bangen. Aber Du bist es nicht und weißt es; und ich weiß es auch.»
Verwundbar... das bin ich, das war ich nur durch sie. Seither ist mir alles gleichgültig, und ich fürchte nichts mehr... Was habe ich zu verlieren, worauf ich noch Wert legte?

5. Januar.
Meine guten Arbeitstage sind jene, die ich mit der Lektüre eines alten Autors beginne, eines sogenannten «Klassikers». Eine Seite genügt; sogar eine halbe, wenn ich sie nur in der richtigen Geistesverfassung lese. Man darf darin nicht so sehr Belehrung suchen, als vielmehr den *Ton* und jene Distanz, die dem gegenwärtigen Bemühen den Maßstab gibt, ohne dem Augenblick etwas von seiner

Dringlichkeit zu nehmen. Und ebenso schätze ich es, meinen Tag auf diese Art zu beschließen.
Heute morgen schreibe ich die La Bruyère-Stelle über die wahre und die falsche Größe ab. (II, 42).

8. Januar.
Während ich heute morgen am dreiteiligen Fenster des Salons arbeite, beobachte ich die merkwürdige Gartenarbeit, die von Vögeln, sowohl Spatzen als auch Grasmücken, an den Stechdornbüschen meines kleinen Gartens ausgeführt wird. Sie picken die Knospen jedes Zweiges an und zwicken sie ab, aber auf dem biegsamen Zweig finden sie nur an der Innenseite Halt, so daß sie nur die ersten Knospen, die dem Stamm am nächsten sind, erreichen können. Die an den äußersten Zweigspitzen sind durch ihre exponierte Lage geschützt; und in sie drängt der Saft, damit sich der Strauch so weit wie möglich entfalten, ausdehnen, ausbreiten kann. Die äußeren Knospen entwickeln sich immer auf Kosten der anderen, bis zu deren vollständigem Absterben. Und doch sind auch diese geopferten Knospen voll entwicklungsfähig oder wären es gewesen – aber ihre Möglichkeiten bleiben ungenutzt; wenn nicht eine Beschneidung, die eine übermäßige Ausdehnung des Strauchs verhindern soll, den Saft in sie zurücktreibt; dann aber werden die äußeren Knospen geopfert.

16. Januar.
Charlie Du Bos schickt mir *The Marriage of Heaven und Hell,* das ich gerne lesen wollte, sicher wie ich war, darin die Klärung und Bestätigung gewisser Gedanken zu finden, die mich seit langem bewegen. Die Begegnung mit Blake ist für mich außerordentlich wichtig. Vermutet hatte ich das schon im ersten Kriegsjahr, beim Lesen seiner *Ausgewählten Werke* aus der Bibliothek Élisabeth van Rysselberghes in der Rue Laugier, wo ich damals bei den Théos wohnte. Wie ein Astronom, der die Existenz eines Sternes berechnet, dessen Strahlen er noch nicht unmittelbar wahrnimmt, sah ich Blake voraus, ahnte aber noch nicht, daß er mit Nietzsche, Browning und Dostojewski ein Sternbild formt. Vielleicht ist er so-

gar der glänzendste Stern seiner Gruppe; sicher aber der seltsamste und der fernste.

21. Januar.
Jules Delacre bittet mich um ein paar einführende Zeilen für sein erstes Programm. Er debütiert mit *Le Chandelier.* Mit Entzücken lese ich das Stück wieder.

Sonntag, 28. Januar.
Gestern abend, nach einem Besuch bei den Godebskis, zu dem ich M. begleitet hatte, gehen wir gemeinsam zu Fuß bis zur Metro-Station an der Madeleine. Es hatte tagsüber stark geregnet; nun blies ein heftiger Wind Himmel und Erde trocken. Das Gehen machte uns Spaß, und M. war bester Laune. Vor dem Olympia fällt uns ein schon bejahrter, ganz gebrochener Zeitungsverkäufer mit angegrautem Bart auf, der halblaut vor sich hin murmelt. Wir sprechen ihn an und kaufen ihm eine Zeitung ab; und sogleich entspinnt sich eine Unterhaltung. Ich frage ihn, wieviel er verdient und ob er nichts anderes tue, als den ganzen Tag Zeitungen zu verkaufen; ob er nie etwas anderes getan habe. Er erzählt uns, er sei früher einmal kaufmännischer Angestellter gewesen, habe das aber gesundheitlich nicht ausgehalten; er mußte diesen Beruf aufgeben.
«Und seither geht es Ihnen etwas besser?»
«Ich kann sogar sagen, Monsieur, daß meine Kräfte sich nicht verhundertfacht, sondern geradezu verzehnfacht haben.»[347]
Auf diesen schönen Ausspruch hin lassen wir ihn allein.

4. Februar.
Täglich, von morgens bis abends stelle ich mir – oder vielmehr stellt sich mir die Frage: Würde mir das Sterben schwerfallen? Ich glaube nicht, daß der Tod gerade für die besonders schwer ist, die das Leben am meisten geliebt haben. Im Gegenteil.

Freud. Die Lehre Freuds ... Seit zehn, seit fünfzehn Jahren wende ich sie an, ohne es zu wissen. So manche meiner Ideen hätte, ausführlich in einem dicken Buch dargelegt und entfaltet, ihr Glück gemacht – wäre sie nur das einzige Kind meines Geistes gewesen. Ich kann aber weder allen zusammen noch einer im besonderen Unterkunft und Unterhalt bieten.

«Das wird, fürchte ich, Wasser auf deine Mühle sein», sagte Rivière neulich zu mir, als er von dem kleinen Buch von Freud über die sexuelle Entwicklung sprach. Allerdings!

Es ist höchste Zeit, *Corydon* zu veröffentlichen.

8. Februar.

Ich bereite die versprochenen sechs Vorträge über Dostojewski vor. Sehr gute Arbeit, seit Élisabeth wieder weg ist. Aber in den letzten Tagen läßt mich die Kälte wieder zusammenschrumpfen. Es ging mir sehr gut, besser vielleicht, als es mir je gegangen ist. Und gestern plötzlich wieder Schwindelanfälle. Auch heute nacht haben sie mich wieder befallen. Heute morgen will es mir nicht gelingen, irgendeinen Gedanken zu formulieren.

10. Februar.

«Man muß zuerst versuchen, sich selbst zu erkennen», lese ich in dem Interview mit Henry Bordeaux *(Annales)*. Seltsamer Rat! Sich selbst kennen: das ist wohl das letzte, worauf der Künstler Anspruch erheben darf; das kann er einzig und allein durch seine Werke erreichen, indem er sie hervorbringt. So verhält es sich zumindest bei allen großen Künstlern. Und das erklärt die Kälte gewisser Werke: der Künstler «kannte sich».

Das beste Mittel, sich kennenzulernen, ist der Versuch, andere zu verstehen.

18. Februar.

Gestern erster Vortrag über Dostojewski. Zuviel zitiert; viel zuviel. Eine gewisse Zaghaftigkeit im Denken, Bescheidenheit hat mich veranlaßt, so oft wie möglich Dostojewski zu Wort kommen zu lassen; auch aus Furcht vor dem Steckenbleiben hatte ich Zitate wie Zufluchtsstätten vorbereitet – deren ich mich bedienen mußte, nachdem sie eigentlich unnötig geworden waren. Alles in allem ziemlich unzufrieden mit mir; sogar sehr unzufrieden, wenn ich daran denke, wie es hätte sein können. Aber ich lerne daraus für das nächste Mal.

1. März.
Jedesmal, wenn ich eine Zeitlang nichts geschrieben habe, packt mich die Furcht, es nicht mehr zu können. War je ein Schriftsteller seiner so wenig sicher? Und doch befriedigt mich der Satz am meisten, der ungesucht und wie von außen kommt oder spontan aus meinem Innern aufsteigt. Aber dieses Strömen ist nicht beständig, und gerade weil es spontan ist, denke ich, es könnte versiegen.

17. März.
Rückfall; Müdigkeit und Apathie. Die Schwindelanfälle sind so häufig geworden, daß ich keine Verabredung mehr zu treffen wage. Bei meinem vierten Vortrag am vergangenen Samstag war ich in einer so schlechten Verfassung, daß es mir zweifelhaft schien, ob ich ihn würde zu Ende führen können; die Wände des Saales schwankten vor meinen Augen; noch unsicherer aber waren meine Gedanken. Ich fing jeden Satz an, ohne im geringsten zu wissen, wie ich ihn beenden würde; ohne auch nur zu wissen, womit ich ihn füllen sollte. Es versteht sich von selbst, daß dieser Vortrag «der beste» war, wenn man den Komplimentemachern am Ausgang glauben will.
Am Abend habe ich mich sehr zusammengenommen, um zu den d'Harcourts zu gehen, die mit einer Sammlung alter mexikanischer Gefäße von Lima zurückkommen, die sie ein paar Freunden zeigen möchten. Ich hatte versprochen zu kommen und sollte bei ihnen die Valérys, die Ghéon-Macquins, die Lacostes usw. treffen. Ich meinerseits brachte Jean Schlumberger mit, mit dem ich zu Abend gegessen hatte. Doch kaum war ich im Salon der d'Harcourts, fühlte ich mich so unbehaglich (und im übrigen äußerst unangenehm berührt von den vorwurfsvollen Blicken Paule Gobillards, die ich viel zu lange nicht besucht habe), daß ich ein-

fach weggegangen bin, ohne mich von irgend jemandem zu verabschieden.
Doktor Chiron konsultiert; ziemlich geschmeichelt von seiner Verblüffung, als ich ihm die Analyse zeige, die ich habe machen lassen.
«Kein Wunder, daß Sie sich so müde fühlen.»

22. März.
Ständige Schwindelgefühle; Müdigkeit. Neuerlicher Wintereinbruch; man zittert vor Kälte. Alles hat einen scheußlichen Geschmack nach Asche.

Ich verstehe nicht recht, was sie «meinen Einfluß» nennen. Worin sehen sie ihn denn? Ich erkenne mich in niemandem wieder. Ich ziehe vor, was sich am meisten von mir unterscheidet, und nie habe ich jemanden anderswohin geführt als auf seinen eigenen Weg, zu seiner eigenen Freude.
Ein guter Lehrer hat nur eine Sorge: zu lehren, wie man ohne ihn auskommen kann. Aber weil ich zu Nathanaël am Schluß meines Buches sage: «Und jetzt wirf das Buch von dir; verlasse mich», sind sie entrüstet.

Traurigkeit ist bei mir fast stets eine Form der Müdigkeit. Ich muß mir aber eingestehen, daß mir seit ein paar Tagen zeitweise zum Sterben traurig zumute ist.

28. März.
Am vergangenen Samstag meinen letzten Vortrag über Dostojewski gehalten. Mit Rücksicht auf meine große Müdigkeit und aus Furcht, nicht geistesgegenwärtig genug zu sein, hatte ich fast alles aufgeschrieben.
Nun habe ich einen Artikel über Valéry vor mir, den ich dem *Divan* für seine Sondernummer versprochen habe; eine Notiz über Vannicola, um die mich der Bürgermeister von Capri für eine Publikation bittet, die dem armen Vannicola zu einer würdigen Grabstätte verhelfen soll; einen wichtigen Artikel für die *Revue de*

Genève (über die derzeitige Situation in Europa). Schließlich bittet mich Rivière heute abend um eine Notiz über das zauberhafte Buch von Morand. Das alles lenkt mich maßlos von meinem Roman ab. Im übrigen werde ich nicht vor der Aufführung des *Saül* daran weiterarbeiten können, zu dem bald die Proben beginnen; in dieser Zeit werde ich vermutlich zu nichts anderem kommen, als meine Vorträge der Stenographin zu diktieren, die ich für den Monat April engagiert habe.
Seit zwei Tagen geht es mir etwas besser. Ich möchte nur im Zustand der Fröhlichkeit arbeiten; dieser freudigen geistigen Aktivität, die ich im letzten Herbst genossen habe und die mir das Glück ersetzte.
Heute nachmittag Honeggers Musik zu *Saül* gehört. Ich fürchte, sie geht zu weit, und der dämonische Teil wird durch sie übermäßig betont.
Othello wiedergelesen und vor Bewunderung ganz außer mir.

22. April.

Mit Copeau nach Montigny gefahren, um drei Tage im reizenden Häuschen der P.-A. Laurens' zu verbringen, das ich noch nicht kannte. Sofort nach unserer Rückkehr beginnen wir mit den Proben zu *Saül.*
Es würde mir gutgehen ohne den Schwindel, der mich jeden Morgen beim Aufwachen befällt. In den letzten Tagen zuviel gearbeitet, bedrängt durch die Anwesenheit der Sekretärin, die ich für zwei Monate engagiert habe und der ich meine Vorträge über Dostojewski diktiere. Die ersten beiden konnte ich noch vor der Abreise fertigstellen. Sie machen mir viel Mühe, und unaufhörlich verliere ich mich in der Fülle der Notizen, die ich mir gemacht habe. Ich möchte diese Arbeit vor dem Sommer zu Ende bringen; es drängt mich wieder zu meinem Roman. Aber auch alles, was ich durch Dostojewski und anhand von ihm zu sagen vermag, liegt mir am Herzen und ist mir äußerst wichtig. Es wird für den, der zu lesen versteht, mindestens ebensosehr ein Buch der Geständnisse werden wie eines der Kritik; besser noch: ein Glaubensbekenntnis.

8. Mai.

Wirklich triumphiert man nur über das, was man sich aneignet.

Damit den Schwachen die Magermilch bleibt, nimmt der starke Magen Rahm zu sich.
OSSIA: Nähme der Starke keinen Rahm zu sich, hätten die Schwachen keine Magermilch.

5. Juni.

Mit viel Mühe die Überarbeitung meiner Vorträge zum Abschluß gebracht. Die Blake-Übersetzung beendet. Die Proben zu *Saül* halten mich noch in Paris zurück. Großes Bedürfnis nach Ruhe; fast ununterbrochene Schwindelgefühle; großer Wunsch zu fliehen.
Neulich in der Premiere von Ghéons *Le Débat de Nicolagie et de sainte Anne* gewesen.
Ghéon spielt für mich die Rolle des «von Gott trunkenen Heloten».

Hyères. Montag, 11. Juli.

Gestern Abfahrt von Porquerolles, wo ich bei den Martin du Gards zwölf Tage verbracht hatte.
Wir sind gemeinsam von der Insel aufgebrochen und trennten uns erst kurz vor Hyères, auf dem Bahnhof, wo sie den Zug nach Toulon nehmen wollten.
Der Wind, durch den die Überfahrt sehr bewegt gewesen war, hat sich gegen Abend vollständig gelegt … (Gott, wie wird mich dieser Satz ärgern, sollte ich ihn später wiederlesen!) Die Übersetzung des *Hamlet,* von der ich augenblicklich ganz besessen bin, stößt mich mit der Nase auf die Wörter. Wie soll der Geist Boden gewinnen, wenn er unaufhörlich rückwärts gezerrt wird? – Es genügt die Übersetzung; was brauche ich hier gut zu schreiben? Dagegen habe ich am meisten zu kämpfen. Ein Bedürfnis nach einer bestimmten Silbenzahl, eine Neigung zum rhythmischen Ausdruck verbiegt meinen Stil. Ich möchte weniger Glätte; mehr Einschnitte, mehr Akzent.

Gestern nach dem Abendessen ist der Mond genau gegenüber dem Hotel (dieses liegt dicht am Strand) aufgestiegen, so voll, so riesig und so gelb, daß man sich anfangs fragte, ob es auch wirklich der Mond sei... Was sollte es aber anderes sein? Die Sonne war eben erst untergegangen; die Farben waren noch nicht gedämpft; das in diesem Augenblick ganz glatte Meer lieh sein Blau den Goldbronzereflexen des Himmels zu einem unbestimmbaren Grün, das chemisch schien oder pflanzlich. Man hätte meinen können, selbst der Mond trüge noch zur Vergoldung des Sonnenuntergangs bei; in der noch zu hellen Luft hatte er noch keine eigenen Strahlen; er schien wie ein großes, farbiges, aber nicht leuchtendes Etwas und streute über das Jadegrün des Meeres nur diskrete goldene Flitter wie einen Teppich auf einen schmalen Pfad für einen Heiland, der auf den Wassern schreitet. Erst viel später bemächtigte er sich des Meeres, über das er weit hinaus einen funkelnden Abglanz warf, nun nicht mehr golden, sondern silbern, denn er selbst verlor, während er immer leuchtender wurde, jegliche Farbe, als würde er sein Leuchten nur dem Übermaß seiner Blässe verdanken... Genug!

Elf Uhr.

Ich habe heute schon zweimal gebadet; das zweitemal nackt, mit anschließendem langem Sonnenbad im Sand.

12. Juli.

Was ich gegenwärtig gerne schreiben würde, wären die *Nouvelles Nourritures.* Sie können mir aber nur gelingen, wenn ich sie ohne Willkür schreibe. Nichts darf weniger absichtlich sein.

Dieses Pinienwäldchen, das sich, unterbrochen von Dünen, längs des Strandes hinzieht, mit seinem Unterholz aus Zistrosen, Mastixsträuchern, Heidekraut und Stechdorn, könnte reizend sein. Ich begegne dort nie jemandem; aber auch kein Gott bewohnt es, so sehr haben Menschenspuren es entweiht, entzaubert, beschmutzt. Überall alte Blechbüchsen, Stoffetzen, Eierschalen, unaussprechliche Abfälle, fettiges Papier, Kot, Arschwische, Glasscherben. Ein Bild der Selbstsucht, der Hemmungslosigkeit und der Gefräßigkeit.

12. Juli.
Ich mache einen Spaziergang nach Le Pesquier, um den armen Alten wiederzusehen, dem ich einen Besuch versprochen hatte. Er ist sechsundachtzig Jahre alt. Seine Schwester, die bei ihm lebt und die ich für seine Frau gehalten hatte, ist fünfundsiebzig. Seit zwanzig Jahren wohnt er in Le Pesquier. Hier hat er sich niedergelassen, nachdem er überall herumgekommen war und mehrmals die Welt umfahren hatte. Er erzählt, wie Le Pesquier war, als er hinkam: ein paar Hütten, wunderbare Korkeichen (mittlerweile gibt es keine einzige mehr) und eine Fülle von Faserblumen, die er «Hexen» nennt.
Bei der Rückkehr entdecke ich im Sand, nicht weit vom Meeresufer, eine ungewöhnliche, riesige Lilie von grünlichem Weiß, auf niedrigem Stiel, die wohl eine der seltsamsten Blumen ist, die ich je in dieser Gegend gesehen habe.* Am Strand kleine goldbraune Sandkäfer.

13. Juli.
Das badende Kind wird gefragt: «Wie ist das Wasser heute morgen?» Es antwortet: «Ganz genauso wie gestern.»
Offenbar ist es damit zufriedener, scheint ihm das genauer und stilistisch besser, als zu sagen: «Wie gestern.»

14. Juli.
Ich beende heute morgen die Übersetzung des ersten Aktes von *Hamlet* und verzichte darauf weiterzumachen. Ich habe an diesen wenigen Seiten drei Wochen gearbeitet, und zwar vier bis sechs Stunden pro Tag. Das Ergebnis befriedigt mich nicht. Die Schwierigkeiten sind nie wirklich überwunden, und wollte man gutes Französisch schreiben, müßte man sich zu weit von Shakespeare

* Wohl die Lilie, von der Moréas spricht:
Je naquis au bord d'une mer… usw.[348]

entfernen. (Es scheint mir, als treffe das vor allem auf den *Hamlet* zu, und als sei der Text von *Antony* viel weniger dornig, wodurch man ihm leichter folgen kann. Und wenn auch der Stoff von *Hamlet* merkwürdiger, reicher, subtiler ist und uns nähergeht, war ich doch in keinem Augenblick so außer mir vor Begeisterung wie beim *Othello*.) Die Übersetzung von Schwob ist zwar genau, doch auch dunkel und stellenweise fast unverständlich, formlos, unrhythmisch und gleichsam ohne Atem. Wurde bei Sarah Bernhardt wirklich diese Fassung verwendet? Ohne Änderungen? Ohne Streichungen? Wie sehr muß sie die Schauspieler behindert haben! Manche Sätze von Shakespeare sind gewunden wie die Hölle; von einer Weitschweifigkeit... ich ließe mir gern von einem Engländer ihre Schönheit erklären. Bei den Sätzen Schwobs, der sich bemüht, keine einzige Wiederholung oder Wendung zu opfern, denkt man nur: Wie schön muß das auf englisch sein! Aber *Hamlet* ist ein für alle Zeiten geheiligter Text, und man bringt ihm vertrauensvoll Bewunderung entgegen.

15. Juli.

Liegt das an mir? Die Erklärungen für irgendwelche literarischen Probleme, die ich mit anhören muß, leuchten mir selten ein – oder zumindest glaube ich jedesmal, eine bessere geben zu können. So führt Thibaudet in einem übrigens sehr interessanten Artikel über Jarry, in dem er die Gestalt des *Ubu* mit Flauberts *Garçon* vergleicht, auf die übertriebene und dümmliche Art des normannischen Bürgers zurück, jeden, den er nicht beim Namen kennt, mit «mon garçon» anzureden: «Wie geht's, mein Junge?» Und Thibaudet zitiert zur Bekräftigung den Brief irgendeines Kollegen, der die Idee aufbringt, Flaubert habe darunter gelitten, daß er in seiner Kindheit von irgendwelchen Dummköpfen so angesprochen worden sei. – Das kommt mir vor, als schliefe einer im Stehen.

Ich habe immer angenommen und glaube nach wie vor, daß Flaubert die Idee zu seinem *Garçon* dem Ausdruck «mener la vie de garçon»[349] entnommen hat, der damals gebräuchlich war. Dem kleinen Gustave und seinem Freund Ernest Chevalier mußte

diese Redensart Eindruck machen, ebenso wie «un vieux garçon» oder «une garçonnière». Sie fragten sich sicher, was dieses «Junggesellenleben» wohl sein möge; neugierig gemacht durch die damit verknüpften Hintergedanken und wohl auch angeregt durch einige «garçons» in ihrer Bekanntschaft (oder der ihrer Eltern), von denen man wußte, daß sie in Paris dieses geheimnisvolle «Junggesellenleben» führten, malten sie es sich in der Phantasie aus, wie es in der Tat auch die Schüler von Rennes mit Jarry beim Père Ébé machten.
Und im Vorwort zu *Hamlet* (Schwob, S. XIX) lese ich heute morgen eine Erklärung für die rohen Scherzworte, die Hamlet an den Geist richtet: «true penny» ... «old mole». Frei nach Taine: «Er versucht zu scherzen, wie ein Kind im Dunkeln singt, um die Angst loszuwerden.» Zunächst ist anzumerken, daß sich Hamlet bei der ersten Begegnung mit dem Geist solche Scherzworte nicht erlaubt. Die Unterhaltung mit dem Geist unter vier Augen hat schon stattgefunden; *allein* mit ihm spricht Hamlet ganz anders. Da ist er vielmehr übermäßig feierlich, ganz wie der Geist selbst. Erst später, als er, schon im Besitz des Geheimnisses, zu den anderen Studenten zurückkehrt, riskiert er diese geschmacklosen Scherze. Vor ihnen wagt er sie; er will sich aufspielen; die Scherze sind auf sie gemünzt und schon Teil der Komödie, die zu spielen er sich anschickt; es sind die ersten Versuche der «antic disposition», die er sich vornimmt «to put on».

Ich habe in meiner ganzen «Karriere» nichts als Mißerfolge erlebt; ich kann sogar sagen, daß die Größe des Mißerfolgs im genauen Verhältnis zur Wichtigkeit und Originalität des Werkes stand, so daß ich *Paludes,* den *Nourritures* und den *Caves* die schlimmsten verdanke. Das meiner Bücher, das mir im Gegenteil die meisten, die wärmsten, die nuanciertesten Elogen einbrachte, ist jenes, das (auch wenn es vielleicht nicht am wenigsten gelungen ist) meinem Werk am äußerlichsten bleibt, das mich am wenigsten *interessiert* (wobei ich dieses Wort in seinem subtilsten Sinn verstehe) und dessen Vergessenwerden ich alles in allem am wenigsten bedauern würde. Wie kann ich mich danach noch wundern, daß *Saül* von der Kritik so kalt aufgenommen worden ist? Sie hat darin nur Deklamation gesehen, wie sie in meinen *Nourritures* nur Phrasen sah. Könnt ihr denn ein Schluchzen nur vernehmen, wenn es so klingt wie euer eigenes?

La Bastide. Samstag, 22. Juli.

Es scheint mir, als sei jedes meiner Bücher nicht eigentlich das Produkt einer neuen inneren Disposition gewesen, als vielmehr deren Ursache, der erste Anstoß zu dieser neuen Geistes- und Seelenverfassung, in der ich mich erhalten mußte, um die Ausarbeitung zu einem guten Ende zu führen. Ich möchte das einfacher ausdrücken: Das Buch, kaum entworfen, verfügt über mich ganz und gar, und alles in mir stellt sich bis ins Innerste in seinen Dienst. Ich habe keine andere Persönlichkeit mehr als die dem jeweiligen Werk entsprechende – objektiv? subjektiv? Hier verlieren solche Worte ihren Sinn; denn wenn ich auch einmal mich selbst zum Modell nehme (und manchmal scheint mir anders eine genaue Darstellung nicht möglich), so habe ich schon vorher begonnen, mich in ebenden zu verwandeln, den ich porträtieren wollte.

Ich lese Madame Théo und Élisabeth van Rysselberghe das siebte Buch von *The Ring and the Book* (Pompilia) vor. Weiter kann die Selbstverleugnung nicht getrieben werden.

26. Juli.

Nachdem wir den Gesang Brownings fertiggelesen haben, nehmen wir in dem Wunsch nach leichterer Lektüre *A Laodicean* von Hardy in Angriff. Außerstande, das weiter als bis Seite hundert durchzuhalten. Was soll man an einem so hoffnungslos mittelmäßigen Buch auch finden?

27. Juli.

Die Beweggründe, die mich zum Schreiben drängen, sind mannigfaltig, und die wichtigsten sind, so scheint mir, die geheimsten. Vielleicht vor allem einer: etwas vor dem Tod in Sicherheit bringen – und das bringt mich dazu, in meinen Schriften unter allen

Eigenschaften besonders die zu erstreben, die der Zeit die geringsten Angriffsflächen bieten, die, wodurch sie um alle Modeerfolge herumkommen.
Um affektiert zu erscheinen, braucht man nur zu versuchen, aufrichtig zu sein.

Seine Grenzen läßt man fast immer aus Eitelkeit sehen – indem man versucht, sie zu überschreiten . . .

Carry-le-Rouet, 4. August.

Von Avignon zurück, wohin ich gefahren war, um Alibert zu treffen – und wo ich vollständig berauscht von der Lektüre Walter Paters ankam (griechische Studien), aus denen ich Alibert einige Seiten übersetzte.
Wie wohl tut es, nach Dostojewski wieder an diesen Ufern zu landen . . .

«M'ont ramené – comme chez moi»*

In Brignoles habe ich mit Bunin bei den Skythen gelebt. Sein *Dorf* ist wunderbar. – Laut *The Devil's Disciple* von Bernard Shaw gelesen, mit Entzücken. Eine Menge *english poetry.*
Die *Lucienne* von Jules Romains ist mir bei der fünfzigsten Seite aus der Hand gefallen. In diesem Buch gibt es nichts, was nicht gewollt wäre; jeden Satz seiner Heldin diktiert das Bemühen um Modernität.

Nicht die Furcht, mich zu täuschen, sondern Sympathie bewegt mich, mit leidenschaftlicher Ungeduld in anderen die Herausforderung oder die Bestätigung meines eigenen Denkens zu suchen; was mich auch bewog, in meinem Artikel über Deutschland meine Ansichten mit Zitaten von Thibaudet und Curtius zu stützen; was mich endlich bewog, Blake zu übersetzen und meine Ethik im Schutz derjenigen Dostojewskis darzustellen. Wäre aber niemand

* Siehe Edgar Poe, *Stances à Hélène,* Übersetzung von Mallarmé.
Ich habe den Text nicht bei der Hand; es wäre wohl angebracht, die Stelle herauszusuchen und das Zitat zu vervollständigen (als Fußnote).[350]

zur Stelle gewesen, in dem ich meine Gedanken wiedererkannt hätte – ich glaube, sie hätten trotzdem kaum darunter gelitten, aber vielleicht hätte ich sie anders ausgedrückt. Es ist unnötig, etwas nochmals zu erwähnen, was andere schon gut gesagt haben. – Nichts ist absurder als der Vorwurf des *Einflusses* (mit dem gewisse Kritiker, sobald sie eine Ähnlichkeit bemerken, so rasch bei der Hand sind). – Wie vieles habe ich, ganz im Gegenteil, *nicht* gesagt, weil ich es hinterher bei anderen entdeckte! Nietzsche soll mich beeinflußt haben? ... Als ich ihn entdeckte, schrieb ich den *Immoraliste*. Wer wird mir je glauben, wie sehr er mir im Wege war...? Wie sehr mein Buch um all das ärmer geworden ist, was *noch einmal zu sagen* mir widerstrebte?

In La Bastide habe ich ein paar Seiten *Candide* wiedergelesen. Die Einfachheit eines Satzes weckt nur dann mein Staunen und meine Bewunderung, wenn er die komplexesten Beziehungen ausdrückt. Einfache Dinge einfach zu sagen, ist nicht schwer. Voltaire vereinfacht zunächst einmal seine Gedanken; er macht es sich zu leicht.

5. August.

So unangenehm diese Arbeit auch gewesen ist (die Übersetzung des *Hamlet*) – jetzt fehlt sie mir. Müßig neigt mein Geist zur Melancholie, trotz aller Bemühungen, ihn vor dem Abgleiten zu bewahren.

Ich habe immer Grauen (oder Furcht) vor der Freiheit empfunden, und da sie mir von den Göttern fast so unbeschränkt gewährt wurde, wie ein lebendes Wesen es sich nur wünschen kann, habe ich zeitlebens versucht, sie zu beschränken, sie einzuengen, sie aufs Spiel zu setzen. Am liebsten tue ich etwas aus Sympathie; bin ich allein, dann verfalle ich in Traurigkeit, sobald die Arbeit mich nicht mehr in Anspruch nimmt.

Carry-le-Rouet, 7. August.

Großer Mangel an Lektüre; rasende Langeweile. Ich fahre heute morgen nach Marseille und bringe ein Buch von Gebhart, eine

Anthologie von Dichtern des sechzehnten Jahrhunderts und *The Patrician* von Galsworthy mit.

13. August.

Vorwort zu *Corydon;* den Satz von Ibsen zitieren *(Briefwechsel).**
Was man zuweilen für eine gewisse Zaghaftigkeit meines Denkens halten konnte, war meistens nur die Furcht, irgendeine Person, die mir lieb ist, zu betrüben. Wer wird jemals aussprechen, für wieviel Stockungen, Verzögerungen, Verschweigen die Sympathie verantwortlich ist? Ich bereue zwar dieses Zögern nicht, da ich der Meinung bin, daß unsere zeitgenössischen Künstler vor allem durch großen Mangel an Geduld sündigen. Ich glaube, im Gegensatz zu Alceste, daß wenigstens in der Kunst die Zeit «mit der Sache sehr viel zu tun hat» und daß, was uns heute geboten wird, durch längeres Reifenlassen oft gewonnen hätte. So mancher Gedanke, der uns heute beschäftigt, welkt schon am folgenden Tag. Deshalb habe ich lange gewartet. Ich wollte sicher sein, das, was ich in *Corydon* vorbrachte und mir einigermaßen gewagt schien, nicht morgen schon widerrufen zu müssen. Doch haben sich meine Gedanken über diesen Gegenstand immer mehr gefestigt, und heute habe ich an meinem Buch nur noch seine Vorsicht und Zaghaftigkeit auszusetzen. Zehn Jahre sind vergangen; ich bin meiner Sache sicherer geworden. Neue Argumente, Beispiele, Zeugnisse haben inzwischen meine Theorien bekräftigt. Was ich gestern dachte, denke ich heute noch entschiedener, und die Entrüstung, die das kleine Buch hervorrufen wird (was soll ich machen?), kann mich nicht an der Überzeugung hindern, daß die darin gesagten Dinge gesagt werden mußten. Nicht daß ich meine, alles, was man denke, müsse auch gesagt und veröffentlicht werden; wohl aber dieses, und daß es heute gewagt werden muß.
Nicht, daß ich mit diesem Buch zufrieden wäre. Müßte ich es noch einmal schreiben, würde ich es ganz anders schreiben. Aber da ist es nun, und ich könnte es gar nicht noch einmal schreiben. Was ich

* «Freunde sind gefährlich, nicht so sehr im Hinblick auf das, wozu sie uns veranlassen, als darauf, wovon sie uns abhalten.»

ihm vor allem vorwerfe, ist, wie gesagt, seine Zaghaftigkeit. Die Vorsicht, die ich meinte üben zu müssen, indem ich dem Gegner die besten Argumente zuschob, erscheint mir heute als eine feige Ausflucht; ungeschickt noch dazu, denn sie kann niemanden täuschen und erweckt höchstens den Verdacht, daß ich zu täuschen beabsichtigte.

Colpach, 3. September.

Dekade in Pontigny – vom 14. August bis zum 24. Die vierte, die ich mitmache – eine der interessantesten –, nicht so sehr im Hinblick auf das, was gesagt wird, als wegen der verschiedenen Elemente, die sich dort verbinden, und der unerwarteten Beziehungen. Ich wurde aufs schönste unterstützt von Madame Théo, Madame Mayrisch, Madame Bussy, Élisabeth, Martin du Gard, Jean Schlumberger, M., Rivière – und sogar von Jaloux, der als Neuling dabei war... Und von Charlie Du Bos als König des Festes, unerschöpflich liebenswürdig, geschmeidig, beredt. Paul Desjardins hatte seinerseits den charmanten Maurois aufgefordert, den Autor des sprühenden kleinen Buches *(Les Silences du Colonel Bramble)*, das ich mit großem Vergnügen in Cambridge gelesen hatte; ein geistreicher, wacher, höflicher Geist – und entschieden hoch gebildet, was nie schaden kann und uns manch gemeinsames Interessengebiet eröffnete.

De Traz, Prezzolini, Tillroe und Curtius repräsentierten je die Schweiz, Italien, Holland und Deutschland. Bennett, Bunin und Lytton Strachey waren bedauerlicherweise nicht anwesend – kurz, es waren zuwenig Länder vertreten, und nächstes Jahr sollen bessere Vorbereitungen getroffen werden. Ich bezweifle aber, daß wir jemals repräsentativere und besser ausgewählte Teilnehmer werden zusammenbringen können. Zu erwähnen sind noch der höchst bemerkenswerte Doktor Chauveau, Monsieur Raverat, drei junge Leute, die sich auf die École Normale vorbereiten, Miss Strachey, eine überaus charmante Schottin, drei junge Lehrerinnen, usw. – insgesamt fünfunddreißig.

Brüssel, 5. September.

In Colpach einige kurze Studien aus dem letzten Sammelband von Lytton Strachey gelesen. Der Aufsatz über Racine ist für einen Engländer zwar bemerkenswert, befriedigt mich aber trotzdem nicht. Er macht den Ausgangspunkt Racines nicht deutlich genug, und bei aller Bewunderung bewundert er Racine nicht so, wie es ihm gebührt. Durch seine Brille gesehen wirkt er unwillkürlich grau, zaghaft, dürftig. Die Zitate, die er bringt, könnten besser gewählt, treffender sein. Wenn die Vollkommenheit Racines nicht hervorgehoben wird, mag die Ökonomie seines Orchesters, wie bei Mozart, als Armut erscheinen.

Sehr viel mehr schätze ich, was Lytton über die späten Werke Shakespeares schreibt. Alles, was er darüber sagt, ist eindringlich und überzeugend. Er spricht auch ausgezeichnet über Beddoes und Blake ...

La Chambre bleue und *Viccolo di Madama Lucrezia* von Mérimée wiedergelesen, mit Interesse, aber ohne Bewunderung. Jedes Problem des Stils und der Darstellung ist außerordentlich elegant gelöst, aber die einzelnen Elemente, die er in seine Erzählung, in seine Sätze einbringen möchte, sind alle von derselben Art und finden sich allzu leicht zusammen. Schnell hat man das Geheimnis durchschaut, und das anfängliche Staunen löst in uns kein verborgenes Echo aus.

Aber mit welcher Bewunderung lesen Élisabeth und ich einander den *Colonel Jack* von Defoe vor! Das ist schön wie das Leben selbst; die Kunst, mit der es dargeboten und umhüllt wird, könnte nicht diskreter, nicht durchsichtiger sein.

Colpach, 10. September.

Abscheuliche Tage des Müßiggangs und der Willenlosigkeit... Jeden Morgen beim Aufwachen ist mein Kopf noch schwerer und benommener als am Tag zuvor. Gezwungen, den andern Freude und Fröhlichkeit vorzuspielen – während ich fühle, wie alle wirkliche Freude langsam in meinem Herzen erkaltet.

....

Die *Confessions d'un enfant d'hier* von Hermant gelesen. Das Buch ist nicht gut und scheint es mir um so weniger, als es sein bestes sein sollte. Der anekdotische Teil (bei weitem der am besten gelungene) bleibt privat und weckt wenig Echo; der theoretische Teil, mit dem das Buch beginnt, ist teigig, schwerfällig, ungeschliffen und fast ohne Beziehung zu der Erzählung, die darauf folgt.

Aus den *Mémoires* von Francis Jammes geht vor allem hervor, wie sehr es ihm an Sympathie mangelt. Dem ist, mehr noch als seiner geringen Intelligenz, die Tatsache zuzuschreiben, daß er andere nicht verstehen kann. Die Marionetten, die er uns vorführt, sind alle nur von außen gesehen; an den Menschen fallen ihm nur die Ticks auf. Daß er dafür, und vor allem dafür, empfänglich ist, dagegen habe ich nichts einzuwenden – traurig ist nur, daß er dabei stehenbleibt. Wäre er intelligenter oder weniger eitel, würde er versuchen, darüber hinauszukommen; aber er gefällt sich in diesem Nichtverstehen wie in einer Art Unwissenheit, die ihn, da sie ihm jeglichen Maßstab nimmt, in seinen eigenen Augen größer macht. Es ist merkwürdig, daß der Katholizismus bei den drei konvertierten Künstlern, die ich am besten kenne, bei Ghéon, Claudel und Jammes, lediglich den Hochmut gestärkt hat. Die Kommunion macht sie selbstgefällig.

Ich lese, in der Buchausgabe, *Le Secret professionnel* von Cocteau wieder, das ich seinerzeit auf den Rat R. Martin du Gards hin in den *Écrits nouveaux* gelesen habe. Wie konnte ich das jemals gut finden? Gekränkter Eitelkeit gelingen immer nur Grimassen.

L'Italie mystique von Gebhart fertiggelesen und den *Botticelli* begonnen, der bei weitem nicht so gut ist.

Cuverville, 21. September.

Gestern abend angekommen. Noch volles Haus. Sehr froh, Marcel anzutreffen, der ebenfalls froh scheint, mich wiederzusehen.

Heute am ersten Tag nicht viel getan. Ich weiß aber, daß ich ungefähr eine Woche brauche, um mich einzuleben und die liegenge-

bliebene Korrespondenz aufzuarbeiten. – Die Fahnenkorrektur meiner Blake-Übersetzung beendet.
Vor mir habe ich *Pique Dame* von Puschkin zur Durchsicht. Ferner einen Artikel über Valery Larbaud und die Studie über die gegenwärtige Lage in Europa, die ich de Traz versprochen habe und von der ich nicht weiß, wie ich mit ihr fertig werden soll.

8. Oktober.
Gestern habe ich den Artikel für die *Revue de Genève* beendet. Endlich kann ich an *Les Faux-Monnayeurs* weiterarbeiten.

10. Oktober.
Es ist zwangsläufig leichter, wie Ghéon für ein schon vorhandenes Publikum zu schreiben und diesem genau das Produkt zu liefern, das es verlangt, als dem Verlangen eines Publikums zuvorzukommen, daß es noch nicht gibt.
Der Roman von Rivière *(Aimée)*, den ich im Fahnenabzug lese, ermüdet und bestürzt mich. Ich verstehe nun, warum er so großen Gefallen an Marivaux findet.
Nach Abschluß dieser Lektüre bin ich nahe daran, den feierlichen Entschluß zu fassen, nie mehr im Imperfekt zu schreiben.

11. Oktober.
Em. erinnert mich («erinnert» ist eine Redensart, denn ich hatte es vollständig vergessen) an den Ausspruch Rivières in Cuverville: «Ich bin dazu geboren, sehr schöne Dinge zu schreiben, die alle Welt langweilen werden und die kein Mensch lesen wird.»
Madame Firmiani laut gelesen.

Vom 14. bis 23. in Paris.

Cuverville, 24. Oktober.
André Ruyters tritt in die Banque d'Indo-Chine ein. Er ist untröstlich darüber, daß er nach China gehen soll. Er mag die Chinesen nicht, weil sie keine Religion haben und diese infolgedessen auch «nicht überwinden können».

25. Oktober.

Ich schreibe nicht für die nächste, sondern für die übernächste Generation.

Ich lese: «Il vaudrait mieux pour vous que je m'éloignasse tout à fait.» (Gissing, Übersetzung). Der Vorgang des Sich-entfernens bleibt in der Gegenwart trotz des Tempus, in dem das erste Verb steht. Es muß heißen: «que je m'éloigne». Und nur, wenn man alles in die Vergangenheit setzt: «Il aurait mieux valu que je m'éloignasse.»

Ich lese: «Der Stil von X. ist *reicher*[351] als der von Flaubert». Nein, das ist nicht möglich. Ein Publikum kann mehr oder weniger zahlreich sein, ein Satz, ein Stil ist reich, oder er ist es nicht. Ein Stil hat SEINEN Reichtum. Um mehr oder weniger kann es dabei nicht gehen.

27. Oktober.

Heute morgen unterbreche ich die *Provinciales,* lese in den *Lettres spirituelles* von Fénelon weiter. Wie könnte ich darauf verzichten, da abzuschreiben:

«Euch tut not, daß man die unaufhörlichen Ausbrüche eurer allzu lebhaften Phantasie zügelt: alles vergnügt, alles verführt euch, alles stürzt euch wieder in den Naturzustand zurück.» (S. 160.)

Es vergeht kaum ein Tag, an dem ich nicht alles wieder in Frage stelle.

28. Oktober.

Auf das Feuilleton von *Le Temps* (fünfzigster Todestag von Gautier) schreibe ich an Paul Souday:

«Es wundert und betrübt mich ein wenig, wie ich gestehen muß, daß mir in Ihrem Artikel derselbe Puritanismus unterstellt wird, den Eugène Montfort seinerzeit im offensichtlichen Bestreben erfand, mein Urteil zu diskreditieren und mir zu schaden. Denken Sie wirklich, man müsse Puritaner sein, um der Kunst Gautiers keinen Geschmack abzugewinnen? Oder denken Sie, Gautiers Kunst enthalte nur für Puritaner Anstößiges?»

Zwei Stunden damit verloren – und natürlich nicht abgeschickt.

Ein gerader Weg kann nur ans Ziel führen.

29. Oktober.

New Grub Street fertiggelesen. – Eher weniger gut als ein guter Rosny, als *Nell Horn* zum Beispiel. Froh, es gelesen zu haben, um es nicht mehr lesen zu müssen.

Seine Widersprüche machen ein menschliches Wesen interessant und bezeugen seine Aufrichtigkeit. Sinnlichkeit verleiht der Frömmigkeit von Francis Jammes Würze; sein Mitleid mit den Tieren übersteigert sich durch den Widerspruch zu seiner Jagdleidenschaft, und seine Bescheidenheit wird von seinem Hochmut aufgebläht.

Mein Urteil über das Buch von Gissing war nicht ganz gerecht; vielleicht hat mich auch die schlechte Übersetzung geärgert (ich habe es nicht auf englisch gelesen). Es ist trotz allem ein schönes Buch.

6. November.

Interview mit Philippe Soupault und Drieu la Rochelle in der *Revue hebdomadaire.* «Ich komme noch einmal auf André Gide zurück», schreibt der letztere. «Ich könnte den Menschen niemals lieben, aber ich achte den Autor und seine Geduld; was macht es schon, daß die Vorsicht bei ihm zum Laster wird.» Das ist also das Bild, das *man* sich von mir macht... Vorsichtig bis zum Laster... Ich schreibe an Drieu einen ziemlich langen Brief, den ich zum Glück wie gewöhnlich nicht abschicke. Ich hätte ihn trotz allem abgeschickt, wäre der Artikel besser gewesen (den ich erst zu Ende las, nachdem ich den Brief geschrieben hatte); aber nein; zweifellos mißversteht und verkennt er mich zutiefst, doch fühle ich von meiner Seite her so wenig Möglichkeiten einer Sympathie, daß er sicher recht hat zu meinen, es könne auch von seiner Seite her keine geben.

Er fügt allerdings hinzu: «Ich bin ihm unendlich dankbar für das Beispiel an Fleiß, das ich mir an ihm nehmen kann...», usw., usw....

Es ist nicht an mir, diese Dinge richtigzustellen.

8. November.

Der eine Künstler ist oft nicht weniger begabt als ein anderer, der alle Segel setzt und den Eindruck macht, als wolle er die ganze Kunst revolutionieren. Aus Sympathie treibt man häufig seine Gedanken nicht auf die Spitze – hält man sie vorsichtig auf halber Höhe zurück, wo sie von denen noch erreicht werden können, ohne die der Aufstieg keine Freude macht.

Sonntag, 12. November (?).

Morgen Abreise nach Paris, wo ich eine Woche verbringen werde. Alles in allem in der letzten Zeit recht gut gearbeitet. Die ersten dreißig Seiten (ungefähr) der *Faux-Monnayeurs* geschrieben. *Corydon* durchgesehen und das *Vorwort* geschrieben. Die drei Oden von Keats *(To a Nightingale, To Psyche, To Autumn)* auswendig gelernt, *Les Provinciales, La Double Méprise* wiedergelesen, und laut *La Maison Nucingen* und *Les Secrets de la princesse de Cadignan.*

Ich lese rasch, aber mit recht großem Interesse *Les Mystères de Paris* und mit bedingungsloser und lebhaftester Zustimmung *Port-Royal* von Sainte-Beuve. (Habe mir aber gleich den dritten Band vorgenommen, als Begleitung zu den *Provinciales.*)

Rückkehr nach Cuverville am 26. November.

Sich niemals für ein neues Werk den durch das vorhergehende erworbenen Schwung zunutze machen.

Ebenso für jedes neue Werk ein neues Publikum erobern.

30. November.

Von diesem Augenblick an (als sie die Briefe von T. verbrannt hatte) fühlte sie sich zugleich aller Pflichten ihm gegenüber ledig.

3. Dezember.

J. Rivière sucht in anderen unaufhörlich ein möglichst schmeichelhaftes Bild seiner selbst. Sein außergewöhnliches Suchen nach

Verwandtem und seine Vorliebe für alles, was ihm gleicht. Seine Form der Bewunderung hatte schon immer etwas Schmeichlerisches und Selbstgefälliges.

7. Dezember.
Kunst ist Vorsicht. Hat man nichts zu sagen, nichts zu verbergen, braucht man auch nicht vorsichtig zu sein. Die Ängstlichen sind nicht vorsichtig, sondern feige.

15. Dezember.
Drei Stunden am Klavier;
eine Stunde Fahnenkorrektur *(Si le grain ne meurt...);*
eine Stunde Shakespeare *(Cymbeline);*
eine Stunde *Port-Royal* von Sainte-Beuve
– das ist mein tägliches Menü.
Gewöhnlich nimmt die Korrespondenz weitere zwei Stunden in Anspruch – und oft widme ich sechs Stunden dem Roman. – Eine halbe oder eine Stunde Bewegung – und so ist, die verlorene Zeit eingerechnet, mein allzu kurzer Tag ausgefüllt.
Es gelingt mir nicht, sosehr ich es auch wünsche, viel mehr Zeit an die Arbeit zu wenden.

Vom 16. auf den 17.
Besuch von Maurois, der mir vorliest, was er über Shelley geschrieben hat. Ich habe nicht den Eindruck, daß er seinen Helden wirklich neu geschaffen hat; andererseits erkennt man nicht recht, aufgrund welcher Beziehung Maurois gerade diesen Gegenstand gewählt hat. Er nimmt in keiner Weise Partei für Shelley, noch scheint er sich seiner als Sprachrohr zu bedienen, was beispielsweise Pater ohne zu zögern getan hätte. Es ist aber handwerklich sehr gut.
Seit drei Tagen sind meine Nerven so gespannt, so anfällig, daß ich nicht weiß, ob ich noch lange durchhalten, das heißt, meine Arbeit noch lange werde fortsetzen können.

«Das ist eine Gegend», sagte Maurois über die Umgebung von Elbeuf, wobei er den Ausspruch eines alten Bauern zitierte, «eine Gegend, wo man besser ‹Feuer› als ‹zu Hilfe› ruft, wenn man will, daß jemand aus dem Fenster schaut!»

21. Dezember.
Noch immer ist es ihre Nähe, die ich im Christentum suche, und zwar jedesmal, wenn ich mich wieder hineinversenke, aufs neue. Vielleicht fühlt sie das; vor allem aber fühlt sie, daß ich sie ihm damit entreißen möchte.

24. Dezember.
Gezwungen, die Arbeit zu unterbrechen. Abgespanntheit und nervliche Überanstrengung.
Im dritten Band von *Port-Royal* weitergelesen, wo ich bei jeder Wegbiegung Bemerkungen und Aperçus von wunderbarem Scharfsinn entdecke. Ich schreibe mir folgende Anmerkung ab (S. 341): «... es ist vor allem die Heuchelei, die sich während der *finsteren Jahrhunderte* (die auf den Untergang der antiken Welt folgten) tief im Menschen verwurzelt hat. Ein großer Jesuitenprediger des achtzehnten Jahrhunderts, Père de Neuville, der die elende Heuchelei entlarven wollte, die sich selbst im Herzen der Besten verbirgt, hat gesagt: ‹Es gibt keinen Menschen, der nicht lieber vollständig unbekannt sein als vollständig erkannt werden möchte ...!› Dieses so christliche Wort des Père de Neuville steht in denkbar größtem Gegensatz zum Selbstgefühl der Antike, als die Feldherren noch mit offener Brust um des Ruhmes willen kämpften und das glänzende Öl der Palaestra die einzige Hülle der Nacktheit war. – Und weil er an jene späten Folgen des Christentums dachte, *jene* VERDRÄNGTEN *Folgen,* die im menschlichen Gefüge wie erstarrt sind und inzwischen *den ganzen Menschen erfaßt haben* – deshalb konnte ein anderer, sehr moderner Moralist*, ein Verwandter des vorhin genannten, sagen: ‹Das Christentum ist wie sein älterer Bruder, der Buddhismus, relativ gesehen eine große Wohltat gewesen, das Heilmittel gegen eine Dekadenz,

* Offenbar ist damit Sainte-Beuve selbst gemeint.

das aus dieser selbst hervorging; aber noch Teil davon war. Nun, da das Hauptübel beseitigt ist – *wer wird uns von dem Heilmittel kurieren* – von den Folgen dieses Heilmittels?›»
Diese «verdrängten Folgen» – wird da nicht schon Freud vorweggenommen?
Ich schreibe diese Stelle am Weihnachtsabend ab. Sonntag.

Montag. Weihnachten.
Vierzig Kinder um einen Christbaum; der Baum sehr hübsch, die Kinder sehr häßlich. Was ihre Gesichter am schwersten auszudrücken vermögen, ist Freude. Ich hatte auch nicht den Eindruck, daß ihnen die Sache Spaß gemacht hat. Gedrückt, starr und stumm standen sie im Kreis um den Baum herum; keine noch so große Freundlichkeit konnte ihre Gehemmtheit ein wenig lösen.

Mittwoch.
Ich fahre nach Paris, von wo ich, am 4. oder 5., Martin du Gard mitzubringen hoffe. Seit acht Tagen geht nichts mehr vorwärts. Ich bin ein Fisch, der die Wasserfälle liebt, und ersticke im stillen Wasser.
Im Terminus abgestiegen. Mit M. und seiner kleinen Freundin B. einen äußerst öden Abend im Casino de Paris verbracht, wo mir alles schauderhaft vorkam. Albernheit, Gewöhnlichkeit, keinerlei Geschmack, törichter und abstoßender Luxus der Kleidung.
Gestern, Donnerstag, im Vieux-Colombier mit den Martin du Gards. Es wurde das neue Stück von Vildrac gespielt: *Michel Auclair*, dessen ersten Akt ich ziemlich schlecht fand; den zweiten aber stellenweise ausgezeichnet. Der dritte spiegelt exzessiv die dürftigen Theorien der Schule wider.

30. Dezember.
So gut wie bedeutungsloser Tag. Um zehn Uhr ist Sichel gekommen, dessen Bekanntschaft ich vor zwei Tagen bei Martin du Gard gemacht hatte, um mir (in meinem Zimmer im Lutetia) seinen Artikel über *Paludes* vorzulesen, das ihm, erklärt er, von meinen Büchern das liebste sei. Bei den Allégrets zu Mittag gegessen; Élie, der an Sumpffieber und Übermüdung leidet, hat mich im Bett

liegend kurz empfangen. Er nutzt die Ruhepause zum Lesen. Als Kind bewunderte ich seine Fähigkeit, ein Buch in zwei Tagen auszulesen, das mich zwei Wochen aufgehalten hätte. Heute mißtraue ich Leuten, die rasch lesen... So hat Élie Allégret eben die *Chartreuse de Parme* verschlungen, an die er sich aus seiner Jugendzeit vage erinnerte. Sein Urteil über das Buch ist kindisch. Er befragt mich und bittet mich um eine Erklärung über die Art des Einflusses, den Stendhal ausüben könne... Usw.

Nichts Demoralisierenderes als das Zerfasern der Stunden an einem Feiertag bei den Allégrets. Ziemlich bald nach dem Essen bin ich gegangen.

Ins Hotel zurück, um eine Stunde zu schlafen.

Copeau besucht, den ich abgehetzt und in düsterer Stimmung vorfinde. Er beklagt sich über die Einsamkeit, auf die er doch so hartnäckig hingearbeitet hat. Er hat jeden Rat abgewiesen und sich so aufgeführt, daß sich seine besten Freunde von ihm zurückgezogen haben. «Ich werde schon durchhalten; aber laßt mich in Ruhe.» Jetzt würde er jemanden brauchen, mit dem er reden kann... Er fühlt sich ganz verlassen. Es ist unmöglich, einen Mystiker nicht zu verlassen.

Paul Valéry bei Adrienne Monnier[352] getroffen. Habe ihn ein großes Stück auf seinem Heimweg begleitet. Er sagt, er fühle sich durch die schiefe Lage, in die er durch seinen Erfolg geraten sei, gestört, ja geradezu erbittert.

«Man will, daß ich die französische Literatur repräsentiere. Man hält mich für einen Dichter! Mir ist die Poesie aber völlig egal. Sie interessiert mich rein zufällig. Nur durch Zufall habe ich Gedichte geschrieben. Ich wäre genau derselbe Mensch, wenn ich keine geschrieben hätte. Das heißt, ich hätte in meinen Augen denselben Wert. Es ist für mich vollkommen unwichtig. Ich möchte ja gerne sagen, was mir wichtig ist. Ich glaube auch, ich hätte es sagen können, ich könnte es immer noch sagen, wenn ich nur Muße und Ruhe hätte... aber ich gehöre mir ja nicht mehr. Das Leben, das ich führe, vernichtet mich.»

Bei den Martin du Gards zu Abend gegessen – alle drei höchst angenehm. Den Abend mit Roger verplaudert.

Anhang

Anmerkungen

Lesbarkeit und Handlichkeit erforderten die Beschränkung dieser Anmerkungen auf ein Minimum: Ausgewiesen werden neben einigen kulturgeschichtlichen Hinweisen grundsätzlich nur nähere Verwandte und Freunde Gides sowie häufig genannte Namen (etwa im Umkreis der *Nouvelle Revue Française*). Im allgemeinen enthält nur die *erste* Nennung biographische Angaben. Diese läßt sich mit Hilfe des *Registers*, das auch *Werktitel* aufweist, leicht auffinden. Einige wichtige Namen und Fakten werden zudem im *Vorwort* aufgeschlüsselt. Was der Leser vermissen mag, findet er andererseits ohne Schwierigkeit in den ausführlichen Anmerkungsteilen der Briefbände sowie in einigen grundlegenden Büchern; bibliographische Angaben hierzu folgen am Schluß der Anmerkungen (siehe S. 773–776). Paris als Verlagsort wird nicht aufgeführt.

1 Unweit von Étretat im Pays de Caux (in der Normandie) gelegene Ortschaft, wo sich das große Landhaus mit Anwesen befindet, das Gides Gattin Madeleine (im *Tagebuch* und in *Stirb und Werde* «Emmanuèle», abgekürzt «Em.») 1895 in die Ehe brachte.

2 Georges Rondeaux (1872–1967), Gides Schwager, der Bürgermeister von Cuverville. Später wünschte sich Gide, daß er Memoiren über das Leben in der Normandie verfassen würde.

3 Die deutsche Gouvernante und spätere Freundin von Madeleine Gide. Sie ist ab und zu dabei, wenn Gide seiner Frau und Freunden vorliest – eine in unserer Zeit wohl kaum mehr übliche Sitte...

4 Auf Einladung von Harry Graf Keßler (1868–1937) hält Gide vor der Fürstin Amalie am Weimarer Hof einen vielbeachteten Vortrag «Über die Wichtigkeit des Publikums» («De l'importance du public», aufgenommen in *Nouveaux Prétextes* [1911], Neuauflage 1963, S. 155–162).

5 Vgl. Immanuel Kant, *Kritik der reinen Vernunft*, Einleitung, III. «Die Philosophie bedarf einer Wissenschaft, welche die Möglichkeit, die Principien und den Umfang aller Erkenntnisse *a priori* bestimme»: «Die leichte Taube, indem sie im freien Fluge die Luft theilt, deren Widerstand sie fühlt, könnte die Vorstellung fassen, daß es ihr im luftleeren Raum noch viel besser gelingen werde.» (Akademie-Ausgabe, Band III, Berlin und Weimar 1904). Der unzusammenhängende Gebrauch des Bildes an anderer Stelle (etwa im Vortrag «Über die Ent-

wicklung des Theaters», siehe unten, Anm. 13) läßt die Annahme zu, daß es Gide aus zweiter Hand (vielleicht von seinem Schwager Marcel Drouin, siehe unten, Anm. 15) bezogen hat.

6 Im Original deutsch.

7 Die Schwester des 1900 verstorbenen Philosophen, Elisabeth Förster-Nietzsche (1846–1935), lud Gide ein, über ihren Bruder einen Vortrag zu halten (unveröffentlichter Brief vom 9. Oktober 1903, Nietzsche-Archiv, Weimar), doch Gide winkte ab.

8 Im Original deutsch.

9 Der englische Biograph, Kritiker und Essayist Sir Edmund William Gosse (1849–1928) war mit Gide befreundet. Linette F. Brugmans hat *The Correspondence of André Gide and Edmund Gosse* (1904–1928), London 1959, veröffentlicht. – Das Gosse-Bankett mit etwa fünfzig Gästen hat am 9. Februar 1904 auf Veranlassung des Feuilletonisten und Übersetzers Henry-D. Davray im Restaurant Durand stattgefunden.

10 Der belgische Maler Théo van Rysselberghe (1862–1926) war Mitbegründer der Gruppe der «XX» zur Verteidigung moderner Kunst. Seit 1898 wohnte er mit seiner Frau, Maria van Rysselberghe, geb. Monnom (1866–1959), in Paris. Gide hatte das Ehepaar bereits 1899 kennengelernt.

11 Novellen von Heinrich von Kleist (Erstausgabe *Erzählungen,* Band I, Berlin 1810). – Sowohl das deutschsprachige Schweizer Hausmädchen Anna Leuenberger («Marie» in *Stirb und Werde,* siehe Band I) als auch die um nur neun Jahre ältere kultivierte englische Erzieherin und spätere Freundin der Mutter Anna Shackleton (1826–1884) bewirkten, daß Gide früh mit deutscher Sprache und Literatur in Berührung kam; auch an der von ihm besuchten École Alsacienne war Deutsch Unterrichtsfach.

12 *Philoktet oder der Traktat von den drei Arten der Tugend* wurde von Rudolf Kassner übersetzt und erschien 1904 im Insel Verlag (Leipzig). Die Briefe von Gide an Rudolf Kassner haben Klaus E. Bohnenkamp und Claude Foucart 1986 veröffentlicht (in: *Jahrbuch der deutschen Schillergesellschaft,* Band 30, S. 83–127).

13 Am 25. März 1904 hält Gide vor der Brüsseler kulturellen Vereinigung «Libre Esthétique» einen Vortrag «De l'évolution du théâtre» («Über die Entwicklung des Theaters»), der den 1911 publizierten Band *Nouveaux Prétextes* eröffnet.

14 Im bedeutenden Kapitel V des dritten Buches seiner *Essais* gibt Montaigne anhand zahlreicher Vergil-Zitate eine bemerkenswerte Definition der Lyrik und ihres Stellenwerts im Leben.

15 Der Philosophie-Agrégé Marcel Drouin (1870–1942) heiratete 1897 die Schwester Madeleine Gides, Jeanne Rondeaux (1868–1952). Sein Enkel Michel Drouin bereitet eine Veröffentlichung des Briefwechsels zwischen Marcel Drouin und Gide vor.

16 Novelle von Prosper Mérimée (1803–1870), Erstausgabe 1853, wie auch *Arsène Guillot* (1844), auf den die Fußnote verweist.

17 Die Abhandlung von Gides Onkel Charles (1847–1932) erschien 1884 unter dem Titel *Principes d'économie politique* (dt. *Grundzüge der Nationalökonomie,* 1905).

18 Leonardos bedeutender *Traité de la peinture* erschien in Paris erstmals 1651, in einer Ausgabe von Philippe Du Fresne (1551–1610).

19 Mit Gide befreundeter Maler und Porträtist (1861–1942), der sich auch als Kunstkritiker betätigte. – Georges-Paul Collet hat den Briefwechsel zwischen Gide und Jacques-Émile Blanche veröffentlicht (siehe unten, «Ausgewählte weiterführende Literatur», S. 773). – Jacques-Émile Blanche äußert sich zu Gide in: *Mes modèles. Souvenirs littéraires,* 1928 [Neuauflage 1984]).

20 Der Schriftsteller Léon Bloy (1846–1917), dessen Einfluß auf Paul Claudel, François Mauriac und Georges Bernanos unbestritten ist, gilt aufgrund seiner kompromißlosen Haltung als Wegbereiter der modernen katholischen Literatur.

21 Der Sohn von Charles und Anna (geb. im Thurn) Gide, Paul Gide (1884–1915), der im *Tagebuch* auch als «Gérard» oder «Gérard P.» erscheint.

22 Élisabeth van Rysselberghe (1890–1980), die Mutter von Catherine Gide (geb. 1923), wird 1931 den Schriftsteller Pierre Herbart (1903 bis 1974) heiraten.

23 Mit Gide seit 1895 befreundet, gehört der belgische Schriftsteller André Ruyters (1876–1952) zum Gründerkreis der *Nouvelle Revue Française* (1908/09). Später ist er als Bankfachmann im Orient tätig. Der umfangreiche Briefwechsel mit Gide, von Claude Martin, Victor Martin-Schmets und Pierre Masson betreut, ist bei Presses Universitaires de Lyon erschienen (2 Bände, Lyon 1990).

24 Bis zu seiner «Konversion» am Heiligen Abend 1915 gehört der Landarzt Henri Ghéon (eigentlich Henri-Léon Vangeon; 1875–1944) zu Gides engsten Freunden. Ihr abwechslungsreicher Briefwechsel (siehe unten, «Ausgewählte weiterführende Literatur», S. 773) enthält eine Fülle von Details über Erfahrungen, Urteile, literarische Pläne, Begegnungen und – erotische Abenteuer...

25 Der mit Gide befreundete Jean Schlumberger (1877–1968; zuwei-

len mit «J. S.» ausgewiesen) war Gründungsmitglied und Chefredakteur der *Nouvelle Revue Française* (1908/09). Er ist der Verfasser eines einfühlsamen Essays, *Madeleine et André Gide* (1956). Die Veröffentlichung seines Briefwechsels mit Gide wird von Pascal Mercier vorbereitet.

26 Der Bruder von Jean, Maurice Schlumberger (1886–1977; im *Tagebuch* ab und zu mit «M.», «Maurice S.» bezeichnet), war Bankier. In den Jahren 1904/05 warben sowohl Gide als auch Ghéon um ihn – mehr darüber wird man der *Correspondance André Gide – Jean Schlumberger* (in Vorbereitung) entnehmen können.

27 Dessen Erstausgabe auf das Jahr 1828 zurückgeht.

28 Gide irrt sich: Seine Erzählung wurde einen Monat später, also am 25. November 1901, fertiggestellt. Diese und zahlreiche andere Datierungen verdanken wir nebst vielen neuen Einsichten den Arbeiten Claude Martins, der demnächst eine Gide-Biographie *(André Gide ou la vocation du bonheur)* vorlegen wird.

29 «Oscar Wilde» *in memoriam,* erschien zu dessen erstem Todestag in *L'Ermitage* vom Juni 1902 (S. 401–429). Im Jahr 1905 erschien ferner Gides Besprechung von Wildes *De Profundis* (in: *L'Ermitage* vom August, S. 65–73); dieser Text wurde 1905 ins Englische übersetzt. Der deutsche Text liegt in Band XII unserer Ausgabe vor.

30 Dominique Drouin (1898–1969), der älteste Sohn von Marcel und Jeanne (geb. Rondeaux) Drouin. Zuweilen wird er im *Tagebuch* «Domi» genannt.

31 Unter dem Titel *Amyntas* faßt Gide verschiedene Reiseberichte zusammen (Erstausgabe 1906). Obwohl sie zum Reizvollsten gehören, was Gide geschrieben hat, ist der Originaltext (mit Ausnahme der «Feuilles de route», dt. «Blätter von unterwegs», siehe Band I der vorliegenden Ausgabe) im Moment nur antiquarisch erhältlich. Die deutsche Erstübersetzung dieser Reiseberichte wurde in Band V dieser Werkausgabe aufgenommen.

32 Anläßlich seines Besuches in Weimar im Herbst 1903 übergab ihm Elisabeth Förster-Nietzsche den ersten Band der *Gesammelten Briefe* ihres Bruders (Berlin und Leipzig 1900); am 9. Oktober übersandte sie ihm den zweiten, für den sich Gide in seinem Brief vom 5. Dezember 1903 dithyrambisch bedankt («Ich finde darin eine geheime Nahrung, die mich für den Rest des Tages mit Tapferkeit erfüllt.») Die vollständige Veröffentlichung dieses und anderer Briefe erfolgt in unseren Ausführungen zu «Gide, lecteur de Nietzsche» (in: *Travaux de Littérature,* im Erscheinen).

33 Roman von Henri de Régnier (1864–1936), Erstausgabe 1903. Die freundschaftlichen Bande mit Gide lockerten sich, als dieser in verschiedenen Besprechungen die am Symbolismus und später am Neoklassizismus orientierte Kunstanschauung Régniers als zu oberflächlich und zu wenig vital kritisierte.

34 Roman von René de Boylesve (eigtl. R. Tardiveau; 1867–1926), Erstausgabe 1903. Boylesve darf als Vorläufer von Marcel Proust angesehen werden.

35 Der vielseitige und wandlungsfähige Kritiker, Essayist und Dramaturg Hermann Bahr (1863–1934) veröffentlichte 1904 seinen Essayband *Dialog vom Tragischen.*

36 Gide hatte den Privatgelehrten, Übersetzer und Erfinder Karl Gustav Vollmöller (1878–1948) 1898 kennengelernt. (Siehe hierzu *Tagebuch 1889–1902,* Anm. 110, in Band I dieser Ausgabe.)

37 Der Maler Maurice Denis (1870–1943) war der führende Theoretiker der Nabis. Im Frühjahr 1898 traf ihn Gide in Rom, wo er sich mit ihm über Kunst und Literatur unterhielt. Denis hat seine Eindrücke über diesen gemeinsamen Aufenthalt nebst Auszügen aus seiner Korrespondenz mit Gide einem ausgewogenen *Journal* anvertraut (3 Bände, 1956–1959). Von bibliophilem Interesse sind ferner die Illustrationen, die der Maler für Gides *Voyage d'Urien* in symbolistischer Manier angefertigt hat und die in der Erstausgabe der Erzählung im Mai 1893 *(Librairie de l'Art Indépendant)* erschienen sind.

38 Adrien Mithouard (1864–1919), katholisch orientierter Schriftsteller, der sich auch politisch betätigte, war leitender Herausgeber der Zeitschrift *L'Occident.*

39 Wohl durch *La Tragédie d'Élektre* [sic] *et d'Oreste* von André Suarès (1868–1948), Erstausgabe 1905, inspiriertes Zitat aus Racines *Andromaque* (V, 5).

40 Der Polytechniker Arthur Fontaine (1860–1931) stand später dem Bureau international du travail in Genf vor.

41 Die von zahlreichen Kritikern als preziös-gekünstelt beurteilte Spiel- und Deklamationstechnik des französischen Schauspielers rumänischer Abstammung Édouard de Max (eigtl. Édouard-Alexandre Max; 1869–1924) begeisterte Gide, der ihn seit 1887 kannte.

42 Der bis zu seiner «Konversion» 1905 sinnenfrohe, dann zunehmend asketischen Idealen zugewandte Dichter Francis Jammes (1868 bis 1938) ist seit 1893 mit Gide befreundet.

43 Der jüngere Bruder des mit Gide enger befreundeten Eugène Rouart (1876–1936).

44 Die Schauspielerin Marie Ventura (1881–1951) erhielt 1900 den Ersten Preis des Conservatoire de Paris. (Siehe auch oben, Anm. 21.)

45 Der Theaterregisseur Jacques Copeau (1879–1948), Mitbegründer und von 1912 bis 1914 Chefredakteur der *Nouvelle Revue Française,* ist ein bedeutender Erneuerer des französischen Theaters. 1913 gründete und leitete er (bis 1924) das Théâtre du Vieux-Colombier, in welchem er mit seinem «starlosen» Ensemble einen neuen poetischen, einfachen Inszenierungsstil fand und damit das in Klischees und Konvention erstarrte französische Theaterleben zu überwinden half. Der umfangreiche Briefwechsel mit Gide liegt vor (siehe unten, «Ausgewählte weiterführende Literatur», S. 773).

46 Stück des Dramatikers Émile Fabre (1869–1955), das im Frühjahr 1905 im Théâtre de l'Odéon zur Aufführung kam.

47 Anthime Armand-Dubois und Julius de Baraglioul sind Figuren der *Caves du Vatican* (dt. *Die Verliese des Vatikans,* siehe Band VIII dieser Ausgabe), wobei Gide hier den einen Namen «französisiert».

48 Der österreichische Schriftsteller Hugo von Hofmannsthal (1874 bis 1929) weilte mehrmals in Paris und traf Gide mehrere Male.

49 *Tête d'or* (dt. *Goldhaupt*) ist Claudels erstes Theaterstück, dessen endgültige Fassung auf das Jahr 1901 zurückgeht (dt. 1915 und öfter). Gide gehörte zum kleinen Kreis der Bewunderer und Förderer des damals noch gänzlich unbekannten katholischen Dramatikers.

50 Der Maler Paul-Albert Laurens (1870–1934), häufig auch Paul Laurens genannt, mit dem Gide im Herbst 1893 nach Nordafrika gereist war.

51 Die Prosaschrift *De Profundis* von Wilde entstand 1897; sie erschien erst 1949 vollständig. Es scheint, daß Gide sowohl über den ersten Teildruck (1905) als auch über die einen anderen Wortlaut enthaltende gekürzte deutsche Fassung (ebenfalls von 1905) verfügt hat. (Die deutsche Ausgabe lag 1925 vollständig vor.)

52 Loxias gilt allgemein als Beiname des Apoll (sinngemäß etwa «der Leuchtende», in anderer Lesart «der Verborgene»); vgl. Aischylos, *Orestie,* unter anderen Vers 953: «Also hat Loxias, der Gott am Parnaß ...»

53 Gide traf den 1879 geborenen Übersetzer einiger seiner Werke im Sommer 1904 (vgl. das «Gespräch mit einem Deutschen vor dem Kriege», in Band XII dieser Ausgabe). 1909 täuschte er einen Selbstmord vor und wanderte nach Kanada aus, wo er unter anderem verschiedene Western- und Prärie-Romane veröffentlichte. 1948 starb er in ärmlichen Verhältnissen.

54 So nennt Gide seinen ehemaligen Klavierlehrer Marc de la Nux (auch de Lanux). Näheres über ihn ist dem Vorwort von Raimund Theis zu Band I dieser Ausgabe, S. 56 und S. 59–61, zu entnehmen.

55 Im südlichen Arkadien entspringender peleponnesischer Fluß ...

56 Gedicht in Dialogform mit Akteinteilung, Erstausgabe 1906 (in *Clairières dans le ciel*). Es erschien trotz der kritischen Lage von *L'Ermitage* in der von Jammes gewünschten Form im Juni 1905.

57 Eine der beißend-spöttischen *Xenien* aus der Zeit der Klassik (Hamburger Ausgabe, Band I, S. 226). Im Original deutsch.

58 Erstdruck 1909 (deutscher Text in Band VIII dieser Ausgabe).

59 Diese Sammlung von Dantes Jugendlyrik entstand zwischen 1292 und 1295; der Erstdruck erfolgte 1576.

60 In der Übersetzung Felix Paul Greves 1905 erschienen.

61 Arbeitstitel für *La Porte étroite* (dt. *Die enge Pforte*).

62 In den Jahren 1901 bis 1907 erschienen die 24 Bände der historisch-kritischen Ausgabe von Hebbels *Sämtlichen Werken,* herausgegeben von R. M. Werner; trotz nur mäßigen Interesses hat Gide Teile daraus übersetzt, aber nicht veröffentlicht.

63 *Sylla* blieb Projekt. Montesquieus (1689–1755) *Dialogue de Sylla et d'Eucrate* (Erstdruck 1745, entstanden um 1725), von Gide bewundert, hatte möglicherweise dazu den Anstoß gegeben.

64 Über Gides Antipathie gegenüber Remy de Gourmont, der seit Dezember 1904 mit diesem für *L'Ermitage* verantwortlich zeichnet, siehe unser Vorwort, S. 18. – *Pas sur le sable,* von Adrien Mithouard, erschien in der Julinummer von *L'Ermitage;* der Erstdruck erfolgte 1907.

65 Gide wird dieses Stückchen in der Art Mussets, zu dem ihn die Lektüre von Cervantes' *Don Quijote* angeregt hat, nicht schreiben.

66 Der österreichische Kritiker und Förderer junger Talente Franz Blei (1871–1942) verfaßte neben Übersetzungen (u. a. auch von Gide) selbst galant-geistreiche Erzählungen. Ihre anfänglich guten Beziehungen werden in späteren Jahren getrübt sein.

67 Deutsche Entsprechung: «guter Verlierer».

68 Der Roman der französischen Schriftstellerin rumänischer Herkunft Anna Comtesse de Noailles, geb. Princesse Bibesco de Brancovan (1876–1933), ist 1904 erschienen. Gide schätzte ihren spontanen, vitalen Charakter, ihre sprudelnd-behende Diktion.

69 Ferdinand Brunetière (1849–1906; Académie Française) war seinerzeit einer der angesehensten Literaturhistoriker. Er übte als Professor an der *École Normale Supérieure* und Direktor der bürgerlich-konservativen *Revue des Deux Mondes* nachhaltigen Einfluß auf die literari-

sche Welt aus, wobei sein Versuch, die Kritik auf eine objektive Grundlage zu stellen, immer mehr durch einen religiös geprägten Moralismus unterwandert wurde. Seine *Études critiques sur l'histoire de la littérature française* erschienen zwischen 1880 und 1925 (9 Bände).

70 Roman (Erstausgabe 1858) von Ernest Feydeau (1821–1873), dem Vater des Dramatikers Georges Feydeau.

71 Wahrscheinlich eine Phantasie-Initiale, da Gide sich gegenüber seinen Verwandten im allgemeinen zurückhaltend äußert. «Cousine» kann im Französischen zudem auch eine entferntere Verwandte bezeichnen.

72 Mit dem Dichter und Kulturphilosophen Paul Valéry (1871–1945) war Gide seit seinem einundzwanzigsten Lebensjahr befreundet. Ihr Briefwechsel (siehe unten, «Ausgewählte weiterführende Literatur») läßt unter anderem den Werdegang ihrer geistigen und ästhetischen Entwicklung verfolgen.

73 Eigentlich Marguerite Vallette, geb. Eymery (1860–1953), maßgebliche Kritikerin beim *Mercure de France* (den ihr Mann, Alfred Vallette, leitete), war Verfasserin realistischer Dramen und erfolgreicher Sensationsromane, in denen das Derb-Sinnliche im Zentrum steht.

74 «Promenade au Salon d'Automne», für den Chefredakteur der sorgfältig gestalteten Kunstzeitschrift verfaßt (und am 1. Dezember 1905 mit Illustrationen einiger besprochener Gemälde erschienen), ist lediglich in den *Œuvres complètes* von André Gide greifbar (Band IV, 1933, S. 321–431, wo die beiden letzten Seiten allerdings nicht aufgenommen wurden).

75 Polyklet (auch Polykleitos genannt) gilt als Haupt der peloponnesischen Erzgießerschule (2. Hälfte des 5. Jh. v. Chr.).

76 Eugène Delacroix (1798–1863) war auch der Verfasser eines bedeutenden Künstler-Tagebuchs (Erstausgabe 1893; dt. wurde u. d. T. *Dem Auge ein Fest* 1987 und 1988 eine gelungene Auswahl vorgelegt.).

77 Gide schloß auf seiner Nordafrikareise (Herbst 1893 – Frühjahr 1894) Freundschaft mit Athman Ben Sala (1879–1935), den er 1900 nach Paris einlud. Ein Gemälde von Jacques-Émile Blanche zeigt ihn zusammen mit Gide und anderen Künstlern (Kunstmuseum Rouen).

78 Von Lautréamont (eigtl. Isidore Ducasse; 1846–1870). Dieser bedeutende Dichter und Inspirator der europäischen Moderne war bis in die Zeit des Surrealismus wenig bekannt. Die maßgebliche Ausgabe erfolgte 1970 durch Pierre-Olivier Walzer («Bibliothèque de la Pléiade», Neuauflage 1980).

79 Gide zitiert aus *Le Livre des masques* (Erstausgabe 1896, S. 140).

80 Schon früh hat sich Gide von seinem unternehmungslustigen, aber oberflächlichen Klassenkameraden und Jugendfreund Pierre Louÿs (eigtl. Pierre-Félix Louis; 1870–1925) getrennt. – Zora (eigtl. Zohra) Ben Brahim war bis zu dessen Heirat 1899 Louÿs' Geliebte.

81 Der Hymnen-Band von Francis Jammes erschien 1906; auf die Bitte des Freundes las Gide die Gedichte vor ihrer Drucklegung.

82 Der Bischof von Auxerre, Jacques Amyot (1513–1593), gilt als der bedeutendste Übersetzer seiner Zeit. Die 1542 begonnene Plutarch-Übersetzung *(Vies Parallèles)* ist im Jahr 1559 in Paris erschienen.

83 Der Literaturkritiker, Essayist und spätere Regierungschef Léon Blum (1872–1950) war mit Gide von Jugend an befreundet.

84 In ihren Memoiren (Erstausgabe 1818) zeichnet die Marquise d'Épinay (1726–1783) ein wenig schmeichelhaftes Bild von Rousseau, den sie protegiert hatte. Möglicherweise handelt es sich hierbei jedoch um Fälschungen ihrer Freunde Diderot und Grimm. – Das Zitat, das Gide bringt, findet sich in der Pléiade-Ausgabe der *Confessions* (1959) auf Seite 462.

85 Antoine de Rivarol (1753–1801) ist bekannt als geistreicher Essayist und Polemiker; er verfaßte auch Maximen und eine bedeutende Dante-Übersetzung. «Rivarol et la critique politique» fand Aufnahme in Band VI der *Promenades littéraires* (1904–1913) von Gourmont.

86 Der Traktat «De la co-naissance au monde et de soi-même» wird 1907 zusammen mit anderen Traktaten in *Art poétique* veröffentlicht.

87 Der Hauptvertreter des Positivismus (1798–1857). Sein Hauptwerk ist der *Cours de philosophie positive* (6 Bände, 1830–42; dt. 1907).

88 Bernardin de Saint-Pierre (1737–1814) war Direktor des Jardin des Plantes und gilt, wie Jean-Jacques Rousseau (1712–1778), als Vorläufer der französischen Romantik, für die seinerzeit vor allem reaktionäre Kreise wenig übrig hatten.

89 Es scheint aber nicht, daß Gide den bekannten Pfarrer von Clichy, Abbé Daniel Fontaine (gest. 1921), aufgesucht hat.

90 Eigentlich Giovanni Bernardone (1181 oder 1182–1226). Mit dem aus wohlhabender Familie in Assisi stammenden Ordensstifter und Schriftsteller beginnt die eigenständige italienische Literatur.

91 Alexandre Natanson (1866–1936) leitet zusammen mit seinem Bruder Thadée (1868–1951) und einem kleinen Redaktionsstab, dem der feinsinnige Kunstkenner und Literaturkritiker Félix Fénéon vorsteht, die angesehene *Revue Blanche.*

92 Für seinen Roman *Écrit sur l'eau* (Erstausgabe 1908) wurde Francis de Miomandre (eigtl. François Durand; 1880–1959) mit dem Prix Gon-

court ausgezeichnet. Er verfaßte auch einfühlsame Übersetzungen aus dem Spanischen. 1911 war er einer der möglichen Sekretäre der *Nouvelle Revue Française,* engagiert wurde dann aber Jacques Rivière.

93 Der Kritiker und Musikologe Teodor de Wyzewa (eigtl. T. Wyzewski; 1862–1917) war polnischen Ursprungs. Er kam 1869 nach Frankreich, wo er 1884 die *Revue wagnérienne* gründete und zwei Jahre später (zusammen mit Édouard Dujardin) die neue Folge der *Revue Indépendante.*

94 Schon früh empfand Gide für den kränkelnden, aus ärmlichen Verhältnissen stammenden und als kleiner Stadtangestellter in Paris bescheiden lebenden Charles-Louis Philippe (1874–1909) einige Sympathie, die er unter anderem in den im *Tagebuch* eingefügten Notizen «Der Tod Charles-Louis Philippes» zum Ausdruck brachte. Philippe wurde mit seinen von Tolstoi und Dostojewski beeinflußten kraftvollen und unmittelbaren Romanen wie *Bubu de Montparnasse* (1901) bekannt; auch seine Darstellung der stickigen Atmosphäre in französischen Provinznestern (*Le Père Perdrix,* 1903) verdient Beachtung.

95 Francis Vielé-Griffin (1864–1937) war der originellste Dichter im Kreis um Mallarmé. Er beschäftigte sich auch literaturtheoretisch mit dem Symbolismus, ferner als Übersetzer (u. a. von Swinburne).

96 Apollon Sauroktonos stellt den Gott als Eidechsentöter dar. Es handelt sich wohl um eine Kopie des Praxiteles (4. Jh. v. Chr.). Gide spricht schon im Tagebucheintrag vom 18. Januar 1902 davon (siehe Band I dieser Ausgabe, S. 514).

97 Ein Roman von Jules-Amédée Barbey d'Aurevilly (1808–1889), der 1864 erstmals erschienen ist.

98 Wohl René Boylesves 1905 erschienener Roman *Le Bel Avenir.*

99 Pseudonym des russischen Schriftstellers Michail Jewgrafowitsch Saltykow (1826–1889). Sein in untadeligem Stil verfaßtes Skizzenbuch über das Leben des russischen Landadels vor der Reform der sechziger Jahre, *Pochékhonié d'autrefois,* ist 1892 in Paris erschienen.

100 Die Aufzeichnungen Charles Darwins (1809–1882) von seiner Reise auf dem Forschungsschiff «Beagle» erschienen seit 1839 in mehreren Versionen, zuerst als *Journal of researches in natural history and geology,* dann unter dem Titel *Voyage of a naturalist round the world* (endgültige Fassung 1889). Die französische Übersetzung *(Voyage d'un naturaliste)* lag 1875 vor.

101 Alphonse Mius und seine Frau Juliette waren Gärtnersleute bei den Gides.

102 In diesem Briefroman aus den *Scènes de la vie privée* (Erstausgabe

1840) schildern sich zwei jungvermählte Frauen gegenseitig ihre erste Liebe. Der erste Brief hebt an mit: «Ma chère biche, je suis dehors aussi, moi!» («Mein lieber Schatz, ich bin außer mir, auch ich»).

103 Wahrscheinlich handelt es sich um den Prosaband *Le Voyage de Sparte* (Erstausgabe 1906).

104 Paul Fort (1872–1960) war 1905 der Gründer und mehrere Jahre lang Herausgeber der Zeitschrift *Vers et Prose,* die im Juni 1907 Gides *Retour de l'enfant prodigue* (dt. *Die Rückkehr des verlorenen Sohnes,* in Band VII dieser Ausgabe) im Vorabdruck gebracht hat.

105 Kröte, französisch *crapaud*; *avaler un crapaud* (eine Kröte verschlingen) bedeutet: in einen sauren Apfel beißen.

106 *Sur Voltaire* (1823) ist eine Besprechung über Voltaires *Correspondance.* Zu Hugos Lebzeiten (1802–1885) lagen nur Teilausgaben dieses bedeutendsten aller französischen Briefwechsel vor.

107 Hugo besuchte den seinerzeit angesehenen Literaturkritiker Abel François Villemain (1790–1870) im Jahr 1845. Seine Beobachtungen fanden im Tagebuch (*Choses vues,* Erstausgabe 1887, 2 Bände) ihren Niederschlag.

108 Nach der Trennung von Kirche und Staat und der damit verbundenen «Laisierung» des Unterrichts durch das von Waldeck-Rousseau und Émile Combes vorbereitete Gesetz vom 9. Dezember 1905 (welches das napoleonische Konkordat aufhob) inventarisierten staatliche Steuerbeamte Besitz und Vermögen aller Kultusvereine.

109 Paul Desjardins (1854–1940) ist vor allem als Gründer der Union pour l'Action morale sowie als Initiator der sehr beliebten zehntägigen Kolloquien in Burgund (den sogenannten «Décades de Pontigny») bekannt, an denen von 1910 bis 1939 zahlreiche Künstler und Gelehrte aus ganz Europa teilnahmen. – *La Méthode des classiques français* (mit Aufsätzen über Corneille, Poussin, Pascal) ist 1904 erschienen.

110 Adolphe Retté (1863–1930), ursprünglich dem Symbolismus nahestehend, griff seit den neunziger Jahren – mit scharfer, ja boshafter Feder etwa in *La Plume* – die Bewegung als unkünstlerisch und dekadent an. Später verfaßte er religiös orientierte Schriften.

111 Der Kritiker Jules Claretie (eigtl. Arsène-Arnaud Claretie; 1840 bis 1913) verfaßte sehr zahlreiche Chroniken, Porträts und Theaterkritiken (u. a. *La Vie à Paris,* 1881–1911, 20 Bände).

112 José Maria de Heredia (auch: Hérédia; 1842–1905) gilt als der wichtigste Vertreter des jüngeren Parnaß. – Émile Verhaeren (1855 bis 1916) war der begabteste französischsprachige belgische Lyriker seiner Zeit.

113 Henri de Régniers Gattin, Marie de Régnier (1875–1963), war Heredias Tochter. Unter dem Pseudonym Gérard d'Houville verfaßte sie zahlreiche Romane, Gedichte und Chroniken (für die *Revue des Deux Mondes*).

114 Im Zweiten Buch figuriert als XXII. Ode die «Palinodie à Denyse» (Erstdruck 1550).

115 In den *Montagsplaudereien* (*Les Causeries du Lundi* vom 17. Januar 1853 und vom 10. Januar 1855) von Charles-Augustin Sainte-Beuve (1804–1869), der zu den originellsten französischen Literaturkritikern gezählt werden darf.

116 Der Bergwerksingenieur Pierre Espinas (1876–1973) war der Schwiegersohn von Charles Gide.

117 Bei *La Vie littéraire* handelt es sich um in Buchform veröffentlichte Kritiken und Chroniken (1888–1892, 4 Bände), bei *Le Jardin d'Épicure* um eine 1895 veröffentlichte Aphorismensammlung des seinerzeit außerordentlich beliebten Romanciers und Kritikers Anatole France (eigtl. François-Anatole Thibault; 1844–1924).

118 *Faust II* (Vers 6272). Im Original deutsch. Über die Bedeutung des «Schauderns» in Gides Kindheit siehe Band I dieser Ausgabe (S. 20).

119 Albert Démarest (1848–1906), Gides Vetter und – trotz des Altersunterschieds – enger Vertrauter in seiner Jugend.

120 Der Pastor Élie Allégret (1865–1940), nach dem Tod von Gides Vater dessen Vormund, war lange Zeit Missionar im Kongo. Er und seine Frau Suzanne (im *Tagebuch* zuweilen «S. A.») hatten neben der Tochter Valentine (geb. 1909) fünf Söhne: Jean-Paul (1894–1930), Éric (1896–1971), André (1899–1964), Marc (1900–1973) und Yves (1905–1987). – Mit Marc war Gide seit 1916 freundschaftlich verbunden; zusammen unternahmen sie verschiedene Reisen, unter anderem im Sommer 1918 nach England und 1925/26 nach Afrika. Marc Allégrets lesenswerte *Carnets du Congo* sind 1987 von Daniel Durosay und Claudia Rabel-Jullien veröffentlicht worden.

121 Der Diplomat und große Förderer Claudels, Philippe Berthelot (1866–1934).

122 Ist Gide nicht ungerecht? Diese vierzigseitige, gut fundierte, mit ausgewählten Zitaten illustrierte «Introduction à l'étude du préraphaélisme anglais», in *L'Ermitage* vom 15. Mai sowie vom 15. Juni 1906 erschienen und mit «Raymond Laurent» unterzeichnet, bedeutete gewiß einen Prestigegewinn für die in den letzten Zügen liegende Zeitschrift...

123 Der norwegische Dramatiker Henrik Ibsen (1828–1906) spielte in

Frankreich gegen Ende des letzten Jahrhunderts eine bedeutende Rolle. *Die Wildente* erschien 1884 und wurde bis 1891 in Paris häufig aufgeführt. 1906 erfolgte eine Neuinszenierung im Théâtre Antoine.

124 Vaudeville in drei Akten von Georges Feydeau, Erstausgabe 1899.

125 Gide las wohl im unvollständigen elften Buch der (nach 110) entstandenen *Annales*. – Athenais ist der ursprüngliche, heidnische Name der Tochter des Rhetors und Philosophen Leontios von Athen, der späteren Kaiserin Eudokia (nicht: Eudoxia). Ihr Todesjahr liegt um 460.

126 Siehe oben, Anm. 100.

127 «Träume voller Kummer», die den Künstler, so Horaz zu Beginn seiner *Ars poetica,* vom Kunstwerk wegführen können.

128 Der Gynäkologe und spätere Lungenspezialist Édouard Andreae (1850–1930), seit 1882 in Genf, war der Vertrauensarzt von Charles Gides Gattin Anna, geb. im Thurn; ihre mit Charles Brot verheiratete Schwester Adèle wohnte ebenfalls dort.

129 Lugné-Poe (eigtl. Aurélien Marie Lugné; 1869–1940) war Schauspieler und Gründer des Théâtre de L'Œuvre (1892); er verfaßte auch Essays und zahlreiche Rezensionen.

130 Von Iwan Turgenjew (1818–1883), Erstausgabe 1859 (franz. 1860; dt. 1862).

131 Das Menuett «Clair de lune» (op. 46, Nr. 2) für Klavier und Gesang von Gabriel Fauré, nach dem bekannten Gedicht von Verlaine, weist folgendes Tempo auf: «Andantino quasi Allegretto» ...

132 Der Roman *Croquignole* von Charles-Louis Philippe erschien 1906. – Eugène Montforts (1877–1937) *La Turque* wurde ebenfalls 1906 (in *L'Ermitage* vom 15. Oktober) veröffentlicht.

133 Emmanuel Signorets (1872–1900) pompöse Gedichte fanden sonderbarerweise Gides Bewunderung und sollten neben anderer Förderung großzügig in seiner eigenwilligen *Anthologie de la poésie française* (1949) Aufnahme finden.

134 Léon Blums Essay *Du Mariage* (1907) wird wegen seiner Forderung nach sexueller Gleichberechtigung der Frau nicht nur in bürgerlichen Kreisen Anlaß zu heftigen Reaktionen geben.

135 Im Original deutsch. Siehe oben, Anm. 118.

136 Die Gide vorgelegte Übersetzung von Franz Blei wird 1909 in München (mit sechs Zeichnungen von Pierre Bonnard) erscheinen.

137 Die Brüder Jérôme (1874–1953) und Jean (1877–1952) Tharaud waren aufgrund ihrer stilistisch anspruchsvollen Reiseberichte sehr beliebt. *Dingley, l'illustre écrivain* erschien 1902; im Jahr 1907 wurde

dieser Roman mit dem Prix Goncourt ausgezeichnet, was die Verfasser zu einer gelungenen Überarbeitung veranlaßt hat.

138 Pierre-Dominique Dupouey (1877–1915) wurde seit seiner Bekanntschaft mit Gide 1903 von diesem stark beeinflußt. Sein Tod im Krieg wird Gide sehr treffen; zu seinem Andenken wird er dessen Briefe herausgeben (*Lettres du lieutenant de vaisseau Dupouey,* Vorabdruck 1917 in der *Nouvelle Revue Française,* Erstdruck 1922, Neuauflage 1935), denen auch das in *Le Correspondant* vom 10. Juni 1919 veröffentlichte Vorwort beigesellt wird.

139 Paul Dukas' (1865–1935) *Variations* gehören zu seinen beliebtesten Klavierwerken.

140 BWV 951 (u. U. die abweichende Fassung BWV 951 a), um 1719 in Weimar entstanden.

141 Vgl. hierzu unsere Skizze «Gide face à Barrès» (in: *Orbis Litterarum,* Band 40, 1985).

142 Diese kleine Erzählung (von Gide an anderer Stelle auch «Le Fils prodigue» genannt) wird innerhalb kurzer Zeit fertiggestellt und 1907 veröffentlicht werden. (Dt. *Die Rückkehr des verlorenen Sohnes,* in Band VII dieser Ausgabe.)

143 *Saül* wird in der Übersetzung Felix Paul Greves 1909 in Berlin erscheinen: *Saul. Schauspiel in fünf Akten* (siehe Band XI der vorliegenden Ausgabe).

144 Hugos Roman (Erstausgabe 1831) wurde mehrmals für die Bühne eingerichtet. Der (boshafte) Priester Frollo spielt eine wichtige Rolle.

145 *Voici l'homme* (Erstausgabe 1905). Gides Reaktion auf den Essay zeigt, wie bedeutend für ihn die Komposition bleibt.

146 Lafcadio, der Held der *Caves du Vatican* (dt. *Die Verliese des Vatikans,* in Band VIII), sanktioniert eigene Feigheit, indem er sich mit einem kleinen Messer Schnitte in den Oberschenkel zufügt...

147 Édouard Rondeaux, der mit Jeanne Granghand verheiratete Bruder von Gides Gattin (1871–1959).

148 La Fontaines Fabel XVII des Ersten Buches ist überschrieben mit «L'Homme entre deux âges et ses deux maîtresses» («Der Mann unbestimmten Alters und seine beiden Mätressen»).

149 Ferdinand Brunots (1860–1938) monumentale *Histoire de la langue française des origines à 1900* (seit 1905 mit selektiverem Ansatz von Charles Bruneau fortgeführt) blieb unvollendet. – Wie Vaugelas (1585–1650), der Verfasser des *Dictionnaire de l'Académie,* definierte auch Pater Dominique Bouhours (S. J.; 1628–1702) den guten Sprachgebrauch seiner Zeit.

150 Diese Korrekturen sind tatsächlich erfolgt, wie wir der kritischen Ausgabe der Erzählung entnehmen können: Akio Yoshii, *«Le Retour de l'enfant prodigue» d'André Gide.* Essai d'une édition critique, [unveröff.] Diss. Univ. Paris-IV, 1987). – Der französische Text im *Tagebuch* entspricht jenem des Manuskripts; wörtlich übersetzt: «Jeder, der zum Vater sprechen will, muß zu mir sprechen.» – «Ich sprach ganz gut zu ihm ohne dich.»

151 Die *Conférences de Notre-Dame de Paris* über ausgewählte Themen durch den Domherrn Pater E. Janvier werden ab 1903 bis zum Vorabend des Kriegs jeweils in Buchform herausgegeben, was ihre Beliebtheit unter Beweis stellt.

152 Entweder Elisa Magdalena Louise von Wattenwyl, geb. de Portes (1812–1914), eine geistig sehr rege Frau, welche Gide 1894 auf dem Landsitz «Elfenau» besucht hat, oder ihre Schwiegertochter Emilie Sophie Elisabeth von Wattenwyl (1858–1923).

153 Der polnische Maler Witold Wojtkiewicz (1879–1909) stellte eine Auswahl seiner Werke in der berühmten Galerie Eugène Druet (1868–1939) aus. Gide verfaßte das Vorwort des Ausstellungskatalogs (Paris 1907); zugänglich ist es lediglich in seinen *Œuvres complètes* (Band V, 1933, S. 283–287). – Joseph Retinger (geb. 1888), ein mit Wojtkiewicz befreundeter polnischer Landsmann, zeichnete als Verfasser einer Studie über Joseph Conrad.

154 Anstatt *plus ou moins. Moindre* = geringer, weniger wertvoll.

155 Der belgische Dichter, Essayist, Übersetzer und Romancier André Fontainas (1865–1948) gehörte zur symbolistischen Avantgarde. Schon früh distanzierte sich Gide von ihrem poetischen Ansatz, der die dichterische Inspiration über die bewußte künstlerische Tätigkeit setzte.

156 Der Entmystifizierer des «amerikanischen Traums», Upton Sinclair (1878–1968), veröffentlichte seinen ersten Roman, *Springtime and Harvest,* 1901 (dt. u. d. T. *König Midas,* 1922). Auf französisch erschien er 1907: *Le Roman d'un roi de l'or.*

157 Auguste Rodins (1840–1917) «Erzenes Zeitalter» war erstmals im Salon des Jahres 1874 in Brüssel gezeigt worden. – Die nach Albert-Ernest Carrier-Belleuse (1824–1887) und seinem Sohn Gérard (1851–1933) benannten dekorativen Statuetten erfreuten sich um die Jahrhundertwende großer Beliebtheit.

158 Wo das kleine Werk im Vorabdruck erscheint (März–April–Mai 1907).

159 Durch Maurice Denis hatte sich Gide auch mit der Familie des Ma-

lers Henry Lerolle (1848–1929) angefreundet. Lerolle hat sich mit seinen Wandmalereien in der Sorbonne einen Namen gemacht.

160 *La Porte étroite* (dt. *Die enge Pforte,* in Band VIII dieser Ausgabe), Erstdruck 1909, Vorabdruck in den ersten drei Nummern der neugegründeten *N.R.F.* (Februar–April 1909).

161 Auf die Bedeutung dieses Möbels für Gides Entwicklung als Schriftsteller geht Raimund Theis in seinem Vorwort zu Band I der vorliegenden Ausgabe (S. 35–41) ein.

162 Der Jurist und Kunstkritiker Octave Maus (1856–1919) leitete die kulturelle Vereinigung der «Libre Esthétique» und war an der Gründung der Zeitschrift *L'Art Moderne* sowie 1884 an jener der Gruppe der «XX» beteiligt. Seine Frau Madeleine hat 1926 in Brüssel einen lesenswerten Erinnerungsband vorgelegt: *Trente années de lutte pour l'art* (1884–1914).

163 Marcel Gilbert war mit Madeleine Gides Schwester Valentine verheiratet.

164 Ghéons von Dostojewski inspirierter Roman wurde unseres Wissens nie veröffentlicht, was kaum erstaunt, hat doch sein Verfasser nach der «Konversion» (1915) den Schlußteil verbrannt. – Die Dramen *Le Pain* und *L'Eau-de-vie* erschienen 1911 beziehungsweise 1913.

165 Das Charakterstück von Plautus (um 250–184 v. Chr.), auch *Die Topfkomödie* genannt. – Das folgende Nietzsche-Zitat lautet korrekt: «ungeheures Heraustreiben der Hauptzüge», und bezieht sich auf eine Stelle, die Henri Albert in seiner Übersetzung der *Götzendämmerung* (*Le Crépuscule des idoles. Flâneries inactuelles,* 8ᵉ fragment, Éditions du Mercure de France, 1899) ungenau wiedergegeben hat.

166 Im Original deutsch, wie auch die anderen Zitate aus der deutschen Presse. Zur Theateraufführung des *König Kandaules* in Berlin siehe unser Vorwort (S. 13 f.).

167 Vgl. hierzu die Bedeutung dieser Wörter: *calvaire* = Kalvarienberg, Leidensweg und *lutin* = Kobold.

168 Im Original deutsch. – Siehe oben, Anm. 32.

169 Marcel und Jeanne (geb. Rondeaux) Drouins zweiter Sohn Jacques (geb. 1908), der Bruder Dominiques.

170 Die in der Verbannung vollendete historische Tragödie *Boris Godunow* (1831).

171 Mademoiselle de Roannez (1633–1683) war die Schwester des Grafen de Roannez, eines Freundes von Pascal. Die an sie gerichteten neun Briefe sind erstmals 1656 erschienen. – Die monumentale Werkausgabe von Léon Brunschvicg und anderen in 14 Bänden (1904–1914) er-

fuhr 1966 einen Nachdruck. – André Suarès (1868–1948) hat mehrere Essays über Pascal veröffentlicht.

172 Élie Nadelman (1882–1946). – René Piot (1866–1934) malte Wandbilder in der vom Architekten Louis Bonnier nach Gides Vorstellungen entworfenen und von diesem Anfang 1906 bezogenen Villa Montmorency, an der Avenue des Sycomores Nr. 18 im Pariser Vorort Auteuil.

173 Gides Vetter Albert Démarest (1848–1906) und seine Cousine Isabelle Démarest (1850–1916).

174 Deutsche Entsprechung: übel dran sein. – *Faiblite* im folgenden Satz aus *phlébite* und *faible* (schwach, kraftlos).

175 Léon Blum war um die Jahrhundertwende Literaturkritiker bei der *Revue Blanche,* wo er unter anderem anonyme Plaudereien, provokativ mit *Nouvelles Conversations de Goethe avec Eckermann* überschrieben, veröffentlicht hat. Sie sind zugänglich in *L'Œuvre de Léon Blum,* 1954, Band I. – Jules Ernest-Charles arbeitete als Kritiker bei verschiedenen Blättern; Jules Lemaitre (1853–1914) war seinerzeit neben Francisque Sarcey der angesehenste Theaterkritiker; seine Kriterien sind jenen Brunetières (siehe oben, Anm. 69) diametral entgegengesetzt.

176 Die Ermordung des Malers Adolphe Charles Édouard Steinheil (1850–1908) gab seinerzeit Anlaß zu einem berühmten Prozeß.

177 Charles-Louis Philippe verstarb am 21. Dezember 1909 fünfunddreißigjährig. Die Notizen über sein Begräbnis erschienen erstmals in der dem Schriftsteller gewidmeten Sondernummer der neugegründeten *Nouvelle Revue Française* (15. Februar 1909).

178 Die Näherin Marguerite Audoux (eigtl. M. Marie Domquichote; 1863–1937) war mit Charles-Louis Philippe befreundet. Ihr 1910 erschienener autobiographischer Roman *Marie-Claire* läßt mittellose Leute zu Wort kommen; er wurde mit dem Prix Fémina ausgezeichnet.

179 Der Kunstkritiker und Essayist Léon Werth (1878–1955).

180 Paul Léautaud (1872–1956) ist der Verfasser von Erzählungen, geistreichen Kritiken und eines neunzehnbändigen *Journal littéraire,* in welchem er sich freimütig (und zuweilen boshaft) über seine Zeitgenossen ausläßt (1954–1966 erschienen, Neuausgabe in 4 Bänden 1986; dt. Auswahl 1966 u. d. T. *Literarisches Tagebuch*).

181 Thomas Hardys (1840–1928) letzter Roman *Jude the Obscure* (Erstausgabe 1895, dt. 1901, 1956 u. d. T. *Herzen in Aufruhr*), hat auch Gide nachhaltig beeindruckt.

182 Der sehr gebildete, einfühlsame Essayist und Romancier Marcel Schwob (1867–1905) war auch Verfasser von Übersetzungen aus dem Englischen.

183 *Charles Blanchard* blieb wegen des plötzlichen Todes Philippes unvollendet. Das Romanfragment wird nach einem Vorabdruck in der *Nouvelle Revue Française* (1909) posthum 1913 erscheinen.

184 Jacques Copeau, mit dem Gide im Frühjahr 1910 eine Spanienreise unternimmt.

185 Wörtlich «gar nicht spröde, mit gutem Mundwerk». Die Figur der neureichen Madame Angot war ein beliebtes Operettenmotiv; sehr populär war auch Charles Lecocqs (1832–1918) Operette *La Fille de Madame Angot* (1872), aus welcher das betreffende Lied («Fort jolie, peu polie ...», «Sehr hübsch, nicht gerade höflich ...») stammt.

186 In *Journal sans date*, III (aufgenommen in *Nouveaux Prétextes*, Neuauflage 1963, S. 229–236).

187 Anspielung auf die Geschichte von der schönen Italienerin, der das Eis so gut schmeckte, daß sie ausrief: «Che peccato che non sia un peccato!» («Wie schade, daß es keine Sünde ist!»)

188 «L'Aveugle» («Die Blinde») war ein Arbeitstitel der *Symphonie pastorale* (dt. *Die Pastoralsymphonie*, in Band X dieser Ausgabe).

189 Gide zitiert nach Henri Alberts Übersetzung von *Der Wille zur Macht* (*La Volonté de puissance*, 1903, Band II, S. 109–112). In Nietzsches Werk sind kritische Äußerungen wie die angeführten recht zahlreich; vgl. *Kritische Studienausgabe*, herausgegeben von Giorgio Colli und Mazzino Montinari, München und Berlin, Band XIII, 1976/77, S. 303 f. («Gegenbewegung: Anti-Darwin») und 315 f. («Anti-Darwin»).

190 Edmond Rostand (1868–1918) versuchte nach seinem erfolgreichen Versdrama *Cyrano de Bergerac* (1897), im satirischen Drama *Chantecler* (1910) Tiere auf der Bühne darzustellen, allerdings ohne damit Erfolg zu ernten.

191 Im Original deutsch.

192 Anthime Armand-Dubois: Figur in den *Caves du Vatican* (dt. *Die Verliese des Vatikans*, Band VIII dieser Ausgabe).

193 Französisch: *le fond de l'air* (der Grund der Luft).

194 Gide unternahm diese Reise mit seinen Freunden Eugène Rouart (siehe Band I, *Tagebuch 1889–1902*, Anm. 55) und François-Paul Alibert (1873–1953), dem Stadtschreiber von Carcassonne, der sich auch als Kritiker betätigte, sowie mit dem Elsässer Schriftsteller Jules Iehl (auch: Michel Yell; 1875–1951).

195 *L'Appel au soldat* von Maurice Barrès ist 1900 erschienen und bildet

den zweiten Teil der Romantrilogie *Le Roman de l'Énergie nationale* (1902).

196 *Isabelle* (dt. *Isabelle,* in Band VIII dieser Ausgabe), ist 1911 erschienen. Ein Vorabdruck erfolgte in der *N.R.F.* (Januar–März 1911). Näheres über diesen eigenartigen Roman kann Jean Lefebvres interessanter Untersuchung entnommen werden: *«Isabelle» von André Gide oder Die Überwindung des verräumlichten Lebens* (Essen 1987).

197 Nämlich in *Stirb und Werde* (Band I dieser Ausgabe, S. 357–374).

198 Von Victor Hugo, wie die folgenden Titel. – Der im folgenden Absatz erwähnte Thomas B. Macaulay war der Verfasser eines Essays über Moores *Life of Byron.*

199 Korrekt wäre *opprobre* (Schmach) und *fruste* (einfach, schlicht); *guéret* bezeichnet Brache; für Brachland sollte *en friche* stehen.

200 Édouard Verbeke war Chefdrucker in der Druckerei The St. Catherine Press in Brügge, wo die *Nouvelle Revue Française,* aber auch von der Zeitschriftenredaktion verlegte Bücher wie Claudels *L'Otage* und Philippes *La Mère et l'enfant* oder Gides *Isabelle* sowie *Corydon* (unter dem Titel *C.R.D.N.* in 12 unverkäuflichen Exemplaren) gedruckt wurden.

201 Marcel Drouin, der Gides Vorhaben, *Corydon* zu veröffentlichen, stets für inopportun hielt.

202 Dieses «musikalische» Wortspiel ist nicht ohne weiteres ins Deutsche zu übertragen: Franz. *tierce* heißt zwar «Terz», ist aber auch die weibliche Form zu *tiers* (dritter); franz. *sensible* (große Septime) kann hier etwa auch «meine empfindsame Seite» heißen.

203 Im Original deutsch. – Zitat aus dem Brief Nietzsches an Carl von Gersdorff in Berlin, «Basel, 28. September 1869» (in: *Briefwechsel.* Kritische Gesamtausgabe, hrsg. von Giorgio Colli und Mazzino Montinari. 2. Abt., 1. Band, Berlin und New York 1977, S. 59 [leicht abweichender Text]).

204 Kreusa ist die Gattin des Aeneas.

205 «Ins Labyrinth stieg ich hinab mit dir,
Mit dir war ich gerettet oder verloren.»
(Racine, *Phèdre* [1677], II. Akt, 5. Szene, in Schillers Übersetzung [1805]).

206 Das tiefsinnige Porträt des griechischen Helden, in dem wir Gides literarisches Vermächtnis erkennen, wird erst viel später verfaßt werden und 1946 erscheinen.

207 Wörtlich: «Hier spricht man das Wichtigste der Sprachen.»

208 Gide, den das sowohl asketisch-aktive als auch sehr kulturbewußte

Milieu der Familie Milton fasziniert, meint natürlich dieselbe Stelle wie zu Beginn des Abschnitts, wo er den zweiten Teil des Satzes nicht mehr zitiert hat: «[...]und mit seiner Familie befand er sich am Zusammenfluß zweier Kulturen, die er vereinigt hat.» (*Histoire de la littérature anglaise,* Band II, Kapitel VI, «Milton».)

209 Josephin Péladan (eigtl. Joseph Péladan; 1859–1918) ist eine schillernde, der modernen Welt ablehnend gegenüberstehende Figur; Verfasser zahlreicher religions- und kunsttheoretischer Abhandlungen, Verteidiger und Übersetzer Wagners, leitete er als Großmeister («Sâr») die von ihm 1888 gegründete Rosenkreuzerbewegung («Ordre du Temple de la Rose-Croix»).

210 Mit «A propos de tout. L'Immoralité de la niaiserie» überschrieben (*Gazette de Lausanne* vom 21. Januar 1912). – «Mütze» im nächsten Satz findet sich auch im Original.

211 Dieses Werk ist nicht verfaßt worden.

212 Eine Wortbildung aus *vagabondage* (Vagabundieren) und *abondance* (Fülle, Überfluß).

213 *Clayhanger* (1910) bildet den ersten Teil der Trilogie *The Clayhanger Family* des mit Gide befreundeten englischen Schriftstellers Arnold Bennett (1867–1931).

214 Gide wird diesen Traktat nicht schreiben. Im September 1919 veröffentlicht er in der *Nouvelle Revue Française* Fragmente hierzu unter dem Titel «Considérations sur la mythologie grecque» (aufgenommen in *Incidences,* 1924; dt. in Band XII dieser Ausgabe). – Gide hat seine oben erwähnten Hebbel-Übersetzungen bald aufgegeben.

215 Gide spricht von seinen Großeltern mütterlicherseits, Édouard Rondeaux (1789–1860) und Julie, geb. Pouchet (1798–1873).

216 Gide hat zahlreiche Äußerungen über seine Frau in einem «Intimen Tagebuch» zusammengefaßt, das zusammen mit anderen ergreifenden, feinsinnigen Betrachtungen über seine Ehe nach dem Tod Madeleines unter dem Titel *Et nunc manet in te* (dt. *Et nunc manet in te,* in Band IV dieser Ausgabe) veröffentlicht wurde (Erstdruck 1947).

217 Diese kurze, 1972 von Claude Martin veröffentlichte Erzählung geht auf Jules Iehls (siehe oben, Anm. 194) Bericht über seine Beziehung zur Nichte von Marguerite Audoux zurück.

218 Albert Chapon (1870–1939) war Direktionssekretär der von Adrien Mithouard geleiteten Zeitschrift *L'Occident* und Verfasser zahlreicher Essays.

219 Gide weilte vom 2. März bis zum 7. Mai 1912 in Italien. Ursprünglich hatte er vor, nach Tunesien zu reisen.

220 *Erinnerungen aus dem Schwurgericht,* in Band VI dieser Ausgabe.

221 Zusammen mit Henri Ghéon, Eugène Rouart und François-Paul Alibert, der über diesen Aufenthalt (vom 21. April bis zum 5. Mai) Reisenotizen hinterließ, die Daniel Moutote veröffentlicht hat: *En Italie avec André Gide.* Impressions d'Italie (1913), Lyon 1983.

222 Gide übersetzte den 1910 unter dem Titel *Gitanjali* (dt. *Das Liedopfer,* 1914) erschienenen englischen Gedichtband des indischen Dichters und Philosophen Rabindranath Tagore (1861–1941): *L'Offrande lyrique,* Erstausgabe 1913. – Im folgenden Absatz ist die Rede von Eugène Montfort (1877–1936). Ursprünglich gehörte er der Redaktion der neugegründeten *N.R.F.* an; aufgrund seiner mit Gide unvereinbaren Kunstanschauung kam es nach der ersten Nummer zum Bruch. Montfort leitete weiterhin seine 1902 gegründete Zeitschrift *Les Marges,* deren beliebte Zielscheibe die *N.R.F.* bildete. – 1911 wurden Charles-Louis Philippes *Lettres de jeunesse à Henri de Vandeputte* veröffentlicht.

223 Mit seiner Tragödie *Phèdre et Hippolyte* (1677) rivalisierte Nicolas Pradon (1632–1698) – aufgrund einer Intrige zunächst erfolgreich – mit Racines *Phèdre* (1677).

224 In La Fontaines *Fabeln* (1692/94, 5 Bände), I. Buch, Fabel IX, wendet sich, wie schon in den antiken Vorlagen, ein Fuchs von schönen, reifen, aber unerreichbaren Spaliertrauben ab, indem er sich einredet, sie seien noch sauer...

225 *«Mercure»* meint die Zeitschrift *Mercure de France* (siehe oben, Anm. 73); «Theater» Copeaus Théâtre du Vieux-Colombier und «Revue» die 1908/09 von Gide und seinen Freunden Jacques Copeau, Marcel Drouin, Henri Ghéon, André Ruyters und Jean Schlumberger gegründete *Nouvelle Revue Française,* abgekürzt *N.R.F.* (siehe oben, Anm. 15, 23–25 und 45).

226 Gide unternahm diese Reise in Begleitung von Henri Ghéon und einer Freundin von Maria van Rysselberghe, Madame Mayrisch (Aline Mayrisch de Saint-Hubert [1874–1947]), der Gattin des luxemburgischen Großindustriellen Émile Mayrisch (1862–1928).

227 «Utinam ex vobis unus fuissem!» («Wäre ich doch einer von euch gewesen!») Vergil, *Ekloge* X, Vers 35.

228 Hauptstadt der gleichnamigen türkischen Provinz in Westanatolien, heute Afyon Karahisar, wörtlich «Opium-Schwarzburg» (türk. bedeutet *afyon:* Opium, *karahisar:* schwarzes Schloß, schwarze Burg).

229 Zeremonien von hohem ästhetischem Wert boten die im Takt der Rohrflötenspieler, Lautenspieler und Trommler sowie eines Chors tan-

zenden Derwische jeden Alters in ihren Klöstern. Unter Atatürk verboten, kommen sie auch heute anläßlich der erlaubten Mevlana-Feiern zur Darstellung.

230 Von Edgar Allan Poe (1809–1849), Erstdruck 1863, die Stéphane Mallarmé (1842–1898) übersetzt hat (Erstdruck 1889, vgl. dessen *Œuvres complètes,* hrsg. von Henri Mondor und Georges Jean-Aubry, «Bibliothèque de la Pléiade», 1945, S. 193f.).

231 In Cuverville verfaßt.

232 Isaac Albéniz (1860–1909) schrieb neben Opern und Orchesterstükken auch Klavier- und Gitarrenstücke mit stark spanischem Kolorit. Die Suite *Iberia* (1908) enthält unter anderem *Lavapiés* und *Eritaña.*

233 Liszts Transkriptionen von Beethovens Symphonien erschienen seit 1837; die vollständige Ausgabe wurde 1865 vom Verlag Breitkopf und Härtel herausgegeben.

234 Diese Übersetzung der *Verliese des Vatikans* von Dieter Bassermann (1887–1955) erfolgte auf Empfehlung von Anton Kippenberg, dem Leiter des Insel Verlags, und lag 1922 vor. 1930 legte Ferdinand Hardekopf in der Deutschen Verlags-Anstalt eine neue Übersetzung vor (mit einem Neudruck 1951). Der Roman wurde für die vorliegende Ausgabe (siehe Band VIII) neu übersetzt.

235 Gide las Emily Brontës (1818–1848) berühmten Roman schon im März 1893 als Vierundzwanzigjähriger. In sein «Leseheft» («Le Subjectif», in: *Cahiers André Gide,* Band I, 1969) notierte er: «Am liebsten würde ich in Dickens' Romanen leben, wenigstens eine Zeitlang – zum Vergnügen. Turgenjews Romane würde ich am liebsten selbst erleben – aber ich glaube fast, daß *Wuthering Heights* der Roman ist, den ich am ehesten erlebt haben möchte.»

236 Das als Motto verwendete Zitat aus dem Prolog von Claudels Drama *L'Annonce faite à Marie* (erste Fassung, 1912) lautet: «Pierre de Craon: Aber von welchem König redest du und von welchem Papst? Denn es gibt zwei, und es ist nicht bekannt, welcher der richtige ist.» Claudel weigerte sich aufgrund von (übrigens diskret-ironischen) Anspielungen auf normwidrige Sexualität im Vorabdruck der *Caves du Vatican* (dt. *Die Verliese des Vatikans,* siehe Band VIII; 5. Buch, «Lafcadio», Kap. I), mit diesem Roman, ja mit Gide selbst noch etwas zu tun zu haben. Da Gide Widerstand leistete, kam es zum Bruch. – Gide nennt dieses Buch eine *Sotie,* in Anlehnung an die mittelalterliche *Sottie* (aus *sot,* albern), einer Art Schwank mit typisierten Rollen. Vgl. hierzu die Studie von B. Fillaudeau (siehe unten, «Ausgewählte weiterführende Literatur»).

237 Es handelt sich um *Les Faux-Monnayeurs* (Erstdruck 1925; dt. *Die Falschmünzer,* in Band IX dieser Ausgabe). – Der Traktat *Le Christianisme contre le Christ* blieb Projekt (vgl. *Stirb und Werde,* Band I, S. 377).

238 Mathilde Anna Roberty war eine Jugendfreundin Madeleine Gides (geb. 1867). Sie wird auch in *Si le grain ne meurt* (*Stirb und Werde,* Band I dieser Ausgabe) erwähnt. – Das *Journal de Genève* vom 15. Juni 1914 brachte eine von André Soral unterzeichnete Besprechung: «Théâtres de Paris: Deux pièces de Shakespeare». Der Rezensent kritisierte vor allem die «sehr schlechten Alexandriner» im von Jean Richepin übersetzten *Macbeth.*

239 Gides Katze und seine Hunde.

240 Das Drama *Post Office* von Rabindranath Tagore stammt aus dem Jahr 1912 (dt. 1918). Macmillan ist der Verleger der englischen Fassung, die 1914 erscheint. Gide veröffentlicht seine Übersetzung unter dem Titel *Amal et la lettre du roi* (Erstdruck 1918).

241 Wörtliche Übersetzung: «... vor der Pflugschar, mit der ich den trokkenen Sand aufschlitzte.» – «Mentor schob deinen weinerlichen, kläglichen Dank beiseite.»

242 Der Journalist und spätere Herausgeber der *Revue Universelle* Henri Massis (1886–1970; Académie Française) vertrat neben seinem Nationalismus einen engherzigen, moralistischen Katholizismus, welcher ihm als Richtschnur diente, um zahlreiche zeitgenössische Schriftsteller zu verurteilen (*Jugements,* 2 Bände, 1921/23). Seine Attacken gegen Gide sind zusammengefaßt in einem Sammelband, *D'André Gide à Marcel Proust,* Lyon 1948.

243 Vgl. die dreizehn Jahre später verfaßte Erzählung *L'École des femmes* (Erstdruck 1929; dt. *Die Schule der Frauen,* in Band X dieser Ausgabe).

244 «Der unbestimmte Strom der Stadt» anstelle von «das unbestimmte Geräusch» (siehe den *letzten* Abschnitt der Erzählung, in Band VIII dieser Ausgabe).

245 Bringen Äußerungen wie diese nicht eine Haltung zum Ausdruck, die den im Zeitgeist mitschwingenden (gemäßigten) Antisemitismus in Frankreich übersteigt?

246 Wilhelm Freiherr von Schoen (1851–1933) war von 1910 bis 1914 Deutscher Botschafter in Paris. 1921 veröffentlichte er *Erlebtes. Beiträge zur Geschichte der neuesten Zeit.*

247 Der Journalist Pierre de la Nux (Gide schreibt den Namen sehr oft de Lanux) ist der Enkel von Marc de la Nux (siehe oben, Anm. 54).

248 Es handelt sich um das an der Rue Laugier (im Siebzehnten Arrondissement) gelegene Wohn-Atelier von Théo und Maria van Rysselberghe (siehe auch Anm. 10).

249 Eine der zahlreichen damals gegründeten wohltätigen Vereinigungen bildete auch die «Liga des Neuen Denkens».

250 Es handelt sich um den Bericht über das zeitweilige Verbot, die englische Tageszeitung in Frankreich einzuführen.

251 Französisch: *sommet*.

252 Volkstümlich für die Flugzeuge der deutschen Armee.

253 Faktor, französisch *facteur*, heißt auch Briefträger.

254 Da Algerien bis 1830 unter türkischer Herrschaft stand, bezeichnet das aus dem Italienischen entlehnte Turko, französisch *Turco*, den algerischen Freischütz nach dem Krimkrieg (1854), später den farbigen Fußsoldaten des französischen Kolonialheeres.

255 Jacques Raverat (1885–1925) aus Le Havre war Mathematiker, Kunsthistoriker und Zeichner. Er war auch als Herausgeber bibliophiler Drucke bekannt und wird Gide 1918 nach England einladen.

256 Gides Nichte Françoise Gilbert (geb. 1901) war die Tochter von Marcel und Valentine Gilbert, geb. Rondeaux.

257 Das Foyer franco-belge, ein Flüchtlingswerk, für das sich Gide mit anderen Freunden und Bekannten (wie Maria van Rysselberghe und Charles Du Bos) selbstlos einsetzte.

258 Ein typisches Beispiel für die Greuelpropaganda jener Zeit. Erwähnt sei, daß dieses Klischee schon im Krieg 1870/71 sein Unwesen trieb. Damals bezog es sich auf die preußischen Ulanen, die unschuldigen französischen Kindern die Hände abgehackt haben sollten. Seinem Naturell gemäß blieb Gide von Anfang an skeptisch, zumal da keine Beweise erbracht werden konnten.

259 Frédéric Masson war der Verfasser eines keineswegs ernst zu nehmenden Artikels in *La Revue hebdomadaire*, den Paul Souday in *Le Temps* vom 22. Oktober 1915 kritisiert. – Galignani: eine Buchhandlung, die englische Bücher führte. – Beim erwähnten Buch Joseph Conrads handelt es sich wohl um *Within the Tides* (Erstdruck 1915).

260 Der bedeutende Naturforscher Buffon (1707–1788) soll gesagt haben, daß Genie nur «die größere Fähigkeit zur Geduld» sei. Vgl. hierzu Hérault de Seychelles' amüsantes und geistreiches Bändchen *Visite à Buffon* (Erstdruck 1785), das Gide kannte.

261 Édouard Widmer ist der Schwiegersohn von Guillaume und Claire (geb. Rondeaux) Démarest, der Schwester von Gides Mutter Juliette Gide, geb. Rondeaux.

262 Anspielung auf La Fontaine, *Contes et Nouvelles* (Erstausgabe 1671; III. Teil, XIII: «Le petit chien qui secoue de l'argent et des pierreries»). – Weitere (allerdings nur implizite) Anspielungen auf klassische Werke der französischen Literatur enthält der Eintrag auf der gegenüberliegenden Seite (8. Dezember), nämlich auf Rousseaus fünfte *Rêverie d'un promeneur solitaire* (Erstdruck 1782).

263 Wohl Marc Allégret (siehe oben, Anm. 120).

264 Wahrscheinlich Georges Widmer, der jüngste Sohn von Édouard und Isabelle (geb. Démarest) Widmer; wie so oft verändert Gide willkürlich Namen und Initialen von Verwandten und guten Bekannten.

265 «Das Höhere und das Niedrigere»; zitiert aus: *Mark Rutherford's Deliverance,* edited by his friend Reuben Shapcott, London o.J. (1884?). Siehe unten, Anm. 290.

266 Gide versuchte, den unter dem Vorwand ausstehender Wohnungsmiete versteigerten Hausrat des seit Kriegsbeginn nicht mehr in Paris weilenden Dichters zurückzukaufen. Leider gelang es ihm lediglich, einige Manuskripte sicherzustellen. Vgl. *Littérature engagée* (Ausgabe von 1950, S. 125; dt. in Band VI der vorliegenden Ausgabe, «Zwei Begegnungen mit Romain Rolland»).

267 Was diese «Ratschläge für einen jungen Schriftsteller» angeht, blieb es beim «glühenden Wunsch».

268 «Es sei denn, ein Mensch werde erneut geboren.» Siehe auch S. 561. Vgl. Johannes 12,25; Lukas 17,33 und Matthäus 16,25.26: «Denn wer sein Leben retten will, der wird es verlieren; wer aber sein Leben verliert um meinetwillen, der wird es finden.» Mit «Leben» wird hier viermal das griechische Wort wiedergegeben, das an zahlreichen anderen Stellen «Seele» bedeutet.

269 «Nicht ein neues, auf wunderbare Weise geschaffenes Frankreich, sondern das alte, das *zusammengeschmiedet* und durch das Feuer der Betrübnis hindurchgegangen ist.» – Das Zitat am Schluß dieses Eintrags lautet in wörtlicher Übersetzung: «Wenn Frankreich in letzter Zeit weniger gelacht hat, so war sein Lächeln bei Gelegenheit schöner denn je.»

270 Diese «Cantate de l'enfant prodigue» für fünf Stimmen und einundzwanzig Instrumente ist 1917 entstanden und wird in Frankreich 1922 im Théâtre des Champs-Élysées erstmals aufgeführt.

271 Siehe S. 548–571.

272 Pascal (1623–1662) gewann gegen Ende seines Lebens durch die Heilung seiner Nichte mit Hilfe einer Reliquie der Dornenkrone die Überzeugung, daß Gott sein Werk billige.

273 Pierre du Bochet, der seinerzeit als Berichterstatter für das *Journal de Genève* tätig war.

274 Die Freundschaft zu Maria van Rysselberghe hat sich in den Kriegsjahren während der Arbeit für das Foyer franco-belge vertieft, so daß die «Kleine Dame» 1927 Gides Nachbarin wird: In der Rue Vaneau 1bis belegen beide eigene Wohnungen auf dem gleichen Stockwerk. Ihre Erinnerungen hat Maria van Rysselberghe mit großer Stilsicherheit einem Tagebuch anvertraut (siehe unten, «Ausgewählte weiterführende Literatur»).

275 Gide äußert sich aber an anderer Stelle über Proust (siehe S. 670–673).

276 Gide wird die Übersetzung dieser Gedichte des indischen religiösen Dichters Kabir (um 1440–1518) aus der englischen Ausgabe von Rabindranath Tagore (*One Hundred Poems of Kabir,* 1915) nicht über einige Versuche hinaus fortführen.

277 «Numquid et tu ...?», siehe S. 548–571.

278 Dieses «Gespräch mit Nikodemus» wird Gide nicht verfassen.

279 *Une Victoire* wird 1923 in der Übersetzung von Isabelle Rivière und Philippe Neel erscheinen; Gide verweigerte seine Unterschrift, da ihn weder Isabelle Rivières Konzept noch ihre Vorschläge befriedigten – übrigens im Gegensatz zu Joseph Conrad selbst. Seinen Unmut äußerte er mehrmals (siehe S. 575 und 578).

280 In den *Souvenirs de la cour d'assises* (dt. *Erinnerungen aus dem Schwurgericht,* in Band VI dieser Ausgabe) erscheint Lebrun als Yves Cordier. Als Achtzehnjähriger wurde er angeklagt, zusammen mit zwei Mittätern im Oktober 1911 einen Matrosen namens Braz niedergeschlagen und ihm zweiundneunzig Francs gestohlen zu haben. Als Geschworener erwirkte Gide, daß die vorgesehene Gefängnisstrafe von fünf Jahren auf drei herabgesetzt wurde.

281 Wie unsere Nachforschungen in Deutschschweizer Zeitungen ergaben, wurde dieses Vorhaben nicht verwirklicht. Lediglich die *Neue Zürcher Zeitung* erwähnte von Zeit zu Zeit französische Schriftsteller.

282 Maurras' Buch weist ein Kapitel auf mit dem Titel: «Les deux patries ou l'élection de sépulture» (datiert Januar 1902).

283 Mit «Poilu» bezeichneten Zivilisten während des Ersten Weltkriegs einen Angehörigen der französischen Armee. «Klasse» (franz. *classe*) meint die zum Kriegsdienst eingezogenen (im allgemeinen 18jährigen) Rekruten eines Jahrgangs. – Über die im folgenden Abschnitt beschriebene Tunnelexplosion (mit einem einzigen Opfer) berichtet Ludwig Stockert (*Eisenbahnunfälle,* Neue Folge, Berlin und Wien 1920).

284 Gide meint wohl Alphonse Toussenels (1803–1885) *L'Esprit des bêtes. Le monde des oiseaux, ornithologie passionnelle* (3 Bände, 1853–1855).

285 Gides Übersetzung des Romans von Joseph Conrad lag 1918 vor. – Sein (bedeutendes) Vorwort zu den *Fleurs du Mal,* aus Anlaß des fünfzigsten Todesjahres des Dichters für den Verleger Raymond Helleu (Éditions d'art Édouard Pelletan) verfaßt, ist 1917 erschienen; es wurde in *Incidences* (Erstdruck 1924) aufgenommen und findet sich deutsch in der vorliegenden Ausgabe in Band XII.

286 Diese Gides religiöse Krise und ihre Überwindung betreffenden Aufzeichnungen sind erstmals 1922 (anonym) erschienen. In der Pléiade-Ausgabe des *Journal* (1939 und öfter) folgen sie den Aufzeichnungen des Jahres 1916, somit auch in der vorliegenden Ausgabe, die dem Pléiade-Text folgt. – Den Anstoß zu diesen Erörterungen (deren Gegenstück die der Auseinandersetzung mit dem Teufel gewidmeten und anschließend beigefügten «Feuillets», «Blätter», bilden), mag der Literaturkritiker und Essayist Charles Du Bos (1882–1939) gegeben haben. Vgl. hierzu Raimund Theis: *Auf der Suche nach dem besten Frankreich,* Frankfurt 1984.

287 Französisch: «Étant autrefois sans loi, je vivais.» Die Endstellung des Verbs unterstreicht dessen Inhalt mehr als Luthers Übersetzung, der alle Bibelzitate (vereinzelt dem heutigen Sprachgebrauch angepaßt) entnommen sind.

288 Siehe oben, Anm. 268.

289 Aus der Zürcher Bibelübersetzung (1531) des Zwingli-Verlages zitiert. Sowohl Luther als auch Segond übersetzen «vor dem Übel». – Gides Bibellektüre fußt auf bedeutenden zeitgenössischen Übersetzungen: So ist die katholisch orientierte von C. Crampon 1904 abgeschlossen worden (eine Handausgabe erschien ebenfalls 1904), die weit verbreitete (protestantische) von L. Segond lag, was das Neue Testament angeht, 1880 vor, und die sogenannte «version synodale» von J. F. Ostervald von 1724 und 1744 hatte 1910 eine wichtige Neubearbeitung erfahren.

290 In *The Autobiography of Mark Rutherford, Dissenting Minister* (Erstausgabe unter diesem Pseudonym London 1881) schildert William Hale White (1831–1913) auf eindrückliche Weise seinen Abfall vom Glauben. Im Kapitel V («Miss Arbour») lehnt er sich ausdrücklich gegen den Gedanken an ein Jenseits auf: «I say nothing, now, for or against the doctrine of immortality. All I say is, that men have been happy without it, even under the pressure of disaster, and that to make

immortality a sole spring of action here, is an exaggeration of the folly which deludes us all through life with endless expectation, and leaves us at death without the thorough enjoyment of a single hour.» (S. 70f. der Ausgabe London 1881).

291 Sporn: französisch *ergot*.

292 Barrès sah noch in jenen Jahren für Frankreich eine führende koloniale Stellung in Kleinasien vor. Vgl. hierzu *Une Enquête aux pays du Levant* (2 Bände, 1923).

293 Im Original deutsch.

294 Vgl. Lukas 13,11.

295 In *Stirb und Werde* gab Gide Albert Jalaguier den Namen Bernard Tissaudier (siehe Band I dieser Ausgabe).

296 Gides im Herbst 1917 abgeschlossene Übersetzung lag der Inszenierung in der Opéra (mit Ida Rubinstein als Kleopatra) im Juni 1920 zugrunde (Erstausgabe 1921, Neuauflage 1926).

297 Deutsche Entsprechung: «in einem Zornausbruch».

298 «Fabrice» meint Gide selbst; «Michel» (häufig auch «M.») ist Marc Allégret (siehe oben, Anm. 120).

299 Lady Lilian Rothermere (1875–1937), Gattin eines bedeutenden Politikers, übersetzte mit Paul Mérals Hilfe *Le Prométhée mal enchaîné* (dt. *Der schlechtgefesselte Prometheus,* in Band VII dieser Ausgabe) ins Englische (*The Prometheus Illbound,* 1919).

300 1917 erschien *L'Erreur de la philosophie allemande* des amerikanischen Philosophen George Santayana (1863–1952), übersetzt von Guillaume Lerolle und Henri Quentin.

301 In seinen *Pensées* (auch: *Pensées sur la religion,* unvollst. Erstdruck 1670; dt. u. d. T. *Gedanken über die Religion,* 1710) fragt Pascal, warum wir an einem hinkenden Menschen weniger Anstoß nehmen als an einem «Hinkegeist» («esprit boiteux»): «Weil ein hinkender Mensch anerkennt, daß wir aufrecht gehen, während ein Hinkegeist behauptet, daß wir hinken würden» (*Pensées,* Kap. II. 1).

302 «Man erblickt unter den Lorbeerbäumen die wetteifernden Sänger.» Anspielung auf den Dichter und Literaturtheoretiker François de Malherbe (1555–1628) und auf den Hellenisten und Grammatiker Gilles Ménage (1613–1692) in der XI. Epistel (*Epistres,* Erstdruck 1698, Vers 78), wo Boileau (1636–1711) über die Freuden und Leiden des Dichters sinniert.

303 Typische Satzperiode in Bossuets deklamatorischem Stil; an die *Offenbarung* (9,2) anknüpfend, wolle Gott das Fortschreiten des Irrtums und der Leiden seiner Kirche in Grenzen halten, wenn er den

Rauch, der die Sonne verdunkelt, «aus dem Schlund des Abgrundes befreit».

304 Die Sonate Nr. 22, op. 54 (1804), deren erster Satz «In Tempo d'un Menuetto» zu spielen ist.

305 Marc war bei Jean Cocteau (1889–1963). Vgl. hierzu auch Cocteaus *Journal d'un inconnu* (Erstausgabe 1953).

306 Enrique Granados' (1867–1916) pianistisches Meisterwerk enthält sechs Stücke, die, im März 1911 entstanden, durch im Prado befindliche Gemälde Goyas inspiriert sind.

307 Deutsche Entsprechung: «um des Lebens willen.»

308 Eigentlich unübersetzbares Wortspiel: «Les Allemands ont tout à prendre de nous. Nous avons tout à apprendre d'eux.»

309 Die 1893 erschienene Erzählung *Léda ou La Louange des bienheureuses ténèbres.* (Zum *Traité des Dioscures,* für den Gide hier einen neuen Titel vorschlägt, siehe oben, Anm. 214.)

310 Den Vertrag für die Bühnenaufführung der Übersetzung Gides von *Antony and Cleopatra.*

311 *La Symphonie pastorale* (dt. *Die Pastoralsymphonie,* in Band X).

312 Die Zensurbehörden ließen Balzacs Drama *Vautrin* 1840 erscheinen, verfügten aber nach der ersten Aufführung dessen Absetzung.

313 Der Aufführung von Balzacs Drama im Théâtre de l'Odéon (März 1842) war ein Mißerfolg beschieden.

314 Den 1915 im Verlag der *N.R.F.* erschienenen *Œuvres choisies* von Walt Whitman wurde ein Vorwort von Valery Larbaud vorangestellt.

315 Die Ballade von Robert Browning (1812–1889), deutsch: «Wie sie die gute Nachricht von Gent nach Aachen brachten (a. 16--)».

316 Deutsch: «Bestätige mir's, mein Eignes! Wenn ich nun
Den Pfad zurückgeh', denk' ich nicht voll Stolz,
Wie wenig ich mir träumen ließ, er führe
Zu einem Segensalter, neben dem
Die Jugend nur Verschwendung scheint?»
Die Strophe findet sich nicht in *Si le grain ne meurt* (dt. *Stirb und Werde,* in Band I dieser Ausgabe).

317 Deutsch: «Begierig nach fremdem Besitz, mit dem eigenen verschwenderisch umgehend.» Zitiert nach Sallust (86–35 v. Chr.), *De coniuratione Catilinae* (dt. *Die Verschwörung des Catilina*), Kapitel V.

318 Racine, *Phèdre* (1677):
«[...] Welch Geschick
Hat Liebe dir am öden Strand bereitet!»
I. Akt, 3. Szene (in der Übersetzung von Schiller).

Anspielung auf den alten Götterfluch, den Venus am Meeresstrand gegenüber der Tochter des Minos und der Pasiphae ausgesprochen hat.

319 Mit Vadius (in den *Femmes savantes*) mokiert sich Molière über den Hellenisten Gilles Ménage, der sich zuweilen auch als Verseschmied versuchte.

320 Deutsch: «Dort ist Ordnung nur und Schönheit,
Pracht, Stille und Wollust.»
Diese Verse bilden den Refrain des Gedichts «L'Invitation au voyage» («Die Einladung zur Reise») in *Les Fleurs du Mal,* Erstausgabe 1857.

321 *Le Crépuscule d'une idole: Nietzsche, Nietzschéisme, Nietzschéens,* Erstdruck 1910. – Der militante Vertreter des Positivismus Georges Deherme war der Herausgeber einer Monatsschrift mit dem Titel *La Coopération des Idées.*

322 Diese drei Abschnitte finden sich fast identisch schon in den Tagebucheinträgen vom 2. und vom 4. September 1914.

323 Diese Aussprüche stammen in der vorgegebenen Reihenfolge von Pascal, La Fontaine, Molière, Voltaire, Montesquieu und Barrès. Der letzte ist der Refrain eines bekannten Chansons.

324 Es handelt sich um den Artikel «Le néo-paganisme» des Westschweizer Redaktors und Literaturprofessors Paul Seippel (1858–1926), mit dem Gide auch in brieflichem Kontakt stand. In Seippels Augen war der damalige Krieg eine Art Bürgerkrieg, der allein Asien zugute kommen würde. Der Text, auf den sich Seippel bezieht, konnte nicht ausfindig gemacht werden, es ist aber kaum anzunehmen, daß sich dieser gewissenhafte Kulturkritiker fälschlich auf Maurras berief.

325 «Wohin ich auch immer fliege, ist die Hölle, Hölle bin ich mir selbst.»

326 Die berühmten *Souvenirs d'enfance et de jeunesse* des Orientalisten, Religionshistorikers und Schriftstellers Ernest Renan (1823–1892) erschienen 1883. Das Zitat findet sich im fünften Teil («Le Séminaire Saint-Sulpice»), Kapitel III.

327 In dieses Werkjournal (1926 erstmals erschienen) notierte Gide Probleme und Auseinandersetzungen (auch aufgrund von Diskussionen, vor allem mit Roger Martin du Gard) im Zusammenhang mit der Entstehung seines Romans *Les Faux-Monnayeurs* (dt. *Die Falschmünzer,* in Band IX, dort auch das hier erwähnte *Tagebuch der Falschmünzer*).

328 Es handelt sich hier um die Korrekturbogen des ersten Bandes von Gides Memoiren, die 1920 in Brügge ohne Verlagsnennung gedruckt wurden. Die endgültige Fassung wurde 1926 vorgelegt (dt. *Stirb und Werde,* in Band I dieser Ausgabe). Der zweite Band dieses Erstdrucks

erschien 1921, die endgültige Fassung (mit geringfügigen Änderungen) ebenfalls 1926.

329 Der mit Roger Martin du Gard befreundete Marcel de Coppet (1881–1968) war seinerzeit Administrator der französischen Kolonien in Fort-Archambault.

330 Ballett von Sergej Diaghilew (1872–1929), dem Leiter der Ballets russes in Paris, mit einer Choreographie von Léonide Massine und Bühnenausstattung sowie Kostümen von Pablo Picasso (Erstaufführung 1917). – Bei den weiter unten erwähnten *Contes russes* handelt es sich um eine Choreographie von Massine mit Kostümen von Michail Larionow.

331 Charles Andler (1866–1933), Philosophieprofessor an der Sorbonne, veröffentlichte unter anderem *Nietzsche, sa vie, sa pensée* in sechs Bänden (1920 – 1931, Neuauflage in 3 Bänden 1979), dessen erster Teil den Vorfahren Nietzsches («Les Précurseurs de Nietzsche») gewidmet ist.

332 «A l'ombre des jeunes filles en fleurs» (Erstdruck 1918), der zweite Band von Prousts Romanzyklus *A la recherche du temps perdu* (1913–1927; dt. u. d. T. *Auf der Suche nach der verlorenen Zeit,* 1953–1957). Eine neue Ausgabe unter der Leitung von Luzius Keller ist im Erscheinen.

333 Zweiter Teil des Opernwerks *Les Troyens* von Hector Berlioz (1803–1869), im Théâtre lyrique 1863 uraufgeführt.

334 Deutsch: «Da [...]
Mir endlich ward mein Schicksal kund,
Da all mein Lieben nichts errang,
Da meines Lebens Ziel versank.»
Aus Robert Brownings (1812–1889) Gedichten: «The last Ride together», deutsch «Unser letzter Ritt», Erstausgabe 1876.

335 «Novene» («neuvaine») bezeichnet eine neuntägige Andacht der Katholiken, als Vorbereitung zu einem Fest oder einem besonderen Anliegen. Wie schon Raimund Theis in seinem Kommentar zu *bénédicité* (Tischgebet) darlegt, bedient sich Gide ab und zu spezifisch katholischer Termini und signalisiert damit eine ökumenische Haltung. (Siehe Band I, S. 52 und S. 538, Anm. 23.)

336 John Donnes (1572 od. 1573–1631) *Divine Poems* wurden 1633 posthum veröffentlicht.

337 Dieser kurze Artikel wurde in der *Nouvelle Revue Française* vom November 1921 abgedruckt («La Question des rapports intellectuels avec l'Allemagne»).

338 Gide wird 1925 eine kleine Broschüre, *Caractères* betitelt, veröffentlichen. Sie ist in den *Œuvres complètes* (Band XII, S. 1–17) zugänglich.

339 Copeau beabsichtigte, den hundertsten Geburtstag des russischen Schriftstellers (11. November 1921) würdig zu feiern, und bat Gide, im Vieux-Colombier eine Rede zu halten: Es entstand die «Ansprache» («Allocution lue au Vieux-Colombier»), welche sich im Dostojewski-Band von 1923 findet. Im Februar 1922 wird Gide dann die sechs «Vorträge im Vieux-Colombier» («Conférences du Vieux-Colombier») halten, die zusammen mit der Ansprache in Band XII dieser Ausgabe aufgenommen wurden.

340 Vgl. hierzu unser Vorwort (S. 21).

341 Erstdruck 1921. Diese *Morceaux choisis,* die auch Unveröffentlichtes enthielten, waren Gide wichtig, und es besteht kein Zweifel, daß Massis' erneute Attacken mit Bedacht anhoben, als diese Anthologie erschien.

342 *The Pit and the Pendulum* (dt. u. d. T. *Die Grube und das Pendel,* eine bekannte Kurzgeschichte von Edgar Allan Poe (Erstdruck 1843).

343 Der in Paris lebende Philosoph und Dilthey-Schüler deutscher Herkunft Bernard Groethuysen (1880–1946), Verfasser der vielbeachteten *Origines de l'esprit bourgeois en France* (1927), spielte nach 1933 eine wichtige Rolle für die deutschen Emigranten in Frankreich. Er war auch als Übersetzer tätig; seine *Werther*-Übersetzung beispielsweise wird (zu Recht) heute noch aufgelegt.

344 Vgl. in Pascals «Allgemeinem Vorwort» zu seinen *Pensées* (dt. *Gedanken*): «Die wahre Beredsamkeit spottet der Beredsamkeit, die wahre Moral spottet der Moral, das heißt die Moral des Urteilens spottet der Moral des Geistes, der keine Regeln anerkennt.»

345 Gide wird diese Studie nicht verfassen, dafür aber einen ergreifenden Nachruf, «Francis Jammes», der in die *Feuillets d'automne* (1949; dt. *Herbstblätter*) aufgenommen wurde (in Band XII der vorliegenden Ausgabe). Zu dem für Gide zentralen Gegensatz zwischen dem naiv seiner Inspiration folgenden «Dichter» und dem (selbst-)kritischen «Künstler» siehe Raimund Theis' prägnante Synthese (in seinem Buch *André Gide,* Darmstadt 1974, S. 61 ff.).

346 Eine Vermischung mehrerer, aus verschiedenen Quellen geschöpfter Zitate, deutsch etwa: «Wasser bin ich und klares und lebhaftes Naß ...»

347 Beredte Verwechslung: «Même je puis dire, Monsieur, que mes forces ont plutôt décuplé que centuplé.»

348 Deutsch: «Am Meeresstrand ward ich geboren ...»

349 Deutsch: «Ein Junggesellenleben führen.»
350 Vgl. oben, Anm. 230.
351 Französisch: *nombreux*. Die hier formulierten grammatikalischen Erörterungen können nur annähernd übersetzt werden.
352 Adrienne Monnier (1892–1955) war Inhaberin einer Verlagsbuchhandlung, wo sie vielbeachtete Dichterlesungen organisierte. Sie hat auch Gedichte und Memoiren (*Rue de l'Odéon*, 1960) verfaßt.

Nota. Zu einigen Anmerkungen lagen Vorarbeiten von Claude Foucart (Lyon) vor. Für vielfältige Hilfe gedankt sei François Chapon (Paris), Walter Gorgé (Schliern bei Bern) und Éric Marty (Paris).

Ausgewählte weiterführende Literatur

(Paris als Verlagsort wird nicht genannt.)

I. Briefwechsel

– Mit François-Paul Alibert, hrsg. v. Claude Martin, Lyon 1982.
– Mit Marc Allégret, hrsg. v. Daniel Durosay (in Vorbereitung).
– Mit Jacques-Émile Blanche, hrsg. v. Georges-Paul Collet, 1979 und Genf 1982 (Ergänzungsband).
– Mit Paul Claudel, hrsg. v. Robert Mallet, 1949; dt. Übers. v. Yvonne Gräfin Kanitz, Stuttgart 1952.
– Mit Jean Cocteau, hrsg. v. J.-J. Kihm, 1970.
– Mit Jacques Copeau, hrsg. v. Jean Claude, Vorwort v. Claude Sicard, 2 Bände, 1988.
– Mit Ernst Robert Curtius, in: *Deutsch-Französische Gespräche* (1920–1950), hrsg. v. Herbert und Jane M. Dieckmann, Frankfurt a. M. 1980.
– Mit Henri Ghéon, hrsg. v. Jean Tipy und Anne-Marie Moulènes, 2 Bände, 1976.
– Mit seiner Mutter Juliette Gide, hrsg. v. Claude Martin, 1989.
– Mit Francis Jammes, hrsg. v. Robert Mallet, 1948; dt. Übers. v. Yvonne Gräfin Kanitz, Hamburg 1951.
– Mit Harry Graf Keßler, hrsg. v. Claude Foucart, 1985.
– Mit Valery Larbaud, hrsg. v. Françoise Lioure, 1989.
– Mit Roger Martin du Gard, hrsg. v. Jean Delay, 1968.

– Mit François Mauriac, hrsg. v. Jacqueline Morton, 1971.
– Marcel Proust, *Lettres à André Gide*. 1949, Neuausgabe Bruxelles 1988 (Marcel Proust – André Gide: *Autour de la Recherche*).
– Mit Rainer Maria Rilke, hrsg. v. Renée Lang, 1952.
– Mit André Ruyters, hrsg. v. Claude Martin, Victor Martin-Schmets und Pierre Masson, Lyon 1990.
– Mit André Suarès, hrsg. v. Sidney D. Braun, 1963.
– Mit Paul Valéry, hrsg. v. Robert Mallet, 1955; dt. 1958, Neuausgabe 1987, übers. v. Hella und Paul Noack, mit einem Nachwort v. Daniel Moutote.
– Mit Francis Vielé-Griffin, hrsg. v. Henry de Paysac, Lyon 1986.

II. Zeugnisse

– Maria van Rysselberghe, *Les Cahiers de la Petite Dame* (1918–1951). Hrsg. v. Claude Martin, 4 Bde., 1973–1977; dt. *Das Tagebuch der Kleinen Dame. Leben mit André Gide*. Hrsg. v. Hanns Grössel, übers. v. Irène Kuhn u. Ralf Stamm, 2 Bände (Auswahl), München 1984/87. Als Taschenbuch München 1989.

III. Gide-Literatur in Auswahl

– Anglès, Auguste: *André Gide et le premier groupe de «La Nouvelle Revue Française»*. 3 Bände, 1978/86.
– Brée, Germaine: *André Gide, l'insaisissable Protée*. Étude critique de l'œuvre d'André Gide. 1953, Neudruck 1970.
– Clerc, Philippe und Nadeau, Maurice: *Album Gide*. 1985.
– Delay, Jean: *La Jeunesse d'André Gide* (1869–1895). 2 Bände, 1956/57.
– Fernandez, Roman: *Gide ou le courage de s'engager*. Hrsg. v. Claude Martin, Vorwort v. Pierre Masson, 1985.
– Fillaudeau, Bertrand: *L'Univers ludique d'André Gide*. Les Soties. Vorwort v. Alain Goulet, 1985.
– Goulet, Alain: *Fiction et vie sociale dans l'œuvre d'André Gide*. 1986.
– Holdheim, W. Wolfgang: *Theory and Practice of the Novel*. A Study on André Gide. Genf 1968.
– Krebber, Günter: *Untersuchungen zur Ästhetik und Kritik André Gides*. Genf und Paris 1959.
– Lang, Renée: *André Gide et la pensée allemande*. 1949.

– Martin, Claude: *André Gide par lui-même.* 1963, Neuausgabe 1987; dt. Übers. v. Ingeborg Esterer, Reinbek bei Hamburg 1963, Neuauflage 1987.
– Martin, Claude: *La Maturité d'André Gide. De «Paludes» à «L'Immoraliste»* (1895–1902). 1977.
– Martin, Claude: *Bibliographie chronologique des livres consacrés à André Gide.* Lyon 1986.
– Martin, Claude (Hrsg.): *La Correspondance générale d'André Gide.* Répertoire, préface, chronologie, index et notices (in Zusammenarbeit mit Florence Callu, Jean Claude, Jacques Cotnam, Peter Fawcett, Claude Foucart, Alain Goulet, Pierre Masson und Nicole Prévost). Lyon 1984–87, 6 Faszikel.
– Marty, Éric: *L'Écriture du jour.* Le «Journal» d'André Gide. 1985.
– Marty, Éric: *André Gide, qui êtes-vous?* (Enthält Gides Gespräche mit Jean Amrouche). Lyon 1987.
– Masson, Pierre: *André Gide. Voyage et écriture.* Lyon 1983.
– Maurer, Rudolf: *André Gide et l'URSS.* Vorwort v. Thierry Maulnier, Bern 1983.
– Moutote, Daniel: *Le «Journal» de Gide et les problèmes du moi* (1889–1925). 1968.
– Moutote, Daniel: *Index des idées, images et formules du «Journal 1889–1939» d'André Gide,* Lyon 1985.
– O'Brian, Justin: *The Journals of André Gide.* Translated from the French and annotated by Justin O'Brian. 3 Bände, New York 1947–49.
– Pollard, Patrick (Hrsg.): *André Gide et l'Angleterre.* (Londoner Kolloquium 1985), Birbeck College 1986.
– Rossi, Vinio: *André Gide: The Evolution of an Aesthetic.* New Brunswick, N. J. 1967.
– Schnyder, Peter: *Pré-Textes. André Gide et la tentation de la critique.* 1988.
– Theis, Raimund: *André Gide.* Darmstadt 1974.
– Theis, Raimund: *Auf der Suche nach dem besten Frankreich.* Zum Briefwechsel von Ernst Robert Curtius mit André Gide und Charles Du Bos. Frankfurt am Main 1984.
– Theis, Raimund und Siepe, Hans T.: *Le Plaisir de l'Intertexte* (Duisburger Kolloquium zu André Gide u. a.). Frankfurt–Bern–New York 1986.
– Walzer, Pierre-Olivier: «André Gide», in: *Littérature française,* Bd. XV: *Le XXe siècle.* I.: 1896–1920. 1975.

IV. Periodische Informationsschrift

– *Bulletin des Amis d'André Gide* (jährl. 4 Hefte), hrsg. v. Daniel Durosay. Für Mitglieder gratis; auch im Abonnement oder als Einzelnummer erhältlich. Auskünfte/Bestellungen durch Henri Heinemann, Secrétaire Général de l'Association des Amis d'André Gide, 59, avenue Carnot, F-80410 Cayeux-sur-Mer.

Register der Namen und Werke

Zeitungen und Zeitschriften werden in alphabetischer Reihenfolge unter dem Sammelbegriff «Zeitschriften» aufgeführt.

André Gide Gesammelte Werke in zwölf Bänden
Herausgegeben von Hans Hinterhäuser,
Peter Schnyder und Raimund Theis

Übersicht über die Ausgabe

Autobiographisches

Band I/1
Stirb und Werde
Tagebuch (1889–1902)

Band II/2
Tagebuch (1903–1922)

Band III/3
Tagebuch (1923–1939)

Band IV/4
Tagebuch (1939–1949)
Et nunc manet in te
So sei es oder
Die Würfel sind gefallen
Kurze autobiographische Texte

Reisen und Politik

Band V/1
Afrika:
Kongoreise
Rückkehr aus dem Tschad
Kürzere Reisetexte

Band VI/2
Rußland:
Zurück aus Sowjetrußland
Retuschen zu meinem
Rußlandbuch
Soziale Plädoyers

Erzählende Werke

Band VII/1
Die Hefte des André Walter
Traktat vom Narziß
Die Reise Urians
Paludes
Der schlechtgefesselte Prometheus
Die Rückkehr des verlorenen Sohnes
Der Immoralist

Band VIII/2
Die enge Pforte
Isabelle
Die Verliese des Vatikans

Band IX/3
Die Falschmünzer
Tagebuch der Falschmünzer

Band X/4
Die Pastoralsymphonie
Die Schule der Frauen
Robert
Geneviève
Theseus

Lyrische und szenische Dichtungen

Band XI
Die Gedichte des André Walter
Die Früchte der Erde
Neue Früchte der Erde
Philoktet
Saul
König Kandaules
Oedipus

Essays und Aufzeichnungen

Band XII
Dostojewski
Corydon
Aufzeichnungen über Chopin
Kleinere essayistische Schriften